सम्पूर्ण कहानियाँ

अखिलेश

सम्पूर्ण कहानियाँ

राजकमल प्रकाशन

ISBN : 978-93-90971-87-9

मूल्य : ₹1495

पहला संस्करण : 2021

प्रकाशक : राजकमल प्रकाशन प्रा. लि.
1-बी, नेताजी सुभाष मार्ग, दरियागंज
नई दिल्ली-110 002
शाखाएँ : अशोक राजपथ, साइंस कॉलेज के सामने, पटना-800 006
पहली मंजिल, दरबारी बिल्डिंग, महात्मा गांधी मार्ग, प्रयागराज-211 001
36 ए, शेक्सपियर सरणी, कोलकाता-700 017
वेबसाइट : www.rajkamalprakashan.com
ई-मेल : info@rajkamalprakashan.com

मुद्रक : बी.के. ऑफसेट
नवीन शाहदरा, दिल्ली-110 032

SAMPOORN KAHANIYAAN
Stories by Akhilesh

जी.सी. चतुर्वेदी जी के लिए
सादर

क्रम

कुछ व्यक्तिगत

लेखक को अपनी पुस्तक के प्रकाशन पर ख़ुशी होती है; मैं भी अपनी समस्त कहानियों की इस किताब *सम्पूर्ण कहानियाँ* के प्रकाशित होने को लेकर बेहद ख़ुश हूँ। लेकिन मैं इसी के साथ उदासी का भी अनुभव कर रहा हूँ; क्योंकि सम्पूर्णता अथवा समग्रता सरीखे शब्द भारी भरकम लगने के बावजूद यह एहसास कराते ही हैं कि आपकी सक्रियता, आपका अवदान जो होना था हो चुका। कहानीकार के रूप में मेरे लिए यह ख़तरनाक और विचलित कर देने वाली स्थिति है; शायद इसीलिए अपनी सारी कहानियों को एक जिल्द में देखना नेमत की तरह लग रहा है तो दूसरी तरफ़ व्यथा से भी घिर रहा हूँ। ऐसी स्थिति में उन वजहों को साझा करना ज़रूरी हो जाता है जो मेरी समग्र कहानियों की इस किताब के प्रकाशन की पृष्ठभूमि में हैं। सबसे पहले मैं एक सृजनात्मक वजह का ज़िक्र करना चाहूँगा; वह यह कि अपना उपन्यास *निर्वासन* लिख चुकने के बाद बतौर लेखक मेरे भीतर ऐसी तब्दीली आई कि मैं आगे जब भी कोई क़िस्सा लिखने के लिए सोचता तो उसका विन्यास और विस्तार उपन्यास के रूप में दिखने लगता। कल्पनाएँ, चरित्र, अनुभव वग़ैरह सब उपन्यास की दिशा में दौड़ने लगते; जबकि मैं कहानी लिखने के रास्ते पर था। इस चक्कर में न उपन्यास बन पाता न कहानी। अंततः मैंने निर्णय लिया कि लेखक को सृजन के साथ तानाशाही नहीं करनी चाहिए, सहज ढंग से जो विधा अभिव्यक्ति के लिए आकार ले रही है उसे गले लगाकर स्वीकार करो। अगर उपन्यास बन रहा है तो उसे ही लिखो। कहानी विश्राम अथवा विराम जो भी चाहती है उसे दो।

दूसरा कारण यह रहा कि मेरे कहानी संग्रह भिन्न-भिन्न प्रकाशन गृहों से छपे हैं। अतः पाठकों की तरफ से, उन्हें प्राप्त करने में कभी कभी किंचित असुविधा होने की बात कही गई। *सम्पूर्ण कहानियाँ* के बाद इस कठिनाई से छुटकारा मिलेगा। यहाँ बताना उचित ही होगा, इस पुस्तक में 'हत्यारा पाठ' जैसी कहानी भी है जो अभी तक किसी

कहानी संग्रह में शामिल नहीं थी। इसी प्रकार *शृंखला* कहानी *प्रतिनिधि कहानियाँ* जैसे संकलनों में तो मिलेगी किन्तु वह मेरे चारों कहानी संग्रहों *आदमी नहीं टूटता, मुक्ति, शापग्रस्त, अँधेरा* में से किसी में सम्मिलित नहीं है; वह भी यहाँ उपलब्ध है।

लेखन की दुनिया में कहानी मेरा पहला प्यार रहा है। सोलह साल की उम्र में मैं इसके प्यार में पड़ गया था। इसके लिए दीवानगी इतनी बेपनाह थी कि विद्यालय में मैं होनहार छात्र से फिसड्डी में बदल गया। ज़ाहिर है, इश्क़ प्रियतम से हो अथवा कहानी से, अगर वह कच्ची उम्र का होगा तो उसमें थोड़ी अपरिपक्वता रहेगी ही। मेरी उस दौर की कहानियाँ जो प्रारम्भिक कहानियाँ हैं उनमें भी एक अपरिपक्वता देखी जा सकती है। बाद में जब लेखक के रूप में कमोबेश प्रतिष्ठा मिल गई तो प्राय: मैं अपने प्यार के उन कच्चे क़िस्सों को छिपाने का जतन करता रहा। सहूलियत भी थी, पहला कहानी संग्रह अनुपलब्ध था और पुनः उसे मैं छपा नहीं रहा था। लेकिन इसमें दिक़्क़त तब पैदा हुई जब शोध करने वाले छात्रों ने कहा कि उनका शोध अधूरा रहेगा यदि उन्होंने उन कहानियों को अपने अध्ययन में शरीक नहीं किया। इस दबाव ने पहले कहानी संग्रह *आदमी नहीं टूटता* का नया संस्करण मुमकिन किया। वे कहानियाँ, बाद की अन्य कहानियों के साथ यहाँ मिलेंगी; एक अल्बम की तरह जिसमें बचपन, युवा, प्रौढ़ हर दौर की तस्वीरें मौज़ूद रहती हैं। मैंने कहानियों के अंत में उनका प्रकाशन वर्ष भी देने की कोशिश की है लेकिन कुछ का प्रकाशन वर्ष प्राप्त नहीं हो सका, याद भी नहीं आ रहा किन्तु उन्हें उनके लिखे जाने, छपने के क्रम के मुताबिक़ रखा गया है। हाँ यह अवश्य है कि इस मामले में पहिया ज़रा उल्टा घूमा है—कहानियाँ 'आदि से अंत' के रिवाज से नहीं, सबसे बाद की कहानी से पहली कहानी के क्रम में दी गई हैं। इसके पीछे मंशा यह है कि इनसे गुज़रते समय वर्तमान से अतीत की यात्रा हो। आज से लेकर प्रस्थान तक का जायज़ा लिया जा सके। ख़ैर बात इश्क़ की चल रही थी तो उस सन्दर्भ में मुद्दे की बात यही है कि यह पक्का इश्क़ है; मैं किसी भी विधा में लिखूँ, किसी भी मंच पर रहूँ, कहानी से धोखा नहीं कर सकता; वह हमेशा मुझसे बावस्ता रहती है। मेरा यह इश्क़ ऐसा फ़साना है जिसमें बर्बादी ही नहीं प्राप्य भी है। इनका रचनाकार होने की वजह से जो बेइंतिहा लगाव, लोकप्रियता, दुलार, सम्मान और गाम्भीर्य पाठकों लेखकों आलोचकों द्वारा मुझको मिला वह मेरे लिए अप्रतिम और अमिट थाती है।

फ़िलहाल *सम्पूर्ण कहानियाँ,* यानी मेरा समूचा कहानी लेखन इस एक किताब के रूप में, प्रस्तुत है; तो इस अवसर पर मैं उन सभी के प्रति कृतज्ञता का अनुभव कर रहा हूँ जिनके बग़ैर मेरा क़िस्सागो बनना मुमकिन नहीं था। उनके नाम ले सकना मुश्किल काम है क्योंकि वे अनगिनत हैं। उनको मिलाकर एक वृहद् संसार बनता है जिनमें अनेक पूर्वज लेखक, समकालीन एवं युवा रचनाकार मित्र और साथ में तमाम सारे साधारण और गुमनाम लोग भी शरीक हैं। मैं अपने गाँव मलिकपुर, क़स्बा कादीपुर, नगर सुल्तानपुर, इलाहाबाद, लखनऊ के भूगोल का ऋणी हूँ जिनके सूत कपास से मेरी कहानियों का और स्वयं मेरा भी तानाबाना तैयार हुआ है। इन जगहों की मिट्टी, इनके परिवेश, इनके निवासियों को आभार। राजकमल प्रकाशन समूह के प्रबन्ध निदेशक अशोक महेश्वरी जी ने सदैव मेरे अनुरोध, मेरी इच्छाओं को मान दिया है मगर मैंने उनको कभी शुक्रिया नहीं कहा क्योंकि वह मेरी अधिकतर कृतियों के प्रकाशक होने के साथ मेरे अभिन्न मित्र भी हैं और मैत्री में औपचारिकता ग़ैरज़रूरी तत्व है किन्तु इस बार उनको भी शुक्रिया।

—अखिलेश

शृंखला

बाबा धोती, कुर्ता और बन्द गले का चित्तीदार कोट पहने थे। वह सुनिधि के दफ़्तर के भव्य सोफ़ा में सहमे हुए धँसे थे। सुनिधि उनके नज़दीक आई। उसे वह कुछ पहचाने हुए लगे, "किससे मिलना चाहते हैं आप?"

"सुनिधि से।"

"मैं हूँ बताइए।"

वह खड़े हो गए। चौकन्नेपन के साथ चारों ओर देखकर फुसफुसाए, "मैं रतन का बाबा हूँ।"

"आप!" वह अर्से बाद इतना हैरान हो रही थी। लगभग चिल्ला पड़ी, "कहाँ है रतन?"

"आहिस्ता बोलो बेटी।" उन्होंने लगभग सुनिधि के कान में कहा, "रतन ने तुमको बुलाया है।"

इमारत से बाहर निकलकर बाबा बोले, "वह बड़ी मुसीबत में है।"

सुनिधि चुप रही। वह अपनी कार पार्किंग से बाहर निकाल रही थी। जब कार आराम से सड़क पर चलने लगी तो बाबा ने बहुत उदासी से कहा, "उसकी क़िस्मत ही मुख़ालिफ़ है। आँखें जनम से ख़राब, थोड़ा बड़ा हुआ–एक्सीडेंट में माँ-बाप, भाई, बहन मर गए। और अब यह नई मुसीबत। लेकिन बिटिया वह बहुत भला लड़का है। पढ़ने में भी बहुत तेज़ था, हमेशा पढ़ाई में अव्वल आता था...।"

"पता है बाबा, मैं उसके साथ पढ़ी हूँ। बचपन में, और बड़ी होकर भी।"

"बचपन में?" बाबा चकित हुए।

"हाँ मैं आपके पड़ोस में रहती थी, महेश चन्द्र अग्रवाल की बेटी टीना।"

"अरे तुम टीना हो।" बाबा के होंठ ज़रा सा मुस्कराकर फड़के, "मैं तुझे पहचान नहीं पाया।"

"बड़ी हो गई हूँ। उम्र फ़र्क़ ला देती है बाबा। वैसे मैं भी आपको कहाँ पहचान सकी, जबकि आप अधिक नहीं बदले हैं।"

"झूठ मत बोलो टीना बिटिया, मैं जानता हूँ, मैं काफ़ी बूढ़ा हो गया हूँ। मुझे अब तक भगवान के घर चले जाना चाहिए था लेकिन वह बुलाता नहीं मुझे। पहले सोचता था कि ऊपर वाला मेरा टिकट इसलिए नहीं भेज रहा है कि मैं रतन का ब्याह देखूँ।

उसकी ब्याहता को मुँहदिखाई दूँ और उसके बच्चे खिला सकूँ लेकिन अब लग रहा है मैं काफ़ी बुरे दिन देखने के लिए ज़िन्दा हूँ।"

आँख की बीमारी पैदाइशी थी।

सुनिधि और वह बचपन में प्रतापगढ़ के एक ही मुहल्ले में पड़ोसी थे। वह अपने बाबा के साथ रहता था। सारे बच्चे उसे कौतुक, दया, डर और प्यार से देखा करते थे। क्योंकि सभी को मालूम था कि वह एक ऐसा बच्चा है जिसके माँ, बाप, भाई, बहन सड़क दुर्घटना में मारे जा चुके थे। आँखों की बीमारी ने उसे बचाया था, वर्ना वह भी मारा जाता। उस रोज़ प्रतापगढ़ में मद्रास के प्रसिद्ध शंकर नेत्र चिकित्सालय के कोई डॉक्टर आए थे इसलिए वह बाबा के पास रह गया था। मद्रास के डॉक्टर ने जाँच पड़ताल के बाद कहा था : "इसकी आँखें कभी ठीक नहीं होंगी। चश्मा लगाकर भी यह उतना ही देखेगा जितना बग़ैर चश्मे के। हाँ इलाज से यह फ़ायदा होगा कि इतनी रोशनी आगे भी बनी रहेगी और यह अंधा होने से बच जाएगा।" लौटते वक़्त बाबा उसे अपनी छाती से चिपकाए रहे। रास्ते में उन्होंने उसके लिए रसगुल्ले ख़रीदे थे।

वह रसगुल्ले खा रहा था तभी घर के लोगों की मौत की ख़बर आई थी। बाबा ने उसके हाथ से रसगुल्लों का कुल्हड़ छीनकर फेंक दिया था। बाबा ने पहली और आख़िरी बार उसके हाथ से कुछ छीना था। इसके बाद हमेशा उन्होंने उसे कुछ न कुछ दिया ही था। वह उसके लिए खिलौने ख़रीदने में समर्थ नहीं थे, तो ख़ुद अपने हाथ से खिलौने बनाकर देते थे। उनकी हस्तकला से निर्मित मिट्टी और दफ़्ती की अनेक मोटरों, जानवरों, वस्तुओं ने बचपन में रतन कुमार का मन लगाया था। बाबा उसे खाना बनाकर खिलाते थे और ज़ायका बदलने के लिए मौसमी फल तोड़कर, बीनकर लाते थे। वह पोते के स्वाद के लिए प्राय: आम, जामुन, चिलबिल, अमरूद और करौंदे के वृक्षों तले भटकते थे। उन्होंने पोते के लिए फटे कपड़ों की सिलाई करना और उन पर पैबन्द लगाना सीखा। इतना ही नहीं उन्होंने अपने हाथों से लकड़ी गढ़कर रतन कुमार को बल्ला, हॉकी और तोते दिए थे।

लेकिन इस बच्चे को हर तरह से ख़ुश करने की कोशिश के बावज़ूद उसे लगातार यह सबक भी सिखाते रहे कि वह ख़ूब मन लगाकर पढ़े। पढ़ाई ही उसकी दुश्वारियों का तारणहार बनेगी, यह बात बाबा ने उसके दिमाग़ में शुरुआती दौर में बैठा दी थी। नतीजा यह था कि किताबें उसे प्रिय लगने लगी थीं। छपे हुए शब्द उसको ज्ञान और मनोरंजन दोनों देते थे।

उसे किताबें चेहरे के काफ़ी नज़दीक रखकर पढ़नी पढ़ती थीं, हालाँकि पढ़ने में उसको तकलीफ़ होती थी। शायद इस तकलीफ़ को कम करने के लिए उसकी याद्दाश्त विलक्षण हो गई थी या हो सकता है क़ुदरत ने कोई चमत्कार किया था : वह जो भी पढ़ता सुनता तुरन्त याद हो जाता था। इसलिए इम्तिहानों में वह हमेशा टॉप करता था। लोग उसकी स्मरणशक्ति से इतना हत्प्रभ और भयभीत रहते कि

प्रचलित हो गया था, उसको एक साधू का वरदान प्राप्त है, कोई किताब छूते ही उसके माथे में छप जाती है।

फिर भी वह बुझा-बुझा रहता था, जैसे कोई बात, कोई बुरा सपना सताता रहता हो। दरअसल उसे वहम था कि अपने परिवार वालों की तरह उसकी और बाबा की मौत सड़क हादसे में होगी। हालत यह थी कि बाबा घर से निकलकर कहीं जाते तो वह तब तक थर-थर काँपता था जब तक वह लौटकर वापस नहीं आ जाते थे। ख़ुद भी सड़क पार करते उसके टखने काँपते थे। पर इस अंधविश्वास ने दूसरी तरफ़ उसे ऐसा निडर बना डाला था कि वह बड़ी से बड़ी विपत्ति में कूद पड़ता था। यूनिवर्सिटी में पढ़ाई के दिनों में वह एक कुख्यात गुंडे से भिड़ गया। गुंडे ने उसके मस्तक पर तमंचा रखा लेकिन ख़ौफ़ज़दा होने के बजाय उसने गुंडे को कई झापड़ मारे। इसकी व्याख्या यह हुई कि आँखें कमज़ोर होने की वजह से उसे तमंचा दिखाई नहीं पड़ा था। प्रतापगढ़ से उसके साथ आई सुनिधि ने उससे पूछा था, "तुम्हें डर नहीं लगा।" उसका जवाब था, "क्यों डरता! मुझे पता है, मेरी मौत तमंचे से नहीं एक्सीडेंट से होगी।"

अजीब बात थी, उसे सड़क दुर्घटना की हमेशा चिन्ता रहती थी लेकिन अपनी दृष्टिबाधा को लेकर वह कभी परेशान नहीं दिखता था। बाद में ऐसा हुआ कि वह वास्तविकता से भी ज़्यादा दृष्टिमंदता को कुछ बढ़ा चढ़ा कर प्रचारित करने लगा। नज़दीक से ही सही, नन्हे अक्षरों को पढ़ लेने वाला वह कभी कभार सामने वाले को पहिचानने से इनकार कर देता अथवा ग़लत नाम से पुकारता। यह हरकत लड़कियों को विशेष रूप से आहत करती थी। वह छरहरी रूपयौवना को किसी अध्यापिका के रूप में सम्बोधित करता तो वह ख़फ़ा हो जाती थी। दिल्ली के करोलबाग़ की एक प्रसिद्ध दुकान से मँगाए गए दुपट्टे पहने लड़की से उसने कहा, "लड़कियों में यह अगोंछा पहनने का फ़ैशन अभी शुरू हुआ है?" लेकिन वह इतना मेधावी था, नाक-नक्श से आकर्षक था और वक्तृता उसकी ऐसी पुरज़ोर थी कि लड़कियाँ पलटकर उसे जली कटी नहीं सुनाती थीं। उलटे इस वजह से उसकी ओर अधिक खिंचने लगती थीं। वे अकसर अपने को दिखा पाने के लिए उसके काफ़ी पास खड़ी हो जातीं, तब वह यह कहकर आहत कर देता था, "इतनी दूर खड़ी होने के कारण मुझको ठीक से दिखाई नहीं दे रही हो।" वे उदास हो जाती थीं। और तब शर्मशार हो जातीं जब उनकी सुडौल उँगलियों की नेलपालिश देखकर वह कहता, "पेन लीक कर रही थी क्या जो उँगलियों में इतनी इंक पुती है।" एक लड़की की भाभी उसके लिए फ्रांस से लिपस्टिक लाई थी जिसकी लाली उसके होंठों पर देखकर उसकी टिप्पणी थी : "वैदेही पान मत खाया करो, दाँत ख़राब हो जाएँगे।" ये सब देखकर लड़कों ने उसके विषय में घोषणा की : "रतन कुमार एक नम्बर का पहुँचा हुआ सिटियाबाज़ है और लड़की पटाने की उसकी ये स्टाइल है।" लेकिन जब इन्हीं में एक की शर्ट में पेन देखकर उसने कहा, "तुम कंघी ऊपर की जेब में क्यों रखते हो,

तुम्हारी पतलून में हिप पाकेट नहीं है?" तो लड़कों को भरोसा होने लगा कि रतन कुमार वाक़ई में कम देखता है। इस ख़याल में इज़ाफ़ा एक दिन कैंटीन में हुआ। उसने समोसा चटनी में डुबोने के लिए हाथ नीचे किया तो वह प्लेट की जगह मेज़ पर जा गिरा था।

उस वक़्त सुनिधि भी कैंटीन में बैठी हुई चाय पी रही थी। रतन कुमार की विफलता देखकर उसे दया आई और फ़िक्र हुई कि रतन की आँखें अब ज़्यादा ख़राब हो गई हैं। उसने सोचा, इस बेचारे की नैया कैसे पार लगेगी? इसकी हालत यह है और इस संसार में इसका एक बाबा के सिवा कोई है भी नहीं जो अब बूढ़े हो गए हैं। उनके बाद कौन इसका ख़याल रखेगा? उसने ख़ुद से कहा, "मैं! मैं उसके बचपन की सखी, मैं इसका ख़याल रखूँगी।" उसे रतन पर बेपनाह अनुराग उमड़ा था और उसी पल से वह यूनिवर्सिटी में ज़्यादा वक़्त उसके संग रहने लगी थी। साथ रहते हुए, वह अपने भीतर ख़ुशी, भरापन और सुकून महसूस करती थी। बस एक कमी उसको सालती थी कि क्या रतन कुमार उसे ठीक से पहिचानता भी है। घुटन उसमें इस रूप में प्रकट होती, "क्या सैकड़ों के बीच वह मुझे पहचान सकेगा और कहेगा कि यह मैं हूँ।" सम्भावित जवाब उसे निराशा में डाल देता, "मेरी त्वचा का रंग, मेरी गढ़न, मेरे शरीर की हलचल को वह कभी नहीं देख सकेगा।" अजीब बात थी, वह जितना ही अधिक इस कमी के बारे में विचार करती उतना ही अधिक रतन के प्रति लगाव महसूस करने लगती। जब उसे याद आता कि रतन की इस बीमारी का कोई इलाज नहीं है तब शायद उसका रतन के प्रति लगाव अपने उत्कर्ष पर होता लेकिन वह यह सोचकर परेशान हो जाती कि कहीं इसकी आँखें पहले से भी ज़्यादा ख़राब न हो गई हों। यदि वह एक दिन पूरी तरह अंधा हो गया तब? और आश्चर्यजनक रूप से ऐसी मन: स्थिति में उसके भीतर रतन कुमार के लिए प्यार क़तई बढ़ता और उमड़ता नहीं था। वह अथाह ख़ौफ़ से थर्रा उठती थी और रतन एवं स्वयं से छिटक कर दूर जा गिरती थी। फिर वह धीरे-धीरे यह ख़याल करके अपने को सामान्य बनाती कि ऐसा नहीं होगा। उसकी नेत्र ज्योति बेहतर नहीं हुई होगी तो बदतर भी नहीं होगी। एक दिन लायब्रेरी के पास उसने पूछा, "रतन पहले की बनिस्पत अब कैसा दिखता है?"

"बेहतर।" रतन ने बताया।

"क्या किसी नए डॉक्टर को दिखाया था।" वह उत्साहित हुई थी।

"डॉक्टर ने कहा था : 'तुम्हारी ज्योति तुम्हारे पास नहीं है इसलिए कम देखते हो।' अब मेरी ज्योति मेरे पास है।" उसने सुनिधि की हथेली को छुआ, "अब तुम मेरे पास हो, मुझे सब दिखता है।"

"मतलब?" सुनिधि आधी भौंचक्की आधी परम ख़ुश थी।

"मतलब यह कि तुम्हारे टॉप की नीली बटनें वाक़ई ख़ूबसूरत हैं।"

वह चौंक पड़ी थी।

और जब एक रेस्ट्राँ के हल्के उजाले में उसने कहा, "तुमने अपनी भौहें ठीक

कराई हैं, अच्छी लग रही हैं।" तब वह और ज़्यादा चौंक पड़ी थी। मगर अड़तालीस घंटे बाद वह एक सिनेमाहाल की सीढ़ियाँ ठीक से न देख सकने के कारण गिर पड़ा था। उसे टिटनेस का इंजेक्शन लगवाकर और मरहमपट्टी कराने के बाद सुनिधि ने पूछा, "तुम्हें सीढ़ियाँ नहीं दिखतीं पर मेरी भौहें दिखती हैं, माजरा क्या है?"

"माजरा यह है कि मैं तुम्हारी भौंहें देखने में मसरूफ़ था, इसलिए सीढ़ियाँ न देख सका।" ऐसा वाक्य कह चुकने के बाद क़ायदन उसे मुस्कराना चाहिए था लेकिन वह बहुत शांत हो गया था। उसमें बहुत अवसाद, सच्चाई, उदात्तता और ख़ामोशी उतर आई थी। ऐसा लग रहा था, उसकी बीमार आँखें छलक आएँगी, "वाक़ई मुझे ठीक से दिखाई नहीं देता है। बात बस इतनी है कि मैं दो सीढ़ियों के बीच की जगह को भाँप नहीं पाया और गिर पड़ा।" वह रुका, जैसे कुछ ख़ास बताने या छुपाने की तैयारी कर रहा हो। उसने एक लम्बी साँस ली, गोया कोई दास्तान सुनाने जा रहा हो। वह बोला, "तुम मेरी बात का यक़ीन नहीं करोगी, लेकिन सच यह है कि मेरे साथ ऐसा होता है...ऐसा होता है मुझमें कि मैं कभी-कभी एकदम बहुत साफ़ देखने लगता हूँ। जैसे मेरी आँखों की बिगड़ी हुई रोशनी इकट्ठा होकर वापस आ गई हो और तब मैं बहुत छोटी-छोटी बारीक चीज़ें भी देखने लगता हूँ। लेकिन ऐसा बहुत कम होता है। तभी जब मैं ग़ुस्सा, प्यार, नफ़रत या किसी दूसरे जज़्बात से लबालब भरा होता हूँ। मेरी बात का भरोसा करो, तब मैं सूई में तागा तक डाल सकता हूँ। खोई हुई राई का दाना ढूँढ़ सकता हूँ। और इधर ऐसा हो रहा है क्योंकि तुम्हें देखकर मुझमें भावनाओं का समंदर उमड़ा है। मैं तुम्हें प्यार करता हूँ सुनिधि।"

सुनिधि हँसी, उसे उसकी बात पर रत्ती भर ऐतबार नहीं हुआ। उसने यही नतीजा निकाला था कि इसने बड़ी होशियारी से इस मौक़े को अपने प्रेम की अभिव्यक्ति के अवसर के रूप में इस्तेमाल कर लिया। यह ढंग उसे पसन्द आया था इसलिए वह हँसी थी मोहक तरीक़े से। अगले ही क्षण वह चुप हो गई थी जैसे एक युग के लिए मौन अख़्तियार कर लिया हो। और दुबारा हँस पड़ी थी जैसे एक युग के बाद हँसी हो।

लेकिन उसने झूठ नहीं कहा था, यह यूनिवर्सिटी छोड़ने के दो बरस बाद साबित हुआ था : दीपावली की अमावस्या वाली रात थी। सुनिधि के बेडरूम की लाइटें बुझी हुई थीं। सिर्फ़ एक मेज़ पर सात मिट्टी के दीप जल रहे थे। हर दीये की तेल में डूबी बाती का एक सिरा टिमटिमा रहा था। इस तरह सात टिमटिम रोशनियाँ कमरे में काँप रही थीं। कमरे में मद्धिम-झीनी सी रोशनी थी। जैसे उनींदेपन में प्रकाश धीमे-धीमे साँस ले रहा हो। उन दीयों की रोशनी में सुनिधि के वक्ष भी जल रहे थे। सुनिधि की नग्न लम्बी पीठ पर उसने धीमे से दाईं हथेली रखी, "पीठ भी जल रही है।"

"क्या बहुत गर्म?" सुनिधि ने पूछा

"हाँ।"

"क्या वाक़ई?"

"हाँ। और तुम्हारी देह से प्रकाश भी झर रहा है।"

"और क्या?"

"और जैसे आतिशबाज़ी हो रही हो।" उसने कहा था और सुनिधि के दोनों वक्षों के मध्य चूमा था, "यहाँ तिल है तुम्हारे।"

उसने तिल देखा था सुनिधि की गरदन के बाईं तरफ़ भी जहाँ केशों का इलाक़ा ख़त्म होता था। उसने तिल देखा था नितम्ब पर और स्कंध पर और नाभि के थोड़ा ऊपर।

सुनिधि ख़ौफ़, हर्ष, अचम्भा और उन्माद से सिहर उठी थी कि सात दीयों के नीम उजाले में वह उसके सूक्ष्मतम कायिक चिह्नों की शिनाख़्त कर पा रहा है।

उस रात सात दीपक रात भर जलते रहे थे और वे दोनों रात भर जगते रहे थे। इसे यूँ भी कहा जा सकता है : सात दीये रात भर जगते रहे दो लोग रात भर जलते रहे।

वे उन दोनों के सबसे हँसमुख दिन थे। सुनिधि बड़ी पगार पर एक कम्पनी में काम कर रही थी। वह भी विश्वविद्यालय में लेक्चरर हो गया था। कहते हैं कि इंटरव्यू के लिए बनी विशेषज्ञों की चयन समिति का एक सदस्य घनघोर पढ़ाकू था, जिसके बारे में चर्चा थी कि साक्षात्कार के समय प्रत्याशी के जाने और दूसरे के आने के अन्तराल में वह किताब पढ़ने लगता था। यहाँ तक कि जब उसे प्रश्न नहीं पूछना रहता था तो वह पढ़ने लगता था। इस अध्ययनशील बौद्धिक की भृकुटि रतन कुमार को देखकर टेढ़ी हो गई थी। वह टेढ़ी भृकुटि के साथ ही बोला था, "एक अध्यापक को जीवन भर पढ़ना होता है, आप इन आँखों के साथ कैसे पढ़ेंगे?" यह कहकर उसने पढ़ने के लिए अपनी किताब हाथ में ले ली थी। वह पृष्ठ खोलने जा रहा था कि उसे रतन कुमार की आवाज़ सुनाई पड़ी, "पढ़ने के लिए अपनी आँखों और किताब को कष्ट क्यों दे रहे हैं, मैं ज़बानी सुना देता हूँ।" रतन कुमार ने आँखें मूद लीं और उस किताब को अक्षरश: बोलने लगा था। अर्द्धविराम, पूर्णविराम के साथ उसने पुस्तक का एक अध्याय सुना दिया था। इस क़िस्से में अतिरंजना का पर्याप्त हिस्सा होना निश्चित लगता है लेकिन यह तय है कि कमोबेश कुछ करिश्मा हुआ था, क्योंकि रतन कुमार को सिफ़ारिश और जातिगत समीकरण के बग़ैर चुन लिया गया था।

नौकरी पा जाने के बाद वह बाबा को अपने पास रखने के लिए लाने प्रतापगढ़ गया था पर अकेला ही लौटा था, बाबा कहीं जाने के लिए तैयार नहीं थे। उनकी दलील थी, "इनसान जहाँ ज़िन्दा रहे उसे वहीं मौत चुनना चाहिए। मैं यहीं प्रतापगढ़ में मरूँगा।"

"इनसान केवल ज़िन्दगी चुनता है बाबा। मौत अपनी जगह और तरीक़ा ख़ुद तय करती है।" उसने बाबा से जिरह की।

"इनसान के हाथ में कुछ नहीं है न मौत के हाथ में। सब ऊपरवाले की मर्ज़ी है। बस ये समझ कि उसकी मर्ज़ी है कि तेरा बाबा प्रतापगढ़ में रहे।" बाबा ने एक तरह से इस प्रसंग को यहीं ख़त्म कर दिया था।

वह ख़ाली हाथ वापस आकर अपने अध्यापक जीवन में विधिवत दाख़िल हो गया था। उसकी बाक़ी मुरादें पूरी हो रही थीं। वह अपने बचपन को याद करता था जब उसकी आँखों को देखते ही बाबा की आँखों में अँधेरा छा जाता था जो धीरे-धीरे चेहरे पर इतना उतर आता कि चेहरा स्याह पड़ जाता था। उन दिनों लड़के उसकी आँखों का मज़ाक़ बनाते और बड़े उसके बंजर भविष्य को लेकर कोहराम मचाते थे। उसे ख़ुद यही लगता था कि उसका जीवन काँटों की सेज है लेकिन अब वह काफ़ी ख़ुशनसीब नौजवान था। उसके पास पसन्दीदा नौकरी थी और सुनिधि के रूप में अद्वितीय हमजोली।

वह हर शाम सुनिधि के फ़्लैट की तरफ़ चला जाता। वहाँ जाने का उसमें इतना उतावलापन रहता कि वह सुनिधि को फ़ोन करके उसके होने न होने की दरियाफ़्त तक नहीं करता था। इसलिए कई बार वहाँ जाने पर सुनिधि के फ़्लैट में ताला पड़ा मिलता। तब वह उसके आने तक वहीं इर्द-गिर्द सैर करने लगता था। सुनिधि ने उसे इस स्थिति में कई बार देखा था। एक बार उसने कहा, "तुम आने के पहले फ़ोन कर लिया करो तो इस तरह इन्तज़ार नहीं करना पड़ेगा।"

"मुझे तुम्हारा मिलन पसन्द है और तुम्हारा इन्तज़ार भी। मैं तुम्हारी ग़ैरहाज़िरी में भी तुमसे मुलाक़ात करता हूँ और एक संत की तरह बेख़ुदी में चला जाता हूँ। तुम्हारे फ़्लैट के बाहर टहलते हुए मैं कई बार इसी तरह संत बना हूँ।"

"तुम्हारा संत बनना बढ़िया बात है।" सुनिधि ने अपने फ़्लैट के लॉक की डुप्लीकेट चाबी उसको दी, "इसे अपने पास रखो। आइन्दा से मेरे घर के बाहर नहीं भीतर आराम से संत बनना।"

उसने चाबी पाकेट में रखते हुए कहा था, "घर के अन्दर मैं संत नहीं शैतान बनना चाहूँगा।" उसकी बात पर सुनिधि ने बनावटी ग़ुस्सा दिखाया जिस पर वह बनावटी ढंग से डर गया था।

पर उस फ़्लैट के लॉक को खोलना भी मुश्किल काम था। उसकी कमज़ोर आँखें लॉक के छिद्र को ठीक से देख नहीं पाती थीं। वह अन्दाज़े से चाबी यहाँ वहाँ कहीं रखता और आख़िरकार एक बार दरवाज़ा खुल जाता था।

वह जाड़े की शाम थी। तूफ़ानी ठंड पड़ रही थी। हिमाचल में बर्फ़बारी हुई थी, जिससे उत्तर प्रदेश भी सर्द हवाओं से भर उठा था। आज उसके पास कई थैले थे जिन्हें दीवार पर टिकाकर वह लॉक खोल रहा था। किन्तु उसकी उँगलियाँ ठंड से इतनी सिकुड़ गई थीं कि वह चाबी ठीक से पकड़ नहीं पा रहा था।

तभी सुनिधि आ गई थी और दरवाज़ा खोलकर दोनों भीतर पहुँचे। सुनिधि ने सबसे पहला काम यह किया कि चाय के लिए पानी उबालने लगी। कुछ क्षणों के बाद दोनों के हाथ में चाय के गिलास थे। चाय के गर्म घूँट से कुछ राहत पाकर सुनिधि ने आँखें इधर-उधर फेरकर पूछा, "आज बड़े थैले हैं तुम्हारे पास।"

"देखो ज़रा इनमें क्या है!" उसने दिखाया—तरह तरह की खाने की वस्तुएँ थीं

और एक थैले में ख़ूबसूरत नया स्वेटर था, "ये सब तुम्हारे लिए।"

"बड़े ख़ुश हो।"

"हाँ आज पहली बार वेतन मिला है। सोने में सुहागा यह कि एक और अच्छी बात हुई है।"

"इतनी देर क्यों लगा रहे हो बताने में?"

"बात यह है कि तुम जानती ही हो, मैं अख़बारों के लिए कभी-कभी लिखता रहा हूँ। आज सुबह जब मैं यूनिवर्सिटी के लिए निकल रहा था तभी 'जनादेश' के सम्पादक का फ़ोन आया मेरे पास। वह कह रहा था कि मैं उसके अख़बार के लिए नियमित कॉलम लिखूँ। मैंने अपने कॉलम का नाम भी तय कर दिया है 'अप्रिय'।"

"हमेशा प्रिय बोलने वाला रतन कुमार तू अप्रिय कैसे लिखेगा रे?" सुनिधि हँसी, उठकर आलमारी तक गई, लौटते समय उसके पास रेड वाइन की एक बॉटल थी, "ये ख़ुशी चाय नहीं मदिरा से सेलिब्रेट की जाएगी मेरे कालमिस्ट।"

"शब्दों के शार्ट फार्म (लघु रूप) दरअसल सत्य को छुपाने और उसे वर्चस्वशाली लोगों तक सीमित रखने के उपाय होते हैं। अगर तुम सत्ता से लड़ना चाहते हो तो उसकी प्रभुता सम्पन्न संस्थाओं और व्यक्तियों को उनके पूरे नाम से पुकारो।"

रतन कुमार के स्तम्भ 'अप्रिय' की पहली क़िस्त से साभार

स्वयं रतन कुमार को अन्दाज़ा नहीं था कि उसका स्तम्भ 'अप्रिय' इतना लोकप्रिय हो जाएगा। वह न पेशेवर पत्रकार था न राजनीतिक विश्लेषक लेकिन 'अप्रिय' ने पत्रकारिता, राजनीति, समाज में इतनी जल्दी जो ध्यानाकर्षण और शोहरत हासिल किया, वह बेमिसाल था। उसकी लोकप्रियता का आकलन इससे भी किया जा सकता है कि बांग्ला, उर्दू और गुजराती के अख़बारों ने इसे अपने-अपने अख़बार में छापने के लिए जनादेश के सम्पादक से अनुमति माँगी थी। जबकि इसी प्रदेश के एक अंग्रेज़ी अख़बार का रतन कुमार से अनुरोध था कि वह जनादेश के बदले उसके अख़बार में लिखे।

'अप्रिय' की अभी तक की दस क़िस्तों ने रतन कुमार को एक नामचीन शख़्सियत बना दिया था। ये दसों क़िस्तें वस्तुत: एक लेखमाला की तरह थीं जो शब्दों के लघुरूप और कूट संरचनाओं (कोड) पर आधारित थीं। उसने प्रारम्भ में ही आज के अख़बारी फ़ैशन के विपरीत राजनीतिक दलों को उनके पूरे नाम से पुकारा था। उसे भाजपा, सपा, बसपा, माकपा, आदि को उस तरह नहीं पूरे नाम से लिखा था। इसका कारण बताते हुए उसने कहा : "किसी राजनीतिक दल का पूरा नाम एक प्रकार से उसका मुख़्तसर घोषणापत्र होता है। उनके नाम के मूल और समग्र रूप में उनका इतिहास, उनके विचार सरोकार और जनता को दिखाए गए सपने शामिल रहते हैं।" उसने अपने मत को स्पष्ट करने के लिए माकपा का ज़िक्र किया था। उसने लिखा था : "माकपा का मूल नाम भारतीय कम्युनिस्ट पार्टी (मार्क्सवादी) है। इस संज्ञा से पता

चलता है कि इसका निर्माण कम्यूनिज्म, मार्क्सवाद, क्रान्ति और सामाजिक परिवर्तन के सरोकारों के तहत हुआ था। आप सभी को मालूम है कि तमाम की तरह यह पार्टी भी आज इन सब पर क़ायम नहीं है। इसलिए 'माकपा' उसके लिए एक रक्षाकवच है। यह सम्बोधन अपने उद्देश्यों से इस पार्टी के फिसलन को ढकता है और ऐसे भ्रम की रचना करता है कि साम्यवाद और सर्वहारा कभी इसकी बुनियादी प्रतिज्ञा थे ही नहीं। यही बात अपने नाम का संक्षिप्तीकरण करने वाले अन्य राजनीतिक दलों पर भी लागू होती है।" इसे उसने कुछ दूसरे उदाहरणों से प्रमाणित भी किया था।

अगले दिन कुछ पाठकों ने काट करते हुए प्रतिक्रिया दी थी : आप दूर की हाँक रहे हैं। शार्ट फार्म महज वक़्त और जगह की किफ़ायत करने के इरादे से प्रचलन में लाए गए हैं। इस पर उसने अगली क़िस्त में उत्तर दिया था : "फिर मुलायम सिंह यादव को मुसिया, नरेन्द्र मोदी को नमो, सोनिया गांधी को सोगां और नारायण दत्त तिवारी को नादति क्यों नहीं लिखा जाता।" उसने इन नामों को इस प्रकार नहीं लिखा था किन्तु उसने अपने स्तम्भ में लोगों की जाति हटा दी थी। अत: यहाँ पर अटल बिहारी वाजपेयी अटल बिहारी हो गए थे और शरद यादव सिर्फ़ शरद। उसने कई बाहुबली नेताओं को भी उनकी जाति से बेदख़ल कर दिया था। नतीजा यह हुआ कि बबलू श्रीवास्तव सिमटकर बबलू हो गए, धनंजय सिंह धनंजय, अखिलेश सिंह अखिलेश बनकर रह गए।

नतीजा यह निकला : सम्पादक को अनगिनत मेल और फ़ोन मिले जिनमें अधिसंख्य रतन कुमार की तारीफ़ में थे। कई ने रतन कुमार का मोबाइल नम्बर माँगा था। लेकिन सम्पादक ने किसी को नम्बर नहीं दिया। इसकी एक वजह यह थी कि उसे शक था कि प्रशंसकों में कुछ रतन कुमार के विरोधी हो सकते हैं जिन्हें नम्बर देना रतन कुमार को ख़तरे में डालना था। दूसरा कारण यह था कि रतन कुमार ने सम्पादक को अपना फ़ोन नम्बर देने से रोक रखा था। क्योंकि आँखों के कष्ट के कारण मोबाइल स्क्रीन पर एस.एम.एस देखने पढ़ने में उसे दिक़्क़त होती थी। फिर भी जाने कहाँ से लोगों ने पता कर लिया था और उसे अपने कॉलम पर प्रतिक्रियास्वरूप प्रतिदिन अनगिनत सन्देश मिलते। वह उन्हें पढ़ता नहीं था। शाम को सुनिधि के फ़्लैट पर वह अपना मोबाइल सुनिधि को दे देता था। और कहता था, "तुम पढ़कर सुनाओ।"

ऐसा नहीं कि उन सन्देशों में उसकी शान में क़सीदे ही पढ़े गए होते थे। विरोध की भी आवाज़ें रहतीं। अनेक पार्टियों और नेताओं के समर्थकों ने उसके ख़िलाफ़ राय दी थी। जिसे उन्होंने पत्रों और प्रेस विज्ञप्तियों के मार्फ़त दैनिक जनादेश में भी अभिव्यक्त किया था। इनका मत था कि रतन कुमार उनके नेताओं को अपमानित करने के इरादे से उनके नाम को तोड़-मरोड़ रहा है। उन्होंने तोहमत लगाई थी कि वह इस काम के एवज़ में भारतीय लोकतंत्र की दुश्मन किसी विदेशी एजेन्सी से अनुदान पा रहा है।

अगले सप्ताह कुछ वरिष्ठ अधिकारी भी उससे ख़फ़ा हो गए थे। क्योंकि उसने अपने स्तम्भ में उन अधिकारियों के अविकल नामों की एक सूची प्रस्तुत की थी जो अपने नाम संक्षेप में लिखते थे। इस सूची से उनको कोई असुविधा नहीं हुई जिनके नाम दूसरों ने प्यार से अथवा अपनी सहूलियत के लिए छोटे कर दिए थे। लेकिन जिन्होंने अपनी संज्ञा का नवीनीकरण अपने आप किया था वे रतन कुमार से बहुत नाराज़ थे या उसे पागल, सनकी कहते हुए उस पर हँस रहे थे। रतन कुमार ने सूची में बी.आर. त्रिपाठी को बचई राम त्रिपाठी, जी.डी. शर्मा को गेंदा दत्त शर्मा, पी.एस. अटोरिया को पन्ना लाल अटोरिया लिखा था और कोष्ठक में कहा था : (कृपया इनकी जाति हटा कर इन्हें पढ़ें)। सूची के आख़िर में उसने टिप्पणी की थी : "जो शख़्स अपने नाम को असुन्दर होने के कारण छुपा रहा है वह दरअसल अपने यथार्थ को छुपा रहा है। यही नहीं, वह सौन्दर्यविरोधी कार्रवाई भी कर रहा है क्योंकि उसका नाम रखते वक़्त उसके पिता, माँ, दादी, बाबा आदि के मन में जो ममता और सुन्दरता रही होगी, वह उसका तिरस्कार कर रहा है। यह अनायास नहीं है कि यथार्थ और सौन्दर्य के उपासक प्राय: अपने नामों को संक्षिप्त नहीं करते हैं। रवीन्द्र नाथ टैगौर, कबीर दास, तुलसीदास, यामिनी राय, विवान सुन्दरम, हजारी प्रसाद द्विवेदी, रामचंद्र शुक्ल, हबीब तनवीर, सूर्यकांत त्रिपाठी निराला ने अपने नाम को छोटा करने की जरूरत नहीं महसूस की थी। प्रेमचन्द जैसे उदाहरण ज़रूर हैं जो धनपत राय से प्रेमचन्द बन गए थे किन्तु ध्यान रहे, यह नाम संकीर्ण करने का उदाहरण नहीं है दूसरी बात यह ब्रिटिश हुक़ूमत के दमन से बचने का तरीक़ा था और तीसरी बात धनपत राय के प्रेमचन्द बनने का निर्णय उनका नहीं था बल्कि ज़माना पत्रिका के सम्पादक दया नारायण निगम ने यह काम किया था।"

अभी 'पूरे नाम से पुकारो' विवाद चल ही रहा था कि उसने स्तम्भ की पाँचवीं क़िस्त का प्रारम्भ करते हुए लिखा था : "किसी सत्ता से भिड़ने का सबसे कारगर तरीक़ा है कि उसके समस्त सूत्रों, संकेतों, चिह्नों, व्यवहारों, रहस्यों, बिम्बों को उजागर कर दो। हर सत्ता अपनी हिफ़ाजत के लिए—शोषण और दमन करने की वैधता प्राप्त करने के लिए—समाज में बहुत सारी कूट संरचनाएँ तैयार करती है। ये कूट संरचनाएँ एक प्रकार से पुरानी लोककथा के राक्षस की नाभि हैं जहाँ उसका प्राण बसता है। वक्ष पर आघात करने से, गरदन उतार देने से वह राक्षस नहीं मरता है। वह मरता है नाभि पर मर्मान्तक प्रहार से। इसलिए सत्ता से लड़ना है, उसका शिकार करना है तो उसकी नाभिरूपी ये जो कूट संरचनाएँ हैं उन्हें उजागर करना होगा। खोलकर रख देना होगा। पाठको! हर कोड को डिकोड करो, हर सूत्र की व्याख्या करो, हर गुप्त को प्रकट करो। क्योंकि कूट संरचनाएँ सामाजिक अन्याय और विकृतियों के चंगुल में फँसकर फड़फड़ा रहे सामान्य मनुष्य के सम्मुख लौहयवनिकाएँ होती हैं।"

रतन कुमार इतना चर्चा में आ गया कि व्याख्यान देने के लिए आमंत्रित किया जाने लगा था यहाँ तक कि इलाहाबाद के एक कथा साहित्य के आयोजन में भी

उसे बतौर विशेष वक्ता आमंत्रित किया गया था। वहाँ उसने जो कहा उसका सारांश है : "मित्रो कला को यथार्थ और यथार्थ को कला बना दो। क्योंकि दोनों अकेले रहने पर सत्ता संरचनाएँ होती हैं, इसीलिए संसार के समस्त श्रेष्ठ लेखकों ने यथार्थ को कला बनाया और कला को यथार्थ बनाया। ध्यान में हमेशा रहना चाहिए कि आख्यान यथार्थ का उपनिवेश नहीं है जहाँ यथार्थ स्वयं को लाभकारी और मनमाने ढंग से क़ाबिज़ कर ले। साथ ही आख्यान कला की तानाशाही भी कदापि नहीं है जो अपनी सनकों का भार लादती फिरे और जीवन तथा समाज की आवाज़ों को अनसुना करती रहे।"

वाराणसी के संस्कृत विश्वविद्यालय द्वारा आयोजित एक सेमिनार में उसके उद्गार ने वहाँ कोहराम मचा दिया था। उसने मत व्यक्त किया था : "संस्कृत भी एक कूट संरचना है। इसके समस्त साहित्य और ज्ञान को बोलियों में लिखना इस सत्ता संरचना का विखंडन होगा। संस्कृत के श्लोकों, मंत्रों, कवित्त को अवधी, ब्रज, मागधी, बुंदेलखंडी में बोलो तो उनकी रहस्यमयता, अंहकार, श्रेष्ठता, महात्म्य और वर्चस्व की किलेबन्दी ढह जाएगी।"

वाराणसी से लौटते वक़्त वह बाबा के पास प्रतापगढ़ में रुक गया था। बाबा बहुत ख़ुश हुए थे, जैसे वह अभी भी बच्चा हो। अपनी बग़ल बैठे हुए रतन कुमार का सिर उन्होंने अपनी गोद में रखकर उसके बालों को सहलाया, "बचवा तुम्हारी फ़ोटू अख़बारों में छपती है देख कर छाती चौड़ी हो जाती है।"

"बाबा फ़ोटो ही देखते हो या मेरा लिखा पढ़ते भी हो।"

"पढ़ता हूँ पर कितना समझ पाता हूँ, पता नहीं।"

"क्या समझे हो?"

"यही कि तू बड़ा दिमाग़ वाला हो गया है।" बाबा ने हँसकर उसके बालों को हिलोर दिया, "मालूम है, एक दिन कलक्टर साहेब मुझे बुलवाए थे। कप्तान भी वहीं बैठे थे। दोनों बड़ी देर तक तुम्हारे बारे में पूछते रहे।"

वह चौंककर उठ बैठा," मेरे बारे में पूछते रहे या पूछताछ करते रहे?"

"बिला वजह शक मत किया कर। कलक्टर और कप्तान साहेब दोनों तुम्हारी तारीफ़ कर रहे थे और पूछ रहे थे तेरे बचपन के बारे में, तेरी आँखों, तेरी आदतों के बारे में। उन्होंने बड़े ग़ौर से मेरी बातें सुनीं। चाय पिलाई। मेरा तो रुआब बढ़ गया रे रतन।" बाबा की आवाज़ भावुकता के कारण भर्रा उठी थी।

उसने इस यात्रा में भी दोहराया था, "बाबा चलो न मेरे साथ। मेरा बहुत मन है कि तुम मेरे पास रहो।"

बाबा ने भी दोहराया था, "अब आख़िरी बेला है मेरी ज़िन्दगी की। जहाँ जिया वहीं मरूँ बस यही ख़्वाहिश है।" वह अकेले ही लौटा था। जब वह पहुँचा, रात हो चली थी। पहले सोचा कि सुनिधि के फ़्लैट पर चला जाए, लेकिन उसने घड़ी देखी और मन बदल लिया। रेस्टोरेंट में खाना खाकर सीधे अपने मकान पर आ गया।

वह अभी घर में घुसा ही था कि पुकार घंटी बजी...'कौन हो सकता है इस वक़्त' बुदबुदाते हुए उसने उठकर दरवाज़ा खोला। वे चार लोग थे जो भीतर घुसे थे। आते ही उनमें से एक ने रतन कुमार को धकेल दिया जिससे वह भहराता सँभलता मेज़ और बेड के बीच की जगह में गिर पड़ा। उनमें से दूसरा हँसा, "अबे सूरदास की औलाद, दिखाई पड़ता नहीं और बड़का डिकोडबाज़ बने हो।" उसने अपना रिवाल्वर निकाला, "सिर्फ़ एक बार दगेगी ये और टिटहरी जैसा तू ख़त्म।" उसने रतन कुमार को एक लात लगाई, "शान्ति से रह और शांति से सबको रहने दे, पत्रकार बनने का शौक़ क्यूँ चर्राया है? मास्टर है मास्टरी कर।" जाते समय चारों ने हाथ पैर रतन कुमार पर आज़माए थे और एक ने लम्बी फाल वाला कोई औज़ार उसकी गरदन पर रखकर कहा था, "ऐ काँणे अभी मार दूँ तुझको।"

उनके चले जाने के बाद रतन कुमार ने उठकर दरवाज़ा बन्द किया। उसने पाया कि वह डरा हुआ है लेकिन उसमें मृत्यु की दहशत नहीं थी। दरअसल उसका यह अंधविश्वास अभी तक बरकरार था कि उसकी मृत्यु सड़क दुर्घटना में होगी न कि किसी हथियार से। इसीलिए सामने आता हुआ कोई वाहन उसके लिए रिवाल्वर या धारदार हथियार से अधिक ख़ौफ़नाक था। उसने एक गिलास पानी पिया था और थाने में रिपोर्ट लिखाने के लिए मज़मून तैयार करने लगा था।

क्या रतन कुमार पर वाक़ई हमला हुआ है?

उत्तर www.livejanadesh.com पर दें या 54343 पर एस.एम.एस. करें।

इत्तफ़ाक़ था या इसके पीछे कोई योजना थी कि रतन कुमार पर हमले के प्रसंग ने तूल पकड़ लिया। एक अन्य समाचार-पत्र ने रायशुमारी के लिए उपरोक्त प्रश्न को दूसरे ढंग से पूछा था : रतन कुमार पर हमले की बात झूठ का पुलिन्दा है?

रतन कुमार प्रसंग की मीडिया में जो इतनी अधिक चर्चा हो रही थी, उसके बारे में बहुत सारे लोगों का मानना था कि यह मीडिया के भोड़ियाधसान और परस्पर होड़ का नतीजा है। कुछ इसमें मुख्य विपक्षी दल का हाथ खोज लिए थे जिसके अनुसार सरकार की फजीहत करने के लिए विपक्षी नेता ने भीतर ही भीतर इस प्रसंग की आँच को हवा दी थी। तीसरी चर्चा, जो आमतौर पर पत्रकारों के बीच ही सीमित थी, यह कि ये रतन कुमार छँटा हुआ अंधा है। कॉलम की शोहरत से पेट न भरा तो ये नया शगूफ़ा छेड़ दिया। फ़िलहाल वस्तुस्थिति यह थी रतन कुमार के मुद्दे पर माहौल गर्म हो रहा था।

एक अख़बार ने वरिष्ठ पुलिस अधीक्षक का साक्षात्कार छापा था जिसमें सवाल था : रतन कुमार के हमलावरों को पकड़ सकने में पुलिस विफल क्यों रही है? इसका जवाब उसने यूँ दिया था : रतन कुमार पुलिस का सहयोग नहीं कर रहे हैं। हम उन पर आरोप क़तई नहीं लगा रहे हैं कि उनकी दिलचस्पी गुनहगारों को पकड़े जाने से ज़्यादा इस बात में है कि पुलिस बदनाम हो लेकिन इतना अवश्य कहना

चाहेंगे कि उनके बयान में इतने अधिक अन्तर्विरोध हैं कि उन पर हमले की बात गढ़ी गई दास्तान लगने लगती है। रतन कुमार हमलावरों का न हुलिया बता पाते हैं न नाम। कहते कि नाम बताने का अपराधियों ने कष्ट नहीं किया और हुलिया बताना इसलिए मुमकिन नहीं क्योंकि उन्हें साफ़ दिखाई नहीं पड़ता है। बस इतना सुराग देते हैं कि दो मोटे थे दो पतले। सबसे मुश्किल बात यह है कि रतन कुमार को अपने से किसी की दुश्मनी से साफ़-साफ़ इनकार है और ऐसी किसी वजह से हमला होने की आशंका को वह ख़ारिज करते हैं। दूसरी तरफ़ वह कहते हैं कि उनके घर पर न लूटपाट हुई न छीनाझपटी। अब ऐसी दशा में अपराधियों को गिरफ़्तार करना काफ़ी मुश्किल हो जाता है किन्तु हम पूरी कोशिश कर रहे हैं और उम्मीद है कि जल्द ही सच्चाई पर से परदा हटेगा।

उपरोक्त अख़बार के प्रतिद्वन्द्वी अख़बार ने बढ़त लेते हुए अपने सम्पादकीय पृष्ठ पर आमने सामने स्तम्भ में राज्य के पुलिस महानिदेशक और रतन कुमार मय अपनी अपनी फ़ोटो के परस्पर रूबरू थे। पुलिस महानिदेशक ख़ल्वाट खोपड़ी वाला था। उसकी वर्दी पर अशोक की लाट की अनुकृति चमक रही थी और उसकी खोपड़ी के ऊपर धरी कैप के सामने भी अशोक की लाट टँगी हुई थी, इसलिए उसका ख़ल्वाट अदृश्य था और उनसठ का वह 65 का दिखने के बजाय 55 का लग रहा था। रतन कुमार की तसवीर से लग रहा था कि वह एक कृशकाय नौजवान है। उसके होंठों पर मामूलीपन था और आँखों में चौकन्नेपन की फ़ुर्ती थी लेकिन कुल मिलाकर लगता था कि उसकी नींद पूरी नहीं हुई है। ऐसा उसके बिखरे हुए बालों और पुरानी टाइप के कालर वाली क़मीज़ के कारण भी हो सकता था।

पुलिस महानिदेशक की टिप्पणी का सार था : रतन कुमार एक महत्त्वपूर्ण पत्रकार हैं और मैं स्वयं उनका स्तम्भ 'अप्रिय' बड़े चाव से पढ़ता हूँ। मेरे परिवार के सदस्य मुझसे भी अधिक उनके प्रशंसक हैं। इसके बावजूद कहना चाहता हूँ कि प्राथमिकी में उनकी शिक़ायतें ठोस तथ्यों पर आधारित नहीं हैं। उनके स्तम्भ को ध्यानपूर्वक पढ़ने वाले जानते होंगे कि वह ऐसी बातें लगातार लिखते रहे हैं जो मौलिक, विचारोत्तेजक होने के बावज़ूद यथार्थवादी ज़रा कम होती हैं जबकि लेखन का महान तत्त्व है यथार्थ। कहना जोखिम भरा होने के बावज़ूद कह रहा हूँ कि उनकी प्राथमिकी भी जैसी उनके स्तम्भ की एक क़िस्त हो। फिर भी हम गहन छानबीन कर रहे हैं और हमारी तफ़्तीश ज़रूर ही किसी मुक़ाम पर पहुँच जाएगी। निश्चय ही हमें मालूम है कि रतन कुमार जी स्तम्भकार पत्रकार होने के साथ-साथ विश्वविद्यालय में सम्माननीय अध्यापक भी हैं, इसलिए कोई मुलाज़िम उनके मामले में लापरवाही, बेईमानी करने की गुस्ताख़ी नहीं कर सकता। अन्त में श्री रतन कुमार जी से अनुरोध है कि कृपया वह अपने आरोप के समर्थन में कुछ तथ्य और प्रमाण भी पेश करें, ताकि हमें अपराधियों तक पहुँचने में मदद मिले।

रतन कुमार ने अपना पक्ष एक सम्बोधन के रूप में प्रस्तुत किया था। उसमें

लिखा था : प्रिय दोस्तो! यह बिलकुल सही है कि अपने ख़िलाफ़ हुई कारगुज़ारी को उजागर करने वाले तथ्य और सबूत मैं पेश नहीं कर पा रहा हूँ लेकिन क्या तथ्यों और सबूतों को मुहैया कराना-उनकी खोज करना और उन्हें सुरक्षित रखना पीड़ित का ही कर्तव्य होता है। इन चीज़ों की नामौजूदगी के कारण पुलिस कह रही है कि उसे अपराधियों को गिरफ़्तार करने में असुविधा हो रही है। हमलावरों की गिरफ़्तारी और दंड से अधिक मेरी रुचि इसकी पड़ताल में है कि वे लोग क्यों मेरे विरुद्ध हैं? बेशक वे चार गुंडे थे और उन्हें किसी ने हमला करने का आदेश दिया था। मैं जानना चाहता हूँ कि मेरी किस बात से कोई इतना प्रतिशोधमय हो गया? मैं भी कहता हूँ कि वे लुटेरे नहीं थे। मेरे पास लूट के लिए कुछ ख़ास है भी नहीं। मेरे घर में कोई क़ीमती सामान नहीं, सिवा मेरी कलम, काग़ज़ और मेरे दिमाग़ के। मेरे घर का तो पंखा भी बहुत धीमी चाल से टुटरूँ टूँ चलता है और खड़-खड़ करता है। इसलिए तय है कि कोई या कुछ लोग मुझसे रंजिश रखते हैं लेकिन क्यों, इसी का मुझे जवाब चाहिए। किन्तु पुलिस हाथ पर हाथ धरे बैठी है और रटंत लगाए है कि क़ानून बग़ैर सबूतों के काम नहीं करता। साथियो सबूत की इसी लाठी से राज्य ने हर ग़रीब, प्रताड़ित और दुखियारे को मारा है। आज इस देश में असंख्य ऐसे परिवार हैं जो अन्न, घर, स्वास्थ्य, शिक्षा से वंचित हैं किन्तु राज्य इनकी पुकार सुनने की ज़रूरत नहीं महसूस करता है। क्योंकि इन परिवारों के पास अपनी यातना को सिद्ध करने वाले सबूत नहीं हैं। हत्या, बलात्कार, भ्रष्टाचार के अनगिनत मुजरिम गुलछर्रे उड़ाते हैं क्योंकि उनके अपराध को साबित करने वाले सबूत नहीं हैं। पुलिस, सेना जैसी राज्य की शक्तियाँ जनता पर ज़ुल्म ढाती हैं तथा लोगों का दमन, उत्पीड़न, वध, बलात्कार करके उन्हें नक्सलवादी, आतंकवादी बता देती हैं और कुछ नहीं घटता है। क्योंकि सबूत नहीं है। इसी सबूत के चलते देश के आदिवासियों से उनकी ज़मीन, जंगल और संसाधन छीन लिए गए क्योंकि आदिवासियों के पास अपना हक़ साबित करने वाले सबूत नहीं हैं। न जाने कितने लोग अपने होने को सिद्ध नहीं कर पा रहे हैं क्योंकि उनके पास राशन कार्ड, मतदाता पहचान पत्र, बैंक की पासबुक, ड्राइविंग लाइसेंस या पैन कार्ड नहीं हैं। वे हैं लेकिन वे नहीं हैं। दरअसल इस देश में सबूत ऐसा फंदा है जिससे मामूली और मासूम इनसान की गरदन कसी जाती है और ताक़तवर के कुकृत्यों की गठरी को पर्दे से ढका जाता है।

और जब यह मुद्दा, जो प्रदेश की विधान सभा के नेता विपक्ष के शब्दानुसार मुद्दा नहीं बतंगड़ था, टेलिविज़न के एक राष्ट्रीय चैनल पर उठ गया तो प्रदेश के मुख्य सचिव ने एक ही तारीख़ में दो मीटिंगें बुलाईं। पहली मीटिंग 15.40 पर और दूसरी 16.15 पर। पहली मीटिंग प्रदेश के सूचना निदेशक के साथ हो रही थी। मगर उसके पहले 'मुद्दा नहीं बतंगड़ है' की चर्चा।

विधानसभा के नेता विपक्ष की एक प्रेस कॉन्फ्रेंस में रतन कुमार पर हमले के बारे में प्रश्न होने पर उन्होंने हँसते हुए कहा था यह बतंगड़ है, जो सरकार के

पुलिस महक़मे की शिथिलता और बदज़बानी के कारण मुद्दा बनता जा रहा है। मैं इसे दिशाहीन नहीं दिशाभ्रष्ट सरकार कहता हूँ। इस सरकार की प्रत्येक योजना तथा जॉच की तरह रतन कुमार जी का प्रकरण भी दिशाभ्रष्ट हो गया है। हालाँकि रतन कुमार जी का भी क़सूर है कि वह साफ़-साफ़ बता नहीं रहे हैं कि हमला सरकार द्वारा प्रायोजित है जो लोकतंत्र के चौथे स्तम्भ का गला घोंटने के इरादे से किया गया है। इसके बाद उन्होंने कई अन्य प्रश्नों का जवाब देने के बाद अन्त में मुख्यमंत्री से इस्तीफ़े की माँग की थी।

सत्ता पार्टी के मुँहज़ोर प्रवक्ता ने शाम की नियमित प्रेसवार्ता में जवाब दिया : "रतन कुमार पर हमले के शक की सुई माननीय नेता विपक्ष की ओर घूम सकती है। क्योंकि वह अपने नाम को शार्ट फार्म में लिखते हैं और अन्त में अपनी जाति भी लिखते हैं, जिसका रतन कुमार जी हमेशा विरोध करते रहे हैं। लगता है कि माननीय नेता विपक्ष को इससे मिर्ची लग गई है, जो वह इस प्रकार अनाप-शनाप बोल रहे हैं। उनके बारे में हमारा यही कहना है कि उन्होंने अपना मानसिक संतुलन खो दिया है।"

अगली प्रेसवार्ता में नेता विपक्ष ने उस प्रवक्ता को 'यमला पगला दिवाना' कहा था और कहा था, "भगवान मूर्खों को सदबुद्धि दे।" और हँस पड़े थे। उनका यह बयान बाद की बात है, उसके दो दिन पहले जब मुख्य सचिव ने मध्यान्ह में दो मीटिंगें की थीं और 15.40 पर सूचना निदेशक उनके कमरे में थे। सूचना निदेशक 2001 बैच का आई.ए.एस. अधिकारी था और चाहे जो सरकार हो, वह महत्त्वपूर्ण पदों पर तैनात रहा।

"तुम ये बताओ कि रतन कुमार क्या बला है?" मुख्य सचिव ने एक फ़ाइल पर हस्ताक्षर करते हुए पूछा।

"सर! सर बस ये है कि सर...रतन कुमार वाक़ई एक बला है सर!" सूचना निदेशक कुशल वक्ता था किन्तु अपने से वरिष्ठ अफ़सरों, मंत्रियों के सामने घबराकर बोलने का अभिनय करता था। वस्तुत: यह उसका सम्मान दर्शाने का तरीक़ा था कि महोदय आप देखें आप इतने ख़ास हैं कि आपने सामने मेरी सिट्टी पिट्टी गुम हो गई है। उसकी यह अदा मुख्य सचिव को पसन्द आई।

"चाय पियो।" मुख्य सचिव अपनेपन से बोला। वह अपना बड़प्पन दिखा रहा था कि मातहत अफ़सरों के साथ उसके बर्ताव में सरलता रहती है।

सूचना निदेशक ने ऐसा धन्यग्रस्त चेहरा बनाया कि जैसे मुख्य सचिव के अपनत्व से उसकी घबराहट ख़त्म हो गई। उसने 'थैंक यू सर' कहकर चाय का घूँट लिया, "सर ये रतन कुमार कोई प्रोफ़ेशनल पत्रकार नहीं है, यूनिवर्सिटी में लेक्चरर भर है सर। अपने कॉलम में क्या कूट रचना, डिकोड वग़ैरह बकता रहता है सर।"

"पर काफ़ी पढ़ा जाता है वह। सुनते हैं कुछ दिन आंध्र प्रदेश के आदिवासियों के बीच रहने के कारण उसका कॉलम नहीं छपा तो अख़बार की बिक्री घट गई।"

सूचना निदेशक को लगा, मुख्य सचिव रतन कुमार का प्रशंसक है सो उसने

कहा, "कुछ भी हो सर, ये शख़्स है जीनियस।"

"अच्छा!" मुख्य सचिव ने ऐसे कहा जैसे उसे कोई नई जानकारी मिली हो, "तुम ये बता सकते हो कि रतन कुमार के बारे में अफ़वाहें क्या हैं?"

"अफ़वाहें?" सूचना निदेशक ने न समझने का अभिनय किया। हालाँकि वह जान गया था, अफ़वाहें से मुख्य सचिव का आशय है, रतन कुमार की कमज़ोरियाँ।

"हाँ अफ़वाहें।" मुख्य सचिव बोला, "हर मशहूर आदमी के बारे में अफ़वाहें होती हैं, मसलन कुछ सच्ची झूठी चर्चाएँ जो अन्तत: उसके ख़िलाफ़ जाती हैं।"

"सर, एक यह कि रतन कुमार को दिखता बहुत कम है।"

"यह अफ़वाह है या फैक्ट।"

"फैक्ट सर फैक्ट...।" उस पर फिर सिट्टी पिट्टी गुम होने का दौरा पड़ा।

मुख्य सचिव ने फिर बड़ापन दिखाया, " इसके परिवार में कौन-कौन हैं?"

"एक बूढ़ा बाबा है सर। बाक़ी लोग, इसके बचपन में एक एक्सीडेंट में मर गए थे।"

"बीवी?"

"शादी नहीं हुई सर।"

"आँखों के कारण कौन लड़की चुनेगी इसे।"

"नहीं सर, इसकी एक प्रेमिका है सुनिधि। सुनते हैं बचपन की दोस्ती है।"

"ओह!" मुख्य सचिव हँसा।

"जी सर।" सूचना निदेशक मुस्कुराया।

"और कोई बात?"

"और सर।" अब तक सूचना निदेशक को यक़ीन हो गया था कि मुख्य सचिव रतन कुमार का प्रशंसक बिलकुल नहीं है, "सर इसका जो नाटक है कि चीज़ों को, व्यक्तियों और संस्थाओं को उनके पूरे नाम से पुकारो, सर ये उसकी एक कमी के कारण है। सुनते हैं कि इतना पढ़ाकू होने के बावज़ूद इसे शार्ट फार्म वाले लफ़्जों के मतलब समझ में नहीं आते। लोग बताते हैं कि इसीलिए ये दिमाग़ से तेज़ होते हुए भी किसी काम्पटीशन में सेलेक्ट नहीं हुआ। सर ये मो.क.चं.गां. का अर्थ नहीं जानता था जबकि गांधी वांड्मय इसको रटा हुआ था।"

"क्या इसको बहुत कम दिखता है?" मुख्य सचिव ने पूछा।

"काफ़ी कम। किताबें पत्रिकाएँ आँखों से सटाकर पढ़ता है तब अक्षर दिखते हैं। सर इसलिए पढ़ते वक़्त इसकी नाक काग़ज़ पर रगड़ खाती चलती है।"

"और कुछ?"

"सर इसकी याददाश्त बड़ी ज़बरदस्त है। एकदम कम्प्यूटर है इसका दिमाग़। सब सेव हो जाता है सर।"

"शराब वग़ैरह ज़्यादा पीता है?"

"शायद ऐसा नहीं है सर।" सूचना निदेशक ने मायूस होकर कहा।

"इसको सरकार से पत्रकार कोटे में मकान वग़ैरह मिला है?"

"नहीं सर।"

"सरकार से कोई फ़ायदा?"

"नो सर।" लग रहा था, सूचना निदेशक निराशा के मारे रो पड़ेगा।

"इसकी उम्र क्या है?"

"यंग है सर।"

"कोई अपनी प्रापर्टी बनाई है इस बीच?"

"नहीं सर।"

"ठीक।" यह इशारा था कि मीटिंग ख़त्म। इस समय घड़ी में शाम के चार बज रहे थे। 16.15 पर मुख्य सचिव ने जो दूसरी मीटिंग की उसके विषय में निश्चयपूर्वक कुछ नहीं कहा जा सकता है। क्योंकि उस मीटिंग के बारे मुख्य सचिव के निजी सचिव का कहना है कि ऐसी कोई बैठक रखी ही नहीं गई थी। उस दौरान साहब अपने कक्ष में अकेले बैठे मोबाइल पर लम्बी वार्ता कर रहे थे जो लगभग पैंतालीस मिनट हुई होगी। जबकि चपरासी का कहना है कि एक महिला कमरे में गई थी और कुछ देर बाद लौट आई थी।

एक अन्देशा है कि अपराध अनुसंधान विभाग का महानिरीक्षक मुख्य सचिव के कमरे में घुसा था, वह समय ठीक 16.15 का था। उसके विभाग के एक इंस्पेक्टर ने बीस दिन रतन कुमार की खुफ़िया पड़ताल करके एक रिपोर्ट बनाई थी। मुख्य सचिव के कमरे में जाते समय महानिरीक्षक के दाएँ हाथ की चुटकी में उस रिपोर्ट की फ़ाइल थी और 16.50 पर कमरे से निकलने वक़्त वह फ़ाइल नहीं थी।

मुख्य सचिव के विशेष कार्याधिकारी और स्टॉफ़ अफ़सर की जानकारियों के मध्य भी इस बारे में मतैक्य नहीं था। विशेष कार्याधिकारी ने अपनी अघोषित तीसरी पत्नी से उसके हाथ के बने गलावटी कबाब खाते हुए कहा था कि मुख्य सचिव आज चार बजे ही दफ़्तर छोड़ गया था। सूचना निदेशक से मीटिंग ख़त्म होते ही वह गुपचुप गाड़ी में बैठकर कहीं चला गया था। और तीन घंटे बाद लौटा था। 'जानती हो वह कहाँ गए थे?' उसने अघोषित तीसरी पत्नी से पूछा था। पत्नी बोलती कम थी, उसने भौंहों को उचका कर पूछा, "कहाँ?" विशेष कार्याधिकारी कबाब लगे हाथ को उसके पल्लू से पोंछते हुए फुसफुसाया, मुख्य सचिव आगामी चुनाव में मुख्यमंत्री पद के सबसे मज़बूत दावेदार विपक्षी नेता के पास गए थे। "जानती हो क्यों?" उसने पूछा था जिसके प्रत्युत्तर में पत्नी की भौंहें उचकी थीं। तब उसने कहा था, "ये मुख्यमंत्री और भावी मुख्यमंत्री दोनों के हाथ में लड्डू पकड़ाते हैं।" इसके बाद उसने अघोषित पत्नी को खींचकर ऐसी हरक़त की थी कि वह उसे धक्का देकर हँसने लगी थी।

स्टाफ अफ़सर की डफली का अलग राग था। उसके अनुसार मुख्य सचिव

सूचना निदेशक के साथ ही निकले थे और सीधे मुख्यमंत्री के कक्ष में चले गए थे। उनके साथ कुछ ज़रूरी फ़ाइलें भी गई थीं जिनके बारे में मुख्यमंत्री ने वार्ता करने का निर्देश दिया था।

अब सही क्या था और ग़लत क्या था इसे ठीक-ठीक बताना असम्भव हो चुका था। एक प्रकार से देखा जाए, सही और ग़लत का विभाजन ही समाप्त हो गया था। दरअसल देखें तो मुख्य सचिव की उपस्थिति एक टेक्स्ट हो गया था जिसके अपने-अपने पाठ थे। इस तरह का प्रत्येक पाठ सत्य के ढीले ढाले चोले में हक़ीक़त का एक अन्दाज़ा भर होता है, वह जितना यथार्थ हो सकता है उतना ही मिथ्या और संसार की कौन सी मिथ्या है जो कमोबेश यथार्थ नहीं होती है जैसे कि हर कोई यथार्थ रंचमात्र ही सही, मिथ्या अवश्य होता है। इसीलिए प्रत्येक यथार्थ के अनेक संस्करण होते हैं, उनकी कई-कई व्याख्याएँ होती हैं लेकिन सर्वाधिक कठिन घड़ी वह होती है जब किसी ऐसी स्थिति से सामना होता है जिसके बारे में यह बूझना असम्भव हो जाता है कि वह वास्तविकता है अथवा आभास अथवा वह ये दोनों हैं अथवा ये दोनों ही नहीं हैं। मुख्य सचिव की दूसरी मीटिंग का मर्म ऐसे ही मुक़ाम पर पहुँच गया था।

ग़ौरतलब यह है कि जिस प्रकार सूचना निदेशक के साथ बैठक का रतन कुमार से ताल्लुक़ था उसी प्रकार क्या दूसरी मीटिंग भी रतन कुमार के प्रसंग से जुड़ी थी अथवा यह क़यास बिलकुल बकवास है? यदि रतन कुमार को लेकर मुख्य सचिव ने दूसरी मीटिंग भी की थी तो उसमें क्या चर्चा हुई इसका उत्तर ढूँढ़ सकना अब नामुमकिन दिखता है। लगभग इससे भी ज़्यादा पेचीदा मसले ने रतन कुमार को घेर लिया था। जब मुख्य सचिव ने सूचना निदेशक तथा नामालूम के साथ बैठकें की थीं, उसके अगले दिन रतन कुमार के सिर में तेज़ दर्द था और आँखों में कड़ुवाहट थी। वह बीती रात जागकर अपना कॉलम लिखता रहा था जिसमें उसने यह अभिव्यक्त किया था :

"मित्रो, धन शक्ति देता है और शक्ति से धन आता है। और बाद में धन स्वयं में शक्ति बन जाता है, इसलिए अकूत से अकूत धन की लिप्सा उठती है और भ्रष्टाचार का जन्म होता है। अत: भ्रष्टाचार से भिड़ना है तो शक्ति के पंजे मरोड़ने होंगे। मैं दोहराव का आरोप सहने का ख़तरा उठाते हुए भी कहना चाहूँगा कि भ्रष्टाचार से अर्जित सम्पदा विदेशी ख़ातों में जमा है और इन खातों के कोड हैं।"

अपना स्तम्भ लिख चुकने के बाद उसने सोचा था, मैं सो जाऊँगा और दोपहर तक सोता रहूँगा। पर हमेशा की तरह वही हुआ कि फ़ोन नम्बर वितरित न करने की होशियारी के बावज़ूद उसका फ़ोन बजने लगा था। वह जगकर चिड़चिड़ाया और फ़ोन उठाकर बात करने लगा। वही बातें थीं : लोग हमले को लेकर अपना समर्थन दे रहे थे या पुलिस महकमे को निकम्मा कह रहे थे।

अब उसकी नींद उचट गई थी। उसने इधर-उधर करके बाक़ी वक़्त बिताया अथवा गँवाया फिर विश्वविद्यालय चला गया था। शाम को जब वह सुनिधि के फ़्लैट

में था तो उसका सिर दर्द से टीस रहा था और आँखों से लगातार पानी रिस रहा था। सुनिधि चाय बनाकर ले आई, साथ में खाने के लिए भी कुछ।

"कुछ आराम हुआ?" उसने रतन से पूछा।

"नहीं, वैसा ही है। लगता है, कुछ बेढंगा और अनचाहा हो रहा है।"

" हुआ क्या है?" सुनिधि घबरा गई थी।

"मेरी आँखों में लगातार पीड़ा रहती है और अँधेरा सा भरा रहता है। सो जाने पर पीड़ा खत्म हो जाती है पर अँधेरा बना रहता है। जबसे मेरे ऊपर हमला हुआ है, अंधकार और कष्ट मेरी आँखों का पीछा नहीं छोड़ रहे हैं। मुझे लगता है, कहीं मैं अंधेपन के गड्ढे में न गिरने वाला होऊँ। डॉक्टर के पास गया वह कहते हैं कोई ख़ास बात नहीं है। इससे मुझे सकून मिला लेकिन मैं क्या करूँ कष्ट बरदाश्त नहीं होता और अंधकार से डर लगता है।"

"क्या इसकी वजह से देखने में भी कमी आई है?"

"अब इससे ज़्यादा क्या कमी होगी।"

"डॉक्टर ने कुछ इलाज बताया?"

"नींद। डॉक्टर ने हँसकर कहा था, 'दो दिनों तक भरपूर नींद लो सब ठीक हो जाएगा' लेकिन लोग हैं कि सोने नहीं देते। मुझे फ़ोन करते हैं और घर पर मिलने चले आते हैं।"

"तुम फ़ोन बन्द कर दिया करो।" सुनिधि की सलाह हुई।

"बाबा, बाबा के कारण मैं फ़ोन बन्द नहीं कर सकता। कब कोई चौपहिया उन्हें सड़क पर कुचलता हुआ चला जाए और मेरा फ़ोन बन्द रहे...मैं फ़ोन को बन्द कैसे रख सकता हूँ।"

"हर काल पर क्यों फ़ोन उठा लेते हो?"

"इसलिए कि फ़ोन न उठाने के लिए स्क्रीन पर काल का ब्यौरा पढ़ना पड़ेगा और मैं स्क्रीन पर अक्षर और नम्बर ठीक से पढ़ नहीं पाता हूँ। अक्षर और संख्याएँ मुझे चीटियों की तरह दिखती हैं। दूसरे मैं डरता हूँ कि मोबाइल से निकलने वाली तरंगें मेरी आँखों में घुस न जाएँ और मैं पूरा अंधा हो जाऊँ और...।"

"और!" सुनिधि उसके इस अन्दरूनी घमासान को जानकर विकल थी।

"बाबा को कुछ हो जाने पर ख़ुद बाबा नहीं, कोई दूसरा होगा मुझे ख़बर देने वाला...। हो सकता है वह फ़ोन उसका ही हो जिसे मैं न उठाऊँ...।"

शायद अच्छे दिन ख़त्म हो चुके थे। आँखों की तकलीफ़ और अंधकार की समस्या से उसे बड़े जतन के बाद भी छुटकारा नहीं मिल रहा था। उसने किसी की सलाह पर ब्रह्ममूहुर्त में उठकर ध्यान लगाना शुरू कर दिया था। उसने सोचा था कि आँखों की तकलीफ़ में न सही किन्तु अँधेरे की शिक़ायत में कमी ज़रूर आएगी लेकिन सब कुछ उल्टा-पुल्टा हो गया था। किसी आकृति, ध्वनि, गंध अथवा स्पर्श को

याद करके ध्यान केन्द्रित करने पर वह पाता कि ध्यान का वह केन्द्र किसी अँधेरे से उदित हो रहा है। वह तय करता कि उन क्षणों में उसकी वेदना कुछ समय के लिए समय के घेरे से मुक्त हो जाए। हर कोई रूप आकृतियों से, ध्वनि ध्वनियों से, स्पर्श स्पर्शों से स्वतंत्र हो जाए। कुछ भी न बचे उसमें कुछ वक़्त के लिए, शेष रहे केवल एक विराट अनुभूति। वह सभी से विरक्त और विस्मृत हो जाता था लेकिन अँधेरा उसका पीछा नहीं छोड़ता था। अन्ततः किसी उदात्त आध्यात्मिक आस्वाद के बजाय उसमें यह अहसास बचता था कि अथाह अँधेरे में संसार डूब गया है। या दुनिया पर अँधेरे की चादर बिछ गई है।

उसने इस बात की पड़ताल भी की कि क्या आँखों की तकलीफ़ और आँखों में अँधेरे का कोई सम्बन्ध है, क्योंकि दोनों का उभार एक साथ हुआ था। परखने के लिए उसने दर्द निवारक दवा खा ली थी। इससे उसकी पीड़ा में काफ़ी कमी आ गई थी जो छः घंटे तक बरकरार रही थी किन्तु अँधेरे की वह यातना, जब तक वह जगता रहता था, पिंड नहीं छोड़ती थी। बल्कि एक तरह से कहा जाए कि वह स्वप्न में भी अँधेरा देखता था। सपने में कोई वाक़या, कोई क़िस्सा शुरू होकर पूर्ण होता था तो वह अँधेरे की पृष्ठभूमि में होता था। जैसे अँधेरे का कोई पर्दा हो जिस पर स्वप्न नहीं स्वप्न के निगेटिव की फ़िल्म चल रही है। इस तरह उसका जीवन अँधेरे में था और उसका स्वप्न भी अँधेरे में था।

उसके लिखने-पढ़ने में भी ये चीज़ें अवरोध डालने लगी थीं। उसका दर्द बढ़ जाता था इनसे। इस मुश्किल का निदान उसने यह सोचा था कि वह बोलकर लिखवा दिया करे और दूसरे से पढ़वाकर पढ़ लिया करे। लेकिन उसने पाया कि इस विधि को वह साध नहीं सका है। अपना कॉलम जब उसने बोलकर लिखाया तो उसमें न वह मौलिकता थी न गहराई जिनके लिए उसका 'अप्रिय' मशहूर था। उसमें प्रहार और बल भी न थे। अतः उसने वे पन्ने फाड़ डाले थे। उसने रास्ता यह ढूँढ़ा कि वह स्वयं से बोला था और स्वयं सुनकर अपनी चेतना की स्लेट पर लिख लेता था। इस प्रकार बोलने के पहले ही उसके अन्दर 'अप्रिय' की पूरी अगली क़िस्त लिख उठी थी। तब उसी लिखे हुए को उसने बोला था जिसे सुनिधि ने लिपिबद्ध किया था। निश्चय ही यह लिखत उसके स्तम्भ के रंगों और आवाज़ों का काफ़ी कुछ हमरूप था। पढ़ने में भी उसने ढंग बदल लिया था। जब सुनिधि या उसका कोई छात्र उसे कोई पृष्ठ पढ़ कर सुनाता तो वह तुरन्त हृदयंगम नहीं करता था। उस वक़्त वह जो सुन रहा होता था उसे अपने दिमाग़ के टाइप राइटर पर टाइप करता जाता था फिर उसका दिमाग़ उस टाइप को अन्दर ही अन्दर पढ़ता था और सदा के लिए कंठस्थ कर लेता था। स्मरण शक्ति उसकी बेमिसाल पहले से ही थी, आँखों में दर्द रहने के बाद उसमें और इज़ाफ़ा हो गया था। पहले उसे किसी पाठ को दोहराते वक़्त यदा-कदा अटकना भटकना भी पड़ सकता था, अब पूर्णविराम अर्द्धविराम सहित अक्षरशः सुना सकने की क्षमता उसमें प्रकट हो चुकी थी।

दस दिन हुए होंगे, इतवार की सुबह शहर कोतवाल की गाड़ी उसके दरवाज़े पर रुकी। कोतवाल सादी वर्दी में आया था, उसने रतन कुमार के ड्राईंगरूम के सोफ़ा पर बैठते हुए कहा, "मैं आपका प्रशंसक हूँ। इधर से गुज़र रहा था, सोचा आपके यहाँ एक प्याली चाय पीता चलूँ।"

रतन कुमार ने कोतवाल को शक से देखा लेकिन ऊपर से अपनी सहजता बनाए रखी, "आपको चाय पिलाकर मुझे ख़ुशी होगी। लेकिन मुझे ठीक से दिखता नहीं, दूध, पानी, चीनी में कोई चीज़ कम ज़्यादा हो सकती है या दो या सभी चीज़ें।"

"ओह! मुझे माफ़ करें। वैसे भी मेरा मक़सद आपसे मिलना था, चाय एक बहाना भर है। चाय पिलाने से बेहतर है, अपनी लाइब्रेरी दिखाएँ।"

उसने रतन कुमार के स्टडी में किताबों को देखा। कुछ को निकालकर पन्ने भी पलटे थे। आख़िर में हाथ की धूल झाड़ते हुए बोला था, "अच्छी किताबें हैं।"

"जी शुक्रिया।" रतन ने रस्म निभाई।

"आपकी ख़तरनाक किताबें नहीं दिखाई दे रही हैं जिन्होंने ख़तरनाक विचारों को पैदा किया।" कोतवाल मुस्कुराकर बोला।

"वैसी किताबें वहाँ नहीं यहाँ हैं।" रतन कुमार ने हँसकर अपनी खोपड़ी की तरफ़ इशारा किया, "जो आप देख रहे हैं उससे बड़ी लाइब्रेरी इधर है।" रतन कुमार से हाथ मिलाकर कोतवाल विदा हुआ।

रतन कुमार को लगा कि यह एक भला आदमी है। उसे अपने ऊपर गुरूर भी हुआ कि शहर कोतवाल भी उसको पढ़ता और पसन्द करता है। उसको तसल्ली हुई, शहर कोतवाल से पहिचान बुरे वक़्त में काम आएगी।

वाक़ई जब बुरे दिन सघन हुए, सबसे पहले इस कोतवाल की ही याद आई थी।

आँखों का दर्द और अंधकार की दिक़्क़त अभी भी बनी हुई थी। जैसाकि पहले कहा जा चुका है कि शायद उसके अच्छे दिन ख़त्म हो गए थे। वह राँची में व्याख्यान देकर अपने शहर आया तो सुबह का समय था। अलस्सुबह और देर रात में अपना शहर देखना हमेशा मोह जगाता है। इसी तरह की मन:स्थिति में वह अपने घर का ताला खोल रहा था। लेकिन ताला खुला हुआ था। वह ख़ुद पर हँसा, "सब कुछ याद हो जाता है पर ताला लगाना भूल जाता हूँ।" वह भीतर गया और पाया कि ताला लगाना वह भूला नहीं था बल्कि ताला टूटा हुआ था। उसने सामानों, चेक बुक, थोड़े से कैश और सुनिधि द्वारा दिए गए तोहफ़ों की पड़ताल की, उन्हें अपनी आँखों पर रखकर देखा, सुरक्षित थे। उसका पूरा घर महफ़ूज़ था मगर उलट-पुलट दिया गया था। अच्छी तरह तलाशी ली गई थी उसकी नामौज़ूदगी में। हर जगह काग़ज़, किताबें और कपड़े फैले हुए थे।

वह थाने में रिपोर्ट लिखाने गया जहाँ उसकी प्राथमिकी नहीं दर्ज हुई। थाना मुंशी की दलील थी कि जब चोरी हुई नहीं, न डाका न कोई नुक़सान फिर ज़ुर्म क्या हुआ?

उसने कहा, "मेरे कमरे की तलाशी ली गई है। सारे सामान बिखरे हैं।"

"किस चीज़ की तलाशी ली गई?" मुंशीजी ने पूछा।

"पता नहीं।"

"कुछ नुक़सान हुआ?"

"नहीं।"

"किसी पर शक?"

"नहीं।"

"फिर यहाँ काहे को आए हैं? फ़ालतू में टाइम ख़राब करते हैं पुलिस का और अपना भी।"

थाने से निकलने पर उसने बड़ी शिद्दत से कोतवाल को याद किया था और मुलाक़ात के लिए कोतवाली चला गया था। आज वह वर्दी में कुर्सी पर बैठा था। उसकी वर्दी, बिल्ला, कैप उसके साथ थे और फब रहे थे। उसने कोतवाल को सब हाल सुनाया।

"कोई बात नहीं, हम दो तीन लोगों को भेज देते हैं, वे सब सामान ठीक से लगा देंगे।" कोतवाल ने हमदर्दी जताई।

"सवाल यह है कि ऐसा आख़िर हुआ क्यों?"

"पता नहीं।" कोतवाल ने मज़ाक़ किया, "लगता है उन्हें किसी और घर में जाना था, भटककर आपके यहाँ पहुँच गए।" उसने घंटी बजाकर चाय लाने का आदेश दिया।

चाय पीते हुए उसने पूछा, "रतन जी आप राँची क्यों गए थे?"

"एक सेमिनार में।" उसने बताया।

"आप राँची ही क्यों गए सेमिनार में?"

"क्योंकि वहीं पर सेमिनार था।"

"हूँ।" उसने अल्पविराम देकर कहा, "आजकल नक्सल बेल्ट में ही सेमिनार होते हैं क्या? आप पिछले दिनों छत्तीसगढ़ में आदिवासियों के बीच रहे। इस बार भी आप राँची चले गए।"

"गया था, पर मैं आदिवासियों के बीच वक़्त गुज़ारने गया था, बस।" उसे पसीना आ गया था।

"कोई बात नहीं। चाय पिएँ, ठंडी हो रही है।"

और संयोग था अथवा षड्यंत्र ठीक उसी समय उसका मोबाइल बजने लगा। उस तरफ़ सम्पादक था, "बॉस तेरे को अभी अपना कॉलम कुछ दिन रोकना पड़ेगा। बात ये है..."

रतन कुमार ने बात बीच में काट दी थी, "आप परेशान न हों, मुझे बुरा नहीं लग रहा है।" उसने अब फ़ोन काट दिया।

उसे कॉलम बन्द होने का अफ़सोस नहीं था, महज इतना ही था कि बाबा

अख़बार में उसकी फ़ोटो देखकर बहुत ख़ुश होते थे, अब नहीं होंगे। मगर उसे इस बात की उलझन अवश्य थी कि सम्पादक जो अभी पिछले हफ़्ते तक 'अप्रिय' की इतनी तारीफ़ करता था और कहता था कि इसे सप्ताह में दो बार क्यूँ न छापा जाए, यकायक बन्द करने का फ़रमान क्यों जारी करने लगा?

जनादेश के दूसरे सम्पर्कों के ज़रिये पूछताछ में एक नहीं अनेक वजहें सामने आ रही थीं जिससे किसी एक नतीजे पर पहुँचना कठिन हो गया था। एक सूत्र का कथन था कि सम्पादक के पास मुख्यमंत्री सचिवालय से कॉलम रोकने की कोशिश पहले से हो रही थी किन्तु सम्पादक अड़ा हुआ था तब मुख्यमंत्री सचिवालय ने उस भूखंड का आवंटन तकनीकी कारणों से रद्द करने की धमकी दी जिसे बहुत कम क़ीमत में सम्पादक ने मुख्यमंत्री के सौजन्य से ग्रेटर नोएडा में हासिल किया था। साथ ही आठ एयरकंडीश्नर आठ ब्लोवर, तीन गीजर वाला उसका घर था जिसका बिजली भुगतान बकाया न चुकाने के कारण रुपए सात लाख पहुँच गया था। सम्पादक ने उसे माफ़ करने की अर्जी लगा रखी थी लेकिन उसके पास कनेक्शन काट देने की नोटिस भेज दी गई। तब उसने अपने प्रिय स्तम्भ 'अप्रिय' को बन्द करने का निर्णय भावभीने मन से किया।

लेकिन अख़बार का समाचार सम्पादक इसे ख़ारिज करते हुए यह बता रहा था : "सर्कुलेशन वाले 'अप्रिय' को प्रसन्द करते थे लेकिन मार्केटिंग ने टंगड़ी मार दी। उनकी रिपोर्ट थी कि विज्ञापनदाता कॉलम पर नाक भौं सिकोड़ते हैं। उन्होंने इसे तत्काल रोकने की पैरवी की थी।"

जबकि फ़ीचर एडीटर ने गपशप में अपनी एक प्रिय लेखिका को बताया और लेखिका ने अपने देवर को बताया। देवर जो रतन कुमार का विद्यार्थी था, रतन कुमार से बोला, "सर, आपका कॉलम क्यों बन्द हुआ?"

"क्यों?"

"क्योंकि वह एडीटर की वाइफ़ को पसन्द नहीं था। हर हफ़्ता वह बोलती थी कि इसमें तो फ़ालतू की बात रहती है।"

बाद में पता चला कि एडीटर की वाइफ़ के पिता का नाम डी.पी.एस. (दद्दा प्रसाद सिंह) था और बड़े भाई का एल.पी.एस. (लालता प्रसाद सिंह) था। वाइफ़ उसी रोज़ से रतन से ख़ार खाए हुई थी जब उसने शब्दों के संक्षिप्त रूप पर कलम चलाई थी।

ख़ैर 'अप्रिय' अध्याय समाप्त हुआ—रतन कुमार ने संतोष कर लिया और सुनिधि से यह कहकर ख़ुशी ज़ाहिर की, "चलो अब न मुझे बोलना पड़ेगा न तुम्हें लिखना। मेरी आँखों को भी आराम मिलेगा।"

उसने अपना मोबाइल सुनिधि को दिया, "मैसेज बाक्स में चौदह नम्बर पर देखो।"

सुनिधि ने रोमन अक्षरों को जोड़-जोड़कर पढ़ना शुरू किया : "खेद है कि हम आपका स्तम्भ 'अप्रिय' कुछ अपरिहार्य कारणों से आगे प्रकाशित करने में

असमर्थ हैं।"

"वह ख़ुद मुझे बोल चुका था, फिर यह मैसेज क्यों?" रतन कुमार ने स्वगत कथन किया और जबाव में भी उसने स्वगत कथन किया, "इस मैसेज को उसने कई ज़रूरी जगहों पर फारवर्ड करके भूल सुधार का सबूत पेश किया होगा।"

सुनिधि मोबाइल के सन्देश पर नज़र गड़ाए हुए थी कि हथेली में झनझनाहट हुई और वह फ़ोन बजने लगा। अब उसने पुन: स्क्रीन देखा और चौंक गई—स्क्रीन पर न कोई नाम था न नम्बर। उस पर टिमटिमा रहा था—Unknown Number।

"कैसी अजीब काल है? लिखा है अननोन नम्बर।"

रतन कुमार ने फ़ोन पर कहा, "हैलो।"

"इस वक़्त महबूबा के फ़्लैट में बैठे मज़े कर रहे हो।" उधर से कहा गया।

"सही कह रहे हैं आप।" रतन कुमार ने पूछा, "आपको कैसे मालूम?"

"मुझे सब मालूम है। मैं बता सकता हूँ कि तुम इस वक़्त क्रीम रंग की क़मीज़ और नीले रंग की पतलून पहने हुए हो।"

"आप कौन हो?"

"मैं एक कोड हूँ। मेरी पहिचान को डिकोड करो तुम। क्या लिखते हो तुम—हाँ मैं एक कूट संरचना हूँ।" ठहाका सुनाने के बाद फ़ोन काट दिया गया। उसने बग़ैर कोई वक़्त गवाए सुनिधि से कहा, "काल लॉग से इसके नम्बर पर फ़ोन मिलाओ।" लेकिन काल लॉग में 'अननोन नम्बर' ग़ायब था।

"कौन था?" सुनिधि ने मोबाइल उसे लौटाते हुए सवाल किया।

"पता नहीं, कह रहा था–'मैं कूट संरचना हूँ।' वह एक कुटिल संरचना है।"

"पर नम्बर की जगह 'अननोन'।"

"इस तरह के नम्बर अमूमन केन्द्र सरकार के गुप्तचरों के पास रहते हैं लेकिन आजकल कुछ और लोगों के पास भी यह सुविधा है।" उससे आगे नहीं बोला गया। लग रहा था, वह निढाल हो चुका है। उसके मस्तक पर पसीने के कण थे। जैसे किसी ने वहाँ स्प्रे कर दिया हो।

यह प्रकरण यहीं ख़त्म नहीं हुआ था। यह इब्तिदा था। कुछ अन्तराल के बाद पुन: 'अननोन' था पर इस बार आवाज़ दूसरी थी। उसने जो कुछ कहा उससे रतन कुमार हत्प्रभ और ख़ौफ़ज़दा हो गया था। अजीब बात थी कि उसे रतन कुमार के बारे में बेपनाह जानकारियाँ थीं। मालूम था, आँखों की बीमारी पैदाइशी थी जिसे लेकर रतन कुमार ने प्रतापगढ़ में कुणाल नामक अपने एक लंगोटिया यार से बारह साल की अवस्था में झूठ बोला था कि एक तेज़ बुखार की चपेट में उसकी आँखें ख़राब हुई थीं। उसके परिवार की हादसे में मौत का विवरण, उसके ख़ानदान का समूचा सजरा, सारी परीक्षाओं में प्राप्त उसके विषयवार अंक, उसके प्रिय स्वाद, कपड़े और जगहें उसे ज्ञात थे। वह यहाँ तक जानता था कि वह कौन सी दवाएँ खाता था और कौन से व्यायाम करता था। उसने यह भी बताया, "तुमने कल सुनिधि के

साथ फ़िल्म देखी थी और रेस्टोरेंट में डिनर किया था। डिनर का बिल दो सौ अस्सी रुपए था जिसे कुमारी सुनिधि ने चुकाया था।" इसके बाद 'कुमारी' पर ज़ोर देकर उसने डकार ली थी जो वास्तव में अट्टहास था। इस पर रतन कुमार भड़क गया था, "कौन है बे तू सामने आ।"

"आऊँगा सामने तुम्हें मार डालने के लिए। मुझे अपनी नई रिवाल्वर का इन्तज़ार है, मैं तुम्हें उसी से मारूँगा।"

रतन कुमार कुछ बोला नहीं, साँस लेता रहा।

"क्या सोच रहे हो? यही न कि 'मेरी मौत रिवाल्वर से हो ही नहीं सकती, मैं एक्सीडेंट से मरूँगा'।" उसने हूबहू रतन कुमार के बोलने की शैली की नक़ल उतारी थी। और रतन कुमार के हाथ से मोबाइल गिर पड़ा था। वह ढह गया था, "मेरे साथ क्या हो रहा है?" वह परेशान हो गया था लेकिन शाम तक उसने अपने को सँभाल लिया और कल क्लास में देने वाले अपने लेक्चर की तैयारी करने लगा था। मगर जब देर रात सोने के लिए उसने बिजली गुल की और बिस्तर पर पहुँचा तो वह डर पुन: प्रकट हुआ। जैसे वह डर के झूले पर सवार था जो बहुत तेज़ घूम रहा था। वह डर का झूला इतना तेज़ घूमता था कि पलक झपकते उसके अनेक चक्कर पूरे हो जाते थे। चक्रवात सा चल रहा था। उसकी आँखों का दर्द कल के लेक्चर की तैयारी से अथवा डर के झूले के घूर्मण से बढ़ गया था। अंधकार की समस्या वैसी ही थी, अँधेरे में अंधकार और घना हो चुका था। उसे अविश्वसनीय लग रहा था कि कोई उसका इतना राई रत्ती जान सकता है। अर्धरात्रि तक उसे लगने लगा : "वह मैं ही तो नहीं जो अपने को फ़ोन कर रहा हूँ। मैं अपने सामने अपने राज़ खोल रहा हूँ और मैंने ही डकार की तरह अट्टहास किया था।" उसे महसूस हो रहा था : "रतन कुमार अपने शरीर से बाहर चला गया है जो नई-नई आवाज़ों में फ़ोन करके मुझे त्रस्त कर रहा है। रतन कुमार ही मेरी मौत का फरमान सुना रहा था और मेरे भेद बताने की शेखी बघार रहा था। क्या सचमुच मेरी हत्या की जाएगी और मैं ही हत्यारा रहूँगा।" उसने तर्क किया यह एक असम्भव स्थिति है, ऐसा भला कहीं होता है! लेकिन जो घटित हो रहा था वह भी तो असम्भव था। आख़िर कोई दूसरा किसी की इतनी बातें कैसे जान सकता है। उसने इस पर भी विचार किया कि सम्भवत: यह एक मतिभ्रम है, जिसका रिश्ता उसकी आँखों के दर्द और अँधेरे की समस्या से है। उसने ख़ुद से कहा, "मुमकिन है, मेरी आँखों की रोशनी कम हो गई हो और दिमाग़ अति सक्रिय होकर तरह-तरह के करतब दिखा रहा है।" लेकिन उसको इन सब पर विश्वास नहीं हो रहा था क्योंकि उसे पक्का यक़ीन था कि वह किसी प्रकार के मनोरोग की गिरफ़्त में क़तई नहीं है। इसके समर्थन में उसके पास दलील थी कि सुनिधि तब पास में थी जब पहली बार अननोन फ़ोन आया था, बल्कि उस समय मोबाइल सुनिधि के ही हाथ में था। इस दलील के विरुद्ध दलील यह थी : "ठीक है कि सुनिधि बग़ल में थी लेकिन उसने फ़ोन की वार्ता सुनी नहीं थी। इसलिए हो सकता है कि अननोन

की लिखत ने मुझे डरा दिया हो और वार्ता की सारी बातें यथार्थ नहीं, मेरे मस्तिष्क की गढ़ंत हों। इस विवाद का निराकरण करने का एक ही तरीक़ा था, जिसे उसने आज़माया...। अगली बार जब उसके मोबाइल पर Unknown उभरा तो उसने बात करने में देर लगाई क्योंकि इस बार उसे भय नहीं क्रोध आ गया था। वह फ़ोन पर कोई भद्दी सी बात, बहुत घटिया गाली देना चाहता था जिसे क़रीब बीस साल हुआ था उसने उच्चारित नहीं किया था। किसी तरह उसने अपने पर क़ाबू पाया और कहा, "देखिए मैं अभी व्यस्त हूँ आप शाम 6 बजे के बाद फ़ोन करें।" उसने फ़ोन काटकर सुनिधि को मिलाया, "सुनिधि तुम हर हाल में अपने फ़्लैट पर छः के पहले पहुँचो बहुत ज़रूरी है।"

6.33 पर घंटी बजी। उसने फ़ोन उठाकर स्पीकर चालू कर दिया। सुनिधि भी सुन रही थी...

"सुनिधि छः के पहले पहुँच गई न। क्या बोले थे उससे तुम—बहुत ज़रूरी है—यही न।" इस बार कोई फ़र्क़ आवाज़ थी।

"आपने फ़ोन क्यों किया है?"

"पूछने के लिए।"

"पूछिए।"

"दीपावली की रात सात दीये जलाकर सुनिधि के साथ सोते हो, इस बार होली की रात में क्या होगा?"

"पूछ लिया न! अब फ़ोन काटूँ?"

"नहीं कुछ बताना भी है।"

"क्या?"

"तुमने अपने ऊपर हमले का जो हल्ला मचाया था, कुछ नहीं हुआ। फ़ाइनल रिपोर्ट लगने वाली है।"

"मैं जानता था, यही होगा।"

"फिर इतना तूफ़ान क्यों मचाया था? क्या उखाड़ लिया?"

"तो मेरा ही क्या बिगड़ गया। ज़्यादा से ज़्यादा मेरा कॉलम बन्द हो गया, जिसका मुझे कोई अफ़सोस नहीं है।"

"इतनी जल्दबाज़ी में क्यों हो, बदला बड़े धीरज से लिया जाता है।"

"क्या कर लेगा कोई मेरा?"

"मारे जा सकते हो या जेल भी जा सकते हो।"

"किस गुनाह में?"

"गुनाह से सज़ा नहीं मिलती है, सज़ा गुनाह के सुबूत से मिलती है। सुबूत के कारण ही अनेक गुनहगार आज़ाद रहे हैं और लाखों बेगुनाह जेल के शिकंजों के पीछे हैं।"

"क्या सबूत है मेरे ख़िलाफ़?"

"सबूत होना ख़ास बात नहीं है। ख़ास है—सबूत इकट्ठा करना और उसे क्रम देना—एक थीम प्रदान करना।"

इस पूरे संवाद को सुनिधि ने सुना था और कहा था, "मामला गम्भीर होता जा रहा है। हमें पुलिस में रिपोर्ट करनी चाहिए। वह सर्विलांस के ज़रिये या चाहे जैसे, फ़ोन करने वालों का पता करे और उनको पकड़े।" वह उसी समय रतन कुमार के साथ कोतवाली गई थी। कोतवाल वहाँ मौजूद था।

कोतवाल से उसकी वार्ता इस मोड़ पर समाप्त हुई थी कि रतन कुमार आए दिन कोई न कोई कहानी लेकर आता है और उस कहानी में कोई सच्चाई नहीं होती। कोतवाल ने कहा, "रतन कुमार जी मैं साहित्यिक पत्रिकाओं को मौक़ा निकाल कर पढ़ता हूँ और यह कह सकता हूँ कि कहानियों को यथार्थवादी होना चाहिए। आपकी कहानी यथार्थवादी नहीं है।"

"मैं कहानी लेकर नहीं आया हूँ, इस वक़्त मेरे पास सच्चाई है। जानते हैं कोतवाल साहब, सच्चाई कभी भी निपट यथार्थवादी नहीं होती है।"

"लेकिन आपकी सच्चाई पर किसी को भरोसा क्यों नहीं होता है?"

"जिन्हें सच्चाई पर भरोसा नहीं होता, वे सच्चाई की समझ नहीं रखते हैं।"

"आप कुछ कार्रवाई करें सर!" सुनिधि ने हस्तक्षेप किया।

"करता हूँ कुछ कार्रवाई।" कोतवाल भद्दे तरीक़े से बोला था।

उसकी यातना का सिलसिला अभी थमने वाला नहीं था। एक रात उसे बहुत सारे कुत्तों के रोने की और भौंकने की आवाज़ सुनाई देने लगी। थोड़ी देर बाद लगा कि वे कुत्ते उसके घर के बहुत पास उसके दरवाज़े पर मुँह लगाकर रो रहे हैं। रुलाई और भौंकने की ये बड़ी तेज़, मनहूस और नज़दीकी आवाज़ें थीं। लग रहा था जैसे वे कुत्ते अब उसके घर से बिलकुल सटकर रो रहे थे। जब बरदाश्त नहीं हुआ तो वह किवाड़ खोलकर बाहर निकला। उसके हाथ में डंडा था जो कुत्तों को मारकर भगाने के लिए कम, उनसे बचाव के लिए अधिक था लेकिन डंडे का उपयोग नहीं हुआ क्योंकि बाहर सन्नाटा था। उसने देखा बाहर निरभ्र शांति थी। वहाँ न आवाज़ें थीं न कुत्ते। गोया कुत्ते नहीं कोई टेप शोर मचा रहा था जिसमें कुत्तों का रुदन और भौंकना रिकार्ड था। ऐसा लगातार होता रहा और उस दिन ख़त्म हुआ जब देर रात वह लौटा था। उसने देखा, उसके घर के सामने तमाम विदेशी नस्ल के ख़ूँख़ार, लहीम शहीम अनेक रंगों और आकारों के कुत्ते मंडरा रहे हैं। उसे लगा निश्चय ही वे उसी के लिए घात लगाए हैं। वह उलटे क़दम वापस चला गया था। रात उसने रेलवे स्टेशन पर आने वाली गाड़ियों की स्थिति की उद्घोषणा सुनते हुए बिताई थी। इसके बाद सब सामान्य रहा था। लेकिन निश्चिन्त होने के बजाय वह घनघोर रूप से चिन्तित हो गया था। उसे लग रहा था, यह तूफ़ान के पहले की शांति है और बहुत ज़्यादा उसके साथ बुरा होने वाला है। वह सहमा और घबराया हुआ दिखने लगा। कुल मिलाकर वह बेहद बुरे दौर से गुज़र रहा था। बाबा से फ़ोन पर बात

करते हुए उसका मन भर आता था, रुलाई भी आने लगती थी लेकिन वह सँभालने का यत्न करता था और सफलतापूर्वक रोना दबा लेता था। इस कसरत में उसकी बोलने की शैली बदल जाती थी। तब बाबा उधर से हेलो हेलो करते और पूछते, "तू रतन ही बोल रहा है न!"

वह इतना परेशान हो गया था कि पिछली ख़राब मुलाक़ात की याद को भुलाकर पुन: वह शहर कोतवाल से मिलने चला गया था। जब पहली बार चाय पीने और उसके कॉलम की तारीफ़ करने कोतवाल उसके घर आया था तो एक ख़ुशमिज़ाज़ आदमी लग रहा था लेकिन दफ़्तर में वह समझदार और मानवीय नहीं लगा था। रतन कुमार ने सोचा कि हो सकता है, दफ़्तर में कोतवाल ख़राब आदमी हो जाता है और घर पर बेहतर। अत: वह सुबह उसके बँगले पर चला गया था जहाँ वह अपनी सुन्दर पत्नी के साथ लॉन में चाय पी रहा था। संयोग से उसकी पत्नी भी हिन्दी की पत्रिकाएँ पढ़ती थी और साहित्यिक पत्रिकाओं में विशेष रूप से कहानियों की पाठिका थी।

रतन कुमार को कोतवाल ने वहीं बुला लिया और चाय भी पेश की। इससे रतन कुमार को यक़ीन हो गया कि कोतवाल का दिमाग़ आफ़िस में ख़राब रहता है। अनुकूल स्थितियाँ देखकर उसने कोतवाल से अपना दुखड़ा रोया।

"बिस्किट भी लीजिए।" कोतवाल ने दुखड़ा सुनकर प्यार जताया, "आपको किसका ख़ौफ़ है। नक्सलवाद से पूरा हिन्दुस्तान डरता है तो किसकी हिम्मत जो आपसे पंगा ले।" कोतवाल स्वयं बिस्किट प्लेट से उठाकर कुतरने लगा।

कोतवाल की सुन्दर बीवी ने सन्दर्भ को विस्तार दिया : "साहित्य समाज का दर्पण होता है। माफ़ कीजिएगा जनाब ये नक्सल भी देश को भरमा रहे हैं। वे ग़रीबी, भूख, अत्याचार और राज्य के दमन को काफ़ी बढ़ा-चढ़ाकर बताते हैं। मैं कहती हूँ कि ये सब चीज़ें हमारे देश में हैं ही नहीं। इसीलिए आजकल की कहानियों में इनकी चर्चा बिलकुल नहीं होती है। मैं कहती हूँ कि वे फर्स्ट क्लास की कहानियाँ इसीलिए हैं कि वे इन झूठी और फ़ालतू बकवासों से आज़ाद हैं।"

रतन कुमार पछतावे से भर उठा। उसे इस बात का तीव्र अहसास हो रहा था कि अपनी सुबह तबाह करने का वह स्वयं ज़िम्मेदार है।

उसने जनादेश के सम्पादक से भी मुलाक़ात की थी। उसकी बातें सुनकर वह बड़े जोश में आ गया था," अपुन है न!" उसने रतन कुमार से कहा, "तुम निश्चिन्त रहो। अगर तुम्हारे साथ कुछ हुआ तो हम उनकी...।"

"मगर मैं चाहता हूँ कि मैं बच जाऊँ मैं सकून से रहूँ। आप कुछ कर सकते हैं?"

"डरते क्यों हो बादशाओ।" सम्पादक ने गाया, "सरफ़रोशी की तमन्ना अब हमारे दिल में है देखना है ज़ोर कितना बाज़ुए क़ातिल में हैं।"

अन्तत: वह हर तरफ़ से नाउम्मीद हो गया था और अपनी आँखों के दर्द, अंधकार की समस्या और अनहोनी की आशंका के घमासान में निहत्था हो गया था। इस विकल्प को वह पहले ही ख़ारिज कर चुका था कि इस घर को छोड़कर दूसरा

कोई मकान लेकर उसमें चला जाए। उसने जान लिया था कि जो लोग उसकी हर सूचना हर सच्चाई हर क़दम से वाक़िफ़ हैं उनके लिए उसका नया ठिकाना ढूँढ़ना बेहद सरल काम होगा। बल्कि वह ऐसा फंदा तैयार करेंगे जिससे वह उसी नए मकान में जाएगा जहाँ पहले से उसे बरबाद करने की तैयारी वे कर चुके होंगे। वह सुनिधि के फ़्लैट में कुछ दिन रहने के ख़याल को इसलिए रद्द कर चुका था कि इसके लिए वह राज़ी नहीं होगी। यदि उसकी विपत्ति से पिघल कर हो गई तो भी कुछ हासिल नहीं होगा सिवा सुनिधि को भी अपने नर्क में ग़र्क़ कर देने के या सुनिधि के जीवन को नर्क बना देने के। यही बाबा के मामले में था। पहले उसने सोचा, बाबा हमेशा मुश्किलों से बचाते रहे हैं। उन्होंने असंख्य दुखों, घावों, अपशकुनों, अभावों से उसकी हिफ़ाज़त की है। वह बारिश में छाता उसके सिर पर कर देते थे और ख़ुद छाते की मूठ पकड़े बाहर भीगते रहते थे। गर्मी में उनके हिस्से का शरबत, लस्सी, वग़ैरह भी उसे मिल जाता था और जाड़े में अपने स्वेटर का ऊन खोल कर पोते के लिए स्वेटर उन्होंने ख़ुद बुना था। लोग हँसी उड़ाते, बाबा औरतों वाला काम कर रहे हैं पर बाबा मनोयोग से सलाई ऊन में फँसाकर ऊपर नीचे करते रहते थे। लेकिन इस बार शत्रु ऋतुओं से ज़्यादा ताक़तवर और ख़तरनाक थे। बाबा को भी मुसीबत में डालने से क्या फ़ायदा—उसने सोचा था और आख़िरकार अकेला हो गया था।

अब उसके पास यही रास्ता बचा था कि इन्तज़ार करे। वह बाट जोहने लगा था हादसे का। उसे नहीं मालूम था कि हादसा सोमवार को, मंगल को, शुक्र, इतवार किस रोज़ होगा? वे दिन या रात, कब आएँगे या कितने जन रहेंगे उसे बिलकुल नहीं पता था। उसको यह भी साफ़ नहीं था कि उसे प्रताड़ित किया जाएगा या मार दिया जाएगा? वह किसी बात से वाक़िफ़ नहीं था लेकिन इस बात को लेकर उसे शक नहीं था कि वह बख़्शा नहीं जाएगा। इस दहशत भरी ज़िन्दगी में उसके पास बचाव का कोई तरीक़ा था, कवच था तो महज इतना कि यह सारा कुछ जो हो रहा है उसकी कोई यथार्थ सत्ता न हो। यह एक दु:स्वप्न हो जो नींद खुलने पर ख़त्म हो जाएगा। उसका डर और उसकी समस्याएँ वास्तविक न होकर उसकी चेतना का विकार हों इसलिए वह मानसिक उत्पीड़न के बावज़ूद मूलभूत रूप से बचा रहेगा। इसकी भयंकर परिणति यही हो सकती थी कि सत्य के स्तर पर वह सुरक्षित और धरती पर बना रहेगा किन्तु अपनी चेतना और अनुभूति के स्तर पर लहूलुहान या मृत हो जाएगा। इसमें तसल्ली की बात इतनी थी कि जैसा भी हो वह जीवित रहेगा। वह अपने लिए मिट जाएगा पर बाबा और सुनिधि के लिए मौजूद होगा।

लेकिन संकट में वास्तविक नहीं आभासी होने की आकांक्षा दीर्घायु नहीं हो पाती थी। जीवन दोहत्थड़ मार कर उसे झकझोर देता और हक़ीक़त के धरातल पर लाकर पछाड़ देता था। तब वह पुन: अथाह बैचेनी के साथ बुरा घटित होने की प्रतीक्षा प्रारम्भ कर देता था।

4 जनवरी, 2011 मंगलवार के दिन वास्तविकता और भ्रम की टक्कर ज़्यादा पेचीदा, विस्तृत और विवादास्पद हो गई। उस दिन रतन कुमार ने आरोप लगाया कि उस पर हमला किया गया था। उसने अपने ज़ख़्म दिखाए जो घुटनों, कुहनियों और माथे पर अधिक चटक थे। उसने जो बयान किया वो संक्षेप में यह था : सुबह के 5.30 का समय था तभी उसके घर की कालबेल बजी थी। यह वक़्त अख़बार वाले के अख़बार फेंक जाने का होता था। अख़बार फेंककर वह घंटी बजा देता था। हमलावरों की ताक़त असीम थी, उन्हें रतन कुमार के हाकर की इस आदत के बारे में भी पता था। इसलिए सुबह 5.30 पर घंटी हाकर ने नहीं उन्होंने बजाई थी। रतन कुमार ने दरवाज़ा खोला किन्तु उसकी चौखट पर अख़बार नहीं कुछ लोग थे। जाड़े में सुबह इस वक़्त पर अँधेरा ही रहता है और रतन कुमार को वैसे भी ठीक-ठाक कहाँ दिखाई देता था। उसने उन लोगों को पहचानने से इनकार किया। इसकी उन्हें कोई परवाह नहीं थी, वे धड़धड़ाते हुए भीतर आ गए। कमरे में ज़ीरो पावर का एक बल्ब जल रहा था। इतनी कम रोशनी में आगंतुकों को ठीक से देख पाना रतन कुमार के लिए मुमकिन नहीं था। उसने रोशनी करने के लिए स्विच बोर्ड की तरफ़ हाथ बढ़ाया तभी एक ने उसकी कोहनी पर ज़ोर से मारा था। इसी घाव को बाद में रतन कुमार ने सार्वजनिक किया था। किस चीज़ से प्रहार किया गया था यह वह बता नहीं पाया। क्योंकि ज़ीरो पावर के अँधेरे में उसे नहीं दिखा, कि हॉकी, छड़, कुन्दा—किस चीज़ से मारा गया था।

"मुझसे आपका क्या शिकायत है, आप किस बात का ग़ुस्सा निकाल रहे हैं? मेरा क़सूर क्या है?" उसने सवाल किया था।

उसका क़सूर यह बताया गया कि अख़बार में ऊटपटांग की बातें लिखकर उसने अनेक प्रतिष्ठित लोगों की भावनाओं को आहत किया है और अनेक पवित्र एवं महान संस्थाओं तथा पार्टियों की छवि मिट्टी में मिलाने का गुनाह किया है।

"पर अब मेरा कॉलम बन्द हो गया है।" वह मिमियाया।

वे चारों हँसे, एक बोला, "बन्द नहीं हो गया हमने उसे बन्द कराया। लेकिन तुम अपराध तो कर चुके हो इसलिए सज़ा दी जाएगी तुमको?"

रतन कुमार का कहना था कि उनकी इस बात पर उसका मिजाज़ गर्म हो गया था, उसने चीखते हुए कहा था, "आप लोग सज़ा देंगे, क्यों? आप न्यायाधीश हैं, यमराज हैं या जल्लाद?" यह सुनकर वे लोग हँसने लगे थे। हँसते हुए ही उनमें से एक ने उसके माथे पर किसी चीज़ को दे फेंका था। वह क्या थी, इसे भी वह देख नहीं पाया था। बस जब माथे पर लगी थी, उसके स्पर्श और आघात के एहसास के आधार पर कह सकता था कि वह लोहे की कोई गोल चीज़ थी। कुल मिलाकर यह निश्चित हो गया था कि कमरे में इतना प्रकाश था कि उन चारों को आराम से दिखाई दे रहा था कि वे रतन कुमार के हाथ और माथे को देखकर निशाना साध सकें और रतन कुमार को बमुश्किल इतना भी नहीं दिख रहा था कि वह जान सके कि उस पर किस आयुध से प्रहार किया गया है?

जब इस प्रकरण को लेकर बहसबाज़ी शुरू हुई तो उपरोक्त बिन्दु सबसे प्रमुख मुद्दे के रूप में उभरकर सामने आया। रतन कुमार ने आरोप लगाया था कि चार लोगों ने उसके घर में घुसकर उसे मारा पीटा था और उसकी दोस्त सुनिधि के साथ बलात्कार की धमकी दी थी। उन्होंने यह भी धमकाया था कि कि किसी दिन एक ही समय पर प्रतापगढ़ में उसके बाबा और यहाँ राजधानी में ख़ुद वह चार पहिया वाहन से रौंदे जाएँगे। वे इस पर ठहाका लगाकर हँसे थे कि अलग अलग जगहों पर अलग अलग लोग एक ही समय पर एक ही तरीक़े से मारे जाएँगे। अन्त में उसने यह कहकर सबको चौंका दिया था कि वह चारों को पहचान गया है। उसने चारों की जो शिनाख़्त की थी वह अचम्भे नहीं महाअचम्भे में डाल देनेवाली थी। उसने कहा, उनमें एक मुख्य सचिव स्वयं था और शेष तीन थे—शहर कोतवाल, प्रमुख सचिव गृह और मुख्यमंत्री का एक विश्वसनीय सलाहकार। रतन कुमार का कथन था कि ये चारों उस पर हमला करके बड़े ख़ुश थे और जश्न मना रहे थे। उसी उत्सवी वातावरण में उनमें से एक ने कहा था कि रतन कुमार जैसी चुहिया का टेटुआ दबाने का काम उनके राज्य का कोई बहुत मामूली बिलार भी कर सकता था लेकिन वे ख़ुद इसलिए आए कि इस तरह जो मज़ा मिल रहा है वह दुर्लभ है। अपने शिकार को अपने दाँतों से चीथकर खाना कुछ और ही लुत्फ़ देता है। दूसरी बात, ख़ुद आने में भी कोई ख़तरा नहीं है क्योंकि अपनी आँखों की कम ज्योति के कारण रतन कुमार उन्हें ठीक से देख नहीं सकेगा। इस पर कोतवाल ने एक जुमला कसा था–"स्वाद भी सुरक्षा भी।" ध्यान देने की बात यह है कि यह सब कहते हुए वे अपने पद और परिचय नहीं बता रहे थे। बस हँस रहे थे और रतन कुमार के सामने चुनौती फेंक रहे थे–"सूरदास हमें पहचानो हम हैं कौन...।" रतन कुमार ने अपने ऊपर हमले के सन्दर्भ में बोलते हुए कहा था, "मैं पक्के तौर पर नहीं कह सकता लेकिन जिस प्रकार ये चार ओहदेदार लोग मुझ पर हमला करने आए उससे यह लगता है कि मुझ पर हमला राज्य की इच्छा से हुआ है। अब राज्य मेरे जैसे आदमी से क्यों इतना डरा है कि हमला करने की नौबत आ जाए यह मेरी समझ में नहीं आ रहा है। हाँ बीच-बीच में उनकी होनेवाली बातों से यह अनुमान लगाया ही जा सकता है कि मुझ पर राज्य के ग़ुस्से कारण जनादेश में छपने वाला मेरा स्तम्भ 'अप्रिय' था। वे बीच-बीच में व्यंग्य कर रहे थे कि 'बहुत चला था कूट रचना और शाट फार्म के विरोध का झंडा उठाने...देख उस झंडे का डंडा कहाँ घुस गया। पीछे हाथ लगा कर देख।' मुख्य सचिव ने टाई पहन रखी थी। उसने टाई को ढीला करते हुए पैर फैलाकर मेरे मुँह पर रखा था।"

रतन कुमार को इस बार पहले की भाँति समर्थन नहीं प्राप्त हो रहा था। बल्कि यूँ कहा जाएँ कि कोई उसकी बात को गम्भीरतापूर्वक नहीं ले रहा था। उसके आरोप इसी पर ख़ारिज हो जाते थे कि प्रदेश के चार इतने बड़े अधिकारी ख़ुद उसके घर जाकर हमला करेंगे, यह बात किसी को विश्वासयोग्य नहीं लगती थी। लोग यह

स्वीकार करते थे कि सत्ता अपने से टकराने वालों को ग़ैरक़ानूनी दंड देने में प्राय: संकोच नहीं करती है जबकि वह चाहे तो वैध तरीक़े से ही विरोधी की ज़िन्दगी बरबाद कर सकती है। इसके बावज़ूद रतन कुमार का वर्णन इतना ड्रामाई, कोरी कल्पना और मसाला लगता था कि वह लोगों के गले नहीं उतरता था। आख़िर मौज़ लेने के लिए इतने बड़े हुक्मरान इतना बड़ा जोखिम कैसे उठा सकते हैं। सन्देह की दूसरी वजह यह थी कि रतन कुमार आला हाक़िमों के ग़ुस्से की वजह अपने स्तम्भ को बता रहा था। पहली बात कि वह स्तम्भ बन्द हो चुका था और दूसरी, उस स्तम्भ में इन अधिकारियों के ख़िलाफ़ एक बार भी कटूक्ति नहीं कही गई थी। ये चारों अपने नाम भी पूरे-पूरे लिखते थे न कि शार्ट फार्म में जिसको लेकर रतन कुमार ने न जाने कैसी बहकी बहकी बातें की थीं। फिर आख़िर इन चारों को क्या पड़ी थी कि उसकी खाल खींचने उसके घर चले गए। ज़ाहिर है यह सब रतन कुमार का दिमाग़ी फ़ितूर है या चर्चित होने के लिए की गई एक बेतुकी नौटंकी। ख़ुद विश्वविद्यालय के कई अध्यापकों का मानना था कि कॉलम बन्द होने से रतन कुमार बौखला गया था और यह सब अन्य कुछ नहीं अपने को चर्चा के केन्द्र में ले आने का एक घृणित हथकंडा है। जबकि उच्च न्यायालय के दो न्यायमूर्ति लंच में बातचीत के बीच इस परिणाम पर पहुँचे: ये ब्लैकमेलिंग का केस है। दरअसल ये लौंडा सरकार से कोई बड़ी चीज़ हथियाना चाहता है।

इस वाक़ये के रतन कुमार के वर्णन में जो सबसे बड़ी ख़ामी, सबसे गहरा अन्तर्विरोध था वह था—देखना। रतन कुमार को जानने वालों को यह ज्ञात था कि उसको ठीक से दिखता नहीं है और अँधेरे अथवा ज़ीरो पावर की हल्की लाइट में क़रीब-क़रीब बिलकुल ही नहीं देख सकता है। रतन कुमार स्वयं इस बात को स्वीकार करता था। यह उसके बयान से भी सिद्ध होता था। क्योंकि उसने बताया था कि 5:30 पर अँधेरा होता है और वह बाहर खड़े इन लोगों को नहीं पहचान सका था। कमरे में लाइटें जलाने के लिए उसने स्विच बोर्ड की तरफ़ हाथ बढ़ाया तो प्रहार हुआ। और उसका हाथ नीचे झूल गया। अर्थात रोशनी की दशा वैसी की वैसी रही। इतनी कम कि वह देख नहीं सका था कि उसके हाथ पर किस चीज़ से प्रहार किया गया। रतन कुमार ने हमेशा यही कहा कि कमरे में और उसकी आँखों में रोशनी कम होने के कारण वह आगंतुकों को पहचान नहीं पा रहा था। तब फिर आख़िर कौन सा चमत्कार हुआ कि उसने देख लिया: ये हैं: मुख्य सचिव, प्रमुख सचिव गृह, मुख्यमंत्री का मुख्य सलाहकार और शहर कोतवाल।

"हाँ चमत्कार हुआ।" रतन कुमार का जवाब था : "मेरे साथ कभी-कभी चमत्कार होता है। यह सच है कि मेरी आँखों में देखने की सामर्थ्य बहुत कम है लेकिन मेरे साथ ऐसा कई बार हुआ है कि जब मुझमें कोई भावना बहुत ज़्यादा होती है—फट पड़ने की सीमा पर—एकदम बेक़ाबू—तो मुझे अपरम्पार दिखने लगता है। बहुत ज़्यादा। तब मैं सूई में धागा तक डाल सकता हूँ और किसी अँधेरे कोने में पड़ा

सरसों का दाना ढूँढ़कर उठा सकता हूँ। और उस रोज़ जब ये चारों मुझे पीट कर, परेशान कर, बेइज़्ज़त करके जाने लगे थे तब मेरे अन्दर घृणा की भावना भयंकर रूप से उमड़ी थी। इतनी घृणा जीवन में कभी नहीं हुई थी। वह घृणा बादलों को चीर देने वाली थी। तभी मुझे सभी कुछ तेज़ रोशनी में दिखने लगा था—ये चारों भी दिखे थे। मेरी याद्दाश्त भी अच्छी है जो हर वक़्त अच्छी रहती है। मैं बता सकता हूँ कि इन लोगों के कपड़े कैसे थे उस रोज और पैरों के जूते किस तरह के थे। मैं इनके बालों की सफ़ेदी और गंज, चेहरे, हथेलियों के कुछ चिह्नों को बता सकता हूँ।"

कोई इस बात पर यक़ीन करने के लिए तैयार नहीं था सिवा सुनिधि के। सुनिधि ने एक बार फ़ैसला भी कर लिया था कि वह लाज-शरम तजकर कहेगी कि, "हाँ इसके साथ ऐसा होता है। यह पिछली दीपावली पर रात में सात दीयों के मद्धिम उजाले में मेरे शरीर के तिलों को देख सका था।" लेकिन उसे ऐसा करने से रतन कुमार ने ही रोक दिया था। कहा था : "इस पर लोग हँसेंगे, विश्वास नहीं करेंगे।"

जो रतन कुमार से सहानुभूति रखते थे उनको भी इस वृत्तांत पर ऐतबार नहीं था किन्तु वे यह मानते थे कि रतन कुमार तिकड़मी और फ़र्जी इनसान नहीं है जो इस तरह के क़िस्से गढ़कर शोहरत या कोई अन्य चीज़ हासिल करने की जुगत करेगा। इसलिए उन्हें यह मामला उसकी दिमाग़ी हालत के ठीक न होने का लगता था। विचित्र बात थी, यही तर्क सत्ता के लोगों का भी था। उनका भी कहना था : इस शख़्स को कोई मानसिक रोग है और इसके द्वारा 'अप्रिय' स्तम्भ में लिखी बातें भी मनोरोग की ही उत्पत्ति थीं।

रतन कुमार को भी ऐसा महसूस हुआ : "हो न हो यह भी मिथ्याभास हो। आख़िर इसके पहले भी यथार्थ और मिथ्या के संशय मुझको हो चुके हैं। कहीं उसी का उग्र रूप—विस्फोटक मनोविकार—तो नहीं है यह सब? क्या मोबाइल पर आए अननोन नम्बरों की तरह ही उस पर हुए हमलों का कोई अस्तित्व ही नहीं है? यह पूरी दास्तान मेरे दिमाग़ में घटी और बुलबुले की तरह फूटकर विलीन हो गई। अब भी मेरी आँखों में दर्द रहता है और अँधेरा। क्या इन दोनों दु:खों ने मिलकर एक झूठे महादु:ख की गप्प तैयार की जिसका लोगों पर असर महज एक चुटकुले की तरह हो रहा है।" उसने संतोष कर लिया : "यह सब अघटित है। राज्य के प्रति मेरी घोर नफ़रत की काल्पनिक उड़ान है, बस।"

"लेकिन मेरे घाव। मेरे मत्थे का और मेरी कोहनी का घाव—वह तो है। पीठ के घावों के बारे में, ख़ुद मुझे नहीं मालूम था, सुनिधि ने देखा और बताया था। तब अगर ये ज़ख़्म सच हैं फिर वह वाक़या झूठ कैसे हो सकता है।" और इसी के बाद उसने पुन: पुराना रास्ता पकड़ लिया था। उसने अपने मन को शक्ति दी थी, सुनिधि को चूमा था और बाबा को फ़ोन किया था, इसके बाद वह भूख हड़ताल पर बैठ गया था। उसकी माँग थी, अपराधियों पर कार्रवाई हो।

लेकिन अगले दिन वह अनशन स्थल से लापता हो गया था। कुछ प्रत्यक्षदर्शियों

का कहना था कि वह भूख बरदाश्त नहीं कर सका था और भागकर दो किमी. की दूरी पर एक दुकान पर गोलगप्पे खा रहा था। कुछ ने आँखों देखा हाल की तरह बयान किया : उसे नींद में चलने का रोग है। वह साढ़े तीन बजे रात को उठ कर खड़ा हो गया और मुँदी हुई आँखों के बावज़ूद चलने लगा। वह काफ़ी दूर चला गया था और वह लौटकर वापस नहीं आया था।

पता नहीं इन बातों में कौन सच थी कौन झूठ? या सभी सच थीं और सभी झूठ। लेकिन इतना अवश्य था कि रतन कुमार अगली सुबह अनशन स्थल से ग़ायब था और फिर उसे किसी ने नहीं देखा था। विश्वविद्यालय में भी उसके बारे में कोई सूचना न थी। वह जहाँ रहता था उस मकान में ताला लटका था और पड़ोसी भी कुछ बता सकने में असमर्थ थे। सुनिधि उसके मोबाइल पर फ़ोन करती रहती थी लेकिन वह हमेशा बन्द रहता था। फिर भी उसने हार नहीं मानी थी, जब वक़्त मिलता वह उसका नम्बर मिला देती थी। नतीजा पूर्ववत: उसका मोबाइल बन्द होता था। इस प्रकार जब आठ दिन बीत गए तो वह अपने फ़्लैट में फफककर रोने लगी थी।

कार में सुनिधि ने बाबा से प्रश्न किया "अनशन स्थल से वह अचानक कहाँ चला गया था?"

"टीना बिटिया मैंने यह सवाल उससे किया था।" बाबा ने अपने कोट की भीतरी जेब से एक काग़ज़ निकाला, "इसे पढ़ लो, उसी का लिखा हुआ है।"

सुनिधि ने कार किनारे करके रोक दी और काग़ज़ को खोला। रतन की लिखावट थी। जिस रात वह अनशन स्थल से लापता हुआ था, उसका वर्णन करते हुए उसने लिखा था कि वह आधी रात का समय था। एक तो ठंड थी, दूसरे उसकी आँखों में दर्द था, तीसरे उसे भूख महसूस हो रही थी, शायद इन्हीं वजहों से उसे नींद नहीं आ रही थी। हालाँकि वह सोने की कोशिश कर रहा था और आँखें मूँदे पड़ा था। तभी कुछ लोग एक ट्रक लेकर आए। उनके साथ तीन-चार ख़तरनाक कुत्ते भी ट्रक से उतरे। उन लोगों ने उसे अनशन स्थल से उठाकर ट्रक में उछाल दिया फिर ख़ुद आ गए। कुत्ते भी छलांग मारकर ट्रक के भीतर थे। ट्रक घुर्र-घुर्र करता हुआ पहले से ही स्टार्ट था, चल पड़ा। वह कर ही क्या सकता था। क्योंकि वे कई थे, अधिक ताक़तवर थे और हथियारबन्द थे। वे कुछ खाने लगे। खाने की कोई चीज़ उसे पेश की, कहा, "लो तुम भी खा लो।" उसने मना किया, "मैं कैसे खा सकता हूँ, मैं भूख हड़ताल पर हूँ।"

"भूख हड़ताल पर हो। ये तो हम भूल गए थे।" एक ने कहा, बाक़ी सब हँस पड़े। दूसरे ने एक लोकप्रिय फ़िल्मी संवाद की तर्ज पर कहा, "खाना नहीं खाएगा, तो गोली खाएगा।" दहशत के मारे वह दी हुई चीज़ें खाने लगा।

इसके बाद का वर्णन करते हुए उसने लिखा था : "उन्हें हँसते हुए देखकर मुझे इलहाम सा हुआ कि ये मुझको मार डालेंगे। मैंने सोचा कि बचने की एक

ही उम्मीद है कि किसी भीड़भाड़ वाली जगह पर मैं ट्रक से कूद जाऊँ। इसके दो नतीजे थे, एक मौत से बचाव था, दूसरा था मौत। मैंने सोचा मरना तो पड़ेगा मुझे, चाहे चलती ट्रक से कूदकर मरूँ या इनके हाथों मारा जाऊँ। ट्रक के विकल्प में इस उम्मीद की गुंजाइश भी थी कि मुमकिन है बच जाऊँ। चोट लगेगी, हाथ, पैर की हड्डियाँ टूटेंगी पर जीवन बचा रहेगा। मुझे यह क़बूल था। उस क्षण में मैंने यह भी सोचा कि मैं पुन: अनशन स्थल पर पहुँचूँगा और कहूँगा कि मेरी टूटी हुई हड्डियाँ देखिए। ये मेरी हड्डियाँ नहीं टूटी हैं इस देश के लोकतंत्र को फ्रैक्चर हो गया है। मेरा अपाहिजपन दरअसल इस देश के शक्तिपीठों की क्रूरता और न्यायप्रणाली की विकलांगता को दर्शाता है।"

लेकिन ऐसा वक्तव्य देने का अवसर उसे नहीं मिला था। क्योंकि ट्रक बहुत तेज़ गति से चलकर एक सुनसान मैदान में रुका था। जब ट्रक तेज़ गति में था तो उसके लिखे काग़ज़ के अनुसार जो उनका मुखिया लग रहा था उसने कहा, "पच्चासी की स्पीड में चल रहा है ट्रक। तुम्हें कुचलने में इसे क्या दिक़्क़त और मुरौव्वत होगी। तुम्हारा यह भरोसा भी टूटने से रह जाएगा कि तुम्हारी मौत एक्सीडेंट से होगी। लेकिन हम तुम्हें मारेंगे नहीं। सिर्फ़ यह अहसास कराना चाहते हैं कि तुम यह जानो कि तुम हमेशा हमारी निगरानी में हो, हमारी दया और इन्सानियत के नाते ज़िन्दा हो। हम जिस पल चाहें, तुम्हारा क़िस्सा ख़त्म।" इसके बाद ट्रक रोककर उसे उस सुनसान मैदान में छोड़ दिया गया था और वे गोलियाँ दागते हुए चले गए थे। वह भयभीत, शर्मशार वहाँ खड़ा थर-थर काँप रहा था ठंड और ख़ौफ़ से। उसने अन्त में लिखा था : "ठंड और ख़ौफ़ के अहसास के अलावा मुझे यह बात भी सता रही थी कि उनका दिया खाने के बाद मेरी भूख हड़ताल टूट चुकी थी। एक ओर मैं बेइज़्ज़ती से गड़ा जा रहा था कि खा लेने के बाद मेरे अपने लोग भी अब मुझे धोखेबाज़, पेटू और भगोड़ा समझेंगे। दूसरी तरफ़ मुझे यह आशंका भी थी कि कहीं दोबारा न दबोच लिया जाऊँ। मैं घर नहीं लौटा और भागता रहा। मैंने अपना मोबाइल बन्द रखा। इसलिए कि कहीं वे मुझे फ़ोन करके कोई नया फरमान न सुना दें।"

सुनिधि ने काग़ज़ को तहा कर बाबा के सिपुर्द किया और कार स्टार्ट की, "इस वक़्त वह कहाँ है?"

"घर पर।" बाबा ने बताया, "इधर-उधर भटकने के बाद वह मेरे पास प्रतापगढ़ आ गया था। कहता था, नौकरी चाकरी नहीं करेगा, वहीं रहेगा। मगर मैं उसे लेकर यहाँ आया। आख़िर इनसान को मुख़ालिफ़ हवा से लड़ना होता है। यूँ ही धनुष बाण नहीं रख देना चाहिए। जितनी मुझमें अक़्ल है समझा चुका हूँ मगर वह घर से बाहर निकलने को तैयार नहीं हो रहा है। अब तुम ही समझाओ टीना बिटिया। हो सकता है, तेरी बात असर करे। उसने बार-बार तुम्हारा नाम लिया और सुबह से ही तुमको बुलाने के लिए कह रहा था।"

सुनिधि बोली नहीं। वह उसी लय में कार चलाती रही। वह सोच रही थी, इस

बार रतन की कहानी पर विश्वास नहीं किया जाएगा। उसके सारे वृत्तांत को प्रसिद्धि की प्यास, कपट की कहानी, बददिमाग़ का बयान सरीखे शब्दों से नवाजा जाएगा। उसकी बातें मनोविकार हों अथवा उनमें सौ प्रतिशत यथार्थ हो, इतना निश्चित था कि दोनों ही परिस्थितियों में वह तबाह हो रहा था। एक क्षण के लिए मान ही लिया जाए, यह सब उसके किसी काल्पनिक भय का सृजन है तो भी कहा जा सकता है कि वह उसके भीतर इतना फैल चुका था कि छुटकारा जल्दी सम्भव नहीं दिख रहा था। और यदि वाक़ई किसी सत्ता के निशाने पर था वह, तो पार पाना ज़्यादा कठिन था।

स्थिति आशंकाओं से बहुत अधिक गूढ़, दुखद और किंकर्तव्यविमूढ़ कर देने वाली थी। बाबा ने तीन बार जब अपनी पहचान बताई तब उसने दरवाज़ा खोला था। पहले उसने ज़रा सा खोलकर बाहर की थाह ली थी। उस समय उसका चेहरा देखकर सुनिधि दहल उठी थी। इतना थका हुआ, डरा हुआ और हारा हुआ चेहरा उसने पहले कभी नहीं देखा था। यह और भी त्रासद इसलिए कि वह चेहरा रतन का था।

अन्दर पहुँचकर बाबा दूसरे कमरे में चले गए। जाते हुए उन्होंने कहा, "टीना बिटिया, मैं दफ़्तर और घर की दौड़ाभागी से थक गया हूँ। अब थोड़ी देर आराम करूँगा।" उनके जाने के बाद रतन ने दरवाज़े को परखा कि वह बन्द है कि नहीं। बन्द था। उसने भीतर से ताला लगा दिया।

वह आकर बैठा और यह दिखलाने का भरसक जतन करने लगा कि वह सहज और निडर है। सुनिधि ने उससे पूछा, "क्या हालचाल हैं?"

"बढ़िया और तुम्हारा?"

"मैं भी ठीक हूँ।"

सुनिधि ने उसे सहज दिखाने की असहज स्थिति से उबारने के लिए इधर-उधर की बातें शुरू कर दीं। अपने दफ़्तर पर चर्चा की। इंटरनेट और मोबाइल पर पढ़े कुछ लतीफ़े सुनाए और इधर देखी हुई एक रोमांटिक फ़िल्म पर अपनी मुख़्तसर टिप्पणी प्रस्तुत की। वह ग़ौर से सुन रहा था और उसके चेहरे पर उचित भावनाएँ भी उभर रही थीं, इससे सुनिधि को तसल्ली हुई लेकिन वह इस बात से चौंक पड़ी थी और चिन्तित हो गई थी कि वह अपनी भावनाएँ अजीब ढंग से छिपा लेना चाहता था। जब उसे हँसी आती थी तो वह अपनी हथेली से होठों को ढक ले रहा था। अपनी आँखें हमेशा चारों ओर नचाता रहता था। जैसे हर कोने अन्तरे से उसे ख़तरा था और वह लगातार नज़र रख रहा था। उसके एक हाथ में कोई पत्रिका थी जिसे वह बोलते समय गोल करके मुँह के सामने कर लेता था। इससे आवाज़ गूँजती हुई सी और परिवर्तित हो उठती थी। सुनिधि को पक्का यक़ीन हो गया, वह किसी अदृश्य शत्रु से सावधानी बरतते हुए अपनी शिनाख़्त को छिपाना चाह रहा है।

"यहाँ मेरे और बाबा के सिवा कोई नहीं है। दरवाज़ा बन्द है और ताला जड़ा है, फिर तुम इतना डर किससे रहे हो?"

"तुम उनकी ताक़त के बारे में नहीं जानती हो।" वह फुसफुसाया, "वे कभी भी कहीं भी पहुँच सकते हैं। वे सब देख सकते हैं, सुन सकते हैं, कर सकते हैं। वे इनसान के दिमाग़ में चिप लगा देते हैं और उसके सारे भेद जानते रहते हैं।"

"तुम्हारे दिमाग़ में तो अभी चिप नहीं लगाया है न?"

"लेकिन ऐसा कुछ भी नहीं है जो उनसे छिपा रहता है। मैंने तुम्हें 'अननोन कॉल' के बारे में बताया था न, इधर वह बहुत ज़्यादा आने लगा था। मैं डर के मारे हमेशा मोबाइल बन्द रखता हूँ। न जाने वे कब कौन सा निर्देश भेज दें...।" उसने पहलू बदला, "मैं अख़बार नहीं पढ़ता, टी.वी. भी नहीं देखता क्योंकि वे इनके ज़रिये भी मुझे सन्देश दे देंगे जिसे मजबूरन मुझको मानना पड़ेगा। मैंने घर से बांहर निकलना छोड़ दिया है और घर के दरवाज़े बमुश्किल खोलता हूँ, अत: बचा हूँ और तुम्हारी आँखों के सामने हूँ। लेकिन इसका ख़ामियाज़ा भी भुगत रहा हूँ। अख़बार, टी.वी. से दूर हो जाने के कारण मैं बाहरी दुनिया से पूरी तरह कट गया हूँ। मुझे कुछ भी नहीं मालूम कि देश दुनिया में कहाँ क्या हो रहा है।" उसने सुनिधि से गुजारिश की, "तुम्हीं बता दो इधर की ख़ास ख़बरें।"

सुनिधि क्या बताए, वह पशोपेश में पड़ गई। सुन्दर, सुखी दृश्य केवल विज्ञापनों में थे, अख़बारों और टी.वी. के समाचार चैनलों के बाक़ी अंशों में हत्या, लूट, दमन, बलात्कार, षड्यंत्र और हिंसा व्याप्त थी। उसे लगा, रतन को ये सब बताने का अर्थ है उसकी आशंकाओं, दहशत और नाउम्मीदी की लपटों को ईंधन देना। यह बताना तो और भी मुसीबत की बात थी कि अनशन स्थल से ग़ायब होने के बाद समाचार माध्यमों में उसकी कितनी नकारात्मक छवि पेश हुई थी। वह भगोड़ा, भुक्खड़, डरपोक और सनकी इनसान बताया जा चुका था।

लेकिन रतन के आग्रह को टालना भी सम्भव नहीं दिख रहा था। वह उसको देखते हुए उत्तर का इन्तज़ार कर रहा था। जब से आई, पहली बार उसने रतन की पुतलियों को अपने चेहरे की तरफ़ स्थिर देखा था। अब उसे कुछ न बताने का अर्थ था उसकी पुतलियों को फिर से अविराम भटकाव के लिए बेमुरौव्वत छोड़ देना।

उसने झूठ बोलना शुरू किया: तुम यहाँ घर में बन्द हो और बाहर आग लगी हुई है। ऐसा लगता है जैसे देश में बग़ावत हो गई है। तमाम लोग सरकार, धनिकों और धर्माधीशों के ख़िलाफ़ सड़कों पर उतर आए हैं। ऐसा माना जा रहा है कि 1942 के 'भारत छोड़ो' के बाद पहली बार इस देश में सत्ता के विरोध में ऐसा ग़ुस्सा पनपा है...।"

"विश्वास नहीं हो रहा है...।"

"न करो, पर इससे सच्चाई नहीं बदल जाएगी। सच यह है कि देश की सारी सेज परियोजनाओं पर किसानों ने कब्ज़ा कर लिया है और सेना ने उन पर गोली चलाने से इनकार कर दिया है।" सुनिधि को लगा कि पिछले दिनों घटे ट्यूनिशिया, मिस्र के जनविद्रोह उसकी कल्पना शक्ति को रसद पानी दे रहे हैं, "और छात्र,

उनकी पूछो मत, बाप रे बाप! कोई भरोसा नहीं करेगा कि ये फास्ट फूड, बाइक, मस्ती और मनोरंजन के दीवाने लड़के हैं। वे अपने-अपने शहरों, क़स्बों और गाँवों में गुट बनाकर धावा बोल रहे हैं।"

"अरे नहीं..." रतन कुमार खड़ा हो गया। वह ख़ुशी और अविश्वास से हिल रहा था।

"न मानो तुम। पर इसका क्या करोगे कि औरतें भी कूद पड़ी हैं इस लड़ाई में। और बूढ़े भी।" उसे महसूस हुआ, वह कुछ ज़्यादा ही गपोड़ी हो गई है लेकिन उसका मन लग गया था गप्प हाँकने में। उसने ज़ारी रखा : "अख़बार, टी.वी. से दूर रहे इसीलिए नावाक़िफ़ हो कि जिस रोज़ अनशन स्थल से ग़ायब हुए, समाचार जानकर सत्रह हज़ार लोग इकट्ठा हो गए थे। वे तुम्हारी ज़िन्दाबाद के नारे लगा रहे थे और तुम्हें ढूँढ़कर लाने की माँग कर रहे थे।" वह हँसी : "जानकर अच्छा लगेगा, तुम्हारे कॉलम अप्रिय की जय हो के नारे भी गूँजे थे।"

"हे भगवान कितने प्यारे और भले आदमी हैं धरती पर।" प्रसन्नता रतन कुमार की आवाज़ में छलकी, अचानक वह ख़ुशी से चिल्लाया, "सुनिधि आज फिर मेरी आँखों में रोशनी आ गई है। मैं इस वक़्त साफ़-साफ़ देख रहा हूँ।" वह भागा हुआ गया और बाबा को ले आया, "बाबा मुझे दिख रहा है। यह कुछ ही देर के लिए होगा लेकिन फ़िलहाल मैं देख पा रहा हूँ। तुम्हारे कुर्त्ते पर नीले रंग की बँटनें लगी हैं और रंगमहल वस्त्रालय वाले कैलेंडर में सबसे बारीक हरफ़ों में छपा है—सन् 1928 में स्थापित। मैं बग़ैर आँखों के नज़दीक लाए कोई किताब पढ़ कर सुना सकता हूँ तुमको।" वह एक किताब लाकर सामान्य दूरी से पढ़ने लगा।

बाबा भौंचक्का होकर उसे देख रहे थे। उन्हें इसी तरह हत्प्रभ छोड़कर वह उठा, "सुनिधि मैं तुम लोगों को चाय बनाकर पिलाता हूँ।" वह किचन में जाकर आग पर बरतन चढ़ाने लगा। बाबा सोच रहे थे, "रतन ड्रामा कर रहा है। उसने टीना से कुर्त्ते की छींटों का रंग, कैलेंडर की लिखावट को पहले से पता कर लिया होगा और किताब में जो लिखा है उसे मैं क्या जानूँ।"

सुनिधि चुप थी। उसके मन में चल रहा था : "दीपावली की रात सात चिराग़ों के उजियाले में इसने मेरे शरीर के लक्षण देखे थे और ख़ुश हुआ था। आज मेरे झूठे क़िस्सों ने इसके भीतर को जगमग किया।" उसके टखने काँपने लगे, वह बेहद बेचैन होने लगी। गहरे अफ़सोस और उदासी से उसने सोचा, "काश मेरे क़िस्से सच होते।"

[2011]

अँधेरा

प्रेमरंजन का जीवन अक्सर परेशानियों से भर उठता था। रंगबिरंगी भाँति-भाँति की परेशानियाँ उसके संसार में विचरण करने लगतीं। मसलन वह कभी ख़रीददारी के लिए बाज़ार जाता तो पाता कि रुपए घर में उतर चुकी पतलून की जेब में रह गए हैं। इसी प्रकार जब उसे ज़्यादा पढ़ाई करनी होती, बिजली गुल हो जाती और जब लिखना होता तो पेन की रोशनाई ख़त्म हो जाती। सभा-समारोहों में उसके पैंट की जिप का ख़राब होना आम बात थी। राह चलते उसकी चप्पल टूट जाती, तो प्यास लगने पर कमरे में रखी सुराही फूट जाती।

पिछले दिनों वह अपनी दाढ़ी की वजह से परेशान था—युवा, नरम, हल्की और लचीली दाढ़ी। हुआ यह था कि रेहाना ने ज़िद पकड़ ली थी कि वह इस अत्यन्त प्रिय दाढ़ी को मुड़ाकर चिकना-चुपड़ा हो जाए।

आख़िर क्या करता, हिम्मत बटोरकर 'बाम्बे हेयर कटिंग सैलून' में घुसना पड़ा था। अनवर नाम का छोटे क़दवाला वह हज्जाम गवाही दे सकता है कि सफाचट में अपने रूपान्तरण की क्रिया के समय प्रेमरंजन ने आँखें मूँदकर दाँत भींच लिया था और साँसें रोक ली थीं। बाद में आईने में देखकर उसने कराह भरी थी, और पुनः आँखें मूँद ली थीं। उसे अपना चेहरा बहुत छोटा, रूखा, कठोर तथा घाघ लगने लगा था। वह अनुभव कर रहा था कि उसका समस्त तेज़ लुट गया है। उसने सोचा, "मैं यह निष्प्रभ चेहरा लेकर रेहाना से कैसे मिलूँगा।" फलस्वरूप वह तब तक युनिवर्सिटी नहीं गया जब तक कि उसके गालों पर पुनः युवा, नरम, हल्की और लचीली दाढ़ी वापस नहीं आ गई।

मगर रेहाना उसे देखकर भड़क गई, "तुम मेरी ख़ातिर अपनी दाढ़ी तक नहीं क़ुर्बान कर सकते।"

"अच्छा बाबा करूँगा। मैं तुम्हारी ख़ातिर दुबारा अपनी दाढ़ी क़ुर्बान करूँगा।" यह कहकर वह उल्टे पाँव फिर 'बाम्बे हेयर कटिंग सैलून' में गया।

पुनः उसकी दाढ़ी अनवर हज्जाम के हवाले थी।

इस बार अपनी दाढ़ी की बलि देकर वह सीधे एक जनरल स्टोर्स पर पहुँचा और दाढ़ी बनाने का सामान ख़रीदने लगा।

दाढ़ी बनाने का सामान लेकर वह अपने कमरे पर आया और आते ही दाढ़ी

बनाने लगा। उसे दाढ़ी बनाने की सनक लग गई थी जैसे—जब मौक़ा पाता, दाढ़ी बनाने लगता। वह पढ़ रहा होता...पढ़ रहा होता...कि रेहाना की याद आती और दाढ़ी बनाने लगता। शाम को घूम-टहलकर आता, दाढ़ी बनाने में जुट जाता और सुबह होते ही फिर ब्लेड, ब्रश वग़ैरह लेकर बैठ जाता। एक बार किसी सपने की वजह से वह जग गया और तीन बजे रात में ही दाढ़ी बनाने लगा था।

कुछ दिनों बाद उसका चेहरा क्लीन शेव्ड का अभ्यस्त हो गया, और उसे अपना यह रूप भाने लगा। अब रेहाना की अपनी शर्त पूरी करने की बारी थी। रेहाना ने कहा था कि यदि वह दो माह लगातार क्लीन शेव्ड रहेगा तो तीसरे महीने के पहले हफ़्ते में किसी रोज़ वह उसके साथ घूमेगी लेकिन यदि प्रेमरंजन शर्त हार गया तो रेहाना उससे कभी नहीं बोलेगी। बहरहाल नतीजा आ चुका था। प्रेमरंजन शर्त जीत चुका था और अब उसे उस दिन का इन्तज़ार रहने लगा था जब रेहाना उसके साथ घूमने चलेगी...।

आज वह दिन आ गया था। सबसे ख़ास बात यह थी कि आज उसके पास रंगबिरंगी भाँति-भाँति की परेशानियाँ तो दूर की चीज़, कोई भी परेशानी नहीं थी। उसे रेहाना से बुद्धा पार्क में मिलना था और उसके साथ देर तक घूमना था।

जब वह रेहाना से मिलने के लिए अपने किराए के कमरे से निकला तो उसका जीवन परेशानी नहीं, रंग-बिरंगी खुशियों से भरा हुआ था। आज वह और रेहाना साथ-साथ वक़्त बिताएँगे—यह उसका बहुप्रतीक्षित घोर रोमांटिक स्वप्न था जो साकार होने जा रहा था। यूँ ऐसा दो-चार रोज़ पहले भी सम्भव हो सकता था मगर दो-चार रोज़ पहले तक उसकी जेब तैयार नहीं थी। जेब दो-चार रोज़ बाद भी ख़ास तैयार नहीं थी, पर इजी मनी के इस युग में पाँच-छह सौ रुपयों के उधार की व्यवस्था कोई मुश्किल काम न था। ख़ुशी की बात थी कि उसे दो हज़ार मिल गए थे।

दो हज़ार रुपए पास आ जाने पर उसने एक ख़ूबसूरत शर्ट ख़रीदकर पहनी। उसने उतारी हुई शर्ट को खूँटी पर टाँगा और कहा, "मेरी पुरानी प्यारी क़मीज़ बुरा मत मानना। एक दिन तुम्हें भी पहनकर रेहाना के साथ घूमूँगा।" उसने अपने पैंट की पीछे वाली जेब में नया पर्स रखकर पुराने पर्स को कूड़ेदान में फेंका, "माफ़ करना मेरे फटे पर्स, रुपए रूपी आत्मा ने अब नया शरीर धारण कर लिया है।" इसी प्रकार उसने एड़ियों पर फट चुके मोज़ों से कहा, "अलविदा मेरे मोज़ो।" और दाँतों के बीच-बीच में मैल इकट्ठा कर चुकी छोटी कंघी से बोला, "यदि नईवाली किसी दिन खो गई तो तुमको फिर से इस्तेमाल करूँगा, रंज मत कर मेरी नन्हीं कंघी।"

उसने पहली बार सेंट ख़रीदा था जिसे नई शर्ट की काँखों, कालर, छाती और आस्तीन पर बेहिसाब छिड़क लिया था। उसने यूँ तो धूप का एक चश्मा भी ख़रीदा था लेकिन उसे लगाया नहीं। उसने चश्मा अलमारी के भीतर यह कहकर रख दिया, "ओ काले-काले चश्मे, तुझे आँखों पर लगाने पर रेहाना को हू-ब-हू नहीं देख पाऊँगा।" इसके बाद उसने कमरे में ताला जड़ा और होंठों को गोल-गोल कर सीटी

बजाता हुआ हीरो होंडावाले दोस्त के यहाँ चल दिया।

हीरो होंडावाले दोस्त से उसे उम्मीद थी कि आज के मौक़े के लिए वह अपनी होंडा उसे ज़रूर दे देगा किन्तु दोस्त स्वयं इन दिनों कुछ इसी प्रकार के कामों में मुब्तिला था। अत: वह अपने स्कूटरवाले मित्र के यहाँ पहुँचा। मालूम हुआ कि यह मित्र स्कूटर बनवाने के लिए ही बाहर निकला है। इस प्रकार रेहाना को दुपहिया वाहन पर पीछे बिठाकर तेज़ गति से चलाते हुए खचाक् से ब्रेक लगाने का उसका मंसूबा धरा का धरा रह गया था।

वह हारा और हताश सड़क पर खड़ा था। वह पछता रहा था कि अनावश्यक यह माँगने-वाँगने का चक्कर चलाया जबकि उसके पिताजी ने बचपन में ही शिक्षा दी थी कि इंसान को माँगने से बचना चाहिए। उसने निश्चय किया, "भविष्य में मैं माता-पिता के बताए आदर्शों पर चलूँगा।" फिर सोचा, "मैं उनके बताए आदर्शों पर चला तब हो चुका कल्याण और हो चुकी रेहाना से मेरी शादी। अरे ऐसे माता-पिता इस्लाम धर्म की रेहाना को अपनी बहू कैसे क़बूल करेंगे जो मुसलमानों के लिए घर में अलग ग्लास और प्लेट रखते हैं। जो लोग कटहल और प्याज से परहेज़ करते हैं तथा बैगन को देखकर भड़कते हैं वे बिरियानी और गोश्त की शौक़ीन से क्या ख़ाक अपना बेटा ब्याहेंगे।" वह मन ही मन बड़बड़ाया, "पर मैं करूँगा ब्याह। तुम मुझे कम मत समझो रेहाना, अपनी पर आ गया तो माँ-बाप को भी एक दिन बिरियानी खिलाकर रहूँगा।"

उसने तय किया कि इस बार छुट्टियों में घर जाने पर परिवार, परिचितों, रिश्तेदारों की बीच धार्मिक भेदभाव के विरुद्ध और मांसाहार के पक्ष में वातावरण बनाएगा।

अब याद आने पर शर्मिन्दा होता है कि मुसलमानों को लेकर वह स्वयं शुरू-शुरू में कितना वाहियात था। अभी तक वैसा ही वाहियात बना रहता, यदि रेहाना के प्यार में न पड़ जाता। उसने एक आह भरी, "अपनी दकियानूसी मूर्खताओं के चलते मैंने रेहाना को कितनी तकलीफ़ दी है।" उसे तुरन्त 'जूठ' का वह प्रकरण याद आया और उसका सिर शर्म से झुक गया...

तब रेहाना युनिवर्सिटी में नई-नई आई थी मास्टर ऑफ़ सोशल वर्क की छात्रा बनकर। अभी प्रेमरंजन से उसके प्यार की शुरुआत नहीं हुई थी किन्तु प्यार का वायुमंडल बनने लगा था। जैसे कि प्रेमरंजन से बात करते समय वह हँसने लगती थी। कभी-कभी बात में वीर रस या करुण रस रहने पर भी वह हँसने लगती थी। कभी कोई वजह न होने पर भी वह हँसती। हँसते समय रेहाना की आँखें सिकुड़ जाती थीं और प्रेमरंजन को लगता था कि उन सिकुड़ी हुई आँखों में कोई टिमटिमाहट है जो उसे ही समर्पित है। दूसरी तरफ़ जब रेहाना बात करती तो प्रेमरंजन की हँसी लापता हो जाती थी। वह इतनी गम्भीरतापूर्वक रेहाना को सुनता कि रेहाना को भ्रम होता कि वह सुन भी रहा है या नहीं। इंतिहा तब हो जाती जब रेहाना के लतीफ़ों को भी वह गम्भीरतापूर्वक सुनता। ऐसी दशा में रेहाना अपनी हथेली उसकी आँखों के सामने

लहरा कर कहती, "कहाँ खोए हुए हैं जनाब?"

प्यार का वायुमंडल बनने लगा था, यह इससे भी पता चलता था कि रेहाना की अनुपस्थिति में रेहाना की याद आने पर प्रेमरंजन को कभी बहुत तेज़ जाड़ा लगने लगता था तो कभी बेपनाह गर्मी लगने लगती। कभी अपने भतीर आँधी चलती हुई महसूस होती तो कभी वृक्षों के पत्तों पर पानी गिरने की आवाज़ सुनाई पड़ती। समूह में रेहाना मिलती तो उसे लगता वातानुकूलित कक्ष में बैठा किसी महान चित्रकार की कला देख रहा है। और जब यदा कदा एकान्त में रेहाना से मुलाक़ात हो जाती तो उसके पेट में शूल उमड़ने लगता। वायुदाब इस प्रकार हरहराता जैसे झूले पर बैठने पर ऊपर से नीचे आते समय होता है। उधर रेहाना की दशा पेचीदा थी। वह प्रेमरंजन को देख कभी अनायास मुस्कराने लगती और कभी अनायास रुआँसी हो जाती। वह चुप रहती...चुप रहती कि जीभ बाहर निकालकर उसे चिढ़ाने लगती। या कभी उसके कान में चुपके से पेन्सिल डालकर चौंका देती।

उनके सम्बन्धों में नाटकीय मोड़ तब आया जब शबे बारात की छुट्टी के बाद युनिवर्सिटी खुली। यूँ तो युनिवर्सिटी में टिफिन लाने का रिवाज नहीं होता, कैंटीन ज़िन्दाबाद रहती है, लेकिन ईद, बकरीद, शबे बारात की छुट्टियों के बाद युनिवर्सिटी खुलने पर कई मुस्लिम लड़कियाँ दोस्तों को खिलाने के लिए टिफिन ले आतीं। रेहाना ने ढक्कन खोला, "हलवा अम्मी ने नहीं मैंने बनाया है।" दोस्त उत्साहपूर्वक हलवा पर टूट पड़े थे। मगर प्रेमरंजन ने खाने से इन्कार कर दिया था, "मुझे हलवा बिलकुल पसन्द नहीं, मीठी चीज़ें मैं ज़रा कम ही खाता हूँ।"

"तुम जैसे मीठे के दुश्मनों के लिए अम्मी ने बनाया है छोला...ऽ...ऽ...।" रेहाना ने जोश के साथ टिफिन के दूसरे डिब्बे को खोला। सब उत्साह में आ गए। एक दोस्त ने अख़बार बिछाकर दस्तरख़्वान लगा दिया तो दूसरा दौड़कर पानी की दो बोतलें ले आया। उतावलापन इतना अधिक था कि रेहाना से टिफिन छीनकर सारे डिब्बे खोल दिए गए। सब चिल्ला पड़े, "वाह।" कबाब और दहीबड़े भी थे। प्रेमरंजन चेहरे को मनहूस बनाकर बोला, "मैं कुछ नहीं खा सकूँगा, मेरा पेट गड़बड़ चल रहा है।" दोस्तों ने काफ़ी इसरार किया। रेहाना ने भी पुरज़ोर गुज़ारिश की लेकिन वह ठूँठ बना रहा, पसीजा नहीं। उसका पेट गड़बड़ था, गड़बड़ बना रहा।

प्रेमरंजन का पेट तब ठीक हुआ जब शाम को एक दोस्त ने उसे किंग चाट हाउस पर देखा। दोस्त चुपचाप मुआयना कर रहा था—किंग चाट हाउस पर प्रेमरंजन ने पहले छोला खाया, फिर दहीबड़े खाए। हलवा वहाँ बिकता नहीं था वर्ना उसे भी वह अवश्य खाता। जब वह दुकानदार को पैसे दे रहा था तभी दोस्त ने उसे धर दबोचा। प्रेमरंजन गिड़गिड़ाने लगा, "यार रेहाना से मत बताना, बुरा मान जाएगी।"

"रेहाना के बुरा मान जाने का इतना ख़्याल है तो उसकी लाई चीज़ें खा लेते। यक़ीन मानो, इस ठेले के दहीबड़ों और छोले से ख़राब क़तई नहीं लगता।" दोस्त ने फब्ती कसी।

"नहीं...नहीं...वो बात नहीं है...बात ये है कि...मुसलमान जो चीज़ें खिलाते हैं उसे जूठा कर देते हैं...।"

यह दोस्त इतना निर्दय और बदमाश था कि अगले दिन ख़ाली पीरियड में जब सभी ब्रेड पकौड़े और चाय पर टूटे हुए थे वह रेहाना से बोला, "रेहाना तुम्हारे पैसों से आए ब्रेड पकौड़े प्रेमरंजन खा रहा है लेकिन तुम्हारे घर की पकी हुई चीज़ें यह कभी नहीं खाएगा।"

"क्यों...क्यों...क्यों...?" रेहाना ने नक़ली तनातनी दिखाई।

"इसलिए कि...।"

"हाँ...हाँ...किसलिए...बोलो।"

"इसलिए कि प्रेमरंजन कहता है कि तुम लोग खाने-पीने की चीज़ें हिन्दुओं को जूठा करके देते हो।"

रेहाना अपमान से सुर्ख़ हो गई। अगले ही क्षण हाथ का चम्मच फेंककर वह खड़ी हो गई और थोड़ी दूर जाकर फूट-फूटकर रोने लगी थी...।

उस दिन के बाद हालात बदल गए थे। अब रेहाना जब भी उसे देखती, उसकी आँखें भर आतीं। उसके देखने में न जाने क्यों क्रोध नहीं अफ़सोस भरा रहता था। अफ़सोस शायद इस बात का था कि उसको प्रेमरंजन से ऐसे सलूक की उम्मीद न थी। पता नहीं क्या बात थी कि प्रेमरंजन को देखकर जब रेहाना की आँखें डबडबा आतीं तो वह इतनी निश्छल, मासूम और पवित्र हो जाती थी कि प्रेमरंजन उसकी वह छवि भूल नहीं पाता था। अन्ततः उसके भीतर गहन आत्मधिक्कार आवाज़ देने लगता। उसने सोचा, "मैं कितना मूर्ख, दकियानूस और चूतिया हूँ कि अपने देश के अल्पसंख्यक समुदाय के बारे में ऐसे विचार रखता हूँ।" इस सम्बन्ध में उसने गहराई से विचार किया और पाया, "एक जनेऊधारी हनुमान भक्त पिता और प्रति सप्ताह दो उपवास रखनेवाली माँ की औलाद मैं हो भी कैसा सकता हूँ। औरतों के साथ अत्याचार करनेवाले व्यभिचारी बाबा का पोता और शूद्रों पर अत्याचार के लिए विख्यात परबाबा का परपोता मैं प्रेमरंजन निहायत कमीना इंसान नहीं बनूँगा तो क्या बनूँगा।" वह पश्चाताप की अग्नि में भस्म होने लगा, "हे भगवान, ये मुझसे क्या हो गया...।"

हफ़्ते भर में ही स्थिति यह हो गई कि मुलाक़ात होने पर जब रेहाना की आँखें डबडबातीं तब रेहाना से भी अधिक प्रेमरंजन की आँखें भर आती थीं। यह सिलसिला दो-चार बार चला होगा कि एक दिन एकान्त पाकर प्रेमरंजन ने रेहाना से कहा, "मुझे माफ़ी नहीं दोगी? मानता हूँ क़सूर मेरा है, पर क्या करूँ मेरे भीतर बचपन से ही जाने कैसे यह फ़ितूर बैठ गया था...।"

रेहाना ख़ामोश रही।

"रेहाना ख़ुश हो जाओ और मुझे माफ़ कर दो...देखो एक ग़लती दुश्मन की भी भुला दी जाती है...और मैं तो तुम्हारा दोस्त..." और अचानक ही उसका वह वाक्य

वहीं छूट गया, वह नामालूम किस आवेग में दूसरा वाक्य कहने लगा, "रेहाना तुम्हें माफ़ करना ही पड़ेगा। तुम नहीं जानती कि मैं तुम्हें कितना प्यार करता हूँ। तुम्हारी गैर मौजूदगी में भी तुम्हें भूल नहीं पाता हूँ। रेहाना मैं फिर कह रहा हूँ कि मैं तुम्हें बहुत चाहता हूँ। जूठा क्या तुम ज़हर भी खिलाओगी तो मैं खाऊँगा।"

रेहाना की आँखों से आँसू ढुलक पड़े। उन्हें आस्तीन से पोंछकर वह मुस्कराई, "कल मैं ज़हर मिलाकर नहीं, टिफिन में केवल ज़हर लेकर आऊँगी। तुम खाओगे?"

"हाँ मैं खाऊँगा।"

अगले रोज़ रेहाना का टिफिन देखते ही दोस्त लोग चिल्ला पड़े, "अरे टिफिन! इधर न ईद थी, न बकरीद, न शबे बारात। फिर किस ख़ुशी में ये टिफिन?" एक दोस्त ने शोर मचाया, "ओ रेहाना, तेरी शादी तय हो गई क्या ..?"

टिफिन खुला, उसमें सिवइयाँ थीं। दोस्त उसकी तरफ़ लपके लेकिन रेहाना ने सभी को रोक दिया, "इस सिवई में ज़हर है।" उसने प्रेमरंजन की तरफ़ घूरा, "हाँ ज़हर।" वह सबकी तरफ़ मुख़ातिब हुई, "तुम लोग यह सुन ही चुके हो कि मुसलमान हिन्दुओं के खाने-पीने की चीज़ों में जूठा मिला देते हैं।" वह थोड़ा ठहरकर फिर बोली, "यह भी ज़रूर सुना होगा कि वे ज़हर भी मिला देते हैं—कभी खाने में, कभी दूध में, कभी पीने के पानी में—कुएँ में या पानी की टंकी में। और आज एक मुसलमान के घर से आई इस सिवई में भी ज़हर है।" उसकी आवाज़ काँप रही थी और आँखें रो रही थीं। सारे दोस्त ख़ामोश होकर प्रेमरंजन को देख रहे थे।

प्रेमरंजन उठा, आगे बढ़ा और सिवई के पात्र को मुँह से लगा लिया जैसे कुछ कैलेंडरों में शंकर जी गरलपान करते हैं। प्रेमरंजन ने सारी सिवई अकेले ख़त्म करके पात्र को नीचे रखा तो दोस्तों की तरफ़ से तालियाँ बजने लगीं।

तालियाँ ख़त्म करने के बाद एक दोस्त ने कहा, "रेहाना हमारा ज़हर कहाँ है?" सब हँस पड़े।

प्रेमरंजन के चेहरे पर सिवइयाँ पुत गई थीं। वह हाथ-मुँह धुलने के लिए बाथरूम जाने लगा। धुलने के इरादे से टिफिन भी साथ ले जाने लगा तो रेहाना ने रोका, "मैं धुल लूँगी। वर्ना कहोगे कि मुसलमान जिसे खिलाते हैं उसी से बरतन भी धुलवाते हैं।"

"प्लीज रेहाना, अब कुछ ज़्यादा हो जा रहा है।" दोस्तों ने ऐतराज जताया।

प्रेमरंजन और रेहाना साथ-साथ उठे। एक हाथ-मुँह धुलने के लिए तो दूसरा टिफिन साफ़ करने के लिए। बाथरूम में जब प्रेमरंजन का चेहरा और रेहाना का टिफिन दोनों धुल गए तो रूमाल से चेहरा पोंछते हुए वह बोला, "सारा ज़हर अकले खा लिया मैंने। अब मैं मर चुका हूँ।" फिर उसने धीमे से जोड़ा, "तुम पर।"

रेहाना ने उसे भर निगाह देखा, "ज़हर खा लिया पर जूठा तो नहीं खाया।"

"तुम मुझे माफ़ कब करोगी रेहाना?"

"जब तुम मेरा जूठा खाओगे।"

"वह भी खिला दो किसी दिन।"

"किसी दिन क्यों, अभी खाना पड़ेगा।"

रेहाना ने आगे बढ़कर दरवाज़े को बन्द किया। लौटकर प्रेमरंजन से बोली, "ये टिफिन तुम पकड़ो ज़रा।"

"क्यों?"

"तुमको जूठा खिलाऊँगी।"

प्रेमरंजन के एक हाथ में टिफिन था, दूसरे में रूमाल। रेहाना के दोनों हाथों में प्रेमरंजन का चेहरा था। रेहाना ने प्रेमरंजन के होंठों को अपने होंठों के भीतर कर लिया। रेहाना की जीभ उसकी जीभ और उसके तालू पर सरसराई। एकाएक रेहाना झटके से मुक्त हो गई और तीर की तरह बाथरूम से बाहर निकल गई। टिफिन और रूमाल लिए हुए प्रेमरंजन वहाँ अकेला खड़ा था।

उसके बाद एक विचित्र स्थिति यह हुई कि प्रेमरंजन अक्सर रेहाना से याचना करने लगा, "मुझे एक बार फिर अपना जूठा खिला दो। मैं रोज़ तुम्हारा जूठा खाना चाहता हूँ।" लेकिन उसके हज़ार आग्रह के बावज़ूद रेहाना पसीजी नहीं।

एक बार की ही सही, प्रेमरंजन के पास अनोखी स्मृति थी। मौक़े-बेमौक़े वह अनोखी स्मृति याद आती और तब वह सनसनाहट से भर जाता। जैसे तेज़ हवा चलने पर बिजली के तार हिलते हैं और आवाज़ करते हैं, उसी तरह वह अपने अन्दर महसूस करता। उसे लगता कि उसके अन्दर ढेर सारे बिजली के तार हिल रहे हैं—तेज़ हवाएँ चल रही हैं—और आवाज़ें हो रही हैं। और यह भी कि उसके भीतर बिजली दौड़ रही है। नतीजतन वह पुनः कातर स्वर में अनुरोध करता, "क्या अब मुझे कभी भी तुम्हारा जूठा नहीं मिलेगा?" हक़ीक़त यह थी कि बाथरूम में घटित प्रकरण की पुनरावृत्ति का उसका सपना अभी तक साकार नहीं हुआ था।

पर आज जब वह चिकना-चुपड़ा होकर नई क़मीज़, नई बनियान, नई कंघी, नए रूमाल के साथ निकला, तब आशान्वित था। उसमें उम्मीद चमक रही थी कि हो सकता है, रेहाना का हृदय आज द्रवित हो जाए। इसलिए हीरो होंडा या स्कूटर न मिलने के बाद भी वह अपने को परेशानियों से घिरा हुआ नहीं अनुभव कर रहा था, और सड़क के किनारे खड़ा बीच-बीच में मुस्करा रहा था, बल्कि उसके भीतर बिजली के तार भी हिल रहे थे...आवाज़ें भी हो रही थीं...भीतर बिजली भी दौड़ रही थी, और वह फिर मुस्करा पड़ रहा था...।

प्रेमरंजन पार्क के सामने था। स्कूटरवाले दोस्त के घर से निकलकर आख़िर कितनी देर सड़क पर अकेला खड़ा अपने भीतर बिजली दौड़ाता रहता और मुस्कराता रहता। वह बस पकड़कर बुद्धा पार्क के सामने आ गया। उसने घड़ी देखी तो ख़ुद से सवाल किया, "मैं इतना पहले कैसे आ गया? जबकि मैं दुपहिया वाहन से नहीं, पैदल और बस यात्रा के सम्मिलत प्रयास से पहुँचा। फिर भी जल्दी आ गया।" इसका सीधा संक्षिप्त उत्तर यह था कि रेहाना से मुलाक़ात के जोश में उसने अपना कमरा

जल्दी छोड़ दिया था। वैसे यह अर्द्धसत्य है। दरअसल जोश के अलावा भी कुछ वजहें थीं उसके जल्दी निकल पड़ने की। जैसे कि उसे आशंका हुई कि यदि वह सही समय पर कमरे से निकला और रास्ते में चप्पल टूट गई या कोई बातूनी इंसान रास्ता रोककर देर तक बतियाने लगा या किसी अन्धे ने भीड़ भरी सड़क पार कराने का निवेदन कर दिया या बुद्धा पार्क पहुँचने के पहले वाहन रास्ते में ख़राब हो गया तो क्या होगा। रेहाना ख़फ़ा होकर चल देगी वहाँ से और क्या होगा! उसे यह डर भी था कि हो न हो, रेहाना की घड़ी तेज़ चल रही हो, इस कारण वह पहले ही बुद्धा पार्क पहुँच जाए और वहाँ उसे न पाकर वापस लौट पड़े। वस्तुत: आज वह किसी भी प्रकार की चूक नहीं होने देना चाहता था और मुकर्रर किए गए समय से पर्याप्त पहले ही बुद्धा पार्क के सामने खड़ा था। स्वाभाविक ही था कि रेहाना अभी वहाँ नहीं पहुँची थी। उसने सोचा कि अब क्या करे? एक बार उसके दिमाग़ में आया कि यहीं कहीं आसपास मँडराता रहे और नियत समय पर आकर बुद्धा पार्क के प्रवेश द्वार पर तैनात हो जाएगा रेहाना की आगवानी के लिए।

किन्तु सवाल था कि वह कितनी देर आसपास मँडराता। वस्तुत: वह काफ़ी पहले आ गया था। इतना कि शेष वक़्त महज मँडराया नहीं जा सकता था। इतनी देर तक मँडराने पर वह निश्चय ही थक जाता, साथ ही उसकी ताज़गी, स्फूर्ति और सौन्दर्य के कमतर हो जाने का भी ख़तरा था। अत: वह बाक़ी समय किसी दूसरी तरह बिताने के बारे में सोचने लगा। उसने यह समाधान ढूँढा कि क्यों न नज़दीक के किसी साइबर कैफे में चला जाए। वहाँ वह नेट पर वक़्त गुज़ारने के अलावा रेहाना को एक प्रेमपत्र भी मेल करेगा। इन दिनों उसके लिए यह टाइम पास का बेहतरीन तरीक़ा था। यदा-कदा रेहाना भी उसे प्रेमपत्र मेल करती थी। जहाँ उसके प्रेमपत्र सन्देश संक्षिप्त, अनलंकृत और शान्त होते थे, वहीं प्रेमरंजन के सन्देश कम्प्यूटरीकृत कुंडली की भाँति कई-कई पृष्ठों के हो सकते थे। वे सजावटी शब्दों से लहलहाते हुए हाहाकार भरे होते थे। उसी प्रकार का पत्र ई-मेल करने का लक्ष्य लेकर वह साइबर कैफे में दाख़िल हुआ।

साइबर कैफे के एयरकंडीशनर की ठंडक में वह काफ़ी ख़ुश महसूस कर रहा था। उसकी ख़ुशी का कारण गर्मी से छुटकारा मिलने के साथ यह भी था कि एयरकंडीशन के रक्षाकवच में धूल-धक्कड़ से भी सुरक्षित था। बाहर सड़क पर खड़े होने अथवा इधर-उधर टहलने पर उसके क्लीन शेव्ड चेहरे पर, नई क़मीज़ पर गर्द पड़ सकती थी। आँधी आ जाए तो शैम्पू किए बालों की शान मिट्टी में मिल सकती थी। कौन ठीक, किसी गँवार द्वारा पान खाकर उगली गई पीक उसके कपड़ों पर पड़ जाती या रेहाना की याद में खोए रहने के कारण गाफ़िल उसके पैर गोबर में, कीचड़ में, गड्ढे अथवा मेनहोल में चले जाते तो? तब रेहाना के साथ बहुप्रतीक्षित आज की शाम बरबाद होने से कौन बचाता! वह ख़ुश-ख़ुश कम्प्यूटर के सामने बैठ गया।

कम्प्यूटर ऑन था और स्क्रीन पर ऐश्वर्या राय थीं। राय को देखकर प्रेमरंजन

की आत्मा बोली, "ऐश्वर्या तुम हो बड़ी सुन्दर...मगर मेरी रेहाना?" उसने आह भरी और ऐश्वर्या राय के होंठ देखने लगा। उसका फ़ैसला हुआ कि रेहाना के होंठ ऐश्वर्या के होंठों से भी अच्छे हैं, "रेहाना तुम्हारे होंठ कितने गुलाबी और पतले-पतले हैं, पर यही पतले होंठ बाथरूम में कितने भारी हो गए थे।"

उसने ऐश्वर्या की आँखें देखी तो बोला, "ऐ भूरी आँखों वाली ऐश्वर्या राय तुम मेरी रेहाना से मुक़ाबले में जीत नहीं पाओगी क्योंकि उसकी बड़ियारी आँखें काली कजरारी हैं।"

ऐश्वर्या के वक्ष देखकर उसने रेहाना के वक्ष का ख़्याल किया और तड़फड़ाने लगा। उसने पाया कि उसके भीतर बिजली के तार हिल रहे हैं...आवाज़ें हो रही हैं... बिजली दौड़ रही है...घबराकर वह जल्दी-जल्दी की-बोर्ड पर उँगलियाँ चलाने लगा...

की-बोर्ड पर उँगलियाँ चलाते हुए वह बीच-बीच में घड़ी भी देख ले रहा था। पिछले बीस मिनट में चार बार घड़ी देख चुका था। जब पाँचवीं बार घड़ी देखने के लिए कलाई मोड़ी, ठीक उसी समय साइबर कैफे के मालिक ने फ़ोन का रिसीवर पटका और दरवाज़ा खोलकर बाहर लपका। जितनी तेज़ी से वह गया था, उतनी ही तेज़ी से लौट आया। वह बदहवास लग रहा था। उसने ज़ोर से शटर गिराया। न केवल इतना, बल्कि भीतर से ताला बन्द करके अपनी कुर्सी पर बैठ गया।

कैफे के भीतर ढेर सारे कम्प्यूटर थे जिनके सामने नई उम्र के लड़के-लड़कियाँ बैठे थे। उनमें से किसी की समझ में मालिक की यह कार्रवाई नहीं आई। दुबली-पतली एक चश्मुद्दीन लड़की बौखला गई, "ऐ मिस्टर, यह क्या बदतमीजी है।" वह तमतमाकर अपने सेलफ़ोन पर किसी का नम्बर मिलाने लगी।

"दंगा होनेवाला है। समझ लो शुरू हो चुका है। बहुत भारी दंगा।" कैफे मालिक घबराया हुआ बोला।

'कहाँ हुआ है', 'क्यों हुआ है', 'मारकाट भी मची है या केवल लूटपाट', 'कौन ज़्यादा भारी पड़ रहा है'—अनेक सवाल होने लगे। जिनके पास मोबाइल था वे उस पर जानकारी लेने की कोशिश करने लगे। कैफे मालिक भी लगातार फ़ोन मिला रहा था। नम्बर शायद व्यस्त था, इसीलिए बार-बार मिलाना पड़ रहा था। प्रश्नकर्ता खीझ रहे थे। चश्मुद्दीन चीख़कर बोली, "आप जवाब क्यों नहीं दे रहे हैं?"

"कुछ पता हो तब जवाब दूँ न।" कैफे मालिक को भी ताव आ गया, "पता करने के लिए अख़बार के दफ़्तरों को फ़ोन मिला रहा हूँ पर मिले तब न...।" वह स्वगत बोला, "पता नहीं क्या हालत है बाहर?"

अब प्रेमरंजन गिड़गिड़ाया था, "मुझको यहाँ से जाने दीजिए। कृपया आप ताला खोलें, शटर उठाएँ ताकि मैं बाहर निकलूँ।" प्रेमरंजन को लग रहा था कि रेहाना बुद्धा पार्क पहुँच जाएगी या कहीं दंगे में फँस जाएगी। दोनों ही स्थितियों में उसे उसके पास रहना चाहिए। इस बार उसकी आवाज़ में अधिक कातरता थी, "प्लीज शटर खोल दीजिए, मैं जाऊँगा।"

लोग इस अप्रत्याशित प्रकरण की उपस्थिति से सकते में आ गए थे।

प्रेमरंजन ने अपनी टेर लगाई, "भाई साहब शटर...।"

कैफे मालिक भड़क गया, "मेरे बाप, बाहर फ़साद मचनेवाला है और तुम्हें जाने की सूझ रही है।"

"जाना ही होगा मुझे। वैसे भी, अगर फ़साद बढ़ गया तो आप इतने लोगों को यहाँ कब तक टिकाएँगे।"

"मैं क्यों टिकाऊँगा...मैं क्यों टिकाऊँगा...।" कैफे मालिक बोला, "लेकिन पता कर लूँ कि किस इलाक़े से जाना ख़तरनाक़ है किससे नहीं। ताकि आप लोग किसी मुसीबत में न फँसे।"

"मगर मेरे पास वक़्त नहीं है। मुझे अभी निकलना है।"

"क्या आफ़त आई है?" कैफे मालिक ने चिढ़कर कहा और फ़ोन मिलाने लगा।

अन्य लोग आपस में भिनभिन बातें करने लगे—पता नहीं चल पा रहा है कि बाहर क्या हो रहा है...बिना मालूम किए निकलना ठीक भी नहीं है...।

कैफे मालिक का फ़ोन लग गया था, वह किसी से फुसफुसाकर बतिया रहा था।

चश्मुद्दीन लड़की ने सहानुभूतिपूर्वक प्रेमरंजन से पूछा, "निकलना बड़ा ज़रूरी है क्या?"

"हाँ बहुत ज़रूरी है।" प्रेमरंजन को जल्दी में यही सूझा, "मेरे पिताजी काफ़ी बीमार हैं, मौत उनके क़रीब खड़ी है।"

"पिता की तबीयत इतनी ख़राब थी तो यहाँ क्या करने आए थे?" कैफे मालिक ने उसे घूरा। फ़ोन पर उसकी वार्ता समाप्त हो चुकी थी।

"यहाँ अपने भाइयों को, बहन को और दो चाचाओं को मेल करने आया था। ताकि उन्हें पता चल जाए कि पिताजी का अब कुछ ठीक नहीं है।" वह हाथ जोड़कर खड़ा हो गया, "मैं प्रार्थना करता हूँ...हाथ जोड़ता हूँ, मुझे जाने दीजिए। मुझे अपनी जान की बिलकुल परवाह नहीं है, मुझे बस जीवन की अन्तिम घड़ी गिन रहे अपने पिता की फ़िक्र है।"

सभी इस आधुनिक श्रवण कुमार से बहुत प्रभावित हुए। कैफे मालिक भी भावुक हो गया। उसने प्रेमरंजन के कन्धे पर हाथ रखकर कहा, "चिन्ता मत करो मेरे दोस्त, मैं तुम्हारी मदद करूँगा।"

वह प्रेमरंजन को मकान के पिछले हिस्से में ले गया। वह एक पूजागृह था। वहाँ कुछ देवताओं की तस्वीरें तथा लक्ष्मी-गणेश की मूर्तियाँ रखी थीं जिनके गले में मालाएँ लटकी थीं। मालिक ने उन सभी को प्रणाम करके प्रेमरंजन से पूछा, "क्या हो? हिन्दू?"

"मैं मुसलमान होता तो यह क्यों कहता कि 'मेरे पिताजी काफ़ी बीमार हैं, तब मैं कहता मेरे अब्बा काफ़ी बीमार हैं।"

"वही तो...वही तो...।" कैफे मालिक ने फुसफुसाकर कहा। वह प्रेमरंजन को

लेकर दाएँ मुड़ गया। थोड़ा आगे बढ़ने पर एक दरवाज़ा मिला। दरवाज़े की सिटकनी तक पर धूल की मोटी पर्त जमा थी जिससे लगता था कि घरवालों का सफ़ाई से कोई वास्ता नहीं है या यह दरवाज़ा बहुत दिनों से खोला नहीं गया है।

मालिक ने सिटकनी गिराकर दरवाज़े को ज़रा सा खोला और बाहर झाँका। बाहर न सूनसान था न भगदड़ थी, उसने दरवाज़ा ज़्यादा खोल दिया, "इधर से बाएँ मुड़ते हुए निकल जाओ, आगे रिहायशी बस्ती है।" वह मुस्कराया, "और हिन्दुओं की है।" जल्दी ही चिन्तित हो गया, "लेकिन आगे जाने पर मुसलमानों का इलाक़ा पड़ेगा, बस उसे किसी तरह पार करना होगा। अगर उसे सकुशल पार कर गए तब कोई चिन्ता की बात नहीं। क्योंकि उस बस्ती से लगा हुआ ही थाना है। थानेदार भी हिन्दू है। बड़ा ज़ालिम इंसान है भइया वह। दंगों में 'उन' सालों की तो बजाकर रख देता है। उससे अपने पिता की तबीयत के बारे में बताना, वह ज़रूर तुम्हारी मदद करेगा। अच्छा...तुम्हें जाना किस इलाक़े में है?"

प्रेमरंजन जवाब देने के पहले दरवाज़े के बाहर उस पार निकल गया। फिर बोला, "बुद्धा पार्क।"

"बुद्धा पार्क?" कैफे मालिक चौंका, "वहाँ क्या काम है?"

"कुछ नहीं, बस यूँ ही...अच्छा चलता हूँ।" उसने कैफे मालिक से हाथ मिलाया, "मैं आपका यह एहसान कभी नहीं भूलूँगा।"

"एहसान की क्या बात।" कैफे मालिक भावुक हो गया, "तुम्हारे पिताजी मेरे भी पिता तुल्य हैं।"

कैफे मालिक से विदा लेकर वह उस बस्ती की तरफ़ बढ़ा जो हिन्दुओं की थी, जिसके बाद एक मुस्लिम बस्ती को और उससे सटे हुए थाने को आना था। जिसका कि थानेदार बड़ा ज़ालिम इंसान था।

प्रेमरंजन कुछ दूर ही बढ़ा होगा कि एक नई समस्या आ गई। उसने महसूस किया कि उसको बहुत तेज़ी से पेशाब लगी हुई है। उसने इधर-उधर नज़र दौड़ाई। वह एक चौराहा था जहाँ महाराणा प्रताप की घोड़े पर सवार एक मूर्ति थी। इसे भगवान भक्त सरकार ने अभी हाल में बनवाया था। निश्चय ही यहाँ पेशाब करने की गुंजाइश नहीं थी। वैसे भी दंगा तो नहीं लेकिन एक बदहवासी, अफरातफरी माहौल में थी। चारों तरफ़ डर और संशय रेंग रहे थे...। ऐसे में उसको पेशाब लग गई थी। हालाँकि वह रास्ता चलता जा रहा था लेकिन पेशाब करने लायक़ स्थान भी तलाशता जा रहा था। ज़ाहिर है वह स्थान अभी तक मिला नहीं था। वह फिर एक चौराहे पर था। यहाँ भी मूत्रालय नहीं, किसी रणजीत सिंह जू देव की तलवार लहराती मूर्ति थी, इसे भी भगवान भक्त सरकार ने बनवाया था। प्रेमरंजन के हृदय से गाली निकल गई, "ये साली कैसी गधा सरकार है जो मूर्तियाँ बनवाती है, मूत्रालय नहीं।" फिर उसने अपने को कोसा—'मैं भी कितना बेवकूफ़ और अदूरदर्शी हूँ। क्या हुआ कि ज़्यादा ज़ोर से

नहीं लगी थी, निकलने से पहले मुझे साइबर कैफे में फ़ारिग़ हो लेना चाहिए था।" उसमें प्रश्न कौंधा, "ज़रूरी नहीं है कि साइबर कैफे में टायलेट रहा हो।" उत्तर भी उसने स्वयं दिया, "निश्चित रूप से टायलेट रहा होगा। जब साइबर कैफे घर में था और घर में मन्दिर था तो टायलेट भी ज़रूर होगा। ग़लती मेरी है कि मुझको सूझा ही नहीं कि निकलने से पहले हल्का हो लेना चाहिए। उसी भूल का ख़ामियाजा भुगत रहा हूँ अब—ढूँढ रहा हूँ मूत्रालय या कोई गन्दी सी जगह।"

वह अपनी समस्या को जितना ही ज़्यादा स्थगित कर रहा था, वह उतनी ही बढ़ती जा रही थी। रोकते-रोकते आख़िर वह पुरानी हिन्दू बहुल बस्ती में आ पहुँचा। साइबर कैफे के मालिक ने बताया था कि यहाँ रुकना नहीं है, सीधे आगे बढ़ जाना है। लेकिन वह उस बिन्दु पर पहुँच चुका था कि जहाँ आगे बढ़ने के बजाय लघुशंका से निजात अधिक आवश्यक था। चूँकि यह रिहायशी बस्ती थी, इसलिए यहाँ सार्वजनिक शौचालय होना और उसे ढूँढना कठिन काम था। इसके लिए किसी के घर का दरवाज़ा खटखटाना उससे भी कठिन था। इसलिए उसने अपनी समस्या से मुक्ति के लिए एक जननिरपेक्ष गन्दी जगह की तलाश में चारों तरफ़ का विहंगावलोकन किया...।

यह एक पुराना मोहल्ला था जिसके मकान अमूमन पक्के और एक दूसरे से सटे हुए थे। बिजली के नंगे तारों का संजाल हर ओर छतराया हुआ था। इधर-उधर गलियाँ थीं। गली-सड़क कहीं पर भी गायें मिल सकती थीं। छतों पर बन्दर कूद रहे थे। प्रेमरंजन ने छतों से ऊपर देखा तो पाया कि दो मन्दिरों के कलश चमक रहे हैं और कहीं किसी पीपल के पेड़ का ऊपरी हिस्सा हरहरा रहा है।

लेकिन उसे शौचालय या जननिरपेक्ष गन्दा स्थान कहीं नहीं दिखाई दे रहा था। उसने बेचैनी से फिर आसपास देखा—घरों के सामने से नालियाँ गई थीं। हल्का होने के लिए यह एक उपयुक्त जगह थी लेकिन मुश्किल थी कि उनके इर्द-गिर्द मानव उपस्थिति थी। उसका चेहरा असहायता, तनाव, घबराहट और एक अजीब ढंग के कम्पन से भर उठा। उसे कुछ न सूझा तो वह इस गली से उस गली में भागने लगा, और अन्ततः एक बन्द गली के आख़िरी मकान के कोनेवाले हिस्से की दीवार के सामने खड़ा होकर पेशाब करने लगा।

पेशाब करते हुए प्रेमरंजन ने देखा—दीवार पर कुछ पोस्टर लगे थे और एक इबारत लिखी थी। उसने पहले इबारत पर ग़ौर किया। लिखा था—देखो गधा पेशाब कर रहा है। उसने पहले उस इबारत के चारों ओर अपने मूत्र की मेखला बना दी। इसके बाद उसने एक विजेता की भाँति पोस्टरों की तरफ़ देखा। दीवार पर तीन रंगीन पोस्टर लगे थे। ये भगवान भक्त पार्टी की किसी महारैली से सम्बन्धित पोस्टर थे। उन तीनों पर दो नेताओं की तस्वीरें थीं। वह मुस्कराया, "ओह आप हैं। आपकी पार्टी शौचालय नहीं बनवा सकती तो लीजिए हमारी सप्रेम भेंट।" उसने मूत्रांग को ऊपर उठाकर निशाना साधा—एक ही बार में दोनों पर प्रहार गिरा। प्रेमरंजन पर जैसे कोई जुनून सवार हो गया था। उसने अपने मूत्रांग को दाएँ-बाएँ ऊपर-नीचे हर कोण पर

ले जाकर उन दोनों पर हमला बोला। नतीजा था कि जब वह निवृत्त हुआ तो तीनों पोस्टर बुरी तरह भीग चुके थे।

अब जाकर वह सामान्य हो सका था। जैसे शरीर में घुसी कोई बीमारी अचानक निकल गई हो। वह थोड़ा इधर-उधर मुड़ते हुए बढ़ा कि फिर मुहल्ला सामने था। वैसे थोड़ी देर पहले वह उड़ती-पुड़ती निगाह से मुहल्ले को देख चुका था, मगर तब वह बेचैनी में था और हल्का होने के लिए गन्दा जननिरपेक्ष स्थान ढूँढ रहा था, अत: उस समय मुहल्ले को ग़ौर से देखने के लिए उसके पास कहाँ गुंजाइश थी। अब उसने मुहल्ले को देखा तो उसकी घबराहट बढ़ी—मुहल्ले में सनसनी पसरी हुई थी। लोग छोटे-छोटे समूहों में इकट्ठा होकर फुसफुसा रहे थे। महिलाएँ घर के भीतर प्रवेश द्वार से सटकर खड़ी थीं और बाहर के वातावरण की थाह लेने की कोशिश कर रही थीं। बच्चे बार-बार बाहर निकलने का यत्न करते थे लेकिन स्त्रियाँ उनको भीतर धकेल दे रही थीं...।

दूर कहीं से धाँ...य...की आवाज़ आई। लोग डरकर अपने चबूतरे पर चढ़ गए या घर के भीतर घुस गए।

वह भी घबराया मगर क्या करता, उसका घर वहाँ था नहीं। दूसरी बात जब उसने धाँय की आवाज़ सुनी और मुहल्ले में अफरातफरी फैलते हुए देखा तब सबसे पहले उसे अपनी फ़िक्र हुई लेकिन अगले ही क्षण अपने से भी ज़्यादा रेहाना की फ़िक्र हुई। जैसे धाँय रेहाना पर हुआ हो—वह बदहवासी से भर उठा। उसने घबराई आवाज़ में अपने घर के सामने खड़े एक आदमी से पूछ, "बुद्धा पार्क किधर है?"

उस आदमी ने आश्चर्य से उसे देखा, "जाना कहाँ है?"

"बुद्धा पार्क।"

"पार्क के पास किस जगह?"

"पार्क में।" उस व्यक्ति को अत्यन्त उपेक्षा से देखकर वह आगे बढ़ गया। आगे एक चबूतरे पर खड़े दूसरे व्यक्ति से उसने दरियाफ़्त की, "कहो भइया, ये बुद्धा पार्क किस रास्ते से जाया जाएगा?"

उस व्यक्ति का रवैया भी उसे नामाकूल दिखा। वह चुप लगा गया। अब उसने किसी अन्य से बुद्धा पार्क का रास्ता न पूछकर दौड़ना शुरू कर दिया। लेकिन तुरन्त उसे डर लगा कि इस तरह दौड़ते देखकर लोगों को उस पर शक हो सकता है। दौड़ना रोककर वह तेज़-तेज़ चलने लगा...। जिधर मन हो जाता, उधर वह मुड़ जा रहा था...।

जल्द ही उसने पाया कि वह मुस्लिम बहुल मोहल्ले में आ गया है।

यहाँ भी छोटे-छोटे जत्थे आपस में फुसफुसा रहे थे। कुछ लोग ख़ामोश खड़े थे। चार-छह युवक एकाएक तेज़ी से कहीं जाते, और उतनी तेज़ी से लौट आ रहे थे। यहाँ स्त्रियाँ प्रवेश द्वार के पास नहीं खड़ी थीं, वे खिड़कियों की झिर्री से यदा-कदा दिख रही थीं। जिन मकानों पर छतें थीं, उनकी छतों पर भी कभी एक, दो या कुछ

ज़्यादा सिर स्थिर अथवा चलते हुए दिखते थे, और फिर गुम हो जाते थे। अजीब दहशत और आक्रामकता तैर रही थी। प्रेमरंजन ख़ौफ़ज़दा हो गया, "मैं कहाँ फँस गया। काश मैं किसी तरह ये इलाक़ा पार कर जाता।" उसे लगा कि अभी किसी घर से गोली दगेगी जो उसको बेधती हुई निकल जाएगी। उसने सोचा, "कौन ठीक, किसी छत या किसी दरवाज़े से फेंका गया बम मेरे ऊपर गिरे, मैं चिथड़े-चिथड़े हो जाऊँ। तब क्या होगा...?"

'तब क्या होगा'—यह उसका प्रिय खेल था जो रेहाना से मुहब्बत शुरू हो जाने के बाद शुरू हुआ था। जिस गति से उसका रेहाना से प्रेम प्रगाढ़ होता गया, उसी गति से यह खेल भी ज़ोर पकड़ता गया। इस खेल में वह सोचता कि वह मर गया है। फिर कल्पना करता कि उसकी मौत के बाद रेहाना किस प्रकार शोक प्रकट कर रही है। हालाँकि प्रायः ऐसा होता कि जब वह अपने भावी शव के पास काले लिबास में गोरे मुखड़ेवाली रेहाना के रोने-बिलखने का तसव्वुर करता तो रेहाना के बजाय बाई एवं गठिया की मरीज़ उसकी माँ प्रकट हो जाती—छाती पीटकर, धरती पर सिर पटककर, पछाड़ मारकर रोती हुई माँ। माँ की यह दुखाभिव्यक्ति उसे बिलकुल पसन्द नहीं आती थी। क्योंकि उसकी आकांक्षा थी कि उसकी मृत्यु पर संसार में सर्वाधिक दुखी रेहाना हो। मगर रेहाना अधिक से अधिक थोड़ी सी उदासी और हल्की नम आँखों से ही अपने ग़म का इज़हार करती। ऐसी स्थिति में एकाध बार प्रेमरंजन के भीतर यह संशय पनपा कि क्या रेहाना हिन्दू-मुसलमान के चक्कर में आ गई है जो मेरी मौत का ठीक से मातम भी नहीं मना रही है। पर उसने तुरन्त अपने को तसल्ली दी, "नहीं ऐसी बात नहीं है। रोने-धोने के मामले में मेरी देहाती माँ की बराबरी रेहाना कैसे कर सकती है। माँ की तरह बुक्का फाड़कर कोई भी पढ़ा-लिखा आदमी रोने नहीं जाएगा। वैसे भी भारतवर्ष में प्रेमिकाओं को शोक में रोने-चिल्लाने की स्वतंत्रता कहाँ उपलब्ध है। प्रेमी की मौत पर उनके रोने का मतलब है रँगे हाथ पकड़ लिया जाना। बस, यही कारण है कि वे ज़ोरदार तरीक़े से नहीं रोतीं, बस ज़रा-सा उदास हो जाती हैं।

किन्तु आज भिन्न स्थिति थी। आज जब उसने सोचा कि कोई बम उसके चिथड़े कर दे, तब क्या होगा?—तो यह कोई रोमांटिक कल्पना न थी, बल्कि तनावपूर्ण परिस्थिति में उपजा एक स्वाभाविक ख़ौफ़ था। अतः उसे न रेहाना की याद आई न माँ की। केवल धमाका, रक्त, माँस के लोथड़े ख़्याल में आए।

"...बरख़ुरदार कहाँ चले जा रहे हो...। फ़साद हो सकता है, फ़ौरन से पेश्तर अपने घर पहुँच जाओ—क़यामत आनेवाली है।" यह एक बूढ़ा राहगीर था।

प्रेमरंजन को डर लगा कि वह बूढ़ा जो लुंगी और जालीदार टोपी पहने है, इसका घर यहीं कहीं पास में होगा, यह अभी रुकेगा और उसकी पीठ में छूरा घोंप देगा। उसकी रीढ़ में जैसे कुछ रेंग गया हो। वह सतर्क होकर धीरे-धीरे चलने लगा ताकि बूढ़ा आगे बढ़ जाए और उसकी पीठ में छूरा न घोंप सके। पर उसके चाल

धीमी करने पर वह भी धीमे चलने लगा, "मियाँ ख़ौफ़ खा रहे हो, हिन्दू हो क्या?"

प्रेमरंजन को लगा, मौत उसके बग़लगीर है। दहशत की झुरझुरी उसके पूरे शरीर में रेंग गई।

बूढ़े ने दुबारा पूछा—"मियाँ बताए नहीं कि हिन्दू हो क्या?"

प्रेमरंजन में डर अधिक गाढ़ा हुआ, मगर उसने ख़ुद को सँभालते हुए गोलमोल जवाब दिया, "अगर हूँ तो क्या, नहीं हूँ तो क्या?"

"हिन्दू नहीं हो तब इस मोहल्ले में इतना आहिस्ता चलने में कोई हर्ज नहीं है पर अगर हिन्दू हो, तब हर्ज है। देखो मियाँ, मेरा दंगों की दरिन्दगी का पुराना तजुर्बा है। इसमें नेक और डरपोक इंसान पहले मारा जाता है। तुम वैसे ही लग रहे हो। इसीलिए मशविरा दे रहा हूँ कि जल्दी अपने घर पहुँच जाओ। हालाँकि बलवा जब आग पकड़ लेता है तब घर भी कहाँ महफ़ूज़ रह जाता है। पर आफ़त की घड़ी में घर बाहर से बेहतर ही होता है...।"

"मगर मैं रास्ता भटक गया हूँ।" कहकर प्रेमरंजन पछताया। उसे लगा, रास्ता भटकने की बात कहकर वह ज़्यादा असुरक्षित हो गया है।

"तुमको जाना किधर है?"

"बुद्धा पार्क।"

"देखो, सामने जो बिजली का खम्भा दिख रहा है, वो वाला जिसमें बत्ती नहीं जल रही है।" प्रेमरंजन ने चकित होकर उसे देखा। साइबर कैफे से निकलने के बाद यह पहला शख़्स था जो बुद्धा पार्क को गन्तव्य बताने पर चौंका नहीं था, न ही कोई तफ़्तीश की थी। वह सीधे बुद्धा पार्क का रास्ता बताने लगा था, "खम्भे से आगे बढ़ने पर एक मोड़ बाएँ बाज़ू, वहाँ मुड़कर सीधे आगे बढ़ जाना। क़रीब एक फ़र्लांग चलने पर 'बुद्धा पारक' वाली सड़क आ जाएगी।" इस कथन के साथ ही वह रुक गया, "मेरा सफ़र ख़त्म हुआ। यहीं क़रीब में मेरा ग़रीबख़ाना है। मैं बुद्धा पारक वाली सड़क तक चलता मगर माफ़ करना ज़रा जल्दी में हूँ। क्या मालूम, दंगा भड़क ही जाए, तो कुछ तैयारियाँ कर लूँ।"

'दंगा' और 'तैयारियाँ' लफ़्ज़ों को सुनकर वह उसे शक से देखने लगा। बूढ़ा शायद उसके शक को भाँप गया। प्रेमरंजन की पीठ पर हाथ रखकर हँसने लगा, "ग़लत सोच रहे हो। 'तैयारियाँ' से मेरा मतलब है कि दंगा होगा तो यहाँ कर्फ़्यू ज़रूर लगेगा। इसलिए घर में कम-से-कम आटे के दो कनस्तर भरे होने चाहिए और चार-पाँच किलो आलू भी। चटनी के लिए टमाटर, हरी मिर्च, धनियाँ की पत्ती इकट्ठा हो जाए, इसके लिए तरद्दुद करूँगा। कर्फ़्यू का क्या ठिकाना...जाने कितने दिन चले...। अच्छा, मेरी मंज़िल आ गई, ख़ुदा हाफ़िज़।" वह एक अधटूटे घर में घुस गया।

प्रेमरंजन के मन में विचार उठा, "यह बूढ़ा पता नहीं मुझको बुद्धा पार्क भेज रहा है या बूचड़ख़ाना।" तभी कहीं बम फटने की आवाज़ आई और न जाने कहाँ से कई आदमी गली में प्रकट हुए और भागने लगे। वह भी भागने लगा। दिलचस्प

यह था कि वह उसी 'बूढ़े' के बताए दिशानिर्देशों के मुताबिक़ दौड़ रहा था जिसके बारे में कुछ क्षण पहले शुबहा था कि वह उसको बूचड़खाना तो नहीं भेज रहा है...।

ग़ौरतलब है कि जब वह इस बस्ती में भाग रहा था तो उसकी भरपूर इच्छा तथा कोशिश थी कि वह मुसलमान दिखे...।

यूँ तो मुसलमान दिखना क्या, इस्लाम क़बूल कर लेने का ख़्याल भी उसमें एक बार सिर उठा चुका था। यह तब का वाक़या है जब वह ग्यारहवीं कक्षा का छात्र था और दसवीं में पढ़ रही अपनी एक दूर के मामा की लड़की पर आसक्त था। इस प्यार का विकास यहाँ तक हुआ था कि उसने मामा की लड़की के हाईस्कूल बोर्ड परीक्षा के लिए भरे गए फार्म से उसका पासपोर्ट साईज का फ़ोटो चुपके से नोच लिया था और उस फ़ोटो को अकेले में सीने से लगाकर आहें भरता था। उन दिनों जब वह उससे अपने विवाह का ख़्वाब देखता तो संकट आ जाता कि इस रिश्ते को ज़माना स्वीकार नहीं करेगा। उस क्षण वह निर्णय लेता था कि वह मुसलमान बन जाएगा, जिनमें ऐसे रिश्ते की मनाही नहीं होती।

लेकिन निर्णय के क्रियान्वयन की नौबत नहीं आई। क्योंकि स्नातक में पढ़ते हुए ही वह लड़की एक दिन डोली (कार) में सवार होकर अलीगढ़ स्थित अपनी ससुराल चली गई थी।

इसके बाद अलीगढ़ में जब भी दंगा होता था, वह मामा की लड़की की हिफ़ाज़त के लिए अलीगढ़ जाने के लिए व्याकुल होने लगता था। वैसे वह गया कभी भी नहीं, क्योंकि उसके पास न मामा की लड़की की ससुराल का समुचित पता रहता था न जाने के लिए किराया भाड़ा। हालाँकि वह ख़्यालों ही ख़्यालों में मामा की लड़की को दंगाइयों से कई बार बचा चुका था। जब भी वह कल्पना लोक में मामा की लड़की को बचाने के लिए निकलता था, उसके सामने यह मुश्किल आ खड़ी होती थी कि मामा की लड़की को बचाने से पहले वह स्वयं दंगाइयों के बीच फँस गया तो क्या करेगा। इसका हल ढूँढ लेने के बाद वह मुस्कराया था। उसने जो युक्ति ढूँढी थी, वह इस प्रकार थी...।

...बचपन में दशहरे के मेले में उसने नक़ली मूँछ ख़रीदी थी जिसकी क्लिप को नाक में फँसाकर वह घर में दाख़िल हुआ तो छोटी बहन भय से चीख़ पड़ी थी। उसने हँसते हुए क्लिप ढीली कर के मूँछ उतारकर छोटी बहन को तसल्ली दी थी और फिर लगाकर राणा प्रताप की तरह ऐंठने लगा था। बहन इस बार चीख़ी नहीं, बल्कि उसकी मूँछ पर झपटी थी।

इसी प्रकार बचपन से कैशोर्य में पहुँचने पर स्कूल में 15 अगस्त के अवसर पर आयोजित नाटक में वह अलाउद्दीन ख़िल्जी बना था। ख़िल्जी के गेटप में उसे केवल दाढ़ी लगाई गई थीं, मूँछें ग़ायब थीं। और वह जान गया था कि जिस तरह बिच्छू के डंक जैसी नुकीली मूँछें खाँटी हिन्दुत्व का परचम हैं उसी तरह सफाचट मूँछ किन्तु दाढ़ीवाला चेहरा मुसलमान होने का पुख़्ता सबूत है। अलीगढ़ हो, आज़मगढ़,

अयोध्या हो या अहमदाबाद—दंगे में इंसान के पास नक़ली दाढ़ी और बिच्छू के डंकवाली नक़ली मूँछ लगाने के लिए एक सफाचट चेहरा होना चाहिए। एक तरह के दंगाई दिखें तो दाढ़ी मूँछ दोनों लगाकर शिवाजी बने रहो या दाढ़ी उखाड़कर केवल मूँछ में महाराणा प्रताप हो जाओ—सुरक्षित रहोगे। दूसरी तरह के दंगाइयों के दिखने पर मूँछ जेब में रखकर केवल दाढ़ी लगा लो।

और इस वक़्त जब मुस्लिम बहुल इलाक़े से बुद्धा पार्क की तरफ़ बढ़ता हुआ वह अपने को मुसलमान दिखाने का यत्न कर रहा था, उसके मन में रक्षाकवच के रूप में दाढ़ी-मूँछ का विचार इस रूप में प्रकट हुआ, "कितना अच्छा होता कि इस समय मेरे पास नक़ली दाढ़ी-मूँछ होती। नक़ली दाढ़ी-मूँछ को मैं अपने सफाचट चेहरे पर लगाता, जो रेहाना को बेहद प्यारा है। मैं इस्लाम के नाम पर लड़नेवाले बलवाइयों के दिखने पर अपनी नक़ली मूँछ उखाड़ लेता लेकिन हिन्दूवादी फसादियों के मिलते ही मैं पुन: अपनी मूँछ लगाकर उसे ऐंठने लगता।" प्रेमरंजन को दाढ़ी-मूँछ के ख़्याल से उबारा बुद्धा पार्क ने। बुद्धा पार्क अब ठीक उसके सामने था। इस प्रकार कि कहा जा सकता है कि वह स्वयं बुद्धा पार्क के ठीक सामने था। वह बड़ी तीव्रता से आसपास के भूगोल में रेहाना को ढूँढ रहा था। किन्तु वहाँ रेहाना न थी। वहाँ सिर्फ़ भगदड़ थी। कुछ लोग तेज़-तेज़ भागे जा रहे थे, कुछ भागने की तैयारी कर रहे थे...।

एक चाट बेचनेवाला अपने ठेले को भगाता चला जा रहा था। ठेले की अति गति के कारण बताशे और दोने ठेले से गिर-गिर पड़ रहे थे और चटनियाँ छलक-छलक पड़ रही थीं।

बहरहाल रेहाना जब कहीं नहीं दिखी तो प्रेमरंजन ने सोचा कि रेहाना पार्क के भीतर न चली गई हो? वह आई हो, और उसे ढूँढने पार्क के भीतर पहुँच गई हो। वह बग़ैर वक़्त गँवाए टिकट काउंटर पर गया। वहाँ बने बिलोक्के में हाथ डालकर बोला, "भइया एक टिकट दे दो।"

बिलोक्के के उस पार बैठे व्यक्ति ने चिड़चिड़ाकर उसका हाथ ठेल दिया, "एकदम पगलेट हो क्या? अरे घोंघा बसन्त भागो, दंगा होनेवाला है। मैं ख़ुद भाग रहा हूँ।" वह सचमुच बाहर निकल आया और भागने लगा।

निराश प्रेमरंजन ने पार्क के गेट पर नज़र डाली। वहाँ गेट कीपर अपनी जगह पर खड़ा था। उसने गेट कीपर के पास जाकर पूछा, "आप नहीं भाग रहे हैं?"

"मैं कहाँ भागूँ। मैं इसी पार्क की, वो ट्यूबेल के बगलवाली कोठरिया में रहता हूँ। रात में चौकीदारी भी करता हूँ पार्क की।"

प्रेमरंजन ने मन-ही-मन कहा, "साले चौकादारी क्या करते होगे, टाँग फैलाकर सोते होगे।" लेकिन बोला यह—"ज़रा पार्क में घुसने देंगे?"

"पार्क में घुसकर क्या करोगे, झूला झूलोगे?" उसने व्यंग्य कसा।

"नहीं।" प्रेमरंजन ने गला साफ़ किया, "मेरा पर्स छूट गया है भीतर।"

"देखो साफ़ बात, मैं बिना टिकट किसी को अन्दर नहीं जाने देता।" गेटकीपर

ने अपने कर्मचारी जीवन में ड्यूटी के प्रति पहली बार ऐसी मुस्तैदी दिखाई। प्रेमरंजन समझ गया कि चूक हो गई और अब यह उसके तथाकथित पर्स को हड़पने के लोभ में पड़ गया है।

प्रेमरंजन की बुद्धि सक्रिय हुई। उसने फुसलाने का अभिनय करते हुए गेट कीपर से कहा, "टिकट की क्या बात है भाई साहब, आप मेरे पर्स के सारे रुपए ले लीजिएगा। मुझे, बस पर्स में रखे एक ज़रूरी काग़ज़ से मतलब है।"

गेटकीपर ने उसके वादे को तौला, फिर कहा, "ठीक है, आ जाओ, चलो दोनों मिलकर खोजते हैं।"

उसने पार्क में घुसने के लिए क़दम बढ़ाया ही था कि पीठ पर एक स्पर्श पड़ा। उसने गरदन मोड़ी—रेहाना थी। घबराई हुई थी, हाँफ़ रही थी...।

प्रेमरंजन ने कहा, "अस्सलाम वलैकुम।"

"वालैकुम सलाम।" रेहाना की साँसें संयत नहीं हो सकीं, "अच्छा हुआ तुम मिल गए, इधर तो कुछ ज़्यादा ही टेंशन दिख रहा है...।

रेहाना सलवार-कुर्ता पहने हुए थी। आँखों पर धूप का काला चश्मा था। चश्मे की वजह से आँखें साफ़-साफ़ दिख नहीं रही थीं लेकिन चेहरे की त्वचा और होंठों की गति उसके भय को बयान कर रही थी। उसकी दाईं आँख के नीचे—चश्मे के शीशे के ठीक नीचे—की जगह बीच-बीच में फड़क जा रही थी।

"घबराओ मत रेहाना, मैं हूँ तुम्हारे साथ।"

"मुझको घर जाना है।" रेहाना बोली।

"सोचा तो कुछ और था पर इन साम्प्रदायिक शक्तियों से इंसान की ख़ुशी देखी जाए तब न। चलो मैं तुमको तुम्हारे घर पहुँचा आता हूँ।"

"नहीं...नहीं...। मेरे साथ चलने पर ख़तरे में फँसोगे।"

"अकेली जाओगी...यह ज़िद ठीक नहीं है...।"

"जानती हूँ...अकेली जाने पर बचना मुश्किल है लेकिन कोई साथ रहे तब भी क्या बच जाऊँगी?" वह रुआँसी हो गई। उसकी आवाज़ में ऐसी बेबसी और व्यथा थी कि प्रेमरंजन विकल हो उठा, "रेहाना, मैं मर जाऊँगा लेकिन तुम्हें कुछ नहीं होने दूँगा।" वह कुछ और भी कहना चाहता था लेकिन उसे कोई अच्छा वाक्य नहीं मिल सका, इसलिए वह यही कहने लगा, "मैं तुमको बहुत प्यार करता हूँ रेहाना। सारी दुनिया में तुमको मैं सबसे ज़्यादा चाहता हूँ।" वह आगे बोलता, उससे पहले उसको अहसास हो गया कि यह सब बोलकर वह बेवक़्त की शहनाई बजा रहा है। पर न चाहते हुए भी उसकी ज़बान फिसल ही गई, "मैं तुम्हारे बिना नहीं रह सकता।"

"अल्लाह क़सम?" इस कठिन समय में भी रेहाना को मज़ाक़ सूझ गया।

"अल्ला क़सम।"

"तुम अल्लाह की इबादत नहीं करते हो...भगवान, ईश्वर..."

"चलो भगवान क़सम।"

"क़सम कहने से भगवान नाराज़ होंगे, सौगन्ध बोलो।"

अब जाकर प्रेमरंजन को पता चला कि रेहाना उसकी घिसाई कर रही है। लेकिन जो भी हो, इससे रेहाना का तनाव कुछ घट गया था। प्रेमरंजन को राहत महसूस हुई, उसने इधर-उधर देखा—फ़िलहाल लूटपाट, हत्या, आगजनी, नारेबाज़ी नहीं थी। साइबर कैफे से यहाँ बुद्धा पार्क तक की यात्रा में भी कहीं हिंसा नहीं थी। एक धाँय और एक बम की आवाज़ को छोड़कर बाक़ी कोई ख़तरनाक वारदात नहीं हुई थी। और यह भी मुमकिन है कि न गोली छूटी हो न बम फटा हो—महज दो तगड़े पटाख़े दगे हों। उसने रेहाना को समझाना शुरू किया, "देखो हालात अभी ज़्यादा नहीं बिगड़े हैं। यह भी हो सकता है कि लोग किसी अफ़वाह के कारण भाग रहे हों। जो भी हो, माहौल इतना ख़राब नहीं है कि मैं तुमको तुम्हारे घर तक न पहुँचा सकूँ।"

रेहाना ने उसे प्यार से देखा फिर कुछ सोचने लगी वह।

"क्या सोच रही हो?"

"मुझे एक मोबाइल चाहिए।"

प्रेमरंजन ने जेब में हाथ डाला जैसे मोबाइल निकालने वाला हो पर उसके हाथ उसी प्रकार जेब में पड़े रहे, "रेहाना नौकरी पाने पर मैं सबसे पहला काम करूँगा कि दो मोबाइल ख़रीदूँगा, एक तुम्हारे लिए, एक अपने लिए...।"

"एक ही तरह का और एक ही कलर का दोनों मत लेना, वर्ना अपना पहचानने में दिक़्क़त होगी।" रेहाना को हँसी आ गई, "अरे बाबा मुझे 'अभी' अपने घर फ़ोन करना है।"

वह स्पाइडर मैन की तरह तत्परता से घूमा और भगदड़ के बीच से किसी का मोबाइल हासिल कर लाया, "लो बात करो, नम्बर मैंने मिला दिया है।"

रेहाना ने मोबाइल अपने कान से लगाया तो प्रेमरंजन उसका कान देखने लगा—आह कितना सुन्दर कान।

तब तक मोबाइल का मालिक भी पास आकर खड़ा हो गया। थोड़ी देर बाद रेहाना से अपना मोबाइल पाकर वह चलता बना।

रेहाना ने आँखें बन्द कर लीं, जैसे कोई घाव दब गया हो।

"क्या हुआ?"

रेहाना चुप रही। कुछ क्षण बाद उसने आँखें खोलीं, "बात नहीं हो सकी।"

"क्यों?"

"मेरे घरवाले अपना घर छोड़ चुके हैं।"

"क्यों?"

"माहौल ख़राब होते ही हम लोग घर छोड़ देते हैं।"

"तब?"

"अब मुझे अपने नहीं मामू के घर जाना होगा। वहीं अम्मी, अब्बू और भाई जान थोड़ी देर बाद पहुँचेंगे।"

"मामू नहीं घर छोड़ते?"

"नहीं, वे मुस्लिम इलाक़े में रहते हैं।"

"कहाँ रहते हैं तुम्हारे मामू?"

"क्या करोगे जानकर। वहाँ तुम्हें नहीं चलना है, चलोगे तो बीच रास्ते में ही मार दिए जाओगे। बच गए तो मामू के मुहल्ले में...।" आगे के शब्द प्रेमरंजन सुनता, उसके पहले ही पुलिस की गाड़ियों के साइरन की तेज़ चीख़ों ने रेहाना की आवाज़ को दफ़्न कर दिया।

गाड़ियों से पुलिस के जवान उतर रहे थे। पल भर में वे चारों तरफ़ फैलकर अपनी-अपनी पोजीशन लेने लगे। घुड़सवार सिपाहियों का एक काफ़िला भी आता हुआ दिखा। ख़ूब ऊँचे क़द के स्वस्थ और चमकते हुए घोड़े थे। उनकी टापों से दिन खुँद गया हो जैसे, शाम उतरने लगी थी।

रेहाना काँपने लगी। थोड़ी देर पहले उसकी दाईं आँख के नीचे जो जगह रुक-रुककर फड़क रही थी वह अब लगातार फड़कने लगी।

प्रेमरंजन ने इसे देखा, "डरने की बात नहीं। देखो, पुलिस आ गई है।"

रेहाना ने कोई जवाब न देकर उसे घूरा और उसे छोड़कर चल दी।

प्रेमरंजन की समझ में न आया कि आख़िर क्या बात हो गई जो रेहाना उसे छोड़कर चली जा रही है। वह तेज़ी से आगे बढ़कर रेहाना के साथ चलने लगा—"रेहाना... रेहाना...।" तब तक रेहाना आगे बढ़ गई और वह पीछे छूट गया। रेहाना आज पहली बार इतना तेज़ चल रही थी। उसने पुन: उसका साथ पकड़ा, "डरो मत रेहाना... अब तो पुलिस...।"

"ये क्या पुलिस-पुलिस लगा रखे हो।" वह रुक गई। एक-एक लफ़्ज़ पर ज़ोर देते हुए बोली, "पुलिस सिर्फ़ हिन्दुओं के लिए है।" अगला वाक्य उसने फुसफुसाकर कहा, "हमारे लिए ये क़ातिल हैं। इन सभी की आँखों को देखो, कैसे वहशत से चमक रही हैं।"

प्रेमरंजन ने अवाक् रेहाना को देखा। उसे वह बिलकुल अजनबी सी लगी। जैसे यह कोई दूसरी रेहाना थी। वह ख़ब्तुलहवास सा बोला, "ये क्या कह रही हो तुम...हिन्दू मुसलमान...।" उसने एक बार फिर एक लचर वाक्य कहा, "मुहब्बत करनेवाले हिन्दू मुसलमान की बात नहीं करते हैं।"

रेहाना की आँखों की पुतलियाँ गोलाई में नाचीं, "दंगे मुहब्बत की क़ब्रगाह होते हैं। इस वक़्त हक़ीक़त यही है कि मैं मुसलमान हूँ और पुलिस की संगीनों के साये में तुम जितने महफ़ूज़ हो मैं उतनी ही ख़तरे में।"

कोई छोटा-सा सनसनाता हुआ पत्थर उनकी बग़ल से जाकर एक दफ़्तर के पास गिरा। जैसे परिन्दों के झुंड पर पत्थर गिरता है तो सारे अपनी-अपनी दिशाओं

में भागते हैं—वैसे ही यहाँ इंसानों के बीच अफरातफरी मच गई।

दुकानें पहले ही बन्द हो चुकी थीं। लोग पहले ही अपने-अपने घरों की तरफ़ भाग रहे थे—अब तेज़ी आ गई।

सब बेतहाशा दौड़ने लगे। लोग सड़क पर दौड़ रहे थे...सड़क पर दौड़ते हुए गलियों में घुस जा रहे थे...गलियों से निकलकर सड़क पर आ जाते और भागने लगते थे...रेहाना और प्रेमरंजन भी दौड़ रहे थे...।

सैकड़ों जूतों, चप्पलों, हवाई चप्पलों, नंगे पैरों की बेसुरी आवाज़ें बज रही थीं...।

कार और दुपहिएवाले भी भाग रहे थे। एक साइकिल चालक एक बच्चे को आगे बैठाए था। पीछे कैरियर पर एक बच्चे को लेकर उसकी पत्नी बैठी हुई थी—दौड़ साइकिल रही थी—भाग परिवार रहा था...। एक आदमी अपने एक बच्चे को गोद में लिए, दूसरे बच्चे को घसीटता हुआ आगे बढ़ रहा था। रेहाना ने देखा, एक स्त्री भागती हुई चली आ रही थी और भागते हुए ही वह पेशाब कर रही थी...। उस स्त्री का चेहरा आँसुओं और रुदन में डूबा हुआ था...।

रेहाना से आगे नहीं बढ़ा गया। वह रुककर हाँफ़ने लगी, "अब चला नहीं जा रहा है।"

"मगर चलना तो पड़ेगा।" प्रेमरंजन ने उसे सहारा दिया।

"मुझे यहीं रहने दो, तुम चले जाओ।"

"मेरी फ़िक्र मत करो रेहाना, मैं हिन्दू हूँ। अधिक हिन्दू बनना हुआ तो आगे सड़क पर ज़रूर कहीं ख़ून मिलेगा, मत्थे पर उसका टीका लगाकर पक्का हिन्दू हो जाऊँगा...।"

'गर्व से कहो हम हिन्दू हैं...एँ...एँ...एँ...' चिल्लाती शोर मचाती भीड़ सामने की तरफ़ से चली आ रही थी। भीड़ का नेतृत्व एक भगवाधारी साधू कर रहा था। यह भिन्न प्रकार का साधू था जिसकी कमर में एक तरफ़ अकालियों की तरह तलवार तो दूसरी तरफ़ डाकुओं की तरह पिस्तौल लटकी थी। उसके एक हाथ में त्रिशूल था, दूसरे में सेलफ़ोन। उसके पीछे-पीछे चालीस-पचास का हुजूम था।

वे सभी रेहाना-प्रेमरंजन के पास आकर रुके। साधू एकदम सामने था। शेष तमाशबीन की तरह आसपास छितरा गए।

साधू उन दोनों से मुख़ातिब हुआ, "हिन्दू हो या म्लेच्छ?"

"हिन्दू।" प्रेमरंजन ने कहा। लेकिन रेहाना के कारण वह थरथरा रहा था।

"तब फिर इतना डरकर क्यों हिन्दू बोल रहे हो बच्चा।" साधू ने त्रिशूलवाला हाथ लहराया, "गर्व से बोलो, ज़ोर से बोलो कि हिन्दू हो।"

साधू का एक अनुयायी अचानक बड़ी ज़ोर से चिल्लाया, "हर हर महादेव...।"

दूसरा अनुयायी पता नहीं कहाँ से शंख निकालकर बजाने लगा। इन सब चीज़ों का असर पड़ा—पुलिस का एक अधिकारी अपनी वर्दी, बिल्ले, रिवाल्वर के साथ आया और साधू को देखकर कहा, "अरे आप ख़ुद क्यों तकलीफ़ करने लगे।"

साधू कोई जवाब देता, तभी उसका मोबाइल बजा। उसने मोबाइलवाला हाथ उठाया, किसी से बातें करने लगा, "हाँ...हाँ...इस्माइलगंज में...हुसैनपुरा की दग गई..."

पुलिस अधिकारी अपनी ड्यूटी करने चला गया।

साधू ने मोबाइल पर अपनी वार्ता ख़त्म की, तब तक प्रेमरंजन और रेहाना को घेर लिया गया था—एक घेरा बनाकर। उन दोनों पर किसी ख़ूँख़ार अनहोनी का अन्देशा मँडरा रहा था। प्रेमरंजन को लगा कि उसके शरीर की सारी ताक़त निचुड़ गई है, अभी वह लड़खड़ाएगा और गिर पड़ेगा। उसने रेहाना को देखा तो उसे अपना गला ख़ुश्क होता हुआ महसूस हुआ—जैसे उसके शरीर से जल का तत्त्व की ख़त्म हो गया हो। वह एकदम फटी-सूखी आवाज़ में बोला, "हाँ सचमुच मैं हिन्दू हूँ।"

"स्वामी जी ये झूठ तो नहीं बोल रहा है, हो सकता है कि ये साला तुरुक हो।" शंख बजानेवाला चेला था यह। प्रेमरंजन ढह गया, "यक़ीन करिए कि मैं हिन्दू हूँ। आप चाहें तो चेककर लें कि मेरी सुन्नत नहीं हुई है। हिन्दू होने का इससे बड़ा सबूत क्या हो सकता है कि मेरी सुन्नत नहीं हुई है।"

"नहीं बच्चा, हिन्दुत्व की इतनी सीमित व्याख्या मत करो। हिन्दू और कटुवे का भेद केवल लिंगै में नहीं है सम्पूर्ण रूप से दूनौ भिन्न हैं। हिन्दुत्व देवत्व है, इस्लाम असुरत्व।"

प्रेमरंजन ने रेहाना को देखा। वह किसी मूरत की तरह खड़ी थी। उसका पूरा शरीर स्थिर था, केवल दाईं आँख के नीचे का हिस्सा ज़ोर-ज़ोर से फड़क रहा था।

साधू आगे बढ़कर रेहाना की बग़ल में आ गया। उसकी कमर पर हाथ रखकर हँसा, "बच्चा तुम हिन्दू हो, और ये कऊन हैं?" उसके इस हाथ का मोबाइल अब जेब में था?

रेहाना की आँखें अजीब ढंग से बहुत जल्दी-जल्दी झपकने लगीं। उसकी दाईं आँख के नीचे के हिस्से ने फड़कना बन्द कर दिया था पर कुछ ही पल बाद उसका पूरा चेहरा उसी तरह फड़कने लगा। ठोढ़ी तो बेतहाशा फड़क रही थी।

रेहाना ने चश्मा आँखों से उठाकर माथे के ऊपर टिकाया और हथेलियों से चेहरे को छिपा लिया। ठीक इसी तरह वह परीक्षा के समय करती थी जब कोई मुश्किल पेपर आ जाता था। प्रेमरंजन ने सोचा कि उस समय की तरह ही वह अभी जब चेहरे से हथेलियाँ हटाएगी तो सामान्य और शान्त लगने लगेगी। मुश्किल सवालों के जवाब अच्छी तरह दे लेगी।

रेहाना ने चेहरे से हथेलियों को हटाया। वाक़ई वह सहज दिखने लगी थी।

उसकी कमर पर साधू का हाथ गन्दे केकड़े की तरह सरका, "बताए नहीं बच्चा कि ये कऊन हैं?"

प्रेमरंजन के बोलने के पहले ही रेहाना बोली, "मैं इनकी बहन हूँ। सगी बहन। यक़ीन न हो तो आपके पास मोबाइल है, हमारे घर मिलाकर दरियाफ़्त कर लें।"

साधू चौंका, "ऐं तुम तो उर्दू शब्दों का बहुतै प्रयोग कर रही हो।"

एक चेले ने भीड़ से गरदन निकाली, "स्वामी जी नुक़्ता भी लगाय रही है।"

साधू ने कहा, "हाँ देख रहा हूँ...इनका तलुफ्फजौ बहुत क़ायदे का है...।" साधू ने रेहाना का गाल सहलाया, "मुसलमानिन हो का?"

"नहीं, मैं ज्योति हूँ।"

"ज्योति का मतलब बताय सकती हो?"

"लौ जिसके जलने से प्रकाश होता है।"

"अच्छा श्रीराम के गुरु का नाम?"

"वशिष्ठ और विश्वामित्र—रामचन्द्र जी के दो गुरु थे।"

"उर्मिला कउन थीं?"

"लक्ष्मण जी की पत्नी।"

"अऊर मारीचि?"

"एक राक्षस, जिसने हिरन का भेष बनाकर सीता जी को भरमाया था।"

किसी ने उत्साह में आकर ताली बजाई, सभी ताली बजाने लगे।

'हर हर महादेव' चीख़कर कहनेवाला पुनः चीख़ा, "स्वामी जी यह मुसलमानिन हो ही नहीं सकती, कहिए तो शर्त बद लूँ।"

साधू भी ख़ुश लग रहा था। उसने निर्णायक प्रश्न किया, "कउन जात हो तुम लोग?"

"पंडित।" प्रेमरंजन ने जवाब दिया, "मिश्र।"

साधू की बाँछें खिल गईं। वह इतना ख़ुश हुआ कि फ़साद के उस हड़बड़ माहौल में भी एक संक्षिप्त भाषण देने लगा, "यह है असल हिन्दुत्व का संस्कार। ज्योति जी को देखिए, सलवार-कुर्ता पहनी हैं। पैंट, जीन्स, स्कर्ट, टाप्स जैसी सेक्सी और पश्चिमी सभ्यता की पोशाकें पहननेवाली छिनारों को सीखना चाहिए इनसे। यदि वे नहीं सीखेंगी तो हम उनको सिखावैंगे।"

"हम उनकी जीन्स, पैंट, स्कर्ट, चड्ढ़ी सब उतार देंगे।" भीड़ में किसी ने जोश दिखाया।

साधू बेहयाई से हँसा, "नहीं, अभी नहीं उतारना है। क्योंकि शीघ्र ही ग्रीष्म के अवकाश होनेवाले हैं। इसके बाद जब स्कूल-कॉलेज खुलैंगे, तब हम इ काम को अन्जाम देवेंगे। अभी हमको सिर्फ़ 'हिन्दू गौरव' के अभियान पर ध्यान देना है।"

वे नारा लगाते हुए आगे बढ़ गए। उनके जुलूस में पीछे जा रहा एक आदमी लौटकर रेहाना के पास आया और याचना करने लगा, "अपनी ऐनक मुझे दे दें।"

चश्मा अभी भी रेहाना के मत्थे पर टिका था। रेहाना ने उसे उतारकर दे दिया। चश्मा आँखों पर लगाकर वह हँसा, चुप हो गया, फिर हँसा और गिलहरी की तरह भागता हुआ जुलूस में शामिल हो गया।

वहाँ वे दोनों रह गए। वे जैसे कुछ समय के लिए किसी अन्य दृश्य में चले गए

थे—पहलेवाला दृश्य जो अलोप हो गया था, अब पुनः प्रकट हुआ—चारों तरफ़ पुलिस के सिपाही थे। उनके बूटों की धप्-धप् वातावरण में अपना स्थान घेर रही थी। लोग ज़्यादा घबराहट से घर का रास्ता पार करने लगे थे...।

तभी माइक पर अनाउंसमेंट शुरू हो गया—सुनें...सुनें...सभी ख़ासो आम सुनें। आप लोगों को सूचित किया जाता है कि आपके क्षेत्र वारिसगंज में प्रशासन ने कर्फ़्यू लगा दिया है...। हर किसी को ये हिदायत दी जा रही है कि बग़ैर कर्फ़्यू पास के कोई भी शख़्स अपने घर से बाहर न निकले वर्ना उसके साथ सख़्त कार्रवाई की जाएगी...। साथ ही यह आदेश भी दिया जा रहा है कि जो लोग सड़कों पर या गलियों में आमदरफ़्त करते हुए दिखाई दे रहे हैं, जल्द से जल्द अपने घरों में चले जाएँ। हर कोई यह भली-भाँति जान ले कि कर्फ़्यू तोड़ना बहुत संगीन अपराध है और इस अपराध के लिए गोली भी मारी जा सकती है...।"

"हे भगवान, आज हमारी रक्षा करो।" प्रेमरंजन सिहर गया। उसे लगा कि आज कोई सनसनाती हुई गोली उसकी पीठ, सीने या कनपटी पर लगेगी। कौन ठीक इन बेरहम पुलिसवालों का कि गोलियों से उसे छलनी ही कर दें। उसने घबराकर रेहाना को देखा...।

...साधू और उसके चेलों के सामने रेहाना ने जिस ख़ौफ़ को अपने आत्मबल से छिपा रखा था, वह उसके अन्दर पुनः प्रकट होने लगा। साधू का घृणित चेहरा, रेहाना की कमर पर केकड़े की तरह रेंगते उसके हाथ—बार-बार कौंधने लगे। साथ में कर्फ़्यू के अनाउंसमेंट के शब्दों और भाग रहे पैरों की आवाज़ों का पार्श्व संगीत। वह पहले पथराई, फिर पसीने से भीग गई। पसीने से भीगी उसकी गरदन का एक हिस्सा फड़फड़ाया और क्षण भर बाद कई हिस्से फड़कने लगे...। वह ऐंठने लगी...। शायद कुछ कहने का प्रयत्न कर रही थी—गले से घों...घों...की ध्वनि निकली। प्रेमरंजन ने ग़ौर किया, रेहाना के हाथ-पाँव काँप रहे हैं तथा शरीर में जगह-जगह फड़फड़ाहट हो रही है...। उसका कंठ भयानक रूप से बार-बार फड़का...वह कै करने लगी...। वह वहीं निढाल हो गई...।

प्रेमरंजन ने लक्ष किया—रेहाना की साँस चल रही थी।

असहाय और अकेला प्रेमरंजन—उसकी समझ में नहीं आ रहा था कि क्या करे। कुछ नहीं सूझा तो आने-जानेवाली गाड़ियों से लिफ़्ट माँगने लगा। वह पास पटरी पर पड़ी रेहाना की तरफ़ इशारा करता और झुककर लिफ़्ट के लिए अनुरोध करने लगता। लेकिन मदद नहीं मिली। कोई लम्बी, कोई मझली—कोई मेढक कोई मछली की आकृतिवाली कार आती और चली जाती। प्रेमरंजन उसी तरह नाक़ामयाब खड़ा रह जाता।

थक-हारकर वह सड़क के बीचोबीच खड़ा हो गया। प्रार्थना की मुद्रा में हथेलियों को जोड़कर वह दो-तीन चौपहिया चालाकों से रुक जाने के लिए गिड़गिड़ाया। लेकिन कोई न रुका। एक उसके दाएँ से निकल गया, एक उसके बाएँ से। प्रेमरंजन

का मन हुआ कि वह अगले आनेवाले वाहन से कुचलकर मर जाए। लेकिन ऐसा कुछ न करके वह रेहाना के पास आया।

उसने रेहाना को सहारा देकर खड़ा किया, "रेहाना जैसे भी हो, हमें यहाँ से निकलना होगा। हिम्मत से काम लो, जितना तेज़ चल सकती हो चलो...दौड़ो...।"

"ओ मजनू...अपनी लैला को लेकर खिसक...वर्ना अभी नुच जाएगी तेरी लैला...जल्दी कर...।" यह एक अधेड़ सब इन्सपेक्टर था।

"रेहाना दौड़ो...।" प्रेमरंजन ने रेहाना का हाथ पकड़कर खींचा। वह कुछ क़दम घिसटकर रुक गई, "पानी।"

पानी कहीं नहीं था। आसपास बहुत सारा पानी था किन्तु वह घरों, दुकानों के भीतर बन्द था। धरती के भीतर पानी था, वह धरती के भीतर बन्द था।

प्रेमरंजन की आँखें पानी ढूँढ रही थीं मगर उसे दिखाई पड़ीं कुछ छायाएँ—ढेर सारे भिखारी भागते, लँगड़ाते, लुढ़कते चले आ रहे थे। वाक़ई वे छायाओं की तरह दिख रहे थे—किसी तस्वीर के निगेटिव की तरह।

"भागो हरामियो...ऽ...ऽ...। अपनी दुमड़ी-तुमड़ी लेकर भागो..." यह एक दरोगा की आवाज़ थी जो सिपाहियों की एक छोटी टुकड़ी लेकर भिखारियों को खदेड़ रहा था। भिखारी और तेज़ भागने लगे...और ज़्यादा लँगड़ाने..और ज़्यादा गिरने लगे... और तेज़ी से उठकर दौड़ने लगे...।

दरअसल ये लोग बुद्धा पार्क और उसके क़रीब एक मन्दिर के आसपास भीख माँग कर गुज़र-बसर करते थे, और इसी इलाक़े में बने एक नए चमकदार—रोशनी के लट्टुओं, साइन बोर्ड विज्ञापनपटों से सजे—फ्लाई ओवर के नीचे इनके बसेरे थे। दंगे की आशंका से जब भगदड़ मची तो ये भागकर उसी फ्लाई ओवर के नीचे इकट्ठा होकर चाँव-चाँव कर रहे थे। और वहीं से दरोगा अपने सिपाहियों के साथ उन्हें हाँकता हुआ ला रहा था...भाग जाने के लिए कह रहा था। जबकि उनकी समझ में नहीं आ रहा था कि कहाँ जाएँ? इसीलिए वे भागते हुए आकर ठिठक गए, जहाँ प्रेमरंजन और रेहाना खड़े थे। वे सभी हाँफ़ रहे थे...खाँस रहे थे...और जब साँसें कुछ सम हुईं तो दो-चार खि...खि...हँसे। हँसते हुए ही धीमे स्वर में पुलिस को गालियाँ बकने लगे...।

उनकी गालियाँ पुलिसवालों तक नहीं पहुँची पर पुलिसवालों की निगाहें ज़रूर उन तक पहुँच गईं। इस बार कई सिपाही समवेत चिल्लाए। एक सिपाही ने अपनी जगह पर खड़े-खड़े ही डंडा प्रक्षेप्रास्त्र की तरह भिखारियों पर फेंककर पैर पटका। भिखारी नए सिरे से खदबद...खदबद भागने लगे...।

पुलिस का—दंगे का—ख़ौफ़ था या भिखारियों के रूप में एक समूह के साथ होने का अहसास—न जाने क्या प्रेरक था कि प्रेमरंजन और रेहाना भी उन्हीं के साथ दौड़ पड़े...। भिखारियों के साथ दौड़ते हुए वे दोनों ऐसे दिख रहे थे जैसे किसी चित्रकार ने धूसर, स्याह और मटमैले रंगोंवाली पेन्टिंग पर पीले लाल रंगों के स्ट्रोक लगा दिए हों।

अँधेरा भी चल रहा था आगे-आगे। वह लगातार गहराता जा रहा था...। सड़क सूनी होने लगी थी। इक्का-दुक्का कोई-कोई ख़ामोश, गन्तव्य की ओर चला जा रहा होता था, बस। सन्नाटा भंग हुआ था—भिखारियों, प्रेमरंजन और रेहाना की पदचापों से...।

जाने क्या हुआ कि जगह-जगह जलते हुए टायर मिलने लगे। सड़कों पर साइकिल के गोल-गोल टायर जल रहे थे। टायर के वृत्त के चारों ओर आग की लपटें थीं, बीच की जगह ख़ाली। इसी तरह के अनेक अग्निवृत्तों से रास्ता सजा हुआ था। भिखारी, रेहाना और प्रेमरंजन इन जल रहे टायरों से बचते हुए भागने लगे। तभी एक जगह ज़्यादा उजाला मिला...एक क़तार से कई दुकानें जल रही थीं। एक दुकान जो किसी टेलर मास्टर की थी की गिमटी का दरवाज़ा आग उगलता हुआ गिरा...सिलाई मशीन आग के बीच दिखने लगी...सिलाई मशीन के पीछे रखा स्टूल भी आग की लपटों में था...इसी स्टूल पर टेलर मास्टर बैठकर पैरों से सिलाई मशीन चलाते हुए कपड़े सिलते थे...। कई दुकानें आग में थीं...।

एक दुकान पतंग की थी...रंगबिरंगी पतंगें, डोरी, गड़ारी, मंझा—सब राख बन गए थे...। एक दुकान जो सबसे पहले जलाई गई होगी और जो अधजली रह गई थी, उसका केवल ताला जल रहा था...। ताला क्या, जैसे काले दरवाज़े में लाल गोला लटक रहा था...।

"अब मुझसे नहीं चला जाएगा...।" रेहाना रुककर हाँफने लगी।

"यहाँ कैसे रुका जा सकता है।" प्रेमरंजन उसका हाथ पकड़कर खींचने लगा।

रेहाना ने हाथ छुड़ाया, "सही कह रहे हो...पर मैं थक गई हूँ...चल नहीं सकती...। मुझे यहीं रहने दो...तुम जाओ...।"

क़िस्मत से उसी समय एक रिक्शेवाले ने उनके पास रिक्शा रोका, "कहाँ जाना है?"

"रेहाना तुम्हारे अब्बा, अम्मी, जहाँ ठहरे हैं मामू के घर—कहाँ है?"

"मौलवीगंज में।"

"वहाँ तो ना जा पाएँगे भइया।" रिक्शेवाले ने कहा, "वहाँ गए तो तुम दूनो भले बच जाओ पर मुझको मौत ही मिलेगी। हिन्दू हूँ ना...।"

प्रेमरंजन ने रेहाना को देखते हुए रिक्शेवाले से कहा, "ठीक है, तुम मेरे कमरे पर चलो शिवपुरी।"

"ढाई सौ लेंगे।"

"अबे पाँच रुपिया लगता है वहाँ तक का...।" प्रेमरंजन झुँझलाया।

"ढाई सौ से एक पइसा कम नहीं...।" रिक्शेवाले ने आगे बढ़ने के लिए पैडिल पर पाँव का दबाव डाला।

तब तक रेहाना के साथ प्रेमरंजन रिक्शे पर बैठ चुका था, "चलो दूँगा ढाई सौ।"

रिक्शा भिखारियों को पीछे छोड़ता हुआ आगे बढ़ने लगा। कुछ देर बाद प्रेमरंजन

ने अनायास पीछे मुड़कर देखा—भिखारियों की जगह बड़ा सा धब्बा दिखाई दे रहा था। जैसे किसी तेज़ तूफ़ान में धूल का कोई बवंडर।

प्रेमरंजन ने ईश्वर को धन्यवाद दिया कि उसने इस मुसीबत के वक़्त में रिक्शेवाले को भेजकर उन दोनों की मदद की। हालाँकि रिक्शेवाला दो सौ पचास रुपए में तैयार हुआ था और यदि रेहाना ने इस भुगतान में कोई साझा न किया तो उसकी जेब कड़क हो सकती थी। लेकिन उसे भीतर-भीतर एक क्षीण सी ख़ुशी भी हो रही थी जिसे स्वीकार करने में वह शर्म का अनुभव कर रहा था। वह क्षीण सी ख़ुशी इस बात की थी कि इस पूरे प्रकरण में उसे रेहाना को अपने कमरे पर ले जाने का मौक़ा मिल रहा था। उसने रिक्शे पर बैठे-बैठे सोचा, "सब सही सलामत रहा तो कमरे पर रेहाना से ख़ूब प्यार करूँगा। सबसे पहले उसे अपने बिस्तर पर लिटाकर तकिए की टेक लगा दूँगा, जैसे अस्पताल में मरीज़ को तकिए की टेक लगाते हैं। फिर मैं उसे पीने को पानी और खाने को बिस्कुट दूँगा। चाय बनाऊँगा।" खाने की याद से उसे सब्ज़ी का ध्यान आया, "आलू और बैगन है कमरे पर। पता नहीं रेहाना को बैगन की सब्ज़ी पसन्द है कि नहीं। नहीं पसन्द करेगी तो आलू की ही बना लूँगा।" उसने आँखें मूँदकर पुनः ईश्वर को धन्यवाद दिया और हाथ जोड़कर फ़रियाद की, "किसी तरह ठीक-ठाक कमरे तक पहुँचा दो बजरंगबली।"

बजरंगबली उसके सर्वाधिक श्रद्धेय थे—बचपन से ही। उ.प्र. के सुल्तानपुर जनपद की कादीपुर तहसील में उसका घर था। वहाँ से नौ किलोमीटर की दूरी पर हनुमान जी का सिद्ध स्थान बिजेथुआ है। बचपन में प्रेमरंजन अपने चाचा की साइकिल पर बैठकर वहाँ मंगलवार को दर्शन करने और मेला देखने जाता था। बाद में वह स्वयं साइकिल चलाकर जाने लगा था। वहाँ वह देखता कि कई भक्त मन्दिर में दर्शन करने के साथ-साथ एक पीपल के वृक्ष पर लाल लँगोट चढ़ाते थे...। इसके अलावा एक बड़े मैदान में ढेर सारी स्त्रियाँ ईंट के चूल्हे जलाकर पूड़ियाँ और रोट बना-बनाकर कड़ाही में छानती रहती थीं। बाद में उसे भी हनुमान जी को चढ़ाया जाता था।

आज मंगलवार नहीं था, किन्तु रेहाना से मुलाक़ात का ख़ास दिन होने के कारण वह दो सौ किलोमीटर बिजेथुआ तो नहीं इस शहर के बड़े हनुमान जी के मन्दिर में ज़रूर गया था। वहाँ उनके चरणों में गिरकर बड़ी देर गिड़गिड़ाता रहा था, "हे हनुमान स्वामी, हमारे प्यार को सफल बनाओ। हालाँकि मैं स्वयं कच्छा पहनता हूँ मगर रेहाना से मेरा ब्याह हो जाए तो मैं बिजेथुआ आकर लाल लँगोट चढ़ाऊँगा और रोट भी चढ़ाऊँगा। यक़ीन मानिए, रेहाना ख़ुद ईंटों के चूल्हे पर कड़ाही में रोट छानेगी। वह बहुत अच्छी लड़की है बजरंगबली। फिर मैं उससे प्यार क्यों न करूँ? आख़िर जब किशोर कुमार मधुबाला से, शाहरुख ख़ान गौरी से, अजहरुद्दीन संगीता बिजलानी से, बादशाह अकबर जोधाबाई से ब्याह रचा सकते हैं तो मैं रेहाना से शादी क्यों नहीं कर सकता...।"

रिक्शे पर रेहाना के साथ बैठे हुए उसके मन में कौंधा कि आज रेहाना के साथ

अपने कमरे पर समय बिताने का जो सुख उसे मिलनेवाला है, हो न हो, उसमें भी हनुमान स्वामी सहाय बने हों। उसे लगा कि रेहाना के साथ कमरे में रहने का अवसर प्रदान करने के लिए हनुमान स्वामी ने ही ये सब दंगा फ़साद का विधान रचा है...।

रिक्शेवाले ने सड़क पर जल रहे एक टायर से बचने के चक्कर में रिक्शा झटके से काटा तो प्रेमरंजन गिरते-गिरते बचा। उसका ध्यान टूट चुका था और अब वह रिक्शाचालक की पीठ देख रहा था। रिक्शेवाला रिक्शा बहुत तेज़ चला रहा था। वह किसी भी सूरत में कर्फ़्यू के भरपूर सख़्त हो जाने के पहले ज़्यादा से ज़्यादा कमा लेना चाहता था। क्योंकि कर्फ़्यू में कंगाल रहने का दुख उसे पता था। रिक्शा चलाने से पहले वह केले का ठेला लगाता था। रोज़ कुछ केले बेचकर किसी प्रकार अपने लुढ़कते-ढुनकते परिवार की गाड़ी खींच रहा था। लेकिन एक बार कर्फ़्यू लगने के बाद छह दिन केला नहीं बेच सका। नतीजतन उसके सारे अनबिके केले सड़ गए और भोजन तथा दवा की तंगदस्ती में उसका चार साल का लड़का मर गया था। इतना ही नहीं, जब कर्फ़्यू उठा लिया गया—जनजीवन सामान्य हो गया—तो उसके पास नए सिरे से केले ख़रीदने के लिए पैसे न थे, न ठेले का बकाया किराया चुकाने के लिए पैसे थे। अत: वह रिक्शा चलाने लगा था, और तब से आज तक रिक्शा ही चला रहा था...।

रास्ते में दो रोते हुए भटके बच्चे उसके रिक्शे के सामने आ गए तो उसने रिक्शा धीमा कर दिया और प्रेमरंजन रेहाना से बोला, "ये बच्चे भी अगर उधर ही चल रहे हों तो अपनी-अपनी गोदी में बैठा लें आप लोग। हमको ढाई सौ के बदले दुई सौ ही दे दीजिएगा।"

मगर वे बच्चे बैठे नहीं। क्योंकि उनका माँ-पिता का संग तीन-चार मिनट पहले ही छूटा था। अत: उन्हें उम्मीद थी कि वे यहीं कहीं पास में होंगे, और उन दोनों को ढूँढ रहे होंगे।

रिक्शा आगे बढ़ गया। वह थोड़ी दूर आगे बढ़ा होगा कि शोर मचाते भागते हुए कई लोग आते दिखे। जब वे क़रीब आ गए, सुनाई पड़ा..."उधर मत जाओ...गाजर मूली की तरह काट दे रहे हैं...इधर ही आ रहे हैं...भागो, बचाओ रे...ऽ...ऽ...।"

रिक्शेवाले ने तेज़ ब्रेक लगाया और रिक्शा छोड़कर वह भी भागने लगा।

प्रेमरंजन ने रेहाना से कहा, "तुम बैठो, मैं रिक्शा खींचता हूँ।"

रेहाना कमज़ोरी महसूस करने के बावजूद भड़क गई, "तुम्हारे पास ज़रा भी दिमाग़ है या नहीं?"

जो लोग आगे बढ़ रहे थे या जो भीड़ आगे से आई थी—इधर-उधर के मोड़ों गलियों में घुसने लगी। क्योंकि पीछे कर्फ़्यू लग चुका था और आगे गाजर-मूली की तरह काट दिए जाने का ख़तरा था।

रेहाना फ़ुर्ती से रिक्शे पर से नीचे आ गई, "प्रेमरंजन जल्दी उतरो। अब सड़क पर खड़े रहना या चलना ख़तरनाक है।"

प्रेमरंजन रिक्शे पर से कूदा, "अब क्या किया जाए?"

"हमें आसपास के किसी घर में पनाह माँगनी होगी...।" रेहाना का गला एकदम सूख गया था।

प्रेमरंजन रेहाना का हाथ पकड़कर भागने लगा।

इस घर में दाख़िल होने पर उन्होंने देखा, केवल एक कमरे में रोशनी थी।

जब वे किसी ठिकाने की तलाश में भाग-भटक रहे थे, उसी समय बमों के धमाकों की आवाज़ें सुनाई पड़ने लगीं। वैसे ये आवाज़ें कहीं दूर से आ रही थीं लेकिन इतनी ज़्यादा थीं कि वे दोनों दहशत से भर गए और सामने दिख रहे इस मकान की कॉलबेल पर प्रेमरंजन ने उँगली रख दी।

वे लगातार कॉलबेल दबा रहे थे लेकिन दरवाज़ा कोई खोल नहीं रहा था। जबकि उन दोनों को लग रहा था कि गोलियाँ और तलवारें उन्हें ढूँढती हुई पीछे-पीछे आ रही हैं। क्या ठीक कि मौत महज कुछ क़दम के फ़ासले पर खड़ी उनको खोज रही हो। प्रेमरंजन ने फिर एक बार कॉलबेल दबाया किन्तु भीतर से कोई प्रतिक्रिया नहीं। कहीं तड़ तड़ा तड़ गोलियाँ चलने की आवाज़ें आईं। जैसे कई राउंड फ़ायर हुए हों। पर उससे कहीं ज़्यादा फ़ायर की आवाज़ें उन दोनों के अन्दर दौड़ने लगीं। रेहाना के अन्दर तो ये आवाज़ें इतना ज़्यादा दौड़ने लगीं कि उसने तोड़ देने के इरादे से दरवाज़े को धक्का दिया। दरवाज़ा टूटा नहीं, आसानी से खुल गया। दरअसल वह बन्द ही नहीं था। दोनों ने भीतर आकर दरवाज़ा बन्द कर लिया। उन्हें लगा कि उन्होंने गोलियाँ, बमों, तलवारों, मृत्यु को बाहर कर दिया है। लेकिन यह भी सोचा कि क्या मालूम, ये सभी भीतर कहीं घात लगाकर न छुपे हों।

पर ताज्जुब की बात यह थी कि घर में कोई भी इंसान नहीं था। एक कमरे में रोशनी थी और पंखा चल रहा था, लेकिन वहाँ भी कोई न था। प्रेमरंजन ने सारे घर की लाइटें जला दीं फिर भी कोई नज़र न आया। उन दोनों ने घर भर का मुआयना कर लिया। बाथरूम, स्टोर, किचेन में भी झाँक लिया, कहीं कोई न था। रेहाना इस बीच घर की चीज़ों के बीच कुछ ढूँढती भी जा रही थी। वह कोई ऐसी शिनाख़्त ढूँढ रही थी जिससे मालूम हो सके कि यह घर हिन्दू का है या मुसलमान का। पर अभी तक कुछ भी न मिला था जिसके सहारे वह किसी नतीजे पर पहुँचती।

"क्या ढूँढ रही हो?" प्रेमरंजन ने पूछा।

"कुछ नहीं।" रेहाना चौंक गई। उसने पूछा, "क्या घर में कोई है?"

प्रेमरंजन ने इन्कार में सिर हिलाया फिर बोला, "कोई आएगा तब देखेंगे, जो भी हो बाहर से बेहतर हैं हम यहाँ।" रेहाना फ्रिज से बोतल निकालकर पानी पीने लगी। पीने के बाद जो पानी बचा उसे उसने चेहरे पर गिरा लिया।

"इस तरह काम नहीं चलेगा, तुम जाकर नहा लो।" प्रेमरंजन ने राय दी।

"पर मेरे कपड़े...।"

"वो मैं लाता हूँ। जब हम घर में हैं तो यहाँ कपड़े भी होंगे।" प्रेमरंजन दूसरे कमरे में जाकर लौटा। उसके हाथों में इस्तरी किया हुआ पैंट, शर्ट और तौलिया था।

"कोई लेडीज़ कपड़ा नहीं मिला?" रेहाना ने पूछा।

"है, तीन-तीन साड़ियाँ हैं, पर पेटीकोट और ब्लाउज़ नहीं मिल रहे थे। जाऊँ फिर से ढूँढूँ पेटीकोट, ब्लाउज़।"

रेहाना ने उसे घूरा, "नहीं रहने दो।"

"ठीक है, तब जाओ बाथरूम।" प्रेमरंजन ने आग्रह किया।

"नहीं पहले तुम हो आओ...। मुझे डर लग रहा है।"

"अरे तुम गर्मी में भी नहाने से डरती हो...।"

रेहाना ने उसे फिर घूरा और ऐसा धकेला कि वह सीधे बाथरूम में चला गया। बाथरूम में आ जाने पर उसे अहसास हुआ कि रेहाना इसलिए डर रही थी कि बाथरूम में कोई छुपा न हो। बाथरूम में कोई नहीं छुपा था। उसने सिटकनी चढ़ा दी और पैंट की जिप खोल ली। उसे एक गली में एक-सवा घंटा पहले किया अपना मूत्र विसर्जन याद आया। यहाँ बाथरूम में उस गली की तरह चुनावी पोस्टर नहीं लगे थे। लेकिन, उसने मन ही मन सामने दीवार पर उन दोनों नेताओं में से एक का आदमक़द पोस्टर चिपका हुआ पाया। ठीक उनके बगल में दूसरा नेता भी हाफ पैंट पहनकर नमस्ते सदा वत्सले कर रहा था। धीरे-धीरे चारों तरफ़ की दीवारें भिन्न-भिन्न व्यक्तियों के चित्रों से भर गईं। एक सफ़ेद दाढ़ी-मूँछ वाला भुजंग गौरव था, एक क्लीन शेव्ड महाजिन्न था, एक गेरुआ पहने था तो एक गेरुआ पहने थी—तरह-तरह के चेहरों से बाथरूम की दीवारें सज गई थीं। अब प्रेमरंजन उन सभी का लगा करने जलाभिषेक। वह स्वयं चकित था कि उसके मूत्राशय में इतना जल संचयन कैसे हो गया था। उसने इसे ईश्वर की इच्छा या बजरंगबली की कृपा के रूप में स्वीकार किया और गहन आवेग, उल्लास, तन्मयता के साथ चारों तरफ़, ऊपर नीचे मूत्रांग से जलधार बरसाता रहा। जब उसका कोष ख़ाली हो गया तब जाकर उसे चैन मिला, "मेरी रेहाना की तकलीफ़ों के ज़िम्मेदार लोगो, आशा है आप अपनी इस ख़िदमत से ख़ुश हुए होंगे।"

प्रेमरंजन के बाथरूम में घुसते ही रेहाना फ़ोन पर झपटी थी। अपने अब्बा, अम्मी और भाई की ख़ैरियत जानने के इरादे से मामू के घर का फ़ोन मिलाया। बात नहीं हो सकी, क्योंकि उस रूट की सभी लाइनें व्यस्त थीं। कुछ देर तक मिलाने के बाद उस रूट की लाइनों की व्यस्तता कम हुई तो मामू का फ़ोन नम्बर नामौजूद हो गया और जब वह नम्बर एकाएक मौजूद हुआ तो उसकी सेवाएँ अस्थायी रूप से समाप्त हो गई थीं। आख़िर में सब कुछ ख़त्म हो गया, केवल टूँ...टूँ...टूँ बचा। रेहाना ने मामू के पड़ोस का एक नम्बर मिलाया, वहाँ भी वही टूँ..टूँ...था। उसने सोचा कि कहीं दूरसंचार व्यवस्था में कोई गड़बड़ी न आ गई हो—इसे जाँचने की गरज से उसने सर्वोदय नगर में रहनेवाली अपनी दोस्त शिल्पी के यहाँ फ़ोन मिलाया, घंटी बजने

लगी। उसने तुरन्त काटकर तुलसीपुरम् के मयंक का नम्बर डायल किया, वहाँ भी घंटी थी। उसे भी काटकर उसने मुस्लिम इलाक़े रहमतगंज के जाहिद, नगमा और मुनव्वर के नम्बर मिलाए, वहाँ टूँ...टूँ...थी। उसने वहीं रह रहे सफ़दर चाचू का नम्बर मिलाया, वहाँ भी टूँ...टूँ...थी। उसने अन्त में एक बार फिर मामू का नम्बर मिलाया और वही टूँ...टूँ...सुनकर रिसीवर रख दिया। वह गुमसुम हो गई। ख़ौफ़ और अनहोनी की लकीरें उसके चेहरे पर खिंचने लगीं...।

बाथरूम से निकलने पर प्रेमरंजन ने देखा कि ज़मीन पर बैठी हुई रेहाना आँखें मुँदे हुए हथेलियाँ फैलाकर बुदबुदा रही थी—दुआ माँग रही थी। थोड़ी देर बाद वह उठी और कपड़ों को लेकर बाथरूम में चली गई। बाथरूम बन्द करने के पहले उसने वहीं से सर्द आवाज़ में कहा, "प्रेमरंजन, कोई ख़तरे की बात होने पर बताना...।"

"बिलकुल बताऊँगा, तुम फ़िक्र मत करो।" उसने तेज़ स्वर में कहा और जाकर बाहरवाले दरवाज़े के पास देखने लगा कि वह ठीक से बन्द है या नहीं। उसे बन्द पाकर उसने भीतर के भी दरवाज़े बन्द कर लिए।

हिफ़ाज़त का इन्तज़ाम कर चुकने के बाद उसने सोचा, "रेहाना को भूख लगी होगी, क्योंकि मुझे भी लगी है। बाथरूम से निकलने पर जब उसे कुछ खाने को और पीने को गर्म चाय मिलेगी तो कितनी ख़ुश होगी।" उसने फ्रिज से दूध, अंडे, और ब्रेड निकाले और किचन में चाय-आमलेट बनाने पहुँच गया।

रेहाना बाथरूम से बाहर आई तो पहले की तुलना में बेहतर मन:स्थिति में दिख रही थी। नेवी ब्लू रंग की पैंट पर हल्के गुलाबी रंग की क़मीज़ पहन रखी थी उसने। बाल सूखे ही थे। भीगने से बचाने के लिए उसने बालों को बाँधकर जूड़ा बना लिया था। पैंट जिस पुरुष की होगी, स्पष्ट है उसकी कमर की तुलना में रेहाना की कमर काफ़ी क्षीण थी, इसलिए पैंट रेहाना की कमर से नीचे सरकी जा रही थी। रेहाना उसे बार-बार सँभाल रही थी।

"तुम मेरी बेल्ट ले लो।" प्रेमरंजन ने अपनी बेल्ट रेहाना को दे दी।

रेहाना को आशंका हुई कि बेल्ट पैंट में फँसाते समय कहीं पैंट नीचे न सरक जाए, वह दूसरे कमरे में बेल्ट लगाने चली गई। वापस आई तो निराश थी। वह उसी प्रकार पैंट पकड़े हुए थी, "तुम्हारी बेल्ट में छेद कम बने हैं। मेरी कमर जहाँ पर इससे कसती है वहाँ कोई छेद ही नहीं है। ये मेरे किसी काम की नहीं।" उसने बेल्ट प्रेमरंजन को सौंप दी। प्रेमरंजन को बेल्ट पर इतना ग़ुस्सा आया कि उसने उसे पटक दिया। वह उसी क्रोध में जाकर वार्डरोब खँगालने लगा और एक पायजामे का इज़ारबन्द खींच लाया, "रेहाना इसी से बेल्ट का काम लो।"

इस बार वह कमरे से आई तो उसकी ब्लू पैंट पर सफ़ेद इज़ारबन्द खिल रहा था। वह हल्का-सा मुस्कराई। पिछले कुछ घंटों के भीतर वह पहली बार मुस्कराई थी। उसे इस प्रकार मुस्कराया देखकर प्रेमरंजन ख़ुश हुआ, "मैं जानता था, नहाने से तुमको आराम मिलेगा, इसलिए तुम्हें बाथरूम भेज रहा था...।"

"थैंक्स प्रेमरंजन। पर तुमने बाथरूम बहुत गन्दा कर दिया था...सारी दीवारें... एकदम ऊपर तक गन्दी कर दी थीं...।"

"मैंने दीवारों को साफ़ करने की कोशिश की थी, उस पर बेहद गन्दी-गन्दी तस्वीरें चिपकी हुई थीं।"

"पर मुझे एक भी नहीं दिखी।"

"कैसे दिखतीं, उन्हें साफ़ करने के चक्कर में ही तो मुझसे बाथरूम गन्दा हुआ...।"

"क्या मतलब?"

"मतलब कुछ नहीं, तुम टेबुल तक चाय ले चलो, मैं आमलेट।" उसने चाय के दो प्याले रेहाना को पकड़ाए।

दोनों ड्राइंगरूम की टेबुल तक आए और सोफ़े पर बैठ गए। रेहाना सोफ़े के बग़ल रखे फ़ोन पर झपटी और मामू का नम्बर मिलाने लगी। फिर वही टूँ...टूँ... टूँ...सुनकर उसने बुझे दिल से रिसीवर रख दिया।

"लो खाओ।" प्रेमरंजन ने आमलेट खाने के लिए आग्रह किया।

रेहाना ने इन्कार किया और जल्दी-जल्दी चाय सुड़कने लगी। चाय ख़त्म करके वह कुछ सोचने लगी। उसने अपने मत्थे को रगड़ा, नाक को सहलाया, पलकों को झपकाया और प्रेमरंजन से बोली, "ये सब कोई बुरा ख़्वाब तो नहीं है? जो अभी टूटेगा और सब ठीक मिलेगा?"

"काश यह बुरा ख़्वाब ही होता।"

"कितना बढ़िया होता कि ये बुरा ख़्वाब होता। ख़्वाब में दंगा हुआ होता, ख़्वाब में ही हम भिखारियों के साथ भाग रहे होते, ख़्वाब में ही हम रिक्शा पर बैठते और ख़्वाब में ही हम यहाँ इस ख़ाली घर में आ गए होते।"

"रेहाना तुम्हारे बुरे ख़्वाब में वह साधू नहीं आया...।"

"उस साधू के लिए, उस पूरे वाक़ए के लिए मेरे दिल में जो नफ़रत पैदा हुई, वह ख़्वाब में नहीं पैदा हो सकती।"

"इसका मतलब कि साधू के वाक़ए तक ख़्वाब नहीं हक़ीक़त था।" प्रेमरंजन मूर्ख की तरह बोला, "पर रेहाना तुम हिन्दुओं के बारे में इतना कैसे जान गई—सीता, उर्मिला, मारीचि, ज्योति—कैसे जान गई सब? सच बोलना, मुझसे मिलने के बाद ही जाना होगा?"

प्रेमरंजन का अन्दाज़ा था कि रेहाना ने हिन्दू रीति, रिवाजों, कथाओं, चरित्रों के बारे में अपना ज्ञानवर्द्धन विवाह के बाद अपने ससुरालवालों को ख़ुश करने के इरादे से किया था जो आज संकट की घड़ी में काम आया। लेकिन रेहाना ने उसके अनुमान को ग़लत सिद्ध किया, "तुमसे मिलने के पहले ही मैं हिन्दू धर्म के बारे में थोड़ा-थोड़ा जानने लगी थी...अब बेहतर जानकारी हो गई है...। मैं ही नहीं कई मुसलमान हिन्दुओं के बारे में जान रहे हैं। मुम्बई के दंगों में मुसलमानों के क़त्ल के

बाद वहाँ के कई मुसलमान दंगों में अपने मुसलमान होने की आइडेन्टिटी छिपाने के लिए तुम्हारे मजहब की बातें सीखने लगे थे...पर गुजरात के दंगों के बाद मुल्क भर के मुसलमान बैचेन हुए...। तुम्हें हैरानी होगी लेकिन सच है—रामायण, महाभारत की कथाओं की किताबें मेरे अब्बू ने मुझे पढ़ने के लिए दीं। कहा था उस वक़्त उन्होंने—'बेटी पढ़ लो, बुरे वक़्त में काम आ सकती हैं...।' और देखा तुमने प्रेमरंजन, वह पढ़ना...बुरे वक़्त में काम आया...।" रेहाना सिसकने लगी।

रेहाना को सान्त्वना देने का कोई तरीक़ा प्रेमरंजन को न सूझा तो वह पानी का ग्लास पेश करने लगा, "चुप हो जाओ रेहाना...लो पानी पी लो...प्लीज चुप हो जाओ।"

प्रेमरंजन ने छेड़ा, "लगता है तुम्हें पानी पसन्द नहीं...नहाने में भी आनाकानी कर रही थी...।"

"मुझको पानी बहुत पसन्द है, नदियाँ, समन्दर, तालाब मुझको अच्छे लगते हैं। तुम हिन्दू लोगों में सुबह-सुबह सूरज को जो जल चढ़ाते हैं, वह भी मेरा पसन्दीदा मंजर है।"

प्रेमरंजन को बात में मज़ा आने लगा, "चलो मानता हूँ कि हिन्दुओं का सूरज को जल चढ़ाना तुम्हें अच्छा लगता है लेकिन ये बताओ, हिन्दुओं की कौन-सी चीज़ तुम्हें नापसन्द है विशेष रूप से हिन्दू लड़कों की कौन-सी बात अच्छी नहीं लगती?"

"बताऊँ...बता दूँ...।"

"और नहीं तो क्या?"

"बता रही हूँ...देखो हँसना मत...बुरा भी न मानना...। मुझको जनेऊ पहननेवाले लड़के अच्छे नहीं लगते...जो जनेऊ कान पर चढ़ा लेते हैं वे बिलकुल बकवास लगते हैं।"

प्रेमरंजन प्रसन्नता से चिल्लाया, "मैं जनेऊ नहीं पहनता। दिखाऊँ...।" वह क़मीज़ के बटन खोलने लगा।

"नहीं...नहीं...प्लीज...।" रेहाना ने अपनी आँखें बाँहों से ढँक लीं।

वह रुक गया। रेहाना ने पूछा, "तुमको मुसलमानों की कौन-सी चीज़ सबसे ख़राब लगती है? ख़ास तौर पर मुसलमान लड़कियों की?"

"मुझे वे लड़कियाँ अच्छी नहीं लगतीं जो कमर में काले डोरे में बँधी ताबीज पहनती हैं।"

"मैं नहीं पहनती।"

"दिखाओ...।"

वह शरमा गई, "प्रेमरंजन तुम आला दर्जे के बेवकूफ़ हो।"

दोनों के बीच का यह तनावहीन क्षण एक नए तनाव के पैदा हो जाने के कारण ख़त्म हो गया। हुआ, यह कि फ़ोन की घंटी बजने लगी। रेहाना और प्रेमरंजन चौंककर खड़े हो गए। वे इस तरह घबराए हुए थे जैसे फ़ोन नहीं बज रहा था, बल्कि बाहर

कई लोग दरवाज़ा पीट रहे थे। दोनों की समझ में नहीं आ रहा था कि रिसीवर उठाकर बात करें या फ़ोन को उसी प्रकार बजने दें। फ़ोन चुप होकर पुनः बजने लगा और आख़िरकार ख़ामोश हो गया।

वे दोनों अपनी-अपनी जगह ढह गए। दोनों को ऐसा लग रहा था जैसे वे बेपनाह थके हुए हैं—किसी ने उन्हें निचोड़ कर रख दिया है।

"आख़िर इस घर के लोग गए कहाँ?" किसी गहरे कुएँ से प्रेमरंजन की आवाज़ निकली।

"लगता है कि इस घर के लोग बाहर गए और लौट नहीं सके।" रेहाना का अन्दाज़ा था।

"लेकिन सवाल यह है कि उन्हें इस तरह घर को खुला छोड़कर क्यों जाना पड़ा?"

क्यों जाना पड़ा? इस प्रश्न पर जब रेहाना और प्रेमरंजन ने सोचना शुरू किया तो कई-कई वजहें सामने आने लगीं। जैसे कि मुमकिन है कि माँ अपने बच्चों के साथ सिनेमा देखने या बाज़ार गई हो, वहीं वे सभी दंगे में फँस गए हों। माँ ने अपने मोबाइल से पति को इत्तिला दी हो—वह घबराहट में घर खुला छोड़कर पत्नी-बच्चों की तरफ़ दौड़ा हो और ख़ुद भी फँस गया हो या पत्नी-बच्चों के साथ हलाक् हो चुका हो।

यह भी हो सकता है कि माँ-पिता बच्चे को छोड़कर कहीं निकले हों—जैसे शाम की सैर पर, या सब्ज़ी लाने—और दंगे में फँस गए हों। उन्हें ढूँढने के लिए बच्चा घर खुला ही छोड़कर निकल गया हो और सारे के सारे दंगे की चपेट में आ गए हों।

या कौन ठीक घर के किसी सदस्य की हत्या की सूचना आई हो, जिसे सुनकर शेष सारे सदस्य बदहवास शव के पास भागे हों।

जो भी सच हो, पर इतना जरूर था कि घर के एक या एक से ज़्यादा व्यक्तियों के साथ बाहर कोई हादसा हुआ था...।

लेकिन यह भी हो सकता है कि हादसा बाहर नहीं घर में हुआ हो...। घर की स्त्री को दंगाई कई दिन तक बलात्कार करने के मक़सद से उठा लिए जा रहे हों और घर के लोग उसे छोड़ देने की मिन्नतें करते-करते काफ़ी आगे बढ़ गए हों—जहाँ से लौटना सम्भव नहीं।

"प्रेमरंजन मान लो, वे लोग आएँ और मुझे उठाकर ले जाने लगें...तो...?"

प्रेमरंजन के पास कोई जवाब नहीं था, जैसे संसार के सारे शब्द मृत हो गए थे। वह निरुत्तर रेहाना को देखता रहा।

रेहाना की दाईं आँख के नीचे की जगह फड़की। गरदन पर भी एक स्थान फड़फड़ाया। प्रेमरंजन परेशान होने लगा। उसे लगा कि रेहाना फिर दहशत से घिर रही है। उसका मन बहलाने के लिए उसे कोई दूसरा उपाय नहीं सूझा तो उसने टेलीविज़न चला दिया। रिमोट उसके हाथ में था...।

टेलीविज़न अनगिनत दृश्यों से भरा हुआ था। तमाम रंगों, आकृतियों का मेला और ध्वनियों का कोलाहल उसमें मौज़ूद था। प्रेमरंजन ने टी.वी. चालू कर दिया।

"न्यूज़ लगाओ...।" रेहाना बोली।

वह न्यूज़ लगाने लगा। चूँकि उसे पता नहीं था कि इस एरिया में न्यूज़ चैनल किस-किस नम्बर पर आते हैं, इसलिए वह एक के बाद एक बटन दबाने लगा। वह देखता कि यहाँ समाचार नहीं हैं, आगे बढ़ जाता। सभी चैनल जग रहे थे। एक चैनल पर फ़िल्मी सितारों की भीड़ थी तो दूसरे पर दामाद सास से प्रेम की पींगें बढ़ा रहा था। प्रेमरंजन दोनों को दुत्कार कर आगे बढ़ गया। आगे बढ़ने पर उसने पाया कि एक सुन्दरी जूट की डोरियों के सहारे अपने गुप्तांग ढँके और शरीर खोले नितम्ब मटका रही है। प्रेमरजंन ने मन-ही-मन में कहा—'कुतिया चल हट' और रिमोट का बटन दबाकर आगे हुआ—यहाँ एक जटाजूटधारी साधू प्रवचन कर रहा था। प्रेमरंजन ने कहना चाहा, "रेहाना न होती तो अभी मैं तुम पर जल वर्षा करता।" वह साधू भागा और न्यूज़ चैनल आ गया। एक के बाद एक न्यूज़ चैनल थे। लेकिन सभी पर इस समय बॉलीवुड की ख़बरें थीं।

"बन्द कर दूँ टी.वी.?" प्रेमरजंन ने पूछा।

"नहीं, चलने दो, बस दो-तीन मिनट बाद शुरू हो जाएँगी ख़बरें।" रेहाना ने दीवार घड़ी देखते हुए कहा।

प्रेमरंजन ने रिमोट पर से उँगली हटा ली...।

दो-तीन मिनट के बाद एक तेज़ मसालेदार संगीत के बाद समाचार शुरू हुए। जल्द ही टी.वी का स्क्रीन धुएँ और आग से भर गया। कई घरों के भीतर आग की धू-धू लपटें लहरा रही थी और चारों तरफ़ धुआँ था। आसमान दमघोंट कालिख़ से भर चुका था...।

समाचार वाचक कुछ बोल रहा था...कभी घटना स्थल से संवाददाता बोलने लगता, कभी दोनों के बीच सवाल-जवाब होने लगता था...लेकिन रेहाना कुछ भी सुन नहीं रही थी...वह केवल देख रही थी...समाचार वाचक या संवाददाता जो कुछ बोलते वह भी रेहाना के पास आकर दृश्य बन जा रहा था। इस प्रकार वह दृश्य ही देख रही थी और दृश्य ही सुन रही थी...।

एक मस्जिद में कई शव पड़े हुए थे...लाशें छितराई और जली-अधजली थीं। पेट्रोल किरोसिन छिड़ककर आग लगा दी गई थी। संवाददाता अपनी रिपोर्ट प्रस्तुत करने लगा जिसे रेहाना दृश्य के रूप में देख रही थी—दंगाइयों ने मस्जिद को घेरकर चारों तरफ़ पेट्रोल और किरोसिन का छिड़काव किया था, फिर कई जरकिन किरोसिन, पेट्रोल भीतर उड़ेल दिया था और आग लगा दी...। संवाददाता मस्जिद की चहारदीवारी के क़रीब पहुँचता है—वहाँ ज़मीन पर पच्चासों नरमुंड पड़े हुए थे...उनके चेहरे और बाल झुलसे थे। इन नरमुंडों के यहाँ गिरे होने का कारण यह था कि मस्जिद में आग लगने पर लोग जान बचाने के लिए भागने लगे थे पर दरवाज़े बन्द थे। अत: कई लोग चहारदीवारी की दीवारों से कूदकर बाहर निकलने की कोशिश करने लगे पर बाहर खड़े दंगाइयों की तलवारों ने उनकी गरदनें काट दीं। जैसे ही भीतर से किसी

का सिर बाहर की ओर झुकता, तलवार का हमला होता...।

एक बस्ती भी आग की लपटों में थी...। सिर पर भगवा पट्टी बाँधे और गले में भगवा दुपट्टा डाले लोग मोटर साइकिलों, जीपों और ट्रकों में सवार होकर दौड़ रहे थे। उनके हाथों में तलवारें, रिवाल्वर या त्रिशूल थे...। जिनके हाथों में ये नहीं थे, वे टूटी हुई ख़ाली बोतलें अथवा तेज़ाब से भरी बोतलें लिए हुए थे...। सड़क पर जगह-जगह दुकानें, घर और वाहन जल रहे थे...। कैमरा यहाँ से उठकर कर बस्ती के अन्दरूनी रिहायशी हिस्से में पहुँचता है—यहाँ की दीवारों के चेहरे पर जैसे भयानक चेचक के दाग उभर आएँ हों—वे गोलियों के निशानों से भरी हुई थीं। घरों के कमरे-आँगन रक्त और शवों से भारी हो गए थे और कराहों तथा रुदन से भर गए थे...। एक व्यक्ति के सिर पर तलवार से वार किया गया था वह तड़फड़ा रहा था...कुछ स्त्रियाँ भागी थीं तो बलात्कार के बाद उनके पैर काट डाले गए थे। एक गर्भवती स्त्री को चीर दिया गया था—वह और उसका भ्रूण साथ-साथ मरे पड़े थे...।

दूसरी बस्ती का दृश्य उभरता है—यहाँ पुलिस के लोग गालियाँ देते और गोलियाँ चलाते हुए बस्ती में घुसते हैं...। संवाददाता और उसकी टीम भी बस्ती में जाने का प्रयत्न करती है। पुलिस का एक अधिकारी सिपाहियों की एक टुकड़ी के साथ उन्हें रोक देता है। पुलिस के भीतर चले जाने के कुछ ही देर बाद आग की लपटें, धुआँ अपनी लीला करने लगे...। और अब्बा...ऽ...ऽ...तथा अल्ला...ऽ...ऽ...की चीखें गूँजने लगती हैं...।

तभी बिजली चली गई। अब कमरे में न टेलीविजन के दृश्य थे न उसकी ध्वनियाँ थीं। सिर्फ़ अँधेरा था।

रोशनी और अँधेरे में क्या फ़र्क़ होता है? रोशनी में सब कुछ दिखता है लेकिन वह ख़ुद नहीं दिखती। अँधेरे में कुछ भी नहीं दिखता सिर्फ़ अँधेरा ही दिखता है। मगर रेहाना को दिख रहा था। स्मृतियाँ, कल्पनाएँ, स्वप्न और आशंकाएँ अँधेरे में ज़्यादा स्पष्ट और चटख़ दिखती हैं...। रेहाना के सामने अनेक दृश्य अँधेरे में चमगादड़ों की तरह फड़फड़ा रहे थे...। अँधेरे में सुनाई अधिक साफ़ देता है—रेहाना के माथे में ढेर सारी अप्रिय आवाज़ों का कोहराम था...।

उन्हीं अप्रिय आवाज़ों के बीच उसे सुनाई दी एक बहुत प्रिय आवाज़ की दबी-घुटी रुलाई...। प्रेमरंजन अपना रुदन छिपाने की कोशिश कर रहा था...। रेहाना स्तब्ध रह गई, एक क्षण के लिए उसकी सारी व्यथाएँ पीछे छूट गईं...। वह उठकर प्रेमरंजन के पास आई। अँधेरे में उसने प्रेमरंजन का सिर सहलाया, "तुम क्यों रो रहे हो? तुम्हारा क्या क़सूर?"

रुलाई का बाँध टूट गया—वह फूट-फूटकर रोने लगा।

[2005]

वजूद

वह एक विशाल जंगल था—अनगिनत वृक्षों, पौधों, फलों और पत्तों से भरा हुआ। जंगल के सामने जयप्रकाश अकेला खड़ा था।

आसमान में सुबह का सूर्य था और धरती पर केवल जंगल था और जयप्रकाश था। जयप्रकाश सूर्य को भूल गया था और अपने को भी, उसके लिए केवल जंगल का अस्तित्व था। जब वह जंगल में खोया हुआ था अथवा जंगल उसमें खो गया था, उसी समय बेटे कोमल की उसे पुकारती हुई आवाज़ ने विशालकाय जंगल के अस्तित्व को छिन्न-भिन्न कर दिया। कोमल की आवाज़ इसलिए इतनी ताक़तवर थी क्योंकि उसमें बहुत अधिक ख़ुशी थी। जयप्रकाश ने देखा कि कोमल बहुत तेज़ चला आ रहा है।

दोनों आमने-सामने हुए तो जयप्रकाश ने कहा, "इतना तेज़ क्यों चल रहे हो?"

कोमल ने कहा, "बाबू बड़ी ख़ुशी की बात है।" उसकी साँस फूल गई थी। हाँफ़ते हुए बोला, "अख़बार में तुम्हारा फ़ोटो छपा है।"

कोमल ने अख़बार काँख से निकालकर पिता के सामने फैलाया। उसमें वाक़ई उसकी तस्वीर थी। पर मुश्किल यह थी कि जयप्रकाश को स्वयं अपना चेहरा अच्छी तरह याद न था। यूँ तो हर कोई जितना दूसरों का चेहरा पहिचानता है उतना अपना नहीं, मगर जयप्रकाश अपने चेहरे से और भी कम परिचित था। हालाँकि उसने नाई और पान की दुकान के आईने में कई बार अपने को भली-भाँति देखा था लेकिन ज़ाहिर है कि केवल कुछेक बार। रोज़-रोज़ बड़े से आईने में अपना चेहरा देखता तो शायद अपने चेहरे से अधिक परिचित हो जाता पर लम्बे अरसे तक उसके घर में बड़ा क्या कोई भी आईना नहीं था। न उसे और न उसकी घरवाली को कभी आईने की तीव्र इच्छा हुई थी। उसके घर में आईने के प्रवेश की कहानी आईने के एक टुकड़े से शुरू होती है...

जान (जयप्रकाश की पत्नी 'जान' का पूरा नाम जानकी था पर चूँकि जयप्रकाश की माँ का नाम भी 'जानकी' था, इसलिए उसने पत्नी का नाम 'जान' रख दिया।) जिस घर में काम करती, कुछ वर्ष पहले एक दिन वहाँ झाड़ूबुहारी कर रही थी तो मालकिन ने कहा, "शीशे के टुकड़े पड़े हुए हैं, ज़रा सँभाल के उठाना धँसने न पाएँ।"

"कैसे टूटा मालकिन?"

"कुछ नहीं बस ऐसे ही।" मालकिन बोलीं। दरअसल असली वजह बयान करने में वह लाज का अनुभव कर रही थीं। हुआ यह था कि मालकिन के दाएँ नितम्ब पर एक फुन्सी निकल आई थी, जिसके दर्द से वह बेहाल थीं। फुन्सी ऐसी अजीब जगह थी कि वह न ठीक से बैठ पाएँ न खड़ी हो पाएँ। बाईं करवट लेटतीं तो ग़नीगत वरना लेटना भी मुहाल था। इसी परेशानी के बीच उनमें उस फुन्सी को देखने की इच्छा पैदा हुई। वह काफ़ी कोशिश के बावजूद उसे देख नहीं पा रही थीं। अतः रात को बन्द कमरे में बल्ब के उजाले में वह नितम्ब के सामने 4 × 8 इंच का आईना रखकर उसमें फुन्सी का प्रतिबिम्ब देखने का प्रयत्न करने लगीं। पर तब भी देख नहीं पा रही थीं। उन्होंने गर्दन कई कोणों पर मोड़ी, नितम्ब को इधर-उधर हिलाया, कमर की मांसपेशियों को अलग-अलग तरह से लोच दिया लेकिन वह फुन्सी को देख नहीं पाईं। अन्ततः आईने को आड़े तिरछे घुमाने लगीं। इसी उलट-पुलट में आईना उनके हाथ से छूटकर ज़मीन पर गिरा और टूट गया था। उन्हीं टूटे हुए टुकड़ों को जान उठाने जा रही थी। उनमें एक बड़ा टुकड़ा था।

शीशे के उस बड़े टुकड़े ने जान की आखों में झाँका, जान सनसनी, घबराहट और उल्लास से लबालब भर उठी। क्योंकि जयप्रकाश ने हज्जाम और पान की दुकान के आईनों में अपने को देखा था लेकिन जान न कभी हज्जाम के यहाँ गई थी न पान की दुकान पर। अब जब इस समय आईने ने ही शरारत से उसकी आँखों में झाँक लिया था तो वह क्या कर सकती थी...। उसने हिम्मत बटोरी और आईने को हाथ में लेकर आईने की आँखों में ख़ुद भी झाँका और इस बार जान नहीं, आईना सनसनी, घबराहट और उल्लास से भर गया था। जान ने उसी हालत में आईने के उस टुकड़े को जो जान को देखकर आईना बन गया था, अपने आँचल में बाँधा और काम-धाम निपटा कर घर ले आई।

उस रोज़ जान ने आईने में बार-बार देखा। जयप्रकाश ने भी देखा। वह आईने में देखती फिर आईना जयप्रकाश को दे देती। जयप्रकाश आईने में देखता फिर आईना जान को दे देता। उन दोनों ने अपने को एक साथ आईने में देखने का यत्न किया पर वे एक साथ नहीं दिखे। क्योंकि आईने में तो एक का भी चेहरा पूरा नहीं दिख पा रहा था। कभी मत्था कट जाता, कभी कान, कभी ठोढ़ी।

सुबह उठने के बाद जान ने सबसे पहले देखा कि आईना अपनी जगह पर है कि नहीं। घबरा गई, आईना वहाँ नहीं था। पूरी कोठरी में नहीं था। वह बदहवास बाहर निकली कि जयप्रकाश से पूछे आईना कहाँ ग़ायब हो गया। बाहर निकलकर देखा कि जयप्रकाश दातून कर रहा था और आईने में देख-देखकर अपने दाँत चमका रहा था। जान ने उसके हाथ से आईना छीन लिया, "पगला गए हो क्या जो इस तरह दतुअन करते हुए टहल-टहलकर इसमें दाँत देख रहे हो। मैं कहती हूँ कि ऐसे यह चार दिन नहीं चल पाएगा।"

वह आईने को लेकर भीतर कोठरी में आई और अपने पल्लू से पोंछकर उसे

ताख पर रख दिया। फिर कुछ झुककर उसमें अपना चेहरा देखते हुए फुसफुसाई, "पगला गए हो क्या जो इस तरह दतुअन करते हुए टहल-टहलकर इसमें दाँत देख रहे हो। मैं कहती हूँ कि ऐसे यह चार दिन नहीं चल पाएगा।" वह मुस्कराने लगी, "चार दिन की बात छोड़ो, मैं कहती हूँ तुम कभी नहीं टूटोगे।" उसने जैसे आईने को यह वरदान दिया था जो बाद में सच साबित हुआ। क्योंकि बाद में उनके घर में एक नया आईना आया जो आते ही टूट गया। फिर उन्होंने नया ख़रीदने का उपक्रम छोड़ दिया था और इसी आईने के टुकड़े से काम चलता रहा। उसके वरदान के फलस्वरूप यह आईना जो कभी आईने का एक टुकड़ा था और जो जान को देखकर आईने के टुकड़े से बदलकर आईना बन गया था, कभी नहीं टूटा। इसी में दिखे अपने आधे-अधूरे, टूटे-फूटे प्रतिबिम्ब की याद जयप्रकाश के पास थी, जिसके आधार पर वह अख़बार में छपी अपनी फ़ोटो को देख रहा था...।

"इसमें मेरा फ़ोटू क्यों छपा है?" उसने बेटे से पूछा।

"तुम्हारी तारीफ़ है।"

"क्या तारीफ़ है, बता न।"

"बाबू इ अंग्रेज़ी में लिखा है।"

"तो का? इंगरेजी में पढ़कर हमको मतलब बता दे।"

"बाबू यही तो बात है, मुझको अंग्रेज़ी नहीं आती है।"

"तो स्कूल क्यों जाते हो, घुइयाँ निकालने?" जयप्रकाश उखड़ गया, "अरे अपने मास्टर से पूछ लिए होते।"

"मास्टर ससुरऊ अंग्रेज़ी का जानें। इस अंग्रेज़ी लिखे का पूरा मतलब तो वकील साहेब भी नहीं बता पाए। पर कुछ-कुछ कामचलाऊ बात वही बता सके। इ अख़बार भी वही लेकर गाँव में आए हैं।"

"का बताए वकील साहेब?" जयप्रकाश खीझ गया।

"बताए कि गाँव में जो रवि कुमार आए थे, जिनकी बिटिया का दमा तुम ठीक कर दिए थे न, वही इस अख़बार में पत्रकार हैं। अपने गाँव के बारे में एक लेख लिखे हैं, उसी में तुम्हारे बारे में भी कहा है कि तुम बहुत गुनी हो।"

"बस यही बात है न, कौनो पुलिस कचेहरी के चक्करवाली बात तो नहीं है न?"

"नहीं।"

"तब ठीक है।" कहकर जयप्रकाश आगे बढ़ गया।

अख़बार में छपी फ़ोटो और तारीफ़ पर पिता की यह उदासीनता देखकर कोमल निराशा और हताशा से घिर गया। वह जयप्रकाश को जंगल में जाते हुए देखता रहा। जब वह ओझल हो गया तो उसने अख़बार को मोड़कर पुनः काँख में दबाया और गाँव की दिशा में चल पड़ा। चलते हुए उसने सोचा, "मेरा बाप कितना बड़ा झक्की है।" दरअसल उसका पिता आज तक उसकी समझ में नहीं आया था। अख़बार पर जयप्रकाश की उत्साहविहीन प्रतिक्रिया को जाने भी दें तो अन्य अनेक ऐसे दृष्टान्त

थे जो उसकी निगाह में पिता को अजीबोग़रीब सिद्ध करते थे। जैसे कि उसके पिता ने जब इसी पत्रकार रवि कुमार की बिटिया का दमा एक फल के बीजों की चार ख़ुराक से ठीक कर दिया था तो रवि कुमार बोला था, "क्या तुम मेरा गठिया भी ठीक कर सकते हो?"

जयप्रकाश ने कहा, "नहीं हुजूर बिलकुल नहीं। बिटिया रानी का दमा भी मैंने कहाँ ठीक किया, वह ऊपरवाले ने ठीक किया और आपका गठिया भी ऊपरवाला ठीक करेगा।" जयप्रकाश अगले दिन किसी पौधे की नरम हरी पत्तियाँ लाया, उन्हें निचोड़कर रस निकाला और रवि कुमार को निर्देश दिया, "पी जाइए।" फिर उसने किसी अज्ञात तेल से भरी एक शीशी दी, "रोज़ाना दो बार इस तेल से बदन की मालिश करें। भगवान ने चाहा तो फ़ायदा होगा।" रवि कुमार गाँव की सम्पत्ति बेचने आए थे और पन्द्रह दिन रहे थे। इस अवधि में उनके गठिया में पूरी तरह भले फ़ायदा न हुआ हो लेकिन जोड़ों में तकलीफ़ काफ़ी कम हो गई थी। अतः जिस दिन वह गाँव से सपरिवार विदा होनेवाले थे, उन्होंने जयप्रकाश को अपने यहाँ बुलाया था। पिता के साथ कोमल भी चला आया।

"काहे को बुलाया साहेब?" जयप्रकाश था।

"कुछ नहीं जयप्रकाश, बस धन्यवाद देने के लिए। तुम्हारे इलाज से मुझको, मेरी बेटी को फ़ायदा हुआ है।"

"अच्छी बात है साहेब, पर धन्यवाद ऊपरवाले को दें।"

रवि कुमार ने पर्स से सौ-सौ रुपए के दस नोट निकाले, "लो रख लो।"

पर वाह रे ख़ब्ती बाप, जवाब दिया, "साहेब हम दवाई का पैसा नहीं लेते हैं। दोख होता है। बेचने पर हुनर ख़त्म हो जाता है।"

पिता की बात सुनकर वह कुढ़ गया था। चिड़चिड़ाकर उस समय उसने सोचा था, "कितना अभागा है उसका बाप। सामने रखी हज़ार रुपए की दौलत को ठुकरा रहा है। कह रहा है कि दोख होता है, हुनर ख़त्म हो जाता है। अरे लक्ष्मी मइया की सरासर बेइज़्ज़ती कर रहे हो, इससे दोख नहीं हो रहा है। वह भी देवी हैं, उनके ग़ुस्साने से नहीं तुम्हारा हुनर चला जाएगा। मैं तो कहता हूँ कि यह दोख-ओख कुछ नहीं होता है। सरासर फालतू बातें हैं। पर ये हमारे बाबू महराज हैं कि इनको अभी भी दोख पाप की पड़ी है।" इस वक़्त भी जंगल से गाँव लौटते हुए उसने सोचा, "जब कुछ लेना नहीं, कमाना नहीं तो क्यों जंगल में भटकते रहते हैं? अगर किसी दिन किसी जानवर कीड़े ने काट लिया तो...।"

सचमुच उसी समय जयप्रकाश के बग़ल से एक बड़ा सा साँप रेंगता हुआ गुज़र गया था। जयप्रकाश थोड़ी देर उसे जाता देखता रहा। इसके बाद एक झंखाड़ से निकलकर जयप्रकाश दूसरे झंखाड़ में घुस गया।

यह झाड़ इतना घना था कि कोई बाहर से देखता तो जयप्रकाश दिखाई न देता। उसने झाड़ के भीतर किसी पौधे को साँस रोककर देखा, फिर उसकी एक पत्ती को

तोड़कर चुटकी से मसला और सूँघा। मायूस हुआ। वह उसी झाड़ में एक स्थान से दूसरे स्थान की तरफ़ बढ़ा। वहाँ कोई पेड़ था जिसमें पीले रंग के फूल उगे हुए थे। वह फूल तोड़ने के लिए उछला...। बाहर से कोई देखता तो उसे लगता कि भीतर कोई ख़ूँख़ार जानवर घुसा है। इसी तरह वह जब कभी अपनी जेब से चाक़ू निकालकर किसी पेड़ की छाल काटता या किसी पौधे का तना छीलता तो लगता था कि जैसे कोई जानवर अपने शिकार को खा रहा है। और जब वह उस झाड़ को छोड़कर चला जाता था तो कहना मुश्किल हो जाता था कि जानवर खाने के बाद आराम फरमा रहा है या उसकी भूख अभी ख़त्म नहीं हुई है और वह अगले आखेट के लिए घात लगाए बैठा है।

जब वह झाड़ से निकलकर बाहर आया तो उसके बाल बिखरे हुए थे। पसीने से लथपथ था। काँटे वग़ैरह गड़ जाने के कारण उसके शरीर पर कई जगह हल्के मामूली ज़ख़्म थे। नंगे बदन पर जगह-जगह पत्तियाँ चिपकी हुई थीं। उस समय उसे देखकर कहना कठिन था कि अभी कुछ देर पहले वह प्रकृति से युद्ध कर रहा था अथवा प्रकृति और उसके मध्य प्रेमालाप हुआ था।

उसने डोरी निकाली और एक पेड़ की कमर पर बाँध दी। पीछे के न जाने कितने वृक्ष जयप्रकाश की डोरी की करधनी पहने हुए थे।

जंगल प्रदेश के एक बीमार मुख्यमंत्री का स्वप्न था। उसने एक विशाल चिकित्सा संस्थान की योजना बनाई थी। सोचा था कि अधुनातन उपकरणों और योग्यतम डॉक्टरों से सुसज्जित होगा यह अस्पताल। और इसी में वह अपनी और अपने लोगों की बीमारियों का इलाज कराया करेगा। अस्पताल की आधारशिला का उद्घाटन भी उसी ने किया था और उस अवसर पर उसने घोषणा की थी कि अस्पताल से सटे हुए विशाल भूभाग पर चिकित्सा सम्बन्धी औषधियों के पेड़-पौधे लगाए जाएँगे। बहुत कम समय में वह विस्तृत भूगोल छोटे-छोटे पौधों से भर गया था। अस्पताल नहीं बना क्योंकि मुख्यमंत्री को पद से हटा दिया गया था। नए मुख्यमंत्री की आँखों में आधारशिला का पत्थर चुभता था, उसमें पिछले मुख्यमंत्री का नाम था। इसलिए उसने अस्पताल के काम को रोक दिया। पौधों वनस्पतियों में उसकी कोई दिलचस्पी नहीं थी। फ़ाइलों के काग़ज़ वृक्षों के विनाश से ही तैयार होते हैं, और वह फाइलों का कीड़ा था। अधिक से अधिक यही उसका वृक्षों से प्रतिशोध था। फ़िलहाल बर्ख़ास्त अस्पताल के बग़ल का वह भूभाग एक दिन सघन जंगल में बदल गया।

जंगल से जयप्रकाश के रिश्ते का इतिहास प्रेम, भय और जुनून के अध्यायों में विभक्त किया जा सकता है। जब वह बच्चा था, क़रीब दस साल का, तो अपने पिता रामबदल के साथ जंगल में अक्सर आया करता था। शुरू-शुरू में वह यहाँ आने में हिचकता था लेकिन रामबदल उसे ज़बरदस्ती ले आता। यहाँ आ जाने पर रामबदल पेड़ से कोई फल तोड़कर उसे खाने के लिए दे देता था। जयप्रकाश बड़े चाव से

उसे खाता। ये वे फल नहीं थे जो गाँव में दिखते थे। ये सर्वथा नए, अनोखे और मौलिक स्वादों के धनी फल थे। रामबदल कभी बेटे को कोई फूल देता और कहता, "चबाओ।" उस फूल को जयप्रकाश चबाता तो उसका मुँह रस से भर जाता। इसी तरह रामबदल कभी किसी फल के बीज उसे खाने के लिए देता था, कभी किसी पौधे की पत्ती देकर कहता, "इसे चूसो बहुत बढ़िया लगेगा।" जयप्रकाश को धीरे-धीरे जंगल की लत लगने लगी और वह पिता के साथ ख़ुदबख़ुद यहाँ आने लगा था। वैसे अब भी वह यहाँ स्वादिष्ट फलों, फूलों, पत्तियों तथा बीजों के खट्टे-मीठे संसार में ही भ्रमण करता था लेकिन फ़र्क़ यह आया कि इन सबके लिए पिता पर अपनी निर्भरता कम करने लगा था। धीरे-धीरे वह स्वयं अनेकानेक फलों, बीजों, फूलों, पत्तियों के रूप, रस, गन्ध को पहिचानने लगा था। बल्कि एक दिन उसने पिता रामबदल को इस क़दर चमत्कृत कर दिया कि रामबदल उसे ठगा सा देखता रह गया था। उसने पिता से कहा, "काका एक पेड़ के फल का सुआद मिर्चा जैसा तीता है पर उसकी छाल को छीलो तो दूध निकलेगा और वह दूध बड़ा मीठा है।" रामबदल रोमांचित हो गया और व्यग्रता से बोला, "चलो हमको वो पेड़ दिखाओ।"

जयप्रकाश ने अथाह भीड़ भरे मेले में अपना खिलौना खो चुके बच्चे की सी मायूसी और दुख के साथ जंगल को देखा। चारों तरफ़ पेड़ ही पेड़। अपनी छाल के नीचे दूध का सोता छिपाए रखने वाला पेड़ जंगल में कहीं खो गया था। उस पर नीमअँधेरा, जिसे कोई चाहे जो नीमउजाला कह सकता है, जो भी हो पर इतने मामूली उजाले में बच्चे जयप्रकाश का वह पेड़ और अधिक गुम हो गया। रामबदल हँसा, "कहाँ है वह कलपदुम?"

पिता का प्रश्न और प्रश्न से बहुत ज़्यादा पिता की हँसी बच्चे जयप्रकाश को बेध गई। उसे अपने भीतर अपमान सरीखी किसी चीज़ की आँधी और आँसुओं की बारिश का अन्देशा हुआ। वह रोने ही वाला था कि उसमें कुछ कौंधा और उसने पिता से कहा, "थोड़ा सब्र करो, अभी ले चलूँगा उसके पास।" वह ख़ामोश होकर चौकन्नेपन के साथ खड़ा हो गया। थोड़ी देर वह वैसे ही खड़ा रहा, तब हवा चली और पेड़ हिले। जयप्रकाश का भाग्य था कि हवा ज़ोर से चली थी और पेड़ ज़ोर से हिले थे। जयप्रकाश ने अनगिनत वृक्षों के पत्तों की आवाज़ों के समुद्र में अपने वृक्ष के पत्तों की आवाज़ को जैसे ढूँढा हो, वह पिता के साथ उस आवाज़ के पास पहुँचा। अब दोनों के सामने वह आवाज़ थी और उस आवाज़ का पेड़ था। उस पेड़ के सामने जयप्रकाश उस पेड़ के पत्तों की तरह ख़ुशी से काँप रहा था।

रामबदल ख़ुशी से चमक उठा था। वह उस पेड़ के तने को छील रहा था, तभी पेड़ से दूध छलक आया। रामबदल ने चखा और पागल हो गया। वह बन्दर की तरह उछला और एक फल तोड़कर उसे कुतरा। कड़वाहट उसके मुँह में भर गई और आनन्द से उसने बेटे को बाँहों में भर लिया। जयप्रकाश पिता से ख़ुशी, वात्सल्य के साथ सफलता की नियामत पाकर फफक पड़ा। वह रो रहा था...रोते

हुए बोलता जा रहा था, "काका काका...हमारी बात सही निकली न...काका हमारी बात सही निकली न...।"

इस वाक़ये के बाद दोनों जंगल में साथ आते थे, जंगल से साथ जाते थे मगर जंगल के भीतर वे अलग-अलग हो जाते थे। जब वे जंगल से निकलते तो रामबदल के झोले में कुछ जड़ी-बूटियाँ, पत्ते इत्यादि होते थे और जयप्रकाश की जेबें उन फलों, बीजों आदि से भरी होतीं जिनमें खट्टे, मीठे, खटमिट्ठे स्वाद भरे रहते थे।

जयप्रकाश सोचता कि जंगल, गाँव सभी जगहों में इतने सारे फल, फूल, बीज, अन्न हैं पर किसी के स्वाद में नमक क्यों नहीं है? खट्टा, मीठा, कसैला, फ़ीका सारे स्वाद हैं पर नमकीन कहाँ अदृश्य हो गया। इन्हें पैदा करनेवाली मिट्टी ने इन्हें नमक क्यों नहीं दिया? वह सोचता, और इच्छा करता कि जंगल में उसे किसी रोज़ नमकीन फल मिल जाए तो कितना मज़ा आता। वह गाँववालों को नमकीन फल चख़ाकर हैरान कर देता। उस फल को देख-चखकर सबसे ज़्यादा हैरान तो काका होता।

फ़िलहाल नमकीन फल उसे नहीं मिला था किन्तु, नमकीन स्वाद के प्रति उसमें अद्भुत श्रद्धा भर गई थी। कभी-कभी नमक की डली को इस निगाह से देखता गोया दुनिया का कोई अनमोल रत्न देख रहा है। एक बार घास छीलते वक़्त हँसुए से उसकी अँगुली कट गई। उसने निकल आए ख़ून को चूसा, उसमें उसे नमकीन मिला। यह नमकीन की महिमा का अनोखा चमत्कार था। आदमी कितना मीठा, कड़वा, नमकीन, खट्टा खाता है पर खाने-पीने से जो रक्त बनता है वह केवल नमकीन होता है। इसी तरह मत्थे से चूकर ओंठों पर गिरे पसीने में भी उसे नमक मिला। उसने ठान लिया कि स्वादों के महाराजा नमक के स्वादवाले फल को वह ज़रूर तलाश करेगा। लेकिन जब अन्ततः उसे वह नहीं मिला तो उसने स्वीकार कर लिया कि भगवान ने खाने के लिए कितने सारे फल बनाए, अन्न बनाए लेकिन भगवान नमकीन न बना सका। नमकीन आदमी ने बनाया। फिर भी उसे उम्मीद थी कि इतनी बड़ी दुनिया में कोई न कोई ऐसी क़ुदरती पैदावार होगी जिसके स्वाद में नमक होगा।

मगर एक अन्य कौतूहल ने उसकी नमकीन फल में दिलचस्पी को क्षीण कर दिया था...। हुआ यह था कि वह अपने पिता रामबदल के साथ जंगल से लौट रहा था। रामबदल का झोला भरा हुआ था और जयप्रकाश की जेबें फूली हुई थीं। रामबदल ने झोला बेटे को पकड़ाया और ट्यूबेल पर जाकर हाथ-मुँह धोकर पानी पीने लगा। इसी बीच जयप्रकाश ने बाप के झोले में झाँक लिया था। झोला कुछ फलों, पत्तियों और जड़ी बूटियों से भरा हुआ था।

जब रामबदल लौटा तो जयप्रकाश ने उससे पूछा, "काका, झोले में ये जो सब अगड़म-बगड़म भरे हो, इसका क्या करोगे?"

"ये सब दवाई हैं।" रामबदल ने उकड़ूँ बैठकर झोले का मुँह खोलकर जड़ी निकाली, "इसको रात में पानी में डाल दो, सुबह उसी पानी को पियो तो बवासीर ठीक हो जाता है।"

"काका ये बवासीर कौन बीमारी है?"

"चुप बे, पहले सुन।" रामबदल ने झोले से कुछ फूल निकाले, "इसका रस सिर में लगाने से पुराना से पुराना अधकपारी ठीक हो जाएगा।" उसने इस बार नरम हरी पत्तियाँ निकालीं, "इनका रस गठिया की बीमारी में फ़ायदा पहुँचाता है। और ये जो..." वह उस झोले से कुछ बीज बाहर लाया। सफ़ेद उजले बीज, "इसे सुखाकर पीस लो फिर खुराक बनाकर शहद के साथ दो, कैसा भी दमा हो ठीक हो जाएगा।"

"और काका वह जो बड़ा सा लाल फूल है...और वह...जो...वह नहीं...वह जो कुछ-कुछ जामुन की तरह है...।"

"उनके बारे में हमको पता नहीं...इसके बारे में बैद महराज ही जानते होंगे।"

"अच्छा काका ये सब जिस-जिस पेड़-पौधे के हैं उन सबके नाम क्या हैं?"

यह भी हमको नहीं पता...। इसके बारे में भी बैद महराज ही जानते हैं।"

"तुमको क्यों नहीं पता है?"

"हमका बैद महराज बताए ही नहीं...।"

बैद महराज यानी कि पंडित केसरीनाथ। दोनों बैद जी की हवेली पर पहुँचे। जयप्रकाश की इच्छा हुई कि बैद जी से मिलने पर पूछ ले कि बड़ा-सा लाल फूल किस बीमारी को ठीक करता है? और जो जामुन की तरह का फल है वह किस बीमारी की दवाई है...।

लेकिन जब बैद जी आए तो उससे पूछा न गया। उनके आने पर पहले उसने पिता की तरह ही जैसे दीवार पर छिपकली चिपकती है उस तरह ज़मीन से चिपककर दंडवत प्रणाम किया फिर उन्हें अपलक देखने लगा—बड़ा-सा गोरा भभूका मुँह, सिर पर पगड़ी, सिल्क का कुर्ता और बढ़िया धोती। कलाई में लाल धागा बँधा था और मस्तक पर त्रिपुंड। एकदम चमक रहे थे।

रामबदल ने झोला चरणों में रखा। बैद जी ने पास तख़्त पर रखे लोटे से पानी निकाला और छिड़ककर झोले को पवित्र किया। भीतर किसी को आवाज़ दी, "ये औषधियाँ हैं, इन्हें औषधालय में रखवा दो।"

जयप्रकाश बहुत प्रभावित हुआ—कैसी गूँजती हुई आवाज़, जैसे रामलीला में वशिष्ठ मुनि बोले थे।

लौटते हुए उसने रामबदल से कहा, "तुम भी दवाई के बारे में जानते हो तो तुम क्यों नहीं बैद महराज की तरह बन जाते। वैसा ही कुर्ता पहनो, वैसी ही धोती। त्रिपुंड लगाकर वैसी ही मूँछ रख लो।"

रामबदल हँसा, "और तुमको भी बैद महराज का लरिका बना दें—दिन भर रबड़ी मलाई चाभो।" वह पुनः हँसा, "अरे बचवा बैद महराज बैद महराज हैं और रामबदल रामबदल। बस क़िस्सा ख़त्म। बैद महराज के अस्सी बिगहा खेत हैं और बाग़-बगीचा। यहाँ तुम्हारे बाप के पास दुई बित्ता भुईं नहीं है। वे मालिक हैं और हम उनके हरवाह—उनके नौकर। हरवाह कभी ज़मींदार बना हैं आज तक कि तुम्हारे बाप ही बन जाएँ।"

"अच्छा काका! बैद जी के पास इतना रुपया आया कहाँ से—इतनी खेतीबाड़ी, और बाग़-बगीचा?"

"बैदकी से...।"

"बैद महराज बैद कैसे बने?"

"उनके बाप बैद थे, उनके बाबा बैद थे...।"

जयप्रकाश चहका, "काका तुम बैद बन जाते तो तुम्हार लरिका हम, हमहु बैद महराज बनते एक दिन।" तभी उसने तकलीफ़ महसूस की। देखा कि रामबदल रास्ते में रुककर उसका कान उमेठ रहा था, "सरऊ आज कहा तो कहा फिर कभी ऐसी बात जीभ पर न लाना, वरना बैद महराज पता पाएँगे तो हमका तुमका दोनों को सूली पर टाँग देंगे। बैद जी जब सूली पर टाँगते, देखा जाता, अभी तो कान ऐंठकर उसके बाप ने ही सूली पर टाँगा था।

सूली पर से वह उतरा। रामबदल ने उसका कान छोड़ते हुए कहा, "वाह-वाह, बाप पदहू न जाने बेटा शंख बजावे।"

जयप्रकाश को लगा कि अपने पिता से बात करना बेकार है। वह चुपचाप पिता के साथ चलने लगा। पर उसके मन में कुछ था जिसे रामबदल नहीं समझ सका था।

क्योंकि एक दिन रामबदल ने देखा, उसके घर के पिछवाड़े कुछ पौधे उगे हैं और एक पौधे में गठिया ठीक करनेवाले पीले फूल खिले हैं। घबराहट और बदहवासी में रामबदल ने अपनी पत्नी जानकी (जयप्रकाश की पत्नी का नाम भी जानकी) को पुकारा। जानकी उस समय कूँचे से दुआर साफ़ कर रही थी, रामबदल की चिल्लाहट सुनकर डर गई। डरी हुई पिछवाड़े पहुँची तो देखा रामबदल खुरपी से पौधों को उखाड़ रहा था, उखड़े हुए पौधों के टुकड़े-टुकड़े कर दे रहा है। वह रोने लगी, "बेटवा ने इतने मन से इन्हें लगाया था...तुम इनको उखाड़ क्यों रहे हो...?" तब तक जयप्रकाश भी आ गया। अपनी बाग़वानी की दुर्दशा उससे देखी न गई, वह भी रोने लगा था। शायद उसे लगा कि महज रोने से ही उसके दुख की पूरी अभिव्यक्ति नहीं हो पा रही है, इसलिए बाप की तरफ़ लपककर उसके हाथ से खुरपी छीनने लगा। खुरपी पर रामबदल की पकड़ मज़बूत थी, वह जयप्रकाश से न छिनी। लेकिन रामबदल को लगा कि बेटे में दम है और जल्दी ही वह खुरपी छीन लेगा। इसलिए खुरपी बेटे के हाथ में जाए, उसके पहले ही उसने जयप्रकाश को पटक दिया। जयप्रकाश वहाँ गिरा जहाँ खुरपी की कार्रवाई से ज़मीन की मिट्टी भुरभुरी हो गई थी। उसका शरीर मिट्टी, पत्तियों और एक फूल की पंखड़ियों से सज गया। जानकी ने बेटे को उठाया। बेटे के स्पर्श से उसमें इतनी ममता उमड़ी कि उसे ग़ुस्सा आ गया। उसका मन हुआ कि बुहारीवाले कूचे को पति की पीठ पर जमा दे मगर उसने ऐसा नहीं किया बल्कि गाली देकर रामबदल से बोली, "फूल पौधे ही थे, कोई कीरा गोजर नहीं थे कि उनको देखकर तुम इस तरह बौरा गए हो।"

जानकी का संवाद सुनकर रामबदल, ग़ुस्से से जलते हुए जानकी के क़रीब आ

गया। उसकी इस हरकत से जानकी ख़ौफ़जदा हो गई। जयप्रकाश भी अपनी तकलीफ़ भूलकर देखने लगा था...। रामबदल जानकी के बिलकुल पास आ गया। कड़ी आँखों से घूरा। फिर खुरपी को अपनी गरदन के चारों तरफ़ घुमाकर दाँत पीसते हुए बोला, "ये दवाईवाले पौधे हैं, बैदजी को पता चल जाता तो न मेरी गरदन बचती न तेरी...।" उसने जयप्रकाश की ओर देखकर कहा, "न इस ससुरे माली की औलाद की।"

जानकी ने पाया कि रामबदल मारपीट नहीं कर रहा है, ख़ाली कडुवे बोल कह रहा है तो उसकी हिम्मत बढ़ी। उसने कहा, "घर के पिछवाड़े बेटवा ने पेड़-पौधा लगाया है, इससे बैदजी को क्या मतलब? हम उनके खेत का धान-गेहूँ तो काट नहीं रहे हैं, न उनके खेत का साग खोट रहे हैं न आलू, गंजी खोद रहे हैं...।"

रामबदल जवाब में कुछ बोला नहीं। केवल भयानक क्रोध तथा अवमानना से बेटे और पत्नी को देखता रहा...।

लेकिन रात को जब रामबदल का ग़ुस्सा शान्त हो गया था; जानकी ने जब रोटी पाथकर पति और बेटे को खिला दी—तब रामबदल ने बताया कि उसके पिछवाड़े के पौधों से बैद महराज को क्या मतलब है।

बैदजी नहीं चाहते थे कि रामबदल के पास वे चमत्कारी वनस्पतियाँ हों जिनके बूते वे बैद बने थे। क्योंकि यदि वे रामबदल के अधिकार में होतीं तो एक दिन रामबदल भी बैद बन सकता था। इसीलिए जब उन्होंने रामबदल को जंगल से उन्हें लाने का काम सौंपा था तो कहा था, "किसका किस रोग के इलाज में इस्तेमाल है इसे जानने की कभी कोशिश मत करना वरना तुमको निपूता कर दूँगा। और यदि मेरी सोहबत में दो चार के गुण जान भी गए तो तुम ख़ुद कभी उनका उपयोग मत करना, नहीं तो तुम निपूते की पत्नी मेरे वीर्य से गर्भधारण करेगी...और तुमने अगर इन्हें कहीं बेचा, उगाया या किसी को इनके बारे में बताया तो तुम्हारी और गर्भ सहित तुम्हारी पत्नी दोनों को नंगा कर गाँव भर में घुमाऊँगा, फिर अग्नि देवता को अर्पित कर दूँगा।"

शायद इसीलिए बैदजी ने उसे उन वनस्पतियों के वास्तविक नाम नहीं बताए। उन्होंने उन्हें उनके वास्तविक नाम की जगह गाँव के लोगों का नाम दिया। वह निर्देश देते, "चार बेचू शुकुल ले आना। पाँच खेलावन, नौ हरिश्चन्द्र, तीस जसोदा, अठारह बड़कऊ...साठ सत्तर माधुरी सिंह लाना...।"

लेकिन ये सब बातें, रहस्य और तथ्य रामबदल अपनी पत्नी और बेटे को ठीक ठाक बता नहीं पा रहा था। यह उसकी अभिव्यक्ति की अक्षमता थी अथवा वह साफ़-साफ़, सही-सही सब कुछ बताना नहीं चाहता था, अथवा वह कुछ बताना चाहता था कुछ छिपाना चाहता था—इन सबके बारे में निश्चयपूर्वक कुछ कह सकना मुश्किल है।

वैसे उसने जो कुछ बताया उसका भी कुछ ही अंश जयप्रकाश की समझ में आया। ज़्यादा हिस्सा उसके पल्ले नहीं पड़ा। इसलिए वह अभी भी इस उलझन से पूरी तरह उबर नहीं सका था कि अगर वह अपने पिछवाड़े कुछ पौधे उगा रहा है तो

बैद महराज की क्यों फट रही है? जब काफ़ी मगजपच्ची के बावजूद वह भली-भाँति नहीं समझ पाया तो अन्तत: उसने उस प्रसंग को भुला दिया और पहले की तरह जंगल में भटकने लगा।

वह मौक़ा देखता रहता कि पिता किस दिन जंगल जाते हैं, वह उनके साथ हो लेता था। अकेले जाने के लिए उसे मनाही थी और सच यह है कि अकेले जाने से वह डरता भी था। वैसे वह ऐसा जंगल नहीं था जिसमें शेर, चीते, हाथी, भालू, बाघ विचरण करते थे किन्तु कम-से-कम साँप और अजगर की आशंका से तो इन्कार नहीं किया जा सकता था। जबकि उसका बाप केवल बवासीर, अधकपारी, गठिया और दमा की दवाई जानता था, साँप काटे की दवाई से वह नावाक़िफ़ था। यूँ तो बैद महराज साँप काटने का इलाज करते थे और उसका भी नुस्ख़ा रामबदल ही लाता रहा होगा, लेकिन उसका ज्ञान केवल चार रोगों—बवासीर, अधकपारी, गठिया, दमा तक ही सीमित था। उनको भी उसने बैदजी के भय से कभी आज़माया नहीं था। अन्य एक दो वनस्पतियों के फ़ायदे के बारे में उसे अनुमान था पर यक़ीन के तौर पर वह नहीं कह सकता था कि वे इस रोग के बारे में शर्तिया फ़ायदेमन्द हैं। यह अनुमान भी साँप का विष दूर करने के मामले में न होकर खाँसी, बाई जैसी कुछ बीमारियों को लेकर था। साँप के विष का दुष्प्रभाव तो बैदजी ही ठीक कर सकते थे। जबकि जयप्रकाश को विश्वास नहीं था कि अगर उसे या उसके बाप को साँप ने काट लिया तो बैदजी दवाई करेंगे। जो बैदजी उसके पिछवाड़े उगे फूल-पौधों को देखकर आगबबूला हो सकते थे वे भला उसकी, उसके बाप की दवाई क्यूँ करेंगे। फिर साँप काटे का इलाज हो भी जाए तो वह अजगर का क्या करेगा? जंगल में अजगर मिल जाए और उसे निगल जाए या उससे लिपटकर उसकी हड्डियों का चूरा बना दे तो कौन दवाई काम करेगी? वह सोचकर ही सिहर उठता था। अत: वह अकेले जंगल जाने की हिम्मत नहीं जुटा पाता था। सच बात यह है कि यदि जंगल में अजगर मिल जाता तो उसका पिता भी क्या कर लेता लेकिन सच बात यह भी थी कि जब रामबदल साथ रहता था तो बड़ा से बड़ा डर भी जयप्रकाश को छू नहीं पाता था। इसीलिए जब रामबदल बैदजी के काम से जंगल जाता तो मौक़े का इन्तज़ार कर रहा जयप्रकाश उसके साथ हो लेता था।

लेकिन एक दिन जंगल उसके और रामबदल दोनों के संसार से दूर चला गया अथवा वे जंगल की दुनिया से बेदखल हो गए। इस विस्थापन से जयप्रकाश को यह दुख नहीं था कि अब वह नमकीन स्वादवाला फल कभी भी गाँववालों को नहीं चखा पाएगा। उसे यह दुख भी नहीं था कि अब उसकी जेबें फलों, फूलों और स्वादिष्ट बीजों से कभी भी भरी नहीं मिलेंगी—दरअसल वह इतने भयानक संकट और दुख के प्रलय से गुज़रा कि ये छोटे-छोटे दुख अपनी अर्थवत्ता या अपना प्रभाव खो बैठे थे। इनकी कोई बिसात नहीं रही...।

घटित इस तरह हुआ था...। जेठ का महीना था...। उस साल प्रचंड गर्मी पड़ रही थी। मालूम नहीं गर्मी का कोप था या भगवान की मर्ज़ी या लम्बरदार के यहाँ से मिली बासी-तिबासी दाल खाने का नतीजा था, जयप्रकाश की माँ को लगातार उल्टियाँ होने लगीं और उसका पेट चलने लगा था।

पास पड़ोस के लोग चिन्ता प्रकट करने लगे। उनके चेहरे मटमैले, भारी और उदास थे। बातचीत के दौरान होंठों से अधिक उनके सिर हिल रहे थे। उनमें से किसी ने रामबदल से कहा, "देखो बिचारी बचती है कि नहीं।" जयप्रकाश ने इस वाक्य को सुना था और सुन लेने के बाद जब इसे समझा और उसके बाद इसे अपने अन्दर महसूस किया तो रोने लगा। रोते हुए उसने रामबदल से पूछा, "बाबू अम्मा मर जाएगी?" रामबदल बिगड़ उठा, "चुप्प! ससुर कुभाखा बोल रहे हो।" मगर जयप्रकाश चुप नहीं हुआ, "बाबू हमको चाहे मारो, चाहे जो करो, पर अम्मा को बचा लो। जाकर बैदजी के यहाँ से दवाई लाओ।"

पड़ोसियों का भी कहना था कि वह बैद महराज का काम करता है तो उनसे दवाई क्यों नहीं माँगता। रामबदल ने सब सुना लेकिन उसने किया और कहा कुछ नहीं।

जब दबाव ज़्यादा बढ़ने लगा तब उसने मुँह खोला, "गया था। मैं बैद महराज के यहाँ गया था चाचा। वे बोले फागुन से लेकर अब तक चार बार दवाई दे चुके हैं। रोज़-रोज़ मुफ़्त की दवाई नहीं मिलती। भगा दिए हमको वहाँ से।"

"फिर तो अब भगवान ही मालिक हैं।"

वे सारे लोग किसी चीज़ की...किसी चमत्कार...किसी अपशकुन की प्रतीक्षा करने लगे। रामबदल एक ईंट पर सिर पकड़कर बैठा था। तभी जानकी को मितली महसूस हुई, वह उल्टी करने के लिए उठने लगी लेकिन वह इतनी कमज़ोर हो चुकी थी, थक गई थी कि उठने के पहले ही उसे उल्टी हो गई और वह अपनी खटिया पर छितरा गई। बदबू का तीखा भभका निकलकर चारों ओर फैला। जानकी अपनी इस दुर्गति पर रोने लगी।

बाहर रो रहे जयप्रकाश ने रामबदल की हथेली पकड़कर उसे खड़ा किया और कहा, "बाबू तुम ख़ुद क्यों नहीं जंगल से कोई दवाई लाते अम्मा के लिए।"

"मैं कैसे लाऊँ?"

बात सच थी। बैदजी का सख़्त निर्देश था कि रामबदल कभी ख़ुद बैद बनने की जुर्रत न करे। अगर वह उनकी निषेधाज्ञा के उल्लंघन का जोख़िम उठाए तो भी क्या करेगा, वह सिर्फ़ बवासीर, गठिया, अधकपारी और दमा का निदान करनेवाली वनस्पतियों से परिचित था।

लेकिन इस वक़्त रामबदल का दिमाग़ संसार की तीव्रतम गति से दौड़ रहा था। उसे थोड़ा-थोड़ा याद आया कि हैजा के कुछ मरीज़ों को बैद महराज ने किसी पौधे की कँटीली पत्तियों का रस निचोड़कर गुड़ के साथ दिया था...। उसने उन पत्तियों और उन्हें धारण करनेवाले पौधे की शक्ल याद करने की कोशिश की। उसे

कुछ-कुछ दिखा...। साथ ही उसे यह भी दिखा कि वह जंगल का एक दुर्लभ पौधा था जो तमाम पौधों, वृक्षों, झाड़ियों के बीच अपने को छिपाए रखता था। कभी-कभी बहुत खोजने के बाद मिलता था मगर कभी-कभी वह अकस्मात् बहुत जल्दी...तुरन्त भी मिल जाता था। वैसे अगर वह जल्दी मिल जाता तो भी ज़रूरी नहीं था कि वह वाक़ई जानकी के रोग के लिए कारगर था। यह तो महज रामबदल का अन्दाजा था कि उसकी पत्तियों का रस गुड़ के साथ लेने पर बीमारी ख़त्म हो जाएगी।

रामबदल जाने के लिए बढ़ा।

एक पड़ोसी ने पूछा, "कहाँ जा रहे हो रामबदल?"

"बस ऐसे ही, अभी आया।" रामबदल ने गोलमोल जवाब दिया। वह नहीं चाहता था कि कोई जाने कि वह जंगल जा रहा है। वर्ना बैद महराज को पता चला तो जानकी बीमारी से मरेगी, वह बैद महराज के ज़ुल्म से।

थोड़ी दूर चलने के बाद उसने देखा, जयप्रकाश भी पीछे-पीछे चला आ रहा है।

कुछ देर बाद दोनों जंगल में थे। उस दिन जयप्रकाश नमकीन स्वादवाले फल की खोज करने नहीं गया था। उस दिन वह अपनी जेबों में मीठे, खट्टे फल और पत्तियाँ नहीं भर रहा था। उस दिन वह केवल माँ की दवाई खोजने में लगे अपने पिता के अभियान को व्यग्रता से देख रहा था, और प्रार्थना कर रहा था कि पिता कामयाब हों।

रामबदल जंगल में कँटीली पत्तियोंवाला पौधा ढूँढ रहा था। उसकी तलाश में वह जंगल से ऐसी बुरी तरह जूझ गया था कि शरीर पर काँटे चुभ गए और उसकी चिथड़ा क़मीज़ रंगबिरंगी हो गई। चिथड़ा क़मीज़ को किसी रँगरेज ने नहीं रँगा था—उस रंग बिरंगे में जो रंग थे वे प्राकृतिक थे। वे फूलों, पत्तियों के रंगीन द्रव थे। जब पौधा उसके हाथ लगा तब तक उसकी हथेलियाँ भी रँग उठी थीं। हथेलियों की रेखाओं, मैल, उँगलियों पर पड़ी गाँठों और त्वचा की निष्प्रभता को रंगों के सौन्दर्य ने ढँक लिया था।

समूचे प्रकरण में एक ख़ास बात हुई कि जब वह झाड़ियों के बीच जूझ रहा था तभी कोई फूल या कोई अन्य चीज़ उससे घिस गई या जाने क्या हुआ कि उसका शरीर एक अद्‌भुत ख़ुशबू से भर उठा। उसने सपने में भी नहीं सोचा था कि कभी उसके शरीर का सुगन्ध से वास्ता होगा। इसलिए शुरू में उसे लगा कि ख़ुशबू उसके शरीर में नहीं जंगल में है। लेकिन जब वह कँटीली पत्तियाँ लेकर जयप्रकाश के साथ जंगल से बाहर निकला तो जयप्रकाश पत्तियाँ मिल जाने की सनसनी से उबरकर चिल्ला पड़ा, "काका...काका...तुम्हारे बदन से ख़ुशबू आ रही है।" घर पहुँचने तक की यात्रा में वह अक्सर बीच-बीच में चिल्लाता, "काका...सचमुच तुम्हारे बदन से ख़ुशबू आ रही है।" अब जाकर रामबदल को भरोसा हुआ कि वह वाक़ई महक रहा है।

घर पहुँचकर रामबदल ने एकान्त में चुपके से पत्तियों को धुला और निचोड़कर रस निकाला, फिर उसमें गुड़ मिलाकर जानकी को पीने के लिए दिया। जानकी की खटिया की पाटी पर बैठकर वह पंखा झलने लगा।

बीस खपच्चियों से बना वह पंखा गर्मी से बचाव के लिए मनुष्य का पुरातन आविष्कार था। उसके नामकरण में हवा को चीरकर आगे बढ़नेवाले परिन्दों के पंख की सुन्दरता थी। रामबदल के हाथ में डोल रहा पंखा परिन्दों के पंख की तरह हवा को मथ-चीर रहा था। ठंडी हवा मिलने पर जानकी कराही और आश्चर्य से बोली, "इतनी बढ़िया महक कहाँ से आ रही है?"

पंखे की थोड़ी-सी हवा रामबदल के पास भी पहुँची। तब उसने सोचा, "जयप्रकाश सुबह से कुछ खाया नहीं है। बहुत भूखा होगा।"

जानकी की बीमारी के कारण चूल्हा नहीं जला था। वह बैद महराज के यहाँ भी सुबह से नहीं गया था वरना खाने को कुछ मिल ही जाता। उसने महसूस किया कि भूख उसे भी लगी है। उसने तय किया कि वह और जयप्रकाश दोनों बैद महराज के यहाँ चलें। हो सकता है दोनों को पेट भरने के लिए मिल जाए। अगर एक ही आदमी की ख़ुराक मिली तो बेटे को दे देगा।

उसने जयप्रकाश से कहा, "ज़रा मेरे साथ चल।"

"कहाँ?"

"चल तो।"

जानकी की तीमारदारी का काम एक पड़ोसिन को सिपुर्द कर वह ख़ुद बेटे के साथ बैद महराज की हवेली की तरफ़ चला। रास्ते में वह डर रहा था कि जंगल से जानकी की दवाई लाने की बात कहीं बैद महराज को पता न चल चुकी हो। लेकिन वह और उसका बेटा दोनों भूखे थे और बैदजी की हवेली पर खाना मिलने की उम्मीद थी, इसलिए वह वापस नहीं लौट सकता था।

हवेली पर पहुँचकर दोनों ने कूँचा उठाकर दुआर बुहारना शुरू कर दिया। दुआर क्या, वह एक बाग़ीचा था जिसमें जामुन, नीम, अमरूद, आम, गुड़हल और बेल के पेड़ लगे थे। उनसे टूटकर उनकी पत्तियाँ ज़मीन पर बिछी हुई थीं। पत्तियाँ इतनी ज़्यादा थीं कि जयप्रकाश को बुहारने में दिक़्क़त हो रही थी। रामबदल ने इसे समझा और उससे बोला, "पहले एक बार तुम कूँचा चला दो बाद में मैं ठीक से साफ़ कर दूँगा।" जयप्रकाश बुहारी करने लगा तो वह पानी लाने चला गया।

पानी छिड़कने के बाद ज़मीन से एक महक उठी और लगा जैसे मौसम बदल गया है और शाम हो गई है।

भीतर से चारपाइयाँ, कुर्सियाँ लाकर लगा दी गईं। बैदजी आकर बैठे। अब मुलाक़ातियों के आने का सिलसिला शुरू होनेवाला था।

रामबदल और जयप्रकाश हवेली की ड्योढ़ी पर चले गए। वहाँ बैदजी की छोटी पतोह उन दोनों को खाना देने के लिए आई तो ठिठककर चौंक पड़ी, "अरे ये इत्ती बढ़िया महक।" उसने महक के स्रोत के लिए देखा लेकिन रामबदल की तरफ़ नहीं देखा, वहाँ सुगन्ध होने का सवाल कहाँ उठता था, जबकि वह वहीं थी।

छोटी पतोह को जब कहीं भी महक का स्रोत नहीं दिखा तो वह आगे बढ़ी।

उसके नथुनों ने महक को और ज़्यादा तीव्रता से महसूस किया। अब उसने रामबदल को ग़ौर से देखा, महक वहीं थी और वहीं से चारों ओर फैल रही थी। वह खाने के बरतन उसी तरह हाथ में लिए हुए भीतर की ओर भागी...।

कुछ ही क्षण बीते होंगे वह घर की बाक़ी बहुओं, बेटियों के साथ आ खड़ी हुई। चौखट के इस पार रामबदल और जयप्रकाश थे, उस पार स्त्रियों का एक मेला था। वे नथुनों से साँस खींचतीं और मदहोश हो उठतीं, "आह! क्या महक है।" वे आपस में बतिया रही थीं, एक-दूसरे को चिकोटी काट रही थीं और खिलखिलाकर हँस रही थीं और ज़ोर-ज़ोर से साँस लेकर एक-दूसरे पर लुढ़की जा रही थीं।

जयप्रकाश अपने पिता को केन्द्रबिन्दु बनते देखकर बेहद ख़ुश था। उस समय वह अपनी माँ को भी भूल गया था। मन्द-मन्द मुस्करा रहा था शायद। क्योंकि उसके होंठों का दायाँ कोना हल्का-सा खिंच गया था।

रामबदल से स्त्रियों ने सवाल पूछना शुरू कर दिया—इत्र है? कौन-सा इत्र है? कहाँ पाया? कौन बाज़ार से लाया? कहाँ से चुराया?

जयप्रकाश का मन हुआ, बता दे कि उसके बाप को ख़ुशबू कहाँ से मिली। लेकिन वह यह सोचकर ख़ामोश रहा कि देखे ये सब बूझ पाती हैं कि नहीं?

तब तक गौने का इन्तज़ार कर रही बैद महराज की छोटी बेटी ड्योढ़ी फलाँगती हुई बैदजी के पास पहुँच गई और उन्हें सारा वाक़या एक साँस में बताकर बोली, "पिताजी मुझको भी वैसा इत्र चाहिए।"

"कैसा इत्र?" बैदजी गरजे।

रामबदल की पेशी हुई। जयप्रकाश ख़ुश था कि देखें बैद महराज असलियत भाँप पाते हैं कि नहीं। तमाशा देखने के इरादे से वह भी रामबदल के साथ बैद महराज के दरबार में चला आया।

"क्या रे?" बैदजी ने साँस खींची। रामबदल के शरीर से निकलकर उड़ती हुई वह अद्वितीय गन्ध बैदजी की साँसों में दाखिल हुई। बैदजी अभिभूत हुए किन्तु, अगले पल ही उनका चेहरा विकृत हो गया, "हरामी...इत्र लगाकर आए हो...शौक़ीन बुढ़िया चटाई का लहँगा।" वहाँ बैदजी की कृपा लेने आए सभी लोग हँसने लगे। गौने का इन्तज़ार करनेवाली बिटिया भी मुँह दबाकर हँसने लगी। केवल तीन लोग नहीं हँस रहे थे—रामबदल, जयप्रकाश और बैदजी। जयप्रकाश सहमा हुआ था। रामबदल स्याह पड़ता जा रहा था।

बैदजी चिल्लाए, "कहाँ पाया इसे?"

रामबदल ख़ामोश।

"जवाब दे कमीने।"

रामबदल के गले से फों...फों...की आवाज़ भर निकली।

बैदजी ने मेज़ पर रखा खरल रामबदल के ऊपर फेंककर मारा, "इस कुत्ते की औलाद में इतनी हिम्मत कि महकेगा...देख क्या रहे हो...इस सुअर को लगाओ सौ जूते...।"

ज़ोर की आवाज़ हुई और रामबदल के चेहरे पर जूता पड़ा...। कुछ लोग वहाँ खड़ाऊँ भी पहने थे, कुछ चप्पल, तो कुछ नंगे पाँव थे—सभी अपने-अपने तरीक़े से रामबदल पर झपटे।

जयप्रकाश पिता को बचाने के लिए दौड़ा लेकिन वह कुचल दिया गया था। उसे किसी ने उठाकर ऊपर हवा में लहराया और गेंद की तरह फेंक दिया। थोड़ी दूर जाकर वह ज़मीन पर गिरा और दर्द से कराह उठा। उसके भीतर अपनी चोट की तकलीफ़ थी, बाहर चिल्लाने-मारने की आवाज़ें थीं। लोगों की हमलावर भीड़ थी। जिनके बीच उसका बाप पिट रहा था।

तभी किसी ने अपने घुटने से रामबदल की नाक पर प्रहार किया। रामबदल इतना तेज़ चिल्लाया कि आसपास के पेड़ों पर बैठे हुए परिन्दे उड़ गए और थोड़ी दूर पर खड़े मवेशी चलने लगे। एक बछड़ा तो दौड़ लगाता हुआ भागा। यहाँ तक कि भीड़ भी सहम कर छिटक गई। अब जयप्रकाश भी पिता को देख पा रहा था। वह उसके पास जाने के लिए उठने की हिम्मत जुटाने लगा।

बैदजी हँसे।

अब सब मौन थे केवल बैदजी हँस रहे थे, "मूत दो इसके मुँह में।" फिर उन्होंने कहा, "मैं ही मूतता हूँ इस महकऊ साहब के मुँह में।"

कुछ पेशाब रामबदल के मुँह में गई, कुछ चेहरे पर, कुछ सीने पर और कुछ उस आदमी के हाथों पर जिसने दबाकर उसके मुँह को खोल रखा था।

मगर न जाने वह कैसी विलक्षण ख़ुशबू थी कि अभी भी बरकरार थी। अन्ततः रामबदल को घसीटते हुए एक तलैया के किनारे ले जाया गया। पीछे से जयप्रकाश भी लँगड़ाता, लड़खड़ाता, रोता, चिल्लाता, मदद के लिए आर्तनाद करता हुआ वहाँ पहुँचा।

तलैया के पास लोग सुबह-साँझ मल त्याग किया करते थे। अभी भी जगह-जगह वहाँ लोगों का हगा हुआ गू पड़ा था। उसी पर रामबदल को घसीटा गया, लथेड़ा गया। कुछ वक़्त पीठ के बल लथेड़ा गया फिर पेट के बल। उसका पूरा शरीर मल से सन गया था। यहाँ तक कि उसका चेहरा भी गू से सना हुआ था। उसे तलैया में फेंककर वे लोग चले गए।

जयप्रकाश छपाक् से तलैया में कूद पड़ा था। तैरते-तैरते वह पिता के पास पहुँचा। रामबदल का वज़न ज़्यादा था जबकि जयप्रकाश की अभी रेखें भी नहीं भींगी थीं। मगर उस समय उसके भीतर ताक़त का कोई सोता फूट गया था, वह पिता को तलैया से निकालकर बाहर ले आया। उसने पिता को ध्यान से देखा और फूट-फूटकर रोने लगा। अभी भी पिता का शरीर मल से लिथड़ा था। जगह-जगह ख़ून के धब्बे और ज़ख़्म थे। उसने रोते हुए ही तलैया से अँजुरी भर पानी लिया और पिता का चेहरा धुलने लगा। उसने फिर पानी निकाला...। वह पिता के शरीर की सफ़ाई करता जा रहा था और रोता जा रहा था।

जब पिता का शरीर कुछ साफ़ हो गया तो उसने उसे घर ले जाना चाहा। उसने मदद के लिए चारों दिशाओं में देखा, वहाँ कोई मददगार नहीं था। वह क्या करे? कैसे पिता को घर ले जाए? लाचारी से उसने सोचा। कोई युक्ति समझ में नहीं आ रही थी। तभी उसे तलैया में उतराती हुई एक भैंस दिखी। उसकी आँखें चमकीं और वह तलैया में उतर गया। भैंस के पास पहुँचकर उसने उसकी पूँछ को मरोड़ा, पर भैंस पहले की तरह ही अपने में मगन रही। उसने उसके पुट्ठे पर घूँसा मारा। पुट्ठा, थोड़ा फुरफुराया, भैंस थोड़ी सी हिली मगर पुनः पहले की तरह हो गई। वह भैंस के सामने आकर उसकी सींगों को पकड़कर खींचने लगा। भैंस ने गर्दन दाएँ मोड़ ली, बस। हारकर वह भैंस के ऊपर बैठ गया और अन्धाधुँध जहाँ मिला वहीं उसके शरीर पर थप-थप मारने लगा...।

थोड़ी देर बाद भैंस उसे लेकर तलैया में उतरा रही थी। जैसे ही वह किनारे पहुँची, जयप्रकाश कूदकर पीछे आया और भैंस को धक्का दिया। भैंस लड़खड़ाकर तलैया से बाहर आ गई।

काफ़ी मशक़्क़त के बाद उसने भैंस की पीठ पर पिता को लादा और घर की दिशा में भैंस को हाँकने लगा।

भैंस चल रही थी। रामबदल का शरीर हिल रहा था। कभी जब उसका कोई पैर या हाथ या उसकी गर्दन लटककर नीचे गिरने को होती तो जयप्रकाश फ़ुर्ती से वापस भैंस की पीठ पर रख देता। अब उसके आँसू सूख चुके थे और उसका सारा ध्यान इस बात की तरफ़ था कि पिता भैंस से गिर न पड़ें।

वह भैंस को अपने घर की दिशा में ले जा रहा था लेकिन बीच-बीच में भैंस अपने घर की दिशा में मुड़ जाती। तब जयप्रकाश उस दिशा के सामने आकर रास्ता छेक लेता। फिर भैंस उसी के घर की ओर चलने लगती।

आख़िरकार रामबदल, जयप्रकाश और भैंस बस्ती में पहुँच गए। बस्ती में सन्नाटा बिछा हुआ था। सभी घरों में दरवाज़े बन्द थे। सन्नाटा थोड़ी देर उसी तरह क़ायम रहा। फिर सबसे पहले स्त्रियों ने अपने-अपने किवाड़ों से झाँका, उसके बाद बच्चे घरों से बाहर निकले, उसके बाद कुछ बुज़ुर्ग आए और रामबदल को भैंस की पीठ से उतारा गया। अब जाकर जयप्रकाश को पता चला था कि वह तलैया से भैंस की पीठ पर बाप नहीं बाप का शव लेकर आया था।

उसे यह भी पता चला कि कँटीली पत्तियों के रस से उसकी माँ को फ़ायदा नहीं हुआ और वह थोड़ी देर पहले मर चुकी। पता नहीं वह हैजा से मरी या लम्बरदार के यहाँ की बासी-तिबासी दाल खाने से मरी या किसी अन्य वजह से। फ़िलहाल वह मर चुकी थी और मरते समय उसके पास न उसका पति था न बेटा। नितान्त अकेली मौत पाई थी वह। क्योंकि मरते समय उसके पास वह पड़ोसन भी नहीं थी जिसके ज़िम्मे बैदजी की हवेली जाते समय पत्नी की देख-रेख रामबदल ने सिपुर्द की थी। पड़ोसन उस समय जानकी के पास से हटी थी, जब वह जानकी को पानी पिला रही

थी। उसका पति घबराया हुआ आया था तभी, "बैद महराज रामबदलवा को मार रहे हैं और जयप्रकाश को ऐसा पटका कि क्या बताएँ। अब यहाँ रहकर सेवा करोगी तो बैद महराज दुश्मनी मानेंगे। चल निकल चल यहाँ से।" घबराहट से पड़ोसन के हाथ की कटोरी अधिक टेढ़ी हो गई और उसका पानी जानकी के चेहरे पर गिर गया। उसे उसी तरह भीगी-भागी छोड़कर पड़ोसन चली गई। नामालूम जानकी ने अपने चेहरे पर गिर आया पानी पोंछा था या वैसे ही मर गई। यहाँ पर यह भी सोचा जा सकता है कि ऐसा तो नहीं कि जानकी प्यास से मर गई हो।

जानकी और रामबदल की मौत के बाद अब अपने परिवार में केवल जयप्रकाश जीवित था।

जैसा कि जीवित होने पर होता है, वह धीरे-धीरे बड़ा भी होता रहा...। एक दिन लोगों ने देखा, जयप्रकाश की मूँछें आ चुकी हैं। उसके बाज़ुओं पर मछलियाँ बन रही हैं और छाती थोड़ी-सी आगे निकल आई है...।

विचित्र बात यह हुई कि जयप्रकाश की स्मृति में माँ की मृत्यु से अधिक माँ का जीवन बसा था लेकिन पिता के जीवन से अधिक पिता की मृत्यु बस गई थी। पिता की मृत्यु से भी ज़्यादा पिता पर हुआ अत्याचार उसकी स्मृति में भरा हुआ था। पिता की मृत्यु और पिता पर अत्याचार की स्मृतियों के बीच वह सुगन्ध बरसती रहती थी जो अन्त समय के कुछ पहले पिता के शरीर में प्रकट हुई थी।

वह उस ख़ुशबू को भुला देना चाहता था क्योंकि वही उसके पिता की मौत का सलीब बनी थी। लेकिन बार-बार वह किसी न किसी रूप में उसे झकझोर देती थी। वह बड़ा हो चुका था और वक़्त बहुत सारे ज़ख़्मों को भर देता है तथा स्मृतियों को पोंछ देता है। लेकिन उसके साथ अभी भी स्थति यह थी कि यदि कोई ख़ुशबू उसके पास आ जाती तो वह भयभीत होकर उससे दूर हट जाता या उसे ही दूर हटा देता था। उसी तरह जैसे बचपन के दिनों में उसके द्वारा लगाए गए दवाई के पौधों को उसके पिता ने उखाड़ फेंका था। एक बार क़रीब-क़रीब उसी तरह की घटना की आवृत्ति हुई...।

...उसके घर के पास जाने कहाँ से गेंदे के कुछ पौधे उग आए। न जाने कैसे? वहाँ कभी किसी शव से गेंदे के फूल गिरे थे या कोई पुजारी चोरी छिपे उस बस्ती में आया था और फूल घबराहट में गिर गए थे या उस बस्ती की कोई युवती शृंगार के लिए फूल चुराकर आ रही थी, तभी देख लिए जाने पर भागी हो और गेंदें के कुछ फूल गिर पड़े हों। यह भी मुमकिन है कि किसी ने तंत्र-मंत्र करने के इरादे से उस बस्ती पर थोड़े से फूल फेंक दिए हों—जो भी रहा हो। उन फूलों के भीतर छिपे बीज एक दिन जयप्रकाश के घर के सामने किशोर पौधों के रूप में तैयार हो चले थे और पीले-पीले कई फूल खिल गए थे।

जब उसे किसी ने बताया कि उसके घर के पास उगे गेंदे के पौधों में ख़ूबसूरत

फूल उगे हैं तो वह घबराया और बदहवास हुआ जैसे कुछ साल पहले पिता दवाई के पौधों को देखकर हुए थे। वह भी पिता की तरह ही उन पौधों पर टूट पड़ा। कटे नुचे उन पौधों को वह दूर फेंक आया था।

पर अजीब बात हुई कि जाने कहाँ से एक फूल का बीज वहीं छूट गया था जो दो-चार दिनों में मिट्टी की दुनिया में चला गया था और मिट्टी उसे पाल-पोसकर एक दिन बाहर ले आई। इस बार किसी ने जयप्रकाश को ख़बर दी कि उसके घर के पास गेंदे का एक पौधा उगा है। डरा हुआ जयप्रकाश बोला था, "उसमें फूल तो नहीं उगे?"

फूल अभी उगे नहीं थे फिर भी वह दौड़ा। इस बार उसने खुरपी से पौधे को खोदा और उसे जड़ों की तरफ़ से पकड़कर फेंकने के लिए चल पड़ा। वह इस तरह पौधे को ले जा रहा था जैसे किसी मरे हुए साँप की पूँछ पकड़कर फेंकने के लिए ले जा रहा हो।

उस दिन के बाद, बहुत समय तक उसके जीवन में कोई फूल नहीं खिला था। वह अपने को निरापद समझने लगा था। ऐसा लगता था कि फूल, रंग उसकी ज़िन्दगी क्या उसके ख़्वाब में भी नहीं बसते हैं।

लेकिन एक दिन उसने पाया कि रामबदल के शरीर से निकली हुई जिस ख़ुशबू को वह दूर फेंक आया था वह आठ साल देशाटन करने के बाद लौट आई है और उसके आसपास मँडरा रही है। यह वह दिन था जिस रोज़ वह पत्नी को गौना कराकर ले आया था।

संयोग से पत्नी का नाम भी जानकी था जो उसकी माँ का नाम था। ससुराल में जब उसकी पत्नी को लोगों ने जानकी कहकर पुकारा था तो वह चौंक गया था, और माँ याद आकर उसे उदास कर गई थी। किसी ने टोका भी, गवहियाँ का मुँह लटका क्यों है? तब दूसरे किसी ने अन्दाज़ा लगाया कि गवहियाँ का मुँह इसलिए लटका है क्योंकि गवहियाँ को भूख लगी है। परिणामस्वरूप थोड़ी देर में उसके सामने कचालू से भरा एक बड़ा-सा कटोरा आ गया था। यूँ उसे भूख नहीं लगी थी लेकिन सामने कचालू देखकर उसे लगा कि वाक़ई उसे भूख लगी है। उसने कटोरे का सारा कचालू खा लिया। तभी उसे घर के भीतर से किसी स्त्री के खिलखिलाकर हँसने की आवाज़ सुनाई दी। वह अधिक देर उस हँसी पर नहीं टिका, उसने एक गिलास शरबत भी पी लिया। इस खान-पान से वह इतना तृप्त हुआ था कि जानकी नाम की पुकार से उसके भीतर उपजी माँ की याद की उदासी दूर चली गई। वह सोचने में मशग़ूल हो गया कि जानकी को क्या कहेगा? जानकी को जानकी कह नहीं सकता क्योंकि यह उसकी माँ का नाम है। माँ मर गई क्या हुआ, माँ का नाम नहीं मरा था। इसलिए वह जानकी को जानकी नहीं कह सकता था। कोई पूछेगा कि उसकी पत्नी का क्या नाम है, वह क्या बताएगा? शुरू-शुरू में बच्चे भी नहीं रहेंगे कि कहेगा, मेरी घरवाली का नाम मुन्ना की माई है या मुन्नी की अम्मा है।

तब वह जानकी का कोई नया नाम रखे। क्या रखे? उसने सोचा, जानकी का उल्टा क्या बनेगा और पाया कि जानकी का उल्टा होगा—कीनजा। यह तो ठीक नाम नहीं बना। फिर उसने पहला अक्षर हटाकर नाम को छोटा किया—नकी। यह मुसलमानी नाम हो गया। अब उसने बीच का 'न' हटाया—जाकी। ये भी कुछ-कुछ मुसलमानी या किरस्तानी जैसा लगता है, नहीं चलेगा। तब उसने अन्त का 'की' हटाया, अब बचा—'जान'। उसके होंठ प्रसन्नता, लाज और अजीब से आवेग के साथ फड़कने लगे। वह मन-ही-मन बुदबुदाया, "मेरी जान मैं तुम्हें 'जान' कहूँगा।"

मगर जब जान को विदा कराकर अपने गाँव लाया तो उसने जान को जान कहकर नहीं पुकारा। उसने उसको 'ये,' 'वो,' 'हे' इत्यादि अक्षरों से सम्बोधित किया। जब एकान्त पाकर उसने जान का घूँघट उठाकर जान का मुखड़ा देखा तब तो वह 'ये', 'वो,' 'हे' इत्यादि भी नहीं कह सका। उसकी वाणी मूक हो गई थी और आँखें जड़। उसे कुछ सुनाई भी नहीं दे रहा था, बस चारों ओर सन-सन सा लग रहा था। वह इतना आकर्षणबिद्ध हो गया था कि जान को रात में खिलाने के लिए कोस भर दूर स्थित बाज़ार से बालूशाही ख़रीद लाया था। ज़िन्दगी में उसने पहली बार बालूशाही ख़रीदी थी, बल्कि उसने पहली बार कोई मिठाई ख़रीदी थी। दुकान पर जाकर उसने पूछा था, "दो बालूशाही कितने में मिलेगी?"

"आठ आना में।" दुकानदार ने बताया था।

वही दोनों बालूशाही रात में उसके पास थी। लेकिन जान ने उन्हें खाने से इन्कार कर दिया।

"मैं तो न खाऊँगी।"

"अरे कभी खाई न होगी, खाकर तो देखो।"

"ऊँ हूँ।" जान ने इन्कार में गरदन हिलाई।

"ये कोई गट्टा बताशा नहीं है, बालूशाही है बालूशाही। बहुत महँगी है, अठन्नी में दो।"

"पर मैं तो न खाऊँगी बालूशाही।"

"तो क्या खाओगी?"

"मैं तो कचालू खाऊँगी कटोरा भर कर।" और जान खिलखिलाकर हँस पड़ी थी।

यह वही खिलखिलाहट थी जिसे उसने ससुराल में कटोरा भर कचालू खा जाने के बाद सुनी थी। उस समय उसने उस हँसी को तवज्जो नहीं दी थी मगर इस वक़्त खिलखिलाती हुई जान को देखकर वह सुधबुध खो बैठा। उसे लगा, सारी दुनिया में केवल और केवल—हर जगह बस हँसती हुई 'जान' है।...तभी वह गन्ध टकराई थी। वह गन्ध प्रकट हुई थी अथवा उसकी तीव्र स्मृति—लेकिन यह ज़रूर था कि वह गन्ध जयप्रकाश को बहुत पास महसूस हुई। वह जान के बहुत पास खिसक गया फिर जान को भी अपने पास खींचा लेकिन उसने पाया, वह गन्ध जान के शरीर से नहीं निकल रही थी। शायद वह गन्ध नहीं, उस गन्ध की स्मृति ही थी जो उसके भीतर

अपने को जगाकर चली गई थी। जयप्रकाश बेचैन हो गया था। सारी रात वह जान के शरीर में आठ वर्ष पहले की उस विलक्षण ख़ुशबू को ढूँढने का यत्न करता रहा।

सच है कि जान के शरीर से भी एक अनोखी महक निकलकर फैल रही थी जो जयप्रकाश को मतवाला कर दे रही थी। यह भी सच है कि इस अनोखी महक के साथ-साथ जान के शरीर में कई अवान्तर महकें भी थीं लेकिन इनमें से कोई भी हज़ार ख़ुशबुओं की एक उस ख़ुशबू की बराबरी नहीं कर सकती थी जो आठ वर्ष पहले उसके पिता रामबदल में बस गई थी।

अगले दिन उसमें इच्छा पैदा हुई कि वह उस पेड़ या पौधे को ढूँढे जो इस महक का जनक था। उसने सोचा कि ख़ुशबू को पहले अपनी उँगली के पोर पर बहुत ज़रा सा लगाकर जान से कहेगा, "सूँघो।" जब जान कहेगी कि उसे भी यह ख़ुशबू चाहिए तब वह कहेगा, "सोच लो, ये ख़ुशबू चाहिए या कटोरा भर कचालू।" और मुस्कराते हुए वह उस ख़ुशबू की पूरी शीशी जान को दे देगा।

मगर वह जानता था कि यह असम्भव काम है। ऐसा सपना है जिसे सच नहीं होना है। और धीरे-धीरे वह ख़ुशबू फिर उससे दूर चली गई या वह ही उस ख़ुशबू से दूर हो गया था।

वह अपने वर्तमान में रम चुका था। जान के शरीर में बसी महक ही उसे ज़िन्दगी की सबसे बड़ी नियामत लगने लगी। जब कुछ समय बाद जान के प्रति उसकी आतुरता मद्धिम पड़ी तब तक उसके कटोरा और कोमल बेटी-बेटा हो चले थे। अब उसके जीवन में बच्चों की यह नई ख़ुशबू थी। वह और जान जी भर कर मेहनत करते थे, कमाते थे और बच्चों को पाल रहे थे। दोनों बच्चे स्कूल भी जाते थे और पढ़ने में अच्छे थे। कटोरा तो बहुत ही अच्छी चल रही थी पढ़ाई में।

उसी कटोरा बिटिया के मार्फ़त कई साल बाद वह महक—वह कई साल पुरानी—रामबदल के शरीर में बस गई वह अलौकिक महक—जयप्रकाश के घर पर मँडराने लगी...।

जब कटोरा पैदा हुई थी, उस समय वह मालिक के यहाँ बैलों को सानी दे रहा था। यह मालिक बैदजी नहीं एक वकील साहब थे। वकील साहब ने ही उसे बिटिया होने की ख़बर दी। मालिक ने ठिठोली की थी, "बेटा तो तुमको पैदा ही करना पड़ेगा जयप्रकाश, नहीं तो तुम्हारे बाद तुम्हारी बिटिया हमारे यहाँ हलवाही करेगी नहीं।" वह हँस पड़े, "यह पहलौठी है, चलो बिटिया ही सही।" उसे इस शुभ अवसर पर पाँच पसेरी गेहूँ, दो पसेरी धान और चार भेली गुड़ मिला था।

वह इन सबको लेकर चलने लगा तो मालकिन ने रुकने का इशारा किया और भीतर चली गईं। लौटीं तो उनके हाथ में मिस्र धातु फूल का एक कटोरा था। उन्होंने उससे कहा, "ले, इसी में अपनी बिटिया को भात खिलाया करना।"

वह अवाक था। प्रसन्नता से उसकी वाणी अवरुद्ध हो गई थी। आज पहली बार

जस्ते के अलावा अन्य किसी चीज़ का बरतन उसके घर में दाख़िल होने जा रहा था। उसके पास बिना मजूरी का पाँच पसेरी गेहूँ, दो पसेरी धान, चार भेली गुड़ और एक फूल का कटोरा था। ऐसा तों उसने कभी सपना भी नहीं देखा था।

मालिक के यहाँ से लौटकर वह जब घर पहुँचा तो विलक्षण ख़ुशी और मद से भरा हुआ था। कटोरा पीछे छिपाकर वह जान के पास आया और अनाज नीचे रख दिया। खटिया पर बिछे पुआल पर जान थी और उसके बगल में नवजात बिटिया थी। जान का चेहरा उदास था। वह मुस्कराया, पर जान नहीं मुस्कराई। वह हँसा, पर जान नहीं हँसी। उसने बिटिया की तरफ़ देखकर आँखें मटकाईं, जीभ निकाला, दाँत दिखाया पर जान कुछ न बोली। तब उसने जान से कहा, "बिटिया होने पर मालिक के यहाँ से पाँच पसेरी गेहूँ, दो पसेरी धान, चार भेली गुड़ मिला है।" जान हल्का-सा, बहुत ज़रा-सा मुस्कराई। वह उत्साहित हुआ, "एक और बहुत बढ़िया चीज़ मालिक के यहाँ से मिली है।"

"क्या?" अब जान बोली।

"बूझो।"

"तरकारी?"

"नहीं।"

"दाल?"

"न।"

"कडुवा तेल?"

"नहीं रे।"

"कोई उतारन?"

"नहीं।"

"तब तुम्हीं बताओ।"

"हारी मानती हो।"

"हारी।"

जयप्रकाश ने किसी जादूगर की तरह पीछे छिपे हाथ को आगे लाकर कटोरा लहराया। वह उस कटोरे को सिर पर टोपी की तरह रखकर ठुमक-ठुमक नाचने लगा।

जान हँस पड़ी।

नाच ख़त्म करने के बाद उसने कटोरा खोपड़ी से उतारकर जान की गोद में रख दिया।

जान के चेहरे पर अद्भुत चमक उमड़ी। ख़ासतौर पर आँखों में। उसने कटोरे को बड़े प्यार से छुआ। क़रीब उतने प्यार से जितने प्यार से अपनी बिटिया को पहले-पहले छुआ था। वह कटोरे को घुमा-फिरा कर देखने लगी।

"देख क्या रही हो, फूल का है फूल का।"

"फूल का! हे हम अपनी बिटिया का नाम फूल रख दें। फूल कुमारी।"

"फूल! नहीं...नहीं...।" जयप्रकाश घबरा गया, "फूल नाम बहुत ख़तरनाक है।"

"तब कोई और नाम सोचो।" जान ने ठंडी साँस भरकर कहा।

उस वक़्त उसने जान को कोई और नाम नहीं बताया लेकिन जब क़रीब साल भर बाद घर में पतीली में भात पका और उसका माड़ उसी फूल के कटोरे में रखकर बिटिया को पिलाया जाने लगा तो वह चिल्लाया, "अरे सुन रे सुन। बिटिया का नाम सूझ गया...। इसका नाम कटोरा...।"

जान हँसने लगी...। बिटिया को हाथों के पालने में झुलाते हुए बोली, "का हो कटोरा।" उसने बिटिया को चूमा, "हमार कटोरा रे।"

सुबह जब वह कटोरे को साफ़ कर रही थी तो जैसे अपनी बिटिया को नहला रही थी...।

लेकिन फूल के कटोरे और जान की कटोरा सचमुच एक जैसे थे नहीं। फूल का कटोरा उतना ही बड़ा हमेशा रहा, जबकि जान की कटोरा बड़ी होती गई। फूल का कटोरा आवाज़ करना जानता था लेकिन भाषा से अनभिज्ञ था। इधर जान की कटोरा भी शुरू-शुरू में आवाज़ करती थी पर जल्दी ही उसके पास भाषा हो गई। कहाँ तक मुक़ाबला करता यह कटोरा उस कटोरा से। वह कटोरा तो स्कूल जाने लगी और तवे पर रोटी डालना भी सीख गई। थोड़े समय बाद वह पहली कक्षा में पास हो गई और चूल्हों की आग में रोटी भी सेंकने लगी।

एक दिन कटोरा पाँचवीं कक्षा में पढ़ने लगी तब उसने जयप्रकाश से पूछा, "बाबू बाबा कैसे मरे थे?"

"तुमसे क्या मतलब कि बाबा कैसे मरे थे? फ़ालतू बातें दिमाग़ में मत लाया कर।" जयप्रकाश ने डपटकर बिटिया को चुप करा दिया था।

लेकिन अगले कुछ समय बाद कटोरा ने नया सवाल किया, "बाबू इ जो बैदजी हैं, बाबा को क्यों मारे थे? ये बाबा के मुँह में पेशाब कर दिए थे? गन्दगी में लथेड़े गए थे बाबा? क्या किए थे बाबा?"

जयप्रकाश ने तेज़ झापड़ कटोरा के गाल पर मारा। जान चिल्ला उठी, "कसाई, बिटिया पर हाथ उठाता है।" फिर वह कटोरा पर झपटी, "तुझे ये सब कौन बता रहा है?" वह ज़ोर से चीख़ी, "कौन बता रहा है बोल?" वह इतना तेज़ चीख़ी थी कि पास में खड़ा कोमल डर के मारे रोने लगा था। जान ने उसे एक घूँसा लगाया और कटोरा से बोली, "बता दे तुझे किसने ये सब बताया, नहीं तो आज तेरी ख़ैर नहीं।"

कटोरा को लगा, अम्मा बहुत ग़ुस्से में है। इतने ग़ुस्से में कि उसने जवाब न दिया तो मार डालेगी या ख़ुद मर जाएगी। उसने बतलाना शुरू किया...।

...हुआ यह था कि स्कूल में डिप्टी साहब का दौरा था। क्लास में डिप्टी साहब ने तीन सवाल बैदजी की पोती से किए, वह किसी का जवाब न दे सकी। फिर उन्होंने कहा, "जो-जो बच्चे इन सवालों का जवाब दे सकते हैं, हाथ उठाएँ।" केवल कटोरा ने हाथ ऊपर किया। डिप्टी साहब ने पूछा, "तुम्हारा नाम?" कटोरा बोली,

"कटोरा।" सब बच्चे हँस पड़े। डिप्टी साहब भी। जब कटोरा ने सभी सवालों के सही जवाब दिए, तब भी डिप्टी साहब हँस पड़े, लेकिन यह जुदा ढंग की हँसी थी। वह ख़ुश थे। वह कटोरा के पास तक आए, "शाब्बास।" तुम बहुत अच्छी तरह पढ़ रही हो। इसी तरह मेहनत से पढ़ती रहो, ख़ूब आगे जाओगी।" यह बात उन्होंने पूरी कक्षा के सामने कही थी, अतः उनके जाने के बाद कटोरा इतराने लगी थी। छुट्टी होने तक तो उसकी चाल भी बदल गई थी। कभी वह धीमे चलने लगती, कभी तेज़, कभी फिर धीमे। शायद वह तय नहीं कर पा रही थी कि मौजूदा उपलब्धि के बाद उसे किस तरह चलना चाहिए।

स्कूल से घर का रास्ता लम्बा था, जिस पर चलते हुए वह अपनी नई चाल खोज लेने को आतुर थी। तभी...उसी समय बीच रास्ते में कुछ बच्चों ने उसे घेरकर नीचे गिरा दिया और लात-घूसों से मारने लगे। बैदजी की पोती बोली, "कुतिया डिप्टी साहब के सामने अपनी औक़ात भूल गई...। अरे मेरे बाबा ने तेरे बाबा के मुँह में मूता था, गू में लथेड़ा और मारकर तलैया में फेंक दिया था...।"

एक लड़का बोला, "इस साली की भी वही गति होगी।"

कटोरा मार नहीं महसूस कर रही थी न बचाव का कोई रास्ता ढूँढ रही थी। उसके दिमाग़ में बस अपने बाबा और बैदजी डोल रहे थे...।

यह सब कटोरा से सुनकर जयप्रकाश और जान सन्न रह गए। दोनों प्यार, करुणा और भय से कटोरा को देखते रहे। वे कुछ बोलने की स्थिति में नहीं थे, न उन्होंने कुछ बोला। उस रोज़ कटोरा का प्रश्न अनुत्तरित रह गया था...।

जल्दी ही कटोरा ने जयप्रकाश के सामने नए सवाल का विस्फोट किया,"बाबा के बदन में कोई बहुत अच्छी महक पैदा हो गई थी? कैसी थी वह महक?"

जयप्रकाश चौंक गया। उसे उस पुरानी महक की आहट महसूस हुई। उसे लगा, उसकी परछाई अभी आई थी और यहीं कहीं ओट में छिप गई।

"बाबू वो महक हमें भी चाहिए। हमारे अन्दर कैसे पैदा होगी वो? उस महक को लेकर हम स्कूल जाएँगे।"

जयप्रकाश धीरे-धीरे फटी हुई आवाज़ में बोला, "वह महक जंगल में तुम्हारे बाबा को मिली थी।"

"तो हमको भी जंगल से ला दो वह महक। उसको लगाकर मैं स्कूल जाऊँगी।"

तब तक बाहर से जान की आवाज़ आई, "कटोरा...जा मालिक के यहाँ दुआर बुहार आ...।"

कटोरा जाने लगी लेकिन उसने जाते-जाते भी कहा, "बाबू जंगल जाकर वो महक ले आना।"

कटोरा के चले जाने पर वह अकेला रह गया। वह जहाँ खड़ा था, वहीं उँकड़ूँ बैठ गया। उसने चेहरे को हथेलियों से ढँक लिया और सोचा, "कटोरा की इस ज़िद का मतलब क्या है? ये तो कभी कुछ माँगती नहीं थी, छुटपन में भी नहीं। हमने अपनी

तरफ़ से भी इसके लिए कभी कुछ नहीं किया। फिर यह उम्मीद क्यों कर रही है, वह भी ऐसी चीज़ की।" उसे कटोरा पर दुलार आने लगा, "आज यह पहली बार कुछ माँग रही है। कोमल के लिए तो काफ़ी कुछ किया है हमने। कोमल जब छोटा था और रोता था तो उसे चुप कराने के लिए, बाँस की सटकनी से थाली बजाने लगता था मैं। कभी-कभी ढेले से गगरी बजाता था। एक बार गगरी बजाकर मैंने एक पूरा गाना ही गाया था। कोमल को मेले से दो बार पिपिहरी और एक बार फिरकी ख़रीद चुका हूँ, मगर कटोरा को? आज तक कोई खेलने का सामान नहीं ख़रीदा उसके लिए। कोमल को मैंने बचपन में मिट्टी के आम बनाकर दिया था। मिट्टी की थाली, मिट्टी की तलवार और मिट्टी का ही लड्डू बनाकर दिया था। जान भी जब रोटी सेंकती थी तो कभी कभार गुँथे हुए आटे से चुटकी भर निकालकर कोमल के लिए चिड़िया बना देती थी। किसी-किसी रोज़ वह आटे की मूँछ बनाकर कोमल की नाक के नीचे चिपका देती लेकिन कटोरा के लिए वह बाज़ार, मेला से कभी इस तरह की खेलने की चीज़ लाया न मिट्टी का खिलौना बनाकर दिया और न जान ने गुँथे आटे की मूँछ बनाकर कटोरा की नाक के नीचे चिपकाई। ठीक है कटोरा लड़की जात ठहरी जिसके मूँछ नहीं होती लेकिन जान उसकी नाक पर आटे की कील तो चिपका सकती थी, कानों में आटे का बुन्दा पहना सकती थी। चाहती तो गले में आटे की माला पहना देती। ठीक है कि माला में ज़्यादा आटा ख़र्च हो जाता। उतने में एक रोटी बन जाती। लेकिन क्या हुआ, एकाध बार तो एक रोटी की भूख भी बिटिया के लिए सही जा सकती थी। पर जान को अकेले क्यों ग़लत ठहराए, उसने और जान दोनों ने कटोरा के साथ भेद किया है। हम दोनों ही उसके दोखी हैं।"

वही कटोरा अब वह महक माँग रही है, जिसकी वजह से उसके बाबा की मौत हुई थी। मौत क्या क़त्ल हुआ था। जयप्रकाश को खटका हुआ, कहीं ऐसा तो नहीं कि भूत-वूत लग गया हो कटोरा को? और वही ख़ुशबू माँग रहा है कटोरा की ज़बान से। वह चिन्तित हो गया कि इसी उमर में बिटिया को भूत-प्रेत लग गया तो क्या होगा? वह परेशान होकर जान के पास जाने के लिए उठा।

उस समय जान नहाकर कोठरी में घुस रही थी, वह भी कोठरी में घुसा। जान में अभी जान थी। नहाकर उसने अपनी साड़ी को अपने स्तनों पर इस तरह बाँधा था जिस तरह एक दौर में फ़िल्म अभिनेत्री बैजयन्ती माला ने बाँधा था और उसके बाद के दौर में मुमताज ने बाँधा था। उसके बाद तो श्रीदेवी ने और इधर की कई अभिनेत्रियों ने बाँधा, उदाहरणार्थ अमीषा पटेल और प्रीति जिन्टा ने बाँधा। इन अभिनेत्रियों को देखकर किसी के मन में कुछ आया हो या ना आया हो लेकिन उन्हीं की शैली के परिधान में जान को देखकर जयप्रकाश के मन में ज़रूर कुछ आया। जान जब कोठरी में घुसी थी तो उसके बाल सूखे थे और बँधे थे जबकि स्तन अधखुले थे। इसी समय जयप्रकाश के मन में बवंडर आया था जिसकी चपेट में फँसकर जान खटिया पर गिर पड़ी। थोड़ी देर बाद जब बवंडर का हमला थमा तो जान को लगा,

उसका नहाना-धोना सब ख़राब हो गया। उसकी इच्छा हुई कि उठे और फिर नहा ले। मगर वह बेइंतिहा आलस और थकान से भर गई थी। इसलिए वह उसी तरह लेटी रही। लेटे-लेटे ही उसने सुना कि जयप्रकाश कह रहा है, "बड़ी चिन्ता हो रही है कि कटोरा को कहीं..."

"क्या हुआ?" जान जयप्रकाश की बात को बीच में ही काटकर बोली।

"कटोरा बड़ी जिद्द कर रही है कि कटोरा को वो महक चाहिए जो मरने के पहले काका के बदन में पैदा हो गई थी। हमको शक हो रहा है कि कहीं उसको काका का भूत-वूत तो नहीं पकड़ लिए है।"

जान ने कुछ नहीं कहा तो जयप्रकाश कहने लगा, "अब तुम्हीं बताओ, जो लड़की आज तक किसी चीज़ के लिए जिद्द न किए हो वह एक दिन एकाएक इस तरह की चीज़ माँगने लगे...तुम मानो न मानो, इसे ज़रूर ही काका का भूत लगा है।"

"नहीं मुझे तो ऐसा नहीं लगता।"

"क्यों?"

"क्यों का क्या मतलब?" जान अचानक फ़ुर्ती से पलटी और उसके ऊपर आ गई। जयप्रकाश को लगा, थोड़ी देर पहले उसके भीतर उठा बवंडर जान के भीतर पहुँच गया क्या? उसने जान के चेहरे को अपनी अँजुरी में रखकर पूछा, "ये मेरे ऊपर क्यों लद गई?"

"तुमसे एक बात कहने के लिए।"

"क्या?"

"कि मुझको भी काका का भूत लग गया है...मुझको भी वो महक चाहिए।"

"तुम क्या करोगी?"

"उसको लगाकर मैं गाँव में घूमूँगी और दूर-दूर तक के गाँवों में महकूँगी।"

"अरे...क्या कटोरा तुमसे बात कर चुकी है?"

"नहीं तो। तुम्हारी माँछु (क़सम)।" उसकी हैरानी देखकर जान सच-सच बोली।

"तो तुमने ही अपने चक्कर में कटोरा को बरगलाया है।"

"दई हमको दुनिया से उठा ले जो इस बारे में कटोरा से हमारी कोई बात हुई हो।"

"फिर कैसे दोनों एक ही तरह की बात बोली?" जयप्रकाश पशोपेश में पड़ गया।

"होता है कभी-कभार।" जान ने समझाया, "कई बार ऐसा हुआ है। एक बार रोटी के साथ तुम्हारा पियाज खाने का मन हो रहा था, तुम्हारे बिना बताए मैंने पूछ लिया था कि पियाज लोगे। तुम्हीं ये बात बोले थे। यह भी कि एक बार तुम्हारा माथा दरद कर रहा था, इस बात को जाने बिना मैंने तेल ठोंकना शुरू कर दिया था। और अब मैं भी क़बूल करती हूँ कि पिछले महीने जब तुम बाज़ार गए थे तो मैं सोच रही थी कि किसी दिन घुइयाँ की तरकारी खाने को मिलती, और तुम लौटे तो गजब, घुइयाँ लेकर आए थे...। तो इस तरह हो जाता है कि किसी दिन एक ही बात दो लोगों के मन में आ जाए।"

"तो क्या कह रही हो, मैं कहाँ से लाऊँ वह महक। वह कहीं रखी तो है नहीं कि उठा लाऊँगा। मुझे तो यह भी नहीं पता कि वह किस पेड़ या पौधे में है। फूल में है कि फल में है। पत्ती में है कि तने में है...।"

"इतना तो मालूम है कि वह जंगल में है।"

और जंगल में उस ख़ुशबू की खोज अब पहले जैसी ख़तरनाक नहीं थी, क्योंकि बैदजी का रुआब पहले जैसा नहीं रहा था। उनकी पोती ने कटोरा को पीटा था, गाली दी थी सच है, लेकिन यह भी सच है कि बैदजी के पास अब वैसी सत्ता नहीं बची थी कि किसी को रामबदल की तरह की सज़ा दें। उनका बड़ा बेटा एक क़त्ल के मामले में जेल की चक्की पीस रहा था। छोटे ने दो साल पहले ख़ुदकुशी कर ली थी। चार बेटियों के दहेज़ में उनकी काफ़ी दौलत फुँक गई थी। रही-सही क़सर पूरी कर दी उनकी और पत्नी की बीमारियों ने। बैदजी को हृदयरोग हुआ और उन्हें दिल्ली जाकर ओपनहार्ट सर्जरी करानी पड़ी थी। इसी तरह पत्नी की दोनों किडनियाँ ख़राब हो गई थीं। नई किडनी के प्रत्यारोपण के लिए वे लोग हैदराबाद गए थे। इसके बावज़ूद पत्नी अधिक दिन नहीं चलीं। उनके अन्तिम संस्कार में बैदजी को कई गाँव को खाना भी खिलाना पड़ा था। इस तरह बैदजी की आर्थिक मज़बूती की कमर टूट गई थी। न केवल आर्थिक मज़बूती की कमर टूटी थी, उनकी ख़ुद की कमर भी टूट चुकी थी। ऑपरेशन से खड़े तो हो गए थे लेकिन भचक-भचक कर चलते थे। न केवल कमर टूटी थी बल्कि उनके दाँत भी सारे टूट गए थे और डेंचर उन्होंने लगवाया नहीं था। दाँत और कमर ही नहीं, बैदजी के मनोबल, कायाबल आदि भी टूट चुके थे। उनकी आँखें भी अब मुलमुलाती ज़्यादा थीं देख बहुत कम पाती थीं। बैदकी अब चलती नहीं थी क्योंकि उनकी और पत्नी की बीमारियों में उनके बैदकी इलाज की नाक़ामयाबी से उनकी कीर्ति में बट्टा लग गया था। दूसरे इन वर्षों में एकाएक आसपास अनेक मेडिकल स्टोर खुल गए थे। स्वयं गाँव के दसवीं, बारहवीं फेल पाँच लड़कों ने नज़दीक की बाज़ार में अपना-अपना मेडिकल स्टोर खोला था और वे आला लगाकर, इन्जेक्शन चोंक कर डॉक्टरी भी किया करते थे। मरीज़ों के लिए बैदजी से अधिक वे विश्वसनीय हो गए थे।

बैदजी का गाँव में अब भी जो थोड़ा रुतबा बचा था तो अपनी वजह से नहीं, अपने उस क़ातिल बेटे के कारण जिसने दिन दहाड़े भरे बाज़ार में क़त्ल किया था। उसके आतंक का लाभ बैदजी को इतना ही मिल रहा था कि अब भी कोई उनके बाग़ीचे से फल और खेत से गन्ने नहीं तोड़ता था और कोई उन्हें अबे-तबे नहीं कहता था। बस इतना ही।

इन सबके अलावा ख़ास बात, बैदकी न चलने के कारण अब बैदजी का जंगल से कोई सम्बन्ध नहीं रह गया था। इसलिए जंगल में उस महक की तलाश में अब बैदजी से कोई ख़तरा न था।

जंगल में जयप्रकाश कई वर्षों बाद गया था। पुराना जंगल उसे नया-नया सा लग रहा था। लेकिन जंगल उसे बहुत पुराना भी लग रहा था। अब बहुत सारे नए वृक्ष उग आए थे। ढेर सारे नए पौधे, नई झाड़ियाँ। नए फल और नए फूल और नई पत्तियों से सँवरा हुआ था जंगल। लेकिन असंख्य वृक्षों की ऊँचाई बेतहाशा बढ़ गई थी। उनके तने खूब मोटे हो गए थे। जो कभी टहनियाँ थीं अब वे डालें हो गई थीं।

जयप्रकाश के मन में सबसे पहला ख़्याल यह आया कि वह अपनी जेबों को मीठे, खट्टे, खटमिट्टे फलों, फूलों और बीजों से भर ले। वह मुस्कराया था और उसे रामबदल याद आ गया था। वह उदास हो उठा था। उसे लिथड़े हुए, तलैया में फेंके हुए, भैंस पर लदे हुए पिता के दृश्यों ने घेरा और अन्त समय की माँ प्रकट हो उठी उसके अन्दर। उसने अवसाद से भरकर एक बार जंगल को दूर-दूर तक देखा...।

तभी वह पुरानी महक मँडराने लगी...। वह जल्दी से एक झाड़ी में घुस गया था और एक फूल को मसलने लगा था। उसने उँगलियों में लिपट आए उसके रस को सूँघा...।

वह जंगल में घुसकर कहीं से भी उस महक को तलाशने लगता था। इससे वह कई बार भटक जाता, जिन हिस्सों को वह तलाश चुका होता था, फिर उन्हीं में उस ख़ुशबू को ढूँढने लगता था। क्योंकि जंगल के बहुत से इलाक़े एक जैसे थे। उसे लगा कि यह तरीक़ा ठीक नहीं। घूम-फिर कर फिर उसी जगह पहुँच जाता है और मेहनत अकारथ चली जाती है।

उस दिन वह जंगल से सीधे घर नहीं, बाज़ार पहुँचा। दुकानदार से डोरी माँगी। लाल रंग की डोरियाँ लेकर वह घर लौटा।

अगली बार अभियान के लिए उसने जिस जगह को चुना, कार्रवाई पूरी कर लेने के बाद वहाँ के आख़िरी पेड़ की कमर में लाल डोरी बाँध दी, ताकि शिनाख़्त हो सके कि यहाँ तक वह महक को तलाश चुका है। मगर दुबारा वहाँ गया तो परेशान हो गया। लाल डोरी दिख नहीं रही थी। पेड़ की कत्थई छाल में लिपटी डोरी का लाल रंग विलीन हो गया था। तब वह फिर बाज़ार गया था। खड़िया लाया। अगली बार उसने जंगल से लौटते वक़्त आख़िरी पेड़ के तने पर खड़िया से एक बड़ा-सा गोला बना दिया।

गोला खींचने के पहले वह हिचका था। दरअसल पहले उसकी समझ में नहीं आ रहा था कि पेड़ के तने पर क्या बनाए? उसके मन में पहला विचार तो यही आया कि पिता को बना दे। पिता को चित्रित करने का इरादा करने पर पशोपेश में पड़ गया कि पिता को किस मुद्रा में बनाए? इच्छा हुई, पिता के उस क्षण को उकेरे जब वह भैंस पर लटके हुए थे। किन्तु ऐसी चित्रकला उसके लिए सम्भव नहीं थी। क्योंकि माहिर तो दूर, वह मामूली चित्रकार भी नहीं था।

अत: जयप्रकाश ने पेड़ के तने पर गोला बनाया।

वह भैंस पर लिटे लटके अपने पिता का चित्र पेड़ के तने पर नहीं बना पाया था

तो क्या हुआ। उसके अन्दर गोलेवाले पेड़ की तरह का ही एक पेड़ उग आया था। बल्कि गोलावाला पेड़ उसके भीतर के पेड़ का अक्स लगने लगा था। भीतर का पेड़ असली हो गया था और आँखों के सामने का पेड़ नक़ली। यहाँ तक कि उसकी आँखें भी भीतर की आँखों की प्रतिलिपि हो चुकी थीं। उसने भीतर की आँखों से भीतर के पेड़ को देखा, उस पेड़ के तने पर गोला नहीं भैंस पर लिटा लटका रामबदल बना था। अब उसने बाहर की आँख से बाहर के पेड़ के तने को देखा। उन आँखों को भी गोला बिलकुल गोला नहीं लगा। लगा कि गोला, गोला नहीं, भैंस पर लिटा लटका जयप्रकाश का बाप रामबदल है।

अगली बार जब वह जंगल पहुँचा तो फिर परेशान हुआ, वह गोला मिट चुका था। हालाँकि उसके भीतर के पेड़ के तने पर बना भैंस पर लिटा लटका उसका बाप नहीं मिटा था।

पर समस्या थी कि वह फिर भटक गया था। उसने पिछली बार जंगल में कहाँ तक उस महक को खोजा था, पहचान नहीं पा रहा था।

पुनः उस दिन वह उल्टे पाँव चला आया था। लेकिन उसी दिन थोड़ी देर बाद वह फिर जंगल गया था। इस बार उसके पास सफ़ेद डोरियाँ थीं। थोड़ी मोटी और चपटी। उस रोज़ उसने आख़िरी पेड़ की कमर पर एक मोटी और चपटी डोरी बाँधी थी।

आज भी अभियान ख़त्म हो जाने पर उसने आख़िरी क़तार के एक पेड़ की कमर पर सफ़ेद डोरी बाँधी। उसके बाद झोले से गमछा निकालकर पसीना पोछा। फिर उसने गमछा झोले में नहीं, कन्धे पर डाल लिया। डोरी का बंडल झोले में रखकर वह प्रस्थान के लिए तैयार हुआ।

उसे कामयाबी नहीं मिली थी। कामयाबी उतनी दूर थी जितनी पहले। और वह हमेशा की तरह बेहद क़रीब भी थी, जैसे पहले थी। हो सकता है कि कल वह जिस पेड़ से शुरुआत करे उसी के फूल में या पत्तियों में या उसकी छाल के भीतर वह छुपी हो, और प्रकट हो जाए। कौन ठीक, अभी रास्ते में ही किसी पेड़ से कोई फूल टूटे और उसके गमछे पर आ गिरे, वह वही हो जिसमें वह महक बसती है। यह भी मुमकिन था कि साल दर साल बीत जाएँ और सबसे आख़िर में जो वृक्ष बचे, उसमें वह महक निवास करती हो। इस तरह वह ख़ुशबू बहुत दूर थी और बहुत पास भी थी, जिसे कटोरा चाहती थी, और जिसे कई महीनों से जयप्रकाश ढूँढ रहा था।

वह जंगल से बाहर आया। उसे याद हुआ, यही वह जगह है, जहाँ उसने कभी रामबदल से कहा था, "काका...काका...तुम्हारे बदन से ख़ुशबू आ रही है।" वह कोमल जितना बड़ा रहा होगा तब। उसी समय उसकी आँखों के सामने कोमल का चेहरा घूमा। वह मुस्कराया, "आज अख़बार देखकर पगलाया हुआ था वह। अरे फ़ोटू छपी है तो छपी है। क़तल-डकैती के मामले में तो छपी नहीं है।"

तभी कोमल सुबह की तरह ही तेज़-तेज़ चलता प्रकट हुआ। इस दफा उसके

पास कोई अख़बार न था। लेकिन वह सुबह की तरह ही ख़ुशी से लबरेज था..। साँस फूल जाने के कारण वह ठीक से बोल नहीं पा रहा था..., "बाबू...बाबू...।"

"क्या हुआ? फिर कोई फ़ोटू छपा है?"

"फ़ोटो नहीं बाबू...माल मिलनेवाला है, माल।" वह तर्जनी उँगली पर तेज़ गति से अँगूठा फेरने लगा, जैसे जल्दी-जल्दी रुपए गिन रहा हो, "कई लोग आए हैं घर पर...मोटर से हैं...बहुत मस्त बात है...माल मिलेगा बाबू...।" उसकी जीभ बोलते समय लटपटा जा रही थी। आँखों में अजीब-सा उन्माद चमक रहा था।

"क्यों रे, पगला गया है क्या?"

"नहीं बाबू। सही कह रहा हूँ...।" वह इतने उत्साह में आ गया कि बाप से हाथ मिलाने लगा। उसने जयप्रकाश के हाथ को अपनी दोनों हथेलियों के बीच दबाकर ज़ोर से हिलाया, "बाबू हाथ मिलाओ...कितनी ख़ुशी की बात है।"

जयप्रकाश को यह गुस्ताख़ी बरदाश्त न हुई कि बेटा उससे हाथ मिलाने लगे। उसने अपना हाथ छुड़ाकर एक ज़ोर की लात कोमल को मारी, "ससुर ये क्या माल-माल की रट लगाए हो।"

लेकिन कोमल झूठ नहीं बोल रहा था। जयप्रकाश की ग़रीबी ग़ायब होने के आसार दिखने लगे थे। अख़बार में छपी रवि कुमार की रिपोर्ट अपना असर दिखा रही थी...।

जयप्रकाश और कोमल घर पहुँचे। छोटा-मोटा मेला लगा हुआ था। बस्ती के मैले कुचैले बच्चे वहाँ खड़ी मोटरों के चारों तरफ़ मँडरा रहे थे। गाँव के बड़े बुज़ुर्ग भी आ गए थे और शहरी मेहमानों से बातें करने की कोशिश कर रहे थे। वैसे मेहमान यही चाहते थे कि गाँववाले उनसे सटने-लसने की हिमाकत न करें। उनके सरोकार और उनकी दिलचस्पी महज़ जयप्रकाश में थी। जयप्रकाश में भी नहीं, बल्कि उसकी उन चमत्कारी दवाइयों में थी जिनके बारे में रवि कुमार ने अपने अख़बार में काफ़ी बढ़ा-चढ़ाकर मिर्च मसाले के साथ लिखा था। उसने जयप्रकाश को आधुनिक युग का चरक या सुखेन वैद्य घोषित किया था और लिखा था कि उसके पास ऐसी-ऐसी वनस्पतिक औषधियाँ हैं जो चिकित्सा विज्ञान की दुनिया में क्रान्ति कर सकती हैं।

आनेवालों में कुछ अधकपारी, बवासीर, दमा और गठिया के धनाढ्य रोगी थे। कुछ सौदागर थे। सौदागरों में एक चाहता था कि जयप्रकाश उससे दस हज़ार महीना ले, बदले में उसके द्वारा रजिस्टर्ड मरीज़ों को दवा दे। शर्त यह थी कि जयप्रकाश अपने मन से किसी भी मरीज़ को कभी दवाई न देगा।

एक का कहना था कि वह जयप्रकाश को दस की जगह पन्द्रह हज़ार रुपए प्रतिमाह वेतन दे सकता है, बशर्ते वह उन दवाओं को उसके लिए बनाए। वह उन्हें अपनी मर्ज़ी के दाम पर बेचेगा। यदि जयप्रकाश चाहे तो वह तनख़्वाह की जगह जयप्रकाश को मुनाफ़े में एक फ़ीसदी हिस्सा देने पर भी राज़ी हो सकता था।

वहाँ पर आयुर्वेदिक दवाओं की भारत में सबसे पुरानी कम्पनी का एजेंट भी पहुँचा था। उसकी रुचि उन वनस्पतियों में थी जिनसे दवाइयाँ तैयार होती थीं। उसका

प्रस्ताव था कि यदि वाक़ई दवाएँ कारगर हुईं तो उनकी वनस्पतियों की शिनाख़्त कराने पर उसकी कम्पनी जयप्रकाश को ढाई लाख रुपए दे सकती थी।

कुछ ऐसे भी लोग आए थे जो अधकपारी, दमा, बवासीर, गठिया में से किसी भी रोग से ग्रस्त नहीं थे। वे सौदागर भी नहीं थे। दरअसल जयप्रकाश के पास अन्य प्रकार की चमत्कारी दवाएँ, जड़ी बूटियाँ होने की उम्मीद उन्हें यहाँ खींच लाई थी। इनमें कैंसर जैसी असाध्य बीमारियों के रोगी या रोगियों के निकट जन थे। पर कई अलग ढंग के भी थे। मसलन एक वृद्ध को लिंग और योनि दोनों की शिथिलता दूर करने की दवाई चाहिए थी। एक सुन्दरी अपनी साँस की बदबू से निजात चाहती थी दूसरी साँवलेपन से। एक अधेड़ युवती पुनः यौवन हासिल करने के लिए व्यग्र थी। इतना ही नहीं, उसे पुनः रजस्वला होने की भी दरकार थी। एक युवक अपनी समलैंगिकता से शर्मशार था, एक किशोरी अपनी नाक के नीचे तेज़ी से उभर रही मूँछों से। एक पत्नी अपने पति को नपुंसक बना देने की दवाई चाहती थी तो एक भाई दूसरे भाई को विक्षिप्त बना देनेवाली औषधि ढूँढ रहा था।

जयप्रकाश चिल्ला पड़ा, "हमारे पास ऐसी किसी भी चीज़ की दवाई नहीं है।"

कोमल उससे भी अधिक तेज़ चिल्लाया, "पर अधकपारी, गठिया, दमा और बवासीर की दवाई मिलेगी...ई...ई...।"

जयप्रकाश ने अधकपारी, गठिया, दमा और बवासीर के मरीज़ों को दवा दी और सौदागरों की पेशकश को सुना। उसकी समझ में नहीं आ रहा था कि क्या करे? यहाँ तक कि सौदागर दो दिनों बाद आने की बात कहकर चले गए फिर भी उसकी समझ में नहीं आ रहा था कि क्या करे?

जयप्रकाश की उलझन यह नहीं थी कि वह इतनी पेशकशों में किस एक को स्वीकार करे? यह तो बाद की बात थी। वह अभी इसी में फँसा था कि उसे इस धन्धे में जाना चाहिए या नहीं जाना चाहिए? दरअसल उसका यह पुराना ऐतबार बार-बार उठ खड़ा हो रहा था कि दवाई का पैसा लेने से पाप होता है। यह तो एक दिक़्क़त थी। कुछ अन्य मसले भी थे जो ज्ञान के व्यवसायीकरण का उसका रास्ता रोक रहे थे।

सारी बाधाएँ ख़त्म कर दी गई थीं।

पुरोहित जी ने पोथी देखकर बताया, "अगर तुम अपनी कमाई का एक अंश ब्राह्मणों को दान करते रहोगे तो दवाई का पैसा लेने से किसी भी प्रकार का कोई भी पाप नहीं चढ़ेगा।"

जयप्रकाश को यह डर भी सता रहा था कि पता नहीं कैसा पचड़ा है। तमाम काग़ज़ों पर दस्तख़्त कराने की बात हो रही थी, कोई झमेला न हो। जेल की चक्की पीसनी पड़े या मुक़दमेबाजी में फँसा दिया जाए। यहाँ उसकी मदद के लिए उसके मालिक वकील साहब खड़े थे। उन्होंने जयप्रकाश का हौसला बढ़ाया, "मैं एक-एक काग़ज़ को जाँच लूँगा तब तुम दस्तख़्त करना। साले कुछ बदमाशी करेंगे तो

भूसा भर दूँगा। मुक़दमे से मत डरो। मेरे रहते तुम्हारा कोई कुछ बिगाड़ नहीं सकता। हाईकोर्ट में मेरे दामाद के मौसा जज हैं।"

जान की भी राय थी कि जब भगवान ने छप्पर फाड़ के दिया है तो क्यों न कमा लिया जाए। उसने जयप्रकाश से कहा, "अब सोचो बिचारो मत। जिसमें ज़्यादा फ़ायदा दिखे, उसी काम के लिए हाँ कह दो। रुपिया हो जाए तो हम भी दुई-चार बीघा खेत ख़रीद लेंगे।"

"पर तब उस महक का क्या होगा? वह तो मिली नहीं। तुम उसे लगाकर गाँव में कैसे घूमोगी और चार गाँव तक महकोगी कैसे?"

तब तक कटोरा आ गई, "उसे लगाकर मैं स्कूल कैसे जा पाऊँगी? बाबू तुम गाँव में रहो और वह महक मुझको लाकर दो, चाहे जैसे।"

"तुझे महक चाहिए ले।" जान ने कटोरा का हाथ ऐंठकर उसे ठोंका। वह दर्द से दुहरी हो गई तो थप्पड़ भी मारे।

जयप्रकाश को ग़ुस्सा आ गया, "ख़बरदार जो हाथ उठाया।" वह कटोरा के आँसू पोंछकर उसका सिर सहलाने लगा, "मैं अब कहीं नहीं जाऊँगा। मुझे नहीं कमाना है रुपिया। मैं यहीं गाँव में रहूँगा और उस महक को खोजूँगा, जिसे लगाकर हमारी कटोरा बेटी को स्कूल जाना है।" कटोरा ने दुलार से अपना सिर बाप की छाती में गड़ा दिया।

जान डर गई। उसे लगा, उसका पति वाक़ई यहीं न रह जाए और उस महक के चक्कर में ज़िन्दगी बरबाद करता रहे। आख़िर काफ़ी सोच-विचार कर उसने पति की सदबुद्धि के लिए एक रणनीति बनाई जिसके तहत वह नहाने चली गई और नहाकर उसी दिन की तरह वह आई। यानी कि नहाकर उसने अपनी साड़ी को अपने स्तनों पर इस तरह बाँधा था जिस तरह एक दौर में फ़िल्म अभिनेत्री बैजयन्ती माला ने बाँधा था...। वह उसी सज्जा में जयप्रकाश के सामने पहुँचकर इठलाने-मचलने लगी। किन्तु इस वक़्त पिछली बार की तरह जयप्रकाश के भीतर बवंडर नहीं उठना था सो नहीं उठा। नतीजनन जान उसे लिए-दिए ख़ुद ही खटिया पर गिर पड़ी लेकिन जयप्रकाश अन्यमनस्क बना रहा और जान के मन में दुबारा नहा लेने की इच्छा नहीं प्रकट हुई।

जान के भीतर ख़ौफ़ बढ़ गया। उसने अन्ततः कटोरा को ही समझा-बुझाकर रास्ते पर लाने की कोशिश की। उसकी इस कोशिश में कोमल भी उसके साथ था।

आख़िर में सब निश्चित हो गया। तय हुआ कि कल जब लोग आएँगे तो वकील साहब से पूछकर सबसे अच्छी पेशकश जयप्रकाश क़बूल कर लेगा...। यह शाम की बात थी। उन लोगों को कल दिन में आना था। शाम और कल दिन के बीच अभी रात होनी थी। भोर होनी थी और थोड़ा-सा दिन भी होना था। कहने का मतलब, छाया, धूप और अँधेरे को अपने कई काम करने अभी शेष थे...।

जयप्रकाश लालटेन जलाकर चौखट पर रखने जा रहा था कि उसके घर में जंगल उतर आया और घर भर में जंगल ने अँधेरा कर दिया। अँधेरे में उसने महसूस

किया कि जंगल ने उसकी जेबों में खट्टे, मीठे, खटमिट्ठे फल, फूल, पत्तियाँ और बीज भर दिए हैं। इस जंगल का हर पेड़ सफ़ेद चिपटी पट्टियों की करधनी पहने था। अचानक उसने पाया कि हर पेड़ पर खड़ियावाला गोला बना है। जयप्रकाश इसे सह न सका। घबराकर उसने आँखें मूँद लीं। आँखें मूँदते ही हर तरफ़ तेज़ रोशनी महसूस हुई और उसके भीतर के पेड़ों से जंगल भर गया, जिनके तनों पर गोला नहीं भैंस पर लिटा-लटका रामबदल बना था...।

तभी उस पुरानी महक की स्मृति उसके आँगन में गिरी। शायद वह ख़ुद नहीं थी, केवल उसकी आवाज़ थी।

जयप्रकाश को डर लगने लगा...।

"यहाँ खड़े-खड़े क्या कर रहे हो?" यह जान थी, "चलो भीतर खाना खा लो।"

चौके में जान ने उसके सामने थाली सरकाई तो उसमें मोटी-मोटी रोटियाँ थीं और एक भर कटोरा कचालू था।

जयप्रकाश खाने पर टूटा पड़ा और जान खिलखिलाकर हँसने लगी। जंगल, महक, महक की आवाज़, अँधेरा, रोशनी, गोला, भैंस पर लिटा-लटका रामबदल—सभी अदृश्य हो गए। जयप्रकाश के दृश्य में केवल जान थी, बच्चे थे, रोटियाँ थीं, कचालू था और कचालू का स्वाद था। और कल आनेवाला दिन था।

जयप्रकाश खाकर उठने लगा तो जान ने उसे रोका। वह उठकर एक झरोखे तक गई और आकर उसकी थाली में दो बालूशाही रख दी, "खा लो, बहुत महँगी मिलती है। एक रुपिया में दो।" वह फिर खिलखिलाई।

दिन का, ग्यारह-बारह के इर्दगिर्द का समय था। प्रधानजी के दुआर पर सब इकट्ठा थे। सौदागर, प्रधानजी, वकील साहब, जयप्रकाश, जान, कोमल, कटोरा तो थे ही, गाँव के बहुत सारे लोग वहाँ थे—ग़रीब-दुखियारे—जयप्रकाश की क़िस्मत को बदलते हुए देखने के लिए। इतनी भीड़ थी और शहर से आनेवाले मेहमान इतने ख़ास थे कि जयप्रकाश की बस्ती इस अवसर के सर्वथा अनुपयुक्त थी। इसलिए प्रधानजी के दुआर पर इन्तज़ाम किया गया था। प्रधानजी के यहाँ कुर्सियाँ थीं, खटिया पर बिछाने के लिए साफ़ बिस्तर थे, बेटों के विवाह में दहेज़ स्वरूप मिला सोफ़ासेट था, टूटी-फूटी ही सही क्राकरी भी थीं। सबसे बड़ी बात, प्रधानजी की बहू अपने मैके से एक कैमरा भी लाई थी और उस कैमरे में अभी रील भी थी। बहू घूँघट में थी। उसने घूँघट में ढँकी अपनी आँख को कैमरे की आँख पर रखा और फ़ोटो खींचने लगी। उसने कटोरा, कोमल और जान की फ़ोटो खींची। कोमल की फ़ोटो पत्रकार रवि कुमार ने भी जयप्रकाश के साथ खींची थी, पर जान और कटोरा जीवन में पहली बार तसवीर में उतरे थे। जयप्रकाश तथा उसके परिवार के साथ बहुत कुछ ऐसा हो रहा था जो पहली बार हो रहा था। जैसे यही कि आज जयप्रकाश को पहली बार सबके बीच में सबके साथ—कुर्सी पर बैठने का मौक़ा मिला था।

हालाँकि जयप्रकाश हिचक रहा था और कुर्सी पर बैठ नहीं रहा था मगर जब बहुत कहा गया तो बैठ गया था। सामने सोफ़ासेट पर शहर से आए हुए सौदागर बैठे थे। उनके आसपास प्रधानजी, वकील साहब वग़ैरह विराजमान थे।

बातचीत शुरू हुई कि जयप्रकाश अन्यत्र देखने लगा। उसकी इस हरकत पर किसी ने उसे टोका पर कोई फ़ायदा नहीं हुआ। वह उसी तरह कहीं और देख रहा था। तब लोगों ने भी गरदन मोड़कर देखा—बैद महराज भचकते हुए चले आ रहे थे...। दो-तीन लोग उठे और उन्हें सहारा देकर एक कुर्सी तक ले आए...।

सब लोग अपने-अपने स्थान पर स्थिर हो गए। भीड़ में आपाधापी नहीं थी। वहाँ आगे पहुँचने की, बैठने की जगह हासिल करने की अब कोई जद्दोजेहद नहीं बची थी। जो खड़े थे, वे स्वीकार कर चुके थे कि उन्हें वहीं खड़े रहना है। जो बैठ गए थे, वे निश्चिन्त थे कि उन्हें अब बैठे रहना है। जो दौड़-दौड़कर टहल कर रहे थे, उन्हें कोई फ़िक्र नहीं थी कि वे क्यों नहीं आराम से हैं। सभी थे अपनी-अपनी जगह। एक व्यवस्था एक संयोजन चारों तरफ़ था। वार्ता प्रारम्भ हुई।

प्रधानजी ने पूछा, "जयप्रकाश तुमने इन लोगों की पेशकश को सुना, अब तुम्हें क्या कहना है?"

जयप्रकाश चुप रहा। सबने सोचा, कुछ वक़्त बाद बोलेगा। मगर वह कुछ वक़्त बाद भी ख़ामोश रहा।

प्रधानजी ने इस बार अपने शब्दों पर ज़ोर दिया, "जयप्रकाश, तुम ख़ुश तो हो न?"

जयप्रकाश के चेहरे पर असंख्य रेखाएँ दौड़कर आपस में भिड़ गईं। जैसे किसी गहरी तकलीफ़ ने उसे दबोच लिया। उसे पसीना आ गया। उसके गलफड़े काँपे। इसी समय विचित्र वारदात हुई। 'जयप्रकाश तुम ख़ुश तो हो' के जवाब में वह कहना चाहता था, "हाँ प्रधानजी मैं आज बहुत ख़ुश हूँ।" लेकिन उसने कहा, "मैं...मैं... कभी ख़ुश नहीं रहा...और आज भी नहीं हूँ।" जयप्रकाश हैरत में पड़ गया—यह उसने क्या कह दिया।

उसकी हैरत तब और बढ़ी जब प्रधानजी सौदागरों की तरफ़ इशारा करते हुए बोले, "जयप्रकाश तुम्हें इन साहबों में किसकी पेशकश पसन्द आई?" जवाब में वह उत्साहपूर्वक कहना चाहता था, "सभी की। मुझे सभी की पेशकशें पसन्द हैं।" लेकिन उसके मुँह से निकला, "किसी की नहीं पसन्द है।"

एक भयानक घालमेल ने जयप्रकाश को अपनी गिरफ़्त में कर लिया था।

भारत की सबसे पुरानी आयुर्वेदिक कम्पनी के प्रतिनिधि ने कहा, "हम साढ़े तीन लाख दे सकते हैं।"

"हुजूर हमें मंजूर है।" जयप्रकाश ने रजामंदी देनी चाही पर उसने कहा, "तुम चाहे जितना रुपिया बढ़ाओ, मैं तुम्हारे लिए काम नहीं करनेवाला।"

बाक़ी सौदागर ख़ुश हुए।

जयप्रकाश को लगा, लम्बे वाक्य बोलने की कोशिश में वह ग़लत बोल दे रहा

है। इसलिए दस हज़ार प्रतिमाह देनेवाले को जवाब में उसने केवल एक शब्द कहा, "मंजूर।" यह क्या, आवाज़ हुई, "नामंजूर।"

कटोरा, कोमल, जान सहित सारे लोग अवाक, परेशान और डरे हुए थे। "तुम क्या चाहते हो?" पन्द्रह हज़ार प्रतिमाह, मुनाफ़े में हिस्सा देनेवाले ने पूछा।

"महक।" जयप्रकाश के होंठ भी नहीं हिले थे लेकिन यह शब्द गूँजा।

जान डर गई। उसे लगा, जयप्रकाश की तबीयत ठीक नहीं। वह उसके पास आ गई।

ठीक इसी समय वह कांड घटित हुआ। जयप्रकाश ने बैद महराज की कुर्सी को धक्का दिया। वे गिर गए तो उनकी नाक पर अपने घुटनों से मारा और बैद महराज के चीख़ने के पहले वह ख़ुद दर्द से चीख़ा।

लोग हतप्रभ थे। प्रौढ़ जयप्रकाश एक नौ-दस साल के बच्चे की आवाज़ में चीख़ा था।

जयप्रकाश भी भौचक था—वह तो उस तरह चीख़ना चाहता था जैसे उसका पिता रामबदल नाक पर घूँसा पड़ने पर चीख़ा था। इतनी तेज़ चीख़ कि आसपास के पेड़ों पर बैठे परिन्दे उड़ गए थे और थोड़ी दूर पर खड़े मवेशी चलने लगे थे। एक बछड़ा तो दौड़ लगाता हुआ भागा था।

[2004]

ग्रहण

विपद राम ने टार्च की रोशनी पेड़ पर डाली, राजकुमार वहाँ भी नहीं था। इसके पहले वह उसको खेतों में ढूँढ आए थे, गाँव में कुछ खंडहर थे वहाँ ढूँढ आए थे। उन्होंने बाज़ार में तलाश किया। स्कूल की इमारत तक हो आए, उस वन के भी पास जाकर आवाज़ दी जिसमें जाकर लोग रास्ता भूल जाते थे।

रात में भी कोशिश ज़ारी थी। इस वक़्त रात ही थी। वह टार्च लेकर आगे बढ़े। उन्हें लगा, "हो न हो राजकुमार पूरबवाले तालाब के क़रीब चला गया हो।" पूरब के तालाब के पास रात में कोई नहीं जाता था। क्योंकि लोगों का मानना था कि रात को तालाब में कमल के फूल पर खड़े होकर विष्णु जी निकलते हैं। विष्णु जी पूरे नंगे रहते हैं और खड़ाऊँ अपनी हथेली में लिए रहते हैं। उस समय यदि कोई उधर से गुज़रा तो वह खड़ाऊँ फेंककर वार करते हैं और सामनेवाला बाँस बन जाता है। सचमुच उस रास्ते के दोनों तरफ़ बाँसों का लम्बा सिलसिला था। कहते हैं कि ये बाँस कभी मनुष्य थे जिन्होंने विष्णु को नंगा देख लिया था। रात होने पर जब विष्णु जी निकलते हैं तो ये बाँस रूपी मनुष्य बाँस की आवाज़ में रोते हैं, कभी सिसकते हैं तो कभी चिल्लाने लगते हैं।

"राजकुमरवा कहीं बाँस न बन गया हो।" विपद राम ने बेटे के बारे में सोचा और डर गए। घबड़ाए, "कहीं मुझको न विष्णु नंगे दिख जाएँ।" तभी बटुली की पुकार अँधेरे को फाड़ती हुई पहुँची, "राजकुमा...ऽ...र...ऽ...ए के बाबू हो बेटवा मिला कि नाय...ऽ...ऽ...।"

विपद राम ने आवाज़ की दिशा में टार्च की रोशनी फेंकी, पर रोशनी थोड़ी दूर पहुँचकर चुक गई। आवाज़ के पास आवाज़ ही जल्दी पहुँचती है। विपद राम चिल्लाए, "राजकुमारे की माई...अभी मिला नहीं...पर हम ढूँढ रहे हैं...।"

दूसरी तरफ़ की आवाज़ घोर रुदन में बदल गई। शायद विपद राम की तरह बटुली भी बेटे को खोज रही थी। इसलिए ऐसा लग रहा था कि बटुली की रुलाई जैसे यात्रा हो पर। जैसे-जैसे बटुली चल रही थी, उसी तरह उसकी रुलाई भी चल रही थी...।

राजकुमार विपद राम और बटुली की चौथी सन्तान था। इसके पहले तीन बेटियाँ हुई थीं और तीनों ही मर गई थीं। दो मरी पैदा हुई थीं और तीसरी पैदा होने के डेढ़ साल बाद मरी थी। जब चौथी औलाद की बारी आई तो विपद-बटुली ने हर बार की

तरह कामना की कि लड़का पैदा हो, साथ में यह भी कि उसे लम्बी उमर मिले। उन्हें लड़के की ज़रूरत इसलिए थी कि लड़का होगा तो उसके पास ज़्यादा जाँगर होगा। ज़्यादा जाँगर होगा तो घर में ज़्यादा मजूरी लाएगा। साथ ही यह मजूरी हमेशा बनी रहेगी। बल्कि शादी-गौना हो जाएगा तो उसकी मेहरारू भी मजूरी लाएगी। जबकि लड़की गौना के बाद ससुराल चली जाएगी और वहीं खटेगी। यही सच था। उनके पास कोई राजपाट या अकूत सम्पत्ति तो थी नहीं कि उसके रखवाले और वारिस के लिए उन्हें पुत्र की दरकार होती। वे तो दरिद्र नारायण थे जो गाँव के सीमान्त पर बसे मिट्टी के घरों, झोपड़ोंवाले इलाक़े के एक घर में रहते थे। घर में दो बँसखटिया, एक बक्सा, एक लाठी, दो हँसिया, दो खुरपी, एक सिकहर, एक-एक ही पहरुआ और जाँत थे। बटुली घरेलू आवश्यकता के लिए पहरुआ से धान कूटती थी और जाँत में गेहूँ पीसती थी। जब वह पहरुआ उठा-उठाकर कड़िया में रखे धान को कूटती थी तो उसका चेहरा गर्म हो जाता था। कई बार ऐसा भी हुआ था कि कड़िया का धान कूट उठा था फिर भी वह पहरुआ चलाए जा रही थी। कभी-कभी उसकी आँखों में ऐसा भाव रहता था कि वह धान नहीं किसी का सिर कूट रही है और होश आने पर जब उसने देखा किसी कि सिर नहीं, धान कूट रही है तो पराजय से अथवा किसी अन्य कारण से वह फूट-फूट कर रो पड़ी। जबकि वह जाँत चलाते समय कभी नहीं रोती थी। अपने घर में तो वह जाँत चलाते समय गाती भी नहीं थी। हाँ जब वह पेशकार साहब की कोठी पर काम करने जाती और जाँत चलाती तो कोठी की बहुएँ कहतीं, "ऐ बटुली जाँत का गाना गाओ न।"

गाना ख़त्म करने के बाद वह देखती कि कोठी की बहुएँ रो रही हैं, सिसक रही हैं! छोटी बहू, जिसके रोने पर मुँह से तेज़ आवाज़ निकलती थी वह मुँह में साड़ी का पल्ला ठूँसकर रो रही है। उस स्त्री ने एक बार बटुली से पूछा, "तेरे गाने से हम रोने लगती हैं पर तू क्यों नहीं रोती है?"

"हम रोएँगे तो आप सबको गाकर सुनाएगा कौन?" बटुली हँसकर बोली।

"नहीं तू बहाना न बना, सच-सच बता।" छोटी बहू इसरार करने लगी।

"छोटी मालकिन बस ये समझ लो कि हमारे आँसू सुखा गए हैं।"

"तू भी हमसे सच न बोलेगी।" बहू की आँखें फिर भर आईं। तब बटुली ने कहा, "छोटी मालकिन अभी हम जो बोले वह भी सही है और जो बोलने जा रहे हैं वह भी सही है। सही ये है कि हम माई-बाप के यहाँ भी कौन सुख भोगे हैं कि उसको याद करें और रोएँ। फिर हमारे 'वह' इतने सोझ सीधे हैं कि हमको कोई शिक़ायत नहीं।" यह कहकर वह इतना लजाई कि बहू को वहीं छोड़कर भाग गई।

विपद राम का सीधापन बहुचर्चित था। यहाँ तक कि ठाकुर, पंडित लोग जब उसकी बिरादरी में किसी को फटकराते या पिटाई करते तो कहते, "...एक तुम हो महाहरामी और तुम्हारी ही बिरादरी में विपद राम है...सीखो सरऊ...।" एक बार उसकी बिरादरी के एक लड़के ने जमुना प्रसाद के खेत में मजूरी करने से इन्कार कर

दिया, कहा "भट्ठे पर ज़्यादा मजूरी मिलती है।" इस पर जमुना प्रसाद और उनके छोटे भाई गंगा प्रसाद और गंगा प्रसाद के लड़के गोमती प्रसाद ने इस लड़के को उछालकर पटक दिया और लगे मारने। तब विपद राम ने उनके पाँव पकड़ लिए थे और कहा था, "दया करें महराज! इस पातकी को माफ़ करें, इसका दंड हमको दे दें।" यह दूसरी बात है कि बाद में उस युवक के घर पर विपद राम दवाई की कटोरी लेकर पहुँचे तो उन्हें देखते ही वह युवक चिल्लाया, "साले...गांधी भाग यहाँ से...।"

गाँव में विपद राम का एक नाम गांधी भी था। इस नाम का उपयोग अमूमन ऊँची बिरादरी के लोग करते थे और उसमें हल्के से व्यंग्य और हल्के से आदर का पुट रहता था और जिसका प्रयोग उस लड़के ने अपनी घृणा प्रकट करने के लिए किया था।

विपद राम और गांधी जी में कुछ समानताएँ भी थीं। मसलन गांधी जी ने अपने बचपन में बीड़ी पी थी, विपद राम ने भी। यह अवश्य है कि गांधी जी के जीवन में बीड़ी का सुट्टा मारने का कोई उपयोग नहीं था मगर जब विपद राम बीड़ी पीते थे तो उनकी अँतड़ियों का भूख से कलपना कम हो जाता था। गांधी जी ने बचपन में चोरी की थी, इस क्षेत्र में भी विपद राम गांधी जी से आगे थे, उनके बचपन का खासा वक़्त चोरी में ही ख़र्च हुआ था। वह इधर-उधर देखते, किसी को न पाने पर वह किसी के खेत से गन्ना तोड़ लेते, चना या बथुआ या चौराई का साग खोंट लेते। गंजी, आलू खोद लेने में भी वह सिद्धहस्त थे। इसके अलावा मौक़ा ताड़कर आम, जामुन के फल भी खाते थे। तपती दुपहरी या रात के नीरव अन्धकार में या घोर सन्नाटे में जब विपद राम का कोई ढेला छूटता तो फल ज़मीन पर ज़रूर गिरते। बिजली सी त्वरा के साथ वह फलों को उठाते और सनसनीखेज गति के साथ भागते हुए घर में घुस जाते थे। कई बार उन्होंने चोरी से गेहूँ और धान भी अर्जित किया था। ऐसा अनेक बार होता था कि बालक विपद राम के उपार्जन से घर का पेट भरा था। माँ-बाप और भाइयों के शरीर में थोड़ा रक्त विपद राम के परिश्रम और ज़ोख़िम का भी था। उन दिनों विपद राम का मंसूबा था कि अरहर, मूँग, उर्द, मसूड़ की दालें चुराई जाएँ। उनका परिवार इन दालों से वंचित था। मजूरी में गेहूँ, धान, मक्का, मटर मिलते; दालें कभी नहीं मिलती थीं। इसके अलावा वे इतनी महँगी होतीं कि उन्हें ख़रीदने की कोई गुजांइश न थी। मालिकों के यहाँ न्यौता-दावत होती तो परिवार दाल का स्वाद चख लेता था। इस तरह दालें उनकी स्मृति में बची रहती थीं, लेकिन उनके जीवन में न थीं। इसलिए विपद राम में दाल चुराने की इच्छा थी। लेकिन विपद राम के फन की असफलता या दालों को लेकर मालिकों की विशेष चौकसी, जो भी माना जाए, का नतीजा यही था कि दालों की चोरी सम्भव न हुई थी।

विपद राम इस मायने में गांधी जी से भी आगे थे कि गांधी जी ने तो बाद में वस्त्र कम किए लेकिन विपद राम बचपन से ही फटे कपड़ों में अपना हाँड़ दिखाते थे। गांधी जी ने बहुत बाद की उम्र में विदेशी वस्तुओं का बहिष्कार किया था जबकि विपद राम ने विदेशी वस्तुओं को कभी अपनाया ही नहीं था। वह इस अर्थ में भी

गांधी जी से आगे थे कि गांधी जी बीमार होने पर प्राकृतिक चिकित्सा करते थे लेकिन विपद राम बीमारी के अपने आप ठीक होने में यक़ीन करते थे।

गांधी जी परदेश दक्षिण अफ़्रीका वकालत करने चले गए थे और विपद राम भी परदेस फ़ैज़ाबाद रिक्शा चलाने चले गए। गांधी जी की यात्रा का उद्‌देश्य पैसा कमाना था, विपद राम की यात्रा का उद्‌देश्य भी पैसा कमाना था। गांधी जी जीवन यापन के लिए पैसा कमाना चाहते थे किन्तु यहाँ विपद राम थोड़ा भिन्न थे, वह अपने पुत्र राजकुमार के ऑपरेशन के लिए पैसा कमाने फ़ैज़ाबाद गए थे। गांधी जी ने दक्षिण अफ़्रीका में अपमान, लाठी-डंडों की मार सही, विपद राम ने फ़ैज़ाबाद में ये सब गांधी जी से भी ज़्यादा सहा। एक दिन गांधी जी भारत लौट आए थे तो एक दिन विपद राम भी गाँव लौट आए।

राजकुमार पैदा हुआ था तो उसके शरीर में गुदा के स्थान पर गुदा नहीं थी। वह स्थल समतल था। बटुली ने जब इसे दिखाया तो विपद राम ने चकित होकर कहा, "हो न हो, यह कोई अवतारी बालक हो। तभी इसके गू जैसी गन्दी चीज़ के निकलने का रास्ता नहीं है। हो सकता है कि भगवान ने ही अवतार लिया हो।"

बटुली बोली, "तो क्या भगवान के गुद्‌दा नहीं थी?"

"हो सकता है न रही हो। गोस्वामी जी ने श्रीराम की हर बात को लिखा है मगर उनके हगने की बात कहीं नहीं कही है। भगवान हगते होते तो गोस्वामी जी ज़रूर बताते।"

"तो तुम्हारे कहने का मतलब कि भगवान के गुद्‌दा नहीं थीं?"

"हाँ।"

"न राम के थी न किसन के?"

"हाँ।"

"मैं कहती हूँ कि राम, किसन, शंकर जी की फ़ोटू से कपड़ा उतरवा दिया जाए तो देख लेना, शर्तिया उनके भी गुद्‌दा होगी।"

"तुम धतूरा खाकर बोल रही हो क्या?"

"हाथ जोड़ती हूँ, बेटवा को अस्पताल ले जाकर दिखलाओ, नहीं तो मैं कुआँ, इनारा में कूदकर मर जाऊँगी और चुड़ैल बनकर तुम्हारी ज़िन्दगी बेकार कर दूँगी।"

विपद राम को भूत, प्रेत, चुड़ैल से जो ख़ौफ़ था, वह था ही, उन्हें इस बात से ज़्यादा डर लगा कि कहीं बटुली सचमुच में जान न दे दे। मन मारकर वह बेटे को अस्पताल ले गए। यह अस्पताल शायद राजकुमार के भाग्य से ही अभी तीन-चार महीना पहले गाँव से कुछ दूर पर बसे क़स्बे में खुला था। यहाँ का डॉक्टर गंजा था और अपनी जेब में गुलाब का फूल लगाता था।

डॉक्टर के सामने राजकुमार को पेश करते हुए विपद राम ने कहा, "ये अवतारी बालक है साहेब पर हमारी मेहरिया की ज़िद है कि ये बीमार है। सही-सही बात तो

आप ही बताएँगे।" डॉक्टर ने मरीज़ की पर्ची बनाते हुए पूछा, "बच्चे का क्या नाम है?"

"आप जो कहो साहेब।" विपद राम का जवाब था।

डॉक्टर ने बोलते हुए लिखा—राजकुमार। उसने बच्चे के गुदा स्थल का निरीक्षण किया और कहा, "ज़्यादा देर करते तो यह बच्चा मर जाता।"

"मगर ये अवतारी बालक है...।"

"ये मरीज़ है।"

"दुनिया में क्या कोई और बच्चा ऐसा हुआ है?" विपद राम ने चुनौती दी जिसे डॉक्टर ने मुस्कराकर स्वीकार किया "बच्चा कब हुआ?"

"परसों साँझ को।"

"अगर तुम यहाँ आने में थोड़ी भी देर कर देते तो तुम्हारा यह अवतारी बालक टें कर जाता। तुम यहाँ इसे नहीं इसकी लाश लेकर आते और यदि ज़्यादा देर करोगे, इसी तरह हुज्जत करते रहोगे तो यहाँ से इसकी लाश लेकर जाओगे।"

"पर सरकार क्या कोई और भी ऐसा गदेला पैदा हुआ है आज तक?"

"एक नहीं लाखों बच्चे इस तरह के हो चुके हैं। उनमें से जिसके बाप ने डॉक्टर का कहा माना वह बच गया, जिसके बाप ने उसे अवतारी बच्चा समझा वह मर गया।"

"कुछ करें सरकार।" विपद राम की आस्था डगमगा गई थी।

राजकुमार के पेट के पास एक सूराख़ बना दिया गया था। जब वह बाहर लाया गया तो विपद राम ने देखा कि उसके पेट में नीचे की तरफ़ एक जगह रुई भरी हुई है। उसने उसे हटा दी और क़रीब-क़रीब चीख़ सा पड़ा, "अरे डॉक्टर साहब ये छेद कैसा?"

"ये छेद बनाना बहुत ज़रूरी था।" डॉक्टर तौलिया से अपने भीगे हाथ पोछते हुए बोला, "इसी से बच्चा पखाना करेगा फ़िलहाल। बाद में जब यह तीन साल का हो जाएगा, तब एक बड़ा ऑपरेशन करना पड़ेगा। तब इसके पखाने का रास्ता अपनी सही जगह पर बन जाएगा और यह सबकी तरह ज़िन्दगी जी सकेगा।"

राजकुमार को लेकर विपद घर लौटे, तब तक बच्चे के अवतारी होने की उनकी धारणा नेस्तनाबूत हो चुकी थी। अब उनके भीतर चिन्ता और वात्सल्य की धाराएँ बह रही थीं। उधर बटुली कभी बच्चे को देखती और कभी विपद को। कभी वह हँसने लगती और कभी रो पड़ती। जबकि गाँववालों के लिए राजकुमार का प्रसंग वार्ता तथा मनोरंजन का अच्छा माध्यम बन गया। किसी ने कहा कि 'फाड़ के रख दूँगा' मुहावरा ऐसे ही लोगों के लिए बनाया गया है। ज़ाहिर है संकेत राजकुमार की ओर था। पुरोहित जी जो गाँव के हर प्रमुख मसले के मान्य टिप्पणीकार थे और प्रचलित तथा मनगढ़न्त कथाओं से समृद्ध करके अपनी बात कहते थे गम्भीरतापूर्वक बोले, "यह बालक शाप का मारा है।"

"शाप का मारा!" कुछ ने आश्चर्यपूर्वक कहा।

"हाँ शाप का मारा!" पुरोहित जी आगे बढ़े, "कलयुग, त्रेता, द्वापर, सतयुग

से भी पहले चार भाई रहते थे। एक दिन उनके घर में एक गाय मर गई। मरी हुई गाय को उठाए कौन! क्योंकि तब पूरी सृष्टि में मनुष्य जाति में वही चार भाई रहते थे। दोपहर हुई, शाम हुई, रात होनेवाली थी पर मरी हुई गाय वहीं की वहीं पड़ी हुई थी। उसे कौन उठाए, चारों में कोई भी उसे छूने तक को तैयार नहीं था। आख़िर में सबसे बड़े तीन भाइयों ने मिलकर फैसला किया कि सबसे छोटा भाई मृत गाय को उठाकर बाहर ले जाएगा। पर छोटे ने इन्कार किया, 'मैं अपवित्र हो जाऊँगा।' बड़े भाइयों ने आश्वासन दिया कि ऐसा नहीं होगा। गाय फेंककर जब वह स्नान करके घर आएगा तो वे तीनों उसे स्वीकार कर लेंगे। मगर जब वह नहा-धोकर लौटा तो तीनों भाई मुकर गए...।"

"बड़े दगाबाज निकले साले...।" ठाकुर साहब ने अपनी राय ज़ाहिर की।

"अमर्यादित शब्दों का प्रयोग न करें ठाकुर साहेब।" पुरोहित का चेहरा तमतमा गया था, "वे तीनों भाई ब्राह्मण, क्षत्रिय और वैश्य थे। उनमें दूसरे नम्बर का भाई आपका आदि पुरखा था...।"

एक लड़के ने कहा, "पंडी जी 'साले'...कौन अमर्यादित शब्द है, ये तो सभी लोग बोलते हैं। आप स्वयं रोज़ 108 बार से कम तो मादर...नहीं कहते होंगे।"

"बहरहाल, महराज कथा आगे बढ़ाएँ...।" कई जिज्ञासु एक साथ बोल पड़े। पुरोहित जी ने कथा आगे बढ़ाई...।

"तो तीनों भाई मुकर गए। न केवल इतना बल्कि यह भी कहा कि सबसे छोटे को गाँव से बाहर सीमान्त पर रहना पड़ेगा और वह चमार कहा जाएगा। और सचमुच वह चमार बना।"

"पर महराज इस क़िस्से का विपद के लड़के से रिश्ता? फिर आपकी कहानी में अभी शाप-वाप भी नहीं आया?"

"अभी कहानी ख़त्म कहाँ हुई है?" पुरोहित जी मुस्कराए, "छोटे भाई के चमार बन जाने के कुछ दिनों बाद तीनों भाइयों के घर में एक भैंस मर गई। तब तीनों ने चमार से कहा कि इसे उठाकर ले जाओ। छोटका बोला, इ भैंस बहुत मोटी है इसको अकेले ले जाना मेरे बस का नहीं। उसकी हेठी से तीनों भाइयों को बहुत ग़ुस्सा आया, वे चमार को लगे लठियाने। लेकिन चमार भी बहुत बेहया था। इतना घूँसा-लात खाकर भी उसकी अकल ठिकाने नहीं हुई। गदहा का सार फिर वही राग अलापा कि न्न, भैंस अकेले नहीं उठाएगा, लेकिन उसकी क़िस्मत कि उधर से शंकर भगवान गुज़रे। उनको लगा कि चमार कहीं तीनों पर हाथ न उठा दे। तब तो प्रलय हो जाएगी। यही सब सोच-विचार कर वह प्रकट भए और चमार से बोले, 'अच्छा तू अकेले भैंस नहीं उठाएगा तो एक काम कर, जा आसपास का सब कूड़ा बटोर ला।' चमार ने वैसा ही किया। तब भगवान ने कहा, 'अब इस पर पेशाब कर।' चमरवा पहिले तो हिचका पर जब शंकर जी ने कहा, 'डर मत, मैं कह रहा हूँ।' तब वह पेशाब करने के लिए तैयार हुआ। जैसे ही उसने पेशाब किया कि तुरन्त उसकी गुदा से एक हट्टा-कट्टा

आदमी भैंस ढोने में उसकी मदद के लिए निकला। यह कुरील था।"

"मगर शापवाली बात तो अभी आई नहीं।"

"वह भी सुन लो। बाद में चमार से ढेर सारे चमार हुए और कुरील से ढेर सारे कुरील। चमार लात-घूँसा खाते ही थे, कुरील भी कम नहीं खाते थे। लेकिन कुरीलों में एक कुरील साधू बन गया। साला कहे कि वह भी कथा कराएगा। श्रीमद्‌भागवद् का पाठ कराएगा। तब मनु महराज के कोई वंशज थे, पटक के चढ़ बैठे उसकी छाती पर। अपने नाख़ून से उसकी छाती फाड़ दिए। निकला गन्दे ख़ून का फ़ौव्वारा। अपने कुत्ते से बोले, "पी जा इसका ख़ून।" मरते-मरते उस कुरील ने अपनी अन्तिम इच्छा बताई कि उस चमार को उसके सामने लाया जाए जिसकी गुदा से पहला कुरील पैदा हुआ था। वह चमार हाजिर किया गया तो मर रहा कुरील चिल्लाया, 'जो तेरे गुद्दा न होती तो हम नरक के कीड़े की यह ज़िन्दगी जीने के लिए पैदा नहीं होते। इसलिए जा मैं तुझे शाप देता हूँ कि तेरा एक जन्म ऐसा भी होगा, जब तेरे गुद्दा नहीं होगी।' तो श्रोताओं, यह विपद राम का लड़का वही चमार है।"

राजकुमार के जीवन को यदि सूत्रबद्ध किया जाए तो कहा जा सकता है कि उसका पेट और उसकी बीमारी नाभिनालबद्ध थे। यह जितना रूपक के रूप में सत्य था, उससे अधिक व्यावहारिक धरातल पर सत्य था। छोटे ऑपरेशन के बाद उसकी बीमारी के ख़ात्मे के लिए एक बड़े ऑपरेशन की आवश्यकता थी जो सम्भव नहीं दिखाई पड़ रहा था। क्योंकि बड़े ऑपरेशन के लिए काफ़ी पैसों का ख़र्च था और वे पैसे एक साथ एक समय पर चाहिए थे लेकिन ऐसी चमत्कारपूर्व घटना राजकुमार के यहाँ मुमकिन नहीं थी। उसकी परम्परा और आधुनिकता दोनों ऐसे अनहोनेपन से वंचित थी।

जहाँ तक परम्परा की बात है तो राजकुमार के पुरखों को कभी मुद्रा संचय करने का मौक़ा नहीं मिला था। मुद्रा संचय न कर सकने के कारण ही ऐसा कई कल्पों से था कि उनकी चेतना में कभी कुछ ख़र्च करने, ख़रीदने की बात ही नहीं उठती थी। बहुत पहले उनके किसी पूर्वज ने नमक ख़रीदा था। बदले में दो मुट्ठी जौ दिया था। तब से नमक के अतिरिक्त भी यदि कोई चीज़ किसी को कभी ख़रीदनी हुई तो उसका मूल्य अन्न से या मेहनत से चुकाया जाता था। मगर विपद और बटुली के पास न इतना अन्न था न श्रम कि उसके विनिमय से वह राजकुमार का ऑपरेशन करा लेते।

विपद तक ग़नीमत थी, एक बार विपद के बाबा के बाप को मालिक का मझला पोता अपने शहर इस आशय से ले गया कि गाँव से जा रहा गल्ला पानी वहाँ रखवाकर वह लौट आएँगे। मगर विपद के बाबा के बाबू को वहाँ कालरा हो गया और वहीं वह मर गए। विपद के बाबा को ख़बर भेजी गई थी, मगर वह क्या करते, पास में मालिक के पोते के डेरे तक का किराया चार आना और लौटने का चार आना और चार आना फुटकर व्यय बराबर बारह आना होना चाहिए था। मुश्किल यह भी थी कि टिकट जैसी चीज़ों का अन्न से विनिमय होता नहीं था। अन्ततः विपद के बाबा

अपने पिता के अन्तिम दर्शन और अन्तिम संस्कार के दायित्व से विमुख हो गए। हालाँकि इस बात का पश्चाताप और भय उनमें आजीवन बना रहा।

तो ऐसी वंश परम्परा में राजकुमार की गुदा की शल्य क्रिया हेतु धन इकट्ठा हो पाना दुर्भेद्य लक्ष्य था।

नतीजतन समय धीरे-धीरे खिसकने लगा और राजकुमार की बीमारी उसी तरह बरकरार रही। उसके पेट में बना हुआ अस्थायी मलद्वार यथावत् था। उस सूराख़ को बनाने के बाद गंजे सिर और जेब में गुलाब का फूल लगानेवाले डॉक्टर ने उसे थोड़ी सी रुई और पट्टी दी थी कि मल त्याग करने के बाद छेद में रुई ठूँसकर पट्टी बाँध दी जाया करे। किन्तु रुई और पट्टी दोनों ही वस्तुएँ एक माह के भीतर ही ख़त्म हो गईं। उसके बाद विपद-बटुली उसमें पुराने फटे कपड़े का टुकड़ा ठूँसने लगे और फटे-पुराने कपड़े की ही पट्टी बाँधने लगे।

लेकिन समस्या यह थी कि विपद और बटुली ख़ुद फटे-पुराने कपड़े पहनते थे। और इस नमूने के कपड़े भी उनके पास इतने कहाँ थे कि उन्हें फाड़कर वे रोज़-रोज़ राजकुमार के पेट का छेद भरते और पट्टी करते।

परिणाम यह हुआ कि वे फटे-पुराने कपड़ों के लालची हो गए। वे लोगों के सामने रिरियाया करते कि कुछ फटे-पुराने कपड़े उनको दे दिए जाएँ। लोग इस सम्बन्ध में उन पर कृपा भी करते थे। थोड़ी बहुत बेगारी कराते रहने के बाद कोई फटा-पुराना कपड़ा दे देते थे। लेकिन राजकुमार के पेट के छेद को अपनी कुरूपता और बदबू ढँकने के लिए कम से कम प्रतिमाह दो साड़ियों या चार क़मीज़ों की अपेक्षा थी। इतना कौन देता।

तभी एक दिन बटुली को एक उपाय सूझा। उसने विपद को गाँव से कुछ दूर बसे क़स्बे के दर्जी के पास भेजा। कादिर नाम था दर्जी था। आसपास के गाँवों के निवासी उसी के यहाँ अपने कपड़े सिलवाते थे। अतः उसके यहाँ कपड़ों की ढेर सारी कतरनें इकट्ठी हो जाती थीं। विपद ने जाकर कादिर से फ़रियाद की कि कादिर वे कतरनें उसको दे दिया करे। कादिर एक नेकदिल इंसान था, वैसे भी वे कतरनें उसके किस काम की थीं। उसने विपद से कहा, "तुम हफ़्ते में एक मर्तबा आकर इन्हें उठा ले जाया करो।"

बटुली, विपद और राजकुमार को एक विकट समस्या से छुटकारा मिल गया था। विपद राम हर हफ़्ता कादिर के पास जाते और अपने गमछे में ढेर सारी कतरनें ले आते। घर पर गमछे से लाल, सफ़ेद, नारंगी, हरे, नीले, पीले, केसरिया—तरह-तरह के झंडों की तरह रंग-बिरंगी कतरनें निकलतीं जिनसे राजकुमार के पेट का छेद भरा जाता। मगर दिक़्क़त यह थी कि कादिर की कतरनों में छेद पर पट्टी बाँधने लायक़ लम्बा और चौड़ा टुकड़ा नहीं रहता था। फिर भी काम चल रहा था। माँगे गए फटे पुराने कपड़ों से पट्टी बना ली जाती थी। कई बार पट्टी नहीं भी बाँधी जाती थी। बस पेट के छेद में कपड़े का टुकड़ा खोंस दिया जाता था।

पेट में खोंसा गया टुकड़ा तभी बाहर निकाला जाता जब राजकुमार को मल त्याग करना होता। जब वह बच्चा था, तब बटुली अपने दोनों पैरों की खुड्डी बनाकर उस पर राजकुमार को पेट के बल लिटा देती थी और छेद से उसका मल निकलकर ज़मीन पर गिर जाता था। वह मल त्याग कर लेता उसके बाद भी बटुली उसे कुछ देर लिटाए हुए उसके पेट से मल निकलने की प्रतीक्षा करती थी। फिर भी मल न निकलता तो वह उसे उठाकर पीठ के बल लिटा देती और कपड़े के टुकड़े की बत्ती बनाकर उसके पेट के छेद में डालकर वहाँ फँसे मल को साफ़ करके गीले कपड़े से पोंछ देती और पुनः उसमें कपड़े का टुकड़ा ठूँस देती।

लेकिन जब राजकुमार थोड़ा बड़ा हो गया, क़रीब पाँच साल का, तो कठिनाई होने लगी। क्योंकि जब बटुली पौलियों की खुड्डी बनाकर राजकुमार को पेट के बल लिटाती तो उसका पेट ज़मीन को छूने लगता। छेद से मल निकलता तो वह पेट में लिथड़ जाता। अतः ईंटों की खुड्डी बनाकर उस पर राजकुमार को लिटाया गया। इस विधि से मल निकलकर सुचारु रूप से धरती पर गिर जाता था लेकिन पेट पर ईटों का दबाव तकलीफ़ देता और त्वचा में खरोंच आ जाती। खरोंच न आती तो भी त्वचा दर्द से लाल हो जाती थी। अतः इस तरीक़े को ज़्यादा वक़्त तक जारी नहीं रखा जा सकता था। इस बार विपद राम को उपाय सूझा। उन्होंने घर की एकमात्र खटिया के बीच की जगह की रस्सी काटकर छेद बना दिया। राजकुमार उस छेद से अपने पेट के छेद को सटाकर लेट जाता और मल विसर्जन करता।

बटुली कपड़े की कुछ कतरनें, लोटा भर पानी और खटिया के साथ राजकुमार को बस्ती के पास बने गड़हे तक ले जाती और वहाँ खटिया बिछा देती। जब राजकुमार पेट हल्का कर लेता तो वह कपड़े के टुकड़ों से उसकी और खटिया की साफ़-सफ़ाई करके घर आ जाती। और चारपाई को खड़ी कर देती। अब वह चारपाई सोने नहीं, राजकुमार के दिशा मैदान के उपयोग में ही इस्तेमाल होती थी। एक तरह से वह राजकुमार का चलता-फिरता शौचालय थी।

उस शौचालय की एक विशेषता थी कि उसके कमोड की जगह बदलती रहती थी। जब राजकुमार कुछ लम्बा हो गया तो लेटने पर उसके पेट का छेद खटिया के छेद से थोड़ा ऊपर पड़ने लगा। जब वह खटिया के छेद की सीध में अपना छेद रखने के प्रयत्न में नीचे खिसकता तो उसे लेटने में कठिनाई होती। विपद राम ने इस बात को समझा और खटिया में थोड़ा ऊपर की ओर एक अन्य छेद बना दिया। यानी कि राजकुमार का कमोड कुछ-कुछ ऊपर स्थापित हो गया। इसी तरह बाद में ऊपर की ओर थोड़ा दाएँ भी एक छेद बन गया। यानी कि उम्र बढ़ने के साथ-साथ राजकुमार की लम्बाई बढ़ रही थी और उसकी लम्बाई बढ़ने के साथ-साथ खटिया में उसके कमोड की जगह बदल जाती थी।

खटिया को लेकर बीच-बीच में एक समस्या पैदा होती थी। यह एक बँसखटिया थी जो बाँध की रस्सी से बनाई गई थी। खटिया का नीचे का हिस्सा अथवा ओरदावन

मूँज की रस्सी का होता था। खटिया का इस्तेमाल करते-करते कुछ दिन बीत जाते तो वह बीच में धँस जाती थी। तब उसके और राजकुमार के छेदों का सन्तुलन बिगड़ जाता था। ऐसी स्थिति में विपद खटिया का ओरदावन खोलकर उसे उन्च देते थे, यानी कि ओरदावन खोलकर उसे खींचते और फिर कस कर बाँध देते। अब धँसी हुई खटिया पुनः समतल हो जाती जिस पर लेटकर राजकुमार पूरी सहूलियत के साथ मल त्याग करता।

इस तरह सब कुछ निरापद भाव से चल रहा था। धीरे-धीरे राजकुमार के मलद्वार की शल्य क्रिया कराने का विपद का इरादा सुस्त पड़ने लगा। क्योंकि एक तो ऑपरेशन भर का धन जुटा सकना दिवास्वप्न था, दूसरे विपद ने अनुभव किया कि आख़िरकार काम चल ही रहा है। उन्होंने एक बार ख़र्चे से बचने या ख़र्चे का पैसा न जुटा सकने की हताशा में यहाँ तक सोचा कि मतलब तो गू निकलने से है, वह गुद्दा से निकले या पेट से। इसी प्रकार उसने एक दिन बटुली से कहा, "गुद्दा चिराने के लिए इतना पैसा फूँकना कहाँ की अक़्लमन्दी है।" जब बटुली ऑपरेशन कराने के लिए ज़्यादा बल देने लगी तो विपद राम ने झुँझलाकर कहा, "इतना रुपिया तो मेरी फट जाएगी तब भी नहीं जुटा पाऊँगा।"

माँ-बाप के इस संघर्ष से राजकुमार लगभग ग़ाफिल था, और वह अबाध रूप से नित्यक्रिया करता जा रहा था। उसके पास पेट पर ही सही कृत्रिम मलद्वार था और खटिया के रूप में एक सचल कमोड था। वह इन सबका अभ्यस्त होने लगा था और उसे कोई ख़ास असुविधा नहीं अनुभव होती थी। किन्तु यह स्थायी भाव न था। मुसीबत इन्तज़ार में थी। घात लगाए बैठी थी और हमले के लिए बाजिब मौक़े की प्रतीक्षा कर रही थी। जब राजकुमार स्कूल जाने लगा तो वह झपट पड़ी।

प्राइमरी पाठशाला में राजकुमार का दाख़िला कराने के बाद विपद राम का हृदय स्वतंत्र भारत की राजनीतिक व्यवस्था के प्रति श्रद्धा से भर गया। उनको लगा कि कहाँ उनके पुरखे अपनी औलाद को पढ़ाने के बारे में सोचने तक की हिम्मत नहीं कर सकते थे। एक बार किसी ने अपने बच्चे को स्कूल भेजा था तो किसी बात पर ग़ुस्सा होकर गुरुजी ने बच्चे के दोनों हाथों की उँगलियाँ ईंट से कूच डाली थीं। नतीजतन पिचकी, झूलती हुई उँगलियों, ख़ून और आँसू के साथ बच्चा घर आया, फिर कभी स्कूल नहीं गया। अब उसी गाँव में, उसकी बस्ती के बच्चे स्कूल पढ़ने जा रहे हैं और पढ़ रहे हैं। यह भगवान की माया और गांधी जी की कृपा नहीं है तो और क्या है?

गुरुजी ने कहा, "विपद तेरे बच्चे का दाख़िला हो गया।"

विपद ने साष्टांग दंडवत् किया और कहा, "गुरु महराज हमारा गदेला अब आपकी सेवा में।"

लौटते समय विपद ने बेटे की तरफ़ देखा कि बेटा उनकी तरफ़ देख ही नहीं रहा था। वह सिर झुकाए हुए कोने में अपराधी की तरह दुबका हुआ था। विपद

के चले जाने के बाद भी काफ़ी देर तक वह उसी मुद्रा में रहा तो गुरुजी गर्ज पड़े, "साले एक तो कुजात उस पर पेटहगना, चार अक्षर पढ़ लेगा तो किसी ठीहे लग जाएगा। रिजर्वेशन तो तुम हरामियों के लिए है ही।" राजकुमार गुरुजी के कथन में केवल साले, कुजात, पेटहगना और हरामियों का अर्थ समझ सका। वह मुलुर-मुलुर गुरुजी को ताकता रहा। गुरुजी झल्ला पड़े, "भाक् यहाँ से, कल से आना पढ़ने।"

गुरुजी के उग्र व्यवहार के बावजूद राजकुमार को अगले दिन पुनः स्कूल आने में कोई हिचक न हुई। क्योंकि गाली, दुत्कार, पिटाई जैसी चीज़ें उसके लिए नया अनुभव नहीं थीं। उसके कान, त्वचा और हड्डियाँ इसके लिए सदैव तैयार रहती थीं। इसके अलावा यह भी कि स्कूल उसके नीरस जीवन में परिवर्तन की तरह आया था। दुआर, गन्दी बस्ती, मिट्टी के घर या फूस के झोपड़ों के बरक्स स्कूल उसे बुरा नहीं लग रहा था। यहाँ पक्की इमारत थी, चापाकल था और पास में दूर-दूर तक फैले वृक्षों का जंगल था जिसमें लगातार गिलहरियाँ दौड़ती थीं। वहाँ मोरों की बहुतायत थी। मोरों को नाचते हुए, आपस में खेलते हुए, चहलक़दमी करते हुए देखा जा सकता था। मोर कभी-कभी टहलते हुए स्कूल के परिसर में आ जाते थे। यदाकदा वे स्कूल की छत पर चढ़ जाते थे।

स्कूल के प्रति उसके आकर्षण से बटुली और विपद निहाल थे। विपद राम तो इतने प्रभावित हुए कि उनके मन में राजकुमार के ऑपरेशन की इच्छा के नवांकुर उग आए। एक दिन उन्होंने सचमुच बटुली से कहा, "मैं फ़ैज़ाबाद जा रहा हूँ कमाने।"

फ़ैज़ाबाद में वह अपने फूफा के लड़के से मिले जो रिक्शा चलाता था। उसके रिक्शा मालिक के पास आठ रिक्शे थे जिन्हें वह तीन रुपए प्रति शिफ़्ट किराए पर देता था। उसने अपने रिक्शा चालकों के लिए रुकने का इन्तज़ाम किया था। एक कमरा था जिसमें वे रहते थे। कमरे के बाहर पर्याप्त खुली जगह थी जहाँ लोग छह ईंटें रखकर खाना बना लेते थे। विपद राम भी उन्हीं में शामिल हो गए।

वह दिन की शिफ़्ट में रिक्शा चलाते थे। किसी-किसी दिन दो शिफ़्ट रिक्शा चला लेते। उनकी जीवन शैली में बड़ी बात यह दिखती थी कि वह आटा, नमक और प्याज के अतिरिक्त किसी चीज़ पर पैसा नहीं ख़र्च करते थे। यहाँ तक कि हरी मिर्च ख़रीदना भी उनको फ़िजूलख़र्ची लगती थी और वह महसूस करने लगते थे कि हरी मिर्च ख़रीदने का मतलब है राजकुमार के ऑपरेशन के रास्ते में बाधा डालना। उनकी मितव्ययिता का आलम यह था कि वह यदि किसी दूसरे रिक्शावान को पूड़ी-सब्ज़ी खाते हुए देखते तो चकित हो जाते। एक दिन उन्होंने एक रिक्शावान को अपने रिक्शे की गद्दी पर बैठकर केला खाते देखा और दूसरे को बेल का शरबत पीते हुए देखा तो उन्हें दोनों से नफ़रत हो गई। उन्होंने उन दोनों को घूरकर थूक दिया और अपने रिक्शा का पैडिल मारते हुए आगे बढ़ गए। दोनों उनकी नफ़रत को उनकी ईर्ष्या समझकर हँसने लगे। उनकी हँसी दौड़ती हुई जाकर रिक्शा चला रहे विपद राम की पीठ पर बैठ गई। विपद राम जद्दोजहद करने लगे कि उस हँसी को उतार फेंके मगर

वह चिपक गई थी। तब उन्होंने अपने बेटे राजकुमार का स्मरण किया। उन्हें पहले राजकुमार का चेहरा दिखा था फिर उसके पेट में बना हुआ छेद। वह बुदबुदाए, "बेटा घबराना मत, जैसे भी होगा, तुम्हारा ऑपरेशन कराकर रहूँगा।" पसीने से कि आँसुओं से उनका चेहरा भींग गया था। उन्होंने चेहरे को गमछे से पोंछा और पाया कि चेहरे के साथ उनकी पीठ भी हल्की हो गई थी।

यूँ उपेक्षा और उपहास उनके लिए कोई असामान्य बात नहीं थी। सवारियों से आए दिन यह सब प्राप्त होता रहता था लेकिन सवारियाँ पैसा भी देती थीं जबकि अपने सहकर्मी रिक्शावानों से केवल उपेक्षा और उपहास ही मिलता था।

शायद अपमान से बचने या रिक्शावान बिरादरी में अपने श्रेष्ठता सिद्ध करने का चस्का था कि एक दिन देखा गया, विपद राम सुबह चार बजे ही उठकर 'राम-राम सेत्ता राम जय राम' गा रहे हैं। इसके बाद यह गाना गाया—'उठ जाग मुसाफ़िर भोर भई।' पाँच बजे वह सरयू स्नान के लिए चल दिए। वहाँ से लौटे तो उनके माथे पर टीका था। उनके इस कायापलट का रहस्य जानने को आतुर एक साथी ने उन्हें चाय पीने के लिए आमंत्रित किया तो वह बोले, "मैं दुकान की कोई चीज़ खाता-पीता नहीं हूँ।"

इस प्रकार विपद राम की कंजूसी को सबल आध्यात्मिक आधार मिल गया था और अपने लोगों के मध्य उन्हें विशेष दर्जा भी हासिल होने लगा था।

साधु एक बार खाते हैं, विपद राम भी एक बार खाते। साधु कम बोलते हैं, विपद राम भी कम बोलते। मगर साधु रिक्शा नहीं चलाते, विपद राम रिक्शा चलाते थे। एक जून के कच्चे-पक्के आधे-अधूरे भोजन के बल रिक्शा खींचते-खींचते उनकी काया शनैः शनैः जर्जर होने लगी और एक दिन रिक्शा चलाते हुए ही वह मूर्छित होकर गिरे और सामने से आ रहे स्कूटर से टकराए। मूर्छा में वह बार-बार राजकुमार... राजकुमार...कह रहे थे। होश आने पर उनके फूफा के लड़के ने उनको गाँव जाने की सलाह दी। न केवल सलाह दी, बल्कि टिकट कटाकर बस में बैठा दिया।

जब वह फ़ैज़ाबाद से गाँव लौट रहे थे तो उनके पास हाथ, पाँव, मत्थे की कुछ टूट-फूट और कुछ रुपए थे। एक दिन टूट-फूट ख़त्म हो गई और एक दिन रुपए भी ख़त्म हो गए।

गाँव में अभी भी राजकुमार की शिक्षा बदस्तूर चल रही थी। जब विपद फ़ैज़ाबाद से गाँव पहुँचे थे तो वह स्कूल में ही था।

अब तक राजकुमार के लिए स्कूल से भी ज़्यादा आकर्षण स्कूल के पास स्थित वन का हो गया था। उसने सुन रखा था कि मोर साँप को खा जाता है। वह साँप खाते हुए मोर को देखना चाहता था। वैसे भी मोर उसे बहुत भाता था। इसके पीछे यह कारण क़तई नहीं था कि मोर राष्ट्रीय पक्षी है। उसके लिए क्या, उसकी सात पुश्तों के लिए राष्ट्र, राष्ट्रीयता, राष्ट्रनेता की कोई ख़ास अहमियत नहीं थी। बल्कि राष्ट्र

और उससे जुड़ी अनेक चीज़ें उनके लिए भय का सबब थीं। राष्ट्रीय पशु बब्बर शेर की तरह ही कथित राष्ट्रनेता भी उनके लिए हिंसक और ख़ूँख़ार थे।

इसलिए मोर के प्रति राजकुमार के लगाव में कोई राष्ट्रवादी रुझान नहीं देखी जानी चाहिए। मोर द्वारा साँप खाने के दृश्य दर्शन के अलावा यह ज़्यादा से ज़्यादा मोर के विविधरंगी व्यक्तित्व का कमाल था। राजकुमार के जीवन में केवल मटमैले, धूसर, कत्थई, काले रंग थे और इर्द-गिर्द की अधिकतर आकृतियाँ अनगढ़ बैडौल थीं। जबकि मोर सुगढ़ और सुन्दर थे।

मोर के प्रति उसका जनून इस तरह बढ़ता गया कि बाद में जब वह प्राइमरी की पढ़ाई पूरी करके मिडिल स्कूल में पहुँचा और मिडिल स्कूल में भी सत्रह साल की अवस्था में कक्षा सात में पहुँचा तो उसका ज़्यादातर समय वन में ही बीतने लगा था। जब वह उन्नीस साल की अवस्था में आठवीं क्लास में पहुँचा था तब अक्सर ऐसा होने लगा था कि वह घर से निकलकर वन में चला जाता था और स्कूल की छुट्टी होने पर वन से निकलकर घर आ जाता था। जबकि वह जब प्राइमरी की कक्षाओं में पढ़ता था तो स्कूल में ठुकाई-पिटाई होने पर ही वन में जाता था। उसकी ठुकाई यदि पूर्वार्द्ध में होती तो दोपहर की छुट्टी में वन गमन करता था और यदि अपराह्न में होती तो पूरी छुट्टी हो जाने के बाद वह थोड़ी देर के लिए वन में प्रवेश करता था।

उसकी ठुकाई-कुटाई के विभिन्न कारण थे। मसलन वह पढ़ने में कमज़ोर था। पढ़ाई के साथ अन्य कारणों से भी उसको हिंसा सहनी पड़ती थी जैसे कि जिस दिन विपद फ़ैज़ाबाद से आया था उस दिन वह चाँपाकल चलाकर पानी पीने जा रहा था कि गुरुजी दुबककर उसके पीछे आकर खड़े हो गए। जैसे ही चाँपाकल चलाया कि पीछे से गुरुजी ने उसे एक लात मारी। वह चाँपाकल पर ही मुँह के बल गिर पड़ा और उसके मुँह से ख़ून निकलने लगा। गुरुजी ख़ून देखकर कुछ नरम पड़े, "हमने कोई इसके मुँह पर मारा नहीं। मैंने तो इसकी कमर पर मारा था, यह चाँपाकल पर गिर पड़ा तो मैं क्या करूँ।"

एक दूसरे गुरुजी बोले, "अरे देखो, इस पेटहगना के पेट का गुह कहीं चाँपाकल पर न लग गया हो?" दो-तीन विद्यार्थी अत्यन्त गौर से चाँपाकल का निरीक्षण करने लगे।

पहलेवाले गुरु बड़बड़ाए "इसलिए मैंने मारा कि कहीं इस पेटहगना की टट्टी चाँपाकल को अपवित्र न कर दे।"

तीसरे गुरुजी भी वहाँ पहुँच गए, "बहुत उचित किया आपने। अब कहीं इसका मल छिटककर चाँपाकल के भीतर चला जाता तो।"

"तो यह चाँपाकल उखाड़कर उसकी...में डाल देता।"

"पर इसके तो वहाँ रास्ता नहीं है?"

"चाँपाकल रास्ता स्वयंमेव बना लेता।"

"ऐ लड़को, इस पेटहगना को इसके घर पहुँचा दो।" किसी गुरुजी ने कहा।

फ़ैज़ाबाद से लौटकर विपद ने राजकुमार का प्रथम दर्शन किया तब उसके मुँह से ख़ून बह रहा था और सिर में गुम्मड़ निकल आया था। यही स्थिति राजकुमार की थी, उसने बाप को देखा जिसके हाथ, पाँव और मत्थे में टूट-फूट थी। उन दोनों को बटुली ने देखा तो वह घबराई, फिर चिल्लाई, फिर रोई, फिर चुप होकर घरेलू उपचार में जुट गई। हालाँकि विपद ने मना किया, "तू मेरे इलाज के फेर में न पड़; मैं वैसे ही ठीक हो जाऊँगा।"

रात होने पर बटुली ने कहा, "हमको लग रहा है कि कोई बुरी सै हमारे घर में घुस गई है। चलो आज महीपाल बाबा की समाधि पर मिन्नत कर आएँ।" वह विपद और राजकुमार को लेकर निकल पड़ी। घनी रात थी। एक जगह विपद को ठोकर लग गई। बटुली ने सँभाल लिया लेकिन बोली, "फ़ैज़ाबाद जाकर गाँव का रास्ता भूल गए हो?"

कहा जाता है कि महीपाल बाबा की समाधि सौ साल से भी ज़्यादा पुरानी है। महीपाल जूता बनाने का काम करते थे और भगवान के बहुत बड़े भक्त थे। वह साल भर में एक जोड़ी जूता भगवान के लिए भी बनाते थे। जब भगवान का जूता बन जाता, तमाम लोग उनके घर के सामने इकट्ठा हो जाते थे। महीपाल भगवान की पूजा करने के बाद वही एक जोड़ी जूता उनके चरणों में चढ़ाते और आँखें मूँद लेते। वहाँ आए हुए लोग भी अपनी आँखें मूँद लेते। जब सबकी आँखें खुलतीं तो देखते कि जूते ग़ायब। इससे भी अधिक हैरानी की बात यह थी कि अचानक पूजा स्थल से एक जोड़ी जूतों के निशान बनने शुरू हो जाते, जैसे कोई चल रहा हो। न चलनेवाला दिखता न जूते लेकिन जूतों की छाप बनती जाती। लोग पीछा करते मगर वे जहाँ तक जाते उससे आगे जूतों की छापें मिलतीं। अन्त में हारकर और अभिभूत होकर लोग लौट आते।

इस तरह एक बड़े सन्त के रूप में महीपाल मशहूर होने लगे। उनके बारे में यह भी चर्चित हुआ कि उनके जूते रास्ता बताते थे। जिसके पैर में महीपाल निर्मित जूते हों और वह कभी रास्ता भटक गया तो जूते बोलने लगते कि दाएँ मुड़ो, अस्सी क़दम आगे बढ़ो, फिर बाएँ मुड़ जाओ...। इस तरह जूते सही जगह पहुँचा देते। दूसरी बात यह कि महीपाल के जूते चमत्कारी होने के बावज़ूद इतने सस्ते थे कि जिनकी हैसियत जूते ख़रीदने की नहीं थी वे भी जूते पहनने लगे। एक ख़ास चीज़ यह थी कि यदि कोई चमड़ा देने के लिए तैयार होता तो उसके बच्चों के लिए महीपाल मुफ़्त में जूता बना देते। नतीजा हुआ कि बच्चों में भी महीपाल बेपनाह मशहूर होने लगे। बच्चे उनका जूता पहनकर आराम से अकेले घूमने चल देते थे। आँधी, पानी, अँधेरा होने के बावज़ूद वे सही सलामत अपने घर लौट आते। उनकी माएँ उनको अपनी छाती से लगाकर महीपाल को ढेर सारी दुआएँ देती थीं।

महीपाल की कीर्ति इतनी फैल गई कि लोग कहने लगे, महीपाल से बड़ा कोई सन्त नहीं है। इस बात से पुराने सन्तों के तन-बदन में आग लग गई। वे बहुत ग़ुस्सा

हुए। उधर राज्य के जूतों के सौदागर भी महीपाल से घबड़ाए हुए और नाराज़ थे। उन सभी लोगों ने महीपाल को अपना सबसे बड़ा दुश्मन माना और महामंत्री के पास पहुँचकर मदद करने के लिए अनुरोध किया। महामंत्री स्वयं भी एक जूता बनानेवाले की बढ़ती लोकप्रियता से नाख़ुश था। उसने राजा से कहा, "महराज! महीपाल कोई जादूगर है जिसे शत्रु देश के राजा ने हमारे यहाँ प्रजा को भड़काने के लिए भेजा है। कोई बग़ावत हो, इसके पूर्व ही हमें महीपाल का वध कर देना चाहिए।" लेकिन जब राजा ने महीपाल के चमत्कारी जूतों के बारे में सुना तो उसको जिज्ञासा हुई और उसने महीपाल को बुलवा भेजा। राजा ने महीपाल से कहा, "मेरे लिए भी जूता बनाओ। अगर तुम्हारे बनाए गए जूतों द्वारा सही रास्ता बताने की बात सच हुई तो तुझे मालामाल कर दिया जाएगा, वर्ना उन्हीं जूतों से तुझे तब तक पीटा जाएगा जब तक तेरे शरीर में प्राण रहेंगे।"

महीपाल बोले, "जो हुकुम महाराज।" वह राजा के पैरों की नाप लेकर चले गए और अगले दिन जूता लेकर आए। वह राजा को जूता भेंट करके जाने लगे तो राजा का इशारा पाकर सैनिकों ने महीपाल को घेर लिया। महामंत्री बोले, "महराज द्वारा जूतों का परीक्षण पूर्ण किए जाने तक तुम्हें हमारा आतिथ्य स्वीकार करना पड़ेगा।"

बताया जाता है कि उन जूतों को उसी रात पहनकर राजा अकेले बाहर निकला। वह थोड़ी ही दूर गया कि रास्ता भटक गया। क्योंकि वह कभी अकेले निकला ही नहीं था, जब भी निकलता था फौज-फाटे के साथ निकलता था, वही लोग रास्ता बताते थे। उस दिन अकेले निकला तो भटक गया। जूतों ने कहा, "बाएँ मुड़ राजा।" आश्चर्य से राजा का मुँह खुला रह गया और वह बाएँ मुड़ गया। जूते आज्ञा देते, तदनुसार राजा आगे बढ़ता या मुड़ जाता। काफ़ी देर तक इसी तरह चलता रहा तब जूतों के हँसने की आवाज़ आई और वे बोले, "ले तू पहुँच गया अपनी मंज़िल।" लेकिन राजा ने देखा, यह उसका महल नहीं था। यह एक बीहड़ जंगल था। उसी समय पास से शेर के दहाड़ने की आवाज़ आई। डर के मारे राजा बेहोश हो गया।

राजा की आँख खुली तो वह अपने महल में था। हुआ यह कि राजा अपनी समझ में अकेले गया था लेकिन महामंत्री ने राजा की निगरानी और सुरक्षा में अपने आदमी रख छोड़े थे। उन लोगों ने ही राजा को बचाया और महल ले आए।

राजा के सामने महीपाल की पेशी हुई। राजा कड़ककर बोला, "तेरे जूतों ने भटकने से बचाने की जगह मुझे भटका दिया। मैं ग़लत जगह पहुँच गया।"

महीपाल हँसे, "नहीं महाराज मेरे जूते सच्चे हैं। उन्होंने आपको आपकी मंजिल तक पहुँचा दिया था। आप बच भले गए लेकिन मंज़िल वही है, बोटियाँ नोचकर खा जानेवाले ख़तरनाक जानवरों के बीच।"

इतना सुनना था कि राजा अपने विदेश के बने रत्नजड़ित जूते उतारकर लगा मारने। इतना मारा कि महीपाल मर गए। जब महीपाल के अनुयायी महीपाल का शव

लेने गए तो क्या देखते हैं कि वहाँ महीपाल का शव न होकर महीपाल की समाधि है और एक नीम का छतनार पेड़ लगा हुआ है।

तब से वह समाधि और वह नीम का पेड़ पूज्य बने हुए हैं। महीपाल के ज़माने के महीपाल के अनुयायी मर गए, उनकी अगली पीढ़ी मर गई लेकिन अनुयायियों की वंश परम्परा के लोग विपत्ति और दुख में महीपाल बाबा की समाधि के पास जाकर प्रार्थना करते हैं...। दुआ माँगते हैं...।

बटुली, विपद और राजकुमार भी दुआ माँगने आए थे। रात इतनी बेतहाशा थी कि न समाधि, न नीम, न वे तीन—कुछ भी दिखाई नहीं पड़ रहा था। विपद राम ने कहा, "हे महीपाल बाबा हमारे परिवार की हिफाजत करो।" बटुली को पति की आवाज़ नहीं सुनाई दी, क्योंकि वह स्वयं विनती में डूबी हुई थी। वह विनती कर रही थी और बुदबुदाती जा रही थी...बाबा...बाबा...। जब बाबा-बाबा कहते हुए उसकी साँस फूल गई तो वह रो रही थी।

विपद उसे चुप कराने लगे। उनके चुप कराने से बटुली ज़्यादा तेज़ रोने लगी। रात के रहस्य और सन्नाटे को बटुली का रुदन रौंद रहा था। अचानक विपद को महसूस हुआ, बटुली के रुदन में कोई एक अन्य रुलाई दाख़िल हुई है। दरअसल राजकुमार भी रो रहा था। वह समानान्तर रुलाई नहीं थी बल्कि माँ की रुलाई में लिपटी हुई रुलाई थी। एक रुलाई जैसे दूसरी रुलाई का संगत कर रही हो। विपद ने राजकुमार को गले से लगा दिया और ख़ुद रोने लगा।

राजकुमार और हिंसा का बहुत गहरा रिश्ता था। हिंसा उसको निशाना बनाने के लिए कोई न कोई बहाना ढूँढती ही रहती थी। चाहे वह प्राइमरी पाठशाला में रहा हो या मिडिल स्कूल में, हिंसा उसका पीछा करती रहती। यदि उसके गाँव से पाँच सौ किलोमीटर दूर बिहार में नक्सलवादी लोग ऊँची जाति के कुछ लोगों का सफाया कर देते तो स्कूल के गुरुजी राजकुमार और उसके जैसे चार-छह बच्चों को चार का पहाड़ा निर्दोष रूप से न सुना पाने पर लात-घूँसों की वर्षा शुरू कर देते थे। एक बार ऐसी ही किसी स्थिति में राजकुमार ने अप्रत्याशित रूप से पहाड़ा निर्बाध सुना दिया। इस बार गुरुजी ने उसे इसलिए मारा था कि उसने 'छह अट्ठे अड़तालिस' धीरे से क्यों बोला था।

हालाँकि विपद राम का कथन था, "भगवान की बड़ी कृपा है कि ज़माना बदल गया है, वर्ना पहले ग़रीब आदमी को मारने के लिए किसी बहाने की भी ज़रूरत नहीं थी।" पर राजकुमार कैसे अपने दुख को कम समझता। उसने पुराने ज़माने के दुख देखे नहीं थे। उसके सामने वही दुख थे जो उसके ऊपर गुज़र रहे थे और जो उसके भीतर थे। वह बिना किसी नियम और क़ानून के अपने तमाम हमउम्रों से नीचा हो गया था। उनसे बेइज़्ज़त होता रहता था और मार खाता रहता था। उनमें से अधिकतर से वह बलिष्ठ था। उसके बाज़ुओं की मछली ज़्यादा उछलती थी और उसकी जाँघें

ज़्यादा मज़बूत थीं फिर भी वह पिटता था। एक बार तो वह इसीलिए पिट गया कि उसकी भुजाओं में मछलियाँ ज़्यादा उछलती थीं।

अन्ततः राजकुमार ने पढ़ाई छोड़ दी और हिंसा से बचने के लिए उसे यही उचित लगा कि अपनी बस्ती से बाहर कम-से-कम निकलो। निकलो भी तो बस काम से। वह बाहर निकलने पर सिर झुकाकर चलता और बैल की तरह काम में जुटा रहता। काम ख़त्म होने पर अपनी बस्ती में लौट आता। बस्ती में उसकी कमोबेश हिफाजत थी। उसके बाशिन्दों को चमड़ा, मल, मरे हुए जानवर और ख़राब अन्न का पुराना अभ्यास था। राजकुमार के तो पेट से मल निकलता था, वहाँ कुछ ऐसे भी थे जिनके मुँह में ज़बरदस्ती वह डाला गया था। इस बस्ती में दुर्गन्ध, अत्याचार, हिंसा और बलात्कार का कुम्भीपाक बजबजा रहा था। इसलिए राजकुमार इस बस्ती के लिए अजूबा और अछूत कैसे हो सकता था। यहाँ उसे यदि कोई परेशानी थी तो यही कि यहाँ के लोग उसकी हँसी उड़ाते थे। क्योंकि वह पूरा मर्द हो गया था, मगर उसकी शादी नहीं हुई थी। जबकि यहाँ शादियाँ बचपन में ही हो जाया करती थीं। शादी तो उसकी भी विपद-बटुली बचपन में ही कर देते लेकिन दिक़्क़त यह पेश हुई कि कोई लड़कीवाला तैयार ही नहीं हुआ। क्योंकि जन्म के थोड़े ही दिनों के भीतर पेटहगना के रूप में उसकी ख्याति दूर-दूर तक फैल चुकी थी। उसके कुँआरा रह जाने के पीछे लड़कीवालों की उसके गू के प्रति वितृष्णा एकमात्र वजह नहीं थी। बल्कि उन लोगों को यह निराधार सन्देह भी था कि वह गुदाहीन है इसलिए हो सकता है, लिंगहीन भी हो। या कम-से-कम पुंसत्वहीन तो हो ही सकता है। कुछ लोगों को ऐसा भ्रम भी रहता था कि उसका गुदाहीन होना किसी भयंकर रोग का लक्षण है जिसके चलते जल्द ही वह मर जाएगा।

विपद राम ने इन बातों की शुरू-शुरू में ज़्यादा चिन्ता नहीं की। उन्होंने सोचा था कि अगर राजकुमार का बड़ावाला ऑपरेशन हो जाएगा तब लोगों को जवाब मिल जाएगा। उसने बटुली से कहा भी था, "तब हमारे राजकुमार का ब्याह होगा, गौना होगा, बाल-बच्चे होंगे।"

अधेड़ावस्था में विपद राम गाँव से लगे क़स्बे में पुनः रिक्शा लगाने लगे थे। इस बार उनके रिक्शा चालन का उद्देश्य राजकुमार का ऑपरेशन कराना तो था मगर वह अब ऑपरेशन राजकुमार को स्वस्थ बनाने, नारकीय ज़िन्दगी से छुटकारा दिलाने से अधिक उसे शादीशुदा बनाने के लिए कराना चाहते थे।

वैसा ही राजकुमार के साथ हुआ। उसने अभी हाल में इलाज के लिए पैसे इकट्ठा करने की मुहिम में ख़ुद को सक्रिय करने का फ़ैसला किया तो उसके फ़ैसले में स्वस्थ होने की इच्छा के साथ विवाहित न हो सकने की कुंठा भी थी।

निश्चय ही घर की आमदनी बढ़ने लगी थी। एक तरफ़ विपद रिक्शा चलाता था तो दूसरी तरफ़ राजकुमार भट्ठे पर ईंट ढोने लगा था।

कुछ दिनों के बाद भट्ठे पर काम के एवज में हुई आमदनी की बचत को लेकर

वह क़स्बा गया और दो मुर्गियाँ ख़रीदकर ले आया। बटुली मुर्गियाँ देखकर घबरा गई, "यह कहाँ से लाया? चुराया है?"

"चुराया नहीं ख़रीदकर लाया हूँ। एक का पैसा चुका दिया हूँ, एक उधारी पर है।"

तुमको कौन मुर्गी उधार देने लगा?"

"कादिर दर्जी। कतरन लेने गया था, उसी समय उसने मुर्गी के लिए उधार दिया।"

"कादिर की भी मति मारी गई है। अरे हमारी बिरादरी में कोई मुर्गी-मुर्गा

खाया है जो तुम खाओगे।" बटुली रोने लगी, "अरे इसका बाप ख़ून जलाकर रिक्शा खींच रहा है कि इस पेटगहना का इलाज हो जाए पर ये नासपीटा मुर्गी-मुर्गा खाएगा...।"

राजकुमार हँसने लगा।

"हँस रहा है, तुझे कीड़ा पड़े।"

"माई हम खाने के वास्ते मुर्गी नहीं लाए हैं। इनका अंडा बेच-बेचकर हम पैसा जुटाएँगे माई...।" कुछ बात हुई कि राजकुमार की आवाज़ की सुई फँस गई, वह आगे बोल न पाया। इस समय उसका चेहरा एक साथ कातर, खिसियाया, पवित्र, दयनीय और सुन्दर लग रहा था।

उसकी बातें सुनकर बटुली और तेज़ रोने लगी लेकिन यह दूसरी तरह की रुलाई थी। इस रुलाई की ध्वनि, संगीत और भाषा भिन्न थी।

माँ को रोता देखकर राजकुमार दिग्भ्रमित सा हो गया। उसकी समझ में नहीं आ रहा था कि क्या करे। वह कहने लगा, "माई एक रुपया का एक अंडा बिकता है। रोज़ दो रुपए की ज़्यादा कमाई हो जाएगी, यही सोचकर मुर्गियाँ ख़रीदी हैं...। पर तू रो रही है...।"

बटुली आँसू पोंछकर चुप हो गई, "मैं रो नहीं रही हूँ।" यह कहकर वह फिर रो पड़ी और पुनः उसी तरह आँसू पोंछकर बोली, "बड़ा अक़्लवाला हो गया है।" लेकिन वस्तुस्थिति यह थी कि राजकुमार के पास अक़्ल नहीं थी। अक़्ल होती तो अंडे के उत्पादन के लिए मुर्गियों के साथ कोई मुर्गा भी ले आता।

उसके सामने मुसीबत खड़ी हो गई कि बिना मुर्गा के दोनों मुर्गियों का क्या करे। एक मुर्गी का तो उधार भी चढ़ा हुआ था। अंडे अभी हो नहीं सकते थे जबकि उसने अंडों के विपणन की व्यवस्था सबसे पहले कर ली थी। उसने कादिर दर्जी से पूछा था कि उसके अंडे कौन ख़रीदेगा?

कादिर ने बताया, "ख़रीददारों की कौन कमी है, आजकल तो पंडित लोग भी मुर्गा, मछली, गोश्त खाने लगे हैं। सो वह भी अंडे ख़रीद सकते हैं। न भी ख़रीदें तो कायस्थ और ठाकुर लोग ख़रीद ही लेंगे। ये लोग ख़रीदें या न ख़रीदें, तुम दारू ठेका के बगल में अंडे उबालकर बैठ जाना...।"

मगर बिकने के पहले अंडों का पैदा होना ज़रूरी था और इसके लिए मुर्गियों के साथ-साथ एक मुर्गा चाहिए था। जब यह सत्य राजकुमार को मालूम हुआ, तब से

वह मुर्गे की चिन्ता में घुला जा रहा था। वह पछताया कि उसने दो मुर्गियों की जगह पर यदि एक मुर्गी और एक मुर्गा ले लिया होता तो गाड़ी चल निकलती। मगर यह सोचकर उदास हो गया कि एक मुर्गी से एक अंडा ही मिलेगा।

उसने सोचा कि क्यों न कहीं से एक मुर्गा चुरा लिया जाए। लेकिन जल्द ही उसने अपना यह विचार छोड़ दिया। क्योंकि वह चोरी में निपुण नहीं था। वैसे एक मुर्गे की चोरी कम निपुण इंसान के लिए भी कोई मुश्किल काम नहीं था, यदि मुश्किल था तो उस मुर्गे को छिपाकर रखना। मुर्गा चोरी कर के लाओ और उसे काटकर खा जाओ तो पकड़े जाने का डर नहीं रहेगा, किन्तु यहाँ तो मुर्गा पालना था। उसे मुर्गियों के बीच रखना था। मुर्गे की कलंगी, मुर्गे की बाँग, मुर्गे की चाल सभी चोरी करनेवाले की सुरक्षा के दुश्मन थे।

अन्ततः उसने दोनों मुर्गियों को एक कपड़े में लपेटकर कपड़े का मुँह बाँधा और उन्हें वापस करने चल दिया। मुर्गियाँ पहले कुड़कुड़ाई थीं पर अब वे चुप और शान्त होकर राजकुमार की पीठ पर लदी चली जा रही थीं। चूँकि राजकुमार चला जा रहा था, इसलिए वे भी चली जा रही थीं।

"अगर मुर्गियाँ न वापस हुईं? कौन ठीक कि बिका माल वापस न ले?" राजकुमार ने सोचा। तभी उसे बड़े ज़ोर की ख़ुशी हुई, "मैं भी कितना पगलेट! ये बात पहले क्यों नहीं मेरी बुद्धि में घुसी।" उसके प्रसन्न होने का कारण यह था कि उसे एक उपाय सूझा कि वह दुकानदार से मुर्गियाँ वापस करने की बात नहीं करेगा बल्कि यह निवेदन करेगा कि एक मुर्गी बदलकर मुर्गा दे दे। उसे विश्वास था कि दुकानदार इस प्रस्ताव को मंजूर कर लेगा।

ख़ुशी के मारे राजकुमार की चाल में तेज़ी आ गई थी। उसने पीठ पर लदी मुर्गियों की गठरी को थोड़ा झटका दिया। वे कुड़कुड़ाने लगीं...।

राजकुमार दिवास्वप्न देखने लगा। उसके दिवास्वप्न में पहले ढेर सारी

मुर्गियाँ और कुछ मुर्गे आए। फिर अंडों के पहाड़। नोट। बिना छेदवाला पेट... औरत...बच्चे...।

...राजकुमार और मुर्गियाँ मन्दिर के पास से गुज़रे। राजकुमार रुक गया तो मुर्गियाँ भी रुक गईं। मुर्गियाँ नहीं लेकिन राजकुमार सड़क पर हाथ जोड़कर भगवान से प्रार्थना करने लगा।

प्रार्थना ख़त्म करने के बाद जब वह चलने को हुआ तो देखा कि पुरोहित जी का लड़का कुछ लड़कों के साथ वहाँ आया है।

पुरोहित जी के लड़के ने कहा, "कहो पेटहगना, गू और मुर्गी लेकर भगवान के दरबार में आए हो। भगवान कोप गए तो तुम्हारे मुँह से गू निकलेगा साले।"

"महराज, हम भगवान के दरबार में कहाँ गए। हम तो सड़क पर खड़े हैं।"

"भगवान को हाथ जोड़ा मुर्गी और गू लेकर?"

"पर महराज हम सड़क पर खड़े हैं। मन्दिर में तो गए नहीं।"

"तो पेटहगनू तुम मन्दिर में जाओगे।...औक़ात भूल गए...मन्दिर में जाने की तमन्ना करने लगे...।"

लड़कों ने राजकुमार को घेरे में ले लिया, और बदबू से बचने के लिए अपनी-अपनी नाकें दबा लीं। प्रधानजी का लड़का थोड़ा और आगे बढ़कर बोला। नाक बन्द होने के कारण उसकी आवाज़ नकनकाई, "चल साले मुर्गा बन, तेरे ऊपर ये मुर्गियाँ रखी जाएँगी। तेरी यही सज़ा है।"

राजकुमार मुर्गा न बनकर जैसे का तैसा खड़ा रहा तो प्रधानजी के लड़का उसे धकियाते हुए नकनकाया, "अब बनता है मुर्गा कि...।"

राजकुमार झुककर मुर्गा बन गया। मुर्गियों की गठरी उसकी पीठ पर रख दी गई। पुरोहित जी के लड़के ने उससे कहा, "साले कुकड़ूँ कूँ बोल।"

राजकुमार बोला, "कुकड़ूँ कूँ...।"

तभी पुरोहित जी के लड़के ने उसकी पीठ से मुर्गियों की गठरी उठा ली और भागने लगा। राजकुमार अपने कान छोड़कर फ़ुर्ती से खड़ा हो गया और भाग रहे पुरोहित के लड़के की तरफ़ लपका। लेकिन किसी ने उसे लंगी मार दी, वह मुँह के बल गिर पड़ा। उसके गिरे हुए चेहरे पर कुछ ठोकरें लगीं।

वे लोग उसे वहीं छोड़कर आराम से आगे बढ़े। प्रधानजी का लड़का किसी से बोला, "भवानी शाह के यहाँ से पान मसाला लेकर आ।"

जब राजकुमार उठकर खड़ा हुआ तो उसके मस्तक से ख़ून निकल रहा था और पेट से गू। पेट के छेद में खुँसा कपड़ा निकलकर कहीं गिर पड़ा था। शरीर में धूल लिपटी हुई थी। वह उन लोगों को जाते हुए एकटक देखता रहा। जब वे लगभग ओझल हो गए तो वह चिल्लाया। वह ज़िन्दगी में पहली बार चिल्ला रहा था, "तेरी तो...मुर्गीचोरो!...लो सालो मेरे गुह के मसाले में मुर्गी पकाओ...अरे तुम्हारे पेट में गुह नहीं है क्या...बकरा, मुर्गा को उनके गुह के साथ खा जाओगे...मगर मुझे देखकर पंडिताई झाड़ोगे...।" उसने सामने पड़ा एक ईंटा उठाकर अपनी पूरी ताक़त से फेंका जो थोड़ी दूर पर जाकर गिर पड़ा। वैसे भी वे लोग जा चुके थे। हक़ीक़त तो यह है कि राजकुमार के चिल्लाने के पहले ही वे उसकी पहुँच से दूर हो गए थे। यह भी मुमकिन है कि उनके न रहने के कारण ही उसे अपने दुख और गुस्से को प्रगट करने का साहस हुआ हो।

मगर ध्वनि दृष्टि से भी आगे—काफ़ी आगे—तक चली जाती है। वह जब चिल्लाया तो उसकी आवाज़ और उसके शब्द नामालूम, मुर्गीचोरों ने सुना कि नहीं सुना, मगर गाँव के कुछ लोगों ने शर्तिया सुना जिनमें अधिसंख्य मुर्गीचोरों के पिता, बन्धु, चाचा और बाबा थे। उन्होंने राजकुमार जैसों की ज़बान से इस प्रकार का उच्चारण कभी नहीं सुना था। हालाँकि उन्होंने आपस में एक-दूसरे से लातें खाईं थीं, गालियाँ खाईं थीं लेकिन वे कभी इतने आहत और क्रोधित नहीं हुए जिस तरह से राजकुमार द्वारा मुर्गीचोरों को सम्बोधित कथन से हुए।

परिणाम यह हुआ कि थोड़ी ही देर बाद राजकुमार उनसे घिर गया। उनसे क्या, उनके लात, घूसों, मुक्कों और थप्पड़ों से घिरा हुआ था। एक लाठी उसके सिर पर पड़ी।

राजकुमार ने अस्पताल में आँखें खोलीं। बगल में एक स्टूल पर बटुली बैठी हुई थी। राजकुमार ने पूछा, "माई, बाबू कहाँ हैं?"

"गाँव में प्रधान ने बुलाया था, वहीं गए हैं। अब आ रहे होंगे। कौनो ज़रूरत है बचवा?"

"हाँ माई ज़रूरत है। थाने में रपट लिखानी है उन कुकुरों के नाम।"

"बचवा हमारी औक़ात का कौन आदमी गया है थाना, कचहरी?"

"पर माई मैं जाऊँगा..."

"कहाँ जाने की बतकही हो रही है...।" विपद राम आ गए थे।

विपद राम प्रधान के यहाँ से प्रसन्न होकर लौटे थे। जब वह प्रधान के यहाँ पहुँचे थे तो वह एक लकड़ी से अपनी पीठ का दुर्गम स्थल खुजला रहे थे। बोले, "आओ विपद...आओ...।" उन्होंने लकड़ी चारपाई के सिरहाने रख दी।

"क्या हुकुम है?"

"हुकुम क्या, विपद हमसे तुम्हारे और तुम्हारे बेटे का दुख देखा नहीं जाता है। राजकुमार के रोग का उपचार होना चाहिए।"

"दया हो देवता।"

"उससे कहना कि हम उसके दुश्मन नहीं हैं। ये रुपए लो।" प्रधान ने अपनी बंडी से रुपए निकाले, "पाँच सौ हैं।"

"पर देवता, इतने पैसे में उसका ऑपरेशन...।"

"ये रुपया तो उसकी चोट चपेट के इलाज के लिए है। ऑपरेशन के लिए हम सरकार से मदद दिलाएँगे।"

"वो कैसे?"

"हम राजकुमार की तरफ़ से मुख्यमंत्री के नाम एक अर्ज़ी लिखेंगे। उसी अर्ज़ी पर मुख्यमंत्री विवेकाधीन कोष से तुमको दस हज़ार दिलवा देंगे।"

"दुई कोस, चार कोस, पचास कोस तो महाराज हम सुने हैं पर ये विवेकाधीन कोस क्या है और इससे रुपया कैसे मिलेगा?"

"समझो कि ये एक ख़ज़ाना है जिसका रुपया मुख्यमंत्री जी जिसको चाहें उसको दे दें।"

"पर वह राजकुमार को काहे चाहेंगे।"

"दरअसल मुख्यमंत्री के साढू का लड़का हमारे समधी जी की साली के देवर का दोस्त है। उसी से सोर्स लगवाएँगे। पर देखो, राजकुमार को भी समझा देना कि अगर थाना में रिपोर्ट-उपोर्ट लिखाने की सोच रहा है तो विचार त्याग दे। हम कोई

उसके दुश्मन नहीं हैं। जो हुआ सो हुआ।" इसके बाद प्रधान ने अर्ज़ी लिखी। अर्ज़ी की कार्बन कॉपी विपद राम को पकड़ाते हुए वह बोले, "अब तो यक़ीन हुआ?"

विपद जब अस्पताल में लौटे तो उनके हाथ में वही काग़ज़ झूल रहा था।

उन्होंने कहा, "बेटवा अब फ़िक्र मत करो, तुम्हारी बीमारी की मियाद ख़त्म होनेवाली है।"

उन्होंने राजकुमार को अर्ज़ी की कार्बन कॉपी पकड़ा दी, "प्रधान के समधी के साली के देवर की मुख्यमंत्री के रिश्तेदार से दोस्ती है, वह तुम्हारे ऑपरेशन का पैसा दिलवाएँगे...।"

"देवर न धेवर, कोई हमारी मदद नहीं करेगा। प्रधान तुमको चूतिया बना रहे हैं ताकि मैं थाने में रपट न लिखाऊँ।"

"तै थाने में रपट लिखाएगा!" विपद राम ग़ुस्से में बोले, "कान खोलकर सुन ले, थाने में रपट नहीं लिखानी है।"

"तुमहूँ कान खोलकर सुन लो बाबू, हम थाने में रपट ज़रूर लिखाएँगे।"

अभी तक बाप-बेटे की तकरार देख रही बटुली बोली, "राजकुमार तुम बाबू का कहा मान लो। देखो, जो थाने में रपट लिखाई तो मेरा मरा मुँह देखोगे...।"

वह कुछ बोला नहीं।

बटुली से उसकी चुप्पी सही नहीं गई। वह कुछ खीझ के साथ कहने लगी, "बता तुझे अपनी माई की ज़िन्दगी की परवाह है कि नहीं?"

राजकुमार ने इस बार भी कोई उत्तर नहीं दिया। ऐसा नहीं कि वह उत्तर नहीं देना चाहता था। मुश्किल यह थी कि बटुली के लिए उसके मन में जो भावनाएँ थीं, तदनुसार उसे शब्द नहीं मिल रहे थे।

वैसे भी उसके जीवन में शब्दों की बहुत कमी थी। शब्द इसलिए कम रह गए थे क्योंकि उसके पास ज़्यादा तजुर्बे नहीं थे। बहुत छोटे से भूगोल में उसकी गतिविधि थी और एक ही तरह के काम थे। फिर कैसे समृद्ध होती उसकी शब्द सम्पदा। यह सही है कि भावनाओं की अनुभूति भी ढेर सारे शब्दों को लाती है मगर वह मेहनत के कामों में ऐसा फँसा रहता था कि प्यार, करुणा और आनन्द जैसे भावावेगों को अच्छी तरह महसूस करने का मौक़ा ही नहीं मिल पाता था। बस केवल दुख था जिसे वह भलीभाँति जानता था। लेकिन दुख प्राय: कराहों, चीख़ और विलाप से प्रकट हो जाते हैं और शायद बेहतर तरीक़े से प्रकट हो जाते हैं अत: राजकुमार ने उनकी भी अभिव्यक्ति के लिए बहुत सारे शब्दों की खोज नहीं की थी। वैसे भी वह उसके जीवन में इतना इफरात-इतना गोचर या इतना प्रगाढ़ था कि उसकी अभिव्यक्ति के लिए विशिष्ट उपायों की ज़रूरत नहीं थी।

बहरहाल, जब बटुली ने उससे प्रश्न किया कि 'तुझे अपनी माई की ज़िन्दगी की परवाह है कि नहीं' तो राजकुमार ने कुछ कहा नहीं लेकिन उसके होंठ फड़फड़ाने लगे और मुँह से गों...गों...फ्फों...फ्फों...की आवाज़ निकलने लगी। अजीब बात

है कि इस अजीब आवाज़ में न परिमार्जित, प्रचलित भाषा थी, न कोई व्याकरण, न कला थी लेकिन बटुली को अपने प्रति बेटे के जज़्बात पता चल गए। बटुली ममता से भर उठी। वह उठकर खड़ी हुई कि बेटे का सिर सहला दे किन्तु उसका सिर चोटों से भरा हुआ था। उसने सोचा, बेटे की पीठ सहला दे पर उसकी पीठ पर भी चोटें थीं। उसके बेटे के पूरे शरीर में आक्रमण और पीड़ा थी। बटुली उसके बिस्तर को सहलाने लगी।

अगली सुबह राजकुमार अस्पताल से ग़ायब था। बटुली बदहवास हो गई। विपद राम बुरी तरह भयभीत और घबड़ाए हुए थे। उन्हें डर था कि कहीं प्रधान और पुरोहित जी को यह मालूम न हो गया हो कि राजकुमार रिपोर्ट लिखाने पर अड़ा हुआ है और उन्होंने राजकुमार को अस्पताल से उठवा लिया हो? यह आशंका भी परेशान कर रही थी कि कल वह और बटुली उसको रपट लिखाने के लिए बरज रहे थे, तो आज वह मौक़ा देखकर भाग गया हो थाने। ज़ाहिर है दोनों ही दशाओं में राजकुमार का भला नहीं होना था।

"अब क्या किया जाए?" बटुली की आवाज़ फटी हुई थी।

"गाँव ही चलें। वहाँ पहुँचने पर ही साफ़ बात पता चलेगी।" विपद थके हुए लगे। दोनों चलने की तैयारी करने लगे। उनके पास एक बोरा था, उसमें बटुली सामान रखने लगी। उसने कथरी को चार परत करके बोरे में डाल दिया। अपनी धोती को आठ परत कर के डाला। ब्लाउज़-पेटीकोट एक ही थे, उन्हें वह पहने हुए थी। उसने एक लोटा, दो थालियाँ, एक कटोरा और एक पतीली बोरे में रख ली। कुछ दवाएँ थीं, उन्हें भी बोरे के हवाले कर दिया। बोरे में अभी भी काफ़ी जगह थी, पर वह क्या करती अब कोई सामान ही नहीं था। उसने चारों तरफ़ देखा जैसे कोई और सामान ढूँढ रही हो। वह विपद से बोली, "चलो।"

"तनकी रुको, अभी आता हूँ, तब चलेंगे।" विपद वार्ड से बाहर चले गए। बटुली अकेली खड़ी थी। हालाँकि वार्ड में कुछ मरीज़ थे और उनके मिलनेवाले थे लेकिन विपद के जाने के बाद बटुली उन सभी की उपस्थिति भूल गई। उसने राजकुमार के बिस्तर को देखा और उसी क्षण वह विपद को भी भूल गई। इस क्षण उसकी चेतना में न पति था न बेटा न परिवेश। वह ख़ाली बिस्तर पर लेट गई। वह जब से अस्पताल आई थी, राजकुमार के बिस्तर को लालसा से देखा करती थी। उसको बेटे की तकलीफ़ से दुख था लेकिन कहीं क्षीण रूप से ही सही बेटे के इस सौभाग्य से रश्क भी करती थी कि वह बढ़िया बिस्तर पर लेटा हुआ है। मोटे गद्दे पर चादर बिछी हुई है। तकिया भी है। वह उस बिस्तर से अभिभूत हो गई थी। अभी जब वह बिस्तर पर लेटी तो सुखद सनसनी से भर उठी। उसने अपने नितम्बों को हल्का सा ऊपर उठाया और बिस्तर पर गिरा दिया। उसने अपने गालों को, बालों को तकिया पर रगड़ा। अपनी हथेलियों से चद्दर को छुआ। उसने आमोद से आँखें मूँद लीं।

"लेटी किस कारण से हो?" विपद राम लौट आए थे। उनके हाथों के बीच रुई और ड्रेसिंग की पट्टियों के बंडल थे, "कम्पोडर साहेब से चिरौरी कर के लाए हैं। राजकुमार के काम आएँगे।"

वे चाहते तो गाँव पहले ही आ जाते लेकिन उन्होंने सुरक्षा के नज़रिये से अँधेरा हो जाने पर ही गाँव में घुसना मुनासिब समझा। जब वे गाँव में घुसे तो रात हो चुकी थी। बटुली ने लम्बा सा घूँघट काढ़कर चेहरा ढँक लिया। विपद पीठ पर लदे बोरे का मुँह सामने की तरफ़ खींचकर चेहरा छिपाने की कोशिश करने लगे।

वे डरे हुए थे कि यदि राजकुमार ने रिपोर्ट लिखाई होगी और इनके हत्थे लग गया होगा तो उसकी दो-चार हड्डियाँ हर हाल में टूट चुकी होंगी। उन्हें इस बात का भी अन्देशा था कि वैसी दशा में उन दोनों को भी नहीं बख़्शा जाएगा। देखते ही दबोच लिया जाएगा दंड देने के लिए। इसीलिए वे हिकमत कर रहे थे कि गाँव में कोई उन्हें देखने न पाए और यदि देख ले तो पहिचान न सके।

गाँव में थोड़ा आगे बढ़ने पर उन्हें इतमीनान हुआ, क्योंकि माहौल में कोई अशान्ति नहीं महसूस हो रही थी। तभी एक पेड़ की ओट से कान पर चढ़ा जनेऊ उतारते हुए पुरोहित जी दिखे। विपद ने बोरे का मुँह, चेहरे की तरफ़ ज़्यादा खींच लिया। लेकिन पुरोहित जी पहचान गए थे। बोले, "का हो विपद, ये मुँह बोरा से क्यों तोपे हो? और बटुलिया घूँघट क्यों काढ़े है नई मेहरिया की तरह?" पुरोहित जी ने जनेऊ कुर्ते के भीतर कर लिया था, "राजकुमरवा को समझा देना कि आइन्दा से हम सबके मुँह न लगे।"

"इसका मतलब कि हमारे बचऊ को ये लोग मारे नहीं हैं।" विपद राम ने सोचा और लगभग शोर मचाते हुए बोला, "जय हो महराज की।"

महराज ने जवाब में कुछ कहना मुनासिब नहीं समझा और आगे बढ़ गए।

विपद और बटुली को कुछ-कुछ भरोसा होने लगा कि राजकुमार ने रिपोर्ट नहीं लिखाई है। क्योंकि अगर लिखाई होती तो पुरोहित जी इस तरह नरमी से न पेश आते। उन्होंने सोचा कि राजकुमार को घर पर समझाएँगे कि जाकर सबसे माफ़ी माँग ले।

मगर जब वे घर पहुँचे तो पता चला कि राजकुमार अभी तक लौटा ही नहीं। उन्हें फ़िक्र हुई कि सबेरे-सबेरे अस्पताल से तो निकल गया था राजकुमार फिर अभी तक आया क्यों नहीं?

जब थोड़ी देर बाद भी राजकुमार नहीं लौटा तो बटुली धीमी आवाज़ में रोने लगी। विपद राम के भी होश गुम होने लगे। वह प्रधान के घर के लिए दौड़े। रास्ते में इस बार पुरोहित जी फिर मिले, "का हो विपद तुम तो सचमुच के गांधी बाबा की तरह चल रहे हो।" इस बार विपद ने उनको जवाब देने की ज़हमत नहीं की। वह उसी तेज़ गति में आगे बढ़ गया। उसके पास न लाठी थी, न अनुयायियों की भीड़, न नेतृत्व की महाशक्ति फिर भी उसके क़दमों की गति सचमुच के महात्मा गांधी से

कम नहीं थी। वह दो-चार मिनट में ही प्रधानजी के सामने गिड़गिड़ा रहा था, "हमारे बचऊ को क्यों पकड़े हैं आप लोग?"

प्रधान ने पास बैठे अपने छोटे भाई की ओर देखा, "देख रहे हो इस ससुरे को... पकर-पकर किए जा रहा है। अरे हमको तो अब मालूम हो रहा है कि राजकुमार अस्पताल से ग़ायब है...।"

"महाराज अगर राजकुमार न मिला तो हम अन्न-जल न छुएँगे। भगवान क़सम हम अपनी ज़िन्दगी ख़त्म कर लेंगे।"

"हे विपद...तुम असली गांधी बनने की नौटंकी न करो।" प्रधान बिगड़े।

"ग़लती हुई सरकार..."

"हाँ अब ठीक है। तो देखो राजकुमार ने अपराध किया था, हमने उसी समय उसे दंड दे दिया था। न्याय हो गया बात ख़त्म। हमने पता किया, थाने में हमारे ख़िलाफ़ कोई रिपोर्ट भी नहीं है तो फिर हमको कौन ज़रूरत कि उस पेटहगना को पकड़ मँगाते...।"

"फिर वह गया कहाँ?"

"हाँ इस बात की चिन्ता हमें भी हो रही है।" उन्होंने विपद को एक बड़ी टार्च दी, "जाओ तुम उसको ढूँढो। हम भी उसे खोजवाते हैं।"

बेटे की तलाश के लिए विपद के जाने के बाद प्रधान ने अपने दो लोगों को थाने पर इस निर्देश के साथ भेजा कि अगर वहाँ राजकुमार दिखे तो उसको थाने में घुसने न दो, चाहे जो करना पड़े। फिर प्रधानजी ने अपने दरवाज़े पर अपने लोगों की मीटिंग की। सभी परेशान थे कि पेटहगना अस्पताल से फरार क्यों हुआ? क्या चाल हो सकती है साले की?

निर्णय हुआ कि जैसा भी हो, उसे ढूँढना ही होगा।

राजकुमार उर्फ पेटहगना के बारे में गहन छानबीन के बाद ज्ञात हुआ कि ब्रह्ममुहूर्त में वह अस्पताल से भाग निकला था। एक अनुमान के मुताबिक़ अस्पताल से निकलकर थाने की राह पकड़ी थी। वह थोड़ी ही दूर चल पाया होगा कि उसको पाखाना महसूस होने लगा। अस्पताल में पाट लगा दिया जाता था। उसी पाट पर पेट टिका कर वह मल त्याग कर लेता था। किन्तु इस समय उसके पास न पाट था, न छेद वाली खटिया। जबकि अनिवार्यता बढ़ती ही जा रही थी।

वह एक खुली, गन्दी और प्राकृत जगह की तरफ़ दौड़ा। वहाँ पहुँचने पर उसने अपनी क़मीज़ उतारकर एक तरफ़ रख दी। उसकी शुष्क, खुरदरी और काली त्वचा उस सूनसान में उपस्थित थी।

हाथ के पंजों को ज़मीन पर टिकाकर वह पेट के गड्ढ़े से पखाना निकालने लगा। निवृत्त हो चुकने के बाद उसके सामने समस्या थी कि छेद को साफ़ करने और उसमें खोंसने के लिए उसके पास न रुई थी न कपड़े का कोई टुकड़ा था। उसने

असहायता से चारों ओर देखा। अनन्त आकाश था, अनन्त पृथ्वी थी। खरगोश की तरह सफ़ेद, नरम और गुनगुनी धूप उगी हुई थी। परिन्दे कहीं जा रहे थे। दूर कहीं मन्दिर का घंटा बज रहा था। भारतीयता की पहचान से जड़ चेतन नहाया हुआ था। लेकिन राजकुमार के पेट का गड्ढ़ा भरने के लिए रुई या कपड़े का एक टुकड़ा कहीं नहीं था। हारकर उसने क़मीज़ पहन ली और आगे बढ़ गया।

वह थाना पहुँचा। वैसे यह विश्वासपूर्वक नहीं कहा जा सकता कि वह थाना पहुँचा था। क्योंकि एक सूचना यह भी थी कि वह थाना गया ही नहीं था। वह सीधे जनशक्ति पार्टी की राष्ट्रीय नेता बहिन जी के पास पहुँच गया था। लेकिन दूसरी सूचना यह थी कि वह बहिन जी के पास जाने के पहले थाना गया था। थाने में दरोगा उस समय किसी ज्योतिषी को हाथ दिखा रहा था। इस काम से फ़ुर्सत पाने पर उसने राजकुमार से पूछा, "क्या है बे?"

"हुजूर रपट लिखानी है।"

"कहानी सुना।"

राजकुमार की कहानी सुनकर वह हँसने लगा। मज़ा तो ज्योतिषी को भी आ गया था लेकिन दरोगा की तो हँसी थम ही नहीं रही थी। हँसते-हँसते हुए ही वह बोला, "अरे साले तू पेटहगना है...पेटहगना...। और मुर्गा...मुर्गी...। अबे थाने में रिपोर्ट के लिए यही सब रह गया है...।" वह हँसता ही जा रहा था।

वहाँ उपस्थित ज्योतिषी पुरोहित जी का साढू था, उसने पुरोहित जी को बताया कि इसके बाद दरोगा की हँसी रुक गई थी और उसने पास रखी तेल पिलाई मोटी लाठी उठाकर पेटहगना की पीठ पर दे मारी थी। वह और मारता कि तभी किसी काम के सिलसिले में वहाँ एक पत्रकार आ गया। पत्रकार ने पेटहगना की बात सुनी और उसे अपने साथ लेकर बहिन जी के पास गया था।

बहिन जी के बारे में विख्यात था कि जिनका कोई नहीं सहारा, उनका वह सबसे बड़ा सहारा थीं। उन्हीं के पास राजकुमार अपने गाँव के प्रधान, पुरोहित आदि की शिकायत करने पहुँचा। दरअसल वह क़स्बे में एक जनसभा को सम्बोधित करने आई हुई थीं और जनसभा के पहले उन्हें पार्टी के ज़िला पदाधिकारियों की मीटिंग करनी थी। जब राजकुमार पत्रकार के साथ कमरे में घुसा तब यही मीटिंग शुरू होनेवाली थी। यहाँ यह बतलाना होगा कि जिन लोगों का यह कहना है कि राजकुमार थाना न जाकर सीधे बहिन जी के यहाँ पहुँचा था, उनके अनुसार वह मीटिंग कक्ष के बाहर खड़ा था पर उसे भीतर जाने नहीं दिया जा रहा था। तभी वह पत्रकार बहिन जी का इंटरव्यू करने पहुँचा था। उसने राजकुमार का रोना, गिड़गिड़ाना, पाँव पटकना, आक्रोश आदि देखा तो उसे अपने साथ लेकर बहिन जी के पास चला गया।

जो भी बात सही हो, फ़िलहाल राजकुमार एक पत्रकार के साथ कमरे में घुसा। कमरे में सामनेवाली दीवार के पास एक बड़ी सी कुर्सी पर बहिन जी बैठी थीं। बाक़ी बारह-तेरह लोग ज़मीन पर बैठे थे। हालाँकि बहिन जी के निकट पाँच-छह कुर्सियाँ

थीं लेकिन वे ख़ाली थीं। पत्रकार को बहिन जी ने कुर्सी पर बैठाया। यह भी कहा जा सकता है कि पत्रकार जाकर कुर्सी पर बैठ गया।

राजकुमार खड़ा रहा। बहिन जी ने उसे देखा, "तू कौन है रे?"

पत्रकार बहिन जी के कान में कुछ फुसफुसाया तब वह अपेक्षाकृत नरम आवाज़ में बोलीं, "बोल तेरी प्रौब्लम क्या है?"

राजकुमार 'प्रौब्लम' का मतलब नहीं समझा इसलिए कुछ कह न सका। बहिन जी झुँझला गईं, "अरे प्रौब्लम नहीं समझता, अच्छा बता तेरी समस्या क्या है?" राजकुमार 'समस्या' का मतलब भी नहीं जानता था लेकिन इस बार बहिन जी झुँझलाई नहीं, पुचकारकर बोलीं, "दिक़्क़त...दिक़्क़त क्या है?"

वह कुछ क़दम आगे बढ़ा। जाकर बहिन जी के पैरों पर गिर पड़ा और जानवरों की तरह मुँह ऊपर उठाकर क्रन्दन करने लगा।

बहिन जी के नथुने फड़के। वह चौकन्नी हुईं फिर भड़कीं, "बदबू...ये बदबू कहाँ से आ रही है?" उन्होंने अँगूठे और तर्जनी का चिमटा बनाकर अपनी नाक दबाई, "खिड़की-दरवाज़े खोल दो।" बैठे हुए समस्त ज़िला पदाधिकारी खिड़की-दरवाज़े खोलने के लिए उठ खड़े हुए। स्पष्ट है जो खिड़कियों-दरवाज़ों के निकट बैठे थे उन्हें ही उनको खोलने का सम्मान हासिल हुआ।

बहिन जी ने मुआयना करने के लिए नथुनों में साँस भरी और बड़बड़ाईं, "अभी है बदबू...।" फिर वह ग़ुस्सा हो गईं, "क्या चीज़ कर रही है बदबू?"

राजकुमार सहम गया। डर के मारे उसकी हालत ख़राब हो गई। उसकी समझ में नहीं आ रहा था कि इस क्षण का मुक़ाबिला कैसे करे। उसने हड़बड़ी में अपनी क़मीज़ ऊपर उठा ली, "बहिन जी हमें माफ़ कर दें। बदबू यहाँ से हो रही है।"

"दूर हट..हट...।" बहिन जी से वह वीभत्स सूराख़ देखा नहीं गया। उन्होंने नाक मूँद ली, "बाहर निकल कमरे से।"

जिस प्रकार खिड़की-दरवाज़े खोलने के लिए कमरे में बैठे ज़िला पदाधिकारियों के बीच प्रतियोगिता हुई थी, उसी तरह राजकुमार को कमरे से बाहर करने के लिए हुई।

...उस इमारत से बाहर निकाल दिए जाने के बाद वह सड़क पर अकेला खड़ा था। अब उसके साथ पत्रकार भी नहीं था। उसने सूर्य को देखा था और कुछ बुदबुदाया था। वह गाली दे रहा था कि मंत्र पढ़ रहा था, यह निश्चयपूर्वक नहीं बताया जा सकता। क्योंकि वह बहुत धीमे, क़रीब-क़रीब बेआवाज़ बुदबुदा रहा था। फिर उसे न जाने क्या ख़्याल आया कि उसने अपने मत्थे पर बँधी पट्टी खोल दी और उसे गोलकर के पेट के गड्ढ़े में भर दिया। लेकिन अब उसके मत्थे का ज़ख़्म खुल गया था। यह बहुत बड़ा ज़ख़्म था, भीतर का मांस दिख रहा था। थोड़ा-थोड़ा लहू भी टपक रहा था। कुछ क़तरा लहू उसकी नाक पर आ गिरे तो कुछ कतरा आँख पर। उसी तरह के अनेक ज़ख़्म उसके शरीर पर थे, किन्तु वे ढँके हुए थे। वह अपने समस्त ज़ख़्मों के साथ सड़क पर चलने लगा। उसकी चाल ऐसी लग रही थी कि जैसे उसे कोई

खींचता हुआ ले जा रहा था या जैसे कोई पीछे से धकेलता हुआ ले जा रहा था...।

और इसके बाद उसके बारे में कोई जानकारी उपलब्ध नहीं थी। शहर की सड़क पर खींचे जा रहे या धकेले जा रहे की तरह चलते हुए देखे जाने के बाद गाँव में यह तीसरी रात थी पर उसका अभी तक कुछ पता नहीं चला था। शुरू के दो दिनों तक गाँव के रसूख़वाले लोगों को भी उसकी तलाश में रुचि थी, क्योंकि उन्हें ख़ौफ़ था कि राजकुमार कहीं कोई बखेड़ा तो नहीं कर रहा है। पर थाने पर और बहिन जी के यहाँ उसके साथ हुए व्यवहार की जानकारी पा जाने के बाद वे निश्चिन्त हो गए थे और अब उन्हें राजकुमार या पेटहगना की चिन्ता नहीं रह गई थी। अगर एक मामूली सा डर था तो यही कि पेटहगना ने उनके द्वारा पीटे जाने, थाने और बहिन जी के यहाँ हुई बेइज़्ज़ती के कारण कहीं ख़ुदकुशी न कर ली हो और मरने के पहले वह उनके ख़िलाफ़ कोई बयान न छोड़ गया हो। मगर उन्हें इस बात की अधिक परवाह नहीं थी। क्योंकि उनका कई पीढ़ियों का बहुत पुराना तर्ज़ुबा था कि इस तरह के लोगों के साथ क्या-क्या बदसलूकी नहीं हुई, एक से बढ़कर एक, मगर कभी किसी ने ख़ुदकुशी नहीं की। तो फिर ये पेटहगना क्या खाकर ख़ुदकुशी करेगा। दूसरी बात, जब इसके जीते जी थाना कचहरी ने इसका साथ नहीं दिया फिर मरने के बाद क्यों माथा खपाएगी। तीसरी बात, अगर राजकुमार को उनके द्वारा पीटे जाने के कारण ख़ुदकुशी करनी होती तो वह पहले ही कर चुका होगा। अत: यदि उसने बाद में किया होगा तो कारण के रूप में दरोगा और बहिन जी का सलूक भी होगा। और जब ये लोग बीच में होंगे तो कोई परेशान होने की ज़रूरत नहीं है। पर सबसे बड़ी चीज़ कि उसने ख़ुदकुशी की ही नहीं होगी। कुल मिलाकर वे काफ़ी कुछ आश्वस्त हो गए थे।

केवल विपद था, बेटे को दिन-रात ढूँढ रहा था। दिन में क़ुदरत की रोशनी में, और रात में प्रधान की दी हुई टार्च की रोशनी में वह बेटे को ढूँढ रहा था।

लेकिन जब बेटे को ढूँढती हुई बटुली की रुलाई विपद को सुनाई पड़ी तो उसकी टार्च बेटे के बजाय बटुली को तलाश करने लगी थी...।

बटुली की रुलाई का पीछा करते हुए विपद चौंककर ठिठक गया। उसने देखा कि वह बाँसों के इलाक़े में आ गया है और विष्णुजीवाले तालाब के किनारे खड़ी बटुली रो रही है। वह आगे कुछ सोच पाता कि रोती हुई बटुली चीख़ी, "व्रिष्णु...तेरे बदन में कीड़े पड़े...अगर राजकुमार को बाँस बनाया है तो तुमको बधिया बनउबे... हम...अरे विष्णु निरबंसिया रे...।"

विपद राम ने टार्च का उजाला दौड़ाया और देखा, वहाँ न तालाब में विष्णु थे और न बटुली बाँस हुई थी। वह धीरे-धीरे बटुली के पास पहुँचे। उनको देखकर बटुली का मामूली सा बचा हुआ धैर्य भी चुक गया।

विपद उसे चुप कराने लगे।

बटुली की रुलाई कम हो जाने पर विपद उसके बाएँ हाथ को अपने दाएँ कंधे पर रखकर घर की तरफ़ चल पड़े।

रास्ते में सबसे आगे अँधेरा था, उसके पीछ टार्च की रोशनी थी, रोशनी के पीछे विपद और विपद के पीछे बटुली थी। बटुली के पीछे फिर अँधेरा था। बटुली और विपद के ऊपर और नीचे भी अँधेरा था। सिर्फ़ उनकी आँखों के सामने टार्च की रोशनी चल रही थी।

घर के नज़दीक आकर उन्होंने देखा, कि वहाँ कुछ लालटेनें जल रही हैं और कई लोग खड़े हैं। दोनों ने चाल तेज़ कर ली।

दुआर पर भीड़ लगी हुई थी। पास-पड़ोस के सारे स्त्री-पुरुष अपने घरों से बाहर निकल आए थे और घेरा बनाकर खड़े थे। उन लोगों ने विपद-बटुली को देखकर उन्हें रास्ता दिया। दोनों ने घेरे के भीतर पहुँचकर देखा कि ज़मीन पर एक लाश थी। बटुली समूची ताक़त के साथ चिल्लाई और पछाड़ खाकर गिर पड़ी।

लाश राजकुमार की थी। उसके हाथ की हथेली ग़ायब थी, जबकि दूसरा हाथ कंधे से ग़ायब था। चेहरा बुरी तरह कुचला हुआ था। एक गोल बनावट का चेहरा लगभग लम्बोतरा हो गया था। चेहरे की नाक इतनी पिचक गई थी कि उसका पता ही नहीं चल पा रहा था। होंठ फूलकर रबर जैसे हो गए थे।

कहानी यहीं ख़त्म हो जाती यदि राजकुमार की मृत्यु के बाद गाँव में कुछ अस्वाभाविक घटनाएँ न घटी होतीं। मसलन जिस रात राजकुमार की लाश मिली थी, उसी रात पुरोहित जी के लड़के ने पुरोहित जी की दोनों आँखें फोड़ दी थीं और भाग गया। आज तक नहीं लौटा। अगले दिन लोग पुरोहित जी को सान्त्वना देने गए थे कि उसी दोपहर खलिहान में आग लग गई। एक रात प्रधान सो रहे थे कि उन्हें लगा कि किसी ने उन्हें चारपाई से उठाकर पटक दिया है। उनकी आँख खुली तो वह वाक़ई पटके हुए थे। पटके जाने से दो दाँत टूट गए थे। इसी तरह एक सुबह लोग भगवान की पूजा करने मन्दिर गए तो देखा कि मन्दिर के चारों तरफ़ गू से परिक्रमा की गई है। और गर्भगृह में भी किसी ने मल त्याग कर दिया है। इस मल में इतनी भयानक दुर्गन्ध थी कि हर किसी ने कहा कि यह इंसान नहीं किसी आसुरी शक्ति का मल है। और यह सब अन्य कोई नहीं, राजकुमार का भूत कर रहा है। थोड़ा-थोड़ा शक तो शुरू से ही था लेकिन जब मन्दिर के चारों तरफ़ मल का घेरा और गर्भगृह में गू का लघु ढेर देखा गया तब सन्देह की कोई गुंजाइश नहीं बची कि राजकुमार मरने के बाद बदला ले रहा है। पुरोहित जी ने अपनी अंधी आँखों से विचार किया और कहा, "मैं देख रहा हूँ कि राजकुमार की आत्मा गाँव को तबाह कर रही है। अभी क्या, आगे और भयानक घटनाएँ होंगी।"

"उपाय?" लोगों ने पूछा।

"उपाय है। राजकुमार की आत्मा को ख़ुश करो।"

जहाँ पर राजकुमार की मुर्गी छीनी गई थी, जहाँ पर राजकुमार ने हाथ जोड़कर मन्दिर के ईश्वर से विनती की थी, जहाँ पर राजकुमार को पीटा गया था, उस स्थान के पास स्थित एक पेड़ के नीचे की ज़मीन को झाड़ा बुहारा गया। इसके बाद वहाँ

पर कादिर दर्जी के यहाँ से झंडों की तरह रंग-बिरंगेवाले कपड़ों के कुछ टुकड़ों को गाय के गोबर से पोतकर सज़ा दिया गया। अन्त में लोहबान सुलगाया गया।

जब कोई भगवान के दर्शन करने मन्दिर जाता तो वहाँ भी रुककर हाथ जोड़ता।

राजकुमार वहाँ शुक्रवार को पीटा गया था और सोमवार को उसकी लाश आई थी। इन दोनों दिवसों पर वहाँ कीर्तन होने लगा जिसमें उसको घेरनेवाले और पीटनेवाले भी शामिल होने लगे। राजकुमार को हनुमान जी का बहुत बड़ा भक्त बताया गया। पुरोहित जी ने इस सत्य की पुष्टि में कहा कि जब हनुमान जी लंका दहन के लिए पूँछ बढ़ाते गए थे—बढ़ाते गए थे तो उन्होंने अपनी पूँछ इतनी बढ़ा ली थी कि लंका भस्म हो जाने के बाद भी उनकी पूँछ का बहुत अंश बचा रह गया था। हड़बड़ी में पूँछ भीतर करने की विद्या भूल गए थे। उन्होंने सोचा कि इसमें कौन सी परेशानी की बात है, लौटकर जामवन्त, सुग्रीव, किसी से भी पूछकर पूँछ को अन्दर कर लेंगे। लेकिन वह लंका से लौटने ही वाले थे कि रावण, कुम्भकरण जैसे महाबली एक साथ दौड़ते हुए आए और उन्हें पकड़ने की कोशिश करने लगे। यह देख बजरंग बली उनसे बचने के लिए एक ऊँचे पेड़ पर चढ़ गए। पर देखा कि उनकी काफ़ी पूँछ तो पृथ्वी पर है। अब बजरंग बली लंका की सबसे ऊँची जगह पर कूदकर जा बैठे, तब भी उनकी पूँछ का बहुत बड़ा हिस्सा पृथ्वी पर पड़ा रहा। हनुमान जी घबराए कि रावण, कुम्भकरण और कुछ तो कर नहीं पाएँगे लेकिन पूँछ को नहीं बख़्शेंगे। वे एक घर में कूद गए। जिस राक्षस का वह घर था वह उस जन्म में यही राजकुमार था। राजकुमार राक्षस होकर भी भगवान राम का भक्त था। उसने हनुमान जी से कहा, "आप चिन्ता न करें, अपनी पूँछ हमें दे दें, बाद में श्रीराम के विजयी होने के बाद उसे हम आपको वापस कर देंगे। तब तक छिपाकर रखे रहेंगे।" हनुमान जी के जाते ही रावण के सैनिक राजकुमार का दरवाज़ा भड़भड़ाने लगे। राजकुमार घबराया, अब क्या करे? बजरंग बली की अमानत कैसे सुरक्षित रखे। सैनिक तो पूरा घर छान मारेंगे। वह कैसे मुँह दिखाएगा हुनमान जी को? अन्ततः कोई उपाय न देखकर उसने हनुमान जी की पूँछ अपनी गुदा में छिपा ली और उसका रास्ता बन्द कर लिया। बाद में श्रीराम द्वारा रावण का वध हो चुकने के बाद वह राक्षस यानी कि राजकुमार हनुमान जी के पास आया और बोला, "भगवन मेरी गुदा को फाड़कर अपनी पूँछ निकाल लें।" हनुमान जी ने उसे अपने चरणों से उठाकर गले लगा लिया और कहने लगे, "मैं इतना निर्मोही नहीं हूँ कि अपनी पूँछ के लिए तुझे तकलीफ़ दूँ। वैसे भी अब मुझे कौन लंका जलानी है। और काम भर की पूँछ तो मेरे पास बची ही है। जा तुझे मैं आशीर्वाद देता हूँ कि तू राक्षस योनि का होने के कारण जन्म तो ऐसे ही कुल में पाएगा किन्तु मेरे प्रति भक्ति के कारण कलियुग तक में लोग तेरी पूजा करेंगे। इस प्रकार श्रोताओं, राजकुमार की गुदा उसी प्रकार बनी रही और वह हनुमान जी का सच्चा भक्त हुआ।"

राजकुमार के पुण्य स्थल के बारे में यह भी सोचा गया कि क्यों न साल में

एक बार यहाँ मेला लगाया जाए। इस सन्दर्भ में यह निर्णय होना बाक़ी था कि मेला राजकुमार की पुण्य तिथि पर लगाया जाए कि जन्मतिथि पर। हालाँकि उसकी जन्मतिथि विपद-बटुली तक को नहीं पता थी। वे केवल महीने का नाम और ज़्यादा से ज़्यादा यह तक बता सकते थे कि कितने वर्ष पहले पैदा हुआ था राजकुमार। मगर सन्तोष की बात थी कि पुरोहित जी ने कह दिया था कि इतनी भर सूचनाएँ पर्याप्त हैं। वह तो इससे बहुत कम जानकारी पर भी ज्योतिषीय गणना करके जन्मतिथि ज्ञात कर सकते हैं।

सुखद आश्चर्य की बात, कि उक्त चहल-पहल शुरू होते ही गाँव में हो रही विभिन्न घटनाएँ होनी बन्द हो गईं। इसका असर यह हुआ कि उस स्थान का महात्म्य पास के चार-छह गाँवों तक फैल गया। नतीजतन उन इलाक़ों से भी लोग आने लगे। कीर्तन के समय भीड़ काफ़ी बढ़ जाती थी। मज़े की बात थी कि जिन लोगों ने राजकुमार को पीटा था, उसकी मुर्गियाँ चुराई थीं और खाई भी थीं, वे कीर्तन के समय सबसे ज़्यादा झूमते थे।

पर बेहद अजीब बात थी कि इतने सारे लोगों की श्रद्धा उस स्थान के बारे में बढ़ रही थी मगर विपद और बटुली वहाँ कभी नहीं गए। इस बात से सभी को हैरत हो रही थी।

जहाँ तक स्वयं विपद और बटुली का सवाल है तो उन्हें अपने इस आचरण पर न कोई शर्म थी न हैरत। क्योंकि जिस दिन राजकुमार का अन्तिम संस्कार हुआ था, उसके चार दिन बाद, 5 जून, 1999 की रात जब बटुली और विपद राजकुमार का सपना देख रहे थे, राजकुमार के भूत ने नहीं, राजकुमार ने उन्हें जगाया।

माँ-बाप को एक साथ चकित, भयभीत और ख़ुश देखकर राजकुमार ने कहा, "डरने की कोई बात नहीं, मैं राजकुमार हूँ। मैं ज़िन्दा हूँ।"

"पर तेरी तो लाश...।" विपद राम हकलाने लगे।

"वो मेरी लाश नहीं थी। क्या उसके पेट में गड्ढ़ा था? उसके पाखाने का रास्ता बन्द था?"

"हमने देखा ही नहीं बचवा, ग़लती हुई, पर क़द-काठी तेरे जैसी थी, कपड़ा भी तेरा ही था...।"

"बाबू तुम भी कपड़ा-लत्ता, रंग और क़द-काठी से आदमी को चीन्हने लगे...।"

विपद अपना सिर पीटने लगा, "ग़लती भई...ग़लती भई...ग़लती भई...।" बटुली ने फुसफुसाकर विपद को डाँटा, "चेल्लाओ मत।" उसी स्वर में राजकुमार से कहा, "बचवा बैठ जा, कुछ खा-पी ले।"

"माई खाने-पीने का टैम नहीं है। मैं बस यह बताने आया हूँ कि मैं ज़िन्दा हूँ।"

"तब वह लहास किसकी थी?" बटुली ने पूछा।

"पुरोहित के बेटवा मुन्ना की थी। मैंने उसका क़त्ल कर दिया था।"

"पर वह तो बाप की आँखें फोड़कर भागा है?"

"उसने नहीं, उसके बाप की आँखें मैंने फोड़ी थीं माई। क़त्ल करने के बाद मैंने उसके कपड़ों से अदला-बदली कर ली थी। देख उसी के कपड़े पहने हूँ इस वक़्त।"

हुआ यह था कि बहिन जी के यहाँ से बाहर निकाल दिए जाने के बाद वह दिन भर इधर-उधर भटकता रहा। उसकी समझ में नहीं आ रहा था कि क्या करे? गाँव के अलावा कहीं ठिकाना नहीं था जबकि गाँव वह जाना नहीं चाहता था। क़स्बे में ही रह जाने में कई दिक़्क़तें थीं जैसे यही कि उसकी जेब में सिर्फ़ पचहत्तर पैसे थे। जिनसे एक जून की रोटी भी नहीं खाई जा सकती थी। दूसरे, मलद्वार का न होना भी एक बड़ी बाधा थी। इन सबके अलावा उसके ज़ख़्म भी अभी हरे थे। अत: उसने बेमन से ही सही, गाँव लौटने का फ़ैसला किया। बहिन जी, और दरोगा के यहाँ मिली बेइज़्ज़ती के बोझ, थकान, ज़ख़्मों की तकलीफ़ के कारण उससे ठीक से चला नहीं जा रहा था। फिर भी वह किसी तरह गाँव की सरहद तक पहुँच गया। गाँव की सरहद छूने पर उसने महसूस किया कि अब उससे चला नहीं जा रहा है। उसने अपनी बुझी हुई आँखें चारों ओर दौड़ाईं। उजियारी रात थी। थोड़ी दूर पर उसका वह स्कूल दिख रहा था, जिसमें कभी वह पढ़ता था। जिसके पास स्थित वन उसे बेहद प्रिय था। वह थोड़ा आगे बढ़ा तो उसे वन की तरफ़ से चार मोर आते हुए दिखे। इतनी ख़राब स्थिति में भी उसे ख़ुशी हुई। लेकिन उसे यह भी लगा कि उसकी तबीयत और ख़राब हो गई है। वह सड़क के किनारे खड़े एक पेड़ के नीचे बैठ गया। मोर, वन और वृक्ष की वायु ने संजीवनी की तरह उसमें संचार किया। तभी एक वृक्ष ज़ोर से झूमा और उसके निकट कुछ आम गिरा दिया। उस वृक्ष की देखा-देखी कई दूसरे पेड़ों ने भी ऐसा ही किया। राजकुमार एक आम उठाता, तब तक दो आम और गिर पड़ते। चन्द्रमा की रोशनी में वृक्ष, राजकुमार और धरती के बीच यह सुन्दर खेल हुआ। आम खाने के बाद उसे प्यास सी महसूस हुई। उसने बड़ी हसरत से स्कूल के चाँपाकल को देखा। इसी चाँपाकल से पानी पीने की कोशिश में स्कूल के दिनों में उसकी भयावह दुर्गति हुई थी लेकिन इस समय चाँदनी, आम और सूनसान के अद्‌भुत सहमेल ने उसमें बहुत हिम्मत भर दी। मामूली से डर और उतनी ही क्षीण हिचक के बाद उसने जाकर चाँपाकल चलाया और पानी पीने लगा। उसने अपना ज़ख़्मी चेहरा धोया और बाल भी गीले किए। जब वह कुछ ताज़ा हुआ तो उसे वन का ख़्याल आया। उसने सोचा, देखा जाए कि वन रात की चाँदनी रात में कैसा लगता है?

वन में पहुँचकर उसने देखा कि पुरोहित जी का लड़का मुन्ना एक सूटकेस खोलकर उसके सामान जल्दी-जल्दी उलट-पुलट रहा है। सभी की तरह राजकुमार को भी पता था कि मुन्ना राहजनी करता है। राजकुमार को देखकर मुन्ना पहले चौंका फिर हँसने लगा, "अरे पेटहगना तू यहाँ कैसे?" फिर सूटकेस की एक क़मीज़ और एक पैंट निकालकर वह बोला, "तेरी मुर्गी तो हम लोग खा गए लेकिन तुझे ये कपड़े दे रहा हूँ। ले...ले...पर देख ये सब बातें किसी से बताना मत।"

पता नहीं क्या हुआ कि मुन्ना ने जैसे ही मुर्गी खाने की बात की, राजकुमार के शरीर में ढेर सारी मुर्गियाँ फड़फड़ाने लगीं। ढेर सारी मुर्गियों और उनकी ध्वनियों के बीच राजकुमार ख़ुद फड़फड़ाने लगा। उसकी आँखें फड़फड़ाने लगीं। उसके होंठ, उसके कान तक फड़फड़ाने लगे। उसकी नाक, उसकी उँगलियाँ फड़फड़ाने लगीं। और उसने आगे बढ़कर मुन्ना की गरदन पकड़ ली थी...।

जब राजकुमार यह वृतान्त अर्थात मुन्ना के अन्त की बात बटुली और विपद को बता रहा था, उस समय भी उसके दिल में, दिमाग़ में, स्वर में ढेर सारी मुर्गियाँ फड़फड़ा रही थीं। बोलते-बोलते वह हाँफ़ने लगा। बटुली उसके लिए पानी लेकर आई और विपद उसका सिर सहलाने लगे, "बचवा तू ग़लत रास्ते पर जा रहा है। भगवान से डर बचवा।"

विपद और बटुली से हुई अपनी इस मुलाक़ात में राजकुमार ने जो अन्तिम बात कहीं वह इस प्रकार थी, "बाबू, मैंने बस यही चाहा था कि मेरा भी घर बस जाए और जो औलाद हो, वह पेटहगना न हो। पर भगवान को यह भी मंजूर न हुआ। उसने तो हमको कायदे से दो जून की रोटी भी नसीब में न दी। तब उससे क्यों डरूँ...।"

जब राजकुमार जाने लगा तो विपद ने इस भेंट की अन्तिम बात कही, "बचवा हमको मालूम है कि हमारा-तुम्हारा मिलना जल्दी नहीं हो सकेगा। इसलिए ऐसा करना कि तुम दो-चार दिन में रात-बिरात महीपाल बाबा की समाधि पर एक फूल चढ़ा दिया करना। उसे देखकर हम समझ जाएँगे कि तुम सलामत हो।"

"हमरे बचवा की जान बची रहे।" यह बटुली का अन्तिम कथन था।

वे दोनों महीपाल बाबा की समाधि पर निगरानी रखने लगे। कभी उन्हें वहाँ गेंदा का फूल दिखता, कभी कनेर का, कभी गुड़हल का। पर अधिकतर वहाँ जंगली फूल ही मिलते थे। यदि कभी चार दिन या पाँच दिन तक फूल न दिखता तो बटुली-विपद घबरा जाते। पूरी रात वे सो नहीं पाते थे। जैसे ही पौ फटती वे महीपाल बाबा की समाधि की तरफ़ भागते और उन्हें एक-दो रोज़ में वहाँ कोई न कोई फूल मिल जाता। इस तरह उनका जीवन व्यतीत हो रहा था और उन्हें गाँव के अग्रगण्य नागरिकों की पहल पर पेड़ के नीचे बनाए गए पुण्य स्थल पर जाने में, वहाँ आयोजित कार्यक्रमों में शिरकत करने में कोई दिलचस्पी नहीं थी। ज़ाहिर है कि उनका यह व्यवहार गाँव के लिए अबूझ था फिर भी उन लोगों को चैन और सन्तोष था कि अस्वाभाविक घटनाओं से मुक्ति मिल गई है।

लेकिन कुछ दिनों बाद गाँव में पुन: चौंकाने और विचलित कर देनेवाली घटनाएँ होने लगीं। घटनाओं में हिंसा और प्रतिशोध का ऐसा कल्पनातीत तेवर होता कि देखने सुननेवाले भौचक रह जाते। उनमें भय व्याप्त हो उठता। केवल बटुली और विपद थे जिन्हें इन घटनाओं से डरने की बात तो दूर, विस्मय तक नहीं होता था। पर एक

घटना उन दोनों को भी उलझन में डालनेवाली थी। ऐसा हुआ कि एक रोज़ उन्होंने देखा कि महीपाल बाबा की समाधि पर एक नहीं दो फूल रखे हैं। वे चौंके, फिर सोचा कि इसमें कोई ख़ास बात नहीं, राजकुमार एक की जगह दो फूल रख गया होगा। लेकिन अगले दिन वहाँ फिर दो फूल रखे हुए थे। उसके अगले दिन परसों की तरह दो फूल रखे हुए थे। दिलचस्प बात यह थी कि फूल भिन्न-भिन्न क़िस्म के होते थे। इसका मतलब, महीपाल बाबा की समाधि पर ये फूल अलग-अलग लोग रख गए थे। सबसे बड़ी चीज़ तो यह कि राजकुमार समाधि पर फूल रोज़ नहीं रख जाता था, हफ़्ते में ज़्यादा से ज़्यादा एक बार या कभी दो बार। जबकि अब तीन दिन से लगातार फूल मिल रहे थे। और उस दिन तो विपद-बटुली की समझ में ही नहीं आया कि क्या करें, क्योंकि महीपाल बाबा की समाधि पर आठ फूल थे। उनकी समस्या थी कि वे कैसे पता करें कि इन फूलों में कौन फूल उनके बेटे का है। उनकी यह समस्या और बढ़ गई जब समाधि पर बारह फूल दिखे।

[2001]

यक्षगान

यह काल्पनिक कथा है। इसके चरित्र, स्थान, घटनाएँ, मंतव्य सभी कुछ काल्पनिक हैं। उनका वास्तविक जीवन से कोई भी सम्बन्ध नहीं है।

सरोज जिस दिन पैदा हुई थी, विष्णु दत्त पांडेय ने चार बीघे खेत का मुक़दमा जीता था। उसी के हफ़्ते-भर बाद उनकी पुरानी गठिया की बीमारी में फ़ायदा होना शुरू हुआ था। और जब साल-भर के भीतर ही गाय ने बछड़ा जना, तब उनको लगा था कि सरोज बेटी भाग्योदय बनकर आई है।

सरोज आठ महीने में चलने लगी थी। एक वर्ष दो महीने की हुई, तो बोलना चालू हो गया था। उसने एक दिन अपने आप भगवान जी वाला चन्दन माथे पर लगा लिया था। विष्णु दत्त पूजा करने लगते, तो वह उनकी गोद में आकर बैठ जाती और अपने भी हाथ जोड़ लेती। उन्हें लगा था कि हो न हो यह कोई विलक्षण कन्या है।

सम्भवत: इसीलिए वह इकलौते पुत्र राधेश्याम से भी ज़्यादा उसकी परवाह करते। वह थी भी कितनी प्यारी और चंचल। थोड़ी बड़ी हुई, तो कैसी-कैसी मोहिनी शरारतें करने लगी थी। राधेश्याम के कपड़े पहनकर कभी-कभी लड़का बन जाती। उसे गोया, लड़का बनने का शौक़ था, माँ के कजरौटे से काजल निकालकर दाढ़ी-मूँछ बना लेती।

एक बार विष्णु दत्त सो रहे थे, तो सरोज आकर उनके कान से सटाकर शंख बजाने लगी थी। शंख बजाते समय उसका चेहरा लाल हो गया था और दोनों गाल ऐसे फूले हुए थे, जैसे दोनों ओर एक-एक लड्डू भरे हों...

विष्णु दत्त अचानक रोने लगे, "सरोज की अम्मा, हमने सरोज का क्या बिगाड़ा था, जो उसने हमारी नाक कटाई..." सरोज की अम्मा कुछ कहने के बजाय विष्णु दत्त से भी अधिक तेज़ रुदन करने लगीं।

चम्पा की कुछ समझ में नहीं आ रहा था। कभी रोते हुए सास-ससुर को देखती, तो कभी पति राधेश्याम को, जो अपने हाथ की टॉर्च को जल्दी-जल्दी जला-बुझा रहा था। उससे कुछ पूछने की हिम्मत चम्पा की नहीं हो पा रही थी, लेकिन उसने पूछा, "क्या हुआ?"

"भाग गई कुतिया। रंडी अपने आशिक छैलबिहारी के साथ भाग गई।"

विष्णु दत्त और जानकी के विलाप में आर्तनाद अथवा चीख़ अथवा हिचकी जैसी कोई चीज़ शामिल हो गई।

छैलबिहारी चौबे गाँव में इंटरमीडिएट फेल लड़का था। उसकी विशेषता थी कि गाँव में उसके जैसे गोरे रंगवाला कोई न था। दूसरी बात, वह सबसे ज़्यादा बीड़ी पीनेवाला था। अत्यधिक बीड़ी पीने से उसके दाँत काले पड़ने लगे थे और होंठ बैगनी।

सरोज को उससे घोर घृणा थी। यदि वह किसी का हार्दिक रूप से अनिष्ट चाहती थी, तो वह छैलबिहारी ही था। अक्सर वह उसे रास्ते में खड़ा मिलता था। क़रीब आता देखकर वह नाक से धुआँ उड़ाते हुए धीमे क़दमों से सरोज की तरफ़ बढ़ता। निकट आकर कहता, "तुम मुझको बहुत बढ़िया लगती हो।"

छैलबिहारी की तक़दीर तब पलटी, जब गाँव की नाटक-मंडली में नायक का पार्ट करनेवाला युवक लोहे के कबाड़ का कारोबार करने कलकत्ता चला गया। रामलीला सिर पर थी, बड़ी तेज़ी से नायक के लिए यथोचित की तलाश हुई। अन्ततः अपने रंग-रूप और निखट्टूपन के गुणों के कारण छैलबिहारी सर्वथा उपयुक्त पाया गया।

रामलीला का पहला दिन था। दर्शकों का विशाल समूह इकट्ठा हुआ था। सरोज भी अपनी भाभी के साथ आई हुई थी। कौशल्या ने राम को जन्म दिया, तो बालक राम के अवतार होने की पुष्टि के लिए भगवान विष्णु प्रकट हुए। बड़े ज़ोर के स्वर में शंख, घंटे-घड़ियाल बजने लगे थे। दिव्य भगवान विष्णु कौशल्या माता को दर्शन दे रहे थे। विष्णु भगवान की आरती उतारी जा रही थी। पीछे से किसी ने अपने दोनों हाथ आगे करके उनके चार हाथ कर दिए थे। दर्शकों ने भक्ति से विह्वल होकर हाथ जोड़ दिए। गाना गूँज रहा था—

भए प्रकट कृपाला दीन दयाला कौसल्या हितकारी।
हरषित महतारी मुनि मन हारी अद्भुत रूप निहारी॥
लोचन अभिरामा तनु घनस्यामा निज आयुध भुज धारी।
भूषन बनमाला नयन बिसाला सोभा सिंधु खरारी॥

सरोज की आँखें फटी रह गईं। अरे! अरे!! यह तो छैलबिहारी है। छैलबिहारी के सिर पर बड़ा-सा सुन्दर मुकुट सुशोभित हो रहा था। अद्भुत रूप था उसका। उसके वस्त्रों में सलमे-सितारे और शीशे जड़े हुए जगमगा रहे थे। दप-दप कर रहा था उसका मुख-मंडल, गालों पर गेरू और पाउडर मला हुआ था तथा नेत्रों के इर्द-गिर्द मुर्दाशंख की बिन्दियाँ उसकी सुन्दरता को वर्णनातीत बना रही थीं। उसके दो हाथों में चक्र और गदा सरीखे हथियार थे। उसकी बड़ी-बड़ी आँखों में काजल लगा हुआ था और आँखों के किनारों से निकली मेखलाएँ कानों तक खिंची हुई थीं। वह मुस्कराई, "यह छैलबिहारी है, जो मेरे पीछे पगलाया रहता है।" वह हँस पड़ी।

अगले दिन जब छैलबिहारी ने बीड़ी फूँकते हुए रास्ते में उससे छेड़छाड़ की, तो उसे पहले की तरह नफ़रत नहीं महसूस हुई। वैसे, छैलबिहारी को तो यह भी लगा कि

वह ज़रा-सी हँसी है। यह उसका वहम भी हो सकता था, मगर इतना तो हुआ ही कि इसके बाद से छैलबिहारी के अभिनय का उस पर अन्य दर्शकों की तुलना में कुछ ज़्यादा असर होने लगा था। राम के वन-गमन के अवसर पर वह फूट-फूटकर रो पड़ी थी। हालाँकि लक्ष्मण भी नंगे बदन वन को जा रहे थे, पर सरोज के दुख की वजह यह थी कि जाड़े की रात में नंगे बदन छैलबिहारी को कितना जाड़ा लग रहा होगा।

इसी तरह लक्ष्मण को मूर्छा लगने पर विलाप करता छैलबिहारी तेज़-तेज़ अपने बाल नोचने लगा, तो सरोज ने चिहुँक कर बगल में बैठी सहेली की कलाई पकड़ ली थी, जैसे वह अपने ही बाल नोच रहे छैलबिहारी का हाथ वैसा करने से रोक रही हो, लेकिन जब छैलबिहारी ने सीता-स्वयंवर में शिवजी का धनुष तोड़ा था और शेष राजाओं की सूरतें खिसियाई हुई हो गई थीं, तब सरोज को बड़ी प्रसन्नता हुई थी। हाँ, छैलबिहारी के गले में जयमाला डालने के लिए ठिठक-ठिठक कर आती हुई सीता जी पर उसे एक पल के लिए ग़ुस्सा आया था, किन्तु अगले ही क्षण वह यह देखकर प्रफुल्लित हो गई थी कि सीता का पार्ट गाँव का लड़का विनोद कुमार श्रीवास्तव कर रहा था, जिसे कि उन्नीस साल का हो जाने के बावज़ूद अभी दाढ़ी-मूँछ नहीं आई थी। इसी प्रकार जब सीता-हरण के दिन छैलबिहारी ने अचानक अपना सिर रंगमंच बने तख़्ते पर ज़ोर से पटका, तो आवाज़ सरोज के वक्ष में हुई। वह व्याकुल हो गई, कितनी चोट लगी होगी छैलबिहारी को। इसके बाद दो बार छैलबिहारी सीता के वियोग में तख़्ते पर खड़े-खड़े गिरा और कई बार माथा पटका, तो रुलाई से सरोज की हिचकियाँ बँध गईं। उस रात घर लौट आने पर वह सोई नहीं।

सुबह जब वह दिशा-मैदान से लौट रही थी, तो देखा, छैलबिहारी तहमद लपेटे दातौन कर रहा है, उसे देखते ही उसने मुँह का थूक उगला और दातौन तहमद में खोंस ली। उसने कहा :

इन्तज़ार में खड़ा हूँ अब हुस्न का दीदार होने जा रहा है।
सदियों से तड़पने के बाद अब प्यार होने जा रहा है॥

इसके बाद उसने कुछ अन्य शेर सुनाए, जो क्रमशः इस प्रकार हैं :

बाल तुम्हारे नागिन जैसे, गाल गुलाबी नैन शराबी।
मतवाला हो उठता हूँ, जब कमर तेरी बल खाती॥
हसीनाएँ पहले ग़ुस्सा करती हैं
फिर नखरे, फिर मान जाती हैं।
शुरू में आशिक से बेरूखी करती हैं
और फिर पहचान जाती हैं॥
इश्क़ में अगर और मगर कैसा।
प्यार कर लिया है तो डर कैसा॥

ओ मेरी दिल की धड़कन तेरा चेहरा है नूरानी।
देर भले ही लग जाए पर तुम्हीं बनोगी मेरे प्यार की रानी॥

उपर्युक्त पंक्तियों को सुनकर सरोज मुस्कराती जा रही थी कि एकाएक रुकी और पलटकर बोली, "हे छैलबिहारी, तख़्ता पर इतनी ज़ोर-ज़ोर से न गिरा करो रामलीला में, और कभी यदि गिरना बहुत ज़रूरी हुआ, तो गिर जाओ, मगर तख़्ता पर अपना सिर तो क़तई न पटका करो।"

"क्यों न गिरें हम तख़्ता पर? क्यूँ न सिर पटकें हम तख़्ता पर?" छैलाबिहारी ने पूछा।

सरोज ने मुँह चिढ़ाकर कहा, "क्यूँ क्या, हमको अच्छा नहीं लगता, इसलिए।" वह हँसती हुई तेज़-तेज़ चलती हुई ओझल हो गई।

छैलबिहारी ने उसे गया हुआ देखकर आह भरी और गुनगुनाया :

जानम जो तुम इस तरह से यूँ हँसकर जा रही हो।
देख दुनिया कहेगी कि दीवाने से फँसकर आ रही हो॥

इस तरह सरोज और छैलबिहारी का प्रेम प्रारम्भ हुआ था, जो थोड़े ही दिनों के बाद बहुचर्चित होने लगा था।

सरोज ने चलते-चलते छैलबिहारी की शायरी सुन ली थी और डर गई थी, 'क्या वाक़ई मुझको देखकर लोग जान जाएँगे कि मैं प्रेम करने लगी हूँ? क्या वाक़ई ऐसा होता है कि इश्क़ में डूबे पहचान लिए जाते हैं।' घर पहुँची, तो उसे रुलाई आने लगी। उसने मुँह में दुपट्टा ठूँस लिया। फिर न जाने क्या हुआ कि माँ के गले से लगकर फूट-फूट कर रोने लगी। घरवाले हैरत में पड़ गए कि क्या हुआ सरोज को? तुरन्त माँ-पिता-भाई-भाभी की धड़कनें बढ़ गईं कि सरोज के साथ कुछ उल्टा-सीधा तो नहीं हो गया। सिर के बालों से लेकर पैर की एड़ियों तक, सरोज का मुआयना किया गया। जब हर प्रकार से दरियाफ़्त करके जान लिया गया कि वैसा कुछ नहीं घटित हुआ है, तब उन लोगों ने तसल्ली का अनुभव करते हुए लम्बी साँस छोड़ी, मगर उन्हें इस बात की हैरत तो थी ही कि सरोज इस तरह जार-जार रो क्यों रही है?

बहरहाल, सरोज ने जिस दुपट्टे को थोड़ी देर पहले मुँह में ठूँसा था, उसी से आँसू पोंछा और सुबकना भी बन्द कर दिया। पानी पीने के बाद वह मन में ठान रही थी कि ज़िन्दगी में कभी भी छैलबिहारी की तरफ़ आँखें उठाकर देखेगी तक नहीं, लेकिन उसका यह दृढ़ निश्चय उस समय अधमरा हो गया था, जब रात में बिस्तर पर लेटी हुई करवटें बदल रही थी। उसके मन में बार-बार छैलबिहारी की मोहिनी मूरत आती और वह फ़िदा हो जाती। वह मौन ही मौन में फुसफुसाई, "छैलबिहारी।" और उसकी बड़ी-बड़ी आँखें भर आईं। यह दुख नहीं, प्रेम की उत्कटता का द्रव था। वह फिर फुसफुसाई, "छैलबिहारी, तुमने हम पर क्या किया है। जाने क्यों मेरा मन

चाहता है छैलबिहारी कि मैं तुम्हारे सीने पर चेहरा टिकाकर ख़ूब रोऊँ-ख़ूब रोऊँ। मुझको अपनी बाँहों में भर लो, छैल।"

मगर जब दो दिनों बाद छैलबिहारी ने अँधेरे में उसकी कलाई पकड़कर खींचा था, तो वह काँपकर दूर हट गई थी, "देखो छैलबिहारी, हमारा प्यार दो आत्माओं का मिलन है, न कि दो शरीरों का।"

छैलबिहारी को शारीरिक मिलन-विरोधी विचारों से घनघोर चिढ़ थी, क्योंकि अन्य लड़कियों की तुलना में सरोज उसकी दृष्टि में महज इसलिए श्रेष्ठ थी कि सरोज के वक्ष और नितम्ब उनसे भारी थे तथा शेष शरीर उनसे बहुत हल्का। अन्य लड़कियाँ आभूषण पहनने से अधिक सुन्दर हो जाती थीं, जबकि सरोज द्वारा आभूषण धारण किए जाने पर स्वयं आभूषणों की सुन्दरता में वृद्धि होती थी। कान का बाला दूसरी लड़कियों के कानों में लटकता रहता था, किन्तु जब सरोज पहनती थी, तो दोनों कानों के बाले जगमग-जगमग करने लगते थे। हवा चलने पर या सरोज का चेहरा जब चंचल होता था, तो वे बाले हिलते थे और उन हिलते हुए दो बालों को देखकर छैलबिहारी को ऐसा अनुभव होता था कि पेड़, पौधे, घर, आसमान, सब गति कर रहे हैं। वे दोनों जैसे कामदेव के प्रक्षेपास्त्र हों कि देखनेवाला छैलबिहारी कामातुर हो जाता था।

हालाँकि वह लोगों के बीच प्रतिक्रिया बिलकुल उलटे तरीक़े से देता था। बतलाता था कि सरोज में कौन सुर्ख़ाब के पर लगे हुए हैं। उस जैसी बीसियों को वह खेल-खा चुका है। पर क्या करे, सरोज ससुरी ख़ुद ही उसके पीछे लग गई।

गाँव के लुच्चे-लफंगे और अनेक सम्भ्रान्त भी उसकी बातों को बड़े ध्यान से सुनते। उसने कहा, "एक दिन मुझसे सरोज बोली कि हे...हे छैलबिहारी, हमारा चुम्मा ले लो न। अब मैं क्या करता? लिया चुम्मा।"

कुछ लोगों ने छैलबिहारी-सरोज को अकेले में मिलते-जुलते, हँसते-बोलते हुए देख भी लिया था और यह भी देखा था कि सायँकाल के धुँधलके में या भोर के कोहरे में छैलबिहारी इन्तज़ार में खड़ा-खड़ा, बीड़ी फूँक रहा है और सरोज सहमी-चौकन्नी-सी दबे पाँवों, उससे मिलने आ रही है। कुछ लोगों ने यहाँ तक सुन लिया था कि वह कह रही है, "छैलबिहारी, मैं तुम्हारे लिए स्वेटर बुनना चाहती हूँ, तुम्हें कढ़ाई करके रूमाल देना चाहती हूँ, पर क्या करूँ, घरवालों के सामने कैसे करूँ?" अतः जब छैलबिहारी ने इस बात को कहा कि सरोज ख़ुद उसके पीछे लग गई है, उसने उससे चूमने के लिए कहा, तो श्रोताओं को सत्य अनुभव हुआ।

गाँव में छैलबिहारी के दो ख़ास दोस्त थे, भोला और परमू। तीनों की गहरी मित्रता का अन्दाजा इससे लगाया जा सकता है कि एक समय में तीनों साथ-साथ पेशाब करते थे और अपनी-अपनी पेशाब की धारों को आपस में लड़ाते थे। परमू और भोला के अलग जीवन-स्थितियों में चले जाने के बावजूद उनकी दोस्ती में फ़र्क़ नहीं आया था। परमू प्रदेश में सत्तारूढ़ पार्टी के अध्यक्ष गोरखनाथ का कृपापात्र

था। बम फेंकने और चाक़ू चलाने में उसे दक्षता थी। कई बार इस विद्या का निपुण प्रदर्शन करने के कारण गोरखनाथ की मंडली में जल्द ही उसे प्रमुखता प्राप्त हो गई थी। उसी ने अध्यक्ष जी से फ़रियाद करके अपने मित्र भोला को बिजली विभाग का सफल ठेकेदार बनवा दिया था। बाद में भोला और परमू ने संयुक्त रूप से एक जीप ख़रीदी, जो अध्यक्ष जी के सौजन्य से वन-विभाग में किराए पर चल रही थी। इस प्रकार दोनों ने ही जीवन में सफलता प्राप्त कर ली थी और उनके आगे भी सफल होते जाने की सम्भावनाएँ थीं।

वे दोनों अक्सर गाँव आते और छैलबिहारी को साथ लेकर मटरगश्ती करते। परमू-भोला छैलबिहारी को बढ़-चढ़कर शहर के क़िस्से सुनाते। वे अध्यक्ष जी की ताक़त और उनके दरबार में अपने विशेष स्थान का रोमांचक बखान करते थे। उनके द्वारा जब शहर के वैभव, ऐश्वर्य और सुख की चर्चा की जाती, तो छैलबिहारी चकित तथा उदास हो जाता था। कहता था, "तुम लोग वहाँ गुलछर्रे उड़ा रहे हो और तुम्हारा यह दोस्त यहाँ गाँव में पड़ा-पड़ा सड़ रहा है।" परमू और भोला सान्त्वना देते, "अध्यक्ष जी से बात हो चुकी है। जल्दी ही तुमको किसी ऑफ़िस में फिट करा देंगे।" छैलबिहारी नाराज़ हो जाता, "फिट नहीं, घंटा करा देंगे। करा तो रहे हैं एक साल से फिट।"

"सही बात यह है कि तुम ख़ुद गाँव छोड़ना नहीं चाहते। सरोज जैसी जिससे फँसी हो, वह नौकरी की फ़िक्र क्यों करने लगे।" परमू बोला था।

भोला ने प्रश्न किया, "अच्छा छैलबिहारी, यह बताओ कि सरोज के साथ तुमने क्या-क्या किया अब तक?"

छैलबिहारी उत्साहित हो गया। बीड़ी जलाकर क़श खींचा और मुस्कराया, "क्या करूँ, वह प्यासी है, तो मुझे ध्यान देना ही पड़ता है।"

भोला और परमू ने जुगलबन्दी की, "कुछ हमारा भी ख़्याल रखो, छैलबिहारी।"

छैलबिहारी बोला, "हो जाएगा काम, मगर तब, जब मेरी नौकरी लगवा दोगे, जिस दिन पहली तनख़्वाह पाऊँगा, उस रात सरोज तुम लोगों की न हो, तो मेरा नाम छैलबिहारी नहीं।"

"नौकरी तो समझो, पक्की। रही बात पहली तनख़्वाह की, तो ये लो, अभी देता हूँ।" भोला ने रुपए छैलबिहारी के सामने रख दिए, "लो रख लो।"

छैलबिहारी ने रुपए ले लिए, लेकिन जब वह बाहर खुले आसमान, खुली हवा में आया और कुछ दूर चला, तो हैरत में पड़ गया, "मैंने यह क्या किया। कैसे मुमकिन है यह। वह साली तो सीता-सावित्री की अवतार बनी फिरती है। दुनिया को मारो गोली, मैं तो उसके गाल तक नहीं छू पाया हूँ।" वह अपने भाग्य की विडम्बना पर हँसा, "गाल छूने की पड़ी है मुझे। कलाई तक तो पकड़ने नहीं दिया उसने कभी। छटपटाकर छुड़ा लेती है।"

वह निराश-सा लौट आया, "दोस्तो, मुझको माफ़ कर दो।" उसने रुपए

निकालकर ज़मीन पर रख दिए। हाथ जोड़ा, "अपने पैसे रख लो। दरअसल वे बातें मैं झोंक में बोल गया था।"

"बहाना मत बनाओ, छैलबिहारी। मैं कहता हूँ कि इसी बात पर दोस्ती टूट जाएगी।" परमू ने धमकी दी।

छैलबिहारी गिड़गिड़ाया, "माँ क़सम, सही कह रहा हूँ कि मैंने सरोज के बारे में जो कुछ कहा था, झूठ था, हक़ीक़त यह है कि हरामजादी कहती है कि प्यार दो आत्माओं का मिलन होता है।"

उसकी आँखों में आँसू आ गए, "वह बदचलन यह भी कहती है कि विवाह से पहले वासना, पाप है। कुँआरी कन्या की दुम हत्थे नहीं चढ़ती। मैं तो कहता हूँ कि कोई ऐसी तरकीब भिड़ाओ कि हम तीनों ही क़ामयाब हो सकें..."

तीनों मित्रों ने सम्मिलित रूप से एक व्यूहरचना की, जिसके कई चरण थे, जो क्रमश: इस प्रकार थे—

छैलबिहारी द्वारा सरोज से विवाह का प्रस्ताव और इसके लिए उसे राज़ी करना—गाँव में विवाह सम्भव नहीं, इसलिए गाँव से भागना—शहर पहुँचकर मन्दिर में छैलबिहारी-सरोज की शादी—रुकने के लिए अध्यक्ष जी की कोठी में व्यवस्था—कोठी पर ही रात में सरोज को इस बात के लिए धन-दौलत—ख़ौफ़ के ज़रिये सहमत करना कि वह तीनों को अपना शरीर सुपुर्द करे—सहमत न हुई, तो उसके साथ सामूहिक बलात्कार।

इस व्यूह-रचना पर छैलबिहारी ने कुछ आपत्तियाँ कीं। उसने कहा कि उसका सरोज से शादी करना ठीक नहीं रहेगा। कहीं माँ-बाप तय करेंगे, तो टी.वी., स्कूटर, भैंस और थोड़ा नक़द मिलेगा। इस रंडी से शादी करके क्या पाऊँगा। दूसरी बात, अपनी बीवी को पराए मर्दों के हाथ कैसे सौंपा जा सकता है। इसी को इस तरह भी कहा जा सकता है कि दो पराए मर्दों द्वारा गन्दी की गई औरत को वह कैसे पत्नी के रूप में स्वीकार करेगा।

"तुम पक्के घोंघाबसन्त हो, छैलबिहारी।" भोला बोला, "मन्दिर की शादी के गवाह कौन होंगे। हम लोग न! हम लोग क्यों कहने जाएँगे कि तुम्हारी शादी हुई है। उस ससुरी को भी इज़्ज़त प्यारी होगी, तो किसी से कुछ बताएगी नहीं।"

"मान लो, वह कहीं न जाए, कहे कि इस सबके बाद भी पत्नी बनकर मेरे साथ रहने के लिए तैयार है। तब?"

"तब हम उसको नदी में डुबोकर मार देंगे। या मारकर रेल की पटरी पर फेंक देंगे।" परमू ने जवाब दिया।

अब जाकर छैलबिहारी सन्तुष्ट हुआ और उसका भरोसा बना कि उसके दोनों मित्र पर्याप्त सामर्थ्यवान और समझदार हैं। वह भावुक हो गया। करुण स्वर में बोला, "भैया, तुम लोगों के हाथों में अपनी नैया की पतवार सौंप रहा हूँ।"

सरोज ने 'हाँ' कह दी। वह गाँव से भाग चलने के लिए तैयार हो गई। वह जानती थी कि गाँव में रहते किसी भी प्रकार छैलबिहारी से उसकी शादी नहीं हो सकती। और वह छैलबिहारी के बिना हक़ीक़त या सपना—कुछ भी नहीं बुनती थी। वह नींद, सपनों और विचारों में हमेशा छैलबिहारी को साथ रखती थी, लेकिन उसमें प्राचीन समय से स्त्री के भीतर मौजूद रहनेवाला अज्ञात भय भी स्वाभाविक रूप से था। इसलिए छैलबिहारी के प्रस्ताव की उस पर पहली प्रतिक्रिया यह हुई कि वह थरथराने लगी और उसके चेहरे की चपलता को जैसे ग्रहण लग गया। देर तक उसकी आँखें ज़मीन पर टहलती रहीं और भर आईं। उसने आँसुओं से डूबी अपनी बड़ी-बड़ी आँखों को उठाकर छैलबिहारी को देखा। वह रो पड़ी, "छैलबिहारी! मैं तुमको बहुत चाहती हूँ।" उसका सिर छैलबिहारी की छाती पर टिक गया। सरोज का इस प्रकार का स्पर्श छैलबिहारी को पहली बार हासिल हुआ था, वह पुलकित हो गया। सरोज रोती हुई बोली, "छैलबिहारी, मैं अपने माँ, बाप, भाई, भाभी और उनके पेट में पल रहे भतीजे को, ये घर, ये गाँव, ये खेत, ये खलिहान, ये भुतहा खंडहर, जिसमें हम खड़े हैं, सब छोड़कर तुम्हारे साथ चलूँगी। मेरा साथ निभाना। मुझे धोखा मत देना, छैलबिहारी! नहीं तो तुम्हारी क़सम, ज़िन्दा नहीं पाओगे अपनी सरोज को।"

छैलबिहारी ने इस अवसर पर एक कवित्त सुनाया :

मर जाऊँगा, मिट जाऊँगा, चाक-चाक हो जाऊँगा।
मेरे प्रियतम अन्तिम दम तेरा साथ निभाऊँगा।

उक्त कवित्त पूरा होने पर सरोज ने उसके सीने पर रखे अपने चेहरे को हल्का-सा दबाया और फिर उठाकर उसे देखा, "अच्छा, अब मैं चलती हूँ।"

वह घर आई, तो घर उसे पराया-सा महसूस हुआ। ऐसा लग रहा था कि जैसे घर थोड़ा बड़ा हो गया हो। चूल्हे का मुँह घूम गया हो। अलगनी अधिक नीचे हो गई हो। उसे घर हल्का-सा हिलता हुआ भी अनुभव हो रहा था। उसे समझ में नहीं आया कि इस समय वह घर में क्या करे? वह जाकर बिस्तर पर आराम से लेट गई, मगर जल्दी ही बिस्तर पर पालथी मारकर बैठ गई। ऐसे भी नहीं रहा गया, तो उठ खड़ी हुई। तभी न जाने क्या हुआ कि तकिए में चेहरा धँसाकर रोने लगी। जल्दी ही रोना बन्द करके मुस्कराने लगी। भाभी के पास आकर मज़ाक़ किया, "भाभी, तैयारी करती जाओ, भतीजा होने पर कंगन लूँगी।" भाभी अपने पेट पर हाथ फेरते हुए, बोलीं, "आपके भइया और बाबूजी कोशिश में लगे हैं। जल्दी ही आप भी ससुराल जाएँगी, तब कुछ दिनों बाद आपको भी वहाँ कंगन बनवाकर ननदों को देने पड़ेंगे।"

सरोज सोच में डूब गई, "छैलबिहारी को तो कोई बहन है नहीं, वह किसे कंगन देगी।" वह उदास हो गई। तभी न जाने उसके भीतर क्या रासायनिक क्रिया हुई कि वह उत्साहित होकर उठी और बाबू-भाई के सारे गन्दे कपड़े लेकर धोने लगी। बाद में इस काम से फ़ुर्सत मिलने पर उसने घोषणा की, "आज घर का पूरा खाना

मैं बनाऊँगी।" उसने रोज़ से ज़्यादा घी-तेल-मसालों का प्रयोग करके भोजन को सुस्वादु बनाया। भइया से दो रोटी अधिक खाने के लिए इसरार करने लगी। बीच में पड़ोस में जाकर वह बच्चों को चिढ़ा आई। कुल मिलाकर बहुत ख़ुश दिख रही थी, लेकिन बीच-बीच में सोचती, 'मैं क्यों इतना ख़ुश हूँ? क्या यह छैलबिहारी के साथ ज़िन्दगी की शुरुआत करने की उमंग है? या यह घर त्यागने के पहले घरवालों पर उमड़ पड़ा प्यार है? या कहीं वह इतना ख़ुश दिखकर घरवालों को चकमा दे रही है?' उसकी समझ में कुछ भी नहीं आया, न ही वह किसी नतीजे पर पहुँची। उसे तीनों ही बातें थोड़ी-थोड़ी सही लग रही थीं मगर वह यक़ीन नहीं कर पा रही थी कि कैसे तीनों बातें एक साथ सही हो सकती हैं?

उसकी दशा अजीब हो गई थी। ख़ुश होकर चहकती रहती कि अचानक किसी सुरक्षित एकान्त में जाकर रोने लगती, पर कुछ ही वक़्त बाद आँखें पोंछकर हँसती हुई बाहर आती। वह कभी अतिरेक में आकर माँ के गले लगकर झूल जाती, तो कभी भाभी के पेट पर कान सटाकर चुहल करती, "भाभी...भाभी..सुनो, बच्चा बुआ... बुआ...कह रहा है।"

घर के लोगों को उसका यह बदला हुआ रंग-ढंग अनोखा तो लग रहा था। किन्तु इतना अस्वाभात्रिक नहीं कि वे उस पर सन्देह करने लगें। या उस पर निगाह रखने की आवश्यकता महसूस करें। बस, केवल माँ जानकी देवी थीं, जो बीच-बीच में उसको ग़ौर से देखने लगती थीं। बेटी जब भी उनसे अधिक प्रेम जताती, तो वह चिन्तित हो उठती थीं। उन्हें लगने लगता था कि बेटी के मन में कुछ और है, वह कपट कर रही है। रात को सरोज अपने बिस्तर से उठकर माँ के पास चली आई और बच्चों की तरह सटकर लेट गई, "माँ, अब से मैं तुम्हारे साथ सोया करूँगी।" माँ आहिस्ता-आहिस्ता सरोज के बाल सहलाती रही, फिर बुदबुदाई, "बिटिया, इधर-उधर का क़दम मत उठा लेना।"

माँ का वाक्य सुनकर सरोज काँप गई। शव की तरह निस्पन्द हो उठी, मगर मामूली-से अन्तराल के बाद खिल गई।

उस दिन अँधेरा भी हो गया, लेकिन सरोज स्कूल से नहीं लौटी, तो सबसे पहले जानकी देवी ने ही अपनी चिन्ता प्रकट की, "सरोज नहीं आई अभी तक, मेरा दिल बहुत घबरा रहा है राधेश्याम के बाबू।" सभी के चेहरे पर भय, चिन्ता और अपशकुन के पंजे मँडराने लगे। ऐसा लगा कि विष्णु दत्त जैसे अभी-अभी और बूढ़े हो गए हों। वह कराहते हुए से बोले, "बेटा, राधेश्याम! चलो, हम ढूँढते हैं।"

दोनों जब लौटकर वापस आए, तो घर में बहू और सास थीं। अँधेरा था, तण्ता था। बहू के गर्भ में शिशु था। और भय, चिन्ता, अपशकुन के मँडराते पंजे थे।

घर में घुसते ही विष्णु दत्त अचानक रोने लगे थे।

गाँव में विष्णु दत्त को सलाह मिली कि फ़ौरन थाने चलकर बेटी की गुमशुदगी की रिपोर्ट लिखानी चाहिए, लेकिन दूसरे प्रकार के लोगों का मत था कि ऐसा नितान्त

अनुचित होगा। कन्या की गुमशुदगी की रिपोर्ट लिखा दी गई, बात थाना-कचहरी तक गई तो इज़्ज़त विष्णु दत्त की डूबेगी—इस गाँव की डूबेगी—सबसे बड़ी बात—बरामदगी के बाद सरोज का जीवन नरक हो जाएगा।

"लेकिन समस्या यह है।" पहले पक्ष के लोगों ने कहा कि सरोज के आसानी से मिल सकने के आसार नहीं दिख रहे हैं। जहाँ-जहाँ मुमकिन था, ढूँढा गया। अब वह आसमान से तो टपक नहीं पड़ेगी। नहीं मिल रही है, तो यही अच्छा होगा कि पुलिस में रिपोर्ट लिखाई जाए।

सबसे भिन्न तीसरी धारा राधेश्याम की थी। उसका कथन था, "सरोज दो घंटे में मिल सकती है।" इसके लिए उसने उपाय बताया कि छैलबिहारी की माँ को तथा परमू और भोला की बहनों को निर्वस्त्र करके गाँव में घसीटा जाए।" लेकिन किसी ने उसके विचारों को गम्भीरतापर्वूक ग्रहण नहीं किया।

अन्तत: यही निश्चय किया गया कि दो-तीन दिन इन्तज़ार कर लिया जाए। फिर भी सरोज न मिली, तो रिपोर्ट लिखाने में हर्ज नहीं। हालाँकि विष्णु दत्त यह समझ रहे थे कि रिपोर्ट के लिए ज़ोर देनेवालों में कुछ ऐसे भी थे जो चाहते थे कि थाना-कचहरी के चलते उनकी और उनकी बेटी की फ़जीहत हो। इसी तरह कुछ लोगों द्वारा रिपोर्ट न लिखाने के लिए दबाव डालने की वजह थी कि वह चाहते थे कि सरोज हमेशा ग़ायब रहे और उनको राय-मशविरा देने का अवसर प्राप्त होता रहे।

तीन दिन बीत गए थे, रिपोर्ट दर्ज कराने के अतिरिक्त दूसरा कुछ सूझ नहीं रहा था विष्णु दत्त को। अगले दिन शाम को वह और राधेश्याम तीन-चार ग्रामवासियों को लेकर थाना पहुँच गए। इन ग्रामवासियों का कहना था कि रिपोर्ट में अभियुक्तों द्वारा सरोज को ले जाने की बात के साथ यह भी दर्ज कराया जाए कि वे उनके घर से चार हज़ार नक़द और क़रीब 25,000 के ज़ेवरात भी ले भागे हैं। इस पर विष्णु दत्त ने दबी ज़बान से प्रतिवाद किया, "पर यह हक़ीक़त नहीं है।" राधेश्याम भड़क गया, "बड़े हक़ीक़त के बाप बनने चले हैं आप! हक़ीक़त तो यह है कि वह रंडी ख़ुद भागी है, तो क्या ऐसे ही रिपोर्ट में कहा जाए?"

थाने का दरोगा कहीं तफ़्तीश पर गया था और हेड मुहर्रिर जूस पीने, लेकिन संयोग ही था कि ज़्यादा इन्तज़ार नहीं करना पड़ा, जल्द ही हेड मुहर्रिर मुँह पोंछता हुआ ड्यूटी पर बैठ गया, "क्या हुआ, लौंडिया भाग गई न?"

वे इस भाव से कि, 'उसको कैसे मालूम' हेड मुहर्रिर को देखने लगे। तभी वह कड़क उठा, "लानत है तुम लोगों पर कि रिपोर्ट लिखाने आए हो। अरे, मेरी बहन-बेटी होती, तो आकाश-पाताल जहाँ भी होती, ढूँढकर लाता और इस करतूत पर उसकी बोटी-बोटी करके चील-कौवों के सामने फेंक देता।" बहरहाल, विष्णु दत्त ऐसे पराक्रमी नहीं थे, इसलिए वह दो काग़ज़ों के बीच कार्बन लगाकर प्राथमिक सूचना रिपोर्ट का लेखन करने लगे। वह नामज़द प्राथमिक सूचना रिपोर्ट लिख रहे थे। उन्होंने अभियुक्तों के रूप में छैलबिहारी, परमू और भोला को नामांकित किया।

थाने से लौटते-लौटते अँधेरा होने लगा। सभी चुपचाप चल रहे थे। जैसे उनके साथ-साथ मौन भी चल रहा हो। वे गाँव में आ गए, तब भी चुप थे। एकदम ख़ामोश। लेकिन जैसे ही रास्ते में छैलबिहारी का घर पड़ा, राधेश्याम बड़ी तेज़ आवाज़ में चिल्लाने लगा, "मैं प्रतिज्ञा कर रहा हूँ...मैं प्रतिज्ञा नहीं, भीष्म प्रतिज्ञा कर रहा हूँ कि यदि मैंने छैलबिहारी की माँ की इज़्ज़त न लूटी, तो राधेश्याम मेरा नाम नहीं।" इतना कहकर उसने चारों तरफ़ अभिमान से देखा, जिस प्रकार नौटंकी में कोई अभिनेता कड़क संवाद बोलकर वाहवाही के लिए दर्शकों पर निगाह डालता है।

विष्णु और राधेश्याम घर आए, तो विष्णु बहुत थके थे, राधेश्याम बहुत उद्वेलित। बहू ने जल्दी ही खाना परोस दिया। दोनों खाने लगे।

बहू ने ससुर की थाली में रोटी डालते हुए कहा, "हमारे चाचा के लड़का श्याम नारायण नेता हैं, वो किसी काम आ सकते हों तो बुला लिया जाए।" राधेश्याम गरजा, "चोप्प साली। अब नेतागिरी नहीं होगी, ख़ून बहेगा। मैं कह रहा हूँ लाशें गिरेंगी!" इसके बाद खाना छोड़कर वह कूद-फाँद करने लगा। विष्णु और जानकी देवी उसे परेशानी और कोफ़्त से देखने लगे। जब वह चौकड़ी भरता हुआ बाहर निकल गया, तो विष्णु बहू से बोले। बहू घूँघट थोड़ा-सा आगे खिसकाकर सुनने लगी, "ऐसा है दुलहिन, अभी रुक जाओ, बात दूर-दूर तक फैले, क्या फ़ायदा। कुछ रोज़ देखते हैं। सरोज हमें तब तक न मिली, तो नेता श्याम नारायण को बुलवाएँगे।"

श्याम नारायण नेता, एक पार्टी की युवा शाखा के जुझारू सदस्य थे। अभाव और विपन्नता उनके व्यक्तित्व से टपकती रहती थी, किन्तु दो मामलों में वह शानदार थे। एक नारा लगाने में, पता नहीं कहाँ से उनके कृशकाय शरीर में बहुत ज़ोर से बहुत देर तक गर्जना करने की शक्ति थी। उनके शानदार होने का दूसरा क्षेत्र था प्रेमातुरता। वह प्राय: किसी कन्या को देखकर रीझ जाते थे और प्रणय निवेदन कर बैठते थे। एक बार उनकी प्रेमातुरता कामातुरता में परिवर्तित हो गई थी। समक्ष खड़ी लड़की पर संकट के मेघ मँडराने लगे थे। वह तो ईश्वर उसका रक्षक था कि श्याम नारायण के पायजामे के इज़ारबन्द में उल्टी गाँठ लग गई, जो उनके लाख प्रयत्न करने पर भी उस समय नहीं खुली थी, पर कामातुरता उनकी मूल प्रवृत्ति नहीं थी। अमूमन वह रीझते भर थे। सरोज पर भी कुछ बार रीझ चुके थे। जब-जब वह अपनी भाभी के मायके में आई थी, तब-तब नेता उसे देखकर व्याकुल हुए थे। उनके द्वारा भाँति-भाँति से प्रेम-भाव को प्रगट किए जाने के बाद भी जब सरोज ने अनुकूल प्रतिक्रिया न दिखलाई थी तो उन्होंने एक दिन उसकी कलाई पकड़ ली थी। सरोज उनकी कलाई पर दाँत काटकर अपनी कलाई छुड़ाने के बाद धमकाते हुए जाने लगी कि उनकी करतूत वह सभी को बता देगी। इस पर नेता श्याम नारायण ने पहले विनती की कि सरोज ऐसा क़तई न करे, पर सरोज को सहमत होता न देखकर वह हँसने लगे, "अरे, मेरा तो तुमसे हँसी-मज़ाक़ का रिश्ता है और तुमने मेरे मज़ाक़ को भी सच मान लिया क्या..."

श्याम नारायण को जब छैलबिहारी के साथ सरोज के भाग जाने की सूचना प्राप्त हुई, तो उनके हृदय में तीन तरह के विचार उठे। एक विचार हैरत का था कि अरे, यह क्या हो गया। दूसरा विचार था विचारधारा का, जिसके अनुसार उन्होंने इस प्रकरण को रूढ़ियों के ख़िलाफ़ एक लड़की की बग़ावत माना और सोचा कि हर युवक-युवती को अपनी पसन्द से प्रेमी अथवा जीवन-साथी चुनने का अधिकार है। अन्त में जाकर तीसरा विचार उठा। यह विचार अपेक्षाकृत अधिक तीव्र, मर्मांतक, असरकारी और संश्लिष्ट था। इसके उठने पर उन्होंने अपनी कलाई को सहलाया, "यहीं पर दाँत गड़ाए थे उसने।" उन्हें लगा कि छैलबिहारी के साथ भागकर सरोज ने उनको अपमानित, आहत और दुखी किया है। वह दुखी हुए, "सरोज ने यह क्या कर डाला। उसकी जैसी सुन्दर लड़की को किसी योग्य व्यक्ति से प्रेम करना चाहिए था।" उन्होंने विश्लेषण किया और इस नतीजे पर पहुँचे कि सरोज को छैलबिहारी से प्रेम नहीं करना चाहिए था। वस्तुत: यह प्रेम था ही नहीं। अर्द्धसामन्ती, अर्द्धपूँजीवादी समाज में जिस प्रकार मज़दूर-किसान शोषक शक्तियों के झाँसे में आकर उन्हीं को अपना उद्धारक मान लेते हैं, उसी तरह सरोज छैलबिहारी को अपना मुक्ति-दाता मानकर प्रेम कर बैठी। अत: उसका यह कृत्य प्रेम और सामन्ती मूल्यों को चोट पहुँचाने का प्रयास नहीं, बल्कि शोषित-पीड़ित स्त्री की दिग्भ्रमित चेतना की त्रासदी का मामला है। उन्हें महसूस हुआ कि विपत्ति में निहत्थी फँसी सरोज चीत्कार कर रही है और संघर्ष का एक अन्य क्षेत्र उन्हें आहूत कर रहा है। उन्होंने झोला उठाया और विष्णु दत्त-राधेश्याम से मिलने चल दिए।

उनको सामने खड़ा देखकर विष्णु दत्त चकित हुए। जब श्याम नारायण ने बताया कि उन्हें मुसीबत में फँसा सुनकर वह दौड़े चले आए हैं, तो विष्णु दत्त के मन में उनके लिए अत्यन्त आदर का भाव पैदा हुआ। चटपट राधे की औरत से बोले, "अरे, अपने भइया के लिए कुछ चाय-वाय बनाओ जल्दी।"

चाय पीने के बाद श्याम नारायण ने बिलकुल विलम्ब नहीं किया, मुँह पोंछते हुए कहा, "तो बाउजी, आप और जीजा तैयार हो जाएँ और चलें मेरे साथ।"

नेता श्याम नारायण, विष्णु और राधेश्याम को लेकर ज़िला मुख्यालय में पुलिस अधीक्षक के बँगले पर पहुँचे। उन्होंने विष्णु दत्त की तरफ़ से एक प्रार्थना-पत्र पुलिस अधीक्षक के नाम लिख रखा था, पुलिस अधीक्षक को दिया। उक्त प्रार्थना-पत्र में निवेदन किया गया था कि माननीय महोदय, अपनी बेटी सरोज के अपहरण की प्राथमिक सूचना रिपोर्ट मैंने गत 15 जनवरी, 95 को थाना श्याम सराय में लिखाई थी। उसमें मैंने अभियुक्तों के नाम का भी उल्लेख किया था। छैलबिहारी, परमू और भोला। माननीय महोदय जी से निवेदन है कि पुलिस अभी तक अभियुक्तों को पकड़कर इस अभागे पिता को उसकी पुत्री वापस दिलाने में नाकाम रही है। हमें इस बात की भी आशंका है कि स्थानीय पुलिस जाँच-कार्य में शिथिलता बरत रही है। अत: आपसे अनुरोध है कि, आप उचित कार्रवाई हेतु अविलम्ब आवश्यक

दिशा-निर्देश देकर इस परम दुखी पिता को न्याय दिलाने की कृपा करें।

पुलिस अधीक्षक को लिखे पत्र में ही थोड़ा फेरबदल करके नेता श्याम नारायण ने एक पत्र प्रदेश के गृहमंत्री के नाम और एक पत्र देश के गृहमंत्री के नाम भेजा। उन्होंने एक पत्र देश के लोकसभा अध्यक्ष के नाम भी प्रेषित किया। श्याम नारायण के इन क्रियाकलापों से विष्णु तथा राधेश्याम अभिभूत थे। उन्हें अपने इस रिश्तेदार पर गर्व हो रहा था। दोनों ने ही श्रद्धावनत होकर हाथ जोड़ लिए, "धन्य हैं आप भइया श्याम नारायण ईश्वर आपको दीर्घायु करें।" दोनों ने ही पूछा, "अब आगे क्या किया जाए?" श्याम नारायण बोले, "आगे यह किया जाए कि आप लोग घर लौट जाएँ और मुझको अब अपने तरीक़े से खोज-बीन करने दें। हमारे हाथ पुलिस से भी ज़्यादा लम्बे हैं, आप सब फ़िक्र न करें। हाँ, कुछ रुपए हों तो देते जाइए, क्योंकि दौड़-भाग में ख़र्चा तो होगा ही।"

पिता-पुत्र के जाने और जेब में कुछ धन आने के बाद नेता श्याम नारायण में एक भारतीय जेम्स बांड का अभ्युदय होने लगा। उन्होंने एक पैकेट सिगरेट ख़रीदी। एक सिगरेट जलाकर क़श लिया, "कहाँ से शुरू की जाए तफ़्तीश।" उनकी उँगलियाँ दूसरे हाथ की कलाई पर चली गईं और अचानक उनके सामने सरोज का चेहरा जगमगा उठा। वह कल्पना-लोक में देखने लगे कि सरोज आँसुओं में डूबी हुई सिसक रही है। 'मुझे हर हाल में ठोस कुछ करना पड़ेगा।' उन्होंने सोचा और सिगरेट चप्पल से कुचलकर आगे बढ़ गए। इस वक़्त उनके अन्दर फ़ुर्तीला जेम्स बांड, भावुक विरही, जोशीला कॉमरेड एक साथ सक्रिय हो चुके थे। उनके कन्धे से लटका हुआ झोला एक दृष्टि से देखने पर लगता था कि वह कोई सिद्धहस्त अय्यार या जासूस हैं, जिसकी इस पोटली में अनेक हैरतअंगेज़ चीज़ें भरी हुई हैं, तो दूसरी दृष्टि से देखने पर लगता था कि वह आदिकाल के कोई योद्धा हैं, जिसके झोले में जानलेवा आयुध भरे हुए हों। तीसरी दृष्टि से देखने पर लगता, वह सन्त विनोबा भावे अथवा जयप्रकाश जी की परम्परा के सर्वोदयी हैं, जिनके व्यक्तित्व से प्रभावित होकर भूमि माफिया भूदान कर देंगे और डकैत आत्मसमर्पण। चप्पल फटकारते चले जा रहे थे श्याम नारायण, जो इस समय शरीर से दुबले पर भावनाओं से बली थे। वह दृढ़प्रतिज्ञ थे कि सरोज कांड की एक-एक बात, राई-रत्ती, छोटी-बड़ी सारी चीज़ें ज्ञात करके रहेंगे।

नेता श्याम नारायण ने दौड़-भाग के बाद पाया कि सरोज के ग़ायब होने को लेकर कई तरह की कहानियाँ थीं, जो परस्पर एक-दूसरे से ज़ुदा थीं और कुछ मायनों में आपस में समानता भी रखती थीं। गाँव से सरोज, छैलबिहारी, परमू, भोला सफ़ेद रंग की कार से भागे थे। यह कार किसकी थी, इसके बारे में उसे कोई एक पहुँचे हुए रईस की बताता था, तो कोई कहता था कि एक बहुत बड़े ठेकेदार ने कुछ ही दिन पहले ख़रीदी थी। यह भी चर्चा थी कि कार हीरों के एक व्यापारी का लड़का चलाता था, जिसे भोला ने धमकाकर छीन ली थी। कहीं-कहीं सुनाई देता कि वह कार किसी अन्य की नहीं, स्वयं परमू की है, जिसे उसने अफ़ीम की तस्करी से

प्राप्त धन से ख़रीदा था और शहर में ही चलाता था। वैसे, कुछ अनुमान यह भी था कि कार गोरखनाथ की है, परमू और भोला उनसे माँगकर लाए थे।

बहरहाल, कार से जब सरोज सहित चारों लोग जा रहे थे, तो कार बड़ी तेज़ दौड़ रही थी। उसकी स्पीड के बारे में 80 किलोमीटर से लेकर 110 किलोमीटर प्रति घंटा तक के अनुमान लगाए जा रहे थे। बीच में कार दुर्गापुर क़स्बे में रुकी थी, जहाँ उन लोगों ने कोकाकोला पिया था, लेकिन एक हिस्से को एतराज़ था कि कोकाकोला पीने की बात सच नहीं है, जनवरी महीने में, वह भी रात को वे कोकाकोला क्यों पीने लगेंगे। दरअसल वे चाय पी रहे होंगे। इस पर कोकाकोला वालों का कहना था कि देखनेवालों की आँखें अंधी नहीं थीं कि चाय के गिलास या कुल्हड़ को कोकाकोला की बोतल समझ लें। इस वाद-विवाद में एक तीसरी धारणा सामने आई, जिस पर कमोबेश सभी ने विश्वास किया। इसके अनुसार वे न चाय पी रहे थे, न कोकाकोला। वे कोकाकोला की बोतल में शराब पी रहे थे। किसी ने पुष्टि करते हुए बताया कि उसे पता है कि दुकान पर सरोज की आँखें लाल थीं और वह झूम रही थी। इसकी भी काट प्रस्तुत की गई कि आँखें लाल होने का कारण सरोज का रोना हो सकता है। रही बात झूमने की, तो कौन-सी शराब थी कि चखते ही झुमाने लगी थी।

उपरोक्त बिन्दु तक जानकारों की सूचनाओं में मामूली भिन्नताएँ थीं, किन्तु मोटे तौर पर सादृश्य भी था। जैसे कि कार किसकी थी, कार किस स्पीड में चल रही थी या दुकान पर वे चारों क्या पी रहे थे, इन मुद्दों पर तीव्र मतभेद थे, लेकिन वे कार से गए, कार बहुत तेज़ दौड़ रही थी और बीच में दुर्गापुर क़स्बे की दुकान पर रुककर उन लोगों ने कुछ पिया, इन बातों पर जानकारों के बीच पूरी सहमति थी।

मुश्किल यह आ पड़ी कि दुर्गापुर क़स्बे की दुकान के बाद क्या-क्या हुआ, इसको लेकर एकदम से अलग-अलग क़िस्से सामने आने लगे। इन क़िस्सों में सरोज के घर से भागने और कोकाकोला की बोतल से कुछ पीकर चल देने के बाद की रामकहानी भिन्न-भिन्न तरीक़े से बयान की गई थी। घटनाएँ, वातावरण, कथोपकथन, मनोरथ और परिणतियों तक में अन्तर था। अब चूँकि उक्त समस्त स्वरूपों को स्वतंत्र ढंग से प्रस्तुत करने का स्थान और अवसर नहीं है, अतः उन सभी का अवलोकन करके उनके विश्वसनीय अंशों को पहले अलग-अलग किया गया, फिर सभी के उन चुने गए विश्वसनीय लगनेवाले अंशों को आपस में सुसंगत तरीक़े से यथायोग्य जोड़ दिया गया। फलस्वरूप एक अधिक प्रामाणिक वृत्तान्त सामने आया जो इस प्रकार है :

कार जब गोरखनाथ के आलीशान मकान के सामने रुकी, तो रात के नौ बज रहे थे। वैसे, इस समय यहाँ चहल-पहल रहती थी, लेकिन इत्तेफ़ाक़ की बात है कि उस दिन सन्नाटा था, क्योंकि गोरखनाथ शराब किंग माताराम जायसवाल के घर रात्रि-भोज पर गए थे। शायद इसलिए कि मार्च का महीना आनेवाला था और किंग को ख़तरा था कि अबकी बार कहीं उसके हाथ से ठेके निकल न जाएँ।

सन्नाटा देखकर वे चारों उतरे और भीतर पहुँचकर सीढ़ियाँ चढ़ गए। ऊपर एक कमरे में पहुँचकर ही उन्होंने इत्मीनान की साँस ली।

परमू और भोला खाने-पीने के इन्तज़ाम के लिए बाहर निकल पड़े। उनके जाते ही छैलबिहारी सरोज पर लुढ़ककर कहने लगा, "हाय मेरी प्राणप्यारी, अब तो न तड़पाओ।"

सरोज ने उसे ठेलकर आराम से बिठाया और ख़ुद खड़ी हो गई, "देखो छैलबिहारी, जब तक मैं तुम्हारी सुहागन नहीं बन जाती, मुझे छूना मत। नहीं तो जान दे दूँगी, अम्मा की क़सम।" अम्मा की क़सम खाते ही उसे अम्मा की याद आ गई। वह सुबकने लगी। छैलबिहारी भुनभुनाता हुआ बाहर निकलकर नीचे आ गया। नीचे आकर देखा कि अध्यक्ष जी आ गए हैं और भोला-परमू को डाँट रहे हैं। वह वहीं छिपकर डाँट वार्ता सुनने लगा। अध्यक्ष जी बोले, "अरे हरामियो मेरे घर लेकर आने की क्या ज़रूरत थी।" उन्होंने कुछ अन्य फूहड़ क़िस्म की गालियाँ दी और अन्त में कहा, "ऐसा करो, महन्त जी के यहाँ चले जाओ, मैं फ़ोन कर देता हूँ।" दोनों जाने के लिए मुड़े कि अध्यक्ष जी फिर बोले, "अरे हाँ, लौंडिया की उम्र कितनी है?"

"सोलह साल।" परमू ने जवाब दिया।

"सोलह साल की दुम, मरोगे ससुरो। अबे, बालिग़ तो हो जाने दिया होता। अच्छा कल मेरे साथ कचहरी चलना। मैं एक फ़र्ज़ी बालिग प्रमाण-पत्र बनवा दूँगा। बाद में कोई लफड़ा होने पर काम देगा।"

छैलबिहारी उलटे पाँव लौट गया और कमरे के बाहर खड़ा हो गया। उन दोनों को देखते ही नकनकाते हुए कहा, "सरोज कुमारी से दिक़्क़तें आएँगी। सती सावित्री लच्छन दिखा रही है। कह रही है कि शादी के पहले छुआ, तो ख़ुदकुशी कर लेगी।" उनकी नकनकाहट कुछ कम हुई, "एक बात मुझे पक्की लगने लगी है कि यह समझाने से समझनेवाली नहीं है।"

"चुप साले बड़बड़ किए जा रहा है।" परमू ग़ुस्सा गया, "साले तुमको उल्टा ही सूझता है। ख़ैर, अभी तो इसको लेकर महन्त जी के यहाँ चलना है।"

छैलबिहारी रुआँसा हो गया, "पर तुम लोगों ने तो अध्यक्ष जी के यहाँ के लिए कहा था। ये महन्त-साधू के यहाँ पुलिस पहुँच गई, तो क्या होगा?"

"अबे, तुम रहोगे देहाती भुच्चड़।" भोला समझाने लगा, "अध्यक्ष जी के यहाँ तो फिर भी एक बार पुलिस आ सकती है, पर महन्त जी के यहाँ किसकी हिम्मत है। अध्यक्ष जी जैसे बाईस उनकी जेब में हैं।"

महन्त जी का आवास एक विशाल मन्दिर था। जिसके नीचे की मंज़िल में पूजा-पाठ होता था। मन्दिर का गर्भगृह था, कीर्तन मंडप था, यज्ञशाला थी और क़रीब दो दर्जन रिहायशी कोठरियाँ थीं, जिनमें ज़्यादातर तीर्थयात्री और मन्दिर के सेवक रहते थे।

ऊपर की मंज़िल महात्मा जी का आवास था और यह भव्य था। कई कमरे वातानुकूलित थे। सभी में रंगीन टी.वी. था। कुछ में वी.सी.आर. भी था। फ़र्श पर बढ़िया

कालीन बिछी हुई, महँगे पर्दे और आरामदेह फ़र्नीचर। दीवारों पर देवी-देवताओं की तस्वीरों के अतिरिक्त शेष सितारा होटल जैसा था।

ऐसे ही एक कमरे में सरोज, परमू, भोला, छैलबिहारी पहुँचाए गए, तो आनन्दातिरेक और आश्चर्य के कारण उनकी वाणी मूक हो चली। उनमें से हर कोई कमरे को देखता, फिर अपने लोगों को देखने लगता था। जैसे वे परस्पर एक-दूसरे के भाग्य की सराहना कर रहे हों। वे विभोर थे। उन्हें कक्ष सुखद सपना लग रहा था। वह खड़े ही थे, बैठ नहीं रहे थे कि सपना टूट न जाए।

सरोज चमत्कृत थी। टी.वी. के धारावाहिकों में जैसा कमरा देखा करती थी, वैसा ही था यह। वह अपनी क़िस्मत को सराह रही थी और भगवान को धन्यवाद दे रही थी कि छैलबिहारी जैसा क़ाबिल वर मिला उसको, जिसके इतनी पहुँचवाले दोस्त थे। उसने प्यार से छैलबिहारी को देखा। उसकी चितवन में प्यार, प्रशंसा, धन्यवाद, शुभकामना आदि कई तत्त्व शामिल थे। एक क्षण के लिए उसके मन में यह ख़्याल भी कौंधा कि बेचारा मेरे लिए इतना आतुर है, तो क्यों न आज ही ख़ुद को समर्पित करके इसे ख़ुश कर दूँ। आख़िर कल तो शादी हो ही जाएगी। पर यह ख़्याल क्षणों में ही था। जल्दी ही वह चौंककर सिहर उठी और सामान्य हो गई।

छैलबिहारी बीड़ी निकालकर सुलगाने लगा तो परमू ने हाथ के इशारे से मना किया और भोला ने बताया, “ये ए.सी. कमरा है। इसमें बीड़ी-सिगरेट पीना मना है। चलो बाहर चलकर पीते हैं।”

बाहर नाक से धुआँ उगलते हुए वे तीनों सोचने लगे थे कुछ। थोड़ी देर बाद परमू ने भोला से पूछा, “टाइम क्या हुआ?”

“दस बजे हैं।” भोला ने बताया।

परमू ने अपनी सिगरेट को बुझा दिया, “तो दोस्तो! नीचे ही मन्दिर है। चलो दोनों की शादी वहीं करा देते हैं।”

भोला बोला, “ठीक है, पर पहले पता कर लिया जाए कि इतनी रात में शादी हो पाएगी या नहीं।”

“अरे, करना क्या है।” छैलबिहारी उत्साह में आ गया, “उसकी माँग में सिन्दुर लगा दूँगा और माला वह पहना देगी, एक मैं उसको पहना दूँगा। फेरे और मंत्र-वंत्र के चक्कर में न पड़ना है, भोला भइया।”

मगर जब वह भीतर आए, तो योजना गड्डमड्ड हो गई, क्योंकि फ़ोन की घंटी बजने लगी थी। परमू ने फ़ोन उठाया, तो उधर अध्यक्ष जी थे। कह रहे थे, “साले, तुम लोग आज कोई हरक़त न करना, वरना महन्त जी तुम लोगों की लाशें बिछा देंगे। इसके लिए ख़ुद मुझको उनसे मिलकर परमीशन दिलानी होगी।”

सुबह होने पर परमू ने दिशा-निर्देश हेतु अध्यक्ष जी को फ़ोन मिलाया और विनयपूर्वक आवेदन किया, “बालिग प्रमाण-पत्र का झमेला यदि छोड़ दिया जाए, तो कोई ख़ास नुक़सान हो जाएगा क्या?” इस पर अध्यक्ष जी ने उसे बहन की गाली

दी और डाँटा, "मरना चाहते हो, तो मरो! अरे, सर्टीफिकेट रहेगा, तो काटेगा नहीं। मान लो, बाद में वह ससुरी कोर्ट चली गई तुम सबके ख़िलाफ़। तब यही कहोगे न, वह छैलबिहारी की ब्याहता है और प्रस्तुत साक्ष्य बलात्कार के नहीं, छैलबिहारी द्वारा उसके पति की हैसियत से किए गए सहवास के हैं और तुम सब बेगुनाह हो।"

"हमको मालूम नहीं था कि इसमें इतना लफड़ा होगा, कहाँ फँसे हम। वैसे अध्यक्ष जी, आपसे कह रहा हूँ कि कार्यक्रम करने के बाद उसको मार डालें या कलकत्ता, बम्बई में रंडी के चकले में छोड़ आएँ तो हर्ज़ है?"

"साले, जो कह रहा हूँ, उसको करो। ग्यारह बजे कचहरी पहुँचो डी.एम. ऑफ़िस के सामने।"

"मगर अध्यक्ष जी, कचहरी में हमारे गाँव-ज्वार के लोग भी आए होंगे। बड़ा ख़तरा है वहाँ। कहीं धर न लिए जाएँ।" वह बड़बड़ाया, "एक छोकरी के झमेले में कहाँ फँस गए, भगवान!"

अध्यक्ष जी का दिमाग़ भन्ना गया। फ़ोन पर ही चिल्लाए, "रोओ मत छिनरो, गाड़ी भेज रहे हैं। उसमें बैठ के पहले मेरे यहाँ आ जाओ।"

लगभग दो घंटे बाद कार अध्यक्ष जी के बँगले के मैदान में खड़ी थी। अध्यक्ष जी लोगों से घिरे हुए चलते जा रहे थे। कार के भीतर बैठी सरोज के मुँह से निकल गया, "वही अध्यक्ष जी हैं न।"

तीनों चौंक पड़े, "तुमको कैसे मालूम?"

"इलेक्शन में उनकी फ़ोटोवाले पोस्टर जो लगे थे गाँव में, हमारे कॉलेज की दीवारों पर। हमारे बाबू-भइया सब इनकी ही पार्टी को वोट दिए थे।"

अनेक लोग अध्यक्ष जी का पैर छू रहे थे। पुलिस का एक बड़ा अधिकारी, दो वकील भी अपनी वर्दियों में अध्यक्ष जी के चरणों में झुक रहे थे। इस दृश्य को देखकर सरोज कृत-कृत्य हो रही थी। उसे महसूस हो रहा था कि वह सुरक्षित हाथों में पहुँच गई है। उसने बगल में बैठे छैलबिहारी के कंधे पर सिर रख दिया। उसके केश छैलबिहारी के चेहरे को स्पर्श करने लगे।

अध्यक्ष जी अपनी कार में आकर बैठे। उनकी कार के पीछे इन लोगों की कार चल दी। कचहरी पहुँचने पर दोनों कारें रुकीं और सब बाहर निकले। सबसे अन्त में सरोज निकली। अध्यक्ष जी ने उसे देखा, तो भौंचक्का रह गए। उनके मन में विचार उभरा, "यह तो पूरी अप्सरा है।" उन्होंने बिना वक़्त गँवाए सरोज के चेहरे को, वक्ष को, कटि को, जंघाओं को देखा और सोचा, 'बला की खूबसूरत यह, कहाँ चूतियों के चक्कर में फँसी है। इसके लिए सर्वथा उपयुक्त तो मैं ही हूँ।"

वह उत्साह में आ गए थे। अपने प्रभाव का इस्तेमाल करके उन्होंने जल्द ही सरोज का बालिग प्रमाण-पत्र बनवा दिया। बोले, "चलो, झटपट शादी भी सम्पन्न कराओ।"

आख़िर सरोज का प्रतीक्षित अवसर आ ही गया। लाल जोड़ा, ज़ेवर, मेंहदी

वग़ैरह से वह वंचित रही थी, किन्तु हाथों में उसने चूड़ियाँ ख़ूब पहनी थीं। चटख लाल रंग की साड़ी पहनकर उसने बड़ा-सा गोल जूड़ा बनाया था। उसके मस्तक पर गोल बिन्दी थी और माँग में सिन्दूर भरा था। मन्दिर के कमरे में बैठी वह बार-बार दरवाज़े को देखने लगती थी कि छैलबिहारी आया क्या!

और जब दरवाज़ा खुला, तो छैलबिहारी नहीं, अध्यक्ष जी अन्दर आए। वह पान खाए हुए थे। सरोज के पास बैठकर उन्होंने हँसते हुए रोमांटिक कथन किया, "देखो, मेरा मुँह कितना लाल हो गया है।" उन्होंने अपनी जीभ निकालकर अन्दर की, "जिसको पान बहुत चढ़ता है, जानती हो, औरतें उसको बहुत चाहती हैं।" वह थोड़ी देर सरोज को देखते रहे, फिर बात आगे बढ़ाई, "तुम भी मुझको बहुत चाहती हो न?"

सरोज चौंक पड़ी और बिस्तर से उतरकर खड़ी हो गई। अध्यक्ष जी ने कहा, "बैठो...बैठो न। हमारी बात का बुरा नहीं माना जाता। हम बहुत बड़े आदमी हैं। कोई ठीक नहीं कि मुझे किसी दिन प्रदेश का मुख्यमंत्री बना दिया जाए। मुख्यमंत्री विरोधी लॉबी का वरदहस्त है मुझ पर।" इतना कह चुकने के बाद उन्होंने अत्यन्त इत्मीनान से सरोज के कंधों को पकड़ा। तभी दरवाज़े पर थपथपाने की आवाज़ें आईं। गोरखनाथ ने उठकर किवाड़ खोले। महन्त जी कमरे में आए। सरोज ने विपत्ति की घड़ी में देवदूत की तरह पहुँचे आगंतुक को देखा। वह लँगोट पहने थे और सोने की मूठवाली छड़ी लिए हुए खड़े थे। उनकी दाढ़ी उनके ढेर सारा निकल आए पेट पर टिकी हुई थी। जटा-जूट खिचड़ी थे। लँगोट मात्र पहने हुए उनका व्यक्तित्व भीषण रूप से रौद्र लग रहा था। चारों तरफ़ देखने के बाद वह अध्यक्ष जी से बोले, "व्यवस्था टनाटन्न है न?"

"सब आपकी कृपा है, प्रभु!"

"बाहर हम हैं, चिन्ता मत करिएगा।"

"आपके क़िले में हम, क्यों चिन्ता करें भगवन्।"

महन्त जी ने हँसकर आँख मारी, "मौज करो।"

और वह संस्कृत का कोई श्लोक कहते हुए बाहर निकल गए।

मौक़ा देखकर सरोज ने भी बाहर निकलना चाहा। वह बीच दरवाज़े में ही थी कि गोरखनाथ ने पीछे से उसके बालों को पकड़ लिया और खींचकर उसे बिस्तर पर पटक दिया, "साली चवन्नी छाप रंडी, चली है हमसे नखरे करने।"

सरोज ने उनके पैर पकड़ लिए, "मुझ पर दया करिए। मैं आपके ही आदमी छैलबिहारी की ब्याहता हूँ।"

वह हँसने लगे, "तुम तो बड़ी भोली लग रही हो।" उन्होंने फ़ोन उठाया।

पाँच मिनट बाद ही छैलबिहारी, भोला और परमू कमरे में थे। छैलबिहारी ने पुचकारा, "नाहक रो रही है। एक बार की ही तो बात है। फिर रहना मेरे साथ।"

सरोज ने इतना दुख, घृणा, जुगुप्सा और क्रोध कभी नहीं अनुभव किया था।

वह फूट-फूटकर रोने लगी। रोते हुए ही उसने छैलबिहारी को गाली दी और चिल्लाने लगी। परमू ने लपककर उसका मुँह बन्द कर दिया, "चुप्प छिनाल। परमू के हाथ में पिस्तौल एवं फालवाला चाक़ू था, जिसकी नोक सरोज की सुडौल गर्दन पर हल्की-सी दबी हुई थी।

रो वह अभी भी रही थी, लेकिन उसके रुदन की आवाज़ बदल गई थी। कुछ-कुछ घिघियाने जैसी। थोड़ी-सी मर्दानी आवाज़। ऐसी ध्वनियाँ उसके कंठ से पहले कभी नहीं निकली थीं। उसने उसी तरह रोते और घिघियाते हुए आँखें उठाकर छैलबिहारी को देखा। छैलबिहारी भाँप न सका कि सरोज की आँखों में क्या था—नफ़रत, लाचारी, मदद की पुकार या अन्य कुछ। वह बड़े प्यार से बोला, "तुमने तो देखी थी नौटंकी। द्रौपदी के पाँच पति थे कि नहीं। आंय! फिर तुम्हारे तो चार ही होंगे। दूसरे, जब राजा दशरथ की तीन रानियाँ थीं, तो तुम्हारे चार पति क्यों नहीं? यही समझ लो कि अध्यक्ष जी तुम्हारे सबसे बड़े पति हैं..."

सरोज ने दुबारा गोरखनाथ के पाँव पकड़ लिए और ज़ोर-ज़ोर से रोने लगी, "ऐसा ज़ुल्म मत करिए हुजूर...मुझे जाने दें मालिक...मैं शादीशुदा हूँ, रहम करिए।"

भोला ने पिस्तौल सरोज की तरफ़ तान दी। सरोज चिल्लाने लगी, "मारो... मुझे मार डालो..."

"तू अनायास ताव खा रही है।" छैलबिहारी ने उसे शान्त करने का एक प्रयत्न और किया, "कुन्ती ने नहीं सूर्य से सम्बन्ध बनाया था। अहिल्या को नहीं इन्द्र ने हासिल किया था। फिर सबसे बड़ी बात, तुम्हारा तो पति तुमको ऐसा करने की आज्ञा दे रहा है।"

सरोज की आँखों में आँसू और ख़ून एक साथ उतरे, वह छैलबिहारी की तरफ़ झपटी। परमू का चाक़ू उसकी गर्दन में हल्का-सा धँस गया, ख़ून छलक आया। भोला सरोज के पीछे गया और उसकी बाँहें मरोड़कर मुश्कें कस दीं।

छैलबिहारी आवेश में गरजा, "अध्यक्ष जी, इस हरामजादी के हाथ-पाँव बाँध दें।

श्याम नारायण को जब पूर्वलिखित वास्तविकता, सूचनाओं और जानकारियों की शक्ल में इधर-उधर से, अपने और पराए स्रोतों से उपलब्ध हुई, तो उनके हृदय में दुख तथा ग़ुस्से का तेज़ ज़लज़ला पैदा हुआ। उनके भीतर सरोज के लिए हमदर्दी का समुद्र उफनने लगा। पराक्रम दिखाने की इच्छा से उनके दाँत किटकिटाने लगे। उन्होंने निश्चय किया, "मैं गोरखनाथ की ईंट से ईंट बजा दूँगा।" वह यह भी बुदबुदाए, "जब तक मैं गोरखनाथ को जेल नहीं भिजवा दूँगा, चैन की साँस हराम है। मैं आकाश-पाताल एक कर दूँगा।"

आकाश-पाताल एक करने के लिए यानी दौड़-धूप करने के लिए, यहाँ-वहाँ सम्पर्क करने के लिए जेब में पैसे होने चाहिए थे, जबकि विष्णु दत्त से मिले रुपए भी अब समाप्त हो चुके थे। फिर भी उन्होंने धनाभाव की परवाह नहीं की और प्रदेश

की राजधानी जानेवाली ट्रेन पर बेटिकट सवार हो गए। जैसा कि कई बार हुआ था, बेटिकट होते हुए भी वह सही-सलामत सुरक्षित अपने वांछित रेलवे स्टेशन लखनऊ पहुँच गए। स्टेशन से बाहर आ जाने पर उन्हें महसूस हुआ कि बड़ी तेज़ भूख लगी है। हल्की प्यास भी लगी थी, लेकिन एक तो उनकी जेब में मुद्रा का अभाव था, दूसरे—उन पर धुन सवार थी। वह बिना कुछ खाए-कुछ पिए पैदल ही चल पड़े। चार किलोमीटर की दूरी पर स्थित पार्टी ऑफ़िस में जब वह प्रदेश सचिव के कमरे में घुसे, तो हाँफ रहे थे।

सचिव उस वक़्त खटिया पर लेटे चाय सुड़क रहे थे। चाय ख़त्म करके वह श्याम नारायण की तरफ़ मुख़ातिब होकर बोले, "क्या बात है, बहुत परेशान दिख रहे हो।"

श्याम नारायण के फेफड़ों को अब थोड़ा आराम मिल चुका था, फिर भी श्याम नारायण उत्तेजित थे। उन्होंने प्रदेश सचिव के अधिक निकट होते हुए कहा, "आन्दोलन का बहुत बड़ा मुद्दा लेकर आया हूँ।" उन्होंने सरोज पांडेय के साथ घटित हुए अत्याचार की पूरी कथा कही और निवेदन किया, "सत्तारूढ़ पार्टी के अध्यक्ष गोरखनाथ के विरुद्ध हमें प्रदेश-व्यापी आन्दोलन छेड़ना चाहिए। इससे हम सत्ताधारी पार्टी के ख़िलाफ़ जनसंघर्ष खड़ा कर सकेंगे, जिसमें जनता पूरी तरह लामबन्द होगी।"

सचिव दियासलाई की तीली से दाँत खोदने लगे, जिससे यह पता चलता था कि चाय पीने के पहले उन्होंने कुछ खाया भी था। दाँत से कुछ निकाल चुकने के बाद वह सोचते रहे, फिर रुक-रुककर कहने लगे, "इस मुद्दे पर आन्दोलन नहीं खड़ा किया जा सकता। आख़िर इसका जनता की बुनियादी समस्याओं से क्या वास्ता है। सरोज के साथ बलात्कार का हादसा कोई राजनैतिक सन्दर्भ भी नहीं रखता है। एक समझदार कार्यकर्ता होने के नाते आपको मालूम होना चाहिए कि आर्थिक या बहुत अहम राजनैतिक मसलों पर ही बड़ी लड़ाइयाँ लड़ी जाती हैं, जबकि सरोज पांडेय के प्रसंग में दोनों ही बातें नहीं हैं।"

श्याम नारायण प्रत्युत्तर में कुछ कहते कि सचिव अपनी पार्टी का मुखपत्र उनके और अपने बीच में करके पढ़ने लगे।

श्याम नारायण क्या करते? पार्टी ऑफ़िस के बाहर निकल आए। बाहर परिसर में नीम का एक पुराना पेड़ था, उसी के नीचे खड़े हो गए, सोचने लगे कि अब क्या किया जाए। उनकी चेतना में पुनः सरोज आकर सिसकने लगी। वह विह्वल हो गए। उनकी तीव्र इच्छा हो रही थी कि उनकी कलाई पर सरोज ने जहाँ दाँत गड़ाया था, उस स्थान को कुचल डालें। उनमें ज़ोर की हिलोर उठी कि सरोज के चरणों पर गिरकर रोएँ। खैर, किसी तरह सँभाला, वैसे, उनको शर्म भी आ रही थी कि राजनैतिक व्यक्ति होने के बावज़ूद वह अभी तक आँसुओं को नहीं जीत सके थे। बीड़ी जलाकर वह विचारमग्न हो गए। विचार करते-करते इस उधेड़बुन में उलझ गए कि सरोज को कैसे आज़ाद कराएँ? पार्टी सचिव ने तो फ़लसफ़ा बघार दिया।

अचानक उनके दिमाग़ में मीरा यादव का नाम कौंधा। वह उनके ही ज़िले की थीं

और प्रदेश की प्रमुख विपक्षी पार्टी से विधान परिषद् की सदस्य थीं। श्याम नारायण उनसे कभी न चुकानेवाला उधार तथा संगठन-कार्य हेतु चन्दा पहले कई बार प्राप्त कर चुके थे। उन्हें उम्मीद की अच्छी-ख़ासी किरणें दिखीं, क्योंकि वह गोरखनाथ की पार्टी को तगड़ी टक्कर देनेवाली विपक्षी पार्टी की नेता थीं, दूसरे—औरत थीं। श्याम नारायण का विश्वास मज़बूत हुआ कि मीरा यादव सरोज की मदद के लिए निश्चय ही आगे बढ़ेंगी और संघर्ष में उनका साथ देंगी।

अब जाकर उन्हें भयंकर भूख महसूस हुई और प्यास भी। वह दुखी हुए कि वह पार्टी के जुझारू कार्यकर्ता हैं, इतनी दूर से चलकर आए हैं और पार्टी के नेता ने एक गिलास पानी के लिए भी नहीं पूछा। फिर यह दलील देकर अपने को तसल्ली दी कि उनको क्या पता रहा होगा कि मुझे प्यास लगी है, कौन प्रचंड गर्मी का सीजन है।

उन्होंने समय बर्बाद नहीं किया, मीरा यादव के बँगले की तरफ़ चल पड़े, वह सड़क पर बीच-बीच में घड़ीवालों से टाइम पूछते जाते थे, चलते जाते थे। अन्ततः 45 मिनट की यात्रा के बाद मीरा यादव के सरकारी आवास में नमूदार हुए।

उस समय मीरा यादव अपनी पार्टी की मुखिया के यहाँ हाज़िरी देने गई थीं। इन दिनों मुसीबत में थीं, दो महीने बाद उनकी विधान परिषद् की सदस्यता का कार्यकाल समाप्त होनेवाला था, जबकि राजनीति के गलियारों में चर्चा थी कि मुखिया इस बार उनको प्रत्याशी नहीं बनाएँगे। उनकी जगह पर एक मशहूर बिल्डर को टिकट देंगे। इस बात से मीरा यादव की नींद उड़ गई थी और वह रोज़ मुखिया के दरबार में हाज़िरी देने जाती थीं। यहाँ तक कि मुखिया न रहते, तब भी। आज भी ऐसा था। मुखिया नहीं थे, तब भी मीरा यादव उनकी ड्योढ़ी पर मत्था टेकने गई थीं।

श्याम नारायण को लम्बा इन्तज़ार नहीं करना पड़ा। मीरा यादव आ गईं। वह काफ़ी थकी हुई दिख रही थीं। श्याम नारायण को देखकर जल-भुन गईं, अब यह भुक्खड़ सौ-पचास लिए बिना पिंड नहीं छोड़ेगा। उन्होंने बेरुख़ी से श्याम नारायण को देखा, मगर वह इस प्रकार के अनादर के अभ्यस्त थे। परवाह नहीं करते हुए बोले, "आपसे सहयोग की ज़रूरत है।"

"हो नहीं सकेगा। मैं भूल गई थी। आज शनिवार है, बारह बजे ही बैंक बन्द हो गया था। मैं पैसा नहीं निकाल सकी।"

"मैं पैसे नहीं माँग रहा हूँ, वह तो कल ले लूँगा। दरअसल मैं आपके पास गोरखनाथ के ख़िलाफ़ आन्दोलन छेड़ने में मदद के लिए आया हूँ।"

"क्या किया गोरखनाथ ने?"

"बलात्कार! मेरी रिश्तेदार सरोज के साथ गोरखनाथ और उसके तीन साथियों ने बलात्कार किया है। बल्कि दो महीनों से उसके साथ बलात्कार किया जा रहा है। वह अभी भी उनके क़ब्ज़े में है।"

मीरा यादव की बाँछें खिल गईं। उनके बुझे-बुझे चेहरे पर अब प्रसन्नता की तरंगें नाच-कूद रही थीं, "पर आपके पास जानकारी पक्की है न?"

श्याम नारायण आहत हुए। अत्यन्त आर्त स्वर में उन्होंने कहा, "इतने दिनों से जानकारी ही तो इकट्ठी कर रहा हूँ। खाने-पीने-सोने की चिन्ता नहीं की, जगह-जगह की ख़ाक़ छानता रहा। अब तो मुझे यह भी मालूम हो गया है कि कहाँ पर क़ैद की गई है सरोज।"

"कहाँ पर?" चौंक पड़ी मीरा यादव।

"वह जौनपुर के ख़ैराबाद मुहल्ले के 1426 नम्बर मकान में छैलबिहारी नाम के आदमी के साथ है। गोरखनाथ के दूसरे दो आदमी परमू और भोला बाहर गए हैं। ऐसी सूचना है कि वह सरोज की बिक्री का सौदा करने गए हैं। ऐसी भी आशंका प्रकट की जा रही है कि यदि वे सरोज को बेच न पाए, तो उसका क़त्ल कर देंगे।"

"तो आप गए क्यों नहीं जौनपुर उसे छुड़ाने के लिए?"

"गया था, पर लौट आया। वहाँ गोरखनाथ के पन्द्रह-बीस गुंडे असलहों के साथ पहरा दे रहे हैं।"

"पन्द्रह-बीस।" मीरा यादव मुस्कराईं, फिर श्याम नारायण से कहा, "अच्छा, आप कुछ खाइए-पीजिए और फिर चले जाइए सरोज के गाँव। वहाँ से उसके पिता वग़ैरह को लेकर आइए। तब तक हम चलते हैं जौनपुर और देखते हैं, ज़ोर कितना गोरखनाथ के बाज़ुओं में है।"

खाद्य सामग्री आई, तो श्याम नारायण टूट पड़े। वह कुछ बोल भी रहे थे। वह खाते हुए बोल रहे थे कि बोलते हुए खा रहे थे, ठीक-ठीक अन्दाज़ा नहीं लगाया जा सकता था। इस सन्दर्भ में निश्चयपूर्वक कहा जा सकता था, तो यही कि उनका बोलना और खाना दोनों ही बेहद मार्मिक था। वह पानी पीने लगे, तो लगा कि जैसे शंकर जी गरल पी रहे हैं।

वह कुर्ते की बाँह से मुँह पोंछकर जाने के लिए खड़े हुए, तो मीरा यादव ने उनको एक हज़ार रुपए दिए, "रख लीजिए, काम आएँगे।"

प्रदेश की राजधानी से प्रकाशित होनेवाले समाचार-पत्र 'लोक-जागरण' में संवाददाता ललित जोशी के हवाले से विस्फोटक समाचार छपा कि सत्तारूढ़ पार्टी के प्रदेश अध्यक्ष गोरखनाथ ने जनपद हरदोई के थाना श्याम सराय की किशोरी सरोज पांडेय का अपहरण किया और क़रीब दो माह तक बन्धक बनाकर उसके साथ अपने तीन साथियों सहित बलात्कार किया। इस सन्दर्भ में विश्वस्त सूत्रों से प्राप्त अदालत में दिए गए सरोज पांडेय के 164 के बयान का भी हवाला था, जिसमें उसने उपर्युक्त तथ्य न्यायाधीश के समक्ष स्वीकार किए थे। वैसे, संवाददाता सरोज पांडेय से मिल चुका था और उसने स्वयं सरोज से बातचीत की थी।

समाचार में तीन लोगों के वक़्तव्यों को प्रमुखता दी गई थी—

1. सरोज पांडेय—सरोज पांडेय के अनुसार गोरखनाथ, दियरा चौकी के दरोगा एम.पी. सिंह, छैलबिहारी, परमू और भोला ने उसके साथ बलात्कार

किया। सरोज ने बताया, "मैं गोरखनाथ के सामने रोई, गिड़गिड़ाई, चीख़ी, चिल्लाई, उनके पैरों पर गिर पड़ी, कि मुझे छोड़ दिया जाए, मगर वह ग़ुस्सा होकर यही कहते कि चुप हो जाओ, नहीं तो गोली मार दूँगा।"

2. दूसरा वक़्तव्य गोरखनाथ का था, जिनका कथन था, "यह विरोधी पार्टियों का घिनौना षड्यंत्र है। जनता के बीच तथा मेरी पार्टी की बढ़ती लोकप्रियता से घबराकर उन्होंने यह जाल बुना है। इसके पीछे पाकिस्तान का हाथ होने की सम्भावना से इन्कार नहीं किया जा सकता है। सरोज पांडेय अन्य कुछ नहीं, बस राष्ट्रप्रेमी शक्तियों से घबरा जानेवाली ताक़तों के हाथों खेलनेवाली कठपुतली है।"

तीसरे वक़्तव्य पर आने से पूर्व प्रदेश के सर्वाधिक महत्त्वपूर्ण व्यक्ति मुख्यमंत्री के विचारों से अवगत होना दिलचस्प होगा। मुख्यमंत्री ने विचार व्यक्त किया, "मुझे इस ख़बर पर सहसा विश्वास नहीं हो रहा है। आदर्श व्यक्तित्व के धनी गोरखनाथ के बारे में ऐसा कल्पना में भी नहीं सोचा जा सकता। वैसे, मुख्यमंत्री होने के नाते सारे मामले की जाँच-पड़ताल के बाद ही कोई मत दे सकूँगा।"

मुख्यमंत्री के उक्त कथन का भाष्य यह किया जा रहा था कि वह गोरखनाथ पर पड़ी वर्तमान विपत्ति से ख़ुश हैं, क्योंकि उद्दंड-आक्रामक शैली के चलते गोरखनाथ की लोकप्रियता बढ़ी थी और जैसा कि चर्चा में था, केन्द्रीय नेतृत्व में मुख्यमंत्री-विरोधी लॉबी गोरखनाथ को उनकी जगह मुख्यमंत्री बनाने की गुपचुप मुहिम चलाए हुए थी। अतः मुख्यमंत्री के लिए यह वरदान ही था कि उनके प्रतिद्वन्द्वी गोरखनाथ का राजनैतिक भविष्य सरोज पांडेय के साथ बलात्कार के आरोप में फँसकर बर्बाद हो रहा था।

वक़्तव्य देनेवाली अगली शख़्सियत मीरा यादव केन्द्र बिन्दु बनी थीं। क्योंकि वही सरोज को आज़ाद कराकर ले आई थीं और सरोज इस समय राजधानी स्थित उनके ही आवास में ठहरी थी। मीरा यादव का कहना था, "गोरखनाथ बलात्कारी है, उनको इस जघन्य कृत्य के लिए कड़ी से कड़ी सज़ा मिलनी चाहिए। उनकी इस क़रतूत पर उनकी पार्टी की ख़ामोशी बताती है कि इस कांड में उसकी भी मिलीभगत है।" अख़बार में 'मीरा यादव की भीष्म प्रतिज्ञा' सुर्ख़ी के अन्तर्गत यह भी छपा था कि मीरा यादव ने प्रतिज्ञा की है कि सरोज पांडेय के न्याय की लड़ाई को अन्तिम दम तक लड़ेंगी और अपराधियों को उनके गुनाह की सज़ा दिलाकर ही मानेंगी।

उसी सुबह शहर के प्रमुख मार्गों, विशेष रूप से विधानसभा तथा उसके आसपास के क्षेत्रों में दीवारों पर नारे और पोस्टर चिपके हुए देखे गए। उनकी इबारत थी, 'गोरखनाथ बलात्कारी है,' 'गोरखनाथ को फ़ाँसी दो! फ़ाँसी दो!!' 'नारी का यह अपमान नहीं सहेगा हिन्दुस्तान,' 'सरोज तुम संघर्ष करो हम तुम्हारे साथ हैं।'

अख़बार 'लोक जागरण' की प्रतियाँ दो घंटे के भीतर ही ग़ायब हो गई थीं। शहर में ढेर सारे लोग 'लोक जागरण' को खोज रहे थे। उसका संवाददाता ललित

जोशी अन्य अख़बारों के संवाददाताओं को फ़ोन करके कहता, "बॉस, कैसी लगी बलात्कारवाली रिपोर्ट? मैं गोरखनाथ को जेल भिजवाकर मानूँगा। उसकी राजनीति के ताबूत में आख़िरी कील सिद्ध होगी मेरी रिपोर्ट।" दरअसल वह अपना रोब ग़ालिब करने के साथ-साथ अन्य संवाददाताओं को चिढ़ा रहा था कि वे और उनके अख़बार नाकारा हैं, जो इस ख़बर को नहीं छाप सके। इससे निश्चय ही वे स्वयं को बेइज़्ज़त अनुभव कर रहे थे। कुछ इसलिए भी कि उनके अपने सम्पादक ने आज सुबह की मीटिंग में 'लोक-जागरण' की प्रति पटककर तमतमाते हुए फटकारा था, "आप लोग क्या कर रहे थे कल।" एक सम्पादक तो इतना क्रुद्ध हो गया कि कहने लगा, "प्रेस क्लब में दारू पीने और मुर्गे की टाँग ठूँसने से फ़ुर्सत ही नहीं मिलेगी, ख़बर क्या लिखेंगे।"

जिन्हें इस प्रकरण पर फॉलोअप की ज़िम्मेदारी सौंपी गई, वे झुँझलाए हुए सम्पादक के केबिन से निकले और विधान परिषद् की सदस्य मीरा यादव को फ़ोन मिला दिया, "क्या विधायिका जी, यही करेंगी आप। आख़िर हमको आपने यह ख़बर क्यों नहीं दी।"

"बुरा मत मानिए...बुरा मत मानिए। दरअसल हुआ यह कि कल जब सरोज पांडेय हमारे घर पहुँची, तो किसी दूसरे काम से आए ललित जोशी पहले से मौजूद थे, मगर आप फ़िक्र मत करें, आपको भी मिलेगा मैटर। आज शाम को मेरे घर पर सरोज की प्रेस कॉन्फ्रेंस है, आपको ज़रूर पहुँचना है। बहुत धमाकेदार मसाला मिलेगा।"

"पर मुझको अलग से कुछ स्पेशल भी दीजिए।"

"मिलेगा...सब मिलेगा, पर पहले प्रेस कॉन्फ्रेंस में आइए न!"

शाम को मीरा यादव के घर का ड्राइंग-रूम प्रेस कॉन्फ्रेस के लिए तैयार था। एक तरफ़ दो कुर्सियाँ मीरा यादव और सरोज के लिए थीं। सामने पत्रकारों के लिए बैठने का इन्तज़ाम था।

कुछ पत्रकार आ चुके थे। वे बाहर खड़े होकर मीरा यादव के साथ अनौपचारिक वार्ता कर रहे थे। इस तरह थोड़ी देर बीता होगा कि उनमें से कई ने घड़ी देखते हुए कहा, "अब शुरू कीजिए।"

"अभी आपके दो-चार साथी नहीं आए हैं। उनका थोड़ा इन्तज़ार कर लिया जाए न!"

"अच्छा, तब तक मोहतरमा को बुलाइए, उनका दीदार तो करें।"

मीरा यादव बाई आँख दबाकर वीभत्स तरीक़े से हँसने लगीं, "ज़रा सब्र करें, सब्र करें..." वह भीतर चली गईं।

जब कुछ और पत्रकार भी आ गए, तब मीरा यादव बाहर निकलीं। इस बार वह अकेली नहीं थीं, साथ में सरोज भी थी।

सरोज हल्के हरे रंग का सलवार-कुर्ता पहनी हुई थी। दुपट्टा सफ़ेद था। उसके लम्बे घने काले बाल तेल पुते थे। उसका शरीर सूजा हुआ था। सीप की तरह सुन्दर-

विशाल उसकी आँखें लाल थीं और छुपती फिर रही थीं। गौर वर्ण के उसके चेहरे पर जगह-जगह आँसुओं के धब्बे थे।

मीरा यादव ने उसे एक कुर्सी पर बैठाया और बगल में स्वयं बैठ गईं। वह सामने बैठे पत्रकारों को सम्बोधित करने लगीं। वह बतलाने लगीं कि किस प्रकार हरदोई जनपद के गाँव परसपट्टी से सरोज अपहृत की गई। कहाँ-कहाँ ले जाई गई। वहाँ उसके साथ क्या-क्या सलूक हुआ।

बोलते-बोलते मीरा यादव ने कई बार आँसू पोंछे। दो-चार बार नाक सुड़की। सरोज का सिर सहलाकर 'बेचारी,' 'अभागिन' कहा। भाषण समाप्त करने के बाद नौकर को नाश्ता-पानी ले आने का इशारा किया।

नाश्ते की व्यवस्था एक तरह से इंटरवल थी, जिसके बाद पत्रकार-वार्ता को क्लाइमेक्स की तरफ़ आगे बढ़ना था।

पत्रकार नाश्ता समाप्त करने के बाद मुँह पोंछकर तैयार हुए। मीरा यादव ने सरोज की पीठ पर हाथ रखकर उसका हौसला बढ़ाया।

एक पत्रकार ने पूछा, "सबसे पहली बार गोरखनाथ ने आपके साथ बलात्कार कब और कहाँ किया?"

सरोज का चेहरा जैसे रास्ता भटक गया। कुर्सी के हत्थों पर पड़े उसके हाथ इस तरह काँपने लगे, जैसे थाप दे रहे हों। उसके होंठ बोलने के लिए खुलते, लेकिन आवाज़ निकलने के पहले ही ऐंठ जाते।

पत्रकार ने अपना प्रश्न दुबारा दागा। मीरा यादव सरोज को ढ़ाँढ़स देने लगीं, "घबराओ मत सरोज। हिम्मत करके सारी बातें बता दो। डॉक्टर और पत्रकार से बात छुपाने पर अपना ही नुक़सान होता है...हाँ...सरोज..."

"28 जनवरी को गोरखनाथ ने पहली बार मेरे साथ गन्दा काम किया था, अयोध्या के एक मन्दिर की ऊपरवाली मंज़िल के कमरे में। यह किसी बहुत बड़े महन्त का डेरा है। महन्त की दाढ़ी उनके पेट पर लटकी रहती है।"

"आपने गोरखनाथ जी को कैसे पहचाना? कैसे जाना कि वह गोरखनाथ ही हैं।"

"हम उनको पहचानते थे अच्छी तरह से। इलेक्शन में उनकी फ़ोटोवाले पोस्टर हमारे गाँव में लगे थे। एक पोस्टर तो हमारे घर की दीवार पर भी चिपका था। बाबू ने, अम्मा ने...भाभी ने उनकी पार्टी को ही वोट दिया था...भइया भी उनको वोट देने गए थे। पर उनका वोट पहले ही पड़ गया था...हम तभी से गोरखनाथ को पहचानते थे।"

"आपने कुछ और लोगों पर भी बलात्कार का आरोप लगाया है और कहा है कि वे गोरखनाथ के ख़ास आदमी हैं। इसका क्या कोई सबूत है आपके पास?"

"हाँ, परमू और भोला ने भी मेरे साथ बदमाशी की...ये दोनों पहले मेरे मुँह में कपड़ा ठूँस देते थे। ये गोरखनाथ के ख़ास आदमी हैं—यह इससे पता लगा कि यही हमको ले आए गोरखनाथ के यहाँ। इसके अलावा ये इलेक्शन में गोरखनाथ की पार्टी की पर्ची काट रहे थे।"

"और दरोगा एम.पी. सिंह के बारे में क्या कहना है आपका?"

"वो तो मुझको मारे भी थे...बाल पकड़कर थाने में घसीटा था, फिर बन्दूक़ के कुन्दे से ठेलते हुए भीतर ले गए और गन्दा काम किया। अगर वह गोरखनाथ के आदमी न होते, तो मुझको बचाते, लेकिन उन्होंने तो फिर हमें उन्हीं ज़ालिमों के हवाले कर दिया था...उन्हीं भोला, परमू, छलिया के हवाले।"

"हाँ, छैलबिहारी। उसके बारे में कुछ नहीं बताया आपने?"

सरोज चुप रही। उसे लगा, उसके भीतर बहुत सारी साँस भर गई है। वह साँस को बाहर नहीं निकाल पा रही है। मत्थे पर पसीना उभरने लगा था।

पत्रकार दहाड़ा, "मेरा सवाल है कि छैलबिहारी के बारे में आपके क्या अनुभव हैं?"

सरोज की पलकें फड़फड़ाईं। वह चिल्ला पड़ी, "हाँ, छैलबिहारी ने भी मेरे साथ बलात्कार किया है..." वह फूट-फूटकर रोने लगी। रोते हुए ही भीतर चली गई।

मीरा यादव ने हाथ जोड़े, "आज के लिए बस, इतना ही।"

एक पत्रकार ने नाराज़गी प्रकट की, "पर हमको डिटेल्स नहीं मिले अभी।"

"सब मिलेगा। प्रेस कॉन्फ्रेंस का सिलसिला तो अभी आगे भी चलना है।" मीरा यादव पत्रकारों के बीच में आ गईं और धीरे-धीरे चलने लगीं, कमरे से बाहर निकलने पर एक पत्रकार ने कहा, "पर आप पत्रकारों की सेवा करना नहीं जानती हैं। ये शाम-रात का वक़्त और आपने बस, समोसा-कॉफी से टरका दिया।"

"तो जो चाहिए, बताइए।" मीरा यादव हौसले से बोलीं।

"जो चाहेंगे, आप देंगी?" यह एक समाचार एजेन्सी का वरिष्ठ संवाददाता था।

"हाँ, बिलकुल दूँगी।" वह मुस्कराई, "पर सरोज पांडेय को नहीं दूँगी।"

सभी हँस पड़े। एक पाक्षिक का ब्यूरो चीफ़ हँसते हुए बोला, "बहुत ख़लीफ़ा हैं आप विधायिका जी।"

मीरा यादव के यहाँ उनकी पार्टी के मुखिया के निजी सचिव गोवर्धन लाल का फ़ोन आया, "नेताजी ने तुरन्त बुलाया है।"

वह ख़ुश हो गईं, "इसी समय का तो मैं इन्तज़ार कर रही थी।" उन्होंने चटपट खादी सिल्क की साड़ी पहन ली और बाहर निकलने से पहले सरोज से मिलने दूसरे कमरे में चली गईं।

वहाँ बिस्तर पर लेटी सरोज दुपट्टे से मुँह ढँके रो रही थी। मीरा यादव ने आवाज़ दी, "सरोज!" सरोज रोती हुई उठी, "मुझको मेरे घर क्यों नहीं भेज रही हैं आप?"

"मान लो, तुम घर जाओ और तुम्हें वहाँ घुसने न दिया जाए। घरवाले तुम्हें धक्के देकर खदेड़ दें, तब! आख़िर इज़्ज़त लुटा चुकी लड़की का बोझ उठाना आसान है क्या! इसीलिए मैंने तुम्हारे पिताजी को यहीं बुलाया है कि देखूँ, उनका रुख़ क्या है। मैंने तुमको अपनी छोटी बहन बनाया है, ऐसे कैसे नरक भोगने के लिए वहाँ भेज दूँ।"

"पर दीदी, आप ख़ुद चलकर मुझे छोड़ आइए गाँव। वहाँ अगर मेरे अम्मा-बाबू, भइया-भाभी ने मुझे स्वीकार नहीं किया, तो मैं आपके साथ लौट आऊँगी।"

"ज़िन्दा बचोगी, तब लौटोगी न। समझती क्या हो, गोरखनाथ और उसके आदमी हाथ में मेंहदी लगाकर बैठे हैं! देखो, तुम बाहर निकली नहीं कि हमला हुआ। तुम्हारे 164 के बयान के बाद गोरखनाथ पगला गया है। उसके गुंडे तुमको ट्रक से कुचलकर मार सकते हैं। बम से उड़ा सकते हैं। चाक़ू घोंपकर तुम्हारा क़त्ल कर सकते हैं। देखो सरोज, यदि ज़िन्दगी की सलामती प्यारी है, तो फ़िलहाल यहाँ से बाहर निकलने का नाम मत लो।"

सरोज के आँसू अभी सूखे नहीं थे कि वह फिर रोने लगी।

मीरा यादव ने उसका सिर सहलाया और बाहर आ गईं। ड्राइवर से बोलीं, "नेताजी के यहाँ।" ड्राइवर ने गाड़ी स्टार्ट कर दी। गाड़ी के स्पीड पकड़ते ही वह मुस्कराईं, "लगता है, सरोज का तीर निशाने पर लगा है। नेताजी मुझे विधान-परिषद का उम्मीदवार दुबारा बनाने का मन बना चुके हैं शायद। तभी तो ख़ुद फ़ोन कराकर बुलाया है। नहीं तो कहाँ मुलाक़ात का टाइम पाने के लिए गिड़गिड़ाती रहती थी, लेकिन महोदय के कान पर जूँ नहीं रेंगती थी।" वह हल्का-सा हँस पड़ीं, "अब देखती हूँ उस उद्योगपति और बिल्डर मादर...को।" ड्राइवर ने पीछे मुड़कर देखा, "जी, आपने कुछ कहा।"

"अबे, मुझे क्या देख रहा है, सामने देख।" वह बिगड़ उठीं, लेकिन जल्द ही मन्द-मन्द मुस्कराने लगीं, "यह सरोज भी ससुरी क्या चीज़ मिली है।" वह उस दिन को धन्यवाद देने लगीं, जब वह सरोज को जौनपुर से लेकर आई थीं। खैराबाद मुहल्ले के मकान नम्बर 1426 को उनके आदमियों ने घेर लिया था। वहाँ पहरा दे रहे गोरखनाथ के पक्ष के गुंडों को बुरी तरह मारा गया और भीतर घुस लिया गया था।

छैलबिहारी कहीं गया हुआ था। भीतर सरोज सिल पर मसाला पीस रही थी। मीरा यादव उसके पास पहुँचीं, "घबराओ मत। मैं तुम्हें इस नरक से आज़ाद कराने आई हूँ। मुझको अपनी बड़ी बहन समझो।"

सरोज हड़बड़ाकर खड़ी हो गई थी। वह सुहागिन के बाने में थी, माँग में सिन्दूर भरा हुआ था। कलाइयों में गझिन चूड़ियाँ थीं। पैर में मोटी पायलें थीं। मकान में बहुत-से राइफल, रिवॉल्वरवाले लोगों को घुस आया देखकर कि या कोई और बात थी, सरोज को चक्कर आ गया, वह बेहोश होकर गिर पड़ी, लेकिन यह वक़्त बर्बाद करने का नहीं था। उसे उठाकर गाड़ी में लाद दिया गया था। फिर तो मीरा यादव का काफ़िला राजधानी स्थित उनके आवास पर ही आकर रुका था।

बाद में होश आने पर सरोज ने बताया था कि लोगों को शक न हो, इसलिए उसे सुहागिन बनाकर छैलबिहारी की बीवी के रूप में रखा गया था। यहीं पर थोड़ी दूर के एक धर्मशाले में परमू और भोला भी छिपे थे, जो अँधेरा होने पर आ जाते थे। वे दोनों तथा छैलबिहारी उसे निचोड़ते रहते रात भर। अब तो वह विरोध भी नहीं

करती थी। सरोज ने यह भी बताया था कि महन्त जी के मन्दिर में वह क़रीब एक हफ़्ता रखी गई थी। उतने दिन उसे गोरखनाथ को सहना पड़ा था। बीच में एक दिन वह मुँह अँधेरे भाग निकली थी। दौड़ते-भागते-छिपते वह किसी तरह थाना पहुँची। उस समय दरोगा एम.पी. सिंह नहा-धोकर अलगनी पर अपनी लँगोट टाँग रहे थे। वह उनके पास जाकर अपनी आप-बीती सुनाने लगी। अभी भी अँधेरा पूरी तरह छँटा नहीं था और वह दरोगा का चेहरा ठीक से देख नहीं पा रही थी। दरोगा उसे भीतर जाकर बैठने के लिए बोले और ख़ुद फ़ोन मिलाने लगे। वह गोरखनाथ से बात कर रहे थे। उसी बातचीत में सरोज ने दरोगा का नाम जाना था। रिसीवर रखने के बाद एम.पी. सिंह ने लाइट जलाई और सरोज को देखकर मुस्कराए। उनकी आँखों के भाव को देखकर सरोज डर गई। वह आगे बढ़े तो डरकर बाहर भागी। लेकिन वह स्त्री थी और थकी हुई थी। बाहर थोड़ी ही दूर पर दरोगा ने पीछे से उसके बालों को पकड़ा। वह गिर पड़ी। दरोगा उसके बालों को पकड़े हुए ही पूरे मैदान में घसीटने लगे। वह दर्द से और डर से बिलबिला रही थी। घसीटी जाती हुई वह जब पहरा दे रहे सिपाही के पास पहुँची, तो झपटकर उसके पैरों को पकड़ लिया। दरोगा ने उसके बाल छोड़कर पहरेवाले सिपाही की बन्दूक़ ले ली और उसकी मूठ से उसकी पीठ पर, वक्षों पर, नितम्ब पर मारने लगे। वह तड़प कर छिटक गई, तो उसने मूठ का तेज़ प्रहार उसकी योनि पर किया। वह बन्दूक़ की मूठ से मारते हुए उसे भीतर ले गए थे।

ड्राइवर ने गाड़ी रोक दी। सामने पार्टी के मुखिया का बँगला था। मीरा यादव गाड़ी से उतरीं और रौब से चलने लगीं। वह निजी सचिव गोवर्धन लाल के कमरे में पहुँचीं, तो देखा कि कई अख़बारों के संवाददाता वहाँ मौजूद थे। सभी ने हँस-हँसकर उन्हें अग्रिम में मुबारकबाद दी और ताना कसा, "टिकट पाने के बाद भी क्या आप सरोज के मामले में अपनी लड़ाई ज़ारी रखेंगी?"

"सरोज की लड़ाई को कृपया राजनीति से मत जोड़िए। मैं हज़ार बार कह चुकी हूँ कि उस मुद्दे का मेरे टिकट से कोई लेना-देना नहीं है। सरोज की लड़ाई को मैं एक धर्मयुद्ध की तरह लड़ रही हूँ।"

अब तक निजी सचिव ने नेताजी से इंटरकॉम पर बात कर ली थी। उधर से मीरा यादव को भेजने का हुक्म हुआ था।

कमरे में नेताजी अकेले बैठे थे। वह अभिवादन करके मुस्कराईं, पर तुरन्त सहम गईं, नेताजी का मूड ठीक नहीं लग रहा था, क्योंकि उनका चेहरा फूला हुआ और लटका, दोनों लग रहा था। मीरा यादव ने सोचा, 'अब क्या करूँ? यहाँ रुकने पर मामला गड़बड़ हो सकता है और लौटा जा नहीं सकता।' उन्होंने अपने वक्ष से आँचल सरका दिया और हल्का-सा होंठ काटकर हँसते हुए नेताजी की तरफ़ बढ़ीं।

नेताजी जहाँ बैठे थे, वहीं खड़े हो गए। नाटकीय तरीक़े से दोनों हाथों से इशारा करके मीरा यादव को इस प्रकार बुलाने लगे, "आ...आ...रंडी...आ...जा..रंडी।"

उन्होंने चुमकार कर पुनः पुकारा, "ऐ रंडी...आ...आ..."

मीरा यादव को लग गया कि उनके साथ कुछ बहुत ही बुरा होनेवाला है, लेकिन वह समझ नहीं पा रही थीं कि ऐसा क्यों हो रहा है?

वह नेताजी के पास आ गईं, तो बोलीं, "मुझसे क्या ग़लती हुई? मैं तो तन-मन-धन से आपकी सेवा में हाज़िर रहती हूँ।"

"हरामजादी, तू ये सरोज नाम की कौन-सी छिनाल लिए घूम रही है?"

"नेताजी, वह छिनाल नहीं है। ज़ुल्म की मारी हुई एक असहाय लड़की है। दूसरे, वह हमारे काम की है। उसके प्रकरण को उछालकर हम गोरखनाथ की पार्टी के वोट बैंक में कमी ला सकेंगे।"

नेताजी ने अजीब तरह से मुँह बिचकाते हुए विभिन्न प्रकार की आवाज़ें निकालकर मीरा यादव को चिढ़ाया और बिफर पड़े, "तुम, एक तो चूतिया हो, दूसरे मेहरारू। मुझे वोट का गणित सिखाने चली हो। अरे, पता है, प्रदेश में गोरखनाथ की जाति के कितने वोट हैं। ख़ुद मेरे चुनावी क्षेत्र में उसकी जाति के पैंतालीस हज़ार वोटर हैं। तुम्हारी इस करतूत से हम ये सारे के सारे वोट गँवा देंगे।"

वह कमरे में चहलक़दमी करने लगे। मीरा यादव ने कुछ कहना चाहा, तो उसे मना करते हुए वह रुक गए, "सफ़ाई मत दे सूअरी। तुझे मालूम नहीं था क्या कि गोरखनाथ अपनी पार्टी में मुख्यमंत्री का विरोधी है और चुनावों में मुख्यमंत्री के उम्मीदवारों को हराने की कोशिश करता है।"

मीरा यादव गिड़गिड़ा पड़ीं, "नेताजी, मुझको ये सब बारीकी नहीं पता थी। मुझको माफ़ कर दीजिए और आदेश करिए कि मैं क्या करूँ?"

"यही कि तू जल्दी भाग यहाँ से।" नेताजी मटककर बोले, "पूछ रही है कि मैं क्या करूँ।" वह फिर मीरा यादव की तरफ़ मुख़ातिब हुए, "भाग...चल निकल यहाँ से...।"

मीरा यादव डरीं कि नेताजी कहीं मार न बैठें। दरअसल उनकी जो शोहरत थी, उसको देखते हुए यह असम्भव कार्य नहीं था। मीरा यादव डरी-दबी-सशंकित दरवाज़ा खोलकर बाहर निकलीं।

कार में बैठते ही वह रो पड़ीं। ड्राइवर कौतूहल से शीशे में उनका प्रतिबिम्ब देखने लगा था।

मीरा यादव के बह रहे थे आँसू, लेकिन वह रूमाल से पोंछ रही थीं नाक। वह कार की खिड़की से बाहर देखती हुई ख़ामोश रोती जा रही थीं। उनका राजनैतिक भविष्य रसातल में चला गया था। जिस चीज़ को पाने के लिए उन्होंने इज़्ज़त-अस्मत तक की परवाह नहीं की, जिन लोगों की शक़्ल देखकर घिन आती थी, उनसे भी लिपट-सिपट गईं और मीठा-मीठा बोलीं। राजनीति में गहरा रसूख रखनेवाले एक नेता के कहने पर मुर्गा भी खा ली थीं और भ्रष्ट हो गई थीं, वह चीज़ आज नेताजी के कमरे में उनके पास से निकलकर दूर चली गई। वह सिसकीं, "सरोज मादर...

ये सब तुम्हारे कारण हुआ।" इस बार ड्राइवर ने पीछे मुड़कर नहीं देखा, बल्कि बौख़लाहट में गाड़ी की रफ़्तार तेज़ कर दी।

यह कोरा संयोग ही था कि इधर अपने मुखिया के दरबार में मीरा यादव अपमानित और आहत हुई थीं, तो दूसरी तरफ़ लगभग उसी वक़्त जब मुखिया मीरा यादव को 'रंडी आ...आ...' कह-कहकर बुला रहे थे, मुख्यमंत्री प्रदेश शासन के प्रमुख गृह सचिव और पुलिस महानिदेशक को डाँट पिला रहे थे।

हुआ यह था कि मुख्यमंत्री के पास केन्द्रीय नेतृत्व के दो बड़े नेताओं ने नाराज़गी ज़ाहिर की थी कि वह अपनी राजनैतिक प्रतिद्वंद्विता के चलते गोरखनाथ को फँसाकर ठीक नहीं कर रहे हैं। इससे पार्टी की उज्ज्वल छवि को धक्का पहुँच रहा है। अगर हालात दो दिनों के भीतर न सम्भले, तो केन्द्रीय नेतृत्व चुप नहीं बैठेगा। मुख्यमंत्री इस धमकी से दुबले हो रहे थे, कि उन्हें यह भनक भी लगी कि उनकी पार्टी के गोरखनाथ समर्थक 38 विधायक गोरखनाथ को नैतिक समर्थन देने के इरादे से सामूहिक इस्तीफ़ा देने का मन बना रहे हैं। वह इतना विचलित हुए कि स्वयं फ़ोन पर प्रमुख गृह सचिव और पुलिस महानिदेशक को, चाहे जिस स्थिति में हों, फ़ौरन हाज़िर होने का हुक्म दिया।

और अब, जब दोनों सामने आए, तो वह भन्ना पड़े, "आपलोग एकदम निकम्मे हैं क्या?"

"सर...सर..." दोनों अफ़सरों ने समवेत कहा।

"हमारी पार्टी के अत्यन्त महत्त्वपूर्ण नेता गोरखनाथ जी पर शरारती तत्त्व इस तरह प्रहार कर रहे हैं और आपलोग हाथ पर हाथ धरे चुप बैठे हैं। शर्म आनी चाहिए। उनकी मनोदशा का अनुमान लगाइए आपलोग। सोचिए, उस बेक़सूर इंसान पर क्या गुज़र रही होगी इन दिनों।"

"सर...सर...आप निश्चिन्त रहिए...सब ठीक हो जाएगा...आज ही ठीक हो जाएगा सब...।"

"मैं आप लोगों से चापलूसी नहीं, नतीजे चाहता हूँ...जाइए, जुट जाइए जल्दी से। समय मत बर्बाद करिए, अपना और मेरा भी...जाइए..."

यह भी संयोग की बात है कि उसी तिथि में एक अन्य महत्त्वपूर्ण वाक़या हुआ। वह यह कि प्रदेश मंत्रिमंडल में गोरखनाथ के कट्टर समर्थक माने जानेवाले सूचना मंत्री ने अपने आवास पर दैनिक समाचार-पत्रों, पत्रिकाओं, समाचार एजेन्सियों के सम्पादकों-संवाददाताओं को रात्रिभोज पर बुलाया। ऐसा कहा जा रहा था कि सूचना मंत्री के गोरखनाथ समर्थक होने के बावजूद रात्रिभोज मुख्यमंत्री के निर्देश पर दिया जा रहा था। दावत में सूचना मंत्री ने समस्त अतिथियों को शराब में डुबो दिया था। वह उन्हें अधिक से अधिक शराब पीने के लिए प्रेरित कर रहा था। उसका अनुरोध था कि आज यहाँ उपस्थित प्रत्येक व्यक्ति इतना अधिक पिए कि इस पीने को उसके जीवन में सबसे ज़्यादा पीने के कीर्तिमान के रूप में याद किया जाए। 'ख़ूब पियो,

बेफ़िक्री से पियो' के आह्वान के साथ वह और उसके अभिन्न जन बीच-बीच में 'गोरखनाथ निरपराध फँसाए जा रहे' विषय पर संक्षिप्त, किन्तु सारगर्भित भाषण भी कर रहे थे।

रात्रिभोज को लेकर सुबह से ही चर्चा का बाज़ार गर्म था। एक तो यही हवा थी कि सूचना मंत्री की दावत में अफ़गानिस्तान से आए एक कुक के नेतृत्व में मांसाहारी व्यंजन तैयार किया जाएगा। सब कुछ इतना बेहतरीन और लज़ीज़ होगा कि सरोज कांड में गोरखनाथ का पलड़ा भारी हो जाएगा। मीरा यादव और सरोज को कोई ठिकाना नहीं मिलेगा। दूसरी बात, जिसको लेकर विशेष सनसनी थी कि सुना जा रहा था कि रात्रिभोज में सम्मिलित होनेवाले प्रत्येक पत्रकार को रंगीन टी.वी सेट दिए जाएँगे, जो राज्य सरकार के उपक्रम 'वीडियो विश्व' के उत्पाद होंगे। हालाँकि कुछ पत्रकारों ने मंत्री जी को यह इशारा भिजवाया था कि टी.वी सेट दिए जाने की बात सच है, तो वह यह कहना चाहते हैं कि उनके घर में रंगीन टी.वी. है। अतः उन्हें यदि राज्य सरकार के ही उपक्रम 'स्कूटर लैंड' का स्कूटर दे दिया जाए, तो कुछ गल़त तो नहीं होगा। कुछ वरिष्ठ पत्रकारों ने नाराज़गी भी प्रकट कर दी थी। उनका कहना था कि पब्लिक सेक्टर के उत्पाद उन्हें फूटी आँख नहीं सुहाते हैं। उनके बच्चे तो ऐसे सामान देखते ही तोड़ डालेंगे।

संवाददाताओं को पता चला कि तीन दैनिक-पत्रों तथा एक समाचार एजेंसी के सम्पादकों को मारुति-1000 भेंट की जाएगी। अतः संवाददाता अपनी उपेक्षा से अप्रसन्न थे। वैसे, सम्पादक भी ख़ास ख़ुश नहीं थे। उनका मानना था कि मारुति-1000 मॉडल पुराना पड़ चुका है। राजधानी की सड़कों पर जब सेलो और स्टीम गाड़ियाँ धड़ल्ले से दौड़ रही हैं, तब मारुति-1000 से कैसी ख़ुशी।

लेकिन रात्रिभोज में सूचना मंत्री ने न जाने कौन-सा खाद्य खिलाया था, या कौन-सा पेय पिलाया था, या कौन-सा मंत्र पढ़ा था कि सभी लोग लौटते समय सन्तुष्ट, बेख़ुदी और हर्षातिरेक में डूबे हुए थे। सभी की बाँछें खिली थीं और सभी सूचना मंत्री को धन्यवाद देते हुए ज़ोर-ज़ोर से हाथ मिला रहे थे। हाथ मिलाते हुए ज़ोर-ज़ोर से हाथ हिला रहे थे...

तो इस प्रकार पार्टी के मुखिया द्वारा मीरा यादव को फटकार, मुख्यमंत्री द्वारा गोरखनाथ से वैर-भाव समाप्त करना और उनके समर्थन में खुलकर आना तथा मीडिया को अनुकूल करने के लिए सूचना मंत्री द्वारा आयोजित दावत—ये तीनों अचम्भे में डाल देनेवाली ऐसी चीज़ें थीं, जिसकी कल्पना भी इस मामले में दिलचस्पी ले रहे लोगों ने नहीं की थी। और यह तो सपने में भी नहीं सोचा जा सकता था कि इतनी अकल्पनीय तीन-तीन घटनाएँ एक ही दिनांक में घटित हो जाएँगी।

हालाँकि श्याम नारायण मीरा यादव पर कुपित थे कि अख़बारबाज़ी कराकर सरोज प्रकरण का सारा श्रेय वह ले रही हैं। इसीलिए उन्होंने मन-ही-मन मीरा यादव को

‘बदज़ात कुतिया’ और ‘राजनीति की पतुरिया’ भी कहा था, किन्तु उनके पास इसके अलावा कोई विकल्प नहीं बचा था कि वह सरोज के पिता विष्णु दत्त को लेकर मीरा यादव के यहाँ जाएँ, क्योंकि जहाँ तक उनकी पार्टी का सवाल है, तो वह सरोज के साथ हुए ज़ुल्म को आम जनता को जुझारू संघर्ष के लिए लामबन्द करनेवाला मुद्दा नहीं मानती थी। दूसरी, सबसे बड़ी बात कि सरोज मीरा यादव के ही पास थी। ऐसे में श्याम नारायण क्या करते, विष्णु दत्त को लेकर पहुँचे उसी मीरा यादव के घर, जिसके प्रति वह भयानक घृणा से ओत-प्रोत थे, और जैसा कि ऊपर कहा जा चुका है, इस महिला बुर्जुआ नेता को वह बदज़ात कुतिया और राजनीति की पतुरिया से ज़्यादा कुछ नहीं समझते थे।

मीरा यादव के घर श्याम नारायण और विष्णु दत्त पहुँचे, तो पता चला कि मीरा यादव हैं नहीं। पार्टी के मुखिया से उनकी मीटिंग है और मीटिंग कितनी देर चलेगी, इस बारे में कुछ कहा नहीं जा सकता। घर के चारों तरफ़ मीरा यादव के आदमियों का पहरा था। इतनी रात आए इन दो आगंतुकों को पहरेदारों ने घूरा।

श्याम नारायण बोले, “सरोज मेरे जीजा जी की बहन है और ये सरोज के पिता हैं। हमलोगों को सरोज के पास ले चलिए।”

पर पहरेदारों को यह स्वीकार्य नहीं था। उनका कथन था कि “विधायिका जी की आज्ञा के बिना सरोज के कमरे तक परिन्दा भी पर नहीं मार सकता।”

“भइया, हम परिन्दा नहीं, सरोज के पिताजी हैं। हमको अपनी बेटी से मिलने दिया जाए।”

“पिता हो या कोई, जब तक हमें विधायिका जी की इजाज़त नहीं मिलेगी, हम किसी को अन्दर नहीं जाने देंगे।” एक पहरेदार ने सारे पहरेदारों की तरफ़ से कहा। दूसरे ने थोड़ी उदारता दिखाई, “तब तक आप ड्राइंगरूम में बैठें। बस, विधायिका जी आती होंगी।”

वे दोनों ड्राइंगरूम में आए और बैठ गए। श्याम नारायण विष्णु दत्त के कान में फुसफुसाए, “हमलोग खूब ज़ोर-ज़ोर से बोलें, जिससे आवाज़ पहचानकर सरोज ख़ुद ही बाहर आ जाए।”

वे ज़ोर-ज़ोर से बोलने लगे। ख़ासतौर पर विष्णु दत्त तो लगभग चिल्लाकर अपने को व्यक्त कर रहे थे। रात के ग्यारह बजे थे। दोनों की आवाज़ें बाहर जाकर रात के अँधेरे में मँडरा रही थीं।

फिर भी जब सरोज नहीं आई, तो वे निराश हुए। श्याम नारायण में निराशा फैल ही रही थी कि उन्हें मेज़ पर रखी एक पत्रिका के आवरण पर इन्सेट में सरोज की फ़ोटो दिख गई। द्रुत गति से उनके हाथ ने पत्रिका उठा ली। सरोज प्रकरण पर विस्तृत रिपोर्ट थी, लेकिन रिपार्ट में नया कुछ ज़्यादा नहीं था। अख़बारों में छप चुकी चीज़ों का संकलन थी यह रिपोर्ट। हाँ, गोरखनाथ का एक इंटरव्यू और मामले के क़ानूनी पहलुओं पर एक बॉक्स ज़रूर विचारोत्तेजक और सनसनीखेज थे। बॉक्स लेखक

ने अपनी टिप्पणी में गोरखनाथ के इंटरव्यू में कही गई कुछ बातों को भी शामिल करके टीका-टिप्पणी की थी।

जैसे कि गोरखनाथ ने बयान दिया था कि सरोज पांडेय ने 164 का बयान मीरा यादव के उकसाने पर दिया है। मीरा यादव ने सरोज के पिता विष्णु दत्त को ख़ामोश रहने के लिए अच्छी-ख़ासी रक़म मुहैया कराई है। इस पर बॉक्स लेखक का कहना था कि भारतीय समाज में कोई लड़की कभी भी अपने साथ चार लोगों द्वारा बलात्कार का आरोप नहीं लगाएगी, क्योंकि उसे और सभी को ज्ञात है कि इस बात से उसकी इतनी बदनामी होगी कि उसका समूचा जीवन बर्बाद हो जाएगा। और जहाँ तक विष्णु दत्त को अच्छी-ख़ासी रक़म देकर अनुकूल करने का प्रश्न है, तो यह अविश्वसनीय है—इसलिए कि विष्णु दत्त के पास सोलह बीघे पक्के उपजाऊ खेत हैं और पक्का मकान है। यानी वह आर्थिक रूप से प्रताड़ित ऐसे विवश व्यक्ति नहीं हैं कि कुछ पैसों के लिए अपनी इज़्ज़त और बेटी के भविष्य को सूली पर चढ़ा दें। लेखक ने उदाहरण दिया था कि बलात्कार के इसी प्रकार के मामले (दंड संहिता 1860, सेक्शन 376) में आन्ध्र प्रदेश के तत्कालीन माननीय न्यायाधीश वी.जे. राजू ने कहा था, "पार्टीबन्दी के कारण कोई भी व्यक्ति अपनी युवा पुत्री को बलात्कार के मुक़दमे में डालकर उसके भविष्य को बर्बाद कर देगा, यह विश्वसनीय नहीं है।" (पैरा 8)। इस मुक़दमे में बलात्कारी को सात साल के कारावास की सज़ा हुई थी।

लेखक ने बेहद भावपूर्ण ढंग से लिखा था, "कुछ लोग कह रहे हैं कि सरोज के साथ बलात्कार नहीं हुआ है। अगर वैसा कुछ हुआ है, तो सरोज की मर्ज़ी से हुआ है और उसे सम्भोग कहा जाना चाहिए, बलात्कार नहीं, क्योंकि बलात्कार के विरुद्ध तो स्त्री लड़ती है, संघर्ष करती है, किन्तु सरोज के शरीर पर चोट या घाव के निशान नहीं हैं। इसके जवाब में मैं कहना चाहता हूँ कि कोई भी स्त्री दो माह तक लगातार कई-कई पुरुषों से लड़ती नहीं रह सकती। ऐसे लोगों से निवेदन है कि वे जान लें कि उड़ीसा उच्च न्यायालय में संहिता 1860 सेक्शन 376 के अन्तर्गत लड़की की सहमति और शरीर पर किसी चोट की गैर-हाज़िरी का मामला आया था, जिस पर विद्वान न्यायाधीश ने 'सहमति' शब्द की व्याख्या करते हुए कहा था कि सहमति का अर्थ है—समुचित करार, विचारों और भावनाओं की समरूपता, प्रेम की उपस्थिति से होनेवाले कार्य, व्यापार के प्रति स्वेच्छापूर्ण भागीदारी, किसी भी तरह का प्रतिरोध नहीं, कैसा भी इन्कार नहीं। यह 'सहमति' शब्द असहायता का समानार्थी क़तई नहीं है (पैरा 6)।

गोरखनाथ के प्रचार-तंत्र ने एक चर्चा यह चलाई थी कि सरोज तो स्वयं संदिग्ध चरित्रवाली है, नहीं तो वह अपने गाँव के तीन-तीन युवकों के साथ क्यों भाग निकलती? इसके जवाब में टिप्पणी में तर्क था कि यदि मान भी लिया जाए कि सरोज का चरित्र संदिग्ध है, तो क्या समाज के पुरुषों को संदिग्ध चरित्रवाली स्त्रियों-लड़कियों से बलात्कार करने का क़ानूनी हक़ हासिल हो गया है?

लेखक ने एक पृष्ठ के आलेख में अत्यन्त निपुणता के साथ सरोज की पैरवी की थी। पढ़कर श्याम नारायण का हौसला बढ़ गया। उन्हें लगा कि वह अकेले नहीं हैं। और लोग भी हैं, जो सरोज के साथ लड़ाई में शामिल हैं। एक क्षण के लिए तो उनको इतना जोश चढ़ा कि मन हुआ, खड़े होकर 'इन्क़लाब ज़िन्दाबाद' लगाने लगें, मगर कुछ देशकाल के संकोच ने, कुछ इस भावना ने कि भीतर मौजूद सरोज को कहीं उनकी यह चिल्ल-पों अच्छी न लगे, उनको नारेबाज़ी करने से रोका।

उन्होंने विष्णु दत्त को वह लेख दिखाकर उसका भाव समझाया और कहा, "इस लड़ाई में सरोज की जीत निश्चित है।"

विष्णु दत्त बोले, "भगवान हमारी मदद करे।" उनका यह उद्गार श्याम नारायण को नागवार लगा।

भगवान, यानी सरोज के लिए उनके परिश्रम, भाग-दौड़ का कोई मतलब नहीं है। विष्णु दत्त को मुँहतोड़ जवाब देने में वह पूर्णतया सक्षम थे, लेकिन सरोज का पिता होने के नाते उन्होंने उनको बख़्श दिया और चुप रह गए।

थोड़ी देर तक चुप रहने की वजह से या कोई दूसरी वजह रही कि उनमें एकाएक आत्मालोचन का सिलसिला शुरू हो गया। जैसे उनमें पार्टी सचिव की आत्मा उतरने लगी, वह विचार करने लगे, "मैं स्वयं कहाँ सच्चा कार्यकर्ता होने का परिचय दे रहा हूँ। सरोज शोषित वर्ग की है नहीं, दलित भी नहीं है कि उसकी पक्षधरता को व्यापक सामाजिक परिवर्तन के आलोक में देखा जा सके। फिर मैं क्यों इतने दिनों से मारा-मारा फिर रहा हूँ? आख़िर मुझे हुआ क्या है, जो मैं इतना हल्कान हुआ जा रहा हूँ।"

वह आकंठ शर्म में डूब गए। उनको महसूस हुआ कि कहीं वह सरोज के प्रति अपनी पुरानी आसक्ति के चलते तो ये सब नहीं कर रहे हैं। उन्होंने कलाई की वह जगह छुई, जहाँ सरोज ने दाँत गड़ाए थे और सोचने लगे, "मैं सरोज की मदद सरोज को अपमानित करने के लिए कर रहा हूँ क्या, कि एक तुम थी, जिसने मुझे दाँत काट लिया था और देखो, मैं हूँ और मेरा प्रेम कितना महान है कि तुमसे चार-चार लोगों द्वारा बलात्कार करने के बाद भी तुम्हारे लिए हमदर्दी रखता हूँ।"

"कब आएँगी विधायिका जी?" विष्णु दत्त ने ऊबकर पूछा और दीवार पर टँगी घड़ी देखने लगे, "इतनी देर तक वह कौन मीटिंग कर रही हैं?"

इसी समय बाहर कार आने और रुकने की आवाज़ हुई। मीरा यादव कार से उतरीं और आगे बढ़ीं।

वह भीतर आईं, तो देखा कि उनके ड्राइंगरूम में श्याम नारायण एक अधेड़ देहाती के साथ बैठे हैं। वह तुरन्त समझ गईं। कोई और नहीं, सरोज पांडेय का बाप है। वह क़रीब पहुँचकर विष्णु दत्त के पाँव छूने लगीं। विष्णु दत्त इस आदर-प्रेम से विह्वल हो गए और मूसलाधार रोने लगे। अजीब दृश्य था, ड्राइंगरूम में विष्णु दत्त रो रहे थे, मीरा यादव उन्हें दिलासा दे रही थीं और श्याम नारायण उजबक की तरह कभी विष्णु दत्त को और कभी मीरा यादव को देखे जा रहे थे।

विष्णु दत्त रोते हुए ही बोले, "आप इतनी बड़ी नेता और मुझ ग़रीब का पैर छू लीं।"

"मुझे नेता मत कहें बाबूजी, मैं सरोज की बड़ी बहन हूँ। मुझको आप अपनी बिटिया समझें। मेरे लायक कोई सेवा हो, तो कहें।"

"इतने ही उपकार तुम्हारे क्या कम हैं। बस, अब मुझको सरोज से मिला दो।"

"सरोज!" मीरा यादव चौंक पड़ी, "यहाँ किसी ने बताया नहीं? वह तो गाँव गई, आप लोगों के पास।"

"मेरे ख़्याल से, उधर आपलोग आए और इधर वह गई। लगातार इन बाबूजी की, अपनी माँ, भाई-भाभी का नाम ले-लेकर रोती रहती थी। मैंने सोचा कि वहीं रहे, कोई दिक़्क़त नहीं।"

श्याम नारायण मीरा यादव को घूरने लगे। अब विष्णु दत्त कभी श्याम नारायण को तो कभी मीरा यादव को उजबक की तरह देखे जा रहे थे।

मीरा यादव श्याम नारायण के कंधे पर हाथ रखकर मुस्कराईं, "चिन्ता मत करिए भाई, मैंने व्यवस्था से भिजवाया है अपनी छोटी बहन सरोज को। पूरी सुरक्षा के साथ। हमारे चार आदमी तो बाक़ायदा ए.के.-47 के साथ हैं।"

"देखिए, साफ़ कहता हूँ, हमको आपकी बात पर यक़ीन नहीं आ रहा है। मुझे लग रहा है कि सरोज इस समय इसी मकान में कहीं है।"

"आइए आप दोनों मेरे साथ।" वह चलने लगीं। विष्णु दत्त और श्याम नारायण भी उनके पीछे-पीछे हो लिए।

पूरे घर का कोना-कोना देख लिया, कहीं नहीं थी सरोज। अब मीरा यादव एक आलमारी के सामने रुककर हँसी, "यक़ीन आया अब।" उन्होंने अलमारी खोली, "लीजिए, इसमें भी देख लीजिए।" वहाँ भी नहीं मिली सरोज। मीरा यादव ने अलमारी का लॉकर खोला, दस हज़ार रुपए की एक गड्डी निकालकर विष्णु दत्त को दिया, "बाबूजी, यह छोटी बहन के लिए बड़ी बहन की तरफ़ से एक तुच्छ भेंट है।"

विष्णु दत्त भकुआए खड़े थे, गड्डी को हाथ में पकड़े।

"देर न करें आप। सरोज वहाँ राह देखेगी। मेरी गाड़ी आप लोगों को स्टेशन तक छोड़ देगी। आइए।" उन्होंने विष्णु दत्त को और श्याम नारायण को घर से बाहर निकलने का इशारा किया। वह ख़ुद भी बाहर निकलकर कार तक आईं।

कार में बैठकर विष्णु दत्त ने मीरा यादव के प्रति कृतज्ञता में हाथ जोड़े, "हमलोगों पर आप अपनी कृपा सदैव बनाए रखिएगा।"

मीरा यादव श्याम नारायण की तरफ़ देखीं, "फिर आइएगा, तो मिलिएगा।" श्याम नारायण ने उपेक्षा से चेहरा मोड़ लिया। वह ख़ासे नाराज़ और उदास लग रहे थे।

सरोज-गोरखनाथ प्रकरण एकाएक इस तरह का मोड़ ले लेगा, ऐसा अन्दाज़ा नहीं था। अभी कल तक जनता सरोज पर हुए अत्याचार से द्रवित थी और यह विश्वास

कर रही थी कि गोरखनाथ की गिरफ़्तारी यदि न भी हुई, तो इतना निश्चित है कि उनका राजनैतिक भविष्य चौपट होने से बच नहीं सकता है। विशेष रूप से कॉलेज में पढ़नेवाली लड़कियों में गोरखनाथ के ख़िलाफ़ भयंकर घृणा और ग़ुस्सा था। वे पारस्परिक बातचीत में गोरखनाथ के लिए फ़ाँसी से कम की सज़ा की पैरवी नहीं करती थीं। और असम्भव नहीं था कि ये लड़कियाँ जल्दी ही सड़कों पर निकल आतीं।

लेकिन इस ख़बर ने लोगों को हैरत में डाल दिया कि सरोज पांडेय राजधानी छोड़कर अपने गाँव चली गई। इस बारे में मीरा यादव का वक्तव्य था कि उन्होंने सरोज को बार-बार समझाया कि उसकी लड़ाई, अकेली उसकी न होकर समाज की लड़ाई बन गई है, इसलिए मामले को इस तरह अधर में छोड़कर उसका जाना उचित नहीं रहेगा, पर सरोज ने एक न सुनी और अपने परिवारवालों के पास जाने की ज़िद पर अड़ी रही। उसने यहाँ तक कहा कि यदि उसे घर नहीं पहुँचाया गया, तो वह दुपट्टे को गले में कसकर मर जाएगी। अत: इन परिस्थितियों के मद्देनज़र सरोज को उसके गाँव पहुँचा देने के अलावा मीरा यादव के पास कोई चारा न था। मीरा यादव ने यह उम्मीद प्रकट की थी कि जल्दी ही सरोज अपने परिवारवालों से मिलकर आ जाएगी। उसके आते ही गोरखनाथ के ख़िलाफ़ संघर्ष को फिर तेज़ किया जाएगा। कहने का मतलब मीरा यादव का संघर्ष रुका भर है, ख़त्म नहीं हुआ है।

एक अख़बार ने अपने सम्पादकीय में सरोज पांडेय के पलायन पर अफ़सोस ज़ाहिर किया था और लिखा था कि सरोज द्वारा इस तरह एकाएक, बिना प्रेस को विश्वास में लिए चले जाने से सन्देह की सूई उसकी तरफ़ भी घूमती है। उसके इस क़दम से उन लोगों को मज़बूती मिलेगी, जिनकी धारणा थी कि गोरखनाथ पर बलात्कार का आरोप बेबुनियाद है और सरोज किसी लोभ या मज़बूरी के तहत तोहमत मढ़ रही है।

अब सरोज ने अख़बारवालों को मौक़ा दे दिया था या अख़बारवालों के विचारों में ही अकस्मात परिवर्तन आ गया था अथवा सूचना मंत्री के आवास पर हुई दावत का प्रभाव था, इस बारे में स्पष्ट रूप से कुछ नहीं कहा जा सकता है, लेकिन इतना तय है कि सरोज-गोरखनाथ प्रकरण में समाचार-तंत्र की धुरी बदल गई थी।

'लोक-जागरण' के संवाददाता ललित जोशी जो इस कांड का प्रथम उद्घाटनकर्ता था, से एन.टी.वी. ने एक विशेष भेंट प्रसारित की थी, जिसमें उसने कहा, "यह सच है कि सरोज बलात्कार कांड को सबसे पहले प्रेस के ज़रिये सामने लाने का सौभाग्य मुझे ही प्राप्त है। और आज भी मैं अपनी रिपोर्ट पर क़ायम हूँ, लेकिन एक सवाल ज़रूर रह-रहकर मेरे भीतर कौंधता है कि गोरखनाथ को सरोज के साथ बलात्कार करने की क्या ज़रूरत थी, क्योंकि गोरखनाथ की जो हैसियत है, उनके पास जो धन, मान, प्रतिष्ठा और शक्ति है, उसको देखते हुए यदि गोरखनाथ चाहें, तो उन्हें वैसी ही लड़कियों की क्या कमी हो सकती है।"

मीडिया जगत में सरगर्मी थी। प्रदेश के सबसे अधिक प्रसार-संख्यावाले समाचार-

पत्र ने सम्पादकीय पृष्ठ पर 'बलात्कार कांड: कुछ प्रश्न' शीर्षक से अग्रलेख छापा, जिसमें कई शंकाएँ उठाई गई थीं। प्रमुख शंकाएँ इस प्रकार थीं :

(क) सरोज के पिता विष्णु दत्त ने सरोज के ग़ायब होने के तीन दिन बाद क्यों प्राथमिक सूचना रिपोर्ट दर्ज कराई, इस अवधि में वह क्या करते रहे?

(ख) प्राथमिक सूचना रिपोर्ट में कहा गया था कि सरोज स्कूल जाने के बाद नहीं लौटी यानी रास्ते में ही उसका अपहरण हो गया, मगर ध्यान देने की बात है कि रिपोर्ट में यह भी लिखाया गया है कि अभियुक्त विष्णु दत्त के घर से चार हज़ार नकद और पच्चीस हज़ार के जेवरात भी लेकर भागे हैं। तो यदि स्कूल के रास्ते में अपहरण हुआ, तो फिर घर से चोरी कैसे हुई? इससे ऐसा संकेत मिलता है कि हो न हो, सरोज ही नक़द तथा ज़ेवर ले गई हो और मामला अपहरण का न होकर सरोज द्वारा किसी अन्य कारणों से घर छोड़ जाने का हो।

(ग) प्राथमिक सूचना रिपोर्ट में जिन तीन लोगों का बतौर अभियुक्त उल्लेख किया गया है, उसमें गोरखनाथ का नाम नहीं है। गौरतलब है कि गोरखनाथ का नाम इस केस में तब जुड़ता है, जब सरोज प्रमुख विपक्षी दल की नेता मीरा यादव के पास पहुँच जाती है। हम यह नहीं कहते, क़तई नहीं कहते कि सरोज की ज़बानी सरोज की कहानी असत्य है। यहाँ हम केवल इस बात की तरफ़ इशारा कर रहे हैं कि प्राथमिक सूचना रिपोर्ट में मौजूद उपर्युक्त गड़बड़ियाँ सरोज के बारे में यदि किसी के भीतर शुबहा पैदा करें, तो आश्चर्य नहीं होना चाहिए।

प्रदेश के सबसे पढ़े-लिखे और प्रखर संवाददाता ने अपने अख़बार के प्रथम पृष्ठ पर लिखा, "सरोज कहती है कि क़ैद की अवधि में उसके साथ भयानक ज़ुल्म किए जाते थे और उसे ठीक से खाना नहीं दिया जाता था। कभी-कभी उसे बिस्कुट जैसे मामूली खाद्य पदार्थों से ही सन्तोष करना पड़ता था, पर यह समझ से परे है कि जैसा कि सरोज के पूर्व परिचित भी कहते हैं कि फिर वह मोटी कैसे हो गई? हालाँकि इस सन्दर्भ में प्रश्न किए जाने पर सरोज ने कहा कि उसकी भी समझ में यह बात नहीं आ रही है। उसका कहना था कि हो सकता है कि ऐसा उन गर्भ-निरोधक गोलियों की वजह से हुआ हो, जो उसे उन दिनों खिलाई गई थीं।"

उक्त संवाददाता की समझ में यह बात भी नहीं आती थी कि जब सरोज को जौनपुर के ख़ैराबाद मुहल्ले से मीरा यादव ले आईं, तो उसके हाथों में रंग-बिरंगी गझिन चूड़ियाँ और पैरों में पायल क्यों थीं? सरोज की दलील है कि उसे ज़बरन विवाहिता के बाने में रखा गया था। ताकि लोगों को शक न हो, पर सवाल है कि वह क्यों चाहती थी कि लोगों को शक न हो, वह कम से कम अपनी चूड़ियाँ तो तोड़ सकती थी। या कम-से-कम आज़ाद होने के बाद वह चूड़ियाँ और पायल की बेड़ियों को उतार फेंक सकती थी।

ललित जोशी ने अपने अख़बार के मुखपृष्ठ पर पुनः ऐसी ख़बर दी, जो अन्य अख़बारों में नहीं थी। उसने लिखा कि सरोज पांडेय कथित बलात्कार के समय बालिग थी या नाबालिग—इसको लेकर विवाद है, क्योंकि जहाँ सरोज की अवस्था स्कूल के और उसकी जन्मपत्री के हिसाब से 16 साल ठहरती है, वहीं मेडिकल रिपार्ट के मुताबिक वह क़रीब 'अठारह वर्ष' की है। द्रष्टव्य है कि मेडिकल रिपोर्ट की उम्र को दो साल आगे-पीछे खिसकाया जा सकता है। अतः सरोज बकौल मेडिकल रिपोर्ट, 20 वर्ष की हो सकती है यानी बालिग। और ऐसी स्थिति में यदि यह सिद्ध हो गया कि वह घर से स्वेच्छा से भागी थी, तो उसका मुक़दमा कमज़ोर हो जाएगा, क्योंकि क़ानून के अनुसार नाबालिक लड़की को उसकी इच्छा होते हुए भी भगाना जुर्म है, किन्तु बालिग होने पर ऐसा नहीं है। अतः क़ानूनविदों की राय में मुक़दमे में मेडिकल रिपोर्ट की अहम भूमिका हो सकती है। उस स्थिति में तो और भी, जब शुरू-शुरू की मेडिकल रिपोर्ट में सरोज को 'पुरुष सहवास की अभ्यस्त' बताया जा चुका है। उसके बाद ललित जोशी ने कुछ विधि विशेषज्ञों के विचार प्रस्तुत किए थे, जो ललित जोशी की राय से लगभग इत्तिफ़ाक़ रखते थे।

एक नए, किन्तु विचारोत्तेजक और निर्भीक राष्ट्रीय हिन्दी दैनिक ने 'मुद्दा' स्तम्भ के अन्तर्गत लगभग पूरा पृष्ठ सरोज बलात्कार कांड पर केन्द्रित किया। उसके केन्द्रीय आलेख में बार-बार यह सवाल उठाया गया कि आख़िर सरोज के बारे में सूचनाएँ मीरा यादव तक कैसे पहुँचीं? अख़बार के अनुसार, इस गुत्थी को सुलझाए बिना मामले की तह तक पहुँचना मुश्किल है। वैसे, लेखक ने विभिन्न विश्वस्त सूत्रों से कुछ जानकारियाँ हासिल की थीं। एक सूत्र ने बताया था कि सरोज का अपने एक रिश्तेदार श्याम नारायण से गहरा प्रेम चल रहा था, लेकिन एकाएक पासा पलटा और सरोज श्याम नारायण को धता बताकर अपने ही गाँव के युवक छैलबिहारी से प्रेम करने लगी। श्याम नारायण सरोज के धोखे और बेवफ़ाई से धधकता रहा और उसने बदला लेने की ठानी। वह सरोज को बदनामी के उस मुकाम तक पहुँचा देना चाहता था, जिससे सरोज को कोई भी अपना बना सकने की हिमाक़त न करे। इस बात की पक्की जानकारियाँ हैं कि विधान परिषद् की सदस्य मीरा यादव से श्याम नारायण की निकटता है और यह भी ज्ञात हुआ है कि सरोज जिस दिन मीरा यादव के यहाँ आई, उसके ठीक एक दिन पहले दोपहर में श्याम नारायण ने मीरा यादव से उनके आवास पर गहन मंत्रणा की थी और यह भी उल्लेखनीय है कि जिस दिन सरोज पांडेय मीरा यादव के आवास से वापस गाँव गई, उस दिन भी श्याम नारायण मीरा यादव के घर पर आए थे और काफ़ी देर तक रहे थे।

सम्भवतः श्याम नारायण वाली ख़बर सरोज के मामले में अन्तिम ख़बर लग रही थी। इसके प्रकाशन के कुछ दिनों बाद ही लोगों की स्मृति से सरोज पांडेय और गोरखनाथ धुँधलाने लगे, बल्कि थोड़े अन्तराल के बाद तो यह भी जानने में आया कि गोरखनाथ ने दो महाविद्यालयों का उद्‌घाटन किया और कन्या पाठशाला की

आधारशिला रखी। यह भी कि प्रदेश के विभिन्न हिस्सों में, यहाँ तक कि सुदूर केरल प्रदेश के कोचीन नगर में भी उन्हें चाँदी के सिक्कों से तौलकर उनका अभिनन्दन किया गया। उक्त अभिनन्दन समारोह के बारे में कई निन्दकों की राय थी कि अपने अभिवादन-कार्यक्रमों के प्रायोजक स्वयं गोरखनाथ थे। यदि नहीं, तो कम-से-कम इतना ज़रूर था कि वह आयोजकों के प्रेरणा-स्रोत निश्चय ही थे।

इसके बाद काफ़ी दिनों तक कुछ सुनने-पढ़ने-जानने में नहीं आया और ऐसा लगने लगा कि पिछले दिनों राष्ट्रीय स्तर पर सनसनी पैदा कर देनेवाला, राजनीति में भारी उथल-पुथल करने की सम्भावनाओं से भरा हुआ यह वाक़िया अब दम तोड़ चुका है या ज़्यादा-से-ज़्यादा बहुत अल्प प्राणवायु शेष है। और यही हुआ भी। लोगों की स्मृति से सरोज-गोरखनाथ घटनाक्रम का विलोप हो गया और मीडिया ऐसा कुछ उपस्थित नहीं कर रहा था कि उधर ध्यान जाता।

मगर एक दिन यह ख़बर ज़ोरदार ढंग से आई कि सरोज ने लखनऊ सेशन जज की अदालत में कहा, "माननीय गोरखनाथ जी ने मेरे साथ शीलभंग की कोई हरक़त नहीं की है। मैं तो गोरखनाथ जी को पहचानती तक नहीं।" सरोज अपने 164 के क़लमबन्द बयान से साफ़ मुकर गई थी और अपने मौज़ूदा दाख़िल हलफ़नामे में उसने दर्ज कराया था, "मुझे बरगलाकर गोरखनाथ के ख़िलाफ़ बयान दिलवाया गया था। अब मैं अपने उक्त 164 के बयान पर शर्मिंदा हूँ और उसे वापस लेती हूँ।"

कहा जाता है कि सरोज हलफ़नामा देने अदालत आई, तो वह चॉकलेटी रंग की कन्टेसा कार में सवार थी। उसकी कार के आगे-पीछे कई कारें और दुपहिया वाहन थे। वाहनों पर सवार लोगों के बारे में ऐसा माना जा रहा है कि वे गोरखनाथ के ख़ास सिपहसालार थे। इस सेना का नेतृत्व परमू और भोला कर रहे थे। छैलबिहारी के बारे में कुछ चश्मदीदों का कथन है कि वह भी था और कन्टेसा में सरोज के बगल में बैठा था, लेकिन कुछ का मानना है कि वह छैलबिहारी नहीं था, सरोज का भाई राधेश्याम था।

एक राय यह भी है कि सरोज कन्टेसा में ज़रूर आई थी, लेकिन उसके बगल में बैठा शख़्स न छैलबिहारी था न राधेश्याम, दरअसल वह श्याम नारायण था। और शेष सैन्य बल गोरखनाथ नहीं, मीरा यादव का था, लेकिन यह समझ में नहीं आ रहा था कि मीरा यादव को ऐसा करने की ज़रूरत क्यों आ पड़ी?

ऐसा भी सुनने में आया कि इस तरह का कोई बयान सरोज ने दिया ही नहीं। गोरखनाथ ने अदालत में सरोज नहीं, सरोज की एक डुप्लीकेट लड़की भेजी थी और सरोज इस बात का खुलासा करने जल्द ही राजधानी आ रही है।

उपरिलिखित तीन धारणाओं में कौन सही थी, कौन नहीं, इसके बारे में ठोस कुछ कहा नहीं जा सकता है या कहीं ऐसा तो नहीं कि कोई भी सत्य न हो और न ही सत्य के नज़दीक हो या हो सकता है कि तीनों ही सत्य के नज़दीक हों और मिलकर पूरा सच गढ़ती हों। बहरहाल, मामला काफ़ी उलझ चुका था और हक़ीक़त का

सामने आना काफ़ी मुश्किल लग रहा था, क्योंकि पत्रकारों ने अब इसमें रुचि लेना बन्द कर दिया था और पुलिस को किसी ने तफ़्तीश का आदेश नहीं दिया था। वैसे भी, सरोज ने हलफ़नामा दे दिया था, तो वह किसके दबाव से आई और उसके साथ कौन लोग थे, इससे पुलिस क्यों वास्ता रखती? और व्यक्तिगत तौर पर आर्थिक रूप से समर्थ कोई व्यक्ति इतनी दिलचस्पी ले नहीं रहा था कि सच्चाई का पता लगाने का कार्य निजी जाँच एजेन्सी अथवा किसी कुशल प्राइवेट डिटेक्टिव को सौंप देता।

हाँ, इतना ज़रूर था कि सरोज इस बात का खंडन करने राजधानी नहीं आई कि लखनऊ की अदालत में हलफ़नामा देनेवाली लड़की वह नहीं, उसकी डुप्लीकेट थी।

पर सरोज के न आने के बावज़ूद उपर्युक्त मत के लोग अपनी बात पर क़ायम थे। उनका कहना था कि वह खंडन करने नहीं आई, तो क्या फ़र्क़ पड़ जाता है। यह अकाट्य है कि लखनऊ की अदालत में 164 के बयान को ख़ारिज करके गोरखनाथ को निर्दोष करार देनेवाली लड़की सरोज की डुप्लीकेट थी। इनमें से कुछ दावा करते थे कि वे स्वयं वहाँ मौज़ूद थे और पूरे विश्वास से यह कह सकते हैं कि वह सरोज क़तई नहीं थी। रही बात असली सरोज के राजधानी आकर खंडन न कर पाने की, तो सोचने की बात है कि जो लोग डुप्लीकेट सरोज पेश करके अदालत की धज्जियाँ उड़ा सकते हैं, उनके लिए सरोज को राजधानी आने से रोक लेना कौन-सी बड़ी बात है।

इस पर विरुद्ध विचारवालों ने मुँहतोड़ उत्तर दिया कि वह सरोज थी या नहीं, इससे कोई समस्या नहीं पैदा होती। असल बात यह है कि सेशन जज ने उसे सरोज मानकर उसके हलफ़नामे को स्वीकार किया। और उस पूरी क़ानूनी कार्रवाई पर एतराज़ करते हुए अभी तक किसी ने कोई चुनौती नहीं दी है। अतः फ़िलहाल यही सिद्ध है कि वह सरोज थी और गोरखनाथ पर मँडरा रहे बदनामी के बादल छँट गए हैं और असली सरोज को राजधानी पहुँचने से रोकने की बातें कही जा रही हैं, तो जो शक्ति अदालत को जेब में रख सकती है, सरोज को आने से रोक सकती है, वह क्या सरोज से अपने माफ़िक़ बात कहलाने के लिए सरोज को घसीटते हुए अदालत नहीं ले जा सकती थी? इसलिए यह क़बूल करने में हर्ज़ क्या है कि अदालत में मौज़ूद सरोज असली ही थी! उसके डुप्लीकेट सरोज होने की अफ़वाहें कुछ शरारती तत्त्वों की साज़िश है।

मगर यह विवाद कोई इतना बड़ा मसला नहीं था, जो लम्बे वक़्त तक टिक पाता। सरोज की मृत पड़ चुकी दास्तान में पुनः प्राण-प्रतिष्ठा के लिए संजीवनी बनने की क्षमता नहीं थी इसमें। अतः सरोज-प्रकरण के दूसरे प्रसंगों की तरह यह भी, बल्कि यह अन्य से ज़्यादा ही अल्पजीवी और क्षणभंगुर प्रमाणित हुआ।

वैसे, आगे भी कहने को कुछ चीज़ें हो सकती हैं। आख़िर सरोज और गोरखनाथ या परमू, भोला, छैलबिहारी के जीवन में कुछ-न-कुछ घटित हुआ ही होगा। मीरा यादव और श्याम नारायण भी कहीं-न-कहीं होंगे ही। यानी कहानी के चरित्र अभी जीवित हैं और कोशिश की जाए, कल्पना तथा गढ़न्त की थोड़ी मदद ली जाए, तो

इन प्रमुख पात्रों की मदद से इस कहानी को आगे बढ़ाया जा सकता है, मगर निश्चय ही इससे ज़रा भी फ़ायदा नहीं होगा। फिर वही हश्र होगा, जो अब हुआ है, शायद इससे भी बुरा हो, क्योंकि दिक़्क़त यह है कि जिस केन्द्रीय वस्तु को लेकर कहानी शुरू हुई थी, वह अचानक लड़खड़ाकर ऐसी लुढ़की कि आगे सँभल न सकी और अन्त के पहले ही उसने दम तोड़ दिया। सम्भवत: सुन्दर लड़की, बलात्कार, गाँव, बड़े राजनीतिज्ञ, पुलिस, अदालत आदि तोप मसालों से सम्पन्न विषय-वस्तु वाली कहानी की ऐसी नीरस, निरुद्देश्य, गड़बड़ और अनुत्पादक परिणति विश्व में कभी नहीं हुई होगी। वह भी ऐसी दशा में, जबकि लेखक ने अपनी तरफ़ से विस्फोटक अन्त के लिए कड़ी मशक़्क़त की हो।

विचारणीय बिन्दु है कि एक अत्यन्त रोमांचक सम्भावनाओं वाली कथा का इतना अरुचिकर और फटीचर अन्त क्यों हुआ?

इन सबके अलावा यह दिक़्क़त भी पेश हुई कि कहानी में कई प्रसंगों का समुचित विकास नहीं हो सका था। पढ़ने के बाद कुछ ऐसे प्रश्न जन्म लेते थे, जो अनुत्तरित ही छोड़ दिए गए थे। जैसे मीरा यादव के घर से क्या सरोज वाक़ई चली गई थी अथवा अपनी पार्टी के मुखिया से डाँट खा लेने के बाद मीरा यादव ने ही उसे अपने घर से भगा दिया था! और मीरा यादव के घर से निकलने के बाद सरोज पर क्या गुज़री—यह सब कहानी नहीं कह सकी थी। अब इसका भी तो कोई ठिकाना नहीं था कि अदालत में हाज़िर होनेवाली सरोज असली थी या नकली। नक़ली थी तो असली सरोज कहाँ है? किसके शिकंजे में है? ज़िन्दा है या मुर्दा? कुल मिलाकर ऐसे अनेक स्थल थे कहानी में, जहाँ पर इस प्रकार की दुविधाएँ घेर लेती थीं, लेकिन आख़िर समाधान भी था, तो क्या था!

अन्ततः बहुत सोच-विचार के बाद एक निर्णायक, किन्तु अद्‌भुत, बेमिसाल कोशिश की गई। कहानी को सरोज के पास भेज दिया गया। चूँकि सरोज कहाँ पर है, इसका निश्चित संज्ञान नहीं था। अतः कहानी की एक-एक टंकित प्रतिलिपि क्रमशः विष्णु दत्त, मीरा यादव, श्याम नारायण, गोरखनाथ, छैलबिहारी, महन्त जी और कोई कसर न रहे, इस दृष्टिकोण से भोला और परमू को भी पंजीकृत डाक द्वारा भेज दी गई। लिफ़ाफ़े में दो पत्र भी संलग्न थे। एक में सम्बन्धित व्यक्ति से निवेदन था कि वह इस कहानी और उसके नाम लिखे गए पत्र को सरोज तक पहुँचाने का कष्ट करे, अति कृपा होगी। और सरोज के नाम लिखे पत्र का सार यह था कि सबसे पहले उससे कुशल-क्षेम पूछा गया था, फिर कहानी पढ़ने का आग्रह करते हुए प्रार्थना की गई थी कि वह इस कहानी पर अपनी प्रतिक्रिया अवश्य दे। अन्त में सत्रह प्रश्नों की एक तालिका थी, जिसमें कहानी पढ़कर जन्मनेवाले संशयों, जिज्ञासाओं, कौतूहलों का समाधान करनेवाले उत्तर माँगे गए थे। अन्त में कष्ट देने के लिए क्षमा-याचना की गई थी और हमदर्दी प्रकट करते हुए कहा गया था कि यदि किसी भी प्रकार की मदद की आवश्यकता पड़े, तो वह कहने में बिलकुल संकोच न करे।

पत्र समाप्त हो जाने के बाद 'पुनश्च' उपशीर्षक के अन्तर्गत एक पंक्ति थी : "याद दिला रहा हूँ कि कहानी लम्बी है, मगर पढ़िएगा ज़रूर। कहानी पर आपकी प्रतिक्रिया का इन्तज़ार मैंने अभी से शुरू कर दिया है। विश्वास करिए, अपनी कहानी पर आपकी राय पाकर बहुत कृतज्ञ होऊँगा।"

और वाक़ई बारह दिन बाद सरोज का पत्र आया। कहानी उसे कैसे हासिल हुई, इसके बारे में कुछ नहीं कहा जा सकता। उसने चिट्ठी कहाँ से भेजी, यह भी स्पष्ट नहीं था, क्योंकि लिफ़ाफ़े पर मुहर इतनी चटख थी कि अक्षर रोशनाई से पुत गए थे। अगर यह स्पष्ट होता कि चिट्ठी कहाँ से चली है, तो सरोज कहाँ पर है, इस बात का सुराग़ थोड़ा-ज़्यादा लगाया जा सकता था। ख़ैर, सरोज जहाँ भी हो—अपने गाँव में, गोरखनाथ, महन्त, मीरा यादव जिसके भी क़ब्ज़े में हो, उसका पत्र तो आया ही था। पत्र की हू-ब-हू नक़ल नीचे प्रस्तुत है :

आदरणीय लेखक जी,

सादर प्रणाम!

अत्र कुशलम् तत्रास्तु! आगे समाचार यह है कि मुझ पर कहानी लिखी, इसके लिए हमारी तरफ़ से कोटिशः धन्यवाद। आपने मेरी राय चाही है कहानी पर, तो मैं यही कहना चाहती हूँ कि मैं कहानी-वहानी के बारे में क्या कह सकती हूँ। न ज़्यादा पढ़ी-लिखी हूँ, न विद्वान हूँ, न समालोचक हूँ। शायद आपने इस प्रकार की मंशा इसलिए ज़ाहिर की है कि चूँकि कहानी मुझे केन्द्र में रखकर लिखी गई है, तो मुझे कैसी लगती है, यह जानना दिलचस्प होगा। अतः आपकी ख़ुशी के लिए यही कह रही हूँ कि कहानी बहुत सुन्दर है। काफ़ी प्रभावशाली है। भाषा बड़ी सशक्त है और शिल्प भी अच्छा है, लेकिन मुझे लगता है कि कहानी में कई जगह आप कन्नी काट गए हैं। या तो उन बातों को आप लिखना नहीं चाहते हैं या उन्हें लिख सकने की क़ाबिलियत आप में नहीं है। जैसे कि गोरखनाथ ने महन्त जी के मकान में जब परमू-भोला-छैलबिहारी को भगाकर मेरे साथ बलात्कार किया, इस अत्याचार का कोई चित्रण आपकी कहानी में नहीं है। अपने को गोरखनाथ से बचाने के लिए मैंने जो संघर्ष किया, वह भी नहीं है। बलात्कार के बाद मेरी क्या मनःस्थिति थी, मेरे हृदय पर क्या गुज़र रही थी, इन सबको क्या आप सामने ला सके हैं? ऐसे एक-दो नहीं, पूरे तेईस प्रसंग हैं, जहाँ आप सही बात कहने से चूक गए हैं। यदि आपकी इच्छा है कि आपकी कहानी सच्चाई का दर्पण बने, तो आपको उन तेईस प्रसंगों को सही-सही लिखना होगा। ऐसा करें कि आप मेरे पास आ जाएँ, मैं तेईस प्रसंगों के अतिरिक्त भी ऐसी कई चीज़ें बतलाऊँगी, जिन्हें कहानी में पिरोकर आप उसे अधिक उत्कृष्ट बना सकते हैं। जब आप मिलेंगे, तब मैं उन सत्रह सवालों के जवाब भी आपको दे दूँगी, जिनकी सूची मेरे पास प्रेषित की गई है। हाँ, मैं यह नहीं बताऊँगी कि मैं कहाँ हूँ, क्योंकि यदि मैं अपना पता-ठिकाना लिख देती हूँ तो हो सकता है कि यह ख़त

आपके पास पहुँचने से पहले ही दुश्मनों के हाथ लग जाए। या कौन ठीक है कि आप भी हमारे दुश्मनों के साथ हों और कहानी का चक्कर 'मैं कहाँ हूँ' यह जानने के लिए चलाया गया हो। ऐसा भी हो सकता है कि अभी आप हमारे हमदर्द हों, लेकिन पता जान लेने के बाद किसी दबाव या लालच के वशीभूत होकर मेरे दुश्मनों से मिल जाएँ। यह भी तो मुमकिन है कि आप दुश्मन ही हों। अत: आपको स्वयं ढूँढना पड़ेगा कि मैं कहाँ हूँ। हाँ, इतना तय समझिए कि बिना मुझसे मिले आपकी कहानी में कमियाँ बनी रहेंगी। मैं यह भी कहना चाहती हूँ कि आपने अपनी कहानी के फटीचर अन्त का जो रोना रोया है, उस दिशा में भी मिलने पर मैं मदद करूँगी। मैं आपको आगे की ऐसी बहुत-सी बातें बताऊँगी, इसमें आए हुए चरित्रों के बारे में कुछ एकदम नई जानकारियाँ दूँगी, उनके इधर के ऐसे समाचार दूँगी कि आप कहेंगे कि आपकी कहानी में अभी कुछ भी नहीं आया है। आपको निश्चय ही सशक्त अन्त करने के लिए मैटर भी दूँगी मैं, बशर्ते आप मुझे ढूँढ पाएँ और मुझसे मिल सकें।

सधन्यवाद!

सरोज पांडेय

सरोज के पत्र से मामला सुलझने के बजाय अधिक उलझ गया। सरोज ने बार-बार दुश्मनों का ज़िक्र किया है। कौन हैं उसके दुश्मन? यदि सेशन जज की अदालत में हलफ़नामा देनेवाली सरोज असली सरोज नहीं, डुप्लीकेट थी, तब तो गोरखनाथ, परमू, भोला और छैलबिहारी ही उसके दुश्मन हैं, लेकिन अगर वह असली सरोज थी, तो फिर कौन हो सकते हैं उसके दुश्मन?

इसके अतिरिक्त कहानी से जुड़े सत्रह प्रश्न पहले की तरह ही अनुत्तरित थे और सरोज ने अपने पत्र में कहानी के अन्य तेईस प्रसंगों को कटघरे में खड़ा कर दिया था। ऊपर से कहानी के अन्त के फटीचर होने की बात उसने भी स्वीकार की थी। अत: हर दृष्टि से यही उत्तम था कि सरोज से मुलाक़ात की जाए। यह कोई कठिन भी नहीं लग रहा था, क्योंकि जब सरोज तक कहानी और पत्र पहुँच सकते है, तो कोई इंसान क्यों नहीं पहुँच सकता? ज़्यादा से ज़्यादा उसे उन सभी पतों पर जाना पड़ेगा, जिन पर कहानीवाले लिफ़ाफ़े की रजिस्ट्री की गई थी। ऐसा भी हो सकता है कि पहले या दूसरे सम्पर्क-सूत्र पर ही सरोज मिल जाए।

लेकिन सरोज किसी भी पते पर नहीं मिली। गोरखनाथ और मीरा यादव ने सरोज का नाम सुनते ही गाली बकनी शुरू कर दी। भोला, परमू और छैलबिहारी मिले ही नहीं। उनके ठिकानों पर जाने पर ज्ञात हुआ कि वे वैष्णव देवी का दर्शन करने जम्मू गए हुए हैं। कुछ लोगों ने दबे स्वर में बतलाया कि वे तीनों भारत-नेपाल सीमा पर तस्करी कर रहे हैं। तभी तो छैलाबिहारी के पिताजी ने मकान की एक मंज़िल और बनवा ली और चार बीघा खेत ख़रीद चुके हैं।

श्याम नारायण ने कुछ कहा नहीं, अपना पूरा घर दिखा डाला और तब बोले,

"आप ही बताइए, सरोज कहाँ है? नहीं है न! लेकिन सरोज है।" उन्होंने अपनी छाती ठोंककर कहा, "सरोज यहाँ है।" उनकी आँखें भर आईं और आवाज़ भर्रा उठी, "कहीं मिले, तो मेरा सलाम कहिएगा।"

महन्त जी ने भी अपना आवास दिखला दिया और मुस्कराए, "मेरा आवास मन्दिर है या समझिए, मन्दिर ही मेरा आवास है, मन्दिर में देवियाँ, देवता और भक्त मिलते हैं, रंडियाँ-छिनालें नहीं।"

सरोज के घरवालों ने भी निराश ही किया। विष्णु दत्त बताने लगे, "अपहरण के बाद से तो हमलोगों ने सरोज को देखा ही नहीं। मीरा यादव के यहाँ उससे मिलने गया था, तो मालूम हुआ कि वह उसी दिन गाँव के लिए चल दी थी। तब से अर्सा बीत गया, लेकिन वह गाँव नहीं आई। नामालूम कहाँ भटक रही है..." आगे उनसे बोलते नहीं बना।

अदालत में 164 के बयान को ख़ारिज करनेवाला हलफ़नामा देनेवाली सरोज असली थी या नक़ली? इस प्रश्न के उत्तर में सरोज के भाई राधेश्याम ने जवाब दिया, "जब मैं गया ही नहीं वहाँ, तो कैसे बता दूँ कि असली थी या नक़ली। मैं कोई महाभारत का संजय हूँ, जो यहाँ बैठे-बैठे अदालत का सीन देख लूँ?"

"लेकिन चर्चा है कि वह जिस कन्टेसा कार में अदालत गई थी, उसमें उसके बगल में आप बैठे थे?"

"मैं बैठा होता, तो वह कुतिया कार से ज़िन्दा नहीं उतरती। गला दबाकर मार डालता।"

कुछ मिलाकर अन्जाम यह रहा कि लाख कोशिशों के बावजूद सरोज से मुलाक़ात नहीं हो सकी। अब चुप मारकर बैठे रहने के सिवा क्या चारा था।

दो महीने बाद पुन: सरोज का एक ख़त आया, काफ़ी लानत-मलामत के बाद लिखा गया था कि "कैसे वाहियात लेखक हैं आप कि आपकी कहानी का कैरेक्टर आपसे मिलना चाहता है और आप उसको ढूँढ नहीं पा रहे हैं। धिक्कार है आपको।" मुश्किल यह थी कि इस बार भी लिफ़ाफ़े पर डाक विभाग की मुहर इतनी चटख़ लगी थी कि अक्षर पढ़ने में नहीं आ रहे थे।

[1997]

जलडमरूमध्य

मम्मी-पापा को लेकर चिन्मय गाँव से आ रहा था। उन्हें लेने के लिए मनजीत स्टेशन पहुँच चुकी थी। लेकिन ट्रेन आ ही नहीं रही थी। मनजीत ने घड़ी देखी, थोड़ा वक़्त और काटना है। उसने सिगरेट सुलगाई। प्लेटफ़ार्म पर आने के बाद उसकी यह तीसरी सिगरेट थी। लाइटर बुझने पर देखा, कुछ युवा और कुछ वृद्ध उसे घूर रहे हैं। उसने इत्मीनान और उपेक्षा से धुआँ उगल दिया। उसे कोफ़्त हुई, दिल्ली में भी औरत के पास सिगरेट पीने की आज़ादी नहीं है। सिगरेट पीती हुई औरत को लोग कितने अचरज और दिलचस्पी से देखते हैं! मगर दिल्ली का भी क्या क़सूर? यहाँ हर कोई दिल्लीवाला तो है नहीं। अब जैसे उसका पति चिन्मय भी दिल्ली का मूल निवासी नहीं है, यू.पी. के चिरैयाकोट का है। सास-ससुर आ रहे हैं, वे तो हैं ही चिरैयाकोट के। अचानक उसके चेहरे पर हल्का-सा तनाव छाने लगा, सास-ससुर अब क्या यहीं हमारे पास रहेंगे? ससुर बीमार हैं तो उनकी बीमारी क्या है? गाँव का मकान लूट लिया गया, ढहा दिया गया, ठीक है लेकिन उसे किन लोगों ने ढहाया और क्यों? आख़िर खेत और बगीचे तो बचे होंगे! अच्छा, कितनी दौलत होगी ससुरजी के पास? सुनते तो हैं कि बहुत ज़्यादा है।

ट्रेन की आवाज़ सुनाई पड़ी। मनजीत ने आख़िरी क़श लेकर सिगरेट को जूते से मसल दिया। उसने सिगरेट का पैकेट और लाइटर पर्स में रखा। मुँह में च्यूइंगम डालकर सामने से गुज़रती तथा धीमी होती हुई ट्रेन को देखने लगी।

वह कोच नम्बर पाँच के सामने पहुँची तो चिन्मय, सहायजी और कौशल्या उतर रहे थे। चिन्मय और कौशल्या ने सहायजी को सहारा दे रखा था। सामान कुली के सिर और हाथों में थे। मनजीत ने बढ़कर सास-ससुर के पाँव छुए और पूछा कि यात्रा में कोई कष्ट तो नहीं हुआ! सहायजी एक जगह लड़खड़ाए तो फुर्ती से उसने उनको सँभाल लिया।

स्टेशन से बाहर आकर उसने कार खोलकर सबको बिठाया। पीछे की सीट पर सहायजी बीच में बैठे थे। उनके एक तरफ़ चिन्मय था, दूसरी तरफ़ कौशल्या। आगे बैठी मनजीत ड्राइव कर रही थी। लाल बत्ती आने पर कार रुकी तो उसने कौशल्या को ढाँढ़स दिया, "मम्मी, आप परेशान न हों, पापा यहाँ ठीक हो जाएँगे।" अब वह सहायजी से पूछ रही थी, "पापा, आपको तकलीफ़ क्या हुई है?" सहायजी कुछ

बोले नहीं। जिस स्थिति में थे, स्थिर बने रहे। मनजीत ने सामने के शीशे में देखा, कौशल्या और चिन्मय परेशानी से एक-दूसरे को देख रहे हैं। कौशल्या ने लम्बी साँस ली, "इनको आँसुओं की बीमारी लग गई है। ये रो नहीं पाते हैं। इनके सारे आँसू सूख गए हैं बहू।"

"मैं समझी नहीं मम्मी!" उसने कार बढ़ाई। हरी बत्ती हो गई थी। थोड़ी ही देर में कार सड़क पर दौड़ रही थी। कौशल्या का कहना जारी था, "गाँव में चाची की मौत हुई, ये रोए नहीं। आँगन में चाची की लाश पड़ी थी। पुरखों का मकान ढह गया था, मगर इनकी आँख में एक बूँद आँसू नहीं। नहीं आँसू गिरे, कोई बात नहीं, ये दुखी भी नहीं हुए। रत्ती-भर अफ़सोस नहीं किया। चलो, यह भी सही, मगर ये तब से पत्थर हो गए हैं। न हँसते हैं, न रोते हैं, न बोलते हैं। ऐसा लगता है कि ये सुनते भी नहीं हैं। लोग कहते हैं कि आँसू गिर जाएँ तो ठीक हो जाएँगे, पर ये रो ही नहीं रहे हैं...।" कौशल्या सुबकने लगीं, "बहू, पता नहीं क्या होनेवाला है!" चिन्मय उन्हें चुप कराने लगा। वह सामान्य हुईं तो पछताईं कि पोते के बारे में कुछ पूछा ही नहीं, "बहू! मनु कैसा है? अब और बड़ा हो गया होगा?"

"अच्छा है मम्मी। आप लोगों को बहुत याद करता है। स्कूल गया है, नहीं तो वह भी स्टेशन आता।"

घर पहुँचकर चिन्मय ने डॉक्टर को फ़ोन किया और कौशल्या से कहा, "मम्मी! मैं और मनजीत पापा को लेकर डॉक्टर के यहाँ जा रहे हैं।"

"बेटा, मुझे भी ले चलो, अकेली मैं यहाँ क्या करूँगी?"

"मम्मी, आप थकी होंगी, फिर डॉक्टर के पास नामालूम कितना समय लगेगा। टेस्ट वग़ैरह भी होना हुआ, तब तो जाने कितना वक़्त लगे। और मनु भी स्कूल से आनेवाला होगा। आप उससे बातें वग़ैरह करिएगा न, क्या दिक़्क़त है।"

कौशल्या चुप हो गईं। उन्हें बेटे की बातें मुनासिब लगीं। लेकिन जैसे ही कार ओझल हुई, उनके मन पर क्या गुज़री कि वह रोने-रोने को हो गईं। पछताने लगीं कि वह भी क्यों नहीं गईं। वह ख़ुद को सँभाल न सकीं और फूट-फूटकर रोने लगीं।

छोटे से शहर चिरैयाकोट में सहायजी के पास इज़्ज़त, शोहरत और दौलत सभी कुछ था। शहर के एक बड़े और पुराने मकान में वह और कौशल्या सुखपूर्वक जीवन बिता रहे थे। मकान गुज़रे ज़माने के स्थापत्य का था, जिसकी दीवारों में आले बने हुए थे और मेहराबों का प्रयोग था। कड़ियोंवाली छतें थीं। चौखट लगे दरवाज़े थे। बड़ा-सा आँगन था। आँगन में तुलसी का बिरवा था। बिरवे के पास आराध्य पत्थर थे। आँगन में ही सबसे पहले धूप-हवा आती, आकर पूरे घर में फैल जाती। आँगन के ही रास्ते भोर और अँधेरा दाख़िल होते।

यह घर सहायजी को बहुत प्रिय था। इस घर की तरह ही चिरैयाकोट शहर में भी सहायजी की जान बसती थी। उनका इसे छोड़कर कहीं जाने का मन नहीं

करता था। कहीं जाते तो वहाँ पहुँचकर जल्दी-से-जल्दी लौटने की कोशिश में लग जाते थे। चिरैयाकोट ही उनका परम तीर्थ था, प्रिय ठंडा प्रदेश था और आधुनिकतम महानगर था। यहाँ तक कि चिन्मय के पास भी दिल्ली जाते तो कुछ ही दिनों बाद उनके कानों में चिरैयाकोट की साँकलें बजनी शुरू हो जाती थीं और वह वापस आने की तैयारी में लग जाते।

लेकिन एक दिन न जाने क्या हुआ कि उन पर जनून सवार हो गया था—चिरैयाकोट त्यागकर अपने गाँव में बसने का। वह अपने पुराने स्थापत्यवाले मकान में बैठे थे कि फ़ैसला कर दिया कि गाँव रहेंगे। मरेंगे तो अपने पुरखों की मिट्टी में मरेंगे। बस, यहीं से शुरू होता है सहायजी और कौशल्या की विपत्तियों तथा बरबादी का क़िस्सा। यह क़िस्सा बेहद मामूली तरीक़े से शुरू हुआ था मगर वह अब आँसुओं की बीमारी जैसे ख़तरनाक मोड़ पर पहुँच चुका है।

प्रारम्भ कुछ इस तरह हुआ था कि सहायजी थोड़ा-सा अनमने और बेचैन रहने लगे थे। अक्सर बोलते-बोलते चुप हो जाते थे या चुप रहते—चुप रहते कि अचानक बोलने लगते थे। किन्तु यह कोई बहुत अस्वाभाविक बात न थी। कम-से-कम इतनी तो निश्चय ही नहीं कि इसको लेकर परेशान हुआ जाए। इसलिए जीवन अपनी रफ़्तार से चल रहा था। पर धीरे-धीरे यह होने लगा कि सहायजी गुमसुम रहते कि एकाएक चौंककर कह पड़ते, "कौशल्या, तुमने कुछ कहा क्या?" तो क्या वह गुमसुम रहने की स्थिति में कोई आवाज़, कोई पुकार या कोई कथन सुनने लगते थे?

एक दूसरी बात भी ग़ौरतलब थी कि चाहे जितनी रात हो, यदि कौशल्या सहायजी को आवाज़ देतीं तो वह बोल पड़ते। इतना ही नहीं, कभी-कभी वह रात को उठकर कमरे में टहलने लगते थे। लेकिन कई बार ऐसा भी होता था कि शाम होते ही वह मुँह ढँककर सो जाते थे, फिर उठने का नाम न लेते थे। बहरहाल, उम्र के इस पड़ाव पर ये सब भी ख़ास चिन्ताजनक लक्षण नहीं थे और कौशल्या ने भी इनको ख़ास तवज्जो न दी थी।

लेकिन कुछ-न-कुछ था ज़रूर जो सहायजी की आत्मा पर आघात कर रहा था। कोई व्यथा थी जो उनको बेचैन कर रही थी। तभी तो एक दिन विस्फोट हुआ कि वह अब यहाँ से अपना डेरा उठा लेंगे और गाँव में रहेंगे।

उस दिन शाम का समय था, सहायजी घूमकर आए थे और कौशल्या से बात कर रहे थे। कौशल्या बोल रही थीं। उनके बोलने की अवधि में ऐसा हुआ कि सहायजी कौशल्या की ध्वनियों से मुक्त होने लगे। वह धीरे-धीरे कमरे में कौशल्या की उपस्थिति से भी मुक्त हो रहे थे। उनकी इन्द्रियाँ जैसे अधोमुखी हो गईं, वह उठकर कमरे में चलने लगे। कौशल्या ने यह सब देखा तो हठात् चुप होकर उन्हें देखने लगीं।

थोड़ी देर बाद सहायजी चुपचाप आकर कुर्सी पर बैठ गए और अपने हाथों को ग़ौर से देखने लगे। हाथों में झुर्रियों का जाल फैला हुआ था। उन्होंने सोचा, 'इन्हें

अभी और ज़्यादा निस्तेज होकर सिकुड़ते जाना है।' उन्होंने कौशल्या के चेहरे पर नज़र डाली। उनकी आँखें वहीं टिकी रह गईं।

कौशल्या ने पूछा, "क्या देख रहे हैं? झुर्रियाँ?"

"नहीं, मैं सोच रहा था।" उनकी आँखें जैसे क़रीब पचास साल पहले की दुनिया में चली गईं, "मैं सोच रहा था कि जब शादी के बाद तुम आई थीं, कैसा महका करती थीं! कैसी ख़ुशबू निकला करती थी तुम्हारे शरीर से! होंठ कितने लाल थे! कितनी हँसमुख और ख़ूबसूरत थी तुम!"

कौशल्या हक्की-बक्की-सी उन्हें घूरने लगीं मगर अपनी तारीफ़ से हल्का-सा ख़ुश भी हुईं। वह इतराईं, "पर तब आपने यह सब कहा नहीं था। अब कहने से क्या फ़ायदा! अब हममें वह सब कहाँ बचा है! हाड़-मांस की ठठरी बन गई हूँ।" उनका सिर काँपा। कानों की लटक रही लरें हिलीं। हथेलियों से सिर को सहलाया तो ब्लाउज़ के भीतर बाजू की चमड़ी झूलने लगी। वह उदास हो गईं लेकिन तभी कोई ख़ास ख़याल उभरा, मुस्कुराईं, "वैसे मैंने भी तब बहुत-सी अपने मन की बातें आपसे नहीं कही थीं।"

ऊपर लटका बड़ा-सा पंखा चल रहा था। उसके नीचे कौशल्या और सहायजी आमने-सामने बैठे थे।

कौशल्या बता रही थीं, "जब मैंने आपको सबसे पहले देखा था तो आप कुर्ता-पाजामा पहने किसी से बतिया रहे थे। एकदम मोह लिया था आपने मुझको...।" वह लजा गईं। सकुचाते हुए कहने लगीं, "शादी के बाद जब मैं सबसे पहली बार ऊपरवाले कमरे में गई तो हैरान। वहाँ आपकी फ़ोटो ही फ़ोटो टँगी थीं। एक में आप डिग्री ले रहे हैं। एक में सूट पहनकर सिगरेट पी रहे हैं। एक में हैट लगाकर घोड़े पर सवार थे। किसी में खिलखिला रहे थे तो किसी में बाग़-बाग़ीचे में थे। मैं एक-एक फ़ोटो के सामने ठिठक जाती थी...। तो हमको यह बात भी बहुत अच्छी लगी थी।"

वह चुप हो गईं, क्योंकि उनको महसूस हुआ कि उनके बोलने के बीच में ही सहायजी उनकी आवाज़ और उपस्थिति से दूर चले गए थे। वह हल्का-सा क्षोभ और अपमान महसूस करने लगीं। तीखेपन से बोलीं, "सुनिए।"

सहायजी यथावत् चुपचाप बैठे रहे। दुबारा पुकारे जाने पर भी वैसे बने रहे।

अब कौशल्या घबड़ाईं। उनका क्षोभ, तीखापन लुप्त हो गया। वह निरीह जैसी सहायजी के हाथों को हिलाते हुए कहने लगीं, "सुन नहीं रहे हैं क्या?"

सहायजी ने अचकचाकर कहा, "हाँ...बोलो, क्या बात है?"

कौशल्या ने सोचा कि उनकी बात का सिलसिला जहाँ पर ख़त्म हुआ था, उसके आगे बोलना शुरू करें। मगर फिर उन्हें लगा कि बुढ़ापे की इस बेला में प्यार-मुहब्बत और यौवन की चर्चा कितनी हास्यास्पद तथा बेवकूफ़ी की बात है। लेकिन चूँकि उन्होंने सहायजी को तन्द्रा से वापस किया था और सहायजी पूछ रहे थे कि क्या बात है; इसलिए कुछ-न-कुछ बोलना ज़रूरी था। अतः महज कुछ कहने

की ग़रज से उन्होंने पुराना राग छेड़ दिया, "ऐसा है कि हमारा बुढ़ापा बढ़ता जा रहा है। ज़्यादा नहीं बची है ज़िन्दगी। क्यों न हम अपने बेटे-बहू के पास रहें? वैसे भी वे कब से अपने पास रहने के लिए हमें बुला रहे हैं।" उन्होंने सहायजी की तरफ़ देखा। वहाँ किसी क़िस्म की नाराज़गी अथवा असहमति का भाव न पाकर उनका उत्साह बढ़ा, "चले चलिए बेटे-बहू के पास दिल्ली। मरें तो कम-से-कम औलाद के पास।"

सहायजी थोड़ी देर मौन रहे, फिर धीमे-धीमे किन्तु दृढ़ता के साथ बोले थे, "मैं चाहता हूँ कि हम अपने गाँव चलकर रहें। अपने पुरखों की मिट्टी में मरें।"

कौशल्या भय से थर्रा उठीं। उन्होंने सुना था कि सहायजी के पिता भी इसी तरह एक दिन सहायजी की माँ से बोले थे, और उनको लेकर गाँव चले गए थे। गाँव में जो छब्बीस कमरों का मकान है, उसकी सबसे ऊपर की मंज़िल पर एक कमरे में रहने लगे थे। अल्प आहार लेते थे और धार्मिक ग्रन्थों का अध्ययन करते थे। एक तरह से बैरागी हो गए थे। सहायजी की माँ से भी बहुत कम बोलते थे। वह नीचे के हिस्से में रहा करती थीं।

सहायजी के पिता बस सुबह कुछ समय के लिए नीचे उतरते थे। तब वह गाँववालों को होम्योपैथी की दवाएँ देते थे। उनके हाथ में पुण्य था, काफ़ी मरीज़ ठीक हो जाते थे। ग्रामीणों के लिए होम्योपैथी की गोलियाँ महात्माजी का प्रसाद थीं। उनकी खड़ाऊँ की खट्...खट् कमरे की तरफ़ आती सुनाई पड़ती तो रोगियों के चेहरे पर श्रद्धा उमड़ने लगती थी। वे लोग वाक़ई उनको महात्मा मानने लगे थे।

एक दिन वह ऊपर के अपने कमरे में मरे पड़े मिले। उनके क्रिया-कर्म में सहायजी कौशल्या और चिन्मय के साथ कई दिन गाँव रहे। फिर वह माँ को लेकर चिरैयाकोट चले आए थे। गाँव में चाची ने माँ को बहुत रोका था पर सहायजी माने नहीं और माँ को लेकर ही गाँव से लौटे थे।

कौशल्या अभी तक काँप रही थीं। क्या सहायजी भी गाँव पहुँचकर बैरागी हो जाएँगे और ख़ुद उनको सहायजी की माँ की तरह नीचे के तल्ले में अलग-अलग रहना होगा? क्या यह भी ऊपर की मंजिल के कमरे में एक दिन...वह गिड़गिड़ा पड़ीं, "आप दिल्ली चलकर क्यों नहीं रहते?"

सहायजी का निर्णय पक्का था, "चिन्मय के पास रहने का विचार त्याग दो। अब यह तय करो कि किस दिन और किस समय चलना है गाँव।" वह पुनः कमरे में चहलक़दमी करने लगे। कौशल्या हताशा तथा हैरत से उन्हें देख रही थीं...। वह बार-बार इस सवाल से टकरा रही थीं कि आख़िर ये क्यों नहीं चिन्मय के पास रहने के लिए तैयार हो रहे हैं? क्या कारण हो सकता है इसका?

ऐसा भी नहीं था कि चिन्मय और सहायजी में कोई मनमुटाव या वैमनस्य था। सहायजी का चिन्मय पर शुरू से ही अपार स्नेह था; बल्कि इस बात को लेकर चिरैयाकोट में एक दंतकथा मशहूर थी कि चिन्मय को जब दिल्ली में नौकरी मिली तो सहायजी ने आदमी भेजा था चिन्मय का हाल-चाल लेने के लिए। लौटकर उसने

बताया कि नौकरी बहुत अच्छी है मगर कार और बँगला नहीं मिला है। सहायजी दिल्ली पहुँच गए। उन्होंने चिन्मय को दो चेक दिए, "एक पर मकान की रक़म भर लेना, दूसरे पर कार की। आराम से रहो।"

कार-मकान ख़रीदकर चिन्मय चिरैयाकोट आया था और माँ-पिता से बोला था, "मुझे आप लोगों की एक फ़ोटो चाहिए।"

सहायजी को चालीस की उम्र तक फ़ोटो खिंचाने का भयानक चस्का था, लेकिन बाद में उनका मन इससे उखड़ गया था। इसलिए वह चिन्मय को कोई ताज़ा फ़ोटो नहीं दे सके। एक पुरानी तसवीर निकाली और पूछा, "इससे काम चलेगा?" इस तसवीर में सहायजी टाई पहने थे और कोट की जेब में गुलाब का फूल टँका था। कौशल्या गुलाब के फूल से भी ज़्यादा ताज़ा लग रही थीं। गले में नेकलस था, नाक में नथुनी, कानों में झुमके। ख़ुशी चमक आए दो दाँतों से झलक रही थी।

चिन्मय ने कहा, "पापा, ये बहुत पुरानी है और ब्लैक एंड व्हाइट है।" उसने नया कैमरा ख़रीदा था और दोनों की तसवीर उतारी थी। उसे सुन्दर फ्रेम में मढ़ाकर दिल्ली के मकान में अपने बिस्तर के पास रखा था।

जब उसने उस फ़ोटो के सामने पहली बार सिगरेट जलाई तो घबरा गया। उसे लगा, मम्मी-पापा देख रहे हैं। उसने सिगरेट बुझा दी। हालाँकि बाद में वह उसी तसवीर के सामने शराब पीता था। दो बाज़ारू औरतों को लेकर सोया भी था। शादी के बाद मनजीत के साथ सोता ही था। तसवीर की हाज़िरी में ही वह मनजीत को कई बार पीट चुका था और मनजीत से कई बार पिट चुका था। चिन्मय का आरोप था कि वह अपने बॉस तथा अन्य कई लोगों के साथ रँगरेलियाँ मनाती है, जबकि मनजीत की शिक़ायत थी कि वह अपने न जाने कितने दोस्तों की बीवियों और बेटियों को बर्बाद कर चुका था।

वैसे कौशल्या को यह सब मालूम नहीं था। सहायजी की जानकारी में यह बात होगी, यह भी सन्दिग्ध था। कौशल्या को बस यही उलझन घेरे थी कि सहायजी दिल्ली में रहने के लिए क्यों नहीं तैयार होते?

हालाँकि ऐसा नहीं था कि जब सहायजी पर गाँव में रहने की धुन सवार हुई, तभी उनकी दिल्ली से अरुचि मुखर हुई थी। पहले भी जब वह वहाँ जाते थे तो उनके दिल में शहर चिरैयाकोट की साँकलें बजने लगती थीं। जैसे उनको चिरैयाकोट का नशा था। दरअसल यह शहर उनकी लीला-भूमि था। इसके ज़र्रे-ज़र्रे का स्पर्श उनके पैरों में था। उनके रंध्रों में यहाँ के वृक्षों की हवाएँ थीं और आँखों में ढेर सारे अक्स। कितने सारे दोस्त और दुश्मन थे यहाँ। कैसे इससे मुँह मोड़कर कहीं चले जाते वह?

लेकिन अब वह चिरैयाकोट छोड़कर गाँव जा रहे थे। चिन्मय के फ़ोन पर फ़ोन आ रहे थे। मनजीत और मनु का भी दबाव था, वह किसी भी सूरत में गाँव न जाएँ। वहाँ डॉक्टर, बिजली और मनोरंजन का अभाव होता है।

फिर भी वह कौशल्यासहित जा रहे थे।

चिरैयाकोट में जिसे मालूम हुआ, वह अचम्भा कर रहा था। आख़िर सहायजी को क्या सूझा कि वह शहर छोड़ रहे हैं...चिरैयाकोट ने उनको कभी किसी शिक़ायत का मौक़ा नहीं दिया था। पूरे ठाठ-बाट का जीवन यहाँ जीया था उन्होंने। फिर क्यों जा रहे हैं?

सहायजी के पिता यहीं पर रजिस्ट्रार ऑफ़िस में बड़े बाबू थे और बेइंतिहा पैसा कमाते थे। कहा जाता था कि वह चिरैयाकोट के मोतीलाल नेहरू थे और सहायजी जवाहरलाल नेहरू। जब सहायजी लखनऊ में वकालत पढ़ने गए तो उनके पिता ने उन्हें मोटर ख़रीदकर दी थी। वहाँ वह शाम को दोस्तों को मोटर में बैठाकर हजरतगंज की सैर कराते थे।

चिरैयाकोट के जवाहरलाल नेहरू सहायजी स्वयं अच्छे वकील बने। वकालत के पेशे से उन्होंने काफ़ी दौलत जुटाई थी। कुछ लोगों का तो कहना था कि सहायजी करोड़पति हैं, करोड़पति।

शहर में सहायजी के ख़र्च करने को लेकर भी चर्चाएँ रही थीं कभी। कहा जाता था कि सहायजी जवानी के दिनों में फुर्सत के वक़्त पतंग उड़ाया करते थे। उनकी पतंग में दस रुपए का नोट चिपका होता था। उनकी पतंग कभी कटती नहीं थी। कुछ मौक़ों पर कटी तो उसे लूटने के लिए ख़ून-खच्चर हुए। पतंग को लेकर यह भी सुना जाता था कि अपनी एक दूर की भाभी से वह सौ रुपए की बाज़ी लगाकर पतंग लड़ाते थे। इन दूर की भाभी से उनकी पतंग लड़ती तो नज़ारा होता था। गोरी-सुन्दर, नई-नवेली भाभी पायल छम-छम बजाती हुई छत पर पेंच चलाती और इधर सहायजी डोर बढ़ाते। लोग अपनी-अपनी छतों पर आकर, सड़क पर रुककर इन दो लड़वैयों का खेल देखते। अन्त में सहायजी की पतंग कट जाती थी और उन्हें सौ रुपए देने पड़ते थे। कई लोगों का एतबार था कि सहायजी जानबूझकर हारते थे ताकि सौ रुपयों से भाभी की मदद हो, क्योंकि भाभी बड़ी ग़रीब थीं।

सहायजी की शौक़ीनी के भी क़िस्से थे। बताते हैं कि किसी ज़माने में उनके पास ढेर सारे मुल्कों की शराबों का संग्रह था और ज़्यादातर बोतलें बड़ी पुरानी थीं। उनके घर का पका चावल पूरे मुहल्ले में महकता था। उनकी डायनिंग टेबल पर फलों और मेवे की टोकरियाँ पड़ी रहतीं। अब तो ख़ैर उन्होंने बीमारी तथा अध्यात्म के चलते सब त्याग दिया लेकिन वह वक़्त भी था, जब उनके मोज़े इत्र से नहलाए जाते थे। और यह कि उनके पास बेगम अख़्तर, नूरजहाँ और बड़े ग़ुलाम अली ख़ाँ के सारे रेकॉर्ड थे। इतना ही नहीं, उन्होंने एक शायर, एक सारंगीवादक और तीन रक्काशाओं जैसे कई हुनरमन्दों को गाढ़े वक़्त में ख़ासी इमदाद दी थी। उनकी इसी दान-वृत्ति की परिणति थी, उनके द्वारा माँ-पिता के नाम पर चलाई जानेवाली छात्रवृत्तियाँ।

वह शहर में रचे-बसे थे, शहर उनमें रचा-बसा था। सभी सम्प्रदायों के लोगों के बीच उनका आत्मीयतापूर्ण आमदरफ़्त था। जाने कितने मुसलमान भी उनके दोस्त थे। वह चिरैयाकोट के अकेले हिन्दू थे जो रमजान के महीने में एक दिन रोज़ा अफ़्तार

की दावत करते थे। ईद के दिन वह ऐसे उत्साहित रहते गोया ख़ुद पक्के मुसलमान हैं! चिकन का कुर्ता-पाजामा पहनकर वह देर रात तक ईद मिलन करते। कई बार वह अपनी कार में मुसलमान दोस्तों को बिठाकर ईद मिलन के लिए निकलते थे।

होली में सहायजी के घर आनेवालों का ताँता लगा रहता था। कौशल्या के अनुसार ऐन होली के दिन हज़ार गोझियाँ ख़त्म हो जाती थीं, जबकि आनेवालों का सिलसिला अगले पन्द्रह दिनों तक चलता रहता था। सहायजी भी कौशल्या के साथ लोगों के यहाँ होली मिलने जाते थे। होली ही नहीं, ख़ुशी का और ग़म का भी कोई मौक़ा हो, वह शरीक होते थे। उनके यहाँ आज तक आया कोई भी निमंत्रण पत्र ऐसा नहीं था जिसकी उपेक्षा की गई हो।

चिरैयाकोट में उनकी लोकप्रियता को देखकर एक राजनीतिक पार्टी ने चुनाव में उन्हें अपना प्रत्याशी बनाने की मंशा ज़ाहिर की थी, लेकिन उन्होंने साफ़ इनकार कर दिया था। उनका कहना था कि विधायक या सांसद हो गए तो कई-कई दिनों तक के लिए चिरैयाकोट छोड़ना पड़ेगा, और ऐसा कर पाना उनके लिए नामुमकिन है।

लेकिन वही सहायजी अब हमेशा के लिए चिरैयाकोट छोड़कर गाँव रहने जा रहे थे तो शहर हत्बुद्धि था। इन दिनों चिरैयाकोट के ढेर सारे घरों और लोगों के बीच यह प्रमुख चर्चा थी कि सहायजी शहर छोड़कर जा रहे हैं। हाँ, उनके इस प्रस्थान के कारणों को लेकर आम सहमति नहीं थी। अटकलें लगाई जा रही थीं। अलग-अलग राय और अन्दाज़ा था लोगों का। मगर सहायजी के अज़ीज दोस्त मक़बूल साहब का अनुमान सभी से जुदा था। उनका कहना था, "सहाय घबराहट की वजह से शहर से रुख़सत हो रहे हैं। हाँ...हाँ...शहर में ताबड़तोड़ बन रही दुकानों से उनको घबराहट होने लगी थी। उन्होंने मुझसे कई बार कही है यह बात कि इतनी दुकानों के बनने से चिरैयाकोट बरबाद हो जाएगा। सब जगह दुकानें-ही-दुकानें हो जाएँगी तो बच्चे कहाँ खेलेंगे और हम बूढ़े लोग सुबह की सैर कहाँ करेंगे?" हालाँकि यह बात सही थी कि शहर में भयानक रफ़्तार से दुकान-निर्माण हो रहा था। गली-सड़क हर जगह दुकानें बन रही थीं। दुकानें घरों में घुस गई थीं। कई तो अपने घरों को तोड़कर दुकानें बनवा रहे थे। लेकिन सुननेवालों को मक़बूल साहब की बात पर यक़ीन नहीं आ रहा था कि दुकानों को देखकर सहायजी को घबराहट होने लगती होगी। फिर मान लो कि घबराहट होती भी होगी तो यह असम्भव ही है कि इन दुकानों के कारण वह चिरैयाकोट छोड़ रहे हैं। एक-दो को तो मक़बूल साहब की बात पर हँसी आ गई थी।

एक तबके की धारणा थी कि सहायजी ने कोई बहुत ज़्यादा नहीं कमाया था। और चिन्मय को दो चेक देने के बाद वह ख़ाली हो गए थे। अब उनके पास यहाँ गुज़ारा करने लायक पैसा ही नहीं था, इसलिए शहर छोड़कर जा रहे थे। हालाँकि इस मान्यता के लोग बहुत कम थे। जो थे भी, वे सहायजी के बारे में बहुत कम जानते थे। अन्यथा उनको मालूम होना चाहिए था कि सहायजी की आर्थिक हालत ऐसी गई-गुज़री नहीं है।

एक मत के मुताबिक सहायजी के चिरैयाकोट त्याग के पीछे कोई गूढ़ कारण नहीं था। बात सिर्फ़ इतनी थी कि उनके दिमाग़ का कोई पुर्ज़ा ढीला हो गया था। नहीं तो कोई बात थी कि ज़िन्दगी यहाँ बिताने के बाद मरने गाँव जा रहे हैं, जहाँ बुख़ार तक का इलाज करनेवाला डॉक्टर नहीं मिलेगा! उनके मानसिक सन्तुलन बिगड़ने के सम्बन्ध में यह दलील भी दी जा रही थी कि यदि दिमाग़ सही होता, और वह जाने की सोचते तो दिल्ली जाते बेटे-बहू—चिन्मय के पास। यह क्या कि गाँव चले जा रहे थे!

कौशल्या ने भी इस मसले पर ग़ौर किया था और इस नतीजे पर पहुँची थीं कि गाँव चलने के फ़ैसले की वजह सहायजी के स्वभाव में पिछले दिनों से आए हुए बदलाव हैं। उनको बार-बार लगता कि यदि सहायजी एकाएक अनमने, बेचैन और मायूस न रहने लगे होते, बोलते-बोलते ख़ामोश हो जाने या चुप रहते-रहते अचानक चौंक पड़ने के लक्षण उनमें न प्रकट हुए होते तो वह गाँव चलने की बात कभी न कहते। हालाँकि कौशल्या के पास दोनों के बीच कार्य-कारण सम्बन्ध स्थापित करने के लिए ठोस सबूत नहीं थे, फिर भी उनको अन्तर्बोध के आधार पर ऐसा महसूस होता था। अन्ततः उन्होंने इस बात पर भी विचार किया था कि आख़िर सहायजी के स्वभाव में ये परिवर्तन क्यों हुए और कब हुए। काफ़ी सोच-विचार करने के बावज़ूद वह कोई निश्चित राय नहीं बना सकी थीं। हाँ, अनुमान के तौर पर उनके भीतर दो घटनाएँ अक्सर कौंध जातीं।

एक यह कि सहायजी काफ़ी रात तक चिट्ठियाँ लिखते रहे थे, अख़बार पढ़ते रहे थे। उसके बाद वह सोने के लिए उठकर चलने को हुए तो लड़खड़ाकर गिर पड़े। ज़्यादा तेज़ नहीं गिरे थे, न ही सीढ़ियों पर गिरे थे लेकिन मेज़ से सिर टकरा गया और वहाँ ज़ख़्म हो गया था। डॉक्टर ने बताया कि बुढ़ापे में इस तरह लड़खड़ाकर गिर जाना कोई ख़ास बात नहीं है। ज़्यादा काम करने की वजह से उन्हें चक्कर आया और गिर पड़े। सँभल इसलिए नहीं सके कि शरीर में पहले जैसी ताक़त, फुर्ती और नियंत्रण कर सकने की सामर्थ्य नहीं रही। डॉक्टर ने उनको एक टॉनिक लिखकर ज़ख़्म की मरहम-पट्टी कर दी थी। लेकिन उनके घाव जल्दी सूखते नहीं थे। शायद इसलिए कि उनको डायबिटीज था। सहायजी मत्थे पर ज़ख़्म लिए खोए-खोए रहते और निराशा-भरी बातें करते। कहते, "ज़िन्दगी में कुछ रखा नहीं है। अब हमें सामान समेटने की तैयारी करनी चाहिए।" सामान समेटने की तैयारी का अर्थ मौत को स्वीकार करने से भी हो सकता है लेकिन कौशल्या का मानना था कि यह भी हो सकता है कि सामान समेटने का मतलब चिरैयाकोट छोड़ देने से रहा हो।

कौशल्या को जो दूसरी घटना महत्त्वपूर्ण लगती थी, वह यह थी कि लगभग पूरा चिरैयाकोट कर्फ़्यू की चपेट में था। हिन्दुओं-मुसलमानों के बीच दंगा भड़क गया था। बम के धमाके अभी भी हो रहे थे। लूटपाट और लाशें मिलने की ख़बरें थीं। यह पहली ईद थी, जिसमें सहायजी मक़बूल साहब के दस्तरख़्वान पर नहीं बैठे थे और अपने मुसलमान दोस्तों के बच्चों को ईदी नहीं दे सके थे। ख़ौफ़नाक मंजर

था। पुलिस की गश्त होती रहती थी। सिपाहियों के बूटों की ठक्...ठक् बहुत क़रीब सुनाई देती। तरह-तरह की चीख़ें, जयघोष, नारों, मारकाट की आवाज़ें गूँज रही थीं। छतों और गलियों से अफ़वाहें दौड़ रही थीं।

सहायजी तीन दिनों से घर में पड़े थे। उनको चिन्मय, मनजीत और मनु की बेइंतिहा याद आ रही थी। दंगा-रक्तपात यहाँ चिरैयाकोट में हो रहा था और वह बार-बार दिल्ली फ़ोन करके चिन्मय से सबकी ख़ैरियत पूछते।

सहायजी और कौशल्या में यह डर बैठ गया था कि यदि उन्हें कुछ हो जाए तो कौन उनकी मदद के लिए आएगा? यही सब सोचकर एक रात वे दोनों काँपने लगे। इसे संयोग ही कहा जाएगा कि जब वे काँप रहे थे, बिजली चली गई। अब कमरे में एकान्त, अँधेरा और डर था। सहायजी ने करवट ली और कौशल्या के पास आ गए। उनके चेहरे को हथेलियों में लेकर अन्धकार में न जाने क्या देखते रहे। फिर फुसफुसाए, "कौशल्या!" वह बिस्तर पर कौशल्या से लगभग एक दशक बाद बोले थे। उन्होंने दुबारा कहा, "कौशल्या!" और अपना गाल उनके वक्ष पर रख दिया। अँधेरे के कारण पता नहीं चल पा रहा था कि सहायजी डरे हुए हैं या कामोद्दीप्त हैं। शायद उनमें दोनों ही उद्वेग थे। शायद वह डर से बचने के लिए कामोद्दीप्त हो रहे थे। वह कौशल्या को निर्वस्त्र करने लगे। ख़ुद भी वैसे ही हो गए। कौशल्या को बाजुओं में भरा। होंठों को मुँह में रखा कि कौशल्या की दाढ़ हिल गई। वहाँ के दो दाँत टूटने के निकट थे। वह दर्द से कराहीं। बिजली आ गई। रोशनी में बूढ़े शरीर घृणास्पद लग रहे थे। दोनों ने एक-दूसरे को घृणा से देखा। अपने को घृणा से देखा।

कौशल्या को याद आता है कि इसी के बाद सहायजी के स्वभाव में परिवर्तन स्पष्ट रूप से दिखाई पड़ने लगा था। लेकिन अभी वह मुखर नहीं हुआ था कि इसी बीच वह बुख़ार की गिरफ़्त में आ गए। तेज़ बुख़ार रहने लगा था उनको। हमेशा मस्तक सन...सन करता रहता। उजाले में भी लगता, अँधेरा है। अँधेरे में लगता, सब डूब रहा है। अक्सर सहायजी की आँखें मुँद जातीं और उनकी चेतना जैसे अतल गहराइयों में डूबने लगती। जब ऐसा होता तो उनको लगता कि वह मर-से गए हैं या मर रहे हैं। इस स्थिति में विचित्र बात यह होती थी कि उन्हें बचपन, माँ-पिता, गाँव और अनेक मरे हुए लोग दिखने लगते थे। पुरानी बातें, पुराने लोग याद आते। माँ-पिता कब के मर चुके थे लेकिन उनको इधर कभी-कभी महसूस होता, माँ उनके पास चारपाई पर बैठी हैं। पिता ज़ोर-ज़ोर से श्लोक पढ़ रहे हैं। कभी लगता, चाचा कमरे में बैठकर टी. वी. देख रहे हैं। जबकि चाचा के मरने तक हिन्दुस्तान में टी. वी. का प्रचलन ही नहीं था। सहायजी को कभी-कभी ऐसा भी एहसास होता कि परिवार के मरे हुए लोग आसमान से उनको बुला रहे हैं। तब उनकी घिग्घी बँध जाती थी, जब उनको भयानक चेहरेवाले लोग दिखाई देते। बड़े-बड़े दाँत—लम्बे नाखूनोंवाले, काले, भयानक राक्षसों जैसे चेहरे आँखें चमकाते हुए उनकी तरफ़ बढ़ते तो वह अर्धचेतना में ही घिघियाने लगते थे और पसीने में भीग जाते थे।

बुख़ार के चरम क्षणों में जीवितों में उन्हें सिर्फ़ चाची दिखाई देती थीं और उन्हीं की याद भी आती थी। चाची गाँव के छब्बीस कमरों के मकान में अकेली रह रही थीं। वह सहायजी से बारह साल बड़ी थीं और किसी भी दिन परलोक सिधार सकती थीं। सहायजी को स्मरण होता, जब चाची गाँव के मकान में चाचा की दुलहन बनकर आई थीं, तब कितने लोग इकट्ठा थे। छब्बीस कमरों का वह घर कितना भरा-पूरा लगता था। ढेर सारी मुँहदिखाई मिली थी चाची को। बहुत-सी अँगूठियाँ, बाजूबन्द, कान में पहननेवाले आभूषण और प्रचुर नक़दी। चाची तब गौरैया थीं। चहचहाहट से सबका दिल जीत लेती थीं। लेकिन कैसे सब नष्ट हो गया! चाची को छोड़कर एक-एक सब मरते गए। गौरैया-सी चाची अब गाँव में उतने बड़े मकान के थोड़े से हिस्से में छिपकली की तरह रेंग रही थीं।

चाचा की मृत्यु के पहले चाची के आठ बच्चे मरे थे। चाची ने छब्बीस कमरों के घर के एक ख़ास कमरे में आठ बच्चे जने थे। सभी मरे हुए पैदा होते थे। बाद में मालूम हुआ था कि गर्भाशय में ही शिशु को पीलिया घेर लेता था। यह बात पता चली, तो कोई फ़ायदा न था क्योंकि चाची के भीतर हर प्रजनन के बाद शिशु को पीलियाग्रस्त करनेवाले तत्त्व बढ़ जाते थे। अब आठ प्रसूति के बाद उन तत्त्वों का परिमाण अथाह हो गया था। दूसरे यह कि यदि ऐसा न होता, तो भी कोई उम्मीद न बची थी क्योंकि चाचा मर गए थे। दरअसल यह जानकारी ही तब हासिल हुई, जब चाचा मरनेवाले थे। वे और चाची दोनों मेले में झूले से गिर पड़े थे। वे झूले के जिस हिंडोले में बैठे थे, वह हिंडोला टूटकर झूले से गिर गया था। चाचा-चाची ख़ून से लथपथ हो गए थे। अस्पताल में ख़ून चढ़ाए जाने के लिए उनके रक्त की जाँच हुई। चाची बच गईं। उनका रक्त-समूह ओ पॉज़िटिव था। चाचा का रक्त-समूह बी निगेटिव था। इस समूह का ख़ून मिला ही नहीं, अतः चाचा ख़त्म हो गए थे। उसी समय पता चला था कि यदि पति-पत्नी के रक्त-समूह विरुद्ध जातियों में हुए तो सन्तान को शिकंजे में लेने के लिए पीलिया घात लगाए रहता है। तो इस प्रकार चाची के आठ बच्चे पैदा होने के पहले ही मर गए थे। और अब वह विधवा तथा निःसन्तान दोनों थीं।

कितने लोगों की मौतें हुईं। सहायजी के पिताजी छब्बीस कमरोंवाले मकान की सबसे ऊँची मंज़िल के कमरे में एक सुबह मरे पाए गए थे। वे अपने कमरे में नींद से मौत की दुनिया में प्रस्थान कर गए थे। यह वह वक़्त था जब गाँव के उस आलीशान मकान में चार-चार विधवाएँ मँडरा रही थीं। बाद में चाची को छोड़कर वे अपने-अपने बेटों के पास आ गईं। वे अपने बेटों के यहाँ ही मर गईं। पहले चाची की देवरानी मरीं, जिन्हें शायद कैंसर हुआ था। उनके मुँह में बड़ा-सा औंधा फोड़ा था। वह गों...गों...गुर की आवाज़ें निकालती चल बसीं। फिर बड़ी जिठानी का क़िस्सा ख़त्म हुआ। वह बुखार में मर गईं। इसके बाद सहायजी की माँ की बारी थी। उनकी आदत थी कि अपनी तकलीफ़ को ज़ब्त करती रहती थीं। यहाँ तक कि

उच्च रक्तचाप की शिकार हो गईं लेकिन चुपचाप उसकी मार को सहती रहीं। बहुत हुआ तो कहतीं, "सिर में दर्द हो रहा है।" और हिमताज तेल लगा लेतीं। यहाँ तक कि वह बिना चश्मे की थीं, जबकि उनकी आँखों की ज्योति कम हो गई थी। आँखों की ज्योति में गिरावट विटामिन ए की कमी के कारण नहीं थी, न आँखों पर अधिक ज़ोर पड़ने से थी। दरअसल उच्च रक्तचाप का हमला उनकी आँखों पर भी दाँत गड़ा देता था। इसी कारण उनको एक दिन हार्ट अटैक पड़ा तो काफ़ी देर छुपाती रहीं। नतीजतन अस्पताल पहुँचने तक मामला बहुत बिगड़ चुका था। घबराकर सहायजी बोले थे, "जितना रुपया लगेगा, वह ख़र्च करेंगे, बस माँ की जान बच जाए।" लेकिन न रुपया, न डॉक्टर उन्हें बचा सके। माँ की मौत के बाद अब पुरानी पीढ़ी में चाची ही शेष थीं। चाची को चिरैयाकोट आना पसन्द नहीं था और सहायजी को गाँव जाना। दोनों की आख़िरी मुलाक़ात चिन्मय की शादी के मौक़े पर हुई थी। चाची की कमर झुकने लगी थी तब।

बीता हुआ सारा कुछ सहायजी के भीतर उमड़ रहा था। मलेरिया के घोर बुख़ार में वह जल रहे थे। उधर उनकी आत्मा में भी हाहाकार मचा हुआ था, जैसे मंथन हो रहा हो! यह उनके बुख़ार का आख़िरी किन्तु सबसे विस्फोटक पहर था। तमाम दिवंगत परिचित और पुरखे अब अधिक तेज़ी से उनकी चेतना में गतिविधि कर रहे थे।

वह पुरखों के हलचल-भरे रोमांचक संसार में विचरण कर रहे होते कि अचानक उनके कानों में दंगे की आवाज़ें फटने लगतीं। धाँय...धाँय, चाकू-छुरे की ध्वनियाँ, हत्यारों के शोर, ख़ून, मांस, पुलिस-मिलिटरी के बूटों की ठक्-ठक् सब जैसे किलकारियाँ भरते हुए उनको दबोच लेते। ऐसे में सहायजी थोड़ी देर छटपटाते, फिर उनको लगता कि वह निस्पंद पाताल की गहराइयों में डूबते जा रहे हैं। काफ़ी देर बाद वह उबरकर ऊपर आते तो घबराहट से भर उठते। पता नहीं वह सपना देख रहे होते या सोच रहे होते लेकिन उनको हक़ीक़त की तरह अनुभव होता, वह चिरैयाकोट की ढेर सारी दुकानों की भूलभुलैया में भटक गए हैं या कौशल्या भटक गई हैं और वह उनको खोज रहे हैं। खोजते-खोजते वह स्वयं भी भटक गए हैं। वह भय से कई बार चिल्ला पड़े थे।

धीरे-धीरे उनका बुख़ार उतर गया और वह स्वस्थ हो गए थे। लेकिन वह बुख़ार की अवधि की अनुभूतियों और स्मृतियों से उबर नहीं पाए थे। उन्हें बार-बार लगता कि वह निपट अकेले हैं।

कौशल्या का विश्वास था कि इन्हीं के चलते सहायजी ने चिरैयाकोट छोड़कर गाँव में रहने का फ़ैसला किया था। कौशल्या की वह बात सच थी या मक़बूल साहब या सहायजी के चिरैयाकोट छोड़ने को लेकर चर्चा करनेवाले अन्य लोगों की, निश्चयपूर्वक कुछ कहा नहीं जा सकता था। क्योंकि दोटूक हक़ीक़त तो स्वयं सहायजी बता सकते थे और वह इसके लिए उपलब्ध नहीं थे।

वैसे कौशल्या का आकलन ज़्यादा तर्कपूर्ण लगता था मगर मक़बूल साहब की

बातें भी निराधार नहीं थीं, क्योंकि सहायजी की बीमारी ने यह साफ़ कर दिया था कि शहर में बन रही बेशुमार दुकानों ने उनकी चेतना पर बुरा प्रभाव छोड़ा था। नहीं तो वह बुख़ार में दुकानों की भूलभुलैया में भटकना क्यों महसूस करते? मक़बूल साहब तथा अन्य चिरैयाकोटवासियों के आकलन में गड़बड़ी यह थी कि वह अधूरा होता था। मसलन मक़बूल साहब को लिया जाए तो उनकी बात से सहायजी के चिरैयाकोट छोड़ने का आधार मिलता था, लेकिन उसमें इसका कोई संकेत नहीं था कि वह बेटे के पास दिल्ली न जाकर गाँव क्यों जा रहे हैं? ऐसे ही कुछ के विचारों से गाँव जाने की वजह पता चलती, किन्तु चिरैयाकोट छोड़ने का औचित्य नहीं सिद्ध होता था।

लेकिन यदि गहराई के साथ सहायजी की बुख़ार की अवधि की अनुभूतियों की छानबीन की जाए तो देखा जा सकता है कि उन दिनों उनके यहाँ दंगों, दुकानों, पुरखों तथा यातनापूर्ण दृश्यों का जो कोलाज़ बनता था, वह यह प्रमाणित करने के लिए पर्याप्त था कि उनका मन चिरैयाकोट से विरक्त हो गया है।

बहरहाल, सत्य जो भी रहा हो, परिणति यही थी कि सहायजी ने कौशल्या के साथ गाँव रहने की तैयारी कर ली थी और अब वह जा भी रहे थे। कौशल्या पड़ोसियों से कह रही थीं, "हमारे घर की भी निगरानी आपके ज़िम्मे है। आपके ही भरोसे घर छोड़कर जा रही हूँ।" सहायजी बाहर आए और ताला लगाने लगे। कौशल्या बोलीं, "एक मिनट, रुकिए ज़रा, अभी ताला मत लगाइए।" सहायजी ने दरवाज़ा खोल दिया और वहीं खड़े रहे।

कौशल्या घर के भीतर गईं। उनके लिए यह घर सहायजी से चौबीस दिन छोटा था क्योंकि वह ब्याह के बाद सीधे गाँव ले जाई गई थीं। वहाँ तेईस दिन बिताने के बाद यहाँ आई थीं। उन्होंने चारों तरफ़ नज़र डाली, सब खिड़की-दरवाज़े बन्द कर दिए थे सहायजी ने। वह आँगन में आ गईं। आँगन में तुलसी का पौधा था, उसके पास आराध्य पत्थर थे। नल के नीचे प्लास्टिक की पुरानी बालटी पड़ी थी। कौशल्या धीरे-धीरे छत की सीढ़ियाँ चढ़ने लगीं।

छत पर अनंत आकाश था। बदली छाई थी। पतंगें उड़ रही थीं। कौशल्या के लिए यह छत हमेशा बहुत प्यारी थी। मुहल्ले में छतें आपस में गुँथी-सटी थीं। शुरुआती दिनों में वह मौक़ा पाते ही मेहँदी से लाल हाथ-पाँव लिए छत पर पहुँच जाती थीं। उनके वहाँ पहुँचते ही मुहल्ले की कितनी सारी बहुओं, बच्चों और ननदों का अपनी-अपनी छतों पर आगमन हो जाता था। कौशल्या ने उन दिनों को याद किया और मुस्कुराईं। उन्हें याद आया, तब वह कितने उत्साह से छत पर फैलाने के लिए बालटी में कपड़े लेकर आती थीं और देर लगा देती थीं। एक बार का वाकया है कि वह कपड़े फैला रही थीं कि बन्दर आ गया और उनका लाल रंग का ब्लाउज़ फाड़ने लगा। तब उनको बहुत शर्म लगी थी। वह विहँस पड़ीं।

"बहुत ख़ुश हो। कोई बात याद आ गई क्या?" सहायजी की आवाज़ थी।

कौशल्या ने देखा, वह एकदम उनके पीछे खड़े थे, "आप कब आए यहाँ?"

"तुम्हारे आने के थोड़ी देर बाद।" सहायजी ने कहा।

कौशल्या ने लक्ष्य किया कि सहायजी उनसे बात ज़रूर कर रहे थे लेकिन उन्हें देख नहीं रहे थे।

सहायजी को छत से चारों तरफ़ चिरैयाकोट ही चिरैयाकोट नज़र आ रहा था। एक छोटा-सा शहर दूर तक फैला हुआ था।

कौशल्या को लगा, सहायजी चिरैयाकोट पर इस समय पूरी तरह मुग्ध हैं। उन्हें अवसर अच्छा लगा, "एक बार फिर से सोच लीजिए। न हो तो हम यहीं चिरैयाकोट में ही रहें।"

सहायजी कुछ बोले नहीं। एक क्षण के लिए कौशल्या पर नज़र डाली, "नीचे दरवाज़ा खुला छोड़ आया हूँ।"

वे सीढ़ियाँ उतरकर नीचे आ गए थे। बाहर निकलते समय कौशल्या ने तुलसी के पौधे को देखा। वह दुखी हुईं कि यह सूख जाएगा। थोड़ी देर के लिए उनके पाँव ठिठक गए।

सहायजी ने बाहर से कार का हॉर्न बजाया। कौशल्या जल्दी-जल्दी बाहर आईं। ताला बन्द करके खींचा, कहीं खुला तो नहीं रह गया! अब तक सहायजी ने कार स्टार्ट कर दी थी। कौशल्या तेज़ क़दमों से आकर उनके बग़ल में बैठ गईं...

गाँव के मकान में चाची कई वर्षों से अकेले मँडरा रही थीं। पति की मौत पर उनके शोक में आँसू से अधिक चीख़ें थीं। उस समय उनको पति खो देने के सन्ताप से ज़्यादा इस बात का ख़ौफ़ हो रहा था कि अब क्या होगा! कैसे पार हो पाएगी जीवन की नौका! बच्चे भी नहीं, पति भी नहीं, और सामने थी लम्बी ज़िन्दगी। उन्हें वर्तमान निस्सार तथा भविष्य भयानक लगने लगा था। गाँव के कई लोगों ने भविष्यवाणी की थी कि वह ज़्यादा दिन नहीं चलेंगी। कई ने तो उन पर निगरानी रखने की सलाह दी थी कि कहीं वह नदी-कुएँ में छलाँग न लगा दें या आग लगाकर या गले में फन्दा कसकर अपनी इहलीला समाप्त न कर डालें। लेकिन इसके विपरीत उन्होंने जल्दी ही रंग दिखाए। संसार उन्हें असार नहीं, अच्छा लगने लगा। वह चीज़ों पर नज़र रखने लगीं। उनका खाने-पीने का शौक़ पुनः शुरू हो गया। वह लहसुन-हरी मिर्च के मिश्रण से एक चटख़ खाद्य सामग्री तैयार करती थीं और रोज़ाना भोजन के साथ उसका जायक़ा लेती थीं। अचार, सब्ज़ियों और क़िस्म-क़िस्म की चटनियों की शौक़ीन वह बदस्तूर बनी रहीं। इतना ही नहीं, वह हलवाहे की कामचोरी, अनाजचोरी भी पकड़ने लगीं।

चाची ने खादी भंडारवाले पंडितजी को बाहर बरामदे से सटी कोठरी किराए पर दे दी थी। उसमें खादी भंडार का दफ़्तर खुल गया था। कोठरी के सामने के लम्बे बरामदे में स्त्रियों की चरखा-सभा लगती। गाँव की तमाम स्त्रियाँ इकट्ठा होतीं और चरखा चलातीं। ये लोहे के भारी चरखे थे, जो स्वदेशी आन्दोलन के लिए नहीं, कुछ

रुपए कमाने के लिए चलाए जाते थे। चरखों की चरर...चर्र के संगीत में स्त्रियों का गायन होता था। वार्ताएँ, निन्दा, हँसी और भद्दे मजाक़ होते थे। शाम होने पर वे अपना-अपना चरखा चाची के दालान में रखकर घर सँभालने चली जाती थीं।

चाची रात को भी चरखा चलाती थीं। रात में जब अन्धकार में डूबा छब्बीस कमरों का वह मकान भाँय-भाँय करने लगता था, जब दिन में सोई रहनेवाली उनके बच्चों और पति की मौतों और जीवन की यादें जग जाती थीं तब चरखा उनका शस्त्र और कवच बनता। कभी-कभी रात के सुनसान में चरखे की आवाज़ और उनके रुदन की अद्‌भुत जुगलबन्दी पेश होती। इस जुगलबन्दी में इतना रस था कि कभी-कभी भोर हो जाती। शायद इसलिए चाची खादी भंडार से सबसे ज़्यादा रुई लेनेवाली और सबसे ज़्यादा सूत देनेवाली महिला थीं। उनके सूत महीन तथा उच्चकोटि के होते थे।

चाची ने न जाने कितनी सूत की धुंडियाँ तैयार की होंगी। न जाने कितने वस्त्रों में चाची के चरखे के सूत शामिल हुए होंगे। कई सालों की अवधि में रची-बसी थी उनकी तिजारत।

वह अक्सर सूत के बदले पैसे लेती रही थीं। लेकिन कई बार उन्होंने कपड़े भी लिए थे। उनके द्वारा ख़रीदे गए कपड़ों में दरी, कम्बल, धोती, गमछों, चद्दरों आदि के अलावा दो कुर्तों के लिए कपड़े भी थे। एक का कपड़ा सहायजी के लिए था, दूसरा चिन्मय के लिए। चिन्मय ने उस कपड़े को अटैची में बन्द कर दिया था और कई साल बाद उसका कुर्ता सिलवाया।

एक दिन शौक़-शौक़ में चिन्मय की पत्नी मनजीत ने भी पैंट के ऊपर कुर्ता पहन लिया था। वह अपने पर मुग्ध हो गई थी। कुर्ते के भीतर से उसके भारी स्तन बहुत ही ज़्यादा कामोत्तेजक लग रहे थे, इस बात को वह जान चुकी थी। इसलिए उसी कुर्ते में वह अपने बॉस से मिली थी। बॉस ने कुर्ता उतारकर ख़ुद पहन लिया था और ठठाकर हँसे थे, "देखो, चिन्मय का कुर्ता मैंने पहन लिया है।" वह बाँहों में वक्ष सँभालते हुए बोली, "मैं कुर्ता नहीं हूँ।" बॉस ने उसकी बाँहों को खोल दिया, "तुम न कुर्ता हो, न ब्रा। तुम मेरा प्यार हो।" वह बॉस के सीने से सट गई, "न ये कुर्ता आपका है, न मैं आपकी हूँ। ये कुर्ता चिन्मय का है और मैं भी।" बॉस ने ज़ोर से हँसकर उसे भींच लिया था।

घर लौटकर मनजीत ने चिन्मय के सामने कुर्ता उतारा था तो वह चौंक पड़ा था, "तुमने कुर्ते के नीचे ब्रा पहना था। अब कुर्ता उतारा है तो ब्रा ग़ायब है। क्या हो गई तुम्हारी ब्रा?"

जब मनजीत बॉस के सीने से चिपकी थी तो उसके सिर का एक बाल कुर्ते की बटन में फँस गया था। चिन्मय ने उस लम्बे बाल को देखा, "ये लम्बा बाल! क्या तुम समलैंगिक भी हो गई हो?" वह गुस्से में चिन्मय पर झपट पड़ी थी।

चाची ने चरखे के पैसों से एक गाय भी ख़रीदी। गाय के दूध ने चाची के जीवन में ख़ुशियाँ भर दी थीं। वह दूध में रोटी भिगोकर खातीं और दही भी जमातीं।

गाय से दो बछड़े भी हुए थे, जिन्हें चाची ने बेच दिया। वे बैल बनकर कहीं और जाँगर ख़र्च कर रहे थे। वे चाची के काम नहीं आ सकते थे क्योंकि वे बटाई पर खेती करनेवाली ठहरीं। गाय की एक बछिया भी हुई थी। बाद में गाय मर गई लेकिन तब तक वह बछिया गाय बन गई थी। नतीजतन चाची के दूध-दही सेवन में कोई फ़र्क़ नहीं आया।

गाय के कारण धीरे-धीरे चरखे से चाची का लगाव कम हो रहा था। उनके प्राण गाय में बसने लगे थे। वह जैसे उनकी औलाद हो। उसकी सेवा में वक़्त बिता देती थीं। बातें करती रहतीं। रात को गाय रँभाती तो वह लेटे-लेटे जवाब देतीं, "चुपचाप सो जा। सबेरे मिलेगी भूसा-चरी।" बातें वह चरखे से भी करती थीं, लेकिन चरखा बड़ी-बड़ी आँखों से उनको देखता नहीं था। पूँछ लहराकर, कुलाँचें भरकर ख़ुशी तो नहीं प्रकट करता था।

यह पाली गाय भी एक बछिया को जन्म देने के बाद मर गई। बछिया जब गाय हुई तो चाची उससे परेशान रहने लगीं क्योंकि एक तो वह लतमारू निकल गई। पास जाकर सहलाओ तो लात मार देती। मुँह हिलाकर सींग मारने को झपटती। दूध भी कम देती। सबसे बड़ी बात, चाची ने इसको एक दिन विष्ठा खाते हुए देख लिया। तब से जब वह दूध का सेवन करतीं, उन्हें अपनी गाय का विष्ठा खाना याद आने लगता।

परिस्थिति विडम्बनापूर्ण हो गई थी। उन्होंने गाय के चक्कर में अपने दुख के साथी चरखे से अपनापा कम किया था। कम क्या, चरखा चलाना लगभग बन्द कर दिया था। उनकी उदासीनता के कारण चरखा-सभा प्रधानजी के घर में जुटने लगी थी। खादी भंडार भी स्थानान्तरित हो चुका था। और अब गाय भी गड़बड़ी कर रही थी। सबसे बुरी बात वह विष्ठा खाने लगी थी जो चाची के लिए बरदाश्त के बाहर था। उनको हुई तकलीफ़ का अन्दाज़ा इससे लगाया जा सकता है कि वह टूट गईं और जीवन के उनके लगाव के तन्तु कमज़ोर होने लगे थे। इसमें शायद वक़्त का भी असर था। हो सकता है कि वह यदि इतनी बूढ़ी न हुई होतीं, उनकी कमर कमान की तरह न झुक गई होती तो ऐसा न होता। पर यह तो एक अनुमान है। वास्तविकता यह थी कि चाची का मन उचाट हो गया था।

वह ज़्यादातर छत की कड़ियाँ देखने में समय बिताने लगी थीं। उस विशालकाय भवन में एक कमरे और रसोई से ही उनका वास्ता रह गया था। शेष घर धूल खा रहा था। छह साल हुए होंगे, पूरे मकान में झाड़ू नहीं लगी थी। कुछ कमरे उससे भी पहले से बन्द थे। ताले लटके रहते। कुछ की चाबियाँ भी खो गई थीं।

चाची वीतराग रहने लगी थीं। एक दिन अपने केश कतर डाले जबकि विधवा होने पर भी उन्होंने इनको नहीं त्यागा था। क्योंकि ये केश काफ़ी नरम, काले, लम्बे थे और चाचा प्यार के समय इनसे खेला करते थे। झूले के जिस हिंडोले से गिरकर चाचा मरे थे, उसमें भी उन्होंने चाची के केशों को छुआ था। वही अब चाची को मुसीबत महसूस होने लगे थे। इसलिए उन्होंने एक दिन उन पर कैंची दौड़ा दी।

उनको अब अपने शरीर तक की परवाह नहीं रह गई थी। कुएँ की जगत् पर खुले में ही नहा लेती थीं।

बस जिह्ना-सुख में उनकी रुचि बची हुई थी। लेकिन खाते-पीते उन्हें गाय के विष्ठा-भक्षण की याद आती और वितृष्णा से भर उठतीं। फिर भी वह गाय अपने पास रखने के लिए विवश थीं क्योंकि उनको उससे अपनापा हो गया था, इसलिए वह उसे बेच नहीं पाती थीं। जैसे कोई अपनी नालायक सन्तान को बेच नहीं पाता है। फिर क्या ठिकाना, दूसरी ख़रीदें तो वह विष्ठा खानेवाली न हो। नतीजतन वह उसी लतमारू, विष्ठा खानेवाली गाय के साथ गाँव के छब्बीस कमरोंवाले मकान में अकेली रह रही थीं।

कार गाँव में दाख़िल होने पर सहायजी भावुक हो गए। उन्होंने कार धीमी कर दी। इतनी धीमी कि वह जैसे रेंग रही थी। कौशल्या ने पूछा, "गाड़ी इतनी धीमी क्यों कर दी?"

सहायजी ने कोई जवाब नहीं दिया। गाड़ी रोक दी। दरवाज़ा खोलकर चुपचाप बाहर निकले और चारों तरफ़ देखने लगे। वह विह्वल होकर सब कुछ देख रहे थे।

यह गाँव का सबसे अधिक रमणीक स्थान था। खड़ंजोंवाली सड़क के दोनों तरफ़ ख़ूब घने-छतनार पेड़ों की क़तारें थीं। बग़ल में बहुत दूर तक फैला हुआ तालाब था। तालाब का आख़िरी छोर जहाँ ख़त्म होता था, वहाँ एक शिवाला था। तालाब के किनारे बगुले थे तो पेड़ों के झुरमुट में मोर। बरसात की ऋतु के कारण पेड़ हरे-भरे और भारी हो गए थे तथा तालाब अधिक जलवान। सहायजी एकदम विभोर थे। वह मुस्कुरा पड़े। जब बच्चे थे तो कितना आते थे इस जगह। इस पार के शिवाले पर जाने की कितनी इच्छा रहती थी, लेकिन कभी नहीं जा पाए। उन्होंने निश्चय किया, इस बार ज़रूर जाएँगे शिवाले। वह फिर मुस्कुराए, मगर अब वह बच्चे कहाँ रह गए हैं।

"क्या कर रहे हैं वहाँ?" कौशल्या थीं। उनको सहायजी के इस तरह चुपचाप गाड़ी से उतर जाने से परेशानी हो रही थी।

सहायजी धीरे-धीरे चलकर आए और कार का दरवाज़ा खोला। उन्होंने कार चालू किया। कार के इंजन के घुरघुराते ही सहायजी को लगा, चारों ओर धूसर रंग छा गया है। वह कार चला रहे थे, उसी रेंगती हुई रफ़्तार में—और धूसर रंग बढ़ता जा रहा था। बाहर के एक-एक दृश्य के प्रति वह अनुराग से भरे जा रहे थे। गाँव उनकी आँखों के रास्ते से प्रवेश करके आत्मा में स्थापित हो रहा था। तभी जैसे गोधूलि हो गई हो, उनमें पुराने दिनों की अनेक जगहें चमक जाने लगीं। जैसे, छब्बीस कमरोंवाले मकान के पिछवाड़े की ज़मीन चमकी। बारिश में इस ज़मीन की मिट्टी उभर आती थी और कहीं-कहीं चाँदी के सिक्के निकलते थे। इन सिक्कों पर अजीब-सी भाषा में कुछ लिखा होता था। इनकी आकृतियाँ भी भिन्न थीं। सहायजी की याद में साठ साल पुराना वह बच्चा उतर आया जो जाँघिया पहनकर बारिश में छपाछप नहा रहा था। उसने इन सिक्कों को देखा तो ख़ुशी से पागल हो गया। वह

उन्हें बटोरकर हाँफते हुए माँ के पास आया, "अम्मा, ये पैसे...पिछवाड़े मिले हैं।" माँ सहायजी के हाथ से उन सिक्कों को छीनकर पुनः उसी मिट्टी में दबा आई थीं। डाँटा था, "आइन्दा कभी जो हाथ लगाया इनको।" उन्होंने समझाया था, "बेटे, ये पुरखों का धन है, आत्माएँ इनकी रखवाली कर रही हैं। ऐसा पैसा फलता नहीं।" सहायजी ने बड़े होने पर चिन्मय को भी यह बात बताई थी तो वह उतावला हो गया था, "पापा, उस ज़मीन की गहरी खुदाई करके सब धन निकाल लिया जाए।" सहायजी ने मना कर दिया था। क्योंकि बचपन में उनको यह भी समझाया गया था, यहाँ हल, कुदाल, फावड़े चलेंगे तो मिट्टी पर ही नहीं, पुरखों पर भी चलेंगे। धरती से सिक्कों के साथ पुरखों के ख़ून की फुहारें भी बरसेंगी। कहीं किसी पुरखे की गर्दन निकलेगी, कहीं हाथ, कहीं आँखें निकलेंगी।

ज़मीन की तरह ही, सहायजी की भटक रही स्मृति में कभी वह मैदान चमक जा रहा था, जहाँ रामलीला और नौटंकी हुआ करती थीं। वह कुआँ जिसमें ग्यारह साल के सहायजी गिर पड़े थे। वह वन, जहाँ सहायजी ने पहली बार मोर नाचते हुए देखा था। बाग़ का वह वृक्ष, जिसके ज़रिये उन्होंने पेड़ पर चढ़ना सीखा था। ये सभी ड्राइविंग करते सहायजी के भीतर जाग गए थे। वह जगह बार-बार प्रकट हो रही थी, जहाँ उन्होंने पिता के शव को मुखाग्नि दी थी। अंगारों और लपटों के बीच पिता चटख रहे थे।

सहायजी के सामने वह भुतहा मकान उभरा, जिसके एकान्त में तेरह साल के सहायजी को एक युवती ने पकड़ लिया था। उसने उनके गालों को काट लिया था और अपने गाल बढ़ाकर बोली थी, "लो, अब तुम मेरा काटो...।"

...छब्बीस कमरोंवाला मकान सामने था। आदिकाल का पुता हुआ, फ़ीका, मनहूस और बदरंग। सहायजी उद्विग्न हो गए। मकान के शिखर पर ख़ुदे उनके बाबा के नाम के कुछ अक्षर उखड़ चले थे। नाम के दोनों तरफ़ एक-एक स्त्रियाँ जो शायद परियाँ थीं, माला पहना रही थीं। एक परी का कान टूट गया था तो दूसरी परी की आँख फूट गई थी। मकान में कई जगह का पलस्तर निकल आया था।

सहायजी कौशल्या को लेकर दरवाज़े की तरफ़ बढ़े। दरवाज़े की कुंडी को स्पर्श किया। कितने साल बाद वह उस लोहे को छू रहे थे!

चाची के कानों में कुंडी खड़की। वह बैठे-बैठे ही बोलीं, "चले आओ।" तभी उन्हें याद आया, दरवाज़ा तो उन्होंने कुत्तों के डर से बन्द कर लिया था। वह घुटनों पर ज़ोर लगाकर उठीं और झुकी-झुकी चलने लगीं। वह इसी तरह चल सकती थीं क्योंकि उनकी कमर कमान की तरह मुड़ गई थी और पैरों में ताक़त नहीं बची थी। आज वह कुछ ज़्यादा ही झुकी थीं। इतना कि यदि अपने दोनों हाथ नीचे लटका देतीं तो लगता कि कोई जानवर चल रहा है।

चाची ने किवाड़ खोले। उनके बाल एकदम सफ़ेद थे। ठुड्ढी पर भी बाल निकले हुए थे। उनकी गरदन हिल रही थी। सहायजी स्तब्ध हो गए। उन्होंने अपने

को सँभाला और नमस्ते की। कौशल्या बैठकर आँचल बढ़ाकर चाची के पाँव पूजने लगीं। चाची के चेहरे पर हैरानी का भाव था। वह बोलीं, "कौन लोग हो? हमको ठीक से दिखता नहीं है।"

"हम हैं चाची। हम कौशल्या हैं, ये आपके भतीजे।"

"तेज़ बोलो, हमको ऊँचा सुनाई देता है।"

सहायजी ने ज़ोर से बोलकर परिचय बताया। उनको उम्मीद थी कि उनका नाम सुनते ही चाची भावविह्वल हो जाएँगी। उनकी आँखों से आँसुओं की धार बहने लगेगी। आशीष देंगी। लेकिन चाची ने ऐसा कुछ नहीं किया। क्योंकि उनके आठ बच्चे गर्भ में नौ-नौ महीने रहने के बाद मरे पैदा हुए थे। एकदम आँखों के सामने पति ने ख़ून से लतपथ दम तोड़ा था। एक-एक कर अपनों ने साथ छोड़ दिया था। अन्त में गाय भी विष्ठा खाने लगी थी। तो जिस चाची को दुखों ने इतनी क्रूरता से पीटा था, वह कैसे सहायजी को देखते ही प्यार से मूर्च्छित हो जातीं या उनका सिर सहलाते हुए आशीर्वाद देने लगतीं?

वह दोनों को भीतर ले आईं। उनसे आँगन में पड़ी खटिया पर बैठने के लिए कहा। स्वयं नीचे पड़े पीढ़े पर बैठकर एक टहनी से पीठ खुजलाने लगीं। जमुहाई लेती हुई बोलीं, "लगता है, पानी बरसेगा।" सिर हिल रहा था। उन्होंने पूछा, "पानी-वानी पियोगे?"

सहायजी को गहरा आघात लगा, चाची तो उनके आने पर ज़रा भी ख़ुशी नहीं प्रकट कर रही हैं। और तो और, पानी भी ऐसे पूछ रही हैं जैसे वह महज़ रस्म अदायगी हो। उन्होंने चाची से आत्मीयता सघन करने का यत्न किया, "अरे...आप कहाँ तकलीफ़ करेंगी!"

कौशल्या उठकर पानी लेने चली गईं। वह लौटतीं कि चाची ने चाबियों का एक बड़ा गुच्छा लाकर सहायजी को पकड़ा दिया, "जो ताले न खुलें, उनको तेल पिला देना।"

सहायजी छत पर पहुँचे तो अँधेरा छाने लगा था। यह शाम और रात का समय था। सहायजी के हाथ में लालटेन लटक रही थी। इसलिए उनके चलने पर रोशनी का एक टुकड़ा अँधियारे पर कुलाँचें भरता जा रहा था। और जब सहायजी अपने पिता के कमरे में हाज़िर हुए तो वही कुलाँचें भरता टुकड़ा पूरे कमरे में फैल गया। पीले-मटमैले प्रकाश में वह स्थान अधिक प्राचीन तथा रहस्यपूर्ण हो गया था। कमरे में ढेर सारी गर्द जमा थी। सहायजी ने पिता की मृत्यु का वर्ष याद किया और सोचा, कितने वर्षों की धूल है यहाँ! दीवारों पर जाले फैले हुए थे। एक जगह मकड़ी का बड़ा जाल भी था। लेकिन कमरा काफ़ी कुछ वैसा ही था, जैसा पिता के वक़्त में रहता था। वैसे ही तख़्त पड़ा था—बस, उस पर पिता नहीं थे। तख़्त के सिरहाने ऋग्वेद पुस्तक पलटी हुई रखी थी। सहायजी ने उठाकर लालटेन के क़रीब लाकर देखा, पृष्ठ 38-39 थे। उन्होंने पुस्तक पहले की तरह ही पलटकर रख दी। कमरे में

ढेर सारे आले और ताख़ थे। सभी में धार्मिक ग्रन्थ रखे हुए थे। तख़्त से सटी हुई मेज़ पर भी किताबें थीं। उस मेज़ पर होम्योपैथी की दवाओं का बक्सा भी था। वह जेब से रूमाल निकालकर होम्योपैथी के बक्से को चमकाने लगे। थोड़ी देर बाद उन्होंने फिर कमरे पर नज़र डाली, एक खूँटी पर पिताजी का कुर्ता लटक रहा था, एक पर छाता। वह तख़्त पर बैठ गए। तभी उनको ध्यान आया, मरने के पहले पिताजी क्या पढ़ रहे थे। उन्होंने ऋग्वेद उठा ली और पढ़ने लगे। लेकिन कुछ ही पल बीते होंगे कि उन्हें लगा, सीढ़ियों से पिताजी खड़ाऊँ की खट्...खट् करते आ रहे हैं। वे हड़बड़ाकर बाहर आ गए। बाहर खुला आसमान था और घना अँधेरा घिर आया था।

वे हर कमरे को देख रहे थे। उन्होंने बखार देखा, दालान देखा, सौरी का कमरा देखा, जहाँ चाची ने आठ मरे बच्चे जने थे। बैठका, पूरबवाला हालकमरा—सब कमरे उन्होंने देख डाले। कई कमरे एकदम ख़ाली थे तो बखारवाला कमरा ठुँसा हुआ था। उसमें मिट्टी के बड़े-बड़े पात्र रखे थे। सहायजी ने सोचा, पता नहीं इनमें अनाज भरे हैं या नहीं!

थोड़ी देर बाद स्थिति यह थी कि चाची का कमरा छोड़कर उन्होंने पूरे घर का मुआइना कर लिया था। चाची के कमरे में कई साल से ताला लगा था। चाचा के गुज़र जाने के बाद चाची इस कमरे को भूल गई थीं। सहायजी में इस कमरे को भी देखने की गहरी ललक पैदा हुई। उन्होंने पूछ ही लिया, "चाची, क्या यह कमरा भी खोल लूँ?"

शादी के बाद चाची को अपने लिए यही कमरा मिला था। इसी कमरे में तबके छोटे सहायजी चूड़ीदार पाजामा और शेरवानी पहनकर सकुचाते हुए पहली बार चाची से मिलने आए थे। उनको तब चाची से पेड़ा खाने के लिए मिला था। चाची ने उन्हें प्लास्टिक का बना गुलाब का फूल भी दिया था। सहायजी ने सहमे-सहमे अर्ज किया था, "चाची...चाची...आपका इत्र हम भी लगा लें।" चाची खिलखिलाकर हँस पड़ी थी। बड़ी देर तक हँसती रही थीं और हँसते-हँसते ही उन्होंने सहायजी की हथेली के उलटी तरफ़ इत्र लगा दिया था। मगर तब तक सहायजी की इत्र में दिलचस्पी समाप्त हो गई थी। उन्हें चाची की हँसी अधिक सुगन्धित और बेशक़ीमती लग रही थी।

आज कई दशक बाद वह फिर उस कमरे में घुसे थे। उनके हाथ में लटकी लालटेन के प्रकाश में कमरा टिमटिमा रहा था। उन्होंने दीवार में गड़ी एक कील पर लालटेन टाँग दी। पूरे कमरे में दो चीज़ें पसरी थीं। एक विशालकाय पलँग। पलँग की लकड़ी घोर काली थी या पुरानी होने पर काली हो गई थी, उसके बारे में कुछ निश्चयपूर्वक नहीं कहा जा सकता था। पलँग के सिरहाने पर अच्छी-ख़ासी नक़्क़ाशी की गई थी। वहाँ मोती, शीशे और घुँघरू जड़े हुए थे। यह पलँग बहुत ऊँचा था। इतना कि युवावस्था में जब चाची इस पर बैठती थीं तो उनके गोरे पाँव पलँग और ज़मीन के बीच लटकते रहते थे।

दूसरी चीज़ थी, कमरे के बीच में छत से लगा बड़ा-सा कपड़े का पंखा। पंखे

के चारों तरफ़ किनारे-किनारे चुन्नटें पड़ी हुई थीं। सहायजी ने देखा, कपड़ा काफ़ी जीर्ण-शीर्ण हो गया था। कभी इस तरह के पंखे छब्बीस कमरोंवाले मकान की शान थे। गर्मियों में कोई मज़ूर दरवाज़े की चौखट के उस पार बैठकर बाहर गई इसकी रस्सी खींचा करता था। पंखा चुरूँ...रूँ...रूँ करता हवा देता रहता था।

पंखा ठीक पलँग के ऊपर था। पलँग के दाहिनी तरफ़ की दीवार से सटा हुआ एक आदमक़द शीशा था। सहायजी ने शीशे पर जमी धूल की मोटी परत हटाई। शीशे पर अभी भी चाची की एक टिकुली चिपकी थी।

...उनको आभास हुआ, पीछे कोई खड़ा है। ज़ोर-ज़ोर से साँस ले रहा है। वह मुड़े। देखा, चाची थीं। वह कमरे को निहार रही थीं। क्या उन्हें भी गुज़रा ज़माना याद आ रहा था? वे दिन याद आ रहे थे, जब वह गहनों से लदी दुलहन बनी इस पलँग पर सिमटी-सिकुड़ी बैठी थीं। शायद वह यही सब सोच रही थीं। क्योंकि उनकी झुर्रियाँ काँपीं, "बच्चा, इस कमरे को भी साफ़-सूफ़ करा देना।" गाँव आने के बाद सहायजी से कहा गया यह उनका पहला आत्मीयतापूर्ण वाक्य था।

"सुन रहे हैं...?" कौशल्या ने आवाज़ दी थी। बाहर गाँव के कुछ लोग मिलने आए थे। वे उनसे मिलने के लिए निकल गए। चाची कमरे में अकेली खड़ी थीं। जिस चीज़ को सहायजी ने महत्त्व नहीं दिया था, उसे वह ग़ौर से देख रही थीं। वह था अलमारी पर रखा हुआ हारमोनियम। चाचा को चाची पर जब बहुत प्यार आ जाता था तो वे पलँग पर चाची को सामने बैठा लेते थे। चाचा और चाची के बीच में यही हारमोनियम होता था। चाचा चाची को देखते हुए हारमोनियम बजाया करते थे; या इस तरह भी कहा जा सकता है कि हारमोनियम बजाते हुए चाची को देखा करते थे। एक बार तो ऐसे ही पूरी रात निकल गई। चाचा-चाची दोनों एक-दूसरे को देखते रहे थे और हारमोनियम बजता रहा था। एक बार की बात है, चाची को देखते-देखते चाचा मतवाले हो गए। वे चाची से बोले कि वह हारमोनियम अपने स्तनों से दबाकर बजाएँ। चाची पहले तो घबराईं, पसीने-पसीने हुईं। पर चाचा ने फिर इसरार किया। उन्होंने उनकी चूड़ियों भरी कलाई पकड़कर खींचा। झिझकी-सहमी चाची ने कलाई छुड़ा ली और साहस बटोरा। वह झुकीं और हारमोनियम अपने स्तनों से दबाया तो उनके पुष्ट स्तन भी दब गए थे। हारमोनियम बजने से आवाज़ निकली थी लेकिन उनको लगा, उनका शरीर बज रहा है।...

शायद चाची में वह अनुभव मचलने लगा। वह इसीलिए अपनी झुकी-झुकी कमर लिए दरवाज़े तक गईं। किवाड़ बन्द कर दिए। मुड़कर वह उसी तरह झुकी-झुकी अलमारी पर रखे हारमोनियम तक आईं। उन्होंने ताक़त लगाई कि हारमोनियम को उतारकर पलँग पर रखें, लेकिन वह नाक़ामयाब रहीं। क्योंकि उनकी उँगलियों में भी अब ताक़त कहाँ बची थी! ऐसा लग रहा था कि उनकी उँगलियाँ हारमोनियम को छू-भर पा रही हैं। उनमें हारमोनियम को पलँग पर उतार सकने क्या, उसे मज़बूती से पकड़ सकने की भी सम्भावना शेष नहीं रही थी।

हारकर वह पलँग पर चढ़ गईं। उन्होंने बन्द दरवाज़े की तरफ एक नज़र देखा, फिर अपना ब्लाउज़ उतार दिया। उनके दोनों स्तन चिचुके हुए थे और झूल रहे थे। वह हारमोनियम खोलकर उससे सटीं। कई साल पहले घटित हुए उस दृश्य का स्मरण करते हुए उन्होंने हारमोनियम अपने स्तनों से बजाना चाहा। पर न हारमोनियम के बटन दबे, न वक्ष। वह हाँफने लगीं। उन्होंने कोशिश की कि हारमोनियम बन्द करके उस पर क्लिप चढ़ा दें, पर वह भी न हो पाया। ऐसा इसलिए भी नहीं हो सका था कि वह कमज़ोर और बुढ़िया होने के साथ-साथ इस समय घबराई हुई भी थीं। अन्ततः उन्होंने हारमोनियम को खुला छोड़ दिया।

वह पश्चात्ताप तथा आत्मग्लानि से भरी उस विशालकाय पलँग पर अर्द्धनग्न खड़ी थीं। अचानक उनकी आँखों के सामने अँधेरा छाने लगा। उन्हें सब कुछ घूमता हुआ, चक्कर खाता लगा, और वह तेज़ी से पलँग पर गिरीं। उनके गिरने पर पलँग से धूल उड़ी और पलँग में लगे घुँघरू बज उठे।

जब यह हादसा हुआ, उस समय सहायजी बाहर बैठे गाँववालों से चिरैयाकोट के बारे में बता रहे थे। तमाम सारे वर्णन करने के बाद उन्होंने कहा, "और यही सब सोच-विचारकर मैंने तय किया कि अपने गाँव में रहूँ। यहीं पर मेरे पितरों को मिट्टी नसीब हुई, यहीं मुझे भी हो। अब आ गया हूँ तो उम्मीद करता हूँ कि आप सबकी आत्मीयता मुझे मिलेगी।" सहायजी की आवाज़ भर्रा गई थी और उनके हाथ जुड़ गए थे।

तभी किसी ने देखा, बरामदे में कौशल्या खड़ी हैं। उन्होंने हल्का-सा घूँघट निकाल रखा है और गाँव की मर्यादा के मुताबिक गाँव के मर्दों के बीच नहीं आ रही हैं। साथ ही चिल्लाकर पति को पुकार भी नहीं सकती हैं।

सहायजी उठकर उनके पास आए, "क्या बात है, इतना परेशान क्यों दिख रही हो?"

"चाची नहीं दिख रही हैं। मैं ऊपर छत पर भी हो आई। कई बार आवाज़ भी दी, लेकिन कोई जवाब नहीं।" उन्होंने आवाज़ मद्धिम कर दी, "उनका कमरा भीतर से बन्द है। शायद उसी में हों। लेकिन जब मैंने ज़ोर-ज़ोर से किवाड़ पीटे तब भी वह न बोलीं, न दरवाज़ा ही खोलीं। पता नहीं, वहाँ हैं भी या नहीं।"

बाहर बैठे हुए लोगों को लगा कि सहायजी को खाना खाने के लिए बुलाया जा रहा है, वे उठ खड़े हुए। उनके चले जाने के बाद दो-तीन मज़दूर रह गए, जिनकी पिछली पीढ़ियाँ सहायजी के पुरखों की 'प्रजा' थीं। उन्हें लेकर सहायजी और कौशल्या भीतर आए। सभी चाची के कमरे के सामने खड़े हो गए। दरवाज़े को धक्का दिया, पर वह नहीं खुला। ज़ोर से धक्का दिया गया कि कहीं किवाड़ कसे होने के कारण फँस न रहे हों, लेकिन कोई लाभ न हुआ। सहायजी ने चाची को पुकारा, कोई जवाब नहीं मिला। एक मज़दूर आँगन में पहुँच गया। दूसरा छत पर। एक और था, वह मकान के सामनेवाले हिस्से की तरफ़ चला गया। सभी आवाज़ देने लगे, "चाची...

चाची...चाची...!" कौशल्या भी पुकारतीं। अजीब दृश्य था, रात को छब्बीस कमरों के मकान में कई दिशाओं से चाची-चाची की ध्वनियाँ गूँज रही थीं। आख़िर में हारकर सब फिर चाची के कमरे के सामने खड़े थे। कौशल्या ज़ोर-ज़ोर से साँकल बजाने लगीं। इसी बीच एक मज़दूर कहीं से लोहे की छड़ ले आया। उसे दरवाज़े के बीच में फँसा दिया गया।

दरवाज़ा खुला तो दिखा कि चाची पलँग पर बेसुध पड़ी थीं। कौशल्या ने चद्दर से उन्हें ढँका, क्योंकि उनका ऊपरी हिस्सा नग्न था। वह तिरछी गिरी हुई थीं। यह सोने की स्थिति तो नहीं थी, फिर भी कौशल्या ने पहले उन्हें इसी तरह झकझोरा, जैसे नींद से जगा रही हों! लेकिन कोई प्रतिक्रिया नहीं हुई। उनकी नब्ज़ देखी गई, चल रही थी। निश्चित हो गया कि वह बेहोशी में हैं। सहायजी उनके चेहरे पर पानी के छींटे देने लगे। एक मज़दूर हाथ के पंखे से हवा करने लगा। कुछ देर बाद चाची के होंठ ज़रा-सा फड़के।

उस दिन चाची किसी तरह होश में तो आ गई थीं लेकिन अब उनकी हालत ठीक नहीं थी। उन्हें बहुत कमज़ोरी आ गई थी। वह उठतीं या चलने की कोशिश करतीं तो चक्कर आने लगता था। वह अक्सर हाँफती हुई मिलती थीं। कभी-कभी वह कराहना शुरू कर देती थीं। उनके मानसिक स्वास्थ्य पर भी झपट्टा पड़ा था। कभी-कभी ऐसा लगने लगता कि उनके प्राण अब निकले कि तब निकले।

गाँव के कुछ लोगों की प्रतिक्रिया थी कि चाची को पहले मकान और खेतों की ज़िम्मेदारी ज़िन्दा रखे थी। उनके प्राण इन्हीं में फँसे हुए थे। सहायजी के आने के बाद वह बेफ़िक्र हो गई थीं और प्राण त्याग रही थीं। लेकिन कई लोग इसके विपरीत यह सोचते थे कि सहायजी ही चाची को मौत के मुँह में धकेल रहे हैं ताकि उनके हिस्से की ज़मीन-जायदाद बेचकर चिरैयाकोट चम्पत हो जाएँ, इन लोगों का यह भी आरोप था कि सहायजी पितरों की ज़मीन पर मरने नहीं, पितरों की ज़मीन का सौदा करने आए हैं।

सहायजी इन आरोपों से घबरा गए। उन्हें अनुभव हुआ कि वह किसी अभेद्य व्यूह में घिर गए हैं। मगर उक्त मन:स्थिति दीर्घजीवी नहीं हो सकी। क्योंकि आरोपों को बार-बार सुनने और उस पर विचार करने के लिए उन्हें अधिक समय नहीं मिल पाता था। वह ज़्यादा वक़्त चाची के कष्टों और हठों से ही जकड़े रहते थे। हमेशा खटका बना रहता कि चाची के प्राण पखेरू तो नहीं हुए?

चाची को बीच-बीच में दौरे भी पड़ने लगे थे। वह चिल्लाने लगती थीं। हू...ह की आवाज़ें निकालकर रोतीं। अकेले में होतीं तो बड़बड़ाया करती थीं। उनके हठ की जहाँ तक बात है तो एक यह कि वह हर समय उस कमरे की उसी पलँग पर चिपकी रहना चाहती थीं, जबकि पलँग उनके लिए नामाकूल थी; क्योंकि बेहद ऊँची थी। वह उस पर चढ़ नहीं पाती थीं। उतरना भी कष्टसाध्य था। सहायजी और कौशल्या ने कई बार कहा, "दूसरी पलँग पर चलें, चाची।" वह जवाब देतीं, "नहीं, मैं इसी

पलँग पर रहूँगी।" यह प्रस्ताव भी रखा गया कि इस पलँग को हटाकर इसी कमरे में दूसरी पलँग डाल दी जाए। मगर वह इसके लिए भी तैयार न थीं। हालाँकि कई बार पलँग से उतरते समय मुँह के बल गिरने-गिरने को हो आई थीं। चढ़ते समय भी दुर्घटना का ख़तरा बना रहता था। जवानी में ऐसा नहीं रहा होगा। अब उनकी कमर पूरी क्षमता-भर झुक गई थी, तो यह सब होना ही था।

हारकर अन्त में सहायजी ने एक दिन बढ़ई बुलाया और कहा, "आरी से पलँग के पायों को काटकर छोटा कर दो।"

बढ़ई चाची से बोला, "आप पलँग से उतरें तो पायों को काटूँ।" चाची उस पर बिगड़ पड़ीं, "मैं नहीं उतरनेवाली। तुझे काटना है तो काट, मैं यहीं रहूँगी।" बढ़ई ने सहायजी को देखा। उनका इशारा पाकर वह आरी चलाने लगा। चाची पलँग पर बैठी इस वध को देख रही थीं। आरी चलते बीस मिनट बीते होंगे कि वह हू...हू कर रोने लगीं।

आरी अपना काम कर रही थी। उसके दाँते पाये पर चलते तो घुर्र...घुर्र की आवाज़ होती और लकड़ी का बुरादा झड़ता। लेकिन आरी शायद पायों पर ही नहीं चल रही थी, वह चाची की जीवनीशक्ति पर भी चल रही थी। जब तीसरा पाया भी छोटा कर दिया गया तो वह बेहोश होने लगीं। पहले उनकी धड़कनें मंद पड़ीं। फिर आँखें चकराईं। दाँत आपस में भिंच गए और हाथ-पैर कड़े होने लगे। वह लुढ़क गईं।

सहायजी, कौशल्या और बढ़ई तीनों बदहवास हो गए। बढ़ई तो थर-थर काँप रहा था। वह गिड़गिड़ाया, "दुहाई सरकार, हमारी कोई ग़लती नहीं है। हमको पुलिस-दरोगा को न सौंपिएगा हुजूर।" उसने सहायजी के पैर पकड़ लिए, "हुजूर, हम ज़िन्दगी-भर आपकी सेवा करेंगे, बस हमें इस वक़्त जाने दें।" सहायजी ने उसे जाने का संकेत किया, और कौशल्या से कहा, "चाची को अस्पताल ले चलना होगा।"

सहायजी ने चाची को मोटर में लिटाया। कौशल्या भी मकान में ताला लगाकार आ गईं। वे दोनों जल्द-से-जल्द अस्पताल पहुँच जाना चाहते थे। उनकी कार ने गाँव की सीमा को जब पार किया, उसी समय बड़ी ज़ोर से मूसलाधार बारिश शुरू हो गई।

...रात होते-होते बारिश रुक गई थी। बल्कि आसमान में तारे भी बिछ गए थे। चाँदनी रात में छब्बीस कमरों का मकान ख़ामोश खड़ा था। ऐसा पहली बार हुआ था कि रात के पहर में इस मकान के भीतर किसी इनसान का वास न था। दुआर पर ख़ास मवेशी भी न थे। ख़ाली गू खानेवाली गाय बँधी थी। चारों ओर सन्नाटा! पूरे मकान में मौन दबे पाँव चल रहा था। एक दौर था, जब इसी मकान में देर रात तक चाची का चरखा चलता रहता था। चाची के सो जाने के बाद भी काली मशीनों, सफ़ेद सूत, सफ़ेद रुईवाला चरखा जगता था। पर इधर कई साल से वह कबाड़वाले कमरे में सो रहा था।

चाँदनी के उजाले में छब्बीस कमरोंवाले मकान में अँधेरा था। बस छत, दुआर

और पिछवाड़ा चाँदनी में नहा रहे थे। आँगन में भी चाँदनी बरस रही थी। चाँदनी रात के उजियारे में कोई आवाज़-सी भी होती है, वही आवाज़ झनझना रही थी।

तभी मकान के पिछवाड़े सन्नाटा भंग हुआ लगा, जैसे कुछ लोग दीवार से पिछवाड़े की मिट्टी में कूदे हों।

कूदनेवाले गाँव के ही एक परिवार के जन थे। वह घुटनों तक धोती और जनेऊ पहने थे। उन्होंने अपने-अपने चेहरों को गमछों से ढँक रखा था। जगमग चाँदनी में उनकी आँखें और दाँत चमक रहे थे। उनके पास कुदाल, फावड़े, लोहे की सरिया थीं। वे सहायजी के मकान के पिछवाड़े की धरती में गड़े हुए सिक्कों के ख़ज़ाने की तलाश में आए थे।

उन्होंने वहशियों की तरह पिछवाड़े की भूमि को खोदना शुरू कर दिया। फावड़े-कुदाल हवा में उठते और पूरी ताक़त से मिट्टी में धँस जाते। खच्...खच् का शोर वातावरण में भरने लगा। उत्खनन में उन्हें प्रकृति ने भी सुविधा मुहैया कराई थी, बारिश के कारण मिट्टी बेहद नरम हो गई थी। इससे खुदाई के औज़ार अधिक गहराई तक धँसकर मिट्टी निकालते थे।

वे लोग बेतहाशा ख़ुश थे कि सुबह होने तक मालामाल हो जाएँगे। सिक्के ढूँढ़ने-बटोरने के लिए उनके बच्चे भी साथ आए थे। बच्चे बहुत उत्साह में थे। बीच-बीच में दौड़ने लगते और गीली ज़मीन पर फिसलकर गिर जाते। वे पुनः उठ खड़े होकर काम में जुट जाते। वे खुदाई से निकले मिट्टी के थक्कों को भुरभुरा बना रहे थे, जिससे सिक्के मिट्टी के बीच में हों तो दिखने लगें। इसी तरह गीली और लिसलिसी मिट्टी होती तो वे उसे फैला-फैलाकर सिक्के खोज रहे थे।

गोया पूरे गाँव की आत्माओं में एक ही डायन मँडरा रही थी। क्योंकि कुछ ही देर बीता होगा, दूसरे लोग भी छब्बीस कमरों के मकान के पिछवाड़े कूदे। उनके भी हाथों में कुदाल और फावड़े थे। थोड़ी देर में फिर कुछ लोग कूदे थे। जिस दीवार से लोग कूद रहे थे, उसके पास की ज़मीन पर ढेर सारे पैरों के निशान थे। मकान का पिछवाड़ा आदमियों से भर गया था। चाँदनी रात में चारों तरफ़ आदमी फैले हुए थे और नीचे ख़ुदी हुई मिट्टी थी। कुदालों, फावड़ों आदि के प्रहारों से शोर पैदा हो रहा था।

वहाँ पैट्रोमेक्स और हंडे जल गए। वह जगह पूरी-की-पूरी जगमगा उठी। जैसे कोई उत्सव हो या रीति-रिवाज, लोग कोलाहल करते, चीख़ते-चिल्लाते, हँसते हुए खुदाई कर रहे थे। उनके पैर मिट्टी से सने थे। पेट, पीठ, हाथ, चेहरों पर भी मिट्टी पुती हुई थी।

एक आदमी मुट्ठी को माइक की तरह मुँह से लगाकर बोला, "सुनो, भाइयो, सुनो! मैं कहता हूँ, सुनो।" थोड़े से वक़्त के लिए सब ठहर गए। उस आदमी ने आगे कहना शुरू किया, "मुझको लगता है कि भीतर भी ख़ज़ाना गड़ा होगा।"

"बुढ़िया की पलँग के नीचे हीरे-जवाहरात दबाकर रखे हुए हैं। तभी वह वहाँ से हट नहीं रही थी।" दूसरा आदमी चिल्लाया।

तीसरा कोई उल्लासपूर्वक बोला, "पुराने रईसों का घर है। पूरे घर में ख़ज़ाना मिलेगा। मैं गारंटी देता हूँ, गारंटी। भरोसा न हो तो शर्त रख लो तुम लोग।"

वे हुल्लड़ मचाते हुए, खुशियाँ मनाते हुए मकान के प्रवेश-द्वार पर आकर इकट्ठा हो गए। उन्होंने 'लक्ष्मी मइया की जय' और 'भारत माता की जय' के नारे लगाए और दरवाज़े को तोड़ना शुरू कर दिया। दरवाज़ा टूट गया और वे बकरियों की तरह भीतर घुसने लगे। अन्दर आकर वे हिंस्र पशु जैसे ख़ूँखार हो गए। चाची के कमरे में घुसकर उन्होंने पुरानी पलँग को बाहर फेंक दिया और कमरे को खोदने लगे। कुछ लोग आँगन की भी खुदाई करने लगे। वे छतों और दीवारों को भी ध्वस्त कर रहे थे। बीच में कोई कह देता, "हो सकता है, खम्भों में छिपा हो।" वे खम्भों पर फावड़ा चलाने लगते। थोड़ा कमज़ोर करने के बाद उसमें रस्सी फँसाकर ढेर सारे लोग रस्सी को अपनी दिशा में खींचते और खम्भा गिर पड़ता। खम्भों के गिरने से छतें थोड़ी धसक जाती थीं। वे छतों को भी लाठियों तथा लोहों की छड़ों से ठोंकने लगे।

सुबह होने के पहले तक यह मुहिम ज़ारी रही। भोर होने को आई, तो वे भागने लगे थे। उनके पैट्रोमेक्स और हंडे अभी भी जल रहे थे। उन्हें जलता हुआ ही लेकर वे भाग रहे थे। भागने से उनके औज़ार आपस में टकराकर खन...ठन बज रहे थे।

कोई रुका और अपने बेटे से बोला, "रुक, ससुरे, रुक।" उसका बेटा रुककर उसे देखने लगा। वह बोला, "देख, ये गइया बँधी है। चल, इसे लेते चलते हैं।"

उन्होंने विष्ठा खानेवाली गाय का पगहा खोला तो वह मुँह हिलाते हुए झपटी, लेकिन बाप ने उसकी सींगें पकड़ लीं। बेटे ने गइया की पूँछ न जाने किस तरह उमेठी कि वह बड़ी तेज़ भागने लगी। पीछे-पीछे बाप-बेटा दौड़ लगा रहे थे। अब सुबह निखर आई थी, कई स्त्रियाँ और नन्हे बच्चे अपने-अपने घरों से बाहर निकलकर या घरों के भीतर से झाँकते हुए यह दृश्य देखने लगे।

जब सूर्य थोड़ा गर्म हुआ और मौसम में उमस घुस आई तो लोगों ने देखा कि सहायजी की कार गाँव की पगडंडी पर चली आ रही है। पूरे गाँव को गोया साँप सूँघ गया था। सभी स्तब्ध थे और घरों में घुसे थे। जैसे गाँव में कोई ख़ूँखार डकैत आ गया हो या पुलिस महकमे का हुक्काम आया हो।

सहायजी और कौशल्या को इस बात का बेहद अफ़सोस हो रहा था कि वे चाची को स्वस्थ कराने की मंशा से ले गए थे, लेकिन लौट रहे थे चाची की लाश लेकर। हुआ यह था कि जब सहायजी और कौशल्या चाची को लेकर अस्पताल के लिए जा रहे थे तो उनकी मोटर में चाची की मौत दुबककर बैठ गई थी। चाची के अस्पताल में दाख़िल होने पर मोटर में दुबककर बैठी मौत उछलकर बाहर आई और चाची के पीछे-पीछे चलने लगी। बाद में चाची के बिस्तर पर वह तकिए के नीचे छुपकर बैठ गई। थोड़ी देर वह नींद लेकर आराम फरमाती रही। लेकिन जैसे ही चाची सोईं, वह जग गई। उसने सधे क़दमों से बाहर निकलकर चाची को दबोच लिया।

चाची की लाश बरामदे में रखी हुई थी। उसके एक तरफ़ सहायजी खड़े थे, दूसरी तरफ़ कौशल्या। उनके चारों ओर पुरखों की भूमि पर बना छब्बीस कमरों का मकान टूटा-फूटा, ध्वस्त और मटियामेट पड़ा था।

"मेरी समझ में नहीं आ रहा है कि हम क्या करें? कैसे करें?" कौशल्या ने कहा और लाश के पास सिर पकड़कर बैठ गईं, "देखो, चिन्मय कब आता है! फ़ोन तो कर दिया था न?"

सहायजी ने कोई जवाब न दिया। वे लाश के पास टहलने लगे थे। जाने क्या हुआ, कौशल्या ज़ोर से चीखीं और दहाड़ मारकर रोने लगीं। उनका मर्मान्तक विलाप गाँव की स्तब्धता पर विस्फोटक की तरह गिरा।

वह जीवन में पहली बार इतने हृदयविदारक तरीक़े से शोक प्रकट कर रही थीं। सहायजी के क़दम जहाँ थे, वहीं ठिठक गए। वह कौशल्या को एकटक देखने लगे। वह ज़ार-ज़ार रो रही थीं। सहायजी के पिता इसी घर में दिवंगत हुए थे, तब वह इतना शोकाकुल नहीं हुई थीं। तो क्या यह एक स्त्री की मृत्यु पर एक स्त्री की वेदना थी? मगर सहायजी की माँ और ख़ुद अपनी माँ की मौत पर भी वह इतना व्यथित नहीं हुई थीं। ऐसा तो नहीं कि चाची को बचाने की कोशिश में भागीदार होने के कारण चाची का शव उनको पराजय तथा अपनी सामर्थ्य की निरर्थकता का अहसास करा रहा था? हो सकता है कि वह मरी हुई चाची के रूप में अपने को देख रही थीं या वह अपनी ही देह की भावी परिणति से साक्षात्कार कर रही थीं।

अब तक कुछ गाँववासी भी आकर शव के पास इकट्ठा हो गए थे। सबसे पहले स्त्रियाँ अपने घरों से बाहर निकली थीं, फिर इक्का-दुक्का पुरुष आए थे। सभी शव के पास जुटे हुए थे। स्त्रियाँ रो भी रही थीं। ज़ाहिर था कि कौशल्या या सहायजी की तुलना में उनका चाची से ज़्यादा वक़्त का सम्बन्ध रहा था। उनमें से कितनी, चाची की चरखा-सभा में चरखा चलाया करती थीं। लेकिन उनमें से कई के आँसू चाची के विछोह में नहीं थे, बल्कि वे एक जीवित स्त्री कौशल्या के दुख से विचलित होने के कारण उपजे थे।

कौशल्या पर जैसे दौरा पड़ गया था। वह लगातार विलाप करती जा रही थीं। फिर जैसे थक गई हों। सुस्त पड़ने लगीं। उनके मुँह से फ़ेन आने लगा। आँखें मुँदने लगीं। जैसे उन्हें गश आ गया हो और वह बेहोश होने जा रही हों। आसपास खड़े स्त्री-पुरुषों की आँखें सहायजी से टकराईं। वह टुकुर-टुकुर कौशल्या को ताक रहे थे। उनसे कहा गया, "अरे, आप इनको सँभालिए, समझाइए, वर्ना ये बेहोश हो जाएँगी। इनकी हालत ठीक नहीं है।"

सहायजी ने वहीं खड़े-खड़े कुछ कहना चाहा, परन्तु विचित्र बात हुई कि उनके होंठों से आवाज़ ही नहीं निकली। उन्होंने दुबारा कोशिश की, इस बार भी वैसा ही हुआ। लोगों ने लक्ष्य किया, सभी के चेहरे भयभीत थे, लेकिन सहायजी के चेहरे पर कोई भाव न था। उनका चेहरा पथराया हुआ-सा था। अजीब तरह की कठोरता से

जड़ हो गए थे वे। वे न रो रहे थे, न बोल रहे थे। जैसे वे देख-सुन भी नहीं पा रहे थे।

माहौल में घबराहट फैल गई। सहायजी को झिंझोड़ा जाने लगा। उन्हें चाची के जीवन की बातें बताई जाने लगीं। सलाह हुई कि इनको चाची की याद से आँसू नहीं आएँगे। इनसे कहा जाए कि इनके बेटे चिन्मय की मौत हो गई या दुर्घटना में चिन्मय, उसकी पत्नी मनजीत और बेटा मनु मर गए।

लेकिन सहायजी उसी तरह काठ बने रहे। कौशल्या के मुँह पर पानी के छींटे डाले गए तो वह होश में आ गई थीं। लोगों ने सहायजी पर भी वही प्रयोग आज़माया मगर कोई फ़ायदा न हुआ। हारकर उनके बालों को पकड़कर झिंझोड़ा गया। गालों पर चपत लगाई गई।

लेकिन वह वैसे ही काठ बने रहे। उसी तरह हत्बुद्धि। टकटकी बाँधे न जाने कहाँ देख रहे थे! आँखें कभी कहीं टिक जातीं तो कभी कहीं। वे किसी इनसान, पशु या वस्तु पर केन्द्रित नहीं हो रही थीं। उनमें सुनसान और गहरा अपरिचय समा गया था। उनकी स्थिति से भयाक्रांत होकर कौशल्या रोना भूल गई थीं। वह चुपचाप सहमी हुई उनको देख रही थीं।

सहायजी के शरीर में जुम्बिश भी बहुत कम हो रही थी। सबसे ख़ास बात, उनकी पलकें सामान्य गति से नहीं झपक पा रही थीं। कई बार ऐसा लगता कि वे बन्द ही नहीं होंगी, या उन्हें उँगलियों के सहारे बन्द करना पड़ेगा। वाक़ई वहम हो रहा था कि सहायजी सचमुच पत्थर या काठ हो गए हैं...

दिल्ली आने के बाद सहायजी के स्वास्थ्य में सुधार हुआ था, लेकिन ऐसा भी नहीं कि उन्हें पूरी तरह चैतन्य कहा जा सकता था। चिन्मय ने कई डॉक्टरों को दिखाया। दिल्ली में स्वास्थ्य सुविधाएँ अच्छी थीं।

गाँव से ले आने के बाद चिन्मय सहायजी के इलाज की दिशा में सक्रिय हो गया था। उन्हें कई डॉक्टरों को दिखाया था। मनजीत भी उनको कई दिनों तक एक प्राकृतिक चिकित्सा केन्द्र ले गई थी। कौशल्या ने पूजापाठ की शरण गही। इन सबके परिणामस्वरूप सहायजी के स्वास्थ्य में हल्का सुधार हुआ, किन्तु उनको पूरी तरह चैतन्य नहीं कहा जा सकता था।

हालाँकि अब वे पत्थर या काठ की तरह नहीं रहे थे। उनकी पलकें झपकने लगी थीं। आँखों की पुतलियाँ सहज ढंग से डोल रही थीं। वे पहले की भाँति उमंगहीन, जड़ और शुष्क नहीं दिख रही थीं। वे घर के लॉन में ही सही, कभी-कभी थोड़ा चहलक़दमी कर लेते थे। फिर भी उनको सामान्य अवस्था में नहीं स्वीकार किया जा सकता था। क्योंकि वह बोलते, हँसते और मुस्कुराते नहीं थे। दिल्ली में उनके होंठों की स्मिति के दर्शन दुर्लभ थे। अमूमन वह गुमसुम बने रहते थे। जहाँ बैठ जाते, वहीं बैठे रह जाते थे। उनके चेहरे पर विराजमान रहनेवाला सूनापन और अपरिचय अभी ख़त्म नहीं हुआ था।

इस मुकाम पर आने के बाद चिकित्सा विज्ञान उलझन में फँस गया था। उसकी समझ में नहीं आ रहा था कि सहायजी को नीरोग बनाने के लिए कौन-सा नुस्ख़ा इस्तेमाल किया जाए। क्योंकि जाँच परीक्षणों की रिपोर्ट थी कि सहायजी को कोई ख़ास बीमारी नहीं थी इस समय। यहाँ तक कि उनका रक्तचाप और डायबिटीज़ भी लगभग ठीक था। वज़न अवश्य घटा था, लेकिन उसका कारण यह हो सकता था कि सहायजी ठीक से खाना-नाश्ता नहीं करते थे।

डॉक्टरों की समझ थी कि सहायजी में डिप्रेशन या अकस्मात् घोर मानसिक आघात लगने के कारण उत्पन्न होनेवाली जटिलताओं के लक्षण भी नहीं दिखाई दे रहे हैं। अत: तय है कि उनको कोई सांघातिक रोग नहीं है। फिर भी बतौर एहतियात कुछ दवाएँ दे दी गई थीं और कहा गया था कि घबड़ाने की कोई बात नहीं है।

एक मनोचिकित्सक का विश्लेषण था कि सहायजी अपने किसी छोटे-मोटे दुख को, सदमे अथवा आघात को अपने मनोलोक में विकराल बनाकर उसी के अनुसार प्रतिक्रिया व्यक्त कर रहे हैं। कुछ मनुष्यों में ऐसा होता है कि उनको अपने को मुसीबतज़दा और दुखी देखना प्रिय लगता है।

जबकि एक मनोवैज्ञानिक का मत था कि सहायजी बुढ़ापे में मृत्यु, अकेलेपन और असुरक्षा की भावना से ग्रसित हैं। बहुत बार ऐसे लोग दूसरों की सहानुभूति पाने के लिए—ध्यानाकर्षण के लिए—अपने को चिन्तित, व्यथित और ग़मों का मारा प्रदर्शित करते रहते हैं।

चिन्मय ने कम्प्यूटर से सहायजी की जन्मकुंडली बनवाई और ज्योतिषियों को दिखलाया। एक तांत्रिक से भी सम्पर्क साधा। एक अन्य ज्योतिषी के सामने सहायजी की हस्तरेखाओं का फिंगर प्रिंट प्रस्तुत किया। सभी का आकलन था कि ग्रह-नक्षत्र यही बता रहे हैं कि सहायजी को रोग का योग तो नहीं बनता है। हाँ, किसी बुरी आत्मा की जकड़ लगती है तो उसके लिए अनुष्ठान किया जा सकता है।

इन्हीं सबके चलते चिन्मय और मनजीत को कभी-कभी शक होने लगता कि वाक़ई सहायजी को कोई बीमारी-फीमारी नहीं है। वह केवल स्वाँग रचा रहे हैं।

मगर इस मामले में गुत्थी यह थी कि यदि वह स्वाँग रचा रहे हैं तो क्यों? उनको क्या ज़रूरत है स्वाँग रचाने की? दिल्ली रहने के लिए वह इतना पापड़ क्यों बेलेंगे? वह तो यहाँ कभी भी बसना नहीं चाहते थे। यहाँ तक कि यहाँ आने से ही हमेशा कतराते रहे। इस बिन्दु पर उन दोनों का शक धराशायी हो जाता।

लेकिन यह फ़िक्र तो उन्हें लगातार सताती रहती कि सहायजी की ऐसी विडम्बनापूर्ण परिणति कैसे हुई...!

चाची की मृत्यु सहायजी की तकलीफ़ की वजह नहीं हो सकती थी। वह कौन सदा चाची के साथ रहे? कम-से-कम चाची से ऐसी आत्मीयता तो नहीं ही थी कि उनके बिछोह में उन्हें ऐसा सदमा लगे कि पत्थर या काठ हो जाएँ। फिर यह भी कि वे चाची का शव अस्पताल से लेकर ख़ुद ड्राइव करते हुए गाँव आए थे। अगर

चाची की मौत से सदमा पहुँचना होता तो अस्पताल में ही वैसा हो जाता, जबकि वे शव लेकर गाँव के घर तक आ गए, शव रखकर उसके पास खड़े रहे, तब तक उनको कुछ नहीं हुआ था।

चिरैयाकोट का छोड़ना भी कारण नहीं बनता था। हालाँकि सच है कि चिरैयाकोट से उनको अथाह प्रेम था, किन्तु यह भी तो सच है कि अपनी मर्ज़ी से उन्होंने चिरैयाकोट छोड़ा था। दूसरी बात कि चिरैयाकोट से गाँव पहुँचने के बाद वे बहुत प्रसन्न रहने लगे थे। अत: यदि उनको चिरैयाकोट छोड़ने का दुख होता तो वे गाँव में इतना ख़ुश कैसे रहते होते?

मकान की तबाही से भी सदमा नहीं लगना चाहिए था क्योंकि वह उस मकान में हमेशा तो रहे नहीं थे। फिर उन्होंने अब तक की ज़िन्दगी में गाँव के खेतों और मकान से कुछ ख़ास वास्ता नहीं रखा था।

फिर भी लम्बी उधेड़बुन के बाद चिन्मय-मनजीत को यही लगा कि मकान का नाश ही सहायजी की तकलीफ़ का सबब है। क्योंकि गाँव पहुँचकर सहायजी द्वारा टूटा-फूटा, ध्वस्त मकान देखने और पत्थर हो जाने के बीच समयान्तराल बहुत कम था।

अत: चिन्मय ने सहायजी पर मरहम लगाना चाहा, "पापा, आप चिन्ता न करें, हम गाँव में उसी जगह वैसा ही मकान बनवा देंगे। मेरे कई बहुत अच्छे आर्किटेक्ट दोस्त हैं।"

मनजीत ने राय दी, "पापा, यह भी हो सकता है कि चिरैयाकोट की प्रापर्टी को बेच दिया जाए। आप कहें तो हम लोग दिल्ली में एक फार्महाउस बनाते हैं। दिल्ली में ही हम एक गाँव बनाएँगे पापा।"

मनु चिल्लाया, "पर वहाँ टी. वी. और वीडियोगेम होना ज़रूर माँगता।"

मनजीत ने अपनी कल्पना के डैने फड़फड़ाए, "पापा, हम छुट्टियाँ वहीं बिताया करेंगे। गाँव के मकान और खेतों की मिट्टी लाकर हम अपने दिल्ली के गाँव की मिट्टी में मिला देंगे। गाँव में—खेतों में—जो हमारी फ़सलें हैं, बाग़ों में जो वृक्ष हैं, उनके बीज हम दिल्ली में उगाएँगे।"

"मम्मी के लिए फार्महाउस पर एक छोटा-सा मन्दिर ज़रूर बनेगा।" चिन्मय ने कौशल्या के प्रति अनुराग प्रकट किया।

सहायजी जैसे कुछ सुन नहीं रहे थे। वह सिर झुकाए जिस तरह बैठे थे, वैसे ही बैठे रहे। स्पष्ट था कि अब वह देर तक इसी मुद्रा में बैठे रहेंगे।

उनके साथ प्राय: ऐसा होने लगा था। कई बार घंटों बीत जाते, वह सिर नहीं उठाते थे। ऐसा भी होता था कि लंच का समय आ जाता और उनका नाश्ता उनके सामने यथावत् पड़ा रहता था।

उनसे कोई प्रतिक्रिया न पाकर मनजीत और चिन्मय अपने कमरे में आ गए। उनके सामने सहायजी और कौशल्या वाली फ़ोटो रखी थी। वही फ़ोटो, जिसे चिन्मय ने चिरैयाकोट में कैमरा ख़रीदकर खींचा था।

मनजीत ने फ़ोटो की तरफ़ उँगली उठाते हुए कहा, "मुझे लगता है, इनके पैसे ख़त्म हो गए हैं। ऐयाशी में जनाब ने सब फूँक दिया, अब कंगले होकर यहाँ पड़े हैं; वर्ना कभी टिकते थे।"

"कभी-कभी मुझे भी लगता है। मुझको इस बात की चिन्ता हो रही है कि कहीं इनके ऊपर काफ़ी कर्ज़ न हो। वैसे ऐसा होना नहीं चाहिए...।" चिन्मय मन्द स्वर में बोला।

मनजीत ने नाक सिकोड़ी, "तुम्हारे पापा हैं, तुम जानो।" वह अलमारी से कपड़े निकालने लगी। साथ ही बड़बड़ाती जा रही थी, "...और गाँववाले! कमीनों ने लूट लिया। न जाने क्या-क्या मिला होगा खुदाई में, सिक्के, सोना, चाँदी, हीरे, जवाहरात... नामालूम क्या निकला और क्या ले गए कम्बख़्त...! और यहाँ यही रट लगी थी कि पुरखे रखवाली कर रहे हैं गड़े धन की...। भाड़ में चले गए थे क्या पुरखे...जब गाँववाले लूट रहे थे...?"

चिन्मय ने कहा, "लेकिन सुनने में आया है कि उनको कुछ मिला नहीं। यहाँ तक कि पिछवाड़े में बारिश में जो सिक्के मिलते थे, वे भी नहीं मिले।"

"तुम तो करोगे वकालत।" मनजीत भड़क गई, "बुरी लग गई न मेरी बात।" उसने अपनी सिलेटी जीन्स की जिप चढ़ाई और बेल्ट कसी, "आख़िर हो तो तुम भी इसी ख़ानदान के।" उसने चाची के कपड़ेवाला कुर्ता निकाला और उसमें बाँहें डालीं। लेकिन फिर कुर्ता उतार दिया। अब वह जीन्स और ब्रा में थी और सोच रही थी, 'कहीं इस बार भी बॉस ने मेरा कुर्ता पहन लिया तो मुझे बाँहों में बदन छुपाना पड़ेगा।' उसने टीशर्ट पहनी, 'टीशर्ट की साइज फिट होती है, बॉस को छोटी पड़ेगी, वह उसे पहन नहीं पाएगा। तब बटन में मेरे बाल नहीं फँसेंगे, और चिन्मय को शक भी नहीं हो सकेगा।' आँखों पर गहरे नीले शीशे का चश्मा लगाकर उसने पैन्ट की सामनेवाली जेबों में हथेलियाँ डालीं और कमरे से निकल पड़ी।

चिन्मय के सामने कुर्ता खुला पड़ा था। उसे ख़याल आया, यदि वह यह कुर्ता पहने तो पापा ख़ुश होंगे। आख़िर यह चाची के दिए कपड़े का कुर्ता है। दूसरे, यह बहुत पुराना है। तीसरे, यह ख़ादी का है। तीनों ही ऐसी बातें हैं जो पापा जैसे बुज़ुर्ग को निश्चय ही प्रिय लगेंगी। उसने बड़े हौसले से कुर्ता पहना और आत्मविश्वास से भर जाना चाहा। वह तय करने लगा कि यदि पापा ख़ुश हुए तो वह उन्हें पटा लेगा—दिल्ली में फ़ार्महाउस बनाने के लिए। और यह कंगाल या कर्ज़ वग़ैरह की बात सही नहीं हो सकती। उसने सीटी बजाने के लिए होंठ गोल करना चाहा कि जाने क्या हुआ, असहज अनुभव करने लगा। रह-रहकर दिमाग़ की नसें तड़कने लगीं। पता नहीं कैसी रासायनिक क्रिया घटित हुई कि उसे कुर्ते से पुरुष, कई सारे पुरुषों के शरीर की गंध महसूस होने लगी। विचित्र दिमाग़ी फ़ितूर था। क्योंकि कुर्ता तो धुला और इस्तरी किया हुआ था। यदि गन्ध आनी थी तो मनजीत की मांसल-सुडौल बाँहों की आनी चाहिए थी जो थोड़ी देर पहले उसे पहनने जा रही थी। मगर चिन्मय के

नथुनों में पराए पुरुषों के शरीर की बू घुस रही थी। वह मनजीत को पुरुषों के साथ आपत्तिजनक स्थितियों में होने की चित्रमय कल्पना करने लगा।

उससे बरदाश्त नहीं हुआ, वह झपटते हुए बाहर आया। मनजीत गेट पार कर रही थी। बाहर उसके ऑफ़िस की गाड़ी उसका इन्तज़ार कर रही थी। चिन्मय चीख़ा और उसे लगभग घसीटते हुए भीतर कमरे में लाया।

मनजीत ग़ुस्से में फुँफकारी, "तुम पागल हो गए हो क्या...?"

"हाँ...हाँ...मैं पागल हो गया हूँ। तुमको किसी का बिस्तर गर्म करने से रोकूँ तो पागल हो गया हूँ।" चिन्मय ने दाँत पीसे।

"चलो, मैं करूँगी। हाँ...मैं किसी का बिस्तर गर्म करूँगी तो तुम मेरा क्या कर लोगे? बोलो, क्या कर लोगे—आँय?"

चिन्मय ने उसके चेहरे को हथेलियों में लेकर तेज़ी से झिंझोड़ा, "बताऊँ, मैं क्या कर लूँगा? बताऊँ?" चिन्मय ने चेहरा छोड़ दिया और पीटने लगा। वह चिल्लाता जा रहा था, "बताऊँ, मैं क्या करूँगा...?" उसने लात से भी मनजीत पर प्रहार किया। वह रो रही थी, अपने को बचाने के प्रयास कर रही थी लेकिन पैरों के प्रहार से बिफर पड़ी। दाँत पीसते हुए, गुस्से में चिन्मय पर झपटी। उसके बालों को मुट्ठियों से जकड़कर खींचा और पूरी ताक़त से घूँसा जड़ दिया। चिन्मय सँभलता कि उसे तेज़ धक्का देकर वह बाहर निकल आई। बाहर आकर उसने दरवाज़ा बन्द करके सिटकनी चढ़ा दी।

कमरे में बन्द चिन्मय पराजय, दुख अथवा क्रोध से काँप रहा था। उसके बाल बिखरे हुए थे और आँखें चढ़ी थीं। होंठ नीचे की तरफ़ हल्का-सा लटक गए थे। वह सामने दिख रहे कुर्ते को घूरने लगा। काफ़ी देर घूरने के बाद बदहवास-सा उठा और कमरे में कुछ ढूँढ़ने लगा। काफ़ी सामान उलट-पुलट डाले। आख़िर में कैंची मिल ही गई। वह शातिर बधिक की तरह कुर्ते पर टूट पड़ा। कुर्ते को हवा में लहराया, फिर उसे चीरने लगा। पहले बाँहें काटीं, उसके बाद कालर काटा। कुर्ता पेटीकोट की शक्ल में होने लगा। चिन्मय द्रुत गति से कैंची चला रहा था। दस मिनट भी नहीं ख़र्च हुए होंगे, कुर्ता नहीं बचा था। कपड़े के छोटे-छोटे टुकड़े, चिन्दियाँ बिस्तर पर, फ़र्श पर बिखरी हुई थीं। चिन्मय हाँफ रहा था। उसने कैंची उछाल दी। सहायजी और कौशल्या बाल-बाल बचे; क्योंकि उछाली गई कैंची उनकी फ़ोटो के एकदम बग़ल में गिरी। चिन्मय उठकर दरवाज़ा पीटने लगा।...

...दरवाज़ा सहायजी ने खोला था। कौशल्या देख रही थीं कि चिन्मय द्वारा दरवाज़ा पीटे जाने पर सहायजी का चेहरा हिलने लगा था। उधर चिन्मय के हाथों की धमक पड़ती, इधर उसी लय में चेहरा हिलता था। हिलना ग़लत शब्द होगा, बल्कि चौंक जाता था। कौशल्या स्वयं उठकर सिटकनी गिरा सकती थीं मगर उन्हें कौंधा कि हो सकता है, सहायजी में कोई बेहतर परिवर्तन आनेवाला हो! वह ध्यान से देखने लगीं।

वे कुर्सी से उठने-उठने को होते, फिर बैठ जाते। गाँव में चाची के शव के पास पत्थर होने के बाद यह पहला मौक़ा था कि वे किसी बात के लिए कोशिश कर रहे थे। वे किसी तरह खड़े हुए। आहिस्ता-आहिस्ता चलकर दरवाज़े तक आए। उन्होंने सिटकनी हटाने के बाद दरवाज़ा खोलने के लिए हल्का-सा धक्का दिया।

सामने आहत चिन्मय खड़ा था। सहायजी उसे बिसूरने लगे। फिर पीछे मुड़े और जिस तरह गए थे, उसी तरह लौटकर अपनी कुर्सी में धँस गए। उन्होंने पहले की तरह ही अपना सिर झुका लिया। कौशल्या ने आह भरी। उसमें सहायजी के ठीक होने की जो आशा जगी थी, वह तड़फड़ाने लगी। उन्होंने सोचा, अब पुनः सहायजी इसी तरह घंटों बैठे रहेंगे।

सचमुच वह उसी तरह बैठे थे। शाम घिर आई थी। अँधेरा हो गया था, तब भी वह उसी तरह बैठे थे। कौशल्या ने आकर बल्ब जलाया। रोशनी में सहायजी को देखकर वह घबड़ा गईं। सहायजी आँसुओं से भीगे थे। आँखों में आँसू उमड़ रहे थे। कौशल्या उनके पास आईं, "इस तरह कहीं रोया जाता है!" उन्होंने कौशल्या की कमर पर सिर रख दिया। पल्लू में मुँह छिपाकर फूट पड़े। वे फफक-फफककर रोने लगे थे, जैसे बाढ़ आई थी या बाँध टूटा था। मनु और नौकर भी उनके रुदन से घबड़ाकर वहाँ पहुँच गए थे। बूढ़े सहायजी किसी किशोर की तरह रो रहे थे।

कौशल्या ने ढाँढ़स बँधाया और कहा, "चलिए, कमरे में चलिए या कहीं थोड़ा टहल आते हैं। हमेशा यहीं कुर्सी पर बैठे रहते हैं आप।" दरअसल भीतर से वह बेइंतिहा ख़ुश थीं कि सहायजी इतना रोए हैं। उन्हें यक़ीन होने लगा था कि इतने आँसू गिरने के बाद सहायजी स्वस्थ हो जाएँगे। आख़िर उनको यही तो बीमारी थी न कि उनके आँसू सूख गए हैं या ख़त्म हो गए हैं। उनका दुख आँसुओं के रूप में बाहर नहीं निकल सका था और भीतर-भीतर ज़ख़्म बन रहा था, यही कारण था उनके पत्थर या काठ हो जाने का।

देर रात मनजीत लौटकर आई तो सहायजी के बदले स्वरूप को देखकर चकित और ख़ुश हुई। उसे भरोसा नहीं हो रहा था कि महज कुछ घंटों के भीतर इतना परिवर्तन हो जाएगा। सहायजी की शक्ल में इधर कुछ दिनों से उपस्थित रहनेवाली भावशून्यता अब नहीं थी। वे ताज़ा लग रहे थे, थोड़े-से नए भी। उनकी आँखों का अपरिचय और सूनापन लगभग ग़ायब हो चुका था। वे अब गुमसुम तथा खोए-खोए भी न थे। आँसुओं के स्नान से वे निर्मल, नरम, उज्ज्वल और पारदर्शी बन गए थे।

मनजीत सहायजी और कौशल्या के पास ही बैठकर बातें करने लगी थी, लेकिन थोड़ी देर ही बातचीत की होगी कि उसे लगा, सास-ससुर उसको जीन्स और टीशर्ट के कारण अटपटा न महसूस कर रहे हों। वह उठकर सलवार-कुर्ता पहनने चली गई। लेकिन उसने सलवार-कुर्ता न पहनकर नाइटी पहनी। क्योंकि रात हो चुकी थी और अब सोने के अलावा कोई ख़ास काम भी न बचा था। डिनर वह बॉस के साथ लेकर आई थी।

सोने से पहले उसमें और चिन्मय में सन्धि हो गई। इसकी मुख्य वजह सहायजी के स्वास्थ्य में एकाएक होनेवाला सकारात्मक परिवर्तन था। उनकी बीमारी पूरे घर पर बोझ और विपत्ति की तरह मँडराती रहती थी। अत: उनके ठीक होने ने चिन्मय का ग़ुस्सा कम कर दिया था। वैसे भी उन दोनों में से किसी का क्रोध दीर्घकालिक नहीं रहता था। इसका कारण यह नहीं था कि वे परस्पर प्यार में इतने पागल थे कि ज़्यादा वक़्त नाराज़ नहीं रह सकते थे; बल्कि हक़ीक़त यह थी कि दोनों चारित्रिक दृष्टि से समान रूप से गिरे हुए थे, इसलिए दूसरे की ग़लती पर पूरी सघनता के साथ नफ़रत या ग़ुस्सा करने का नैतिक बल नहीं था किसी के पास।

सन्धि होने के बाद दोनों बिस्तर पर काफ़ी देर तक गुफ़्तगू करते रहे। वे इस मुद्दे पर एकमत हो गए थे कि सहायजी की बीमारी अब ख़त्म हो गई है, यदि नहीं तो दो-चार दिन में वे पूरी तरह ठीक हो जाएँगे। मनजीत हँसी, वह पिए हुए थी। क़रीब होने से उसके मुँह से उड़कर जिन चिन्मय के नथुनों में घुस रही थी, "जो काम ऐलोपैथ, होम्योपैथ, नेचुरोपैथ न कर सके, उसे हमारे झगड़े ने कर दिया, या यों बोलो कि चाची के दिए कपड़े से बने खादी के कुर्ते ने कर दिया।"

मनजीत ने सिगरेट का पैकेट उठाया, "लो, सिगरेट पियो।" चिन्मय ने सिगरेट ले ली तो उसने भी सिगरेट अपने होंठों में दबा ली और बोली, "यार, लाइटर नहीं दिख रहा था। देखो, ज़रा तुम्हारी तरफ़ है।"

दोनों की सिगरेटें जल गईं। वे गम्भीर क़िस्म के बुद्धिजीवियों की तरह विचार-विमर्श में सक्रिय हो गए। उन्हें विश्वास हो रहा था कि अगर अब सहायजी पर चिरैयाकोट की सम्पदा बेचने के लिए दबाव बनाया जाए तो वह मान जाएँगे। चिन्मय बोला, "चिरैयाकोट में न जाने कितनी प्रापर्टी होगी। सुनते तो हैं, बहुत है। यह भी सुना जाता है कि करोड़ रुपए का तो गोल्ड होगा। मम्मी-पापा के बैंक एकाउंट मिलकर हमें हैरत में डाल देंगे, इसका मुझे पूरा यक़ीन है।"

उधर दूसरे कमरे में कौशल्या अपने को हल्की तथा तनावमुक्त महसूस कर रही थीं, क्योंकि उनका वह दाँत अपने आप उखड़ गया था जो कई दिनों से हिल रहा था और तकलीफ़ दे रहा था। दूसरे, सहायजी के आँसुओं ने बरसकर उनको गहरी चिन्ता-फ़िक्र से बरी कर दिया था। अब यह डर नहीं था कि सहायजी कहीं पागल न हो जाएँ। या सदमे और दुख को चुपचाप सहने के कारण प्राण न गँवा बैठें। या हमेशा के लिए पहचानना भूल जाएँ। कुल मिलाकर सहायजी के सहज रूप की वापसी ने कौशल्या को निहाल कर दिया था।

उन्होंने सहायजी से कहा, "भगवान ने हमारी सुन ली और हमारे ऊपर कृपा की है।" उन्होंने सहायजी को दवाएँ दीं, "अभी कुछ दिन खानी पड़ेंगी ये दवाएँ। साथ ही अब ज़रा घर से बाहर निकला करिए। सबसे पहले सुबह की सैर शुरू करिए।" सहायजी ने दवा खा ली तो कौशल्या ने गिलास नीचे रखते हुए उलाहना दिया, "आप कितनी बार मुझे दिल्ली ले आए पर कभी दिल्ली घुमाया भी? अब

ज़्यादा नहीं बची है ज़िन्दगी मेरी। कम-से-कम दिल्ली तो घुमा दीजिए।" सहायजी मुस्कुरा दिए या कौशल्या को ऐसा भ्रम हुआ, विश्वासपूर्वक कुछ कहा नहीं जा सकता, लेकिन कौशल्या ने यही समझा कि सहायजी मुस्कुराए हैं। उनका हौसला बढ़ा, "यहीं दिल्ली में कितने रिश्तेदार हैं, कभी मिलाया उनसे! कहे दे रही हूँ कि इस बार उनके यहाँ भी ले चलना पड़ेगा आपको।"

वह अपनी योजना को लेकर दृढ़प्रतिज्ञ थीं। अत: उन्होंने ब्रह्ममुहूर्त में ही सहायजी को जगा दिया, "उठिए, सुबह के सैर की तैयारी करिए।"

कौशल्या इतना उत्साहित थीं मगर जब सहायजी के साथ सैर के लिए निकलीं, तो थोड़ी दूर ही चलना हुआ होगा कि पटरी पर बैठ गईं। सहायजी आगे बढ़ गए थे, लौटकर आए, "क्या हो गया कौशल्या, चक्कर आ गया क्या?"

"नहीं, चक्कर नहीं, बस टखनों में ताक़त नहीं रही अब। आँखों के कमज़ोर पड़ने से शुरू हुआ था बुढ़ापा। अब पूरा शरीर ही कमज़ोर और बूढ़ा हो चुका है। इसलिए इस उम्र में मौत आसानी से दबोच लेती है। लगता है कि मेरे भी दिन पूरे होने को हैं।"

"ना...ना...। ऐसा न बोलो।" सहायजी ने उनको सहारा देकर उठाया। पास बनी एक पुलिया पर जाकर बैठ गए। सहायजी ने कौशल्या के घुटनों को छुआ, "बहुत तकलीफ हुई न।" उनकी आँखें डबडबा आईं। वे क़रीब-क़रीब रोने-से लगे। कौशल्या हत्प्रभ और परेशान हुईं कि सामनेवाले को रुला देनेवाली दुर्दशा तो उनकी नहीं हुई थी, तब यह क्यों रोने-रोने को हो रहे हैं?

सहायजी ने पत्नी को ख़ुश करने की गरज से कहा, "रात को तुम कह रही थीं न! चलो, हम आज ही दिल्ली घूमेंगे।" इतना कहते-कहते उनकी आवाज़ भर्रा गई। वे रूमाल से आँसू पोंछने लगे। कौशल्या को दुबारा उलझन हुई कि दिल्ली घूमने की बात में कोई मार्मिक या कारुणिक प्रसंग तो था नहीं। तब क्यों यह रो रहे हैं? या इनकी आवाज़ भर्रा क्यों गई?

नाश्ते की टेबल पर सहायजी ने चिन्मय से कहा, "आज मैं और तुम्हारी माँ दिल्ली घूमने जाएँगे।"

चिन्मय को अच्छा लगा, "पापा, आप लोग कार ले जाइएगा?"

"नहीं...नहीं।" सहायजी हाथ के इशारे से मना करने लगे, "कार की क्या ज़रूरत, टैक्सी ले लेंगे। वैसे भी दिल्ली की सड़कों पर ड्राइव करना मेरे बस का नहीं।"

कौशल्या ने मध्यमार्ग निकाला, "अभी हमें टैक्सी से घूमने दे बेटा। बाद में तुम्हारे पापा अपनी कार यहीं मँगा लेंगे।"

चिन्मय-मनजीत को अपनी बात कहने का सहारा मिल गया। चिन्मय ने दूध का गिलास ख़ाली किया, "कार ही क्यों! हम तो कितने दिनों से कह रहे हैं कि चिरैयाकोट और गाँव की प्रापर्टी को बनाए रखने से क्या फ़ायदा! अब देखिए, गाँव में मकान तोड़ डाला गया। इसी तरह वे लोग एक दिन हमारे खेतों और बग़ीचों पर

क़ब्ज़ा कर लेंगे। यही नहीं, अगर हमने समझदारी से काम न किया तो चिरैयाकोट में भी ऐसा होगा।"

"बेटे, इस तरह नहीं कहते।" कौशल्या को मालूम था कि सहायजी को इस तरह की बात अच्छी नहीं लगती, इसलिए उन्होंने टोका, "पुरखों की जायदाद के बारे में ऐसा नहीं कहा जाता है।"

"मैं पुरखों की प्रापर्टी को बरबाद करने के लिए नहीं कह रहा हूँ मम्मी, मैं तो बस उसे शिफ़्ट करने की बात कह रहा हूँ। उसे बेचकर हम ऐसी व्यवस्था करें, जो अधिक लाभ की हो।" चिन्मय ने समझाया, "मैं आप लोगों का बेटा हूँ। मुझे भी गाँव से बहुत प्यार है। तभी तो कहता हूँ कि हम शहर में भी अच्छा-सा गाँव बनाएँ। यहीं दिल्ली में अपना फ़ार्महाउस हो।"

अब मनजीत की बारी थी, "और आजकल बैंकों में कौन जमा रखता है रुपया। पापा, आप भी शेयर मार्केट में डालिए। इसके अलावा मेगा टी. वी. सीरियल बनाकर करोड़ों कमाया जा सकता है। हम अपनी लीजिंग एंड फाइनेंसिंग कम्पनी खोल सकते हैं। यही नहीं, सोशलिस्ट कंट्री कंगाल हो चुके हैं, वहाँ के लिए एक्सपोर्ट किया जा सकता है। मसलन, रूस को लीजिए, वहाँ इंडिया के गारमेंट्स, जूतों, ऊन, शहद वग़ैरह की भारी डिमांड है। लेकिन पापा, सबसे पहले हमको यहाँ अपना गाँव बनाना है।"

सहायजी सब सुनते रहे, सुनते रहे। फिर बोले, "थोड़ी-सी दलिया देना।" मनजीत ने दलिया उनकी प्लेट में परोस दी। वह कुछ ज़्यादा ही चबा-चबाकर खाने लगे। अन्त में उन्होंने दलिया पानी की मदद से भीतर उतारा, "तुम लोगों की बातें अपनी जगह सही हैं, पर वे मुमकिन नहीं हैं, क्योंकि मैं वापस चिरैयाकोट जा रहा हूँ और वहीं पर रहूँगा। अब मेरी तबीयत भी ठीक हो चुकी है तो यहाँ रहने से क्या फ़ायदा!" वह पुन: दलिया खाने लगे। जैसे कोई विस्फोट हुआ हो, चिन्मय-मनजीत स्तब्ध। कौशल्या भी हत्प्रभ थीं। सहायजी ने नौकर से कहा, "टैक्सी बुलाओ।" कौशल्या से बोले, "तैयार हो न अपने दिल्ली भ्रमण के लिए?"

सहायजी और कौशल्या एक नहीं, कई दिन दिल्ली घूमे। ऐतिहासिक स्थलों को देखा, राजनीतिक स्थलों को देखा। रिश्तेदारों के घर गए, दो-चार रिश्तेदारों के दफ़्तरों में भी पहुँचे। उन्होंने कनॉट प्लेस टहला। ख़रीददारी की और निश्चय किया कि कार्यक्रम को विराम दिया जाए, बहुत हो चुकी दिल्ली की परिक्रमा। एक दिन बीच रास्ते से ही वे लौट आए थे। घर पहुँचे तो शाम होने में थोड़ा ही समय शेष था।

चिन्मय ऑफ़िस से आया तो देखा, सहायजी और कौशल्या घर में हैं। कौशल्या घबराई हुई हैं और सहायजी रो रहे हैं। फूट-फूटकर रो रहे हैं। उनके नथुने और होंठ फड़फड़ा रहे हैं। आँखें लाल हैं। कुर्ते का गला और आस्तीनें गीली हो चुकी हैं। मनजीत और मनु भी उनके पास हैं। पर सभी से उदासीन वे रो रहे हैं। चिन्मय सहम गया, "अरे पापा! रो क्यों रहे हैं? क्या हुआ?" उसे डर लगा कि मनजीत ने कोई ग़लती न कर दी हो।

"पता नहीं, इनको क्या हो गया है कि बात-बात पर रोने लगते हैं।" कौशल्या बता रही थीं, "न जाने क्यों बात-बात पर रोने लगते हैं। बोलते-बोलते गला भर्रा जाएगा, आँखें भर आएँगी और रोने लगेंगे।"

सहायजी ने आँसू पोंछे, "कुछ तो नहीं हुआ है। बस, ऐसे ही।" मनजीत और चिन्मय को निराशा घेरने लगी।

सहायजी की रोने की इस नई बीमारी ने उन दोनों की आकांक्षाओं की चूलें हिलाकर रख दी थीं। उनकी दृष्टि से सहायजी से धन प्राप्त करना काफ़ी दुरूह हो गया था। मनजीत तो बहुत ज़्यादा निराश हो चुकी थी। कभी-कभी वह भयानक तैश में आ जाती, "मैं साफ़ कहती हूँ कि पापाजी पहले भी बने पागल थे, अब भी बने पागल हैं।"

लेकिन मनजीत का कथन वास्तविकता पर आधारित नहीं था। सहायजी न बने पागल थे, न सचमुच के। बात इतनी थी कि उनके पास ढेर सारे आँसू इकट्ठा हो गए थे। भावुकता, रुलाई और सिसकियाँ कुछ ज़्यादा हो गई थीं। अजीब थी उनकी स्थिति। वह प्रायः भावविह्वल हो जाते थे। कंठ भर्रा उठता और होंठ फड़कने लगते। वह रोते भी कम नहीं थे। दिक्कत इस बात की थी कि वह अक्सर बेवजह रोते थे। कहते, "दिल्ली बेहतरीन शहर है। हम पति-पत्नी यहाँ काफ़ी ख़ुश हैं।" और रोने लगते। कहते, "मेरे पिताजी खड़ाऊँ पहनते थे।" उनकी आँखें डबडबा उठतीं। कहते, "जब मैं मनु की उम्र में था तो उस ज़माने में रुपए का दो सेर घी मिलता था और आठ सेर गेहूँ।" इस बात पर भी उनकी आवाज़ आर्द्र हो जाती।

इतने तक ग़नीमत रहती, किन्तु मामला लगातार पेचीदा होता जा रहा था। चिन्मय-मनजीत को लगता कि उनके देखे हुए सपने किसी सूरत में साकार नहीं हो पाएँगे। क्योंकि वे जैसे ही चिरैयाकोट का ज़िक्र छेड़ते, सहायजी की आँखें डबडबा आतीं। यदि उन पर ज़्यादा दबाव पड़ता तो वह रोने ही लगते थे। फिर इससे भी अधिक बेतुकी, नुक़सानदेह और ख़तरनाक बात थी कि सामान्य और सन्तुलित मनोदशा में वह चिरैयाकोट जाने तथा वहीं रहने का राग अलापने लगते थे। यह हौसला ध्वस्त कर देनेवाली स्थिति थी; क्योंकि चिन्मय-मनजीत का विश्वास था कि आँसू शरीर में हारमोन्स विशेष की अधिकता के कारण निकल रहे हैं अथवा वे डिप्रेशन की बीमारी के कारण हैं। दोनों ही हालात में चिकित्सा विज्ञान की मदद से उन पर नियंत्रण हासिल किया जा सकता है। लेकिन यदि वे कौशल्या के साथ चिरैयाकोट चले गए और वहीं रहने लगे तो क्या होगा? तब तो उनकी मृत्यु के पहले कुछ भी सम्भव नहीं हो सकेगा। और मौत का क्या पता! ज़िन्दगी की तरह मौत का भी ठिकाना नहीं। कोई अभी मर सकता है तो वही आदमी आनेवाले कई साल आराम से ज़िन्दा रह सकता है। वे दोनों घनघोर ऊहापोह में फँसे हुए थे।

आख़िरकार उन्होंने कौशल्या को धर लिया, "हम आप लोगों को चिरैयाकोट नहीं जाने देंगे। पापा की तबीयत का ऐसा हाल, और रहेंगे इतनी दूर चिरैयाकोट में?"

वे कौशल्या को बार-बार घेरते, "मम्मी! पापा तो अपनी ज़िद के आगे कुछ सुन नहीं रहे हैं, लेकिन आप तो कुछ करिए। आप कुछ करिए मम्मी, प्लीज़!" अन्ततः कौशल्या उनसे सहमत हो गईं। उन्हें लगा कि चिरैयाकोट से सहायजी का मन तो वैसे ही उचट गया था। दूसरी बात यह कि वह स्वयं भी बेटे-बहू-पोते के पास रहना चाहती थीं। फिर वह सहायजी की बीमारी के चलते अकेले चिरैयाकोट में रहने को लेकर डर भी रही थीं।

पहले मोर्चे पर क़ामयाब होने के बाद मनजीत और चिन्मय ने आगे क़दम बढ़ाए। उन्होंने कौशल्या को विश्वास में लेकर कहना शुरू किया कि वह पापा पर प्रापर्टी बेचने के लिए ज़ोर डालें। कौशल्या को यह भी कुछ-कुछ ठीक लगा। उनका मानना था कि बच्चे यदि अपने ज़माने के मुताबिक़ नया कुछ करना चाहते हैं तो इसमें बुरा क्या है? और वह कोई ग़लत काम के लिए तो पैसा माँग नहीं रहे हैं। ज़्यादा कमाने की ही सोच रहे हैं न।

उस रात देर तक कौशल्या को नींद नहीं आई। वह सहायजी से चिरैयाकोट की सम्पत्ति बेचने के लिए कैसे बात करेंगी, किन शब्दों का इस्तेमाल करेंगी, इस पर सोच-विचार कर रही थीं। उन्होंने तय किया कि वह प्यार से समझाएँगी। उन्हें हिम्मत और सम्बल देंगी, फिर चिरैयाकोट की सम्पत्ति बेचने की बात कहेंगी। वह उन्हीं से पूछेंगी कि बताएँ, क्या ठिकाना कि गाँव की तरह चिरैयाकोट का मकान भी लूट न लिया जाए! तहस-नहस न कर दिया जाए! ख़ाली ज़मीनों पर भी लोग क़ब्ज़ा कर सकते हैं। फिर सबसे बड़ी बात, हमारी तो चार दिन की ज़िन्दगी बची है, इसलिए चिन्मय यदि अपने तरीक़े से कुछ करना चाहता है तो करने देने में क्या हर्ज़ है?

इन सब बातों को सोचते-सोचते उन्हें सहायजी पर तरस आने लगा। उन्हें इस बात पर तरस आया कि उन बेचारे की हालत ऐसी है और सब अपने-अपने में लगे हुए हैं। पहली बार हुआ था कि उन्हें सहायजी के व्यक्तित्व में हुए किसी बदलाव पर तरस आ रहा था, वर्ना वह हमेशा सहायजी के किसी नए रूप पर फ़िदा होती रही थीं। एक बार उन्होंने सहायजी को यह बात बताई भी थी। कहा था, "आप मुझे हमेशा अच्छे लगे। आप मूँछों में अच्छे लगते थे और बिन मूँछों के भी। आपको नज़र का चश्मा लगा तो आप मुझे अलग तरह से सुन्दर लगे। आपके बाल पके तो आप मुझे अलग तरह से अच्छे लगे।" कौशल्या को उनका हँसना, बोलना, चलने का ढंग सभी बहुत भाते थे। औरों से एकदम अलग लगते थे वे। यहाँ तक कि गाँव में चाची के शव के सामने जब वे पत्थर हुए थे तब भी कौशल्या ने उनमें एक अनोखापन पाया था, जो दूसरों में नहीं मिलता है। लेकिन अब उन्हीं पर तरस आ रहा था। वे इतने दयनीय, पिलपिले और कातर हो जाएँगे, कौशल्या ने कभी इसकी कल्पना तक नहीं की थी।

रात के तीसरे पहर में उक्त ख़यालों में मँडराते-भटकते हुए कौशल्या ने प्यार

और करुणा से सहायजी के मत्थे को सहलाया। उन्हें लगा कि उनकी हथेली पकड़ ली गई है।

सहायजी उनकी हथेली से अपने चेहरे को सहला रहे थे। आँसुओं से पूरी तरह भीगा था उनका चेहरा।

कौशल्या ने उठकर रोशनी कर दी, "अरे...इतनी रात को आप रो रहे थे, क्या हुआ आपको? क्यों रो रहे हैं आप?"

सहायजी के चेहरे को उन्होंने गीले तौलिया से साफ़ किया। उन्हें पानी पिलाया और बोलीं, "इधर-उधर की बातें मत सोचा करिए।" उन्होंने रोशनी गुल कर दी और अँधेरे में सहायजी का सिर सहलाने लगीं। पता नहीं सहायजी उस वक़्त रो रहे थे या नहीं, लेकिन वह ज़रूर भिंचे गले से रो रही थीं। वह सहायजी का सिर सहलाती जा रही थीं और रोती जा रही थीं...।

कौशल्या को अपने पक्ष में कर लेने से चिन्मय और मनजीत की आशाएँ पुनः जगमगा गई थीं। उन्हें लग रहा था कि पिता और पुरखों की सम्पत्ति बेचकर वे अपने सपनों को साकार कर सकेंगे। फिर भी वे इस बार कोई कसर नहीं छोड़ना चाहते थे। वे दृढ़प्रतिज्ञ थे कि राजनीति में किसी प्रकार की त्रुटि नहीं होने देंगे और क़ामयाब होंगे।

चारों तरफ़ से आश्वस्त होकर उन्होंने अन्त में ब्रह्मास्त्र चलाने की सोची। उन्होंने मनु को एकान्त में बुलाकर समझाना शुरू किया। मनजीत ने मनु से कहा कि वह बाबा से माँगे कि उसकी ख़ातिर दिल्ली में फ़ार्महाउस बनवाएँ या मेगा टी.वी. सीरियल तैयार कराएँ या ढेर सारे शेयर ले दें।

चिन्मय ने मनु के गाल थपथपाए, "बेटे, बोलिएगा कि आपके सारे दोस्तों के घर में ढेर सारा पैसा इन सब चीज़ों में इन्वेस्ट किया जा रहा है।"

"पापा! मैं बाबा से यह भी कहूँगा कि बाबा-बाबा, मैं तो अपने सारे दोस्तों से बोल चुका हूँ कि मेरे बाबा हमारे लिए बहुत कुछ करने जा रहे हैं। उनके पास ढेर सारा रुपया है, है न बाबा? मम्मी, तुम बोलो, ठीक रहेगी ये बात।"

मनजीत और चिन्मय मुस्कुराए। मनु उत्साह तथा उत्तेजना से भरा हुआ था, जैसे किसी युवराज को प्रथम बार रणभूमि में विजय के लिए भेजा जा रहा हो! वह अद्भुत क़िस्म से गम्भीर हो गया था और ज़िम्मेदारी महसूस कर रहा था।

चिन्मय ने सावधान किया, "बेटे, आपको ये बातें किसी से कभी नहीं बताना है, समझ गए न?"

ब्रह्मास्त्र चल गया था। मनु ने पीछे से आकर कुर्सी पर बैठे हुए सहायजी की आँखें मूँद लीं। सहायजी बोले, "मनु हो।" उन्हें लगा कि इतनी छोटी मुलायम उँगलियाँ और किसकी हो सकती हैं!

मनु इतराया, "बाबा, इतना सुन्दर मौसम है, आप यहाँ बैठे हुए हैं!"

"क्या करें, बेटा?"

"सुना है कि आप पतंग बड़ी अच्छी उड़ाते थे जबकि मैं आपका मनु, डोर तक नहीं बढ़ा सकता हूँ। बाबा, आप मुझको पतंग उड़ाना सिखाएँ और ढेर सारी पतंग ला दें।"

"बेटे, अब पतंगों का ज़माना नहीं रहा।"

"जिस चीज़ का ज़माना है, वही दीजिए न।" कम उम्र का होने के कारण मनु में धैर्य न था, "आप हमारे लिए फ़ार्महाउस तैयार कराइए। फैक्टरियों के शेयर खरीदिए। आप मेरे पापा को एक्सपोर्ट का बिजनेस करने के लिए रुपए दीजिए।"

सहायजी के जबड़े की कोई नस फड़की और उनकी सारी निस्संगता भरभरा पड़ी। उनकी बोली लहराने लगी, "मनु...मनु..."

कौशल्या तो वहीं पास में मौजूद थीं, चिन्मय और मनजीत भी आ गए, "क्यों पापा, मनु शरारत कर रहा है क्या?" वे दोनों वहीं जम गए।

चारों सहायजी को घेरकर बैठे हुए थे। चिन्मय ने नौकर को आदेश किया, "चार-पाँच कप कॉफ़ी बनाना।" उसे सहायजी की पसन्द पता थी, उठकर उसने टेपरिकॉर्ड में कैसेट डाल दिया। बेग़म अख़्तर की ठुमरी बजने लगी।

अब सभी मिलकर उन्हें विवश करने लगे, उन पर दबाव डालने लगे। कौशल्या भी बेटे-बहू-पोते के साथ थीं। वह झुँझलाकर बोलीं, "हम सब गठरी में बाँधकर ले नहीं जाएँगे। सब इन्हीं लोगों का तो है न।" चिन्मय और मनजीत कौशल्या को समझाने लगे, "पापा से प्यार से बोलिए मम्मी।" मनु नाराज़ हो गया, "मेरे बाबा को कोई कुछ नहीं कह सकता, दादी माँ भी नहीं।" मगर यह थोड़ी देर के लिए पट परिवर्तन था। जल्दी ही वे फिर सहायजी को कसने लगे।

जैसे सहायजी का गला कस गया हो, उनका मुँह खुल गया। गले से गों...गों की ध्वनि निकलने लगी। उनके नथुने फूल गए थे, जैसे वे साँस लेने के लिए जूझ रहे हों! उनकी आँखें मुँदीं, खुलीं और बन्द हुईं, जैसे उनका जीवन जानेवाला हो! अचानक वह फुक्का फाड़कर रोने लगे। उनकी यह रुलाई अलग क़िस्म की थी। इसमें आँसू नहीं थे। हो सकता है कि वे फिर से सूख गए हों। इस बार रुदन में चीख़ और विलाप का मिश्रण था। वे कुछ-कुछ मर्सिया गानेवालों की तरह बोले, "ठीक है...ठीक है... तुम लोग जो चाहते हो, वही होगा...।" वाक्य पूरा करते-करते उन्होंने कौशल्या को अत्यन्त कातर तथा शिक़ायत-भरी दृष्टि से देखा। वह भीतर तक सिहर गईं। मगर अब खेल ख़त्म हो चुका था। मनु तालियाँ बजा रहा था। चिन्मय चिल्लाया, "पापा, आपने प्रतिज्ञा की है तो उसको पूरा करना पड़ेगा। समझ लीजिए अच्छी तरह से।"

मनजीत कौशल्या से कह रही थी, "मम्मी...मम्मी! पापा ने आपके सामने कहा है...।"

बेग़म अख़्तर अपनी ठुमरी में आलाप ले रही थीं।

सहायजी ख़ामोश हो गए थे। चेहरे को सीने से लगाए हुए थे, जैसे बेग़म अख़्तर की ठुमरी बड़े ध्यान से सुन रहे हों! लेकिन दरअसल वह सोच रहे थे। उनके भीतर

तेज़ी से कुछ घुमड़ रहा था। धीरे-धीरे उनमें कम्पन हुआ। वह उठे और कुर्सी पर खड़े हो गए। भाषण की तर्ज़ पर ज़ोर-ज़ोर से कहने लगे, "मगर देखना! जो कोई सम्पत्ति ख़रीदेगा, नाश हो जाएगा उसका।" कौशल्या, चिन्मय, मनजीत और मनु उन्हें भौंचक देख रहे थे। वह अपना कथन जारी रखे हुए थे, "तुम लोग—हाँ, तुम लोग भी—सुखी नहीं रह पाओगे। चिरैयाकोट से जो भी नाता तोड़ेगा, हमेशा दुख भोगेगा।" उन्होंने पंख की तरह हाथ हवा में लहराए। ऊपर की ओर देखते हुए कहा, "हे ईश्वर! हे देवताओ और देवी माताओ! तुम सब चिरैयाकोट के इन दुश्मनों को दंड देना...।"

उनकी आँखें कुछ छोटी लगने लगी थीं। होंठों के किनारों पर गाज भर आया था और चेहरा आँसुओं से भीग गया था।

और आख़िर एक दिन चिरैयाकोट की सम्पत्ति बेच डाली गई। इस सौदे के सन्दर्भ में विशेष बात यह है कि सहायजी के शाप का कोई असर नहीं हुआ। ख़रीदफ़रोख़्त का सारा कार्य बड़ी आसानी और उत्साहपूर्वक सम्पन्न हुआ था।

जैसा कि सहायजी ने कहा था कि ख़रीदनेवालों का नाश हो जाएगा, वैसा कुछ भी नहीं हुआ। वे बहुत आराम से दिन काट रहे हैं।

चिन्मय, मनजीत, कौशल्या, मनु पर भी कोई आँच नहीं आई। मस्ती से बीत रहा है उनका जीवन। इस बात से कौशल्या को बेहद सुकून है। लेकिन अक्सर वह जोड़-तोड़ करती हैं कि सहायजी ने कोई समय तो निश्चित किया नहीं था। यही कहा था कि चिरैयाकोट से नाता तोड़नेवाला दुख भोगेगा। बर्बाद हो जाएगा। तो कहीं ऐसा न हो कि वह वक़्त अभी आना बाक़ी हो!

कौशल्या उस आनेवाले समय के बारे में सोच-सोचकर अक्सर डरती रहती हैं।

[1996]

पाताल

प्रेमनाथ के जन्म पर त्रिलोकी को जीवन धन्य लगने लगा था। ख़ानदान में बेटियाँ ही बेटियाँ थीं। वे जैसे घर की छत पर लटकती लौकियाँ हों और त्रिलोकी के घर सुन्दर सुर्ख़ गुलाब खिला था। वह इतने ख़ुश हुए थे कि पत्नी से हँसकर बोल दिए। बेटा पाने की ख़ुशी में शानदार बरही की, जिसमें क़रीब तीन सौ लोगों ने खाना खाया था। उन्होंने बहनों को झुमका बनवाकर दिया था और शेष महिला रिश्तेदारों को साड़ी-ब्लाउज़।

तब कहाँ पता था कि वह उस बेटे के बाप हैं जो भविष्य में मंदबुद्धि पाया जाएगा। वह अधपगला, शरीर से भी आड़ा-तिरछा होगा। उसकी छोटी-छोटी टाँगें होंगी, छाती नन्ही-सी और हाथ बलशाली। कमर इतनी पतली कि बेल्ट में चौदह छेद।

त्रिलोकीप्रसाद को यह भी कहाँ मालूम था कि प्रेमनाथ अक्षर भी चीन्ह नहीं पाएगा। ग्राम और किलो के बँटखरों का विभेद नहीं जानेगा। सौ के नोट से पाँच अठन्नियों की क़ीमत ज़्यादा आँकेगा। शान्त रहेगा तो शान्त, और चलेगा तो हड़बोंग की तरह तूफ़ानी चाल। मुँह अक्सर उसका खुला, लार से भरा-भरा रहेगा।

जीवन के चौबीस बसन्त देख चुका प्रेमनाथ वाक़ई मतिमन्द, दयनीय और साधु था। मोह-माया से विरक्त। एक बार पड़ोस का छोटा बच्चा छत से गिरकर सड़क पर छितरा उठा। मुहल्ला बाहर निकल आया था लेकिन प्रेम अपनी जगह से हिला तक नहीं था। घर में भी किसी के सुख-दुख, बीमारी, मुसीबत का उस पर असर नहीं होता था। रमणीक, प्राकृतिक दृश्य और बदबू से भरे शौचालय उसके लिए एक सदृश थे। रूपसियों का सौन्दर्य भी उसको विचलित नहीं कर पाता था। घास-मूली की तरह देखकर उनके हसीन होने के अहंकार का मान-मर्दन करने में निपुण था वह। अधिकांश समय वह नाक में उँगली ठूँसे तख़्त पर पड़ा रहता था। लेकिन नाक में उँगली का ठूँसना कोई विकार नहीं था। क्योंकि ऐसा वह आनन्द अथवा सुख-प्राप्ति के लिए नहीं करता था। यह महज उसकी आदत थी।

सच्चे साधु की तरह उसे भी क्रोध नहीं आता था। बस, वह तब भड़कता था, जब कोई उसे पागल, हाफ़माइंड या क्रैक कहकर पुकारता। ऐसा ही सम्बोधन करने पर उसने एक विद्यार्थी की बाँह ऐसी निर्दयता से मरोड़ी थी कि वह ऐंठकर लटक

गई थी। बुढ़ऊ करीम अली के मुँह पर थूककर चिल्लाया था, “दंगे में तेरा घर न फुँकवाया तो असल का नहीं।”

करीम अली ने सिर पकड़ लिया, “क्या ज़माना है ख़ुदा! इस कमअक़्ल में भी फ़िरकापरस्ती का जनून।”

“कटुआ साले तेरी, सब फ़ारसी निकाल दूँगा। बस, मेरी बुद्धी ठीक होने दे।”

यह दिलचस्प था कि प्रेमनाथ स्वयं भी अपने को कमअक़्ल समझता था। एक ज्योतिषी को उसका हाथ दिखाया जा रहा था। उसने पूछा था, “बाबा, हमको बुद्धी कब आएगी?” यह भी पूछा था कि शादी कब होगी? नौकरी कब पाएगा?

दरअसल शादी और नौकरी के ही इर्द-गिर्द उसकी ज़िन्दगी का पहिया घूम रहा था। यहाँ तक कि लोग नौकरी और बीवी दिलाने का वादा करके उससे अपने छोटे-मोटे काम कराने लगे थे। वह चापलूसी से कहता, “हे चाचा, हमारा बियाह करा दो न।” या “ए भाभी, हमारी भी गिरस्थी बस जाती तो बड़ा ठीक रहता।” इसके बाद वह खी...खी...खी करके किलकारी भरने लगता। जवाब मिलता कि एक लड़की है, बात चला रहे हैं, तो वह गेहूँ पिसा लाता अथवा गैस सिलिंडर की क़तार में खड़ा हो जाता।

नौकरी के चक्कर में भी वह व्याकुल रहता था। ज़रा भी शक़्ल जानी-पहचानी लगी, नमस्कार दागकर नौकरी का जुगाड़ कराने की प्रार्थना करने लगता था। वह यहाँ तक उतारू था कि समर्थ परिचितों के बच्चों को टॉफ़ियाँ वग़ैरह भी ख़रीदकर भेंट करता। एक जगह तो उसने एक किलो दशहरी आम पहुँचाए थे, जबकि वह पैसों की सही पहचान न कर पाने के बावज़ूद परले दर्जे का कंजूस था।

नौकरी और विशेष रूप से चपरासी बनने की कामना के अंकुर उसमें तब फूटे थे, जब त्रिलोकी उसके लिए कक्षा आठ पास का प्रमाण-पत्र लाए थे। त्रिलोकी ने इसे स्वामी दयानन्द विद्यालय से एक सौ एक रुपए में पाया था। बेटे को उसे दिखाते हुए उन्होंने गर्व और आह्लाद से कहा था, “आज मैंने बाप होने की एक ज़िम्मेदारी पूरी की है। अगर मुक़द्दर बदला तो एक दिन चपरासी बनकर ठाठ करोगे मेरे पूत।”

प्रेम का मुकद्दर बदला था दही-बड़े ने...

त्रिलोकी ऊपरी आमदनी अच्छी होने के कारण उत्साहित थे। इस ख़ुशी में उन्होंने आठ दही-बड़े ख़रीद लिए। घर आकर सब्ज़ी लेने चले गए। सोचा था, लौटकर आराम से दही-बड़े खाएँगे। लेकिन इस बीच प्रेम ने छह दही-बड़े चट कर डाले थे। सबूत मिटाने के उद्देश्य से वह शेष दो दही-बड़ों को भी दोनों सहित बाहर सड़क पर फेंक आया था।

त्रिलोकी फुँफकार रहे थे, “कहाँ गए दही-बड़े?” प्रेम चूँ नहीं कर रहा था। धमकाने पर बोला, “बिलार खा गई।”

“अबे, कुत्ता-बिलार कोई खाया तो दोना तो दिखना चाहिए।”

"दोना उड़ गया। बड़े ज़ोर की आँधी आई थी।" वह चश्मदीद गवाह बन गया, "दोना उड़कर यहाँ दीवार पर आया, चढ़ा और खिड़की से गिर गया।"

त्रिलोकी दाँत पीसते हुए झपटे। उसे घसीटते हुए नीचे ले गए। हाथ में टॉर्च थी, "बोल कहाँ है दोना? बोल!"

त्रिलोकी सुबह जगे तो घड़ी में छह बजे थे। प्रेमनाथ नहा-धोकर आईना लिए कंघी कर रहा था। वह भुनभुनाए, "यह पगलेटवा इतना सबेरे क्या करने उठ जाता है?" प्रेमनाथ कंघी करने के बाद तख़्त पर आया और बैठ गया। त्रिलोकी ज़्यादा कुढ़े, "तुझे स्कूल जाना है कि ऑफ़िस, जो इतना तड़के उठ जाता है, अँय?"

प्रेम ने नाक में उँगली ठूँस ली थी। त्रिलोकी अधिक भड़क गए, "उठ, साले, उठ। दफ़ा हो जा आँख के सामने से। सबेरे-सबेरे सनकी-पागल की शक़्ल देखते ज़िन्दगी बीत गई..."

प्रेम का निचला होंठ लटककर फड़फड़ाया। वह तख़्त पर ही खड़ा हो गया और छाती पीटने लगा, "भगवान, हमको काहे पागल बनाए...काहे पागल बनाए..." चुप हुआ तो उसका मुँह लार से लिथड़ा हुआ था। त्रिलोकी घबड़ा-से गए। कुछ न सूझा तो शौचालय में घुस गए। "हमारे साधु पर तरस खाओ...हमारे साधु पर तरस खाओ..." जानकी कमरे में आईं। उन्होंने दया से बेटे को देखा। थोड़ी देर उसके बाल सहलाती रहीं, फिर गुसलख़ाने में आईं। खूँटी पर टँगे प्रेम के पाजामे और जाँघिए को उतारकर ग़ौर से देखने लगीं। वह वीर्य के दाग ढूँढ़ रही थीं और निराश हो रही थीं। आज भी निराश हुईं। वह उदास हो चलीं।

"हाथ धुला दो।" त्रिलोकी शौचालय से निकल आए थे। पति-पत्नी दोनों कमरे में घुसे तो देखा, प्रेम नहीं है। दूसरे कमरे में देखा, वहाँ नहीं। किचन में भी नहीं। वे भयभीत हुए। तभी पूजाघर से कुछ बुदबुदाने की आवाज़ आई।

प्रेम देवताओं की तसवीरों के सामने हाथ जोड़े रो रहा था। माँ-पिता को देखा तो दहाड़ मारकर रोने लगा, "हे भगवान, हमको बुद्धी दे दो..."

वे दोनों फिर स्तब्ध थे। भीगे हुए। त्रिलोकी प्रेम को अँकवार में लेकर सिसक पड़े। थोड़ी देर बाद संयत होकर उन्होंने देवताओं के सम्मुख प्रतिज्ञा की, "साम, दाम, दंड, भेद, येन-केन-प्रकारेण जैसे भी हो, मैं बेटे को चपरासी बनाकर रहूँगा।"

पत्नी बोलीं, "कौन हमारे दस-बीस लड़के हैं। चाहे जितना घूस देना पड़े, दो। अब हर हाल में हमारा बेटा चपरासी बनेगा।" वह प्रेम को वात्सल्य से निहारने लगीं।

त्रिलोकीप्रसाद के एक दूर के रिश्तेदार कचहरी में एस. डी. एम. थे। रणनीति के मुताबिक प्रेमनाथ का वक़्त उनके घर पर ही व्यतीत होने लगा। मात्र दैनंदिन क्रियाओं तथा खाने-सोने के लिए ही वह घर आता था। एस. डी. एम. के यहाँ नौकर तो कई थे, पर वे भुनभुनाकर सेवा करते थे; जबकि प्रेम उत्साहपूर्वक ख़िदमत में हाजिर रहता था। सेवा के साथ-साथ मनोरंजन का भी स्रोत था वह। उसकी एक-एक हरक़त पर हँसी से मेमसाहब की कमर बल खा जाती। और तो और, प्रेम

इतना निरापद था कि उसके सामने वह ब्लाउज़ में हुक फँसाती। बच्चों के लिए वह दिलचस्प खिलौना था ही।

एस. डी. एम. ने उसको चपरासी बनाना स्वीकार कर लिया था, मगर त्रिलोकी दृढ़ किलेबन्दी वाले थे। अनुभवों से उन्होंने सीखा था, घूस की आँधी में रिश्तेदारी फूस के तिनके की तरह उड़ जाती है। अत: उन्होंने एस. डी. एम. को पन्द्रह हज़ार रुपयों की धनराशि भी प्रदान की। परिणाम यह हुआ, प्रेम तहसील का चपरासी बन गया।

त्रिलोकीप्रसाद तहसीलदार के चरणों पर गिर पड़े, "साहब, आपसे क्या छुपाना! बेटे को पढ़ना-लिखना बिलकुल नहीं आता। बस, आप सबके आशीर्वाद से नौकरी पा गया है। अब उसकी रक्षा करें हुज़ूर! उसकी नौकरी बचाए रखें हुज़ूर!"

तहसीलदार उदार हृदय थे। उन्होंने प्रेमनाथ को अपनी भैंसों को सानी-पानी देने, बच्चों के कपड़े धुलने, पौधों को पानी देने की ड्यूटी पर तैनात कर दिया। पर उसकी प्रमुख ज़िम्मेदारी दूसरी थी। तहसीलदार के शरीर में अथाह थकान भरी रहती थी। अत: रोज़ सुबह और रात को प्रेमनाथ उसके हाथ दबाता, पाँव दबाता, कमर दबाता। उँगलियाँ चटखाने में सिद्धहस्त था वह। तहसीलदार उसकी कर्तव्यपरायणता तथा सेवा-भावना से प्रसन्न थे। त्रिलोकी ने यह बात जानकी को बताई। दोनों ने ईश्वर को धन्यवाद दिया। उन्हें अब भरोसा हो गया था कि प्रेमनाथ की नौकरी सुरक्षित हो चली है। इस उपलक्ष्य में उनके द्वारा सत्यनारायण की कथा का आयोजन किया गया। निकट जनों को रात के खाने का भी निमंत्रण मिला था। पंजीरी की सुगन्ध और चरणामृत पर मँडराती मक्खियों के कलरव के बीच जब पंडित ने अन्तिम अध्याय ख़त्म करके शंख बजाया तो त्रिलोकी दम्पती भावविह्वल हो गए। दोनों ने श्री सत्यनारायण से निवेदन किया, "बस, एक अरज और सुन लीजै। हमारे प्रेम की शादी भी करा दीजै।"

इस आध्यात्मिक फ़रियाद ने उनमें जैसे गहरा विश्वास जगा दिया था। वे आश्वस्त हो गए थे कि लड़कीवाले प्रेम के विवाह के लिए अवश्य आएँगे। जानकी ने तो पति को हिदायत दी थी कि घर में दालमोठ और बिस्कुट हमेशा मौजूद रहना चाहिए। त्रिलोकी तख़्त पर बिछौने हेतु दो चद्दरें भी ले आए। नक़ली अंगूरों के गुच्छे के रूप में घर में पहली बार सजावट का सामान आया था। गुच्छे को एक अभिनेत्री के कैलेंडर को फाड़कर निकली कील में लटका दिया गया था।

छुट्टी के दिन तो त्रिलोकीप्रसाद तड़के ही नहा-धोकर तैयार हो जाते और लड़कीवालों की प्रतीक्षा करने लगते थे। ज़रा-सी कुंडी खड़कती, तनकर बैठ जाते कि लड़कीवाले पर रुआब पड़े। उन्होंने दहेज़ के लिए मनोवांछित वस्तुओं की सूची तैयार कर ली थी। लेकिन कोई आ ही नहीं रहा था। उनकी बेचैनी और व्यग्रता का अनुमान इस बात से लगाया जा सकता है कि पहली खेप की समस्त दालमोठ और बिस्कुट उन्होंने स्वयं हज़म कर डाली थी।

इतवार की रात गहरी हो गई थी। आज भी किसी लड़कीवाले के न आने की

वजह से त्रिलोकी परेशान थे। जानकी ने उनका माथा सहलाया, "हमारे भाग्य में पतोह न देखना लिखा है तो कौन मेट सकता है इसे!"

"नहीं, तुम दिल मत छोटा करो। नौकरी हर किसी को नहीं मिलती इस ज़माने में। एक दिन यहीं लाइन लगेगी लड़कीवालों की।"

"न भी लगे लाइन तो क्या!" वह साँस खींचकर बोलीं, "कभी-कभी तो मन होता है, न करें शादी प्रेम की।"

"क्यों न करें? क्या कमी है? नौकरी है। अकेली औलाद है। खेती-बाड़ी, यह मकान सब उसी का तो है।"

"हाँ, लेकिन उसकी बुद्धि की जो बात है।" वह फुसफुसाईं, "पता नहीं वह शादी लायक है भी या नहीं। क्या फ़ायदा किसी लड़की की ज़िन्दगी तबाह करने से।"

त्रिलोकी कुछ बोले नहीं, बस सारी रात जागते रहे। सुबह पूजा-पाठ के बाद प्रेमनाथ को लेकर डॉक्टर के यहाँ पहुँचे, "डॉक्टर साहब, ये मेरा बेटा है। इसकी शादी कर दूँ?"

"कर दीजिए।"

"नहीं...मेरा मतलब...कि मुझको पता करना है कि यह शादी लायक है कि... नहीं..."

जाँच-पड़ताल के बाद डॉक्टर ने कहा, "किसी लड़की की ज़िन्दगी से मत खेलिए। आपका लड़का बच्चा पैदा करने क्या, औरत के साथ सोने लायक़ भी नहीं है।"

त्रिलोकी का चेहरा काला पड़ गया। किसी तरह आवाज़ निकली, "डॉक्टर साहब, क्या इंजेक्शन वग़ैरह लगाने से भी क़ाबिल नहीं हो पाएगा?"

डॉक्टर दूसरे मरीज़ को बुलाकर बात करने लगा।

इसके बाद भी बेटे के विवाह के बारे में त्रिलोकीप्रसाद और जानकी के विचार डिगे नहीं। त्रिलोकी रिश्तेदारों, मित्रों के बीच में, दफ़्तर में मुस्कुराते हुए कहते, "सब भगवान की माया है। नौकरी पाने के बाद अब हमारे प्रेम शादी के लिए मचलने लगे हैं। मैं भी सोचता हूँ, कर ही दूँ। नहीं तो जवानी है, ऊँच-नीच कर बैठे तो क्या मुँह दिखाऊँगा समाज को?" कुल मिलाकर त्रिलोकीप्रसाद ऐसा वर्णन करते, जैसे प्रेमनाथ का पुंसत्व रतिक्रिया हेतु हिलोरें मार रहा हो!

जानकी भी अपने तरीक़े से सक्रिय थीं। वह एक तरफ़ महिला मंडलियों को सुनातीं, "पिछले हफ़्ते शुक्र को सपने में देवीजी आईं। कहीं कि जानकी डेढ़ साल में पोता खिलाओगी।" दूसरी तरफ़ वह प्रेम का एक होम्योपैथी डॉक्टर से इलाज करा रही थीं, जो सदैव खाँसता रहता था और जिसकी घनी सफ़ेद भौंहें पलकों पर झुक चली थीं। हालाँकि अभी तक जानकी को प्रेम के अधोवस्त्रों की पड़ताल से निराशा ही हुई थी लेकिन वह आशान्वित थीं। क्योंकि कई लोगों से सुन चुकी थीं, सही दवा मिल जाने पर होम्योपैथी रामबाण है।

उधर तहसीलदार की भैंसों की सेवा करते, फुलवारी को पानी देते, बाल-वृद्ध के कपड़े धोते प्रेमनाथ नौकरी गुज़ार रहा था। त्रिलोकीप्रसाद ने तहसील के सामने परिचित चाय-पान की दुकानवाले से बोल दिया था, "भइया! लड़का पैसा-कौड़ी नहीं पहचानता। अब ये जो खाए-पिए, दे देना, महीने-महीने का हिसाब हो जाया करेगा।" लेकिन प्रेमनाथ तो अब और कृपण हो गया था। वह उस दुकान में दाख़िल ही नहीं होता था। सहकर्मी मसखरी भी करते, "प्रेमनाथ, इतना पैसा बचाकर क्या करोगे?" वह चिढ़कर जवाब देता, "शादी में ख़र्चा नहीं होगा?" कभी-कभी वह हाथ नचाकर दाँत किटकिटाते हुए कहता, "बीवी के लिए साड़ी लाना होगा कि नहीं।" इस पर किसी ने फिकरा कसा था, "पर शादी होगी कैसे? इतने दुबले-पतले सींक जैसे हो, कौन करेगा शादी तुमसे?" प्रेमनाथ को लगा कि उसकी दुर्बलता के कारण ही लड़कीवाले नहीं आ रहे हैं। सोच-विचार के बाद वह तन्दुरुस्ती बनाने में जुट गया। वह क़सरत करके चना चबाने लगा था। बिना नागा अंडे का उपभोग करने लगा था। उसके माता-पिता ने उसे सुबह के समय एक बादाम घिसकर शहद के साथ चाटने की प्रेरणा दी थी। वह दो केले और एक गिलास दूध का भी सेवन करता था और अक्सर आईने के सामने हाथ जोड़कर अपनी मांसपेशियों को निहारता था।

हालाँकि उसके स्वास्थ्यवर्द्धक प्रयत्न निष्फल जा रहे थे। उसकी अस्थियों पर चर्बी की मात्रा में कोई अपेक्षित विस्तार नहीं हो रहा था। इसके बावज़ूद उसकी शादी की ललक बढ़ती हुई अब घनघोर स्थिति में पहुँच गई थी। दफ़्तर में बाबू लोग फ़िल्मी पत्रिकाओं के पन्ने पलटते और विभिन्न अभिनेत्रियों की तसवीरें दिखाकर पूछते, "प्रेमनाथ, बताओ, इनमें किससे शादी करोगे?" वह किसी एक पर उँगली रखकर बेहयाई से हँसने लगता। उसका हौसला इस क़दर बढ़ चुका था कि सड़क पर आती-जाती लड़कियों को देखकर ज़ोर की किलकारी मारता तथा भागता हुआ तहसील में घुस जाता।

पैसे-कौड़ी के मामले में भी उसने लाज-शर्म धोकर पी डाली थी। यहाँ तक कि उसने एक अन्धे भिखारी के कटोरे से पैसा निकाल लिया था। यही नहीं, एक दिन तहसीलदार का पाँव दबाते हुए फ़रियाद कर दी, "हुजूर, हम पर रहम करें। शादी-ब्याह करना है। कुछ ऐसा करें कि चार पैसे घूस-पात के हमें भी मिल जाया करें।"

तहसीलदार हो-हो कर हँसने लगे। प्यार से कहा, "चल बमभोले, तू भी क्या याद करेगा!" उन्होंने उसकी ड्यूटी क़ैदियों से मिलाई के लिए लगा दी। ये वे क़ैदी थे जो सरकारी क़र्ज़ न चुका पाने पर चौदह दिन के लिए तहसील की हवालात में ठूँस दिए जाते हैं। प्रेमनाथ मुस्तैदी से काम करने लगा। क़ैदियों से मिलनेवालों से वह रक़म ऐंठता। बदले में उनकी अधिक समय तक मुलाक़ात की व्यवस्था करता। खाने-पीने के सामान देने देता। क़ैदियों के कहने पर बीड़ी का बंडल, दियासलाई, सुर्ती, चाय-पानी ला देता था। जो मिलनेवाले एकदम फटेहाल होते थे, उनको वह समोसा, चाय पर ही सेवाएँ प्रस्तुत करता था। जीवन के इस महत्त्वपूर्ण मोड़ पर

उसकी गणित थोड़ी सुधर गई थी। जोड़-घटाव, गुणा-भाग के ज्ञान से तो वह अभी भी वंचित था, लेकिन अब वह दस-बीस-पचास-सौ के नोटों के कम-ज़्यादा महत्त्व से वाक़िफ़ हो चला था।

इसी बीच सबसे ख़ास बात हो गई। अचानक अप्रत्याशित तरीक़े से चटपट उसकी शादी तय हो गई। लड़की के माता-पिता बचपन में ही मर चुके थे, इसलिए मामा के घर पली थी। बारह साल की हुई तो मामा भी मर गए। इसीलिए शादी की समस्त वार्ता मामीजी ने की थी। वह इस साल हर हाल में भांजी का विवाह निपटा देना चाहती थीं।

त्रिलोकीप्रसाद और जानकी के दिन हरे-भरे हो गए थे। जानकी ने वरीक्षा की मिठाई में दो किलो लड्डू तथा चार दर्जन केले अपनी तरफ़ से मिला दिए। उनको मुहल्ले में वितरित कराने के बाद वह बधाइयाँ स्वीकार करने लगीं। वह कुछ झूठ भी बोल रही थीं। मसलन कह रही थीं, "शादी में काफ़ी दे रहे हैं। बीस हज़ार तो नक़द दे रहे हैं। टी. वी. भी देने को तैयार हैं। रंगीन देनेवाले थे। हमीं ने रोक दिया। उससे आँख ख़राब हो जाती है न।" लोग पूछते, "कहाँ हो रही है शादी प्रेमनाथ की?" तो वह बतातीं, "पता नहीं तो कौन गाँव है।" दरअसल त्रिलोकी ने उनको सख़्त हिदायत दे रखी थी कि किसी को भी बेटे की ससुराल का नाम मत बतलाओ। बहुत से जलनेवाले पड़े हैं आग लगाने को।

प्रेमनाथ शादी को लेकर काफ़ी ख़ुश था। ख़ुशी में उसने दो जोड़ी कपड़े सिलवा लिए थे और तहसील में सदैव गुलाब का फूल सूँघा करता था। फूल सूँघकर कुछ सोचा करता था। उसी मुद्रा में एक दिन तहसीलदार के घर आधा किलो गरमागरम इमरती लेकर पहुँच गया और पैर छू लिए, "साहब, मेरी शादी तय हो गई।" बैठे-बैठे ही तहसीलदार के पैर दबाने लगा, "हुजूर, शादी के बाद ख़र्चा बढ़ जाएगा। आमदनी भी बढ़ जाए, कुछ ऐसी किरपा करें सरकार।"

तहसीलदार, सहकर्मी आदि वैवाहिक जीवन के बारे में उसके विचार पूछते। वह निर्भय होकर उत्तर देता था। उसके विचारों का कुल मिलाकर सार यह था कि औरत एक घोड़ी है, जिसकी लगाम मर्द को कसे रखनी चाहिए। अपनी पत्नी को वह पैर की जूती समझेगा। समय-समय पर उसकी पिटाई भी करता रहेगा, ताकि वह 'कन्ट्रोल' में रहे। सुहागरात के बारे में उसकी योजनाएँ पति की न होकर बलात्कारी की थीं। उसने यह भी सोचा था कि तीन सन्तानों के बाद बीवी को लूप लगवा देगा।

प्रेम के उक्त मर्दानगीपूर्ण इरादों के बावज़ूद माता-पिता विवाह तय हो जाने के बाद और भी चिन्तित हो गए थे। माँ को अभी भी उसके अधोवस्त्र यथावत मिल रहे थे। वह अर्द्धरात्रि को घबड़ाहट के साथ पति से बोलीं, "अब तो शादी भी तय हो गई। कुछ करो जल्दी। नहीं तो सचमुच में एक लड़की की ज़िन्दगी बरबाद करने का पाप लगेगा।"

पति-पत्नी अगले दिन तांत्रिक के पास गए और उपाय पूछा।

"मदन मोहन यंत्र बनाना पड़ेगा।" तांत्रिक अपनी शक्ल को अधिक भयानक बनाने का प्रयत्न करते हुए बोला, "एक भोजपत्र को औरत के महीनवारी कपड़े से पोंछना होगा। न मिले वैसा कपड़ा तो लाल चन्दन से भी काम चलेगा। अर्द्धरात्रि के ठीक बारह बजे से मंत्र का जाप चलेगा। फिर उस यंत्र को जो तेरा लड़का इक्कीस दिनों तक कटि में बाँध ले तो एक रात में इक्कीस औरतों के साथ सोने की ताक़त पा जाएगा।"

मदन मोहन यंत्र प्रेमनाथ की कटि में इक्कीस दिनों तक बँधा रहा। उसके बाद एक फ़कीर ने त्रिलोकीप्रसाद को घोड़े की नाल दी थी। घनी अँधेरी रात में बहुत शर्म और डर के साथ उन्होंने उस नाल को प्रेमनाथ के जननांग से स्पर्श कराया। ऐसा करते हुए उनके चेहरे पर पसीना चुहचुहा आया। वह गर्मी से बेहाल सुअर की तरह पस्त पड़े हाँफने लगे। हालाँकि मौसम में हल्की ठंड थी।

पत्नी करवट बदलकर कहने लगीं, "कुछ परेशान हो क्या?"

"मैं कहता हूँ कि हमें प्रेम की शादी नहीं करनी चाहिए। किसी भी सूरत में नहीं।" घर में उनके हाँफने की आवाज़ फैल रही थी।

"सच पूछो तो, चाहती मैं भी यही हूँ।" कहकर वह ख़ामोश हो गईं। उनका मौन और त्रिलोकीप्रसाद का हाँफना एक-दूसरे को काटते हुए मँडरा रहे थे। जानकी ने उठकर रोशनी कर दी और पानी पीने लगीं। पानी पीकर पति की तरफ़ देखा, दोनों ने आँखें झुका लीं।

लेकिन सुबह जानकी गोदभराई की तारीख़ पक्की कर रही थीं। त्रिलोकी बेसन की पकौड़ियाँ खाते हुए अपने अन्य भाइयों को गोदभराई में शामिल होने के लिए ख़त लिख रहे थे। उन्होंने एक पत्र में लड़कीवालों को बताया था कि गोदभराई की रस्म में उनकी तरफ से कितने लोग पहुँचेंगे। पहुँचनेवालों में कितने पुरुष होंगे और कितनी महिलाएँ।

इन सब गतिविधियों से प्रेमनाथ बड़ा प्रसन्न था। कह रहा था कि उसकी शादी में पटाख़ा छूटेगा, डांस होगा, वह स्टेज पर बैठेगा तो हँसेगा नहीं। वह मौर पहनेगा। उसको उबटन लगेगा। कार से जाएगा वह शादी करने।

वह अब यदा-कदा ख़र्च भी करने लगा था। एक दिन घर पर दो किलो हरी मटर लेकर पहुँच गया। इसी प्रकार, दही-बड़े लेकर आया और त्रिलोकीप्रसाद को देकर मुस्कुराने लगा।

फ़िलहाल इन दिनों उसकी आयुर्वेदिक चिकित्सा चल रही थी। वह एक विशिष्ट प्रकार का लड्डू खा रहा था, जो केवांच के बीज, बादाम, गोंद, गुड़ और देशी घी के संयोग से निर्मित किया गया था।

उसकी शादी एक दिन हो ही गई। वह ब्याह करके वापस घर आया तो मुहल्ले में हलचल मच गई। बराती बस से उतरकर बिछी हुई चारपाइयों पर बैठे। वे हँस-हँसकर बता रहे थे कि रास्ते भर प्रेमनाथ ने मज़ा लगाया। अपनी दुल्हन के लिए

चिल्लाकर कोल्ड ड्रिंक मँगाता। एक बार तो ख़ुद ही बोतल उसके मुँह से लगाकर पिलाने लगा। कहता, इसको मिठाई-उठाई कुछ खिलाओ।

थोड़ा वक़्त बीतते ही रिश्तेदारों के लड़के-लड़कियों ने भाभी-भाभी कहते दुलहन को घेर लिया और गाना सुनाने की ज़िद करने लगे। प्रेमनाथ बार-बार उधर मँडराता। उसे भाभी-भाभी तथा खिलखिलाने की आवाज़ें सुनाई देतीं। अन्ततः वह भीतर घुस गया और पत्नी से बोला, "भाभी, हम भी यहीं बैठेंगे।" यह सुनकर शेष बच्चे मुस्कुराते हुए बाहर निकल आए। दुल्हन सिकुड़कर बैठ गई। प्रेमनाथ ने पूछा, "गुस्सा हो भाभी?"

"हाँ, हम गुस्सा हैं।" वह हँसने लगी, "आप कलेवा पर चिल्लाने क्यों लगे थे कि स्कूटर न मिला तो शादी न करेंगे?"

"ज़बान सँभालो।" प्रेमनाथ गुर्राया, "सरकारी नौकरी में हूँ। बड़े-बड़े एम. ए., बी. ए. घूम रहे हैं चपरासी बनने को। पर दहेज़ देने में तुम्हारी मामी भिखमंगी की तरह खड़ी हो गई हाथ जोड़कर।"

"देखिए, मेरी मामी पर मत जाइए, पैर पड़ती हूँ।"

"चोप्प साली, हरामज़ादी, भाभी..." वह पत्नी के बाल पकड़कर खींचने लगा। लोग भीतर आए। प्रेमनाथ को डाँटते हुए बाहर ले गए। उसे समझाया जाने लगा कि इनको भाभी मत कहा करो। नाम लेकर पुकारो—सुषमा। और देखो, अब कभी हाथ मत उठाना सुषमा पर।

सुषमा अगले दिन जब पूजा करके उठी तो उसके भीतर तेज समाया हुआ था। उसने निश्चय कर लिया था कि यदि उसके भाग्य में ऐसा ही पति लिखा है तो क्या हुआ! अब यही उसके भगवान हैं। इन्हीं के साथ उसे ज़िन्दगी बितानी है। जैसे भी हो, वह इस घर को स्वर्ग बनाने का प्रयत्न करेगी। वह बुदबुदाई, 'घर के सारे बरतन माँजूँगी, कपड़े साफ़ करूँगी, जाले पोंछूँगी, झाड़ू दूँगी। मैं घर में सबके लिए नई डिजाइन के स्वेटर बुनूँगी। खाना बनाऊँगी और बरसात में पकौड़ियाँ तल-तलकर खिलाऊँगी।

वह हमेशा काम करती रहती। छुट्टी पाती तो जानकी के पाँव दबाती। उनके सिर की चम्पी करने लगती। प्रेमनाथ तो बहुत देर तक शरीर दबवाता था। एकदम तहसीलदार हो जाता था। कहता, "और ज़ोर लगाओ।" तब तक सेवा कराता रहता था, जब तक कि सो नहीं जाता था। उसके सोने की पहचान थी कि सोते ही मुँह से लार बहने लगती थी। सुषमा साड़ी के पल्लू से उसकी लार पोंछकर लेट जाती और ऊपर टँगे पंखे को देखने लगती। बस, बीच-बीच में थूक घोंटने पर उसके गले से आवाज़ निकलती।

त्रिलोकीप्रसाद और जानकी अच्छी पतोह पाकर निहाल थे। जानकी महिला मंडलियों, रिश्तेदारों के बीच अतिशयोक्तिपूर्ण ढंग से सुषमा की प्रशंसा करतीं। लेकिन अत्यन्त चतुराई के साथ तोहमत भी मढ़ रही थीं, "सब ठीक है, बस एक

ही ख़राबी है, उसका महीना होता ही नहीं।" वह फुसफुसातीं, "मैं रोज़ कूड़ादान, पिछवाड़ा देखती हूँ। कभी ऐसी निशानी नहीं मिली कि लगे, उसको महीना होता है। हे भगवान! बेचारा प्रेमनाथ निपूता रह जाएगा।"

सुषमा के कानों तक यह बात पहुँची तो उसे इतना ग़ुस्सा आया कि वह खौलने लगी। यह सीधे-सीधे उसकी माँ बनने की सामथ्र्य पर इल्ज़ाम था। वह सब कुछ तहस-नहस कर डालना चाहती थी। उसकी इच्छा हो रही थी कि इस बार कपड़े के गन्दे टुकड़े को तब फेंकने जाए, जब मुहल्ले की औरतें बैठी हों। लेकिन जानकी की व्यूह-रचना ने ऐसा घटित नहीं होने दिया।

इस मामले में सुषमा के लिए स्थिति सबसे अधिक विडम्बनापूर्ण तब होती, जब रात को प्रेमनाथ उससे पूछता, "हे...हे...तुमको लड़का कब होगा?"

"जब भगवान चाहेंगे।"

"भगवान कब चाहेंगे?"

"पाँच साल बाद।" वह बात को ख़त्म करने की गरज़ से कह देती और उदास हो जाती।

सुषमा को उदास देखकर प्रेमनाथ उसको गुदगुदी लगाने लगता था। यह अलग बात है कि गुदगुदी लगाते समय सुषमा से अधिक वह स्वयं हँसता था। छुट्टी के रोज़ वह एकान्त पाकर दिन में भी गुदगुदी लगाने लगता था। मुहर्रम के अवकाश पर वह यही कृत्य कर रहा था कि पड़ोस का लड़का जंगबहादुर आ गया। जंगबहादुर की घड़ी चाबी न देने से रुक गई थी, वह समय मिलाने आया था। घड़ी उसी कमरे में लगी थी, जहाँ प्रेमनाथ सुषमा को गुदगुदा रहा था। कमरा खुला तो सुषमा हँस रही थी। जंगबहादुर ने पूछा, "भाभी, हँस क्यों रही हैं?"

सुषमा ने साँस ठीक की, "बस, ऐसे ही। लालाजी, बैठो, खड़े क्यों हो?" उसने थोड़ा-सा खिसककर जगह दे दी। प्रेमनाथ ने नाक में उँगली ठूँस ली और गम्भीर होकर चारपाई के नीचे लटके पैर हिलाने लगा।

"भाभी, कोई पिक्चर-विक्चर नहीं देखी?"

"दिखाओ न लालाजी। पर क्यों दिखाओगे? नम्बर एक के कंजूस जो ठहरे।"

तब तक प्रेमनाथ खड़ा हो गया, "जंगबहादुर, चाबी भरो घड़ी में।" जंगबहादुर चाबी भरता हुआ चला गया। प्रेमनाथ ने कमरा बन्द किया। सुषमा के बाल खींचते हुए बोला, "रंडी बनने का शौक चर्राया है? इशकबाजी कर रही थी ससुरे जंगबहादुरवा से।" धम्म से एक घूँसा उसकी पीठ पर मारा।

सुषमा रोती रही और घंटों रोती रही। शाम के पहले ही प्रेमनाथ उदार हो गया और उसे गुदगुदी लगाने लगा। हँसते हुए उसने प्रस्ताव रखा, "आज चलो, तुमको शहर घुमा लाएँ।" फिर हँसने लगा, "पाउडर लगाना, क्रीम लगाना, जूड़ा बनाना, पर्स डालना बाँहों में। मटक-मटककर चलना होगा।"

जानकी चिन्तित हो गईं। वह नहीं चाहती थीं, बहू घर से बाहर निकले। ख़तरा

था कि बाहर किसी परिचित के मिलने पर सारी बातें बता न दे; या कहीं प्रेमनाथ को चरका देकर भाग न जाए। लेकिन बेटे की ज़िद के आगे उनकी चल नहीं पा रही थी। आख़िर उन्होंने रास्ता निकाला, "ज़रूर जाओ घूमने, शौक़ से जाओ, पर अपनी अम्मा को भी ले चलो न।"

उसने आँखें मटकाकर जवाब दिया, "हस्बैंड-वाइफ़ अकेले जाते हैं घूमने।" अपनी इस वाक्पटुता पर मुग्ध होकर वह खिलखिला पड़ा।

जानकी बुझे मन से बोलीं, "जाओ।"

सुषमा फटाफट पेटीकोट पर अपनी सबसे बढ़िया साड़ी चढ़ाने लगी। माँग में गहरा सिन्दूर देकर वह तैयार हो गई तो प्रेमनाथ ने सबके सामने उसका हाथ पकड़ लिया, "चलो, रिक्शा आ गया है।" मुहल्ला दोनों को देखने के लिए बाहर निकल आया था। रिक्शे के एक तरफ़ सुषमा की साड़ी का थोड़ा-सा पल्लू लहरा रहा था।

बाज़ार पहुँचकर वह रिक्शावान से पैसों को लेकर हुज्जत करने लगा। अन्ततः कम पैसे लेकर रिक्शावाला बड़बड़ाता चला गया। अपनी इस सफलता पर प्रेमनाथ सुषमा को देखकर मुस्कुराया और कहा, "चलो, गोलगप्पा खा लो।"

दुकान पर उसने सुषमा पर ख़ूब प्यार जताया, "और गोलगप्पे खाओ।" उसने आग्रह करके टिकिया और खस्ता भी खिला दिया। अन्त में बोला, "दही-बड़ा हमारी ओर से ले लो।" भुगतान करने के बाद वह सीना फुलाकर चलने लगा।

थोड़ी ही दूर वे चले होंगे कि प्रेमनाथ पूछ बैठा, "लस्सी पीओगी?" "नहीं... नहीं।" सुषमा ने पेट पर हाथ फेरकर इशारा किया कि वह तृप्त है।

"अरे गट...गट...गट...पी जाना।"

प्रेमनाथ ने लस्सी ख़रीदकर उसके मुँह से लगा दिया, "मेरे हाथ से पी लो न गट...गट...।"

लस्सी पीकर प्रेमनाथ ने पान खाया, "तुम्हारे लिए इसलिए पान नहीं ख़रीदा कि औरतजात पान नहीं खाती है।" वह पान चबाते हुए एक पार्क में सुषमा को लेकर आ गया। वहाँ घास पर एक किनारे दोनों बैठे। प्रेमनाथ ने कहा, "ऐसे नहीं, पालथी मारकर बैठो।"

सुषमा पालथी मारकर बैठी तो वह उसकी जाँघ पर सिर रखकर लेट गया। पान की पीक घोंटकर लम्बी-सी जीभ बाहर निकाल दी, "देखो, लाल है?"

"हाँ, ख़ूब लाल है।"

वह ख़ुश होकर चहका, "अर्र राजा तब तो तुम मुझसे बहुत मुहब्बत करती हो।"

सुषमा उदास-सी सिर हिलाकर हँस दी।

उसने फ़रमाइश की, "मेरे बाल में उँगली फेरो।"

सुषमा वैसा ही करने लगी।

वह नाक में उँगली ठूँसकर विचारमग्न हो गया। जैसे कोई बहुत गम्भीर, बहुत बड़ी बात सोच रहा हो। थोड़ी देर बाद उत्साहित होकर उठा। सुषमा की ठोढ़ी

पकड़कर चेहरा ऊपर किया, "मेरे पास सरकारी नौकरी है। चार पैसे की ऊपरी कमाई भी करता हूँ। बाप महराज की भी सब जायदाद मेरी ही तो है। मगर कोई औलाद नहीं है हमको।"

सुषमा कुछ बोली नहीं। चुप उसकी आँखों को देखती रही। उनमें दहशत पैदा करनेवाली विक्षिप्तता उतर आई थी। वह धीमे से बोली, "क्या करेंगे औलाद लेकर?"

"अरे, खानदान को आगे बढ़ानेवाला कोई होना चाहिए। नहीं तो कौन भोगेगा सब ज़मीन-जायदाद?" उसकी आँखों में ख़ूँख़ार क़िस्म का पागलपन उतर आया। उसके होंठ, हाथ वग़ैरह विकृत-से होने लगे। वह वीभत्स ढंग से हँसा, "क्यों हरामज़ादी, तू बाँझ है क्या?" वह अट्टहास-सा करने लगा। वह जीवन में पहली मर्तबा इतना तेज़ हँस रहा था।

सुषमा की तीव्र इच्छा हुई, उसके मुँह पर थूक दे और धक्का देती हुई भाग जाए, लेकिन उसने ऐसा कुछ भी नहीं किया। रोने लगी। थोड़ी देर बाद वह हिचक-हिचककर रो रही थी।

प्रेमनाथ की हँसी थम ही नहीं रही थी। थोड़ी देर के लिए ठहरकर फिर हँसने लगता। वही डरावनी हँसी। हँसते-हँसते उसकी आँखें बाहर निकल आ रही थीं। गरदन फूली जा रही थी। लग रहा था कि वह कहीं हँसी से ही न मर जाए।

[1994]

शापग्रस्त

सरोज वर्मा उद्विग्न थी कि पतिजी को क्या होता जा रहा है? कुछ दिनों से हँसी-ख़ुशी उड़न-छू हो चली है। कितना हँसते-हँसाते थे। उस पर भी न हँसती तो गुदगुदी लगाने लगते थे। उजली तो उनके जीवन की चाभी थी। सुबह स्कूल के लिए वह ही उसको तैयार करते। चहकते हुए स्कूटर से उसे छोड़ने जाते। शाम ऑफ़िस से लौटते तो बस, लाद लेते बेटी को। फिर तो रात उन्हीं के पेट पर लेटे हुए वह सोती।

घर में जैसे ख़ुशियों की अनेकानेक गौरैयाँ फुदकती-चहकती हों। देर से ऑफ़िस जाकर जल्दी घर लौट आते पतिजी। वह झूठ-मूठ में नाराज़ हो जाती तो मनाने लगते। शादी के सात साल हो गए पर बात-बात में हुस्न की ख़ूबसूरती में शेर-ओ-शायरी करते रहते। इतना प्यार...इतना प्यार...कि शौचालय में उसे देर हो जाए तो 'सरोज... सरोज' कहते हुए दरवाज़ा भड़भड़ाने लगते, "सरोज, तुम ठीक तो हो न?"

वह कहती, फ़लाँ फ़िल्म का कैसेट लाओ—ला देते। कहती, साड़ी लाओ—ला देते। कहती, चाट खिलाओ—खिला देते। कहती, खाना बनाओ—बनाने लगते। कहती, बच्ची बहलाओ—बहलाने लगते।

पर पिछले कुछ दिनों से इस शख़्स को हो क्या गया? ऑफ़िस से छुट्टी मारकर बैठा है गुमसुम। आँख उठाकर देख तक नहीं रहा है। न उसकी तरफ़—न बच्ची की तरफ़। अजीबोग़रीब हरकतें कर रहा है। बचपन की तसवीरों को घंटों देखता रहेगा। यौवन की तसवीरें देखकर आईने के सम्मुख खड़ा हो जाएगा और देर तक बिसूरता रहने के बाद अचानक चारपाई पर अनिश्चित समय के लिए तकिए से मुँह ढँककर लेट जाएगा। एक दिन न जाने क्या हुआ, उठा और अपनी नेमप्लेट उखाड़ डाली। इसी तरह एक दिन अपनी कविताएँ ज़ोर-ज़ोर से पढ़ने लगा। पढ़ना क्या, चिल्लाने लगा।

सरोज वर्मा उस घड़ी को कोसती है, जब उसने कह दिया था, "ए जी, आपकी तोंद बहुत ज़्यादा निकल आई है, इसे भीतर करिए न...।"

कर्तव्यपरायण पति प्रमोद वर्मा ने अगली सुबह दंडबैठक लगानी शुरू कर दी है। इस पर वह शेखी में मुँह फुला बैठी, "ये सब नहीं चलेगा जी। सफ़ेद निकर और एक्शन शू पहनकर जागिंग करिए। फिर शीशे के सामने खड़े होकर तौलिया से पसीना पोंछें।"

प्रमोद वर्मा ने वैसा ही किया। आदमक़द आईने के सामने सफ़ेद निकर, बनियाइन

और एक्शन शू में वह छोटी-सी तौलिया से देह पोंछ रहा था। उसने सोचा कि हो सकता है कि तोंद कुछ पिचकी हो। आकलन के लिए उसने पेट पर हाथ फेरा। वह यथारूप था। तभी उसने अपने को क़ायदे से देखना शुरू किया। सब कुछ बदल गया था। अभी पैंतीस का था, पर कितना खुरदुरा और प्रौढ़ लग रहा था! वह अख़बार में मुँह छिपाकर पास की कुर्सी पर बैठ गया। स्वयं से बोला, "मेरा शरीर, मेरी आत्मा, दोनों बरबाद हो चुके हैं। मैं पैंतीस का हूँ लेकिन दोनों ही बूढ़े हो चुके हैं। न मेरी आत्मा निष्पाप हो सकती है, न मेरी तोंद पिचक सकती है। भौतिक और आध्यात्मिक दोनों के ही विकास की सम्भावनाएँ मेरे तईं धूमिल हो चुकी हैं।"

यही क्षण था जब उसमें परिवर्तन प्रकट होने लगा था। वह लम्बी छुट्टी लेकर घर बैठ गया और उदास और बेचैन दिखने लगा। समय-समय पर वह लम्बी साँस लेता अथवा लम्बा नि:श्वास छोड़ता।

पर जब अपनी पुरानी कविता का ज़ोर-ज़ोर से पाठ करते हुए चिल्लाने लगा, तो सरोज वर्मा सिहर गई और उसके सामने गिड़गिड़ा उठी, "प्लीज़, आपको ये क्या हो गया है?"

"मुझे सत्य का पता चल गया है; बल्कि सत्य है कि मुझे असत्य का पता चल गया है।"

"क्या है असत्य?"

"वह सब कुछ असत्य था, जो अब तक हमारे बीच था।"

"मतलब कि हमारे बीच जो प्रेम था, जो सुख था, वह असत्य था?"

"हमारे बीच न प्रेम था, न सुख, यहाँ तक कि उजली के प्रति भी हमें प्यार न था। दरअसल हम जब तक जागते थे, प्रेम, सुख, वात्सल्य के देखे-सुने का रिहर्सल मात्र करते थे। हम प्यार नहीं, प्यार का प्रदर्शन करते थे।"

"कैसी बात कर रहे हैं?"

"सच कह रहा हूँ। सत्य तो ये है कि तुम्हारे बन-बनकर बोलने, कृत्रिम हँसी, नक़ली रूठने और हर पल इतराते रहने से मुझे घृणा होती थी। मगर दरअसल हम घर में रहकर भी सड़क पर होते थे, जहाँ लोग तमीज़, मुहब्बत वग़ैरह का स्वाँग रचाते हैं।"

"तो क्या आपका वह गुदगुदी लगाना, वह टट्टीघर का दरवाज़ा भड़भड़ाना, वह किचन के काम में हाथ बँटाना झूठ था?"

"बिलकुल झूठ था।"

"और वह शेर-ओ-शायरी सुनाना भी झूठ था?"

"बिलकुल झूठ।"

"आप चाहते क्या हैं?"

"मैं सुखी होना चाहता हूँ। मुझे सुख की खोज है। मैं उसे पाना चाहता हूँ।"

"तुम पागल हो गए हो। भरी जवानी में तुम्हें साधु बनने की शैतानी सूझ गई है।

हे भगवान! ये इसी तरह अगर पगलाते रहे तो मेरा और मेरी बच्ची का क्या होगा?"

उजली दौड़ती हुई आई, "पाप्पा...पाप्पा...मुझे कॉमिक्स ख़रीद दो न।"

उजली ने हाथों को टामीगन की मुद्रा में बनाया। पापा कॉमिक्स नहीं देता—ठाँय... ठाँय...पापा मर गया—ठाँय!

प्रमोद वर्मा गोया सचमुच मर गया। वह चारपाई पर गिर पड़ा और चद्दर से मुँह ढँककर पड़ गया।

उसकी इधर की यह चिरपरिचित मुद्रा थी। इस मुद्रा में जैसे ही आता, द्वन्द्व का एक शोकगीत शुरू हो जाता। इधर अनगिनत बार यह शोकगीत उसने गाया। फिर भी वह जैसे ही मुँह ढँककर लेटने की मुद्रा में आता, शोकगीत शुरू हो जाता:

'मैं आदर्श भारतीय नागरिक की तरह बाईं पटरी पर चला और सच्चे भारतीय पुरुष की तरह अहर्निश गृहस्थी का खड़खड़ा खींचा। पत्नी द्वारा रोज़-रोज़ फ़जीहत के बावज़ूद मैं बेशर्म के पौधे की तरह हरा-भरा खिला-खिला रहा। वी. सी. आर. ख़रीदा, स्कूटर ख़रीदा, सोफ़ा-फ्रिज, सब कुछ है मेरे पास। एक स्थानीय किन्तु प्रतिभाशाली चित्रकार के चित्र भी टँगे हैं ड्राइंगरूम में। अपना मकान न सही किन्तु प्लॉट ख़रीद रखा है। पैंतीस वर्ष की अवस्था में कोई मध्यवर्गीय नवयुवक इससे अधिक क्या कर सकता है? बच्ची को बढ़िया स्कूल में पढ़ाता हूँ। कोई भरोसा न करे तो मेरे घर का फ्रिज खोलकर देख ले, खाने-पीने के सामान से ठसाठस रहता है। ढाई लीटर तो दूध ख़रीदा जाता है। मेरे पेट की गड़बड़ी को छोड़ दिया जाए तो सब कुछ चुस्त-दुरुस्त है। पर हक़ीक़त नहीं है यह। मैं एक रोग का रोगी हो गया हूँ पिछले कुछ दिनों से। अजीबोग़रीब रोग हैं, मुझे कहीं भी किसी भी चीज़ में सुख नहीं मिलता।'

एक दिन यही सब सोचते-सोचते उसे थरथरी होने लगी।

सरोज वर्मा ने पूछा, "ये काँप क्यों रहे हैं?"

उसने टालने की गरज से कहा, "कँपकँपी आ रही है, इसलिए काँप रहा हूँ।"

"कँपकँपी आ रही है तो कोई दवा ले लें।"

'मेरी कँपकँपी की क्या दवा हो सकती है?' उसने सोचा और नतीजे पर पहुँचा कि नौकरी छोड़ देना उसकी कँपकँपी की दवा है, एंटीबायटिक है। वह नौकरी छोड़ देगा और कविताएँ लिखेगा। बैंक में तीन लाख रुपया जमा हैं, उनके सूद से घर चल जाएगा।

"कोई दवा मँगवाऊँ?"

"नहीं, उस दवा से मेरी कँपकँपी नहीं ठीक होगी। मेरी कँपकँपी ठीक होगी मेरे नौकरी छोड़ देने से। हाँ, मैं नौकरी छोड़ दूँगा।"

"आप पागल तो नहीं हो गए हैं? हे भगवान! इन्हें कुछ दिनों से क्या होता जा रहा है!" वह गहरी नींद में सो रही उजली को उठा लाई। उसे झिंझोड़ते हुए पति से बोली, "इसका तो कुछ ख़याल करिए। कैसे चलेगा घर का ख़र्चा?"

"बैंक में तीन लाख के ऊपर जमा हैं, उनके ब्याज से चलाएँगे हम ख़र्चा। वैसे भी जूनियर इंजीनियर का वेतन ब्याज की इस राशि से ज़्यादा नहीं होता है। अब तुम यह कह सकती हो कि हर साल इन्क्रीमेंट लगता है, बोनस मिलता है, उसका क्या होगा। इस पर मेरा जवाब है कि नौकरी छोड़ने के बाद भी मैं इधर-उधर से इतना ज़रूर कमा लूँगा जो बोनस और इन्क्रीमेंट की क्षतिपूर्ति करेगा।"

"नौकरी क्यों छोड़ रहे हैं, छोड़कर करेंगे क्या?" वह बदहवास थी।

"नौकरी मैं आत्मिक शान्ति के लिए छोड़ना चाहता हूँ। नौकरी छोड़ने के बाद कविताएँ लिखूँगा। साथ ही कुछ उच्चकोटि के निबन्ध लिखने का भी मेरा इरादा है।"

"चूल्हे-भाड़ में जाए आपका इरादा।" वह सिसकने लगी। अचानक फ़ुर्ती से उठी और उसका हाथ खींचकर उजली के सिर पर रख दिया, "उजली के सिर की क़सम जो नौकरी छोड़िए।"

"क़सम दिलाने से घटनाएँ घटित होना नहीं बन्द कर देतीं। फ़र्ज करो, तुम भारत के प्रधानमंत्री या अमेरिका के राष्ट्रपति से कहो कि आपको आपके बच्चे की क़सम जो इस पद पर रहें, तो क्या नतीजा निकलेगा? क़सम दिलाने से वायु का चलना नहीं रुकेगा, नदी का बहना नहीं रुकेगा, अग्नि का जलना नहीं रुके..."

"और आपका नौकरी छोड़ना नहीं रुकेगा...अरे तीन लाख के ब्याज से खाते रहेंगे तो बड़ी होने पर उजली का ब्याह कैसे करेंगे? पाँच लाख तो आज ही डॉक्टर, इंजीनियर का रेट है।"

"उजली का विवाह दहेज देकर न होगा। वह प्रेम विवाह करेगी। यदि प्रेम नहीं करेगी, प्रेम करने से डरेगी तो उसको प्रेम और प्रेम विवाह के लिए मैं प्रोत्साहित करूँगा।"

"आग लगे आपकी बुद्धि को। ऐ सर्वशक्तिमान! हमारी रक्षा करो।" वह उजली को लेकर सोने चली गई।

रात के 2.15 बजे थे और सरोज वर्मा बेटी के साथ सो रही थी। प्रमोद वर्मा ने उसे जगाया, "मैं टेपरिकॉर्ड बजा दूँ?"

"यही पूछने के लिए जगाया है?"

"वो बात नहीं है।" वह बहुत ख़ुश दिख रहा था। उसने कव्वाली का एक कैसेट बजा दिया और बोला, "अब नौकरी नहीं छोड़ना चाहता। दरअसल मैं सस्पैंड होना चाहता हूँ, इसके बड़े फ़ायदे हैं।"

उसने फ़ायदे बताए, "सस्पेंड होने पर दो-तिहाई वेतन मिलेगा। फिर लिख-पढ़कर वेतन के एक-तिहाई से ज़्यादा कमा ही लूँगा। दस से पाँच के चक्कर से छुट्टी मिल ही जाएगी।"

वह सस्पैंड होने के लिए उद्यत था। उसने निश्चय कर लिया था कि बॉस का सिर

फोड़ देगा। नेता को गाली बक देगा। महिला शौचालय में घुस जाएगा। स्टेनो राधा अग्रवाल को आँख मार देगा। जैसे भी सम्भव हुआ, वह सस्पेंड होकर रहेगा। बस, वह आर्थिक भ्रष्टाचार के आरोप में सस्पेंड होने के लिए तैयार नहीं था। इसके पीछे कुछ उसकी सदाचारी जीवन जीने की इच्छा थी और कुछ उसका यह अनुभव था कि सरकारी कर्मचारी भ्रष्टाचार के कारण दंड नहीं स्नेह, सम्मान का पात्र बन जाता है। तो इस प्रकार सस्पेंड होने के लिए उसके पास कोई सुसंगत और स्पष्ट रूपरेखा नहीं थी। बस, एक दृढ़ इच्छाशक्ति थी, जो उसे अपने लक्ष्य की दिशा में आगे बढ़ा रही थी।

उसने एक पैकेट सिगरेट और माचिस ख़रीदा। इसके पीछे उसका इरादा था कि इग्ज़ीक्यूटिव इंजीनियर चरन साहब के सामने इसे पिएगा और धुआँ उनके मुँह पर छोड़ेगा।

वह कार्यालय में घुसा तो उसी समय सहायक अभियन्ता तिवारी स्कूटर खड़ा कर रहे थे। वह उनका अधीनस्थ था लेकिन नमस्कार नहीं किया, बल्कि घृणा से थूककर आगे बढ़ गया। सीधे जाकर चरन साहब की स्टेनो राधा अग्रवाल की मेज़ के सामने खड़ा हो गया। वह कोई फ़िल्मी पत्रिका पढ़ने में मशग़ूल थी, किसी तरह चेहरा उठाया। वर्मा बोला, "हलो राधा, कैसी हो?"

इस शर्मीले आदमी की यह बेफ़िक्री देखकर वह चकित हो गई। किसी तरह बोली, "नमस्ते।"

"अरे हाथ मिलाइए। हमें भी तो कभी-कभी लिफ़्ट दे दिया करिए।" वह निर्लज्जता से हँसा। राधा अग्रवाल का चेहरा आधा क्रोध, आधा शर्म से लाल हो गया। उनको उसकी दशा में छोड़कर वह अपनी सीट पर आ गया। वहाँ उससे सम्बद्ध दो ठेकेदार बैठे हुए थे। वह बोला, "एक-एक को डंडा कर दूँगा। बहुत हो चुका अब। चाहे सहायक अभियन्ता हो, अधिशासी अभियन्ता हो या एस. ई., सब सालों की ऐसी-तैसी कर दूँगा।" उसने होंठ टेढ़े करके नथुने फुला लिए।

"वाह साहब! अब आए आप इंजीनियरी वाली लाइन पर। नहीं तो मास्टरों की तरह झेंपे-झेंपे रहते थे।" ठेकेदारों में से एक ने कहा।

दूसरा बोला, "हम तरसते रह गए कि हमारे साहब भी किसी को पिटवाने-उठवाने को कहें तो हमारे भी हाथ की खुजली शान्त हो। अब लग रहा है कि हमारी ख़्वाहिश पूरी होगी।"

सहायक अभियन्ता तिवारी का चपरासी पर्दा हटाकर घुसा, "ए.ई. साहब बुलाए हैं। बोले हैं कि जल्दी पहुँचें।"

"अबे भाग यहाँ से, जाकर बोल कि उनके बाप का नौकर नहीं हूँ। जब फ़ुर्सत मिलेगी तो आऊँगा।"

ठेकेदार तक सनाका खा गए कि ये चुपचाप रहने और शान्तिपूर्वक कमीशन खानेवाला इनसान अगिया बैताल कैसे बन गया। एक माचिस उठाने के बहाने वर्मा

के क़रीब तक झुका और सूँघा। शराब की गन्ध न पाकर वह हैरान हो चला वर्मा के रौद्र रूप पर।

वर्मा ने पैर उठाकर मेज़ पर फैला दिए। उसके पैरों के पंजे ठेकेदारों के मुँह की तरफ़ थे। पंजों की चमड़ी साफ़ थी। लेकिन फटी हुई थी। एक ठेकेदार के हृदय में दर्शन भाव पैदा हो गया। उसने सोचा, मनुष्य कितना रहस्यमय होता है! किसी जीव में कब कौन रूप विद्यमान हो उठे, इसकी निश्चित भविष्यवाणी नहीं की जा सकती। जैसे यह वर्मा आज अकस्मात् इतना वीर, धाकड़ और निर्भीक हो जाएगा, क्या कोई कह सकता था?

दूसरा ठेकेदार अपने साथी के इस आध्यात्मिक चिन्तन से असहमत था। उसकी धारणा थी कि निश्चय ही वर्मा को किसी माफ़िया बादशाह की छत्रछाया मिल गई है अथवा किसी मंत्री का वरद्हस्त।

ठेकेदार एक ने कहा, "दोनों एक ही बात हैं। मंत्री के वरद्हस्त का मतलब माफ़िया बादशाह की छत्रछाया है और माफ़िया बादशाह की छत्रछाया का मतलब मंत्री का वरद्हस्त है।"

"एक-एक को डंडा कर दूँगा।" वर्मा ने हुंकार भरी और मेज़ पर दाहिने पैर की एड़ी को हल्का-सा पटक दिया। ठेकेदार पशोपेश में पड़ गए कि यह वर्मा किसी और को डंडा करने के लिए गरजा है अथवा उनके ही ऊपर ख़फ़ा हो गया है। वे इस मामले में उसके मन की टोह ले पाते कि इग्ज़ीक्यूटिव इंजीनियर चरन साहब का बुलावा आ गया।

वर्मा मुस्कुराया, 'अब वक़्त आ गया है कि मैं सस्पैंड कर दिया जाऊँगा और मेरी तमन्ना पूरी होगी।'

उसने मेज़ पर से सिगरेट का पैकेट और माचिस लिया। आगे बढ़ा तो लगा कि पेट में गैस फैल गई है। ख़ुश हो गया। दरवाज़े पर लात मारकर भड़ाक से घुसेगा और भीतर पहुँचने पर इस फँसी हुई गैस को सुरीली तान में छोड़ेगा। जब तान मद्धिम होने लगेगी तो मुँह में लगी सिगरेट देवानन्द हीरो की तरह हिलाते हुए खचाक् से तीली जलाकर सुलगा लेगा...।

शाम वह घर पहुँचा तो सरोज वर्मा उजली की उँगली पकड़े बाहर खड़ी इन्तज़ार कर रही थी। उसने उजली को सिखा रखा था कि पापा आएँ तो पापा-पापा कहते हुए लिपट जाना। स्वयं उसने भी अच्छा नाश्ता बनाने की तैयारी कर रखी थी और निश्चित किया था कि वह पति को देखते ही एक मोहिनी मुस्कान मुस्कुराएगी और उसकी बाँह पकड़े हुए उसे घर में ले आएगी।

दरअसल सरोज वर्मा को यह विश्वास हो गया था कि पति प्रमोद वर्मा में इस बीच आए परिवर्तन की वजह गृहस्थी से उसका मन उचाट हो जाना है। ऐसी स्थितियाँ पुरुष को या तो साधु बना देती हैं या परायी औरत के पीछे मँडराता भौंरा। अभी तो प्रमोद वर्मा साधु बनने की दिशा में उन्मुख था किन्तु क्या ठिकाना, वह भौंरा बन

जाए! इसीलिए उसने शाम को पति को देखते ही अमिट मुस्कान की ठान रखी थी। साथ ही प्रमोद वर्मा के भीतर वात्सल्य भाव प्रवाहित करने के उद्देश्य से बच्ची को भी प्रशिक्षित कर डाला था।

घर के भीतर नाश्ता सजाकर उसने सामने रखा और उजली से बोली, "बेटी! जाओ, पार्क में थोड़ी देर खेल लो।" उजली के जाने के बाद वह प्रमोद वर्मा की गोद में बैठ गई, "नाश्ते के बाद अपने आज के अनुभव सुनाना है आपको।"

झुँझलाहट से प्रमोद वर्मा की नसें तन गईं, "देखो, मेरा इस समय का अनुभव तो यह है कि मुझे तुम्हारा यह प्रेम करने का तरीक़ा अच्छा नहीं लग रहा है। चौंतीस की अवस्था में तुम चौबीस की अवस्थावाला प्रेम कर रही हो। तुम एक दशक पीछे चली गई हो। तुम इतने दिन पत्नी की भूमिका निबाहने के उपरान्त कुँवारी प्रेमिका बनने चली हो। कृपया मेरे जंघे से उतर जाओ। उम्र में तुम मुझसे छोटी हो किन्तु आयतन में कहीं मुझसे अधिक। 61 किलोग्राम का भार मेरा जंघा सह नहीं पा रहा है। वैसे भी स्त्रियों के नितम्ब पुरुषों की तुलना में काफ़ी वज़नदार होते हैं।"

"अच्छा, बाबा, लो।" वह माहौल को तनावपूर्ण नहीं बनाना चाहती थी, इसलिए हँसते हुए उतर गई, "अच्छा, अब ऑफ़िस का अनुभव सुनाइए।"

उसने बताना शुरू किया। सब कुछ बतलाने के बाद उसने वर्णन का उपसंहार निम्नलिखित शब्दों में किया, "मैंने सौ फ़ीसदी तय कर लिया था कि इग्ज़ीक्यूटिव इंजीनियर के सामने घनघोर असभ्यता करूँगा और सस्पैंड कर दिया जाऊँगा, पर जैसे ही उसके कमरे के पास पहुँचा, थर-थर काँपने लगा। बोलते समय तालू सूख गया और जीभ लड़खड़ाने लगी। मैं रोज़ से भी ज़्यादा डरपोक, विनम्र और चापलूस बन गया। कमरे से बाहर आया तो लगा कि मेरे भीतर उड़नेवाला साहस का परिन्दा कहीं ग़ायब हो गया है। यक़ीन मानो, पूरे दिन ऑफ़िस में...साइट पर मैं काम करता रहा। पर असल में मैं अपनी हिम्मत की लापता चिड़िया को ढूँढ़ रहा था।"

वह चिड़िया उसे मिल गई थी। बड़ा साहब अपनी स्टेनो राधा अग्रवाल को डिक्टेशन दे रहा था। प्रमोद वर्मा ने प्रतिदिन की तरह खड़ा रहने के बजाय कुर्सी खींची, वह भी भड़भड़ाहट के साथ, और बैठ गया; जबकि दो सहायक अभियन्ता खड़े थे। उनमें उसका सहायक अभियन्ता तिवारी भी था। बड़ा साहब डिक्टेशन देना बन्द करके चिल्लाया, "ये क्या हरकत है?"

वह उससे भी अधिक गर्जना से चिल्लाया, "ये क्या हरकत है?"

बड़ा साहब बोला, "होश में हो?"

"देखो बड़ा साहब, ज़्यादा जोश में न आओ।" उसने सिगरेट सुलगाई और हाथ हिलाकर तीली बुझाते हुए राधा अग्रवाल को देखकर आँख मार दी, "अरे, कभी-कभी हमसे भी डिक्टेशन ले लिया करो।" राधा अग्रवाल इस तरह घबड़ा गई कि नोटबुक को घुटनों के बीच दबाकर पेंसिल से पीठ खुजाने लगी। और दिन होता तो बड़ा साहब राधा अग्रवाल के घुटने के आसपास या पीठ के आसपास देखने

लगता। थोड़ी देर देखने के बाद डाँटकर भगा देता पर आज उसने ध्यान नहीं दिया और प्रमोद वर्मा पर पिल पड़ा, "यह क्या बदतमीज़ी है? मैं अभी सस्पेंड कर दूँगा।"

"कहें तो सस्पेंड होने के लिए मैं प्रार्थनापत्र दे दूँ?"

बड़ा साहब हाँफने लगा, "तुम्हारा ब्लडप्रेशर तो ठीक है न?"

"एकदम ठीक। मेरा रक्तचाप अधिकतम 120 और न्यूनतम 80 है। यह आदर्श रक्तचाप है, जिसे मैंने बिना किसी परहेज़ और अधिक नमक सेवन के बावजूद बनाए रखा है। हाँ, मैं कब्ज़ तथा वायु विकार का रोगी अवश्य हूँ।" यह कहकर वह बड़े साहब के सामने पड़ा पेपरवेट अपनी तरफ़ खींचकर उछालने लगा।

पेपरवेट द्वारा पिट जाने की आशंका से अथवा प्रमोद वर्मा के वायु विकार के प्रकट हो जाने के डर से बड़ा साहब शान्त होने लगा। वह इतना शान्त हुआ कि बोला, "पहले पानी पीजिए।" थोड़ी देर के अन्तराल के बाद कहा, "आप परेशानी में लगते हैं। हम आपके शुभचिन्तक हैं। अब देखिए, मैं सोच रहा हूँ कि महकमे की सबसे बड़ी सड़क आप ही बनवाएँ।" उसने प्रमोद वर्मा से हाथ मिला लिया। कमरे में उपस्थित सहायक अभियन्ता और खड़ी राधा अग्रवाल सभी स्तब्ध थे और सभी की निगाह में प्रमोद वर्मा का रौब कई गुना बढ़ गया था।

पूरे ऑफ़िस में प्रमोद वर्मा से लोग ख़ौफ़ खाने लगे थे। उसके आगे-पीछे दुम हिलाने लगे थे। जिस शख़्स ने बड़े साहब को सरेआम बेइज़्ज़त किया और उसके बदले में बड़ा काम पा गया हो, उसके क्या कहने! पन्द्रह मिनट की अवधि ने उसे लोक निर्माण विभाग के इस कार्यालय का सन्नाम नेता बना दिया। उसका दिल टूट गया था। सस्पेंड होने की उसकी हसरत का अब क्या होगा? वह जिस दलदल से उबरना चाहता था, उसी में और धँस गया।

सस्पैंड होकर दो-तिहाई वेतन का मज़ा लेने का उसका सपना चकनाचूर हो चला था। उसे महसूस हो रहा था कि सुखी होना उसकी तक़दीर में नहीं है। बहरहाल वह अभी परास्त नहीं हुआ था। उम्मीद की एक हल्की-सी कौंध थी कि एक-न-एक दिन सस्पेंड हो जाएगा। वह प्रयत्न भी कर रहा था। उसी क्रम में एक दिन राधा अग्रवाल के सामने पहुँचा और लोफ़रों की तरह पंजों के बल घूमकर बोला, "राधा, मेरी जान, इरादे क्या हैं।" इसके बाद उसने रंगीन रूमाल हवा में लहराकर झटके से नीचे कर लिया, "एकदम कटार हो कटार।" उसे आशा थी कि अब तो हर हालत में राधा अग्रवाल उसको चप्पलों से पीटेंगी और एकदम ऊपर तक शिकायत करेंगी। पर यह क्या, राधा अग्रवाल तो मुस्कुराने लगीं, "सर! आप बस ख़ाली-पीली बातें करते हैं।" वह भौंचक्का था, 'मैंने राधा अग्रवाल को समझने में भूल की। यह तो बदचलन है।' उसने निश्चय किया कि भविष्य में इसको बहिनजी कहा करेगा और मिलने पर नज़रें नीची करके करबद्ध नमस्कार करेगा।

अगले दिन वह कार्यालय शराब पीकर आ गया। आँखें लाल-लाल और चाल लड़खड़ाती। उच्च स्वर में लोगों को ग़ालियाँ बकनी शुरू कर दीं। कुछ के बारे में

कहा कि उन्हें गोली मार देगा। कुछ का गला काट डालने और कुछ को ठाँय से उड़ा देने की घोषणा की। रही-सही कसर उसने सहायक अभियन्ता तिवारी को झापड़ मारकर पूरी कर दी। इसके बाद ठेकेदार से दो दिन के लिए माँगे गए रिवॉल्वर से हवाई फ़ायर किया और वापस घर लौट आया।

अगले दिन वह पूर्ण विश्वास के साथ कार्यालय पहुँचा। उसे पक्का यक़ीन था कि अब तो उसे सस्पेंड करने की कार्रवाई शुरू ही हो जाएगी। पर दुखद आश्चर्य कि कार्यालय में उसकी तूती बोल रही थी। बड़े साहब ने उसको कमरे में बुलाया, "मैं तो सोच रहा था कि तिवारी की तरह मेहरोत्रा को भी पीटोगे। यार, उसे भी एक दिन चार झापड़ रसीद देते।"

सरोज वर्मा अति प्रसन्न थी कि पतिजी, कोशिशों के बावज़ूद, सस्पेंड नहीं हो सके। वैसे ऊपर से वह अफ़सोस जताती, "मैं तो भगवान से मनाया करती थी कि आप सस्पेंड हो जाते पर क्या करूँ, उसने सुनी ही नहीं। खैर, चिन्ता मत करें, आज नहीं तो कल सस्पेंड होकर रहेंगे।" इसके बाद वह गुपचुप ढंग से भगवान से निवेदन करती, "माफ़ करना भगवान, मैंने झूठ बोला। तुम इन्हें कभी मत सस्पेंड होने देना। इनका तो दिमाग़ फिर गया है। एकदम सनक गए हैं। अब इस भक्तिन की लाज तुम्हारे ही हाथों में है प्रभु।"

प्रभु की कृपा से अथवा किसी अन्य वजह से प्रमोद वर्मा का मन नौकरी में लगने लगा। वह मनोयोग से लोक निर्माण विभाग में मशग़ूल हो गया। सरोज वर्मा सन्तुष्ट थी। जिस प्रकार से महाशय सस्पेंड होने से नौकरी करने पर आ गए हैं, उसी भाँति कालान्तर में घूसख़ोरी पर भी लौट जाएँगे और जीवन की नैया बड़े मज़े से चलती रहेगी।

लेकिन ऑफ़िस में भरपूर असन्तोष पनपने लगा था...

प्रमोद वर्मा से सहायक अभियन्ता ने दस क्रेट व्हिस्की माँगी, "बड़े साहब के बेटे की शादी के लिए चाहिए।"

स्वयं बड़ा साहब वर्मा से बोला, "भाई, खाने-पीने के मामले में कायस्थों से अधिक कौन जानता है। इसीलिए शादी के बाद रिसेप्शन के दिन खाने और 'पीने' का इन्तज़ाम तुम्हारे हवाले।"

"साहब! मैंने छोड़ दी है। न पीता हूँ, न पिलाता हूँ। राष्ट्रपिता महात्मा गांधी ने मदिरा को अनेक पापों का मूल बताया है। जहाँ तक भोजन सम्बन्धी व्यवस्था का प्रश्न है, तो मैं कुछ उम्दा क्रिस्स के कैटरर्स के बारे में जानकारी दे सकता हूँ, जो लज़ीज़ खाने के लिए ख़ासे मशहूर हैं—जैसे नान वेजिटेरियन के लिए..."

"मज़ाक़ की बात छोड़ो वर्मा, सीरियस हो जाओ। यहाँ जे. ई. लोग लड़की तक सप्लाई कर देते हैं और तुम हो कि दारू और खाने के नाम पर नक़्शा पाद रहे हो!"

"देखिए, वे न जे. ई. होते हैं, न इनसान। वे भडुवे होते हैं। वैसे किसी के गिरने की बात का क्या, आपकी ही पोस्ट पर बैठे एक बड़े साहब ने ट्रांसफ़र रुकवाने के

लिए ख़ुद अपनी ही बेटी सप्लाई कर दी थी...कृपया आप जान लें कि मैं प्रमोद वर्मा भड़ुवा-दल्लाल नहीं, इनसान हूँ।"

और उस दिन तो विस्फोट ही हो गया। सड़क बनकर तैयार हो गई। ऑफ़िस में प्रसन्नता की लहर दौड़ गई। इग्जीक्यूटिव इंजीनियर ख़ुश था, सहायक अभियन्ता ख़ुश था, एकाउंटेंट ख़ुश था। कैशियर, क्लर्क, चपरासी सभी प्रसन्न थे कि कमीशन के रूप में मोटी धनराशि हाथ आएगी। सभी ने अपनी हैसियत के मुताबिक़ अपनी पत्नी और बच्चों से ख़रीददारी का वादा कर रखा था। इग्जीक्यूटिव इंजीनियर इस बात से भी आनन्दित था कि उसके इलाक़े से एस.ई. साहब, चीफ़ इंजीनियर, इंजीनियर-इन-चीफ़ और मंत्री, सभी तगड़ी रक़म काटेंगे और मस्त हो जाएँगे। वे आनन्द से झूम उठेंगे और उसको अधिक फलदार जनपद में स्थानान्तरित कर देंगे। बस, कनिष्ठ अभियन्ता प्रमोद वर्मा की रिपोर्ट मिलने की देर थी, उसके उपरान्त तो युद्ध स्तर की तैयारी से ठेकेदार का चेक कटना था और कमीशन का बँटवारा होना था। लेकिन कनिष्ठ अभियन्ता प्रमोद वर्मा की रिपोर्ट ने उनकी सारी ख़ुशियों को तबाह कर दिया था। उसने लिखा था कि सड़क के निर्माण में अनुबन्ध की शर्तों की घोर अवमानना की गई है। इसके साथ ही प्रतीत हुआ है कि प्रयुक्त सामग्री में भारी घपला हुआ है। यह सड़क कमज़ोर ही नहीं, दो कौड़ी की बनी है। इसके एवज़ में किया गया भुगतान जनता तथा सरकार के साथ विश्वासघात होगा।

सनसनी फैल गई। लोकनिर्माण विभाग हैरत में था कि ऐसा भी हो सकता है।

एक लम्बे अरसे बाद प्रमोद वर्मा शराब पी रहा था। सरोज वर्मा तवे पर कबाब सेंक रही थी। उजली गणित का सवाल हल कर रही थी। वह नशे में आने लगा था। गिलास उठाकर बेटी से बोला, "बिटिया, ये घूस की शराब नहीं है। मैं अपनी तनख़्वाह के पैसे से लाया हूँ।"

तभी धाँय-धाँय...गोलियाँ थमीं तो बाहर से गालियों की आवाज़ें आने लगीं। दरवाज़ा भी ज़ोर-ज़ोर से पीटा जा रहा था, "निकल साले महात्मा गांधी की औलाद..."

प्रमोद वर्मा, सरोज वर्मा, उजली—तीनों डबलबेड पर एक-दूसरे को पकड़े, साँस रोके सिमटे हुए थे। वे थरथरा रहे थे। बाहर से अब ईंट-पत्थर फेंके जाने लगे थे।...

इग्जीक्यूटिव इंजीनियर ने एस.ई. साहब को कनिष्ठ अभियन्ता प्रमोद वर्मा को सस्पेंड कर देने का प्रस्ताव भेजा। एस.ई. ने चीफ़ को, चीफ़ ने इंजीनियर-इन-चीफ़ को लिखा। ठेकेदार के आग्रह पर मंत्री ने भी इंजीनियर-इन-चीफ़ को आदेश दिया। इंजीनियर-इन-चीफ़ ने चीफ़ को, चीफ़ ने एस.ई. को, एस.ई. ने इग्जीक्यूटिव इंजीनियर को भेजा कि उनके कार्यालय का कनिष्ठ अभियन्ता प्रमोद वर्मा सस्पेंड किया गया...

सरोज वर्मा पति से कहने लगी, "इससे तो अच्छा था कि आप इस्तीफ़ा दे देते नौकरी से। चारों तरफ़ बेइज़्ज़ती हो रही है। रिश्तेदार हँस रहे हैं।"

"जो हँस रहे हैं, वे नीच हैं। नीच लोग ही दूसरों के कष्ट पर हँसते हैं। और हमें नीच लोगों की परवाह नहीं करनी चाहिए। जहाँ तक इस्तीफ़े का सवाल है तो पहले

मैंने उसी मार्ग पर चलना चाहा था, लेकिन तुम ही गिड़गिड़ाने लगी थी। वैसे यदि तुमको इस्तीफ़ा इतना ही प्रिय है तो मैं उसका रास्ता निकालता हूँ।"

सरोज वर्मा अवाक् रुआँसी-सी पति को देखने लगी। प्रमोद वर्मा ने अपनी बात जारी रखी, "हाँ, मैं अपने सस्पेंशन के ख़िलाफ़ कोर्ट से स्टे लाऊँगा। कोर्ट हर बात पर स्टे दे देता है। इस देश में एक दिन आएगा जब हत्यारा हत्या करने और चोर चोरी करने के अपने अधिकार के पक्ष में स्टे लाएगा। मुझे तो सौ फ़ीसदी स्टे मिलेगा। यह अलग बात है कि उसके फ़ौरन बाद मैं नौकरी से इस्तीफ़ा देकर तुम्हारी मुराद पूरी कर दूँगा।"

वह काँप गई, "नहीं...नहीं, आप इस्तीफ़ा मत दें। हमारे लिए सस्पेंशन ही उचित और लाभदायक है।"

प्रमोद वर्मा सन्तुष्ट हुआ, "और हाँ, तुम चिन्ता मत करो। मैं कल ही अपने एक सम्पादक दोस्त से मिलूँगा। उससे कहूँगा कि अपनी पत्रिका में मेरे साथ हुए अन्याय की ख़बर छापे और मुझे नौकरी दे दे। मैं लोकनिर्माण विभाग की चूलें हिलाकर रख दूँगा। पत्रकारिता लोकतंत्र का सबसे आदरणीय तथा निर्भीक स्तम्भ है। मैं पत्रकार बनूँगा और समाज में भ्रष्टाचार के ख़िलाफ़ संघर्ष छेड़ूँगा।"

सम्पादक दोस्त ने गर्मजोशी के साथ स्वागत किया। गले लगा लिया था। उसके मुँह से भभका उमड़ पड़ रहा था। सूर्य अस्त होने के पहले ही दारू चढ़ाकर सम्पादन कर रहा था दोस्त।

"हाँ, तो क्या समस्या है?"

"समस्या नहीं, समस्याएँ हैं। एक, यह कि मैं सस्पेंड कर दिया गया हूँ। मेरे साथ हुए इस अत्याचार को अपनी पत्रिका के माध्यम से उजागर करिए।"

"उजागर हो जाएगा पर किसी अख़बार में। पत्रिका में राष्ट्रीय-अन्तर्राष्ट्रीय स्तर का भंडाफोड़ छपता है।"

"दूसरी बात, अब मैं ख़ाली हूँ। मेरा लिखने-पढ़ने का अनुभव है ही। मैं अनुरोध करता हूँ कि आप अपने यहाँ मुझे काम दे दीजिए।"

"इसके बारे में कल बतलाऊँगा।"

अगले दिन उसने सम्पादक से मुलाक़ात की, "मेरी नौकरी का क्या हुआ?"

"मिल गई तुमको।"

"कब ज्वाइन करूँ?"

"अभी से काम शुरू कर दो। पर हाँ, भई, एक बात इसी वक़्त साफ़ कर दूँ कि हम एप्वाइंटमेंट लेटर नहीं दे सकेंगे।"

प्रमोद वर्मा ख़ुशी से बोला, "धन्यवाद...धन्यवाद। नियुक्तिपत्र न देने के लिए धन्यवाद। कृपया किसी रजिस्टर पर मेरा नाम भी न दर्ज कराएँ।" वह हँसते हुए चिल्लाया, "श्रम क़ानूनों का उल्लंघन भी कभी-कभी कर्मचारी के लिए हितकारी हो जाता है।"

दोस्त क्रुद्ध हो गया, "तो मुझ पर फ़ब्ती कस रहे हो?"

"नहीं, नहीं, आपको ग़लतफ़हमी हो गई। मुझे चाहिए ही नहीं नियुक्तिपत्र। मैं एक सस्पेंडेड सरकारी मुलाजिम हूँ, क़ानूनी तौर पर दूसरी नौकरी करने से मेरे केस का कबाड़ा हो जाएगा।"

"ठीक है, जगमोहन से मिल लो, वह तुम्हारी सीट बता देगा।"

वह सम्पादक के कमरे से निकला तो सभी लोगों ने सामूहिक रूप से सवाल किया, "एप्वाइंटमेंट लेटर पाए कि नहीं?"

"नहीं, आप लोगों को मिला है क्या?"

"नहीं।"

"तो आप लोग भी सस्पेंडेड हैं क्या?"

"मतलब?"

"कुछ नहीं...कुछ नहीं..." वह सँभला।

उसने कुछ प्रसंग को बदलने तथा कुछ अपनी सीट पाने की गरज से पूछा, "जगमोहन कहाँ हैं?"

जगमोहन के कान में दर्द था, वह हक़ीम के पास गए थे। इधर-उधर एक सीट अपेक्षाकृत नई, ख़ाली और साफ़ दिखाई पड़ी। उसने अनुमान लगाया, यही उसकी सीट है। वह बैठने के लिए नितम्ब नीचे झुका ही रहा था कि एक युवती आई, "कहिए, मेरी सीट पर क्यों बैठ रहे हैं?"

"मैं भूल गया था कि हर ऑफ़िस में युवतियों की सीट ख़ाली और ऐसी होती है, जैसे उस पर कोई काम नहीं होता।" वह उठ खड़ा हुआ।

वह पछता रहा था कि उसे उस सीट पर एक बार बैठ तो जाना ही चाहिए था। युवती सुन्दर है। उसके बैठने के स्थान पर बैठना कितना सुखद होता! उसने स्वयं को तसल्ली दी, किसी दिन चाहे देर तक ऑफ़िस में रहना पड़े, वह युवती की कुर्सी पर बैठेगा ज़रूर। जितनी जगह में वह बैठती होगी, ठीक उसी आयतन के भीतर धँस जाएगा।

उसके हृदय ने धिक्कारा कि वह एक शादीशुदा इनसान है। उसे इस प्रकार की कल्पनाएँ नहीं करनी चाहिए, क्योंकि इस प्रकार की कल्पनाएँ परायी स्त्री के प्रति कामोद्दीपन पैदा करती हैं।

उसने कान पकड़ा, 'मैं अपनी पत्नी को ही प्यार करूँगा और परायी स्त्री के प्रति कामोद्दीपन नहीं पैदा होने दूँगा।'

रात वह पत्नी से बोला, "मुझे लगता है कि अब मैं सुखी हो सकूँगा। मेरी ऊब के दिन गए। उत्साह-उमंग की नई भोर मेरे जीवन की कुंडी खटखटा रही है।"

अगले दिन दफ़्तर में काम ज़्यादा था और जो था, उसे आज ही करना कोई ज़रूरी नहीं था। इसीलिए वह कान कुलबुला रहा था। उसने सोचा खुजलाने, कान कुलबुलाने इत्यादि में कितना आनन्द है, वह भी निःशुल्क। तभी एक लड़की उसके

सामने आ खड़ी हुई। उसने बिजली-सी फ़ुर्ती के साथ कान से उँगली हटा ली। उसे महसूस हुआ, कान कुलबुलाने का आनन्द कितना क्षीण और तुच्छ है नारी-सौन्दर्य के सामने। लड़की बैठ गई। वह 'विवाह के पहले प्रेम करना घातक है लड़कियों के लिए' शीर्षक लेख छपाने आई थी।

प्रमोद वर्मा बोला, "तो क्या विवाह के बाद प्रेम करना फ़ायदेमन्द है लड़कियों के लिए? देखिए, इसका शीर्षक ठीक नहीं है। दूसरी बात मैं आपसे पूछना चाहता हूँ, बशर्ते बुरा न मानिएगा कि क्या आप किसी से प्रेम करती हैं?"

"नहीं।"

"पर आप इतने गर्व से क्यों इनकार कर रही हैं? यह इतनी घृणास्पद वस्तु नहीं है। वैसे यदि प्रेम नहीं करती हैं तो ज़रूर आप मुकेश के दर्द भरे गाने सुनती होंगी। लता मंगेशकर भी पसन्द होंगी। यदि घर की आर्थिक स्थिति ठीक हुई तो आप पेंटिंग या बाग़बानी करती होंगी, नहीं तो क्रोशिया और स्वेटर बुनने में प्रवीण होंगी!"

"मैं आपके सम्पादक से शिकायत करूँगी कि आप वाहियात इनसान हैं।"

"देखिए, बहुत हुआ तो सम्पादक यहाँ से हटा देगा। मुझे कोई फ़र्क़ नहीं पड़नेवाला है, क्योंकि मैं लोकनिर्माण विभाग का एक सस्पेंडेड जूनियर इंजीनियर हूँ। मुझे दो-तिहाई वेतन मिलता है। इसके अतिरिक्त ऊपर की कमाई से मैंने बैंक में सम्मानपूर्ण धनराशि एकत्र कर रखी है। और यदि शेयर बाज़ार का कबाड़ा न हुआ होता तो मैं ठीकठाक धनवान होता। पर मेरे कहने का तात्पर्य यह नहीं कि मैं पैसे का रुतबा दिखलाकर आपको प्रभावित करने की चेष्टा कर रहा हूँ। वैसे भी भारतीय मर्यादा की बेड़ियों ने मेरी रूमानी सम्भावनाओं को जकड़ दिया है। जी हाँ, मेरा विवाह कुछ साल पहले सम्पन्न हो चुका है और मैं एक बेटी का बाप हूँ। मैं उम्र के उस पड़ाव पर हूँ जहाँ दरवाज़े पर प्रेम नहीं, बीमारियों के कोंपल फूटते हैं।"

लड़की हँस पड़ी, "आपसे तो नाराज़ भी नहीं हुआ जा सकता। वैसे आपके ऑफ़िस छोड़ने का वक़्त हो चुका है। हम बस स्टैंड तक साथ चल सकते हैं।"

दोनों कार्यालय से साथ निकले। दस क़दम ही बढ़े होंगे, प्रमोद वर्मा खड़ा हो गया। लड़की भी ठिठक गई, "क्या है?"

"आपके बाल कितने लम्बे हैं! कुर्सी पर बैठी थीं तो पता नहीं लगता था। ये वाक़ई बहुत लम्बे हैं।"

लड़की को अच्छा लगा, "मेरे बाल लम्बे तो हैं लेकिन घने नहीं हैं। यह काले भी नहीं हैं। सुनहले हैं।"

"सुनहले? यह तो बड़ी अच्छी बात है। सुनहले बाल तो परियों के होते हैं। संस्कृत साहित्य में ऐसी लड़कियों को मधुकेशी कहा गया है। जी हाँ, आप शहद जैसे बालोंवाली लड़की हैं, मधुकेशी।"

वे धीरे-धीरे चलने लगे। प्रमोद वर्मा अब गम्भीर हो गया था। रास्ते भर वह अपनी जिह्वा से बौद्धिकता की रस-वर्षा करता रहा। लड़की विभोर थी। वह हैरत

में थी कि यह आदमी इतना मसखरा और इतना बुद्धिमान, दोनों कैसे है? लड़की ने अब तक न ऐसा मसखरा देखा था, न ऐसा बुद्धिमान। प्रमोद वर्मा था कि बोलता ही जा रहा था। तभी बस आई और वह अद्‌भुत तत्परता से बस में चढ़ गया और हाथ हिलाकर टा...टा...ऽ करने लगा।

लड़की को दूसरी बस पकड़नी थी। उसकी माँ ने उसे रिक्शा के लिए भी पैसे दिए थे, इसलिए वह रिक्शा करने का भी मन बना रही थी। वह बस से गई या रिक्शे से, यह प्रमोद वर्मा को मालूम न हुआ। वह बस में खड़ा-खड़ा बाहर के जड़ किन्तु गतिशील-से लगते पदार्थों को निहारता हुआ भीड़ के धक्के खा रहा था। उस समय उसकी चेतना में धक्के और ठेलमठेल विराजमान थे। उसमें लड़की नहीं, घर जल्दी पहुँचने की इच्छा हिलोरें मार रही थी। घर पहुँचते-पहुँचते तो वह लड़की को भूल ही गया। कई दिन भूला रहा। वह इतवार की सुबह थी। वह नाश्ता करने के बाद काफ़ी देर पढ़ता रहा। फिर उसे अनुभव हुआ कि बैठे-बैठे उसका पेट फूल आया है। थोड़ी देर वह बेटी से इस आशय के साथ खेलता रहा कि उछल-कूद में उसका पेट पिचक जाए। होना क्या था, थोड़ी-सी वायु किसी प्रकार बाहर निकलती और उसका पेट पिचक जाता, पर वैसा नहीं हो पाया, तो उसने सोचा कि सिगरेट पीते हुए टहला जाए।

दुकान पर सिगरेट जलाकर उसने टहलना शुरू किया। थोड़ी ही दूर चला होगा कि वह लड़की जल उठी। उसे पता नहीं था कि कल से ही उसके भीतर वह थी। बस, अँधेरा होने के कारण दिखती नहीं थी। और इसी क्षण वह लड़की उसके हृदय में चलने लगी।

अगले दिन सुबह वह ऑफ़िस के लिए बस से उतरा तो फिर लड़की हृदय में चलने लगी।

शाम वह लड़की आई उसके पास, "कहिए, क्या हुआ मेरे लेख का, छापेंगे?"

"उस पर तो अभी विचार हो रहा है।" प्रमोद वर्मा ने कहा।

"आप सिर क्यों नहीं उठा रहे हैं?" प्रमोद वर्मा कुछ लिख रहा था।

उसने आँखें ऊपर कीं, "इसलिए कि आप बहुत सुन्दर हैं। सचमुच आप बहुत सुन्दर हैं। आपको जितना ही देखूँगा उतना ही मैं व्याकुल होता जाऊँगा। आप मेरी घनिष्ठ होतीं तो मैं कह देता, आप बुरका पहनकर आया करें। सचमुच आपको मैं देखता हूँ तो व्याकुल हो जाता हूँ।"

"आपसे मुझे ऐसी उम्मीद नहीं थी।"

"भविष्य में आपको मुझसे ऐसी ही उम्मीद करनी चाहिए। पहले मैं दृढ़ आत्मबलवाला था, लेकिन मैं महसूस करता हूँ कि मैं एक गिरा हुआ पतित इनसान हूँ। आप यक़ीन मानें, मैं कोई नैतिकता का पुजारी नहीं हूँ। इस मौक़े पर यह स्वीकार करने में कोई हर्ज़ नहीं समझ रहा हूँ कि मैं आपको कमोबेश प्यार करता हूँ।"

इसी तरह वे एक रेस्ट्राँ में बैठे थे। प्रमोद वर्मा ने कहा, "आप अग्नि की तरह

दैदीप्यमान रहती हैं। सच कहता हूँ, जो छुए सो जल जाए।"

लड़की हँसी।

"विश्वास नहीं हो रहा है न! देखिए, मैं अभी आपको छूता हूँ और जल जाता हूँ।" उसने लड़की को छू लिया, "मैं जल गया। हाँ, मैं झुलस चुका हूँ। यदि आपमें अन्तर्दृष्टि होती तो देखतीं, मेरे भीतर धुआँ-ही-धुआँ भरा है। लेकिन मैं ऐसा जला हूँ कि निखर गया हूँ, जैसे स्वर्ण निखर उठता है। हालाँकि मैं स्वर्ण नहीं, ताँबा हूँ, पीतल हूँ, बल्कि मैं टीन हूँ, जो आपकी सोहबत में सोना बन गया।"

प्रमोद वर्मा इन दिनों काफ़ी मुदित था। उसे लग रहा था कि यही वह नेमत है, जिससे वह वंचित था और सुखी नहीं महसूस कर रहा था अपने को। लेकिन अब उसके पास ख़ुशियाँ-ही-ख़ुशियाँ थीं। वह लड़की से कहता भी, "आपको लगता नहीं कि आप जब मुझसे मिलती हैं तो मैं कितना ख़ुश हो जाता हूँ? मेरी आँखें कितनी चमक उठती हैं!" लड़की मुस्कुरा देती या हँस देती और वह बदस्तूर दीवाना हो जाता।

प्रमोद वर्मा के मित्र हैरत में थे कि कोई सस्पेंडेड मुलाजिम इतना प्रसन्न कैसे रह सकता है, जबकि सरोज वर्मा समझती थी कि यह प्रसन्नता नौकरी से मुक्ति पाने की आत्मिक सन्तुष्टि का द्योतक है। सरोज वर्मा को यह भी अच्छा लगता था कि पतिजी ने पिछले दिनों नियमित दंडबैठकों के माध्यम से तोंद पिचका ली थी और क्रोध कम करते थे। कुल मिलाकर सब कुछ प्रफुल्ल ढंग से व्यतीत हो रहा था। लग रहा था कि प्रमोद वर्मा पत्नी सरोज वर्मा की आँख में इसी प्रकार धूल झोंकता हुआ अनवरत प्रसन्न बना रहेगा, लेकिन एक दिन मामला हत्थे से उखड़ गया।

हुआ यह कि छुट्टी की दोपहर थी और उसने चावल ज़्यादा खा लिया था। उसके हाथ-पाँव सुस्त पड़ने लगे। शरीर भारी हो गया और नींद आ गई। सोकर उठा तो पाया कि चावल पच गए हैं और उसे जुकाम हो गया है। घिनौने रूपवाला प्रगाढ़ जुकाम नहीं, बल्कि एकदम शुरू का मद्धिम और उदात्त जुकाम, जो मनुष्य को विकट त्यागी तथा गुरुगम्भीर बना देता है। उसमें दुख, प्रसन्नता, जीवन के प्रति दार्शनिक भाव पैदा करता है। ऐसे ही जुकाम के कारण धीरोदात्त बना, वह पैर हिलाते हुए सोच रहा था। सोचते-सोचते वह लड़की के बारे में सोच बैठा। लड़की के विषय में चिन्तन की प्रक्रिया के दौरान ही उसमें आत्मभर्त्सना का सोता फूट पड़ा, 'मैं इस चक्कर में पड़कर हास्यास्पद होने के लिए क्यों आमादा हूँ? उम्र के इस पड़ाव पर मैं छिछोरेपन की हरकतें कर रहा हूँ।' उसने थोड़ी देर पाँव हिलाए, 'मैं भी कैसा मनुष्य हूँ, लड़की के इतराने पर, प्रेम-भरी आँखें नचाने पर, बात-बात पर 'धत् जाओ, मैं नहीं बोलती,' कहने पर, गाना गाने पर मुझे हँसी आनी चाहिए किन्तु मैं मोहित होता हूँ।'

वह बेचैनी से टहलने लगा, 'मुझमें तो इस लड़की के लिए वात्सल्य उमड़-घुमड़ पड़ना चाहिए था, लेकिन मैं शृंगार की डफली बजा रहा था। पके बाल, उन्नत तोंद,

कठोर कब्ज़, अपरम्पार वायु विकार लिए हुए जब मैंने प्रणय निवेदन किया होगा तो कितना बड़ा मूर्ख और विदूषक लगा हूँगा!' उसका मन प्रेम से उचाट होने लगा। कठोर कब्ज़ के स्मरण से उसे इन दिनों तेज़ी से सिर उठा रहे अपने फिश्चुला का स्मरण हो आया। वह कराह उठा, 'यह फिश्चुला भी कितना मज़ाक़िया रोग है! किसी को बताने में लज्जा आती है।' वह पीड़ा से बिलबिलाया, 'कितना कष्टकारी, घृणित और हँसोड़ रोग।' वह हँसने लगा। वह अपने रोग पर हँसा और उसमें साहस पैदा होने लगा। उसने रीढ़ सीधी करके स्वयं से कहा, 'मैं अब हिम्मत से काम लूँगा। प्रेम को समाप्त करूँगा और लोगों को अपने फिश्चुला का परिचय दूँगा।' वह बाहर निकल गया। पड़ोस के चाचाजी दिखे, जो धार्मिक व्यक्ति थे, हमेशा बुझे-बुझे रहते थे। उसने चाचाजी से कहा, "नमस्कार, मुझे फिश्चुला हो गया है।"

"ये क्या होता है बेटा?"

"इसे हिन्दी में भगंदर कहते हैं, लेकिन दरअसल यह गुदा रोग है। इसमें मलद्वार के पास फोड़ा हो जाता है...।"

चाचाजी बेसाख़्ता हँसने लगे।

उसने कुछ दूसरे परिचितों को बतलाया कि उसको फिश्चुला है, तो वे भी दिल खोलकर हँसे। उसे आश्चर्य हुआ कि ये हमेशा मुँह लटकाए रखनेवाले संतप्त लोग थे, इतना हँस कैसे रहे हैं? उसको अपने फिश्चुला पर गर्व महसूस हुआ। यह दुखी, पीड़ितों, रो रहे लोगों को हँसा सकता है। उसने निश्चय किया कि वह इस मूल्यवान फिश्चुला को परेशान समुदाय को हँसाने का माध्यम बनाएगा। वह थोड़ी देर के लिए ही सही, लोगों को फिश्चुला के ज़रिये ख़ुशी प्रदान करेगा।

घर में आकर पत्नी से बोला, "मुझे फिश्चुला है भई।"

"तो कौन-सी नई बात है! वह तो है ही।"

"वही तो मैं भी कह रहा हूँ कि मुझे फिश्चुला है।" वह गुनगुनाने लगा, 'मुझे फिश्चुला है, फिश्चुला है...फिश्चुला है।'

सरोज वर्मा भी हँसने लगी। पत्नी के चेहरे पर यह हँसी उसे बड़ी ही पवित्र तथा मनोरम लगी। वह उसके प्रति असीम करुणा से भर उठा।

अगले दिन उसने ऑफ़िस फ़ोन कर दिया कि वह देर से पहुँचेगा। उसके बाद वह अपने पुराने ठिकाने लोकनिर्माण विभाग पहुँच गया। वह वहाँ बहुत दिन बाद गया था, सहकर्मी पूछने लगे, "क्या हाल हैं वर्माजी।"

"मज़े में हूँ। फिश्चुला हो गया है, आराम से दिन कट रहे हैं।"

"ये फिश्चुला क्या बला है?"

"हिन्दी में इसे भगंदर कहते हैं, लेकिन दरअसल यह गुदा रोग है..."

सब 'हो...हो...हो' कर हँसने लगे। उसे सन्तोष हुआ और अपने कमरे में आया, जहाँ वह बैठता था। उसकी कुर्सी ख़ाली थी। उसने उसे विरक्ति से देखा, 'इसी पर मैं इतने वर्षों से बैठ रहा था और मुझे फिश्चुला हो गया। मेरे फिश्चुला की जननी

है यह कुर्सी।' उसे तकलीफ़ हुई और दीवार पर टेक लगाकर झुक गया। बरदाश्त नहीं हुआ तो ट्वायलेट में घुसा और तकलीफ़ से ऐंठ गया।

वह बाहर निकला तो इग्जीक्यूटिव इंजीनियर चरन साहब आते दिखे। उन्होंने पूछा, "कहो वर्मा, कैसे हो?"

"बस साहब, ठीक हूँ। आजकल फिश्चुला हो गया है।" साहब मुस्कुरा उठे।

सम्पूर्ण लोकनिर्माण विभाग का वातावरण मनोरंजनमय हो गया था। लेन-देन, बेईमानी-चोरी के अहर्निश चक्कर में कुटिल बन गए वहाँ के कर्मियों के चेहरों पर फिश्चुला ने सहज हास ला दिया था। अर्से बाद इस महकमे में लोग नि:स्वार्थ भाव से ख़ुश हुए थे।

जब वह पत्रिका के दफ़्तर पहुँचा तो दोपहर हो चुकी थी और सम्पादक लंच कर रहा था। वह उसके सामने खड़ा हो गया।

सम्पादक ने सिर उठाया और खाते-खाते पूछा, "कुछ काम है क्या प्रमोद?"

"जी हाँ, बात दरअसल यह है कि मैं रिपोर्टिंग में काम करना चाहता हूँ। अब डेस्क के काम से मुक्त करिए मुझको।"

"क्यों?"

"इसलिए कि मुझको फिश्चुला हो गया है, जिससे बैठने में मुझे दिक़्क़त होती है।"

वह साथियों के बीच हाज़िर हुआ। सब कम वेतन, असुरक्षित भविष्य के शिकंजे में जकड़े दीनहीन, धकियाए हुए, मुरझाए व्यक्तित्व थे। लंच में रोटी-सब्ज़ी खाकर इस प्रतीक्षा में शान्त बैठे थे कि कहीं से चाय की व्यवस्था हो जाती।

प्रमोद वर्मा ने घोषणा की कि वह सबको चाय पिलाना चाहता है।

"क्यों भई, नौकरी बहाल हो गई है क्या?"

"नहीं, फिर भी यदि वैसा हुआ तो वह मेरे लिए हर्ष नहीं, विषाद का विषय होगा। मैं नौकरी में अठावन साल बाद एक्सटेंशन तो चाहता हूँ लेकिन हमेशा सस्पेंड बने रहने की कामना है मेरी। इस परिस्थिति में एक अप्रतिम आनन्द है।"

"फिर क्या बात है, जो इतना चहक रहे हो?"

"मुझे फिश्चुला हो गया है। हिन्दी में इसे भगंदर कहते हैं, लेकिन दरअसल यह गुदा रोग है..."

हँसते-हँसते लोट-पोट हो गए सब। उन्हें मज़ा लेने का एक शस्त्र मिल गया। लोग उससे पूछते, "कहिए प्रमोदजी, आपके फिश्चुला का क्या हाल-चाल है?"

वह कहता, "बढ़िया है...बढ़िया है...मज़े में है वह।"

उसने सम्पादक से फिर कहा था कि बैठने से फिश्चुला दब जाता है और असह्य वेदना होने लगती है, इसलिए उसे रिपोर्टिंग में लगा दिया जाए।

सम्पादक ने ठहाका लगाते हुए कहा था, "विचार करूँगा।"

वह मन मसोसकर बैठा था कि जाने कब विचार का क्रियान्वयन होगा? वह

फिर सम्पादक के कमरे में गया, "मेरा फिश्चुला दर्द कर रहा है। मुझे आज की छुट्टी दे दीजिए।"

वह बाहर सड़क पर खड़ा रिक्शे का इन्तज़ार करने लगा। दूसरी दिशा से एक रिक्शा आकर खड़ा हुआ। उसमें से लड़की उतरने लगी। उसने उससे वहीं रहने का इशारा किया और ख़ुद उसकी बग़ल में जा बैठा।

रिक्शे ने दोनों को एक रेस्ट्राँ के सामने उतार दिया। वे कोने की टेबल घेरकर आमने-सामने बैठे। प्रमोद वर्मा ने लड़की को देखा। लड़की आज चुस्त और चमकदार कपड़े पहने थी। उसके उभरे हुए प्रकट वक्ष मन-विचलनकारी लग रहे थे। कसी हुई जाँघों ने भी उसे डाँवाडोल बनाया। वह खड़ा हो गया, "मैं आपकी बग़ल में बैठना चाहता हूँ।" जाकर बैठ गया। लड़की थोड़ा दूर खिसकी। वह पास खिसका। उसने लड़की के हाथ देखे। वे खुले थे, गोरे थे, पर उन पर अवांछित बाल थे। उसे शंका हुई, कहीं लड़की के हल्की-फुल्की मूँछें तो नहीं हैं? उसने सोचा, 'हो सकता है, लड़की के पेट और पीठ पर बाल उगे हों।' वह वितृष्णा से भर उठा, 'मैं जहाँ बैठा था, वहीं बैठूँगा।' वह सामने जाकर बैठ गया। ख़ुद को धिक्कारा, 'आज कामदेव ने अपना बाण चला दिया था, किसी तरह बच सका हूँ। उसमें लड़की के मामले में दुबारा आत्म-भर्त्सना तथा आत्म-व्यंग्य की प्रक्रिया प्रारम्भ हो गई। अन्ततः वह लड़की को लेकर मज़ाकिया भावों से सराबोर हो गया। लड़की की कुछ हरक़तों की कल्पना की, और हँस पड़ा।

"आप हँस क्यों रहे हैं?"

"कुछ नहीं, बस, ऐसे ही।"

"अपना हाथ लाइए, मैं ज्योतिष से बता दूँगी, क्यों हँसे?"

लड़की ने हाथ पकड़कर नाटकीय ढंग से कहा, "इसलिए हँसे जनाब कि आपका वेतन बढ़नेवाला है।"

"बहुत सही बताया आपने।"

"और कुछ पूछना हो तो पूछ लीजिए।"

"पूछूँ?"

"हाँ...हाँ..."

"तो बतलाइए," वह फिर हँसा, "मेरा फिश्चुला कब ठीक होगा?"

"ये क्या होता है?"

"फिश्चुला को हिन्दी में भगंदर कहते हैं। दरअसल यह गुदा रोग है। इसमें मलद्वार पर फोड़ा..."

"बस...बस...करिए..." लड़की खिसिया गई।

"इसमें शरमाने की कोई बात नहीं है। मल-मूत्र विसर्जन समाज के सभी प्राणी करते हैं। आप यक़ीन मानिए, मुझे फिश्चुला हो गया है। यह कोई ख़तरनाक बीमारी नहीं है पर इसमें दर्द बहुत होता है। ख़ासकर बैठते समय। बैठने में भी दीर्घशंका

समाधान के समय ज़्यादा। फिश्चुला की एक विशेषता यह होती है कि यह ऑपरेशन के उपरान्त ठीक हो जाता है किन्तु अमूमन यह कुछ दिनों बाद फिर हो उठता है। कभी-कभी तो ऑपरेशन के बावजूद इनसान जीवन-भर फिश्चुला का शिकार बनकर तड़पता रहता है। हाँ, तो अपनी ज्योतिष विद्या के आधार पर बतलाइए कि मेरा फिश्चुला कब ठीक होगा? और ठीक होने के बाद फिर तो नहीं उभर आएगा?"

लड़की ने कानों में उँगली ठूँस रखी थीं। चेहरा घबराहट और शर्म से बेहाल था। उसे प्रमोद वर्मा फूहड़ तथा क्रूर लग रहा था। वह रुआँसी हो गई। रोते हुए उठी। पर्स लेकर तेज़ी से भाग गई। वह मुस्कुराया पर अचानक बुझ गया। वह उदास हो चला। उचाट आँखों से आसपास को देखा। पैसा चुकाकर बाहर निकल आया।

घर आते-आते वह असहनीय कष्ट से घिर गया था। फिश्चुला मर्मान्तक हो चला था। लगता था कि इस यातना से बेहतर प्राण त्याग देना होगा। वह चारपाई पर गिर पड़ा। उसके होंठ भिंचे हुए थे। शरीर की समस्त शक्ति दर्द को बरदाश्त करने में ख़र्च हो रही थी। वह काला पड़ता जा रहा था। सरोज वर्मा धीरे-धीरे उसका सिर सहला रही थी। वह लाश की तरह लेट गया और हाँफने लगा। सरोज वर्मा उसकी पैंट का बैल्ट खोलने लगी। पैंट उतारकर उसको लुंगी पहनाई।

"दवा लगा दो।" प्रमोद वर्मा कराहा।

सरोज वर्मा ट्यूब से मलहम निकालकर उसके फिश्चुला पर आहिस्ता-आहिस्ता मलने लगी।

प्रमोद वर्मा ने कराहते हुए निराशा से कहा, "ऑपरेशन कराना ही पड़ेगा।"

ऑपरेशन के बाद फिश्चुला फिर उदित हो गया था। पूर्व फिश्चुला की तरह ही नृशंस था यह। प्रमोद वर्मा तकलीफ़, जुगुप्सा और डर की भावनाओं से घिरा हुआ था। उसे यह दुख भी था कि फिश्चुला मनोरंजक नहीं रह गया था। उसके ज़िक्र पर लोग अब हँसते नहीं थे। लोग उसकी बीमारी पर न सहानुभूति प्रकट करते थे, न हँसते थे। दरअसल फिश्चुला अपनी सृजनात्मकता खो चुका था।

प्रमोद वर्मा अब फिर पहले जैसा हो गया था। घर में पैर हिलाते हुए शून्य में ताका करता था अथवा ऊटपटाँग हरकतों में लिप्त रहता था। उसे इस बात का अफ़सोस था कि इतने दिनों के बाद भी गाड़ी वहीं-की-वहीं है। वही क्षोभ और ऊब, वही नीरस और बेस्वाद ज़िन्दगी। सुख की शाश्वत अनुभूति तो दूर, उसकी झलक-भर से वह वंचित था। वह अपने बाल नोचता, 'कैसे मैं सुखी हूँगा?' हताशा से भर जाता था, 'क्या मैं कभी सुखी नहीं हो सकूँगा?'

सरोज वर्मा जीवनसाथी के अजीबोग़रीब कारनामों का अवलोकन कर रही थी। वह डरी हुई थी कि सुख की तलाश में उसका पति पागल न हो जाए या वैराग्य न धारण कर ले, वरना उसकी भरी जवानी का क्या होगा? बच्ची का क्या होगा?

प्रमोद वर्मा एक दिन नहाकर निकला तो सरोज वर्मा नाश्ता लगाकर इन्तज़ार

करने लगी। देर तक न आने पर वह दूसरे कमरे में घुसी। देखा, वह एक चटाई पर पालथी मारकर आँखें मूँदे बैठा है। नाश्ता ठंडा होकर ऐंठ गया, तब वह खड़ा हुआ, "इसे ध्यान कहते हैं। इसको समुचित ढंग से करने पर सांसारिक विषयों का शमन हो जाता है और मनुष्य को सुख से भी बढ़कर 'आनन्द' की अवस्था प्राप्त होती है।"

सांसारिक विषयों से पीछा छुड़ाने की बात पर सरोज वर्मा को पुनः अपनी भरी जवानी का ख़याल आया। उसने उसे बाँहों में जकड़ लिया और चुम्बनों की बौछार करते हुए अपने वक्ष के मीठे दबाव से उसके वस्त्रहीन बदन को धकेलते हुए शयनकक्ष में ले गई...

शयनकक्ष में प्रमोद वर्मा का तौलिया अकेला, निस्सहाय, परित्यक्त पड़ा हुआ था और प्रमोद वर्मा को लग रहा था...यही सुख है...आनन्द है...इससे बड़ा...इसके अलावा दूसरा कुछ भी नहीं है...।

थोड़ी देर की ख़ामोशी के बाद सरोज वर्मा पलटी। उसको अपनी तरफ़ खींचा। उसकी छाती पर सिर रखकर सुबकने लगी। फिर अचानक उसे झिंझोड़ने लगी। पल-भर भी न बीता होगा, वह बेतहाशा चूम रही थी, "क्या अभी-अभी जो था, वह सुख नहीं था...सुख नहीं था...बोलो...?"

"सुख नहीं था। वस्तुतः वह सुख नहीं था, सुख का छलावा था। यह कितना पल-भर के लिए था। सुख या आनन्द क्षणभंगुर नहीं होता है। संभोग के सुख से अधिक स्थायित्व तो पूर्व फिश्चुला की दशा में था।"

लेकिन इस विवाद ने प्रमोद वर्मा में नामालूम कैसी रासायनिक क्रिया कर दी कि अगले दिन से जब भी वह ध्यान के लिए बैठता, उसको संभोगसुख की याद आने लगती। रति-क्रिया के विभिन्न बिम्ब उसके ध्यान का पटरा कर देते। थककर उसने निर्णय लिया, भोग में ही वास्तविक सुख है। बिना विलम्ब किए बैंक से धन निकाला और अनाप-शनाप ख़र्च करने लगा। वह बेमतलब दो महानगरों की यात्राएँ कर आया, जहाँ उसने कैबरे देखा था और जुआ खेला था। लोकनिर्माण विभागवाले उससे तीन महँगी दावतें पाकर हतप्रभ थे। सहायक अभियन्ता तिवारी का कथन था कि उसकी ज़रूर कोई लाटरी निकली है, जबकि बड़े साहब चरन साहब का मत था कि वह किसी बड़े तस्कर गिरोह का सदस्य बन गया है। ठेकेदारों की सामूहिक राय थी कि उसको अथाह गड़ा धन हासिल हुआ है। वह इन टिप्पणियों से बेपरवाह पैसे लुटा-लुटाकर गुलछर्रे उड़ा रहा था और बिला नागा प्रतिदिन सरोज वर्मा के साथ सहवास कर रहा था।

सरोज वर्मा उस समय सन्नाटे में आ गई, जब प्रमोद वर्मा ने उससे आग्रह किया, "चलो, नाचा जाए।" जबकि नृत्य कला में दोनों ही अज्ञानी थे।

प्रमोद वर्मा नाचने के नाम पर बस अपने हिप हिला रहा था और सरोज वर्मा राजाओं को हवा देनेवाले चँवर की तरह टुटरूँ-टूँ डोल रही थी।

नाचते हुए प्रमोद वर्मा को महसूस हुआ, "मैं क्या चुतियापा कर रहा हूँ।" वह

कुर्सी पर बैठकर हाँफने लगा, "नहीं...नहीं...इन सबमें सुख नहीं है..."

"मैं भी सोचती थी कि जब नाचना आता ही नहीं तो फिर नाचने में सुख कैसा!"

प्रमोद वर्मा ने विरक्ति से देखा, "मैं केवल नाचने की बात नहीं कह रहा हूँ। मैं कह रहा हूँ कि भोग में सुख नहीं है।"

"तब किसमें है?" सरोज वर्मा झुँझला गई।

"शायद त्याग में।"

"तो अपना फिश्चुला क्यों नहीं त्याग देते?" वह चिढ़कर बोली।

"फिश्चुला को त्याग सकना मेरे वश में नहीं है, लेकिन तुम्हें त्याग सकना मेरे वश में अवश्य है।"

सरोज वर्मा की रूह फ़ना हो गई। वह सो रही उजली को छाती से लगाकर एकान्त में देर तक रुदन करती रही। असुरक्षा-बोध ने उसे इतना जकड़ा कि वह गंडे-ताबीज़ के चक्कर में फँसने का निश्चय कर बैठी।

लेकिन प्रमोद वर्मा पर किसी चीज़ का असर नहीं हो रहा था। हाँ, 'त्याग' से जल्दी ही उसकी आस्था उखड़ गई थी, किन्तु वह एकान्तवास और मौन पर अटक गया था। वह कहता, 'शब्द में ऊर्जा है। मौन अनन्त ऊर्जा का भंडारण करता है। जब भंडारण यथोचित हो चलेगा तो सुख-ही-सुख होगा।'

बाद में 'मौन' से भी नाउम्मीद होकर वह वाचालता और मिलनसारी में रम गया था। उसका तर्क था, 'ये इनसान क्या हैं, ईश्वर की सन्तानें हैं। इन्हीं में घुलने-मिलने से सुख की उपलब्धि होगी!' अब वह घर से जल्दी निकल जाता और देर से आता। पत्रिका कार्यालय में वह मौक़ा मिलते ही लोगों से गप्प लड़ाने लगता था। पत्रिका कार्यालय बन्द होने के बाद वह लोगों से मुलाक़ात करने निकल पड़ता था। कभी किसी के घर, कभी किसी के घर। नतीजतन उसका दाम्पत्य जीवन विस्फोटक होने लगा था। भोगवाले दिनों की समाप्ति के पश्चात् सरोज वर्मा पति के साथ घूमने नहीं निकल पाई थी। उजली भी पापा के साथ घूमने के लिए ठान बैठी थी। अत: सरोज वर्मा ने तय किया कि वह पति से दुखड़ा कहकर रहेगी। कोई तुक होती है घर से बाहर रहने की!

मगर उस दिन अप्रत्याशित रूप से प्रमोद वर्मा पत्रिका कार्यालय से सीधा घर आ गया। थका-बुझा सा...हारा...हारा-सा।

"क्या बात है?" सरोज वर्मा उसके बालों को दुलारने लगी।

"देखो, मेरे बाल मत खींचो। ये वैसे ही बुरी तरह टूट रहे हैं। वैसे भी जानती हो कि मुझको प्यार-मुहब्बत के ये चोंचले अच्छे नहीं लगते हैं। रही बात कि बात क्या है तो मैं क्या बताऊँ कि बात क्या है।"

रात को बताई उसने बात। खाने की मेज़ पर उसने कहा, "सरोज, मेरा खाने का मन नहीं है।"

"थोड़ा-सा खा लो पापा।" उजली ने भी आग्रह किया।

"नहीं बेटे, मन नहीं है।"

मेज़ पर बड़ी देर तक मौन बैठा रहा।

प्रमोद वर्मा बोला, "सरोज, मैं क्या करूँ? मेरा मन नहीं लगता किसी चीज़ में। मुझे लगता है कि मुझे कुछ चाहिए। क्या है वह, जो मुझे चाहिए, यह मुझे पता नहीं है। सरोज, मैं सुखी नहीं हूँ। मेरी आत्मा अक्सर मुझको मथती है और मैं परेशान हो जाता हूँ। वाक़ई मैं सुखी नहीं हूँ। मैं क्या करूँ सरोज?"

सरोज वर्मा ने सोच-विचार के बाद कहा, "किसी बूढ़े-बुज़ुर्ग से पूछो।"

वह ख़ुश हुआ, "वाह, सरोज!" वह उजली को उछालने लगा, "मुझे पहले क्यों न सूझी, बिटिया?"

अगले दिन पत्रिका कार्यालय में घुसते ही सम्पादक के पास पहुँचा, "एक काम था।"

सम्पादक बोला, "छुट्टी चाहिए न, फिश्चुला बढ़ गया क्या?"

"नहीं, मुझे यह जानकारी चाहिए कि इस शहर में सबसे अधिक उम्र का व्यक्ति कौन है?"

"वाह! इस शहर में सबसे अधिक उम्र की एक बुढ़िया है, जो एक सौ बारह साल की है। वह नदी-किनारे रहती है और उसके दाँत अभी टूटे नहीं हैं। लोग कहते हैं कि वह बच्चों का टोना उतारती है। कोढ़, मिर्गी के मरीज़ों को छू देती है तो वे ठीक हो जाते हैं। अर्धरात्रि में उसके श्मशान घाट जाने के बारे में भी बताया जाता है।"

"एक निवेदन और, मुझे आज की छुट्टी दे दीजिए।"

"क्यों, तुम्हारा फिश्चुला तो बढ़ा नहीं?"

"फिश्चुला की बात नहीं है। मुझे एक सौ बारह साल की बुढ़िया से मिलना है, जो नदी-किनारे रहती है और जिसके दाँत अभी टूटे नहीं हैं।"

वह बुढ़िया से मिलने चला जा रहा था, तभी एकाएक, कई दिनों बाद लड़की टकरा गई। दोनों इस तरह आमने-सामने हुए कि कतराने का विकल्प बचता ही नहीं था।

"कहाँ जा रहे हैं आप इतनी तेज़ी में?" लड़की ने ही शुरुआत की।

"मैं एक सौ बारह साल की बुढ़िया से मिलने जा रहा हूँ।"

"अब बुढ़िया से ही मिलना रह गया है।"

"मैं तुम्हारी इस बात का जवाब देता, पर ज़रा जल्दी में हूँ।"

"और आपकी तबीयत कैसी है?" लड़की ग़लत सवाल कर बैठी।

"ऑपरेशन के बाद फिर उभर आया है फिश्चुला।" वह मुस्कुराया, "यह आपको मालूम ही होगा कि इसे हिन्दी में भगंदर कहते हैं। यह गुदा रोग है..."

लड़की शर्म से पसीना-पसीना हो गई।

"तबीयत के बारे में पूछने के लिए धन्यवाद।" वह एक सौ बारह साल की बुढ़िया से मिलने के लिए आगे बढ़ गया, जो नदी-किनारे रहती थी और जिसके दाँत अभी टूटे नहीं थे।

बुढ़िया नदी-किनारे रहती थी और सचमुच उसके दाँत टूटे नहीं थे। सबसे बड़ी बात, उसके हाथों में ताक़त और आँखों में रोशनी थी। वह पीढ़े पर बैठी किसी लकड़ी से अपनी पीठ खुजला रही थी।

कुछ कोढ़ और कुछ मिर्गी के मरीज़ कमरे में बैठे बुढ़िया को निहार रहे थे। इक्का-दुक्का बच्चे भी अभिभावकों के साथ आए थे। सब बुढ़िया को बुढ़िया कह रहे थे। गोया बुढ़िया को यह सम्बोधन बहुत पसन्द था।

पीठ खुजला चुकने के बाद बुढ़िया ने पानी पिया। फिर वह गुनगुनाने लगी। किसी पुराने लोकगीत की धुन थी।

प्रमोद वर्मा ने आवाज़ दी, "बुढ़ियाजी, नमस्कार।"

बुढ़िया ने हिकारत से कहा, "जा...जा...उस कोने में बैठ।"

थोड़ी देर बाद वह पीढ़े से उठी। कमर कमान जैसी झुकी थी। वह एक-एक के पास जा रही थी। उसका सिर सहला रही थी। स्पर्श कराने के बाद लोग बाहर हो जा रहे थे। आख़िर में सिर्फ़ वह बचा। बुढ़िया उसके पास आई, "बोल, तुझे कोढ़ है कि मिर्गी?"

प्रमोद वर्मा घबड़ाया, "मुझे न कोढ़ है, न मिर्गी। मुझे फिश्चुला है। पर मैं यहाँ इलाज कराने नहीं, कुछ पूछने आया हूँ।"

वह कमर पर हाथ रखकर सिर हिलाने लगी। जाकर फिर पीढ़े पर बैठ गई और हाँफने लगी। हाँफ चुकने के बाद गरजी, "बोल, क्या पूछता है?"

"बुढ़िया, मैं सुखी नहीं हूँ। किसी चीज़ में मन नहीं लगता। भटकता रहता है मन। हमेशा ख़ाली-ख़ाली महसूस करता हूँ। उदास रहता हूँ। बुढ़िया, मैं बहुत परेशान हूँ। कई महीनों से सुख खोज रहा हूँ। जगह-जगह ढूँढ़ा। भाँति-भाँति से ढूँढ़ा, पर वह मिल नहीं रहा है। बता बुढ़िया, मैं सुखी कैसे हूँगा?"

बुढ़िया बड़ी देर सोचती रही। सोचती रही और आँखें मुलमुलाती रही। अचानक तमतमाकर खड़ी हो गई, "हुँह, बड़ा चला है सुखी होने! बोल बेवकूफ, कभी तू दुखी हुआ है? बोल, कभी सच्चे मन से दुखी हुआ है?"

प्रमोद वर्मा को लगा, बेहोश हो जाएगा। हथेलियों में सिर थामकर बैठ गया।

"मैं आज तक दुखी नहीं हुआ।" वह पसीना-पसीना हो गया। हल्का-हल्का काँप भी रहा था।

"दुख का मतलब जानता है मूरख? फोड़ा-फुंसी, बुखार-बेरामी या बीवी-बच्चों को डाँट देने से होनेवाला दुख नहीं, हमेशा चौबीस घंटों का दुख। हमेशा आत्मा को मथते रहनेवाला दुख। सुख को खोजेगा तो अपने को छलेगा। दुखी बन।"

वह बाहर आया। बीहड़ बरसात हो रही थी। बादल बिजली की चमक के साथ गरज रहे थे। तेज़ हवा थी। पेड़-पौधे ज़ोर-ज़ोर से झूम रहे थे। वह भीगते हुए चल पड़ा।

वह जल्दी-से-जल्दी दुखी होने का यत्न कर रहा था। वह ग़रीबों की बस्ती में गया,

अस्पताल, अनाथालय गया और विधवाश्रम भी हो आया। पथरीली ज़मीनवाले इलाके में अकाल का हाहाकार था, वहाँ भी पहुँचा था। सब जगह दुख था। महँगाई, दंगा, बेटे की नौकरी, बेटी के ब्याह के चंगुल में फँसे लोगों का वह ग़ौर से मुआयना करता था। लेकिन वह हतप्रभ था कि उसे कुछ होता ही नहीं था। वह अपनी ही निगाहों में गिरने लगा। इस बीच उसे बुखार ने भी दबोच लिया था।

बुखार के कारण उसका शरीर तप रहा था। रात उसे कई छींकें आईं और नाक सुड़सुड़ाने लगी। थोड़ी देर बाद बुखार से वह जलने लगा था।

सरोज वर्मा उजली के साथ दवा ख़रीदने गई थी। वह कम्बल ओढ़कर लेटा था। उसकी नाक सुड़सुड़ाने लगी। अभी वह लगातार कई बार उठ-उठकर नाक छिनक चुका था। अत: इस बार भीतर-ही-भीतर सुड़क डाला। वह बहुत अकेला पा रहा था। लग रहा था, जैसे कोई भारी आवरण उसे घेर रहा है। उसकी पलकें भारी-सी होने लगीं। वह बुदबुदाया, 'मैं कभी दुखी नहीं हो सकूँगा, न सुखी।' उसने सोचा, 'कितने साल हो गए होंगे, मुझे कभी पश्चात्ताप नहीं हुआ।' वह नींद और जागने के बीच की स्थिति में था। वह स्वप्न और यथार्थ की मिली-जुली अवस्था में था। धुँधला-धुँधला-सा सोच रहा था, 'मेरे पास आँसू भी नहीं बचे। बचपन के बाद मैं रोया ही नहीं।' वह उद्विग्न था, 'क्या ज़माना आ गया है, लोग न रोते हैं, न पश्चात्ताप करते हैं!'

सरोज वर्मा दवा लेकर आ गई। रास्ते में पत्रिका कार्यालय फ़ोन कर दिया था पति की छुट्टी के लिए। उसने दवा की गोलियाँ पति को दीं। प्रमोद वर्मा उन्हें गटक गया। देर तक लेटे-लेटे वह ऊब गया था। वहीं बिस्तर पर उकड़ूँ बैठ गया।

सरोज वर्मा ने सुझाव दिया, "ऐसे मत बैठिए, फिश्चुला दर्द करने लगेगा।"

वह उसी तरह बैठा रहा। नामालूम क्या सोचता रहा कि रुआँसा हो गया, "सरोज... सरोज...मैं क्या करूँ, मुझे कुछ अच्छा नहीं लगता। कुछ सुन्दर नहीं लगता।"

सरोज वर्मा ने उसकी गरदन में बाँहें डाल दीं। प्रमोद वर्मा का सिर छोटे बच्चे की तरह अपने वक्ष से लगा लिया और सहलाने लगी, "क्या होता जा रहा है आपको... क्या होता जा रहा है...मैं फिर कहती हूँ कि आपको मेरी, उजली की रत्ती-भर परवाह नहीं है..."

उजली अपने नाम का ज़िक्र सुनकर उत्साहित हो गई, "पापा...पापा...आप कब दुखी होंगे?"

"कभी नहीं बिटिया।"

"ऐसा न बोलिए।" सरोज वर्मा ने भारतीय नारी की तरह इतराते हुए धीरज बँधाना शुरू किया, "आप चिन्ता मत करिए। आप एक दिन ज़रूर दुखी होंगे। ईश्वर के घर में देर है मगर अन्धेर नहीं है। वह आपको ज़रूर दुखी बनाएगा। मैं सोमवार का व्रत रखूँगी। शंकर जी से माँगूँगी कि आपको दुखी बनाएँ।"

"कोई फ़ायदा नहीं। किसी भी तरह मेरा दुखी होना, यानी कि मेरा सुखी हो

सकना किसी भी तरह मुमकिन नहीं है।" वह पुनः उकड़ूँ बैठ गया, "क्योंकि मेरी आत्मा खो गई है। मुझे यह पता भी नहीं कि वह कहाँ खोई? पहले मैं अक्सर उसे निकालकर रख देता था, इसी में वह कहीं खो गई। लोकनिर्माण विभाग के दफ़्तर में, सड़क पर या किसी यात्रा में, पता नहीं कहाँ मैंने उसे अपने से अलग रखा और वह खो गई..." उसकी आँखों के सामने अँधेरा छाता जा रहा था। सब कुछ डूबता हुआ-सा लग रहा था।

अचानक उसके फिश्चुला में ज़ोरों का दर्द हुआ। उससे सँभल पाता कि मितली आने लगी। वह 'ओ...ओ...' करके उठा। भागते हुए वाशबेसिन तक गया और उलटी करने लगा। दुर्गन्ध से भरी हुई ढेर सारी उलटी।

[1993]

बायोडाटा

नवम्बर में न अधिक सर्दी रहती है, न अधिक गर्मी। गाँवों में गन्ना, गंजी, मटर का नाश्ता शुरू हो जाता है। सब्ज़ियाँ अपेक्षाकृत सस्ती और सुलभ रहती हैं। बिना चाकू की मदद से छिल जानेवाली गोल आलू चलन में आ जाती है। इतना ही नहीं, रात में पेशाब करने के लिए खुले में निकलने पर जगत विराट और रहस्यमय लगने लगता है।

इसी स्वस्थ मौसम में राजदेव ने सावित्री की माँग में सिन्दूर डालकर वधू बनाया था। उस क्षण वह असीम भावुकता, उदात्तता और आस्तिकता से ओतप्रोत था। उसे यक़ीन हो गया था, राजनीति में लगातार ढुनमुनिया खा रही उसकी क़िस्मत अब पलटकर सरपट धावक हो जाएगी। वह ख़ुश था, "अभी तक मेरे पास अपना डगमगाता भाग्य था पर अब सावित्री का होनहार मुक़द्दर भी होगा।" वह गुनगुनाया था, 'हम दो नावों के पथिक एक हुए।' और अपना ब्राउन कलर का जूता कसने लगा था...।

लेकिन इस वक़्त वह खिन्न और परेशान था। वह स्वयं पर झुँझला रहा था कि आख़िर उसने क्यों सावित्री को मैके भेजा।

थोड़ी देर पहले तक वह प्रसन्नता से गद्गद था जबकि अब खिन्न और परेशान था। बात यह थी कि स्टेट की पॉलिटिक्स उसे पुकार रही थी लेकिन जेब में पड़ा सावित्री का पत्र दिमाग़ में बार-बार टनक जाता था। वह तल्ख़ी से ऐंठा, "मेरी बीवीजी ने पत्र लिखा है। बड़ी आईं पत्र लिखनेवाली!"

सावित्री ने मैके से जो पत्र लिखा था, उसका मुख्य अंश था : 'प्राणप्यारे! अब आपके पापा बनने का समय बहुत नज़दीक है पर क्या कहूँ, मेरी तबीयत ख़राब हो गई है। कैसे ठीक रहे, वह तो हमेशा आप पर लगी रहती है। मैं विनती करती हूँ...हाथ जोड़ती हूँ...पाँव पड़ती हूँ कि जल्द-से-जल्द आ जाइए...। डॉक्टर और बुज़ुर्ग जिस तरह मुँह बनाते हैं, उसे देखकर मुझे डर लग रहा है कि कुछ भारी गड़बड़ है। सो आप आइए ज़रूर। मेरी हार्दिक इच्छा है कि हमारी औलाद सबसे पहले अपने पिता अर्थात् आपको देखे। तो आपको मेरी क़सम—अपनी प्राणप्यारी की क़सम—आइए ज़रूर। दर्शनाभिलासिनी—आपकी सेविका—सावित्री।'

राजदेव ने चलते-चलते एक सुनसान में पत्र निकाला। उस पर घूँसा मारते हुए बड़बड़ाया, "यह पत्र है या कवित्त?" अचानक वह इस तरह चुप हो गया, जैसे अभी कुछ बोला ही नहीं था। दरअसल वह सावित्री और मोती सिंह के द्वन्द्व को

सुलझाने की तरकीब निकालने में दत्तचित्त हो गया था।

मोती सिंह सत्ता पार्टी की युवा शाखा के अभी-अभी प्रदेश अध्यक्ष मनोनीत हुए थे। गृह जनपद में उनके चार शागिर्द थे। एक उनके अध्यक्ष बनने के पहले ही प्रतिद्वन्द्वी गुट में जाकर पछताने का काम कर रहा था। दो क्षत्रिय थे। मोती सिंह का दृढ़ मत था, राजनीति में बिरादरी के लोगों को आगे बढ़ाना अपने को ही बाँस करना है। अत: उनकी दृष्टि चौथे शागिर्द राजदेव पर टिकी। राजदेव ने उनको 'कृपालु' कहा और स्वीकार किया, "मेरा भाग्य कमल आपके वरदहस्त से खिलनेवाला है।"

"भक्साले।" मोती सिंह भड़क गए, "कबे तुम्हारा भाग्य कमल की तरह है?"

"नहीं, कदापि नहीं अध्यक्षजी। वह कीचड़ है, शुद्ध कीचड़। माफ़ कर दें।"

राजदेव गिड़गिड़ाया तो मोती सिंह बोले, "ज्यादा डायलागबाजी ने झाड़ो। जाओ कुछ माल-पानी का जुगाड़ फिट करो। दिल्ली में हफ़्ता-दस दिन रहना पड़ेगा। साम-दाम-दंड-भेद से सबकी लेंड़ी तर करनी होगी। तब ठुकेगी तुम्हारी प्रदेश सचिवल्ली की नियुक्ति पर पक्की मुहर।"

उसके सामने विकराल समस्या मुँह बाए खड़ी थी कि माल-पानी का जुगाड़ कैसे हो? उसने निश्चय किया कि वह माँ-भाभी के गहने चुरा लेगा, फिर खँखारकर कहेगा, 'अगर कोतवाल ने हफ़्ते-भर में चोर न पकड़ा तो बोरिया-बिस्तर बँधवा दूँगा बच्चू का।' लेकिन इस उपाय को उसने भविष्य के लिए सुरक्षित रखा, क्योंकि कहीं से कुछ रुपए चपेट में आ गए थे...

...जेब में पड़े सावित्री के पत्र ने अँगड़ाई ली और वह झुलसकर राख हो गया। हालाँकि वह सावित्री के स्वास्थ्य और सन्तान-जन्म की अवहेलना करने में निपुण था, लेकिन दो झंझटें उसे उलझन में डाल देती थीं। एक—बचा-खुचा नैतिक बोध उसे चित्त कर देता कि सावित्री की चिट्ठी पाने के बाद भी दिल्ली जाना नीचता होगी। दो—राजनीति में सब एक-दूसरे के दुश्मन होते हैं। कुत्ते की तरह पोल-पट्टी सूँघने के लिए मारा-मारा फिरते हैं। अब सावित्री या बच्चे या दोनों को ख़ुदा न खास्ता कुछ हो जाए और वह दिल्ली में रहे, तो इसे हमारे ख़िलाफ़ हथियार बना लेंगे भाई साहब लोग और कहीं यह लेटर हाथ पड़ जाए...उसका हाथ जेब में चला गया। जेब में जाकर वह थरथराने लगा। वह पत्र को मसलता रहा...मसलता रहा...अचानक उसे झटके से बाहर निकाला। सड़क के किनारे आया। उसकी चिन्दी-चिन्दी की। ढलान पर फेंका और बिखरे हुए उन काग़ज़ के टुकड़ों पर मूतने लगा।

मूत लेने के बाद वह इस तरह प्रफुल्ल हुआ, जैसे उसने पेशाब नहीं, अपनी साँसत विसर्जित की है। नामालूम ऐसा था अथवा नहीं, पर यह ज़रूर था कि एक तरकीब सूझ गई थी—अनोखी और बुद्धिमत्ता से भरी-पूरी। उसने तय किया था कि घर पहुँचकर सावित्री को पत्र लिखेगा, जिसका मजमून होगा : 'दुनिया में सबसे प्यारी और न्यारी मेरी सावित्री। इतने दिन हो गए, तुम्हारा कोई हाल-चाल नहीं मिला। कम-से-कम पन्द्रह पैसे का एक पोस्टकार्ड ही डाल देती। आख़िर मेरे किस क़सूर

की सज़ा दे रही हो तुम? मैं बेकरार हूँ, तुम्हारी सुन्दर-सुन्दर मोती जैसी लिखावट देखने को। हमारे होनेवाले 'उसका' ख़याल रखना। अपना तो रखना ही। दिन-रात तुम्हारी याद सताया करती है...।'

वह मुस्कुराया। उसने सावित्री को एक ठेठ गाली दी और हँसने लगा। उसके दाँत चमक रहे थे। हालाँकि न वह काला था और न ही इस समय रात थी पर लगता था, जैसे घनी रात में किसी काले चेहरे के दाँत चमक रहे थे...

वह इन दिनों अक्सर अपनी छत्तीस की उम्र को कोसता था, जिसमें वह विवाहित हुआ था। दरअसल उसने बाईस की उम्र में प्रतिज्ञा की थी, 'शादी तभी करूँगा, जब राजनीति में कुछ कर गुजरूँगा यानी कि कुछ नहीं तो ज़िला स्तर का कोई पद प्राप्त कर लूँगा।'

लेकिन वह पैंतीस वर्ष का हो चुका था और पदहीन था। स्थिति यह हो चुकी थी कि फ़र्क करना मुश्किल हो गया था कि वह पद राजनीति के लिए चाहता है अथवा विवाह हेतु। वस्तुत: उसके जीवन में विवाह और राजनीति की विभाजक रेखाएँ धुँधली होकर आपस में गड्डमड्ड करने लगी थीं।

कई बार दिमाग़ में आया कि झूठ-मूठ में घोषणा कर दे : 'दुर्गा माँ ने मुझे सपने में दर्शन दिया और कहा कि रे राजदेव! तू हमारी बेटियों का अनादर कर रहा है। जा, जब तू मेरी किसी बेटी से ब्याह करेगा, तभी राजनीति में सफलता पाएगा।' पर अन्तत: उसे यह योजना सटीक नहीं लगी। एक-से-एक घाघ साले इस फ़ील्ड में हैं। तुरन्त भाँप जाएँगे और मज़ाक़ बनाएँगे। अजीब दशा थी अभागे राजदेव मिश्र की। कुँवारा था, क्या हुआ, प्रेम एवं वासना की बिलकुल निर्धनता नहीं थी। इन निधियों से ठसाठस था वह। लेकिन शरीर पर नेता का बाना था और आत्मा में राजनीतिक तरक़्क़ी की दरकार। नतीजतन वह अपनी प्रेम एवं वासना की सम्पदा का विनिमय करने में असमर्थ था। कितनी कारुणिक दशा थी! वह अभी तक मुहब्बत से बेदख़ल था। महज एक बार थोड़े से वक़्त के लिए कुछ इन्तज़ाम हुआ था। मगर वह रेल मद्धिम-मद्धिम चल रही थी कि ऐसा पटरा हुआ कि ज़िन्दगी की दिशा बदल गई।

हुआ यह था, वह उम्र के बाईसवें जाड़े में था तभी भाई की शादी हो गई। शादी बड़े भाई की हुई लेकिन जीवन राजदेव का बदल गया था। वह पालतू कुत्ते की तरह भाभी के पीछे-पीछे लगा रहता था। उनका छोटा-मोटा कार्य करके उसका हृदय अनुपम तृप्ति से भर उठता और वह गर्व का अनुभव करने लगता था। भाभी भी अपने इस पिछलग्गू देवर का विशेष ध्यान रखती थीं। उसके कपड़े साफ़ कर देती थीं और हौके-मौके दो-चार रुपयों की बख़्शीश पकड़ा देतीं। इतना ही नहीं, बात-बेबात वे उसे देखकर मुस्कुरा भी देतीं। उसे लगा, भाभी उस पर फ़िदा हैं और एक दिन भाई के ऑफ़िस जाते ही भाभी की गोद में लुढ़क पड़ा।

"ये क्या हरकत है?" भाभी आग-बबूला।

वह बहाना पेश करने लगा, "मेरे सिर में जुआँ पड़ा है, खोज दो।"

“जब तुम्हारी मेहरी आ जाएगी तो उसी से जुआ-चीलर खोजवाना।” भाभी ने घृणा से कहा और ऐसा धक्का दिया कि राजदेव मिश्र ढहकर नीचे आ गया।

उसी शाम पिता उसे लाठी से मार रहे थे। वे मारते और कहते, “और जुआँ निकलवाओगे सरऊ?”

इस हादसे ने राजदेव को छिछोरपन की दुनिया से खींचकर आत्मालोचन की प्रक्रिया में डाल दिया था। उसके सम्मुख लांछना के शूल, तीर, तलवार थे, जबकि वह बेबस और निहत्था था। उसने ख़ुद को मर्माहत अनुभव किया और सुबकने लगा। आँसू थमे तो वह नूतन राजदेव था। उसे दिव्य ज्ञान हो गया था कि इस अपमान की भरपाई तभी हो सकती है जब वह कुछ बनकर दिखा दे लोगों को। उसने तय किया, वह कुछ बनकर दिखाएगा और परिवारवालों के गाल पर उलटा झापड़ मारेगा। क्या बनना है, इसके बारे में उसके विचार स्पष्ट थे। वह दृढ़प्रतिज्ञ था कि उसे नेतागीरी करनी है क्योंकि उसने जान लिया था कि सुख की सर्वोत्तम मलाई राजनीति के दूध में पड़ती है। पहुँचे हुए नेता हो, तो चोरी कराओ, स्मगलिंग कराओ, क़त्ल कराओ—कोई बाल-बाँका नहीं कर सकता। बलात्कार करो, रंडीबाज़ी करो, प्यार करो या वासना, दारू पियो, क़ानून की ऐसी-तैसी कर दो, कोई ख़ौफ़ नहीं। पुलिस, पी. एस. सी. हो, हाकिम-हुक्काम हों, डाकू-बदमाश हों—सब हाथ जोड़े मिलेंगे। ईश्वर की अनुकम्पा से माल-पानी की कमी नहीं। इंजीनियर वग़ैरह का ट्रांसफर करा दो तो चाँदी। रुकवाओ, तो चाँदी। चुनाव का पैसा है, उसमें खसोट लो। सूखा-बाढ़ का पैसा है, उसे हड़प लो। यहाँ भौजाई से जुआँ खोजवाने में लात खानी पड़ी, वहाँ सैकड़ों हँसीनाएँ हासिल हो जाएँ। चाहे जितने गुलछर्रे उड़ाओ, कोई चूँ-चपड़ करनेवाला नहीं है। ऊपर से फ़ायदा कि पब्लिक में दबदबा भी। हमेशा जय-जयकार होती रहे। काम कुछ ख़ास नहीं। बस, कुर्ता-पाजामा पहन लो और मौक़ा पड़ने पर भाषण झाड़ दो।

वह कल्पना में भाषण करने लगा, ‘भाइयो और बहनो! सज्जनो और देवियो...’ कल्पना में ही उसने पाया कि भाई घूस लेते पकड़ लिया गया और हवालात में बन्द है। भाभी हाथ जोड़कर गिड़गिड़ा रही है, ‘मेरे नेता देवर! छुड़ा लो मेरे पति अर्थात् अपने भइया को।’ भाभी उस पर लुढ़की आ रही हैं...लुढ़की आ रही हैं। उसने झिटक दिया, ‘हम पर न लुढ़को। हमारे सिर में जुआँ और बदन में चीलर है।’ भाभी गईं और पिता आ गए। उन्होंने उससे मिलने के लिए पर्ची पर अपना नाम लिखकर भेजा। उसने नौकर से कहा, ‘जाओ, कह दो कि अभी मैं जुआँ निकलवा रहा हूँ। मेरे पास फ़ुरसत नहीं है। तीन दिन बाद आएँ तो मिलने पर विचार करूँगा।’ भाई को तो उसने पहचानने तक से इनकार कर दिया।

वह शनैः-शनैः कुर्ता पहन रहा था। शनैः-शनैः पाजामा पहन रहा था। वह जेबदार बनियान पहनना भूल गया था, कुर्ता उतारकर जेबदार बनियान पहन रहा था...

उसने पलकें झपकाईं, उसने पलकें उठाईं और प्रतिज्ञा की: ‘अब मैं अपनी मेहरी

से जुआँ खोजवाऊँगा और चीलर भी लेकिन तब जब नेता बन जाऊँगा। हाँ...हाँ... मैं शादी तभी करूँगा, जब राजनीति में कुछ कर गुज़रूँगा। यानी कि कम-से-कम ज़िला स्तर का कोई पद हथिया लूँगा।' वह केंचुल से निकल रहा था...वह केंचुल में घुस रहा था...केंचुल से निकलकर वह रेंग रहा था...

राजनीति की ऊबड़खाबड़ डगर पर रेंगते-रेंगते राजदेव के बाल झड़ने लगे, आँखों की ज्योति मन्द होने लगी, दाँत पायरिया के घेरे में आ गए। मसूढ़े फूले रहते और दबाने पर मवाद फेंक देते। अब उसे अधिक मेहनत पर हल्की थकान लगने लगती थी। छत्तीस की उम्र में वह काफ़ी कुछ थक गया था। इसीलिए जब जिलामंत्री बना, तो शुभचिन्तक बधाई की जगह यह मशवरा देने लगे, "अरे राजदेव, अब शादी कर ही लो। ज़्यादा टालमटोल करोगे, तो बाद में होगी ही नहीं तुम्हारी मैरिज। टापते रह जाओगे।"

राजदेव को दान-दहेज़ ख़ास हासिल नहीं हुआ था पर वह सन्तुष्ट था, चलो शादी हुई, नहीं तो ज़िन्दगी-भर रडुवा बना व्याकुल घूमता रहा। प्रेम तथा वासना का दलिद्दर घेरे रहता। कुल मिलाकर स्थिति यह थी कि उसके जीवन के हँसी-ख़ुशी के गुब्बारे में सावित्री की नेमत पम्प कर रही थी।

कोई दोस्त मिलता, राजदेव कहता, "अरे भाई, एक दिन घर आओ, अपनी भाभी के हाथ की चाय पियो।" बुज़ुर्ग मिलता तो वह कहता, "आइए, एक दिन अपनी बहू को आशीर्वाद तो दीजिए।"

राजनीतिक हमजोलियों के बीच उसने घोषणा कर दी थी, "मैंने दहेज़ नहीं लिया है और एक ग़रीब लड़की का उद्धार किया है।" वह अपनी इस गप्प पर मुग्ध होता और अकस्मात् दहेज़ प्रथा के विरुद्ध संक्षिप्त भाषण करने लगता है। वह कहता, "भारतवर्ष के नवयुवकों को बाल-विधवाओं और विपन्न कुँवारी कन्याओं के उद्धार के लिए आगे बढ़कर महानता की मिसाल क़ायम करनी चाहिए। मुझे देखिए, मैंने तो एक दुखियारी की ज़िन्दगी सँवार दी। मेरी बीवी सावित्री आज सुखी है और मेरा एहसान मानती है।"

वह अपनी इस युक्ति पर गद्गद था और सोच चुका था टिकट के लिए अपने बायोडाटा में जोड़ देगा कि उसने विपदा की मारी एक लड़की को बिना दान-दहेज़ अपना बनाकर सेवा की है। वह बुदबदाता, "हे भगवान्! मुझ पर कृपा दृष्टि डालकर टिकट दिलाओ। ज़िलामंत्री की पोस्ट कोई पोस्ट होती है ससुरी। अनुकम्पा करो, प्रभु! मैं पापी तो पापी, सावित्री के पुण्य से ही एवमस्तु बोलो।"

सावित्री पर वह फ़िदा था। एक तो उसके भाग्य से बाउम्मीद था। दूसरे वह छत्तीस वर्षों का एक ऐसा अतृप्त कामुक था, जिसका विवाह हुए आधा साल भी नहीं बीता था। सावित्री की एक-एक अदा उसे फिरकी की तरह नचाती। मसलन वह रसमलाई पसन्द करती थी, अतः वह अक्सर कुल्हड़ में रसमलाई छुपाकर लाता और रात में बिस्तर पर मनुहार करके खिलाता। बाज़ार में कभी वह कैथा तलाशता

हुआ मिलता, तो कभी टिकिया का दोना बँधाता हुआ। वह इन खाद्य पदार्थों को तस्करी के सामान की तरह सनसनीखेज़ लुकाछिपी के साथ लाता और एकान्त में सावित्री के मुँह में डाल देता।

दोस्तों ने घोषणा कर दी, राजदेव की राजनीति बीवी के पेटीकोट में घुस गई। उन्हें विश्वास हो गया कि राजदेव की राजनीतिक मृत्यु हो चुकी है और वह जोरू की ग़ुलामी में जीवनयापन करेगा। लेकिन परिवार के लोग प्रसन्न थे कि लड़का रास्ते पर आ रहा है। भाभी मुस्कुरातीं कि लालाजी अब मेरी गोद में नहीं लुढ़केंगे, जुआँ खोजवाने को। वह उदास हो जातीं कि लालाजी पूरे चौदह बरस कैसी बेरुख़ी बरते हैं। कहाँ हरदम छुछुवाते रहते थे और कहाँ चौदह बरस बोले नहीं लेकिन वह सहर्ष सन्तुष्ट थीं कि लालाजी की ज़िन्दगी अब सुधर रही है...

पर राजदेव की ज़िन्दगी के सुधरने में कुछ बाधामूलक तत्त्व थे। जैसे एक दिन सावित्री माँग कर बैठी, "हमको एक ठो बढ़िया साड़ी ख़रीदो ना।"

"ख़रीद देंगे...ख़रीद देंगे...।" वह कैसे बतलाए कि रसमलाई, टिकिया इत्यादि से तो प्रेम का सबूत दिया जा सकता है, पर साड़ी भेंट करना तभी मुमकिन है, जब दंगा-फ़साद में कोई दुकान लुट जाए।

यह दिक्कत आती ही नहीं, यदि सावित्री को बतला देता कि वस्तुतः वह आर्थिक दृष्टि से एक जीर्ण-शीर्ण चिरकुट इनसान है। उलटे वह फोकस मारता था कि उसके जीवन में पैसे की झमाझम बारिश हो रही है। शायद इसीलिए सावित्री की छोटी-बड़ी चीज़ों की फ़रमाइश के जवाब में वह उत्कृष्ट बहाने पेश करता। जैसे कि एक ग़रीब के बेटे को इलाज के लिए लम्बी रक़म दान करने के कारण उस वक़्त उसका हाथ ख़ाली हो जाता। इसी तरह कभी चेले-चपाड़ों को कपड़े सिलवाने, कभी उनकी ख़ुराकी में पैसे ख़र्च हो जाते। चन्दों में तो अच्छी-ख़ासी रक़म वह अक्सर फूँक चुका होता। तो इस प्रकार की कपोलकल्पनाओं को वह ढाल बनाता और सावित्री की हथेली पर कभी भी सम्मानजनक धनराशि न रखता। उलटे वह शादी के समय प्राप्त सावित्री की मुद्रा को दिन-प्रतिदिन क्रमशः हड़प रहा था। वह कमा कुछ नहीं रहा था, पर ख़र्च पूरे मनोयोग से कर रहा था। सावित्री अधिक हुज्जत करती तो वह चिड़चिड़ा उठता, "ओफ़, तंग आ गया मैं। सिर भन्नाने लगा है।" नतीजतन रात को सावित्री तेल डालकर उसके सिर की चम्पी करती। पैर तो वह रोज़ दबवाता था। मगर जब हर्षित रहता तो न चम्पी कराता, न पैर दबवाता। पर एक दिन ऐसा भी हुआ कि वह हर्षित नहीं था फिर भी उसने न चम्पी कराई और न पैर दबवाए। सावित्री पास खिसकी तो वह दूर खिसक गया। वह और पास तो वह और दूर। जब वह एकदम किनारे पहुँच गया तो उठ बैठा और नाक में उँगली डालकर सोचने लगा। वह उद्विग्न दिख रहा था। दरअसल उसे राजनीति की याद सताने लगी थी। उस पर पुनः राजनीति का नशा चढ़ने लगा था। वह छटपटा रहा था कि कब तक गृहस्थी का घुइयाँ छीलता रहेगा और मंज़िल से दूर रहेगा। उसके हृदय में सूक्ति

उठती: 'हम लोगों के लिए राजनीति जीवनसंगिनी है और जीवनसंगिनी रखैल। जो रखैल को जीवनसंगिनी समझता है, लक्ष्य सदैव उससे दूर रहता है।' वह पछताता कि इस उम्र में लोग मिनिस्टर बन जाते हैं जबकि वह बीवी की चरण-रज धोकर पीने में जुटा हुआ है। उसने अपने को धिक्कारा और राजनीतिक चर्या को समर्पित हो गया। पार्टी ऑफ़िस पहुँचकर बोला, "अब तक मैं भ्रमित था। अब मैं फिर से अपने घर वापस आ गया हूँ।" अब वह लगातार देर रात आता था और सुबह पूजा-पाठ के बाद निकल जाता था। वह सावित्री के पास ऐसे आता था जैसे ट्रक ड्राइवर रंडी के पास जाता है। पर सावित्री रंडी नहीं थी, वह पति की बेरुखी से थर-थर काँपती। वह सो जाता तो रोती। वह रोती कि उसका क़सूर क्या है? प्रभु से विनती करती, कोई ऐसा अवसर आए कि उसका पति ख़ुश हो जाए। जल्दी ही अवसर आया, उसके गर्भ-द्वार पर शिशु ने दस्तक दी। वह पहले डरी, फिर चिन्तित हुई और फिर ख़ुशी के झरने में नहाने लगी। इस ख़ुशख़बर को उसने राजदेव की आँखों में आँखें डालकर बताया, उसके कानों को अपने चिकने पेट पर लिटाकर सुनाया, नाली में उलटी करके दिखाया...।

राजदेव ने इच्छा प्रकट की थी, "मैं चाहता हूँ, हमारा बच्चा ननिहाल में जन्म ले। सो तुम मैके चली जाओ।"

"मैं मैके नहीं जाना चाहती। मैं तो आपके पास रहूँगी।"

"वहाँ तुम्हें आराम रहेगा। दुलारी बिटिया हो, सब ख़याल रखेंगे तुम्हारा और पेट के बच्चे का।" राजदेव ने समझाया।

"तो आप लोग ख़याल नहीं रख पाएँगे?" वह सुबकने लगी।

राजदेव ने प्यार से समझाया, "जैसे नए या तुरन्त आज़ादी पाए देश होते हैं न, वे विदेशों से मदद लेते हैं न, यही जानो कि हम नए मियाँ-बीवी होनेवाले बच्चे के लिए उसके ननिहाल से मदद ले रहे हैं।"

सावित्री ने डबडबाई आँखों और मुस्कुराते होंठों से अपने सामान्य ज्ञान का परिचय दिया, "लेकिन विदेशों से मिली मदद भी क़र्ज़ होती है। ऐसे तो हमारी औलाद जन्मते ही क़र्ज़ से घिर जाएगी। पैदा ही वह क़र्ज में डूबी हुई होगी।"

"देखो, ज़्यादा विदेशनीति न झाड़ो। मैं कहता हूँ कि मान जाओ।" राजदेव ने कुछ क्रोध, कुछ प्यार से कहा पर वह उसी प्रकार सिकुड़ी की सिकुड़ी रही।

"तुम कुछ बोलती क्यों नहीं?" वह झुँझला गया, फिर भी वह कुछ न बोली।

"तो तुम मानोगी नहीं?"

"नहीं।"

"नहीं?" दाँत पीसते हुए उसने धमकी का लालमिर्चा झोंका।

"नहीं।"

वह भड़क गया, "ठीक है, देखता हूँ कैसे नहीं जाती हो। मैं बहुत ही ख़तरनाक इनसान हूँ। तुमने मुझे समझा नहीं है। मेरी कमीनगी अभी देखी कहाँ है। मैं किसी

बात पर अड़ जाता हूँ तो फिर अड़ ही जाता हूँ। मैं कहता हूँ, तुम्हें जाना पड़ेगा... जाना पड़ेगा...एक नहीं, हज़ार बार...जाना पड़ेगा...।" उसे खाँसी आ गई। खों... खों करने के बाद वह पुनः तड़का, "मैं किसी को आसमान पर चढ़ा सकता हूँ तो उसे धरती पर पटक भी सकता हूँ...कुतिया कहीं की..."

सावित्री जब मैके के लिए विदा हो रही थी तो सचमुच वह एक लाचार पिटी और थकी-हारी कुतिया की तरह कूँ-कूँ रो रही थी। बाहर रिक्शा खड़ा था और भीतर वह अपने कमरे में रो रही थी। राजदेव सोच रहा था, सावित्री अभी उससे लिपटकर फूट-फूट रोएगी। पर उसने केवल अपना सिर पति के बाएँ कन्धे पर धीरे से रख दिया और कुतिया की तरह कूँ...कूँ रोने लगी। राजदेव को कुछ न सूझा तो वह स्वामी विवेकानन्द की तरह सीने पर हाथ बाँध खड़ा हो गया और बोला, "चुप रहो...चुप रहो...बच्चे का ख़याल करो...रोते नहीं..." पर सावित्री थी कि कुतिया की तरह कूँ...कूँ रोए जा रही थी। उसकी आँख के कुछ आँसू राजदेव की छाती पर टिकी दाईं हथेली के ऊपरी हिस्से पर इकट्ठा हो गए।

अगली सुबह सावित्री घर में नहीं थी और राजदेव को लग रहा था, हथेली के वे आँसू सूखे नहीं हैं। वह जगह अभी भी भीगी हुई है। वह बार-बार उस स्थान को अपनी आँखों से स्पर्श कराता और भावुक हो जाता। अपने बाल नोंचता और फुसुफुसाता, 'मैं पापी...मैं पापी...।' वह अपने कमरे में घुसता तो सूना महसूस करता। हालाँकि सभी कुछ उसी तरह था, केवल एक बक्सा नहीं था पर लगता ऐसा था कि कमरे की छत कुछ नीचे खिसक आई है और कोई एक दीवार कम हो गई है। वह तकिए में मुँह छिपाकर लेट गया।

वह देर तक सोता रहा। शाम को नींद खुलने पर उदास था और तरोताज़ा था। उदास कम था, तरोताज़ा ज़्यादा था। उसने ज़ोर की अँगड़ाई ली और सोचा—चलो, कुछ लोगों की चमचागीरी कर आएँ...

वह अविराम चमचागीरी कर रहा था लेकिन सावित्री के पत्र ने अवरोध पैदा कर दिया था। मगर सावित्री को भेजनेवाले पत्र के मजमून ने अब सब समतल कर डाला था। वह मुस्कुराया, क्या आइडिया है! साफ़ मुकर जाएगा। कहेगा कि उसे तो कोई पत्र मिला ही नहीं। उलटे ख़ुद तोहमत लगाएगा, मेरी तुम्हें परवाह नहीं...

वह तृप्त और उल्लसित था। उसने सावित्री को पत्र न भेजने की शिक़ायत लिखकर पत्र पेटिका में डाल दिया था, और अनवरत प्रदेश सचिव बनने के उत्साह में हिल रहा था। हृदय में इच्छा उठ रही थी कि बचपन की प्रार्थना गुनगुनाए—हे प्रभो आनन्ददाता, ज्ञान हमको दीजिए...। पर तभी यह तार...कम सून। सावित्री ने उसे तुरन्त बुलाने के लिए तार कराया था : कम सून।

उसके होंठ विद्रूप से टेढ़े हो गए, "अंग्रेज़ी पेलती है।"

विपत्ति से घिरे अभागे की तरह उसने सिर थाम लिया, "अब क्या होगा?" एक

लम्बी साँस खींची और उसे छोड़ते हुए कहा, "अब क्या होगा?" तारवाले ने दस्तख़त करा लिया था, इसलिए वह फँसा पा रहा था। तार चिट्ठी की तरह बेसबूत नहीं होता, निरीह खाँसी की तरह उसकी घिग्घी बँध गई थी। वह तीसरी बार बुदबुदाया, "अब क्या होगा?" मोती सिंह ने कहा है, किसी दिन—किसी भी समय दिल्ली-यात्रा का प्रोग्राम बन सकता है। लखनऊ तक ट्रेन के ए. सी. डिब्बे में, फिर हवाई जहाज़ का सफ़र। वह चहचहाया, सचिव न भी बने, जहाज़ पर तो उड़ लेंगे अपने राम। वैसे मोती सिंह के कारण सचिव पद भी थोड़ा क़रीब खिसक आया है। एक बार उसे प्रदेश की राजनीति में घुसने का मौक़ा मिल जाए तो दिखा दे अपना हाथ जगन्नाथ। सबसे पहले तो संगठन में जगह-जगह अपने आदमी फिट करेगा। इसके बाद मोती सिंह को चार लात लगाएगा और ख़ुद अध्यक्ष हो जाएगा। इलेक्शन में युवा शाखा कोटे से टिकट पाएगा फिर एम. पी., उपमंत्री, राज्यमंत्री, मंत्री...उसे सावित्री की बात याद आ गई, जो कहती थी—तुम प्रधानमंत्री बन जाओ, इसके लिए मैं व्रत रखूँगी। कितना प्यार करती है वह मुझको! उसे अपने पर ग्लानि हुई और सावित्री पर प्यार। कैसे वह दुख में भी हँसती रही! मैंने कितना भी सताया, ग़ुस्सा किया, बेइज़्ज़त किया, झूठ बोला, चूँ न की। कैसे हमेशा मेरे फ़रेब पर भरोसा करती रही! कैसे सारी रसमलाई गप्प-गप्प खा जाती और मैं ख़ुश होकर देखता रहता था...नामालूम कैसी तबीयत होगी बेचारी की...'कम सून' लिखकर मुझे पुकारा है। मुसीबत की मारी ने मुझे बुलाया है, मैं ज़रूर जाऊँगा। कोई भी ताक़त अब मुझे ससुराल जाने से रोक नहीं सकती। मैं सचिव पद को भाड़ में झोंकूँगा और पत्नी के पास पहुँच जाऊँगा। कभी न चुकानेवाले उधार का प्रबन्ध करूँगा। मिठाई, फल, मेवे, कपड़े ख़रीदकर ले जाऊँगा। वह ख़ुश हो जाएगी। वह हँसा, कितना सरल है ख़ुश करना! ऐसे ही अगर पार्टी के आला नेता ख़ुश हो जाते तो मज़ा आ जाता। बस, वे चुटकी बजाएँ, तो मुझको लाल बत्तीवाली कार मिल जाए। अर्दली और अंगरक्षक भी ससुरे सेवा करते रहें...कौन ठीक, प्रदेश सचिव बनने के बाद मिनिस्टरी न सही जल्दी, निगम की चेयरमैनी ही अपने तम्बू के नीचे आ जाए। तब भी तो लालबत्ती, बँगला, फ़ोन वग़ैरह का बन्दोबस्त पक्का समझो। खसोट लूँ सब रुपया। हड़पकर कंगाल कर दूँगा निगम। किसी दूसरे नेता का जाने का मन नहीं होगा फिर उस कुर्सी पर...जो भी हो, मोती सिंह की कृपा से भविष्य उज्ज्वल दिखाई दे रहा है। मगर यह सावित्री की बीमारी टपक पड़ी, वह भी ऐसे नाजुक वक़्त में। फिर सुपरफ़ास्ट स्पीड में चिट्ठी और...ओह...और...यह तार...

...वह बरस पड़ा, आख़िर इतनी जल्दी प्रेगनेंट होने की क्या ज़रूरत थी और अगर भूल से चूक हो भी गई तो बीमार होने की क्या ज़रूरत? लेकिन यहाँ मम्मी बनने का शौक चर्राया था न। कुछ नहीं, बस, मेरी क़िस्मत के रास्ते में रोड़ा खड़ा करना था। बड़ी चली आई 'कम सून' वाली! अब तो मैं कदापि नहीं जाऊँगा ससुराल। मुझे चिढ़ हो गई है। नहीं जाता, देखता हूँ मेरा कौन क्या बिगाड़ देता है...लेकिन

यह तार...मुझसे दस्तख़त करा लिया था तारवाले ने। नहीं जाता...तो दुश्मन कहीं इस्तेमाल न कर लें...क्या करे वह? वह रुआँसा-सा हो चला...उसने कुर्ते की जेबों में अपने हाथ डाल दिए और पैर हिलाते हुए सोचने लगा। वह सोचता रहा...सोचता रहा कि मुस्कुरा उठा, मैं ऐसी हिकमत करूँगा कि साँप भी मर जाएगा और लाठी भी नहीं टूटेगी। यह एक नेता की बुद्धि है, जो हर मुसीबत का हल ढूँढ़ ही लेती है। उसने अद्भुत मेधा का परिचय दिया। उसने लिखा: 'मेरी प्राणप्यारी! बड़े पशोपेश में हूँ। दरअसल जब तारवाला आया तो मैं टट्टीघर में था। अम्मा नहा रही थीं और भाभी सब्ज़ी लेने गई थीं, और कोई घर में था नहीं सो मैंने ही बाहर आकर दाएँ हाथ से तार लेकर कुर्ते में रख लिया। सोचा, हाथ माँजकर पढूँगा लेकिन तभी चेले-चापड़ आ गए, सो तार की बाबत भूल ही गया मेरी जान। फिर मुझे क्या पता कि तुम्हारा तार है। यह तो तब पता चला, जब धोबी ने कहा—भइया, इ कुर्ते में एक काग़ज़ था। अब दुर्भाग्य देखो, सारी लिखावट धुल गई थी, ख़ाली तुम्हारा नाम कुछ-कुछ पढ़ने में आ रहा है। कोई ख़ुशख़बरी ही भेजी होगी पर कहीं कोई गड़बड़ तो नहीं है, यह सोचते ही दिल काँप जाता है। इसीलिए यह पत्र अपने एक विश्वासपात्र चेले के हाथ भिजवा रहा हूँ। जवाब इसी के हाथ भिजवा देना। मैं ख़ुद आता, पर एक ज़रूरी काम से दिल्ली जाना है, बड़ा फ़ायदा होना है लेकिन मैं अपने लिए थोड़े यह सब कर रहा हूँ। यह सब तो मैं बच्चे और तुम्हारे जीवन की बग़िया में ख़ुशियों के फूल बिखेरने के लिए कर रहा हूँ। तुम्हारे ऊपर जान न्यौछावार करनेवाला राजदेव!" पत्र लिफाफे में बन्द हो गया था।

राजदेव ने चार-छह नौजवानों को चारा दिखाया था : मैं प्रदेश सचिव बना नहीं कि तुम ज़िला सचिव बने! इस कृपा कथन के पीछे मक़सद था कि वह पद पाकर दिल्ली से लौटेगा तो ये चिरकुट शहर में स्वागत का इन्तज़ाम-पाती करेंगे। भीड़-भाड़ इकट्ठी करके जय-ज़िन्दाबाद लगवाएँगे। बाद में इनमें से कुछ को उपसचिव बनाकर सचिव बनने के चक्कर में हमेशा पापड़ बेलवाएगा।

उन्हीं में से एक टुटपुँजिया को उसने लिफ़ाफ़ा पकड़ाकर आवश्यक निर्देश दिए और कहा, "ये लेटर पहुँचाकर आराम से आना। मैं कल शहर में रहूँगा नहीं, परसों मिलना।" टुटपुँजिया चला गया तो वह मुस्कुराया, परसों घंटा मिलोगे। कल दोपहर ही तो दिल्ली के लिए चल पड़ूँगा। लखनऊ तक ए. सी. डिब्बे में, फिर जहाज़ से। अर्र...राजा जहाज़ से उड़ूँगा...एयर होस्टेज पर नज़रें गड़ाऊँगा तो हटाने का नाम नहीं लूँगा। ए. सी. डिब्बे में कोई हुस्न की मलका रही तो आँख सेंकते हुए रास्ता गुज़ार दूँगा।...

प्रदेश सचिव बनने के बाद चुनाव की तैयारी करनी है, यानी कि धन-धान्य इकट्ठा करना है और असलहे। गुंडों-बदमाशों की लम्बी फ़ौज खड़ी करूँगा। सब बूथों पर क़ब्ज़ा करवा लो, किला फ़तेह। बहुत हुआ, मुक़दमा ठुका। वहाँ भी कौन इनसाफ़ है? हो भी, क्या फ़र्क़! फ़ैसले तक तो अगला इलेक्शन आ जाएगा।

यदि मैं मंत्री बन गया तो फिर क्या कहने, अपने क्षेत्र में योगी-मुनि रहूँगा, पर बड़े-बड़े शहरों में ऐयाशी का नंगा नाच खेलूँगा। मेरी प्रेम तथा वासना की जो नदिया सूख चली है फिर भर जाएगी। अच्छा, मैं अपनी ब्लैक मनी छिपाऊँगा कैसे? फैक्टरियों में, विदेशी बैंकों में, फिर भी इफ़रात हुआ तो राजनीतिक भ्रष्टाचार विरोधी फ़िल्मों का निर्माता हो जाऊँगा...

उसने अपने सिर पर चपत लगाई, 'पंडित राजदेव, ज़्यादा न उड़ो अभी। पहले प्रदेश सचिवल्ली पद पा लो, फिर डेमोक्रेसी पर आग मूतना।' उसने निश्चय किया, हाँ, तभी वह डेमोक्रेसी पर आग मूतेगा।...

...ट्रेन छूटने न पाए, इस चक्कर में वह पौन घंटा पहले ही स्टेशन पर धमक गया था। वह मोती सिंह का इन्तज़ार कर रहा था...।

उसकी व्यग्रता का आलम यह था कि वह चार समोसे खा चुकने के बाद पाँचवीं बार चाय पी रहा था। उसने चाय का गिलास उठाया था कि किसी ने उसे आवाज़ दी। मुड़कर देखने के पहले वह झुँझलाया, 'एक रुपए का चूना लगा चाय पिलाने में।' आवाज़ देनेवाला राजदेव का पत्रवाहक टुटपुँजिया था।

टुटपुँजिया पास आया, "आपके घर गया था, पता चला, आप यहीं आ गए हैं।" टुटपुँजिया की आवाज़ में लहर थी और वह काँप रहा था।

"तो तुम गए नहीं वहाँ चिट्ठी लेकर?"

"मैं गया था वहाँ, और लौट भी आया।"

"अबे इतनी जल्दी क्या थी लौटने की? कहा तो था कि परसों मिलना।"

"बात ही कुछ ऐसी थी कि तुरन्त ही लौटना पड़ा।"

"बात ही कुछ ऐसी थी...बात ही कुछ ऐसी थी।" राजदेव मुँह बिराने लगा फिर डाँटकर कहा, "क्या बात थी?" टुटपुँजिया हकलाने लगा।

...बात यह थी कि सावित्री माँ बन गई थी। वह अजीबोगरीब सन्तान थी। उसके मुँह से हमेशा चारों पहर, सोते-जागते लार बहती थी। वह लार में लिथड़ी सन्तान थी। जैसे उसके पेट में लार की टंकी हो—जब देखो तब लार बहती रहती।

वह पीली और दुर्बल थी। चिचुकी हुई। बहुत बासी तरोई की तरह। उसमें जीवन के चिह्न नहीं थे। जीवन ग़ायब था। बस, जीवन की परछाईं जैसे धप् से गिर पड़ी हो। वह हँसती थी, न रोती थी। हाँ, कोई उसके हाथ छुए, तो चिल्लाने लगती थी। हाथ में जीवन था पर हाथों की गति असह्य थी उसको। वह गोरी-गोरी और पिलपिली थी। लगता, मृत्यु ने ढेर सारा बलगम थूका है।

सावित्री बग़ल में पड़ी रो रही थी। वह कहती, "आज एक माँ का भाग्य फूट गया।" उसके आँसू और सन्तान की लार मिलकर एक हो गए थे। आँसुओं का लार में विलयन हो गया था। लार ज़्यादा थी, आँसू कम। आँसू दिखते नहीं, सब जगह लार ही लार। लोग बोले...'ऐसी सन्तानें बचती नहीं। माँ के आँसुओं से प्यास बुझानेवाली औलादें ज़्यादा दिन जीती नहीं। ये जल्दी-से-जल्दी मर जाने के लिए

ही पैदा होती हैं।' पर सन्तान मरी नहीं। वह तो ताज़ादम हो रही थी। जैसे कि किसी मायावी का छल हो, सन्तान स्फूर्त और गतिमय हो रही थी। बहुत द्रुत रफ्तार से; जबकि माँ पीली पड़ती जा रही थी। अजीब तारतम्य था, एक की चेतना और दूसरे की मूर्छा में। ऐसा मालूम होता था, सन्तान अदृश्य नली से माँ का बूँद-बूँद रक्त पी रही है। माँ निचुड़ रही है। कमज़ोर और अचेत होती जा रही है। सन्तान ताज़ादम और ललछौंह हो रही है...

राजदेव को लोगों से घिरे मोती सिंह दिख गए। राजदेव ने चिल्लाकर और हाथ उठाकर उन्हें अपनी तरफ़ आकर्षित किया और टुटपुँजिया से पूछा, "तो तुमको हम यही समाचार लाने के लिए भेजे थे?"

टुटपुँजिया की बुद्धि में नहीं आया कि जवाब में वह क्या बोले। वह आँख मुलमुलाते हुए राजदेव को देखने लगा।

राजदेव की इच्छा हुई कि उसकी आँखें फोड़ दे, लेकिन वह चुपचाप ससुराल में उपस्थित स्थिति के बारे में सोचने लगा।

"तो मेरे लिए क्या आदेश है?" टुटपुँजिया ने प्रश्न किया।

"तुम...तुम..." वह हकलाने लगा, "तुम फिर वहीं चले जाओ। तब तक रहो जब तक सब ठीक न हो जाए। कोई ख़ास बात हो, तो यहाँ और दिल्ली के पते पर तार कर देना। फ़ौरन।"

टुटपुँजिया जा रहा था और ट्रेन आ रही थी। वह मोती सिंह की तरफ़ लपका।

"तो चल रहे हो न!" मोती सिंह मुँह में पान भरे थे। ट्रेन रुकी। राजदेव पागलों की तरह ए. सी. डिब्बे में घुसा। मोती सिंह इत्मीनान से।

ट्रेन भाग रही थी।

राजदेव के हाथ में मोती सिंह का दिया एक सन्तरा था। सन्तरे को पकड़े हुए वह विचारमग्न था।

—यदि बच्चा मर गया तो?

—तो क्या, दूसरा पैदा कर लेंगे।

—बीवी मर गई तो?

—तो क्या...तो क्या...

—दोनों मर गए तो?

उसने निश्चय किया, यदि ऐसा हुआ तो, अपने बायोडाटा में जोड़ेगा: 'पब्लिक की सेवा में—पार्टी की ख़िदमत में—गृहस्थी तबाह हो गई। परिवार उजड़ गया।' इस सम्बन्ध में टुटपुँजिया का तार मिला तो नत्थी कर देगा।

उसने लम्बी साँस छोड़ी और सन्तरा छीलने लगा।

सन्तरे में बड़ा रस था।

[1991]

हनीमून

"हनीमून ज़िन्दगी में उल्लास का राग होता है। नवदम्पती एक-दूसरे को अच्छी तरह समझ लेते हैं और उनके प्यार की डोर मज़बूत होती है।" सविता मुझसे कहती। दरअसल वह शादी के पहले से हनीमून की भूमिका बनाने लगी थी और अपनी आदत के मुताबिक़ बात को घुमा-फिरा कर कर रही थी। लेकिन इतना तो तय था कि हनीमून के लिए उसके मन में इच्छा थी और जैसा कि प्यार के दिनों में लड़की की इच्छा लड़के के लिए आदेश होती है, मैं भी हनीमून प्रथा की खुल्लम-खुल्ला वकालत करने लगता।

बड़ी विचित्र बात थी कि हम दोनों सादगी वाले लोग थे। किसी की सम्पन्नता, सुख-ऐश्वर्य से न ईर्ष्यालु होते थे न आतंकित। उनके सम्मुख निस्संग भाव से अकड़कर चलने वाले थे मैं और सविता। लेकिन हम चमक-दमक की चपेट में आ गए थे। अब हममें कार और बँगले की हसरत सुगबुगाने लगी थी। हमारी आमदनी को देखते हुए जिसका पूरा होना मुमकिन नहीं था।

हम देखते कि हम अपने मैदान की झुलसाने वाली उत्तप्त गर्मी को झिटककर बर्फ़ से भरे पहाड़ों में चुहलबाजी कर रहे हैं। जाड़े का ख़याल आते ही उसे अँगूठा दिखाकर मैं सविता चाय की तरह गर्म किसी जगह पर पहुँच जाते। हम कभी बारिश में भीगने लगते और कभी धूप में सूखने। इस मामले में बस एक ही गड़बड़ी थी कि जब हम दूरदर्शन के सामने होते तो शरमाना पड़ता। क्योंकि यह बात खुल जाती कि हमारे सपने मौलिक नहीं थे। बहरहाल बात को बढ़ाने से क्या फ़ायदा। इतना तो तय था कि सविता में हनीमून के लिए एक अभिलाषा थी और इस मामले पर मेरा उससे मतभेद नहीं था।

सविता कहती, "शादी के बाद हम किसी ऐसी जगह चलेंगे, जहाँ सब कुछ नया-नया हो। साफ़ और रोचक हो। मोहकता से भरा-पूरा, सुन्दरता की रोशनी में डूबा हुआ।"

"और क्या न हो?" मैं उसे छेड़ता।

"मेरे मुहल्ले की चिल्ल-पों और तुम्हारे मोहल्ले के मच्छर।" वह मुस्कुराती, "कौन कहे समंदर और झरनों के, यहाँ तो नल का पानी भी ठीक से नहीं आता।"

"तभी तुम हफ़्ते में एक बार नहाती हो।"

“तुम्हारे घर की तरह मेरे घर के बग़ल में गन्दा नाला तो बहता नहीं कि तुम्हारी तरह उसमें डुबकी लगाऊँ और स्वच्छ हो जाऊँ।” वह चिढ़ जाती।

मैं मुस्कुराता और फ़ैसला करता कि शादी के पहले अपना मकान बदल लूँगा। सविता शुद्ध और ताज़ा हवा को पसन्द करती, मैं ऐसा मकान लूँगा जो शुद्ध और ताज़ा हवा से घिरा हो।

मैं उसे ख़ुश करने के लिए कहता, “मुझे प्रकृति से बहुत लगाव है।”

“मुझे भी! शुद्ध और ताज़ा हवा पाकर मेरा रंग गोरा हो जाता है और चमड़ी मुलायम।”

“ठीक है! तो शादी के बाद मैं तुम्हारे लिए साड़ी वग़ैरह की जगह झोला भर शुद्ध और ताज़ा हवा लाया करूँगा।”

“वो तुम रोज़-रोज़ लाना।”

“वो रोज़-रोज़ लाऊँगा।”

“तो हर सुबह मैं थोड़ी ज़्यादा गोरी हो जाऊँगी और थोड़ी ज़्यादा नरम।”

मैं बातों में असर के लिए सपनों के बरक्स यथार्थ भी उपस्थित करता, “और यहाँ...हमारे आसपास की ज़िन्दगी कुछ मत पूछो। यहाँ घुटन ही घुटन है, इतने दिनों से मैं और तुम मिल रहे हैं लेकिन शायद ही कभी हँस सके हों, शादी के बाद भी हँस पाएँगे, मुझे तो शक है।”

वह मुझे प्यार से देखती और कहती, “ठीक कहते हो, बहुत ठीक कहते हो। इसीलिए तो हनीमून में ख़ूब खुलकर हँसेंगे और प्रेम करेंगे।”

मैं भावुक हो गया और हास्यास्पद ढंग से भाषण-सा करने लगा, “सविता! हनीमून पति-पत्नी के सम्बन्धों में एक प्रगतिशील भाव पैदा करता है। इस पुरुष प्रधान समाज में हनीमून के दौरान स्त्री को बराबरी का स्तर देने की शुरुआत करता है पुरुष। हनीमून स्त्री को दोयम दर्जे की नागरिकता की त्रासदी से मुक्त कराता है।” मैंने पाया कि वह मेरी बातें सुनकर हँस नहीं रही है, बल्कि गम्भीर हो गई है।

अब हम दोनों एक स्वर में कहते, “शादी के बाद हम हनीमून ज़रूर मनाएँगे।”

लेकिन कैसे मनाएँगे?

यदि नवम्बर में शादी हुई तो?

यदि दिसम्बर में शादी हुई तो?

...मार्च में हुई तो?

...जून में हुई तो?

यदि सितम्बर में हुई तो?

इन सवालों को मद्‌देनज़र रखते हुए हम कभी गोवा पहुँच जाते, कभी ऊटी, कभी शिमला, तो कभी कश्मीर, कभी बंगलौर तो कभी नैनीताल।

इस तरह हम कल्पनाओं के पंख लगाकर उड़ते। पर बीच-बीच में हमारी साँस उखड़ने लगती। मैं चिन्तित हो जाता कि हनीमून के लिए पैसे कहाँ से इकट्‌ठे होंगे?

इसलिए जब सविता ने पैसे का सवाल उठाया तो मैं विचलित हुआ। आख़िर किसी तरह कह सका, "ऐसा करते हैं कि हम अभी से हनीमून के नाम पर कुछ बचत करना शुरू करते हैं।"

मेरी बात में न कोई उत्साह था न कोई नई सूझ-बूझ लेकिन न जाने क्यों वह चहक उठी। शायद प्यार में इसी तरह होता है। तो वह ख़ुशी में मेरे बालों को मुट्ठियों में जकड़कर धीरे से हिलाती हुई बोली, "बुद्धूराम, कभी-कभी तुम भी अक़्ल की बात करते हो।"

"और तुम? तुम शायद ही कभी अक़्ल की बात करती हो।" मैंने चिढ़ाया।

"शायद मैं इस समय एक अक़्ल की बात करने जा रही हूँ।" उसने नाटकीयता के साथ गला साफ़ किया, "तो बात यह कि हनीमून बचत योजना में मैं पार्टनर बनूँगी। मेरी पासबुक में भी कुछ नोट हैं। शादी तक उन्हें बढ़ा लूँगी, यह वादा है।"

हम महज़ बातों के शेर नहीं थे। हमने वाक़ई बचत करनी शुरू की। इसीलिए जब हमने शादी की तो वाक़ई हमारे पास हनीमून मनाने भर के लिए रक़म थी।

हमारे माता-पिता हमारे प्रेम से उदासीन थे लेकिन विवाह के विरोधी। इसीलिए शादी हमने कोर्ट की शरण में की। कुछ दोस्तों से बधाई और खान-पान के आदान-प्रदान के बाद हम लौट रहे थे। लालबत्ती पर एक लड़के से हमने दो गजरे ख़रीदे और एक लड़की से शाम का अख़बार। हमने एक बार फिर शादी की : मैंने उसे गजरा पहनाया, उसने मुझे।

वह बोली, "हमारे मम्मी-पापा आज होते..."

"यह सब कुछ देर के लिए भूल जाओ और लो अख़बार पढ़ो।"

अख़बार में देश की एक मशहूर अभिनेत्री के एक उद्योगपति से विवाह करने की ख़बर थी। अभिनेत्री ने अभी कुछ घंटे पहले विवाह किया था। अभिनेत्री होशियारी से सम्पन्न थी, उसने हनीमून के लिए पहले से जहाज़ के दो टिकटों का आरक्षण करा लिया था। वे तुरन्त उड़ गए थे। वे पैसे के झूले पर हनीमून की पेंगें बढ़ा रहे थे और हम बासी हनीमून की ओर उन्मुख थे। अभिनेत्री दम्पती स्विट्जरलैंड की हवा में घुल-मिल रहे थे। जबकि हम कश्मीर, मंसूरी, ऊटी, बंगलौर और गोवा नामों के बीच चौकड़ी भर रहे थे। जैसे कोई मेमना बैठा रहता है, बैठा रहता है कि अचानक उठकर किसी पेड़ या दीवार तक चौकड़ी भरता है और फिर अपनी जगह आकर आराम करने लगता है। मैंने कहा, "देखो, देश की इतनी बड़ी हीरोइन ने भी शादी के लिए आज का ही दिन चुना।"

"आख़िर उसको अपने से भी बड़ी हीरोइन का अनुकरण तो करना ही था। मैं उससे भी बड़ी हीरोइन हूँ। नहीं क्या?"

"ज़रूर-ज़रूर।" मुझे चुहल सूझी, "लेकिन उस हीरोइन ने हनीमून के लिए पहले ही टिकट बुक करा लिये थे।"

"हो सकता है, टिकटों के पैसे उद्योगपति पति ने दिए हों।"

"हो सकता है न दिए हों।"

"हो सकता है दिए हों।"

हम झगड़ा-सा करने लगे थे। अभिनेत्री-उद्योगपति हनीमून मना रहे थे और हम झगड़ा कर रहे थे। वे ख़ुद मौज़ मना रहे थे और हमको लड़ा रहे थे। मेरे चेहरे पर शायद तनाव की परछाईं डोलने लगी थी, क्योंकि सविता ने बात बदल दी लेकिन यह बात पूर्व प्रसंग से अपेक्षाकृत अधिक कटखनी थी। उसने कहा, "वे लोग हनीमून विदेश में मना रहे हैं।" उसके कथन में सूचना नहीं, ताना मारने का भाव था।

मैं उसे देशप्रेम का पाठ पढ़ाने लगा, "विदेश-उदेश में हनीमून मनाना चोंचले हैं, चोंचले! झूठा प्रदर्शन। देश की मुद्रा का नुकसान, अपना देश किसी देश से कम सुन्दर है क्या?।"

"हाँ, सच कहते हो! जिन्हें अपने देश से प्रेम नहीं होता, वही विदेश में हनीमून मनाते हैं।"

थोड़ी देर में हमने सिद्ध किया कि अभिनेत्री दम्पती देशद्रोही हैं, यह भी कि अभिनेत्री का चरित्र ठीक नहीं आदि-आदि।

अब वह ख़ुश हो गई थी। मुझे भी ख़ुश करने की ग़रज़ से वह और ख़ुश हो गई। मेरे कान से अपना मुँह सटाकर बोली, "एक बात पूछूँ?"

"पूछो! मगर उससे पहले अपने होंठों को मेरे कान से और सटा लो। इतना कि तुम्हारे अच्छे-प्यारे होंठ मेरे कानों को अच्छी तरह स्पर्श करने लगें।"

"जाओ मैं नहीं बोलती।"

"अच्छा, पूछो-पूछो।"

"कहाँ चलोगे भोलेनाथ हनीमून मनाने?"

अब तक मुझमें आत्मविश्वास आ गया था। मैंने चुटकी ली, "कैलाश पर्वत।"

"तपस्या करने का इरादा है क्या?" उसने झूठे ग़ुस्से से तरेरकर देखा लेकिन तुरन्त ही विहँस पड़ी, "हम कश्मीर चलेंगे। वहाँ हम डल झील की सैर करेंगे और हाउस बोट पर घूमेंगे।"

"लगता है, तुम्हारे दिमाग़ में कक्षा एक की पुस्तक घूम रही है जिसमें कश्मीर पर एक लेख था।"

"लगता है तुम रोमांस विरोधी हो गए हो लेकिन मैं तुमको दुरुस्त करूँगी। मैं वैष्णो देवी की गुफा में तुम्हें ज़ोर से चूम लूँगी। चुम्बन की आवाज़ गुफा में फैलेगी। मैं पक्षियों की तरह पेड़ पर लटकते सेब को ज़रा सा कुतर दूँगी, जिसे तोड़कर तुम्हें खाना पड़ेगा।"

"हमने शादी कश्मीर का सेब खाने के लिए नहीं की है। हमने शादी उस सेब को खाने के लिए की है जिसे आदम और हव्वा ने खाया था और मनुष्य हो गए थे।"

हमारे द्वारा 'मनुष्यता' की कोई हरकत होती, इसके पहले ही मेरा घर आ गया, जो आज की तिथि से हमारा घर था। यह वह मच्छरों वाला मकान नहीं था। यहाँ

दो कमरे थे और सफ़ाई थी। गृहस्थी को लेकर मेरे मन की कल्पना सुकोमल और सुन्दर थी, यह बाहर के उन नए गमलों से भी प्रकट होता था, जिसकी मिट्टी में पानी था और मिट्टी के ऊपर छोटे-छोटे पौधे, जिनके गर्भ में छोटी-छोटी कोपलें व्यक्त होने की प्रतीक्षा में व्याकुल थीं। धरती पर बिस्तर थे और दीवारों पर छपी हुई चित्रकृतियाँ। इससे साबित होता था कि मुझमें मूल चित्र ख़रीद सकने की ललक थी पर तंगीवश असमर्थ था, यह भी साबित था कि मुझमें कला प्रेम का शिशु कुनमुना रहा था।

किचन लगभग ख़ाली था और स्वच्छ था। स्वच्छ होने की वजह से ख़ाली नहीं लग रहा था, बल्कि ऐसा कुछ था, तो यह कि ख़ाली होने के कारण स्वच्छ लग रहा था। मध्य में एक स्टोव था। स्टोव पर मैंने गाजर का हलुवा पकाया था जो एक प्लेट में दफ़्ती से ढका था। मोतियों और रुई से बने दो खरगोशों की एक मढ़ी हुई तसवीर थी जो शौचालय में लगी थी। वह हास्यास्पद थी, इसलिए शौचालय में लगी थी।

"मुझे बहुत भूख लगी है!" सविता को भूख लगी थी।

"गाजर का हलुवा खाकर पानी पी लो। फिर चलते हैं बाहर कहीं कुछ खाते हैं।"

"आज गृहस्थ जीवन के पहले दिन का पहला पहर है।" सविता ने साड़ी कमर पर कस ली, "मैं समझती हूँ, गृहस्थी की शुरुआत आज और अभी कर देनी चाहिए। पराठा-सब्ज़ी बना लेते हैं।"

"ठीक रहेगा, यह दर्ज होगा कि हमारे गृहस्थ जीवन का उद्घाटन पराठे और सब्ज़ी से हुआ।"

वह स्टोव जलाने लगी। स्टोव रुग्ण था। उसको किसी तरह जलाया जाए, चाहे जितना पिन किया जाए, हर दशा में वह एक जगह बहुत तेज़ जलता और शेष जगह बहुत धीमा। सविता आधी माचिस ख़त्म कर चुकी पर उसका जलना सन्तुलित न हो पाया। माचिस बचाने की ग़रज़ से सविता ने पूछा, "मोमबत्ती है?"

मैंने विकल्प सुझाया, "अख़बार का एक बड़ा टुकड़ा जला लो।"

खाना बन जाने पर मैंने प्रस्ताव रखा, "मैं नहाया हूँ, वैसे अच्छा होगा कि तुम भी नहा लो। तब भोजन का स्वाद बढ़ जाएगा।"

"हाँ और हमारे रोम कूप भी खुल जाएँगे। ताज़ा और शुद्ध हवा हम पर अधिक असर डालेगी।"

वह मुस्कुराई, मैंने राहत पाई।

बाथरूम में जाते ही वह निकल आई, "नल नहीं आ रहा है। किसी ड्रम में पानी रखा होगा। कहाँ है ड्रम?"

"ड्रम तो नहीं है।" मैं अपराधी महसूस करने लगा अपने को। शायद इसे वह भाँप गई, "कोई बात नहीं, वैसे भी आज का दिन पानी नहीं, प्यार से नहाने का है।"

सुबह हम उठे तो हम दोनों को ज्ञान हुआ, हमारे घर में गैस का चूल्हा होना चाहिए, फ्रिज होना चाहिए, रंगीन टी.वी., सोफ़ा, कालीन, खाने की मेज़ और कुत्ता

वग़ैरह होना चाहिए। इतना सब न सही, तो भी इतना तो ज़रूर होना चाहिए कि हम हनीमून से लौटें तो यह न पाएँ कि·हम जन्नत से कुम्भीपाक में पहुँचे हैं। इसीलिए हम जुट गए आवश्यक वस्तुओं की ख़रीद में। हम सामान ख़रीद रहे थे और पा रहे थे कि हम नए जीवन में प्रवेश कर रहे हैं। हम कुँवारेपन की चहारदीवारी को फलाँगकर विवाहित हो रहे थे...

सामानों से लदे-फँदे घर लौटे तो सविता बिस्तर पर पालथी मारकर बैठ गई। वह गर्मी से बेहाल लग रही थी। बालों को खोला फिर उन्हें गोल लपेटकर बोली, "भई मेरे हिस्से के पैसे तो ख़त्म।"

"मेरे हिस्से के भी ख़त्म।"

"क्या?" वह इस तरह हकबकाई कि मुझे हँसी आ गई।

"तुम झूठ बोल रहे हो। देखा...हँस रहे हो। तुम शर्तिया झूठ बोल रहे हो।"

"मैं सच बोल रहा हूँ। क़सम से मैं सच बोल रहा हूँ। तुम मेरी पासबुक देख लो कि मैं सच बोल रहा हूँ।"

पासबुक देखकर वह उदास हो गई। वह चुप रही फिर मुस्कुराते हुए धीरे से बोली, "देखो ऐसा है कि मेरे पास सात सौ रुपए और हैं। तुम्हारे पास भी कुछ है क्या?"

"नहीं यार। मेरे पास कुछ नहीं बचा। तुम्हारे पैसों से ही राशन लाऊँगा।"

वह रुआँसी हो गई, "तो फिर हनीमून का क्या होगा?"

"कहो तो किसी से उधार ले लूँ।"

"नहीं...नहीं!" वह डर-सी गई, "उधार कभी भी मत लेना तुम। वैसे भी उधार के पैसों से हनीमून का क्या तुक?"

"तो फिर?" मुझे लगा, मैं जीवन की बाज़ी हार गया। मैं संसार की सबसे बड़ी मुसीबत में हूँ। मैंने अपनी बाईं बाँह आँखों पर रख ली और दुबारा बुदबुदाया, तो फिर?"

वह मुझे दुखी नहीं देखना चाहती थी, "तो फिर बाद में सोचेंगे यार।" मुझे सकून मिला। वह उठ खड़ी हुई, "चाय पियोगे या शरबत?"

"गरम-गरम चाय। ठंडी जगह न जा सकने के ग़म में।"

लेकिन हम हताश नहीं हुए। अभी नहीं, न सही। जल्द ही आगे कभी। दिसम्बर-जनवरी में बंगलौर चले चलेंगे। वस्तुतः हम दृढ़प्रतिज्ञ थे कि अपनी इस इच्छा को मृत नहीं होने देंगे। हालाँकि हालात हमारी मंशा के विरुद्ध थे। शादी पूर्व हमारी धारणा थी कि जीवन मौज-मस्ती की कहानी है लेकिन अब ज्ञान हुआ, हमारी दूर दृष्टि जर्जर थी; पैसा आता और नामालूम कहाँ लुप्त हो जाता। वह नख़रेबाज़ कामिनी की तरह महज़ जाने के लिए आता। फिर भी पत्रं-पुष्पम् ही सही, हमारी बचत होती रही। क्योंकि हम आलीशान सपने देखने वाले मामूली रहन-सहन के जोड़े थे। फिर बाल-बच्चे का झमेला न था। बच्चे कहने को चुनमुन-चिरैया होते हैं, उनके नन्हे-नन्हे सामान बालसुलभ भोलेपन के साथ आपकी आमदनी को चकमा दे जाते हैं।

हम इस सत्य के द्रष्टा थे। इसलिए अभी बालवृंद के बचाव का उपक्रम करते थे। योजना थी कि चुनमुन-चिरैया हेतु आवश्यक असावधानी हम हनीमून में ही करेंगे। अगर हम दिसम्बर में असावधानी करेंगे तो सितम्बर में परिणाम पाएँगे। सितम्बर का महीना प्रसूति के लिए समीचीन होता है। हम समूची तैयारी में थे। इतने रोमांच, सतर्कता और सनसनी से भरे रहते कि हास्यास्पद लगने लगते। गोया हम हनीमून नहीं युद्ध पर जा रहे हों।

आख़िर दिसम्बर ख़ुशी-ख़ुशी आया। ख़ुश होकर हमने बचत की धनराशि को बैंक की कारा से मुक्त किया। लेकिन दिसम्बर धुब्ध होकर चला गया। क्योंकि नवम्बर के अन्त और दिसम्बर के बिस्मिल्लाह ने ख़बर दी कि हमें हाफ नहीं पूरे स्वेटर चाहिए। कम्बल नहीं रजाई और गद्दे चाहिए और कि बुढ़ापे में भी बैडमिंटन खेलने के लिए च्यवनप्राश चाहिए।

तो इस दिसम्बर-जनवरी में हनीमून नहीं मना पाए हम, मगर 'आवश्यक असावधानी' ज़रूर कर गए, जानबूझकर नहीं, जाड़े की ठंड और रजाई की गर्मी के विरोधाभास ने ऐसा कुछ कमाल किया, दुनिया में आँखें खोलने के लिए बबली पेट में आ गई।

मैं कहता हूँ, "इस बार हम ज़रूर बाहर चलेंगे।"

"अरे छोड़ो, अब क्या चलना और न चलना।"

"अजीब औरत हो तुम! हमेशा ताना दिया करती हो हनीमून न मना पाने का। और अब जब एकदम पक्का हो गया है, तो यह रवैया। अरे भई चौदह महीनों का एरियर मिलेगा। इस बार ब्रह्मा भी नहीं रोक सकते।"

वह आश्वस्त हो गई, "लेकिन बबली का कैसे करेंगे?"

"हमारी बबली कोई ज़िद्दी नहीं है। उसे उसके बाबा-दादी के पास छोड़ देंगे। उसी के जन्म के बाद तो वह हमसे ख़ुश हुए। वह पास रहेगी तो और ख़ुश हो जाएँगे।"

"लेकिन मुझे तो उसकी याद आएगी।" वह वाक़ई किसी पर्यटन स्थल के दृश्यों में खो गई, जहाँ वह बबली को याद कर रही थी।

"अच्छा, कहाँ चलोगे?"

"चलो कश्मीर चलेंगे।"

तो हम कटिबद्ध थे कि वहाँ जाकर प्रकृति के साहचर्य में पूरी तरह मुक्त बनेंगे। खुलकर साँस लेंगे, परस्पर जी भरकर प्यार करेंगे। नवयुगल-सी उमंग के साथ उल्लास मनाने की शैली होगी हमारी। हम अपने आसपास के दमघोंटू और समस्याग्रस्त माहौल को भूल जाएँगे। हम नवीन और स्वतंत्र हो जाएँगे।

मगर नामालूम मज़ाक़ में या वाक़ई, वह यदा-कदा उदास हो जाती, कहती, "अब क्या तुक? अब हम बासी हो गए हैं।"

"गलत, बिलकुल ग़लत।" मैं उसको फुसलाता, "जब पति-पत्नी एक-दूसरे

को जान-पहचान लें भलीभाँति, तभी असली हनीमून की उम्र आती है।" मैंने उठकर उसे चूम लिया, "बोलो क्या यह चुम्बन बासी है?"

"नहीं।" उसने मेरी गर्दन में बाँहें डाली और ज़ोर से चूमा, "तुम बोलो, मेरा चुम्बन कैसा है? नया या पुराना?"

"पुराना, पुरानी शराब-सा।"

"भागो मैं नहीं बोलती। सच-सच बताओ।"

"नया-नवेला। ग़ज़ब का। तुम्हारे कुँवारेपन वाले चुम्बन से भी अधिक रसमय, सद्य:, अभिनव तीव्रतम...

"बस-बस, बस करो..." वह हँसने लगी।

अब यह तय था कश्मीर जाएँगे। हम कश्मीर के रंग में रंग-बिरंगे हो जाएँगे। कश्मीर हमारे रंग में रँग जाएगा। हम उसको हरा-भरा करेंगे, वह हमको हरा-भरा करेगा। हम यहाँ से हैसियत भर अमरूद ले जाएँगे जिसे वहाँ के बच्चों में बाँटेंगे। वहाँ से हम अलग से एक लाल-लाल सेब रूमाल में बाँधकर बबली के लिए लाएँगे। हम मम्मी-पापा के लिए कश्मीर की शॉलें लाएँगे जिन्हें छुएँगे तो कश्मीर की काया डोलेगी। वहाँ हम आशिक़-माशूक़ा हो जाएँगे। मैं प्रणय निवेदन करूँगा, सविता इनकार। मैं प्रणय करूँगा, सविता स्वीकार। कश्मीर के गुलाब की तरह हम अलबेले और बेहद हसीन हो जाएँगे।

हम चकित थे कि हमें चार दिनों बाद कश्मीर जाना था। इस बीच सविता शोख़ होती जा रही थी। मैं चंचल। हम पहले वाले युवा होते जा रहे थे। मैंने रात सविता से कहा था, "सुबह जल्दी उठना है, ताकि धूप कड़ी होने के पहले ही हम बबली को गाँव पहुँचा आएँ।"

सुबह सविता बबली को तैयार कर रही थी। बबली रो रही थी कि वह वहाँ नहीं जाएगी। वह हाथ-पाँव पटकती और उसकी आँखें कहतीं कि वह कहीं नहीं जाएगी। हम उसे पुचकारते। ढेरों लालच परोसते मगर वह रोए जा रही थी; सविता उसे ज़बरदस्ती कपड़े पहना रही थी...

मैं चाय पी रहा था कि अख़बार आया।

मैं-सविता सकते में थे। हतप्रभ और डरे हुए। कश्मीर में हत्याएँ थीं। गुलाब-गन्ध की जगह बारूद की बदबू ज़र्रे-ज़र्रे में थी। कश्मीर की धरती के भीतर डर की एक अन्धी सुरंग बिछी थी और ऊपर रक्त-सनी मिट्टी की धूल।

हम थर-थर काँप रहे थे—इस डर से कि हमारा हनीमून इस बार भी नहीं हो सकेगा।

मैंने पूछा, "अब क्या होगा?"

"मेरा तो पहले ही मन नहीं हो रहा था, बबली को छोड़कर जाने का।"

"सच में, बबली के बिना हम वहाँ एक दिन भी नहीं गुज़ार पाते।"

"एक दिन क्या एक पल नहीं।"

मैंने माहौल को ख़ुशनुमा बनाना चाहा, "आज मैं ऑफ़िस तो जाने से रहा। ऐसा करते हैं, आज अपना शहर घूमते हैं।"

शहर घूम, रात हम लौटे तो थकान की पकड़ में थे। सविता मुरझाई थी, मैं पस्त और बबली नींद में।

मैंने सविता को मनाने के लिए कहा, "ऐसा है सविता, तुम चिन्ता न करो। जाड़ों में हम ज़रूर कहीं के लिए रवाना होंगे।"

"नहीं, अब हम कहीं नहीं जाएँगे।" वह खोई-खोई सी बोली।

"क्यों?"

"क्या ज़रूरत?" वह मुस्कुराई, "ज़िन्दगी का उतार-चढ़ाव उसकी मुसीबतों से लड़ना ही असली हनीमून है। ताज़िन्दगी का हनीमून।"

"सच में?" मैं आँखें फाड़कर उसे देख रहा था।

"हाँ, सच में।" उसकी मुस्कान थोड़ा सा ज़्यादा हो गई।

"तो हँसो...हँसो—"

वह हँसने लगी। खुलकर हँसने लगी। उसकी हँसी में थोड़ा-थोड़ा पराजित हृदय का विलाप सिसक रहा था।

मैं भी आनन्द में था कि एरियर के रुपए बच गए। मैंने सोचा, बहुत मटरगश्ती हो गई। अब जीवन का लक्ष्य निश्चित करना होगा। मेरे सम्मुख जीवन का लक्ष्य स्पष्ट था। एक मकान बनवाना और फ़िलहाल बबली की शादी करना। या संक्षेप में कहूँ तो ऐसा प्रबन्ध करना कि हमारा बुढ़ापा आराम से कटे। इसके लिए हम एरियर की दौलत जमा कर देंगे और ईश्वर से प्रार्थनाएँ करेंगे।

[1991]

चिट्ठी

कुटिया पर मुझे साढ़े सात बजे तक पहुँच जाना था और सात बज गए थे। एक तो मेरी जेब में रिक्शे-भर के लिए मुद्रा नहीं थी, दूसरे आज इस जाड़े की पहली बारिश हुई थी और इस समय रात के सात बजे तेज़ हवा थी। जाड़े में ठंडी के अनुपात में हमारा शरीर सिकुड़ जाता है और चाल धीमी हो जाती है, तो धीमी गति से कुटिया पर साढ़े सात बजे कैसे पहुँचा जा सकता था।

मैंने मफ़लर से कानों के साथ-साथ समूचे सिर को ढँक लिया। गर्दन पर लाकर दोनों किनारों को गाँठ लगाई। अब मैं अपनी समझ से सर्दी से महफ़ूज़ कुटिया तक पहुँच सकता था। मफ़लर के भीतर से मेरी आँखें और नाक झलक रही होंगी।

कुटिया में आज हम दोस्तों का सामूहिक विदाई समारोह था। कहने को तो हम बड़े दिन की छुट्टियों में घर जा रहे थे, पर इस बार का जाना साधारण प्रस्थान नहीं था। इस बार हमारे गमन में उत्साह नहीं, मजबूरी थी। घरों से मनीऑर्डर आने की अवधि बढ़ती जा रही थी और हम किसी भी कम्पटीशन में उत्तीर्ण नहीं हो रहे थे। हमने कुछ अख़बारों के दफ़्तरों और रेडियो स्टेशन के चक्कर मारे। पहली बात तो वहाँ काम का टोटा था, गर काम था तो क्षणजीवी क़िस्म का। उसमें भी श्रम ज़्यादा और धन कम का सिद्धान्त सर्वमान्य था।

सबसे पहले रघुराज ने घोषणा की, "मैं घर चला जाऊँगा। इलाहाबाद में मेरा पेट भी नहीं भर पाता है।"

कृष्णमणि त्रिपाठी ने गम्भीरता का नाटक करते हुए कहा, "सब्र करो और ईश्वर पर भरोसा रखो। ऊपरवाला जिसका मुँह चीरता है, उसे रोटी भी देता है।"

हम हँस पड़े। कृष्णमणि की यह पुरानी आदत थी। वह नास्तिक था और ईश्वर की बात करके वह ईश्वर का मज़ाक़ उड़ाता था। उसका चेहरा मुलायम था और हाथों पर बड़े-बड़े घने बाल थे।

यह प्रारम्भ था। बाद में एक दिन हुआ यह कि फ़ैसला हो गया, हम अपने-अपने घरों को चले जाएँगे।

विनोद ने कहा था, "हम इस तरह नहीं जाएँगे। हम एक दिन जाएँगे और जाने के एक दिन पहले मेरे कमरे पर बैठक होगी और उसमें मैं शराब सर्व करूँगा।"

विनोद ने अपने कमरे का नाम 'कुटिया' रखा था। मैं विनोद के कमरे पर जा

रहा था। कुटिया जा रहा था, जहाँ पर मेरे बाक़ी दोस्त मिलेंगे। वे भी कल मेरी तरह इस शहर को छोड़ देंगे।

आगे की कहानी संक्षिप्त, सुखहीन और मंथर है, इसलिए मैं थोड़ा पहले की कहानी बताना चाहूँगा। उसमें उन्मुक्त विस्तार, प्रसन्नता और गति है। तो आख़िर चीज़ें इतनी उलट-पुलट क्यों हो गईं, यह रहस्य मैं इस उन्मुक्त, प्रसन्नता और गति से भरे हिस्से के बाद, यानी अभी-अभी जहाँ पर कहानी ठहरी थी, उसके बाद के अंश में खोलूँगा...

विनोद से मेरी पहली मुलाक़ात एक गोष्ठी में हुई थी। उसमें उसने कविताएँ पढ़ीं, जिनकी मैंने जमकर धुनाई की। सचमुच उस गोष्ठी में उसकी कविताएँ रुई थीं और मैं धुनिया। बस, उस गोष्ठी के बाद विनोद मेरा दोस्त बन गया। हमारी गाढ़ी छनने लगी। हमारी जो कुछ लोगों की मंडली थी, उसमें सिफ़ारिश करके मैंने उसका दाख़िला करा दिया। उधर उसका दाख़िला हुआ था और इधर मेरा मकान-मालिक सात महीनों का बकाया किराया माँगने पर हरामीपन की हद तक उतर आया। एक बार मैंने मज़ाक में मामला रफ़ा-दफ़ा करने की गरज से कहा, "नौ महीने हो जाने दीजिए। सात महीने में जच्चा-बच्चा दोनों को ख़तरा रहता है।" सुनकर मकान-मालिक ने पिच्च से थूक दिया। पान की पीक ने मेरी वाक्पटुता की रेड़ मार दी थी।

आख़िरकार मैंने पाया कि इस मामले में सात महीने का मुफ़्त निवास भी उपलब्धि है। मंडली में कमरा तलाश करने की बात चलाई। अगले दिन सभी कमरे की खोज में सक्रिय हो गए। नवागंतुक विनोद भी इस काम में जोत दिया गया था।

कमरे के मामले में मकान-मालिक सिद्धान्तवादी होते हैं। उन्होंने कुछ सिद्धान्त बना रखे थे, जैसे शादीशुदा लोगों को ही किराएदार बनाएँगे। नौकरीवालों को वरीयता देंगे। नौकरी स्थानान्तरणवाली हो। कुछ लोग गोश्त-मछली खाने पर पाबन्दी लगाते, तो कुछ रात में देर से आने पर। वग़ैरह...वग़ैरह!

मैं इन सभी मानदंडों पर अयोग्य था, फिर भी छल-प्रपंच कर कमरा प्राप्त ही कर लेता। दरअसल हम भी कोई ऐरे-गैरे नहीं थे। मेरा और मेरी मंडली का भी एक सिद्धान्त था कमरे को लेकर। कमरा उसी मकान में लिया जाएगा जिसमें और जिसके आसपास नैसर्गिक सौन्दर्य हो, यानी कि सुन्दरियाँ हों। इस बात की जानकारी हेतु हमारे पास उपाय था। हम पान और चाय की दुकानों पर ग़ौर करते, जहाँ मुस्टंडों का जमावड़ा होता, उसके आसपास कमरा पाने के लिए जद्दोजहद करते। कमरा न मिले, यह दीगर बात है, किन्तु हमारे प्रयोग की प्रामाणिकता कभी भी सन्देहवती नहीं हो पाई थी। वाक़ई वहाँ सुन्दरियाँ होतीं। चाय-पान की दुकानों के अलावा एक और दिशासूचक था हमारे पास पड़ताल का। हम मकान के छज्जों और छतों पर दृष्टिपात करते। यदि सलवार, कुर्ते, दुपट्टे या अन्तरंग वस्त्र लटकते होते, तो हम वहाँ बातचीत करना मुनासिब समझते।

विनोद इस प्रसंग में कुछ ज़्यादा ही मुद्दहर निकला। नैसर्गिक सौन्दर्य या नैसर्गिक सौन्दर्य के वस्त्र देखता, तो पहुँच जाता और पूछता, "मकान खाली है क्या?" 'नहीं' सुनने के बाद वह प्रश्न करने लगता कि बताया जाए आसपास में कोई मकान खाली है? ख़ैर, काफ़ी छानबीन के बाद एक कमरा मिला। बातचीत के पहले हमने छज्जे पर कुँवारे कपड़े देखे और छत पर तीन नैसर्गिक सौन्दर्य।

मकान-मालिक को तुरन्त एडवांस दिया और पहली तारीख़ से रहने की बात पक्की कर ली। जब हम कमरे में आए तो यह ज़िन्दगी का बहुत बड़ा घोटाला साबित हुआ था। मंडली के प्रत्येक सदस्य का चेहरा ग़मगीन हो गया था। वे तीनों सौन्दर्य विभूतियाँ रिश्तेदार थीं जो मंडली से बेवफ़ाई करके घर चली गई थीं। रघुराज ने कहा, "सालियों के सलवार, कुर्ते और दुपट्टे अब कहीं अन्यत्र टँगते होंगे और युवा पीढ़ी को दिशाभ्रमित करते होंगे।" प्रदीप ने दाढ़ी पर हाथ फेरते हुए कहा, "सब माया है।" और कमरे में कोरस शुरू हो गया :

माया महा ठगिनी हम जानी।
तिरगुन फाँस लिए कर डोलें
बोलै मधुरी बानी।
केशव के कमला है बैठी शिव के भवन भवानी।
पंडा के मूरति होई। बैठी तीरथ में भई पानी...
योगी के योगिन है बैठी राजा के घर रानी।
काहू के हीरा है बैठी काहू के कौड़ी कानी...
भक्त के भक्तिन है बैठी ब्रह्मा के ब्रह्मानी।
कहै कबीर सुनो हो सन्तो वह अब अकथ कहानी...
माया महा ठगिनी हम जानी।

मंडली में कई लोग थे—प्रदीप, रघुराज, कृष्णमणि त्रिपाठी, विनोद, दीनानाथ, त्रिलोकी, मदन मिश्रा आदि। हम विश्वविद्यालय के बेहद पढ़े-लिखे लड़कों में थे। हमारी पढ़ाई-लिखाई वह नहीं थी, जो गुरुओं के पाजामे का नाड़ा खोलने से आती है। हम उस तरह के पढ़नेवाले भी नहीं थे, जो प्रकट हो जानेवाले गुप्त रोगी की तरह अपने बाड़े में ही दुबके रहते हैं। ऐसों को प्राय: हम डंडा करते थे। राजनीतिक रुझान भी थी हमारी।

हम लोग लड़कियों के दीवाने थे। कोई हमारी आन्तरिक बातें सुनता तो हमें लम्पट और लुच्चा मान लेता। मगर हम ऐसे गिरे हुए नहीं थे। लड़कियों के प्रति यह आसक्ति वास्तव में जिज्ञासा और खेल थी। सीमा का अतिक्रमण हराम था हमारे लिए। सच कहूँ, हम इतने नैतिक थे कि अवसर को ठुकरा देते थे। वैसे तो हम लोगों की तरफ़ अनेक लड़कियाँ लपकती थीं। हम अपने-अपने विभाग के हीरो थे। यह भी बता दूँ कि चिकने-चुपड़े गालों, सफाचट मूँछों और दौलत की वजह से हीरो नहीं

थे; बल्कि हममें से अधिसंख्य तो दाढ़ी भी रखते थे। जहाँ तक दौलत का प्रश्न है, तो हम लड़कियों से प्राय: चन्दा माँगते थे। इस राह पर त्रिलोकी दो डग आगे था। वह व्यक्तिगत कामों के लिए भी लड़कियों से चन्दा वसूलता। लेकिन वह उन नेताओं की तरह नहीं था जो सामूहिक कल्याण के लिए चन्दा लेकर अपने तेल-फुलेल पर ख़र्च करते हैं। त्रिलोकी को जब निजी काम के लिए ज़रूरत होती, तो ज़रूरत बतलाकर पैसा लेता। वह कहता, "विभा, भोजन के लिए पैसा नहीं है, लाओ, निकालो।"

एक बार एक लड़की ने त्रिलोकी से पूछा, "तुम हम लड़कियों से ही क्यों हमेशा चन्दा माँगते हो?"

"क्योंकि वे दयालु होती हैं। लड़के घाघ और क्रूर होते हैं।"

त्रिलोकी की इस स्थिति की वजह उसकी एक ख़राब आदत थी। घर से जब उसका मनीऑर्डर आता तो वह सनक जाता। रिक्शा के नीचे उसके पाँव नहीं उतरते थे। दोस्तों के साथ नानवेज खाता और सिनेमा देखता। एक-दो बार जन-कल्याण भी करता। जन-कल्याण मंडली में शराब का कोड था और देशभक्ति प्यार-मुहब्बत का। हाँ, तो हफ़्ते-भर में त्रिलोकी के पैसे चुक जाते और वह सड़क पर आ जाता।

कमोबेश मंडली के हर सदस्य की स्थिति यही थी। हमारी त्रासदी थी कि हम सुखमय जीवन जीने की कामना रखते थे किन्तु हमारे मनीऑर्डर वानप्रस्थ पहुँचानेवाले थे। यह दीगर बात है कि सब लोग त्रिलोकी की तरह महीने के पहले हफ़्ते में ही कंगाल नहीं होते थे, लेकिन महीने के अन्त में भोजन को लेकर तीन तिकड़म करना सभी की बाध्यता थी। कृष्णमणि होटल में रजिस्टर देखता। जितने मीटिंग गेस्ट लिखा होता, उससे दो गुना मीटिंग वह अपने एक रिश्तेदार के यहाँ खाकर सन्तुलन स्थापित करता। मदन मिश्र प्राय: कमरे में खिचड़ी पकाकर मेस में एब्सेंट लगवाता। रघुराज भूखा रहकर भी हँसते रहने की क्षमता अर्जित कर चुका था। प्रदीप जिसमें ऐसी कोई योग्यता नहीं थी, लोगों के यहाँ घूम-घूमकर खाता। पंकज सक्सेना शर्मीला था, सो मंडली ने विनोद को समझा दिया था, वह उसका सत्कार करता। विनोद फले-फूले परिचितों से सम्मानजनक रकम क़र्ज़ लेता था, जिसे कभी नहीं चुकाता था।

छुट्टियों के बाद यूनिवर्सिटी खुली थी, इसलिए लोगों के चेहरों पर एक ख़ास तरह का नयापन और उल्लास था। पर ये चीज़ें उतनी नहीं थीं, जितनी इस मौक़े पर होनी चाहिए थीं। क्योंकि कल इस जाड़े की पहली बारिश हुई और आज हवा तेज़ चल रही थी, इसलिए लोग ठंड से सिकुड़े हुए थे।

मैं कुछ ज़्यादा ही पहले अपने हिन्दी विभाग आ गया था, इसलिए सामने के लॉन में खड़ा धूप खा रहा था। मुझे त्रिलोकी का इन्तज़ार था कि वह आए तो चलकर चाय पी जाए। मोहन अग्रवाल साले का पीरियड कौन अटेंड करे।

मैं सदानन्दजी के अलावा और किसी का पीरियड अटेंड नहीं करता था क्योंकि बाक़ी अध्यापक पढ़ाई के नाम पर कथावाचन करते थे या ख़ुद सही किताब से नक़ल

करके इमला लिखवाते थे। एम. ए. में नक़ल का इमला। मैंने इनकी कक्षाओं का बायकाट कर दिया पर मेरे इस कुकर्म पर वे भन्नाने की जगह परम प्रसन्न हो गए। क्योंकि अब वे क्लास में निर्भीक भाव से लघुशंका-दीर्घशंका समाधान कर सकते थे...।

मुझे त्रिलोकी पर झुँझलाहट हुई, आ क्यों नहीं रहा है? कहीं डूब गया होगा बतरस में। त्रिलोकी को बोलने का भयानक चस्का था। उसके बारे में प्रसिद्ध था कि त्रिलोकी जब बोलना शुरू करता है तो सामनेवाला केवल कान होता है और वह केवल मुँह।

मेरे विभाग में उसके आने का एक उद्देश्य सुन्दरियों को देखना भी होता था। यहाँ एम. ए. के दोनों भागों में लड़कियों की तादाद लड़कों से ज़्यादा होती थी, इसलिए यह विभाग अन्य छात्रों का तीर्थ होता था। यहाँ लोग विपरीत सेक्स के चक्कर में इस तरह मँडराते, जैसे अस्पताल और मन्दिरों के आसपास मँडराते हैं। वैसे यह विश्वविद्यालय का मीरगंज बोला जाता था। मीरगंज इलाहाबाद का वह स्थल है, जहाँ नैतिकतावादी लोग बहुत सतर्क होकर घुसते और टिकते हैं और बाहर निकलते हैं।

तभी सदानन्दजी का स्कूटर रुका और वह अपना हैलमेट हाथ में झुलाते हुए आने लगे। हमारी मंडली उनका बेहद सम्मान करती थी लेकिन उनसे हमारे सम्बन्ध बेतकल्लुफ़ थे। एक बार हमने उनसे शराब के लिए रुपए भी लिए थे। वह अपनी मेधा और वामपंथी रुझान के अतिरिक्त एक अन्य प्रकरण की वजह से भी चर्चित थे। उन्होंने प्रेम-विवाह किया था किन्तु विभाग की अध्यापिका सुनीता निगम से प्रेम करते थे। दोनों दुस्साहसी थे और भरे विभाग में एक-दूसरे का हाथ पकड़ लेते थे। कई लोगों ने उन्हें सिविल लाइंस के एक अच्छे रेस्तराँ में देखा-सुना था। गुरु के बारे में ज़्यादा क्या कहा जाए, समझदार के लिए इशारा काफ़ी है। मतलब यह कि विवाह न करने के बावज़ूद दोनों दम्पती थे।

सदानन्दजी मुझे देखकर मुस्कुराए और पास आकर मेरी अभी हाल में छपी एक कविता की तारीफ़ करने लगे। मैंने सोचा, इस तारीफ़ को कोई सुन्दरी सुनती तो आनन्द था। तभी एम. ए. प्रीवियस की नई किन्तु सुन्दर लड़की उपमा श्रीवास्तव दिखी। हम दोनों का हल्का-हल्का चक्कर भी चल रहा था। मैं उसे बुलाकर सदानन्दजी से परिचय कराने लगा। परिचय के बाद मैंने कहा, "हाँ, तो सर, मेरी उस कविता में कोई कमी हो तो वह भी कहें, तारीफ़ तो आपने बहुत कर दी।"

वह मुस्कुराकर बोले, "नहीं भई, यह तुम्हारी बहुत अच्छी कविता है।"

"सर, प्रणाम!"

त्रिलोकी आ गया था। अब हम चार लोग धूप के एक वृत्त में खड़े थे। तभी विभागाध्यक्ष महेश प्रसाद, जिन्हें मंडली गोबर-गणेशजी कहती थी, लपड़-झपड़ आते दिखाई पड़े। उन्हें देखकर उपमा थोड़ी दूर खिसककर खड़ी हो गई। कई दूसरे लोगों ने भी अपनी पोज़ीशन बदल ली, क्योंकि सदानन्दजी और गोबर-गणेशजी में दाँतकाटी दुश्मनी थी। गोबर-गणेशजी हिन्दी विभाग का अध्यक्ष होने के नाते अपने को साहित्यकार लगाते थे, पर साहित्य में मान्यता सदानन्दजी की थी। इसके अतिरिक्त

गणेशजी प्रो. वी. सी. लॉबी में थे जबकि सदानन्दजी एंटी वी. सी. लॉबी में थे।

और सबसे ख़ास बात, इस विश्वविद्यालय के अध्यापकों में ब्राह्मण और कायस्थ जाति के लोग शक्तिशाली थे जबकि सदानन्दजी सिंह थे। इस मामले में भी गणेशजी का कहना था कि असल में वह सिंह नहीं, यादव थे। सदानन्द मथुरा के नन्द कुलवंशी थे।

गणेशजी निकट आए, तो सदानन्दजी ने नहीं लेकिन मैंने और त्रिलोकी ने प्रणाम किया। जवाब में उनका सिर काँपा तक नहीं और आगे बढ़ गए। त्रिलोकी उनके पीछे हो लिया, "सर, हमारा और आपका मुद्दा आज हर हालत में साफ़ हो जाना चाहिए।"

मैं भी सदानन्दजी को छोड़कर लपका। त्रिलोकी गणेशजी के संग उनके कमरे में घुस गया, तो मैं चिक से सटकर खड़ा हो गया।

"कैसा मुद्दा?" गणेशजी हाँफ रहे थे।

"भक्ति-आन्दोलन के सामाजिक कारण क्या थे?"

"उस दिन बताया था। सुना नहीं क्या?" उन्होंने किसी बच्चे की तरह चिढ़कर कहा।

"उस दिन भक्ति-आन्दोलन के सामाजिक कारण बतलाने के नाम पर आप साम्प्रदायिकता फैलाने की कोशिश करते रहे।"

"मैं तुम्हें क्यों बताऊँ सामाजिक आधार? तुम तो हिन्दी के छात्र हो नहीं। आउटसाइडर होकर मेरे विभाग में कैसे घुसे?"

त्रिलोकी कुर्सी खिसकाकर खड़ा हो गया। हाथ के पंजों को मेज़ पर रखकर थोड़ा-सा झुक गया, "भक्ति-आन्दोलन पर हिन्दीवालों का बैनामा है क्या? रही बात आउटसाइडर की, तो जो साले लुच्चे-बदमाश आपके विभाग में आँख सेंकने आते हैं, उनको कभी आपने मना किया? मना किया? आँय? उनको मना करने में आपकी दुप-दुप होती है। मीना बाज़ार बना रखा है हिन्दी डिपार्टमेंट को। महानगरों की सिटी बसें बना रखा है।"

"मैं कहता हूँ, निकल जाओ यहाँ से!"

"तो आप मुझे बाहर निकाल रहे हैं। मैं हिन्दी का विद्यार्थी न होते हुए भी आपको चैलेंज करता हूँ कि हिन्दी साहित्य ही नहीं, संसार के साहित्य के किसी मसले पर बहस कर लें। बहस में अगर जीत जाएँ तो मैं पेशाब से अपनी मूँछें मुड़ा दूँगा।"

"मैं कहता हूँ, निकल जाओ...निकल जाओ..."

"मुझसे निकलने को कह रहे हैं, दुरदुरा रहे हैं, जबकि मैं साहित्य का योग्य अध्येता हूँ और गुंडों को आप शेल्टर देते हैं। मैं जा रहा हूँ लेकिन जाते-जाते एक बात कह देना चाहता हूँ कि क्या कारण है, जब से आप हेड हुए, यहाँ केवल लड़कियों ने टॉप किया?"

वह तमतमाया हुआ बाहर आ गया। मैंने ख़ुश होकर उसकी पीठ पर हाथ रखा, "वाह गुरु! मज़ा आ गया। चलो, लल्ला की दुकान पर तुम्हें चाय पिलाता हूँ।"

"अबे पहले एक ठो सिगरेट तो पिला।"

"हाँ...हाँ...गुरु...लो...।"

हम दोनों सिगरेट पी रहे थे। पढ़ने में रुचि रखनेवाले लड़के-लड़कियाँ हमें मुग्ध भाव से देख रहे थे, लेकिन पास नहीं आ सकते थे, क्योंकि उन नन्हे-मुन्ने प्यारे बच्चों को अच्छे नम्बर लाने थे, जो वे समझते थे कि गणेशजी की लेंड़ी तर किए बिना नहीं मिल सकते थे।

उपमा श्रीवास्तव भी एक कोने में खड़ी होकर हमें देख रही थी। त्रिलोकी मुस्कुराया, "कहो, कब तक भाभीजी को देवर दिखलाते रहोगे? वैसे उनके बग़लवाली मेरी श्रीमती हो सकती है।"

"श्री शादीशुदा! सपने देखना छोड़ दो।" मैंने कहा।

"लेनिन के अनुसार सपने हर इनसान को देखने चाहिए।"

"वह तो दिनवाला सपना है, तुम तो रातवाले सपने देख रहे हो।"

"तुम कुँवारे साले स्वप्न-दोष से आगे जा ही नहीं पाते..."

"हा...हा...हा..." मैंने ठहाका लगाया और कहा, "इस बात का फ़ैसला लल्ला की दुकान पर होगा।"

लल्ला की दुकान पर लड़कों का ख़ूब जमावड़ा होता था, जिसकी ख़ास वजहें थीं। दुकान यूनिवर्सिटी और कई हॉस्टलों के निकट थी। फिर सामने वीमेन्स हॉस्टल था। इसके अलावा लल्ला ने एक हिस्से में जनरल स्टोर्स की भी दुकान खोल ली थी। वीमेन्स हॉस्टल के आसपास में इकलौती अच्छी दुकान थी, सो हमेशा दो-चार लड़कियाँ ख़रीदफ़रोख़्त करती मिलतीं।

मैं और त्रिलोकी दुकान पर पहुँचे, वहाँ इलेक्शन की चर्चा थी। हमने चर्चा में शरीक़ होने के पहले जनरल स्टोर्स की तरफ़ देखा, कुछ लड़कियाँ और कुछ सामान्य जन सामान ख़रीद रहे थे। त्रिलोकी ने मुझे कोंचा, "वो पीली साड़ीवाली को देखो।"

मैंने देखा, गोरा रंग और बड़ी-बड़ी आँखोंवाली थी वह। पीली साड़ी ने उसके गोरेपन को चन्दन का रंग बना दिया था। शेम्पू किए चमकते हुए बाल घुँघराले और कटे हुए थे।

मैंने उसे पहले भी कई बार देखा था। वह भेष बदला करती थी। कभी सलवार-कुर्ते में होती तो कभी पैंट-शर्ट में तो कभी स्कर्ट में। उसके कपड़े कभी ढीले होते तो कभी चुस्त। आज पीली साड़ी पहने थी और अलौकिक बाला लग रही थी।

"देख लिया।" मैंने बताया।

"क्या प्रतिक्रिया है?"

"भारत की मोनालिसा।"

"सी...ई...ई..." यह पंकज सक्सेना की है। दोनों एक दिन शादी करेंगे और हमें भविष्य भर दावतें देंगे। पंकज की योजना है; नौकरी लगते ही शादी कर लेगा।"

"ईश्वर इसे अखंड सौभाग्यवती बनाए।" मैंने कहा।

हम दोनों आकर दुकान के स्टूल पर बैठ गए। छात्र संघ के चुनाव परिणाम पर चर्चा चल रही थी। इस बार हमारी मंडली जिस संगठन से जुड़ी थी, उसने भी अध्यक्ष पद के लिए प्रत्याशी खड़ा किया था; जिसने अच्छी तरह शिकस्त खाई थी। दरअसल आज़ादी के बाद इस विश्वविद्यालय के छात्र-संघ का इतिहास रहा है कि अध्यक्ष की कुर्सी पर किसी ठाकुर या ब्राह्मण ने ही पादा है और प्रकाशन मंत्री की कुर्सी कोई हिजड़ा-भड़वा टाइप का ही आदमी गँधवाता रहा है। अध्यक्ष विगत अनेक वर्षों से भारतीय राजनीति के एक धुर कूटनीतिक बहुखंडीजी की उँगलियों और आँखों की संगीत, चित्रकला और भाषा को तत्क्षण समझ लेनेवाला होता रहा है। इसके मूल में छिपा रहस्य यह है कि बहुखंडीजी पहले इस बात का जायज़ा लेते हैं कि कौन दो सबसे वरिष्ठ प्रतिद्वन्द्वी हैं। फिर उनका कुबेर दोनों को समृद्ध करता है। इसके बावजूद इस बार हमारा संगठन बहुखंडीजी की मंशा का खंड-खंड करता। बहुखंडीजी ही क्यों, शराब के बड़े ठेकेदार सीताराम बरनवाल, उद्योगपति हाफ़िज, सभी के फन को कुचलता हमारा संगठन। सभी की लपलपाती जीभ को सिद्धान्तों के धागे से नापता हमारा संगठन। लेकिन चुनाव की पिछली रात जनेऊ घूम गया। बहुखंडीजी का प्रत्याशी इस बार ब्राह्मण था। मशाल जुलूस निकालने के बाद वह सभी छात्रावासों में गया और अपनी जाति के लोगों की मीटिंग कर पानी भरने की रस्सी जितनी मोटी जनेऊ निकालकर गिड़गिड़ाया, "जनेऊ की लाज रखो।" और हम हार गए।

हम छात्रसंघ के चुनाव की चर्चा में डूब-उतरा ही रहे थे कि रघुराज हाँफता हुआ आया और मुझसे तथा त्रिलोकी से एक साथ बोला, "छह समोसे खिलाओ।"

हम समझ गए, आज खाना नहीं खाया है उसने। इस समय वह थोड़ा बुझा हुआ भी था कि त्रिलोकी ने उससे पूछा, "कहाँ से आ रहे हो महाराज?"

"यार, दो लड़कियों से आरूढ़ रिक्शे के पीछे साइकिल लगाई। रिक्शा सिनेमा हॉल के पास रुका। मैं भी देखने लगा फ़िल्म।"

हम समझ गए, अब रघुराज शुरू हो गया है। मैंने पूछा, "कैसी थी फ़िल्म?"

"ठीक ही थी, बस, अश्लीलता का अभाव था।" रघुराज की विशेषता थी कि मूड की स्थिति में संसार के सभी क्रिया-व्यापार के मूल्यांकन के लिए उसके पास इकलौता बँटखरा सेक्स था।

"और लड़कियाँ कैसी थीं?" त्रिलोकी का प्रश्न था।

"क्षमा करना यार, मैं बताना भूल गया। उसमें एक लड़की थी, दूसरी नव-विवाहिता थी, भाभीजी!"

"पर तुम किसके लिए प्रयासरत थे?"

"दोनों के लिए। बेशक दोनों के लिए, लेकिन ज़्यादा भाभीजी के लिए।"

"लेकिन रघुराज, मैंने प्राय: देखा है कि तुम्हें शादीशुदा औरतें ज़्यादा अच्छी लगती हैं। इसकी वजह क्या है?"

"इसकी वजह, चरम समय पर वे चीं...चीं नहीं करतीं..."

"वाह रघुराज, तुम्हारी पकड़ बहुत अच्छी है। तुमको लेखक होना चाहिए। उपन्यास पर काम करो रघुराज।"

"कर रहा हूँ। एक उपन्यास पर काम कर रहा हूँ—अतृप्त काम-वासना का ज़िन्दा दस्तावेज़। और एक कहानी पूरी की है—इलाहाबाद के तीन लड़कों को देखकर दिल्ली की लड़कियाँ विद्रोह कर नंगी घर से बाहर।" उसने ज़ोर का ठहाका लगाया, "साले लेखकों की दुम। आज तक मैंने कुछ लिखा है, जो अब लिखूँगा? फिर आज तक बाँझ औरत के कभी सन्तान हुई है? हा...हा...हा..."

रघुराज अब अपनी रौ में था। हमने वहाँ से उठ लेना ही बेहतर समझा, क्योंकि वहाँ मंडली से बाहर के कई लड़के थे जिनकी निगाह में हम ब्रह्मचारी क़िस्म के सरल-सीधे माने जाते थे।

हम उठने लगे तो दूसरे लोगों ने हमें रोका लेकिन हम रुके नहीं। थोड़ी ही दूर बढ़े होंगे कि रघुराज ने अपना काम शुरू कर दिया। आने-जानेवाली प्रत्येक लड़की को वह टकटकी बाँधकर देखता। हमने टोका तो कहने लगा, "कहाँ क़ायदे से देख पाता हूँ। ईश्वर ने एक आँख पीछे भी दी होती, तो कितना आनन्द होता!"

मैंने सलाह दी, "तुम इसके लिए तपस्या शुरू कर दो।"

"ठीक है।" वह ठिठक गया, "मैं यहीं धूनी रमाऊँगा।" ठीक सामने वीमेन्स हॉस्टल था। मुझे इसकी यह आदत बिलकुल अच्छी नहीं लगी, "देखो, तुम वीमेन्स हॉस्टल के बारे में कुछ मत कहना।"

"क्यों?"

"क्योंकि जब सूरज डूब जाता है तो अँधेरे में लड़कियों का यह हॉस्टल मुझे एक अद्‌भुत रहस्य लोक-सा लगता है...मेरे भीतर इसके लिए एक पवित्र भाव है।"

"देखो बालक! वैसे मैं तुम्हारे तथाकथित पवित्र बोध को अपवित्र नहीं करना चाहता।" रघुराज गम्भीर हो गया, "लेकिन अज्ञान की वजह से जन्मी पवित्रता कोई वज़न नहीं रखती इसलिए तुम चाहो, तो मैं तुम्हारी जिज्ञासा को शान्त कर सकता हूँ। चाहते हो?"

त्रिलोकी बोल पड़ा, "हाँ...हाँ...महाराज, बताओ..."

"तो सुनो।" वह रुक गया। हम लोगों को पल-भर देखा। फिर धीरे-धीरे चलते हुए कहने लगा, "मैं कुछ बताने से पहले एक सवाल करना चाहता हूँ। बताओ, इस हॉस्टल में पी. एस. एफ. से जुड़ी लड़कियाँ अधिक क्यों हैं? हमारे संगठन की तरफ़ वे ज़्यादा आकर्षित क्यों नहीं होतीं?"

"तुम ही बताओ महाराज! सब तुम ही बताओ?" त्रिलोकी ने व्यग्र होकर कहा।

"ठीक है, मैं ही बताता हूँ। इसलिए कि पी. एस. एफ. भद्र लोगों के वर्चस्ववाली संस्था है। उसमें लड़कियाँ इसलिए जाती हैं कि उससे जुड़कर उनमें अपने को विशिष्ट समझने का एहसास होता है। देखो, आजकल सम्पन्न घरों के सदस्यों में सामाजिक कार्य करने का चस्का ज़ोर पकड़ता जा रहा है लेकिन उनके ये कार्य मूलतः जनता

के संघर्ष की धार को कुन्द करने के लिए होते हैं, यही बिन्दु पी. एस. एफ. और इन सुविधाभोगी लड़कियों के बीच सेतु का काम करता है।"

"रघुराज, हमने तुमसे पी. एस. एफ. और लड़कियों के सम्बन्ध पर प्रकाश डालने के लिए तो प्रार्थना की नहीं थी।" मैंने अधीर होकर कहा।

त्रिलोकी ने भी मेरी बात पर हामी भरी।

रघुराज भड़क गया, "तुम लोग तभी तो अच्छे लेखक नहीं बन सके।" वह जोर-जोर से बोलने लगा, "केन्द्रीय तत्त्व को समझे बिना यथार्थ को फैलाने की कोशिश करते हो। यही हड़बड़ीवाली आदत अगर सम्भोग के समय रही, तो शीघ्रपतन के रोगी कहलाओगे और तुम्हारी बीवियाँ बदचलन हो जाएँगी..."

हमने हाथ जोड़ लिया, "अच्छा, भइया, सुनाओ! सुनाओ!"

"चलो, क्षमा कर देता हूँ। हाँ, तो मेरी उपरोक्त बात से तत्त्व निकला कि वीमेन्स हॉस्टल की अधिसंख्य लड़कियाँ आर्थिक दृष्टि से दुरुस्त परिवारों से जुड़ी हैं। लेकिन इससे क्या होता है? यहाँ भी कई तरह की भिन्नताएँ कई तरह की कलहों को जन्म देती हैं। अब बहुत सम्भव है, थानेदार की बिटिया का मनीऑर्डर और जूनियर इंजीनियर की बिटिया का मनीऑर्डर क्रमशः डिप्टी, एस. पी. और असिस्टेंट इंजीनियर की बिटिया के मनीऑर्डर से ज़्यादा रुपयों का होता हो। ऐसी स्थिति में पहली दोनों को घमंड अपने बाप के पैसों का होगा, दूसरी दोनों को अपने-अपने बाप के पद का। दूसरी तरफ़ हीनता भी अपने बाप के कारण होगी कि एक का बाप पैसा रखते हुए भी मातहत है, दूसरे का बाप अफ़सर होते हुए भी मातहत से कम समृद्ध। लड़कियों के बीच कलह का एक प्रमुख कारण यह है। तुम लोग जानते ही हो, इन लड़कियों में होड़ की भावना बड़ी प्रबल होती है। वे पैंटी से लेकर प्रेम तक में अपनी चीज़ को श्रेष्ठ देखना चाहती हैं। कम-से-कम दूसरे से उन्नीस तो नहीं ही देखना चाहती हैं। अब जिनकी माली हैसियत अपेक्षाकृत पिछड़ी होती है, वे गड़बड़-सड़बड़ हो जाती हैं। ऐसे में पहला क़दम किसी मालदार प्रेमी को पटा लेने का होता है। इसके बावज़ूद कमी पड़ी तो पतन शुरू हो जाता है..." इतना कहकर रघुराज चुप हो गया। हम भी चुप हो गए।

कुछ देर बाद मैंने कहा, "और कुछ ज्ञान दोगे?"

"समय क्या है?"

"तीन चालीस।"

"तो त्रिलोकी, तुम भी सुनो, हमें चलना भी है। चार तीस पर जाकर सांस्कृतिक हस्तमैथुन का विरोध करना है।"

"पर तुमने सांस्कृतिक हस्तमैथुन नाम क्यों दिया?"

"क्योंकि किसी भी स्वस्थ कला के निर्माण के लिए इसकी समाज से प्रतिक्रिया अनिवार्य होती है, पर जिनको तुम लोग आज डंडा करोगे, वे स्वयं रचते, स्वयं आनन्दित होते हैं।"

हम अल्फ्रेड पार्क यहाँ से आधा घंटा में आसानी से पहुँच सकते थे। यानी कि हमारे पास बीस मिनट का वक़्त था पर हमने तय किया कि वहीं चलते हैं। वहाँ हम धूप का एक टुकड़ा खोजेंगे और बीस मिनट लेटे रहेंगे।

शहीद पार्क से इकट्ठा होकर हमें कला भवन के लिए कूच करना था। बाक़ी लोग वहीं मिलनेवाले थे।

मंडली के नेतृत्व में तमाम युवा कलाकार छात्र भवन में हो रहे नाट्य समारोह का विरोध करनेवाले थे। क्योंकि कलाभवन एक सरकारी संस्था थी और इसके कार्यक्रम जनता और उसके अपने कलाकारों से मुँह मोड़े रखते थे। इनमें दर्शक, श्रोता, अफ़सर वग़ैरह होते और कलाकार विदेशी मेकअप में ऐंठे रहनेवाले। यहाँ शराब की झमाझम बारिश और रासलीला के प्रयत्न की सुरसुरी समय-असमय हर समय देखी जा सकती थी।

विनोद ने कहीं से कार्यक्रम का पास उपलब्ध कर लिया था। योजना यह थी कि वह हमारे विरोध के पर्चों का बंडल झोले में छुपाकर भीतर हो जाएगा और भीतर जितना बाँट सकेगा, बाँटेगा, बाक़ी लोग बाहर नारेबाजी करेंगे। कलाभवन की कमर तोड़ने की अब हम ठान चुके थे...

तो मंडली के लोगों का एक रूप था बौद्धिक, मस्त और निर्भय।

ज़िन्दादिली की रोशनाई में डूबी कलमें थे हम।

पर हम और भी कुछ थे। कहीं कुछ बुरा देखें, बुरा सुनें—हम क्रोध से काँपने लगते। इतने अजीब थे हम कि यदि ख़ुद ही ग़लत कह या कर जाते तो ख़ुद पर ही ख़फ़ा होने लगते।

हम पोस्टर चिपकाते। नारे लगाते। हम जुलूसों में होते, सभाओं में होते, हड़तालों में होते। हम पुलिस और गुप्तचरी के रजिस्टर में दर्ज थे। सचमुच हम पढ़ाकू और लड़ाकू थे।

हम गर्म तन्दूर पर पक रही रोटियाँ थे।

लेकिन हम ऊपर उड़ते गैस-भरे रंग-बिरंगे गुब्बारों की तरह थे। हम उड़ रहे थे...हम उड़ रहे थे...उड़ते-उड़ते हम ऐसे वायुमंडल में पहुँचे जहाँ हम फूट गए। अब हम नीचे की ओर गिर रहे थे। अपना सन्तुलन खोए हम नीचे की ओर गिर रहे थे। हमारा क्या होगा, हमें पता नहीं था...।

हमें नौकरी मिल नहीं रही थी जबकि वह हमारे लिए साँस थी इस वक़्त।

उपमा मुझसे उखड़ी-उखड़ी रहने लगी। जब भी मिलती मशबिरा देती कि मुझे कम्पटीशन की पढ़ाई और मेहनत से करनी चाहिए। इस पर मैं क्रुद्ध हो जाता। धीरे-धीरे हमारे सम्बन्धों के पाँव उखड़ने लगे...।

सदानन्दजी भी मंडली से दोस्ताना अन्दाज़ में नहीं मिलते। वह मंडली पर दया करने लगे थे।

अब हम भोजन के लिए ताल-तिकड़म नहीं करते थे। न होने पर भूखे रह जाते। उधार लेने का मनोबल भी खो चुके थे हम।

कोई हमसे पूछता, क्या कर रहे हो? तो प्रत्युत्तर में हम काँपने लगते। किसी से मिलने के पहले ही हमारे दिल की धड़कन तेज़ हो जाती, कहीं पूछ न लिया जाए, क्या कर रहा हूँ मैं?

आपस में भी मिलना कम होने लगा। हम परस्पर कतराने लगे। हमारे बीच मुहब्बत बदस्तूर थी पर बातचीत में हम थोड़ा कटखने हो गए थे। एक बार हम लोग छुट्टियों में अपने-अपने घर गए। लौटने पर हम सभी थके और हारे हुए लग रहे थे। हमने अपने माता-पिता-परिचितों को निराश किया था जिससे वे चिढ़ गए थे। उन्होंने हमें हिकारत से देखा था और हम हार गए थे। थक गए थे।

फिर भी हमने तय किया था कि हम घर चले जाएँगे। हम 'कुटिया' पर इकट्ठा होनेवाले थे—अपने-अपने घरों को प्रस्थान करने के लिए।

हम ख़ुशी या फ़ायदे के लिए नहीं वापस हो रहे थे। हम मजबूर थे, क्योंकि यहाँ तो जीना मुहाल हो गया था। गुज़ारा मुश्किल था।

बाद की कहानी यह कि हम कुटिया पर इकट्ठा हो गए थे। विनोद का यह कमरा आधुनिक शैली का था पर उसकी जीवन-पद्धति ने इस आधुनिकता का कबाड़ा कर दिया था। किताबें और कपड़े हर जगह फैले हुए थे। उसने हर जगह रंगीन तसवीरें चिपका रखी थीं। चेग्वारा की बग़ल में एक सुन्दरी कूल्हे मटका रही थी...

सबसे पहले त्रिलोकी बहका। वह हाथों में शराब का गिलास लेकर खड़ा हो गया और बोला, "भाइयो और बहनो!"

"नेताजी, यहाँ कोई लौंडिया नहीं है।" प्रदीप चिल्लाया। वह भी हलके, बहुत हलके सुरूर में आ गया था।

"बड़े अफ़सोस की बात है।" त्रिलोकी दुखी होकर बोला, "यह भारतवर्ष के लिए बहुत बड़ा दुर्भाग्य है कि हम जैसे महान युवकों के पास न प्रेमिकाएँ हैं और न नौकरियाँ। हम किसके सहारे जिएँ?

"मैं जानता हूँ...। जानता हूँ...लो मैं बैठ जाता हूँ...पब्लिक साली अब समझदार हो गई है...सवाल-जवाब करने लगी है..."

"सवाल-जवाब ही तो नहीं कर रही है जनता, वर्ना हमारी यह दशा नहीं होती... नहीं होती...।" दीनानाथ ने धीमे से अपने से ही कहा।

त्रिलोकी को छोड़कर बाक़ी मंडली अभी नशे में नहीं थी। नशे की पूर्वावस्था सुरूर में थी।

"आख़िर हम यहाँ क्यों इकट्ठा हुए हैं?" मदन मिश्र दार्शनिक अन्दाज़ से बोला।

मैंने कहा, "यहाँ हम विदाई-समारोह के उपलक्ष्य में एकत्र हुए हैं।"

"नहीं।" प्रदीप ने बताया, "यह बैठक हमारे सुख की शोकसभा है। हमारे पास

जो भी सुख था, इस बैठक के पहले ख़तम हो गया। कल से हम दुखी दुनिया के दुखी नागरिक होंगे।"

"हम नागरिक नहीं हैं। दुखी दुनिया के नागरिक मज़दूर और किसान होते हैं, जिनके श्रम का शोषण होता है। हमारे पास तो सामाजिक श्रम करने का भी अधिकार नहीं है।" त्रिलोकी तैश में आ गया था, "जिसके पास कोई काम नहीं होता, वह आदमी नहीं होता। हम आदमी नहीं हैं...इस व्यवस्था ने हमें आदमी नहीं रहने दिया... हमसे हमारा होना छीन लिया गया...।" त्रिलोकी सुबकने लगा। वह सिर झुकाए सुबक रहा था।

जैसे काठ मार गया हो, हम सब स्तब्ध हो गए। इस बात को कृष्णमणि ने सबसे पहले भाँपा। वह आहिस्ते से त्रिलोकी के पास गया और उसके लटके हुए मुँह में एक सिगरेट लटका दी, "नेताजी, ईश्वर एक दिन तुम्हारी सुनेगा ज़रूर। तुम इसी तरह भाषण करो लेकिन भाषण के बाद असल में सुबकना छोड़ दो तो एक दिन सच्ची-मुच्ची में नेता हो जाओगे और मौज करोगे।"

"हम एक दिन मर जाएँगे, और कोई जानेगा भी नहीं।"

विनोद मेज़बानी भूला नहीं, "आप लोगों में जिसके गिलास ख़ाली न हों, कृपया उन्हें जल्द ख़ाली कर लें। यह साकी जाम का दूसरा पैग ढालने के लिए उतावला है।"

"काश, आज हम किसी रूपसी के हाथ पीते तो रात कितनी हसीन होती!" रघुराज था।

"मार साले को।" हमने चौंककर देखा, प्रदीप था। उसे भी चढ़ गई थी। उसने फिर कहा, "मार साले को।" और चुप हो गया।

मैंने पूछा, "किसे मार रहे हो?"

"अपने दोस्तों के लिए नहीं कह रहा हूँ। बस, मार साले को।"

हम अगला पैग पीने लगे। रात और ठंड दोनों बढ़ गई थी। दीनानाथ ने उठकर खिड़कियाँ बन्द कर दीं। हमने सिगरेटें सुलगा लीं। उनका धुआँ कमरे में घुमड़ने लगा। मदन ने घूँट लेकर सिगरेट पी और कहा, "रोज़ मेरी मृत्यु होती है। रोज़ कई-कई बार मेरी मृत्यु होती है। कोई मुझसे पूछता है, 'तुम क्या करते हो?' और मैं मर जाता हूँ।"

"मार साले को।" प्रदीप धुत् होने के क़रीब पहुँच गया था। वह किसे मारना चाहता था?

"तुम लोग समझते होगे, मैं नशे में हूँ लेकिन मैं होशोहवास में कह रहा हूँ। बेरोज़गारी के कारण मैं कई-कई बार रोया हूँ। पिछली बार का रक्षाबन्धन था। बहन को देने के लिए मेरे पास कुछ नहीं था। भाई उसके लिए कपड़े ले आए थे। मेरे पास कुछ नहीं था। बहन ने मेरे सिरहाने की किताब में चुपके से सौ का नोट रख दिया। उसे पॉकेट में रख ख़ूब रोया। मैंने उसे कुछ नहीं दिया। वह नोट अब भी मेरी डायरी में रखा है। मैं उसे देखता हूँ और उदास हो जाता हूँ।" कृष्णमणि अपने चेहरे पर हाथ फेरने लगा।

"माँ-बाप दो आँखें नहीं करते—यह झूठ है।" विनोद ने एक साँस में कह डाला, "मेरे माँ-बाप मेरे कमासुत भाई की चापलूसी तक करते हैं पर मुझे देखकर जल-भुन जाते हैं।"

"और मैं। मेरा पिता से कोई संवाद नहीं। एक दिन उन्होंने ग़ुस्से में चीख़कर कहा, 'लोग पूछते हैं कि तुम्हारा बेटा क्या करता है? मैं क्या बताऊँ उन्हें? बोल। जवाब दो। बोल।' बस, इसी दिन से हम एक-दूसरे से नहीं बोले।"

दीनानाथ आँखें स्थिर कर कुछ सोचने लगा। कहीं खो गया था वह।

"लो, मैं भी बता देता हूँ।" रघुराज ने अपना सिर उठाया, उसकी आँखें सुर्ख़ थीं, "मैं अपना रहस्य खोलता हूँ। अब हम जा रहे हैं, तो क्या छिपाना। मैं लड़कियों के पीछे कभी नहीं भागा। मैं एक कपड़े की और एक दवा की दुकान पर पार्ट टाइम काम करता रहा। मालिक मुझे ढाई सौ रुपए का चाकर समझते रहे। मैं...मैं..." वह चुप हो गया, उसकी आवाज़ फँसने लगी थी।

मंडली अवाक् थी रघुराज की बात से। रघुराज ने अपना चेहरा फिर घुटनों में छिपा लिया।

हम सभी ने अपनी रामकहानी कही। हमने तीसरा पैग लिया। हमने चौथा पैग पिया। पाँचवाँ पिया...। हम लुढ़कने लगे।

विनोद ने कहा, "हम खाना कैसे खाएँगे?"

"भविष्य में हमें भूखे रहना है, हम आज भी भूखे रहेंगे।" मदन डाँवाडोल होते हुए उठ खड़ा हुआ। हम सभी खड़े हो गए।

हम कुटिया के बाहर खड़े थे, अलग-अलग दिशाओं की तरफ़ जाने के लिए। रात गाढ़ी थी और हवा सरसरा रही थी। हमारे मुँह बन्द और चेहरे भिंचे हुए थे।

"अच्छा, दोस्तो!" रघुराज ने गला साफ़ करते हुए दुबारा कहा, "अच्छा, दोस्तो! अब विदा होते हैं...।"

एक क्षण सन्नाटा रहा फिर अचानक हम सब लोग जोर से रो पड़े। हम सारे दोस्त फूट-फूटकर रो रहे थे...

उस दिन अलग होने के पहले हमने तय किया, 'हममें से यदि कोई कभी सुखी हुआ तो सारे दोस्तों को ख़त लिखेगा।'

लम्बा समय बीत गया इन्तज़ार करते, किसी दोस्त की चिट्ठी नहीं आई। मैंने भी दोस्तों को कोई चिट्ठी नहीं लिखी है।

[1989]

अगली शताब्दी के प्यार का रिहर्सल

विपिन सिंह एडवोकेट के पास अच्छा बैंक-बैलेंस था। दिव्य मकान था। दो कारें थीं। विचारशील ठहरे, इसलिए उन्होंने कुछ फैक्टरियों के शेयर भी ख़रीद लिये थे। राजनीति में हाथ-पाँव मार ही रहे थे।

उनके एक पत्नी, एक रखैल और एक बेटी थी दीपा जो विपिन सिंह की इकलौती सन्तान थी। वह एम. ए. में पढ़ती थी। दीपा योग्य, चतुर सुजान और फ़ैशन में डूबी हुई एक दक्ष लड़की थी। उसकी योग्यता का आलम यह था कि वह चुटुर-पुटुर संसार के हर विषय के बारे में जानती थी। जैसे कि वह भूगोल में जानती थी कि संसार का सबसे बड़ा टीला कौन है; या अर्थशास्त्र में जानती थी कि किस देश में कौन-सी मुद्रा चलती है। वह दावे से कहती थी, "मैं जिस कम्पटीशन में चाहूँ, चुटकी बजाकर आ जाऊँ।" इसके बाद वह वाक़ई चुटकी बजा देती थी और कन्धे उचका देती थी।

चतुर सुजान इतनी कि कोर्स की अच्छी और दुर्लभ किताबें सहेलियों की सब पढ़ लेती लेकिन अपनी किताबों के बारे में किसी को हवा नहीं लगने देती। परीक्षा के पहले वह जो पेपर आउट करती, अकेले हजम कर लेती मगर दूसरों से झपट लेती। चाहे इसके लिए उसे लड़कों को प्यार के दो बोल और लड़कियों को गिफ़्ट ही क्यों न देनी पड़े। वैसे इसकी वह नौबत नहीं आने देती थी क्योंकि प्राय: वह अध्यापकों को ही प्यार के दो बोल और छोटी-मोटी गिफ़्ट देकर परिपूर्ण हो जाती।

अब रही बात फ़ैशन की, तो दीपा के क्या कहने! कोई सहेली या आंटी-भाभी क्रेप-डि-शान साड़ी का पक्ष लेती, तो वह उन्हें यह कहकर ध्वस्त कर देती कि मैसूर सिल्क का नाम बदल लेने से यह कोई नया फ़ैशन थोड़े ही हो गया। वह ट्राउज़र के साथ बुश कोट, मरजीना सलवार आदि को तो हँसकर उड़ा देती। वह जेनफोंडा की एरोबिक प्रस्तुति को बकवास कहती, तो बम्बइया फ़िल्मों को ऊलजलूल। वह टाकीज़ में अंग्रेज़ी फ़िल्में देखती तो घर के वीडियो पर फ़ार्मूला फ़िल्में। वह रविशंकर के संगीत की दीवानी थी, हालाँकि पल्ले कुछ नहीं पड़ता था। उसने कुरासोवा की कोई फ़िल्म नहीं देखी थी लेकिन उनकी फ़ैन थी।

दीपा को बस तीन चीज़ों का अफ़सोस था। एक : उसे अंग्रेज़ी बोलनी नहीं आती थी, पढ़-समझ लेती थी मगर बोल नहीं पाती थी। दो : उसका क़द छोटा था। तीन : इस शहर में स्वीमिंग पुल नहीं था। वह जब वीडियो में युवाओं को धड़ाम-

धड़ाम कूदते और छपाक-छपाक नहाते देखती तो रोमांचित होकर उदास हो जाती।

लेकिन उसे उम्मीद थी कि आज नहीं, कल इस शहर में स्वीमिंग पुल होकर रहेगा। इसी तरह लम्बाई बढ़ाने के लिए वह विटामिन ए के अलावा कई अन्य प्रकार की दवाओं एवं क़सरतों का सहारा ले रही थी। रही बात अंग्रेज़ी की, तो कई बार उसने सोचा कि 'पन्द्रह दिन में अंग्रेज़ी बोलना सीखें' स्कूल में दाख़िला ले ले। पर ऐसा नहीं कर सकी, क्योंकि वह डरती थी, किसी दोस्त ने देख लिया वहाँ जाते, तो क्या होगा अपन का?

पिता को वह ज़्यादा मानती थी, माँ को कम। पिता उसको 'बेटा' कहते और वह उनकी गरदन में बाँहें डालकर झूल जाती, 'ओ पा...पा...' एक बार माँ के साथ उसने ऐसा किया था, तो माँ ने झटक दिया था, "घोड़ी ऐसी हो गई है, ठीक से रह।" फिर उन्होंने पति से कहा, "अरे सुनते हो, तुम्हारी यह लायक पहाड़ जैसी हो गई है, इसके शादी-ब्याह की फिक्र करो अब।"

तब दीपा सिंह इंटर की छात्रा थी। शादी-ब्याह सुनकर पहली बार उसके मन में प्यार का विचार कौंधा। उसने सोचा, अगर शादी-ब्याह करना है तो अभी से प्यार प्रारम्भ कर देना चाहिए।

इतना सोचना था कि उसमें बदलाव आ गया, वह भाँति-भाँति से मुस्कुराने लगी और शरीर को इधर-उधर उमेठने लगी। वह शीशे के सामने खड़ी हो जाती। छुप जाती और फिर खड़ी हो जाती। बालों को कभी वह किसी तरह झाड़ती, कभी किसी तरह। और कभी वह एकदम से बिखरा देती।

तब से अब तक वह तीन-चार प्यार कर चुकी थी। आख़िरी प्यार उसका इसलिए विखंडित हुआ था कि लड़के के चेहरे पर एकाएक मुँहासे निकल आए थे।

अब वह एम. ए. प्रथम वर्ष में पहुँच गई थी, अत: निर्णायक प्यार करना चाहती थी यानी कि वह ऐसा प्यार करने की आकांक्षा से ओत-प्रोत थी, जो विवाह में परिणत हो सके। हालाँकि वह इस बात पर भी भरोसा रखे थी कि पिता विपिन सिंह उसके लिए जो लड़के तलाश रहे थे, उसी में कोई दुरुस्त प्राप्त हो जाए तो भी चलेगा। लेकिन प्रेम-विवाह की कीर्ति से वह वंचित नहीं होना चाहती थी। इसीलिए उसमें प्रेम की तमन्ना थी। उसके प्रेम का आलम यह था कि वह निश्चय कर चुकी थी कि यदि पिता के रास्ते से हासिल किए गए पति से प्रेमी उन्नीस रहा तो वह पति के रूप में प्रेमी का ही वरण करेगी। हाँ, अब अगर बहुत ज़्यादा फ़ासला हुआ, तब की बात कुछ और है। तो इस प्रकार पिता जो इस बार एम. एल. ए. का टिकट पाने के लिए बेकरार थे, टिकट के साथ बेटी के लिए वर पाने की दिशा में भी सक्रिय थे और बेटी जी-जान से जुटी थी एक प्रेमी को खोजने और पाने के लिए।

बी. ए. में दीपा के विषय थे: अंग्रेज़ी, मध्यकालीन इतिहास और भूगोल। तो वह इन तीनों विभागों में, साथ ही कुछ अन्य विभागों में आने-जाने लगी। वह सहेलियों से मिलने जाती और लड़कों की टोह लेती। अब उम्र के इस दौर में मुँहासे आदि का

ख़तरा तो नहीं था पर क्या ठीक कि क्या हो जाए? वह फूँक-फूँककर क़दम रख रही थी। चौकन्नापन और चतुराई उसकी नस-नस में समा गए थे।

जब दिल में चाह हो तो राह निकल ही आती है। कर्म करनेवाले का भाग्य ही साथ देता है। दीपा को प्यार हुआ जाकर जितेन्द्र से।

जितेन्द्र को प्यार के लिए सुपात्र पाने के कई कारण थे। मसलन उससे विवाह करते समय जाति-पाँति का कोई लफड़ा नहीं होना था क्योंकि वह उसी की कास्ट का था। दूसरे, जितेन्द्र के घरवालों की दशा कुछ ख़ास अच्छी नहीं, तो ख़ास बुरी भी नहीं थी। तीसरे, वह ऐसा प्रखर बुद्धिजीवी था जो आई. ए. एस. की तैयारी भी कर रहा था। साथ ही कॉलेज के दिनों में बैडमिंटन का खिलाड़ी रह चुका था। वैसे आई. ए. एस. की दिशा में ही उसका भविष्य दुरुस्त दिखाई पड़ रहा था; क्योंकि पिछली और पहली बार ही इंटरव्यू तक पहुँच गया था। असफल होने पर उसने भाग्य को कोसा था और आगे के लिए पढ़ाई में जुट गया था। इस बार भी वह इंटरव्यू तक पहुँच गया था और उसमें सफल होने के लिए कमर कसकर भिड़ा हुआ था।

वह लम्बा था, गोरा था और घनी मूँछोंवाला था। कुल मिलाकर पहली नज़र में वह दीपा के लिए फिटफाट था।

जबकि जितेन्द्र शुरू-शुरू में दीपा को अपने लिए फिटफाट नहीं पाता था, क्योंकि वह उसकी सुन्दरता की कसौटी पर खोटी थी। इसीलिए दीपा द्वारा संकेत देने पर भी वह विमुख रहा, पर बाद में उसने विचार बदला: थोड़ा-बहुत रोमांस इससे भी कर लेने में हर्ज क्या है? और वह शुरू हो गया। पर जब उसे पता चला कि दीपा इकलौती सन्तान है और पिता बहुत धनी, साथ ही राजनीति में भी उनके सितारे चमकने के आसार हैं, तो विचारों में आमूल-चूल परिवर्तन आ गया, वह सचमुच दीपा से प्यार करने लगा।

प्यार के बारे में जितेन्द्र की धारणा थी कि वह तभी सफल होता है जब प्रेमी प्रेमिका से श्रेष्ठ साबित हो जाए। लिहाजा दीपा को हीन सिद्ध करने के लिए उसने उसकी ख़ामियों की खोजबीन शुरू की। उसकी पकड़ में दो सूत्र आए: लम्बाई और अंग्रेज़ी। सौभाग्य से जितेन्द्र की लम्बाई और अंग्रेज़ी दोनों ही प्रशंसनीय थी। वह दीपा से रोज़ मिलता और रोज़ सलाह देता, अंग्रेज़ी बोलने की आदत डालो। वह यह कहने से भी बाज़ नहीं आता कि अगर तुम थोड़ी-सी लम्बी होतीं, तो हमारी जोड़ी कितनी जमती।

इस प्रसंग से दीपा पहले तो खिसियाई फिर क्रुद्ध हुई, यह घोड़ा तो कुछ ज़्यादा ही तेज़ दौड़ने लगा है। और उसे जितेन्द्र में कुछ ख़राबियाँ नज़र आने लगीं—जैसे उसकी मूँछ में एक स्थान पर कुछ ज़्यादा बाल हैं। उसके हाथ मुलायम नहीं हैं। फिर छोटे शहर से आया है, पता नहीं उच्च समाज के बारे में कुछ जानता-बूझता है या बस, ऐसे ही...। उसने एक दिन मुआयना किया। उसने जितेन्द्र से पूछा, "पॉप म्यूज़िक में माइकेल जैक्सन और जान्सन में किसकी क्या चीज़ अच्छी लगती है?"

वह हड़बड़ाया, आई. ए. एस. की तैयारी के सिलसिले में इन दोनों का नाम वग़ैरह जान गया था पर बारीक विश्लेषण से अनभिज्ञ था वह, तभी फिर प्रहार हुआ, "और रॉक म्यूज़िक की दुनिया में ब्रूस स्प्रिंगसटीन के यहाँ तुम्हारा फेवरिट क्या है?" इसी तरह उससे जान ट्रेवोल्स और रोज़ी रोज़ के बारे में पूछा गया। जब वह असफल रहा तो उसका मज़ाक बनाया गया। उससे यहाँ तक पूछा गया कि राब लोवे और ब्रुक शील्ड्स में कौन स्त्री है, कौन पुरुष? अन्त में उससे कहा गया कि वह अभी सोसायटी की कल्चर को नहीं जानता, इसीलिए इंटरव्यू में असफल रहा। वह स्तब्ध और कुंठित था।

दीपा मुस्कुराती हुई घर आ गई। घर में पापा का राजनीतिक जमावड़ा इकट्ठा था। दीपा इन खद्दरधारियों की बड़ी इज़्ज़त करती थी क्योंकि उसका विश्वास था कि असली पावर इन्हीं लोगों के हाथ में होती है। सीनियर आई. ए. एस. तक को डाँट लगा देते हैं। वह आई. ए. एस. की तुलना में किसी हैंडसम मिनिस्टर से प्रेम करने को अधिक मान्यता देती लेकिन दिक्कत यह थी कि राजनीति में स्थिरता नहीं होती। आज इस कैबिनेट में कोई है, कल दूसरी कैबिनेट में नहीं है, आज पावर में है। कल अपोज़ीशन में। बाबा रे, यह बड़ा झंझटवाला काम है।

घर पहुँचकर वह बिस्तर पर गिर गई और मुस्कुराने लगी। उसे बड़ा मज़ा आया था। होश ठिकाने आ गए होंगे मिस्टर के। उसकी आँखों के सामने जितेन्द्र का उदास और खिसियाया हुआ चेहरा था। पहले वह ख़ुश हुई फिर उसका मन पसीज गया। उसे जितेन्द्र पर दया आ गई और उसकी अनुपस्थिति में भी उसे पुचकारने लगी। उसने सोचा, आख़िर इतना बुरा नहीं है। अगर वह जैक्सन और जान्सन के बारे में अपना ठोस मत नहीं बना पाया है, तो कोई बड़ी बात नहीं। यह सब तो वह दो महीनों में सीख लेगा। मैं ही सिखा दूँगी। असल चीज़ है, आई. ए. एस.। उस रास्ते पर फ़िलहाल वह ठीक जा रहा है, सो चलेगा। उसने होंठ गोल कर लिए और सीटी बजाते हुए पैर हिलाने लगी; या पैर हिलाते हुए सीटी बजाने लगी। सीटी बजाती जा रही थी और जितेन्द्र के प्रति उसकी दया बढ़ती जा रही थी, बेचारा...।

उसने तय किया कि कल उसे पुचकार देगी। कल पुचकारने के लिए उसने उसी क्षण योजना बनानी शुरू कर दी। उसने विचार किया, कल कौन-सी ड्रेस पहननी है।

जब वह अगले दिन वही ड्रेस पहनकर जितेन्द्र को मनाने पहुँची तो उसे कोशिश बिलकुल नहीं करनी पड़ी। हुआ यह कि जितेन्द्र ने मान लिया था कि दीपा द्वारा ली गई परीक्षा में वह अनुत्तीर्ण हो गया है। वह निश्चय कर चुका था कि बाज़ी उसके हाथ से निकल गई है। वह दुखी था कि सोने की चिड़िया हाथ से फुर्र हो गई। इसीलिए जब दीपा को अपने पास देखा और वह भी हल्का-हल्का मुस्कुराते हुए देखा, तो उसकी बाछें खिल गईं। उसने कंठ को भावुक बनाते हुए कहा कि वह उसे प्यार करता है। बहुत ज़्यादा। उसने यह भी कहा कि अब वह मेहनत करके सब जान लेगा, और कि दीपा उसे माफ़ कर दे। दीपा ने उसका हाथ थपथपाकर कहा,

"कोई बात नहीं।" वह ख़ुश हुई कि अब यह उसे क़द और अंग्रेजी की याद नहीं दिलाएगा। अब वह जीवन-भर दबकर रहेगा मुझसे। ऐसा ही पति तो वह चाहती है। शायद ऐसे ही किसी दृश्य की कल्पना करने के कारण वह मुस्कुरा उठी।

जितेन्द्र ने पूछा, "तुम मुस्कुरा क्यों रही हो?"

दीपा ने मुँह चिढ़ा दिया—ऊँ...ऊँ, जैसे कक्षा आठ या नौ तक की लड़कियाँ चिढ़ाती हैं। वह ख़ुश हो गया। उसे ख़ुश देखकर दीपा ने पर्स से चॉकलेट निकाली, "लो, खाओ।" वह खाने लगा तो दीपा ने पूछा, "इंटरव्यू के लिए तुम्हारी तैयारी कैसी चल रही है?"

"अच्छी चल रही है।"

"और अच्छी चलनी चाहिए।"

"ठीक है।"

"तुक आई. ए. एस. में आ जाओ, तो मैं पापा से तुम्हें मिलाऊँगी। हम शादी कर लेंगे।"

जितेन्द्र बुझे स्वर में बोला, "और यदि न आया तो पापा से नहीं मिलाओगी?"

"इस बार नहीं आओगे तो भी तुम्हारे पास एक चांस और रहेगा।"

"उसमें भी न आया तो?"

"तुम इस तरह सोचोगे तो सचमुच नहीं आओगे। तुम यह सोचो कि तुम्हें हर हालत में आई. ए. एस. ऑफ़ीसर होना है। होना ही है। समझे?"

वह निरुत्तर हो गया। वह थोड़ी देर चुप रहा, फिर बोला, "शादी के बाद दो महीने कुछ नहीं करेंगे। हम बस इंडिया घूमेंगे।"

"ठीक है।"

"पर तुरन्त हमारे पास पैसे कहाँ से होंगे इतने?"

"तुम इसकी चिन्ता मत करो, पापा किसलिए हैं?"

"अच्छा! तुम्हारे पापा के पास क्या बहुत पैसा है?" वह चौकन्ना हो गया।

"और नहीं तो क्या?"

"कितना होगा?" वह सतर्क लापरवाही से बोला।

"तुम बतलाओ, कितना होगा?" उसके होंठ वक्र हो गए।

"चालीस-पैंतालिस लाख?"

"बस्स? इतना ही?"

'बस्स' सुनकर जितेन्द्र की छाती प्रसन्नता से फूल गई। उसने कहा, "देखो दीपा, हमें शादी तो कर ही लेनी चाहिए। शादी के बाद आई. ए. एस. की तैयारी के लिए मुझे और अधिक शक्ति मिलेगी। तुम मेरी शक्ति हो दीपा।"

दीपा ने मन में कहा, 'अपने को बहुत चालू बनते हो बच्चू।' लेकिन ऊपर से वह बोली, "अभी शादी न ब्याह। अभी तुम्हें बस एक चीज़ देखनी चाहिए आई. ए. एस.।"

वह समझ गया, दाल नहीं गलनेवाली। वह दुखी हो गया लेकिन उसने ठान ली कि जैसे भी हो, विपिन सिंह एडवोकेट की समस्त धन-दौलत को हड़पना है। आई.ए.एस. में आ गया तो वाह-वाह, नहीं तो भी चाहे जिस तरीक़े से, सब कुछ पा लेना है। लेकिन पाने का एक ही चारा था कि दीपा से विवाह हो जाए। पर यह मछली पानी से बाहर झाँकने तक का नाम नहीं ले रही थी। अगर वह आई. ए. एस. में न आया, तो? या इसी बीच किसी आई. ए. एस. ऑफ़ीसर से ही पट जाए, तो? उसे पसीना आ गया।

वह इठलाती हुई दीपा को जाते हुए सूनी आँखों से देखता रहा। जब वह ओझल हुई तो उसमें आत्मविश्वास का संचार हुआ, उसने अपनी आत्मा से कहा, 'मुझे अपनी बुद्धि पर भरोसा है। मैं कल से ही ऐसा दाँव-पेंच खेलूँगा कि आई. ए. एस. में आऊँ या न आऊँ, दीपा को शादी करनी ही पड़ेगी।' तो इसके लिए क्या किया जाए? उसे दो उपाय कौंधे, एक: अपने प्रेम की चर्चा को जगह-जगह फैला दिया जाए यानी कि अपने साथ दीपा के नाम को इतना बदनाम कर दिया जाए कि उसके पास शादी कर लेने के सिवा कोई सूरत बचे ही न। दो : दीपा से शारीरिक सम्बन्ध क़ायम कर लिया जाए और इस बात के सबूत भी सहेज लिए जाएँ। वह हँसा, तब तो उसके सम्मुख और कोई रास्ता ही नहीं होगा।

अगले दिन से ही वह अपने अभियान में जुट गया। उसने कुछ सत्य, कुछ कल्पना का सहारा लिया। कुछ ख़ुद, कुछ दोस्तों को सक्रिय किया। नतीजतन विश्वविद्यालय से लेकर शौचालय तक में जितेन्द्र-दीपा की जोड़ी मशहूर होने लगी। कुल मिलाकर जितेन्द्र ने जनजीवन को यह विश्वास दिला दिया था कि वह और दीपा शादी होने से पहले शादीशुदा हैं।

जनजीवन और राजनीतिज्ञ का सम्बन्ध पानी और काई का होता है। इसलिए चर्चा उड़ते-उड़ते विपिन सिंह एडवोकेट के पास पहुँची, तो उन पर वज्रपात हुआ। क्योंकि वह इस हिकमत में थे कि दीपा की शादी किसी तरह पार्टी के प्रदेश अध्यक्ष के भतीजे से हो, ताकि टिकट मिलने की उम्मीद और बढ़ जाए। इस जुगत के लिए वह काफ़ी मशक्कत भी कर रहे थे। आशा थी कि अध्यक्षजी के भतीजे से दीपा की बात पक्की हो जाएगी।

लेकिन वह यह क्या सुन रहे हैं? उनकी बेटी ने यह क्या लफड़ा कर डाला? उन्होंने पत्नी से राय-बात की तो उन्होंने कहा, "ठीक तो है, अपनी जात है। घर-दुआर बढ़िया है। कर दो ब्याह।" अब वह कैसे समझाएँ पत्नी को? यह तो निपट गँवार है। उन्होंने सीधे बेटी से बात करनी मुनासिब समझा। वह बात करने के लिए उठकर जाने लगे कि कुछ छुटभैया नेता आ गए दरबार में। लेकिन उन्होंने उनसे बैठने को कहा और भीतर आ गए। वह हर हालत में बेटी से मामला रफ़ा-दफ़ा कर लेना चाहते थे।

बेटी ने सुना तो आँखें चमक गईं, हमारे चल रहे प्रेम में विद्रोह नहीं था। अब उसे भी होने का अवसर मिल गया है। वह विद्रोह कर बैठी, "पापा, मैं शादी करूँगी

तो जितेन्द्र से ही करूँगी।" वह थोड़ा डरी भी, अगर आई. ए. एस. में नहीं आया तो? खैर, उसने मोर्चा ले ही लिया था। उसने पाया, अभी जो कुछ पापा से कहा है, बड़ी बहादुरी की बात है। अत: वह बड़ी वीर है। वह इसलिए भी अध्यक्ष के भतीजे से विवाह के ख़िलाफ़ थी कि उसे एक बार पापा के पास देखा था। उसके बाल उड़ गए थे और तोंद निकल आई थी। वह हंड्रेड परसेंट भोंदू लगा था। कहने का मतलब जो भी हो, उसने विद्रोह कर दिया था और उसे बड़ा मज़ा आ रहा था। वह इन दिनों अपने आपको किसी प्रेम कहानीवाली बम्बइया फ़िल्म की हीरोइन समझ रही थी। वह मस्त थी कि उसका प्रेम सार्थक हो गया। पर वह चैतन्य भी थी कि जितेन्द्र को विद्रोह के इस प्रसंग की हवा बिलकुल न लगने पाए क्योंकि खुदा न खास्ता वह आई.ए.एस. में न आया तो?

जितेन्द्र था कि प्रेम को प्रचारित करने के सफल अभियान के बाद शारीरिक सम्पर्क की मुहिम में प्रयत्नशील था। वह इस परिणाम से भी सन्तुष्ट था कि प्रेम-सम्बन्ध के जगह-जगह खुल जाने का दीपा ने बुरा नहीं माना, बल्कि वह मगन थी कि उसका कितना नाम हो रहा था। वह कहती, 'तेरे-मेरे प्यार के चर्चे हर जुबान पर।' पर दूसरे मोर्चे पर बेड़ा पार नहीं हो रहा था। वह शारीरिक सम्बन्ध के मसले पर खटाई की तरह रूखी होकर अकड़ जाती थी। आध्यात्मिक प्रवचन करने लगती। कहती, "प्यार तो दो आत्माओं का मिलन होता है। बस्स।" इस 'बस्स' से वह निढाल हो जाता।

जैसे-जैसे इंटरव्यू की तिथि आती जा रही थी, दीपा की उत्सुकता और जितेन्द्र की असहायता बढ़ती जा रही थी। वह अब उन्नीस घंटे पढ़ रहा था। वह दृढ़प्रतिज्ञ था कि इस बार आई. ए. एस. में आना है और दीपा को पाना है और विपिन सिंह एडवोकेट का घर-जमाई बनना है। वह उन्नीस घंटे पढ़ रहा था और भविष्य में इक्कीस घंटे तक पहुँचने के मंसूबे से लैस था। उसकी आँखें लाल रहतीं। वह सोता नहीं था और यदि सोता था तो दो तरह के सपने देखता। एक, देखता कि वह ऐसा आई. ए. एस. है जो पोस्टिंग के पहले ही करोड़पति हो गया है। दोस्त आते हैं, तो वह पूछता है, 'आप किस देश की व्हिस्की लेंगे?' दूसरा स्वप्न वह देखता कि अख़बार में उसका नाम नहीं है और दीपा ने हँसकर उस पर थूक दिया है। वह थूक को पोंछते हुए जग जाता और बिजली जलाकर पढ़ने लगता है। वह साधु हो गया था। घनघोर तपस्या करके स्वर्ग की मंज़िल तक पहुँचना चाहता था।

विपिन सिंह एडवोकेट भी बेचैन और परेशान थे। प्रत्याशियों की सूची जारी होनेवाली थी। पता नहीं क्या होगा? अगर पार्टी अध्यक्ष के भतीजे से बेटी का रिश्ता हो गया होता, तो टिकट पक्का था। वैसे उम्मीद कम नहीं। जितनी ताल-तिकड़म हो सकती थी, हो गई, अब फ़ैसला भगवान के हाथ में। सभी की तरह विपिन सिंह को भी उम्मीद थी कि वह टिकट पाने के प्रबल दावेदार हैं। फिर भी उनमें रह-रहकर जितेन्द्र के लिए क्रोध का ज्वालामुखी फूट पड़ता था। यह कमीना न जन्मा होता तो

जो थोड़ी-बहुत शंका है टिकट को लेकर, वह भी न रहती। पर धन्य है बेटी। धन्य है यह जितेन्द्र।

दीपा साँस रोककर सब देख-परख रही थी। उसने जितेन्द्र से मिलना-जुलना कम कर दिया था। कम क्या, लगभग बन्द। कारण बताया था कि मिलने पर पढ़ाई से उसका ध्यान बँटेगा, लेकिन असल में इसलिए कन्नी काट रही थी कि वह आई. ए. एस. में नाकामयाब हो तो छिटककर दूर हो जाने में मुश्किलों का सामना न करना पड़े।

इन दिनों वह पछतावे में थी। पछता रही थी और अपने दिमाग़ को कोस रही थी कि उसी एक से क्यों प्यार किया? माना कि प्यार एक से किया जाता है, पर अन्य दो-चार लोगों से रब्त-जब्त तो बना सकती थी। निरी बुद्धू की बुद्धू रह गई। ऐसा होता, तो आज कितनी निश्चिन्त होती! यह आई. ए. एस. में नहीं आया तो वह सही। वह नहीं आया, वह सही...। पर अब तो इसी पर फ़िलहाल सब्र करना था। वह भय से सिहर जाती, अगर नहीं आया इंटरव्यू में, तो फिर नए सिरे से किसी से अफेयर चलाना पड़ेगा। ओफ़।

उसने निश्चय किया, ऐसी स्थिति में वह इकलौता प्यार नहीं करेगी। उसे पापा पर गुस्सा आ रहा था कि अपनी राजनीति में इस क़दर डूब गए हैं कि बेटी की कोई फ़िक्र नहीं। एक बात चलाई भी तो उस भोंदू से। पर यदि पापा को टिकट मिल गया तो? पापा मिनिस्टर हो गए तो? पापा के डिपार्टमेंट में भी तो कुँवारे आई. ए. एस. होंगे, पर मिनिस्टर बनने में तो बड़ा टाइम लगता है, तब तक तो अपन का नहीं चल पाएगा। वह घबराहट और उदासी से भर जाती, फिर सोचती, बेमतलब परेशान हो रही है, अरे यह अपना जितेन्द्र ही आ जाएगा, यही हो जाएगा आई. ए. एस.। जितेन्द्र उसे बहुत प्यारा लगने लगता। कितना तो लम्बा है वह, हाउ हैंडसम! वह ईश्वर से प्रार्थना करती कि जितेन्द्र को सफलता दे।

जितेन्द्र ने अपने को पढ़ाई के कोल्हू में पूरी तरह जोत दिया था। वह जुता हुआ था। आहिस्ता-आहिस्ता इंटरव्यू की तिथि हाज़िर हो गई। अधिकारी होने की अभिलाषा और ससुराल की सम्पन्नता ने उससे इंटरव्यू में धकाधक सटीक जवाब दिलवाए। इंटरव्यू देने के बाद वह वैसे निश्चिन्त-सा हो गया था लेकिन अनहोनी भी हो सकती है, यह सोचकर अगले चांस की तैयारी भी उसने शुरू कर दी। दीपा ने पापा से मिलवाने की बात पर कहा था कि यह चांस नहीं, तो अगला चांस। हालाँकि उसकी धारणा थी कि अगली बार की फ़ज़ीहत में नहीं पड़ना पड़ेगा। इसलिए तैयारी करते हुए भी, मूलतः वह इन्तज़ार कर रहा था।

वे सब इन्तज़ार में थे। जितेन्द्र इंटरव्यू देकर परिणाम की बाट जोह रहा था। देख रहा था, आई. ए. एस. और पति एक साथ हो गया है। इस बात से फूल रहा था कि नौकरी और ससुराल दोनों से धन बटोर रहा था। अब उसे चिन्ता होनी शुरू हो गई थी कि पत्नी उतनी सुन्दर नहीं है। पर वह चिन्ताओं को झटककर निश्चिन्त हो जाता कि सुन्दरियों की क्या कमी होगी उसे! राग-रंग की नौका पर सवार होकर

आनन्द के पानी में सैर कर रहा था वह। सचमुच उसका इंटरव्यू अच्छा हुआ था। पर कितना भी अच्छा हो, धुकधुकी की एक अविराम घड़ी उसके भीतर डोल रही थी। वह परेशान और प्रसन्न एक साथ था।

विपिन सिंह ने भी उम्मीदवार सूची की घोषणा के लिए पलक पावड़े बिछा रखे थे। वह विधायक, विधायक से मंत्री और फैक्टरियों के मालिक होने के स्वप्नदर्शी हो गए थे। ख़यालों का स्वेटर बुनते हुए देख रहे थे कि अपनी रखैल को एक मकान ख़रीदकर चाबी उसके हाथ में दे दी। वह सोचते, बीवी के बाल कटाकर कार चलाना सिखाएँगे। मौजूदा कार वही चलाएगी। अपने लिए गाड़ियाँ तो सरकारी होंगी। उन्होंने तय कर लिया था कि बेटी को राजनीति में उतारकर विरासत की वैतरणी पार लगाएँगे। शादी का क्या है, आई. ए. एस. से करेगी तो कौन बुरा है। इस बात से उन्हें बेटी पर प्यार आया और सोचने लगे—जुगत करके उसकी शादी में पूरा प्रदेश मंत्रिमंडल जुटा देंगे। वह सुख के समन्दर में गोताखोरी करते जा रहे थे। करते जा रहे थे...

बेटी थी, तो वह भी उत्तेजित। जितेन्द्र ने बताया था, इंटरव्यू ख़ासा ठीक हुआ है। सो उसने अभी से अपना नामकरण मेमसाब कर डाला था। वह ख़ुश होती यह सोच-सोचकर कि सालों हो जाएँगे, कोई उसका नाम नहीं पुकारेगा। जिधर देखो, उधर 'मेमसाब' की धूम। अभी माली को डाँट रही है, अभी ड्राइवर को। इस पर ग़ुस्सा हुई, उसको फटकारा। यहाँ वाद-विवाद प्रतियोगिता की निर्णायक है, तो वहाँ टूर्नामेंट में इनाम बाँट रही है। कहीं उद्घाटन कर रही है तो कहीं समापन। वह मुस्कुराती, एक-से-एक लम्बी औरतें उसकी चापलूसी कर रही हैं। वह उन पर बिगड़ रही है, झिड़क रही है कि चापलूसी क्यों करती हैं, पर लम्बी-लम्बी औरतें हैं कि चमचागीरी से बाज़ नहीं आतीं। क्या मज़े की बात है! पापा मिनिस्टर और जितेन्द्र ब्यूरोक्रेट दी ग्रेट। नहीं, वह जितेन्द्र नहीं, जीतू बोलेगी। पर अपना यह जीतू फेल हो गया तो? डरकर उसकी आत्मा कुड़-कुड़ करने लगती। वह रोज़ ईश्वर का नाम लेकर अख़बार खोलती, मुमकिन है कि रिज़ल्ट आया हो और उसमें उसके जीतू का नाम हो।

उस दिन अख़बार खुला, तो आई. ए. एस. का नहीं, पापा का रिज़ल्ट था। उम्मीदवारों की अन्तिम सूची। विपिन सिंह का पत्ता कटकर निर्जन में उड़ रहा था।

वह सन्न हुई और पापा के पास पहुँची। पापा कल से ही कमरे में बन्द थे। कोई भी हो, भीतर आने से रोका था। पर दीपा थी तो दीपा, उसकी पुकार पर दरवाज़ा खुल गया। उनका चेहरा फूला था और आँखें लाल। दुख और अपमान की ज़्यादा ख़ुराक ने उनमें सूजन ला दी थी। बेटी को देखकर इतने कातर हुए कि फफक-फफककर रो पड़े।

दीपा ने कहा, "रोते नहीं, पापा, रोते नहीं, हौसला रखते हैं।"

वह बेटी के प्रति उदार हो गए। मुँह से निकला कि वह तैयार हैं, जितेन्द्र से उसकी शादी के लिए।

दीपा पहले तो घबराई, पापा की तरह ही जीतू का भी रिज़ल्ट हुआ तो? फिर

सँभल-सँभलकर बोली, "पापा, यह ऐसी बातों का वक़्त नहीं। इस समय तो हम आपके चेहरे पर स्माइल देखना चाहते हैं। हँसो पापा। पाप्पाऽऽऽ।"

विपिन सिंह बरबस मुस्कुरा उठे, तब उसने सोचा, चलो तुरन्त तो यह शादीवाली बला टली। जब तक पापा फिर पूछेंगे, जीतू का रिज़ल्ट आ जाएगा। देखो, क्या रहता है उसमें! पास या फेल। उसका दिल धड़-धड़ करने लगा।

एक दिन पापा ने फिर कहा, "जितेन्द्र से तुम शादी कर सकती हो। कब करोगी?" सुनकर दीपा फूट-फूटकर रोने लगी। वह घबड़ाए, "क्या हुआ...क्या हुआ?" दीपा परेशान, कैसे कहे कि जीतू आई. ए. एस. में नहीं आया, इसलिए नहीं करेगी शादी। रिज़ल्ट की याद से वह अधिक ज़ोर से रोने लगी। पापा और घबड़ाए, "क्या हुआ... क्या हुआ?"

माँ भी आ गईं, "काहे को रोती है...काहे को रोती है?"

दीपा को लगा, वह व्यूह में फँस गई है। सवालों के तीरों से घिरी है और रास्ता अनजान। तभी वह चौंकी, चमकी और मुस्कुराई। एक जवाब सूझ गया था। बोली, "पापा, मैं एम. फिल. करने के बाद करूँगी मैरिज।"

पापा बोले, "धत्तेरे की! बस, इतनी-सी बात!"

मम्मी बोलीं, "हाँ...हाँ...और थोड़ी घोड़ी हो जा।" वह भुनभुनाती हुई वहाँ से खिसक गईं। पापा भी चले गए। उन्हें रखैल के पास जाना था।

अकेली रह गई। उसे जितेन्द्र में खोट-ही-खोट नज़र आए : चुप रहने पर कभी-कभी उसका मुँह खुला रहता है। कपड़े तो जाने कैसे पहनता है। कितना ख़राब कलर सेंस है उसका! आँखों के नीचे की हड्डी कितनी चौड़ी है। टाई नहीं लगाता, तभी तो आया नहीं इंटरव्यू में। कुछ ज़्यादा ही लम्बा है। चलता किस तरह है, चप्पलें घसीटते हुए। अंग्रेज़ी अच्छी है, चलो मान लिया, पर उच्चारण? पब्लिक स्कूल के लड़कोंवाली बात कहाँ! थैंक्स गाड, चलो अच्छा हुआ, बचा लिया तुमने मेरी लाइफ! चौपट होने से। दो ही नम्बर से सही, आया तो नहीं आई. ए. एस. में। पर अगली बार आ गया तो? उसे लगा, जितेन्द्र के साथ बेइन्साफ़ी कर रही है। इतना बुरा नहीं, जितना वह समझ रही है।

उसने योजना बनाई, जितेन्द्र को प्यार के झूले पर मद्धिम झुलाती रहेगी। अंग्रेजी, मध्यकालीन इतिहास और भूगोल विभागों में जाकर प्रतिभावानों को चॉकलेट, टॉफी खिलाएगी। उनमें से कई से एक साथ चक्कर चलाएगी। पार्टियों में जाना ज़्यादा होगा, वहाँ कुँवारे आई. ए. एस. को खोजेगी और पटाएगी, पटाकर ही दम लेगी। फ्रेंड की मार्फ़त पापा से कहलाएगी, इस बार के आई.ए. एस. की लिस्ट देखें और अपुन के लिए ट्राई मारें। आख़िर पापा की प्रापर्टी भी कोई चीज़ है।

उसने निर्णय लिया कि देर ठीक नहीं, जुट जाना है पक्के इरादे से। कल से, मंडे से। कितना अच्छा दिन है! मंडे को फ़ास्ट भी तो है उसका। उसे दृढ़ विश्वास

था कि आई. ए. एस. से मुहब्बत की क्रिकेट में शिवजी और पापा नाम के अम्पायर उसकी सेंचुरी ज़रूर बनवाएँगे।

अगले दिन जब जितेन्द्र से मिलकर प्रेम से बोली, तो वह चकित हुआ। विस्फारित-सा बस देखता रहा दीपा को। उसे लगा, पाँचों उँगलियाँ घी में हैं।

उसने पाया कि गुंजाइश अभी है और मगन हो गया। मन-ही-मन कहा, 'शादी हो जाने दो, तब गिन-गिनकर बदला लूँगा। ऐसा रुलाऊँगा, ऐसा रुलाऊँगा कि...' उसकी इच्छा हुई कि ठहाका लगाकर हँसे।

[1989]

ऊसर

चन्द्रप्रकाश श्रीवास्तव ने इधर-उधर एक विशेष इच्छा से देखा। उसकी इच्छा थी, कोई ऐसा दोस्त मिले जो एक बड़ा-सा मीठा तरबूज ख़रीद सके और उस तरबूज को दोनों मिलकर खाएँ। जैसे कि ख़ुद उसने परसों तीन ख़रबूज़े और एक बेल ख़रीदकर विद्याधर के साथ खाया था।

कोई दोस्त न दिखने पर उसने बस अड्डा का एक चक्कर लगा डाला और उसी जगह पर आकर खड़ा हुआ, जहाँ था। जैसे कुत्ते किसी जगह पर बोर हो जाते हैं तो आसपास का एक-दो चक्कर लगाकर फिर उसी जगह पर आकर हाँफने लगते हैं, लेकिन चन्द्रप्रकाश हाँफ नहीं रहा था।

बस अड्डा लगभग सुनसान था, लेकिन चन्द्रप्रकाश-जैसे और राजनीतिज्ञ यहाँ मौजूद थे। सभी से वह परिचित था पर कोई इतने निकट का नहीं था जिससे अपनी विशेष इच्छा कह सके।

थककर वह एक चाय की दुकान पर आ गया और पानी पीने लगा। पानी जिस ढंग से मुँह में कुलबुला-कुलबुला कर पी रहा था, उससे यह लग सकता था कि किसी को नहीं पाकर उसे अफ़सोस हुआ है; लेकिन दरअसल ऐसा था नहीं। यह रोज़ का कारोबार था। राजनीति के चौके पर उस जैसे बेलनों को ये सब पापड़ बेलने ही पड़ते हैं।

बस अड्डा इस क़स्बाई शहर का महत्त्वपूर्ण केन्द्र है। यहाँ यात्री से ज़्यादा नेता दिखाई देते हैं। वह भी सत्ता पार्टी के जिनमें नौजवानों की लम्बी फ़ौज है। इस फ़ौज के निर्माण का बिस्मिल्लाह तब हुआ था, जब देश में संकटकाल था। वे दिन इनके सुनहरे-सलोने थे। उन दिनों ये बन्दूक का लाइसेंस प्राप्त करते थे, चीनी-किरोसिन का परमिट झटक सकते थे। पी.डब्ल्यू.डी., इरीगेशन और हाइडिल के ठेकेदार हो सकते थे।

तब चन्द्रप्रकाश श्रीवास्तव इंटरमीडिएट का इम्तिहान दे चुका था। रिज़ल्ट अभी आया नहीं था। चूँकि उसने नक़ल का असफल प्रयास किया था अत: उसे अपने फेल होने को लेकर रंचमात्र शुबहा नहीं था। दरअसल रिज़ल्ट के प्रति आश्वस्त होकर वह मटरगश्ती कर ही रहा था कि एक दिन बातों-बातों में उसने एक लड़के की पिटाई कर डाली। पिटे हुए लड़के के पिता ने आव देखा न ताव, जाकर कोतवाली

में दो सौ पचास रुपए घूस देकर रपट लिखा दी। चन्द्रप्रकाश निर्भीक था मगर अभी निधड़क नहीं था, घर पर पुलिस को देखकर रोने लगा। उसे लग रहा था, वह सुल्ताना डाकू जितना बड़ा अपराधी है। तभी मुहल्ले के एक नेताजी अवतरित हुए। उन्होंने उसे थपथपाया और बचा लेने का आश्वासन दिया। न केवल आश्वासन दिया बल्कि बचा भी लिया।

इससे चन्द्रप्रकाश श्रीवास्तव इतना प्रभावित हुआ कि नेताजी को देवता की पदवी प्रदान कर दी। देवता ने बाद में उसकी मदद से अपने कुछ विरोधी राक्षसों का सरेआम मद-मर्दन कराया था।

एक दिन नेताजी ने उसे तीन जोड़ी खद्दर का कुर्ता-पाजामा सिलवा दिया, जिसे शरीर पर धारण करने के बाद उसने अपने से कहा, 'क्या मैं किसी नेताजी से कम हूँ?' इस आत्मसाक्षात्कार के चन्द दिनों बाद ही वह सत्ता पार्टी में नेताजी की विरोधी लॉबी—विधायक जी—के साथ हो लिया। अब उसने अपने परिचितों को इस बात की कड़ी हिदायत दी कि वे उसे नेताजी कहा करें। नहीं तो भइया कहें।

तब से लेकर आज तक वह राजनीति करता रहा है। अपने दल की युवा शाखा का शहर-मंत्री भी बन गया। यह सही है, राजनीति में उसकी पकड़ पहले से मज़बूत हुई है, लेकिन आशानुरूप नहीं। प्रारम्भ से ही उसकी मनोकामना रही है कि एक महेन्द्रा एंड महेन्द्रा जीप ख़रीदकर किसी ऑफ़िस में लगवा दे और टैक्सी स्टैंड का ठेका हथिया ले, पर अभी तक नाउम्मीदी ही हाथ लगी है।

विधायक जी से उसका मन फटने लगा है। उसकी दृढ़ धारणा है कि उनके सभी आदमी एक दिन उनसे बग़ावत कर जाएँगे। बग़ावत नहीं करेंगे तो क्या ज़िन्दगी-भर लटकन ही बने रहेंगे उनके?

चन्द्रप्रकाश लटकन नहीं बनना चाहता, वह महेन्द्रा एंड महेन्द्रा जीप ख़रीदना चाहता है और टैक्सी स्टैंड का ठेका पाना चाहता है। वैसे कहे भले न, लेकिन मन में बहुत कुछ है। वह टिकट पाना चाहता है। मंत्री होना चाहता है। मुख्यमंत्री होना चाहता है। शुरू-शुरू में तो प्रधानमंत्री भी होना चाहता था। फ़िलहाल अभी थोड़ी देर पहले वह काले-काले बीजवाला लाल-लाल एक बड़ा-सा तरबूज खाना चाहता था और सौभाग्य से उसका जुगाड़ भी बैठ गया। उसका दोस्त विद्याधर अभी कचहरी से कुछ रुपए कमाकर और लस्सी पीकर लौटा था। उसके कुर्ते पर गिरी हुई दही अभी सूखी नहीं थी। उसने कोर्ट इंस्पेक्टर से कहकर एक दुकानदार की ज़मानत कराई थी और दुकानदार से पचास रुपए प्राप्त कर सका था।

पचास रुपए में दोनों खाना भी खा सकते थे, लेकिन वे दिन का खाना खाते ही नहीं थे। वही दोनों नहीं, बल्कि बस अड्डे के ज़्यादातर राजनीतिज्ञ दिन का भोजन नहीं ग्रहण करते थे। कभी लाई-चना भुनाकर खा लेते, तो कभी अमरूद, केला, तरबूज, ख़रबूज़ आदि पर गुज़ारा कर लिया। आहार के इस रूप के पीछे दो कारण थे। एक तो यह कि घर जाकर खाने की परिस्थिति नहीं बन पाती थी। क्योंकि कुछ सहधर्मी

ताड़ते रहते थे, कोई दोपहर में घर जाए खाना खाने तो वह भी चिपक लें। इसीलिए ऐसे लोगों को यहाँ की भाषा में चिपकू कहा जाता। दरअसल खाने के मामले में यहाँ सभी चिपकू थे। कोई होटल में खाता तो देखनेवाला भी वहाँ नमस्ते करने आ जाता। बड़े-बड़े नेताओं से ये इसी अर्थ में भिन्न थे कि वे बड़ी-बड़ी वार्ताओं और सन्धियों के लिए खाने की मेज़ पर इकट्ठा होते जबकि ये खाना खाने के लिए वार्ताओं और सन्धियों का सिलसिला शुरू करते। यही वजह है कि दिन में कोई भोजन करता ही नहीं था। फिर चन्द्रप्रकाश और विद्याधर जैसे नेता तो अक्सर जेब से भी तंगहाल रहते थे। इसलिए भी होटल में खाना सम्भव नहीं था। सो आदत पड़ गई और आगे उसी तरह चलता रहा। अब तो दिन में खाने का मतलब था पेट ख़राब कर लेना।

चन्द्रप्रकाश की माँ उसको लेकर परेशानी में डूबी रहती। वह इतनी परेशान अपनी जवान बिटिया को लेकर भी नहीं थी।

पिता की मौत के बाद माँ ने रोज़मर्रा की चीज़ों की एक छोटी-सी दुकान रख ली। पति की पेंशन और मामूली आमदनी के ज़रिये किसी तरह बच्चों को पाल-पोस कर बड़ा किया। उम्मीद थी कि चन्द्रप्रकाश बड़ा होकर घर की ज़िम्मेदारी सँभाल लेगा, जिससे कम-से-कम बेटी की शादी आसान हो जाएगी। लेकिन सपने सब धरे-के-धरे रह गए।

माँ ने पिछले कई सालों से सूरज की रोशनी में बेटे का चेहरा नहीं देखा था। वह मुँहअँधेरे मुर्गा की तरह उठता और नहा-धोकर कलफ़-लगा कड़कड़ाता कुर्ता-पाजामा पहनकर निकल जाता। चाय बस अड्डे पर ही पीता था।

माँ अब थक-हार कर बच्चों के भविष्य को सुखी बनाने के लिए दुकान से बचे समय को पूजा-पाठ में बिताती। वह बिला नागा सुबह-शाम कल्लूमल के मन्दिर में जाती और राम-जानकी की मूर्तियों के सम्मुख शीश नवाती। बेटी की शादी की मनौती मानकर सोमवार और शुक्रवार को क्रमश: शंकर जी और सन्तोषी माँ के नाम पर उपवास रखती। चन्द्रप्रकाश भी धार्मिक होता जा रहा था। उसने बाँह में काले धागे से एक तावीज़ बाँध ली थी। वह ईश्वर से ख़ासतौर पर मंत्री-पद की प्रार्थना करता और टेम्परेरी तौर पर वह माँगता कि उसे महेन्द्रा एंड महेन्द्रा जीप और टैक्सी स्टैंड का ठेका मिल जाए।

रात को जब वह घर लौटता तो माँ-बहन बिजली गुल कर बिस्तर में सोने का बहाना करती हुई जाग रही होतीं। थाली में अपना रखा खाना खाकर जब वह लेटता तो जल्दी सो नहीं पाता था। सभी जाग रहे होते और सभी सो रहे होते।

चन्द्रप्रकाश ने महसूस किया, रात जब वह बहुत देर से आकर लेटा है, तो थोड़ी देर बाद अँधेरे में ही माँ सिरहाने आकर खड़ी हो गई। उसने उसके बालों में हाथ फेरा और अनजाने ही अपने आँसू उसके चेहरे पर गिरा दिए।

ऐसे अवसर पर और दूसरे कई मौक़ों पर भी चन्द्रप्रकाश ने सोचा कि किसी भी तरह पैसा कमाया जाए। चाहे चोरी-डाका क्यों न करना पड़े। लेकिन सोच

को फ़ैसले में बदलते वक़्त राजनीतिक भविष्य का ख़याल उपस्थित होकर बाधा बन जाता। कभी-कभी वह कुढ़ता, 'राजनीति ने मुझे धोबी का कुत्ता बना दिया है, जबकि राजनीति में बहुत दूर तक नहीं जा सकता। मुझे कभी भी टिकट नहीं मिल सकता, क्योंकि मैं लाला हूँ और पूरे क्षेत्र में लालाओं के केवल सत्रह सौ वोट हैं।' वह रुआँसा हो जाता, 'मैं कभी टिकट नहीं पा सकता। कभी टिकट नहीं पा सकता। ज़िन्दगी-भर नाक घिसूँ तो टिकट को मारो गोली, महेन्द्रा एंड महेन्द्रा जीप और टैक्सी स्टैंड का ठेका भी नहीं पा सकता।' वह क्रोधित हो जाता और कहता, 'मैं कुछ नहीं कर पाऊँगा और घास छीलूँगा।'

बहुत दिनों तक वाक़ई वह कुछ नहीं करता था। अपने निठल्लेपन के मनोरंजन में मगन था। बाद में पी.डब्ल्यू.डी. में ठेकेदारी शुरू की। लेकिन नाक़ामयाब रहा; क्योंकि वह जूनियर इंजीनियर और अन्य लोगों का कमीशन अपनी राजनीतिक धाकड़ी के बूते पर हड़प लेना चाहता था। दूसरे उस पर लक्ष्मी भी इतनी कृपालु नहीं थी कि वह बड़ा ठेका लेकर इकट्ठा मुनाफ़ा कमा सके। छोटे-छोटे ठेकों से जो फूल-बताशा मिलता, उससे ख़र्च पूरा हो जाए, यही बड़ी बात। नहीं तो वह ज़्यादा नहीं, एक राजदूत मोटरसाइकिल ज़रूर ख़रीद लेता। बिना मोटरसाइकिल के कहीं ठेकेदार का रोब जमता है!

लेकिन इतनी आर्थिक मन्दी के बावज़ूद चन्द्रप्रकाश के कुर्ते-पाजामे की सफ़ेदी की चमक में कमी नहीं आने पाती थी। वह उन्हें लांड्री में धुलवाता था और सँभालकर पहनता था।

वह लोगों से कहता, उसे पैसों की कमी नहीं है। ठेकेदारी में बहुत पैसा है और वह बहुत पैसा कमा चुका है। चाहे तो लाखों पीट दे लेकिन पैसों का उसे लोभ नहीं। वह बस इतना कमाना चाहता था कि राजनीति का काम ठीक ढंग से चल सके।

वह अपने समकालीनों के बीच सुनाता, कल फ़लाँ अफ़सर के यहाँ पार्टी थी तो परसों फ़लाँ सेठ के यहाँ। इसी प्रकार, वह यह भी बोलता कि प्रदेश और देश दोनों की राजधानी में उसके कई मंत्रियों से ताल्लुकात हैं। वह कहता, 'मंत्री जी ने कहा कि यहीं हमारे पास आ जाओ। मौज-पानी करो। लेकिन मैंने साफ़-साफ़ कह दिया, दो टूक, कि मुझे फ़ील्ड की राजनीति करने में मज़ा आता है।' वह आगे कहता, 'तो मंत्री जी बोले कि भई अपने यहाँ हमारी हवा-पानी बनाते रहना।' इस पर मैंने कहा उनसे कि 'हाईकमान के यहाँ मेरा सँभालिए, मैं अपने क्षेत्र में आपकी जय-जयकार कराता रहूँगा।' इसके बाद वह इर्द-गिर्द के लोगों पर दृष्टिपात करता, 'आते वक़्त मंत्री जी ने कहा कि कोई काम हो, बताना। मैंने बोल दिया, राजनीति में हूँ तो काम पड़ेगा ही आपसे।'

तो तरबूज खाने के बाद वह और विद्याधर पान की दुकान पर पहुँचे। विद्याधर ने एक सौ बत्तीस जर्दावाला पान लगवाया। चन्द्रप्रकाश खुलेआम सिगरेट नहीं पीता,

सो उसने एक छोटी कैप्सटन सिगरेट लेकर जेब में रख ली। पान की दुकान से दोनों पत्रिकाओं की दुकान पर आए। दुकान पर बग़ल के इंटर कॉलेज के कुछ लड़के खड़े थे। यह उनकी ख़ाकी रंग की पोशाक से ज्ञात होता था। उन लड़कों में से कोई फ़िल्म की पत्रिका पढ़ रहा था, कोई कॉमिक्स की। दो-तीन पिन की गई एक अश्लील पत्रिका के भीतर के पन्नों को उभार-उभार कर झाँक रहे थे। चन्द्रप्रकाश ने उनकी तरफ़ देखते हुए विद्याधर से कहा, "ज़माना कितना बदल गया। हमारे समय में इतने बड़े लड़के *नन्दन* और *चन्दामामा* पढ़ते थे या बहुत हुआ, जासूसी टाइप की कोई चीज़ पढ़ ली।"

"लेकिन चन्द्रप्रकाश बाबू, पढ़ने-न-पढ़ने से क्या होता है? कैरेक्टर तो उस समय हम लोगों का भी ठीक नहीं था।" विद्याधर ने आत्मालोचना की।

"अबे फटहे! इसमें कैरेक्टर की बात कहाँ से आ गई? बात तो ये है कि लोगों का पढ़ने का ज़ायक़ा ख़राब होता जा रहा है।"

"सो तो है। फ़िल्मों को ही देखो। हर पिक्चर में नंगापन। खुला खेल फरुख्खाबादी देख लो। अरे चिकटई हो गई है चिकटई।"

"अच्छा, चला जाए अब यहाँ से।"

"एक ठो *माया* पत्रिका ख़रीद लूँ।"

माया पत्रिका ख़रीदकर विद्याधर ने अपनी काँख में खोंस लिया और चन्द्रप्रकाश के साथ आकर सड़क पर इधर-उधर देखने लगा कि कोई नेता उसे देख ले कि वह माया पढ़ता है और राजनीति की नब्ज़ उसे मालूम है।

अब दोपहर बीत गई थी। बाहर पान की दुकान पर कई लोग आ गए थे। दोनों उसी तरफ़ मुड़ गए।

उनके पहुँचने पर एक ने पान खाने के लिए पूछा। चन्द्रप्रकाश चुप रहा और विद्याधर ने मुँह उठाकर पान की पीक कुलबुलाकर घोषणा की कि वह अभी-अभी पान खा चुका है। फिर सभी बातचीत में मशग़ूल हो गए। बातचीत राजनीति पर हो रही थी।

एक ने चिन्ता ज़ाहिर की, "इधर विपक्ष बड़ी तेज़ी से उभर रहा है।"

"अरे, ये चूतिए हमेशा ऐसे ही उभरते रहते हैं, पर कुछ उखाड़ नहीं सकते हमारी पार्टी का।"

"ये मज़ाक़ में टालनेवाली बात नहीं है। इधर कई प्रान्तों में हुए चुनावों में हमारी पार्टी हार गई। उपचुनावों में भी हमारी हालत ख़स्ताहाल रही।"

"तो इससे क्या फ़र्क़ पड़ता है?"

"मान लो, अपने प्रदेश में हमारी पार्टी का शासन ख़त्म हो जाए तो हम लोगों की क्या गति होगी?"

"कुछ नहीं होगा...कुछ नहीं...सब केन्द्र करता है। चाहे तो किसी भी प्रदेश सरकार को माठा कर दे।"

"लेकिन यही स्थिति रही, और उधर विपक्ष भी एक हो रहा है तो एक दिन केन्द्र से भी विपक्ष हमको हटा देगा।"

"बाबाजी का घंटा हटा देगा। चाँपकर उलट नहीं जाएँगे उसको।"

"बहुत सही कहा। बहुत सही कहा।"

"अच्छा! मुख्यमंत्री के बारे में क्या राय है आप लोगों की?"

"मुख्यमंत्री हिजड़ा है। बुढ़ापे में भी साला लड़की के लिए बौराया रहता है। बस, ख़ाली ट्रांसफर-पोस्टिंग करना जानता है। यह नहीं कि अपने विधायक जी को मंत्री बना दे।"

"अरे, तुम भी वही बात करते हो। मुख्यमंत्री थोड़े बनाता है किसी को मंत्री। सब हाईकमान करता है, हाईकमान।"

हाईकमान! चन्द्रप्रकाश के शरीर में सनसनी-सी फैल गई। उसे रोमांच हो आया। आज पार्टी ऑफ़िस में हाईकमान के एक सलाहकार आनेवाले थे।

उनकी यह यात्रा प्रचारित नहीं थी। चन्द्रप्रकाश एक दिन विधायक जी के यहाँ दरबार करने गया था। थोड़ी देर बाद विधायक जी को दीर्घशंका समाधान की आवश्यकता महसूस हुई तो वे उठ खड़े हुए। विधायक जी समाधानगृह में एक घंटा से कम नहीं लगाते थे, इसलिए कुछ चले गए, कुछ चाय-पान के लिए खिसक लिए। चन्द्रप्रकाश वहीं डटा रहा। एकान्त होने पर चौकन्नेपन के साथ उसने विधायक जी की ड्राअर से डायरी निकाल ली और पढ़ने लगा। उसी में आज की तारीख़ के लिए लिखा था कि शाम को सात बजे पार्टी ऑफ़िस में हाईकमान के सलाहकार से मुलाक़ात करनी है। यह जानकर उसमें इस इच्छा की तरंगें उमड़ने-घुमड़ने लगीं कि हाईकमान के सलाहकार से उसकी भी मुलाक़ात हो जाती, लेकिन वह उदास हो गया था क्योंकि इस काम की मुश्किलों का अन्दाज़ा उसे मालूम था।

पर इस वक़्त पान की दुकान पर हाईकमान शब्द के उच्चारण ने उसकी कुचली हुई भावना को ज़िन्दा कर दिया। उसने सोचा, यहाँ खड़े लोगों से ही कुछ टोह ली जाए। खखारकर गला साफ़ किया और बोला, "अच्छा, देखूँ, आप लोगों के पास कितनी राजनीतिक बुद्धि है। ये बताइए, अगर हाईकमान का कोई ख़ास आदमी आया है, उससे परिचय बिलकुल नहीं है, कोई मिलानेवाला भी नहीं है, ऐसी हालत में आप उससे कैसे मिल सकते हैं?"

वहाँ ख़ामोशी छा गई। हर कोई एक-दूसरे के मुँह पर दृष्टिपात करने लगा। चन्द्रप्रकाश मन-ही-मन अपनी चतुराई पर ख़ुशी और गर्व महसूस कर रहा था।

"जब वह आए तो ज़ोर-ज़ोर से उसकी जय बोलने लगो।"

"लेकिन जय तो और लोग भी बोल सकते हैं।" किसी ने शंका ज़ाहिर की।

"उसकी गाड़ी के आगे लेट जाओ।"

"ड्राइवर गाड़ी बग़ल से काटकर निकाल ले तो?"

"महात्मा गांधी की तसवीर लेकर खड़े हो जाओ।"

"अबे उल्लू की घोड़ी, महात्मा गांधी की तसवीर कोई लाल बत्ती है क्या?"

"तो उससे सीधे कह देना चाहिए कि मुझे उससे मिलना है।"

"पागलराम, जब मिल पाओगे तब कहोगे न।"

उन लोगों की बातें सुनकर चन्द्रप्रकाश निराश हो चला। उसे लगा, वह सलाहकार से नहीं मिल पाएगा। काश, वह मिल पाता! उसने सोचा था कि यदि सलाहकार ख़ुश हो गया तो वह दिन दूर नहीं, जब उसके लिए महेन्द्रा एंड महेन्द्रा जीप और टैक्सी स्टैंड का ठेका बहुत मामूली चीज़ हो जाएगा। जब ये लोग बड़े-बड़े ठेकों में कई करोड़ गड़प कर लेते हैं तो मेरी थोड़ी-बहुत व्यवस्था करा देना इनके चुटकी बजाने का काम है। अब जिस तरह लपड़-झपड़ में टिकट बँटते हैं, उसमें कौन ठीक, एम. एल. ए. का टिकट ही मिल जाए, लेकिन वहीं अब हमारी पार्टी की चोरी, गिरहकटी से पब्लिक भड़क गई है, इसलिए विधायकी लड़ना जोखिम का काम है, और फिर मैं लाला, उस पर दरिद्र। एम. एल. सी. बना देती पार्टी तो बस, मज़ा आ जाता ज़िन्दगी में। एक बार टिकट मिल जाता! हे ईश्वर, एक बार एम. एल. सी. का टिकट दिला दो। बेड़ा पार हो जाएगा तो आगरा मिष्टान्न भंडार के पाँच किलो लड्डू चढ़ाऊँगा।

लेकिन मित्रों की बातचीत के बाद वह निराश हो गया था। उसे लगा, अब मन मारकर बैठने के सिवा दूसरा कोई चारा नहीं।

तभी उसके मन में यह विचार कौंधा, वह पार्टी ऑफ़िस ही क्यों नहीं चलता! विधायक जी से मिलने के बहाने सीधे भीतर घुस जाएगा। भीतर विधायक जी से नमस्कार करके सलाहकार के पैरों पर गिर पड़ेगा। पर यदि बाहर ही रोक दिया तो...? तो वह सबको धक्का देकर, कट्टा दाग़कर—किसी भी तरह—भीतर पहुँचना है। बस...।

वह उसी रौ में मित्रों से अलग हो गया और दृढ़ता के साथ पार्टी ऑफ़िस की तरफ़ चल पड़ा। रास्ते में वह बजरंगबली का जाप कर रहा था। गोया वह यमदूतों के पास जा रहा था।

पार्टी ऑफ़िस पहुँचा। वहाँ कुछ न था। कमरे में केवल चार लोग ताश खेल रहे थे। खेल का नाम दहलापकड़ था। उनके पास पकौड़ी और चाय के कुल्हड़ रखे हुए थे। चन्द्रप्रकाश ने सोचा, निश्चय ही ये सलाहकार नहीं हो सकते। वह इन्हीं से पूछ बैठा, "दिल्ली से जो आए हैं, कहाँ हैं?" 'सलाहकार' शब्द उसने जानबूझकर नहीं कहा।

"दिल्ली-फिल्ली से यहाँ कोई नहीं आया है।" कहनेवाले ने एक पकौड़ी उठा ली और पत्ता चलने की तैयारी करने लगा।

चन्द्रप्रकाश के जी में आया, इन लोगों पर चढ़ बैठे और लगे लतियाने, लेकिन उसने फिर सवाल किया, "लेकिन उनको तो यहीं पधारना था?"

"पर पधारे नहीं। चिड़ी की तिक्की।"

चन्द्रप्रकाश ने सोचा, थोड़ी देर इन्तज़ार कर ले। शायद आ जाएँ। वक़्त काटने के लिए ताश खेलने या देखने से अच्छा कोई ज़रिया नहीं। मगर अगले ही क्षण वह सिहर गया, ताश खेल रहा हो और सलाहकार आ जाए—क्या असर पड़ेगा? नहीं, वह ताश-फाश नहीं खेलेगा। इससे सलाहकार की निगाह में छवि धूमिल हो सकती है। वैसे अब छवि की कौन बात? हाँ, पहले साफ़-सुथरी छवि की बात थी, लेकिन दो-ढाई-तीन साल में ही ऐसा गंधवा दिया कि पूछो मत। ख़ैर, सलाहकार के सामने ताश खेलते हुए न मिलना ही ठीक रहेगा।

उसने एक रास्ता निकाला, सामने की दुकान पर बेंच पर पालथी मारकर आराम से समय बिताया जा सकता है। पर वह परेशान हो गया, सलाहकार सोच सकता है, साले की औक़ात बेंचवाली ही है।

तो यहीं ऑफ़िस में ही बरामदे में कुर्सी निकालकर बैठें। इससे लगेगा, वह पार्टी का ख़ास आदमी है। अपने इस विचार से वह ख़ुश हो गया, मगर तत्काल बुझ गया; सलाहकार सोच सकता है, यह अकेला बैठा है। इसका कोई जनाधार नहीं है। कोई पुछत्तर नहीं। उसने क्रोध में दाँत पीसा, 'मैं क्या करूँ?'

जैसे ईश्वर ने अपना दूत भेजा हो, जीन्स की पैंट और बनियानवाली शर्ट पहने बड़े-बड़े बालोंवाला एक बूढ़ा जो इस शहर का नहीं लगता था, पार्टी ऑफ़िस में आया और कोई बैग लेकर जाने लगा। चन्द्रप्रकाश को लगा, हो न हो, यह सलाहकार से जुड़ा हो। वह लपककर उसके पास पहुँचा, "मान्यवर! दिल्ली से जो सलाहकार जी आए हैं, उनके बारे में आप बता सकते हैं, वह कहाँ पर मिलेंगे?"

"आपका परिचय?"

"मैं विधायक दलजीत सिंह का ख़ास आदमी चन्द्रप्रकाश हूँ।" श्रीवास्तव वह कूटनीति के तहत छुपाए रखता था।

"वे सर्किट हाउस में हैं।"

"धन्यवाद। लेकिन क्या आप मुझे सलाहकार महोदय से मिला सकते हैं? आप जो सेवा कहेंगे, मैं तैयार हूँ।"

उस आदमी ने दो मिनट उसे घूर-घूर कर देखा और बिना कुछ बोले अपनी कार में घुस गया।

चन्द्रप्रकाश अकेला रह गया। अँधेरे में कार की रोशनी और घरघराहट के बीच उसकी चेतना अपमान के कारण बहुत गहराई तक आहत हो गई थी।

उसने कारवाले और हाईकमान के सलाहकार दोनों को एक बहुत गन्दी गाली दी और धीरे-धीरे सर्किट हाउस की दिशा में चलने लगा। वह सोचने लगा, पार्टी की राजनीति जो कुछ भी आम जनता से जुड़ी थी, वह भी ख़त्म हो चली। छवि के नाम पर संघर्ष करनेवालों को पीछे किया गया। पार्टी के लोगों के सिर से पहले टोपी उतरी, अब कुर्ता-पाजामा भी उतर रहा है। सफ़ारी सूट का ज़माना आ गया है। जाड़े में प्रिंस कट कोट का ज़माना आ गया है। कुछ नहीं, बस हाय-हेलो वालों की चाँदी

बन गई है। हाईकमान को विदेशी संस्कृति, विदेशी वाइफ़ और विदेशों में धन जमा करनेवालों ने घेर लिया है। देश का पतन हो रहा है।

उसे लगा, पुरानी शैली की राजनीति करके वह कभी सफल नहीं हो पाएगा। बूढ़ा होकर मर जाएगा, लेकिन महेन्द्रा एंड महेन्द्रा जीप और टैक्सी स्टैंड का ठेका कभी नहीं पाएगा। उसने प्रण किया कि वह भी जीन्स और बनियान पहनेगा। नई कट के शर्ट लेगा। बॉम्बे हेयर कटिंग सैलून में बाल सेट कराएगा और एक इंग्लिश रैपिडेक्स ख़रीदकर अंग्रेज़ी बोलना सीखेगा।

सर्किट हाउस आनेवाला था। उसने तय किया, वहाँ किसी कमरे में सलाहकार होगा। दरबान पहरा दे रहा होगा। वह पहुँचकर दरबान की मुट्ठी में दस रुपए रख देगा और भीतर पहुँच जाएगा। बहुत हुआ, तो दरबान पन्द्रह-बीस रुपए ले लेगा। यही तो होगा न।

सर्किट हाउस पहुँचकर उसने देखा कि खादी पहने हुए आठ-दस लोग चक्कर लगा रहे थे। उसे सामने पाकर उनके चेहरे पर बल पड़ गए। वह भी उनकी तरह चक्कर लगाने लगा। चक्कर लगाते हुए उसने महसूस किया, पेशाब लगी है।

वह टॉयलेट की तरफ़ चल पड़ा। वहाँ पाया कि एक पुराने नेता पंजों के बल खड़े होकर टॉयलेट में झाँक रहे थे। वह समझ गया, टॉयलेट में सलाहकार को ढूँढ़ा जा रहा है। उसे देखकर पुराने नेता झेंप गए पर तत्काल चौकस होकर कहा, "ज़रा कान इधर लाओ।"

चन्द्रप्रकाश ने अपना कान उसके मुँह से सटा दिया। उसके कान में आवाज़ आई, "किसी से बताना मत। तुम्हें अपना ख़ास समझकर बता रहा हूँ...। सलाहकार जी पार्टी ऑफ़िस में हैं।"

चन्द्रप्रकाश का रोम-रोम जलने लगा, 'हरामुद्दीन ने यही बताने के लिए कान माँगा था।' पर उसने संयमित होकर कहा, "हाँ, हमें भी पता चला है कि वहीं पर हैं। आप चलें, मैं पहुँच रहा हूँ।"

कुछ देर इधर-उधर चक्कर लगाने के बाद पुराना नेता धीरे से गेट के बाहर हो गया। उसको जाता देखकर चन्द्रप्रकाश ख़ुश हो गया, 'चलो, एक आदमी को तो काटा।' उसे लगा, सलाहकार से मिलनेवालों की लाइन में एक नम्बर आगे बढ़ा दिया गया है वह। वह उत्साहित हो गया और एक जासूस की तरह सलाहकार का सुराग पता करने लगा। अन्त में जाकर उसे मालूम हुआ, सलाहकार होटल अभ्युदय में ठहरे हैं। वह होटल अभ्युदय की ओर चल पड़ा। उसे दृढ़ विश्वास हो रहा था कि सलाहकार होटल अभ्युदय में ही टिके हैं। लेकिन अगर वहाँ होंगे तो मुलाक़ात का जुगाड़ कैसे फिट होगा? वह थोड़ा घबड़ाया किन्तु इस समस्या का समाधान ईश्वर के ज़िम्मे छोड़कर वह चलने लगा।

जब होटल एक फर्लांग रह गया होगा, तो उसने एक मिठाई की दुकान से लोटे में पानी लेकर हाथ-पैर-मुँह धोए। फिर सौ ग्राम पेड़ा लेकर पानी पिया। बस अड्डे

पर विद्याधर के साथ ख़रीदी गई छोटी कैप्सटन सिगरेट जेब से निकालकर मुँह में लगा ली। दुकान के नौकर लड़के ने भट्ठी से काग़ज़ जलाकर उसकी सिगरेट सुलगा दी। सिगरेट पीते हुए उसने बंडी की जेब से कंघी निकालकर बाल सँवारा और पैसा चुकता कर एक रिक्शा रोककर बैठ गया। रिक्शे में वह किसी बड़े नेता की तरह बैठा था और सलाहकार से मिलने के लिए तिकड़में बना रहा था।

रिक्शा से चन्द्रप्रकाश उतरा तो सामने फाटक पर वही सर्किट हाउस वाला पुराना नेता खड़ा मिला। दोनों एक-दूसरे को देखकर बुझ गए। पुराने नेता ने मुँह बिचकाते हुए हाथ नचाकर इशारा किया, "यहाँ भी नहीं।"

चन्द्रप्रकाश श्रीवास्तव ने पूछा, "कौन?"

"अरे, वही सलाहकार जी।"

"उनको यहाँ होना था क्या?" वह कुटिलता से मुस्कुराया।

"क्या मतलब? फिर कैसे आए हो यहाँ?"

"अरे, होटल में कोई क्यों आता है? खाना खाने, नाश्ता करने।"

"तो चलो, हम भी तुम्हारे साथ खा लेते हैं।"

"आप न कहते तो भी मैं आपको छोड़ता न। इतने दिनों बाद मिले हैं, कुछ ख़र्च-वर्च कराए बिना आज मानूँगा नहीं।"

चन्द्रप्रकाश के इस प्रहार से वह धराशायी हो गया, "ठीक है, तुम बैठो चलकर भइया, हम अभी थोड़ी देर में एक जने से मिलकर आते हैं।"

उनके जाने के बाद चन्द्रप्रकाश ने अपने ढंग से सलाहकार जी का पता करना शुरू किया तो नतीजा यही निकला कि यहाँ वैसा कोई नहीं रुका है।

चन्द्रप्रकाश को महसूस हुआ, उसके पैर बुरी तरह थक गए हैं। मत्था भारी हो गया है। उसे अनुभूति हुई, इस धरती पर उसका कोई नहीं। वह अकेला पैदा हुआ है और अकेला मर जाएगा, लेकिन महेन्द्रा एंड महेन्द्रा जीप और टैक्सी स्टैंड का ठेका कभी नहीं पाएगा। वह अपने को हताशा के घूरे के नीचे दबा महसूस करने लगा।

'सलाहकार साले, तेरी माँ की...तेरी बहन की...ख़ुद तो तुम लोग हथियारों और पनडुब्बी वग़ैरह की ख़रीद में करोड़ों-करोड़ लील ले जाते हो, डकार ले जाते हो और मुझे एक महेन्द्रा एंड महेन्द्रा नहीं मिल सकती। टैक्सी स्टैंड का ठेका नहीं मिल सकता। ये साला विधायक चाहता तो मिलवा देता लेकिन मादर...। तुम सब हरामी हो।' उसकी आत्मा सलाहकार और विधायक जी को धाराप्रवाह गालियाँ देने लगी।

वह कहाँ जाए? दिशाहीनता से घिर गया वह। थोड़ी देर बाद सोचकर तय किया उसने, इंजीनियरिंग कॉलेज के हॉस्टल चला जाए, आज दिन-भर की थकान और ग़ुस्सा वहीं शान्त हो सकते हैं।

चन्द्रप्रकाश श्रीवास्तव को निराशा बुरी तरह घेर चुकी थी। जैसा कि होता है, निराशा के इन क्षणों में वह बेहद निश्छल और संवेदनशील हो चला था।

अँधेरी रात थी। सड़क पर कहीं रोशनी थी, कहीं अँधेरा। उसका रिक्शा हॉस्टल की दिशा में बढ़ा जा रहा था। वेदना से उसका हृदय भरा था। अपनी माँ और बहन को लेकर आदर-प्रेम महसूस कर रहा था। उसने सोचा, 'मेरी माँ कितनी तकलीफ़ें झेलकर ज़िन्दगी बिता रही है। मुझ पर कितना भरोसा किया होगा माँ ने, लेकिन मैंने राजनीति की धकापेल में पड़कर सब मटियामेट कर दिया। यह राजनीति बड़ी कुतिया चीज़ है। मैं लोफ़र और पापी हूँ। मुझे माँ के आराम और बहन की शादी के लिए ख़ून-पसीना एक करना चाहिए था, लेकिन मैं यहाँ महेन्द्रा एंड महेन्द्रा जीप और टैक्सी स्टैंड के ठेका के चूतियापे में फँसा हुआ था। बहन के अधेड़ होकर बदनाम होने में कुछ ही वर्ष बाक़ी हैं और मैं नेतागीरी के शौक़ में बम्बू करा रहा हूँ। धिक्कार है मुझको।'

वह पश्चात्ताप और रोष की अग्नि में गरमाने लगा, 'मैं कुकुर हूँ। मुझे कोई पाँच सौ एक जूता मारे और गिने इक्यावन, तब मेरा दिमाग़ दुरुस्त होगा। ये सब ससुरे नेता भ्रष्ट हैं। देशसेवा का बीड़ा उठाते हैं लेकिन ये देश के साथ बलात्कार कर रहे हैं। देश के दुश्मन हैं। देश के लोगों को चाहिए कि इनके बाँस कर दें। ये पॉलिटिशियन अपने फ़ायदे के लिए किसी का गला काट दें। जनता को तबाह कर दें। बहन-बेटी बेच दें। ओह! कहाँ चिपका हुआ था मैं! आज की तारीख़, इसी मिनट, इसी सेकेंड से मैं प्रतिज्ञा करता हूँ, राजनीति का दंद-फंद छोड़ दूँगा। घर को सँभालने की ज़िम्मेदारी निबाहूँगा। बहन का ब्याह करूँगा।'

हॉस्टल सामने था। वह रिक्शा से उतरकर आगे बढ़ता कि किसी ने आवाज़ दी, "नेताजी, नमस्कार।"

एक पान की दुकान पर हॉस्टल के दो लड़के खड़े थे। वे उसके क़रीब आ गए। उनके हाथों में पान का लिफ़ाफ़ा और विल्स-फिल्टर सिगरेट के कई पैकेट थे।

चन्द्रप्रकाश ने पूछा, "ये सब क्या है भाई? एक साथ इतना..."

एक ने कहा, "भीतर चलिए नेताजी, सब पता चल जाएगा। यहाँ बस इत्ता समझिए, आज कुछ मौजमस्ती की सूझ गई।"

चन्द्रप्रकाश अपने सर्वाधिक निकटतावाले विद्यार्थी के कमरे में घुसा। रुद्रप्रताप वहाँ दो साथियों के साथ विराजमान था। चन्द्रप्रकाश को देखकर वे सभी खड़े हो गए, "नमस्कार नेताजी...नमस्कार नेताजी..."

उसने अभयदान की मुद्रा में हाथ उठाकर जवाब दिया और सभी से बैठने के लिए कहकर बैठ गया। विद्यार्थी बड़े प्रसन्न और उत्साहित नज़र आ रहे थे। सभी सद्य:स्नात थे और ताज़ादम लग रहे थे। कमरे में पाउडर और सेंट की सुगन्ध फैली थी। बिस्तर पर हल्का गीला तौलिया उपेक्षित पड़ा हुआ था। रेडियो पर फ़िल्मी गीत बज रहा था।

इस हॉस्टल में चन्द्रप्रकाश की लोकप्रियता का कारण यह था कि उसने विधायक जी की मदद से यहाँ के कई लड़कों को मैकेनिकल और इलेक्ट्रिकल ब्रांच से

सिविल में दाख़िल कराया था। इसके अलावा कुछ का विधायक जी से परिचय भी करा दिया था।

"नेताजी, सिगरेट पिएँ।" रुद्रप्रताप ने पेशकश की।

"लाओ, एक ठो पिया जाए।" वह सिगरेट सुलगाकर नाक से धुआँ उड़ेलने लगा, "तुम भी पियो भइया।"

"हम पीते हैं अभी।" रुद्रप्रताप ने अपने एक साथी से इशारा किया। वह सिगरेट की तम्बाकू ख़ाली करने लगा और ख़ुद रुद्रप्रताप गाँजा मलने लगा।

कमरे की फ़र्श पर सिगरेट के टुकड़े बिखरे थे और दीवारों पर कुछ 'दुर्लभ क़िस्म' के चित्र चिपके हुए थे।

"नेताजी, आराम से बैठिए। थोड़ी देर में मनोरंजन शुरू होगा।"

"मनोरंजन?"

"हाँ, मनोरंजन। आज वीडियो पर ब्ल्यू फ़िल्म चलेगी। तीन-तीन कमरों में चलेगी। कितने एक्सवाली देखेंगे? और इंडिया की देखेंगे या फ़ॉरेन की?" एक साथी ने पूछा।

ब्ल्यू फ़िल्म का नाम सुनकर चन्द्रप्रकाश की धमनियों में सुरसुरी व्याप्त हो गई। डर और कौतूहल का मिला-जुला संवेदन उभर आया उसमें। शारीरिक सम्पर्क के अलावा उसकी यात्रा अभी मुजरा सुनने तक ही सीमित थी। उसने फ़ैसला किया, 'आज यह भी एक्सपीरियंस ले लिया जाए।' लेकिन वह अपनी छवि को लेकर झिझक भी रहा था। आख़िर उसने ऐसा प्रदर्शित करना शुरू किया, जैसे उसे इस प्रकार की फ़िल्मों से सख़्त घृणा है, पर समाज को पतित करनेवाली इस चीज़ की जानकारी ज़रूर चाहता है वह। आख़िर उसने सिगरेट की राख झाड़कर रुद्रप्रताप के एक साथी से कहा, "भइया, ये इंडिया और फ़ॉरेनवाली में क्या फ़र्क़ होता है? ज़रा देखें तो मानवता की दुश्मन ये बला है क्या?"

"देशी में एक कैमरे से सूटिंग होती है, जिससे एक ऐंगल से एक ही परत हम देख पाते हैं। विदेशी में एक साथ कई कैमरों का इस्तेमाल होता है। पाँच-पाँच, दस-दस। सब कुछ देख लो—रत्ती-रत्ती।"

"अच्छा, विदेशी में सबसे टॉप की कहाँ की मानी जाती है?"

"डेनमार्क की। डेनमार्क की बी. एफ. सबसे अच्छी।"

"अच्छा, ये एक्स कौन-सी बला का नाम है?"

"धन्य हैं नेताजी! धन्य हैं आप। इस आइटम की नब्ज़ ही पकड़ ली आपने।" रुद्रप्रताप ने गाँजाभरी सिगरेट का सुट्टा मारकर कहा और बात आगे बढ़ाई, "कुछ देखकर भी जानिए। कहिए, तो डेनमार्कवाली दिखाएँ?"

"ओह, क्या होगा इस देश का? इस देश का क्या होगा एक दिन?" कहा चन्द्रप्रकाश ने।

"मगर नेताजी।" रुद्रप्रताप हँसकर बोला, "जब तक आप इसे देखेंगे नहीं, तब तक इस ख़राब चीज़ की बुराइयों को लोगों के सामने रखेंगे कैसे?"

चन्द्रप्रकाश को जैसे मन माँगी मुराद मिल गई हो, "हाँ, भइया रुद्रप्रताप, ये बात आपने बहुत मार्के की कही। अब तो मैं ज़रूर देखूँगा।"

"मगर बिना ड्रिंक के कोई आनन्द नहीं।"

"कभी आपकी कोई बात काटी है?"

रुद्रप्रताप ने साथी से कहा, "अबे, दरवाज़ा बन्द कर ले। एक तो नेताजी का मामला है। दूसरे, भुक्खड़ की औलाद सूँघकर आ पहुँचेंगे कुल्हड़ लेकर।"

दरवाज़ा बन्द होने के बाद बोतल खुल गई। चन्द्रप्रकाश ने अपना कुर्ता उतारकर खूँटी पर टाँग दिया और आराम से पालथी मारकर बैठ गया।

सभी ने गिलास उठाए। रुद्रप्रताप बोला, "नेताजी की राजनीतिक तरक़्क़ी के नाम पर आज का जाम।"

"चीयर्स।" चारों ने जयघोष किया।

एक घूँट लेने के बाद रुद्रप्रताप के एक साथी ने कहा, "नेताजी, मेरा एक काम है, बाद में बताऊँगा।"

"मेरा भी एक काम है।" दूसरे साथी ने कहा।

रुद्रप्रताप भड़क गया, "अबे, काम करानेवाले कामुक की दुम! तुम लोगों को पता है, किससे बात कर रहे हो? पिद्दी-सा काम, उसमें नेताजी को उलझाते हो।"

चन्द्रप्रकाश ख़ुशी से भर गया। उसे महसूस हुआ, 'राजनीति से बेहतर कोई चीज़ नहीं। यह जन्नत है, जन्नत। मैं आज टका-भर का नहीं हूँ फिर इतनी मौज़, जब चार पैसे का हो जाऊँगा, तब क्या होगा?' वह उत्साह में मुस्कुराने लगा। सभी चुप थे। मौन छाया हुआ था।

"और नेताजी, आजकल सुना, पॉलिटिक्स का ढर्रा बदल गया है। आपका मामला कैसा है?" रुद्रप्रताप ने माहौल के मौन को तोड़ा।

"मामला?" चन्द्रप्रकाश नाटकीयता से मुस्कुराया, "मामले की पूछते हो! अरे, आज ही हाईकमान के सलाहकार से डेढ़ घंटे बातचीत हुई। उसने कहा, यहाँ भी पार्टी में गद्दार बहुत हो गए हैं चन्द्रप्रकाश जी, आप इन पर निगरानी रखिए और दिल्ली आते रहा करिए।" इतना कहकर वह इस तरह चुप हो गया, जैसे महत्त्वपूर्ण बात अभी कही ही नहीं गई है।

"और क्या बात हुई?" तीनों ने एक साथ पूछा।

"और क्या बात हुई? कहा, कौन-सा पद चाहिए। मैंने बता दिया कि मैं पार्टी का कर्मठ सिपाही हूँ। पद में नहीं, काम में विश्वास रखता हूँ।"

"तो आपने इनकार कर दिया?"

"और नहीं तो क्या! उसने कहा, 'आपको एम. एल. सी. तो होना ही पड़ेगा चन्द्रप्रकाश जी।' मैं बोला कि देखिए, ज़बर्दस्ती मत करिए। मैं कोई पद-वद नहीं लूँगा। बहुत आग्रह किया उसने लेकिन मैं अपनी बात पर अड़ा रहा..."

बाहर शोर होने लगा और किसी ने आकर रुद्रप्रताप का दरवाज़ा भड़भड़ाना शुरू कर दिया।

चन्द्रप्रकाश ने बड़ी तत्परता से अपना गिलास तख़्त के नीचे छुपा दिया। दरवाज़ा खुलने पर शोर और तेज़ सुनाई पड़ने लगा।

दरवाज़ा पीटनेवाले लड़के कमरे में आ गए। बाहर एक बाहरी लगनेवाले आदमी को कुछ लड़के पीट रहे थे।

"ये किसको धुन रहे हैं?"

"वीडियोवाला है बेचारा।"

हॉस्टल के लड़कों के तीन ग्रुप थे। ब्राह्मण, ठाकुर और पिछड़ी जाति की अलग-अलग लॉबियाँ थीं। कायस्थ और वैश्य आदि लोग अवसरानुसार लुढ़कते-पुढ़कते रहते थे। तीनों लॉबियों ने आज ब्ल्यू फ़िल्म का कार्यक्रम कराया था। ब्राह्मण लॉबी ने पहले ही शुरू करा दिया। ब्राह्मण लॉबी का वीडियोवाला पिट रहा था, क्योंकि उसने फ़िल्म शुरू की तो ब्ल्यू फ़िल्म की जगह 'रामराज्य' फ़िल्म निकली। दरअसल उसे ग़लतफ़हमी हो गई थी। हमेशा ब्ल्यू फ़िल्मों पर लेबल दूसरी का लगा रहता है और यही लेबल की अदला-बदली उस पर की जा रही हिंसा का कारण बनी।

चन्द्रप्रकाश ने विरोध प्रकट किया, "ये तो टुच्चई है, टुच्चई। सरासर टुच्चई।"

"गुंडई है, गुंडई।" एक नवागन्तुक बोला।

"आइए, नेताजी, देखा जाए, माजरा क्या है?" रुद्रप्रताप खड़ा हो गया।

"भइया, मुझे इस सब झंझट में मत फँसाओ।"

रुद्रप्रताप अपने साथियों के साथ कमरे से बाहर निकलने लगा, तभी चन्द्रप्रकाश ने उसे पुकारा। वह भीतर लौटा, तो चन्द्रप्रकाश बोला, "ज़रा सिगरेट देना और दियासलाई भी।"

अब चन्द्रप्रकाश अकेला था। उसने उठकर दरवाज़े पर सिटकनी चढ़ा दी। पंखा तेज़ कर दिया और बनियान भी उतार डाली। केवल पाजामा में तख़्त पर बैठकर उसने एक सिगरेट जलाकर बोतल खोल ली। छुपाया गया गिलास जल्दी से पी डाला और एक नया पैग तैयार किया। घूँट लेकर वह दीवारों पर लगीं दुर्लभ क़िस्म की तसवीरों को देखने लगा। वह शराब पी रहा था और उन तसवीरों को देख रहा था।

बाहर शोर बढ़ता जा रहा था।

लेकिन वह तटस्थ भाव से पीता जा रहा था। वह पैग बनाता और पीता। शोर थम गया। दरवाज़े पर दस्तक हुई। वह लड़खड़ाते हुए उठा। चप्पल में पैर डाला, लेकिन पैर चप्पल की बग़ल से आगे बढ़ गई। उसने फिर पैर डाला, इस बार ऊपर से गुजर गया। वह नंगे पाँव ही आगे बढ़ा। उसके हाथ किसी लूले की तरह झूल रहे थे। गर्दन हिल रही थी। वह फ़ालिज की मार खाए इनसान की तरह लग रहा था। सिटकनी पर हाथ रखा। फिसल गया। उँगलियों की ताक़त निचुड़ गई हो जैसे, हाथ बार-बार फिसल जाता था। किसी तरह दरवाज़ा खोला।

रुद्रप्रताप था, "नेताजी, चलिए, खाना खा लें। फिर वीडियो चालू होगा।"

चन्द्रप्रकाश लड़खड़ाते हुए आया और तख़्त पर गिर पड़ा। वह नामालूम क्या बोल रहा था, जिसका आशय यह था कि वह कहीं नहीं जाएगा, यहीं रहेगा।

रुद्रप्रताप थोड़ी देर उसे देखता रहा फिर कमरे से चला गया।

चन्द्रप्रकाश ने फिर पैग बनाया और पीने लगा। कल्पना में वह हाईकमान के आदमी को जूते मारने लगा।

वह पैग बनाता, पीता और हाईकमान के ख़ास सलाहकार को बेइज़्ज़त करता। विधायक जी का पतन देखता।

कुछ वक़्त बाद वह लुढ़क गया।

उसके कानों में वीडियो फ़िल्म की हल्की आवाज़ आ रही थी। लड़के शान्त थे शायद। उनकी खाँसी और नाक छिनकने तक की ध्वनि नहीं आती थी।

चन्द्रप्रकाश को किसी चीज़ का होश नहीं था। वह सोया हुआ नहीं था, लेकिन वह जाग भी नहीं रहा था।

उसे लगता, कमरे में अँधेरा हो गया है। कभी लगता, तेज़ उजियारा फैल गया है।

उसे महसूस हुआ, वह अपने घर में है। सिरहाने माँ आकर खड़ी हो गई है और माँ के आँसू उसके गाल पर चू पड़े हैं।

उसने आँसू पोंछने के लिए गाल पर हाथ फेरा। वहाँ बल्ब के पास मँडरानेवाला एक बदबूदार कीड़ा था, वह उड़ गया।

[1989]

हत्यारा पाठ

''पहले प्रेम हो फिर विवाह, अन्यथा जीवन का नष्ट होना अनिवार्य है।'' ऐसा कहता था युवा कवि सुबोध पांडेय जो रजिया नामक लड़की से प्यार करता था।

रजिया लड़कियों के एक संगठन की सचिव थी। वह आन्दोलनों में दो बार जेल जाकर शहरवालों द्वारा 'लफंगी' की पदवी हासिल कर चुकी थी। सोच की ज़मीन पर वह सुबोध के साथ थी इसीलिए दूसरे संगी-साथियों की भी अभिलाषा थी कि दोनों का प्रेम सफल हो, वे शादी करके एक-दूसरे के हो जाएँ।

पर इस शुभ काम में बाधाएँ थीं, जिन्हें दूर करते-करते वे बूढ़े हो जाते।

सुबोध कहता, ''मैं इस समाज को एक झटका दूँगा। इस सड़े समाज की चूलें हिलाकर रख दूँगा।"

"और यदि साम्प्रदायिक दंगा हो गया, या तुम दोनों को ही ख़िलाफ़ जाति धर्म के लोगों ने क़त्ल कर दिया तो?"

"तो...तो..." वह हकलाने लगता।

समाज ने उनके प्रेम का कचूमर निकाल दिया। उसमें भूसा भर दिया। रजिया का निकाह दंगाई दिमाग़ वाले एक ज़िला कुश्ती चैम्पियन पहलवान से हो गया।

कुछ दिन सुबोध विरही बना रहा। रात को सीने से तकिया लगाकर आहें भरता। ग़नीमत थी, रोता नहीं था। शायद उसके क्रन्दन से प्रकृति प्रभावित हो गई, वह विश्वविद्यालय में अध्यापक की जगह पा गया।

होनहार तो था ही, नई ज़िम्मेदारी को अच्छा अंजाम देने के लिए वह जुट भी गया। नतीजतन, चन्द दिनों में वह छात्रों के सम्मान-प्यार और अध्यापकों की नफ़रत का पात्र बन गया।

नौकरी लगी, तो शादी के लिए अनुरोध आने लगे। आगन्तुक अपनी बिटिया की फ़ोटो और जन्मकुंडली लेकर पधारते। पूरी ज़ोर-आज़माइश करते।

सुबोध मोटा होने लगा। उस पर हरियाली छाने लगी। शादी करने की सोच ही रहा था कि बाल खरगोश की गति से टूटने शुरू हो गए। उसने सोचा, "गंजा होने से पूर्व शादी कर लेना ज़रूरी है। जल्दी कर लेनी चाहिए शादी।"

इसी बीच एक ऐसी बिटिया के बाप आए जो लेखिका थी। नाम था, मनीषा। बाप ने बखानबाज़ी के दौरान यह भी बताया कि मनीषा के पास छह बक्सा किताबें

हैं। हमेशा पढ़ाई में डूबी रहती है। ऐसी ज्ञान भरी बातें करती है कि उन्हें छोड़कर अन्य किसी के कुछ पल्ले ही नहीं पड़ता।

सुबोध भयभीत हो गया, "कहीं मुझसे अधिक क़ाबिल न हो। अगर हुई, तो मेरी कितनी बदनामी होगी? मैं बरबाद हो जाऊँगा।" फिर उसने सोचा, "फूहड़ औरत के साथ जीवन बर्बाद करने से बेहतर होगा इसके साथ बसर करना।" दरअसल तसवीर का ख़ूबसूरत चेहरा उसे नचा रहा था।

मुँहदिखाई हुई। वह इस प्रकार बौराया कि अपने सारे सिद्धान्तों को भूल बैठा।

मनीषा के पास छह नहीं बल्कि आठ बक्सा किताबें थीं, किन्तु वे साहित्य की नहीं 'लोकप्रिय साहित्य' की थीं जिनमें 'दिल के टुकड़े-टुकड़े कर देने वाली ख़ून की रोशनाई से ज़ख़्मों के काग़ज़ पर लिखी गई आँसुओं में डूबी दर्द की दास्तान' होती। मनीषा इन पुस्तकों की घनघोर पाठक थी। सुबोध ने दहेज नहीं लिया, हाँ, मनीषा लोकप्रिय साहित्य का प्रचुर भंडार अवश्य लेकर आई।

पहली रात थी। सुबोध के दिल में धुकुर-पुकुर मची थी, कहीं मुझसे अधिक क़ाबिल न निकल जाए?

किसी तरह दिल मज़बूत करके वह कमरे में घुसा। मनीषा आँचल फैलाकर मशीन-सी फ़ुर्ती से उसके पैरों की धूल (वह पैर धोकर आया था) लेने के लिए लपकी। हकबकाकर सुबोध ने उसका हाथ पकड़ा, "अरे...रे...ये क्या कर रही हो? चलो उठो।"

मनीषा ने कहा, "स्वामी, मैं भारतीय नारी हूँ, उसके लिए पति परमेश्वर होता है। आपके चरणों की धूल मेरे लिए अमृत है।" मनीषा के होंठ थरथराए, "स्वामी..."

सुबोध ने उसे बाँहों में लेना चाहा पर वह कबड्डी की कुशल खिलाड़ी की तरह निकल आई, "आप लेट जाइए। मैं आपका पाँव दबा दूँ।"

सुबोध को लगा, "मेरी आशंका सही थी। यह तो बड़ी बोल्ड है। कितने तीखेपन के साथ पुरुषों की सामंती मानसिकता पर प्रहार करती जा रही है।"

"मैं जानता हूँ, तुम ऐसी नहीं हो।" उसने मनीषा का घूँघट उठा दिया।

मनीषा बड़ी-बड़ी आँखों से उसे देखती रही। उसकी आँखें भर आईं, वह सिसकने लगी।

"क्या हुआ...क्या हुआ...?" सुबोध बौखला गया।

'आपने मुझ पर शक किया स्वामी...आपने मुझ पर शक किया।' मनीषा को हिचकियाँ आने लगीं।

अब सुबोध का माथा ठनका।

मनीषा शादी के बाद कुछ ज़्यादा ही असामान्य हो गई थी। वैसे पहले भी कम न थी। कुमारी मनीषा पड़ोस के ख़ान साहब के मुर्ग़ों को अपने कीर्तन से जगा देती थी—

कैलाशी काशी के वासी अविनाशी मेरी सुध लीजो।
सेवक जान सदा चरणन को अपनो जान कृपा कीजो॥
तुम तो प्रभु जी सदा दयामय अवगुण मेरे सब ढकियो।
सब अपराध क्षमा कर शंकर किंकर की विनती सुनियो॥

मनीषा पांडेय जो अभी मनीषा मिश्रा थी, रोज़ शंकर भगवान की आरती करती और प्रत्येक सोमवार को व्रत रखती।

उसके पिता पंडित शिवदत्त मिश्र के पास गाँव में पर्याप्त खेती थी। शहर में वे एक पाठशाला में शिक्षक थे। सस्ती किताबें पढ़ने का उन्हें चस्का था। मुहल्ले के 'रंगीला पानवाला' की गुमटी में लाइब्रेरी भी थी। वहीं से वे बिना नागा नित्य दस पैसा देकर एक उपन्यास पाठशाला ले जाते। पाठशाला में बच्चों को कोई पाठ नक़ल करने के लिए या गिनती-पहाड़ा सुनाने के लिए दे देते थे। ख़ुद उपन्यास पढ़ने में लीन हो जाते।

त्रिगुण स्वामी की आरति जो कोई नर गावे
भजत शिवानन्द स्वामी मनवांछित फल पावे॥

आरती ख़त्म करके मनीषा सबसे पहला काम यह करती कि कोई उपन्यास लेकर बैठ जाती। जब वह बचपन छोड़ने की तैयारियाँ कर रही थी, तभी पिता के इस चस्के को अपना लिया था।

वह कम से कम दो उपन्यास प्रतिदिन समाप्त कर लेती। वह उपन्यास पढ़ती और कल्पना करती।

इन उपन्यासों ने उसे इतना अपना लिया था कि वह खाते समय पढ़ती रहती। दीर्घशंका-समाधान करने जाती, तो भी उपन्यास ले जाती।

जितना पैसा इकट्ठा कर पाती, सबका 'लोकप्रिय साहित्य' मँगा लेती।

यह 'लोकप्रिय साहित्य' जुटते-जुटते आठ बक्सा हुआ था कि उसकी जन्मकुंडली सुबोध पांडेय से मेल खा गई। मनीषा मिश्रा, अब मनीषा पांडेय हो गई।

उसने सोचा, 'पति साहित्यकार है। उसके सामने साहित्यिक ढंग से व्यवहार करना चाहिए।'

रात जिस तरह का व्यवहार सुबोध के साथ हुआ था, वह हुड़क गया था। मनीषा से वह डरने लगा था, वह मनीषा को कम-से-कम इस लोक की कृति नहीं मान पा रहा था।

रात काफ़ी ऊलजलूल हरकतों में बीत रही थी। किसी भाँति सुबोध ने उसे मनुष्यता की धरती पर उतारा। जब वे सोए तो रात ख़त्म होने वाली थी पर मनीषा तड़के ही जग गई। फटाफट पैर छूने चल पड़ी। उसकी चाल से लग रहा था, दिग्विजय करने निकली हो। अम्मा जी का पाँव इतनी ज़ोर से स्पर्श किया कि वह जग गईं और कराहने लगीं।

थोड़ी देर बाद मनीषा काम-धाम में जुट गई। हर काम करने को उद्यत। सुबोध की माँ और बहन ने बहुत मना किया, पर कौन सुनता है ? इतना तो इतना किसी काम में जरा भी मदद लेने को तैयार नहीं। कोई मदद करने लगे तो उसे लगता, उसका अधिकार छीना जा रहा है। वह दौड़-दौड़ कर काम कर रही थी। शाम भी बीत गई। अब उसके चेहरे पर पस्ती विराजमान थी।

सुबोध भरा हुआ था। उसके पास कहने के लिए बहुत कुछ हो चुका था, लेकिन एकान्त में मिलने पर उसने पूछा, "तुम काफ़ी थक गई हो? इतनी मेहनत क्यों करती हो।"

"थकान की क्या बात, यह तो मेरा कर्तव्य है। जब तक शरीर में ख़ून का एक भी क़तरा रहेगा, कर्तव्य को पूरा करती रहेगी ये मनीषा...कर्तव्य भगवान का दूसरा नाम है स्वामी...और आप मेरे भगवान हैं...आप मेरी पूजा हैं...आप एक बार मुस्कुरा देंगे, तो मेरी करोड़ों-करोड़ों वर्षों की थकान दूर हो जाएगी...मेरे हमदम... मेरे साथी...मेरे...जीवनसाथी...

सुबोध सुन नहीं रहा था। केवल भकुवाया हुआ देख रहा था। उसे अपने कानों पर विश्वास नहीं हो रहा था। किसी तरह बोल पाया, "ये सब तुम क्या कह रही हो?"

"ये शब्द, शब्द नहीं हैं। यह वह अमर सच्चाई है जो मेरे हृदय पर पड़े हुए फफोलों से फूल की तरह निकली है...फूल...हाँ फूल...जो पवित्रता का प्रतीक है... ख़ुशी और ग़म हमेशा का दोस्त है...सच्चा दोस्त..."

"उफ़। वह सिर पकड़कर बैठ गया।"

"आपके सिर में दर्द है?"

"नहीं...।" वह चौकन्ना हो गया।

"छुपाइए न। सच्चाई छुप नहीं सकती बनावट के वसूलों से। आपको इस तरह देखकर मेरा दिल टुकड़े-टुकड़े हो रहा है...दिल में तूफ़ान उठ रहा है...आप मेरे देवता हैं...देवता को बेचैन देखकर कौन पुजारी शान्त रह सकता है?"

ज़िन्दगी की बैलगाड़ी को किसी तरह चलना था सो चल रही थी। वरना सुबोध के मुताबिक़ लुटिया डूब गई थी। कर्म फूट गया था। कई बार तो वह रुआँसा हो गया। उसने कविता लिखने के लिए बहुत सारे मनुष्यों को बड़ी बारीकी से समझा था। जल्दी ही समझ लेता था पर मनीषा को नहीं समझ सका। लाख सिर पटका, कोई फ़ायदा नहीं।

वक़्त बीत जाता और मनीषा का अटपटापन अधिक फल-फूल उठता।

बुधवार की शाम को उसके एक आत्मीय दोस्त ने मनीषा से कुछ गहरा मज़ाक़ कर दिया। फिर क्या, मनीषा ने वो ज़ोर का झापड़ मारा कि बेचारे को मिर्गी-सी आने लगी। प्रलाप जारी था, "शर्म नहीं आई, अपने सगे भाई से ज़्यादा महान मित्र की पत्नी पर कुदृष्टि डालते हुए। तुम्हारी जीभ कटकर गिर क्यों न

पड़ी...तुम्हारी वासना से भरी आँखें फूट क्यों न गईं...याद रखो। मैं सीता-सावित्री के देश की नारी हूँ..."

"नहीं, चंडी की साक्षात् अवतार हैं। आप लक्ष्मीबाई हैं। आप काली माई हैं।" दोस्त ने सहमे स्वर में पीछे हटते हुए कहा और नीचे गिर पड़ा चश्मा उठाकर भागा।

सुबोध सिर थामकर बैठा था। मनीषा सिसक रही थी। उसका रोना सुनकर माँ घबड़ाती हुई आई। घबड़ाहट में उसके अँगूठे में ठोकर लग गई। ख़ून रिस रहा था। मनीषा के आँसू सूख गए। वह उठी और हिक़ारत से बग़ल अलमारी पर पड़ी हुई पट्टियों को देखा। उसने गर्व से अपनी क़ीमती साड़ी फर्र...से चीर डाली।

सुबोध की बहन यह देखकर हँसने लगी। वह मनीषा पर अक्सर हँसा करती थी। पहले अधिक हँसती थी पर जब से ख़ुद भुगतना पड़ा तब से हँसना कम हो गया। अधिक दिन नहीं बीते जब उसे भुगतना पड़ा। उसे टायफाइड हुआ था।

डॉ. ने कहा, "कमज़ोरी आ गई है।" भाभी ने ज़िद पकड़ लिया, "मैं ननद को अपना ख़ून दूँगी।" लोग समझाने लगे, इसकी ज़रूरत नहीं है। खाने-पीने से ठीक हो जाएगी। पर वह माने तब न, 'यदि इस मौक़े पर पाँव पीछे हटते हैं, तो मेरे जीवन को धिक्कार है! धिक्कार है!!' लोग थक चले पर मनीषा का ऊधम शान्त न हुआ। आख़िर बहिन ने ही एक रास्ता निकाला, वह भी अपनी भाभी के ही अन्दाज़ में कहने लगी, "नहीं भाभी...नहीं...मैं आपका ख़ून नहीं पी सकती...नहीं पी सकती...फिर तो भाभी...मेरी भाभी...राक्षसी और ननद में फ़र्क़ ही क्या रहेगा...?"

मनीषा का जुनून ठहर गया।

सुबह की हवा का झोंका खिड़की के रास्ते सुबोध के पास आया और दरवाज़े से मनीषा दाख़िल हुई। वह पूजा करके आई थी। हाथ में प्रसाद की तश्तरी थी। उसने सुबोध का पाँव छुआ और सामने रखी कुर्सी पर बैठ गई।

सुबोध ने देखा, उसकी आँखों में एक सुनसान तैर रहा था। यह सुनसान श्रद्धाभाव के समय उसकी आँखों में दिखलाई पड़ता। सुबोध इससे बेहद डरता। यह उसे काफ़ी ख़ौफ़नाक लगता था। जब भी मनीषा श्रद्धा प्रकट करती, वह दहशत से भर उठता।

प्यार के क्षणों में उलटा होता, वह भावुक होकर बोलती तो सुबोध को अपनी बाँहों में भरा जिस्म लकवे से ग्रस्त किसी अपाहिज बच्चे-सा लगता, जिसे प्यार करके उसे कृपा करने का अहसास होता।

जबकि अकेले में उसके भीतर यह ख़याल कौंधता कि मनीषा से सम्बन्ध ख़त्म कर ले, पर मनीषा को सामने पाकर इरादा पस्त हो जाता।

दरअसल यह गुनाह तब सम्भव था, जब वह उससे घृणा करता लेकिन उसे उस पर दया आती थी...।

हवा से मनीषा के सिर से साड़ी उड़-उड़ जाती थी, इसीलिए वह उसे पकड़े थी, "आपसे एक बात कहनी है। आज्ञा हो तो कहूँ?"

"बोलो।"

"मेरे मामा की लड़की की यहाँ एक परीक्षा है। अपने घर पर ही रहकर दे ले तो कैसा रहेगा?"

"यह कोई पूछने की बात है।"

"तो लिख दूँ?"

"और नहीं तो क्या।"

"आप कितने महान हैं प्राणनाथ!"

सुबोध का सारा उत्साह ठंडा पड़ गया।

मामा की लड़की कमला आई क्या मनीषा की नींद हराम हो गई। साधारण सूरत वाली कमला ऐसी थी कि जूड़ी का रोगी बना सुबोध उसके सामने राहत पाता। कमला की बातें सुलझी हुई होती थीं। कमला का वह आदर करता था पर मनीषा को लगता, 'स्वामी को उससे प्रणय हो गया है।' सुबोध कमला के सामने अपना दुखड़ा भी गाता, इस पर वह समझाती कि कैसे मनीषा को परिपक्व बनाया जा सकता है। सुबोध यदि आवेश में आकर तलाक़ की बात करता तो वह ग़ुस्से में फटकारती और हँसकर कहती, "तुम भी मनीषा बनते जा रहे हो।"

दोनों कमरे में बैठे थे। मनीषा कोई सामान लेने के बहाने आई और कनखियों से देखकर थोड़ी देर बाद फिर ऐसा करने के लिए चली गई। दोनों को साथ देखकर इस समय भी उसके मन में पाया, इस नागिन का सिर कुचल दे। इसको धक्के मार-मार कर घर से बाहर कर दे।

पर ऐसे में उसको अपने प्रिय उपन्यासों की पत्नियाँ याद आतीं जो 'घुट-घुट कर...तड़प...तड़प कर...आँसू पीती रहनेवाली वेदना की दासी' होती थीं। इन सबसे प्रेरणा पाकर वह कमला के प्रति वैर-भाव को चटपटे समोसे की भाँति हजम कर जाती।

हाजमा ज़्यादा समय तक दुरुस्त न रहता। जल्दी ही वह कमला को उस ज़हरीली नागिन की तरह फुफकारती पाती जो सुबोध जैसे नाग को रिझाकर काबू में कर ले रही है। और ताक-झाँक शुरू कर देती।

अभी परदा थोड़ा सा खिसकाकर भीतर का मुआइना किया।

वह उन दोनों की एक-एक हरकत को बड़े ग़ौर से देखती और उन हरकतों की बाल की खाल निकालते हुए दोनों को चरित्रहीन सिद्ध करती। वह लुक-छिप कर उनकी बातें सुनने का असाध्य श्रम करती। काम की गन्दी बातें न पाकर हताश हो जाती। अब उसके पश्चात्ताप का दौर शुरू होता। वह ग्लानि से गड़ जाती कि स्वामी क्या सोचते होंगे?

वह आठ-आठ आँसू रोती। वह अपने को संसार की सबसे अधिक बदनसीब औरत समझती। क्योंकि इसी में वह गौरव का अनुभव करती। इसी में उसकी ख़ुशी और सन्तुष्टि थी।

कमला और सुबोध यदि किसी लतीफ़े पर हँसते तो उसे लगता, दो चरित्रहीन

मटरगश्ती कर रहे हैं। दोनों उदास होते तो वह महसूस करती कि उदासी की वजह है कि वह जीवित है और वे शादी नहीं कर सकते।

'वे शादी करेंगे।' मनीषा दाँत पीसती थी, मैं हरगिज़ नहीं होने दूँगी ऐसा।

मनीषा की आँखों में तैरने वाला सुनसान अब और गाढ़ा हो गया है। उसका पूजा-पाठ भी तेज़ हुआ है। चेहरे पर हमेशा विचित्र क़िस्म का कड़ापन उपस्थित रहता है।

हाल ही में उसने राजहंस 'भ्रमर' का एक उपन्यास पढ़ा। जिसमें नायिका का पति दूसरी औरत को चाहने लगता है। नायिका पति की राह में रोड़ा नहीं बनती। उसके लिए तो पति परमेश्वर की ख़ुशी ही सब कुछ है। वह ज़हर खा लेती है और ख़त छोड़ जाती है। ख़त में वह पति से अनुरोध करती है कि वह जिस औरत को चाहता है, देवी है और गुणों की खान है—उसके साथ घर बसा ले।

ऐसी बहुत सारी कहानियाँ उसने पहले भी पढ़ी थीं जो इस वक़्त उसके दिमाग़ में घुमड़ रही हैं।

आजकल उसके सामने उपन्यासों की वे नायिकाएँ मँडराती हैं जिन्होंने पति की ख़ुशी के लिए अपने को बलिदान कर दिया।

आँखों का सुनसान और बढ़ गया है। वह बहुत धीरे-धीरे क़दमों से चलती है जैसे बिल्ली चलती है।

उसका मुँह लगभग बन्द होता है और दाँत भिंचे रहते हैं।

वह सोचती है, उसे आत्महत्या कर लेना चाहिए। ऐसी दशा में आदर्श नारी का यही कर्तव्य है। आत्महत्या सर्वश्रेष्ठ धर्म है...

वह अपने को आत्महत्या के लिए तैयार कर रही है...हालाँकि मन बार-बार डगमगाता है। डरता है।

[1988]

घालमेल

सुशील कुमार में कुछ नई आदतों का विकास होने लगा था। मसलन, वह देर-देर तक शीशे में चेहरा देखने लगा था। अब भाई के छोटे हो गए कपड़ों को पहनते समय उसका मन विद्रोह से भर उठता था। फ़िल्मी अभिनेत्रियों की तस्वीरें उसे शिद्दत से आकर्षित करतीं। उसने क्रीम-पाउडर ख़रीदकर एक झरोखे में रख लिया था। सुबह कॉलेज जाते समय कमरा बन्द कर लेता और पोतने लगता। इस वक़्त उसमें अपरम्पार सनसनी भरी रहती। हालाँकि घरवाले उसकी इस रहस्यमय करतूत को जान गए थे। और कमरा बन्द होते ही मुस्कुराने लगते थे, किन्तु वह यही समझता कि लोग उसके कौशल से अनभिज्ञ हैं। कलियुगी लड़कों की तरह अभी उसके पंख नहीं लगे थे। वह भोला-भाला और आदर्शवादी था। हालाँकि गीता नाम की लड़की से उसका चक्कर था।

सुशील कुमार क्लर्क-पुत्र था। उसके किराए के मकान के सामने एक इंजीनियर का आलीशान बँगला था। इंजीनियर के पास कुछेक ट्रक, कार और एक लड़की थी—अमृता। वह छात्रा थी। उसने अपने सामने के बालों को थोड़ा कतर दिया था। वह भावुक उपन्यासों को पढ़ने लगी थी और चाट की शौक़ीन हो गई थी। कोई नया फ़ैशन उसकी सहेली उससे पहले अपना लेती तो वह आगबबूला हो उठती। बम्बइया फ़िल्मों में उसकी गहरी रुचि थी। एक दिन उसने कत्थक सीखने का फ़ैसला कर डाला। इंजीनियर साहब ने एक बूढ़ा गुरु तलाश करवा ही लिया। वह कत्थक सीखने लगी।

सुशील कुमार जीव-विज्ञान की एक शाखा जन्तु-विज्ञान की कॉपी पर चित्र बना रहा था कि तबले की थाप सुनी। उसके कान खड़े हो गए। वह चौकन्ना हो गया। इंजीनियर साहब के घर से आवाज़ें आ रही थीं। एक दिन, दो दिन सप्ताह बीत गया—रोज़ तबले की थाप, घुँघरुओं की झनक, कभी-कभी हँसी। उसके भीतर का आदर्शवादी नौजवान पीड़ा से कराह उठा, "तो अमृता से उसका बाप मुजरा करा रहा है। इतना पैसा होने के बाद भी इस नरपिशाच की हवस पूरी नहीं हो सकी है।" उनसे प्रण किया, "मैं अमृता को इस नर्क से बाहर निकालूँगा।"

अगले दिन वह अमृता के स्कूल जानेवाले रास्ते में खड़ा हो गया। क्रोध और शौर्य की प्रतिमूर्ति लग रहा था वह उस समय। अमृता ने अपनी छत से उसे कई

बार देखा था। देखकर उसके भीतर यह इच्छा उठी थी कि यह लड़का उसे घूरे-घारे लेकिन सुशील कुमार उस दौरान अपने पिता के दोस्त की पाँचवीं कुँवारी बेटी गीता के मामले में गम्भीर रोग का शिकार हुआ था। वह गीता को दहेज के दानव से आज़ाद कराने के सपने देखता और गीता को चाँद-तारे तोड़कर देने के वादे करता। कहने का मतलब यह कि उसने अमृता को ख़ास घूरा-घारा नहीं, सो अमृता ही उसे विरागी मानकर भूल गई थी। आज रास्ते में देखता पाया तो चकित रह गई। वह क़रीब पहुँची तो उसने कहा, "ज़रा सुन लीजिए।"

वह इठलाती और मुस्कुराती हुई आगे बढ़ गई। सुशील कुमार खड़ा रह गया। कह नहीं सका कुछ। उसने तय किया की ऐसी बातें कहने से बेहतर होगा कि लिखकर दी जाएँ। उसने पत्र में लिखा, "तुम बड़ी सुन्दर हो। तुम्हें एक नहीं हज़ार अच्छे लोग मिल जाएँगे, फिर तुम क्यों इस तरह की ज़िन्दगी जी रही हो। तुम्हारी यह दशा देखी नहीं जाती। तुम्हारा दुख दूर करने के लिए जान की बाज़ी लगा दूँगा। तुम बताओ, तुम्हें कैसे घर से बाहर निकालूँ। वैसे मेरे दिमाग़ में भी योजनाएँ हैं।"

पत्र पाकर अमृता मुस्कुराने लगी और बोली, "परसों जवाब ले लेना।"

अमृता ने लिखा, "मेरे सुशील! तुम बड़े एक्सपर्ट निकले! अभी प्यार शुरू किया और अभी घर से भागने के लिए भी कहने लगे। और तुम बताओ, तुमने मेरे मन की दशा कैसे जान ली?"

कहाँ सुशील कुमार चला था अमृता का उद्धार करने, और कहाँ फँस गया प्रेम में। उसने अपने पिता के दोस्त की पाँचवीं कुँवारी कन्या गीता को भुला दिया और अमृता के प्रेम के झूले पर झूलने लगा। गीता ने उसकी बेरुख़ी पर पहले ताने दिए, फिर ग़ुस्सा दिखाया, फिर रोई और आख़िर में हार मानकर ख़ामोश हो गई।

सुशील कुमार के घर एक दिन सत्यनारायण की कथा थी। गीता ने अपनी अम्मा से सिरदर्द का बहाना बनाया और नहीं आई। इधर सुशील कुमार अमृता के घर निमंत्रण देने गया तो सेंध लगा बैठा! घर में घुसने की जुगत बना ली। दो-चार दिनों में ही वह सड़क-छाप कुत्ते की तरह परच गया। रोज़ जाने लगा। अमृता के भाई का पंचवर्षीय लड़का उसकी ढाल था। वह कहता, "इस बच्चे से खेले बिना उसका खाना नहीं हजम होता।"

अमृता की आज्ञा और निषेधाज्ञा का वह गम्भीरतापूर्वक पालन करने लगा था। वह उसके संकेतों को तत्काल समझ लेता। उसकी मौजूदगी में अमृता बाहर से पसीने में लथपथ आती तो वह कूलर की स्पीड तेज़ कर देता। वह कोई चीज़ तलाश करती होती तो बिना बताए वह समझ लेता और कहता, "क्या उसे तलाश रही हो, देखो वहाँ पड़ा है।" वह दिखाता ज़रूर मगर उठाकर ख़ुद ही देता।

अमृता गद्गद थी। अब शीशे के सामने वह अपने को अधिक 'ब्यूटीफुल' पाने लगी। इधर उसमें शोख़ी का प्रवेश हो गया था। इनके अलावा बात-बात पर हाथ-पैर झटकने-पटकने लगती थी। नहाते समय देर लगाती और गाना गाती। इन सब बातों

को देखते हुए मम्मी-पापा का शंकालु हो जाना स्वाभाविक था, लेकिन वे शंकालु की जगह कृपालु हो गए थे। अमृता की पॉकेट मनी बढ़ा दी। उसका सेंट-वेंट अलग से ख़रीदा जाने लगा। मम्मी-पापा जन्मजात कुलीन नहीं थे, इसलिए अमृता की वर्तमान दशा देखकर मगन होते कि बिटिया ख़ूब तरक़्क़ी कर रही है। कितनी एडवांस है।...

हालाँकि मम्मी-पापा यह नहीं जानते थे कि उनकी पुत्री की सुशील कुमार से पट रही है। उनका विश्वास था कि क्लर्क का लड़का ऐसा सोचने की हिम्मत नहीं कर सकता। वैसे हक़ीक़त यह थी कि उन्हें प्यार-व्यार के जंजाल में बेटी का पड़ना क़तई पसन्द नहीं था। वे बस इतना चाहते थे कि उनकी बेटी लोगों पर कहर ढाती रहे।

अमृता 'एडवांस' का शरीर अभी पूरी तरह विकसित हुआ ही था, साथ में दिमाग़ भी पूरी तरह समर्थ हो चुका था। सुशील कुमार की आज्ञाकारिता उसे बड़ी भली लगती। अब वह ख़ुद ही हुकुम चला देती थी, "ज़रा मेरी प्रैक्टिकल की कॉपी पर डिज़ाइन बना दो न।" या, "मेरी सहेली के यहाँ यह स्वेटर पहुँचा आओ न।" यद्यपि अमृता के घर पर सरकारी कर्मचारी नौकर के तौर पर काम करते थे किन्तु उससे काम कराने में वह हार्दिक सुख का अनुभव करती।

वह पूरी लगन और मेहनत के साथ अमृता का काम करता था।

अमृता की इच्छाएँ पूरी करना उसके लिए ज़िन्दगी का सबसे बड़ा मकसद बन गया था। एक दिन मेज़ के दोनों किनारों पर रखी कुर्सियों पर वे दोनों बैठे थे। उनके पैर अपना काम कर रहे थे लेकिन मुँह पर प्रचुर भोलापन विराजमान था। मम्मी भी वहीं बैठी थीं। यकायक बिजली गुल हो गई। दोनों ने पैर हटा लेना उचित समझा, कहीं मम्मी से रगड़-घिन्नी न हो जाए। बिजली आने पर अमृता ने कहा, "तुम लाइट कलर के कपड़े क्यों नहीं पहनते? अँधेरे में बड़े ख़राब लग रहे थे।"

"मैं पहनूँगा।" उसकी आत्मा में तूफ़ान मच गया। वह सीधे घर पहुँचा। उसने फ़रमाइश रख दी। कपड़े ख़रीदना और सिलवाना पहली तारीख़ को भी एक समस्या थी, फिर आज तो चौबीस तारीख़ हो गई थी। पिता ने साफ़ मना कर दिया लेकिन वह नंगई पर उतर आया। गर्जन-तर्जन पर उतर आया। घरवालों ने समझा, इसका दिमाग़ सनक गया है। क़र्ज़ से कपड़े ले देना ही मुनासिब लगा उन्हें। पिता ने मकान-मालिक का किराया रोककर कपड़ा ले दिया।

एक बार अमृता ने उससे कहा, "तुम कुछ दुबले हो।" उसने अपनी ख़ुराक बढ़ा दी।

वह अमृता की ख़ुशी में बढ़ोतरी के लिए नए-नए तरीक़े सोचता रहता था। इस अभियान में उसकी कल्पनाशीलता उपजाऊ हो गई, और वह कविता करने लगा। उसकी कविताएँ दो प्रकार की होतीं। एक, जिसमें प्रेम की भावनाएँ हिलोरें लेतीं और दूसरी, जिसमें ख़स्ताहाल घर की तकलीफ़ों का ज़िक्र होता। अमृता पहली तरह की कविताएँ पसन्द करती और वह दूसरी तरह की। वैसे सच्चाई यह थी कि दोनों में से कोई पसन्द करने लायक़ नहीं थी।

एक तो करेला, उस पर नीम चढ़ा। सुशील कुमार कविता और लड़की के फाँस में इस क़दर उलझा कि थर्ड डिवीज़न में पास हुआ। दूसरी तरफ़ अमृता फ़र्स्ट डिवीज़न में पास हुई। उसके फ़र्स्ट डिवीज़न में पास होने के पीछे दो कारण थे। पहला, उसने प्रेम को खिलाड़ी भावना से लिया था। हर काम करने के बाद शाम को मुहब्बत की भी थोड़ी प्रेक्टिस कर लेती थी। दूसरे उसके पिता ने प्रैक्टिकल में सर्वाधिक अंक दिलवाने से लेकर कॉपी जाँचने वालों को पटाने में कोई कसर न छोड़ी। दसों दिशाओं में ठेकेदारों को छोड़ दिया था।

फ़र्स्ट आने के बाद अमृता में एक परिवर्तन हुआ। अब सुशील कुमार उससे मिलता तो उपदेश देने लगती, "तुम पढ़ाई-लिखाई पर ध्यान दो। तुम्हें बहुत बड़ा आदमी बनना है। जो हुआ सो भूल जाओ।"

सुशील कुमार इन बातों को सुनकर झुँझला उठता। कई बार मन में आया कि कह दे, "बड़ा आदमी बनने के लिए बाप का धनवान होना ज़रूरी होता है।" लेकिन वह शान्त रहा। क्योंकि उसने एक कैलेंडर में पढ़ा था कि क्रोध समस्त पापों का मूल है। वैसे भी अमृता फ़र्स्ट थी, तो थी। दोनों के बीच डिवीज़न की विभाजक रेखा नई-नवेली दुलहन के सिन्दूर की तरह खुल्लमखुल्ला चमक रही थी। वह अमृता से मुँह छिपाता फिरता।

वक़्त सब घावों को भर देता है। तीन-चार महीनों में सुशील कुमार के भी घाव भर गए। उसने अमृता के साथ अपना कारोबार पुनः शुरू कर दिया। बल्कि अब थोड़ा दुस्साहसी हो गया था। अकेला पाकर चूम भी लेता था। दो-चार बार असफल प्रतिरोध करने के बाद अमृता अब इस काम में भी उससे आगे बढ़ गई थी।

सुशील कुमार परम प्रसन्न रहने लगा था। यदि वह थोड़ा और होशियार होता, तो अधिक आगे तक चला जाता। वैसे मौक़ा-बेमौक़ा उसकी परम प्रसन्नता भंजित भी होती और वह महसूस करने लगता कि अमृता उसे सच्चा प्यार नहीं करती। कई बार ऐसा हुआ कि वह अमृता के घर गया तो घर में कुछ लोगों ने फ़िल्म का प्रोग्राम बनाना चाहा। अमृता उसके और फ़िल्म के बीच फ़िल्म का चुनाव करती। उसकी कविताओं और चाट में दूसरे को ज़्यादा महत्त्वपूर्ण मानती वह। सुशील कुमार पीड़ा से कराह उठता था। वह बौखला जाता था।

सुशील कुमार की एक कविता छपी। वह दौड़ता हुआ अमृता के घर पहुँचा। उसे हँफनी आ गई थी। किसी तरह वह सूचित कर सका। अमृता ने कविता पढ़कर उसकी तरफ़ प्रशंसा भरी आँखों से देखने की जगह कहा, "कुछ खिलाओ-पिलाओ इस ख़ुशी में।"

"बिलकुल-बिलकुल।" वह हड़बड़ा गया और एक बार फिर बोला, "बिलकुल।"

"तो लाओ पैसा, मँगाते हैं बर्गर सर्वेंट से, अरे भगत..."

"नहीं, मैं ही ले आता हूँ। बढ़िया।" बिना जवाब सुने वह बाहर निकल आया,

रुपयों की खोज में। वह गैस भरे गुब्बारे की तरह फूलकर तन गया था। वह प्यार से बुदबुदाया, "मैं तुम्हारा सर्वेंट हूँ अमृता।"

संयोग से आज फिर महीने का आख़िर था, जिसमें पन्द्रह-बीस रुपए दुर्लभ ही होते हैं। दोस्तों से पहले काफ़ी क़र्ज़ ले चुका था। क्या करे? उसने घर से दो किताबें हाथ में लीं और आध घंटा के भीतर बेचकर खाद्य-सामग्री से लैस हो गया।

अमृता के घरवालों ने खाया और कहा, "चटनी टेस्टी नहीं है।" सुशील कुमार का सिर शर्म से झुक गया। जैसे कहा गया हो कि वह चोर है।

इस प्रेम-प्रसंग ने सुशील कुमार को तो क़र्ज़दार बनाया ही, साथ ही आर्थिक मोर्चे पर पिता को अधिक बड़ा योद्धा बना दिया। कपड़ों और पॉकेट मनी की माँग ने पिता को चिड़चिड़ा बना डाला। इतने तक ग़नीमत थी, यहाँ तो गाहे-बगाहे घर से रुपए भी लापता हो जाते। पिता परेशान थे, माँ दुखी। एक बार माँ की पुड़िया में सहेजी गई कील ग़ायब होकर अमृता की शोभा बढ़ाने लगी, तो पिता की अच्छी-ख़ासी डायरी में अमृता फ़िल्मी ग़ज़लें लिखने लगी। घर की बिगड़ी स्थिति ज़्यादा बिगड़ रही थी। घर का लड़का सुशील कुमार बिगड़ रहा था। वह अब नई काट के कपड़े पहनने लगा था। कपड़ों पर सेंट छिड़कने लगा था। उसने चश्मा भी ख़रीद लिया था। पैंट की पिछली जेब में रूमाल खोंसे रहता था; पट्ठे को अब पंख लग गए थे।

लेकिन वह बेहद परेशान भी था। उधार देनेवाले अब धमकियाँ देने लगे थे। एकाध बार सरेआम बेइज़्ज़त भी हो चुका था। दूसरी परेशानी की बात वह महसूस करता कि ख़ुद उसके प्यार में जो गहराई, ऊँचाई और पक्कापन था, उसका एक-चौथाई भी अमृता के प्यार में नहीं था। जैसे, कभी-कभी वह अमृता के घर निर्धारित समय पर पहुँचता तो पता चलता कि वह सो रही है। इतने तक भी ठीक था। किसी-किसी छुट्टी के दिन दोपहर में उम्मीदें लेकर जाता, थोड़ी देर वह बातचीत करती फिर जमुहाई लेकर कहती, "भई अपन तो चले सोने।" और सुशील कुमार उसके भाई के पंचवर्षीय लड़के को खिलाता रह जाता।

ऐसे समय में उसे अपने भूतपूर्व प्रेम की नायिका गीता की याद आती। कैसे वह शाम को छत से देखती और दौड़ती हुई नीचे आकर दरवाज़ा खोलकर मुस्कुराने लगती थी। वह कभी जल्दी वापस लौटता तो उसकी आँखों में कितनी शिकायत भर उठती थी। तकलीफ़ में जीने के बावज़ूद लालच ज़रा भी नहीं थी। एक बार उसने क़ीमती पेन भेंट किया तो उसने क़सम दिला दी कि आइन्दा से कभी महँगी चीज़ न दे। गीता की याद के रूप में बहुत-सी चीज़ें थीं उसके पास। कितने सारे रूमाल थे। उसके हाथों का बुना स्वेटर वग़ैरह-वग़ैरह।

अमृता के प्रेम ने सुशील कुमार को गीता से ही दूर नहीं किया था, बल्कि ख़ुद अपने घरवालों से भी दूर कर दिया। वह घरवालों से कोई मतलब नहीं रखता था और घरवाले उससे कोई मतलब नहीं रखते थे। सम्बन्ध केवल खाने-पीने-सोने तक का रह गया था। अम्मा-बाबू को उसकी वेश-भूषा, चाल-ढाल—सभी से पराएपन

की बू आती। शुरू में वे दुखी होते थे किन्तु अब सन्तोष कर लिया था, कभी-कभी ही पीड़ा उठती थी।

और सुशील कुमार तो इस तरह घरफ़रामोश हो गया था कि अमृता के सामने घर की बातचीत करने से बचता रहता। जैसे बीच सड़क पर पैंट फट जाने पर आदमी पीछेवालों से बचता है। या दीर्घशंका से ग्रस्त मनुष्य शौचालय भागते समय परिचितों से बचता है। घर की स्थिति फटीचर थी। सब कुछ लस्टम-पस्टम चल रहा था। पहले सुशील कुमार भी और लोगों की तरह लपूझन्ना था किन्तु अमृता की मुहब्बत ने उसे छैल-छबीला बना दिया था। वह घर की बात पर इसलिए कटता था कि उसके घर की हैसियत गई-बीती थी। उसके पिता कचहरी में बाबू होने के साथ-साथ बाबुओं की पोशाक क़मीज़-पाजामा भी पहनते थे। थोड़ा चढ़ा हुआ पाजामा। अम्मा नाक सुड़कने वाली महिला थी। जबकि अमृता के बाप गर्मी में भी सूट पहननेवाले शूरवीर थे। अमृता की माँ जाड़े के दिनों में भी तीन-चार बार काँखों में सेंट छिड़क लेती थीं। दोनों घरों में ज़मीन-आसमान का फ़र्क़ था।

मगर घरों के बच्चे थे कि दावा करते थे, उन्हें एक-दूसरे से मुहब्बत है। यह प्रेम सुचारु ढंग से चलता भी रहता किन्तु हफ़्ता-दस दिन में कोई ऐसी घटना हो जाती कि सुशील कुमार का दिल कर्र...ऽ...ऽ, से फट जाता। जैसे कि एक अधेड़ व्यक्ति इंजीनियर साहब के घर आए। वह कोई फ़िल्म बना रहे थे, ऐसा उनका कहना था। अमृता उसे भूलकर उस फ़िल्मवाले के आसपास मँडराने लगी। वह तो पिछले महीने आए बुज़ुर्ग को मादक निगाहों से देखने भी लगी थी। क्योंकि उन्होंने उसे उम्मीद दिलाई थी कि दिल्ली आने पर अमिताभ बच्चन के साथ उसकी फ़ोटो खिंचवा देंगे।

शायद यही कारण था कि सुशील कुमार जीवन में कई चीज़ें बनने के ख़्वाब देखता था। कभी वह टॉप क्लास का हीरो बन जाता तो कभी आई.ए.एस. ऑफ़िसर। कभी मंत्री बनना चाहता तो कभी घुड़सवार।

इसी क्रम में उसने पति बनने का स्वप्न देखा। उसने सोचा, अमृता प्रस्ताव से बहुत ख़ुश होगी।

सुशील कुमार पर वज्रपात हुआ। अमृता ने ख़ुशी नहीं ज़ाहिर की। उसने जो कुछ कहा, उसका निचोड़ यह था कि "मम्मी-पापा नाराज़ हो जाएँगे।" सुशील कुमार गहरे ग़म में डूब गया। अभी वह ग़म में डूबा ही था कि पाया, उसकी निरीक्षण-शक्ति तेज़ हो गई है। उसने ध्यान दिया, अमृता के बाप उसकी शादी के लिए दौरा करने लगे थे। सुशील कुमार के सामने सारे रहस्यों पर से पर्दा उठने लगा, अमृता उसके सामने ही शादी के फ़ोटो खिंचवाने चली गई थी। हँसी-ख़ुशी के साथ। ठसके से कार में बैठकर दरवाज़ा बन्द कर लिया था बेवफ़ा ने।

घर में कोई शादी की बात करता तो अमृता ख़ुश होती और सुशील कुमार के हृदय पर तलवारें चलने लगतीं। वह बहुत मौक़ा ताड़ रहा था कि एकान्त पाकर अमृता से कुछ पूछे किन्तु वह पुट्ठे पर हाथ नहीं रखने देती, हमेशा दूर-दूर रहने

लगी थी। मम्मी के संग उसकी घनिष्ठता यकायक बढ़ गई थी।

आख़िर उसे अवसर मिल ही गया। मम्मी किसी आवश्यक कार्य से पड़ोस में गई थीं। अमृता को देखते ही उसने उसका हाथ पकड़ लिया, "आख़िर तुम मुझसे अलग हो ही गई। तुम मुझसे शादी कर लो अमृता।" वह रुआँसा हो गया।

"ये तो मम्मी-पापा की बात है। इसमें मैं क्या कर सकती हूँ। मेरी तो मैरिज भी सेटिल्ड हो गई है। डॉक्टर है लड़का।"

लेकिन एक दिन अमृता नरम हो गई। इस बार वह मौक़ा ताड़ रही थी। उचित समय आने पर उसने सुशील कुमार की हथेलियाँ अपनी हथेलियों में ले लीं और कहा, "सुशील, तुम्हारी यह दशा देखी नहीं जा रही है। लेकिन क्या करूँ। मैं भी मजबूर हूँ। ख़ैर तुमसे एक बात करनी है?"

"क्या?"

"मेरी चिट्ठियाँ वापस कर दो। वे अब तुम्हारे किस काम की?"

और एक दिन सुशील कुमार से अमृता ने कहा, "सब ख़त्म हो गया। अब मेरे घर मत आया करो। क्या फ़ायदा?"

इन सब बातों से उसे इतना सदमा पहुँचा कि वह सिगरेट पीने लगा। उसने दाढ़ी बढ़ा ली। मौक़ा पाते ही घर के सामने कुर्सी निकालकर बैठ जाता और अमृता के घर की तरफ़ घूरने लगता। जब कोई लाभ न होता तो कहता, "ओ बेवफ़ा!" और भीतर आ जाता है।

वह पश्चात्ताप की अग्नि में जलने लगता, "भगवान मुझे दंड दे रहा है। मैंने गीता के साथ बेवफ़ाई की। अब अमृता ने मेरे साथ बेवफ़ाई की है।" वह गीता की दी हुई कोई रूमाल निकाल लाता और कहता, "मैं कितना विचित्र इनसान हूँ।" लेकिन जल्द ही वह गीता के ख़याल को झटककर अमृता को खोने के दुख में रोने की कोशिश करने लगता। वह रोता था, कुछ इसलिए भी कि उसकी धारणा थी कि बिना रोए उसके प्यार की सच्चाई साबित नहीं होगी। वह आँखें दबा-दबा कर आँसू निकालता। करवट के बल लेट जाता, जिससे आँख का आँसू कोरों की ढलान पाकर आसानी से लुढ़क जाए। वैसे कभी-कभी पूरी मशक़्क़त के बाद न निकलते कमबख़्त।

वह इस समय ऊबड़-खाबड़ मनःस्थिति में जी रहा था। अमृता के विवाह को लेकर वह ईश्वर से प्रार्थना करता कि उसे लाखों में एक पति मिले किन्तु मन में इच्छा यह उठती कि उसका पति काला-कलूटा-कुरूप हो। एकाध कान ही न हो साले के पास। या गंजा निकल जाए ससुरा।

उसके मन में समूचे डॉक्टर समुदाय के विरुद्ध घृणा भर गई थी। डॉक्टरों को वह संसार का भ्रष्टतम और नीच प्राणी मानने लगा था।

उम्र और दिन बीतते देर नहीं लगती, इक्कीस अक्तूबर को गाजे-बाजे बजने लगे। सुशील कुमार के घर भी निमंत्रण आया था। उसके पिता ने जाकर ग्यारह रुपए न्योता दे दिया। अमृता के घर पर कारों, स्कूटरों आदि का ताँता लगा हुआ था। नेता,

अफ़सर और ठेकेदार गर्व से अकड़े हुए थे।

सुशील कुमार सूनी-सूनी उदास आँखों से देख रहा था, सब कुछ। वह सोच रहा था, उसका संसार उजड़ गया है। दुनिया लुट गई है।

वह जानबूझकर अमृता की सहेलियों के सामने आ जाता, कहीं अमृता ने उसे बुलाने के लिए न भेजा हो। लेकिन जैसे कोई सड़क पर शराबी देखकर बग़ल हट जाता है, वैसे वे उसे देखकर करतीं। वह हताश और दुखी मन लिए मँडरा रहा था।

दूल्हा सुन्दर नहीं तो कुरूप भी नहीं था। पीड़ा से भर उठा वह। लेकिन आदर्श प्रेमी की तरह उसने प्रभु से प्रार्थना की, "अमृता का जीवन सुखी रखना।" मगर थोड़ी ही देर बाद वह सन्तप्त हो उठा, "अमृता का पति शराबी-कबाबी निकल जाता। पीटता उसको। तब देवी जी मुझे याद करतीं और अपनी भूल पर पछतातीं। या अमृता का पति चरित्रहीन हो, डॉक्टर तो नर्सों के साथ रँगरेलियाँ मनाते ही हैं। या हरामजादा नपुंसक होता...।" उसने सोचा, भगवान करे ऐसा कभी न हो लेकिन यदि दो-चार दिनों बाद उसका पति मर जाए। वह रोती हुई उसके पास आए और कहे, "सुशील मुझसे ग़लती हो गई थी। मुझे माफ़ कर दो सुशील।" उसने तय किया, वह उसे हृदय से लगाकर अपनी महानता का परिचय देगा।

अगले दिन नाश्ता-पानी के बाद बारात विदा होने लगी। सुशील कुमार ग़ुस्से और तकलीफ़ से भरा हुआ था। मन-ही-मन बारातियों को गालियाँ दे रहा था। माँ-बहन की गालियाँ। अमृता को—उसके पति—सभी को, अमृता की कार रेंगने लगी...।

थोड़ी देर में कार फुर्र...ऽ...ऽ हो गई। कार के जाते ही जाने क्या हुआ कि सुशील कुमार फफक पड़ा। आँखों में मोटे-मोटे आँसू भर आए।

लोगों की निगाहों से बचने के लिए वह तेज़ क़दमों से चलने लगा। एक सुनसान पार्क में घुस गया। वह फूट पड़ा। हथेलियों में मुँह छिपाकर फफक-फफक कर रोने लगा। जैसे उसके हृदय का कोई बाँध टूट गया हो—रोता जा रहा था। गला सूख गया था, हिचकियाँ बँध गई थीं मगर वह रोता रहा था...।

एक दिन बीता, दो तीन बीता—वह रोज़ रोता। घर में पड़ा रहता, बाहर निकलने का मन नहीं होता। बार-बार इच्छा होती, माँ आकर बालों में हाथ फेर दे या बाबू उसे डाँटें या भइया आकर उसे ज़बरदस्ती उठा दें लेकिन किसी ने कुछ नहीं किया। इधर बहुत दिनों से लोगों ने उसके प्रति अपनी आदतें बदल ली थीं। उसने लोगों को खो दिया था।

चार-पाँच दिनों बाद उसके आँसू सूखे, तो उसने सोचना शुरू किया। उसके मन में गीता का ख़याल उभरा। वह पश्चात्ताप से भर उठा, "अमृता के प्रेमजाल में फँसकर बेचारी गीता को धोखा दे बैठा।" वह बुदबुदाया, "अमृता ने मुझ पर काला जादू कर दिया था। गीता मैंने तुम्हारे साथ बहुत बुरा किया। मैं पापी हूँ गीता।"

रात उसने अमृता और गीता के द्वंद्व में काटी। सुबह भी उसका वही हाल था। उसकी आत्मा उसे कचोट रही थी। उसने अपनी आत्मा से कहा, "धिक्कारो, मेरी

आत्मा धिक्कारो।" और सिगरेट पीने लगा। थोड़ी देर बाद वह धुएँ का गुच्छा बनाने लगा। इस निर्माण-कार्य में व्यस्त होने के बाद उसे शान्ति मिलने लगी। लेकिन थोड़ी देर बाद वह पुनः बेचैनी से ग्रस्त हो गया। वह उद्विग्न था। किसी काम में उसका दिल नहीं लग रहा था।

अगले दिन उसने गीता के नाम एक पत्र लिखा। पत्र में ग़लतियों को माफ़ करने की प्रार्थना करते हुए प्यार को फिर से चालू करने की ज़िद की गई थी।

गीता ने जवाब दिया, "हम पाँच बहनें हैं और हमारे पिता के पास पैसे नहीं हैं। अगर तुम दहेज न लो तो मैं तुम्हारे साथ शादी कर सकती हूँ, लेकिन प्रेम नहीं। तुम प्रेम के क़ाबिल नहीं। सच कहूँ तो घृणा के पात्र हो। हाँ, शादी करनी हो तो बताना। वैसे मुझे उम्मीद है कि अमृता का साथ पाकर रुपयों के पीछे भागना सीख गए होगे। मेरी एक सलाह है, कोई अच्छी-सी नौकरी पा लो। इससे तुम अपने को अधिक दाम में बेच सकोगे।"

सुशील कुमार पत्र पढ़कर हतप्रभ था। उसे लग रहा था, पैरों-तले ज़मीन नहीं है। उसका पूरा शरीर काँपने लगा।

[1987]

हाकिम कथा

पुनीत ने तलाक़ क्या दिया, गायत्री काफ़ी कुछ बदल गई। जैसे कहाँ वह पौधों से बेहद लगाव रखती थी, पर अब उनके पास फटकती भी नहीं। उसे भ्रम होता, पौधे में कोई हरा साँप हिल रहा है। साँप का ही भय नहीं, वह अपनी चारपाई दीवारों से एक हाथ दूर रखती, कहीं छिपकली न गिर पड़े। कभी-कभी वह सारी सीमाएँ तोड़ देती, गर्मी न पड़ने पर भी आँगन में सोती कि कहीं कमरे की छत न गिर पड़े। दिन में वह अकेली रहती और यही सब सोचती। दिन में भी चैन नहीं था।

पुनीत ने उसके दो चिढ़ानेवाले नाम रखे थे—गेंद और ग्रामोफ़ोन। ये नाम प्यार के दिनों की सर्जना थे। गायत्री उछलती-कूदती ख़ूब थी, इसलिए गेंद, और बातूनी भी कम नहीं, इसलिए ग्रामोफ़ोन।

लेकिन अब उछलना-कूदना और बातूनीपन, सब ग़ायब हो गए थे। सभी का ख़याल रखनेवाली गायत्री को अब किसी से, यहाँ तक कि अपर्णा और संध्या दोनों बेटियों से भी लगाव नहीं रहा। वह मकान और उसके भीतर के क़ीमती सामानों के लिए ही चिन्तित थी।

तलाक़ हो जाने पर पुनीत गायत्री को इन चीज़ों से बेदख़ल करना चाहते थे लेकिन उस दिन गायत्री को विषाद ने इतना पवित्र, निश्छल और सुन्दर बना दिया था कि पुनीत के सामने प्रेम के पुराने दृश्य कौंधने लगे और भावुकता में उन्होंने गायत्री को यह सब उपहार दे दिया। मकान, सामान और दो बेटियाँ सौंपकर वह ज़िम्मेदारी से मुक्त हो गए थे।

बेटियाँ भी बाप पर गई थीं। वैसा दिमाग़ और वैसी ही आत्मा। गायत्री महसूस करती, शुरू से ही दुनिया में अँधेरा ही अँधेरा रहा है। यह सही नहीं था। दुनिया क्या, ख़ुद उसकी ज़िन्दगी में कभी उजाला था। उसने और पुनीत ने प्रेम-विवाह किया था।

पुनीत एक ज़िलाधिकारी की सन्तान थे, जिसने ग़ुलाम और आज़ाद दोनों ही सूरतों में भारत सरकार की सेवा अच्छे-बुरे सभी तरीक़ों से निष्ठापूर्वक की थी। गायत्री अपने पिता की इकलौती सन्तान थी। बाप ने बनियान के कारोबार से अतुल धनराशि अर्जित की थी। पुनीत ने इस धन के कारण गायत्री से प्यार नहीं किया था। धन नहीं होता, तब भी वह गायत्री से प्यार करते। इतना ज़रूर है कि धन ने उनके

प्रेम को टिकाऊ बनाया था। उनमें गायत्री से विवाह करने की लालसा पैदा की थी। सोलह साल की गायत्री का विवाह धूमधाम से हुआ।

पर समय ने पुनीत के साथ बड़ा मज़ाक़ किया। इधर इन्होंने विवाह किया और उधर गायत्री की माँ ने गर्भ धारण किया। समय आने पर गोल-मटोल, गोरा-चिट्टा सुपुत्र पति को सौंप दिया, पुनीत के सपनों की इमारत चूर-चूर हो गई। उन्हें लगता, गायत्री ने उनके साथ धोखा किया है। उनका दिल गायत्री से उखड़ गया।

लेकिन बेटी देकर गायत्री ने पुनीत से क्षमादान पा लिया था। लगभग दो घंटे शब्दकोश देखकर पुनीत ने बेटी का नाम रखा था—अपर्णा। दूसरी बेटी हुई संध्या। फिर तलाक़ ही हुआ।

जाड़े का मौसम था। गायत्री के आँगन से धूप का आख़िरी टुकड़ा भी खिसक गया। वह बुझे मन से उठकर भीतर आई और रज़ाई लपेटकर आराम से लेट गई। एक अजीब सी गन्ध से भरने लगी वह। रज़ाई के भीतर आते ही उसे पास में पुनीत की अनुभूति होने लगती थी। अचानक वह भय से सिहर गई। हमेशा ऐसा ही होता, रज़ाई उसे मादकता की नदी में डुबाकर ख़ौफ़ की झाड़ी में फेंक देती थी। वर्तमान का अहसास ख़ौफ़ की झाड़ी ही था उसके लिए। वह रज़ाई से डरती थी, लेकिन उसे छोड़ना भी नहीं चाहती थी।

इसी सप्ताह पुनीत का जन्मदिन था। बेटियाँ जाने की ज़िद कर रही थीं। उसका भी मन था, बेटियाँ पिता से मिल आएँ। वैसे उसके न चाहने पर भी कौन रुकनेवाला था। रज़ाई के भीतर गायत्री का दिल डूबने लगा। बेटियाँ पुनीत की दूसरी बीवी मन्दिरा को अपनी माँ बतलातीं। मन्दिरा उन्हें लम्बे-लम्बे भावुक पत्र और क़ीमती सामान भेजकर इस रिश्ते को मज़बूत बनाती, क्योंकि वह डरती थी, लड़कियाँ कहीं फिर गायत्री और पुनीत के बीच पुल न बन जाएँ। उसकी रणनीति थी कि बेटियों और गायत्री के बीच दूरी बढ़ती रहे।

गायत्री बेचैन हो गई। उसे गर्मी-सी लगने लगी। वह रज़ाई से बाहर आ गई। लेकिन बेचैनी का क्या करे? वह आँगन में पहुँचकर चहल-क़दमी करने लगी। कोई फ़ायदा नहीं हुआ। पास के कमरे में आकर सोचने लगी, "पुनीत को जन्मदिन पर क्या उपहार भेजा जाए?" महँगा सामान भेजकर साबित कर दे कि वह किसी से कम नहीं, या कोई मामूली चीज़ भेजकर वह दिखलाए कि उसे पुनीत में कोई दिलचस्पी नहीं, या कुछ भी न भेजकर उसके गालों पर तमाचा जड़ दे।

उसे वे ज़्यादतियाँ याद आने लगीं, जिनके कारण उसे पुनीत से घृणा हुई थी, और जिन्हें अस्वीकार करने पर पुनीत से उसके सम्बन्ध बिगड़े थे। पुनीत उसकी शालीनता और भोलेपन पर रीझे थे और उन्हीं की वजह से उन्होंने सम्बन्ध तोड़ा।

पुनीत को जल्दी-जल्दी प्रमोशन मिले थे। क्लब, पार्टियाँ वग़ैरह उनके लिए हवा-पानी की तरह ज़रूरी हो गए। वह दूसरों की बीवियों पर रीझने लगे और चाहते,

दूसरा भी उनकी बीवी पर रीझे। किसी सहकर्मी, अफ़सर को गायत्री का सान्निध्य देकर उसकी लिप्सा को जगाते फिर हटा लेते। इस खेल में वह असीम आनन्द का अनुभव करते थे। लेकिन बड़े अफ़सरों के लिए वह उदार थे। इतना कि गायत्री की अनुदारता उन्हें काट खाती थी।

गायत्री नारीसुलभ गालियाँ देते हुए थककर कुर्सी पर बैठ गई, तो अहसास हुआ कि अब तक वह कल्पना की दुनिया में थी। पर अभी उसकी घृणा ख़त्म नहीं हुई। उसका चेहरा लाल होने लगा और वह फिर कल्पना की दुनिया में खो गई, "मुझे डांस नहीं आता था...मुझे चिपटना-सटना नहीं आता था..."

पोस्टमैन की आवाज़ से उसकी तन्द्रा टूटी। बेटियों के आने का वक़्त हो गया था। वह उठ खड़ी हुई। अपर्णा के कमरे में जाकर चादर ठीक करने लगी। नौकरानी की सफ़ाई अपर्णा को पसन्द नहीं थी।

चादर ठीक करने के बाद वह बैठकर पैर हिलाने लगी। उसे लगा, पायल बज रही है। उसने अपने को पायल की धीमी रुनझुन को पकड़ने में व्यस्त कर लिया। इस पायल पर वह विशेष ध्यान देती थी। गोया यह बताना चाहती थी कि पुनीत का स्थान अब उसके पैरों में है। उसका दिल थोड़ी देर पायल की आवाज़ पकड़ने में लगा रहा, फिर वह पानी लाने के लिए बोली। नौकरानी पानी लेकर आई, तो वह अलमारी में लगी किताबें गिन रही थी। घूँट भर पानी मुँह में रखकर चबाने लगी। जैसे बच्चे खेल-खेल में करते हैं। इस काम में मन लगाने की कोशिश कर ही रही थी कि पानी गले के नीचे उतर गया। वह नाख़ून कुतरने लगी। कुछ देर कुतरा होगा कि बाहर से लेटरबॉक्स खुलने की आवाज़ सुनाई पड़ी। अपर्णा थी।

छोटे क़द, अच्छे नाक-नक़्श की अपर्णा गोरी, कुलीन और होशियार थी। वह भाँति-भाँति के कपड़े पहनती थी। डाक-टिकटों का संग्रह करना उसकी हॉबी थी। यूनिवर्सिटी से आकर घर में घुसने के पहले उसने लेटरबॉक्स का ताला खोला। एक साइंस की पत्रिका थी, जिसका चन्दा उसके पापा ने जमा किया था और जिसे वह कभी नहीं पढ़ती थी। उसने डाक लेकर ताला लगाया। वह चाहती थी, माँ को उसकी चिट्ठियाँ कभी न मिलें और माँ की हर चिट्ठी की जानकारी उसे हो। इस प्रबन्ध के लिए वह डाकिया को प्रतिमाह पन्द्रह रुपए देती थी।

घर में आकर उसने किताबें फेंक दीं और बिस्तर पर गिर पड़ी। उसकी भवें सिकुड़ गईं, "चादर महक रहा है," आवाज़ में व्यंग्य था।

उसकी बात को अनसुनी करते हुए गायत्री कमरे से बाहर आ गई। उसके जाते ही संध्या पहुँची। वह यूनिवर्सिटी से जल्दी लौटी थी।

संध्या की इच्छा हुई कि वह भी बिस्तर पर गिर पड़े लेकिन यह अपर्णा का बिस्तर था। उसे अपनी इच्छा दबानी पड़ी। दोनों बहनों के बीच विशेष यह था कि अपर्णा संध्या को तुच्छ समझती और संध्या अपने को वैसा महसूस भी करती, क्यों क़द में छोटी होने के बावजूद अपर्णा उससे अधिक सुन्दर थी।

क़द की कमी से कभी-कभी अपर्णा को बहुत दुख होता था। लेकिन अपने को यह दिलासा देकर सन्तोष कर लेती कि नई फ़िल्मी नायिकाएँ भी कुछ ख़ास लम्बी नहीं। फिर रामबाण ऊँची हीलवाली चप्पलें तो कहीं गई नहीं थीं।

नौकरानी दोनों के लिए कॉफ़ी रख गई। अपर्णा ने संध्या से कहा, "तू अपनी कॉफ़ी उठा और अपने कमरे में जा।"

एकान्त पाकर अपर्णा ने अलमारी से परीक्षित की तसवीर निकाली और ग़ौर से देखने लगी। परीक्षित कुछ दिन पहले तक उससे मूक प्रेम करता था और उसे कभी पसन्द नहीं आया था। लेकिन समय की ताक़त, वह आई.पी.एस. अफ़सर बनानेवाली परीक्षा में पास हो गया। इसका परिणाम यह हुआ कि अपर्णा को उसका प्रेम अर्थवान लगने लगा। अपर्णा ने यह भी गणित लगाया कि सुन्दरता की दृष्टि से वह परीक्षित से बहुत आगे है, इसलिए वह दबेगा। आई.पी.एस. पति दबेगा। वह अपने सामने दरोगाओं को एड़ियाँ उठाकर जयहिन्द बोलते हुए देखने लगी।

उसने परीक्षित की तसवीर अलमारी में उछाल दी और ख़ुद मंसूबों के कुलाबे भरने लगी।

वह देर तक बेख़ुदी में रहती लेकिन गायत्री की आवाज़ ने दिक़्क़त पैदा कर दी। वह नौकरानी से कह रही थी कि अपर्णा से पसन्द की सब्ज़ी पूछ ले, तब बाज़ार जाए।

नौकरानी आई तो अपर्णा झुँझला उठी। मगर वह फ़ैशन को जड़ से जज्ब कर चुकी थी। वह जानती थी कि झुँझलाहट में चेहरा ख़राब हो जाता है, इसलिए उसको ज़बान पर रख लेना चाहिए, "सभी मम्मी लोग अपने बच्चों की पसन्द जानती हैं लेकिन मेरी मम्मी—भई वाह! क्या कहने हैं..."

नौकरानी के चेहरे पर खीज की रेखाएँ उभर आईं। वह झोला झुलाती हुई चली गई।

गायत्री अकेली हो गई। अपर्णा के व्यंग्य से पैदा हुई तिलमिलाहट से भरी थी वह। यकायक उसमें प्रश्न कौंधा, वह किसलिए जीवित है? उसे लगा इस संसार में कोई नहीं है। और वह बड़ी गहराई तक डर गई।

अजीब बात थी। एक तरफ़ उसमें अकेलापन का ज्वार-भाटा तेज़ हो रहा था, दूसरी तरफ़ उसके भीतर पुनीत और बेटियों के साथ बीते हुए सुखद दृश्यों की बरसात भी ज़ोरों पर थी। बादलों में बिजली की तरह माँ-बाप की स्मृतियाँ चमकती-बुझती थीं।

पुनीत नायक और खलनायक दोनों की तरह याद आ रहे थे। कभी-कभी चेहरे का एक हिस्सा नायक और दूसरा खलनायक की तरह लगता। धीरे-धीरे सब कुछ गड्डमड्ड हो गया। उसे लगने लगा, पुनीत उसके लिए सिर्फ़ पति हैं।

वह गिड़गिड़ा उठी, "पुनीत, मैं आपको तोहफ़ा दूँगी। आपके जन्मदिन पर मैं आ नहीं सकती लेकिन मेरा तोहफ़ा पहुँचेगा। मेरा प्रेज़ेंटेशन ज़रूर पहुँचेगा पुनीत।"

पुनीत की कनपटी के बाल पकने शुरू हो गए थे। उन्होंने सुबह के वक़्त घूमना भी शुरू कर दिया था।

वह ग्यारह दिसम्बर को पैदा हुए थे। इस बार उन्होंने अपना जन्मदिन नौ दिसम्बर को मनाना तय किया। क्योंकि उनके चीफ़ दस को बाहर जाकर चौदह को लौटने वाले थे।

चीफ़ अपनी पत्नी के साथ आए थे। पार्टी अब ढलान पर थी। लोगों ने दूसरों की बीवियों से बात करने की गति बढ़ा दी थी। संगीत की हल्की ध्वनि गूँज रही थी लेकिन अब किसी के कान उस तरफ़ नहीं थे...

अर्दली पुनीत के पास आया और काग़ज़ का टुकड़ा सामने कर दिया। अपर्णा और संध्या आई थीं। पुनीत के चेहरे पर प्यार और आनन्द का गुलाबीपन छा गया। उसने चीफ़ से दो मिनट की मोहलत माँगी।

बाहर आकर पुनीत ने दोनों बेटियों को गले से लगा लिया। हँसते हुए वे आने लगे। पुनीत दोनों को पीछे के दरवाज़े से भीतर लाए और बोले, "देखो बेटा लोगो, तुम अपने सबसे अच्छे कपड़ों में तैयार हो जाओ। और हाँ, मम्मी की टेबल के नीचेवाली ड्रार में अच्छे परफ्यूम्स रखे हैं। जल्दी करो। हरिअप।"

"पर पापा, पार्टी तो एलेवेन्थ को थी?"

"अ हाँ...हम अपने बच्चों को सरप्राइज़ देना चाहते थे।"

"ओ पापा...ऽ...ऽ..." दोनों शेखी बघारने लगीं।

"अच्छा तुम लोग जल्दी से तैयार होकर आओ।" कहकर वह चीफ़ के पास चले गए।

मौक़ा पाकर मन्दिरा पुनीत के एक दोस्त के पास खिसक आई थी। पुनीत को देखते ही चीफ़ के पास चली गई। पुनीत ने फुसफुसाकर बेटियों के आने की ख़बर दी।

वह उल्लास और ममता को उभारने की कोशिश करने लगी। इसके अलावा वह जूड़ा वग़ैरह भी ठीक करने लगी। उसकी तैयारी देखकर लोगों को लगा, कोई वी.आई.पी. आनेवाला है। पुरुषों के नशे हिरन होने लगे। महिलाओं को मेकअप ताज़ा करने के लिए बाथरूम जाने की तलब महसूस हुई।

अपर्णा और संध्या ने प्रवेश किया। वी.आई.पी. की आशंका से लोगों में जो बेचैनी पैदा हुई थी, उसकी जगह उत्साह की लहर दौड़ गई। अपर्णा उदास राजकुमारी-सी लग रही थी। अधिकांश महिलाएँ हीनता से ग्रस्त होकर कुपित हो गईं। कुछ अपर्णा की तारीफ़ करने लगीं, तो कुछ नुक्ता-चीनी पर गईं। संध्या ने पुरज़ोर कोशिश की थी लेकिन अपर्णा के साथ होने के कारण मामला जम नहीं रहा था। पुनीत ने दोनों को पास बुलाया। मन्दिरा ने दोनों का हाथ लेकर छोड़ दिया और मुस्कुराने लगी।

"ये मेरी बेटी अपर्णा है।" चीफ़ भी पुनीत के अतीत से परिचित थे, इसलिए चौंके नहीं।

"अपर्णा, तुम सर से बातें करो।" पुनीत अपर्णा को चीफ़ के पास छोड़ शेष से संध्या को मिलाने लगे।

यह पार्टी का आख़िरी कार्यक्रम साबित हुआ जो बहुत देर तक चला। शाब्बाश...

कहकर अपर्णा की पीठ सहलाते-सहलाते चीफ़ के हाथ थक गए थे। देखते-देखते श्रीमती चीफ़ की आँखें दुखने लगी थीं। उन्होंने पति से चलने के लिए कहा।

चीफ़ दम्पती क्या गए, सभी को देर होने लगी। सब चले गए। उनके पीछे शराब की गन्ध बची थी।

पुनीत मन्दिरा और बेटियों के साथ दूसरे कमरे में आ गए। शराब ने पुनीत और मन्दिरा की नींद उड़ा दी थी। अपर्णा को भी चीफ़ ने चखा दी थी, फिर पार्टी जीतने का नशा—वह काफ़ी मूड में थी। थकी हुई संध्या सोने चली गई। कमरे में वह तीनों रह गए थे।

"कहो बेटे पार्टी में कैसा रहा?" मन्दिरा ने पूछा।

अपर्णा हँस दी। नशे में होने के कारण उसके होंठ कुछ ज़्यादा खिंच गए। कुछ देर बाद ही अपनी जगहों पर वापस आ सके। मन्दिरा उसके बालों को सहलाने लगी, "मम्मी," कहकर अपर्णा चिपट गई। उसने सूँघा, मम्मी ने कहीं ज़्यादा अच्छा परफ्यूम तो यूज नहीं किया है?

"मेरे लिए क्या लाए हो बेटे?" पुनीत की आवाज़ लरज़ रही थी।

अपर्णा पास के कमरे में जाकर लौटी और एक पैकेट, पुनीत को पकड़ा दिया, उसमें से एक जरकिन निकला, "थैंक यू माई बेबी।" पुनीत की पलकें झुकी जा रही थीं, जबकि वह उन्हें उठाने का भरसक प्रयास कर रहे थे।

"पापा, ये अमेरिका का है।" वह मुस्कुराई लेकिन नशे के कारण उसका चेहरा ऐंठ गया, "और ये मेरी ग्रेट मम्मी ने आपके लिए भेजा है।"

वह कैसेट था।

पुनीत भौचक हो गए। मन्दिरा चुप। अपर्णा बोलने को तत्पर हुई लेकिन दोनों के रुख़ ने उसे रोका।

पास में टेपरिकॉर्ड रखा था। पुनीत ने लड़खड़ाते हुए जाकर कैसेट लगा दिया और ख़ुद वहीं कालीन पर बैठ गए।

कैसेट शुरू हो गया। गायत्री ने पुनीत से आधा घंटा तक कुछ कहा था। भीगी आवाज़ में भेद देनेवाले शब्द थे।

थोड़ी ही देर बाद, पुनीत रोने लगे।

अपर्णा ने चुप कराना चाहा, "पापा..." पुनीत ने हाथ उठाकर रोका। उनकी आँखों से गिरे आँसुओं की क़तार टूट नहीं रही थी।

गायत्री बोलती जा रही थी।

कैसेट ख़त्म हुआ, तो पुनीत उठकर सोफ़ा पर लेट गए। आँखों पर बाईं बाँह रख ली। मन्दिरा और अपर्णा भी जहाँ थीं, वहीं पड़ गईं। कब वे सो गए, पता न चला।

कमरे में केवल घड़ी जग रही थी। लग रहा था, अगले दिन से इस घर के लोग बदल जाएँगे, बेहतर हो जाएँगे।

सुबह नाश्ते के बाद से ही पुनीत क्रोध में जल रहे थे। उनका मन होता, गायत्री

के पास पहुँचकर उसका गला दबा दें। उसकी आँखें निकाल लें। या उसका सिर दीवार से टकरा दें...

अपर्णा ने नाश्ते के दौरान बताया था कि एक डॉक्टर बरनवाल से मम्मी शादी करनेवाली है। डॉक्टर अक्सर आते हैं घर पर। तभी से पुनीत उद्विग्न थे। हत्या तक के लिए उद्यत।

डॉक्टर द्वारा गायत्री को स्पर्श करने मात्र के विचार से उनमें कँपकँपी आ जाती। मांसपेशियाँ तन जातीं। कभी-कभी फड़कने लगतीं।

ऑफ़िस में भी वह अशान्त रहे। घर लौटे तो सबसे पहले अपर्णा और संध्या को अपने पास बैठाया। आनन-फानन प्यार-स्नेह करने के बाद उन्होंने पूछा, "डॉक्टर की उम्र क्या होगी?"

संध्या ने उम्र बता दी। पुनीत फ़ौजदारी के वकील की तरह डॉक्टर बरनवाल के रहन-सहन, मुखाकृति, डील-डौल, धन-प्रतिष्ठा आदि के बारे में सवाल करने लगे।

लड़कियों से जो जानकारी मिली, उससे उनके अन्दर की आग और भड़क उठी। लड़कियों के अनुसार डॉक्टर बरनवाल आकर्षक व्यक्तित्व वाले शहर के प्रतिष्ठित व्यक्ति थे। वह बैडमिंटन के शौक़ीन थे और राजनीति में उनकी अच्छी घुसपैठ थी।

पुनीत को डॉक्टर पर ग़ुस्सा नहीं आ रहा था। वह गायत्री को ही सबक सिखाना चाहते थे। उनका मन हो रहा था कि गायत्री को जलती सिगरेट से जलाएँ।

उनकी दशा देखकर मन्दिरा घबड़ा गई। उसने अपर्णा से विनती की कि पापा को ख़ुश करे। मन्दिरा की चापलूसी में संध्या पहले बोल पड़ी, "बस भी करो पापा। अब हम लोगों को घुमाओ-उमाओ ना।"

क्षण-भर इधर-उधर देखने के बाद पुनीत ने मन्दिरा से कहा, "ड्राइवर से बोल दो, गाड़ी निकाले, तब तक तुम लोग तैयार हो लो।"

मन्दिरा राहत की साँस लेती हुई ड्राइवर को बोलने चली गई। पुनीत ने सिगरेट सुलगा ली।

बेटियों के जाने के बाद गायत्री ख़ुशी में डूबने-उतराने लगी थी। उसे ऐसे कामों को निपटा लेने का मौक़ा मिला था, जिन्हें करने में बेटियों की ख़ुफ़िया निगाहें बाधक थीं। उसने डॉक्टर बरनवाल से प्रेम करने से लेकर शॉपिंग तक की। जिस दिन उसे मालूम हुआ, डॉक्टर विधुर है, वह उनसे प्रेम करने लगी थी।

उसने पड़ोस और दो-तीन बाहर के दोस्तों को बुलाया। खाना खिलाया और बेटियों की तारीफ़ की। कहा कि बेटियाँ उस पर जान देती हैं और वह बेटियों पर जान देती है। कुल मिलाकर वह ख़ुश और उत्साहित थी।

लेकिन कई लोगों के पास पहुँचे उस पत्र ने सब कुछ बदल दिया। वह स्तब्ध और बदहवास हो गई। डॉक्टर बरनवाल, पड़ोसियों, रिश्तेदारों और ख़ुद उसके पास वह पत्र पहुँचा था। उसमें डॉक्टर और उसको नाजायज़ सम्बन्धों में लिप्त बताया

गया था। उसे वेश्या कहा गया था।

शाम को वह डॉक्टर के पास पहुँची। डॉक्टर उसका इन्तज़ार कर रहा था। उसे कन्धे उचकाने की आदत थी। उसने आत्मीय लहज़े में गायत्री से कहा, "देखो, चूँकि मेरे किसी रिलेटिव के घर लेटर नहीं आया है, इसलिए यह तुम्हारे ही किसी परिचित की शरारत है।" उसने कन्धे उचकाए।

"मुझे मालूम है। मैं लैंग्वेज़ से ही जान गई। यह पुनीत की बदमाशी है।"

"पर यह हुआ कैसे?" डॉक्टर डर गया था।

"बेटियों ने जाकर बताया होगा।"

"ओ गॉड!" उसने कन्धे उचका दिए।

"लेकिन अब प्रॉब्लम ये है कि आगे क्या हो?" गायत्री चाहती थी कि शादी हो और उसकी इच्छा थी कि प्रस्ताव डॉक्टर ही करे।

पर डॉक्टर ने घाघपन से कहा—"जो होना है, हो" वैसे वह गायत्री का आशय समझ रहा था।

"मेरा मतलब यह नहीं। मैं चाहती हूँ..."

"देखो गायत्री, लेटर्स इतनी जगह पहुँच गए हैं कि हमारे चाहने-वाहने से कुछ होने वाला नहीं।" भीतर ही भीतर वह अपनी चालाकी पर पुलका।

गायत्री ने सोचा, डॉक्टर परेशान होने के कारण इशारा समझ नहीं पा रहा है। उसने दूसरे दिन बात करना उचित समझा।

रास्ते में उसे आशंका हुई कि कहीं डॉक्टर उससे शादी न करे। सड़क पर चहल-पहल थी। नियान लाइट के उजाले में सब कुछ बड़ा अलौकिक-सा लग रहा था। लेकिन गायत्री डर से सिहर गई। वह रिक्शे पर सिकुड़ चली। उसका डर बढ़ने लगा। उसे चिन्ता हुई कि रिक्शा कहीं उलट न जाए। सामने आतीं कारों, बसों, ट्रकों आदि को देखकर उसे भयानक घबराहट हो रही थी। उसे महसूस होता, रिक्शावाला भाग जाएगा और गाड़ियाँ रिक्शा को कुचलती हुई उस पर चढ़ जाएँगी। उसका दिल तेज़ी से धड़क रहा था। साँस की गति बढ़ गई थी। एक नौजवान साइकिल चलाता हुआ आ रहा था। वह डरी कि कहीं वह उसे 'रंडी' न कह दे।

किसी तरह वह घर पहुँची। रिक्शावान को किराया पकड़ाकर तेज़-तेज़ चलने लगी। उसे रिक्शावान शातिर बदमाश लग रहा था।

ताला खोलकर वह घुसी और सोफ़ा पर बैठकर हाँफने लगी। उसके सिर के कई बाल पसीने से गीले हो गए थे।

थोड़ी राहत मिलने पर वह सन्दूक़ खोलने लगी। सन्दूक़ से एक बॉक्स निकाला। बॉक्स भी खोल दिया। सोने के गहने भरे थे। गहनों को वह दीवानी-सी देखने लगी। उसे राहत और ताक़त मिल रही थी।

जब भी बुढ़ापा, विपत्ति आदि सवाल उससे टकराते, ये गहने उसके लिए आरामदेह जवाब होते थे।

उसने बॉक्स बन्द कर दिया। खोला। बन्द किया। खोल दिया। वह यह खेल कर ही रही थी कि कालबेल घनघनाने लगी। रास्ते की घबड़ाहट फिर सिर उठाने लगी। उसे सन्देह हुआ, कोई उसका गहना लूटने आया है। रिवाल्वर लेकर खड़ा होगा। जल्दी-जल्दी उसने सब कुछ ठीक किया। सन्दूक़ में ताला लगाने के बाद वह उठी, तो कॉलबेल की चीख़ बढ़ गई थी।

बेटियाँ थीं। दोनों बढ़कर माँ से लिपट गईं। गायत्री की तरफ़ से ठंडापन था।

वे भीतर आईं। अपर्णा ने अटैची खोली और सामान निकालने लगी। वह गायत्री को बताती जा रही थी, "ये पापा ने दिया है। ये मम्मी ने दिया है। ये संध्या के लिए हैं। ये मेरे लिए हैं।"

"अपर्णा वो वाली बात बतलाओ ना," संध्या ने इठलाते हुए कहा।

"कौन-सी?" अपर्णा के चेहरे पर दबी हुई मुस्कुराहट और नक़ली जिज्ञासा थी।

"अरे बनो मत।"

"सच्ची में नईं मालूम। बता दे न।" वह मुस्कुराहट रोक न सकी।

"मम्मी, अपर्णा की च्वाइस पापा ने एक्सेप्ट कर ली।"

"कैसी च्वाइस?" गायत्री न चाहते हुए भी बोली।

"परीक्षित आई.पी.एस. में आ गया था। मेरा दोस्त है। पापा बीच में यहाँ आए थे। बात पक्की कर गए। अगले महीने उन्नीस तारीख़ को डेट पड़ी है।" अपर्णा उत्साह और संयम दोनों भावों का इस्तेमाल कर रही थी।

"लेकिन इतनी जल्दी तैयारी कैसे होगी?" गायत्री की उदासीनता बरकरार थी।

"मैरिज वहीं लखनऊ से होगी। पापा सब अरेन्जमेंट कर लेंगे।"

गायत्री को धक्का लगा। उसे तकलीफ़ हुई कि इतना कुछ हो गया और उसे ज़रा भी भागीदार नहीं बनाया गया। लेकिन उसने कोई प्रतिक्रिया व्यक्त नहीं की। नौकरानी को बुलाकर कहा, "बेटी लोगों को कुछ खिलाओ-पिलाओ।"

कुछ ही देर में नाश्ता और खाना दोनों हो गया। सब लोग सोने की तैयारी करने लगे।

रात-भर गायत्री बुरे सपने देखती रही। सुबह कुहरे से ढकी थी। नौकरानी बड़ी देर से खटर-पटर कर रही थी। उन तीनों की नींद ग़ायब हो चुकी थी लेकिन वे रज़ाई में पड़ी पैर हिला रही थीं।

आख़िर गायत्री उठी। नाश्ता किया और डॉक्टर बरनवाल के पास चल दी। वह बाँटे गए पत्रों से भयभीत हो गई थी। और जितनी जल्दी हो सके, डॉक्टर से शादी कर लेना चाहती थी। आज उसने तय किया था कि वह ख़ुद ही शादी का प्रस्ताव करेगी।

बहुत दिनों बाद दोनों बहनों ने नाश्ता बिस्तर पर किया। अपर्णा ने संध्या को भी अपने बिस्तर पर बुला लिया था।

ऑफ़िस खुलने तक दोनों तैयार हो गईं। बैंक जाकर उन्हें पापा का दिया ड्राफ्ट भुनाना था। फिर शॉपिंग करनी थी।

"शॉपिंग का यह सिलसिला कब तक चलेगा, अपर्णा?"

"जब तक तू मुझे यहाँ से भगा नहीं देगी। अच्छा यार, आओ, अब चलते हैं।"

"जीजा जी को ले लें रास्ते में।"

"कौन? अरे वो तुम्हारे एस.पी. साहब? वह तो बनारस ड्यूटी पर होंगे।"

दोनों के जाने के थोड़ी देर बाद गायत्री वापस आ गई। वह फिर डरी थी। दिनोंदिन उसका डर बढ़ता जा रहा था। डॉक्टर ने उसके प्रस्ताव को टाल दिया था लेकिन अब वह डॉक्टर की मंशा भाँप गई थी।

वह पैरों को पेट से चिपकाकर बैठी थी। इस वक़्त उसकी आत्मा बूढ़ी हो गई थी जिसकी हल्की छाप उसके चेहरे पर भी दिखाई दे रही थी।

वह सोचने लगी, 'कुछ दिनों बाद यह घर पूरी तरह ख़ाली हो जाएगा, तब? एक दिन वह बुढ़िया हो जाएगी।' वह काँप उठी। 'या पुनीत कोई बदमाश भेजे। वह रात में आकर उसे चाकुओं से गोद डाले। या मकान पर पेट्रोल छिड़ककर आग लगा दे तब? या वह रास्ते में जाती रहे, कोई बम फेंककर उसके परखचे उड़ा दे, तब...'

उसने नौकरानी को बाहर भेज दिया और सन्दूक़ खोलकर बॉक्स निकाला। चमकते हुए गहनों को देखने लगी। उसका वश चलता तो वह अपनी आँखें बॉक्स में टाँक देती।

कुछ लोगों से सम्बन्ध बिगड़ने के कुछ दिनों बाद से सोना ही उसका दोस्त था।

शादी सलीके से हो रही थी। महँगे होटल में सारा प्रबन्ध था। होटल का ख़र्च एक व्यापारी उठा रहा था। पुनीत ने दंद-फंद करके दो मंत्रियों का भी आगमन करा लिया था। उनके आसपास अनेक लोग मँडरा रहे थे। बहुत सारे लोग इस बात के लिए लालायित थे कि किसी तरह उनकी तसवीर मंत्रियों के साथ खिंच जाए। वर पक्ष वाले भी स्तरीय लोगों को लाए थे, लेकिन टक्कर में पुनीत भारी पड़ रहे थे।

पुनीत ने इसी अफ़रा-तफ़री में अपने ट्रांसफर की भी बात पक्की कर ली थी। इस जगह के लिए लोग पचास हज़ार तक देने के लिए तैयार रहते, पर काम नहीं होता। और उसने तीस हज़ार पर ही बात बना ली थी। वह दृढ़ता से बुदबुदाया, "मैं दो सालों में ही...बस दो साल में ही फैक्टरी लगवा दूँगा, मन्दिरा के नाम।"

नशे का असर उस पर अच्छी तरह हो चुका था। उसकी इच्छा हुई कि वह जाकर दलाल के पैरों पर गिर पड़े जो मंत्रियों को यहाँ तक ले आया था। लेकिन उसने घुटनों के बल गिरकर मन्दिरा के पाँव पकड़ लिये, "मन्दिरा, तुम मेरी बीवी नहीं, मेरी देवी हो। तुम्हीं ने मुझे इतने प्रमोशन दिलवाए। तुम्हीं ने मेरे ट्रांसफर्स करवाए। तुम्हीं ने मुझे हर बार चीफ़ के क़रीब पहुँचाया। तुम औरत नहीं, देवी हो, जल्दी ही तुम्हारा यह भक्त तुम्हारे चरणों में एक फैक्टरी अर्पित करेगा। तुम बहुत बड़ी उद्योगपति बनो मन्दिरा। तेरे भक्त का यह आशीर्वाद है..."

मन्दिरा ने उसे असीम प्यार-दुलार से देखा और मत्थे पर झुक आए बालों को

सहलाकर ठीक कर दिया। उसने पुनीत का गाल भी थपथपा दिया। फिर बोली, "यह इमोशनल होने का टाइम नहीं है डार्लिंग! इतना अच्छा चान्स है। इसे एक्सप्लाएट करो।"

वैसे वक़्त का सही इस्तेमाल अपर्णा कर रही थी। उसने सोचा, बाद में नामालूम इन लोगों से मुलाक़ात हो या न हो। ख़ास-ख़ास लोगों से घनिष्ठता स्थापित करने का अभियान चला रखा था उसने। हालाँकि वह सफल नहीं हो पा रही थी क्योंकि हर कोई सम्पर्क बढ़ाओ अभियान में व्यस्त था। इधर बहुत देर से वह एक फ़क़ीर को प्रभावित करने की कोशिश कर रही थी क्योंकि उसने साफ़-साफ़ देखा था कि बड़े-बड़े अधिकारी—उनकी बीवियाँ–यहाँ तक कि दोनों मंत्री फ़क़ीर से मुतअसर दिखलाई पड़ रहे थे। फ़क़ीर ने दोनों मंत्रियों को तीन-तीन अँगूठियाँ दी थीं। उसकी हसरत थी कि एक ही सही, अँगूठी उसे भी मिल जाए।

अँगूठी तो नहीं मिली लेकिन उसका साहस और कौशल अन्त तक अटूट रहा। यहाँ तक कि विदाई के समय सारे सामान उसने ख़ुद ही रखवाए। बातें करती और मशविरे लेती-देती वह विदा हो गई। जाते-जाते उसने पुनीत, मन्दिरा और गायत्री के सीने पर कीलें ठोंक दीं...

पुनीत ने सोचा था, जाते समय अपर्णा उनके प्रति भावुक होकर रोएगी। लेकिन अपर्णा ने उनकी आकांक्षा पूरी नहीं की। वे दुखी थे।

मन्दिरा अपमानित महसूस कर रही थी। उसे दुख था, विदा होते समय भी अपर्णा ने उसे किसी प्रकार का विशेष सम्मान नहीं दिया, "डाइन कितना तो चूना लगा गई।"

गायत्री शादी की रात ही वापस लौट आई थी। उसने अपर्णा की एक उँगली में अँगूठी देखी थी। उसके नग ने उसे परेशान कर रखा था। उसे यह अँगूठी अपने सन्दूक़ के भीतर रखे गए बॉक्स की निधि लगी थी। कुछ देर वह टालती रही लेकिन मन माना नहीं, वह वहाँ से चल दी।

उधर अपर्णा विदा हो रही थी और इधर गायत्री ने सन्दूक़ खोला। बॉक्स नदारद। वह भागती हुई एक पड़ोसी के घर पहुँची और लखनऊ के लिए कॉल बुक कराया।

जब फ़ोन पर बातें हुईं तो अपर्णा को गए डेढ़ घंटे बीत चुके थे।

उसके हाथ से फ़ोन छूट गया। पड़ोसी मिस्टर नारायन घबड़ा गए, "क्या हुआ? बेटी तो ठीक-ठाक है न?"

"हाँ।" वह घुटनों पर हाथ रखकर किसी तरह खड़ी हुई। चलते समय उसकी चप्पलें घिसट रही थीं।

घर आई तो सिर में दर्द होने लगा था। हलक सूख गया था। उसमें कुछ नुकीला-सा धँस रहा था। लग रहा था, जैसे चेहरा चिचुककर लम्बा हो गया है।

उसने नींद की गोलियाँ मँगाईं। एक गोली गटककर लेट गई। थोड़ी देर बाद वह सो रही थी।

तीन बजे वह उठी। चार बजे फिर एक गोली गटककर सो गई। नौकरानी

को उसने डपट दिया कि वह जगाए नहीं। लेकिन कुछ ही देर बाद संध्या ने उसे 'मम्मी-मम्मी' कहकर जगा दिया। वह लखनऊ से आ गई थी। क्योंकि पढ़ाई में पिछड़ जाने का डर था।

गायत्री का फूला किन्तु बुझा हुआ चेहरा देखकर संध्या को जिज्ञासा हुई। उसने पलकें उठा-गिरा नौकरानी से पूछा।

नौकरानी ने संध्या को दूसरे कमरे में ले जाकर सब कुछ बता दिया। गहने वाली बात से संध्या स्तब्ध हो गई। उसे यक़ीन नहीं आ रहा था कि अपर्णा ने उसके साथ इतना बड़ा धोखा किया है। माँ के गहनों पर आख़िर उसका भी अधिकार बनता था। वह अपर्णा के ख़िलाफ़ अपने को गायत्री के पक्ष में पाने लगी। वैसे भी उसे गायत्री का नींद की गोलियाँ खाना बड़ा प्यारा लग रहा था।

अपर्णा को लेकर वह बार-बार कड़वाहट से भर जाती थी। तभी उसके दिमाग़ में मकान का विचार कौंधा। अपर्णा गहने ले गई तो मकान उसे मिल सकता है।

वह गायत्री के पास जाकर लाड़ जताने लगी। लेकिन गायत्री पर ख़ास असर नहीं हो रहा था। उसे झपकी आ रही थी। वह आँखें बन्द कर लेती, फिर झटके से खोलकर आसपास देखने लगती।

संध्या ने उस पर लिहाफ़ डाल दिया। इस काम से फ़ुरसत पाकर वह अपर्णा के कमरे में आई। उसके होंठों पर मुस्कुराहट और आँखों में चमक थी।

उसने अपर्णा की अलमारी, मेज़ का ड्रार वग़ैरह सब कुछ तलाश डाला, अपर्णा के विभिन्न प्रेमियों द्वारा लिखे गए प्रेमपत्र नहीं मिले। बिखरी हुई किताबें चिढ़ा रही थीं। उसके दाँत भिंच गए, "कुतिया ने एक भी लेटर नहीं छोड़ा। नहीं तो चखाती मज़ा।" वह कसमसा रही थी, "साली ने गहने ग़ायब किए, लेटर्स भी ग़ायब कर दिए। ओ गॉड एक ही लेटर दिला दो।"

वह थक गई। हताश-सी आई और लेट गई। लेटे हुए ही उसने नौकरानी से कहा, "ज़रा दूध में ग्लूकान-डी मिलाकर देना।"

नौकरानी खाना पका रही थी। कुकर उतारकर दूध चढ़ा दिया।

संध्या धीरे-धीरे शान्त होने लगी। रात हो गई थी। घर उसे अजीब सा लगने लगा। पहली बार उसे अपर्णा के न होने का अहसास हुआ। वह ख़ालीपन महसूस करने लगी। लेकिन बुरा नहीं लग रहा था, क्योंकि उसे सब कुछ खुला-खुला-सा एकदम उन्मुक्त महसूस हो रहा था। आज उसने पहली बार अनुभव किया कि उसका भी व्यक्तित्व है। इन अहसासों के बीच अपर्णा के प्रति उसका क्रोध भी कम हो गया।

ग्लूकान-डी लेने के बाद उसने मुँह पोंछा। वह सोचने लगी कि उसमें स्फूर्ति आ गई है। माँ को देखा, सो रही थी। नौकरानी किचन में थी। फिर उसका क्या!

वह दबे पाँव दूसरे कमरे में रखे आदमक़द आईने के सामने आ खड़ी हुई। अपने को निहारा और कलात्मक अँगड़ाई ली, "मुझमें अपर्णा से ज़्यादा सेक्स अपील है।" शरीर के विभिन्न हिस्सों को ऐंठ-घुमाकर अपना जायज़ा लेने लगी, "मुझे फ़िल्मों में

काम मिल जाता तो कितना फ़ैंटास्टिक होता। हंड्रेड परसेंट फ़ैंटास्टिक।"

उसने धीमे से उत्तेजक धुनों वाला एक रिकॉर्ड चला दिया। कमरा बन्द करके वह धुन पर थिरकने लगी। वह कल्पना करने लगी, सिनेमा हॉल के पर्दे पर उसकी फ़िल्म चल रही है। उसने थिरकने को नाचने में बदल दिया।

वह कब तक फ़िल्म लोक में भ्रमण करती रही और कब सो गई, उसे पता न चला।

सुबह देर से उठी। देखा, गायत्री नाश्ता कर रही है। वह बेड-टी से फ़ुरसत पाई तो गायत्री नींद की गोली गटक रही थी।

गेट के एक तरफ़ 'पुलिस अधीक्षक (नगर)' का बोर्ड टँगा था। दूसरी तरफ़ छोलदारी थी। छोलदारी में दो बक्सों के ऊपर हनुमानजी की तसवीर रखी थी। ऊपर टँगी रस्सी पर दो लँगोट लटक रहे थे। तख़्त पर कुछ सिपाही बैठकर भुट्टा खा रहे थे जिसे उन्होंने राह चलते एक ठेलेवाले से घुड़ककर लिया था।

गाड़ी की आवाज़ आई तो सभी ने भुट्टा रखकर सैल्यूट मारा। एक सिपाही आगे बढ़कर गेट खोलने लगा।

उपेक्षा और उत्तर के रूप में अपर्णा की ठोढ़ी हल्की-सी काँप गई। कार भीतर आई। सामने की सीट पर बैठे सिपाही ने कार का दरवाज़ा खोला। वह साड़ी को चुटकी से हल्का उठाकर उतरी और आगे बढ़ गई। ड्राइवर और सिपाही बाज़ार में ख़रीदे गए सामान उतारने लगे। वे इतनी तत्परता से सामान उतार रहे थे कि जैसे अभी कार भाग जाएगी।

अपर्णा बरामदे में आई तो देर से बैठे दरोगा हरनाम सिंह ने तगड़ा सैल्यूट ठोंका। उसने प्रत्युत्तर में सिर हिला दिया।

थोड़ी देर बाद अपर्णा का बुलावा आया। दरोगा ने अपने बग़ल बैठे समाजसेवी दिवाकर चौबे को अपना ब्रीफ़केस थमा दिया। चौबे ब्रीफ़केस लेकर अपर्णा के पास चले। दरोगा जाँघों के बीच हाथ डालकर चिन्तित हो गया।

दिवाकर ने लौटकर ब्रीफ़केस दरोगा को पकड़ाया। उसे हल्का पाकर दरोगा का चेहरा खिल गया।

गेट के बाहर आकर वह मूँछ उमेठने लगा। खखारकर थूक दिया, "इंचार्जी मिल गई। अब सालों को डंडा कर दूँगा। हरामज़ादो..." उसने समूची सृष्टि को माँ-बहिन की गालियाँ देते हुए मोटरसाइकिल स्टार्ट की।

समाजसेवी दलाल के ज़रिये रुपया अपर्णा को मिलता था। इसे अपनी महत्ता में वृद्धि मानती थी वह। लेकिन ऐसा अनायास नहीं होता था, बल्कि इसके पीछे परीक्षित का दिमाग़ था। रुपये भी आ जाते थे और उसका स्वाभिमान भी बरकरार रहता था।

रुपये रखकर अपर्णा ने ख़ानसामाँ को आवाज़ दी और सोफ़ा पर बैठ गई।

ख़ानसामाँ कान में बीड़ी खोंसता हुआ नमूदार हुआ।

"शरबत, बिस्किट्स ले आओ। हाँ सुनो, अर्दली से बोलो कि मेमसाहब ने बुलाया है।"

वह बढ़े हुए नाख़ूनों के सौष्ठव को निहारने लगी। उसके चेहरे पर आत्ममुग्धता का भाव खेल रहा था।

"मेमसाहब, आपने बुलाया मेमसाहब।" अर्दली था।

"साहब कब गए?"

"थोड़ी देर हुआ मेमसाहब। देर से आने को बोले हैं मेमसाहब। खाना नहीं खाएँगे मेमसाहब।"

उसे बहुत तेज़ धक्का लगा। हूक-सी उठी। तिलमिलाहट से चेहरा लाल हो गया। उसने अर्दली को देखा, कहीं उस पर हँस तो नहीं रहा है। पर ऐसा कुछ नहीं था।

उसने ज़ोर से निचला होंठ काटा। उसके नथुने फड़फड़ा रहे थे। वह फ़ोन की तरफ़ झपटी और डायल करने लगी। हॉस्पिटल के डॉक्टर गंगाबख्श सिंह का नंबर था। वह मुख्य चिकित्साधिकारी थे।

डॉक्टर गंगाबख्श ने अपर्णा ही नहीं, शहर के कई अफ़सरों, नेताओं और धनवालों की बीवियों की नींद हराम कर रखी थी। पत्रकारों के मध्य वह नर्सों के सप्लायर के रूप में चर्चित थे।

अपर्णा ने फ़ोन पकड़ रखा था। उत्तेजना में उसके हाथ काँप रहे थे। लगता था, फ़ोन पर ही वह क्रुद्ध शेरनी की तरह डॉक्टर गंगाबख्श पर झपट पड़ेगी।

लेकिन उधर से आवाज़ आई तो हाथ की थरथराहट बढ़ गई। चेहरे पर खिसियाहट उभर आई। उसने फ़ोन रख दिया था। उसने सोचा था, इस हरकत से प्रेस्टिज बिगड़ेगी। इस तरह तो छोटे घरों की औरतें लड़ती हैं।

हालाँकि वह डॉक्टर गंगाबख्श को कड़ा से कड़ा दंड देना चाहती थी लेकिन फ़ोन रख दिया और छत निहारने लगी।

उसकी आँखों में अथाह दुख की लहरें हिलने लगीं। उसके सामने परीक्षित और किसी नर्स के अश्लील दृश्य घूमने लगे। वह साँस रोककर उन्हें विभिन्न मुद्राओं में देख रही थी।

उसे सब कुछ घिनौना लगने लगा। वह अपने को एक बेबसी से जकड़ी हुई महसूस करने लगी। साँस फूल आई। वह पस्त हो गई थी। उसे अपने ऊपर ग़ुस्सा आने लगा, क्यों अपने को सोशल बनाया। जब तक घर में थी, ठीक था। पता तो नहीं चलता था परीक्षित क्या गुल खिला रहा है। लेकिन संयोग ही था कि उसे एक दिन लगा, इस तरह की जीवन-शैली की मियाद ख़त्म हो गई और अब कुछ समाजसेवा होनी चाहिए। उसी सप्ताह समाजसेवा शुरू कर दी। पुरस्कार वग़ैरह बाँटने लगी। वाद-विवाद प्रतियोगिताओं आदि में जज बनने लगी। इसी सामाजिकता में परीक्षित की पोल खुल गई थी। सबसे पहले उसे मालूम हुआ, परीक्षित बड़ा क्रूर आदमी

है। रुपये लेकर तीन फ़र्ज़ी एनकाउंटर कर चुका है। बड़े आदमियों और नेताओं से उसके ताल्लुकात प्रसिद्ध थे। उन्हें लाभ पहुँचाने में वह पटु था। इन सबसे अपर्णा को कोई तकलीफ़ नहीं हुई थी।

लेकिन एक पार्टी में मिसेज़ बतरा ने जो थुलथुल, अधेड़ महिला थीं, सारा दारोमदार मिसेज़ तिवारी पर थोपते हुए कहा, "मिसेज़ तिवारी कह रही थीं।" वह इस बात के लिए पूरी तरह सतर्क थीं कि मौक़ा पड़ने पर मिसेज तिवारी ही मुलज़िम बनें, "क्या कहा? मिसेज़ तिवारी कह रही थीं कि एस.पी. साहब कुतिया के पिल्ले बाँटते हैं। खरगोश भी बाँटते हैं। वो मिसेज़ तिवारी ही कह रही थीं। असली अर्थ अभी उनकी ख़ामोशी में छिपा हुआ था।

"क्या मतलब?"

"मैं नहीं कह रही। वो मिसेज़ तिवारी ही कह रही थीं।"

"क्या कह रही थीं?" अपर्णा ने झुँझलाकर पूछा।

"मिसेज़ तिवारी कह रही थीं कि इससे उनकी इमेज बड़ी ख़राब बन रही है। मिसेज तिवारी कह रही थीं कि वह उन्हीं घरों में पिल्ले और खरगोश देते हैं, जहाँ ब्यूटीफुल जवान गर्ल्स रहती हैं।"

इस तरह की बातों से उसे बहुत बार गुज़रना पड़ा। धीरे-धीरे सब कुछ साफ़ होने लगा। परीक्षित ऐसे अवसर पर गाड़ी नहीं ले जाता था और देर से आता था। आज फिर देर से आने के लिए कहकर जाना और गाड़ी यहीं पर।

वह उखड़ने लगी। उसे लग रहा था, चीज़ें उसके हाथ से निकलती जा रही हैं। कहाँ उसने गणित लगाया था कि सुन्दर न होने के कारण परीक्षित दबेगा और कहाँ यह परवर्टेड एप्रोच? उसे ताज्जुब होता था कि कभी मूक प्रेम करनेवाला निष्ठावान प्रेमी इस तरह कैसे बन गया?

वह पुराने दिनों में खो गई। आँखें अधमुँदी हो गईं। वह सारे अच्छे-अच्छे क्षणों का स्मरण कर लेना चाहती थी। वह खोज-खोजकर सुखमय दृश्यों को सामने लाने लगी। इन सबमें ऐसा कुछ था कि उसमें आत्मविश्वास, शक्ति और स्फूर्ति पनपने लगी। खोई हुई दृढ़ता वापस लौट रही थी...

उसका पुराना ख़ूँखार जागने लगा, जो शादी के बाद खो गया था। वह परीक्षित के क्रियाकलापों को धराशायी करने की योजना बनाने लगी। उसकी आत्मा में कुटिलता लबालब भर उठी। उसने परीक्षित को करारी शिकस्त देने के लिए ताना-बाना बुनना शुरू कर दिया। उसके दिमाग़ में लगी ज़ंग अब साफ़ हो गई थी। उसका दिमाग़ अब सान चढ़े चाक़ू की तरह चमक गया था।

वह सोचने में इतना मशगूल हो गई कि उसकी साड़ी की क्रीज ख़राब हो चली। होंठों की लिपस्टिक बेतरतीब हो गई। नाक के नीचे पसीने की क़तार खिंच आई थी।

लेकिन उसे कोई रास्ता नहीं सूझ रहा था...हिम्मत हारने लगी। वह अपने ही रचे

व्यूह में गिरफ़्तार हो गई थी। वह हाँफने लगी। किसी तरह उठकर लाइट बुझाया। वह सोने की कोशिश करने लगी।

रात थोड़ी ही देर में ख़त्म होनेवाली थी। बुरे सपनों ने अपर्णा को नींद में भी त्रस्त कर रखा था। बार-बार वह क्रोध और नक़ली मुस्कुराहट के बीच जूझती हुई दिख रही थी।

डरकर वह जाग गई। कमरे में उजाला फैला हुआ था। परीक्षित जूता का फ़ीता खोल रहा था। वह अनमनी बनी रही। साँस रोककर परीक्षित की पदचापों का इन्तज़ार करने लगी। थोड़ी देर बाद वह आया और उसकी बग़ल में लेट गया। जल्द ही नींद में डूब चला वह।

अपर्णा को लगा, परीक्षित नहीं उसकी बग़ल में कोई कुत्ता लेटा हुआ है। सड़ा हुआ जानवर। वह उठकर खड़ी हो गई और दाँत पीसने लगी।

कमरे में चहलक़दमी करने लगी वह। सोचना शुरू किया। बहुत कोशिश की लेकिन कोई रास्ता न दिखा। वह हार गई। 'पापा तुम्हीं कुछ करोगे' उसने तय किया, थोड़े दिनों के लिए पापा के पास चली जाएगी। उनसे कहेगी, कोई रास्ता निकालें। सब कुछ फिटफाट हो जाए।

पुनीत को पता चला कि अपर्णा आ रही है तो उसने संध्या को भी अपने पास बुला लिया। सोचा, दोनों बहनें मिल लेंगी। संध्या के पास तो अपर्णा जाएगी नहीं। माँ के गहने जो ग़ायब हुए थे।

जैसे भूखे को निमंत्रण मिल गया हो, संध्या प्रतिहिंसा की आँच से उबलने लगी। दो दिन पहले ही पापा के पास पहुँच गई, जिससे अपर्णा के पहले वह पापा को पटा ले।

एक मंत्री जी का आकस्मिक कार्यक्रम बन जाने के कारण परीक्षित नहीं आ सका। अपर्णा एक कपड़ा मिल के डायरेक्टर की गाड़ी से आई। उसे तीन सिपाही छोड़ने आए थे। संध्या यह सब देखकर जल-भुन गई। गोया, यह सारी शान-शौक़त गहनों की वजह से थी।

अपर्णा ने संध्या को देखा तो चौंककर सिहर गई। लेकिन अगले ही पल उसने अपने को सहज कर लिया था। वह सबसे पहले लगभग दौड़ती हुई संध्या के पास पहुँची और अपने वक्ष से लगा लेना चाहा लेकिन कुछ क़द कम होने की वजह से वह ख़ुद ही संध्या के वक्ष से जा लगी।

सब लोग भीतर आए। मन्दिरा नाश्ते की व्यवस्था करने चली गई। पुनीत ने जो मन्दिरा की तरह सजा-सँवरा था, आवाज़ को रोबीली बनाते हुए कहा, "कहो बेटे क्या हालचाल हैं?"

"फ़र्स्ट क्लास पापा। संध्या के लिए लड़का पटा लिया है। हमारे यहाँ का रूरल एस.पी. अनूप कुमार, बेचारा कुँवारा है।"

हल्के शोरगुल के बाद मन्दिरा, अपर्णा और पुनीत गम्भीरता से बात करने लगे।

संध्या वहाँ मौजूद होकर भी कुछ नहीं बोल रही थी। उसका दिल उसे कोस रहा था कि वह क्यों अपर्णा से ऐंठी थी। अगर वह भनक भी पा गई उसके ऐंठने की, तो हो सकता है कि बात बिगाड़ दे। इतना अच्छा चांस हाथ से निकल जाएगा। वह अपने को कोसने लगी। धिक्कारने लगी। 'बड़ी चली थी बदला लेनेवाली। पूरी पट्ठी की उल्लू हो।' चिड़चिड़ाहट में मुहावरा उलटा कर दिया। वह चाह रही थी कि कितनी जल्दी बिगड़ी बात बना ले।

पुनीत को मन्दिरा के साथ एक दोस्त के यहाँ पार्टी में शामिल होना था। उसके पहले भी कुछ काम निबटाने थे। तभी दोनों सजे-सँवरे थे। पुनीत ने अपर्णा से इसके लिए माफ़ी माँगी। मन्दिरा ने कुछ नहीं कहा। उसे शादी के समय अपर्णा की बेरुख़ी अभी तक याद थी।

दरवाज़ा बन्द करके संध्या ने अपर्णा की गर्दन में बाँहें डाल दीं, "बहुत स्वीट लग रही हो।"

"चलो यार मस्का मत लगाओ। मैं वैसे ही अनूप कुमार के बारे में बता दूँगी।"

"मस्का की बात नहीं। तुम जब आईं, तो मेरा सिर बड़ा तेज़ दर्द कर रहा था। पर तुम आईं क्या, मेरा सिरदर्द ग़ायब। तुम कोई जादू जानती हो क्या?"

"और नहीं तो क्या।"

"तब तो जीजा जी पर ख़ूब चलाया होगा।"

"धुत।" वह इस तरह शरमा गई। जैसे सचमुच चलाया हो।

संध्या उसकी चापलूसी में जुट गई उसकी छाया-सी हो गई।

अपर्णा सब कुछ समझ रही थी। मन ही मन मुस्कुराती कि ऐन वक़्त पर क्या ख़ूब आइडिया सूझा। अपने यहाँ के रूरल एस.पी. तीन बच्चों के बाप—बेचारे कुँवारे बन गए। उसकी इच्छा हुई ठहाका लगाकर हँसे लेकिन ऐसा न करके वह बोली, "देखो मुझे तो मालूम भी नहीं था कि तुम भी यहाँ हो, इसलिए कुछ ले नहीं आई। जो लेना है, बताना। मैं यहाँ से ले दूँगी। अरे हाँ, वहाँ मम्मी की क्या न्यूज़ है?"

संध्या ने मुस्कुराकर कहा, "घूस मत दो, मैं वैसे ही बता दूँगी।"

"अच्छा जड़ा। बहुत ख़ूब। अच्छा डॉक्टर बरनवाल से उनका कैसा है?"

"जब से उनका गहनों वाला बॉक्स ग़ायब हुआ, तब से किसी से कोई रिश्ता नहीं।"

"कैसे ग़ायब हुआ?"

"इसको तुमसे अच्छा कौन जान सकता है?" बहुत चाहने के बावजूद संध्या अपने मनोभावों को ज़ब्त न कर सकी।

अपर्णा को शंका हुई कि कहीं रूरल एस.पी. के शादीशुदा होने वाली बात संध्या जानती है क्या, जो इस तरह बोल रही है।

संध्या ने बोल तो दिया लेकिन पछता रही थी। उसने अपर्णा को फिर से ख़ुश करने के लिए गायत्री के बारे में बताना शुरू किया, "मम्मी की कुछ मत पूछो, नींद की

गोलियाँ हमेशा उनके पास रहती हैं। नींद आने के लिए नींद की गोली ली। नींद टूटी, फिर नींद की गोली। फिर तो फिर। हमेशा सोती रहती हैं। चेहरा गोलगप्पा की तरह फूला रहता है। और बुझा भी रहता है। आँखों के नीचे काला-काला-सा हो गया है। किसी से भी कुछ बोलती नहीं है। बस सोना। नींद की गोली ही उनकी फ्रेंड है। अगर यही हाल रहा तो तुम देखना जल्द ही गॉड एक दिन उन्हें अपने पास बुला लेगा।"

"फिर मकान का क्या होगा?"

"उस पर पापा ने आँखें गड़ा रखी हैं।" संध्या की आवाज़ में पापा के लिए रोष था, "ये लो पापा-मम्मी आ भी गए।"

मन्दिरा की साड़ी पर उल्टी के दाग़ थे। अनाज के छोटे-छोटे लोथड़े बिखरे थे। बदबू भी आ रही थी।

पुनीत फ़ोन पर पार्टी में न पहुँच पाने के लिए नर्म शब्दों में माफ़ी माँग रहे थे। लेकिन चेहरे पर खीज झलक रही थी।

मन्दिरा साफ़-सुथरी होकर आई और अपने फूले हुए पेट पर हाथ फेरने लगी। उसकी पस्ती अब कम हो गई थी।

रास्ते में ड्राइवर और अन्य लोगों के देख लेने के भय से वह चुप लगा गया था। लेकिन घर में आकर उसका ग़ुस्सा भड़क उठा, "बताओ पार्टी में क्या सोचते होंगे लोग? लेकिन यहाँ उल्टी करनी ज़रूरी थी। इतनी इम्पोर्टेंट पार्टी मगर सब चौपट। क्या बताएँ। उफ़। माइंड साला अपसेट हो गया...अब टाइम भी नहीं है...क्या बताएँ...!" वह मन्दिरा को शातिर अपराधी के रूप में देख रहा था।

मन्दिरा इन सबसे बेख़बर एक विज्ञापन की कमसिन लड़की की बिंदी देखने में जुटी थी। हालाँकि पार्टी की मौज से वंचित होने की कसक उसमें भी कम नहीं थी।

अपर्णा को चिन्ता हुई, आज वह पापा से परीक्षित के बारे में बातें नहीं कर पाएगी। पापा का मूड बिगड़ा है। मम्मी को भी आज ही वोमिटिंग करनी थी। उसने सोचा कि फ़िलहाल वह थोड़ी देर के लिए इन लोगों से अलग हो जाए। वह लॉन में जाने के लिए खड़ी हुई। पुनीत कुछ पूछे, इससे पहले फ़ोन घनघना उठा।

लॉन में अपर्णा को बड़ा सुख मिल रहा था। आसपास की हरीतिमा और आकाश का उड़ा-उड़ा-सा नीलापन शान्ति और सन्तोष की रचना कर रहे थे। अपर्णा ने पुलकित होकर कहा, 'नेचर इज गॉड।' मगर उसका अधिक समय प्रकृति की उच्चकोटि की प्रशंसा में नहीं बीत सका। जल्द ही वह परीक्षित को लेकर परेशान हो उठी। और वहीं घास पर लेट गई।

उसने एक अनोखा खेल खेलना शुरू कर दिया था। वह घासों को अपने चेहरे से रगड़ती और कल्पना करती, ये घासें नहीं किसी की मूँछें हैं।

उसने इस खेल की कई पारियाँ खेलीं। इतना कि आसमान के तारे निकल आए। घासों की हरीतिमा कालेपन में तब्दील होने लगी।

उसने कहा, "अच्छा ये मूँछें परीक्षित की हैं।" और खेल में मशगूल हो गई।

मगर जल्द ही उसका मन उचाट हो गया। उसे परीक्षित के कारनामे याद आने लगे, सोच-सोचकर उसमें भय और क्रोध का मिला-जुला भभका उठने लगा। ऊपर से वातावरण में टपकता अँधेरा—वह ख़ौफ़ज़दा हो गई। पीछे से किसी ने पुकारा, वह चिल्ला पड़ती, यदि पुकारने वाले ने तत्काल आगे न कहा होता, "साहब ने बुलाया है।" चपरासी रामकलप था। रामकलप जाने लगा तो उसने कहा, "रुको, मैं भी चलती हूँ।" उसका डर अभी दूर नहीं हुआ था। वह पीछे-पीछे चल रही थी। वह निश्चय कर रही थी, "अभी पापा के सामने सारा कुछ बोल दूँगी और कहूँगी, जैसे भी हो कुछ करें।"

वह पहुँची तो पुनीत ने पूछा, "क्यों बेटे, कहाँ चले गए थे?" उनकी आवाज़ में अब अशान्ति नहीं थी। शायद फ़ोन पर अच्छी बातें हुई थीं।

"ऐसे ही पापा, लॉन में चली गई थी। पापा..." उसकी गर्दन झुक गई, "मैं इन दिनों बहुत टेंशन में हूँ पापा। पापा, मुझे आपसे कुछ बातें करनी हैं।"

"कहो-कहो क्या बात है?" पुनीत ने आत्मीयता से कहा। चपरासी बाहर चला गया।

"पापा ऐसा है...?"

पुनीत ने सिगरेट सुलगा ली और लम्बा कश खींचकर अपर्णा को सुनना शुरू किया। सुनने के साथ वह अपर्णा के चेहरे को ग़ौर से देख भी रहे थे। उसके चेहरे पर भावनाओं की आड़ी-तिरछी रेखाओं को साफ़-साफ़ पढ़ा जा सकता था। आवाज़ कभी तेज़ हो जाती थी, कभी धीमी, गले की नसें फूल उठती थीं।

उसने बोलना बन्द किया तो पाया, गला सूख गया है, लेकिन उठकर पानी पीने की हिम्मत नहीं थी। नौकर को बुलाना नहीं चाहती थी। पानी पीने का ख़याल त्याग दिया। वह पुनीत को सवालिया आँखों से देखने लगी।

ख़ामोशी छा गई। कमरे का हर हिस्सा दूसरों से कटा हुआ लग रहा था। मालूम होता था, समय ठहर गया है। लगता अपर्णा के शब्द फ़र्श और छत के बीच टँगे हैं। कुछ क्षणों के लिए उस कमरे का अस्तित्व सारे संसार से अलग-अलग-सा हो गया था। पूरे माहौल में भारीपन फैला हुआ था।

पुनीत ने सिगरेट जलाकर कहना शुरू किया, "देखो बेटे, वैसे यह तुम दोनों का पर्सनल मामला है।" वह काफ़ी सोच-विचार कर बोल रहे थे, "फिर भी चूँकि तुमने मुझसे कहा है, इसलिए कुछ कह रहा हूँ। दरअसल मैरिज के पहले ही तुम्हें इन सब चीज़ों पर सोच लेना चाहिए था। तुमने नहीं सोचा, मुझे इस बात पर हैरत है। दूसरी बात, तुम जो शिकायतें कर रही हो वे ठीक नहीं हैं। लोअर क्लास और मिडिल क्लास की औरतों की तरह ऐसी चीज़ों पर अधिक ध्यान दोगी तो तुम्हारी लाइफ़ चौपट हो जाएगी। हमेशा के लिए टेंशन पाल लोगी..."

"पर पापा मैं क्या करूँ? मैं इस तरह नहीं रह सकती। परीक्षित...अब क्या कहूँ पापा।" अपर्णा बहुत निरीह लग रही थी।

पुनीत कुछ सोचने लगे। एक लम्बी साँस छोड़ी, "ठीक है, अगर तुम्हारी इतनी ज़िद है तो तुम्हारी शादी में जो होममनिस्टर आए थे, उनसे कहकर परीक्षित का ट्रांसफर होमगार्ड में करा देता हूँ। वहाँ न पैसा रहेगा, न पावर। अपने आप दिमाग़ दुरुस्त हो जाएगा। बोलो ठीक है न? लेकिन सोच लो।"

अपर्णा ने घबराकर कहा, "नहीं पापा, ऐसा मत करिएगा। परीक्षित ठीक है। बहुत अच्छा है।"

पुनीत के होंठों पर सुख और सन्तोष की मुस्कुराहटें खेलने लगीं। उनकी सिगरेट बुझ गई थी। उन्होंने नई जला ली।

[1987]

बड़ी अम्मा

हमारे घर में बड़ी अम्मा को लेकर परेशानी, उत्सुकता और उलझन थी। दादा (उनके पति) रिटायर होकर गाँव लौट आए थे। और अब बड़ी अम्मा गाँव में लड़-झगड़ कर हम लोगों के पास आ रही थीं। वैसे अगर ख़ानदान की किताब का मुआयना किया जाए, तो उन्हें हमारे यहाँ किसी सूरत में नहीं आना चाहिए था। क्योंकि कुछ साल पहले तक हम लोगों ने जो मुसीबतें झेली थीं, उनकी वजहों में वह भी थीं। दादी बताती हैं कि बाबा दादा के सिर पर एक भाई और तीन बहनों की कच्ची गृहस्थी छोड़कर गुज़रे थे। जिन्हें दादा भरसक ढो रहे थे। सब कुछ सलीके से चल रहा था। किन्तु बड़ी अम्मा आईं और शान्ति की चूलें हिल गईं। उनकी दादी से घमासान लड़ाइयाँ होने लगीं। लोग पछताने लगे, कंगाल के घर से बहू क्यों लाई गई?

दादी का कहना है, जब वह बड़ी अम्मा से गेहूँ पीसने के लिए कहतीं तो मोटा पीस देतीं। यही नहीं, जाँत चलाती थीं, तो गाने की जगह गालियाँ बोलतीं। बरतन गन्दा साफ़ करतीं। खाना ख़राब पकातीं। रात को सिर-पैर वग़ैरह बेमन से दबातीं।

दादा एक दिन बड़ी अम्मा को डेरे पर ले गए। उसी के चन्द महीने बाद दादा की तरफ़ से आर्थिक सहायता बन्द हो गई थी। छिटपुट आते, तो दादी के लिए सुपाड़ी, सुर्ती, तेल, पान आदि लेते आते। तीन-तीन बहनें थीं। दादा ने मुँह फेर लिया था। सारा बोझ पिताजी के कन्धों पर आ पड़ा और इसीलिए हम भाई-बहन का जन्म ही दुखों की सुरंग के मुहाने पर हुआ था। यही सब वे कारण थे कि अम्मा, पिताजी, दादी, बुआ—सभी उनसे घृणा करते थे। सबका दृढ़ विश्वास था कि सारी ख़ुराफ़ातों की खलनायिका बड़ी अम्मा हैं।

बड़ी अम्मा के ग्रेजुएट और पोस्ट ग्रेजुएट दो लड़के थे। दोनों की ख़सूसियत थी, शुरू से ही माँ को डाँटते थे। अगर बड़ी अम्मा किसी तरफ़ से अच्छा व्यवहार पातीं, तो अपनी अठारह वर्षीय बेटी सीता से। बेचारी घर का सारा काम सँभालती। बड़ी अम्मा ने लड़कों की पढ़ाई से भयभीत होकर हाईस्कूल बाद उसकी पढ़ाई छुड़ा दी थी। सीता हाईस्कूल फ़र्स्ट डिवीज़न पास हुई थी और पढ़ाई छूटने पर बहुत रोई थी किन्तु उसकी एक न चली। घर बैठा दी गई। बड़ी अम्मा की लड़ाइयों में वह इकलौती तटस्थ और मूक सदस्य होती। बड़ी अम्मा जब पिटने के बाद शान्त हो जातीं, तो वह उनका सिर दबाकर अपनी पक्षधरता घोषित करती। बड़ी अम्मा झगड़े

के कारण ही हमारे यहाँ आ रही थीं...।

हुआ यों कि एक दिन मार खाने के बाद उन्होंने घोषणा की, "बस बहुत सह चुकी। मैं फाँसी लगाकर सारा खेल ख़त्म कर लेती हूँ।" जवाब में उनके बड़े लड़के जिसकी डिस्को संगीत में रुचि बढ़ रही थी, ने रस्सी लाकर सामने रख दी और कमर पर दोनों हाथ रखकर व्यंग्य से देखने लगा। वह रस्सी लेकर तपाक से उठीं और बेटी से लिपटकर रोने लगीं। रस्सी लेकर जाते समय सीता ने रोका, तो उसे ठेलकर ऊपर वाले कमरे में चली गईं। सबकी साँसें रुक गईं। दादा, लड़के सभी चाहते थे, वह लौट आएँ लेकिन ख़ुद बुलाने में हेठी समझते थे। केवल सीता ऊपर दरवाज़ा पीट रही थी।

आख़िर वह सीता के साथ सीढ़ियाँ उतरीं। दादा ने राहत की साँस ली होगी, लेकिन कहा, "बस नौटंकी ख़त्म हो गई?"

बड़ी अम्मा को बात लग गई और दादा की दवाओं को काफ़ी मात्रा में निकालकर फाँक लिया। उनके शरीर पर छाले निकल आए थे। शरीर में बड़े ज़ोर की खुजली उठती थी। हमारा इलाहाबाद प्रदेश का जाना-माना शहर है। वह यहाँ इलाज के लिए आ रही थीं।

अंजली ने पिताजी से ऐसे ही कहा, "कल बड़ी अम्मा आ रही हैं।"

उन्होंने एक साथ हँसते और झुँझलाते हुए कहा, "भई तो मैं क्या करूँ या क्या करूँगा?"

"तुम भौजाई का गाना सुनना।" अम्मा ने मज़ाक़ किया। सभी हँसने लगे। सबको हँसता छोड़कर अम्मा खाना बनाने चली गईं। मुझे ताज्जुब हुआ, कैसे पल-भर में बड़ी अम्मा के प्रति कटुता का सैलाब छू-मन्तर हो गया।

अंजली ने कहा, "मैं जा रही हूँ भीमसेन जोशी को सुनने, तुम भी चलो।"

"नहीं, मैं कल सुनूँगा। आज मैं पढ़ूँगा।"

मुझे अपने मुँह से नहीं कहना चाहिए, लेकिन फिर भी कह ही रहा हूँ कि हमारा परिवार आदर्श परिवार है। हमारी माँ ज़्यादा पढ़ी-लिखी नहीं हैं, इसके बावजूद हमारी बातों को, आधुनिक विचारों को समझती हैं। पिताजी में मेहनत और संघर्ष करने की अपरम्पार क्षमता है। इन दोनों और कुछ संयोग का ही कमाल रहा कि आज हमारी आर्थिक स्थिति भी ठीक हो गई है। वरना तो कभी के हम लोग टूट गए थे। अब छोटी-मोटी सारी चीज़ें हो गई हैं। हमारे घर में टी.वी. है, फ्रिज है, टेपरिकार्ड है—कहने का मतलब जीवन बड़े मज़े से बीत रहा है। इधर कुछ ज़्यादा ही। क्योंकि हमने और अंजली ने ढेर सारी किताबें और कैसेट्स ख़रीदे हैं। यूनिवर्सिटी बन्द है।

बड़ी अम्मा अपने डिस्को प्रेमी बेटे के साथ रेल से उतरी थीं। लड़के ने मुझे देखा और हालचाल पूछा। एक फ़िल्म का नाम लेकर कहा, "इसका आज आख़िरी दिन है।" वह स्टेशन से ही चला गया था टॉकीज़।

बड़ी अम्मा जैसे किसी मेले में आई थीं। उन्होंने चटक गुलाबी रंग की साड़ी पहनी थी। माँग में सिन्दूर और पैरों में रंग लगा था। हाथ में टीन का एक बक्सा था, जो कुंडी के अभाव में रस्सियों से बँधा हुआ था। रिक्शावाले को पता बताकर हम बैठ गए। उन्होंने फुसफुसाकर कहा, "कितना लेगा? पहले तय कर लेना चाहिए था।" वह रिक्शावान को सुनाते हुए कहने लगीं, "अरे रिक्शा की कौन ज़रूरत थी? चार परग तो था। लम्हा-भर में पहुँच जाते पैदल ही।" मुझे हँसी आने लगी उनकी चतुराई पर। मैं हँसने ही वाला था कि उन्होंने मुझसे मेरे घर के बारे में पूछना शुरू कर दिया। अंजली के बारे में उन्होंने राय दी कि उसे इतना नहीं पढ़ाना चाहिए। अब जल्दी से जल्दी उसकी शादी हो जाए। मैं चुप ही रहा। मैं उनसे उलझना नहीं चाहता था। चोट नहीं पहुँचाना चाहता था। उन्होंने रिक्शा रुकवा दिया। अपनी धोती की एक गाँठ खोलकर दो रुपए का नोट दिया मुझे, "इसी का केला ले लो।" मैंने चुपचाप उनकी इच्छा पूरी की।

जब हम घर के सामने पहुँचे, तो रिक्शावान ने चार रुपए माँगे। मैंने कम कराया। बात तीन पर पहुँची। वह सामने वाले पेड़ को देखने लगीं। रिक्शा आगे बढ़ा, तब कहीं जाकर उनकी तन्द्रा टूटी।

पिताजी ऑफ़िस गए थे। मेरी अम्मा ने उनका पाँव छुआ। अंजली की नमस्ते का जवाब देते हुए वह बोलीं, "बहुत पढ़ाई हो चुकी बिटिया। अब बन्द करो। ज़माना बड़ा ख़राब है। फिर पढ़ाई-लिखाई से लोगों का दिमाग़ बिगड़ जाता है। हमारे दो-दो कपूत तो हैं। पहले ठीक थे, जैसे-जैसे दर्जा डाके, बुद्धि भ्रष्ट होती गई। अब देखो, आया और फ़िलिम चला गया। हमारा कोई ख़याल नहीं करता।" उनका गला भर्रा आया, "ये जो दोनों कपूतों के बाप हैं, ज़िन्दगी भर मुझे कुकुर और सियार की तरह रखा। हम क्या करें दुलहिन...।"

मेरी अम्मा ने कहा, "जीजी आप भी बस। चलिए पहले मुँह-हाथ धो लें। आराम से बैठें, फिर बात होगी।"

बड़ी अम्मा नल के पास चली गईं। नल खोलते ही उन्हें कुछ याद आया, "अरे अजय, उ केला निकाल के दे देना।"

यात्रा की गर्द धोकर वह आईं, तो उनकी थकान भी थोड़ी पुँछ गई थी। मैंने उन पर ग़ौर किया। उनके व्यक्तित्व में फक्कड़पना इतना अधिक था कि वह पगलेट-सी लगती थीं। बालों का अधिकांश हिस्सा पक गया था। रंग उनका गेहुँआ था। चेहरे की रेखाएँ बताती थीं कि उनमें हीन भावना लबालब है। उनकी बात-बात में हथेली से सुर्रा मारकर नाक पोंछने की आदत थी। एक और ख़ास बात थी, थोड़ी-थोड़ी देर पर उनकी आँखें झपक उठती थीं।

वह अपनी गरदन को रगड़कर मैल छुड़ा रही थीं। तभी कुछ परेशान होकर अंजली से बोलीं, "बिटिया ज़रा कोई पटरी देना।"

अंजली ने स्केल लाकर दिया। उसे ब्लाउज़ में डालकर पीठ खुजलाने लगीं।

अम्मा ने उनसे बात शुरू करने के लिए गाँव का हाल-चाल पूछा। उन्होंने जवाब में शिकायतों और तकलीफ़ों का बहीखाता खोल दिया। दादी के ख़िलाफ़ चुगली व्याख्यानमाला शुरू कर दी। दादा और दोनों लड़कों की भर्त्सना करते-करते उनकी आँखों में आँसू आ गए। विलाप आरम्भ कर दिया।

उनके रोने का मुझ पर बिलकुल असर नहीं हुआ। मैं सीता के प्रति उनके नज़रिए से भरा हुआ था। आख़िर मैंने प्रश्न दाग़ दिया, "आपने सीता की पढ़ाई क्यों छुड़ा दी?"

"मैं तुम्हारी अम्मा की तरह बेवकूफ़ थोड़े हूँ। दुनिया जानती-समझती हूँ। पढ़ाई-लिखाई आदमी को अपनों से दूर कर देती है। दया-मुहब्बत का नामोनिशान मिटा देती है। और...।"

पसीने से भीगी अंजली आकर पंखे के नीचे खड़ी हो गई। जैसे हवा काफ़ी न हो, हथेलियों से चेहरा झलने लगी, "बड़ी अम्मा खाना तैयार है। गरमागरम। चलिए उठिए।"

उनकी निगाह अंजली के पैरों पर पड़ी। वहाँ चप्पल न पाकर उन्हें सन्तुष्टि हुई। फिर पूछा, "कहो बिटिया, सुबह नहाती हो या शाम को?"

"सुबह-दोपहर-शाम—तीनों वक़्त।" अंजली हँस दी।

"इसका मतलब खाना बनाते समय सफ़ाई का ध्यान देती हो।"

"पूरी तरह से। चलिए उठिए।" उसने उनका हाथ पकड़ लिया। थाली देखकर उनका चेहरा खिल उठा। मालूम नहीं, वह भूखी थीं या खाना उन्हें देखने में अच्छा लगा।

लेकिन वह उदास हो गईं। एक अजीब क़िस्म की पीड़ा उनके नथुनों में फड़फड़ा उठी। उन्होंने कहा, "पता नहीं, वह फ़िलिम ही देख रहा होगा या कुछ खाया-पीया भी होगा?"

उनके खाने का ढंग ऐसा था कि मुझे लगा, उन्हें कुछ रास नहीं आ रहा है। उनके तनाव को तोड़ने की ग़रज़ से मैंने कहना शुरू किया, "अरे सब्ज़ी तो खाइए। थोड़ा बड़ा कौर। हाँ अंजली, ज़रा ध्यान दिए रहना। देखना है बड़ी अम्मा, कि आप और अम्मा में कौन ज़्यादा खाता है...।"

उन्होंने हँस दिया, "तुम तो हमको बच्चे की तरह फुसला रहे हो जैसे।"

अब अंजली की बारी थी, "और बड़ी अम्मा। थोड़ी सब्ज़ी और। अरे आलू लीजिए। देखिए ये रोटी कित्ती फूली है...।"

"अच्छा भागो।" उन्होंने प्यार से झिड़क दिया। वह कुछ सोचने-सी लगीं। कुछ सोचते हुए ही सवाल किया, "अच्छा बताओ खाना पहले से ही बना रखा था क्या?"

"नहीं, अभी अंजली ने बनाया।" अम्मा बोली।

"इतनी जल्दी कैसे बना लिया?"

"गैस पर खाना बनने में कौन देर लगती है।"

“गैस है यहाँ!” बड़ी अम्मा ख़ुश हो गईं, “मुझे उसे खोलना और बन्द करना सिखा देना।”

दोनों देवरानी-जिठानी हाथ-मुँह धो रही थीं। शनिवार होने के कारण आज दिन में भी टी.वी. पर कार्यक्रम थे। मैंने टी.वी. खोल दिया। सोचा, बड़ी अम्मा ख़ास रुचि लेंगी या हतप्रभ हो जाएँगी। ऐसा न हुआ। बाद में पता चला कि डेरे पर वह पड़ोस में एक वकील साहब के घर देखा करती थीं। हाँ, स्टैबिलाइज़र की तरफ़ अवश्य उँगली तानकर पूछा, “ये क्या चीज़ है?”

अंजली ने कमरे में प्रवेश किया, “यह नए फ़ैशन का बक्सा है।”

“ठीक है, तेरी शादी में ऐसे ही बक्से दिए जाएँगे।” उन्होंने जड़ा और ठहाका मारकर हँसने लगीं। अंजली झेंप गई। नामालूम अपनी शादी की बात पर या उनके ठहाके पर। उसके सारे खुलेपन को उन्होंने परास्त कर दिया था।

थोड़ी ही देर देखा होगा कि घबड़ाकर बोलीं, “अरे अजय, टीवी-सीवी तो फिर देखूँगी। जिस काम के लिए आई हूँ पहले उसे करा दो। चलो मेरा मर्ज़ दिखा दो।”

मैंने कहा, “चलिए।”

अम्मा ने कमरे में मुझे ले जाकर कुछ रुपए दिए, “इसे रख लो। बड़ी अम्मा के पास न हो, तो तुम दे देना।”

मैंने अम्मा को आदर और प्यार से देखा। देखकर लगा मैं कितना सुखी हूँ। मैंने महसूस किया, मेरी माँ से अच्छी शायद ही कोई माँ हो। वैसे इस सच्चाई के बारे में मैं जानता हूँ कि दुनिया के हर इनसान को अक्सर ऐसा ही महसूस होता है।

उन्हें डॉक्टर को दिखाकर लौटा। रास्ते में लौटते समय अपने मर्ज़ और उसकी दवा के बारे में बिलकुल नहीं पूछा। बल्कि उनकी उत्सुकता डॉक्टर की आमदनी जानने में थी, जैसे उसी से डॉक्टर की योग्यता मालूम हो जाएगी।

घर पहुँचे, तो अंजली ने तमाशा खड़ा कर रखा था। दो फटेहाल बच्चियाँ दरवाज़े पर गाना गा रही थीं। इनकी जाति को यहाँ कंकाली कहा जाता है, जो कंकाल या कंगाली जिससे भी बना हो ग़रीबी से रिश्ता ज़रूर रखता है। दोनों बच्चियाँ ऊँची लय में कोई फ़िल्मी गीत गा रही थीं। उनके गले की नसें मोटी होती जा रही थीं।

हम लोगों के आने पर अंजली ने दोनों को पैसे दिए। पैसों को गिनते हुए वे आगे बढ़ गईं।

बड़ी अम्मा ने अपने सामान्य ज्ञान का परिचय दिया, “ये लोग दिन में पता करते हैं कि किस घर में क्या-क्या है? जाकर अपने बाप को बताते हैं। फिर रात में चोरी-डाका पड़ता है।”

मैंने प्रतिवाद किया, “क्या बात करती हैं आप? ये इतनी छोटी बच्चियाँ। दरवाज़े पर बैठकर घर के भीतर के सारे सामानों का पता कर लेंगी?”

“अरे ये छोटी हैं? अभी ये गाना गा रही हैं। बाद में बड़ी होकर बदचलन हो जाएँगी।”

मैंने अंजली को देखा, उसके चेहरे पर भी मेरी तरह क्रोध था। मैंने सोचा कि इस बात को लेकर बड़ी अम्मा से बहस करूँ। उनको समझाऊँ। लेकिन ऐसा कुछ नहीं कर सका। क्योंकि इतनी देर में मैंने उन्हें जान लिया था। मैंने तय किया कि इनसे भिड़ना फ़िज़ूल है। इनकी अपनी मान्यताओं की पेचें इतनी घनघोर हैं कि किसी भी पिलास से खोली नहीं जा सकतीं। ठीक है। आई हैं, तो रहें कुछ दिन। इज़्ज़त-सेवा करते रहो। इनके दिमाग़ी मकड़जाल को साफ़ करने की कोशिश बेकार है।

मैं कुढ़कर जाने लगा।

"जाते कहाँ हो। ज़रा, टिबिया खोलो।" बड़ी अम्मा ने आदेश दिया।

सकपकाकर मैं टी.वी. के क़रीब पहुँचा, तो वह भी आ गईं। टी.वी. चलाने की एक-एक क्रिया को ग़ौर से देखने लगीं वह।

टी.वी. चालू हो जाने पर मैं उठा, तो उन्होंने कहा, "अब मैं भी खोल सकती हूँ।" मैंने कोई जवाब नहीं दिया और दूसरे कमरे में आ गया। अभी मेरी झुंझलाहट शान्त नहीं हुई थी। ऊँचे स्वर में एक कैसेट बजाने लगा। अपने इस बचकानेपन पर हँसी आ रही थी लेकिन मैं यह जानता था, मेरी मनोदशा की बेहद सटीक अभिव्यक्ति हो रही है।

मज़े की बात, उस शोर में मुझे झपकी आ गई, जैसे वह लोरी हो। चौकस होने पर पाया कि बड़ी अम्मा ने चिल्ल-पों मचा रखी है। बाहर आकर देखता हूँ, वह बिगड़ रही हैं और सामने बैठा लड़का बेहयाई से हँसते हुए जूते का फीता खोल रहा है। मैंने उससे पूछा, "कौन-सी फ़िल्म देखी?"

"तीन-तीन देखीं।" उसने सगर्व कहा और उतावली के साथ इन्तज़ार करने लगा कि मैं पूछूँ, उन फ़िल्मों का नाम क्या था। मैंने नाम नहीं पूछा, क्योंकि मुझे डर था, आगे वह फ़िल्मों की स्टोरी सुनाने लगेगा। मैं बड़ी अम्मा का पक्ष लेकर उसे समझाने लगा कि उसकी इस हरकत से सभी को कितनी परेशानी हुई। बड़ी अम्मा की तो जान ही निकली जा रही थी...। मेरा उपदेश उसे पसन्द नहीं आ रहा था। उसने बड़ी अम्मा पर व्यंग्य कसना शुरू कर दिया। बड़ी अम्मा रोने और गाली देने लगीं। उन्होंने हाथ जोड़कर ईश्वर से प्रार्थना की कि वह उनके दोनों लड़कों को उठा ले या ख़ुद उन्हें।

माँ-बेटे का झगड़ा काफ़ी देर तक चलता रहा। आगे भी चलता लेकिन भोजन के बाद दोनों को अलग कर दिया गया। लड़का जाकर चारपाई पर लेट गया। उसी समय पिताजी ऑफ़िस से लौटे और उससे जल्दी सोने की वजह पूछी, तो उसने कहा, क्योंकि सुबह जल्दी उठकर गाड़ी पकड़नी है। मैं अपने कमरे में आ गया। पढ़ने लगा। इधर मैंने एक संस्था के सर्वे कार्यक्रम में काम किया था। उससे मिले दो हज़ार रुपयों की किताबें ख़रीदी थीं। उन्हें मैं छुट्टियों में ख़त्म कर लेना चाहता था। मैंने डेढ़-दो घंटे पढ़ाई की। मैं पानी पीने के लिए उठा। लौटा, तो देखा, अंजली

भी चौका-खाना के काम से निवृत्त होकर कमरे में आ गई थी और पढ़ रही थी। वह मुझसे ज़्यादा देर जागकर पढ़ती थी पर पढ़ने की स्पीड तेज़ होने के कारण पढ़ाई में मैं पिछड़ता नहीं था।

मैंने सोचा, दो-चार मिनट बातें हो जाएँ, तो बुरा नहीं। अंजली से कहा, "क्या हालचाल हैं बड़ी अम्मा के?"

"बड़ी विचित्र हैं। तुम जब कमरे में आए, तब रो रही थीं न! लेकिन थोड़ी देर बाद पिताजी से वो-वो मज़ाक़ शुरू किया कि क्या कहना। मैं अभी आ रही थी न, उसके थोड़ा पहले अम्मा से कह रही थीं कि दुलहिन अब नया ज़माना आ गया है। चलो अब अपनी शादी की सालगिरह मनाया करें और ताली पीट-पीट कर हँसने लगीं। अम्मा ने कहा, "जीजी ये सब नए ज़माने के लोगों को ही शोभा देता है।" इतना सुनते ही बड़ी अम्मा का चेहरा फक हो गया। वह अपने लड़कों के नाम पर सियापा करने लगीं। लड़के की फ़िल्म वाली बात पर अभी तक नाराज़ हैं लेकिन बता रही थीं कि उन्होंने भी देखी हैं फ़िल्में। एक नहीं चार। *मेरा साया, रामराज्य, सती अनसूया* और *हक़ीक़त*। तो ऐसे हैं उनके हालचाल। समझे कि नहीं समझे नए ज़माने के लड़के।" अंजली बेसाख़्ता हँसने लगी। उसकी जल्दी न रुकने वाली हँसी मशहूर है।

मैं कुछ कहने वाला था कि देखता हूँ, बड़ी अम्मा तेल की शीशी लिये चली आ रही हैं, "लाओ अजय, तुम्हारे सिर में तेल ठोंक दूँ। आज के ज़माने के लड़के-लड़की तो फ़ैशन के मारे हैं। सूखा बाल रखेंगे।"

मेरे न-न कहने के बावजूद तेल से मेरे सिर को सींच दिया और अपने खुरदरे हाथों से दबाने लगीं। दबाती रहीं। अंजली पढ़ने में मशगूल हो गई। बड़ी अम्मा के हाथ में कुछ बाल आ गए। मेरे बाल टूटते थे। बड़ी अम्मा चिन्तित हो गईं, "बताओ। यह भी कोई बात हुई। न शादी हुई अभी न ब्याह और बाल टूटने लगे। अच्छा ऐसा करो कि पंसारी की दुकान से हरताल लाकर घिसो और फिर उसे उँगली के पोरों से लगाकर खोपड़ी पर रगड़ा करो। रुक जाएगा। न मिले हरताल, तो प्याज़ का रस लगाओ। इसके अलावा काली मिट्टी से सिर धोया करो। सबेरे उठकर त्रिफला का पानी पिया करो और...

अंजली को छींक आ गई और उसने नाक सुड़का। उसका जुकाम बढ़ गया था। बड़ी अम्मा ने आदेश दिया, "कल अपने पिताजी से कहकर लौहचारा मँगवाओ। उसका काढ़ा बना दूँगी। एक दिन में जुकाम क्या, जुकाम का बाप भी छूमन्तर हो जाएगा।"

उनकी एक और योग्यता से हम अवगत हो रहे थे। लग रहा था कि संसार में ऐसा कोई रोग नहीं है, जिसको वह क्षणभर में चुटकी बजाकर ग़ायब न कर दें।

हम उनकी हक़ीमी से बोर होने लगे। फिर हमें पढ़ाई न कर पाने से भी बेचैनी थी। हम चाहते थे कि वह कितनी जल्दी कमरे से दफ़ा हो जाएँ लेकिन वह इत्मीनान

में थीं। वह बोलती रहीं और हमरी चैतन्यता हलाल होती रही। उनको क्या, वह तो मगन थीं, बोलती जा रही थीं। उन्हें मज़ा आ रहा था।

उनको यहाँ इलाज से फ़ायदा हुआ। वह यहाँ रमने लगी थीं। बहुत कम ऐसे मौक़े होते, जब वह अपने पति या बच्चों का ज़िक्र करतीं। हाँ, सीता इसकी अपवाद थी।

अब जाकर हमें पता चला था, उनके व्यक्तित्व में विलक्षणताएँ ही विलक्षणताएँ हैं। वह चारपाई पर लेटकर कुछ सोच रही होतीं, तभी यकायक गाने लगतीं, 'आ जा मेरी बरबाद मुहब्बत के अफ़साने।' या कोई दूसरा गाना, जैसे *झूम बराबर झूम शराबी*। उनके गायन में ख़ासियत यह थी कि वह एक ही पंक्ति बार-बार दोहरातीं इस उत्साह के साथ, गोया वे नई-नई हों। पहली बार उनकी इस प्रतिभा का सामना करने पर अंजली हँस पड़ी थी, तो उन्होंने मुँह फुला लिया था। तब से हम लोग इस मसले को लेकर बड़े जागरूक रहते कि वह कहीं अपना अपमान महसूस न करें। लेकिन उनमें कोई ग्रंथि थी जैसे। घर में कहीं लोग बातें करते तो उन्हें लगता उनका और उनके परिवार का मज़ाक़ उड़ाया जा रहा है। या निन्दा हो रही है। प्रायः वह कह भी देतीं, "क्या मैं जानती नहीं कि हमारे बच्चे किसी को अच्छे नहीं लगते। मैं भी तो किसी को फूटी आँख नहीं सुहाती। लेकिन क्या करूँ सब ऊपर वाले की कारस्तानी है।" इतना कहने के बाद उनका बोलना-चालना बेहद कम हो जाता, किन्तु मामूली समय के लिए। वह फिर हँसने लगतीं। बकबकाने लगतीं और गातीं—*आ जा मेरी बरबाद मुहब्बत के अफ़साने...*

उनकी खुजली वाली बीमारी ठीक हो रही थी लेकिन जीभ की खुजली नहीं ठीक हो रही थी। वह पटर-पटर बातें करतीं और अपनी बेवकूफ़ियों से हँसातीं। कुछ तो वह पगलेट थीं ही, दूसरे उनके पगलेटपन पर लोग ख़ुश होते थे इसलिए उसमें वृद्धि भी कर देती थीं। मैंने और अंजली ने कुछ दिनों तक इसे झेला मगर कब तक झेलते; हम पढ़ने-लिखने वाले भाई-बहन थे। उनके कार्यक्रमों से मुँह चुराकर पढ़ाई-लिखाई में जुट गए। वह आतीं भी, तो हम पढ़ते रहते या वैसी ही बातें करते। जब कई बार ऐसा हुआ तो उन्हें शायद नागवार लगा। एक दिन वह हमारे कमरे में आईं और भरे गले से कहने लगीं, "क्या मेरा इस घर में रहना तुम दोनों को अच्छा नहीं लग रहा है?" हम हड़बड़ा गए। एक साथ बोले, "क्या कह रही हैं आप?"

"और नहीं क्या, कभी हमसे बतियाते नहीं। बहाना मारकर इस मुँहझौंसी किताब में डूबे रहते हो।"

हमने उन्हें समझाया, "अगर हम लोगों में आप कुछ अच्छाइयाँ पाती हैं या हम लोग अगर आपको प्यारे लगते हैं, तो इसमें इन किताबों का बहुत बड़ा हाथ है।"

जैसे हमने कोई मूर्खता भरी बात की हो, वह हँस दीं, "पढ़ा से ज़्यादा बड़ा होता है कढ़ा। हम कौन-सी किताब पढ़े हैं। हमारे लिए करिया अक्षर भैंस बराबर लेकिन सब जानते हैं।"

अंजली मुस्कुराई, "क्या जानती हैं बड़ी अम्मा आप?"

"मैं! अरे तुम लोग जो रूस-अमेरिका किए रहते हो न, जानते हो?"

"क्या?"

"अमेरिका में गेहूँ समंदर में झोंक देंगे लेकिन ग़रीबों में नहीं दे सकते। रूस में बूढ़ों को गोली मार दी जाती है।"

अंजली ने कहा, "आपकी पहली वाली बात सच है लेकिन दूसरी वाली ग़लत।"

मैंने बोलना शुरू किया, "बड़ी अम्मा, आपने दोनों बातें कान से सुनी हैं। कान से सुनी बात आधी ग़लत होती है, आधी सही। किताबें इस गड़बड़ी को दूर करती हैं।" मैं मुस्कुराया।

वह अपनी हार स्वीकार करने के मूड में नहीं थीं, "अरे क्या जानते हो तुम लोग। एक बार सिल को देवीजी निकल आई थीं। सारे मुलुक की सभी सिलों से ख़ून आने लगा। और, एक बार एक महात्मा का बाल पकड़कर खींचा गया। उसने कहा, जाओ हर रामायण में मेरे बाल निकलेंगे। खोल लो कोई रामायण। ज़रूर बाल निकलेगा। औ औ, डाकू जग्गड़ सिंह को हनुमान स्वामी सिद्ध हैं। वह अमीरों को लूटकर ग़रीबों में बाँट देता है...।" वह बेहद आवेश में बोल रही थीं।

मैंने और अंजली ने भरपूर श्रद्धा का भाव प्रकट करते हुए अत्यन्त विनम्रतापूर्वक उनकी बातों के झूठ को उजागर किया। हमने देखा, हमारी बातों से वह हल्की-सी ख़ुश हुईं। चेहरे पर आश्चर्य और सन्तोष की रेखाएँ भी चमकीं लेकिन उन्हें प्रकट करने में उन्होंने अपनी हेठी समझा और 'तुम लोग की बात निराली है' कहती हुई चली गईं।

उनके पलायन से उत्साहित होकर मैंने सोचा, मेहनत किया जाए, तो इनके दिमाग़ का अँधेरा छँट सकता है। पर कोई बेतुका-सा तर्क देकर टाल गया। कौन इस झमेले में पड़े। समझ भी लेंगी मुँह पर मगर पीठ-पीछे फिर अपना राग अलापेंगी। क्या फ़ायदा मगज़ खपाने से। झूठ-मूठ में परेशान करेंगी।

परेशानी की बात पर याद आई, कुछ दिनों पहले की बात, जब उन्होंने हमारी अम्मा को परेशान कर रखा था। हमारी अम्मा धीर-गम्भीर हैं। उनकी पीठ में दर्द था तब। सो वह घर के बाहर नहीं निकलती थीं। ज़्यादातर घर में ही रहतीं। बड़ी अम्मा को यह रास नहीं आया। उन्होंने उनसे बाहर निकलने की पेशकश की। पड़ोसियों के घर आने-जाने की सलाह दी। इतने तक उन्होंने परेशान किया। फिर इष्ट-फल न मिल सकने की वजह से स्वयं जनसम्पर्क शुरू किया था...।

इन सबके बावजूद उनमें न जाने ऐसी क्या बात थी कि हमें उनसे अपनापन होता जा रहा है। हम भूलने लगे कि हमारी बचपन की तकलीफ़ों की जननी वही थीं। अंजली हैरान थी कि यह पागल-सी अनपढ़ बड़ी अम्मा कैसे घर में अपनी छाप गाढ़ी करती जा रही हैं? उधर बड़ी अम्मा ने अब बाक़ायदा हमें जानने और अपना बनाने की मुहिम और तेज़ कर दी। एक दिन उन्होंने ख़ुद खाना बनाया और उसके ज़ायक़े के बारे में हमारी राय माँगी।

हमने उसे बेस्वाद नहीं बताया लेकिन कहा, जितनी मशक़्क़त की गई है, उस हिसाब से कोई ख़ास भी नहीं है। उन्हें चोट पहुँची। उन्होंने हमारी रुचियों की खोज शुरू की। अब प्राय: अंजली के हाथ से रसोई ले लेतीं और हमारी जीभ को तुष्ट करतीं।

एक दिन वह घर से ग़ायब हो गईं।

पौन घंटा बीत गया। पास-पड़ोस में तलाशा गया लेकिन वह नदारद। पिताजी ऑफ़िस से आ गए थे और हम पर ग़ुस्सा हो रहे थे। मैं शहर में खोजने के लिए निकल ही रहा था कि वह घर की डोलची लटकाए हुए नमूदार हुईं। हमारी चिन्ता सुनकर वह हँस पड़ीं। ठहाका वाली हँसी। उन्होंने कहा, "लो देखो, ये क्या लाई हूँ।" अंजली ने डोलची से सामान निकाला। समोसे थे। ख़ुशी से लट्टू हो गई। वह समोसों की पक्की दुश्मन थी। दो रोटियाँ खानेवाली वह सात-आठ समोसों का संहार कर सकती थी। अगले ही क्षण मेरी आत्मा लोट-पोट होने लगी, बड़ी अम्मा कालाजाम लाई थीं। हम दोनों का प्रिय खाद्य पदार्थ लेने वह घर से गुम हुई थीं। थोड़ी देर पहले उनको लेकर घर में जो रोष था, उसको सोचकर कम से कम मेरा और अंजली का सिर शर्म से झुक गया।

चीज़ें हमारे सामने रखी थीं लेकिन हमें यक़ीन नहीं हो रहा था कि वे बड़ी अम्मा की ख़रीदी हुई हैं। क्योंकि बड़ी अम्मा नंबर एक की मक्खीचूस थीं। कंजूस थीं। आख़िर उनकी जेब से पैसा निकला कैसे?

हमने अन्दाज़ा लगाया कि हमारे प्रति उनके लगाव की ज़मीन बड़ी हो गई थी। हमको लेकर उनके ममत्व का पौधा वटवृक्ष हो गया था। उनका यह वटवृक्ष सप्ताह भर बाद ही इतना विशालकाय हो गया कि हम आज़िज़ आने लगे। अंजली को गोरी-चिकनी बनाने के लिए वह दूध से मलाई निकालकर रखने लगीं। मेरी दाढ़ी की वजह पूछने पर आमादा हो गईं। रोज़ मुझे नाई की दुकान पर जाने की सलाह देतीं, मुझको और अंजली को घरेलू कार्यों से बेदख़ल करने लगीं। पूछने पर कहतीं, "तुम लोग पढ़ो-लिखो। ख़ूब मेहनत करो और नाम कमाओ।" उनकी इस बात में मुझे रहस्य का आवरण दिखाई पड़ता। उनके अध्ययन विरोधी दृष्टिकोण में यह क्रान्तिकारी परिवर्तन कैसे हो गया? पढ़ाई को बच्चों के विनाश का कारण माननेवाली वह हमारी पढ़ाई की पक्षधर कैसे बन गईं? मैं इस रहस्य के भीतर की सच्चाई को जानना चाहता था। उनके बदलाव के कारणों का सुराग लगाना चाहता था लेकिन इनसे जुड़े सवालों और आशंकाओं को अन्ततः अपनी व्यस्तता के कूड़ादान में फेंक देना पड़ा। क्योंकि जल्द ही विश्वविद्यालय खुलने वाला था।

विश्वविद्यालय में मैं और अंजली बुद्धिजीवी के साथ-साथ राजनीतिक भी थे। स्वभावतः जैसे हर जगह स्त्रियाँ पुरुषों के बराबर नहीं मानी जातीं, वैसे ही अंजली के साथ भी था। वह मुझसे कम न थी किन्तु मुझसे कमज़ोर मानी जाती। शायद इसी मुक़ाबलाबाज़ी से बचने के लिए उसने अपना क्षेत्र लड़कियों के बीच चुन रखा था। फिर भी वह विशुद्ध स्त्रीवादी नहीं थी। ज़रूरत पड़ने पर मज़दूरों के जुलूस में भी

शामिल होती थी। वह युवाशक्ति के मुकुट की मणि थी लेकिन हम समझदार लोगों के बीच दोयम दर्जा की नागरिक थी।

अब कोई भी समझ सकता है, हमारी समयाभाव की समस्या को। हम एक साथ कई मोर्चे पर सक्रिय रहते थे। हमारा घर का समय भी आवारा नहीं होता था। छुट्टियों में चले गए दोस्त अब उड़ गए परिन्दों की तरह बारिश में लौट आए थे। पढ़ाई से कुपटा गया समय उनके साथ बहसों में बीतता। चाय बनाने और लाने से शेष समय में अंजली भी बहस में शरीक़ होती। हमारा घर साइकिल स्टैंड हो गया था। हमारा घर कॉफ़ी हाउस हो गया था। लोग जैसे कॉफ़ी हाउस में अपनी टेबल से बाहर के संसार को बतकही में भूल जाते हैं, उसी तरह हम भी अम्मा-पिताजी और बड़ी अम्मा को भूल गए थे। जैसे वे चाय ख़त्म कर लेने के बाद रखे चाय के प्याले हों।

लेकिन बड़ी अम्मा तो बड़ी अम्मा! कब क्या कर बैठें, क्या गुल खिला दें, कोई नहीं बता सकता।

वह हमारे कमरे के दरवाज़े के पास खड़ी हो जातीं और कान लगाकर बातें सुनतीं। अचानक वह बेइंतिहा धैर्यवती हो गई थीं। घंटों हम लोगों की बातों की मूक श्रोता बनी रहतीं। इस बात की तरफ़ मेरा ध्यान अंजली ने दिलाया था और तब मैंने दो-चार बार टोका भी, क्यों ऐसे खड़ी हैं किन्तु वह 'कुछ नहीं' कहकर जल्दी से हट जातीं और थोड़ी देर बाद हम फिर दरवाज़े पर लटकते पर्दों के नीचे उनके पैर पाते।

एक दिन अंजली चाय बनाने के लिए भीतर गई, तो तुरन्त लौट आई। उसको बड़ी अम्मा ने धक्का देकर वापस भेज दिया था। कहा था, वह ख़ुद चाय बनाकर ला रही हैं। तब तक जाकर वह लड़कों को बहस में पछाड़े। लड़कियों की इज़्ज़त बढ़ाए। बड़ी ख़ुश थीं। और वह सचमुच चाय की ट्रे लेकर नमूदार हुईं। रखकर जाने लगीं, तो मैंने रोक लिया और उनका दोस्तों से परिचय कराया। सभी दोस्त खड़े हो गए। उनके बैठने पर ही बैठे। उनका हालचाल पूछा। वह दोस्तों से निहाल हो गईं। वैसे वह पर्दे की ओट में भी हम लोगों से कम ख़ुश नहीं थीं शायद। यह सामने रखी चाय में दूध और चीनी की अपरम्पार मात्रा सिद्ध कर रही थी।

अगले दिन चाय के साथ तले हुए पापड़ भी हमें नसीब हुए। लेकिन इस बार बड़ी अम्मा आईं, तो उठी नहीं। पूरे समय तक हम लोगों को देखती और सुनती रहीं। सुबह मुझे भिगोया हुआ चना मिलने लगा। कभी-कभी भिगोया हुआ गेहूँ मिलता। परिणामस्वरूप यूनिवर्सिटी खुलते ही मेरा स्वास्थ्य जो झटक जाता था, वह यथावत् रहा इस बार।

अंजली के सिर में रोज़ रात तेल पड़ने लगा। यह अलग बात कि इसी कारण अब वह हफ़्ता में तीन बार शैम्पू करने लगी थी। हाँ, इतवार के दिन बड़ी अम्मा उसे बुकआ लगातीं, तो वह प्रसन्न हो जाती।

दोस्तों में वह लोकप्रिय हो गई थीं। कोई दोस्त अधिक दिनों तक ग़ैरहाज़िर रहता तो जैसे बड़ी अम्मा उसके बारे में पूछतीं, वैसे वह भी पूछता। लेकिन एक बात मैं

महसूस कर रहा था कि बड़ी अम्मा अंजली की सहेलियों का जितना ख़याल करतीं उतना हमारा नहीं। शायद इसका कारण यह था कि अंजली की सहेलियों के बीच वह श्रोता ही नहीं होतीं बल्कि प्राय: वक्ता भी बन जाती थीं। यह ज़रूर था कि उनकी बातें हमेशा अपनी बेटी सीता के बारे में होतीं। उन्होंने इतना कुछ बता डाला सीता के बारे में कि वह कभी न मिलने के बावज़ूद इन लड़कियों की पक्की-सच्ची दोस्त बन गई थी। इतनी अच्छी दोस्ती सीता शायद अकेले अपने बूते नहीं बना सकती थी। लेकिन इतना ज़रूर कहूँगा कि जब हम दोनों के दोस्त साथ-साथ होते, यानी लड़कों-लड़कियों का सम्मिलित जमावड़ा होता, उस समय बड़ी अम्मा दो आँखी नहीं करती थीं...।

बड़ी अम्मा केंचुल बदल रही थीं। नित नवीन होती जा रही थीं। उनकी नूतनता ने मुझे भौचक कर दिया था। मैंने उन्हें अपनी पड़ताल का विषय बना लेना मुनासिब समझा। उन पर ध्यान देना आरम्भ कर दिया। बाद में जो नतीजे निकले, वे चौंकाने वाले थे।

वह अपेक्षाकृत चुप रहने लगी थीं। और सोचने लगी थीं। हालाँकि अब भी 'बरबाद मुहब्बत के' और 'झूम बराबर झूम शराबी' गाती थीं। लेकिन ठठाकर हँसती नहीं थीं। यदा-कदा हँसतीं भी तो अचानक चुप हो जातीं और सोचने लगतीं। उनके इस अप्रत्याशित परिवर्तन से पूरा परिवार हैरान था, परेशान था। अलबत्ता उनकी हथेली अब भी नाक पर सुर्रा मारती थी और आँखें बदस्तूर झपकती थीं। इस आदत पर पिताजी मज़ा भी लेते, "भाभी, आप मुझे आँख क्यों मारती हैं?" वह शरमा जाती थीं।

वह अक्सर डोलची लेकर चुपचाप निकल जातीं घर से। घंटा-डेढ़ घंटा बाद वापस आतीं, तो उनके मुँह में पान होता, जिसे वह पहले की तरह चबर-चबर नहीं बल्कि मन्द-मन्द चबा रही होतीं। डोलची में कभी लौकी, कभी मरसा, चौराई का साग या कभी मूँगफली होती।

रात तो रात, दिन में भी वह लम्बी-लम्बी साँसें छोड़तीं। रात-भर करवटें बदलतीं। बरामदा में सोती थीं, जहाँ ज़रा भी खटका होने पर चिहुँककर अपना जागरण सिद्ध करने लगतीं। अम्मा-पिताजी-अंजली—सभी से उनका संवाद कम हो गया था। वह अपने से ही संवाद करने का सन्देह पैदा करतीं। पूछने पर कुछ बताती नहीं। ज़्यादा कुरेदो तो दादी, दोनों लड़कों और अपने पति की शिकायतें शुरू कर देतीं। इन दिनों की शिकायतों में भी नयापन था। पहले उनकी शिकायतों में ग़ुस्सा और दुख होते थे लेकिन अब चिढ़ की भागीरथी उफनती थी। ऐसा विश्वास होता था कि ताज़िन्दगी वह उन लोगों से चिढ़ती रहेंगी। कभी माफ़ नहीं करेंगी। उन लोगों ने भी तो हद कर दी थी। दो महीने बड़ी अम्मा को आए हो गए, मगर एक चिट्ठी तक नहीं भेजी। कोई हालचाल नहीं दिया। सीता के ख़तों से जो समाचार मिला, बस। गाँव के कुछ लोग इस बीच हाईकोर्ट के मुक़दमे में आए थे, उनसे भी कोई सन्देश नहीं भिजवाया। बड़ी अम्मा गाँव से साठ-पैंसठ रुपए लेकर आई थीं। दादा ने पैसा भी नहीं भेजा।

इतनी त्रासदी में भी बड़ी अम्मा ज़बरदस्त होती जा रही थीं। उन्होंने अम्मा-पिताजी की अपने प्रति पुरानी धारणाओं में पलीता लगा दिया था। दोनों उन्हें तहेदिल से चाहने लगे थे। दोनों के मन में उन्होंने दादा और बेटों के लिए विरोध के अंगारे दहका दिए थे। मैंने और अंजली ने बड़ी अम्मा की ओर से उनकी फ़ज़ीहत करने के लिए कमर कस ली थी। बड़े विस्फोटक बिन्दु पर पहुँच गए थे हालात। बड़ी अम्मा के क्रोध, विरोध और दुख अत्यन्त संक्रामक बन गए थे।

बीती हुई शाम मैंने उन्हें डॉक्टर को दिखलाया था। डॉक्टर ने दुरुस्त बताया और दवाख़ाना की गिरफ़्त से आज़ाद कर दिया। बड़ी अम्मा अपने को निरोग अनुभव कर रही थीं। उनकी खुजली ठीक हो गई थी। केवल कभी-कभी मर्मभेदी खुजलाहट होती। लेकिन यह मृत्यु के पहले की कराह थी। बीमारी मर रही थी। इस प्रकार बड़ी अम्मा को ताज़ादम और चैतन्य होना चाहिए था। उनकी ज़िन्दादिली में इज़ाफ़ा होना चाहिए था। मगर वह उलटी दिशा में बह रही थीं। वह स्तब्ध, चिन्तित और उदास रहने लगी थीं। हम लोगों की घबड़ाहट की वजह यह थी कि हम जानते थे, हमसे कोई ख़ता नहीं हुई है, फिर वह इतनी बेन्याज़ क्यों? आख़िर पिताजी ने उनके मनोवैज्ञानिक रोग का प्राकृतिक निदान खोजा। उन्होंने मुझसे कहा, “देखो, इतने दिन हो गए बड़ी अम्मा को आए लेकिन तुमने इनको संगम नहीं नहलाया। ले जाओ संगम। कुछ मन भी बहल जाएगा।”

मैंने कहा, “बड़ी अम्मा तैयार हो जाओ।”

वाक़ई उनके चेहरे पर ख़ुशी तैरी और उदासी, दुख-चिन्ता मामूली-सी काफ़ूर हुई। लेकिन आजकल वह इतनी गुत्थीमय हो गई थीं कि उनके ताज़ा मनोभावों पर यक़ीन नहीं किया जा सकता था। फिर भी मैं उत्साह में था। स्कूटर घर से बाहर निकालकर उसका हॉर्न बजाने लगा—पीं...पीं...पीं...ईं...ईं...।

बड़ी अम्मा डोलची में कपड़े लेकर आईं और स्कूटर पर बैठ गईं। गली पार होते ही मैंने स्पीड तेज़ कर दी। बड़ी अम्मा से यह मेरी जानी-पहचानी चुहल थी। वह स्कूटर पर बैठतीं और मैं हवा से मुक़ाबला करने लगता, तो वह घबड़ाकर कहतीं, “धीरे-धीरे चलाओ, कोई जल्दी नहीं है...जल्दबाज़ी का काम शैतान का काम होता है...?” और मैं सामान्य गति से चलाने लगता।

आज उन्होंने कुछ नहीं कहा, तो मैंने चौंककर कहा, “बड़ी अम्मा कुछ कह नहीं रही हैं आप?”

“आज नहीं कहूँगी धीमा करने को। बढ़िया लग रहा है।”

एक बेहतरीन पान की दुकान के सामने मैंने स्कूटर रोक दिया, “बड़ी अम्मा आपको बहुत चौचक पान खिलाता हूँ आज।”

मैं पान लेकर आया, तो देखता हूँ, वह लिमका की दो बोतलें पकड़े खड़ी हैं। हम लिमका पीने लगे। पान की पुड़िया स्कूटर की सीट पर पड़ी थी। पैसा उन्होंने पहले ही दे दिया था। बोतल लौटाकर मैंने कहा, “तो चला जाए अब संगम।”

उन्होंने शरमाते हुए कहा, "सुन।"

"क्या बात है?" मैं क़रीब आ गया।

"देख, संगम तो मैं एक बार नहा चुकी हूँ। फिर मन चंगा, तो कठौती में गंगा।"

"कहना क्या चाहती हैं आप?"

"संगम की जगह मुझे अजायबघर, हाथी पार्क, खुसरो बाग़, क़िला और जहाँ चन्द्रशेखर आज़ाद अंग्रेज़ों को मारकर अपने को दाग़ लिये थे...दिखा दो।"

"वाह...वाह बड़ी अम्मा।" मैं चिल्लाया, "ज़िन्दगी में पहली बार आपने कोई क़ायदे की बात की है। मैं सभी कुछ दिखाऊँगा। मैं आपको सभी कुछ दिखाऊँगा...।"

हम शाम तक घूमते रहे। घर आए, तो बल्ब, चिराग़ वग़ैरह जल चुके थे। उस समय बड़ी अम्मा की ख़ुशी देखने लायक़ थी।

लेकिन दो-तीन दिनों बाद उनकी ख़ुशी फिर लुप्त हो गई। वह पहले से भी ज़्यादा दुखी, चिन्तित और उदास रहने लगीं। कम बोलती थीं और सोचती रहती थीं।

फिर भी वह हमारे दोस्तों के बीच बैठने से बाज नहीं आती थीं।

मैंने उनको पूरा इलाहाबाद घुमा डाला। सचमुच वह शिशु के उत्साह से सारी चीज़ें देख रही थीं।

मैंने उनको सिविल लाइन्स की दुकान पर शुद्ध देशी घी की चाट खिलानी चाही।

उन्होंने कहा, "नहीं, मुझे इलाहाबाद की मशहूर चीज़ें खिला दो।"

"क्या-क्या?"

"पैसा मेरे पास नहीं रह गया है। तेरे पास है न?" उन्होंने झिझकते हुए कहा।

"हाँ बड़ी अम्मा, आप हुकुम तो करिए।"

"मैं इलाहाबाद का अमरूद खाऊँगी। लोकनाथ की ग़ज़क खाऊँगी। और वह समोसी, जो पन्द्रह दिनों तक ख़राब नहीं होती।"

"ठीक है। पर असली चीज़ तो आपने छोड़ ही दी।"

"क्या?"

"लोकनाथ की भाँग।" मैं हँसा।

"चल वह भी खिला दे।" मुझसे कम तेज़ नहीं हँसीं वह।

आज घर लौटीं तो बेतहाशा उल्लास में थीं। भाँग थोड़ी-सी चढ़ गई थी, इसलिए कुछ ज़्यादा ही हँस रही थीं। दिन भर ख़ूब खाने के बाद भी पर्याप्त खाना खाया और सो गईं।

भाँग के नशे में वह सोई थीं, तो सुबह पिताजी के ऑफ़िस जाने के बाद ही जगीं। जगने के काफ़ी देर बाद तक वह बिस्तर पर लेटी रहीं।

नहा-धोकर पूजा-पाठ करने के बाद चाय पीने लगीं तो गुमसुम-सी लगीं। दो-चार मिनट बीतने पर कहती हैं, "दुलहिन अब मैं घर जाऊँगी।" अम्मा हँसीं और हमसे बोलीं, "देख रहे हो तुम लोग अपनी बड़ी अम्मा को। कह रही हैं कि यहाँ से

जाएँगी। इनकी भाँग अभी तक उतरी नहीं है शायद!" मेरी अम्मा पद में छोटी होते हुए भी उम्र में बड़ी होने के कारण इस तरह का मज़ाक़ कर लेती थीं। इस भाँग वाले मज़ाक़ पर बड़ी अम्मा बोलीं, "नहीं दुलहिन, नशे में तो इस घर में आने से पहले थी। यहाँ आकर मेरे होश-हवास ठीक हो गए। लेकिन अब जाने दो।" वह कहीं खो गईं, "पता नहीं वहाँ क्या हो रहा होगा? देख तो रही हो, इतने दिन आए हो गए लेकिन कोई ख़बर नहीं ली बाप-बेटों ने।" अम्मा ने उन्हें रोका ही था, हम भाई-बहिन भी उन्हें रोकने में जुट पड़े। शाम को पिताजी आए तो वह भी हमारी मोर्चाबन्दी में शरीक़ हो गए। लेकिन बड़ी अम्मा की सरलता और कट्टरता दोनों बेमिसाल थीं। वह टस से मस न हुईं और अपनी घर जाने की टेक पर अड़ी रहीं। उनकी ज़िद ने हमारे घर को, हमारे घर के अनुरोध को मुँह की खिलाई। हम हार गए और वह जीत गईं। हमें इस बात का मलाल था कि इतना सम्मान-अपनापा देने के बावज़ूद हमारी बात की लाज नहीं रखी उन्होंने। पल भर में हमारी भावनाओं के मीठेपन को धूल-धूसरित कर दिया था।

मेरी अम्मा ने बच्चों का खेल शुरू कर दिया, "अच्छा जीजी, दो-चार दिन और रह लें।"

"हाँ बड़ी अम्मा सात दिन।" मैं भी उस खेल में शामिल हो गया।

"नहीं, अब मैं जाऊँगी।" उन्होंने दृढ़ता और निर्ममता के साथ कहा।

वाचाल अंजली आवेश में बोली, "तो यही है आपका हम लोगों से लगाव! जाइए! ठीक है जाइए।"

बड़ी अम्मा उसे एकटक देखने लगीं। अचानक उनकी आँखें उमड़ आईं। आँचल के छोर से आँसू पोंछते हुए बोलीं, "नहीं बिटिया, ऐसी बात मुँह से मत निकाला करो। तुमने हमारा कितना ख़याल रखा।" उनकी आवाज़ फँस गई, "तुम भाई-बहिन को हमारी...उमर लग जाए। भगवान करे, दुनिया का हर लड़का-लड़की तुम दोनों जैसा बने...।"

बड़ी अम्मा ने पलभर में पूरा माहौल ही बदल दिया। हम सभी भीगी हुई आत्मा से विभोर होकर स्तब्ध थे।

"तुम दोनों के दोस्त भी कितने अच्छे हैं...।"

अंजली ने भर्राई हुई आवाज़ में उनकी बात काट दी, "और हमारे इलाहाबाद की चीज़ें—क़िला, हाथी पार्क, अजायबघर, कम्पनी बाग़, वग़ैरह-वग़ैरह...?"

उनके होंठों पर मुस्कान खेल गई, "सब बहुत अच्छा लगा लेकिन तेरी पटर-पटर बातों से कम।"

"और अमरूद, ग़ज़क, समोसी और भाँग?"

वह हँसने लगीं। हँसते हुए ही अम्मा से बोलीं, "सुन रही हो अपनी बेटी की बतकही। अचानक उन्होंने बात का रुख मोड़ दिया, "तो हमारी बिटिया रानी तुम बहुत समझदार और होनहार हो। अपनी ही तरह का लड़का ढूँढ़कर बियाह करना।

हमारा दामाद तुमसे उन्नीस न रहे, हाँ और तू।" उन्होंने मुझसे कहा, "तेरी मेम की गोद भराई करने मैं भी पहुँचूँगी। बस बता देना मुझे उसके घर का पता।"

बड़ी अम्मा ने विस्फोट कर दिया था। शादी-विवाह के मामले में उनके ये उद्‌गार किसी शक्तिशाली बम के धमाके से कम नहीं थे। इस धमाके से माहौल में खिंचा हुआ एक क़िस्म का तनाव पिघलकर भाप बन गया। मैंने सोचा, उनके जाने की बात आई-गई हो गई। मैं निश्चिंत हो चला। लेकिन बड़ी अम्मा अपने हठ का विकराल रूप दिखा देने पर आमादा हो गई थीं। रात को पिताजी से गाँव जाने की माँग दोहराने लगीं। पिताजी ने उनको रोकने की पुरज़ोर कोशिश की किन्तु वह दृढ़-प्रतिज्ञ बनी रहीं। वे ऐसे बैठी थीं, गोया भूख-हड़ताल पर हों। धरने पर हों। अडिग, अड़ियल, आदर्शवादी और बेवकूफ़ नेता की तरह।

उनकी बात मान लेने के सिवा कोई चारा नहीं बचा था। आख़िरी रास्ता यही रह गया था कि उनकी गाँव वापसी हो जाए।

पिताजी के चेहरे पर कुछ परेशानी दिखी। झिझकते हुए बोले, "अच्छा ठीक है लेकिन मुझे ऑफ़िस के काम से हफ़्ता भर के लिए बाहर जाना है कल ही। यही दिक़्क़त वाली बात है। वैसे आपको अजय भी पहुँचा सकता है।"

"हाँ बड़ी अम्मा।" मैंने कहा, "परसों यूनिवर्सिटी इलेक्शन में अपना कंडीडेट खड़ा करने की मीटिंग है। उसके बाद जब कहेंगी, पहुँचा दूँगा।"

"मैं तो कल ही जाऊँगी।"

"आप समझ नहीं रही हैं, कैसे जाएँगी?"

"तुम मुझे यहाँ से बस में बैठा देना। मैं चली जाऊँगी।"

मैंने, अंजली, अम्मा और पिताजी ने जी-तोड़ कोशिश की, वह दो-चार दिन रुक जाएँ लेकिन शिकस्त मिली। हम उनकी बात मानने के लिए बाध्य हो गए।

उनकी बात को मान लेने का निर्णय सुनाया गया, तो वह अम्मा का हाथ पकड़कर रो पड़ीं, "दुलहिन तुम लोग बुरा न मानना। कई दिनों से तबीयत उन लोगों पर अटकी हुई है। रोज़ रात-भर बुरे-बुरे सपने आते हैं। क्या करूँ? फिर इतने दिन रह भी लिया...।"

थोड़ी देर पहले तक हमारे मन में उनको लेकर जो कटुता, झुँझलाहट और ग़ुस्सा के ज़ज़्बात उबल रहे थे, वे दिवंगत हो गए। उनकी जगह लगाव की झील बह उठी। जैसे बड़ी अम्मा सिद्धहस्त चित्रकार हों और हमारे दिल कोरे कैनवस, वह जब जैसा रंग चाहें भर दें।

पूरे परिवार को इस बात से शर्मिन्दगी और संकोच था कि वह अकेली गाँव जाएँगी। गाँव वाले क्या कहेंगे? कैसे-कैसे ताने देंगे? फिर ख़ुद वह क्या सोच रही होंगी कि इतने निर्मोही हैं ये लोग, अकेले जाने दे रहे हैं। ज़रूर उनके दिल में हमको लेकर कम-से-कम मुझे और पिताजी को लेकर फाँक पड़ी होगी।

शायद हमारे सन्देह को उन्होंने भाँप लिया था। क्योंकि वह पुरानी वाली पगलेट

बड़ी अम्मा बन गईं। इधर-उधर ताका और मेरे सारे गन्दे कपड़ों को खूँटियों से उतारकर बाथरूम में घुस गईं। मैं मना ही करता रह गया। उस काम को पूरा करके पिताजी से दिल्लगी के मूड में आ गईं। एक से बढ़कर एक रसिया मज़ाक़ के तीर वह फेंक रही थीं। बाद में अम्मा को भी इस आयोजन में सम्मिलित कर लिया।

उस रात खाना भी उन्होंने बनाया। मेरे और अंजली के सिर में तेल देना नहीं भूलीं वह।

मेरे सिर में तेल देने के बाद उन्होंने मुझसे सो जाने के लिए कहा और अम्मा के पास चली गईं। उनकी अवज्ञा करते हुए मैं पढ़ने लगा। पढ़ते-पढ़ते कब दिन-भर की थकान ने मेरे ऊपर असर डाला, पता नहीं चला। मैं सो गया। न बिजली गुल की न किताब अलमारी में रखी।

नामालूम मैं कितनी देर सोता रहा, क्योंकि मैं चौंककर जगा था। रोशनी की चौंध की वजह से नींद का नशा तत्काल फरार हो गया। देखा, सामने बड़ी अम्मा खड़ी हैं। मैंने आँखें मलते हुए पूछा, "बड़ी अम्मा क्या बात है?"

"कुछ नहीं?" उनके चेहरे पर एक विचित्र क़िस्म की रिरियाहट थी। वह नाक खोदती हुई बाहर निकल गईं।

मुझे लगा, मेरी नींद फरार नहीं हुई थी, बल्कि किसी ओट में थोड़ी देर के लिए दुबक गई थी। रॉड ऑफ़ करके ज़ीरो पावर का गुलाबी बल्ब जला दिया। लेकिन अब नींद ग़ायब थी। ओट में छुपने के बाद वह भाग गई थी शायद।

मैं नींद के लिए मशक़्क़त करने लगा। लगभग घंटे भर बाद झपकी आई होगी कि खटका-सा हुआ और मैं जाग्रत हो गया। बड़ी अम्मा फिर कमरे में आ गई थीं। मैंने उनसे अपना सवाल दुहराया, "बड़ी अम्मा क्या बात है?" उन्होंने जवाब दुहराया, "कुछ नहीं।" और चली गईं। इस बार उनके चेहरे पर रिरियाहट के स्थान पर डर था।

मेरी नींद लापता हो गई। मेरा आलस्य चुक गया। मैं लेटकर किसी नौसिखिया जासूस-सी सतर्कता के साथ उनके पदचापों की प्रतीक्षा करने लगा।

मैं ऊबने लगा था कि वह आईं। दबे पाँव। मैं सोने का सफल अभिनय कर रहा था शायद।

उन्होंने साड़ी में छुपाया झोला निकाला। चुपके-चुपके मेरी किताबों वाली अलमारी तक पहुँचीं। मैं साँस रोके उन्हें कनखियों से ताड़ रहा था। जैसे ख़ुद मैं चोर होऊँ।

उन्होंने इधर-उधर देखकर कमरे का मुआयना किया। फिर किताबों की क़तारों से बीच-बीच से किताबें निकालकर झोले में रखने लगीं। कुछ देर बाद अलमारी की किताबों को इस तरह आगे-पीछे कर दिया, जिससे स्थिति पूर्ववत् लगे। वह पंजों के बल धीमे-धीमे चली गईं।

मैं पूरी ताक़त के साथ जग गया था। सोने का सवाल नहीं था। चाहता तो भी नहीं सो सकता था। घड़ी देखी, पौने चार बजे थे। ख़त्म होने वाली रात अन्तिम साँसें लेती हुई अपनी मृत्यु की घड़ियाँ गिन रही थी।

एक सवाल था, जो मुझमें घुमड़ रहा था। आख़िर बड़ी अम्मा ने किताबें क्यों चुराईं? उनको तो अक्षर-ज्ञान तक नहीं। यह सवाल चौकीदार की उद्दंड सीटियों की तरह, रेल के अनुशासित शोर की तरह मेरी नींद हराम करता रहा।

सिविल लाइंस का बस अड्डा आ गया। भीतर जाने के लिए स्कूटर मोड़ ही रहा था कि बड़ी अम्मा ज़ोर से बोल पड़ीं, "देख तेरा दोस्त। बुला ले उसको?" मैंने देखा। जब तक बुलाता, प्रवीण का स्कूटर पहुँच के बाहर हो गया था।

उनकी बस खड़ी थी। ड्राइवर अपनी सीट पर बैठ चुका था। लेकिन उन्होंने कहा, "मैं इस बस से नहीं जाऊँगी।"

"क्यों? इसमें भीड़ भी तो नहीं है बड़ी अम्मा।"

"क्या तुझे बड़ी जल्दी है जाने की?" वह खिसिया-सी गईं।

"नहीं, मैं आपके आराम के लिए कह रहा था। ठीक है, दूसरी बस से।"

"सुन, एक बात कहनी है तुझसे।"

"क्या?"

"अच्छा जाने दे।" उनके सफ़ेद बाल हल्का-हल्का उड़ने लगे। पेड़ों ने रुक-रुक कर झूमा था।

थोड़ी दूर पर रिक्शेवाले खड़े थे। सामने की पटरी पर एक अधेड़ औरत ज़मीन पर रेस्टोरेंट खोले बैठी थी। वहाँ नंगे-फटेहाल खाना खा रहे थे। इस तरफ़ चाय-पान। और फलों की दुकानें थीं। बग़ल के सर्किट हाउस में कारें और कार लायक़ लोग। सभी को बड़ी अम्मा टुकुर-टुकुर देख रही थीं। उनकी आत्मा वाले मूवी कैमरे के आँख रूपी लेन्स कभी टिककर अपना काम करते, कभी बड़ी तेज़ी से घूम जाते। उनको जीवन की लगन लग गई थी।

थोड़ी देर बाद दूसरी बस भी आ गई। मैंने टीनवाला बक्सा लादकर उन्हें बस में बैठा दिया। उनको खिड़की के पासवाली सीट मिल गई, वह बच्चे की तरह चहक उठीं। अब मैं बस छूटने का इन्तज़ार कर रहा था।

मिनट-भर बीता होगा कि उन्होंने मुझसे कहा, "कुछ खा-पी ले।" मैंने इनकार कर दिया। उन्होंने हठ किया, "जा लस्सी पी ले।"

"पी लूँगा लेकिन एक शर्त! पैसा आप नहीं देंगी।"

उनके लिए भी कुल्हड़ में लस्सी लेकर लौटा, तो वह सामने आते-जाते इन्सानों के सरोवर में डूबी हुई मिलीं।

वह लस्सी पीती जा रही थीं और मुझे देखती भी जा रही थीं। वह मुझे एकटक देख रही थीं।

मुझे लगा, वह मुझसे कुछ कहना चाहती हैं। मैंने पूछा, "बड़ी अम्मा, आप कुछ कहना चाहती हैं क्या?"

"नहीं तो।" उन्होंने ऐसे कहा, जैसे चोरी करते हुए पकड़ी गई हों। कुल्हड़

खिड़की से नीचे गिरा दिया। कुल्हड़ शान्त भाव से गिरा और टूट गया।

अब तक मुँह में पान की गिलौरी रखे हुए बस का ड्राइवर भी आ गया था। उसका पान देखकर मुझे बड़ी अम्मा के लिए पान की याद आई। जल्दी से पान लाने चल दिया।

वापस आया तो बस स्टार्ट हो चुकी थी। मैंने दौड़कर खिड़की से बड़ी अम्मा को पान पकड़ाया और कहा, "नमस्ते बड़ी अम्मा।"

मेरी नमस्ते के जवाब में उन्होंने कहा, "सुन...सुन...तेरी कुछ किताबें मैंने सीता के लिए रख ली हैं...।"

बड़ी अम्मा ने मुँह फेर लिया था। बस की रफ़्तार थोड़ी तेज़ हो गई। मैं स्थिर खड़ा था लेकिन महसूस कर रहा था, मेरे भीतर कोई आँधी दौड़ रही है।

घर पर मैंने अंजली को पूरी दास्तान सुनाई। वह बेतहाशा ख़ुश हो गई। उसने मुझे पैसे दिए और कहा, "जाओ तुम समोसा-कालाजाम ले आओ। तब तक मैं चाय का पानी चढ़ाती हूँ।"

अंजली ने सीता की समझ में आने लायक़ कुछ बेहद अच्छी और ज़रूरी पुस्तकें छाँटी-ख़रीदीं। अगले दिन उन्हें सीता के नाम पार्सल कर दिया।

चिट्ठियाँ लिखने में बेहद आलसी हूँ। लेकिन सीता के ख़तों का जवाब मैं लौटती डाक से देता हूँ। ताज्जुब की बात है न? नहीं, बिलकुल ताज्जुब की बात नहीं है। यह उतना ही सहज-स्वाभाविक है, जितना सूर्य का उगना और बादल का बरसना!

[1987]

बच्चा कैसे बढ़ेगा?

वह प्रथम श्रेणी में पास हुआ। पूरे ज़िले में उसका दूसरा स्थान था। वह लोगों के स्नेह और ईर्ष्या के बीच घिर गया। जगह-जगह उसकी चर्चा होने लगी। बाक़ी लड़कों के लिए यह संकट की घड़ी थी। उनके माँ-बाप ने कोसना शुरू कर दिया कि वे किसी काम के नहीं। एक लड़का बजरंगबली है कि ग़रीबी में रहकर इतने अच्छे नम्बर ले आया है...दूसरे वे हैं जो चिन्ता-फ़िक्र से दूर रहते हुए भी नाक कटा लिये हैं।

माँ-बाप की फटकारों के बावजूद ज़्यादातर लड़कों को उससे चिढ़ या नफ़रत न हुई, बल्कि उन्होंने जलसा करके उसका सम्मान किया। मोटी-पतली मालाओं से वह लाद दिया गया। दरअसल, वह था ही ऐसा कि सब उसको प्यार करते। कॉलेज में किसी लड़के को चोट लगती तो पता चलता, बजरंगबली मदद के लिए पहुँचा हुआ है। ख़ाली पीरियड में वह किसी लड़के को सवाल समझाता मिलता। एक बार वाद-विवाद प्रतियोगिता में उसने इतना अच्छा भाषण दिया कि लड़के क्या मास्टर तक दंग रह गए। खेलने-कूदने में वह बहुत अच्छा न था। बस, तन्दुरुस्ती का ख़याल कर फुटबाल खेल लेता था।

जलसे वाले दिन जलसे के बाद भी लड़के उससे अलग न हुए। वे उसके साथ घर पहुँचे। उस समय उसके बाबू मटरू प्रसाद पूजा कर रहे थे। बाहर एक पुराना तख़्त रखा था। लोग उसी पर बैठ गए। कुछ को जगह नहीं मिली। उन्होंने उसका गमछा छीनकर ज़मीन पर बिछा लिया। भीतर से अम्मा चबेना और गुड़ दे गईं। खाते हुए सब उसकी किसी बात का चटखारा लेकर हँसी-मज़ाक़ करने लगे।

हँसी-ठट्ठा चल ही रहा था कि पूजा ख़त्म करके आते मटरू प्रसाद की खड़ाऊँ की खट-खट सुनाई दी। वे आए तो जैसे क्लास में मास्टर आ गया हो। सब लड़के खड़े हो गए।

मटरू प्रसाद ने बैठने के लिए कहा। फिर ख़ुद भी बैठ गए। उनके चेहरे पर अजीब तरह का विषाद था कि लड़के कुछ कहने की हिम्मत नहीं जुटा पा रहे थे। दोनों तरफ़ कहने को शब्द नहीं मिल रहे थे। कुछ समय गहरी ख़ामोशी छाई रही। केवल बग़ल की मुँडेर पर बैठा कौवा काँव-काँव चिल्ला रहा था। आख़िर एक ने साहस किया, "चाचा, आप बजरंगबली को आगे पढ़ाइए।"

अब दूसरों का संकोच भी मिट गया। सभी ने उसे आगे पढ़ाने के लिए उन पर चिरौरी से लेकर किरिया-क़सम तक के दबाव डाले।

मटरू प्रसाद के दिल को जैसे कोई मथ रहा था। उनके भीतर निरीहता गाढ़ी होने लगी। आत्मा और दिमाग़ को गोया बुरी तरह झिंझोड़ा जा रहा हो। वे कातर होकर हाथ मलने लगे। गले में कुछ फँस रहा था। किसी तरह अपने को बोलने के लिए तैयार कर पाए, "देखो लड़को, हमारी भी मंशा है कि बजरंगबली पढ़-लिख कर कलक्टर बने। औक़ात भर किया भी...मुदा आगे हिंया इस्कूल नहीं है और परदेस की पढ़ाई हमरे बस की नहीं। हौसला तो है पर कूवत...।"

लड़कों ने देखा, यह सब कहते हुए उनके हाथ-पाँव थरथरा रहे थे। इसलिए वे कुछ कहना चाहते हुए भी चुप रह गए। एक असह्य सुनसान वहाँ तैरने लगा।

मटरू प्रसाद ने इसे महसूस किया और भीतर चले गए। लौटे तो लालटेन लेकर आए। ओसारे में मटमैला उजियारा फैल गया।

रात को बजरंगबली सो गया तो मटरू प्रसाद ने पत्नी को पुकारा, "सो गई हो?" वह उनींदी सी थीं। जाग गईं, "नहीं तो।"

वे पत्नी के पास आ गए और बजरंगबली के बारे में बातें करने लगे। बातें शुरू हुईं तो फैल भी गईं। तकलीफ़ों, माँ-बाप, खेती-बारी आदि अनेक पक्षों पर बातें होने लगीं। बजरंगबली गहरी नींद में था।

वे बातें कर रहे थे। पत्नी सुन रही थीं। जब वे चुप हो जाते तो वह बोलने लगतीं।

इस तरह मशगूल हो गए कि समय का ज्ञान ही न रहा। वे चौंके, जब मुर्ग़े ने बाँग दी। पत्नी ने जमुहाई लेते हुए कहा, "सबेरा हो गया।"

तय हुआ, कौन दस-बीस लड़के हैं। अकेला यही है। दो बीघे खेत में आधा बीघा बेच देंगे।

रायबरेली तक वह लारी से आया। आधी दूर की सड़क कच्ची थी। कड़वे तेल से सने उसके छोटे-छोटे बाल गर्द से पट गए थे। मुँह और कपड़ों पर भी धूल की पर्त जमी थी। बदन दर्द कर रहा था। यह शायद रास्ते के गड्ढों की वजह से हुआ, जहाँ बस बुरी तरह हिचकोले खाती थी। इसके बाद गाड़ी का सफ़र शुरू हुआ। गाड़ी चलते ही उसने प्रतिज्ञा की, लखनऊ में वह पढ़ाई के अलावा कहीं ध्यान न लगाएगा। खुराफ़ात से सदैव नफ़रत करेगा। वह सुन चुका था, शहर में एक से एक फ़ैशन वाली लड़कियाँ होती हैं, जो सीधे-सादे लड़कों को फँसा लेती हैं। उसने मन में भगवान की क़सम खाई कि वह किसी लड़की को अपने क़रीब फटकने न देगा।

डिब्बे में लोग बहस करते-करते क्रोध में आ गए। उसका ध्यान उनकी तरफ़ बढ़ गया। डिब्बे में दो पार्टियाँ बन गई थीं। एक देशभक्ति की बात कर रही थी, दूसरी जिसमें नौजवान थे, का कहना था कि देश उन्हें कौन-सा अमृत पिला दे रहा है, जो वे उसे प्यार करें। वह उन्हें सता रहा है, वे भी उसकी परवाह क्यूँ करें...

बजरंगबली को अपने देश से बड़ा प्रेम था। शुरू से ही उसे किताबों की पूर्वजों वाली कथाओं ने बहुत प्रभावित किया था। वह उन्हीं की तरह महान् बनना चाहता था। उसने भी बहस में हिस्सा लिया, "देखो भाई, हमारे भीतर पूर्वजों का साहसी रक्त बह रहा है। हमारा दायित्व है कि अवसर आने पर अपने को देश के लिए बलिदान कर दें। जिस देश की धरती पर आप साँस लेते हैं, उसी को गाली देना शर्म की बात है।" पहली पार्टी ने हाँ में हाँ मिलाई। दूसरी पार्टी को चुप होना पड़ा।

हॉस्टल तक वह पैदल आया, क्योंकि रिक्शा का रेट सुनकर उसे चक्कर आने लगा था। रस्सी से बँधा मैला बिस्तर पीठ पर लादकर झोला-गठरी हाथ में लटकाए वह हॉस्टल में घुसा तो तमाम निगाहें उस पर अटक गईं। वह नया क़मीज़-पाजामा पहने था। पाजामे की अभी मुहर भी नहीं छूटी थी। पूरा चेहरा पसीने से भीगा था। बालों से तेल चू कर कनपटी तक आ गया था।

तब से दो महीने बीत गए और दो ही महीने में वह मायूस हो गया। यहाँ तक कि रूम-पार्टनर का बरताव भी उसके साथ भला न था। रूम-पार्टनर सोलह इंच की मोहरी और जीरो पावर का चश्मा पहनने वाला अफ़सर का लड़का था। वह प्रायः उसे देखकर फिस्स-से हँस देता। यह हँसी उसके दिल को छील देती। ऐसा शुरू से हो रहा था। यहाँ तक कि क्लास में भी हुआ था...

अध्यापक सबका परिचय पूछ रहे थे। क्रम से लड़के बताते जा रहे थे। उसकी भी बारी आई, "मेरा नाम बजरंगबली...।"

लगभग पूरी क्लास हँसी से फट पड़ी। अध्यापक भी हँस रहे थे। किसी ने गर्दन उचकाकर ज़ोर से कहा, "अब इनको लड्डू चढ़ाओ।"

उसका मुँह लाल हो गया। टखने काँपने लगे।

अब उसकी अजीब दशा हो गई थी। कोई हँसता होता तो उसे लगता, उसी पर हँस रहा है। वह महसूस करता, लोग उस पर व्यंग्य कर रहे हैं। रह-रह कर वह चिहुँक उठता। किसी को बातें करता देख कान फैलाकर सुनने लगता।

...लॉन में बराबर कटी हरी-हरी घास बिछी थी। चारों ओर अशोक, यूक्लिप्टस आदि के पेड़ थे। दाईं तरफ़ के गेट पर कुछ लड़के चना टूँग रहे थे। शाम हो गई थी। लड़के घूमने के लिए निकल रहे थे। कुछ तैयारी में थे। वह लॉन में बैठा अपनी तक़दीर को कोस रहा था।

वह अकेला था। अकेलापन उसे बेहद तकलीफ़ देता। वह चाहता था, कोई हो, जिससे वह बोल सके, पर कोई उससे दोस्ती करने को तैयार न था।

लेकिन वह किसी को दोष न देता। ख़ुद को ही बुरा समझता। वह यह मानता था, उसे बोलने की तमीज़ नहीं है। उठने-बैठने, खाँसने, हँसने जैसी छोटी-छोटी चीज़ों के भी तौर-तरीक़े नहीं जानता। शुरू-शुरू में तो फ्लश लैट्रिन ही देखकर गड़बड़ा गया था। उसने पहली बार पार्टनर को हीटर जलाते देखा तो हीटर उसे अचम्भे का सामान लगा। उसी के पास सूखा दूध देखा। वैसे सुना ज़रूर था कि सूखे के दौरान क़स्बे में

बँटने आया था, जिसे तहसीलदार साहब ने बेच दिया था। वह फ़ौवारा चलाना नहीं जानता। नई-नई चीज़ों को बौड़म की तरह देखता है। गँवार है।

यों साथी के नाम पर उसे कई ऐसे लड़के मिल सकते थे, जो उसी जैसे रहन-सहन के थे, पर उसकी उनसे सम्बन्ध बनाने की ख़्वाहिश न होती। ऐसा नहीं कि वह उनसे घृणा करता था। उनके लिए उसके मन में मुहब्बत थी। लेकिन वह सभ्य बनना चाहता था। उसे नई-नई जानकारियाँ हासिल करने की हसरत थी जो उसके मुताबिक़ बड़े घर के लड़कों से ही पूरी हो सकती थी।

लॉन में बच्चे सफ़ेद-झक शर्ट-निकर पहने हुए खेलने आ गए थे। वे फ़ुर्ती से गेंद के पीछे-पीछे दौड़ने लगे। उसे उठ जाना पड़ा।

भीतर आकर कमरा खोला। गठरी का चना फ़र्श पर छिटा पड़ा था। गठरी शायद पार्टनर ने फेंकी थी। जल्दी में उसने रैक पर रखने की भूल कर दी थी। वह चना बटोरने लगा। वह दुखी हो गया था, क्योंकि पंचमी के बाद लौटते समय बाबू ने यह गठरी बड़े प्रेम से बाँधी थी...जिसकी यह दुर्दशा...।

बाबू की बात उभरने से वह और दुखी हो उठा। पंचमी में जब घर गया था तो देखा था कि उनकी और अम्मा की दोनों की हड्डियाँ उभर आई थीं। उसने अम्मा से पूछा, "तुम सब सींक ऐसे काहे हो गए?"

"तू ख़ुद दुबराय के काँटा हो गया है...हाड़-हाड़ दिखाई पड़ता है।"

दोनों एक-दूसरे से मुँह चुराने लगे थे।

उसने इन ख़यालों को झटक देना चाहा, पर दिमाग़ में इनका घुमड़ना बन्द न हुआ। मन दूसरी ओर लगाने के लिए पार्टनर की एक पत्रिका पढ़ने लगा। बग़ल के कमरे वाले लड़के को कुछ साथी चाय पिलाने के लिए खींच ले जा रहे थे। वह ठुनकता हुआ कह रहा था, "बाँह तो छोड़ो उल्लू की औलादो!"

बाथरूम में कोई लड़का नहाते हुए ज़ोर-ज़ोर से फ़िल्मी गीत गा रहा था।

यूनिवर्सिटी उसकी कल्पना से उलटी निकली। उसे उम्मीद थी कि यहाँ के अध्यापक बहुत विद्वान होंगे। अपने विषय का पूरा ज्ञान होगा। लड़के भी एक से एक बुद्धिमान मिलेंगे, पर यहाँ ज़्यादातर अध्यापक उसे भाए नहीं। कुछ तो ऐसे थे जिनसे अधिक वह स्वयं जानता था। बहुतेरे लड़के सवाल पूछे जाने पर बग़लें झाँकने लगते। मगर अजीब बात थी, वह उनसे भी भयभीत रहता। हमेशा अलग-थलग कोने में दुबका रहने की कोशिश करता।

शिक्षा के समुद्र की जगह उसने यहाँ गोलियाँ और बम दगते देखे। मार-पीट, गाली-गलौज से माहौल मनसाइन रहता। लड़कियों से भी वह नाउम्मीद हुआ। उन्होंने उस पर डोरे नहीं डाले। फँसाने की कोई कोशिश न की। यहाँ तक कि देखती ही नहीं। कभी-कभार एकाध देख भी लेती तो जैसे ईंट, पत्थर, कुर्सी, काग़ज़, बकरी

वग़ैरह कुछ देख रही हों...महज़ देख रही हों।

उसे सभ्य बनने का अटूट लालच था। जिसके तहत उसने सोचा, पुरानी चाल को छोड़कर नए फ़ैशन में रचा-बसा जाए। सबसे पहले चुर्की कटाकर बाल बढ़ाना शुरू किया। एक सस्ता धूप का चश्मा ख़रीदा, जिसे लगाकर अरमान से शीशे में देखा पर उदास हो गया। चेहरे पर सभ्य होने का निशान तक न था। क़मीज़ का चिमड़ा कॉलर पानी भरी गगरी में हड्डी की तरह दिख रहा था। उसे लगा, बिना पैंट-बुशर्ट पहने सभ्य नहीं हुआ जा सकता। वह भी टेरीकॉट का।

पैंट-शर्ट पाना उसके लिए मुश्किल था। फिर भी काफ़ी मशक़्क़त के बाद उसने एक तरीक़ा खोजा। मेस में खाना बन्द कर ख़ुद बनाएगा। चावल और दाल नहीं खाएगा। रोटी-आलू के भरोसे, पैंट-शर्ट बनवाने की तैयारी की।

पहली ही रात पार्टनर चूल्हा, तसला सब फेंकने लगा था, "दिमाग़ ख़राब हो गया है? यह हॉस्टल है, बावर्चीख़ाना नहीं। कहे देता हूँ...रहना है तो क़ायदे से रह, नहीं दफ़ा हो जा...!" पार्टनर की आँखें जल रही थीं।

वह घबराहट और शर्मिन्दगी में सिर झुकाकर खड़ा रहा। उसे हतक-सी हो रही थी। चेहरे का रंग उड़ा-उड़ा-सा था।

कुछ देर बाद वह बाहर निकल गया। उसके भीतर कोई चीज़ घुमड़ रही थी। दरअसल, यकायक उसके सामने यह सच्चाई उजागर हो गई थी कि अगर पार्टनर इस तरह ग़ुस्सा न होता और वह पैंट-शर्ट बनवा लेता तब भी क्या मनचाहे लोगों का साथ पा लेता। उसने सोचा, जहाँ लोग रोज़ कपड़े बदलकर आते हैं, वहाँ एक जोड़ी कपड़ा उसकी कितनी मदद करता। फिर कुछ दिन बाद जाड़ा आने वाला है। उसके पास खादी भंडार का स्वेटर है। तब यह मोटा-बदरंग स्वेटर उसकी दरिद्रता का सबूत बन जाएगा...और कोट-पैंट बन जाए तो किसी को नाश्ता कराने के लिए रुपया कहाँ से लाएगा? पिक्चर देखने-दिखाने ख़ातिर रुपया कौन देगा?

पता नहीं अम्मा-बाबू का क्या हाल है...उसे घर की याद सता रही थी...वह उन्हीं में डूब गया। उन लोगों के बारे में सोचने लगा। आँख खुली तो दोपहर बीत चली थी। चार बजे थे। पार्टनर फुल स्पीड में रेडियो खोलकर गाना सुन रहा था। उठकर हाथ-मुँह धोया। डिब्बे से गुड़ निकालकर खाया। पानी पिया। तबीयत ताज़ा हो चली। उसका मन हुआ, शहर में थोड़ा-बहुत घूमा जाए। कुछ दुनिया-जहान का ज्ञान तो हो।

उसने पार्टनर से पूछा, "भाई साहब, घूमने चलेंगे?"

वह उसकी ओर दया से देखकर हँसने लगा।

उसने बदन पर क़मीज़ डालकर जूता-मोज़ा पहना और अकेले ही निकल पड़ा। इस समय वह मगन था। उत्साह की भावना से भरा-पूरा।

...डाट का पुल आ गया। वहाँ दीवारों पर फ़िल्मों के ढेरों पोस्टर चिपके थे।

वह रुककर देखने लगा। हालाँकि उसने अभी तक एक भी फ़िल्म नहीं देखी थी, पर फ़िल्म की बुराई करने वालों को वह बेवकूफ़ मानता था। वह समझता कि बुराई तो सभी चीज़ों में है, बुद्धिमानी की बात यह कि अच्छाई ले लो और बुराई छोड़ दो। उसका कहना था कि आदमी को सूप बनना चाहिए, सूप। किनका फटक दे और दाना रख ले।

भीड़-भाड़ की जगह भी वह लालसा से पोस्टर देखता हुआ बढ़ा जा रहा था। तभी रिक्शा से टकरा गया। हल्की चोट लगी। उसने ख़ैर मनाई कि रिक्शा ही था, मोटरगाड़ी नहीं थी, वरना तो...! वह दहशत से भर गया और उसे अम्मा-बाबू की याद सताने लगी। हाथ-पाँव आगे बढ़ने से जवाब दे गए। किनारे आकर बैठ गया। वह उलटी गिनती गिनने लगा ताकि दिल की धक-धक-धक कम हो जाए...!

होश दुरुस्त होने पर उसने अपने को जिस दुकान के बग़ल में पाया, वह 'पॉपकार्न' की दुकान थी। वह मुस्कुराया, इसी को उसके यहाँ 'जोन्हरी का लावा' कहते हैं। उसने दाम पूछा। 'डेढ़ रुपया' सुनकर आगे बढ़ गया।

तीन चौराहों के बाद हज़रतगंज था। बाईं तरफ़ के मन्दिर के सामने सिर झुकाकर प्रणाम करने लगा।

हज़रतगंज रोशनी से नहा रहा था। सामानों से भरी दुकानें बन-ठन कर सँवरी थीं। गोल चौराहे पर फ़ौवारा लगा था। देखने लगा, पर जल्दी ही ध्यान हट गया। नथुनों में बड़ी अच्छी महक घुसी। वह हैरान हो गया। यहाँ न फूल न अगरबत्ती। ख़ाली एक सरदार जी अपने मेहरारू के साथ गुज़रे...फिर यह महक कहाँ से?... इस बीच उसके सामने कई कारें, स्कूटर और सजे-सँवरे आदमी-औरत निकल गए। वह अपने को लाचार पाने लगा।

फिर महक...पहले से तेज़ महक! उसने देखा, पाँच-छह लड़कियाँ बग़ल से निकल गईं। उसे एक किताब की बात याद आई, जिसमें अमीर लोग कपड़ों में इत्र लगाते थे। उसे लगा, हो न हो, यह ख़ुशबू लड़कियों से आई है। वह जल्दी डग बढ़ाकर उनके क़रीब पहुँच गया और ज़ोर-ज़ोर से साँस खींचने लगा...और उसकी नज़रें उनमें से अपनी क़द-काठी की एक लड़की पर जा टिकी, जिसके घुँघराले बालों के नीचे गोरी गर्दन और बाद का थोड़ा हिस्सा दिख रहा था। पीठ कपड़े के भीतर झलक रही थी। बस, कुछ हिस्सा सफ़ेद पट्टी से ढका था। उसने आँखें बन्द कर लीं। फिर खोल दीं...भीष्म पितामह और हनुमान स्वामी का स्मरण करने लगा। पर दिल क़ाबू के बाहर हो गया। उसने लड़की को सामने से देखने के लिए अपनी चाल तेज़ कर दी।

उस पर बिजली-सी गिर पड़ी। साँसें तेज़ हो गईं और अहसास हुआ कि गिर जाएगा या उड़ जाएगा। लड़की की दूधिया, चिकनी बाँहें, सुडौल और एकदम नंगी थीं। उसने हनुमान स्वामी का नाम भजकर आँखें फेर ली, लेकिन वे मुड़कर फिर अपनी जगह आ गईं। उसका मन चाहने लगा...उन बाँहों को पकड़कर झूला झूले या

अपनी उँगली रोशनाई में भिगोकर कुछ उन पर लिखे। क्या लिखे!...वह तय करने लगा। कुछ सूझ नहीं रहा था।

लड़कियाँ एक मकान में घुस गईं। उसने बोर्ड पढ़ा, रेस्तराँ था। हालाँकि दीवारों के स्थान पर शीशे थे, मगर भीतर कुछ दिख नहीं रहा था। कोई आवाज़ भी नहीं आ रही थी। दरवाज़े पर दरबान था। उसकी धुली-सफ़ेद वर्दी देखकर उसने उसे रेस्तराँ का मालिक समझा और भाग खड़ा हुआ।

सीधे जाकर एक चाट की दुकान पर रुका। लड़कियों को खोकर वह बदहवास-सा चाट पर टूट पड़ा। ताबड़तोड़ छह फुलकी, चार टिकिया और तीन दही-बड़े खा डाले।

"छह रुपए पच्चीस पैसे।" दुकानदार ने दाम बताया।

"आयँ!" उसकी आँखें फैल गईं, "यह मेरी चाट का दाम जोड़ा है?" वह रुआँसा हो गया, "चार टिक्की, छह फुलकी और तीन दही-बड़े।"

माँ के पत्र ने उसे बेचैन कर दिया था। पत्र दोपहर में आया था। अब रात हो गई। फिर भी वह बेचैन था, दुखी था। अम्मा ने लिखा था, बेटवा बजरंगबली को हमरा आसिरबाद पहुँचे।

बेटवा मैं हमेसा तुम्हारी राजी-खुसी रामजी से मनाया करती हूँ। यहाँ भी सब कुसल है। बाकी समाचार ये है कि हमरे लोगों को तुम्हारी याद हर बखत आया करती है। एक फेरा चले आओ। बहुत मन लगा है। तुम्हार बाबू दिक्क हैं। बुखार के अलावा बहुत कस के खाँसी आती है। हमेशा खोंय-खोंय करते हैं। सूख के काँटा होय गए हैं। हमरे आँख से अब सुझाता कम है। गाँठ का दरद बढ़ गया है। बाकी कौनो चिन्ता-फिकिर की बात नहीं है। भगवान की किरपा से सब ठीक है। भगवान तुमका मजे में रखें, बस यही बिनती है।

तुम्हारी अम्मा

रात का एक बजा था। वह कुर्सी पर बैठा पढ़ रहा था, लेकिन बहुत उद्विग्न था।

परेशान होकर खड़ा हो गया। बाहर बरामदे में आया। बरामदे से आसमान दिख रहा था। काली रात थी। घटाटोप अँधेरा मँडरा रहा था। उसे सर्दी महसूस हुई।

भीतर आकर उसने दरवाज़ा बन्द किया। हथेलियाँ रगड़ते हुए कुर्सी के पास आया। थोड़ी देर न जाने क्या सोचता रहा...और फिर बैठकर पढ़ने लगा।

[1986]

मुक्ति

यह शहर मुख्यमंत्री का चुनाव-क्षेत्र है। मुख्यमंत्री होते ही अनेक लोग उनके रिश्तेदार हो गए। उन्हें चन्दा देनेवालों की चाँदी हो चली। तमाम गुंडों ने उनकी छत्रच्छाया में खादी धारण करके कायापलट किया।

मुख्यमंत्री ने भी कुछ काम किए। तीन फ़ैक्टरियाँ खुलवाईं, जिसमें एक उनकी अपनी फ़ैक्टरी दामाद के नाम से थी। इनके अतिरिक्त बहुत बड़े कॉलेज का निर्माण कराया। उसमें उनकी ही जाति के अध्यापकों, क्लर्कों, चपरासियों वग़ैरह की भर्ती हुई। छात्र किसी भी जाति के हो सकते थे, किन्तु यूनियन बनाना निषिद्ध था। अच्छे लड़के ठंडे थे और बुरे मुख्यमंत्री के शागिर्दों के शागिर्द।

लेकिन सुभाष ने साबित कर दिया कि वह दोनों तरह के लड़कों से अलग है। यूनियन के लिए हठ पकड़ा, तो प्रबन्धकों की ज़िद चूर करके ही छोड़ा।

वह बहुत अच्छा नौजवान था। ख़ूब पढ़ता था, ख़ूब सोचता था। साहित्य-चित्रकला, राजनीति, इतिहास, कोई भी विषय हो, वह अधिकारपूर्वक अपना मत प्रकट करता। जो भी उससे बातें करता, प्रभावित होता।

उस समय उसकी उम्र तेईस वर्ष थी। क़द पाँच फ़ुट नौ इंच, रंग गेहुँआ, पहचान—चेहरे पर हल्की दाढ़ी।

परिवार में उसकी रुचियाँ बेमेल थीं। खाता-पीता निम्न-मध्यवर्गीय परिवार था, लेकिन वह नफ़ासती था। महँगे तेलों और नफ़ीस इत्रों का शौक़ीन था। वह तीन बार दाँतों में ब्रश करता। तौलिया, साबुन, कंघी, बिस्तर सभी कुछ उसका अलग था, वह घर का सदस्य होकर भी घर में मेहमान की तरह रहता था।

महँगी सिगरेटें पीता था। धकाधक। बालकनी का टिकट न मिलने पर फ़िल्म देखना उसके स्वाभिमान को गवारा नहीं था। अच्छे होटलों में खाना खाने-खिलाने में अपनी शान समझता था।

इन सबके बावज़ूद वह बहुत प्यारा युवक था। बुराइयों की तुलना में काफ़ी अधिक अच्छाइयाँ रखनेवाला। जो उसे अच्छी तरह जान लेता, यही कहता कि वह एक दिन समाज का हीरो बनेगा।

इस समय उसकी उम्र सत्ताईस साल। उद्देश्य नौकरी प्राप्त करना, जो जी-तोड़

प्रयासों के बाद भी नहीं मिल सकी।

वह खम्भे के सामनेवाली दुकान के पास खड़ा किसी से बातें कर रहा था। उसके खड़े होने के ढंग में पुरानी गरिमा ग़ायब थी।

बात करनेवाला फिर मिलने की बात कहकर आगे बढ़ा तो वह अपने को धिक्कारने लगा, "ये मुझे क्या होता जा रहा है। मैं अपने विचारों को दूसरों के सामने रखने में सहमता क्यों हूँ?" उसे खाँसी आ गई। वह डर गया, "कहीं टीबी तो नहीं होनेवाली है?" वह इधर बड़ा शंकालु हो गया था। गला या पेट में मामूली-सी तकलीफ़ हुई, तो समझ बैठता कि कैंसर होनेवाला है। कानों में ज़रा-सा पानी क्या भर जाता, उसे बहरेपन का अन्देशा होने लगता।

पान के अलावा सारी चीज़ों की दुकानें बन्द हो गई थीं। रेस्तराओं और होटलों के नौकर भट्ठियों पर अपना खाना पका रहे थे।

उसने घड़ी देखी, ग्यारह बजने वाले थे। सन्तोष हुआ। अम्मा और बाबू सो रहे होंगे। सामना नहीं करना पड़ेगा। उसने सोचा, सिगरेट ले ले। सामने पान की दुकान पर नज़र डाली। हिम्मत नहीं हुई। यह पानवाला बदतमीज़ है। सुबह वह सिगरेट लेने गया तो कहने लगा, "सुभाष बाबू कुछ उधार चुका देते। बड़ी तंगी है।"

"चुका देंगे, चुका देंगे।"

"कब चुकाओगे? चुका तो रहे हो चार महीने से।"

"कैसी बात कर रहे हो आज तुम?"

"बात क्या, जब हैसियत नहीं है तो मत पियो सिगरेट।"

घनी रात थी। छिटपुट तारे मायूस दिखाई दे रहे थे। चाँद कटे हुए गेंद की शक्ल में उदित हुआ था। उसके मुहल्ले का चौकीदार ड्यूटी बजाने के लिए तेज़ क़दमों से चला जा रहा था। उसे यह पहाड़ी चौकीदार शुरू से ही अच्छा लगता था। इच्छा हुई कि उसे बुलाए। बातों में रास्ता कट जाएगा और बात करना अच्छा भी लगेगा। लेकिन हमेशा की तरह उसने इरादा बदल दिया। दूरी बनाए रखने में ही इज़्ज़त है।

वह धीरे-धीरे चल रहा था, इसलिए चौकीदार जल्द ही ओझल हो गया। सड़क पूरी तरह वीरान हो गई थी। आगे लाइट भी गुम थी। अँधेरा और सुनसान की साँय-साँय में सब कुछ उसे बेहद अपना लगने लगा। उसे लगा, ये मकान, इनमें सोए हुए लोग, सारे के सारे उसके अपने हैं। उसने प्रश्न किया, "दिन में क्यों सब कुछ अजनबी लगने लगता है?" शायद इन लोगों की गति से उसका ठहराव मेल नहीं खाता। पहले कितना प्यारा और सुन्दर लगता था शहर। शहर उसे अपना महसूस होता था और वह अपने को शहर का महसूस करता था।

घर के लिए भी तो ऐसा ही है। कहीं बाहर जाता है, घर के सभी सदस्यों के लिए उसमें अन्तहीन प्यार भर उठता है। लौटने पर घरवालों को भी कुछ वैसा ही पाता है, लेकिन रोज़ कुछ दूसरे ही ढंग से घटता है।

बिजली आ गई। रात पर गूँगा उजाला पसर गया। उसने घड़ी देखी, ग्यारह

पच्चीस हो रहे थे, इत्मीनान हुआ, अम्मा-बाबू हर हालत में सो रहे होंगे। पप्पू जग रहा होगा। रात देर तक पढ़ता है। प्रतिदिन दरवाज़ा खोलता है बेचारा। पप्पू उसे अम्मा-बाबू का सामना होने की यातना से बचा लेता है। अम्मा कुछ कहती नहीं, मगर उनके व्यवहार में हमेशा यह शिकायत रहती है कि वह कुछ करता क्यों नहीं। अम्मा का यह अनबोला भाव उसे भीतर तक बेध डालता है। मन होता है, उनके घुटनों में सिर छिपाकर रोए। ख़ूब रोए। कम से कम अम्मा उसकी बेबसी को जान तो लें। लेकिन वह बड़ा हो गया है। संकोच का अनुभव करता है।

और बाबू! उनका स्वभाव समझ में ही नहीं आता। घर में वह नहीं रहेगा, तो ख़ूब बिगड़ेंगे उस पर। कहेंगे कि वह ज़िन्दगी में कुछ नहीं कर सकेगा। मगर सामने कुछ नहीं बोलेंगे। बल्कि कहेंगे, "तुम्हें चिन्ता नहीं करनी चाहिए। जब तक मैं हूँ, फ़िक्र मत करो, उसके बाद देखा जाएगा।" बाबू के ये उद्गार शर्मिन्दगी में डुबो डालते हैं। उसे अपनी विडम्बनापूर्ण स्थिति पर लज्जित होने के लिए विवश कर देते हैं। कई बार उसे शक होने लगता है, बाबू कहीं उस पर व्यंग्य तो नहीं कर रहे हैं।

पर पप्पू अभी नहीं बदला है लेकिन नहीं, थोड़ा-सा बदला है। भइया और भाभी के आने पर उसे भूलना शुरू कर देता है। भइया के लाए कपड़ों और उनके दिए रुपयों की मस्ती में हल्का-सा विचलित हो जाता है।

भइया से बाबू कितना नाराज़ रहते हैं, भइया और भाभी का अपनी ही मौज में रहते हुए बाक़ी को भूल जाना कितना अखरता है बाबू को। पर जब कभी वे लोग छुट्टियों में घर आते हैं तो बाबू अपार ख़ुशी और उत्साह प्रकट करने लगते हैं। खाने-पीने के स्तर में दोगुनी वृद्धि करवा देते हैं। गोया कोई महत्त्वपूर्ण व्यक्ति आया हो। कभी-कभी ऐसा महसूस होने लगता है कि बाबू भइया की चापलूसी कर रहे हैं।

और वह—उसके लिए कितनी हिक़ारत रहने लगी है। कहाँ पहले वह अपने साथियों के बीच उसकी विद्वत्ता का बखान करते नहीं अघाते थे। तमाम प्रशंसकों के बीच उसके सबसे बड़े प्रचारक थे बाबू। अब उन्हीं के मन में उसके लिए घोर उपेक्षा, कुढ़न और अवमानना भरी रहती है।

लेकिन बाबू को क्या दोष दे! उनका एक भी अरमान तो पूरा नहीं कर पा रहा है वह। ऑफ़िस में उनके साथ काम करने वाले सीना फुलाकर कहते होंगे कि उनके लड़के की शादी के लिए रोज़ ही दो-चार लोग आते रहते हैं। नाक में दम किए रहते हैं। कोई पचास हज़ार दे रहा होता है कोई अस्सी हज़ार, कोई कुछ। और बाबू यह सुख नहीं हासिल कर पा रहे हैं। उसकी दाढ़ी से चिढ़ते हैं। कहते हैं कि दाढ़ी से ही भड़ककर नहीं आते लड़कीवाले। उसे खीज और हँसी दोनों आती हैं इस पर। वह सच्चाई से क्यों आँखें चुराते हैं। क्यों नहीं मानते कि साधारण घर के बेरोज़गार लड़के से कोई अपनी बेटी ब्याहने नहीं आएगा।

वह उदास हो गया। प्रमिला का चेहरा दिमाग़ में उभरकर मुस्कुराने लगा। उसकी शादी की तारीख़ क़रीब आ गई है। वह नहीं पा सका उसे। उसके माँ-बाप ने बेटी का

रिश्ता एक डॉक्टर से तय कर दिया। कहाँ प्रमिला की निगाहों में वह संसार का सबसे अच्छा लड़का था। पूरी पोथी बन सकती थी, उसकी तारीफ़ में प्रमिला की बातों से। वह मुस्कुराया, "बेटा सुभाष पंडित, बहुत रंगबाज़ बनते थे। आ गए न औक़ात पर।"

रंगीन रोशनी को देखकर उसकी तन्द्रा टूटी। पार्क बग़ल में था। घर आने ही वाला था। उसकी रफ़्तार धीमी हो गई। जैसे अम्मा और बाबू यहीं कहीं सो रहे हों, तेज़ चलने पर जग जाएँगे।

वह मुहल्ले में घुसा, जिन घरों में रात देर तक पढ़नेवाले लड़के थे, उनमें उजाला था। पहले वह भी इसी तरह देर तक पढ़ता था।

नामालूम कहाँ से तीन-चार कुत्ते आ गए। उसे देखकर चौकड़ी भर-भर कर वे भूँकने लगे। रात की ख़ामोशी में उनकी आवाज़ दहाड़ से कम नहीं लग रही थी। लोग खिड़कियों के भीतर से झाँकने लगे।

मुहल्लेवालों की वजह से सबसे ज़्यादा तकलीफ़ अम्मा को झेलनी पड़ती है। बाबू तो सुबह खा-पी कर कचहरी चले जाते हैं। शाम सब्ज़ी वग़ैरह लेकर लौटते रात हो जाती है। अम्मा से ही मुहल्लेवालों की मुठभेड़ होती है। लोग पूछते हैं कि उनका सुभाष क्या कर रहा है? उस समय अम्मा की खिसियाहट देखने लायक़ होती है। उन्होंने कुछ दिनों तक बहाने बनाकर बात सँभाली थी। कभी कहतीं, नौकरी मिल गई थी, किया नहीं, क्योंकि उसमें ऊपरी बहुत थी लेकिन तनख़्वाह कम। और उनका बेटा सुभाष घूस से नफ़रत करता है। कभी कहतीं, नौकरी मिल गई है, किन्तु अभी बुलावा नहीं आया है। मुँहझौंसा देखो कब आता है। आजकल वह बहाना न बना पाने की लाचारी में सत्यवादी हो गई हैं। सच-सच बतला देती हैं लोगों को। लोग अफ़सोस प्रकट करते हैं और कहते हैं कि भई अब कुछ करना-धरना चाहिए, ऐसे कैसे काम चलेगा?

घर सामने था। एक कमरे में अँधेरा था, दूसरे में रोशनी। रोशनीवाले कमरे के पास जाकर फुसफुसाया। पप्पू उसे देखकर मुस्कुराने लगा। ग्यारहवीं कक्षा में पहुँच गया, लेकिन इसकी बच्चों जैसी निश्छल हँसी और आकर्षक मुस्कान ग़ायब नहीं हुई। कितना प्यारा लगता है, इसका मुस्कुराना। अम्मा कहती हैं, वह ख़ुद तो एम.ए. तक ऐसे ही मुस्कुराता था।

पप्पू दरवाज़ा खोलकर सामान्य ढंग से चलने लगा, मगर उसने बिल्ली की तरह पंजों के बल चलकर कमरा पार किया और बरामदे में आया। रोज़ की तरह खाना निकाला। पानी का गिलास पप्पू रख गया। खाना उसे बेस्वाद लग रहा था। हर बार की तरह।

खाने के बाद मुँह धोया मगर मंजन नहीं किया। एक दिन अम्मा ने अन्य चीज़ों की तरह मंजन लाने के लिए कहा। बाबू भड़क उठे, इतनी जल्दी मंजन ख़त्म कैसे हो जाता है? तब से वह तीन की जगह एक बार ही मंजन करता है।

चारपाई पर लेटने के पहले उसने एक किताब उठा ली। बारह दिन हो गए,

अड़सठ पेज ही पढ़ सका था। कहाँ वह मोटी-मोटी पुस्तकें दो-तीन दिनों में पढ़ लेता था। अब जब दूसरा कोई काम नहीं करना है, फ़ुर्सत ही फ़ुर्सत है, तो बिलकुल नहीं पढ़ पाता, पढ़ने में आस्था होते हुए भी। लोग ताना कसते हैं कि इतनी किताबें पढ़ते थे, कौन तीर मार दिया। बड़े विद्वान की पूँछ बने घूमा करते थे। पर लोगों का व्यंग्य उसके कम पढ़ पाने का कारण नहीं है। क्या कारण है, इसे वह चाहते हुए भी नहीं समझ पाता है।

"कैसे चलेगी ज़िन्दगी की गाड़ी?" वह बुदबुदाया। कल मंत्रीजी आनेवाले हैं। शायद कुछ हो जाए। विधायक जी की बातों से लगता तो है।

मन नहीं लगा किताब में। तकिया के नीचे रख दी। सोने की कोशिश करने लगा। नींद का नामोनिशान न था। पप्पू ने रॉड बुझाकर मेज़ पर झुका लैम्प जला लिया। अँधेरे में हताशा, पराजय और विवशता से भर उठा वह। अगर कल मंत्री जी ने काम नहीं कराया, तो? क्या होगा? डर गया वह। कभी नौकरी नहीं मिलेगी? कभी नौकरी नहीं मिलेगी? बेकार है उसकी ज़िन्दगी। उसकी आँखें कुछ आगे हो आईं और चेहरा जैसे फँसता जा रहा हो। उसे लगा कि वह अभी चीख़ पड़ेगा। वह ऊपर लटकते पंखे को देखने लगा। सोचा, इसी से झूलकर मर जाए या ज़हर की टैबलेट फाँक ले या...आत्महत्या का ख़याल जकड़ने लगा उसे। लगा, मरने की बात सोचते-सोचते ही मर जाएगा। लेकिन अगले ही पल रोने लगा वह, चुपचाप।

सुबह अम्मा ने कहा, "जाओ गेहूँ पिसा लाओ, तब कहीं निकलना। तुम्हारा क्या ठिकाना, अभी निकले तो पता नहीं कब लौटोगे।"

उसके मन में आया, कह दे कि पप्पू को क्यों नहीं भेज देतीं। मगर ऐसा कुछ कहते समय हमेशा एक संकोच से घिरकर चुप हो जाता है। कितनी शर्मिन्दगी महसूस होती है झोला लेकर आते-जाते समय। पैरों को रगड़ता वज़नी झोला इस हाथ से उस हाथ में बदलते हुए किसी तरह पहुँच पाता है, पहले वह रिक्शा पर भी झोला-गठरी नहीं रखता था, अब पैदल लेकर जाता है।

और इस वक़्त जब वह आटा लेकर लौटा तो अम्मा कहने लगीं, "आटा कितना मोटा हो गया है। वह हँसती हैं, "तुमसे जो कोई काम ठीक से हो।" वह तुनकना चाहता है किन्तु एक ख़ामोशी जकड़ लेती है। अलमारी से लिफ़ाफ़े उठाकर वह जाने के लिए उठता है। बैठक में आकर रुकना पड़ा, पप्पू के साथ एक लड़का बैठा मिला। पप्पू परिचय कराने लगा, "भइया यह मेरा दोस्त अनिल है। बनारस में रहता है।"

"अच्छा, किस क्लास में पढ़ते हो अनिल?" उसने स्नेह से पूछा।

"ट्वैल्थ में।"

कुछ देर और वह अनिल से बातें करता रहा। तभी अनिल पूछ बैठा, "कहाँ हैं आप?" उसने बताया, "यहीं।" अनिल ने फिर पूछा, "क्या काम करते हैं आप?" वह घबड़ा गया। कोई जवाब नहीं सूझ रहा था। हकलाने लगा। आख़िर किसी तरह

बोला, "कुछ नहीं। बस ऐसे ही।" इतना कहने के बाद देखा, थोड़ी देर पहले इस लड़के के चेहरे पर उसके प्रति सम्मान की जो चमक थी, बुझ गई। वह लिफ़ाफ़ों को उलटता-पलटता बाहर आ गया।

यह तो बच्चा है, उसने बड़े-बड़े समझदार लोगों की आँखों में अपने लिए इसी तरह चमक पैदा होते और बुझते हुए देखा है और देख रहा है।

क्या काम करता है वह? इस सवाल के सामने उसकी सिट्टी-पिट्टी गुम हो जाती है। संयम और विवेक दोनों साथ छोड़ देते हैं। वह दीन-हीन बन जाता है। उसके रोम-रोम से यही प्रार्थना निकलती है कि ये क्षण किसी तरह अदृश्य हो जाएँ। वैसे इधर-उधर की बातें करके किसी तरह बचने की कोशिश करता है, किन्तु लोग हैं कि पूछने के लिए आमादा रहते हैं।

पोस्ट ऑफ़िस आ गया। चार जगहों पर नौकरी के लिए आवेदन-पत्र भरे हैं। साले दो देकर दस कमाओगे तुम और अप्लाई करते समय रुपया दूँ मैं?

अक्सर आने के कारण काउंटर पर बैठा आदमी परिचित हो गया था। काम जल्दी कर दिया। धन्यवाद के रूप में मुस्कुराहट उड़ेलते हुए वह बाहर आ गया। उसे हड़बड़ी भी थी। विधायक जी ने बुलाया था इसी टाइम। मुख्यमंत्री की विरोधी लॉबी के मंत्री जी आ गए होंगे। विधायक जी इस मंत्री के दाएँ हाथ हैं। वायदे के मुताबिक़ पब्लिसिटी आफ़ीसर की नौकरी दिला देंगे। कह तो रहे थे कि काम हो जाएगा। देखो, क्या होता है। होगा क्यों नहीं? अपने स्तर से गिरकर चापलूसी भी तो की है। वह भी तगड़ी। मुख्यमंत्री के ख़िलाफ़ विस्फोटक आरोपों के साथ उसने बुकलेट तैयार की थी। ढाई हज़ार प्रतियाँ इन मंत्री जी के पास भी भेज दी थीं। प्रेस में अभी तक उधार है। उधार तो बहुतों का है। देखो, कब चुकता है?

विधायक जी के यहाँ रिक्शा करके पहुँचा। हमेशा रिक्शा से ही पहुँचता था, जिससे वे उसे चीकट न समझें।

विधायक जी एक जीप में सवार थे। जीप उनके चेलों से ठसाठस थी। चलने ही वाली थी। उन्होंने चिल्लाकर कहा, "लटक लो पीछे।" उसे बड़ा बुरा लगा। क्या समझते हैं अपने आपको। लेकिन उसने वक़्त की नज़ाक़त को समझा और रिक्शावाले को कुछ पैसे थमाकर दौड़ पड़ा। रिक्शावाला चिल्लाकर अधिक पैसों की माँग करने लगा, पर वह अब लटक चुका था और जीप चल पड़ी थी। माहौल में जीप का धुआँ और रिक्शावाले की बड़बड़ाहट रह गई।

रास्ते-भर वह मुँह छिपाता रहा। कोई देखेगा तो क्या सोचेगा? हँसी उड़ाएगा। मुँह छिपाते-छिपाते उसकी गरदन दुखने लगी। शरीर ऐंठा था, सो अलग।

डाकबँगले पर जीप रुकी तो वह पके आम की तरह उतरा और तत्परता से आगे आ गया कि कहीं विधायक जी की बग़ल में कोई दूसरा न आ जाए।

वहाँ अफ़सर, पुलिस, सेठ, नेता सभी तीर्थस्थल पर भिखारियों की तरह मँडरा रहे थे, विधायक जी का जत्था भीतर घुसने लगा। कई लोगों को रोक दिया गया।

विधायक जी ने उन्हें देखा भी नहीं; वह अपने को भाग्यशाली समझने लगा कि उसे मना नहीं किया गया।

साथियों को बरामदे में बैठाकर विधायक जी भीतर चले गए। उनके जाने के थोड़ी देर बाद कई लोग बाहर आए। अब वह इन्तज़ार करने लगा कि उसका बुलावा आए। उसका दिल धक-धक कर रहा था।

धीरे-धीरे बाहर बैठे सभी लोग मिल आए, उसका बुलावा नहीं आया। उसने सोचा, शायद मंत्रीजी उससे इत्मीनान से बातचीत करना चाहते हैं। वह सोच ही रहा था कि विधायक जी बाहर आ गए। चलते हुए ही उन्होंने सबको बाहर आने का इशारा किया।

बाहर निकलकर वह उसको एक कोने में ले गए। कहने लगे, "तुम्हारा काम नहीं हुआ।"

"क्यों?" उसके पैर काँप रहे थे।

"आपकी बुकलेट ने सब चौपट कर दिया।" वह किसी के नमस्कार का जवाब देने लगे।

"पर आप तो कह रहे थे कि मंत्रीजी ने बहुत पसन्द किया था।"

"किया था, किया था। मगर आपको नौकरी देंगे तो मुख्यमंत्री जी नाराज़ नहीं होंगे?"

"पर वह तो विरोधी लॉबी...?"

"अरे भाई," उन्होंने थूका, "लॉबीइंग का मतलब उनके खुले दुश्मनों की मदद करना तो है नहीं। आख़िर हैं तो उन्हीं के मंत्रिमंडल में?"

"मगर आप।" उसका हलक सूख गया।

"अरे भाई, हाईकमान में कम्प्लेन हो जाएगी।" वह मुस्कुराए, "अभी लौंडे हो, राजनीति क्या समझो।" वह हाथ उठाकर किसी को संकेत करने लगे कि बस आ ही रहे हैं। और वह पहुँच गए वहाँ। वहाँ से बोले, "मिलते रहो। अभी तो तुम्हारा राजनीतिक जीवन शुरू हुआ है। हाँ तो..." वह सामने खड़े धोती-कुर्ता-गमछावाले एक बन्दूकधारी से मुख़ातिब हो गए।

वह चप्पलों को घसीटता हुआ बाहर आया। सड़क बनी-ठनी बूढ़ी वेश्या-सी थी। शायद उसे धोया गया था। दोनों तरफ़ चूना फैला था। उस पर बड़ी तेज़ी से वाहन आते, लेकिन रुकते डाकबँगले पर ही जाकर।

शरीर में ज़रा भी ताक़त नहीं महसूस हो रही थी। जड़ता-सी छाने लगी थी। वह चल ज़रूर रहा था, लेकिन चलने की कोई सचेत कोशिश नहीं कर रहा था। जैसे कोई अदृश्य शक्ति उसे चला रही हो।

वह थक गया। आसपास देखा, थोड़ी दूर पर एक पार्क था। कभी पार्क उसे बहुत प्रिय थे। हरी घासों, रंगीन फूलों और नटखट लताओं के बीच बैठना उसे बेइंतिहा अच्छा लगता था।

अब उसे घास-फूस कुछ भी अच्छा नहीं लगता। फिर भी सुस्ताने के लिए पार्क में आकर बैठ गया। आदतन वह सड़क की ओर देखने लगा।

पास के कॉलेज की लड़कियाँ छूटी थीं। सड़क के कोलाहल को इन लड़कियों की आवाज़ें चीर रही थीं। वे मगन होकर आपस में बातें कर रही थीं। हँस रही थीं। आसपास का जायज़ा लेते हुए भी वे अपने में लीन थीं। इस तरह पकर-पकर बोल रही थीं, जैसे दुनिया-जहान की बातें कर डालना चाहती हैं।

वह इन लड़कियों को देखने लगा, मगर उसके देखने में युवक-सी बेख़ुदी नहीं थी। एक के बाद एक, सभी को देख रहा था। कोई बेचैनी नहीं। कोई व्यग्रता नहीं थी। न दिल की धड़कन ही बढ़ी थी।

लड़कियाँ चली गईं। उनके जाने में नामालूम ऐसा क्या था कि उसका दिमाग़ मंत्री और विधायक जी पर चला गया। वह दुखी होने लगा, यह नौकरी कितना क़रीब होने के बावजूद हाथ से निकल गई। सारी ज़िन्दगी इसी तरह ख़ाली...। उसकी आँखों में भय छा गया। ख़ौफ़ की परछाइयाँ नंगे पेड़ की तरह आड़ी-तिरछी उसके चेहरे पर स्थिर हो गईं। उसे कुछ न सूझा, हड़बड़ाकर खड़ा हो गया।

पार्क से बाहर आते ही देखा, सत्रह-अठारह साल की एक लड़की से गज़ भर पीछे लगभग अधेड़ आदमी—फ़ब्तियाँ कस-कस कर सीटी बजा रहा था। लड़की थोड़ी देर बरदाश्त करती रही, फिर घूम पड़ी।

लड़की की आँखों में भयानक घृणा थी। अधेड़ सहमकर बग़लें झाँकने लगा।

वह बेचैन हो उठा। पहले उसकी आँखों में भी घृणा का समंदर उफनता था। अब वह क्यों नहीं पूरी ताक़त के साथ नफ़रत कर पाता? आज विधायक और मंत्री के लिए नफ़रत होनी चाहिए थी लेकिन नहीं, वह अपने को ही कोसता रहा।

न वह पूरा प्रेम कर पाता है, न पूरी घृणा। क्या हो गया है उसे? वह उदास हो गया। एक लाचारगी की लहर उसकी धमनियों में दौड़कर अँधेरे की तरह पसर गई।

उसकी आँखें कहीं नहीं देख रही थीं। वह खोया-खोया-सा बिलकुल धीमी चाल में चल रहा था। ऐसा लग रहा था, जैसे कोई नरकंकाल चल रहा है। कोई बच्चा देखता, बेशक डर जाता।

इतवार का दिन था। बाबू और पप्पू घर पर ही थे। तल्लीनता से धूप का सुख ले रहे थे। अम्मा भी बाबू के कारण अपनी मंडली में नहीं गई थीं। सब लोग घर में थे और उसका दम निकल रहा था। पड़ोस के दो बच्चे खेल में छुपने आ गए, वह परेशान हो उठा। शोर-शराबा ज़रा भी अच्छा नहीं लगता अब। इच्छा हुई कि बाहर निकल जाए। लेकिन कहाँ? कहीं भी पहलेवाली बात नहीं रह गई।

उसने सोचा, कहीं एकान्त में चले। सुनसान माहौल में अक्सर वह ऐसी जगहों पर जाता है, जिससे बाहर का एकान्त उसके भीतर के अकेलेपन से मिलजुल कर सुख पैदा करे। लेकिन हमेशा वह निराश हुआ है। कुछ देर तो उसे सुख-शान्ति मिलती

है, पर फिर उसे घबराहट होने लगती है। सब कुछ काट खाने को दौड़ता हुआ-सा लगता है। सुनसान उसे चहल-पहल से भी ज़्यादा ख़ूँखार दिखता है। वह डग भरते हुए भागना शुरू कर देता है।

कहाँ जाएँ, वह उदास हो गया। घुटनों में मुँह छिपा लिया। खिड़की से छनकर धूप का एक टुकड़ा उसकी पीठ पर रुक गया।

बग़ल के कमरे से बाबू की आवाज़ आ रही थी। वह अम्मा से कह रहे थे, "एक ये हैं। इनकी दशा देखकर अफ़सोस होता है। क्या होगा इनका? भगवान ही मालिक है। कुछ करना न धरना, पड़े रहते हैं।"

आख़िर बाबू क्यों कोसते हैं? क्या कसूर है उसका? पढ़ा-लिखा। उसकी योग्यता से किसी को इनकार नहीं है। नौकरी नहीं मिल रही, तो इसमें उसकी क्या ग़लती। उसकी पेशानी सिकुड़ गई। बाबू बोल रहे थे, "बड़े पढ़ाकू बनते थे। अपने को तेज़ू ख़ाँ समझते थे। अब असलियत सामने आ गई। आए नहीं कंपटीशन में। हे प्रभु क्या होगा इनका? रक्षा करो।"

उसे बाबू पर क्रोध की जगह दया आई। रोज़ अफ़सर की झिड़की सुननेवाले बाबू की इससे बड़ी ख़्वाहिश दूसरी क्या हो सकती है कि उनका बेटा अफ़सर बने। पर अफ़सर बनना आसान तो नहीं। मीडियाकर लोगों का क्षेत्र है यह। ज्ञान के किसी भी विषय की पूरी जानकारी रखना बेमतलब है। हर विषय की चिन्दी भर जानकारी रखिए और हो जाइए अधिकारी। वह तो ये पापड़ बेलने के लिए भी तैयार था, लेकिन पापड़ के लिए ज़रूरी आलू-तेल-नमक भी तो चाहिए। इनकी ख़ातिर पैसा नहीं था। वह हॉस्टल में रहकर पढ़ाई में दिन-रात एक करे—बाबू ऐसा रिस्क नहीं ले सकते थे। बाबू तो चाहते थे कि कल वह इम्तिहान दे और परसों अफ़सर हो जाए।

बाल्टियों की खटर-पटर सुनाई पड़ी। नल में पानी आ गया होगा। उसके बालों में खुजली होने लगी। बदन चुनचुनाने लगा। उसे लगा कि नहा लेना चाहिए। छह दिन हो गए नहाए।

अलमारी तक पहुँचकर शीशा में मुँह देखा। काँप गया। दरअसल इन दिनों आईना का सामना करने से वह बचता रहता था, किन्तु अभी देखा तो दहल गया। आँखें और ज़्यादा बुझी हुई-सी लग रही थीं। जैसे उनका काम केवल देखना-भर हो। चेहरे पर हताशा और पराजय की गर्द इस तरह चस्पाँ हो गई थी कि उसके अधेड़ होने का भ्रम होता। होंठ कपड़े के गन्दे टुकड़े की तरह बेजान थे।

उसने घबड़ाकर शीशा रख दिया। लेकिन कई बार की तरह उस समय भी दुश्चिन्ताएँ उसे घेर चुकी थीं। झुकी कमर, सफ़ेद बाल, झुर्रियों से भरा शरीर और बुढ़ापे में निकलने वाली बदबू...उसकी आत्मा थर्रा उठी। मन में मृत्यु के प्रति तीव्र आकर्षण जाग गया।

खाना खाते समय होने वाली वितृष्णा उसके लिए बहुत भारी होती। स्वाद अथवा अच्छे-बुरे का पता नहीं चलता था।

खाकर उठा और मुँह धोने लगा। सामने किसी की परछाईं दिखी, अम्मा पास में आकर खड़ी हो गई थीं। वह इस तरह खड़ी थीं, जैसे इन्तज़ार में हों कि कब वह मुँह धोए और वह अपनी बात कहें। वह कुछ कहने के लिए उद्विग्न लग रही थीं, ऐसा उनकी साँस के फूलने से भी लग रहा था।

गिलास रखकर वह खड़ा हो गया। एक नज़र अम्मा को देखा और प्रत्युत्तर न पाकर चलने लगा। आगे भी आ गया किन्तु वह कुछ कह न सकीं। न जाने किस शक्ति ने उनकी ज़बान को जकड़ लिया था।

खाना खाने के बाद सिगरेट पीने की आदत के कारण बाहर निकल आया। लगभग फर्लांग भर आगे बढ़कर उसने सिगरेट सुलगा ली। खड़ा होकर सिगरेट पीना भोंड़ा लगता, आगे बढ़ना चाहा। किस तरफ़ बढ़े? उसे कुछ सूझ नहीं रहा था। तभी देखा कि कुछ लोग कैरम खेल रहे थे। कुछ उनके सिर पर सवार होकर देख भी रहे थे। वह भी उनमें शामिल हो गया।

लेकिन वहाँ से मन जल्द ही उचाट हो गया। सिगरेट अभी बची थी। क्या करे? वह एक चाय की दुकान में चला गया। सवाल सिगरेट का नहीं था। सवाल समय काटने का था। यह एक ऐसी चुनौती थी, जिससे वह हमेशा जूझता था और हमेशा परास्त होता था। उसके पास समय का भरा-पूरा घूरा था मगर समय के लिए वह कुछ न था।

वह घुसा था समय काटने के लिए, लेकिन उसने जल्दी-जल्दी घूँट लेकर चाय ख़त्म कर दी। सिगरेट के कश भी जल्दी लिये गए। वह बैठ नहीं पा रहा था, जैसे भीतर कुछ कुलबुला रहा हो। उसने सोचा, पत्रिकाएँ देखी जाएँ।

एक समय पत्रिकाओं का दीवाना था वह इसीलिए 'महिलाएँ अपना वक्ष सुडौल कैसे बनाएँ' से लेकर डार्विन के विकासवाद पर ताज़ा बहस तक की जानकारियाँ रहतीं उसके पास। लड़कियाँ कुछ इसलिए भी उससे मुतअस्सर होतीं कि वह अस्तित्ववाद-फ्रायडवाद-मार्क्सवाद आदि के साथ-साथ डाइटिंग और साँवलेपन पर भी आत्मविश्वास के साथ बोलता था।

पत्रिकाओं में उसका मन नहीं रमा। यहाँ तक कि गासिप वाली चीज़ों में भी। एक 'इम्प्लायमेंट न्यूज़ पेपर' ख़रीदकर उसे पलटता हुआ बाहर आ गया। सारे पन्ने पलट उठे, लेकिन उसके काम की कोई नौकरी नहीं थी। जो थीं, उनमें तीन से दस वर्ष तक का अनुभव माँगा गया था।

"भाई साहब, ज़रा ये आपका पेपर देख लें।" एक युवक था।

"आप रख लीजिए।" उसने अख़बार दे दिया।

अब पुनः उसके सामने फैला हुआ अनंत ख़ालीपन था। इर्द-गिर्द आते-जाते वाहनों और आदमियों की चिल्ल-पों थी। उसे कुछ भी सुनाई नहीं दे रहा था। एक विचित्र तरह की नीरवता और साँय-साँय में डूबा हुआ था वह।

वह यंत्रचालित-सा घर की ओर मुड़ गया। प्रतिदिन वह घर से भागकर बाहर

आता और बाहर से भागकर घर जाता। जैसे हर जगह ऊब की नहर बहती हो। थोड़े ही समय में उसका मन उचाट हो जाता। घबराहट के कारण उसके भीतर उथल-पुथल होने लगती और इच्छा होती कि जितनी जल्दी हो सके, उस जगह को छोड़ दे।

घर के सामने बाबू किसी आदमी के साथ खड़े थे। कोई आया होगा, उसी को बाहर तक छोड़ने आए होंगे। वह धीरे-धीरे चलने लगा, जिससे आने वाले से सामना न हो। वह रुक गया।

आदमी के हटने के बाद भी थोड़ी देर रुका रहा। जब बाबू भीतर चले गए, तो आगे बढ़ा। सिर झुकाए, दबे पाँव घर में घुसा। कमरे में अम्मा बाबू से बातचीत कर रही थीं।

पप्पू पढ़ रहा था।

वह पसोपेश में पड़ गया कि क्या करे? चारपाई पर जाकर लेट गया। रजाई ओढ़ ली। एक किताब पप्पू से उठाने के लिए कहा। थोड़ी देर पढ़ा होगा, मन दूसरी चीज़ों की तरफ़ भागने लगा। वह सोचने लगा, सोचता रहा, सोचते हुए ही सो गया।

रात में पप्पू खाने के लिए जगाने आया। उसने नींद में ही मना कर दिया और सोता रहा।

कोई बहुत बुरा सपना था, वह जाग गया। सर्दी के बावज़ूद पसीना आ गया था। आँखें फाड़-फाड़ कर देखने लगा, मगर अँधेरे में कुछ नहीं दिखा। बिजली भी नहीं जला सकता था। अम्मा रोशनी होने पर जग जातीं। उसकी नींद एकदम लापता हो गई थी।

यकायक उसके दिमाग़ में एक विचार बड़ी तेज़ी से कौंधा कि आत्महत्या कर लेनी चाहिए।

वह रोमांचपूर्ण द्वंद्व से भर उठा। हालाँकि उसका चेहरा भिंचा हुआ था और आँखें ठहरी थीं, लेकिन उसके मन में आत्महत्या को लेकर अभूतपूर्व सनसनी फैल गई थी।

अपनी सोच में उसने छलाँग लगा दी। पानी में गिरते ही वह कुछ ऊँचाई तक उछला और फिर डूबने लगा।

उसे लगा कि पानी के भीतर वह डूब-उतरा रहा है। हाथ-पाँव इधर-उधर मारने लगा है। बहा जा रहा है...

"पप्पू भइया...ऽ...ऽ..." महरिन ने कुंडी खटखटाकर पुकारा था।

अम्मा से पहले वह उठ गया। उसकी आत्मा में घनघोर युद्ध छिड़ा था। उसने पल-भर में ही तय कर लिया कि दरवाज़ा खोलकर बाहर निकल जाएगा और नदी में कूदकर सारी मुसीबतों से छुटकारा पा लेगा।

महरिन भीतर घुसी। वह बाहर निकलने के पहले थोड़ी देर ठिठका। हँवा घुसी और उसे सर्दी लगने लगी। उसने शॉल ले लेना मुनासिब समझा।

शॉल लपेटकर वह बाहर निकलने लगा।

"क्या बात है सुभाष? खटर-पटर लगा रखे हो।" अम्मा ऊँघते हुए बोलीं।

वह हड़बड़ाया, "अँ कुछ नहीं, बस ऐसे ही। घूमने जा रहा हूँ। रोज़ सुबह घूमूँगा।"

"जाओ दरवाज़ा भेड़ देना।"

इच्छा हुई कि न जाए। बिजली जलाए और सबको झिंझोड़कर जगा दे। सभी से ख़ूब बातें करे। लेकिन यह सब सोचते ही उसकी आँखों में आँसू आ गए और वह बाहर निकल पड़ा।

बाहर सर्द मौसम हल्के अँधेरे में डूबा था। आकाश में न तारे थे न चाँद। हाथ को हाथ सूझ जाए, इतनी सुबह हो गई थी। चौकीदार ड्यूटी ख़त्म करके जा रहा था। वह जल्द ही ओझल हो गया। चारों ओर सन्नाटा था। कहीं कोई आवाज़ नहीं। सब कुछ चुपचाप। निस्तब्धता का आलम था।

उसने शॉल से ही आँसू पोंछे। वह लगातार रो रहा था। लेकिन जितना ही अधिक रोता था, मृत्युमोह उतना ही प्रबल होता था। इस मोह में हठ का भी अंश था। दूसरी भी कई चीज़ें थीं। कुल मिलाकर इतना घालमेल हो गया था कि वह साफ़-साफ़ कुछ समझ नहीं पा रहा था। बस इतना मालूम था कि उसे मरना है, नदी में डूबकर मरना है।

चाय की दुकान आ गई। एक छोटा-सा लड़का जाँघिया और क़मीज़ पहने हुए भट्ठी सुलगा रहा था।

उसे ठंड महसूस हुई। देखा, शॉल खिसक गया है। उसने सलीके से लपेट लिया। थोड़ी राहत मिलनी शुरू हो गई। आँसू भी थम गए थे। मगर घरवालों की यादों से वह आज़ाद नहीं हो सका था। वह उनसे छुटकारा पाना चाहता था, क्योंकि वह महसूस कर रहा था कि उनके रहते छलाँग लगाना कितना कठिन है। इसीलिए बहुत कोशिश के बाद उसने अपना ध्यान दूसरी तरफ़ कर लिया। वह आसपास की चीज़ों को देखने लगा।

दोनों पटरियों पर एक-एक ट्रक खड़े थे। उसने उन्हें देखा और चौंक पड़ा। ये ट्रक दिन में कैसे लगते हैं और इस समय कैसे। जब ये आदमियों के बीच रहते हैं, तो ऐसे दिखाई पड़ते हैं, गोया इनमें भी ज़िन्दगी हो। लेकिन इस निर्जन में ये जड़ लग रहे हैं।

वह सड़क देखने लगा। आदमियों को अपनी छाती पर सहती यह कैसी सजीव और गतिमान लगती है किन्तु इस वक़्त लाश की तरह बिछी है।

अँधेरा और छँट चला था। लगा, थोड़ी देर में चिड़ियाँ चहचहाने लगेंगी।

तार पर एक पक्षी मरा लटका था।

उसका ध्यान पुन: आत्महत्या पर आ गया। वह सिर नीचे करके चलने लगा। वह एक बार फिर सुपरिचित कल्पना से गुज़रने लगा। पानी में छलाँग और डूबना-उतराना।

वह यकायक उबर उठा, घबड़ाया भी। बाबू के एक दोस्त आ रहे थे। ये पेट के रोगी थे और सुबह घूमते थे।

"कहो बेटा सुभाष, सब ठीक-ठाक है न? घूमने निकले हो।"

"हाँ, चाचाजी।"

"कहीं लगे-वगे कि नहीं?"

"कोशिश कर रहा हूँ। अच्छा...।"

वह आगे बढ़ चला। उसमें मर जाने की इच्छा और ज़्यादा बलवती हो गई थी। उसकी चाल से लग रहा था कि उसने मुकम्मल फ़ैसला कर लिया है। चेहरे पर दृढ़ता विराजमान थी, दाँत भिंचे हुए थे।

नदी आ गई। उसने पुल की रेलिंग पर हाथ रखा। ठंडा लोहा था, वह नदी को देखने लगा। जल एकदम स्थिर था। ऊपर उड़ते पक्षियों के झुंड की परछाईं पड़ रही थी। उसमें कुछ कम्पन-सा हुआ—एक आदमी की लाश धीरे-धीरे बहती चली जा रही थी। चर्मविहीन। कुछ कौवे उस लाश पर बैठे आगे बढ़ रहे थे। वे टोंट मारकर मांस निकालते और खाने लगते।

वह आध्यात्मिकता से नहा उठा। उसका पूरा अस्तित्व हर कहीं से हटकर नदी पर स्थिर हो गया। वह अपलक ताकता रहा उसको। कुछ देर बीते होंगे, उसे नदी से रहस्यमय संगीत फूटता हुआ महसूस हुआ। लगा, नदी ऊपर उठती आ रही है, पास में आ गई है। वह छू सकता है। मुँह लगाकर पी सकता है उसे।

उसके चेहरे पर अलौकिक आभा फूटने लगी, जल रहा हो जैसे। आँखें फट गईं। पूरा शरीर रबर की तरह खिंच गया...।

तभी थोड़ी दूर पर बिछी रेल की पटरी पर धड़...धड़...धड़ करती हुई ट्रेन गुज़री। वह भयानक कँपकँपाहट से सराबोर होकर ख़ौफ़ज़दा हो गया था। उसने रेलिंग कसकर पकड़ ली थी। उसे ऐसा अहसास हो रहा था कि गाड़ी उसके ऊपर से चली जा रही है। गाड़ी पार हो गई।

वह गाड़ी की उलटी दिशा में तेज़-तेज़ चलने लगा। आगे बढ़ता जा रहा था। आत्महत्या के इरादे से पूरी तरह बेख़बर था वह। जितनी जल्दी हो सके, पुल पार कर लेना चाहता था। इस वक़्त उसकी इकलौती और सबसे बड़ी अभिलाषा थी कि कैसे भी हो, ढेर सारे आदमियों के बीच पहुँच जाए।

किन्तु सड़क पर कोई नहीं था। हल्के उजाले के बावजूद अभी अँधेरा ही था। सब कुछ बड़ा डरावना लग रहा था। एक बैलगाड़ी आती दिखाई पड़ी। वह बैलगाड़ी के निकट पहुँचा कि दाईं तरफ़ थोड़ी दूर से एक आदमी की गाड़ीवान से मुख़ातिब आवाज़ सुनाई दी। उसने गरदन मोड़कर देखा, कोई आदमी शंख की तरह बनाई गई हथेलियों तक मुँह ले जाकर कुछ कह रहा था। इधर गाड़ीवान बिना गाड़ी रोके बातें करता रहा।

गाड़ी आगे बढ़ गई और वह फिर अकेला रह गया। जबकि बेशुमार शक्ति के साथ वह चाह रहा था कि लोगों के बीच पहुँच जाए। उसने दूसरी तरफ़ देखा, वह एक पूरी बस्ती थी। एक जगह आग भी जल रही थी। बहाना मिल गया, अपरिचितों के बीच पहुँचने का।

यह सड़क से सटी, एक ढलान उतरने के बाद बसी बीड़ी बनाने वालों की बस्ती थी। जहाँ एक पक्का मकान था। जो ठेकेदार का था। बाक़ी, सारे घर कच्चे, फूस और खपरैलों के थे। ये आग से भी बरबाद हुए थे। बाढ़ से भी। कई बार नदी में बाढ़ आने पर पूरी की पूरी बस्ती बह जाती थी। लेकिन इनमें रहने वाले यहीं फिर झोंपड़ा बनाते थे।

वह ढलान उतरकर नीचे आया। पूरी बस्ती जैसे काफ़ी पहले जाग गई थी। क्योंकि हर घर से धुआँ उठ रहा था।

एक औरत बड़ी देर से चूल्हा फूँक रही थी शायद। उसकी आँखें लाल थीं।

वह जिस झोंपड़े के सामने पहुँचा, वहाँ एक औरत बरतन साफ़ कर रही थी। बच्चा ज़मीन पर लोट रहा था। रो-रो कर खाना माँगता था वह। औरत गाली बकती हुई उठी और उसे गोद में ले लिया। गाली बकती हुई ही बरतन मलने लगी। बीच-बीच में यह भी कह रही थी, "दाल पकने वाली है, अभी अपने पाजीराम को गरम-गरम रोटी से खिलाऊँगी।"

कोई युवती, जिसकी सम्भवतः हाल में ही शादी हुई थी, शरमाती हुई आई और अपने छप्पर पर कपड़े फैला गई।

वह अभी संकोच करती होगी, इसलिए कुछ बच्चे उसकी झोंपड़ी के सामने हुड़दंग मचा-मचा कर खेल रहे थे। इतनी सर्दी में इन बच्चों के शरीर पर एक के ऊपर एक दो-तीन क़मीज़ें थीं। लेकिन वे मस्त थे।

औरतें थीं कि सलवार-कुर्ता पर सर्दी से बचने के लिए एक सूती चादर ले रखी थीं।

आठ-नौ साल की एक बिटिया अपने दुआर पर झाड़ू लगा रही थी। उसका बाप भीतर से निकला, "वाह! यहाँ आ तो।" बिटिया आई तो उसे दस पैसे का सिक्का थमा दिया। ख़ुद पड़ोसी के घर से साइकिल लेकर कहीं के लिए उड़ गया। पड़ोसी अपनी ढीली चारपाई को कस रहा था।

वह आग के निकट पहुँच गया। आग के चारों तरफ़ बैठे लोग उसे देखने लगे।

एक ने पूछा, "क्या बात है?"

"कुछ नहीं, आग देखकर चला आया।"

"आओ भइया, आओ। ताप लो। इस जाड़े की चूतियापंथी का क्या कहना।" कहकर एक बूढ़े ने जगह दे दी, वह बैठ गया। हाथों को लपटों के सामने कर दिया।

"अरे भइया, चप्पलिया उतारकर उसी पर बैठ जाओ और पैर भी गरमाय लो। सुन्न हो गया होगा। अंग्रेज़ी चाल न सीखो।" अधेड़ था, जो लुंगी और कुर्ता पहने हुए ताप रहा था। उसका टोकना जाने क्यों बड़ा अच्छा लगा। उसने वैसा ही किया। वह चप्पल पर बैठ गया।

"हाँ तो भइया, सुनाओ हालचाल कुछ।" एक ने गर्म हथेलियों से चेहरा सेंकते हुए कहा, "पढ़े-लिखे हो, कुछ सही बात बताओगे।"

"क्या बताएँ?"

"अरे, मुख्यमंत्री की कैसी कट रही है? कुछ उन्हीं के बारे में बताओ। सुना है, इनकी अपनी ही पार्टी में टन्न है।" यह आदमी काफ़ी वाचाल था। बात ख़त्म करने के बाद भी होंठ हिलाता रहता।

चर्चा छिड़ गई। सभी बातों में मशगूल हो गए।

सभी आपस में मग्न थे।

अब उजाला हो गया था। हल्की-हल्की हवा भी चल पड़ी थी। औरतें अपने काम में व्यस्त हो गईं। लोग बीड़ी बनाने की तैयारी में पत्ते, धागे वग़ैरह दुरुस्त करने में जुटने लगे थे।

आग की महफ़िल से भी इक्का-दुक्का चले गए। कुछ जाने का मन बना रहे थे। उसने कहा, "अच्छा, अब मैं चल रहा हूँ।" हाथ उठाकर सभी से एक साथ अभिवादन किया।

वह थोड़ी दूर चला होगा कि देखा, कुछ पेड़ों की ओट में एक शोख़-सी लड़की हाथ में कटोरा नचाती हुई खड़ी थी। शायद दूध के लिए निकली थी। उसे एक नवयुवक छेड़ रहा था। लड़की मुस्कुरा रही थी।

उसको देखकर लड़की शरमा गई। लड़के ने कहा, "डरती क्यों है। यही बड़ी बनती थी?"

लड़की तीखी होकर बोली, "डरो तुम। मुहब्बत किया है, कोई चोरी तो नहीं।"

"आय हाय, मार डाला रे तूने।" लड़का मत्था पीटकर आहें भरने लगा, "तेरी इसी अदा ने मुझे मजनूँ बना डाला है ज़ालिम।"

लड़की हँसती हुई भाग गई। लड़का अब छाती पीट रहा था।

वह मुस्कुरा पड़ा। उसकी मुस्कुराहट थम नहीं रही थी। उसने रोकने की कोशिश की तो हँस पड़ा। बिलकुल वैसी हँसी, जैसी वह एम.ए. तक हँसता था।

एक अद्‌भुत भाव से सराबोर हो उठा था वह।

रास्ते में नदी पड़ी। उसने व्यंग्य से नदी देखी और अपने ऊपर हँस पड़ा।

हल्की-सी धूप निकलने ही वाली थी। चिड़ियों का एक लम्बा जत्था अपनी यात्रा पर जा रहा था। उनकी चहचहाहट में स्फूर्ति का ख़ज़ाना था। सड़क की ओस सूख रही थी।

चाय-पान की दुकानें अब आधी-अधूरी खुल चुकी थीं। रिक्शेवाले चाय-नाश्ता के लिए आ गए थे। मज़दूरों का एक क़ाफ़िला मज़दूर चौराहा की ओर जा रहा था।

घर दिखाई पड़ने लगा। वह उस समय विभोर था। उसकी इच्छा होने लगी कि दौड़ता हुआ घर जाए या यहीं सड़क पर नाचने लगे या किसी अपरिचित को बुलाकर बातें करे या...

घर में घुसा। बाबू मन्दिर गए थे। अम्मा स्टोव जलाने के लिए हवा भर रही थीं! उसने कहा, "लाओ अम्मा मैं जला देता हूँ।" जलाने के बाद बोला, "क्या चढ़ेगा इस पर, मैं चढ़ा दूँ।"

अम्मा उसे घूर-घूर कर देखने लगीं, "अच्छा तू जा। ये सब काम मैं अभी कर सकती हूँ। पागल कहीं का।" अम्मा की झिड़की में दुलार छलछला रहा था।

वह कमरे की तरफ़ बढ़ गया। पप्पू पढ़ रहा था।

"कहो गुरू, क्या पढ़ रहे हो?"

"भइया आज तो तुम पहले की तरह बोल रहे हो। कितना अच्छा लग रहा है।"

"हाँ-हाँ, अब मैं पहले की तरह ही बोलूँगा।"

वह पप्पू को देर तक पढ़ाता रहा।

उस बस्ती में आजकल वह अक्सर देखा जाता है। कभी-कभी शहर के किनारे वाले गाँवों में भी जाता है। कुछ लोग व्यंग्य में, कुछ सम्मान में कहते हैं कि वह किसानों-मज़दूरों की मुक्ति के लिए काम कर रहा है।

लेकिन वह कहता है, मैं अपनी मुक्ति के लिए यह सब कर रहा हूँ। मज़दूरों और किसानों की मुक्ति से अलग नहीं है हम सबकी मुक्ति।

इन दिनों वह पहले की तरह सुन्दर हँसी हँसने लगा है। नहीं, पहले से कहीं अधिक सुन्दर हँसी।

वह पूरा का पूरा बहुत अच्छा लगने लगा है।

वह ठहाके भी लगाता है।

[1986]

अचानक नहीं

सुग्गी रमेश का कान उमेठते हुए बोली, "मुर्ग़ा बनो।"

रमेश आँखें मिचमिचाकर घूरने लगा। तभी माँ का झापड़ पड़ा, "बनो मुर्ग़ा। मैं कह रही हूँ, बनो मुर्ग़ा।"

वह झुका। पैरों के नीचे से हाथ डालकर कानों को पकड़ा और मुर्ग़ा बन गया। सुग्गी के होंठ मुस्कुराहट से फड़क उठे, "कुकड़ूँ कूँ बोलो।" वह हँसी रोक न सकी। ज़ोर-ज़ोर से हँसने लगी। रमेश का चेहरा खिसियाहट से सुर्ख़ हो गया।

वह नल पर नहाने चली गई। उसने कोयले से दाँत चमकाए। रीठे से बाल धोए और ईंट से एड़ियाँ रगड़कर साफ़ की। इस सफ़ाई का ख़ास मकसद था। रमेश के बाबू को आज वेतन मिलने वाला था। उसको रिझाकर रुपए अपने हवाले करने थे।

बालों में छोटी-सी कंघी घुमाती हुई बाहर आई, तो आधा घंटा बीत चुका था। उसके बाल थोड़े रह गए थे। जब ब्याह हुआ था तो मुट्ठी भर मोटी चोटी जाँघों तक लटकती थी।

कंघी बालों से भर गई थी। बाल निकालकर फेंक दिए। कंघी का बुढ़ापा झलकने लगा। कंघी के कई दाँत टूट गए थे, जो साबूत थे उनमें मैल ने घर बसाया था।

उसका दिल धक से रह गया। मर्द का पैसा हवाले करने के चक्कर में वह भूल गई, बेटा मुर्ग़ा बना है। लपककर रमेश के क़रीब पहुँच गई, "अच्छा ठीक है। पर ख़बरदार जो फिर कभी किसी से मार-पीट की।" लेकिन वह मुर्ग़ा बना रहा।

"चल उठ।"

वह वैसे ही झुका रहा। फ़र्क़ यह हुआ, उसने होंठ भींच लिये।

सुग्गी सौ कोशिश करके हार गई, वह डिगा नहीं। वह घबरा गई। आसपास वाले भी जुटने लगे। कोई मोह में तो कोई मौज में उठने के लिए कहने लगा, पर वह अड़ा रहा। उसका चेहरा लाल के बाद काला होने लगा था।

तभी नरायन आता दिखा। आकर बेटे की पीठ थपथपा दी। हमदर्दी पाकर दुख फूट पड़ा। बाप को पूरी तरह अपनी तरफ़ करने के लिए उसने अपने को धीरे से लुढ़का लिया और चिल्ला-चिल्ला कर रोने लगा।

वैसे सुग्गी को साफ़-सुथरा देखकर नरायन की तबीयत ख़ुश हो गई थी। लौटा

भी ख़ुश था। क्योंकि एक तो वेतन मिला था, दूसरे बड़े लड़के दिनेश का ख़त। लेकिन रमेश को ख़ुश करने के लिए बनावटी ग़ुस्से में बीवी को फटकारने लगा, "दरवाज़े पर क्या नौटंकी लगा रखी हो।" वह सुग्गी और रमेश को मवेशी की तरह घर की ओर हाँकने लगा।

दिनेश के ख़त में लिखा था कि उस अफ़सरी का नतीजा आने वाला है जिसमें उसके सभी पर्चे बढ़िया हुए थे। अब एम.ए. का इम्तिहान होनेवाला है। उसके सारे पैसे ख़त्म हो गए।

नरायन ने पैसे वाली बात पर लीप दिया फिर घूम-घूम कर लोगों को चिट्ठी दिखाने लगा। उसकी आँखों में ख़ुशी और उम्मीद की तीखी चमक थी। रात होने पर घर लौटा तो भूख भी चमक आई थी। चौखट लाँघते हुए रोब से बोला, "खाना परोसो।"

सुग्गी ने ठसके से कहा, "तुम तो अभी से अफ़सर के बाप हो गए हो। कह देती हूँ, मुझसे हेकड़ी बरदाश्त न होगी।" मुँह धोती के पल्लू से दबाकर हँसने लगी।

"हाँ...हाँ क्यों बरदाश्त करेगी हेकड़ी, अफ़सर की अम्मा जो हो गई है। अच्छा चलो जल्दी परोसो। भूख बड़ी ज़ोर की लगी है।"

"तुम हमेशा अपनी ही फ़िक्र में पड़े रहते हो। सुबह से लड़का भूख-प्यास से मर रहा है, उसकी फ़िक्र नहीं है।" वह ग़ुस्से में उठ खड़ी हुई।

कटोरे में चावल-सब्ज़ी डालकर रमेश को खिलाने चली गई। इधर नरायन कूदकर चूल्हे के पास पहुँच गया और एक बरतन में ढेर सारा चावल और सब्ज़ी निकालकर खाने लगा। चप-चप की आवाज़ से रसोई भर उठी। सुग्गी जब तक लौटती, वह दो लोटा पानी गले में उतारकर लम्बी डकारें भी ले चुका था। सुग्गी चूल्हे के पास पहुँचे कि वह कूदते-फाँदते अपनी चारपाई तक पहुँचकर धम से लेट गया और नाक में उँगली ठूँसकर दिनेश के बारे में सोचने लगा।

कम उम्र में ही दोनों की शादी हो गई थी। एक साल बाद दिनेश पैदा हुआ था। तब वे इंजीनियर माथुर साहब के बँगले में ही एक कोठरी में रहते थे। वह खाना बनाता और सुग्गी लड़के को खिलाती। लड़कों ने उस पर इतना असर डाला था कि उसने अपने बड़े लड़के का नाम उन्हीं की तर्ज पर दिनेश रख दिया। दिनेश के पैदा होने के बाद सुग्गी पर चिकनाई चढ़ने लगी जिसे देखकर माथुर साहब अक्सर विह्वल होने लगे। उनकी बीवी ताड़ गई और उससे कोठरी ख़ाली कर देने के लिए कह दिया। उसने कोठरी ख़ाली कर दी।

रमेश उसी की बग़ल में सो गया था; वह अभी भी नाक में उँगली डालकर सोचने में मशगूल था।

"क्या सोच रहे हो?" सुग्गी धोती से हाथ पोंछते हुए आ गई थी।

"ज़रा पैर दबाओ।" उसने उठे हुए घुटने नीचे गिरा लिये।

सुग्गी पैर दबाने लगी, "क्या सोच रहे हो?"

"कुछ भी नहीं।"

“मैं बताऊँ।”

“बोल।”

“दिनेश के बारे में सोच रहे थे।” सुग्गी की आवाज़ भर्रा गई। वह दिनेश के नाम भर से भावुक हो जाती। बात भी ऐसी थी, पैदा होते ही उसको सुग्गी ने आँखों का तारा बना लिया। बड़े यत्न से पाला। माथुर साहब के लड़कों से जौ भर कम ख़याल न रखती। दिनेश कुछ बड़ा हुआ तो उसका नाम बढ़िया स्कूल में लिखवाया। दिनेश भी मन लगाकर पढ़ता। पढ़ने में वह शुरू से ही तेज़ था। पर इन सबका एक हिस्सा यह भी था, सुग्गी क़र्ज़ के दलदल में फँसती जा रही थी।

दोनों के लिए चिन्ता की बात थी, दिनेश के पास रुपए कैसे भेजे जाएँ? नरायन को वेतन आज ही मिला था किन्तु उसे भेज दे तो यहाँ कैसे चलेगा? आख़िर नरायन ने तरकीब सोची, “ऐसा है, थोड़ा रुपया अभी भेज दिया जाए और बाक़ी कुछ दिनों बाद हो जाएगा।”

“यह ठीक नहीं होगा। दिनेश का दिल दुखेगा।”

वह भड़क गया, “तो कोई रुपए का पेड़ लगा रखा है कि हिला दूँ और तुम झोली भर लो।”

“देखो हमसे लड़ो मत। तुम क्यों हिलाओगे। मैं ही अभी हिलाकर लाती हूँ।” कहकर वह बाहर निकल गई।

नरायन का फक्कड़पन ग़ायब हो गया। क्योंकि वह जानता था, सुग्गी कहाँ गई होगी। किसी महाजन के यहाँ क़र्ज़ माँगने गई होगी। क़र्ज़ की याद भर से उसके रोंगटे खड़े हो जाते।

रमेश रोता हुआ घर में घुसा। वह नंग-धड़ंग था। उसकी चमड़ी काली और फटी थी, जिस पर मैल की पर्त जमी थी। पेट फूला रहता था। वह चिल्ला तेज़ रहा था मगर आँसू एक बूँद नहीं गिरा था। हाँ, होंठों के ऊपर गिरी नाक सूखकर चमक रही थी।

“क्या है बे?”

वह और अधिक चिल्लाने लगा तो नरायन ने घुड़का, “बोलता क्यों नहीं कि दूँ दो झापड़।”

वह डरकर बताने लगा कि पड़ोस के बच्चे मल्लू ने उसे मारा है। मल्लू की एक आँख चेचक में फूट गई थी।

“क्यों मारा?”

वह चिल्लाना बन्द कर ख़ामोश हो गया। नरायन ने फिर पूछा, “कुत्ता तो काटे नहीं होगा उस हरामज़ादे को। क्यों मारा?”

“हम मल्लू को कानाराम बोल रहे थे...।”

“चलो उसका हाथ-पाँव तोड़ता हूँ।” पर जितनी तेज़ी से वह भड़का था, शान्त भी हो गया। उसने सोचा, दिनेश सुनेगा तो क्या कहेगा? अफ़सर का बाप कहीं झगड़ा

करता है। सिर झुकाकर लौट आया, "चल साले, गिनती सुना।" लपककर कोने में पड़ा गन्ना उठाया और चारपाई पर पालथी मारकर पूरी रफ़्तार से स्वाद लेने लगा। जैसे गाय घास चर रही हो। रमेश भकुआ बना उसका मुँह ताकते हुए गिनती सुना रहा था—"तीन दहाई दो इकाई तीस दो बत्तीस...।"

जब पेट में रस ज़्यादा हो गया तो उसने रमेश से कहा, "भाग साले।" और आराम से पसर गया।

सुग्गी लौटी तो देखा। ज़मीन पर लेटे रमेश का चेहरा आँसुओं से भीगा है। वह समझ गई, बाप ने कुछ कहा होगा। मारता तो वह है नहीं।

रमेश से कुछ न कहकर सीधे नरायन के पास गई और लोटा भर पानी उसके मुँह पर गिरा दिया, "ये पानी नहीं लड़के की रुलाई है पापी..."

वह हड़बड़ाकर उठा। समझ गया कि अब ख़ैर नहीं। रमेश को उठाया और उछालने लगा। कूद-कूद कर नाचने लगा। सुग्गी ने देखा तो हँसते-हँसते लोट-पोट हो गई। मगर डर भी रही थी, कहीं गिर न पड़े हाथ ही तो हैं। अचानक उसे कोई बात याद हो आई हो जैसे। हँसी थम गई। चेहरे पर चिन्ता, दुख और कातरता के बादल एक-दूसरे को काटते हुए मँडराने लगे।

नरायन भी मुरझा गया। दोनों की आँखें झुक गईं।

रमेश को जैसे मालूम हो गया कि अम्मा क़र्ज़ लेकर आई है। वह बोला, "अम्मा भूख लगी है।"

सुग्गी ने एक लिफ़ाफ़ा पकड़ा दिया। उसमें लाल-लाल जामुन थे। वह लिफ़ाफ़ा लेकर चहकता हुआ चला गया। दोनों रह गए। दोनों ही अपने को मुजरिम मान रहे थे। सुग्गी को लगता, नरायन की आँखें कह रही हैं कि तुम कैसी जोरू हो, सब अपने मन की कर रही हो। नरायन को लगता, सुग्गी की आँखें कह रही हैं कि तुम कैसे मर्द हो कि मेरा रोआँ-रोआँ क़र्ज़ में डूबते देखते रहे।

हर बार यही होता, सुग्गी क़र्ज लेकर आती और दोनों पसोपेश में पड़ जाते।

सुग्गी ने काँपते हाथों से रुपया थमाया, "दिनेश के पास भेज देना।"

जैसे पहली बार कोई ईमानदार आदमी घूस ले रहा हो, नरायन का दिल ज़ोर-ज़ोर से धड़कने लगा।

दिनेश पढ़ने में कमज़ोर न था। माँ-बाप ने भी सारी किल्लत-जहालत सहते हुए उसे बाहर पढ़ने को भेजा। वह जानता था कि उसकी पढ़ाई माँ-बाप को क़र्ज़ के समन्दर में डुबोती चली जा रही है लेकिन मन में एक चिराग़ जल रहा था कि अफ़सर बनकर सारा दुख दूर कर देगा। अब वह चिराग़ भी बुझ गया। अफ़सर की कौन कहे, क्लर्की का मोहताज हो गया। ज़िन्दगी बसर करने तक का लाला पड़ गया। रोज़ अर्जी लिखना, लिखित और मौखिक परीक्षाएँ देना, नियुक्ति-पत्र का इन्तज़ार करना और दर-बदर मारा-मारा फिरना, ठोकरें खाना, यही उसकी

दिनचर्या थी। हालाँकि माँ-बाप को उसने अभी भी इस भूल-भुलैया में रखा था कि वह अफ़सर हो जाएगा।

फागुन का महीना आ गया था। पेड़ों से पत्ते टूटकर बेजान से ज़मीन पर बिखरे रहते। सुग्गी दरवाज़े पर आई तो देखा, हवा तेज़ चल रही है। नीम की पत्तियों में जैसे जान आ गई हो, वे उड़-उड़ कर खेल रही थीं। एक जगह ज़मीन लाल थी। शायद किसी ने किसी पर रंग फेंका था जो उस पर न पड़कर मिट्टी में रच-बस गया।

पड़ोस की चमेली भौजी भी बाहर निकल आई थीं। उनसे बात करते हुए वह झाड़ू लगाने लगी। थोड़ी देर बाद भीतर जाकर हाथ-पैर धोए। मुँह पर कड़वा तेल चुपड़ा। चौथाई घिसी चप्पल पहनकर किवाड़ में ताला लगाया। रमेश चमेली के यहाँ चला गया और वह काम पर।

काम करने के बाद वह लौटी तो दिन पूरा चढ़कर आलस्य बिखेर रहा था। सुस्ती का आलम था। सुग्गी की आँखों में भी नींद का एक झकोरा आया। थोड़ा गुड़ मुँह में डालकर लोटा भर पानी पी डाला। फिर वह भाड़ के पास आ पहुँची। थोड़ा दाना इकट्ठा हो गया था। उसने सोचा, भून डाले।

वह बहुधन्धी थी। बरतन माँजने के अलावा भी उसके पास कई रोज़गार थे। कभी दाना इकट्ठा हो जाने पर भाड़ जला लेती। घर में ही लेमनचूस, नल्ला, चूरन वग़ैरह रखकर थोड़ी कमाई करती। एक बकरी पाली थी, उसका दूध भी पानी मिलाकर बेच लेती। भाड़ के लिए पत्तियाँ और बकरी के लिए हरी घास ख़ातिर वह अक्सर भटकती। भाड़ के लिए ज़्यादा मशक़्क़त करनी पड़ती। क्योंकि बकरी के लिए लोगों के घरों से सब्ज़ी के छिलके, चोकर आदि माँग लेती। मिल भी जाता था।

दाना भूनने-दरने के बाद सूप से फटक-पछोर कर साफ़ किया। आँचल से गर्दन का पसीना पोंछती हुई उठ खड़ी हुई। रमेश उसकी तरफ़ ललचाई नज़रों से ताक़ने लगा। सुग्गी ने आसपास किसी को न पाकर एक झोले से मुट्ठी भर चना निकालकर रमेश की नन्ही जेब में डाल दिया। वह ख़ुश होकर चना खाते हुए माँ के साथ गेंद की तरह ढुलकने लगा। सुग्गी उसे देखकर हँसी और दया से भर उठी। वह उसके घुटनों तक था। सुग्गी को इस बात का बेहद अफ़सोस था कि वह बढ़ नहीं रहा था। मटके की तरह फूला पेट। काली-फटी चमड़ी। कभी-कभी तो उसे देखकर घिन-सी आने लगती थी।

दो बच्चे चूरन ख़रीदने आए थे। उसने चूरन देकर ढक्कन बन्द कर दिया। तभी नरायन हाँफता हुआ आया और मुँडेर पर ऐसे कूदकर बैठा, जैसे किसी ने फेंक दिया हो। उसका चेहरा ख़ुशी की बाढ़ में बहा जा रहा था...

"अरे दिनेश की नौकरी लग गई..."

"सच।" ख़ुशी से सुग्गी की साँस फूल उठी।

"हाँ रे, यह।" वह जलेबी का दोना लिये हुए था।

सुग्गी ने आनन-फानन दो जलेबी निकालकर रमेश के मुँह में ठूँस दी। वह रोने लगा।

नरायन चिल्लाया, "चुप हो जा जाहिल।" वह गालियाँ बकने पर आ गया, "इस साले को देखकर आँख फूटती है। हमेशा कोढ़ी जैसा बना रहता है। एक दिनेश था, शुरू से राजकुमार जैसा लगता था, तब जाकर उसे नौकरी मिली। तू...तू साले भीख माँगेगा भीख..."

"ये क्या बोल रहे हो?" सुग्गी हाथ नचाकर बोली, "तुम्हारे मुँह में कीड़े पड़ेंगे, कीड़े। भगवान के घर कौन शकल लेकर जाओगे?"

नरायन ग़ुस्सा हो गया और चन्द मिनटों में दोना भर जलेबी चट कर डाली। नतीजा निकला कि सुग्गी शान्त हो गई। उसके शान्त होने पर नरायन के भीतर पछतावा का लावा फूटने लगा, "अनायास बेचारे को डाँटा, ख़ुशी के मौक़े पर भी नहीं बख़्शा।" वह अपने बेतरतीब बालों को नोचने लगा।

सुग्गी मुहल्ले वालों को दिनेश की नौकरी की ख़बर देने भाग चली।

वह घुटन महसूस करने लगा। मन चाहता कि रमेश को मनाए मगर इसमें अपनी बेइज़्ज़ती महसूस करता था। आख़िर एक तरीक़ा निकाला। मुँडेर पर पाँव लटकाए हुए ही कड़का, "चल यहाँ आ। ज़रा पैर दबाकर उँगली चटका तो।" रमेश पाँव दबाने लगा और वह रमेश को फुसलाने में जुट गया। वह बतलाने लगा कि अब उसे दिनेश के साथ रहना होगा। वहाँ गाड़ी में बैठकर घूमने को मिलेगा। खाने को हलुवा-पूड़ी-खीर मिलेगी...

रमेश ने उँगलियाँ चटकाईं तो उसने बंडी की जेब से दस पैसे का सिक्का निकालकर उसकी हथेली पर रख दिया और कहा, "बन्द कर ले।" रमेश उत्साह से लथपथ हो गया। सिक्का मुँह में रखकर बजाते हुए फिर बाप का पाँव दबाने लगा...

इसी बीच कई लोगों की चहलक़दमी और हँसी की आवाज़ें सुनाई पड़ीं। नरायन के कान फैलकर सतर्क हो गए। वह मुँडेर से उतरकर चारपाई पर बैठ गया। हाथ छाती पर बाँधकर आँखों में क्रोध भर लिया और शान से अकड़ गया।

मच्छरों की तरह भनभनाते हुए मुहल्ले वालों का झुंड उसके पास पहुँच गया और बधाइयाँ देने लगा। लेकिन वह उस तपस्वी की भाँति तना था, जिसकी तपस्या में विघ्न पड़ा हो। लोग उसका क्रोधित चेहरा देखकर सहम गए। बोलने की हिम्मत खोने लगे थे कि जियावन दादा ने सुर्ती बनाकर फटकी दी। पास के एक लड़के को चुटकी भर देकर शेष होंठों के नीचे रखने वाले ही थे कि नरायन का धैर्य जवाब दे गया। वह गिड़गिड़ा पड़ा, "अरे दादा! अकेले-अकेले।" उसकी जान में जान आई। जियावन दादा ने सुर्ती देकर लोगों को घमंड से देखा कि देख लो, नरायन उन्हें कितना मानता है। मगर नरायन अब सनक गया था। जैसे उसी को नौकरी मिली हो। वह लोगों के पैर छूने लगा। पैर छूता और कहता, "बड़का को आशीर्वाद दो।"

दिनेश को चपरासी की नौकरी मिली थी। वह भी ढाई हज़ार रुपए घूस पर। घूस वह नक़द नहीं दे सकता था, इसलिए हर महीने तनख़्वाह से सौ रुपए देना तय हुआ। कुछ दिनों पहले वह चपरासी की नौकरी के बारे में सोचता तक न था। इसी बात का असर था, उसे घरवालों से बताने की हिम्मत न हुई कि उसे चपरासी की नौकरी मिली। उसने बस इतना लिखा पत्र में कि नौकरी मिल गई है। शहर में कमरे का किराया भी कुछ कम न था। ज़िन्दगी की गाड़ी किसी तरह घिसट रही थी।

बकरी मिमिया रही थी। वह प्यासी थी। सुग्गी ने छोटी-सी बाल्टी में पानी उसके सामने रखकर सहला दिया। बकरी प्यार से लापरवाह पानी पीने लगी। सुग्गी बरामदे में आई। अलमारी पर रखा कटोरा उठाया। सेठजी की औरत ने चावल-दाल दिया था। कटोरे को नाक तक लाकर सूँघा, हल्का-हल्का बदबू कर रहा था।

खा-पी कर वह बहुत ख़ुश हुई थी। घर में आज खाने के लिए न था। सोचा कि रमेश इसे खा लेगा। उसका और दिनेश के बाबू का क्या? लोटा भर पानी पीकर सो रहेंगे। पर अब क्या होगा? एक बार मन में आया, थोड़ा ही बदबू कर रहा है। खिला दे रमेश को। लेकिन उसका गुब्बारे-सा पेट और ठिंगना क़द देखकर अब ऐसा करने का साहस न हो पाता था।

वह इसी उधेड़बुन में थी। रात भी गहराने लगी थी। उसके सिर में दर्द शुरू हो गया जो बढ़ता ही जा रहा था। रमेश दीवार पर कोयले से कुछ खुराफ़ात कर रहा था। उसने देखा तो फटकारने लगी, "क्या कर रहा है बदमाश। अभी कम क़र्ज़ चढ़ा है?"

"क्यों गला फाड़ रही हो?" बाहर नरायन था।

"पेट में एक दाना तो होगा नहीं और फट जाएगा गला।" सुग्गी ने दरवाज़ा खोलते हुए कहा, "तुम्हारे भी दिमाग़ की बलिहारी है।"

"पेट नहीं भरा है तो भर जाएगा। नरायन मर गया है क्या?" वह खखारकर बोला। सुग्गी उसे अविश्वास से देखने लगी।

उसने अपना गमछा खोल दिया—कुछ रोटियाँ थीं। इंजीनियर साहब के यहाँ से चुरा लाया था। सुग्गी चुपचाप उठी। एक छोटी-सी पथरी में कड़वा तेल और काग़ज़ पर नमक ले आई। रोटियों में तेल चुपड़कर नमक लगाया फिर गोल-गोल पुपली बनाकर बाप-बेटे को पकड़ा दिया।

खाना ख़त्म करके नरायन ने पेट पर हाथ फेरते हुए नक़ली डकार लिया। सुग्गी घूरने लगी। खिसियाहट में वह भी सुग्गी को घूरने लगा...

सुग्गी के कपड़े बदरंग हो गए थे। हड्डियाँ उभरने लगी थीं। आँखें, जैसे किसी बिल से कोई जानवर झाँक रहा हो।

खा-पी कर सुग्गी ने एक मोमबत्ती जलाई, जिससे मोम गिराकर तलुओं में भरने लगी। उसके पैर बेहद फटे थे। तकलीफ़ होती थी। कभी-कभी उसमें से ख़ून रिसने लगता था।

मोमबत्ती बुझने पर वह अनमनी-सी उठी और चारपाई पर पड़ गई। वह ऐसे लेटी थी जैसे भारी दुख हो। उसकी यह दशा देखकर नरायन उदास हो गया। वह सुग्गी को मनाने लगा। सारी कोशिशें नाकाम होती देखकर गुदगुदी लगाने लगा। सुग्गी ने उसका हाथ झटक दिया। वह खिसिया गया। रमेश को कन्धे पर बैठाकर बाहर आ गया।

रात गहरी थी। मुहल्ले के लड़के चमेली की पुरानी चौकी होलिका के लिए लेकर भाग गए थे। वह घर से निकलकर चिल्लाते हुए 'सराप' रही थी।

नरायन खर्राटे ले रहा था। रमेश भी सोया था मगर सुग्गी की आँखों से नींद ग़ायब थी। दिनेश की नौकरी लगने से आनेवाली ख़ुशहाली का ख़याल और क़र्ज़ की चिन्ता उसकी नींद उड़ा ले गए थे। क़र्ज़ उसकी तबाही की सबसे ख़ास वजह था। वह बढ़ता ही जा रहा था। ब्याज भरने में ही सारी कमाई ख़र्च हो जाती...।

उसने नरायन को पुकारा लेकिन रमेश जाग गया। सुग्गी रमेश को थपथपाने लगी। वह जल्दी ही सो गया।

सुग्गी धीमे से उठकर नरायन को हिलाने लगी। थोड़ी देर वह बेजान-सा हिलता रहा फिर गरजा, "हट यहाँ से।" और सो गया। सुग्गी फफक पड़ी। वह उसकी छाती पर घूँसे मारने लगी। रोती जा रही थी और पीटती जा रही थी।

नरायन हकबकाकर उठ बैठा। सुग्गी ने पीटना छोड़ दिया। वह अभी भी सुबक रही थी।

नरायन ने कान पकड़कर कहा, "महारानी माफ़ करो। बड़ी ग़लती हो गई। हुकुम हो, उठूँ-बैठूँ?" वह कान पकड़े हुए ही ज़मीन पर खड़ा हो गया।

सुग्गी के होंठों पर मुस्कुराहट आ गई। उसने कहा, "बात करनी है।"

"जो हुकुम।" दोनों चारपाई पर बैठ गए। झरोखे से चाँदनी घुसकर जगमगा रही थी।

"क़र्ज़ सुरसा के मुँह की तरह बढ़ता जा रहा है।" सुग्गी ने साँस छोड़ी।

"फ़िक्र की कौन बात है? दिनेश की नौकरी लग गई है। सारा क़र्ज़ यों हो जाएगा।" नरायन ने ज़ोर से चुटकी बजाई।

"अगर दिनेश लायक़ न निकला?" उसकी आवाज़ काँप रही थी।

"लायक़ कैसे नहीं निकलेगा। आख़िर औलाद किसकी है?" उसने अपनी छाती ठोंकी।

"हाँ, औलाद तो हमारी ही है।" वह कुछ सोचते हुए अपने में ही बोली, "कहीं बेरहम न निकल जाए?"

"बेरहम निकला, तो डंडे से मार-मार कर कचूमर निकाल दूँगा लाट साहब का।"

"मारोगे।" वह घबड़ा गई। फिर संयत होते हुए बोली, "देखो दो महीने हो गए मगर कुछ भेजा नहीं। और छोड़ो, चिट्ठी तक न लिखी।"

"हाँ, ये बात तो है।" वह भी सोच में पड़ गया।

"अच्छा छोड़ो, बताओ आगे क्या हो? ख़र्च कैसे चलेगा? अब कोई गहना-गुरिया भी नहीं रहा। भारी बरतन सब पहले ही बिक गए। कैसे निभेगा सब। कुछ सूझ नहीं रहा है।" लग रहा था, अभी रो पड़ेगी वह।

"फगुवा भी सिर पर है।"

"हाँ, वह भी है।"

जैसे-जैसे होली क़रीब आ रही थी, दिनेश की उमंगें ज़ोर पकड़ती जा रही थीं। उसमें घर पहुँचने की लालसा थी लेकिन साहब ने सब चकनाचूर कर दिया। उन्होंने कहा कि उसे होली के दो दिन पहले से चार दिन बाद तक उनके घर पर काम करना होगा। इस बात पर वह अपमान और ग्लानि के पहाड़ों-तले दबा हुआ महसूस करने लगा। दूसरी बात, उसे लगा कि वह अब घर कभी नहीं जा पाएगा। घर से उसका नाता तोड़ दिया गया।

उसे कसक साल रही थी, होली पर भी कुछ रुपए नहीं भेज पा रहा है। क्या सोचते होंगे अम्मा-बाबू? मेरी ज़िन्दगी बनाने के लिए अपने को तबाह कर डाला। रमेश का आराम-सुख छिन गया। फिर भी वह कुछ नहीं कर पा रहा है।

उसने सोचा, और कुछ नहीं तो रमेश के लिए चिकन का एक कुर्ता-पाजामा ही किसी तरह भिजवा दे। उसका दिल बहुत कचोटता था लेकिन वह बेबस था।

सुग्गी कल रात थोड़ी देर सामान बनाती रही। आज होली जो थी। सामान बनाने के बाद लोगों के घरों का काम निपटाया। जब थकी-माँदी घर आई तो पाया, दिनेश अभी तक नहीं आया।

हालाँकि दिनेश ने कोई सूचना नहीं भिजवाई थी, फिर भी दोनों को पूरा भरोसा था कि वह होली में ज़रूर आएगा।

जल्दी ही लोग मस्ती का शरबत पीकर निकल पड़े। अभी सूरज उगा ही था, पर रंगों का जलवा था कि दिन जवान-सा महसूस हो रहा था। लोगों के लंगूर बनने की शुरुआत हो गई थी। बच्चों को पिचकारी, बड़ों को बोतल और उनसे बड़ों को अपने हाथों व रंग-वार्निश पर यक़ीन था। कुछ लफंगे गधे पर सवार थे, तो कुछ ने गधे की पूँछ में कनस्तर बाँधकर भगदड़ पैदा कर दी थी। पूरा हुड़दंगई का आलम था।

नरायन आटा गूँध रहा था। रमेश के लिए सुग्गी ने एक पापड़ भून दिया था। ख़ुद वह सब्ज़ी छौंक रही थी लेकिन मन इन्तज़ार में था। वह दिनेश का इन्तज़ार कर रही थी। ज़रा-सा खटका होता, आँखें दरवाज़े की तरफ़ चली जातीं। तेज़ हवा चल रही थी, कुंडी अपने आप खड़कती, तो उसका दिल ख़ुशी से हुलस उठता था...। नरायन भी बेसब्री से इन्तज़ार कर रहा था। मन्सूबा बाँधे था कि आने पर जब दिनेश पैर छूने लगेगा तो वह मना कर देगा और गले मिलेगा।

रमेश होली खेलने के लिए मचलने लगा। नरायन ने तीन वर्षों से इस्तेमाल की जाने वाली पिचकारी थमा दी। वह मगन हो गया। वैसे भी ख़ुश था। क्योंकि उसे उम्मीद दिलाई गई, दिनेश उसके लिए एक से एक बढ़िया चीज़ें ले आएगा।

रमेश पिचकारी से पानी निकाल रहा था।

सब्ज़ी उतारकर सुग्गी ने पसीना पोंछा और रसोई से निकलकर चारपाई पर पड़ गई।

"क्या हुआ रे?" नरायन दौड़ता हुआ आया।

"बोलो न। हमारी तबीयत ख़राब है।" उसने मुँह ढाँप लिया। नरायन बूढ़े की भाँति हाथ पीछे बाँधकर सिर झुकाए हुए चहलक़दमी करने लगा।

सुग्गी बेइन्तहा दुबली हो गई। कलाई की चूड़ियाँ अब ज़्यादा बजतीं। होंठों पर पपड़ी की मोटी पर्त थी। चमड़ी जगह-जगह पर फट गई थी। चारपाई पर पड़ी वह ऐसी लग रही थी, जैसे भारी बोझ-तले कोई परिन्दा बेदम पड़ा हो।

लोगों के यहाँ से दिन के बरतन साफ़ कर वह आई, और उसी तरह फिर लेट गई। रात हो गई। रात बीतने को हो आई पर उसकी तबीयत अनमनी ही रही। नरायन ने कई बार मनाने की कोशिश की मगर पल्ले कुछ न पड़ा। हारकर चुप साध गया।

वह रात भर सो न सकी थी। आँखें झपकतीं भर कि वह चौंककर उठ जाती। लगता, दिनेश पुकार रहा है। पर दिनेश को न आना था, न आया। तारे डूबने लगे। सुबह हो चली।

"अब क्या आएगा?" नरायन बड़बड़ाने लगा।

"कौन जाने, मोटर ही ख़राब हो गई हो?"

"मोटर नहीं हमारी क़िस्मत ख़राब हो गई। वह अब नहीं आएगा। भूले-बिसरे भी नहीं आएगा।"

"तुम्हारी आदत हो गई है ऊटपटाँग बोलने की। अच्छा सुनो तो एक बात कह रही हूँ, काटना मत।" वह यकायक उम्मीद और उत्साह की चमक से भर उठी थी।

"बोलो।" वह मूँछें खुजलाने लगा।

"काटना मत।"

"बोल न।"

"दुलारे दिनेश के शहर के पास नौकरी पर हैं। पुराने वाले पते पर जाएँगे तो घर मालूम हो जाएगा। होली मनाकर वापस जा रहे हैं। रमेश को उन्हीं के साथ दिनेश के पास भेज दूँ।"

"ये सरासर अपनी बेइज़्ज़ती है।" नरायन की आवाज़ फट गई।

"आग लगे तुम्हारे दिमाग़ में।" ना मालूम कैसे सुग्गी के स्वर में थकान आ गई, "वह पराया है? अपनी कोख से जन्मने वाले से कैसी बेइज़्ज़ती?"

"कोख से पैदा होने से ही कोई औलाद नहीं हो जाता।" नरायन की आवाज़ में कठोरता थी।

"दिनेश के बाबू, मैं तुम्हारे हाथ जोड़ती हूँ।" उसने नरायन का पाँव पकड़ लिया, "रमेश को जाने दो।" उसकी आवाज़ में बीते वक़्त की उदासी का बल था।

दोनों ने रमेश को नहला-धुला कर तेल लगाया। आँखों को काजल दिया। धुला-साफ़ कपड़ा पहनाया। होली का कुछ सामान एक पोटली में रखकर रमेश को दुलारे के साथ कर दिया।

रमेश बीच-बीच में इस तरह उछल रहा था जैसे कोई नाख़ून गड़ाए दे रहा हो।

सुग्गी एक पीढ़े पर उकड़ूँ बैठी थी। दिमाग़ में बार-बार रमेश का चेहरा उभरता था। वह मन-ही-मन में दृश्य रचती कि रमेश ऐसे बैठा होगा...रमेश खा रहा होगा...सोया होगा...रो रहा होगा...खेल रहा होगा...

"अब रमेश की ज़िन्दगी सुधर जाएगी।" उसने समर्थन के लिए नरायन की तरफ़ देखा, पर वह सींक से दाँत कुरेदता रहा।

"चलो अब हमारी ग़रीबी ख़तम हुई।"

तभी कुंडी खटकी। नरायन ने जाकर दरवाज़ा खोला, दुलारे के साथ रमेश खड़ा था। रमेश का चेहरा उतरा हुआ था। गालों पर सूखे हुए आँसुओं के दाग़ थे।

दुलारे रमेश के साथ भीतर आँगन में आ गए। नरायन के पाँव काँपने लगे।

दुलारे एक साँस में बोल गए, "इसे दिनेश ने वापस भेज दिया। कहा कि कुछ दिन बाद बुलाएगा।"

"अब वह ससुरा क्या बुलाएगा।" नरायन ने कहा मगर उसकी बात सुग्गी की रुलाई में दब गई। वह पास पहुँचकर सब सुन चुकी थी। उसने रमेश को छाती से भींच लिया और फफक पड़ी।

दुलारे च...च्च...करते हुए निकल गए। नरायन ने भड़ाक से दरवाज़ा बन्द किया। आकर सुग्गी के सिर पर हाथ फेरने लगा।

सुग्गी रमेश को अनमोल चीज़ की तरह जगह-जगह छूती जा रही थी। रमेश के हाथ, नाक, पाँव, पेट, उँगलियाँ, वग़ैरह सब चूमे जा चुके थे और सभी भीगे थे। सुग्गी की आँखों से तेज़ बरसात हो रही थी।

महुए की तरह टप-टप आँसू चूते थे।

रमेश बन्दर के बच्चे की तरह माँ से चिपका था।

नरायन चुप था। बस, आँखें फाड़े हुए माँ-बेटे को घूर रहा था।

सुग्गी बोलने के लिए होंठ हिलाती भी तो बोल न पाती। जैसे उसकी आवाज़ किसी बियाबान में रास्ता भटक गई हो।

बड़ी मुश्किल से उसने कहा, "दिनेश के बाबू, ये सब बहुत बुरा हुआ...।"

नरायन दो पल आँखें मुलमुलाता रहा। फिर फ़ुर्ती से उठा और माँ की गोद से बेटे को छीन लिया।

वह बड़ी ज़ोर से बुक्का फाड़कर रोने लगा, "हमको दिनेश के बाबू मत कहो,

हम रमेश के बाबू हैं...दिनेश हमारे ख़ातिर मर गया...न मरा हो, सामने आए...मैं ख़तम कर दूँ...।"

वह बोलते-बोलते अचानक चुप हो गया। आराम से पालथी मारकर बैठ गया। दोनों हाथों पर रमेश को लिटाकर दाएँ-बाएँ झुलाने लगा। झुलाता ही जा रहा था।

अब सुग्गी के आँसू सूखने लगे थे। वह बाप-बेटे को देखकर मुस्कुराने लगी।

[1986]

मुहब्बत

चौदह साल का अभय निम्न-मध्यवर्गीय परिवार का ऐसा लड़का था जिसके स्वास्थ्य की तुलना टिटहरी से की जा सकती है, पर हनुमान स्वामी उसके आराध्य देवता थे। वह नित्य उनकी पूजा करता और सुबह-शाम लाल लँगोट पहनकर कसरत करता। दूध-फल वग़ैरह सुलभ नहीं था, वर्ना उनका भी सेवन होता।

जाति से कायस्थ पर स्वभाव से वह ब्राह्मण था। चुर्की रखता था और किसी का जूठा नहीं खाता था। प्रत्येक दिन वह नहाता और गन्दे कपड़े पहनता।

रामलीला में उसकी भक्ति थी और ताश में दिलचस्पी।

उसकी बहन रंजना दो ही साल छोटी थी किन्तु उसके प्रति वह गम्भीर रूप से निर्मम था। रंजना ने किसी लड़के को देख-भर लिया, उसके हृदय में कुढ़न का तूफ़ान उठने लगता था। ख़ुदा न ख़ास्ता बात कर ली तो वह इस तरह आँखें तरेरता कि बेचारी की सिट्टी-पिट्टी गुम हो जाती। रंजना थोड़ी-सी भी देर लगाकर लौटती तो पाती, भाई घनघोर गर्जना कर रहा है।

बूढ़ी-जवान औरतों की हँसी और लड़कियों की खिलखिलाहट...

ढम...ढमक...ढमक...ढम...ढम
बन्नी को लाना कश्मीर से
सेहरा तेरा रंग-रंगीला
लड़ियाँ हैं चमकीली
बन्ना मेरा छैलछबीला
बन्नी है कश्मीरी
शहज़ादे बन्ने...

सीमा सहेलियों से घिरी गा रही थी। ढोलक भी उसी के हाथ में थी। तेरह-चौदह वर्ष की सीमा पूरी मंडली में छाई हुई थी।

बन्नी है फूल गुलाब
बन्ना मेरा चाँद है...
ढमक...ढमक...ढम

अभय छत पर डेढ़ घंटे से टस से मस न हुआ था। इधर रोज़ का नियम हो गया था। नीचे आँगन में जैसे ही मंडली जमती वह छत पर आ धमकता। दोनों एक शादी में यहाँ आए थे। सीमा का तो पता नहीं लेकिन अभय उड़ने लगा था।

छोटी उम्र में ही उसे मुहब्बत हो गई। यों ज़माने की हवा देखते हुए यह उम्र कुछ ज़्यादा ही है। आजकल तो छोकरे-छोकरी तुतलाना ख़त्म नहीं किया, बढ़ाने लगे इश्क़ की पतंग।

वैसे मुहब्बत पक्की खोपड़ी वाले कहेंगे। क्योंकि उस वक़्त उसके दिमाग़ में मुहब्बत का कोई ठीक ख़ाका भी नहीं था। उसे सीमा अच्छी लगी थी, बस! इस तरह अच्छी भी नहीं लगी थी जैसे आमतौर पर मुहब्बत में होता है। उसको वह काफ़ी समय बाद अच्छी लगी थी, वर्ना कुछ दिन पहले एक भाभी जी ने दोनों को लेकर मज़ाक़ कर दिया था, तब वह ऐसा घबड़ाया कि पेशाब लग गई।

अभय को देखकर किसी को हँसी आ जाए तो इसमें हँसनेवाले की ज़रा भी ग़लती नहीं। वह आधे से अधिक निकर ढँक लेनेवाली क़मीज़ें पहने रहता था। रंग गेहुँआ था किन्तु नाक पकौड़ी-सी और जबड़े चौड़े थे। चेहरे पर हमेशा एक भकुआपन विराजमान रहता। क़द ऐसा कि उसके पिता बाबू देवीदयाल अक्सर कोसा करते, "ख़ानदान में यह भाँटा कहाँ से पैदा हो गया?"

सीमा ख़ूबसूरत लड़की थी। वह गालों पर क्रीम चुपड़ती और नाख़ूनों पर पॉलिश। उसकी चमड़ी से सरसों की-सी सुगन्ध निकला करती। बाईं नाक के बीच का हिस्सा था कि बिना पहने ही लगता, उसने कील पहनी है। लम्बाई में वह अभय से भी छोटी थी पर उसके बाप मिस्टर नरेश चन्द्र उसे बैगनी नहीं कहते थे क्योंकि वह ऊँची एड़ी की चप्पलें पहनती थी। रिश्ते में वह अभय के ताऊ की लड़की थी।

अभय को सीमा अच्छी लगते ही एक बात हुई कि वह चरफर हो गया। नाश्ता बन रहा है या खाना, वह रसोइया के सिर पर सवार होकर जल्दी ही ले लेता और लाकर सीमा को पकड़ा देता। दिखाने के लिए औरों को भी देता और कामकाजी होने की वाहवाही लूटता। लोगों की आँखों में धूल झोंकता हुआ वह इश्क़बाज़ी कर रहा था। लोग थे, कहते, यह इत्ता-भर का लड़का कित्ता काम करता है। बड़ा अच्छा है।

उसका मन इन तारीफ़ों से हल्का-फुल्का ख़ुश हो जाता लेकिन उसे फ़िक्र इसी बात की लगी रहती कि सीमा कब उसका गुण गाए। मगर वह कुछ कहती ही न। जो कुछ अभय ले आता, झपटकर खा जाती और अपने काम में लग जाती। वह इसी उधेड़बुन में घुटता जा रहा था कि सीमा पर सिक्का कैसे जमाए? धीरे-धीरे वापस जाने का समय भी आ रहा था।

आख़िर एक दिन मौक़ा आ ही गया। सीमा अपने मम्मी-पापा और भाई के साथ ताश खेल रही थी। वह सीमा के हाथ बटोर रहा था। तभी भाई को किसी काम से उठना पड़ा। जाते समय भाई ख़ुश था क्योंकि पौन घंटा से लगातार हार रहा था। अभय को खेलने का मौक़ा मिल गया। ताश पीसने लगा वह।

ताश के खेल में माहिर था वह। पहली ही बार में जीत गया। फिर जब तक खेल हुआ, सीमा को पीसना पड़ा। वह खिसिया गई।

इस हार का बदला उसने अगले दिन गुट्टी के खेल में लेना चाहा। सोचा, लड़कियों का खेल, यह क्या जानेगा। हरा दूँगी। किन्तु वह पिशाच की तरह दूर-दूर तक की गुट्टियाँ समेट ले रहा था...। एक दिन रस्सी कूदते समय अभय को देखा तो रस्सी उसे थमाकर विद्रूप-से मुस्कुराने लगी। अभय ने रस्सी थामी और कूदना शुरू कर दिया। पचास...सौ...डेढ़ सौ हो गए, उसके पाँव फँसते ही न...

अब वह भयभीत हो गई। वह उसे बेताल की तरह लगा और उसके दिमाग़ में सवार हो गया। रह-रह कर कौंधता। रात होने लगी, तब भी उसके मन में वह था।

...दोनों ने इस बात को झूठा साबित कर दिया कि जवानी में समय मुश्किल से बीतता है। उनका वक़्त तेज़ी से बीता। वे समय को देखते ही देखते फाँदते गए। वह भरा-पूरा नवयुवक हो गया। सीमा की लम्बाई ख़ास न बढ़ी पर वह जवान गुड़िया की भाँति निखर आई। उसकी माँ समझाया करतीं, लड़की की तरह रहना सीखो। वह कहतीं, हर वक़्त निगाह दुपट्टे पर रखो। जबकि अभय का बाप चिड़चिड़ा उठता, "इस ससुरे ने तो हमारी जान का जंजाल कर दिया है। रोज़ दो बित्ता बढ़ता है और कपड़े बेकार कर देता है। कहाँ से लाऊँ लाट साहब के लिए रोज़-रोज़ कपड़ा।"

वह केवल बढ़ा ही नहीं था, उसकी रेखें घनी हो गई थीं। दाढ़ी भी सिर उठाने लगी थी, जिसकी वजह से उसकी नाक अब पकौड़े-सरीखी न लगती और जबड़े छोटे दिखाई पड़ने लगे। बड़ी-बड़ी आँखें गहरी हो गईं, जिनकी तलहटी से हर पल कुछ झरता रहता था।

अभय ने ये दिन ऐसे ही नहीं बिता डाले। सीमा ने उसको बदलकर रख दिया। वह पूरी तरह सीमा का हो चुका था। साथ ही घनघोर रूप से चाहने लगा, सीमा भी उसकी हो। पर वह यह भी जानता था कि उस जैसे पोंगा से सीमा का प्रभावित होना असम्भव है। इस जानकारी पर पहले तो वह खिसियाया मगर फिर मंज़िल की तरफ़ चल पड़ा। उसने चुर्की कटवा डाली और ढंग के कपड़े पहनने लगा। कसरत करना छूट गया, खेल में रुचि हुई। सुबह हनुमान जी की पूजा करने के बजाय वह दिन-भर सीमा का नाम जपता। उसके दिल में अब सीमा की मूर्ति थी। वह सीमा का भक्त था।

उसने प्रेम-प्रदर्शन का आरम्भ सभी प्रेमियों की तरह चोट्टापन से किया। वह सीमा को एकटक ताकता रहता और जब नज़रें मिल जातीं तो आँखें चुराकर हथेलियाँ मसलने लगता।

तभी एक दिन झटका लगा, रक्षाबंधन क़रीब था। ताई ने कहा, "अभय तुम राखी बँधवाने आना।"

उस समय उसने कहा, ठीक है पर घर में दूसरे ज़िले में खेलने का बहाना बनाकर वह भागा। दो दिन एक दोस्त के यहाँ दुबका रहा। वह बेहद दुखी था, इस चक्कर में अपनी बहन से भी राखी न बँधवा सका।

सीमा में भी दो परिवर्तन हुए, पहला उसने अभय से नमस्कार करना छोड़ दिया और दूसरा उससे बिना किसी सम्बोधन के बात करती। अभय ने इसे सफलता की पहली सीढ़ी माना। फिर जब देखा, सीमा भी उसको देखती रहती है और लड़ जाने पर आँखें झुका लेती है तो तय किया कि अब कहने की बेला आ गई है। उसने सोचा, मैं तुम्हें प्यार करता हूँ हिन्दी में कहूँ या अंग्रेज़ी में, 'आई लव यू।'

पर इतना कहना उसके लिए सबसे ऊँचे पहाड़ की चोटी पर चढ़ना या समन्दर लाँघना बन गया। वह रोज़ रात में योजनाएँ बनाता कि मैं उससे ये कहूँगा तो वह यह कहेगी तो मैं ये कहूँगा फिर वह यह कहेगी, इस पर मैं कह दूँगा, मैं...तुम्हें... तुम्हें प्यार करता हूँ। ऐसा होता भी पर अन्तिम दौर में जब सत्य कहने का वक़्त आता, वह घबड़ा उठता और कह बैठता, 'वह ज़रा हिस्ट्री वाली किताब उठाना' या 'आजकल बड़ी गर्मी है, उफ़।' ऐसा नहीं कि उसके भीतर हिम्मत की कमी थी। दरअसल वह इससे डरता था कि अगर सीमा का लगाव दूसरे ढंग का हुआ तो क्या सोचेगी? कहीं झापड़ न मार दे? कहीं चिल्लाने न लगे। चिल्ला-चिल्ला कर घरवालों को न बुला ले। उसका दिल बैठ जाता।

सीमा थी, कुढ़ती कि अजीब मूरख आदमी से पाला पड़ा। एक जगह पर इश्क़ की गाड़ी को खड़ी कर दिया है। आगे बढ़ाता ही नहीं। कभी-कभी वह ऊब जाती और उसे हिक़ारत से देखती। इस पर वह हताश हो जाता। उसे लगता, सीमा उसे ज़्यादा नहीं चाहती।

सीमा सोचती, वह अड़ियल घोड़े की तरह अड़ गया है। मेरे पुचकारने पर आगे नहीं बढ़ेगा। थोड़ा लापरवाह होकर देखा जाए।

सीमा की लापरवाही उस पर बज्र की तरह गिरती। वह दुख की उफनती नदी में डूबने लगता। अगले दिन सीमा को अपना बनाने का प्रयास शुरू से करने लगता, कोई चीज़ खाने को मिलती तो पहले उसे खिलाता। वह कहती, नहीं खाऊँगी तो वह कहता, लो मैं भी नहीं खाऊँगा।

"बेटे खाना खाकर निकलना।" अम्मा ने कहा।

"अभी तो आया हूँ, कहाँ निकल जाऊँगा? खा लूँगा।" अभय क़मीज़ के बटन खोलने लगा। वह मैच खेलकर आया था, क़मीज़ उसकी पीठ से चिपकी थी।

"तेरा रोज़-रोज़ का यही चक्कर है। सुबह बिना खाए निकल जाता है। मैं जानती नहीं क्या? कहे देती हूँ, जहाँ जाना हो खाकर जाना।" अम्मा बड़बड़ाने लगीं, "पता नहीं कैसा लड़का है। खाने-पीने की कोई फ़िक्र नहीं..."

बहन ने आज साड़ी पहनी थी। आदत न होने की वजह से उसे पकड़ रखा था। उसने अभय के सामने पानी का गिलास लाकर रख दिया। वह चिढ़कर पीढ़े पर बैठ गया और बोला, "लाओ।"

अम्मा ने चार रोटियाँ और भरता के साथ अचार रखकर थाली को खिसका दिया।

वह मुस्कुरा रही थीं। जानती थीं कि बेटे का ग़ुस्सा बनावटी है। नाटक कर रहा है।

वह उकड़ूँ बैठकर तुनका, "इतना नहीं खाऊँगा। दो रोटी निकाल लो।"

बहन भी नाटक में हिस्सा लेने लगी, "खा लो भइया, खा लो। कौन ज़्यादा है।"

उसने रंजना के कान के पास मुँह ले जाकर धीरे से कहा, "प्रकाश कितनी रोटी खाता है?" बहन का चेहरा लाज से लाल हो गया। प्रकाश कवि था और रंजना का प्रेमी था। रंजना चाहती, वह हमेशा प्रेम पर कविताएँ लिखे किन्तु दुनियादारी की कविताएँ लिखने से उसे फ़ुर्सत ही नहीं मिलती थी।

"अच्छा एक रोटी निकालो।" वह अडिग था।

"तू जनम का ज़िद्दी।" अम्मा ने हँसते हुए एक रोटी निकाल दी और चौकन्नी होकर पूछ बैठी, "ताऊ के यहाँ गया था?"

वह थोड़ी देर ख़ामोश रहा फिर बेमन से बोला, "हाँ, गया था।"

अम्मा का चेहरा बुझ गया। बहन मुस्कुराने लगी।

पहले अभय ताऊ के घर जाने से परहेज़ करता था। अम्मा और पिताजी कोंचते रहते कि हो आया कर लेकिन वह बहाने बनाता फिरता, क्योंकि वहाँ लोग उसे अनादर और उपहास की दृष्टि से देखते।

अब वह अक्सर जाता। वहाँ अब भी सम्मान नहीं मिलता लेकिन जाता। अब अम्मा-पिताजी घबड़ाते। चाहते, पूछने पर वह कहे, नहीं गया था। उनके मन में दहशत और बेचैनी का धुआँ था। बेटे और सीमा के हाव-भाव कुछ अशुभ संकेत देते थे पर वे विवश थे। बिना किसी ठोस सबूत के घुट ही सकते थे। आख़िर सीमा रिश्ते में उसकी बहन ठहरती थी और 'भाई-बहन' पर लांछन लगा देना आसान नहीं था। उन लोगों के भीतर ऐसी आशंका थी जिसे वे झूठ साबित होते हुए देखना चाहते थे।

खाना खाकर अभय ने कपड़े बदले और शीशा-कंघी लेकर कमरे में आ गया। वहाँ कोई न था। कई ढंग से बाल सँवारे। जब शीशे में अपने को सुन्दर पाया, कंघी रख दी। क़मीज़ का ऊपरवाला बटन खोल लिया। होंठ, आँखों वग़ैरह को विभिन्न मुद्राओं में टेढ़ा-मेढ़ा कर आईने में देखा, दुरुस्त पाया। ताऊ के घर की ओर गया।

वैसे इस वक़्त जाने में वह संकोच महसूस कर रहा था क्योंकि दिन में भी गया था। ताऊ-ताई क्या सोचेंगे? कहीं भाँप न जाएँ? पर एक बहाना सूझ गया कि जाते ही कहेगा, "एक दोस्त के यहाँ आया था। वह था नहीं, डेढ़-दो घंटे बाद आना था उसे। सोचा यहीं बैठकर समय बिता दूँ।"

वह ऐसे ही बहाने बनाया करता था। कभी सीमा के लिए किताब लाता तो कभी पूछने आता, कौन-सी किताब चाहिए? अख़बार में वैकेन्सी देखने आता, कभी कटिंग लेने। यह तो वह प्राय: करता कि आता और कोई चीज़ जानबूझकर छोड़ जाता। पता चलता, शाम तक अपनी भूलने की आदत पर खीज प्रकट करता हुआ निराजमान है।

बहुत बार उसने टाइम-टेबल बनाया कि सोमवार और मंगलवार को जाएगा। बुध को नागा कर बृहस्पति और शुक्र को जाएगा। शनि और रवि को फिर नागा।

पर उसका टाइम-टेबल हफ़्ता भर में ही चकनाचूर हो जाता। वह हफ़्ते में दर्जन-भर से कम बार न पहुँचता।

ताऊ के यहाँ कोई रिकॉर्ड बज रहा था, जिसकी धुन पर सीमा का बड़ा भाई उछल-कूद मचा रहा था। ताई पति के लिए मोज़े बुन रही थीं। वह घुसा और घबराहट में भाई को नमस्कार कर डाला। भाई कुत्ते की तरह गरदन आगे करके चिल्लाया, हव्वाउ। फिर चुप होकर उछलने लगा।

अभय ने सीमा से पूछा, "कहो सीमा, क्या हो रहा है?"

वह चारपाई पर बिखरे सामानों को समेटकर मुस्कुराने लगी।

ताई ने कहा, "बेटी जाओ पकौड़ियाँ तलकर लाओ।" वह जैसे ही घर में घुसता ताई सीमा को किसी काम के लिए उठा देतीं। पर वह भी घाघ था। ऐसी जगह साधकर बैठता, जहाँ से सीमा कहीं भी हो, दिखाई पड़े। वह सीमा के परिवार वालों को गच्चा पर गच्चा दिए जा रहा था।

सीमा किचन में जाकर मुस्कुराई और काम में जुट गई।

वह भी काम में जुट गया। काम था, सीमा को देखते रहना। वह कई मिनट तक लगातार देखता रहता। सीमा भी इस काम में उससे उन्नीस न पड़ती।

भाई अभी भी कूद रहा था। अभय का मन हुआ, लंगी मारकर गिरा दे साले को। अपने इस ख़याल पर वह मुस्कुराया। किचन से सीमा ने आँखें मटकाकर मुस्कुराने की वजह पूछी। वह पेट पर हाथ फेरने लगा। सीमा हँसती हुई पकौड़ी तेज़ रफ़्तार में बनाने लगी।

"कहो अभय, घर में सब ठीक है।" ताई चश्मा उतारते हुए मुख़ातिब हुईं।

"हाँ ताई, सब ठीक है।" मन में उसने कहा, "चलो इनको डकार तो फूटी।"

पकौड़ियाँ आ गईं। ताई चुगने लगीं। भाई ने झपट्टा मारकर एक पकौड़ी उठाई। मुँह में ठूँसकर धमकने लगा। उससे किसी ने पूछा तक नहीं। वह भी हाथ सिकोड़े बैठा था।

"खाइए।" सीमा बोली।

"भइया खाइए, कहते नहीं बनता? खाओ अभय।" ताई का मत्था सिकुड़ गया था।

डाँट खाकर सीमा ने सिर झुका लिया। ख़ामोश हो गई। थोड़ी देर बाद आँखें उठाकर अभय को देखा, वह उसे ही देख रहा था। सीमा ने अपनी बड़ी-बड़ी आँखें उसकी आँखों में डाल दीं।

बाहर से ताऊ जी आए। वे सीधे अपने कमरे में चले गए। ताई भी उधर चल पड़ीं। भाई जैसे माँ को ही नाच दिखा रहा था, भाग गया।

मौक़ा पाकर अभय ने सीमा की कलाई पकड़ ली, "तुम उदास क्यों हो?"

"अपना गला काटना चाहती हूँ। चाक़ू दे दीजिए।" सीमा ने अपनी गरदन थोड़ी-सी उठा दी। गोरी गरदन का कंठ भीगी गौरैया-सा काँप रहा था।

"तुम क्या करोगी चाक़ू? तुम तो ख़ुद ही चाक़ू हो!"

वह विहँस पड़ी, "बहुत बोलते हैं आप, पर मम्मी-पापा के सामने बोलती बन्द हो जाती है।"

"उनकी बात का जवाब बोलकर नहीं, करके दूँगा।"

"क्या करेंगे?" उसने नाक सिकोड़ी।

"तुमको उड़ा ले जाऊँगा। तब पता चलेगा तुम्हारे मम्मी-पापा को।" उसने सीमा के होंठों को चूम लिया। कलाई अभी भी पकड़े था।

"मन होता है, हमेशा आपसे बातें करूँ।" वह अपने होंठ चूस रही थी, "मेरा यहाँ मन नहीं लगता। यहाँ किसी को किसी से लगाव नहीं..."

"सीमा...ऽ...ऽ...बेटी...।" पापा ने पुकारा था।

"लो आ गया बुलावा। छोड़िए कलाई।" उसने चिकोटी काटकर कलाई छुड़ा ली और चिढ़ाते हुए चली गई।

अभय को लग रहा था, सीमा ने जहाँ चिकोटी काटी है, वहाँ गुलाब की पंखुड़ी चिपक गई है। उसने सूँघा भी।

ऊपर ज़ोर-ज़ोर से बिगड़ने की आवाज़ें आ रही थीं।

वह पुस्तक पढ़ना शुरू करता, सीमा हरकत करने लगती। न पढ़ता तो भी हरकत करती। वह बेचैन हो गया। मन हुआ कि आधा घंटा जी भरकर सोच ले फिर इत्मीनान से पढ़े। किताब रखकर वह सोचने लगा। सोचता रहा...। क़रीब आधा घंटा बाद पढ़ना शुरू किया तो दो घंटे जमकर पढ़ाई की। एक घंटा और पढ़ने के बाद सोने का वक़्त हो गया। सोने के पहले का पन्द्रह मिनट का समय सीमा के लिए निश्चित किया था। वैसे वह काफ़ी थका था क्योंकि सीमा से मिलने के बाद उसने फुटबाल खेला था। खेला क्या; पगला गया था। मैदान में बवंडर की तरह दौड़ता था और बुलट की तरह गोल दाग़ता था। इसीलिए थका था, पर क्या हुआ, सीमा की याद में तो डूबना ही था।

बिजली गुल कर तकिए में मुँह ढाँप लिया और बुदबुदाया, 'मैं पागल हो गया हूँ। सीमा मैं पगला जाऊँगा। सीमा! सीमा! ओ सीमा!' वह अपनी बेवकूफ़ी पर खिसियाया और बाल नोचने लगा।

अचानक उसकी कलाई पर कुछ रेंग गया। उसे लगा, कलाई में गुदगुदी हो रही है। सीमा ने जहाँ चिकोटी काटी थी उस जगह को वह सहलाने लगा।

"हे भगवान! कैसे बेड़ा पार होगा?" उसने करवट बदली, "सीमा, मैं तुम्हें अपनी पत्नी बनाऊँगा।"

उसके ऊपर गोया जलता लोहा रख दिया गया हो, सीमा ताऊ जी की लड़की है।

कोई डरावने सपने में जैसे तड़फड़ाता है, 'यह लड़की ताऊ जी के घर में क्यों जनमी।'

वह उठ बैठा। अँधेरे में टुकुर-टुकुर ताकता रहा। कुछ उसकी समझ में नहीं आ रहा था। सिर भारी था।

वह घुट रहा था, "लोग जानेंगे तो क्या कहेंगे? थूकेंगे हम पर। फिर अपनी छोटी बहन भी तो, उसकी शादी कैसे हो पाएगी? कैसे हो पाएगी उसकी शादी? वह कुँआरी रह जाएगी?" पसीना चूने को हो आया, तब उसे पता चला, बड़ी देर से पसीने में भीगा हुआ है।

वैसे वह सच्चे मन से चाहता था कि बहन की शादी प्रकाश से हो। प्रकाश की ईमानदारी और ताक़त से भी वह परिचित होकर निश्चिन्त था। लेकिन यह भी जानता था कि अम्मा और बाबू किसी भी हालत में रंजना की शादी उसके साथ पसन्द नहीं करेंगे। रंजना की शादी प्रकाश से हो नहीं पाएगी और अगर वह सीमा से शादी...तो रंजना को कुँआरी रहना...।

उसने पाया, वह और अधिक पसीने से भीग चला है। दिल की धड़कनें काफ़ी तेज़ हो गई हैं।

यह कोई नई स्थिति नहीं थी। अक्सर वह ख़ौफ़नाक दहशत के सख़्त पाटों के बीच घिर जाता था। जब से वह समझदार हुआ ज़माने का रुख़ पहचानने के क़ाबिल हुआ, इस तरह का एहसास उसे दबोचने लगा। उसके लिए अपने, सीमा, प्रकाश और रंजना को लेकर लोगों का नज़रिया काल कोठरी के क़ैदी की आँखों के सामने हिलते फाँसी के गोल फंदे जैसा था। पर ऐसा कभी-कभी होता। प्राय: वह मस्त रहता। उसका मानना था, 'मुहब्बत ने मुझे ज़िन्दादिल बना दिया है।'

ताई के घर पहुँचा, सीमा को अकेली पाया। वह चुस्त सलवार, ढीला कुर्ता पहने थी। दुपट्टा एक किनारे पड़ा था। दाएँ गाल के बीच मच्छर ने काटा था। गोरे रंग के बीच वहाँ का लाल हिस्सा ख़ूबसूरती बढ़ा रहा था। वह पेट के बल लेटी थी। दोनों पाँव एक-एक कर उठा-गिरा रही थी। चेहरे से लगता था, थोड़ी देर पहले रो चुकी है।

"तुम्हें मच्छर ने काटा है।" अभय ने अपना गाल सहलाते हुए कहा।

वह पाँव हिलाती रही। अभय बैठ गया, "तुम्हें डाँट पड़ी है क्या? और लोग कहाँ हैं?"

"सब घूमने गए हैं। मैं नहीं गई, इसलिए डाँट पड़ी है।"

"तुम क्यों नहीं गईं?"

"मैं आपको मारूँगी।"

"क्यों?"

"आप बेतुकी बात क्यों बोलते हैं? आपको आना था तो मैं जाती कैसे?" वह मुस्कुराई। मगर साथ में आँखें भी भर आईं।

"मैं रोऊँगा।"

"क्यों?"

"तुम क्यों रो रही हो?"

वे एक-दूसरे की आँखों में झाँकते हुए हँस रहे थे।

पानी आ गया था। नल खुला था। सीमा नल बन्द करने के लिए उठने लगी। अभय ने रोका, "तुम ठहरो, मैं बन्द कर देता हूँ।"

वह आया तो सीमा ने पूछा, "यह बताइए, क्या 'लव' में लोग दूसरों को भूल जाते हैं?"

"कौन कहता है? मुझे तो 'लव' के बाद अम्मा, बाबू, बहन से और ज़्यादा अपनापा हो गया है। दोस्त भी ख़ूब अच्छे लगते हैं। सब ख़ूब याद आते हैं।"

"पर मुझे तो अपने मम्मी-पापा लोगों से हेट होने लगी है।"

"यह तो भूलना हुआ नहीं। हेट करना भूलना नहीं है।"

"आप इतनी सारी बातें समझने कैसे लगे?"

" 'लव' की कृपा से। तुम्हें मच्छर ने तेज़ काटा है।" वह उस जगह को छूने लगा, "मच्छर साला गुंडा था।"

"अच्छा, आप क्या हैं?" सीमा ने शरारत की।

"मैं चालबाज़ हूँ। तुम्हारे बाल उड़ रहे हैं।"

"तो मैं क्या करूँ।"

"और ज़ोर से उड़ाओ।"

कॉलबेल की घनघनाहट हुई। अभय ने जाकर दरवाज़ा खोला। ताऊ लोग थे। उसे देखते ही उनके चेहरे ताम्बई हो गए। नथुने फड़कने लगे। ताऊ के नाक के भीतर के बाल उड़ते हुए दिखाई दे रहे थे। पर वे ख़ामोश चलने लगे। ताई धमकती हुई चल रही थीं। उसने सोचा, यहाँ से खिसक ले। लेकिन ख़याल उठा, इससे तो इन लोगों की शंका और बढ़ेगी। फिर तुरन्त खिसक जाने पर ये लोग सीमा की पता नहीं कितनी दुर्गति करें। वह भी उनके पीछे लगा।

मेज़ पर सामान का थैला रखकर ताई ने जमुहाई ली। उनका मुँह बुरी तरह खुल गया। गले की घंटियाँ हिलती हुई दिखीं।

ताऊ ने एक लिफ़ाफ़े से दो अंगूर निकालकर मुँह में रख लिये और तौलिया से पसीना पोंछने लगे।

उसे वितृष्णा-सी हुई। उठ खड़ा हुआ। हाथ जोड़कर सीमा को देखते हुए ताई से बोला, "अच्छा चल रहा हूँ।"

उसके नमस्ते का जवाब देते हुए सीमा सहित सब ऊपर चले गए। वह अकेला रह गया। बग़ल में चारपाई थी। चारपाई के सिरहाने सीमा का तुड़ा-मुड़ा लाल दुपट्टा था। उसे लगा, कमल का कोई फूल उगा है। उसने दुपट्टा उठा लिया। थोड़ी देर हाथों में लिये रहने के बाद सूँघा। फिर उसको अपने चेहरे पर रगड़ने लगा। वह महसूस कर रहा था कि बहुत बड़ी नियामत मिल गई है। दुपट्टा सीने से लगाकर आह भरने लगा।

बाहर आया। धूप चटक थी। मौसम में उमस थी पर उसे अहसास हो रहा था, चाँदनी बिछी है। ठंडी बयार बह रही है। उसे अपने भीतर कुछ भी ख़ाली नहीं लग रहा था। सब कुछ भरा-पूरा लग रहा था। लग रहा था, उसके भीतर आत्मविश्वास की कोई झील बह रही है।

सुबह वह सोता रहा, जब तक कि बहन ने पानी छिड़ककर उठाया नहीं। उठकर बैठा तो बहन ने ही अख़बार उसके बिस्तर पर फेंका।

अभय ने अख़बार बीच में ही लोक लिया पर उसे पढ़ने के बजाय एक तरफ़ रख दिया। रंजना से कहा, "बैठो।"

बैठ गई वह। कुछ सुनने के लिए उसकी ओर देखने लगी।

"ये बताओ, प्रकाश का क्या हालचाल है?"

"ठीक है।"

"तो क्या तैयार हो, तुम दोनों के लिए अम्मा-बाबू से बात चलाऊँ।"

"बड़े तो तुम हो भइया। पहले मैं तुम्हारी और सीमा की बात चलाऊँगी।" वह पुरखिन की तरह बोली।

दोनों एक साथ हँस पड़े।

[1986]

खोया हुआ पुल

राम उमर अप्सरा जी के घर विनय के ज़रिये आया। उसने विनय से कोई काम दिलाने के लिए कहा था। विनय की भी इच्छा थी कि उमर रिक्शा चलाना छोड़कर कोई दूसरा काम करे। उसने तय किया, उमर को उपाध्याय जी के कालीन वाले कारख़ाने में लगवा देगा। उपाध्याय जी अप्सरा जी के पति थे। उनके कारख़ाने में बच्चे भी मज़दूरी करते थे पर उमर को काम देने की बात पर वे तराज़ू बन गए, "अरे इस बेचारे को वहाँ नरक में काहे झोंकते हो जी। वहाँ तो यह कीड़े जैसा बिलबिलाएगा। जैसे सब बिलबिलाते हैं। कारख़ाने में मनीजर से लेकर बाबू तक सब जानवर की नाईं काम लेंगे और बेग़लती लात-घूँसा परसादी भी देंगे। मैं ख़ुद भी हौके-मौक़े ग़ुस्सा सँभाल नहीं पाऊँगा, इसे भी थप्पड़ रसीद दूँगा। आख़िर मेरी ख़ातिर जैसे सब लौंडे वैसे यह। भइया मेरी निगाह में तो सब बराबर।" विनय भौचक्का हो गया। उसके मन में आया, अपना और उपाध्याय जी दोनों का मत्था एक साथ पीटना शुरू कर दे। किन्तु वह गद्गद भी हुआ, "पंडित जी कितना स्नेह करते हैं मुझसे कि असली बात छिपाए नहीं।" उसने उमर की ओर घमंड से देखा। देखने में भाव यह था कि देखा, तुम मेरी वजह से नरक में जाने से बच गए वर्ना...पर उमर था; छाती पर हाथ बाँधकर इस तरह खड़ा था गोया अगर वह काम करेगा, तो उन लोगों पर एहसान करेगा।

विनय ने पंडित जी की बेलौस बात को अपने प्रति स्नेह समझा लेकिन ऐसा था नहीं। दरअसल वे अपनी पत्नी से डरते थे। पत्नी के डर से ही उन्हें सच बोलना पड़ा। वे जानते थे कि विनय के साथ दग़ा करने पर पत्नी रुष्ट हो जाएँगी। रुष्ट होने की आशंका भर होती, तब भी वे उमर को धर दबोचते, पर विनय से दुश्मनी का नतीजा एक बार भुगत चुके थे। उन्होंने विनय को टुकड़खोर कह दिया था। उस रात वे बिस्तर पर लेटे ही थे कि अप्सरा जी उनकी छाती पर चढ़ बैठीं, "हरमियऊ ज़िन्दगी बीत जाएगी लेकिन बोलने का सहूर नहीं होगा।" वही भय अभी तक बरकरार था। वे पसोपेश में थे। उमर को काम देने से इनकार करने पर भी पत्नी के कुपित होने का ख़ौफ़ था।

आख़िर में उन्होंने उमर को घर में ही बतौर नौकर रख लिया। पत्नी को सुनाते हुए बोले, "कई दिनों से कुत्ते का पिल्ला लाने के लिए जान खाए थी, लो आदमी का पिल्ला।" वे ज़ोर-ज़ोर से हँसने लगे।

उमर तेरह साल का था। अप्सरा जी ने नाम पूछा। नाम सुनते ही वे हो-हो-हो करके हँसते हुए लोट-पोट हो गईं। उनके परिवार को मनोरंजन के लिए मज़ेदार मसाला मिल गया। हँसने का कारण था कि उनके हिसाब से राम उमर नाम अजीब था—राम हिन्दू और उमर मुसलमान। हँसी थमने के बाद उन्होंने भयंकर मज़ाक़ किया था, "तेरा एक बाप हिन्दू और दूसरा तुरुक था, क्यों रे?" सुनकर राम उमर के साँवले चेहरे पर ग़ुस्सा छा गया था। होंठ टेढ़े हो गए थे लेकिन जाने क्या सोचकर लिहाज़ कर गया था।

गायत्री देवी उपाध्याय ने ही अपना तखल्लुस रख लिया था—अप्सरा। साहित्य के क्षेत्र में वे कुन्द और स्वभाव में सयानी थीं। फिर भी वे इस क़स्बाई शहर के साहित्यकारों को कमोबेश प्रभावित करतीं। विनय शुरू में उनसे दूर रहा किन्तु वक़्त के थपेड़े ने उसे भी उनके दरबार में शामिल कर दिया। उसने अप्सरा जी की एक-दो कविताएँ पूरी बदलकर छपवा दीं; तो उन्होंने उसे अपने बँगले में एक कमरा मुफ़्त में, आगे छपते रहने की शर्त पर दे दिया। एक मीटिंग की चाय और कभी-कभी का नक़दी भी बँध गया। बदले में वह अपनी एकाध कविता अप्सरा जी के नाम छपवाने लगा।

ऐसा नहीं कि उसकी ऐसी स्थिति ख़ुशी से रही हो। वह प्रतिभाशाली होने के साथ संवेदनशील भी था। वह प्राय: इस घिनौने सम्बन्ध से क्षुब्ध हो जाता। मन होता, मुखौटा नोच-फेंककर अप्सरा जी का कमरा छोड़ दे। लेकिन आने वाली तकलीफ़ों का ख़याल और मौजूदा समय की मीठी थपकियाँ उसके निश्चय को सुला देतीं।

वह और उमर एक ही गाँव के थे। इसीलिए रिक्शे का काम छोड़कर उमर सीधे उसके पास आया था। पिता या किसी और की घुटनों तक की क़मीज़ पहन रखा था। जाँघिए का इज़ारबन्द क़मीज़ के नीचे तक लटका था। वह कमरे में बिना पूछे घुसा था। बिना पूछे बैठ भी गया। वह बदहवास था। होंठ सूखे थे। थोड़ी देर किसी पत्रिका की तसवीरें देखने के बाद उसने विनय से पूछा, "फिर कॉलेज जाने लगे?" विनय ने कहा, "नहीं तो।"

"तब फिर कैसे किताबों का ढेर?" इस पर विनय ने हँसते हुए कहा, "तुम भी ख़ूब हो यार।" इसके बाद तश्तरी में चीनी और पानी का गिलास दिया। उमर ने एक ही बार में सब चीनी फाँक ली।

पानी पी चुका तो विनय ने पूछना शुरू किया, "अच्छा तुमने गाँव कैसे छोड़ा?"

"भाग कर।"

"भगे क्यों?"

"ठाकुर बहुत सता रहे थे। भाग आए।"

"अच्छा तुम आराम करो।" विनय उसे कमरे में छोड़कर बाहर निकल गया।

उमर को अप्सरा जी के घर काम करते कुछ दिन बीत गए। इस बीच एक बार वह गाँव भी हो आया था। अप्सरा जी चमकते चबूतरे पर बैठी धूप खा रही थीं। उनके सामने विनय कुर्सी पर बैठा था। उमर बैगन के पौधों को पानी दे रहा था। थोड़ी दूर पर एक दूसरा नौकर नई क्यारी तैयार कर रहा था।

उमर को घरवालों की याद सता रही थी। जब वह गाँव से लौटा तो उदास था। वह उदासी जैसे हमेशा के लिए उससे चिपक गई हो। वह खोया-खोया कुछ सोचता हुआ दिखाई पड़ता।

किसी तरह उसने क्यारी तैयार कर ही डाली। जाकर अप्सरा जी से मोहलत माँगी। उन्होंने दूसरी क्यारी से घास निकालने का इशारा कर दिया। वह हाथ उठाता, जैसे कोई दबा देता हो। बदन की ताक़त गोया उनींदी हो गई थी। सो गई थी।

थोड़ी देर पहले उपाध्याय जी इधर से गुज़रे थे। उनको देखकर अप्सरा जी अल्हड़ नवयुवती की भाँति घुटनों को हाथों से बाँधकर फ़ोटो खिंचाने की मुद्रा में बैठ गईं। उपाध्याय जी बोले, "अरे यह ज़मीन पर कैसे बैठी हो देवी जी?" वे नखरे से मुस्कुराईं, "हम कवयित्रियों की जगह यही धरती माँ है।" उपाध्याय जी को गए लगभग पौन घंटे हो गए, किन्तु वे अभी तक धरती और माँ पर अंट-शंट प्रवचन कर रही थीं।

उमर के ख़यालों में बार-बार घरवाले आ रहे थे। उसके गले में कुछ फँस-सा जाता था...। इधर जब वह गाँव जाने लगा था तो बहुत ख़ुश था। चाहता था, उड़ता हुआ घरवालों के पास पहुँच जाए। उसने माँ के लिए मारकीन की धोती ख़रीदी। पिता के लिए उपाध्याय जी का एक कुर्ता मिल गया था। सड़क के किनारे बैठने वाले पहाड़ियों की दुकान से भाई-बहिन के लिए स्वेटर और फ्रॉक ख़रीदी। दादी के लिए चाँदनी पत्ती 'तमाकू' लेकर वह दौड़ते हुए स्टेशन गया।

चार दिन बाद वह गाँव से वापस आ गया। गाँव की भयानक यादें भी साथ आईं। अपने लोगों की बदनसीबी ज़ेहन में घुमड़ती।

क्यारी की मिट्टी उसके शरीर से मिलकर खिसखिसा रही थी। सूरज ढलान की तरफ़ था। थोड़ी देर पहले क्यारी से धूप सरक गई। वह सर्दी महसूस करने लगा। मगर वह तकलीफ़ आने वाली तकलीफ़ के नीचे दब गई कि काम के बाद उसे नहाना पड़ेगा। काम ख़त्म होते-होते पूरी शाम हो जाएगी। जाड़े की शाम में नहाना सोचकर वह काँप रहा था। उसने बग़ल में काम करते लड़के को देखा, वह बेचारा भी सिर झुकाए काम में जुटा था। उमर को नहाने के नाम से जूड़ी आ रही थी लेकिन नहाना तो था ही। अप्सरा जी का ऐसा हुक्म था। उसे गन्दा देखकर अप्सरा जी उबल पड़ी थीं, "क्यों रे, शूद्र-सियार का घर समझ रखा है! ख़बरदार! नहाया नहीं, तो बोरिया-बिस्तर फेंक दूँगी।" अब वे सामने बैठे विनय से कहने लगीं, "इस मलिच्छ ने हम विप्रों को भ्रष्ट कर डाला है। इसका बस चले तो गू-मूत पोत ले। हरामी का पिल्ला कहीं का...।"

विनय कुछ बोला नहीं। उसे अप्सरा जी की बातों से चिढ़ हुई। उमर पर भी ग़ुस्सा आया कि वह इतना गन्दा क्यों है?

राम उमर और विनय में एक समानता थी। विनय गाँव से यहाँ ख़ुद को बेहतर बनाने आया था लेकिन खोटा सिक्का होकर रह गया। उमर भी कुछ ऐसा ही सोचकर भाग आया था। उसने यहाँ इस तरह का काम चाहा कि मालिक से ज़्यादा साबका न हो। उसे रिक्शा चलाना अच्छा लगा।

सोचा, 'इसमें किराया मालिक को दे दो और रिक्शा टेम से लौटाओ। बस्स! जादा हें-हें न खें-खें।'

उसने एक मालिक से रिक्शा माँगा लेकिन मालिक जो किसी से बात करने में मशगूल था, भड़क उठा, "भाक्साले यहाँ से। चोर गिरहकट की औलाद चले आते हैं रिक्शा चलाने। अबे खड़ा क्या है? चल फूट कि दूँ दुइ रहपट।" वह बौखला गया। उससे न भागते बन रहा था न रुकते। वह समझ ही नहीं पा रहा था कि क्या करे?...उसे लगा, दुनिया में अब उसके लिए कहीं जगह नहीं। उसकी ज़िन्दगी अकारथ है, पर जल्द ही एक दिन गाँव के अवधेश बहादुर मिल गए। उन्होंने उसे रिक्शा दिलवा दिया था।

वह रिक्शे पर बैठा, तो ख़ुशी से पागल-सा हो गया। बार-बार घंटी बजाता। कभी गद्दी पोंछता कभी चेन छूता। आख़िर उसने रिक्शे के हैंडिल को मत्था झुकाकर प्रणाम किया फिर बैठकर चलाने लगा। उस समय वह अपने को बहुत ख़ुशनसीब समझ रहा था। ख़ुशी का तब ठिकाना ही न रहा, जब जल्दी ही उसे सवारियाँ भी मिल गईं। सवारी पहुँचाने के बाद फिर सवारी मिल गई। थोड़े पैसे जेब में हो गए तो दिमाग़ उड़ने लगा। वह घर के इंतजाम में हाथ बँटाने लगा। मन ही था, सोचते-सोचते यह भी सोच डाला, 'कुछ पैसा हो जाने पर गाँव जाऊँगा। गाँव में बीड़ी पिऊँगा और धुआँ ठाकुर के मुँह पर छोड़ दूँगा।' वह मस्ती में था। सोचता जा रहा था। ख़ुश हो रहा था।

उसकी ख़ुशी टिकाऊ न थी। शाम को वह रिक्शा जमा करने गया। भड़ाऽऽक। मालिक ने थप्पड़ मारा था, "साल्ले आठ मिनट लेट आया है। यह रिक्शा की दुकान है बेट्टा, तेरी माँ का चकला नहीं।"

इसी तरह रोज़ घटता। किसी दिन देर के कारण, किसी दिन खरोंच लगने की वजह से। वह दुखी रहने लगा।

उसका नन्हा दिमाग़ दुखों के तमाचे सहता हुआ बड़ा हो गया था। वह महसूस करता कि दुनिया उसे इनसान नहीं मानती। लोग उसे 'रिक्शा' कहकर बुलाते हैं। वह तर्क करता, "भुनगे को भी लोग भुनगा कहते हैं पर..."

यह बात उसे बेइंतिहा सालती कि उसके रिक्शे पर बैठकर चोर चोरी की बात बेझिझक करते हैं। जेबकतरे माल बाँट लेते हैं। मियाँ-बीवी लोगों को भी शरम नहीं लगती, गोया उमर वहाँ हो ही न।

शायद इन्हीं बातों ने उसे रिक्शा छोड़ने के लिए मजबूर किया था और वह विनय के पास आया था।

रात का दस बजा था। अप्सरा जी की षोडषी बिटिया प्रतिमा उपन्यास पढ़ रही थी। उमर रसोई धो रहा था। इसके बाद उपाध्याय जी का हाथ-पाँव दबाना था। हवा हड्डियों में घुसकर ऊभ-चूभ कर रही थी। घर भाँयँ-भाँयँ करने लगता। उसे अपने घरवाले याद आने लगे। यहाँ उसका दिल नहीं लगता। शुरू में थोड़ा लगता था। मुहल्ले के लड़के फुटबाल खेलते थे। वह बहुत रुचि से देखता था। बाज़ार भी उसे भाता था। मगर अप्सरा जी ने उस पर पाबन्दी लगा दी। उनके अनुसार उमर चौबीस घंटे का नौकर था। उमर उनकी बात मान गया कि कहीं जाना हो तो पूछकर जाए। कुछ दिन बाद उसने मासूमियत से पूछा, "माताजी ज़रा घूम आऊँ?"

अप्सरा जी ने खदेड़ लिया, "शहर आते ही पंख लग गए न। अरे मैं पहले ही कहती थी कि इसके लक्षण ठीक नहीं। कान खोलकर सुन लो। यहाँ मटरगश्ती नहीं चलेगी।"

वह उपाध्याय जी की सेवा कर कमरे में आया। अँधेरा था। टटोलकर बिजली जला दी। मकान बनते समय के फ़ालतू सामान बिखरे थे। लोहा-लकड़ी, कील-खूँटी जैसे सामान भी बेतरतीब थे। एक कोने में बालू का छोटा सा ढूह था।

राम उमर ज़मीन पर बोरा बिछाकर लेट गया। एक गन्दी-सी रज़ाई ओढ़ ली। जाड़ा जोश में था। दरवाज़े थे नहीं। वहाँ से हवा घुस आती। तभी उसे कोफ़्त हुई, बिजली बुझ गई।

अँधेरा नाचने लगा। उसने उँगलियों के पोरों से मालूम करने की कोशिश की कि आठ तारीख़ आने में कितने दिन हैं। इसी तारीख़ को उसे तनख़्वाह मिलेगी। घर में अम्मा के पैरों में गुरखुल हो गया था, उनके लिए चप्पल भेजना चाहता था। अब तक जो इकट्ठा किया था उससे बाबू के लिए गुलेबन्द ले लेगा। उसने होंठ भींच लिये। पैरों में फटनी शुरू हो गई। थोड़ी देर वह फड़फड़ाता रहा, फिर अधिक फटने वाले बाएँ पैर में अपना अँगोछा कसकर बाँध लिया।

नींद उससे ख़फ़ा थी। घंटाघर के घंटे ने एक बजाया। उसने करवट बदलकर आँखें मूँद लीं। किसी ने आँखों में जैसे पिसा कोयला भर दिया हो, किनकिना रही थीं!

अक्सर ऐसा होता कि वह पानी पी आता या पेशाब कर आता तो नींद आ जाती। कड़कती सर्दी में पानी पीने का क्या सवाल? वह पेशाब करने गया। उसी समय नज़र विनय के कमरे पर पड़ी। कमरे में रोशनी थी। विनय लिख रहा था। वह विनय पर झुँझलाया, 'इतनी रात गए तक क्या करते रहते हैं?'

वह लौटकर नींद का इन्तज़ार करने लगा पर नींद जैसे उसे अछूत समझ रही थी। उसके मन में विनय के बारे में सवाल उठने लगा। उसे हैरानी होती थी कि विनय को आख़िर हो क्या गया है? गाँव में हम लोगों को अत्याचार की मुख़ालिफ़त करना

सिखाते थे। उसने ख़यालों में ही विनय को सामने कर लिया। पूछने लगा, "तो तुम क्यों चुप रहते हो? मैं बिना ग़लती के ही मारा जाता हूँ, तुम टुकुर-टुकुर क्यों ताकते रहते हो, क्यों ताकते रहते हो?" वह सवालों की क़तार लम्बी करता चला गया...

उपाध्याय जी आकर उसे पैर से हिलाने लगे। वह हड़बड़ाकर जाग गया और बैठकर आँखें मलने लगा। उपाध्याय जी खड़ाऊँ खटखटाते हुए चले गए। वे चारपाई पर रज़ाई ओढ़कर माला जपने लगे। उनको जम्हाई आई। लेट गए। फिर उठ गए, माला जपने लगे।

उमर बग़लों में हाथ डाले ठिठुरता हुआ चल पड़ा। रसोई में गैस जलाकर केतली में पानी डालकर चढ़ा दिया। जैसे कुछ याद आया हो, पानी चढ़ा दिया। क्योंकि विनय को जुकाम था, वह दो कप पीता था।

इस सुबह की चाय के पीछे काफ़ी लड़ाई-झगड़ा हुआ था। उपाध्याय जी चाहते थे कि उठते ही उमर उनकी कमर दबाए। इस पर अप्सरा जी ने उन्हें झाड़ा और कहा, "तुम्हारी कमर जाय चूल्हे-भाड़ में। बनेगी पहले चाय।"

अप्सरा जी को सुबह चाय पहुँचाना उसके लिए भीषण यातना थी। उनका दिन और रात का किया हुआ मेकप सुबह छितरा जाता था। सौन्दर्य की सामग्रियाँ सुबह तक एक-दूसरे को लीप-पोत चुकी होती थीं। उस पर मुँह फाड़कर जम्हाई लेना—वे ख़ौफ़नाक लगतीं।

दरवाज़े के पहले ही उमर ने प्लेट की चाय गिराकर साफ़ कर ली फिर कमरे में दाख़िल हुआ। अप्सरा जी को देखते ही उसके चेहरे का रंग फक हो गया। प्लेट-प्याला बजकर खट-खट की आवाज़ करने लगे। किसी तरह क़रीब पहुँचकर उसने चाय पकड़ाई। चाय लेते हुए अप्सरा जी ने साँस छोड़ी। तेज़ बदबू उसके नथुने में समा गई। वह भागता हुआ बाहर आया। मितली महसूस हुई। नाली के पास जाकर कै करने लगा। जाकर थोड़ी देर वह कमरे में पड़ा रहा। दोपहर तक उसका जी ठीक न हुआ।

अप्सरा जी के घर दो ख़ास बातें आज के ही दिन थीं। पहली, उनके यहाँ बाहर से आए कवि कश्यप जी के सम्मान में कवि-गोष्ठी रखी गई थी और दूसरी, उनकी षोडशी बिटिया प्रतिमा के घुटने के थोड़ा नीचे फुंसी निकल आई। प्रतिमा बड़ी होनहार और तेजस्वी लड़की थी। एक ही समय में अनेक प्रेम-प्रसंग चलाने में उसका कोई जवाब न था। वह लुका-छिपी किसी लड़के से करती तो लव-लेटर किसी को देती। आँख किसी को मारती तो चुंबन का आदान-प्रदान करने के लिए कोई और होता। उसी प्रतिमा के घुटने के नीचे फुंसी हो गई। बड़ा दर्द। बेहद तकलीफ़। फुंसी टपकती थी।

कविगण आने लगे थे। अतिथि कश्यप जी अभी तक नहीं आए थे। समय बिताने के लिए एक कवि अपनी कविताएँ सुनाने लगे। दूसरे लोग वाह-वाह कर

रहे थे, पर वह भीतर ही भीतर कोस रहे थे कि कब वह चुप हों और उन्हें सुनाने का मौक़ा मिले पर सुनाने वाला अवसर हाथ से जाने देने के लिए किसी भी सूरत में तैयार नहीं था।

अन्दर रसोई में नौकरानी समोसा बनाने की तैयारी कर रही थी। प्रतिमा अपने कमरे में एक फ़िल्म-पत्रिका पलट रही थी, तभी उसकी फुंसी पर मक्खी बैठ गई। वह सिसकार उठी। राम उमर को आवाज़ दी। राम उमर आया तो प्रतिमा ने अपनी सलवार घुटनों तक खिसका ली और कहा, "इसके किनारे-किनारे गुदगुदी लगाओ।" उमर फुंसी के किनारे-किनारे गुदगुदी लगाने लगा। प्रतिमा तीन तकिये का सहारा लेकर पढ़ने में मशग़ूल हो गई।

राम उमर की दुनिया में सनसनी फैल गई। गोरी टाँग को देखकर उसे अजीब-अजीब-सा लगता। उसके दाँत भिंच-से गए थे। उँगलियाँ काँप जातीं। अचानक उसकी उँगली फुंसी पर रेंग गई।

'उइ माँ।' प्रतिमा तड़प उठी। उसने लेटे-लेटे ही सरककर अलमारी से स्केल लिया और राम उमर से बोली, "हाथ फैलाओ।" उमर ने हाथ फैला दिए। पुट्ट-पुट्ट पड़ने लगा स्केल...

दंड देने का काम पूरा करके प्रतिमा फिर सलवार खिसकाकर लेट गई और बोली, "गुदगुदाओ।"

रसोई से झन्न की आवाज़ आई। नौकरानी से कोई बर्तन गिरकर टूट गया था।

अप्सरा जी धड़-धड़ करती हुई पहुँच गईं और नौकरानी पर पिल पड़ीं।

बिटिया भी लपककर पहुँच गई। माँ का हाथ बँटाने लगी।

उमर ने देखा तो भौचक हो गया। उससे बरदाश्त न हुआ। दोनों नौकरानी को मवेशी की तरह पीट रही थीं। शायद बर्तन क़ीमती था।

उमर दौड़ता हुआ विनय के पास आया। वह कुछ बोल नहीं पा रहा था, क्योंकि साँस फूल गई थी। विनय साथियों को छोड़कर उसके साथ बाहर आया। अब तक उमर की साँस ठीक हो गई थी।

"क्या बात है?" विनय ने पूछा।

"विनय भैया बहुत हो चुका। एक नौकरानी को दोनों मिलकर पीट रही हैं।" उमर का चेहरा सुर्ख़ हो गया था, "बस अब चले चलो।"

"तुमसे क्या मतलब? चलो अपना काम करो।" विनय ने उसे प्यार से झिड़क दिया।

उमर आक्रामक हो गया था। उसने अप्सरा जी और उपाध्याय जी के काले कारनामों का बयान करना शुरू कर दिया। अप्सरा जी की कलई मुहल्ले में खोलने लगा। कारख़ाने के बच्चों का दुख सबको सुनाया। आजिज़ आकर उन्होंने उसको घर से निकाल दिया।

रात थी। वह दबे पाँव विनय के कमरे में शरण माँगने आया। विनय हड़बड़ा गया। उसे डर लगा, 'उमर मेरा कमरा छिनवा देगा। वह अप्सरा जी के दुश्मन को ठहराएगा तो वह कैसे बरदाश्त करेंगी?'

उमर को कमरे से निकालकर उसने दरवाज़ा बन्द कर लिया और रज़ाई ओढ़कर लेट गया।

उस रोज़ ओले गिरे थे। गला देने वाली सर्दी थी। बूँदा-बाँदी भी हो जाती थी।

ख़ून सर्द कर देने वाली ठंडक ख़तरनाक थी। विनय ने रज़ाई चारों तरफ़ कसकर लपेट ली थी...

[1994]

सोने का चाक़ू

उनकी चार औलादें थीं। ज़ाहिद, ताहिर, मुजाहिद और फ़ाकिर। फ़ाकिर के सिवा बाक़ी सभी सयाने हो गए थे। इस शहर में उन्हें नवासा मिला था, क्योंकि नाना की इकलौती औलाद का इंतकाल हो गया था। वैसे कहने वालों की ज़बान पर कोई ताला नहीं लगा सकता। लोग कहते हैं कि मीर साहब ने अपने मामा को ज़हर दिलवा दिया था।

मीर साहब ने मामा की माल्कियत सँभाली तो उनके सामने सबसे बड़ी लेकिन प्रमुख समस्या थी, रोब ग़ालिब करने की। नतीजा यह हुआ कि बेक़सूर लोगों पर ज़ुल्म बढ़ चला। उनके अत्याचार की एक ख़ास अदा थी। वे रिआया को गुम्बद में बँधवाकर पीटते थे। ख़ैर, अब तो वह बुलंद ज़माना ही चला गया, जिसका उन्हें बहुत दुःख था।

उन्होंने यहाँ आकर एक और काम किया, तवायफ़ों में अपना विशेष स्थान बनाया। तवायफ़ों के बीच उनका इतना दबदबा था कि उनकी ज़िद पर हीराबाई ने चाँदा (अवध प्रांत का एक क़स्बा, जहाँ की वेश्याओं के सम्मान में प्रांत की अन्य वेश्याएँ उनके सामने घुँघरू तक नहीं बाँधतीं) में घुँघरू बाँध लिया था। लौटने पर उसे बिरादरी से इतनी फटकार मिली कि वह फूट-फूटकर रोने लगी। तब मीर साहब खाँसते हुए सीढ़ियाँ उतर गए थे।

सच्चाई यह थी कि उनसे वे सभी भयंकर घृणा करती थीं। वे महफ़िलों में मुफ़्त बुलाते जबकि दोस्तों में हज़ार रुपये में बुलाने का ऐलान करते। उन सबका मन करता कि मीर साहब को कोड़ों से इतना पीटें कि उनके कपड़े तार-तार हो जाएँ। मगर वे मजबूर थीं, क्योंकि उन्हीं की बिल्डिंग में वे सस्ते किराए पर किराएदार थीं।

मीर साहब को शिकस्त दी मदीना ने, मदीना के बूढ़े अब्बा नन्हे मियाँ मस्जिद की बग़ल में लालटेन बनाने का काम करते थे। मदीना बहुत सुन्दर थी। गेहुँवन रंग वाले चेहरे पर तैरती हुई सी गहरी-गहरी आँखें। वह बेहद भावुक लेकिन इरादे की पक्की थी। मीर साहब ने उससे प्रेम किया। बड़े-बड़े वायदे किए। फिर ज़िना किया। फिर अपनी ज़िन्दगी से भगा दिया। मगर अगले ही दिन मदीना उनके बँगले पर पहुँच गई। मीर साहब ने ग़ुस्सा दिखाया तो उसने उनका मुँह नोचकर लहूलुहान कर दिया और घर में ज़बरन घुस गई। तब से वहीं रह रही है। बीवी की मौत के बाद कुछ दिनों की जद्दोजहद से उसने मीर साहब को निकाह के लिए राज़ी कर

लिया। इतने दिनों के साथ ने उनके मन में भी लगाव पैदा कर दिया था। वे पिघल गए। शादी करने के साथ-साथ मदीना से माफ़ी भी माँगी। मदीना को मीर साहब के रूप में जैसे कोई पैगंबर मिल गया हो। वह जन्नत में पहुँच गई हो। मुजाहिद और फ़ाकिर उसी से पैदा हुए।

ज़ाहिद भट्ठा चलाते थे। ताहिर ठेकेदारी करते थे पर असल धन्धा तस्करी था। मुजाहिद जनरल स्टोर्स की दुकान देखता। फ़ाकिर हाई स्कूल में पढ़ता था। स्कूल से लौटने के बाद दुकान पर मुजाहिद की मदद करता।

जाड़े की शाम थी। चहल-पहल को ठंडक ने सोख लिया। सड़कें ख़ाली-ख़ाली और वातावरण वीरान लगने लगा। मुजाहिद ने बीरू चायवाले से स्पेशल चाय बोल दिया फिर अलमारी से गिरने-गिरने को हुए सामानों को ठीक किया।

दो-एक मिनट बीता होगा, एक ग्राहक आ गया, "स्टोव की एक पिन चाहिए।"

वह उठकर पिन ले आया। शुरू में उसे ऐसे ग्राहकों से बड़ी खीज होती थी। वे पाँच पैसे के लिए उठने की जहमत कराते थे। पर मालूम नहीं कैसे अब्बा ने इस खीज को भाँप लिया था, देखिए हजरत, इस तरह तिजारत नहीं हो पाती, उसके लिए तहज़ीब और मशक़्क़त की ज़रूरत होती है। समझे! और ये जो ख़ाली वक़्त में बैठ जाते हो, ऐसे काम नहीं चलेगा। खड़े रहा करो। तभी ख़रीददार आएँगे।"

उसे तिजारत का तरीक़ा आता भी कैसे, अभी उसकी उम्र ही क्या थी! अठारह वर्ष।

अब्बा और भाइयों की लापरवाही से वह बिगड़ गया था। कोई टोकने वाला था नहीं। स्कूल से भागने लगा। सिनेमा, चाय और जुआ उसके शौक़ बन गए।

अब्बा को दौलत इकट्ठी करने का नशा तो था ही, उस पर इंटर में मुजाहिद का दो बार फेल हो जाना। उन्होंने उसकी पढ़ाई छुड़ा दी। क़स्बाई शहर के हिसाब से बेहतरीन दुकान खुलवाकर उसे बैठा दिया। और कहा, "प्राइवेट इम्तिहान दिया करिए।"

अब तो उसका मन कुछ लगने लगा वर्ना पहले उसे दुकानदारी कालकोठरी लगती, जिसमें वह अकेला क़ैद कर दिया गया हो। उसका दिल सड़कों पर घूमने और दोस्तों के बीच बतियाने को मचलता।

बीरू चाय का गिलास रख गया। इस बीच चार-छह अच्छे ग्राहक आए थे। आख़िर में एस. डी. ओ. का चपरासी उनके छोटे से बच्चे के साथ आया था। मुजाहिद ने सामान अच्छी तरह पैक किया और बच्चे को मुफ़्त में टॉफ़ी देकर मुस्कुराया, "पापा से मेरा सलाम बोलना।"

अब वह दुबारा ख़ाली हो गया। चाय की चुस्कियाँ लेते हुए सड़क पर बैठे रफ़ीक़ मियाँ को देखने लगा। वे खम्भे की टेक लेकर बाँसुरी बजा रहे थे।

रफ़ीक़ मियाँ बाँसुरी बेचते थे। वे मैले-फटे कपड़े पहने अधपके बाल-दाढ़ी वाले अधेड़ आदमी थे। बाँसुरी बजाकर ग्राहकों को मुतअसर करते थे। बजाने में उनका

आसपास तक में कोई जवाब न था। वे बजाते तो कभी-कभी राह चलते पारखी लोग थमकर घंटों खड़े रहते।

रफ़ीक़ मियाँ के बारे में वह अक्सर सोचता कि वे खाते-पीते कैसे हैं? पूरे दिन में मुश्किल से चार-पाँच बाँसुरियाँ बिकती होंगी। कभी-कभी वे भी नहीं...

उसका दिमाग़ वहाँ से हट गया। एक डिग्री कॉलेज के प्रिंसिपल साहब आए थे, वे कॉलेज में खेल-कूद का ज़िम्मा भी अपने पर लिये थे। वे अब्बा के दोस्त थे और प्राय: बिना खेल-कूद का सामान लिये ख़ूब सारे सामानों का बिल बनवाते। उसने आठ सौ तैंतीस रुपये बयालीस पैसे का बिल बना दिया।

शाम रात में तब्दील होने वाली थी। मस्जिद से इशा की नमाज़ सुनाई दे रही थी। थोड़ी देर बाद अब्बा भी घूमते-टहलते आते होंगे।

वह चुस्त होकर काम करने लगा। वह इस कोशिश में भी था कि चेहरे पर रौनक और खुलापन आ जाए।

अब्बा को लेकर उसे बहुत शिकायत थी। वे उससे, दूसरे भाई लोगों से, यहाँ तक कि अम्मी से भी मुहब्बत से बात नहीं करते। एक दफ़ा उसने अम्मी से इसकी वजह पूछी थी। उन्होंने उदास होकर कहा था, "तुम्हारे अब्बा ख़ुदा के नुमाइंदे हैं। उन्हें फ़ुरसत कहाँ है? उनका दीन तो नमाज़, कुरान पढ़ना और काफ़िरों के ख़ात्मे-ख़ातिर दौलत इकट्ठी करना है।"

उसका जी घबराने लगा। फ़ाकिर अभी तक नहीं आया। अब्बा की ओर से हिदायत थी कि फ़ाकिर स्कूल से लौटकर दुकान पर बैठा करे। पर फ़ाकिर जी चुराता था। मुजाहिद ने अपनी तकलीफ़ को सोचकर उसे छूट दे रखी थी कि वह घूमे-फिरे मगर अब्बा के आने के टाइम पर पहुँच जाए। अब्बा के आने का समय...

फ़ाकिर आता दिखा। उसको चैन मिला। वह गुनगुनाने लगा। तभी उसका ध्यान रफ़ीक़ मियाँ पर चला गया, जो ठिठुरा देने वाली ठंडक में खुले आसमान के नीचे पड़े थे। उसने सोचा, उन्हें भी चाय पिला दे मगर ऐसा कर न सका, क्योंकि पहले वह रफ़ीक़ मियाँ को चाय पिला देता था। पर एक दिन अब्बा को मालूम हुआ तो डाँटा, "इन्हें मुँह नहीं लगाना चाहिए। जिसके ऊपर ख़ुदा रहम नहीं करता उस पर रहम करना ख़ुदा से ख़िलाफ़त करना है।"

उसके मन में आया कि उनसे पूछे, फिर क्यों ख़ैरात बाँटने के लिए जलसा करते हो? भीख देने के लिए डिब्बा भर दो-दो पैसे के सिक्के दुकान में रखने को कहते हो?

उसने रफ़ीक़ मियाँ को उनकी हालत पर छोड़ दिया। अपने और फ़ाकिर के लिए चाय मँगाई। दोनों चाय पीने लगे।

सुबह का निकला मुजाहिद रात को दुकान बढ़ाकर घर पहुँचा। अब्बा मौजूद थे। तकिए के सहारे अधलेटे हुक़्क़ा गुड़गुड़ा रहे थे। उसने पूरे दिन की बिक्री की रक़म सामने रख दी। उन्होंने चश्मे के भीतर से आँखें उठाकर रुपयों को देखा। थोड़ी देर बाद उठाकर अलमारी में रखा फिर लौटकर पैर झाड़कर चारपाई पर बैठ गए।

और हुक़्क़ा गुड़गुड़ाने लगे। मुजाहिद के लिए नौकर नाश्ता रख गया। वह अब्बा की मौजूदगी झेलते हुए नाश्ता करने लगा। उसे भूख लग आई थी।

मीर साहब ने फटकारा, "आहिस्ता-आहिस्ता खाइए। भागा नहीं जा रहा है। बदतमीज़ कहीं के।" वे ऐनक पोंछकर अख़बार पढ़ने लगे।

भीतर से कुकर की सीटी की आवाज़ आ रही थी।

वह भीतर जाने लगा तो अब्बा ने चश्मे के अन्दर से घूरकर उसे रोक दिया, "इंटीमेट के लिए कितने का ऑर्डर दिया गया?"

"डेढ़ हज़ार का।"

"और आज मुझे कितना रुपया दिया आपने?"

उसने मन ही मन कहा, "गिना तो था आपने," लेकिन बोला, "चौबीस सौ ग्यारह।"

अब्बा ने चश्मा उतारकर उसे घूरा। फिर 'हुम' कहकर धीरे से चश्मा पहना और अख़बार सामने कर लिया।

अन्दर आकर उसने हाथ-पैर वग़ैरह धोया। तौलिये से मुँह पोंछते हुए अम्मी के कमरे में आया और उनकी चारपाई के पायताने बैठ गया।

अम्मी ने उसे प्यार से झिड़का कि वह आराम से क्यों नहीं बैठता। वह उदास दिख रही थीं। उनकी गऊ-सी आँखें फूली थीं। आँखों के नीचे चमड़ी ख़ुश्क हो गई थी।

हर दिन की तरह आज भी घर में एक मनहूसियत-सी छाई हुई थी। अजीब लगता था, जैसे कोई बिना आवाज़ के सिसक रहा हो।

उसने अम्मी को पान थमा दिया। वह उनके लिए रोज़ बाज़ार से लज़ीज़ पान लगवाकर लाता था। अम्मी पान की गिलौरी मुँह में डालकर कहीं खो गईं। उनकी आँखें कमरे की छत पर टिकी थीं।

इस बीच बड़ी भाभी दो बार कमरे में झाँक चुकी थीं। मुजाहिद को यह चीज़ बहुत चुभती थी। इस मकान को जाने किसकी बद्दुआ लगी थी। किसी को चैन नहीं था। सब एक-दूसरे को शक और नफ़रत की निगाहों से देखते थे। दीवारें पुतती थीं। दरवाज़े मज़बूत किए जाते थे। पर जज़्बात स्याह हो रहे थे। दिल और दिमाग़ अपाहिज हो रहे थे।

अम्मी ने भाँप लिया कि दुल्हन का इस तरह झाँकना उसे नागवार लगा। उन्होंने समझाया, "बेटे, इसमें इसकी ग़लती नहीं है। दरअसल इस घर की बुनियाद ही ऐसी है जिस पर शक, नफ़रत, बेचैनी, बदनीयती का ही फूल खिल सकता है।" वह थोड़ी देर चुप रहीं फिर साँस छोड़ती हुई बोलीं, "हाँ, इस पर कभी ख़ूबसूरत फूल नहीं खिल सकता। कभी नहीं।"

माहौल काफ़ी गम्भीर हो गया। उसे लगा, अम्मी की तसल्ली के लिए कुछ कहना चाहिए। मगर उसे एक भी हरफ़ नहीं सूझ रहा था। वह असफलता को छिपाने के लिए चादर का कोना मरोड़ने लगा।

उन दोनों के सिर पर मच्छरों का एक जत्था आकर मँडराने लगा। कुकर ने सीटी बजाई। छोटी भाभी ने वहीं से बताया कि खाना पक गया है। वह अब्बा को इत्तिला करने के लिए उठा। अम्मी ने कहा, "अभी लौटकर ज़रा सुनना बेटे।"

वह लौटकर आया और सवालिया नज़रों से अम्मी को ताकने लगा। वह कुछ देर ख़ामोश रहीं, फिर फुसफुसाकर बोलीं, "ज़रा बाहर देख, कोई खड़ा तो नहीं है।" उसने बाहर झाँककर बताया, "नहीं।" वे पास खिसक आईं, "मुजाहिद कल अपने नाना को दुकान से कुछ रुपये दे आना! और देखो, अब्बा से बचाकर जाना। वर्ना तेरे नाना और हम दोनों में से कोई ज़िन्दा न बचेगा।" वाक्य पूरा करते-करते उनके चेहरे पर ख़ौफ़ की पर्त जम गई।

बाहर से आकर नौकर ने मुजाहिद से कहा, "साहेब तुमको बुलाय रहे हैं।"

वह पहुँचा तो अब्बा हीटर से हाथ-पाँव सेंक रहे थे।

"कल की मजलिस की याद है?"

"जी।"

"जाइए।" वे पुनः एकाग्र होकर हीटर तापने लगे।

वह खा-पीकर सोने चला तो क़रीब बारह बजने वाले थे। पाँच कमरे एक क़तार में बने थे। पहला बड़ी भाभी का। दूसरा अम्मी का। तीसरा छोटी भाभी का। चौथा मुजाहिद का और पाँचवाँ फ़ाकिर का।

वह चारपाई पर लेटा, तब उसे दिन भर की थकान का अहसास हुआ। गोया उसकी नफ़्सें अब तक सो रही थीं।

अम्मी, फ़ाकिर, बड़ी भाभी के कमरों की बत्ती बुझी थी। उसने भी बुझा दी। लेटने को हुआ कि छोटी भाभी का रोना और चीख़ना सुनाई पड़ा। ताहिर भाई हर दिन की तरह आज भी शराब के नशे में धुत्त आए थे। भाभी को लात-घूँसे भयानक रूप से पड़ रहे थे। वे जितनी तेज़ आवाज़ में रोतीं, ताहिर भाई की गालियाँ उतनी तेज़ हो जाती हैं। नशे में वे तस्करी की गोपनीय बातें भी बक देते थे।

वह इन सबसे अन्यमनस्क सोने की कोशिश करने लगा।

भाभी का रुदन धीरे-धीरे सिसकियों में बदल गया और उसकी भी पलकें भारी होती गईं।

वह एक-डेढ़ घंटे ही सो सका होगा कि कॉलबेल की घनघनाहट ने नींद तोड़ दी। उसने खिड़की से देखा, बड़ी भाभी चप्पल घिसटती हुई दरवाज़ा खोलने जा रही थीं।

छोटी भाभी के कमरे से अभी भी सिसकियाँ सुनाई पड़ रही थीं।

सुबह फ़जर की नमाज़ ने मुजाहिद की आँखें खोल दीं। रज़ाई से बाहर निकलने को मन न हो रहा था पर भीतर रहना मुमकिन न था। वह बाहर निकला। अम्मी के कमरे में अब्बा आदमक़द शीशे के सामने स्टूल पर बैठकर दाढ़ी में चमचमाहट और मुलायमियत लाने के लिए कोई क्रीम लगा रहे थे। वह कुछ आलस्य, कुछ मौज में

आकर ठहर गया। उन्होंने तेल की शीशी खोली। उसके नथुनों में तेज़ ख़ुशबू समा गई। तेल लगाने के बाद वे दाढ़ी व सिर के बालों में कंघी करने लगे। बाद में कंघा उलटा कर कई बार बालों को दबाया। कपड़े पहनकर अपने ऊपर सेंट छिड़का। फिर सिर पर टोपी और पैरों में चप्पल डाल खड़े होकर आईने में ख़ुद को निहारने लगे। देर होने लगी तो मुजाहिद आगे बढ़ गया।

दिशा-मैदान से फ़ारिग होकर वह बाहर लॉन में आया और एक किनारे कुर्सी डालकर धूप खाने लगा। पास ही माली कैंची से घास को बराबर कर रहा था।

दूर दीवार से सटाकर कुछ बेंचें रखी थीं, जिन पर ख़स्ताहाल लोग बैठे थे। मुजाहिद से थोड़े फ़ासले पर अब्बा दो लोगों के साथ धूप खा रहे थे। नाश्ता कर रहे थे और बतिया रहे थे। वह दोनों को पहचानता था। एक एम. पी. रामजियावन पांडेय थे। धोती-कुर्ता-सदरी पहने थे। सदरी की जेबें पेनों से ठसी थीं और उँगलियाँ अँगूठियों से। कभी अब्बा उनके सामने झुककर घिघियाने लगते और कभी वह अब्बा के सामने झुककर दाँत चिंआँरते। दूसरा आदमी सेल्स टैक्स अफ़सर था।

नौकर चाय, नाश्ता और तिपाई एक साथ ले आया। मुजाहिद नाश्ता करने लगा। अंडे का हलुवा और शाही टुकड़ा पसन्द आ रहा था।

पांडेजी अब्बा को सुना-सुना कर अफ़सर को लताड़ रहे थे। अफ़सर की घिग्घी बँध गई थी। अब्बा अकड़कर आँखें स्थिर किए हुए निर्विकार भाव से दाढ़ी पर हाथ फेरे जा रहे थे।

अंडे का हलुवा और शाही टुकड़ा समाप्त करने के बाद वह आमलेट पर जुट गया। साथ ही चाय भी सुड़क रहा था।

कुछ बकरियाँ लॉन में घुसने लगी थीं। अब्बा के चहेते कुत्ते टोनी ने भूँककर भगा दिया।

उसने ख़स्ताहाल लोगों को देखा तो उसे अब्बा का दबदबा याद आने लगा। उसने घड़ी देखी, पौने नौ बज रहे थे वह उठ खड़ा हुआ। दुकान की चाबी लेने भीतर चला गया।

लौटने लगा तो अम्मी ने फुसफुसाकर कहा, "वो नाना वाली बात याद रखना।"

इतवार बन्दी का दिन होता। मुजाहिद लखनऊ सामान लाने उसी दिन जाता। वहाँ माल ख़रीदकर बुक करा देता। पिछली बार का माल आया था। उन्हीं सामानों पर दाम चढ़ा रहा था। जब उसने पहली बार यह काम किया तो आँखें फैल गई थीं, इतना मुनाफ़ा। फिर अब्बा का व्यापार का तरीक़ा ही दूसरा था। वे दाम ज़्यादा रखवाते और यह मशहूर कर रखा था कि सारे शहर के दुकानदार नक़ली माल बेचते हैं। उनके यहाँ पैसा ज़रूर ज़्यादा लगता है, मगर सामान सही मिलता है। जबकि मुजाहिद भी सामान और लोगों की तरह ही लाता था।

दाम लिखते-लिखते उसकी उँगलियाँ दर्द करने लगीं।...महीने का आख़िरी हफ़्ता था। 'मंदी' का समय। 'चटकी' तो पहले हफ़्ते में या लगन में होती है। लगन शुरू होने वाली थी। इसलिए उसे तक़रीबन हर इतवार को लखनऊ सामान लाने जाना पड़ रहा था। अब्बा की सख़्त हिदायत थी कि जितना सामान जमा कर सको कर लो। लगन में मनमाना बिकेगा।

वह उँगलियाँ चटकाने लगा। कुछ मन भी उचाट हो गया। आजकल वह अक्सर घबरा उठता था। बात यह थी कि गाँव में ज़ायदाद ख़तरे में थी। वहाँ दो-ढाई सौ बीघे खेत थे। सब ठीक चल रहा था मगर मज़दूर इन दिनों बाग़ी हो गए थे। उसी में कुछ झगड़ा-फ़साद भी एकाध बार हो गया था।

यों भी अब्बा क़रीब दो दर्जन मुक़दमे लड़ रहे थे। वे रोज़ ही कचहरी पहुँचते रहते। घर में भी फ़ाइलों से मगज़पच्ची करते रहते। मुक़दमेबाज़ी के कारण कई बार फ़ौजदारी भी हुई। उसका भी मुक़दमा बना।

वह अटैची पर दाम चढ़ा ही रहा था कि रफ़ीक़ मियाँ भी अपना अटखर-बटखर लेकर पहुँचे और सड़क की पटरी पर जम गए। लगे बाँसुरी बजाने।

वह चिढ़ गया। उसे रफ़ीक़ मियाँ से नफ़रत-सी होने लगी। इस बात को वह समझ नहीं पाता कि क्यों उसे नफ़रत हो रही है।

तभी रफ़ीक़ मियाँ उसकी घृणा से बेख़बर एक आदमी लेकर उसके पास आए और बोले, "अरे शाहजादे, इसका भी काम करा दो।" वह छोटे क़द का काला-काला मरियल-सा आदमी था। उसकी तीन बीघे ज़मीन पर अब्बा ने अपना दावा ठोंक दिया था। मुक़दमा चल रहा था।

रफ़ीक़ मियाँ को लगा, मुजाहिद ने उनकी बात सुनी नहीं, उन्होंने दुबारा सिफ़ारिश की।

वह अब्बा के मामलों में अपनी औक़ात जानता था फिर भी उसने रफ़ीक़ मियाँ पर रोब झाड़ लेना बुरा नहीं समझा, "चल हट यहाँ से। अभी 'गल्ला' भी न खुला और आ गया मनहूस चेहरा लेकर।" वह भुनभुनाने लगा, "एक से एक फटीचर चले आते हैं साले।"

रफ़ीक़ मियाँ बड़ी उम्मीद लेकर पैरवी करने आए थे किन्तु दोस्त के सामने ही बेइज़्ज़ती ने उन्हें हिलाकर रख दिया। वे बदहवास से, कुछ डरे दिल से अपनी 'दुकान' की तरफ़ बढ़ गए।

उसने दाम चढ़ाना ख़त्म किया। अगरबत्तियाँ सुलगाईं और तीन-चार शीशों में मढ़ी कुरान की आयतों के फ्रेम में खोंस दीं। वीरू चाय वाले को स्पेशल का ऑर्डर दिया और ग्राहकों में रम गया। ग्राहक आने शुरू हो गए थे।

वह तेज़-तेज़ घर की ओर चलने लगा। घर पर आज मजलिस थी। यह साधारण मजलिस न थी। इसकी अहमियत थी। तकरीर करने के लिए जोगीपुरा से इमाम आए

थे। और यहाँ शहर के सभी नामी-गिरामी लोग इकट्ठा होने वाले थे।

घर अभी दो फ़र्लांग था। अँधेरा शुरू हो गया। एक अजीब बात थी कि उसके शानदार मकान के इर्द-गिर्द टूटे-फूटे खपरैल या झोंपड़े थे। जैसे बरगद के विशाल दरख़्त के नीचे कोई पौधा नहीं पनपता। जहाँ उसका मकान चमचमाता रहता था। वहीं आसपास के घर कौड़ी जैसे लगते थे।

वह पत्थरों पर पैर रखकर चलने लगा। नालियों का पानी बहकर रास्ते में आ गया था। अब्बा ने इस जहमत से बचने के लिए थोड़ी-थोड़ी दूरी पर चौड़े-चौड़े पत्थर रखवा दिए थे।

मकान को देखकर उसकी तबीयत ख़ुश हो गई। छत से लेकर फ़र्श तक सभी दीवारों को लाल-पीली झालरों से सजाया गया था। इमामबाड़ा खोल दिया गया था। भीनी-भीनी महक आ रही थी। अन्दर सेहरा पहने पंजों से ख़ूबसूरती में चार चाँद लग गए थे। मेम्बर ऐसा था कि देखने वाले की नज़रें अनायास उस पर पड़ जातीं। वह अन्दर जाने वाला था कि नाना की दुकान के बग़ल वाली मस्जिद के मौलवी साहब लपककर आए। वे ज़बान में शहद घोलकर बोले, "ज़रा अपनी बड़ी भाभी को मेरे आने की ख़बर कर देना।" कहने के बाद उनके हाथों में पड़ी पुड़िया कस उठी। वह घुटकर रह गया। वह जानता था कि बड़ी भाभी ने यह पुड़िया क्यों मँगाई। उनका कोई माशूक़ होगा जो उनके मुरझाए चेहरे से मुतअसर न होता होगा। उसी को फँकाकर वश में करने के लिए उन्होंने मौलवी साहब से नज़र की हुई चीनी मँगाई होगी।

मुजाहिद उफ़न रहा था। कुछ तो दुकानदारी तेज़ न होने की कचोट थी और कुछ अम्मी की तकलीफ़ का दुःख। अम्मी नामालूम क्यों हमेशा बुझी-बुझी रहतीं। उनमें जैसे दर्द का कोई समन्दर घुमड़ता रहता हो। वे बाज़ वक़्त आँखों पर बाँहें डाले घंटों पड़ी रहतीं।

रफ़ीक़ मियाँ बाँसुरी बजाने में तल्लीन थे। आँखें झपकाते हुए बजाए चले जा रहे थे। उनके आसपास काफ़ी मजमा इकट्ठा हो गया था।

मजमे को देख-देख वह और उफ़नता। हालाँकि वह भलीभाँति जानता था कि इनमें से एक भी बाँसुरी ख़रीदेगा नहीं। फिर भी उसे रफ़ीक़ मियाँ से डाह हो रही थी।

रफ़ीक़ मियाँ का लड़का खाना लेकर आया। उन्होंने बाँसुरी बजाना बन्द कर दिया। लोग छँटने लगे। रफ़ीक़ मियाँ ने हाथ-मुँह धोया। फिर खम्भे की ओट करके खाना खाने लगे। वे धीरे-धीरे खा रहे थे। लड़का प्याज़ छील रहा था...।

मुजाहिद ने राहत की साँस ली। जैसे दुश्मन ने कनपटी से पिस्तौल हटा ली हो। उसने फ़ाकिर से कहा कि घूमना चाहे तो घूम आए। फ़ाकिर ख़ुश होकर बाहर निकल गया। वह उसे ओझल होने तक देखता रहा।

लड़का प्याज़ धोकर देने लगा तो मुस्कुराते हुए जाने क्या भुनभुनाया कि रफ़ीक़ मियाँ 'हरामी अब बता रहा है' चिल्लाते हुए फ़ुर्ती से उठे। हड़बड़ाहट में खाने की

थाली उनके पैरों से लगी। ज़ोरों की झनझनाहट हुई, भात और बैगन का चोखा छितरा गया। वे बेहोश से भागे-भागे मुजाहिद के पास आए। उनका चेहरा फ़क और होंठ सफ़ेद पड़ गए थे। वे ख़ौफ़ज़दा थे। उन्होंने पल भर में सब कह डाला। यह भी बताया कि उसके अब्बा को मार डालने के बाद वे लोग अब उसके पास आ रहे हैं।

उसने बिजली-सी रफ़्तार से सामान भीतर कर डाला, एक तौलिया लेने के बाद लपककर शटर गिराया और ताले बन्द किए। तौलिया से आनन-फानन में सिर और मुँह लपेटा, कोट का कॉलर खड़ा किया। लुकते-छिपते गलियाँ पार करने लगा।

मारने वालों ने तो अपनी तरफ़ से मार ही डाला था लेकिन वे बच गए थे। बाहर लॉन में ही वे चारपाई पर लिटाए गए थे। पहली बार घर की ज़नाना लोगों ने पर्दा तोड़ा था।

ऐसा लगता था कि लोगों ने पहले लात-घूँसों और जूतों से मारा था फिर चाक़ू से वार किया था। पाँच बार चाक़ू से वार किया गया था। ख़ून से भीगे हुए थे मीर साहब। बीच-बीच में हिला देने वाली आवाज़ में चिल्ला उठते थे।

वे गाँव गए थे। वहीं अपने खेत में काम करने वाले मज़दूरों को किसी बात पर पीटना शुरू कर दिया था। मज़दूरों ने भी रोष में कुछ गाली-गलौज किया। इसी बात पर उनका ग़ुस्सा बेक़ाबू हो गया। उन्होंने एक बूढ़े मज़दूर के पेट में अपनी चमकती गुप्ती भोंक दी। बस यहीं से क़यामत शुरू हो गई। शायद मीर साहब को यह इलहाम न था कि मज़दूर इस क़दर हमलावर हो जाएँगे।

पके बाल वाले डॉक्टर ने अन्य दो डॉक्टरों से मशविरा करके कोई दवा मीर साहब को पिलाई। उनका कराहना धीमा होने लगा।

शहर की हस्तियों का आना-जाना शुरू हो गया था। क्या शिया, क्या सुन्नी और क्या हिन्दू–सभी इज़्ज़तदार और ओहदेदार लोग भागते चले आ रहे थे। लम्हा भर में कारों, स्कूटरों की लम्बी क़तार लग गई।

मीर साहब ने धीरे से गरदन हिलाई। उन्होंने इशारा किया, ज़नाना लोग भीतर चली जाएँ।

लॉन खचाखच भरा था। हरी-हरी घासें बड़ी बेरहमी से कुचली जा रही थीं। लोग अलग-अलग टुकड़ों में बँट गए थे। धीरे-धीरे बातचीत भी होने लगी थी। मीर साहब के लड़कों में भयावह बेचैनी घुमड़ रही थी।

मीर साहब ज़ोर से चिंघाड़े, फिर दर्द से छटपटाने लगे। उनकी आँखों में मौत की दहशत और तकलीफ़ का बियाबान दिख रहा था।

डॉक्टरों ने मीर साहब का दुबारा मुआइना किया। वे हताश दिखाई पड़े। हिचकते हुए उन्होंने लड़कों से कहा, "इन्हें लखनऊ ले जाना पड़ेगा।"

ज़ाहिद के मुँह से बेसाख़्ता निकला, "पर पुलिस की कार्रवाई तो अभी...।"

एम. पी. रामजियावन बीच में ही तपाक से बोल पड़े, "वो मैं देख लूँगा।"

फ़ाकिर अभी छोटा था। उसका अब्बा को ले जाने का सवाल नहीं उठता था। बाक़ी तीनों भाई मुँह चुराने लगे। सभी के मन में था, जाना ख़तरे से ख़ाली नहीं। अब्बा रास्ते में ही मर जाएँ और इधर घर में क़ीमती सामान दूसरे भाई, अम्मी लोग हड़प लें। मुजाहिद के मन में एक बार आया कि वही अब्बा को लेकर लखनऊ चले। वह उनकी औलाद है। मगर हक़ीक़त ने उसके इस इरादे को मंसूख कर दिया। उसने दूसरे भाइयों के बारे में सोचा तो पाया कि उसका अब्बा के साथ जाना ठीक नहीं। उसने मन ही मन कहा, 'इन लोगों की कम-अज-कम बीवी लोग यहाँ रहेंगी। मेरे लिए कौन होगा?'

उसने दृढ़ता के साथ तय किया, वह नहीं जाएगा। किसी भी सूरत में नहीं जाएगा। यह निश्चय करने के बाद वह बचने के लिए अन्दर चला आया।

भीतर आँगन में बैठी हुई अम्मी एकटक आसमान ताक रही थीं। दोनों भाभी किसी चीज़ के इन्तज़ार में मुस्तैदी से व्यग्र थीं।

[1983]

पिंजड़े में ख़ुशबू

मुनीराम का मुहल्ला आदर्श नगर बस स्टेशन और नगरपालिका के बीच था जिसमें कुछ झोंपड़ियाँ और पन्द्रह-बीस कच्चे घर थे। दो-तीन पक्के मकान। उसकी दुकान बस स्टेशन पर थी। दुकान क्या, एक गुमटी। दुकान वह रात में खोलता। दिन में आमदनी कुछ हो नहीं पाती। क्योंकि वहाँ कई अच्छे रेस्तराँ थे। दिन में ग्राहक वहीं जमते। वह शाम सात बजे से सुबह सात बजे तक चाय बेचता। वैसे वक़्त की बात, दो बार दिन में भी दुकान चलानी पड़ी।

नगरपालिका के भंगियों ने अपनी माँगों को लेकर हड़ताल की थी। कामकाज ठप्प हो गया। पूरे शहर में कूड़े-कचरे के ढेर लगे रहते। बजबजाती नालियों से बदबू का तेज़ भभका उठता था। इसके अलावा पाखाने-पेशाब की दुर्गन्ध हवा में समाई रहती। साफ़-सुथरे घरवालों का जीना मुहाल हो गया। पर मुनीराम और उसके मुहल्ले वालों को ख़ास परेशानी नहीं महसूस हो रही थी। वे पहले भी दिशा-मैदान के लिए खेत-नदी जाते थे। मुहल्ले की नालियों की सफ़ाई भी यदा-कदा ही होती। किन्तु एक ही दिन की हड़ताल से शहर के अच्छे लोग बदहवास हो गए। आजिज़ आकर उन लोगों ने नगरपालिका से सिफ़ारिश की, इन हरामज़ादों की कुछ माँगें मान-मून कर हड़ताल ख़त्म करवाएँ। किसी तरह बवाल कटे।

नगरपालिका माँगें मानने के लिए तैयार नहीं थी। कुछ दिन हड़ताल तोड़ने की कोशिश करती रही पर नाकामयाब हुई। खिसियाकर दूसरे शहरों से सफ़ाई करने वालों को बुलाया...

अब नगरपालिका दफ़्तर के सामने सवेरे ही भंगी लोग इकट्ठा हो जाते। कई औरतें बच्चों को भी साथ लातीं। मर्द रहते ही। वे आपस में बातें करते। कभी कोई 'भासन' दे देता। बीच-बीच में ज़ोर-ज़ोर से नारा लगाने लगते।

ऐसे में मुनीराम 'हीरो' बन गया। वह मस्त नौजवान था मगर इस हड़ताल ने उसे झकझोरकर रख दिया। पहले वह हड़तालियों की ज़िन्दगी के कसैले हिस्सों को सोचकर दुखी हुआ फिर उनकी मामूली माँगों को ठुकराया जाता देख क्षुब्ध हो गया। वह 'म्यूनिसिपैलिटी' को गरियाता और किसी हड़ताली से मिलने पर उसे भड़काता।

पर जब नगरपालिका ने बाहर से काम करने वालों को बुलाया तो वह फट ही पड़ा, "ये साले राच्छस हैं राच्छस। बिचारे वे तो लोगों का गू-मूत साफ़ करते

हैं और ज़रा सा हक़ माँगा तो इ ससुरे सैतान बन गए।" उसने ऐलान कर दिया कि हड़ताली लोगों को पैंतीस पैसे की चाय बीस में मिलेगी। बिस्कुट भी कम रेट में। वह नगरपालिका के सामने दिन में भी दुकान लगाने लगा।

दूसरी बार उसने दिन में दुकान करना शुरू किया जब उसकी पत्नी दुलारी बीमार हो गई। दुलारी साँवली मगर अच्छी काठी की तीखे नाक-नक़्श वाली औरत थी। इसी उम्र में उसे सरोज नाम की लड़की और गनेश लड़का भी हो गया था।

बुख़ार उसे बुधवार को हुआ। मंगल की रात उसे मच्छर काटते रहे। बेना टूट गया था सो हवा भी नहीं हो पा रही थी। वह रात भर जागती रही। भोर चार बजे ठंडी हवा चली तो उसे कुछ चैन मिला। वह सो गई। सुबह होने पर मुनीराम घर लौटा तब तक वह सो रही थी। उसे सोता देख वह आगबबूला हो गया। कसकर एक लात उसकी कमर पर मारी। वह चिल्लाती हुई उठ खड़ी हुई। उसने उसका झोंटा पकड़कर घसीटना शुरू किया, "कुतिया कहीं की, रात-रात आँखें फोड़कर कमाऊँ और तू दिन-रात पेट में ठूँसकर मौज करे। टाँगें पसारकर सोए। बोल। ले हरामज़ादी। एक लात और ले...।"

गर्मी में शाम का एक समय सुबह-सा होता है। वही समय था। कुछ उजाला, कुछ अँधेरा। थोड़ा गर्म, थोड़ा ठंडा। मुनीराम की बिटिया सरोज बाहर निकली। उसके फैले हुए फ्राक में भुनी हुई लाई थी। उसने आसपास देखा पर गनेश दिखाई न पड़ा। ज़ोर से आवाज़ दी। वह भागा-भागा आ पहुँचा। सरोज ने आधा चबेना उसे दे दिया। दोनों खाने लगे। वे प्रेम से खा रहे थे। क्योंकि पिछली रात से उन्हें खाना नहीं मिल पाया था। माँ बीमार थी, बनाता कौन? मुनीराम जाते समय सरोज से कह गया था कि अपनी अम्मा का ख़याल रखे। जब तबीयत कुछ सँभल जाए तो दाना भुँजाकर वह और गनेश खा लें। इसके बाद मुनीराम चला गया। हालाँकि वह जाना नहीं चाहता था। असमंजस में पड़ा था। बीवी की मुहब्बत ही उसे जाने नहीं देती थी और बीवी की मुहब्बत ही उसे जाने को मजबूर कर रही थी। वह सोचता कि न जाए। यहीं दुलारी के पास बैठा रहे पर उसके भीतर डॉक्टर का ख़ौफ़ घूमने लगता। डॉक्टर से वह डर गया था। डॉक्टर ने थोड़े रुपये में दवा देने से इनकार कर दिया था। इससे उसके दिल को तेज़ चोट लगी थी।

बाहर निकलकर वह दुलारी को रिक्शे में बैठाकर ख़ुद बैठ गया। दुलारी की देह तप रही थी जिसके स्पर्श से उसका रोयाँ-रोयाँ भीगने लगा।

दुलारी ने अपना सिर उसके कन्धे पर रख दिया और सुबकने लगी। वह घबरा गया, "दुलारी...दुलारी...अरे दुलरिया।"

"का है?"

"का हुआ रे। रो काहे रही है?"

"सरोज के बाबू एक बात का जवाब देओगे?"

"पूछ!"

"तुम जब भंगियन को चाह-दालमोट सस्ते में बेचे तो हम्में देवता लगे रहे। फिर हम्मै क्यूँ मारते हो? तुम देवता होओ सरोज के बाबू। हम्मै न मारा करौ...हम्मै ना मारा करौ...।" उसकी हिचकियाँ बँध गईं।

घर आकर उसने दिन में भी दुकान चलाने का निश्चय किया। वह सुबह घंटे-दो घंटे के लिए घर आता। खाना बनाता। बच्चों को खिलाता ख़ुद खाता। फिर दुलारी से बातचीत करने के बाद दुकान चला जाता।

आज उसने खाना भी नहीं बनाया। दुलारी की हालत कुछ ज़्यादा बिगड़ गई थी। उनका मन जाने को नहीं हो रहा था। जाने के टाइम वह उठा ज़रूर पर मन हिचकिचाने लगा। वह चाह रहा था, इसी तरह बैठा दुलारी को देखता रहे। इसी बीच दुलारी ने उसकी उँगली पकड़ ली और आँखों में आँखें डालकर बोली, "सरोज के बाबू।"

"का बात है?"

"आज तुम न जाओ। अइसे ही बइठे रहो हमारे पास।"

वह पंखा झलने लगा उसे। थोड़ी देर सोचता रहा फिर मुँह लटक गया। कल ही दुलारी को डॉक्टर के पास ले जाना था। पैसा अभी पूरी तरह जुड़ नहीं पाया था। उसे जाना ही पड़ा। बच्चों को हिदायत देकर बोझिल क़दमों से वह वापस गया।

सरोज और गनेश माँ के पास बैठ गए। पानी, दवा, चाय, जो भी ज़रूरत पड़ती वे देते। सरोज स्टूल पर बैठी थी और गनेश पीढ़े पर। दोनों सुबह से एक बार भी नहीं खिसके। कई बार दुलारी ने कहा भी कि वे दो नींद सो लें मगर वे वैसे बैठे रहे। यहाँ तक कि शाम हो गई। शाम होने पर दुलारी को तबीयत कुछ हल्की महसूस हुई तो उसने दोनों को ज़बरन बाहर भेज दिया। सरोज दाना भुनाने चली गई और गनेश मुहल्ले के एकमात्र बम्बे पर नहाने।

दोनों दिन भर के भूखे-प्यासे अब फ़ुरसत से दाना चबा रहे थे। प्रेम आता दिखा। वह उन्हीं का हमउम्र था। उसने पूछा, "तुम्हार माई अब कैसी है?"

"शाम के टैम कुछ ठीक भई हैं।" गनेश ने बताया।

"तुम्हार माई दिक्क है और तुम लोग बाहर टहल रहे हो।"

"हम तो नाहीं आय रहे थे।" सरोज रुआँसी हो गई, "अम्मै ने ज़बरदस्ती भेजा है।" वह गनेश को लेकर गली में मुड़ गई लेकिन प्रेम ने रोक लिया, "जब उनही भेजे हैं तब काहें इतना अकुलात हो। चलो। खेला जाय।" उधर से गेना, कान्ती, बजरंग वग़ैरह बच्चे आने लगे। सबने उससे उसकी माँ का हालचाल सुना फिर तय हुआ कि अब खेलना शुरू किया जाय। गनेश ने हड़बड़ी में कहा, "तुम सब शुरू करो हम तनकी अम्मा को देखकर आय रहे हैं।"

उसे देखते ही दुलारी ने कहा, "जाओ हमार फिकिर न करो। बुख़ार रसे-रसे उतर रहा है।"

वह बाहर आया तो खेल शुरू हो गया था। सब डांस कर रहे थे। बजरंगी एक

टूटा कनस्तर बजा रहा था। बाक़ी नाच रहे थे। गा भी रहे थे—

बम्बई से आया मेरा दोस्त दोस्त...

वह भी शामिल हो गया। वे सभी मस्ती में सराबोर थे। आँखें बन्द कर, चुटकियाँ बजाते, ज़ोर-ज़ोर से बदन हिलाते हुए झूम रहे थे।

दरअसल पिछली रात पास की सड़क से एक बरात गुज़री थी। उसमें कई लोग सेंट-ख़ुशबू से भीगे, चमचमाते हुए बूट पहने नाच रहे थे। जिसे इन लोगों ने उमंग से देखा था। उसी से इनके मन में उसी तरह नाचने की हुलास थी।

नाच अब रंग पर पहुँच गया। वे बीच-बीच में नचनिया की तरह नाचने लगते। बालों को झटकना, सीटी बजाना भी शुरू हो गया। भीग गई उनकी मैल जमी काली नंगी पीठ पर पसीने की बूँदें काले धागे में गुँथे चमकते मोतियों की तरह लग रही थीं। नाचने पर उनके शरीर का हिलना-डुलना ऐसा लग रहा था, गोया हवा चलने पर पास-पास लगे नन्हे पौधे एक साथ लहरा रहे हों।

नाच और चलता लेकिन झुनिया की चिल्लाहट सुनाई पड़ी। उसकी माँ उसे घसीटती हुई ले जा रही थी। झुनिया बम्बे की बग़ल की नाली डंडी से खदबदा रही थी। बीच-बीच में उसमें से कुछ निकालकर रख लेती। उसी वक़्त उसकी माँ ग़ुस्से से तमतमाती आई, "के फेरा कह चुकी हूँ कि बुलावे पर सुन लिया कर। फिर जहाँ चाहे मर। पचास दफे बुलाय चुकी मुदा धीया कान में रुई ठूँसे बैठी हैं।" वह झुनिया को ठेलते हुए ले जा रही थी। लड़के स्तब्ध हो गए। झुनिया की माई बेरहमी से मारती है! वे खेलना बन्द कर अपने घरों को खिसकने लगे...। गनेश और सरोज बेबस से चल रहे थे घर की ओर।

...सरोज रसोई में गई। माचिस टटोलकर दो ढिबरियाँ जलाईं। एक दुआर के चौखटे पर रखी। दूसरी लेकर माँ के कमरे में आ गई। ढिबरी को ताख में रखकर माँ का माथा छुआ—जलना कम हो गया था। माँ की खटिया के क़रीब चुपचाप बैठ गई। हथेलियों में सिर रख लिया। दुलारी उसे इस तरह देखकर मुस्कुरा पड़ी। सोचने लगी, "कैसी बदमासी किया करती थी यह। हमेशा चाँव-चाँव मचाए रहती। चुरइल की नाईं उधिराती थी चौबीस पहर। रच्ची भर्रा मर्ज़ी के ख़िलाफ़ भया कि भुइयाँ पर लोटकर भाँयँ-भाँयँ रोने लगती। अब कइसी पुरखिन बनी बैठी है।" उसे बेटी पर लाड़ आ गया। गला भर्रा उठा। गनेश दीवार की टेक लिये उकड़ूँ बैठा था। चेहरा मुरझाया हुआ था। दोनों की दशा देखकर दुलारी का जी कचोटने लगा, "बिचारों को खाना नहीं नसीब हो रहा है।" उसने तय किया, "बेरामी दूर हो जाने पर एक रोज़ सोहारी और खीर बनाऊँगी। पैसा बटोरकर एक दफे सनीमा दिखाऊँगी।" गनेश ने अपना मुँह घुटनों में डाल रखा था। उसने उससे खटिया पर बैठने को कहा। वह पाटी पर बैठ गया। उसको वह भर आँख देखने लगी। पूछा, "करे, गर मैं मर जाऊँ तो तू का करेगा?"

सिर झुकाए वह धीरे से बोला, “रोऊँगा।” फिर ज़ोर से बोला, “मर जाऊँगा।”

“अच्छा तुझे सबसे नीक कौन चीज़ लगती है?”

“तुमहीं तो।”

वह खिल गई। उसके बाल सहलाने लगी। कुछ समय सहलाती रही फिर सरोज को भी अपने पास बैठा लिया। फिर दोनों को खींचकर अपनी छाती से लगा लिया।

काफ़ी वक़्त बाद सरोज उठी। गनेश अभी भी वैसे पड़ा रहा। वह दवा लेकर आई, “अम्मा दवाई खाय लो।” दुलारी ने उठकर दवा खाई। फिर चद्दर ओढ़कर लेटते हुए गनेश से कहा, “तू तनकी अपने बाबू के लगे हो ले। भिनसार से गए हैं। पता नहीं दाना-पानी मुँह में डाला कि नहीं। बरधा जैसे काम पर खट रहे होएँगे। हो ले तो। हाँ, तू भी चाह-बिस्कुट माँगकर खाय लेना...”

नगरपालिका के सामने कोई तमाशा हो रहा था। गनेश मिनट भर के लिए रुका लेकिन माँ की बातें याद आ जाने से चल पड़ा। वह उँगलियों पर जोड़ने लगा कि कितने दिन स्कूल से फ़ुरसत मिली। माँ की बीमारी से उसे अनेकों दुखों के साथ एक ख़ुशी भी थी कि स्कूल नहीं जाना पड़ रहा था। स्कूल में उसे अच्छा नहीं लगता। पंडी जी बहुत मारते। कपड़ा छँटवाते। दिशा-फ़रागत करके आते, लोटा लड़कों से मँजवाते। घर का बरतन साफ़ कराते ही। इसके अलावा न उसके पास ‘बेसिक हिन्दी रीडर’ थी न स्लेट। ले-देकर एक तख़्ती थी। फिर उसने देखा, पंडी जी इमला बोलकर ख़ुद खर्राटे मारते। उस पर उनका काँख-काँख कर मारना। उसने स्कूल से भागना शुरू कर दिया। उसका मन उचाट हो गया।

वह बस स्टेशन के क़रीब पहुँच गया। मुनीराम गुमटी में बैठा ऊँघ रहा था। उसको लगा, बाबू बहुत थक गया है। वाक़ई, मुनीराम के हर जोड़ में फटनी हो रही थी। न सोने की वजह से आँखें लाल थीं जैसे किसी ने मिर्च बूककर डाल दिया हो, भभा रही थीं। कई बार दिल में आया भी, दुकान बन्द कर लौट चले। मगर कभी ग्राहक आकर इस ख़याल को दबा देते, कभी दुलारी की बीमारी।

“तीन चाय स्ट्रांग, ताज़ा बनाकर दो।” ऑर्डर देकर वृद्ध नेता विष्णुराम कुर्ते के सब बटन खोलकर अख़बार झलने लगे, “बिजली चली गई। हे प्रभो! बड़ी गर्मी है।” उनके साथ दो और जवान लोग थे। एक बच्चा सेठ था। दूसरा ‘इंसाफ़ का तराजू’ नाम का गुंडा। विष्णुराम ने उससे पूछा, “इंसाफ़ का तराजू जी, क्या खाएँगे?”

जम्हाई आने से मुनीराम की आँखों में पानी भर आया। आँख मलते हुए वह पानी चढ़ाने चला पर बग़ल में गनेश को खड़ा देखकर आशंका से हड़बड़ा गया, “क्यों रे कैसे?”

“अम्मा भेजे हैं।”

उसने राहत की साँस ली, “कैसी तबीयत है अब?”

“बुखार कम भवा है।”

मुनीराम ने प्लेट में दालमोठ रखकर उसे दिया, "ले खा ले।"

उसने प्लेट अपनी ओर खिसकाकर बताया, "आय रहा था तो रास्ते में दुइ जने बतियात रहे कि जल्दी ही हल्लागाड़ी आवेगी।"

जैसे किसी ने ज़ोर से उसके पेट में घूँसा मारा हो। जिस बात को बड़ी कोशिश के बाद कुछ समय के लिए भूल सका था, उसे गनेश ने याद करा दिया। डर की थरथराहट उसके शरीर में फैल गई। हल्लागाड़ी जब उसकी गुमटी उठवा ले जाएगी तब? इसके बाद के ख़याल से उसका मत्था झनझना उठा। उसने चाय ग्राहकों को देते हुए बड़ी-बड़ी दुकानों को देखा, "इनकी दुकान भी तोड़ दें हल्लागाड़ी वाले तो इनका क्या बिगड़ेगा! वैसे साले जादा से जादा इनका चबूतरा तोड़ेंगे। पर गुमटी लुट जावेगी तब? दुलारी की दवाई कहाँ से होयगी? बिचारी।" उसने अपने उलझ गए बालों को नोच लिया, "राच्छस हूँ एकदम। कितनी बेरहमी से लतियाता था उस बेक़सूर को। उस रोज़ भी मारा। तभी से खटिया धर लिया। पर हल्लागाड़ी...।" उसको हल्लागाड़ी के ख़ौफ़ ने सख़्ती से दबोच लिया। उसे लगा, कोई ज़मीन पर पटकने की ख़ातिर उसे ऊपर उठा लिये हैं।

दो केतली चाय बनाकर उठा तो नसें कड़-कड़ बजने लगीं। उसने गनेश से कहा, "देख, मैं घर जा रहा हूँ। तू दुकान पर बैठ। दो केतली चाय भरी है। कोई ग्राहक माँगे तो दे देना। बिस्कुट सब चार-चार आने का है। दालमोठ सँभाल के मनईधारा निकालना।"

अब दुकान पर गनेश बैठा था। गर्व से उसने चारों ओर देखा। दो लोग आकर चाय माँगे। उसने शान से चाय उड़ेलकर गिलास थमा दिया। उसके पंख लग गए। मीठे-मीठे सपने बुनने लगा। सोचा, अब बाबू को आराम दिया करेगा। चाय बनाना सीख लेगा फिर क़ायदे से दुकान पर बैठा करेगा...

"दो ताज़ा चाय बनाकर दो।"

वह बौखला गया। चाय बनाना तो उसे आता नहीं। उसके हाथ-पाँव फूलने लगे। तभी दिमाग़ में चालाकी कौंधी। उसने कहा, "बैठ जावें।" वह सस्पैन में दो कप पानी डालकर निश्चिन्त सा हो गया। ग्राहक भी निश्चिन्त होकर गप-शप करने लगे। इसी बीच उसने नज़र बचाकर बचा हुआ सस्पैन का पानी गिराकर उसमें केतली से दो कप चाय उड़ेली। और थोड़ी देर रुककर चाय छानने लगा।

चाय पीकर वे गए तो उसने पैसे गिनना शुरू किया। गिन चुकने के बाद सिर उठाया तो उसी की उम्र के तीन लड़के दुकान की ओर चले आ रहे थे। वे किसी अच्छे परिवार के लड़के थे।

"तीन जगह दो-दो बिस्कुट दो। पहले पानी फिर चाय। फटाफट करो।" वे बातें करने लगे। किसी फ़िल्म के बारे में बातें कर रहे थे।

गनेश ने पानी दिया। जब वह बिस्कुट देने लगा तो उसमें से एक ने पूछा, "तुमने मौसमी चटर्जी की कोई फ़िल्म देखी है?"

उसने इनकार में सिर हिलाया। वे मुस्कुराकर एक-दूसरे की ओर देखने लगे। इतने में दूसरा पूछ बैठा, "लीना चन्दावरकर की?"

उसने फिर इनकार में सिर हिलाया। इस बार वे खुलकर हो-हो हँसने लगे। उसकी कनपटी तड़कने लगी। लेकिन वह मुस्कुराते हुए ग़ुस्से से बोला, "तुम लोग भुइयाँ जानते हो?" वे चुपचाप उसे देखने लगे।

"गोड़ का होता है?"

...

"माई माने बताओ?"

...

"खाब का होता है...चेहटा का होता है...?

उन लोगों का मुँह उतर गया और गनेश उदास हो गया। उसे अम्मा की याद आने लगी।

दुलारी का बुख़ार और कम हो गया पर सुबह से पेट में हल्का-हल्का दर्द होने लगा। जैसे पेट के भीतर कोई आँतों को चाट रहा हो। वह बीच-बीच में कराह उठती।

गनेश ख़ामोश जँगले पर बैठा पैर हिला रहा था। सरोज परेम की माई से खाना बनाना सीख लिये थी। मरसा का साग बन गया था। रोटी सेंकने की तैयारी कर रही थी। लू के कारण चूल्हे की लपटें बाहर निकलकर फुफकार मारतीं। उसने हवा रोकने के लिए अगल-बग़ल पीढ़ा रखा। रोटी तवे पर डालने के बाद चूल्हे से थोड़ी आग निकालकर दूध गर्म होने के लिए रख दिया। उसने वहीं से आवाज़ देकर गनेश को पुकारा।

सरोज चौके से बाहर आई तो पसीने में डूबी थी। माँ के कमरे में जाकर पंखा हाँकने लगी। गर्मी दूर हुई तो अपनी दो फ्राकें, गनेश की क़मीज़-निकर, दुलारी की धोती में लपेटकर बम्बे की ओर पछारने के लिए चल पड़ी।

बम्बे पर भीड़ थी। तीस-पैंतीस बाल्टियों की लाइन लगी थी। जिसे देखते ही उसका कपड़े वाला हाथ पस्त हो गया। कपड़ा एक ओर रख उसने बाल्टी लाइन में लगा दी और ज़मीन पर बैठ बतियाते हुए लोगों को सुनने लगी। बजरंगी के काका रुआँसे से बोल रहे थे—

"जहाँ जावो वहीं ससुरी लैन लगानी पड़ती है। सुबह चार बजे से कनटरौल की लैन में लगा रहा। दस-बारह कारड बाद नम्बर लगे वाला रहा कि एक बजे बन्दी का टेम हो गया।"

"ई गौरमिंट बड़ी हरजाई है हइजाकाटी।" गेना की माई तेवर में आ गई, "लक्सन की बेला बड़ा दिल लगाती है गौरमिंट। चीनी, किरासिन सब ल्यौ भइया, बँट रहा है सदाबरत। जइसे जीतिस तो भाग थू, रहो नरक में। सक्कर नहीं लोझा मिलेगा फिर।"

"ऊपर से तरे तक सब लहकट हैं दहिजरा के नाती।" परेम की अम्मा ने निर्णय

दिया। इस पर झुनिया की ग़ुस्सैल माई ने इच्छा ज़ाहिर की, "गदेली में दही जमाय के बैठे हो सो हरामी सताय रहे हैं। हमार कहा मानो तो चढ़ लो छाती पे। फाड़ डालो सीना।"

लोगों में फ़ैसला देने के पहले-सी ख़ामोशी छा गई। सहेज लेने और झटक देने, दोनों भाव एक साथ मौजूद लोगों में तैरने-उतराने लगे। सरोज ने देखा, बम्बा अब जाने के लिए धीमा हो रहा था। जबकि उसकी बाल्टी काफ़ी पीछे थी। बाल्टी की लाइन देखकर उसे 'कंटरौल' की लाइन याद आई। फिर सब लोगों की बातें। बाल्टी को लाइन में ही लगा रहने दिया। जिससे शाम को पानी आने पर नम्बर लग जाए। उसने गठरी उठा ली। उसकी चाल से लग रहा था, थकी है...

गनेश का कान उमेठते हुए वह घर में घुसी तो दुलारी जाग चुकी थी, "हरे... रे...ये का कर रही है?"

"भिनसारे से चोट्टा अइसा घूम रहा है।"

"तूका भवानी उठाय लें। बिचारे का कनवा काहे उमेठ रही है। छोड़...।"

वह गनेश को छोड़कर रसोई में चली गई। आई तो हाथ में रोटी-साग की पोटली थी। गनेश को थमा दिया, "ले बाबू को दे आ।" पानी पीने जा रही दुलारी से उसने कहा, "अम्मा, मरसा का साग बनाए हूँ। तनकी चख लो।"

दुलारी ने सिर हिलाकर मना कर दिया, "रहन दो। भगवान बेरामी ख़तम कर दें तो सवाद लूँगी तेरे साग का।" लम्बी साँस छोड़ते हुए कहा, "जा रे दुइ नींद सो ले।"

उनकी हालत घिरी हुई सेना के सिपाहियों-सी थी। वे बाज़ार में डटे थे। जाने कब दुश्मन म्यूनिसपैलिटी वाले आ जाएँ और उनका काम तमाम हो जाए। एक आदमी रिक्शे पर घूम-घूमकर उनके कानों में गर्म शीशे उड़ेल रहा था, "सर्वसाधारण को सूचित किया जाता है कि जो लोग बिना मंजूरी गुमटी-ठेला, छप्पर वग़ैरह अवैध रूप से सड़क-पटरी या नजूल भूमि पर रख लिये हों, जल्दी से जल्दी अतिक्रमण निर्माण हटाकर सड़क-पटरी ख़ाली कर देवें। वर्ना नगरपालिका अतिक्रमण हटवा कर उनसे हरजा-खरचा उसूल कर लेगी..."

मुनीराम डर और झुँझला दोनों उठता था। उसे झुँझलाहट होती कि उसके घर भर को ज़िन्दा रखने का जरिया हल्लागाड़ी वाले ज़बरदस्ती ख़त्म कर देंगे। उस पर तुर्रा यह कि अपना गुमटी वापस लेने जाओ तो अपनी लूट का मेहनताना वसूलेंगे। तारीफ़ की बात यह कि गुमटी का सामान गोल रहेगा।

उसके दिल में तूफ़ान मचा था। इस आफ़त से वह अकेला जूझ रहा था।

"मुनीराम ज़रा स्पेशल चाय बनाना।" बड़ौदा बैंक के बाबू साहब थे। वह चाय बनाने लगा।

"मुनीराम आज यहाँ हलचल क्यों है?"

"मालूम नहीं बाबूजी?" उसे अचम्भा हुआ, "अरे आज हल्लागाड़ी आवेगी।"

“अच्छा-अच्छा अतिक्रमण हटाया जाएगा। मुझे नहीं मालूम था।”

“हाँ बाबूजी, हम सब लुट जाएँगे।”

“भाई देखो गलती तुम लोगों की है।” वे चाय की चुस्कियाँ लेते रहे, “सोचो मुनीराम सड़क कितनी चौड़ी हो जाएगी। सब कितना सुन्दर लगेगा।”

“हमारे समझ में सब मसान लगेगा।”

वे हँसे, “तुम्हारी भी बात मुनीराम। फिर सफ़ाई कराना सरकार का फ़र्ज़ है।”

“ग़रीबों की रोज़ी-रोटी का ख़याल करना फ़रज़ नहीं है। बाबूजी?”

वे अपनी ही रौ में थे, “और मुनीराम इस तरह दुकानें रखने में जगह कम हो जाती है। नतीजा, एक्सीडेंट से कितने लोग घायल हो जाते हैं। कितनी परेशानी...”

“घायल परेशानी की बात छोड़िए बाबूजी। गुमटी हटाने पर हम बेमौत मर जाएँगे। भूख के मारे...औ...दुलारी दिक्क...।” दुलारी की याद आते ही वह सब्र न कर सका, “भागिए हियाँ से। चले आए हैं। क़ानून बघारने। सब ग़रीबों पर ही क़ानून गाँठते हैं।” उसकी आँखें जलने लगीं। गुमटी से बाहर निकलकर वह गालियाँ बकते हुए बाबू साहब की ओर बढ़ने लगा...। तभी बग़ल का पान वाला बनवारी दुकान से कूदकर आया और मुनीराम को समझाने लगा। तब तक बाबू साहब खिसक लिए। वह मुनीराम को समझाते हुए ले आया।

मुनीराम को बेंच पर बैठाकर पानी पिलाया। ग़ुस्सा कुछ शान्त हुआ तो उसने पिपरमेंट डालकर दो बीड़ा पान दिया। मुनीराम पान चबाने लगा। बनवारी बग़ल रखे स्टूल पर बैठ गया।

“मुनीराम तेरी घरवाली ठीक भई?”

“कुछ फ़ायदा ज़रूर है। घर से चला तो बुख़ार भी कम रहा।”

“चलो अच्छा है। नहीं तो इस महँगी में दवा-दारू ख़रीदना भी...”

“महँगाई का हाल न पूछो बनवारी। चीनी साढ़े आठ रुपिया किलो है।”

“चिनियै थोड़े, सब चीज़ में आग लगी है। कैसे गुजारा...”

“ऽहो...ऽहाऽ...बचाओ...भागो...।” दोनों अपनी गुमटियों की ओर लपके। हल्लागाड़ी आ गई थी...गुमटी वालों में भगदड़ मच गई। जैसे क़त्लेआम शुरू हो गया हो। भयानक चीख़-पुकार से वातावरण दहलने लगा। जो अपनी गुमटियों से नहीं उतर रहे थे, उन्हें पुलिस डंडों से कुचल-कुचल कर मार रही थी। कुछ को पुलिसवालों ने ग़ुस्से में गुमटी के साथ ही ट्रैक्टर में फिंकवा दिया।

भट्ठियाँ, बेंचें आदि तोड़े जा रहे थे। किसी का मत्था, किसी का सिर, किसी का घुटना फूट गया। ख़ून से वे लाल हो रहे थे। धरती भी लाल होती थी।

कुछ लोग बनवारी की गुमटी की ओर लपके। वे दुकान तक पहुँच पाएँ कि बनवारी ने एक लम्बी लाठी निकाली और उन लोगों पर पिल पड़ा।

रास्ता चलते लोग थम गए।

मुनीराम ने देखा, जहाँ से बनवारी ने लाठी निकाली थी, वहीं से कुछ और

गुमटी वाले लाठियाँ निकालकर लड़ने लगे। उसने भी लाठी निकाल ली। वह मुड़ा, दो लोग उस पर गहदाला ताने बढ़ रहे थे। पर उसे देखते ही उनके क़दम रुक गए। वे नगरपालिका के वही लोग थे जिनकी हड़ताल में मुनीराम ने हिस्सा लिया था।

सिनेटरी इंस्पेक्टर और नजूल क्लर्क चिल्लाने लगे। पर वे रुके रहे। सिनेटरी इंस्पेक्टर ने दूसरे सफ़ाई मज़दूरों को पुकारा मगर सभी न सुनने का बहाना कर रहे थे।

थोड़ी देर में पासा पलट गया। कोई पैना, कोई कलछुल लेकर मोर्चे पर आ गया। कई लोग बाँस का फट्टा लेकर मार करने लगे। तभी न जाने किस रास्ते से लेमनचूस बेचने वाली सुग्गी हँड़िया में भट्ठी की आग लेकर आई और कोतवाल के मुँह पर झोंकने चली। पुलिसवाले ने उस पर बेंत से बुरी तरह प्रहार किया। उसके सिर से ख़ून का फ़ौवारा फूट पड़ा। लेकिन इस घटना ने आग में घी का काम किया। बहुत से लोग भट्ठियों से आग निकालने के लिए लपके।

पल भर में ही इसकी ख़बर सारे शहर में फैल गई। जिससे सैकड़ों गुमटी वाले ग़ुस्सा गए। दो-तीन जत्थे बस स्टेशन की ओर आने लगे। पुलिस को ऐसी परिस्थिति की उम्मीद नहीं थी। बचाव का कोई रास्ता नहीं सूझा तो वह उदारता का नाटक करने लगी।

आषाढ़ के पहले ही हल्की बूँदा-बाँदी हो गई। उजियारी रात थी। हवा में ठंडक थी। दुलारी तक़रीबन ठीक हो गई थी फिर भी सरोज और गनेश घर में ही सोना चाहते थे। लेकिन दुलारी ने उन्हें बाहर भेज दिया। ताज़ा-ताज़ा ठंडी हवा में सोएँ। सरोज सो गई थी मगर गनेश पैर सिकोड़े जा रहा था, फैलाने पर पैर सरोज के घाव पर न पड़ जाए। ईंट गिर जाने से सरोज के पैर में गहरी चोट लगी थी।

सुबह दुलारी की तबीयत काफ़ी सुधर गई। दोपहर तक ठीक रही तो सरोज घरौंदा बनाने में जुट गई।

वह घरौंदा बनाने लगी। घरौंदा बनाना उसे बहुत भाता। इसके लिए दीपावली का इन्तज़ार नहीं कर पाती। साल भर में तीन-चार बार घरौंदा बना डालती। बनाती भी ख़ूब। घरौंदे के ऊपर दीवार पर बोलती-सी लक्ष्मी-गणेश-सरस्वती और उनके इर्द-गिर्द की चित्रकारी इतनी ख़ूबसूरत होती जैसे चाँद-तारों से भरे आकाश के बीच इन्द्रधनुष निकले हों। वह सस्ते पुड़िया वाले रंगों को ही चित्रों में भर सब जगमगा देती।

दोपहर से गौधियारी तक की मेहनत के बाद उसने घरौंदा मोटे तौर पर तैयार कर लिया। उसे मुग्ध-भाव से देखने लगी। देख रही थी कि मन में आया, अभी एक तल्ला और बनना चाहिए। दूल्हा-दुल्हन उसी तल्ले में रहेंगे। सीढ़ियों पर से दुल्हन चढ़ेगी-उतरेगी तो उसकी पायल छम-छम-छम बजेगी। वह ईंट लाने चली गई। हर बार एक साथ पाँच ईंटें लाती थी। दूसरे तल्ले के जोश में सात लाने लगी। वजन ज़्यादा लग रहा था लेकिन लाए जा रही थी। दो ही चार क़दम बाक़ी रहा होगा, सँभाल न सकी। ईंटें उसके पैरों पर गिर पड़ीं। ज़ख़्म हो गया था। उसने गनेश से

कपड़ा माँगकर बाँध लिया और घरौंदे का दूसरा तल्ला बनाने लगी।

गनेश ने सोचा कि सरोज को चोट ज़्यादा आई है, अम्मा को बता दे। वह जाने लगा तो सरोज ने उसे रोका, "अम्मा से न बताओ।"

"अम्मा हरदी लगा देंगी।"

"सौ गऊ के हड्डी चबाओ जो बताओ।"

"खटर-खटर पावा बोले खटनी सोपारी, रामजी की बगिया में किरिया उतारी।" गनेश ने धमकाया, "किरिया उतर गई। अब बोलो?"

गनेश ने उसकी नस को पकड़ लिया था। अभी जब सोई हुई वह घुसमुसाई, "गनेसवा बहुत सकेत लग रहा है। तनकी उधर खिसक।"

"जादा बकर-बकर न करो, अम्मा से बताय दूँगा। अच्छा, घाव लगा है, खिसक जा रहा हूँ नहीं तो बताता।"

मुनीराम और तेज़ चलने लगा। वह चाहता था कि जल्दी से घर पहुँच जाए। उसके वश में होता, पंख लगा लेता।

उसे अहसास हो रहा था कि आज वह कुछ अधिक लम्बा हो गया। चलते-चलते वह सिर झुकाकर सीना देखने लगता। उसकी ख़ुशी समा नहीं पा रही थी। डी.एम., एस.पी., चेयरमैन सभी को झुकना पड़ा उन लोगों के सामने। गुमटी हटवाने का इरादा मंसूख करना पड़ा। वह यह सोच-सोचकर रोमांचित हो उठता कि उन सब में वह भी शरीक़ था। हवा में उड़ने वाले ख़ूबसूरत जुगनुओं की तरह उड़ते दहकते अंगारों की याद आते ही वह गद्गद हो गया...

उसने घर के सामने पहुँचकर देखा, गनेश और सरोज सो गए थे।

सरोज का सिर पाटी पर हो गया था। उसने खिसकाकर नीचे कर दिया। गनेश का बाल सहलाया।

वह धीरे-धीरे चलने लगा जिससे खटपट न हो और दुलारी ठीक तरह से सोती रहे। वह चुपचाप भीतर पहुँचा तो भौचक रह गया—दुलारी खटिया पर बैठी, दीये की रोशनी में जुँएँ निकाल रही थी।

वह आँखें फाड़-फाड़ देखने लगा। उसको इस तरह देखता देख दुलारी मुस्कुराने लगी।

"तेरा बुख़ार...क...क...कैसा है?"

"सुस्ता लो ज़रा।" दुलारी फिर से मुस्कुराई और शीशे में चेहरा देखने भीतर चली गई।

लौटी तो मुनीराम खटिया पर लेटा था। वह भी आकर उसी की बग़ल में लेट गई।

मुनीराम ने उसकी कलाई थोड़ी देर पकड़े रहने के बाद चुप्पी तोड़ी, "बहुत दूबर हो गई है तू। तेरा बिलाउज कितना झोल हो गया है। कलाई भी एकदम सींक बन गई है।"

"फिकिर न करो। चार रोज़ में धमधूसर हो जाऊँगी।"

"तो का बुख़ार ठीक होय गवा?"

"देख नहीं रहे हो। देह ठंडाय गई है।"

"गरमाय दूँ?"

"भक्क।"

वह हँसने लगा। दुलारी ने उसकी टाँगों पर से अपनी टाँगें हटा लीं। वह गम्भीर हो गई, "बिहान से हमें फिर मारै शुरू कर देओगे।"

उसकी पकड़ ढीली हो गई, "गनेसवा की माछु जो अब तुम्हरे ऊपर हाथ उठाऊँ।" उसकी आवाज़ में ग्लानि थी।

"हमार कहा मानोगे?"

"बोल।"

"दिन में दुकान करना बन्द करो। परान गवांना है का? जी रहेगा तो जहान रहेगा।"

"हूँ।"

"औ...औ...अब हमको भी कुछ काम-धाम करै दो।"

"इ नहीं हो सकता।"

"अब नाय-नुकुर नहीं। तुम पहले कह चुके हो। औ हाँ अब सरोजवा भी सयानी हो गई है। बारह बरस की होय चली।"

"हूँ।"

"हूँ का। बियाह-उवाह होएगा कि अइसे मुस्टंडी घूमेगी। इ कहो, भगवान की किरपा से अकेली लड़की है।"

वह बातों में इतनी मशग़ूल हो गई थी कि बिना मुनीराम का जवाब पाए कहने लगी, "आषाढ़ लगे वाला है। खपड़ा न हो सके तो दक्खिन वाले कमरा पे छान छवाना ही पड़ेगा। छान छवाने में मजूरी की चिन्ता की ज़रूरत नहीं है। परेम-वरेम के बाप सब तैयार हैं छान उठवाने ख़ातिर। अरे सोय रहे हो क्या?"

"सुन रहा हूँ। सब सुन रहा हूँ।" उसने उसकी चूड़ियाँ खिसकाकर कलाई पकड़ ली।

"अच्छा बस करो। लावो गोड़ मीज दूँ।"

"तू बेरामी से उठी है, ला मैं तेरा गोड़ मीज दूँ।"

"हमार गोड़?" वह विस्मय से बोली।

"हाँ।" वह मुस्कुराया।

"भक्क।" उसने झपटकर मुनीराम की बाँहों की मछलियों पर दाँत गड़ा दिया।

मुनीराम हँसने लगा, "अच्छा ला सिर दबा दूँ।" बहुत मना करने पर भी वह उसका सिर दबाने लगा।

वह सिर दबाने के साथ दिन की बातों को बतला रहा था। उसने बैंक के बाबू साहब वाली घटना से शुरू किया। बताया कि कैसे दुलारी का ख़याल आते ही उसके

मन में ग़ुस्से का बवंडर उठ खड़ा हुआ था।

इसके बाद उसने हुई घमासान लड़ाई की एक-एक बात बतलाना शुरू किया। उसकी आवाज़ में कभी कंपन होता, कभी तल्ख़ी। आवाज़ में बिना कोशिश के उतार-चढ़ाव आता। वह घटनाओं का चित्रात्मक ढंग से बड़ा सुन्दर वर्णन कर रहा था।

दुलारी मगन होकर सुन रही थी। बीच-बीच में चिहुँक उठती, हँसने लगती। आवेश से तमतमा जाती।

उसे लगा, बच्चे भी इस मज़ेदार बात को सुनते तो बहुत ख़ुश होते। वह मुनीराम से उम्मीद भरी ललक से बोली, "उन दोनों को जगाए दे रही हूँ। तुम उनको भी इ सब सुनावो।"

वह सरोज और गनेश को बुलाने चली गई।

[1982]

सैनिक लोग

उसे लगता है, जिसे वह ख़ुशी माने थी, ख़ुशी न थी। वह ख़ाली अपने को तसल्ली देने के लिए ख़ुश थी। सोचती थी, वंशराज की सरपरस्ती में इतनी ऊँची और महफ़ूज़ हो गई है कि उस पर उँगली नहीं उठ सकती।

रमाशंकर और मंगल ने 'साड़ी' चीरकर उसकी गन्दगी को उसे दिखा दिया। इसीलिए अब उसे पश्चात्ताप होता है। ख़ुद पर ग़ुस्सा आता है। नफ़रत होती है। अपनी ही आँखों में बासी फूल हो गई है वह।

इस समय उसके भीतर की ही आग उसे जलाने के लिए काफ़ी है। उस पर माधव काका। पास के पीपल के नीचे माधव काका का रोना-कलपना और ज़्यादा उथल-पुथल पैदा करता है उसमें। माधव पीपल के नीचे रहते हैं। पागल हैं। कुछ लोग बताते हैं कि आज़ादी की लड़ाई में वे बड़ी बहादुरी से लड़े थे। वे भगत सिंह के साथ थे। उन्हें देखकर उसे अपने से घृणा होने लगती है।

माधव पहले भले-चंगे थे। वे हलवाहों को इकट्ठा कर रहे थे। रात-रात भर उनसे न जाने क्या फुसफुसाते! वंशराज को मालूम हुआ कि माधव नेता हैं। वंशराज ने पास के गाँव में इन सब बातों का असर देखा था। इसलिए एक दिन इसी पीपल के नीचे माधव को कुछ लोगों ने घेर लिया। अगले दिन लोगों ने देखा, वे लहूलुहान पड़े हैं। पागल हो गए हैं।

उसने अपनी खिड़की से यह सब देखा था। इतना ही नहीं, मारने के बाद वे लोग उसके यहाँ पहले से बैठे वंशराज से मिलने आए थे। वंशराज ने उनकी पीठ थपथपाई थी। इन सब बातों की वजह से वह ख़ुद को इस पाप में साझीदार मानती है। उसे शान्ति नहीं मिल रही है। बेचैन है। सपनों में देखती है, उसके हाथ ख़ून से सने हैं। वह अपने नाख़ूनों में फँसा माधव का दिल देखती है...वह जागती है तो दहशत और पसीने की पर्तों के नीचे बदन काँपता रहता है...

कुछ दिन पहले तक ऐसा नहीं था। जानकी मगन थी। हुआ यह कि मंगल ने उसे समझा दिया कि किस तरह वंशराज उसका ख़ून चूस रहा है। धंधा वह करती है, मालामाल वंशराज होता है। उसकी वजह से न जाने कितनों के घर उजड़ जाते हैं। औरत से उसका मर्द छिन जाता है, बेटे से बाप।

तभी से उसके भीतर खलबली मची है। रमाशंकर भी मंगल की तरह बतियाता।

रमाशंकर और मंगल दोनों शहर में पढ़ते हैं। रोज़ शाम-रात वे गाँव लौट आते हैं। रमाशंकर 'एन. के. मेडिकल स्टोर्स' पर थोड़ी देर एकाउंट ठीक करने का काम भी करता है। दोनों अच्छे दोस्त हैं। गाँव में इस बार के परधानी के इलेक्शन में मंगल भी खड़ा हुआ है।

उम्मीदवार तो बन गया मंगल, मगर पैसा कहाँ से आए? इस सवाल ने रमाशंकर के भी मत्थे पर सलवटें डाल दीं। दो दिन वह इसी उधेड़-बुन में परेशान रहा। आज उसे आशा की किरण के रूप में अपनी दुकान के मालिक कनोडिया साहब सूझे। कनोडिया चुनाव, खेल-कूद, रामलीला, कव्वाली जैसे मौक़ों पर सौ से हज़ारों तक चन्दा देते।

उसे देखते ही बोले, "आओ आओ भइया। बैठो। कहो का काम है?"

"असल में हम चाहते हैं कि समाज में कोई किसी का...कहने का मतलब कि शोषण..."

"देखो, जादा पकर-पकर न करो। असली बात कहो।"

उसने थोड़ी मुस्कुराहट चिपकाकर कहा, "हम चन्दा चाहते हैं आपसे।"

"किस बात के लिए?"

"ऐसा है कि...जैसे कि आप...मज़दूरों...किसानों..."

"धत्तेरी की, इन ससुरन के लिए चवन्नी भी नहीं..!"

वह उठकर चला आया। उसी वक़्त से खौल रहा है, बस चले तो कनोडिया का गला दबा दे। शाम हो गई है। वह मंगल के साथ गाँव जा रहा है।

वे आधी दूर पहुँचे कि मंगल की साइकिल की चेन टूट गई। रमाशंकर की साइकिल डबल सवारी खींच नहीं सकती। दोनों खिझला गए, लम्बी साँस छोड़ने के बाद वे पैदल चलने लगे। थोड़ी देर चुप रहे। फिर बातचीत शुरू हो गई।

"जानकी आजकल कुछ सुधर गई।" मंगल ने बीड़ी दगाते हुए कहा।

"ठाकुर का ख़ौफ़ न रहे तो एकदम्मे से सुधर जाए।"

"वंशराज बहुत बउखलाए हैं।"

"इलक्सन में कुछ रुपिया भी चाहिए, कहाँ से आएगा?" रमाशंकर ने चिन्ता ज़ाहिर की। मगर मंगल का ध्यान वंशराज पर ही है, "अच्छा अगर हम दोनों को अकेले पाकर वंशराज के आदमी यहीं हमला कर दें तब?"

"पहली बात तो अपने मन से डर निकाल बाहर करो। फिर हम अकेले नहीं हैं। इसी जगह अभी गोहार लगा दें तो आसपास से सैकड़ों आदमी मदद ख़ातिर पहुँच जाएँ।"

"सही कह रहे हो। चिकमंडी की सभा में रामबरन ने भी कहा था कि जनता जब हमारी बात समझ जाती है तो हम अकेले नहीं रहते।"

"चौबे का घर आ गया।"

"बाबा तेरी बाट जोह रहे होंगे। जरा तेज़ चलो।"

बाबा सोचते हैं कि आजकल गाँव कैसा बदल-सा गया है!

सचमुच गाँव बदला-सा है। वैसे ऐसा नहीं कि लू की लपटों में कोई कहीं आता-जाता न हो या काम बन्द है। बगवारे में चरवाहे लड़कों का जमावड़ा अब भी होता है। मवेशी दूसरे के खेतों में जाकर झगड़े भी करवाते हैं। ननकू कुम्हार हमेशा की तरह चाक पर कुल्हड़, प्यालियाँ बनाता रहता है। रामबुज कोंहार चरखी से पानी जल्दी-जल्दी खींच कायस्थों के घर पहुँचाता है। फिर भी बदलाव है।

बाबा मन ही मन बड़बड़ाए, "यह रमाशंकर भी आफत का परकाला। इसे न जाने यह सब ख़ुराफ़ात कहाँ सूझी...!" रमाशंकर उनका लड़का है। मगर यह भी उन्हें औरों की तरह बाबा ही कहता है।

पन्द्रह साल हो गए। गाँव में जितने भी प्रधान हुए, सभी वंशराज सिंह की बाँदी बने रहे। इस दफ़े भी उन्होंने अपना आदमी खड़ा किया है। भयंकर टकराहट को जन्म लेना ही था, तभी रमाशंकर, ग़रीब-दलित लोगों ने मंगल को अपना उम्मीदवार घोषित कर दिया...मंगल कहता है, "पतझड़ के बाद कोंपले फूटती हैं। नई-नई पत्तियाँ निकलती हैं। अब पतझड़ ख़त्म होना शुरू होगा।" रमाशंकर जोश में है, लेकिन उसे बाबा की तटस्थता सालती है। मौजूदा सरगर्मी की बात चलने पर मानस की चौपाई गाने लगते हैं वे।

वे खाना ही नहीं बनाते हैं, बरतन भी मलते हैं। रमाशंकर का कपड़ा भी वही छाँटते हैं। लोटे में कोयला डालकर कपड़े पर इस्तरी भी कर देते हैं। पेड़ पर चढ़कर दातून तो तोड़ते ही हैं, दिशा-मैदान से लौटे रमाशंकर का लोटा भी माँज देते हैं। वे ये सब काम फ़ुर्ती और ख़ुशी से करते हैं, जब वे काम करते हैं तो लगता है, कोई करिश्मा हो रहा है, उनकी इस सक्रियता से रमाशंकर नाराज़ रहता है, क्योंकि इसने ही लोगों से बाबा को छीन लिया।

वे चौंके—साइकिल की किर्रऽ...किर्र...ऽ...ऽ सुनाई पड़ने लगी। रमाशंकर की साइकिल चलने पर किर्र-किर्र करती है। रमाशंकर ने साइकिल दीवार पर क़ायदे से टिका दी और आस्तीन से पसीना साफ़ करता हुआ अन्दर आया। बाल्टी, लोटा और उबहन लेकर इनारे पर जाने को हुआ ही कि बाबा रोज़ की तरह पानी भरी बाल्टी लिये खड़े हो गए, "ले, धो ले।" हाथ-मुँह धोकर उसने सिर उठाया तो बाबा पानी भरे गिलास पर गुड़ की तश्तरी रखे मौजूद थे, वह गुड़ खाने को हुआ कि खेलावन आ गया। वह कुछ हड़बड़ाया हुआ है, "शंकर भइया, जानकी बहिनी बेराम हो गई हैं। बुलवाया है। चल के कोई दवा-दारू दे देते।"

"भागत्या!" बाबा ने डाँटा, "पानी न दाना बस चल के देख लो भवानी को।"

रमाशंकर ने इशारा किया कि वह अभी आएगा। उसके इशारे को समझ खेलावन मुस्कुराता हुआ चला गया।

रमाशंकर का इन्तज़ार करती जानकी ऊहापोह में है। थोड़ी देर लेटती है, फिर बैठ जाती है। थोड़ी देर बाद चलने लगती है कमरे में। फिर लेट जाती है, उसका मन स्थिर नहीं है। अपराधी होने का बोध उसमें घर कर गया है। मंगल और रमाशंकर ने कभी उसे कड़वी बात नहीं कही, लेकिन उनके व्यक्तित्व ने उसकी आँखों में लाज भर दिया है। ऐसे में वंशराज का संबल भी उसे धैर्यवती नहीं बना पाता। इन दोनों के सामने वंशराज के दुस्साहस को भी वह गिड़गिड़ाता पाती है। दोनों लड़कों ने उसे झकझोर दिया है...

जानकी को इस गाँव में वंशराज सिंह ले आए। उन्होंने बताया था कि वह उनके मामा की बिटिया है। वह आई तो उन्होंने खेलावन केवट का घर ख़ाली करवा दिया। खेलावन दिन भर सपरिवार खटता है। उसकी भोर और रात प्राइमरी पाठशाला की इमारत (खँडहर) में गुज़रती है। अपने मकान के एवज़ में उसे जानकी का काम भी करना पड़ता रहा है।

जानकी को रोज़ सुबह चटक लूगा पहनकर एक मील दूर क़स्बा ढोलाडीह जाना पड़ता है। वहाँ वह वंशराज सिंह की शराब बेचती रही है।

वह ढेर सारा सस्ता पाउडर पोतकर गाल पर थोड़ा गेरू लगाती। काजल से ठोढ़ी पर दो-तीन तिल बनाने के बाद भौंह भी रँगती। बालों में लाल, पीला और हरा—तीन रंगों के 'बड्डे-बड्डे' फ़ीते के फूल होते। पैरों में मोज़ा, सैंडिल पहनने वाली जानकी गेंदे का बड़ा-सा फूल सूँघा करती। इसका असर यह हुआ कि बिरजू बहू का जी चाहने लगा, नटई में 'फन्ना' लगा लें या भस्म हो जाएँ। वही नहीं, उनकी तरह की तमाम औरतें अपना करम फूट जाने की घोषणाएँ करने लगीं। जानकी उनके 'सरापों' के असर से अनछुई रही, लेकिन कुछ दिनों से राख की तरह झड़ने लगी है।...

...लेटे-लेटे ही उसने खिड़की खोल दी। उठकर गगरी से पानी उड़ेलकर पिया और आकर लेट रही। उसकी इच्छा हो रही है कि धरती फट जाए और उसमें वह समा जाए।

...फट्...फट्ट...रमाशंकर के चप्पलों की आवाज़ आई। वह खाँसकर अन्दर आ गया है। उसको देख वह हड़बड़ा-सी गई है, "बड़ी...देर...लगा...दिए, क्यूँ।" वह उँगलियाँ उमेठने लगी। घबराहट में एक चूड़ी चटककर फूट गई।

"देर हो गई; माधव काका ने रोक लिया था। बतियाने लगे थे।"

"कौन-सी बात भयो?"

"कह रहे थे; बेटा तुम सबके काम देखकर लगता है कि मैं जवान हो गया हूँ, हाँ, कब से है बुख़ार?"

अब वह सँभल गई है, "भिनसार हुआ तो हरारत भर थी। इस बखत बढ़ गया, बाबा का कैसा हाल है?"

"भले हैं, अपने में ही मस्त।"

"और मंगल का?"

"इलक्सन शर्तिया जीतेगा।"

"अच्छा एक बात बताओ। तुम हमारे दुस्मन हो, फिर काहे हमें दवा देने आए?"

थोड़ी देर की ख़ामोशी के बाद उसने कहा, "यह तो अपने दिल से पूछो कि मैं तुम्हारा दुस्मन हूँ कि वंशराज?"

रमाशंकर की यह बात उसे छील गई। तालु सूखने लगा, मगर उबार लिया माधव काका ने। वे पीपल के नीचे रो रहे थे। रात गहरा गई है। अँधियारी है। अँधेरे को चीरती उनकी रुलाई इन दोनों को साफ़ सुनाई पड़ रही है। अजीब हैं माधव काका। गाँव के सो जाने पर कुत्ते भूँकते हैं और पीपल हरहराने लगता है तो उनके सीने में जाने कौन-सा दर्द उफ़नने लगा है कि विलाप करने लगते हैं। वे बेपनाह तेज़-तेज़ रोते हैं, यही उनका पागलपन है। एक दिन किशन बहू ने उनसे पूछा, "माधव काका रात भर रोते काहे हो?"

"बिटिया, भगत सिंह मर गए।"

"कइसे?"

"कतल भवा।"

"आख़िरकार दोनों की ख़ामोशी ने माधव की रुलाई को दबा दिया। वह पूरे माहौल पर तैरने लगी है। दोनों को ही एक-दूसरे का न बोलना अखर रहा है, लेकिन दोनों चुप हैं।

जानकी ज़मीन पर नज़र गड़ाए है। उसने ही मौन तोड़ा, "तुम्हारा गौना कब आ रहा है?"

"अगहन तक आएगा। काहे पूछ रही हो?"

जानकी ने बड़ी-बड़ी आँखें ऊपर उठाईं, "मुझे नेग जो मिलेगा। नहीं दोगे क्या? भौजी का मुँह सबसे पहिले मैं ही देखूँगी।"

वह कुछ बोला नहीं। कुछ समय चुप रहा। फिर बैग से दवा निकाला, "ये छह गोलियाँ हैं, सुबह-दोपहर-शाम एक-एक गोली गरम पानी से खा लेना।"

"अच्छा जानकी, चलता हूँ।"

वह कहना चाहती है, "थोड़ी देर और रुक जाओ।" मगर कहती है, "अच्छा, राम-राम।"

जानकी के यहाँ से वह चला तो यकायक काफ़ी गम्भीर हो गया। वह सोचता हुआ चला जा रहा था कि खेलावन दिख गया। प्राइमरी पाठशाला के खँडहर के सामने बम्बे से पानी भर रहा था। वह रुक गया, "का हो खेलावन, का हालचाल है?"

"सब भले हैं भइया।"

"बाल बच्चे कइसे हैं?"

"भगवान की किरपा है।"

"चलो काका, सबसे मिलजुल लें। काकी कहूँ गई तो नहीं हैं?"

"नहीं तो। चला भइया, इ तो बड़ी नीक बात सोचे।"

खेलावन का गगरा भर गया। वह उठाकर चलने को तैयार हुआ, लेकिन रमाशंकर ने उसे रोका, "लाओ, तुम्हारा गगरा आज मैं ले चलूँ।" खेलावन के बहुत मना करने पर भी उसने गगरा ले लिया।

ढिबरी की मद्धिम रोशनी में सब कुछ डगमगाता-सा लगा। खेलावन की छह साल की बिटिया दुद्धी खाती हुई मिली।

एक गन्दे कपड़े में थोड़ा-सा चबेना रखा था। काकी और उनके दो लड़के चबा रहे थे।

रमाशंकर ने भी आधी मुट्ठी दाना ले लिया। थोड़ा-सा मुँह में डालते हुए बिटिया के पास गया और उसे चूम लिया। वह हैरान हो गई, "ल्यौ इ का किए? तुम तो भरस्ट होय गए।"

"कैसे भरस्ट होय गए?"

"चमार होकर हमार जूठ तुम्हरै मुँह में चला गया।"

"तो का हुआ। बाभन-चमार से कुछ नहीं होता। सब बरोबर हैं। अरे हाँ, तू यह दुद्धी..."

वह बच्ची चीख़कर रमाशंकर से लिपट गई। रमाशंकर ने उथल-पुथल महसूस किया। पीछे मुड़कर देखा कि सामने पगडंडी पर कुछ लोग हँसते-चिल्लाते चले जा रहे हैं। उनमें से कुछ चोरबत्ती और कुछ लुकारे लिये हैं। जिनकी रोशनी में रमाशंकर ने देखा कि वे बन्दूक और भाले-बल्लम वग़ैरह लिये थे। तभी हवा में एक फायर हुआ धायँ...ऽ...ऽ

सब बच्चे काकी की गोद में दुबके थे। काकी काँप रही थीं। वह उन्हें तब तक देखता रहा, जब तक कि डाकू लोग ओझल न हो गए। खोया-खोया बोला, "चलता हूँ काका।"

"मैं भी चल रहा हूँ। तुमका घर तक पहुँचाय दें।"

"अरे रहै दो..."

"अपनी वाली हरदम न किया करो।"

बाग़ में आठ-दस चारपाइयाँ बिछाई गई हैं। सब बैठे हैं, ठंडी-ठंडी हवा की थपकियों से गर्मी बेअसर हो रही है। गाँव के तमाम नौजवान लड़के और कुछ बुज़ुर्ग इकट्ठे हुए हैं। बुज़ुर्गों में बाबा भी हैं, रमाशंकर ने चिन्नू से पूछा, "तुम्हारी ओर कैसा चल रहा है?"

"तीन घर छोड़कर बाक़ी अपनी ओर हैं। उसमें भी रग्घू का घर रसे-रसे हमारी ओर हो रहा है।"

सब ख़ूब उत्साह के साथ अपने-अपने टोले की ख़बर देने लगे।

"हमारे यहाँ तो बीरबल सिंग और परेम उपधिया दल-बल से आए रहे, फिरौ

कहूँ उनकी दाल न गली। जस्सी को दुआरे जाकर बुलाया। बहुत फुसलाया। मुला उसने टका-सा जवाब दे दिया।"

"पच्छूँ की चमरौटी में तो घिन्नू की माई की आगि जइसी बोली सुनिकर उका मारै लगी रावणी सेना। बस इतनै होना था, सारी चमरौटी निकल पड़ी लट्ठ लै-लैकर। हमने भी आज अपने 'समुझावन' को तेल पिलाया है।"

"हाँ भयवा, अब तो वै डाल-डाल तो हम पात-पात।"

सब जोश में हैं। उनमें जैसे ताक़त का सोता फूट आया हो। मंगल बेसराम पाँड़े को कुछ समझा रहा है। और बाबा, वंशराज का 'पापपुराण' बाँच रहे हैं।...वे परसों से पूरे तेवर में आए। गौधियारी के समय दिशा-मैदान को जा रहे थे कि देखा, उनसे थोड़ी दूर पर वंशराज जा रहे हैं, जो कि पीपल के नीचे पहुँच माधव को कई लात मारकर हँसने लगे। हँसते हुए चले गए...वे क़रीब पहुँचे तो देखा, माधव का मत्था फट गया है। वहाँ से ख़ून बहकर शरीर के कुछ दूसरे हिस्सों में पुत गया है।

उन्होंने पूछा, "यह कैसे भया माधो?"

माधव के दिमाग़ में नामालूम क्या सूझा कि पास पड़ा ईंट का अद्धा अपने सिर पर पटक लिया। वे फफककर रोने लगे, "बाबा भगत सिंह मर गए...भगत सिंह..."

"अब रोने से क्या फायदा! सबर करो भइया।" बाबा ने उनके हाथ से ईंट लेते हुए कहा।

"कैसे सबर करूँ बाबा। कैसे रोआई बन्द करूँ? भगत सिंह मर गए..."

बाबा की आँखों में कुछ जलने लगा था। वे उठ खड़े हुए, चलते-चलते उन्होंने कहा, "दुखी न होवो माधो। भगत सिंह ज़िन्दा होएँगे।" उस रात बाबा ने खीर पकाई और चाँदनी रात में माधव को भरपेट खिलाया।

आज बाबा का यहाँ शरीक़ होना युवकों को बड़ा बल दे रहा है।

बाबा बतिया रहे थे कि कुछ लड़कों ने आम की बाल्टी लाकर उनके सामने रख दी। लोग आम खाने में जुट गए...मगर आराम का चैन किसी के पास नहीं। जैसे यकायक कोई हादसा हो गया है। सबके चेहरे पर चिन्ता की ग़र्द छितरा उठी है। कोई भी उदासी-तकलीफ़ की धूल से अछूता नहीं है। तक़रीबन हर किसी को अपना घर याद आ रहा है। बड़ों को बेटे याद आ रहे हैं। बेटों की जवानी में ही बूढ़े हो गए बाप। लोगों को अपने घरों की आँसू-सब्र का घूँट पीती बदनसीब मेहरारुओं का ख़याल सता रहा है...

सबने एक बार फिर अपनी चिन्ताओं को झाड़ दिया। वे इकट्ठा हो गए हैं।

परसों वोट पड़ेगा। तय हुआ कि कल एक मेलानुमा सभा होगी। गाँव में ऐलान कर दिया जाए कि जो हमारी तरफ़ हों, वे उसमें शरीक़ हों...

सबसे पहले बन्दनवार सजे हैं। आम की घनी पत्तियों वाले द्वार पर जगह-जगह सिगरेट की पन्नियाँ चिपकाई गई हैं। फिर शुरू होती है—रंग-बिरंगी झंडियों की

लम्बी लाइन, जिसमें गुब्बारे और असली फूल सजाए गए हैं। दीवारों पर मंगल की अम्मा की कला रंग ला रही है। कहीं मोर नाच रहा है तो कहीं बन्दर जुआँ निकाल रहा है...बच्चे मस्त हैं। कोई अमोले की पिपिहरी बजा रहा है। कुछ बच्चे नाच रहे हैं, कुछ खेल रहे हैं। इतने इंतजाम में केवल एक जगह पैसा ख़र्च हुआ, माइक और रिकॉर्ड में। रिकॉर्ड बज रहा है, लेकिन उसकी आवाज़ को मेहरारुओं के सामूहिक गान ने ठसके से पीछे धकेल दिया है। बाबा, रमाशंकर सभी ख़ूब व्यस्त हैं, वे यहाँ दिखते हैं, कभी वहाँ। हर जगह दिखाई पड़ रहे हैं। लोगों को समझाते—लोगों से समझते हुए।

...माइक से बाबा की आवाज़ आई। लोग चबूतरे के पास आने लगे। सभा शुरू होने वाली है। सब इकट्ठा हो रहे हैं। चबूतरे पर जहाँ बाबा, मंगल वग़ैरह खड़े हैं, सबकी निगाहें लगी हैं, बाबा ने नारा दिया।

हज़ारों मुट्ठियाँ हवा में उठ गईं, बाबा और नारा लगाना चाह रहे थे कि रमाशंकर माइक के पास आकर खड़ा हो गया। वह ज़ोर से बोला, "माधव काका!"

कुछ लोगों के 'ज़िन्दाबाद' कहने के बाद सभी पीछे मुड़कर देखने लगे। माधव को सिर पर उठाए नौजवानों का जत्था चला आ रहा है। काका टीन के डिब्बे को माइक बनाकर गा रहे हैं :

सरफ़रोशी की तमन्ना अब हमारे दिल में है,
देखना है ज़ोर कितना बाज़ू-ए-क़ातिल में है।

...माधव मंच पर आए। लोगों में हलचल हुई। बोल रहे हैं। उनकी बातों में कोई सिलसिला नहीं है। वे आज़ादी पर बोल रहे होते हैं तो अचानक भगवान को गाली देना शुरू हो जाता है। बोलते-बोलते रोने लगते हैं, अपनी दाढ़ी नोचने लगते हैं। चिल्ला उठते हैं। इलेक्शन पर बात करते हुए बीवी का ज़िक्र छेड़ देते हैं। सारी बदइंतज़ामी के बावजूद माधव की बातों में ज़िन्दगी का सत है। इसलिए उनकी बातें सुनने वालों पर असर डाल रही हैं।

रमाशंकर सभा का संचालन कर रहा है। माधव के बाद मंगल को बोलने के लिए कहा। मंगल के बाद घिन्नू बोला। इसी तरह गाँव के बहुत से लोग बोल रहे हैं। इस वक़्त तो एक ग्यारह साल का लड़का ज़ुल्म के ख़िलाफ़ ज़हर उगल रहा है। डर नहीं है। नारा लगाया जाता है तो आवाज़ पड़ोसी गाँव तक पहुँचती है।

अभी घिन्नू की माई बोल रही थीं। बाबा बोलने के लिए आए हैं। वे प्रभावशाली ढंग से बोल रहे हैं। जिस भाव को वह व्यक्त करते हैं, वह उनकी आँखों से भी प्रकट होने लगता है।

उन्होंने बोलना बन्द कर दिया। पास बैठे रमाशंकर से कुछ कहा। वह खड़ा होकर देखने लगा...

कोई औरत तेज़-तेज़ चली आ रही है। रमाशंकर को लगा कि जानकी है। कुछ

नज़दीक आने पर बात साफ़ हो गई। जानकी ही है। वह बहुत तेज़ चल रही है। चाल और तेज़ कर दी।

रमाशंकर का दिल ख़ुशी से ज़ोर-ज़ोर धड़कने लगा। मन बल्लियों उछल रहा है। वह महसूस करता है, चारों ओर सोंधा-सोंधा-सा महक रहा है।

वह खो गया। एकटक देख रहा है। वह मंच पर बैठने को हुआ कि मंगल आकर उसके गले लग गया।

मंगल उसे कन्धों पर उठाए गाना गा रहा है।

[1982]

सेठ, मंत्री, देवी और श्यामलाल

श्यामलाल धोबी है और उसकी बीवी धोबिन। कुछ हिन्दुस्तानी अपनी पत्नियों को बच्चा देने के अतिरिक्त एक और चीज़ देते हैं—अपने धन्धे का तमगा। डॉक्टर की बीवी डाक्टराइन बन जाती है और वकील की बीवी वकीलिन। लेकिन श्यामलाल जैसों के घर में ऐसा नहीं होता। यहाँ औरतें जो कुछ होती हैं, अपने बूते पर।

श्यामलाल अगर कपड़ा प्रेस करने की वजह से धोबी है तो रामप्यारी कपड़ा प्रेस करने और धुलाई करने दोनों की वजह से धोबिन। श्यामलाल ठेला लगाता है। ठेला लेकर वह मुहल्लों, कॉलोनियों में घूमता है और आवाज़ लगाता है। मिले कपड़ों पर इस्तरी करता है। रामप्यारी घरों से कपड़े लाती है। उन्हें भट्टी में लगाती है। सुखाना, प्रेस करना और दे आना सारा काम उसके ज़िम्मे है। इतना काम वह तक़रीबन अकेले ही करती है। इन सबके अलावा खाना पकाना, बच्चों को सँभालना वग़ैरह भी उसी के मत्थे होता है। परिवार के प्राणियों में उसके लिए अगर कोई फ़ायदेमन्द है तो उसकी छोटी बच्ची। बच्ची नाम भी है उसका। वह रोने में उस्तादिन है। जब चाहती है, रोने लगती है। इसी कारण रामप्यारी जब कपड़ा लेने या देने जाती है तो उसे साथ रखती है, इस उम्मीद से कि उसके रोने पर कुछ खाने-पीने की चीज़ मिल जाएगी। कुछ लोग दे भी देते हैं।

श्यामलाल मिची-मिची आँखों वाला काला-कलूटा आदमी है। वह ख़ाकी निकर के ऊपर राजेश खन्ना कट कुर्ता पहनता है। यों पहले वह बदल-बदल कर रोज़ एक से एक नफीस कपड़े पहनता था। ये कपड़े उसके गहकियों के होते। कपड़ों को वह अपना ही समझता था। पर इस आम धोबियाना हरकत को जज साहब के लड़के ने विशेष तूल दे डाला। उसने अपने घर में श्यामलाल को ख़ूब पीटा। इतना पीटा कि श्यामलाल रोने लगा। श्यामलाल बड़े भद्दे तरीक़े से रो रहा था। फलतः जज साहब ने बरतन चुराने का इल्ज़ाम लगाकर उसे पुलिस को सौंप दिया। सिपाही मन ही मन जज साहब की लड़की से प्रेम करता था। अपनी बहादुरी दिखाकर लड़की को आकर्षित करने के इस नायाब मौक़े पर वह बहुत ख़ुश हुआ और श्यामलाल को पीटते हुए गाली देने लगा।

श्यामलाल को छुड़ाने के लिए उसकी बीवी रामप्यारी ने शरीफ सीधे गहकियों के एक-एक कपड़े रखकर उनसे बोल दिया, "एक कपड़ा खोय गवा साहब।

ग़रीब मनई हम। दाम चुकता करना हमरे बस की बात नहीं। हाँ, गर चाहो तो धुलाई में पैसा काट लो।" वह जानती थी कि ये लोग धुलाई में पैसा काटेंगे नहीं। इसीलिए कहा था।

ग्यारह कपड़ों में दस साड़ियाँ थीं और एक वही राजेश खन्ना कट का कुर्ता। रामप्यारी ने साड़ियाँ चन्द्र प्रकाश गोदाम वाले की बीवी के हाथों बेच दीं और कुर्ता श्यामलाल के लिए रख छोड़ा।

छूटने के बाद श्यामलाल ने कुर्ते को काले रंग में रंग डाला। बीड़ी से कई जगह जला दिया। इसके बाद उस पर थोड़ा कत्थे, चूने, चाय वग़ैरह के दाग़ पैदा कर उसे धारण कर लिया था...।

थोड़ी देर पहले रामप्यारी बरतन मल रही थी कि बरतन मलना छोड़कर खड़ी हो गई। श्यामलाल मना करता ही रहा पर वह मानी नहीं और दनदनाती हुई जा कर सलमा से गूँथ गई। रामप्यारी की बच्ची माँ का पल्लू पकड़े रोने के साथ-साथ सलमा को मुक्की से मारने लगी। श्यामलाल ने दुबारा मना किया कि लड़े न किन्तु उसकी बात बेअसर रही। कोई चारा न देख रामप्यारी को घसीटते हुए अन्दर लाकर किवाड़ बन्द कर दिया...।

अब रामप्यारी सिसक रही है। श्यामलाल बीड़ी फूँके जा रहा है। उसे ऐसी लड़ाइयाँ बिलकुल पसन्द नहीं। बात कुछ भी नहीं। तिल का ताड़ बन गया...। जगरामदास लोहा कम्पनी वाले अपना कपड़ा रामप्यारी को धुलने को देते थे। सलमा के लड़के सलीम ने इस गहकी को फोड़ लिया। रामप्यारी एक मोटा गहकी टूट जाने से ख़फ़ा हो गई और सलीम को गाली देने लगी। सलमा ने भी जवाब दिया। बात बढ़ गई।

श्यामलाल ने रामप्यारी को कई बार समझाया कि रामप्यारी लड़ाई न करे। जगरामदास कोई बढ़िया आदमी नहीं है। मालदार होने पर भी पैसा देने में कित्ती खिच-खिच करते हैं। गाहे-बगाहे अनायास दिक करते हैं उसके घरवाले। दरअसल ये ज़्यादातर पैसे वाले साले नम्बरी होते हैं। फिर मैंने भी तो साबिर के कई गाहक तोड़ लिये। कहाँ का धन्ना सेठ हो गया मैं। चीकट पहिले था, दरिद्दर ही रहा। साबिर पर कोई बज्जर नहीं गिर गया। बस हुआ यह कि हमारी दोस्ती दरक गई।

श्यामलाल की बीड़ी ख़त्म हो गई। बीड़ी ख़त्म होने से उसकी बेचैनी भी शुरू हो गई। एक तो बीड़ी की किल्लत उस पर भूख सता रही है। खाना कौन परोसे? रामप्यारी मुँह फुलाए बैठी है। बिना नहाए-धोए ख़ुद परोसता है तो बाप खाना ही नहीं खाएगा। बिना नहाए रसोई छू नहीं सकता। बिना खाए मेला देखने जाना नहीं चाहता वह। उसके शहर में यह मेला ही तो एक देखने वाली चीज़ होती है। यह दुर्गा पूजा बड़े उल्लास के साथ मनाई जाती है। बावन मूर्तियाँ सजती हैं। पिछले वर्षों में बाढ़ आई, अकाल आया पर मूर्तियाँ बढ़ती ही गईं। उनकी सजावट गहराती ही गई। इस साल भी बाढ़ आई। गाँव के गाँव तड़फड़ाते डूब गए। मवेशी, फ़सलों के साथ

आदमी भी पानी के पंजों में दबोच लिये गए। श्यामलाल का जवान बेटा भी घाट गया था, लौटकर नहीं आया।

मेले में जो देवी सबसे सुन्दर सजती है उसको, जिस देवी का स्टेज सबसे अच्छा होता है उसको, जिसकी तरफ़ से लाइट का इंतजाम सबसे अच्छा होता है उसको और सर्वोत्तम गेट वाली देवी को—आख़िरी दिन कोई मंत्री शील्ड इनाम देते हैं। दो देवियों को सान्त्वना पुरस्कार भी देते हैं नेताजी। इसी मेले को देखने के लिए श्यामलाल बेकरार! लेकिन रामप्यारी है कि ख़ुश होने को तैयार नहीं। हार कर श्यामलाल नहाया और ख़ुद खाना परोसा। वह जल्दी-जल्दी खा रहा है। मेला देखने की हड़बड़ी में वह चटनी लेना भी भूल गया। चौराई का साग और भात सानकर ठूँस रहा है।...वह थाली पैरों पर रखकर थोड़ा झुका दिए है, जिससे सामने बैठा बिसुन मल्लाह उसके अरवा चावल को देख ले...। बिसुन मल्लाह नाव खेने के साथ कच्ची दारू भी बेचता है। श्यामलाल इधर कई दिनों से उसके यहाँ पहुँचा नहीं। बिसुन बाज़ार आया था सो श्यामलाल के यहाँ भी चला आया। श्यामलाल और बिसुन में गाढ़ी दोस्ती है...।

दो-चार दिन से ही श्यामलाल की थाली में इतना खाना आ पाता है। यह बात नहीं कि तब रामप्यारी कंजूसी करती थी। इधर पैसा ही इतना कम मिलता था कि ज़रूरत भर गल्ला न आ पाता। थोड़ा आता और थोड़ा पकता। फिर भी रामप्यारी उसकी थाली में कुछ ज़्यादा ही परोस देती लेकिन वह पतीली का मुआइना पहिले ही चोर नज़र से कर लेता था सो खाना निकलवा देता। क्योंकि वह अपने बच्चों को; बाप को और रामप्यारी को बेइंतिहा प्यार करता है। इनकी मामूली तकलीफ़ पर भी वह दयनीय हो उठता है। वह नहीं चाहता कि ये भूखे रहें। पतीली भर भात पका है। वह भी रोज़ की भाँति भुजिया नहीं, अरवा...। इस अरवा चावल के पीछे भी दर्दनाक कहानी है...।

ठेले पर प्रेस करने वालों के इलाक़े बँटे हैं। किसी मुहल्ले के लोग श्यामलाल को कपड़े देते हैं तो किसी मुहल्ले के लोग महादेव को। कई दिनों की इकट्ठा होती भूख ने उसे एक तरीक़ा सुझा दिया। वह तड़के ही शाकिर के इलाक़े में चला गया। शाकिर के गहकियों से बोला कि शाकिर बीमार है। गहकियों को कोई परेशानी न होने पाए, इसलिए इस्तरी करने के लिए उसे भेजा है। इस प्रकार ढेर सारे अतिरिक्त कपड़े उसे मिल गए।

आमदनी ज़्यादा हुई। रास्ते में ही उसने चावल, आटा और पाव भर आलू ख़रीदा। वह काफ़ी ख़ुशी मन से घर आया तो मालूम हुआ कि शाकिर के घर में पिट्टस पड़ी है। शाकिर की अम्मा का बचना मुमकिन नहीं। रामप्यारी ने बताया, "जाने कौन शाकिर के गहकियों के सारे कपड़े झूठ बोल्ल इस्तरी किया और चम्पत हो गया। हे भगवान कइसे-कइसे दोखी जनम लेते हैं अपनी महतारी की कोख से।"

शाकिर रोज़ की कमाई से रोज़ बीमार माँ के लिए दवाएँ लाता था पर आज श्यामलाल ने दग़ा किया उसके साथ। श्यामलाल इतनी भी हिम्मत न जोड़ सका कि जाकर शाकिर की अम्मी को देख भर ले। उसे आज तक पश्चात्ताप हो रहा है। अगर उसने चावल वग़ैरह न ख़रीदा होता तो निश्चय ही जाकर सारा पैसा शाकिर को देकर उसके पैरों पर गिर पड़ता...।

कुछ भी हो, इस घटना से यह ज़रूर हुआ कि श्यामलाल के मन ने एक अनोखी इच्छा ज़ाहिर की। श्यामलाल ने सोचा कि अगर सारे ग़रीबों का एक परिवार हो तो हर कोई एक-दूसरे का दरद-दुख जाने-बूझेगा। एक का दरद दूसरे का दरद होगा। तब किसी से मेरे जैसा गुनाह नहीं होगा और...और...ख़ुशी से उछल पड़ा श्यामलाल, हम सब मिलकर अपना रेट बढ़ा देंगे। तब आसानी से गुज़र हो जाएगी। फिर क्या हमें कुत्ता काटे है कि चोरी-चकारी करेंगे। जब एक की दिक़्क़त सबकी दिक़्क़त होगी तो शादी-ब्याह की फ़िज़ूलख़र्ची से भी फ़ुरसत। सोचते-सोचते श्यामलाल इतना सोच गया, 'अब साले जज साहब का लड़का हें-हें करेगा तो हम मिलकर देख लेंगे ससुरे को। सब कुछ कितनी हँसी-ख़ुशी से बीतेगा। न कोई रोड़ा न झंझट...'

श्यामलाल जब बहुत देर तक खाता रहा तो बिसुन ने टोक दिया कि जल्दी खाए। उसने खाकर कुल्ली किया। अब सींक से खरिका कर रहा है। मेला देखने के लिए वह इतना उतावला है कि सींक दाँतों के बीच में पड़ने के बजाय दाँतों पर ही पड़ रही है।

श्यामलाल जिसे देख रहा है, वह मूर्ति है। चेहरे पर ढेरों ख़ूबसूरत मुस्कुराहट बिखेरती एक राक्षस को मारती हुई। निश्चय ही वह मूर्ति है। मिट्टी की मूर्ति।

लेकिन श्यामलाल उसे जीवंत से भी ज़्यादा जीवंत मान रहा है।

वह भीड़ में जगह बनाते हुए पंडित जी तक पहुँच गया। मत्था उनके सामने कर चरणामृत के लिए फैली गदेली सिकोड़ ली। पंडित ने उसके मत्थे पर लम्बी सी लाल पड़ी खींचकर चरणामृत दे दिया। वह ख़ुश होता हुआ बाहर आ गया। अब वह चन्नामिरित लगी अपनी हथेलियों को ख़ाकी निकर से पोंछता हुआ अगली मूरत की ओर बढ़ रहा है।

श्यामलाल मूर्तियों और बिजली की जगमगाहट को देख तो रहा है लेकिन तन्मयता के साथ नहीं। क्योंकि यहाँ आने के पहले ही घर में बीवी से झगड़ा हो गया था। उसने रामप्यारी से दो रुपए माँगे थे। रामप्यारी जानती थी कि वह इन रुपयों से शराब पीएगा। अतः उसने इनकार कर दिया। श्यामलाल अपना ग़ुस्सा ज़ाहिर करने के लिए बच्चों को पीटने लगा। बच्ची के चिल्लाने पर रामप्यारी ने लड़ना शुरू कर दिया। श्यामलाल का बाप भी पतोह की ओर से लड़ाई में शामिल हो गया। आख़िरकार रुपया उसे नहीं मिल पाया लेकिन रास्ते में जब चित्त कुछ शान्त हुआ तो रामप्यारी पर बेतहाशा मुहब्बत उमड़ आई। बच्ची की भी याद सताने लगी। बाप का ख़याल आने पर वह ख़ुद को चूतिया समझकर कोसने लगा। जब सिलसिला शुरू होता है तो

वह बढ़ता ही जाता है। अब श्यामलाल को पूरे ग़रीब तबके से अपनापा हो गया है। कई बार मूर्तियाँ उसे बेरस लगीं। ऐसा स्वाभाविक भी है। सभी मूर्तियाँ एक ही तरह की तो हैं। सबके चेहरे पर एक अपूर्व मुस्कान है। वैसी ही जैसी 'सुल्ताना डाकू' फ़िल्म में राहगीर लूटते वक़्त साधु बने सुल्ताना के चेहरे पर थी। श्यामलाल इस पर कई बार झुँझला चुका है कि माताओं की आँखें साँप के उस चमड़े जैसी चिकनी और फिसलनदार क्यों हैं, जिस पर कुछ असर नहीं होता। साँप फिसल जाता है...।

एक जगह परसाद के रूप में चने की घुघरी बँट रही है। श्यामलाल भी लाइन में खड़ा हो गया है। मेला बड़ा रंगीन है। लड़ती हुई दुर्गाओं ने चमचमाते हार, कंगन और झुमके पहन रखे हैं। कुछ ने जार्जेट और कुछ ने महँगे टेरीकाट की साड़ियाँ पहनी हैं।

सारा शहर जगमगा रहा है। चमक रहा है। जैसे लाखों चन्द्रमा कानों में घुसकर रोशन हो रहे हों। श्यामलाल एक नल से पानी पी रहा है और मूर्तियों के प्रमुख लोग अपनी-अपनी मूर्तियों के पास अपने चेले चापड़ों के साथ खड़े हैं। उनमें से ज़्यादातर बढ़िया सिल्क का कुर्ता और धोती पहने गले में सोने की जंजीर डाले हैं। वे मुट्ठियों में मशाल की भाँति सिगरेट पकड़े, पान चबाते हुए सड़क पर अश्लील हरकतें कर रहे हैं। देश का सौभाग्य कि जनसंख्या इनकी वजह से नहीं बढ़ेगी। क्योंकि कोई भी औरत इनके मुस्टंड चेहरे और थुलथुल शरीर पर मुग्ध नहीं हो रही है।

एक अधिक उम्र के प्रमुख कुछ अलग अन्दाज़ में दिख रहे हैं। वास्तव में वे हिसाब कर रहे हैं। इतना तो पहले ही जोड़ चुके हैं कि कितना काला धन सफ़ेद हो जाएगा, इस दुर्गा-पूजा में। ख़ैर इस समय तो वे अन्दाज़ लगा रहे हैं कि क़रीब पच्चीस हज़ार का नफा होगा। पन्द्रह हज़ार मंत्री, उपाध्यक्ष वग़ैरह में बँट जाएगा। बाक़ी दस हज़ार उनको मिलना चाहिए। मगर जोड़ने-घटाने पर चौवालीस कम पड़ रहा है। वे परेशान हैं। दरअसल वे चौथी क्लास फेल हैं। इसलिए जोड़ने में बार-बार गड़बड़ी कर दे रहे हैं।

श्यामलाल नौटंकी का शौक़ीन है, इसीलिए रुक गया। अम्बे पूजा समिति की तरफ़ से नौटंकी हो रही है। किसी जग्गी देवी को फड़कता गाना और नृत्य के लिए बुलाया गया। वे आईं तो श्यामलाल होंठ टेढ़ा करके हँसा, 'साले पबलिक को चूतिया बनाते हैं। जग्गी बाई तवायफ़ है। इन दुरगा मइया वालों ने देवी बना दिया बिचारी को...।' जग्गी देवी ही सही, उसका मन ललचाने लगा देखने को। वह ठहर गया और नौटंकी देखने लगा...देखने में पूरी तरह मशग़ूल हो गया...।

काफ़ी देर बाद किसी ने जम्हाई लेते हुए कहा, "दुइ बज गए...।"

"बाप रे बाप!" श्यामलाल चूतड़ झाड़ते हुए उठा और भड़भड़ाते हुए बाहर आ गया।

उसे ख़याल आ रहा है कि शाम वह ठेला लेकर लौट रहा था तो हरजिन्दर सरदार ने उसे पैंतीस टेरीकाट के कपड़े घर से प्रेस कर लाने को दिया था। सुबह माँगे हैं। अभी सब के सब पड़े हैं। एक पर भी इस्तरी नहीं। वह सोच रहा है, 'अब क्या

होगा? सरदार एकदम्म राछस है। ग़ुस्साने पर मौक़े-बे-मौक़े मार भी देता है। साला चाक़ू खोंसकर घूमता है। हाथ में...धारदार चुल्ला...बहुत तगड़ा फैट मारता है...।'

आज मेले का आख़िरी दिन है—मूर्ति विसर्जन का दिन। देवियाँ एक क़तार में निकली थीं। जैसे कि हर साल निकलती हैं। हर साल मेला बूढ़ी रात में नदी पहुँचता है। वहाँ देवियाँ नदी में डाल दी जाती हैं। देवियाँ जैसे ही नदी में डाली जाती हैं; तुरन्त कुछ चालाक तैरने वाले कूद पड़ते हैं नदी में। वे देवियों के गले में पड़ी रुपयों की मालाएँ उनके गहने, तक़रीबन सभी चीज़ें निकाल लेते हैं। यहाँ तक कि उनके शरीर पर के कपड़े भी उतार लेते हैं।

थोड़ी देर देवियाँ तैरती हैं फिर पानी की लहरों में छिप जाती हैं।

हमेशा ऐसा होता है लेकिन उन गोताखोरों की मौजूदा ज़िन्दगी इस बात की गवाह है कि उन्हें इस पाप से न तो कोढ़ फूटता है, न वे अन्धे होते हैं—ऐसा कुछ भी नहीं होता।

आज भी यही सब कार्यक्रम था मेले का। जनून सभी पर चढ़ा था। श्यामलाल सड़क की पटरी पर खड़ा होकर प्रेस कर रहा था। जब देवियों का जुलूस क़रीब आया तो वह भी उन्हें देखने में मशग़ूल हो गया। एक आदमी ने सीटी बजाई, देवियों को अपने कन्धों पर ढोते हुए मज़दूर थम गए। लोगों ने कहा कि देवियाँ रुक गईं। भक्त लोग आरती और पूजा-पाठ करने लगे। श्यामलाल ने देखा कि कुछ सेठ लोग मिसकौट कर रहे थे। इनके चेहरे विजयी ख़ुश और ताज़ा लग रहे थे। उसने इस्तरी को धन्ने पर रख दिया। कुछ लड़के नाच रहे थे, वह उचक-उचक कर देखने लगा। तभी भक्तों की एक भीड़ ने उसे धक्का दिया...। उसका पूरा ठेला उलट गया। वह ठेले के नीचे आ गया था। जलते हुए कोयले उसके ऊपर पड़े थे। वह अत्यन्त भयानक चीख़ चिल्लाया था। क्योंकि उसके ग्राहकों के कपड़े सुलग रहे थे। एक दहकता कोयला उसके होंठों पर आ गिरा था...। वह ठेले के नीचे दबा हुआ था...। वह बहुत ज़्यादा जल गया था। उसके बदन की चमड़ी कई जगह उतर गई थी। वह घर आया तो उसे इस तरह देखते ही रामप्यारी बदहवास हो गई। किसी भाँति धीरज बाँधकर उसने जलने वाली जगहों पर कत्था लगाया...।

तभी से श्यामलाल चारपाई पर पड़ा-पड़ा कराह रहा है। उसकी लड़की बहुत देर से लकड़ी लेकर नाबदान चलाकर कीड़े ढूँढ़ रही है। श्यामलाल उसे कई बार डाँट चुका है, उसके मुहल्ले में हर घर के सामने एक नाली के पास ही कूड़ों का ढेर होता है जगह-जगह बच्चे टट्टी-पेशाब किए रहते हैं। बदबू का तेज़ भभका हरदम उठता है।

उसके घर में आजकल खपड़े पर रोटियाँ सिंकती हैं। चूँकि श्यामलाल आज बहुत दिनों बाद चारपाई पर लेटा है। इसलिए रामप्यारी यह भी सोच जाती है कि उसके घर पर केवल बाप चारपाई पर सोता है। बाक़ी सब कपड़ों के गट्ठरों पर सोते हैं।

श्यामलाल के ज़ख़्मों पर मक्खियाँ भिनभिना रही हैं। उसने पानी माँगा। रामप्यारी ने गगरी से पानी उड़ेलकर बच्ची के हाथ में थमाकर मुँह फेर लिया। यह बात श्यामलाल को खल गई, देखो ये मेरी बीवी है। मैं इतनी भारी बिपदा में हूँ मुला इ मुझसे खार खाए बैठी है। मन को सन्तोष देकर श्यामलाल पानी पी गया। एकदम गरम। वह एक बार फिर उखड़-सा गया किन्तु सँभाल लिया ख़ुद को, रामप्यारी का कौन कसूर! गगरी ही एकदम पुरानी हो गई है। पानी ठंडाया ही नहीं। दीवार से मिट्टी श्यामलाल की चारपाई पर गिर पड़ी। श्यामलाल ने एक लम्बी साँस छोड़ी, गगरी ही नहीं घर भी पुराना हो चला है। कोठरियों में अँधेरा और सीलन घर कर गया है। दीवारें भरभराने लगी हैं। झड़ी हुई मिट्टी से कपड़े मैले हो जाते हैं तो गाहक डाँटते हैं। पैसा काट लेते हैं। एक ने तो रामप्यारी को पैसे कम दिए और लात मारकर ढकेल भी दिया था...।

बिसुन को श्यामलाल के जलने की ख़बर लग गई। वह उदास-ख़ामोश आया और श्यामलाल के पैताने बैठ गया। बिसुन चाह रहा है कि अपने दोस्त श्यामलाल की ख़ूब ज़्यादा सेवा कर डाले। उसने पाजामे में खुँसी गाँजे की पुड़िया निकाली और क़मीज़ की थैली से चिलम। गाँजा दहकाकर उसने चिलम श्यामलाल को पकड़ा दी। श्यामलाल करवट बदल गाँजे का कश खींचने लगा। बिसुन लपककर भीतर की कोठरी में गया और रामप्यारी से तेल लेकर श्यामलाल का सिर दबाने लगा। श्यामलाल और रामप्यारी दोनों ने बहुत मना किया किन्तु बिसुन माना नहीं, वह सिर दबा रहा है।

यह नहीं कि इस वक़्त बिसुन के दिल में केवल शोक ही शोक है। वह अब श्यामलाल के दुश्मनों को पीट सकता है। उसके हाव-भाव से लग रहा है, धरती को ख़ून से रंगने में उसे कोई हिचक नहीं होगी।

शाकिर ने रेडियो खोलकर श्यामलाल के पास रख दिया और ख़ुद अपने घर जाकर प्रेस गरम करने लगा। विविध भारती से गाना बज रहा है—

दरोगा जी...दरोगा जी
चोरी हो गई, हो चोरी हो गई
बड़े नाजों से दिल को पाला था
सत्रह बरस सँभाला था
अठारहवें में मैं बरबाद हो गई...

[1980]

बादल छँटने से धूप तक

सन् उन्नीस सौ सत्तर है :

रामदीन को एक शौक़ ज़बरदस्त हो गया—चाय पीने का। इस शौक़ ने बिरादरी में उसे काफ़ी इज़्ज़त और रुतबा भी दिलाया। तोता छाप की एक पुड़िया पत्ती, आधी खोरिया राब, थोड़ा सा दूध और चुरता हुआ पानी...! रामदीन चाय बड़े चाव से पीता है।

जहाँ गाँव के काफ़ी लोग चाय की लत के कारण उसे सम्मान देते हैं वहीं कुछ भाई-बन्धु बराबर उससे कहा करते हैं, "चाह मत पियो भयवा। ई जुलमी जवनिया के काठ मार जाए।"

लेकिन रामदीन बिना किसी दिक़्क़त के उनकी बोलती बन्द कर देता है। वह धोती ऊपर सरकाकर ज़ोर से जंघा ठोंकता है और कहता है, "तो बाज ल्यौ। देखो फिर चाह का असर।"...

उसकी पतोहू ने चाय का लोटा उसके सामने रखकर मुँह फेर लिया है। यह फेरना कुछ इस तरह बदतमीजी के स्तर पर घटित हुआ कि रामदीन को ग़ुस्सा आ गया। लेकिन वह ग़ुस्सा करना नहीं चाहता। इसलिए ग़ुस्सा ज़ब्त करने के लिए खैनी मलने लगा है। पूरी तन्मयता से गदेली पर अँगूठा रगड़ते-रगड़ते ही उसने कुहनी से लोटा छुआ तो छौंछिया गया। पतोहू से बोला, "तनकी खोरिया देहे रे।"

पतोहू तारा खोरिया लाने चली गई। उसके हटते ही रामदीन का ग़ुस्सा ख़त्म हो गया। अब उसे अपनी बेवकूफ़ी का बोध होना शुरू हुआ कि वह खैनी क्यों मल रहा है जबकि अभी चाह पीनी है।

वह बनी हुई खैनी धोती में गठियाने लगा...।

कुछ महीने पूर्व इस तरह नहीं होता था तब तारा घूरती और रामदीन को मुँह फेरना पड़ता था। तब वह तारा से बात भी ठीक ढंग से नहीं कर पाता था। बीच में ही हकलाने लगता। हकलाहट छुपाने के लिए खाँसने लगता। खाँसते हुए कहता, "खोखी बड़ी तेज़ आवे लगी है रे।"

रामदीन की घबराहट का मुख्य कारण था कि उसका बेटा बिरजू कलकत्ता भाग गया। हालाँकि रामदीन ने उसे कलकत्ता जाने के लिए मना किया था लेकिन वह भाग ही गया। उसके भागने पर बात होते-होते इस तरह फैली कि रामदीन ने अपने बेटे बिरजू को भगा दिया, अपनी पतोहू के साथ बेख़ौफ़ मौज-मस्ती के लिए।

रामदीन का कहना है, "औ गियानी हमार पतोहू रानी। मान गई कि बिरजुवा को हमने ही भगाया है। गोया वह मेरा बेटा न हुआ दुस्मन।"

प्रचलित बातों के कारण तारा घूरती थी और रामदीन को मुँह फेरना पड़ता था या आँखें चुरानी पड़ती थीं।

मन्द पड़ते तप्ते में रामदीन ने थोड़ा सा रहठा छोड़ दिया। जिससे बुझने के क़रीब तप्ता जल उठा। चटखारा लेने के लिए उसने मटर वाली कटोरी आग पर रख दी–घुघुरी बनाने के लिए। हाथ तप्ते के सामने कर दिया। दूसरी तरफ़ ननकू चौधरी हैं।

ननकू चौधरी को देखते ही वह एक चिरायँध-सी चीमड़ बू महसूस करने लगता है। जैसे अपना ही बदन सड़ गया हो, जिसकी बू अन्दर ही अन्दर फैलती जा रही हो...

चौधरी झाबर के उस खिलाड़ी की तरह है जो अपने ही साथी की जीत देखकर उसकी नाज़ुक नस दबा देता है। वे जब भी किसी को ख़ुद से आगे बढ़ते हुए देखते हैं एक साँपनुमा टिपोरी बोल देते हैं। जिससे आगे बढ़ने वाला लाज या किसी और वजह से पीछे हट जाता है।

रामदीन ने अपनी डेहरी से बारह पसेरी गेहूँ टेहुरी की तेरही पर उसके नाबालिग बेटे को मुफ़्त दिया था। उसी की चर्चा उसने निःस्वार्थ भाव से छेड़ी तो चौधरी से रहा न गया...

"अरे राजा रामदीन! आजकल तो पतोहू से बड़े करेरे कट रही है। ही...ही... ही..."

लपटों की रोशनी में रामदीन का चेहरा लाल हो गया है। मसूड़े भिंच आए हैं। गले की मोटी-मोटी नसें उभर आई हैं—पूरी बोरसी मुँह पे उड़ेलकर झौंस दूँ सारे को।"

"...मगर फ़ायदा का? कित्ते मुँह को झौंसूँगा? सज्जे गाँव तो कहे डाल रहा है कि रामदीन ससुरा अपनी पतोहू को राखे है।"

रामदीन को अपने बदनाम होने से उतनी तकलीफ़ नहीं होती, जितनी तब होती है जब वह बिरजू का चेहरा याद कर एक असमाप्त मजबूरी से घिर जाता है। लौटने पर बिरजू इन झूठी अफ़वाहों पर विश्वास कर लेगा—इस बात की आशंका उसके मन में बराबर उपजकर उसकी मजबूरी को रूप देती है।

एक तो आदमी मजबूरी से घिरा हो, और उस विवशता की समाप्ति के लिए कुछ भी कर सकने में अवश भी हो तो उसकी सम्पूर्ण अभिव्यक्ति फ़िज़ूल हो जाती है। जैसे वह गाली बकता है या दाँत पीसता है।

रामदीन चौधरी की टिपोरी से घायल होकर 'सनाका' खींच गया है। चौधरी मन्द-मन्द मुस्कुरा रहे हैं। रामदीन दाँत पीसते हुए मन ही मन गाली बड़बड़ा रहा है—'ससुरी तारा, का हम जानित नाहीं कि इ सब बात कइसे उड़ी? सब मालुम अहै डइनियो। इ तुम्हारी और डाँगर की मिली-जुली करस्तानी है। कइसे बिरजुवा

की याद में गंगा-जिमना बहावत रही, सती सवित्तरी...। मुला जब ऊ रोज़ रंगे हाथ पकड़ा तो...।" डाँगर और तारा दोनों ही...

रामदेव उन दोनों के लिपटे बदन के सामने खड़ा था। घुमाकर लाठी मारी डाँगर को। लेकिन वह करवट बदलकर वार बचा ले गया था और भाग निकला।

"अरे पहेलवान 'बरमांड' दरसन कियो कि निखालिस चन्नामिरित मिला अबहीं तक!"

रामदीन ने चौधरी की बात का कोई उत्तर नहीं दिया। वह उठ गया है। क्योंकि वह बू अब और गहरी होकर बरदाश्त बाहर हो गई है।

रामदीन का अपनी पतोहू से नाजायज़ सम्बन्ध होने की झूठी ख़बर कैसे बढ़ी इसे सब नहीं जानते। यदि जानते तो ख़बर बढ़ती ही क्यों?

दरअसल रामदीन की डाँगर के बाप जगधर से पुरानी अदावत है। वैसे एक बहुत छोटे किसान का किसी बहुत बड़े किसान से अदावत करके कुछ दिनों तक ज़िन्दा रहना एक बड़ा आश्चर्य है किन्तु यह भी खरा सत्य है कि रामदीन जीवित है।

डाँगर बाप की अदावत को बेटे की जागीर मानकर चाल खेल गया। उसने सारी योजना अपनी प्रेमिका तारा जिसे वह औरों से रखैल बताता था को सौ का नोट देकर समझा दी थी...

ज्यों ही रामदीन ने उसे रँगे हाथ पकड़ा था, पतोहू तारा बेतहाशा चिल्ला पड़ी—इ हमार बाप माने ससुर होइ कर हमरी इज़्ज़त पर हमला करता है...राछस...हरामी... दहिजरा...

आसपास रहने वाले लोग घेर लिये थे उसके टूटे मकान को। दरवाज़ा पीट रहे थे। वे रामदीन की जान ले लेने के लिए बेकरार थे।

उन्हीं में से कुछ की ताक़त और आशीर्वचनों की उम्मीद पर रामदीन ने बीसपुर की हवेलियों की ईंटें हिला देने की क़समें खाई थीं। बबूल ख़त्म करने के मनसूबे बाँधे था।

बिरजू की पत्नी भोला तिवारी 'विशारद' के पास बहुत जाती थी। धीरे-धीरे वह बबुवान टोला के और लौंडों के साथ भी हँसी-मज़ाक़ भी करने लगी। बिरजू इस हँसी-ठिठोली की अन्तिम परिणति से वाक़िफ़ था कि बबुवान टोला के 'पढ़कऊ' बाबू पैसा खरच करते हैं—निछान हँसी ख़ातिर नहीं...

जबकि यह कोई नवीन स्थिति नहीं थी। उसकी तरह की ज़िन्दगियों में यह घटित होते-होते परम्परा में शामिल हो गया था लेकिन रामदीन और बिरजू इस मामले में बिरादरी से कुछ अलग ही ठहरे। सम्भवत: इसी कारण गर्व से बात करते बिरजू से ननकू चौधरी ने गहरी मुस्कुराहट के साथ कहा था—करे तोर बाबा कउनो ठाकुर-वाकुर रहे का?"...

पत्नी की हरकतों से नाराज़ बिरजू ने ग़ुस्से में उनसे कहा—"इ सब हरकत मत कर नाहीं तो..."

"नाहीं तो का? का कइ लेबो? रोब मत झाड़ो जिआदा। छोड़ि दो। हमहु कउनो अउरे से चुमौना करि लेबे।"

"का मतलब?"

"मतलब तो सफा-सफा है कि मनमाफिक रक्खै चाहते हो तो इसी बाज़ार के हमका टेप्स और महकउवा साबुन चाही।" इतना कहने के बाद वह नैन तिरछे कर मुस्कुराई।

और बिरजू को जाने क्या हुआ कि वह पिता की अस्वीकृति के बावज़ूद उसी दिन परदेश चला गया...

सन् उन्नीस सौ पचपन के क़रीब :

गाँव का सबसे मस्त और ख़ुशहाल व्यक्तित्व रामदीन उदास-उदास रहने लगा। जिसकी चाँचर लगनी पर आसपास के लोगों के चलते क़दम थम जाते थे, जिसकी सुरीली आवाज़ सुनकर गाँव की नम्बरी गवक्कड़ विराजी बो लजा जाती थी, वही चुपचाप घुटने लगा है।

चन्द्रावती की याद रामदीन के अन्दर बेतरह टीस पैदा करती है।

वह परदेश से कमाकर गाँव लौटा है लेकिन उसे सब कुछ फीका-फीका लगता है...

जब वह बस से उतरा तो बहुत ख़ुश था लेकिन थोड़ी दूर चलने के बाद वह ठिठक गया—पास कहीं माँ की आवाज़ आ रही थी। चलते-चलते वह एक घर के पास रुक गया। सब कुछ में सोंधी-सोंधी महक आ रही थी। वह बहुत ख़ुश था गाँव पहुँचकर। उसने साँसों को संयत कर माँ को पुकारा, 'माई।' माँ पीछे मुड़ी।

रामदीन की आँखों के आगे अँधेरा छा गया था...सब कुछ गड्डमड्ड सा लगा...।

माँ भीख माँग रही थी। चेहरे पर झुर्रियाँ थीं ढेरों। चेहरे पर गुस्साती विवशता काँप रही थी। रामदीन के अन्दर अनचाहे ही भय की एक झुरझुरी फैल गई थी...

राह चलते उसने माँ से पूछा था, "माई, 'वाकर' का हाल बाय?"

"चल बताती हूँ।" चलते-चलते माँ अचानक धरमराज की हवेली के सामने रुककर हाँफने लगी और फिर तमतमाते हुए अपनी तर्जनी हवेली की ओर तान दी—इहीं बसी है चन्द्रावती...

चिर्री-सी गिरी रामदीन के ऊपर। इस जानकारी ने उसके शरीर में रक्त की जगह जैसे ज़हर भर दिया...।

घर पर माँ बिरजू को सहलाते हुए बोली—"चकबन्नी में तुमका उसरहिया भुइं मिली है। उहौ ढेर कम। घरौ कीरत सिंह हड़पै वाले हैं।..."

माँ लुट-सी ही गई। खेत लूट लिए गए। चन्द्रावती भी उसके पास नहीं है। मकान भी लुटने को हैं। सबकी ग़ैरहाज़िरी में बिरजू कैसे सुरक्षित रह सकता है? और यह खो देने की तकलीफ़ हर वक़्त उसे सालती रहती है। एक अन्तहीन भयानक नासूर

का दर्द जैसे हर वक़्त तेज़ी से उसके भीतर पल रहा है। रामदीन नासूर को ख़त्म करना चाहता है लेकिन आसपास के लोगों का कहना है कि नासूर का यह भयानक दर्द लाइलाज होता है...।

सारा गाँव दंग है—रमदिनवा के जइसे भवानी आय गई हैं। सरवा परसों कीरतसिंह को रपटाय लिया...।

"बाप रे बाप! ऊ येतना ज़बर?"

"अरे जुलुम होगा जुलुम! ठाकुर काले डाकू के बुलहियैं ज़रूर।"

"मुला इहौ सुनगुन है कि इ फेरा काले मुकुर गवा। बोला कि रामदीन सेर है सेर। सेर के ऊपर हाथ न उठाए काले।"

"आयँ?"

"हँ।"

"सच्चै?"

"अउर नहीं तो का। माई के माछु। मुला एक बात से रसे-रसे इहौ फरियात है कि रामदीन माफ़ी माँगे वाला है।"

"ऊ काहे?"

"खुकखै झुदै-ख़ुद तो है बिचारा। इही से।"

सन् उन्नीस सौ पैंसठ के क़रीब से सत्तर के क़रीब तक :

डाँगर पंडेत ने ऊ लाठी मारी है कि रामदीन की हेकड़ी उनकी गाँड़ में घुसुड़ गई...

रामदीन को यह बात लाठी से पैदा ज़ख़्मों के ऊपर मिर्च-सी महसूस होती है। उसे उम्मीद थी कि लोग उसका साथ देंगे मगर ये तो...

उसके सामने बार-बार डाँगर का चेहरा आ जाता है—लाठी लिये हुए है... कुर्ता...घुटने तक धोती पहने...अँगौछा डाले...पान चबाता हुआ...तड़ तड़...मारने लगता है लाठी से...डाँगर के साथ और लोग भी हैं...सिपहसालार...मारते चले जा रहे हैं। वे...अगल-बगल वाले आँखें फाड़...तमाशा देख रहे हैं।...वह पिटता जा रहा है...। केवल एक लाठी मिल जाए...फिर तो...वह लाठी माँगता है...कोमल काका मुँह फेर लेते हैं...

...ज़ख़्म चुनचुनाने लगा है लेकिन उससे लापरवाह रामदीन जलते हुए शब्द बड़बड़ा रहा है। इस समय उसकी नसें तन गई हैं, नथुने ख़तरनाक पक्षी के डैनों की तरह फड़कने लगे। वह दीवार की टेक से खड़ी अपनी तेल पिलाई लाठी उठा रहा है।...वह डाँगर पाँड़े की हवेली की ओर जा रहा है...

गाँव में नई उम्र के लड़कों से ज़्यादा मनसाइन रहता था लेकिन काफ़ी लोग कमाने जाकर तनहा कर दिए गाँव को। बाद में जो थोड़ी चहल-पहल शेष थी, उसे फ़ौज

की भरती ने छीन लिया। लड़के धड़ाधड़ पलटन में भरती हो रहे हैं, यही सब बात है कि गाँव बहुत सूना और उदास है।

महाबीर साह से रामदीन को ख़ूब परेशानी हो रही है। साह ने तोता छाप पुड़िया का दाम दो पैसे बढ़ा दिया है। सबकी नामौजूदगी में हौके-मौक़े ख़रीदी जाने वाली भेली का दाम भी जासती हो गया है। यहाँ तक कि मार खाने पर ज़रूरत की चीज़ हल्दी भी महँगा गई और साह हैं कि उधार की बात पर गाली बकते हैं...

डाँगर पाँड़े और उसके बाप पर जाने कहाँ की भवानी सवार हो गई है, बहुत तपने लगे हैं। पहले दिनदहाड़े पीटने में थोड़ा सकुचाते थे, ख़ौफ़ खाते थे मुला अब तो छुट्टा साँड़ हो गए हैं। अनायास मारपीट करने में जैसे मौज मिलता हो कोई...।

रामदीन के घर की दीवारें अँधेरे में डूबी रहती हैं। चारों ओर अँधेरा ही अँधेरा। वह चार बार कादीपुर भी जा चुका है लेकिन वहाँ भी मिट्टी का तेल नदारद। केदार नेता का कहना है कि जल्दी ही दाम दूना होय वाला है तब जउन चिरकी है, अउर चिरक जाएगी हा...हा...हा।

और इसी अँधेरे-उदास मौसम में रामदीन अपमानित भी हुआ है। लेकिन जिस तरह रामदीन लाठी लेकर निकला है। उस गणित से आसार कुछ अच्छे ही लगते हैं। लगता है, कुछ ऐसा होगा जो अपने गहरे अर्थों में नया होगा।

सूरज की किरणें अचम्भा लेकर आई हैं। गाँव की आँखें जगधर पाँड़े की हवेली पर जड़ उठी हैं। तक़रीबन आधा गाँव इकट्ठा हो गया है। जगधर पाँड़े लहूलुहान हालत में पड़े हैं। रामदीन की लाठी ने पिछली रात जगधर की कई हड्डियाँ तोड़कर रख दी हैं।

रामदीन और पाँड़े की दुश्मनी ने इधर ज़ोर पकड़ लिया है। दुश्मनी तो बहुत पहले से थी लेकिन इधर उसने विकराल चेहरा उपस्थित किया है। अदावत का कारण मामूली होते हुए भी बहुत बड़ा है...

बीसपुर के पेड़ों की आँखों से आँसू झरने लगे थे पर जगधर के खेत में खड़ा बबूल मस्त था। इस बबूल की शाखाएँ रामदीन के खेत में नीचे तक लटकी रहतीं। क्योंकि पाँड़े और उसके खेत में केवल एक मेंड़ का फ़ासला था। यह मेंड़ एक 'पैड़ा' भी था। सो आने-जाने वालों को अक्सर यह बबूल चुभता। कुछ लोगों की तो आँखें फूटते-फूटते बचीं लेकिन बड़ी-बड़ी आँखों वाली ख़ूबसूरत झिनकाई भउजी 'आन्हर' हो ही गई। रामदीन को भी धँसता इस बबूल का काँटा। बबूल को रामदीन अपना दुश्मन समझता लेकिन चूँकि वह जगधर के खेत में था इसलिए वह ख़त्म भी न कर पाता उसे। वैसे वह बबूल को नियमित रूप से रोज़ घूरता और बबूल-काँटा उसके शरीर में बेतरह रोज़ चुभता।

वार पर वार। बबूल कट-कट कर गिरने लगा था।

कुल्हाड़ी रोष से चीख़ रही थी। रामदीन पसीने से भीगा था...

रामदीन, और भी कई लोगों ने जगधर पाँड़े से कहा था—"पंडीजी बबुरवा कटवाय देते तो बड़ा पुन्न मिलता।"

नामालूम क्या लाभ था जगधर पाँड़े को, उन्होंने इनकार करते हुए रामदीन को डाँटा था। तब रामदीन का चेहरा तमतमाकर सुर्ख हो गया था...

उस तमतमाहट से ही नतीजा यह निकला कि कुल्हाड़ी की रोषपूर्ण ललकार से पाँड़े और आसपास की हवेलियों में सनसनाहट फैल गई...वार पर वार। बबूल कट-कट कर गिरने लगा...।

"करे रमदिनवा हए?" रामदीन ने मुड़कर देखा, जगधर पाँड़े खड़े हैं।

"इ बबुरवा कवन बात के काट रहा है?"

"गड़त है मालिक।"

"कहत हई बबुर मत काट। भलमनसहती इही में है।"

रामदीन नया तरीक़ा सोचते हुए बोला, "आप दाम बताय दो बबुर का। हम चन्ना करके दय देंगे।"

"सरऊ तोरी इ मजाल। हमार चीज़ खरिदबो! अच्छा त तू काट लो बबुर तो देखो।"

"बबुरवा ज़रूर कटे पंडीजी।" रामदीन दृढ़ता से बोला और कुल्हाड़ी जगधर पाँड़े के ऊपर तान दिया। जगधर पाँड़े भगे थे। उनको चिढ़ाने के लिए रामदीन ने गाना छेड़ दिया था...

रामदीन बबूल काटते हुए गा रहा था कि...तड़...तड़ा तड़...तड़...जगधर पाँड़े ने अपने लड़के डाँगर पाँड़े को भेज दिया था। उसने अपने लठैत साथियों के बूते पर रामदीन को बुरी तरह मारा...

घायल रामदीन घिसटते हुए घर जा रहा था। रास्ते में हर आने वाला क्षण एक चोट लेकर आता। लेकिन कुछ चोटें तो हद से बाहर हो गई थीं...।

उसने बुझारथ को मदद की दृष्टि से पुकारा। बुझारथ ने कहा, "गोरु लावे के टेम होइ रहा बा भाय।"

फुन्नन उसे देखकर घर में घुस गया था...

अपने घर पर रामदीन चोटों को सेंकने लगा। सेंकने पर दर्द तो कम होने लगा लेकिन डाँगर की लाठियों तले कुचला गया स्वाभिमान तेज़ी से सिर उठाने लगा...

प्रतिक्रिया में वह जगधर पाँड़े और डाँगर की लाश को जलते हुए देखने लगा...

वह बबूल को जड़ से मिटा डालने की ज़िद को और पुख्ता बनाने लगा...

इस समय रामदीन तन्मय होकर कुछ सोच रहा है। जिससे ध्यान बँट जाने के कारण हाथ अपनी ही चोटों पर दब जाते हैं। मगर पैदा दर्द को वह उपेक्षित कर अपनी मांसपेशियाँ देखने लगा है। देखकर उसे स्वयं पर हर्षमिश्रित गर्व महसूस हो रहा है। क्योंकि घायल अवस्था में भी उसने हट्टे-कट्टे जगधर का हाथ-पाँव ताबड़तोड़ मार से तोड़ दिया...। जगधर पाँड़े को खींचते और कराहते देख उसे ढेर सारी तृप्ति

का अहसास हुआ। यही अहसास उसकी पवित्र हिंसक उत्तेजना के दीप को बाती देता जा रहा है। वह है भी दो-चार गाँव में बेजोड़ लठैत। उसकी लाठी गूँजने पर पचास-साठ लाठियाँ कुछ ही क्षणों में मत्था टेक देती हैं। शारीरिक बल में भी कलाई की ताक़त की तरह मज़बूत है। वह इतना शक्तिशाली है कि कोई उससे दाँव-पेच भी नहीं सीखना चाहता। क्योंकि वह जो भी दाँव बतलाएगा, वह इतना अचूक होगा कि कच्चा शिष्य भुरभुरा जाएगा...। वह निश्चय कर रहा है कि कुछ भी हो, बबूल का पेड़ बीसपुर की माटी पर नहीं रह सकता। चाहे एक नहीं सौ पाँड़े पैदा हो जाएँ।

सन् उन्नीस सौ सत्तर से पचहत्तर के क़रीब तक :

गँड़ासा चमकने लगा है। रामदीन उस पर उँगली फिरा 'चोख' होने का मुआइना करने लगा। फेरते ही उँगली ज़रा सी कट गई। ख़ून छलछला आया मगर पीड़ा की जगह उसकी आँखों में एक ख़ूबसूरत दृश्य उभरने लगा—डाँगर पाँड़े तड़फड़ा रहा है...उसके हाथ-पाँव छटपटा रहे हैं...

बिरजू के भाग जाने से डाँगर पाँड़े ख़ुश हैं। रामदीन के प्रति उनकी सोई दुश्मनी जाग गई। असलियत तो यह है कि वह कभी भी सोई नहीं थी। उसकी विवशता थी कि उसे सोने की नाटकीयता दिखानी पड़ती थी क्योंकि बिरजू उभरते अखाड़ियों और लठैतों में सभी से बीस निर्विरोध मान लिया गया था...।

और बिरजू के भाग जाने पर पाँड़े की दुश्मनी ने नाटकीयता का चोला उतार फेंका है। वे सोचते हैं कि रामदीन कमज़ोर हो गया है...। मौक़ा अच्छा...

लेकिन रामदीन को इत्मीनान है। क्योंकि उसका एक ही थप्पड़ खाकर बिरजू बेहोश हो जाता था। उसकी अकेली लाठी बिरजू जैसे चौदह-पन्द्रह-लठैतों की लाठियाँ तोड़ देती थी। बिरजू जैसे तीन लौंडों को वह अपनी एक हथेली पर खड़ा करके ऊपर उठा सकता है...। वह गँड़ासा पहट रहा है...

जगधर पाँड़े मर गए। उनकी मौत के कुछ ही दिनों बाद बबूल भी ख़त्म हो गया। जगधर पाँड़े मर क्या गए; मार डाले गए। कीरत सिंह और उनमें तेज़ झड़प हुई। कीरत सिंह ने अपनी तरफ़ से काले डाकू को बुलाया और जगधर पाँड़े ने चरनजीत की भरों वाली पार्टी को।

लेकिन काले पहले ही पहुँच गया। उसने पाँड़े की बोटी-बोटी काट डाली। भरों वाली पार्टी को रास्ते में ही पाँड़े की मौत की ख़बर मिल गई और वह वहीं से लौट गई।

पुलिस इस केस के सम्बन्ध में आज भी काले को तलाश रही है...। कीरत सिंह पाँड़े की मौत के उपलक्ष में एक मन्दिर बनवा रहे हैं। मज़दूर आशंकित हैं कि उनकी मज़दूरी पता नहीं मिलेगी कि...

डाँगर पाँड़े का कमीनापन! उसी खेत में दूसरा बबूल तैयार करवा लिया...उसे सुख मिलता है लोगों की तकलीफ़ से...।

बिरजू के जाने के बाद एक शाम थी। धुँधलका था। हल्की बारिश हो रही थी।

डाँगर ने बबूल को लेकर ही रामदीन से बदी-बदा कर ली कि यदि वह बबूल ख़त्म कर दे तो वह वास्तविक मर्द है...

इस बार रामदीन चालाकी से काम ले रहा है। वह सही लड़ाई का तरीक़ा समझ गया है। वह सोचता है कि वैसे तो एक के बाद दूसरा बबूल आ जाएगा। सवाल बबूल ही ख़त्म करने का है। और यह तब तक सम्भव नहीं जब तक डाँगर पाँड़े है, कीरत सिंह जैसे लोग ज़िन्दा हैं।

कीरत सिंह लोग भी। क्योंकि इस गाँव में आठ-दस लोगों के बबूल हैं। इन बबूलों पर रामदीन की नज़र पहले नहीं गई थी लेकिन अब उन पर भी गई है...।

लेकिन पहले डाँगर पाँड़े के खेत का बबूल ख़त्म करना है...

और यह तब तक मुमकिन नहीं जब तक डाँगर पाँड़े ज़िन्दा हैं।

उसने यह तय कर लिया है, रात को बबूल काटना शुरू कर देगा। गँड़ासा पास में ही रख लेगा। जैसे ही पाँड़े दल-बल सहित आएँगे, वह गँड़ासा उठाएगा और सबकी मार झेलते-सहते हुए किसी भी तरह डाँगर पाँड़े तक पहुँचेगा...फिर गँड़ासा खींचकर मारेगा...डाँगर की गर्दन पर...। एक दबाव...खच्च...फिर तेज़ी से खींच लेगा गँड़ासा...एहतियातन फिर मारेगा...खच्च...

गँड़ासा चमकते-चमकते वह थोड़ा सुस्ताने के लिए सोचता है मगर तुरन्त ही इस सोच को एक तरफ़ धकेलकर गँड़ासा पहटने लगता है। क्योंकि उसके सामने हर वक़्त डाँगर पाँड़े की चुनौती खूँख़ार हँसी हँसती हुई नाच रही है।

रामदीन के गँड़ासा पहटने का ढंग अजीब है। गोया वह गँड़ासा पत्थर पर नहीं डाँगर पाँड़े की गर्दन पर पहट रहा है—डाँगर पाँड़े की गर्दन काटकर गाड़ देगा वह... जगधर साला मर ही गया...अब सुबह तक एक बबूल ज़रूर काटेगा...'ज़रूर'।

आज वह तारा से भी ख़ुश है। लेकिन तारा सहमी हुई है। बस इसी बात पर वह खीज उठता कभी-कभी।

रामदीन को पूरी उम्मीद है कि कल सुबह गाँव वाले डाँगर की बेगला लाश सीतला माई के चबूतरे के आसपास कहीं देखेंगे।

रामदीन नहीं, उसके जज़्बात गँड़ासा पहट रहे हों जैसे...।

सुबह हो गई है। बबूल मौजूद है और डाँगर पाँड़े ज़िन्दा हैं।

कल रात और आज सुबह के बीच विशेष भी घटा।

विशेष यह घटा कि रामदीन को पुलिस पकड़ ले गई।

उसे नाउम्मीदी की माला पहनाई उसकी ही पुत्रवधू ने। रामदीन को गँड़ासा पहटते देख वह सब कुछ समझ गई। पिछवाड़े के रास्ते भागकर वह डाँगर पाँड़े के पास गई और हाँफते हुए सब कुछ बता दिया।

सन् उन्नीस सौ पचहत्तर से...

ज़िन्दगी का अर्थ है, जीने वाला जिन क्षणों में जिये वे कम से कम मौत से बेहतर हों। यही कारण है कि रामदीन अपने को जीवित नहीं समझता। बबूल के मौजूद होने की कसक और डाँगर पाँड़े को मार न पाने की छटपटाहट उसे घेर-घेर कर धिक्कारती है। धिक्कार के इन लमहों में वह तारा को कोसता है।

आदमी अपमानित तीन तरह से होता है। एक अपमान, जिसे आदमी अपनी वजह से पाता है, दूसरा जिसे सामने वाला देता है और तीसरा अपमान वह होता है जिसे कोई प्रथम पुरुष षड्यंत्र करके बलात् करवा देता है।

रामदीन का अपमान तीसरी तरह का है। उसके और डाँगर पाँड़े के बीच तारा प्रथम पुरुष बनकर आई। रामदीन को लग रहा है कि वह हमेशा-हमेशा बेइज़्ज़त होता रहा है...

अपमानित होने के बावज़ूद चिंगारियाँ निरन्तर शोला बनती जा रही हैं...

चारों तरफ़ चुप्पी का आसमान तना हुआ है। जिसमें अत्याचारी छापामारों की तरह न जाने कब नुकीले, ख़तरनाक इरादों वाले तारे निकल आते हैं और दुश्चरित्र चाँद के ख़ूनी इशारों से मासूम धरती का सीना फाड़ने लगते हैं, इसे कोई नहीं जानता।

इसे सब जानते हैं कि आजकल सूरज का रंग काला हो गया है। सबने देखा है कि जब फ़सलों को पानी की ज़रूरत होती है तो मौसम बेपनाह गर्म होकर कहर ढाता है। सूरज की किरणें तीख़ी धूप के साथ ज़हर बरसाती हैं।

और जब धूप की ज़रूरत होती है तो मौसम काले-काले बादलों को बुला जाता है। सूरज एक नाटक खेलने लगता है जिसमें वह फ़ालिज का बीमार बनता है।

सब जगह चुप्पी ही चुप्पी है। चुप्पी का आसमान तना हुआ है। सभी को अहसास है, ढेर दिनों की चुप्पी उन्हें गूँगा बना देगी। फिर भी चुप्पी है।

अनाज सस्ता करवा दिया गया है। सरसों सस्ता है किन्तु डालडा महँगा।

बिसेसर को लड़की की शादी करनी है लेकिन उधार नहीं मिल रहा है...

सुग्गन बड़ा उदास है। बीसपुर के उदास-उदास पेड़ों की तरह। डाँगर पाँड़े आज दिनदहाड़े उसके खेत की सारी फ़सल कटवा ले गए। उसने रोका तो पाँड़े ने उसका चेहरा अँगोछे से मूँद दिया और तब उनके साथी उसे गिराकर पीटने लगे...।

उसके बदन में ज़ोरों का दर्द है। उसे रामदीन की ज़बरदस्त याद आ रही है। रामदीन के विषय में उसकी औरत भी कहती है—'राम क़सम। अगर आज हमारे रामदीन देवर होते तो अउरों की तरह टुकुर-टुकुर तुका पिटते थोड़े देखते। धर के नाप लेते भड़वन की गर्दन। मुला बिचारे...हमका तो सरग से जादा मानति रहे। जब देखौ तब भौजी-भौजी किए रहते...।'

सुग्गन बी रोने लगती हैं। उनकी आँखों से आँसुओं की देर तक न टूटने वाली क़तार निकल पड़ती है...

झरिहग की नसें फूल उठती हैं। मुट्ठियाँ भिंच जाती हैं। उसके मत्थे पर सलवटें हैं...

लेकिन अकेले होने का अहसास एकबारगी इन सभी क्रियाओं को ढीला कर देता है...

मगर जल्दी ही यह ढीलापन पस्त हो जाता है और पूर्व दशा पुनः स्थापित हो जाती है—नसें फूल उठती हैं। मुट्ठियाँ भिंच जाती हैं...

और अब वह रामदीन का इन्तज़ार कर रहा है। रामदीन की स्मृति उसके इर्द-गिर्द मँडराने लगी है। वह सोचता है कि क्या रामदीन के रहते पुत्तनसाह उसके ही दरवाज़े पर उसकी माँ, बहन और बीवी के अंगों को गालियों से रौंदते हुए बेदाग़ निकल जाते?

वह पुत्तनसाह के अस्सी रुपयों के बदले में दो सौ बीस दे चुका है लेकिन पुत्तनसाह और माँगते हैं। पुत्तनसाह का कहना है कि तीन महीने तक क़र्ज़ न चुका पाने पर मूलधन में एक सिफर और बढ़ जाता है...। साह के अनुसार यह क़ानून कुछ ही दिन पहले बना है...।

उनकी इस बात से झरिहग के परिवार में एक दहशत फैल गई...।

प्रमाणों के आधार पर कहा जा सकता है, अब यह दहशत पुश्त दर पुश्त कायम रहेगी...।

प्रतीक आने वाले कल का :

रात का सुनसान है। डाँगर ने अँधेरा पाकर हफ़ीज़ा को पकड़ लिया और अपनी तरफ़ खींचने लगा...।

हफ़ीज़ा छुड़ाकर भागने लगी है...। वह भागती जा रही है...पीछे-पीछे डाँगर दौड़ रहा है...हाथ में टॉर्च लिये है...टॉर्च की रोशनी...टॉर्च जल रही है...। टॉर्च बुझ रही है...हफ़ीज़ा भाग रही...

भागती हुई औरत और पीछे डाँगर...ऐसा बहुत हुआ है...लेकिन आज डाँगर पाँड़े डरा हुआ है...क्योंकि...आज पीछे गाँव वाले दौड़े चले आ रहे हैं...वे आक्रोश से चिल्ला रहे हैं...उनकी लाठियाँ हवा में साँय-साँय की आवाज़ पैदा कर रही हैं... वे ग़ुस्से में हैं...उनके हथियारों की खटर-पटर की आवाज़ें गूँज रही हैं...

...हफ़ीज़ा का सिर लहूलुहान हो गया है...ख़ून बह रहा...डाँगर ने ईंट का टुकड़ा मार दिया है उसे...हफ़ीज़ा हाँफ रही है...लेकिन दौड़ रही है...

गाँव वालों का ग़ुस्सा बढ़ता जा रहा है...उनकी आक्रामक आवाज़ें और लाठियों की खड़खड़ाहट नज़दीक होती जा रही है...। लग रहा है, वे आज कोई खूनी संग्राम छेड़ेंगे...

...हफ़ीज़ा अब थकने लगी है...साँस फूलने लगी है...हाँफना तेज़ हो गया

है...डाँगर चाल तेज़ कर दिए हैं...वह चालाकी में टॉर्च बुझाए है...एक ठोकर...

...हफ़ीज़ा गिर पड़ी है...डाँगर हफ़ीजा के क़रीब आ गया है...

डाँगर बड़ी तेज़ी से चीख़ा है। जैसे कई भयानक साँप उसके पैर से लेकर गले तक लिपट अपनी जीभ उसके होंठों पर रख दिए हों रात के सन्नाटे में। उसे लग रहा है, आग का कोई गोला ख़तरनाक लहजे में उसकी तरफ़ बढ़ा आ रहा है...

...हफ़ीज़ा के होंठ मुस्कुरा रहे हैं...डाँगर काँप रहा है...वह भयभीत है...उसकी टॉर्च जल गई है...

टॉर्च का फोकस बबूल पेड़ के पास पहुँच रहा है...। टॉर्च की रोशनी जिस पर पड़ रही है, वह एक आदमी है। जिसका नाम बिरजू है—बहादुर रामदीन का बेटा...

बिरजू के चेहरे पर तेज़ है। वह अंगारे की तरह तमतमा रहा है। वह बबूल चीर रहा है...उसके पास चमचमाता गँड़ासा है...।

[1980]

अभिमन्यु की हत्या

पंडित का गाँव में दबदबा था। आतंक था। इसलिए उनकी आज्ञा ने उसकी धड़कनों में डर इस तरह उभार दिया जैसे उसके बाबा की नंगी पीठ पर पंडित इंद्रभान के हंटरों ने नीले निशान उभारे थे।

घबराकर उसने पिता रामजस के सामने रो-रो कर सूर्यबली की व्यभिचारी आज्ञा बता दी। बेटी की सहमी आँखें देखकर रामजस का मन भीग गया। उसकी रक्षा के लिए उसने उसे घर में रख उसका काम ख़ुद करना शुरू कर दिया। कुएँ से वह पानी स्वयं भर लाता।

...न कोई बात थी न तुक। सूर्यबली कुएँ पर आए और रामजस को दो झापड़ रसीद कर बोले, "सरऊ अपनी बिटिया को सँभालकर रक्खो। गर ओकर जोबन जादा बौराया है तो उन्हीं नीचजातों के बीच उड़ीले अमिरित। बबुआन टोला के लड़िकन को बिगाड़ा तो बोटी-बोटी चोथ लूँगा उसकी और तेरी भी बे। टुकुर-टुकुर घूर का रहा है...तू हियाँ पानी खींच रहा है और उ हुवाँ फरफन्ना फाने होएगी।"

रामजस आगे की बात सुनने की हिम्मत न जोड़ सका। काला हो गया। घिसा कलसा उठाया और गुपचुप जाने लगा। उसे सिर नीचे किए, बिना कुछ बोले-कहे जाता देख सूर्यबली अपमान महसूसे शायद। रामजस की चुप्पी का उन्होंने विद्वत्ता से अर्थ लगाया कि रामजस कह रहा है, कुकुर भूँकते रहते हैं और हाथी चला...

"...रुक बे रुक भागता कहाँ है? सुन! जल्दी सुन! हाँ, तो बाल-बच्चेदार होकर भी लम्पटई करता है। फंटूशराम, हियाँ सब मालूम है। ताड़ने वाले क़यामत की नज़र रखते हैं। काहे पानी भरने आया है? औरतन से दीदा लड़ावे न। बोल, बोलते काहे नाहीं..."

रामजस इस षड्यंत्र से हतप्रभ था। इस झूठे अभियोग ने उसे कँपा दिया। सूर्यबली अपनी रौ में थे...

"कुकुरऊ बिहान से इनारा पे दिखाई पड़े तो बालि डालब। मनईधारा कैलसिया से कहि दो कि उहै पानी लै जाए आकर।"

रामजस अब सूर्यबली के इस घटनाचक्र के कारण से वाक़िफ़ हो गया। लेकिन कुछ बोल न पाना उसकी विवशता थी। वह चुपचाप जाने लगा।

"अहं सारे जब देवता सूर्यबली के दरसन कर लिये तो परसादी लेते जाओ।

भगतों को परसाद जोरूर मिलना चाहिए क्यों हनुमान जी?"

पीछे हाथ जोड़े खड़ा आदमी आँखें मुलमुलाते हुए बोला, "अउर का भगवान जी?"

तड़ाक...तड़ाक...भड़...इनारा पे रास खेलत हो...भड़...तड़...

कुएँ से ही थोड़ी दूर पर एक मन्दिर बना था। मन्दिर में कोई मूरत नहीं थी। फूल—बताशे की तो बात दूर। बहुत पहले गाँव में एक साधु आया था। लोगों की नज़र में उसके ही परताप से निरबंसिया दीनानाथ चौबे को लड़का हुआ। इस ख़ुशी में चौबे ने साधु ख़ातिर एक मन्दिर बनवाना शुरू किया। मुश्किल से एक कमरा बन पाया होगा कि साधु को शक हुआ कि उसकी पोल खुल गई है। वह भाग गया। लेकिन वह कमरा रहा। गाँव वालों की मर्ज़ी, उसे गाँव का मन्दिर कहते, वह भी भगउवा बाबा का मन्दिर।

कमरे में एक ताख था जिस पर मोमबत्ती रखी होती। दियासलाई का खोखा और कुछ तीलियाँ इर्द-गिर्द बिखरी रहतीं। इस कमरे में जाने किसने पैरा लाकर रख दिया था। मौसम बदलने पर भूसा आ जाता।

कैलासी की सबसे पक्की गुइयाँ जगेसरी थी। पूरे गाँव में दिल की बात कैलासी केवल उसी से बताती। जगेसरी हनुमान जी की पत्नी थी। गेहुँआ रंग ख़ूबसूरत-सी औरत।

हनुमान जी की घरेलू स्थिति डाँवाँडोल थी। वे स्वयं को सूर्यबली का मैनेजर बताते। पंडित की हाँ में हाँ मिलाना उनकी नौकरी थी। कैलासी जितनी ही मासूम थी, जगेसरी उतनी ही चुलबुली।

जगेसरी एक बार पति हनुमान के लिए खाना लेकर गई थी। लेकिन वह सूर्यबली के साथ भूखे ही तहसील चले गए थे। जगेसरी का दिल ठिठुरी गौरैया के पंख-सा तड़फड़ाया।

यों हनुमान जी अब तक की ज़िन्दगी में उसे कोई सन्तोष नहीं दे सके थे। साँस लेने को ख़स्ता दीवारों वाले घर की बदबूदार हवा मिली थी। वह अपने लोगों के इतिहास की तरह चीथड़े-चीथड़े कपड़ों में खुली-खुली रहती और अपने लोगों के भविष्य की तरह बेस्वाद खाने का टुकड़ा खाती रही। लेकिन उसे कोई ख़ास तकलीफ़ नहीं महसूस हुई। क्योंकि ऐसा ही सब कुछ उसके अपने बाबा के यहाँ भी था...

उसका वर्तमान पशुवत् था। कहीं कोई ख़ुशी नहीं थी। सब अरोचक और बेरस था। रोज़ के क्षणों में कोई ऐसा क्षण नहीं था जिसमें वह सीमातीत मेहनत से टूटते अपने अंग-अंग को तसल्ली जैसा कुछ देती। सब जड़वत् रहता। उठना, जी-तोड़ श्रम करना। रूखा खाकर सो जाती वह। मनोरंजन जैसी चीज़ जगेसरी जैसे लोगों के लिए अपरिचित ही थी। जगेसरी का अगर कोई मनोरंजन था तो वह कैलासी से थोड़ा हँसी-मज़ाक़ कर लेना था। वह भी काम करते-करते।

हनुमान जी को न पाकर वह लौटने ही वाली थी सूर्यबली का लड़का चंद्रबली बाहर निकला।

...उस दिन का चंद्रबली का साथ उसके अन्दर तक पैठ कर गया। वह बाद में चंद्रबली की एक हरकत पर अक्सर मुस्कुराती...

अगले दिन चंद्रबली उसे एक अजीबोगरीब चीज़ देकर बोला, "पहिना कर।"

वह बोली, "का है ई?"

"बाडी टाइप चीज़ है।"

"कइसे पहिना जाता है?"

"उधर चल तो बताऊँ।"

शुरू के दिनों में पहनने पर कुछ अटपटा लगा था। लेकिन बाद में भला लगने लगा। किन्तु जब कुछ दिनों बाद वह फट चला तो उसने दुबारा माँगा। चंद्रबली ने इनकार कर दिया। क्योंकि अब उसकी दिलचस्पी जगेसरी में उतनी नहीं रह गई थी जितनी गेंदा खटकिन में थी।

बिना उस कपड़े के जगेसरी को अपना सारा शरीर उघरा लगता। अपनी हालत पर वह परेशान हो गई। वह स्वयं से कहती, 'हँसूँ की रोऊँ।' हारकर वह त्रिभुवन पाँड़े से जुड़ी...

जगेसरी का एक अकेला भाई था चरन। माँ-बाप की मौत के बाद वह बहन के घर ही रहने लगा। घर पर था ही क्या, सिवा अत्याचार सहने के।

...चरन बहुत तीखा निकला। उसके रक्त में अन्याय के ख़िलाफ़ आक्रोश था। हालाँकि वह इस सच से वाक़िफ़ था कि उन जैसों का ख़ून काफ़ी सस्ता है, पर उसने अपने रक्त से जुड़े मोह को तोड़ डाला। वह अपने सामने ग़लत होता देख ख़ून बहाने को तत्पर हो जाता। हनुमान जी इससे परेशान थे, जगेसरी ख़ुशी में डूबने लगी थी...

चरन गाँव से बाहर के कॉलेज में पढ़ने लगा था। एक ताज्जुब की बात, फिर भी सच कि धीरे-धीरे वह लोकप्रियता के सहारे उस कॉलेज में स्थापित भी हो गया था।

लेकिन चरन के इर्द-गिर्द हिक़ारत की दीवारें उभर आईं। वह अपने ही द्वंद्वों के बीच उलझ-उलझ कर घुटने लगा। हर अगले क्षण पर ज़ोर पकड़ती इस घुटन ने उसके जोश की नब्ज़ों को चीर डाला। वे खोखली होकर अपाहिज बन चलीं और चरन गुमसुम रहने लगा।

रामजस गोकली बाबू का खेत अधिया पर जोतता। गोकली बाबू की हालत ऐसी थी कि बस ख़र्च किसी तरह घिसटकर पूरा हो जाता। कभी न भी पूरा हो पाता। सो गोकली बाबू क़र्ज़ तले कुचल दिए गए। गोकली बाबू की लड़की कुमकुम इंटर में पढ़ती थी। गाँव में बड़ा हल्ला रहता, 'इस्कूल जाते समय कुमकुम सड़क पर इन्तज़ार करती है। थोड़ी देर बाद मिसिर टोला का सिरपत साइकिल लेकर पहुँच जाता है। कुमकुम को डंडे पर बइठाकर मनमनाता निकल जाता है। ससुरा तीली में गुब्बारा फिट्ट किए रहता है। रस्ते भर घंटी टिनिन-टिनिन बजती है। और कुमकुमिया खिलिर-खिलिर पतुरिया जइसन हँसती है...

...यक फेरा तो बस भइया, सइकिले सइकिले साहगंज उरिन छू भवा, हुवाँ

गद्दीदार कुरसी पर बइठाय के फिलिम दिखाइस औ हफटैम पर दारू मिला कोकोकोला पियाइस..."

"फिर का हुआ?"

"अय हुआ काव। बस भवा उहै डिरामा..."

कुमकुम कैलासी को थोड़ा पसन्द करती। क्योंकि कैलासी वक़्त-बेवक़्त उसकी चोटी कर देती। पैरों में बकुआ लगा देती और हथेलियों में मेहँदी। गरमी के मौसम में वह कुमकुम की अँधोरियाँ भी फोड़ा करती...

कैलासी भी इस मेहनत को चुकता कर लेने में चूकती नहीं थी। वह ज्ञाना मिडवाइफ से इंजेक्शन की ख़ाली शीशियाँ माँग लाती। कुमकुम की नज़रें बचाकर पाउडर, स्नो-क्रीम आदि थोड़ा-थोड़ा भर लेती।

नहा-धोकर उन्हें इस्तेमाल करती और धुली-पुँछी आत्मा से खिलखिलाती हुई छलिया से मिलने चल देती। वह छलिया को अपनी स्वाभाविक अदाओं और ख़ुशबू से मोह लेती। छलिया उससे कहता भी, 'तोर देहियाँ तो मह-मह-मह गमकत है रे।' यह सुनकर वह ख़ुशी में डूब जाती।

गोकली बाबू इन चीज़ों का अर्थशास्त्र अच्छी तरह जानते थे। इसलिए कुमकुम चीज़ों को छुपाकर रखती। छिपाव की इन सारी कोशिशों के बावजूद गोकली बाबू कभी-कभी उन्हें देख लेते। पर अब पहले की तरह चीख़ते नहीं। कुमकुम को मारते-पीटते भी नहीं। कुमकुम की अम्मा से भी कुछ न कहते। बस चुपचाप लगा जाते और किसी ख़ौफ़नाक एकान्त के तहत सिर थामकर बैठ जाते। ऐसे वक़्त पर उनकी आँखों के किनारे भीगने लगते। जिन्हें कुर्ते से सुखाकर वे ज़्यादा क्रूर सामाजिकता के विवशकारी पाश में तड़फड़ाया करते। एक बार इस लड़की का गर्भ भी गिरवा चुके थे। गर्भ गिराने के बाद इसके पैरों पर गिर फूट-फूट कर रोये थे। उसने भी हिचकियों के दौर में सौगंध खाई थी बाबू अब ग़लती नहीं होगी। माफ़ कर दो बाबू। लेकिन मानी नहीं। फिर गर्भ आ गया। शादी इसकी कहीं तय नहीं होती। होती भी तो जाने कौन लड़के वालों के पास चिट्ठी लिखकर कमज़ोरी खोल देता।

इन्हीं चिन्ताओं ने गोकली बाबू को उम्र से ज़्यादा बूढ़ा कर दिया। मस्तक पर चिन्ता की रेखाएँ हमेशा उभरी रहतीं। उन्हें बहुत कष्ट था।

गोकली बाबू बी.ए. पास के साथ दिल के मुलायम और दिमाग़ से नम्र थे। दिखावे के तौर पर नहीं, पर वास्तव में वे थोड़ा नैतिक थे। इसलिए सब उनकी कद्र करते, उनको इज़्ज़त देते। कैलासी तो उनकी बड़ी सेवा करती। वे भी कैलासी का काफ़ी ख़याल रखते। वे बहुत चुप रहने वाले आदमी थे। इतने सम्मान और इज़्ज़त के बावज़ूद उन्होंने इन्हें कभी भुनाया नहीं था। कभी किसी की सिफ़ारिश तक नहीं की थी। पर कैलासी की बात पर वे स्वयं को रोक न सके। उनका स्नेह आकुल होकर उमड़ पड़ा।

वे सूर्यबली के पास गए। उन्होंने समझाने से लेकर गिड़गिड़ाने तक प्रत्येक सीढ़ी

पर कैलासी के लिए मिन्नतें कीं। दुहाई माँगी और भीख चाहा।

लेकिन पंडित ने उन्हें दूध पिलाया और फिर मूँछों को ऐंठते हुए बोले, "गोकली साहब। वैसे तो छोड़ भी देता, मुला अब तो बात आन-बान-शान की हो गई है। मामिला एक शिकार दो शिकारी वाला बन गया है। मानी कि अब बराम्हड़ पाल्टी और कायथ पाल्टी की लड़ाई है। उन्होंने मूँछों पर ताव दिया, "चलौ चित्तरगुपुत के वंशजन में औ परसुराम के वंशजन में संग्राम पहली फेरा छिड़ा है। ख़ैर, हम अपने घर आए जाचक को कभी निरास नहीं करते, सो जाओ इ बात तै रही कि हमरे बाद कैलसिया पर तुम्हारे नम्बर लगेगा।" पंडित चुप होकर मूँछ की नोक को चुटकी से मसलने लगे थे।

गोकली बाबू अपंग खिसियाहट लिये लौट आए। लौटते समय कोई ऐसी अजीब बात थी जिससे वे कैलाशी के और क़रीब होकर नम्र होते गए, किन्तु कुमकुम के प्रति और दूर, कठोर होते गए। उनके अन्दर क्यों एक तेज़ झुँझलाहट जन्म ले उठी, वह भी न जान सके। बस उलझ से गए। घर जाकर अनायास ही कुमकुम को मार रहे थे। कुमकुम को पीटा। गोकली बाबू बड़ी बेरहमी से कुमकुम को मार रहे थे। कुमकुम मार थोड़ी देर ज़ब्त करती रही, फिर तेज़ी से चीख़ पड़ी।

और ताल के पास बैठा गुमसुम चरन दहल उठा चीख़ सुनकर।

चरन को लगता कि आदि वक़्त का कोई धुआँ शेष था, जिसने सभी गाँवों को घेर लिया। घिराव के बाद उन्हें बदरंग में सराबोर कर डाला है...

वास्तविकता थी यह। पूरा गाँव एक नशीली बेहोशी में डूबा रहता। ऐसा नशीलापन जो सोचने की प्रक्रिया को ध्वस्त कर देता है। अतीत और भविष्य लाश जैसे दिखते हैं, किन्तु मौजूदा स्थिति बरात के झूठे गुलाब-सी महकती है।

इस गाँव में बैठकों, खलिहानों, पुलियों और हर ऐसी जगह जहाँ जवान लड़के हों, कोई समस्या नहीं मँडराती, राजनीति का कोई ख़ौफ़ जन्म नहीं लेता। अगर कुछ घटता तो बस कोई लिजलिजा मज़ाक़। यदि कोई चीज़ जन्म लेती तो वह थी बलात्कारों की योजनाएँ। जिसमें अपनी ख़ास भूमिका वर्णित करके वे एक-दूसरे को अपनी वीरता और शौर्य का अहसास कराते।

चरन के भीतर ज़रूर एक तल्ख पीड़ा जन्म लेती जो उस जैसे व्यक्तित्व के लिए वाजिब भी थी। मगर बदनसीबी, उसे ख़ामोश रहना पड़ता।

कैलासी छलिया से प्रेम के बाद लगातार उससे पूर्णतया जुड़ने की इच्छा करती रही। लेकिन ऐसा सम्भव नहीं था। क्योंकि उन दोनों के बीच आग की सीमा रेखा थी—कैलाशी का जीवित पति, जो गौने के दो माह बाद कैलासी को मैके पहुँचाकर परदेश चला गया। वहीं उसने दूसरी औरत रख ली। वह बदमाश और खूँखार इतना था कि जब कैलासी की दूसरे के यहाँ बैठने अथवा अन्यत्र विवाह की बात चलती तो उसे जान से मार डालने की धमकी देता। एक बार गाँव में दिनदहाड़े पहुँचकर

कैलासी की गर्दन पर चाक़ू रख दिया था...

...छलिया उसे बेतहाशा प्यार करता था। उस दिन कैलासी को प्यार करते हुए कहा था, तू कित्ती ख़ूबसूरत है कैलसिया। राम क़सम गर तू कायथ टोला की माधुरी बीवी जइसन मटरमाला पहिन ले तो जुलुम ढाएगी जुलुम।

"तो का अइसे नाहीं ढाती जुलुम?" कैलासी उदास हो गई।

"ढाती काहे नहीं मेरी टोइयाँ मुला तब और ढाओगी। अइसे जइसे अषाढ़ की बिजुरी।"

ख़ुश हो गई थी। इतनी ख़ुश कि ख़ुशी बहुत देर तक चुकी नहीं। यही कारण था कि अगले दिन भी वह काफ़ी ख़ुश थी। शाम का समय था। मौसम सुहाना। पंडित सूर्यबली चमरौटी का दुख-दर्द बाँटने चले आए थे। वे चमरौटी की अच्छी और ख़राब चीज़ों का निरीक्षण कर रहे थे। साथ में अच्छी चीज़ों के परीक्षण का उपाय भी सोच रहे थे। अचानक उन्हें बेहद अच्छी चीज़ दिखी...

कैलासी कपड़ा पछार रही थी। पंडित को देख अचकचाकर खड़ी हो गई। वह धोती को मोड़-मोड़ पानी गारने लगी। धोती से पानी गिरने लगा और पंडित की आँखों से बेहूदी बेशर्मी।

"कैलसिया कोई दुख-दर्द हो तो बताना।"

उसने आँखें थोड़ा घुमाकर तरेरा और ब्लाउज फटकारकर अन्दर चली गई। ब्लाउज का छिट्टा पंडित पर पड़ गया।

"क्यों हनुमान जी ई छिट्टा बिलाउज के अन्दर का है कि बाहर का?"

"मालिक की निगाह बड़ी पारदर्शी है।"

"चोपसाले।" सम्मान फिसल गया, "चिमटागीरी करता है, हरामी पेटीकोट का छिट्टा चाहिए।"

"बन्दोबस्त होगा सरकार। बजरंगी की किरपा रही तो पाख भीतर छिट्टा के अम्बार लग जाए।"

"अच्छा भाग। जाकर भाँग पीस।" और हाँ सुन, बाईं आँख दबाकर पंडित हल्का सा मुस्कुराते हुए बोले, "वो जरा महीन पीसना।"

"मालिक को महीन माल जिआदा पसन्द है का...खि...खि...खि...खि..."

"भाग सारे, चला हयो टिपोरी सुनावै...।"

उस पोखरे का काफ़ी हिस्सा सूख गया था। पोखरा केवटहिया के क़रीब था। सो वहाँ ज़्यादातर केवटहिया की ही औरतें कुल्ला करने आतीं। यह दूसरी बात हुई कि बबुआन टोला के एकाध रेखिया उठान जवान लोग भी आ धमकते। इन्हें देखते ही औरतें हड़बड़ाकर खड़ी हो जातीं और उँगली चटखाने लगती। इस पर जवान हो... हो करते हुए चले जाते। चलते हुए...हँ...हाँ...करके गला भी साफ़ कर लेते।

यहीं बैठी, चुहुल करती, एक-दूसरे पर ईंट फेंकती और भद्दे-भद्दे इशारे करके हँसती मेहरारुओं की गोल से जगेसरी खिसक गई। क्योंकि थोड़ी देर पहले रज्जन ने उल्लू की आवाज़ बोलकर उसे बुलाया था...

जगेसरी भगउवा बाबा के मन्दिर के सामने रुककर आसपास का जायज़ा लेती रही, फिर दरवाज़ा बन्द करके किल्ली खिसका दी उसने। रज्जन वहाँ पहले से ही मौजूद था। उसने कोठरी में जलती मोमबत्ती फूँक मारकर बुझा दी और गिरा दिया के अन्दाज़ में जगेसरी को लिटा दिया। वह पंचमसिंह की लड़की से मिले जगेसरी के फटे-पुराने ब्लाउज़ को खोलने लगा। लेकिन दिक़्क़त महसूस हो रही थी। सो जल्दबाजी में उसने कर्र...ऽ...ऽ...से ब्लाउज़ फाड़ डाला।

जगेसरी के दिमाग़ में नुकीला पत्थर घुस गया जैसे। ब्लाउज़ फटा देखकर वह घिघियाने लगी। थोड़ी हिम्मत आ जाने पर रज्जन को गाली देना शुरू किया। स्थिति इतनी भयानक और रज्जन इतना नौसिखिया होगा, इसका उसे क़तई अहसास नहीं था। घर की कंगाल परिस्थिति और पाप का पर्दाफ़ाश हो जाने के डर से वह आतंकित होकर सोचती हुई सिसकने लगी, 'मुई एक ठो तो गत का बिलाउज था सो वो भी बिलाय गया।' रुलाई के साथ क्रोध की भी एक आक्रामक मुद्रा लम्हे भर को बनी थी।

जगेसरी के गालों पर आँसू ढरक रहे थे। वह चीख़ना चाह रही थी, पर रज्जन उसका मुँह हथेली से दाबे था...

पंडित ने उन्हें कृत्रिम सम्मान देते हुए पूछा, "हनुमान जी किसके नाम पर पीऊँ?"

"मालिक, कैलसिया से ज़्यादा बढ़िया चिखना और का हो सकी..."

"भक्का।" सम्मान लुप्त हो गया, "बड़ी नीरस बात करता है।"

"सच में मालिक कैलसिया हरिचन्न चना वाले के चना-सी कुरमुरी और चुरमुरी है। हाँ, स्वादिष्ट भी।"

पंडित की मूँछें थिरकने लगीं। मगन-मगन मुस्कुरा रहे थे। कुर्सी पर बैठे थे; नीचे लटकते पैर हिलाते हुए खोये से बोले, "कैलासी तुझे कैसी लगती है हनुमनवा?"

"का कहूँ अन्नदाता फटफटहिया लगती है। फर्र से चली जाती है। फटफटहिये की नाईं धूरि भी छोड़ती है मुला इ धुरिया तो केवड़ा जल की नाईं गमकती है। टिब्बिल की पुकुर-पुकुर ओकरे सिनवा की धुक-धुक से बड़ा मेल खाती है। मालिक चाल देखो तो बस देखते रह जाओ। जइसे बाँस का बिरिच्छ। कमरिया लचर-लचर मटका करती है। हाय दइया री। बड़ी धाँसू है। हाँ तो सरकार रंचभर बिसवास नहीं होता कि चमार की लवंडिया है कैलसिया। हम्मै तो जारज सन्तान लगती है। होयगी बाभन देवता की। चाहे जो हो भगवान। है माल चोखा। जइसे ऊ चुंबक औ हमारी आँख सिक्का।"

हनुमान जी चुप हो गए। सूर्यबली सो रहे थे। वे खर्राटा ले रहे थे। अपने श्रम

की व्यर्थता पर हनुमान जी खिसियाये। उन्हें ग़ुस्सा भी आया पंडित पर लेकिन कर क्या सकते थे।

पंडित नींद में मस्त थे। जगाना ख़तरे से ख़ाली नहीं था। किन्तु हनुमान जी के लिए उनका जागना ज़रूरी था। हनुमान जी को पैसे या अनाज की सख़्त ज़रूरत थी। ऐसी विवशता में दमित हो रहे थे वे जो त्रिशंकु की मानिंद थी। चाक़ू और छुरे के दोराहे पर खड़े थे हनुमान जी मगर सफ़र मजबूरी थी...क्योंकि कल सुबह की तरह कल रात और आज सुबह भी तवा गरम नहीं हुआ था। सम्भवत: भूख की त्रासदी ने ही उन्हें हिम्मत दी, पंडित को पुकारा, लेकिन चिन्तारहित पंडित जगे नहीं। तब भूखे हनुमान जी ने उनका हाथ पकड़कर डुला ही दिया...

सूर्यबली जाग गए। ग़ुस्से में एक लात खींचकर मारा। हनुमनवा लुढ़ककर दूर गिरा...सूर्यबली ठोढ़ी पर लटक आई लार पोंछकर सो गए।

अपमानित हनुमान जी अन्दर ही अन्दर भुनभुनाए, 'हरमियऊ कैलसिया के रोवाँ भर पा जाओ तो धन्नभाग समझो आपन...'

अन्न या पैसे के बिना ही लौट रहे थे। फिर दो वक़्त फाँका होगा।

राह चलते हनुमान जी के मन में कैलाशी के प्रति अजूबा ही हुआ, कैलसिया चन्नामिरित जैसी पवित्तर है। बाक़ी तो छीछालेदर मची है। दई रुपया थमाव त बस जइसे चाहो सेंक लो माटी की काठी। मरदवे तो सब-के-सब ओन टू आल मट्ठ बन गए हैं। रमदेउवा की पतोहिया तो अवर है। हमरे आँख के सामने की बात है, महावीर सेठ के लौंडा ने पाँच की हरी पकड़ाया त बाईं दीदा दबाइस और हँस पड़ी। सूपनखा ओसे दस रुपया माँग रही थी। आबरू बेच दी। लौंडा साला दर मुद्दहर ठहरा, बाद में रुपियो छीन लिया। तब भक्तिन के चुन्ना काटेस, गारी बक्की। मुला बतावा उ आदमी तू तिरिया, उ अमीर तू महागरीब...इही अभागदसा सम्मै गाँव की है। बुढ़ाई बेला भी पोर फरकता है। तारीफी तो कैलसिया की है। ग़रीब होकर भी असमत की रकक्षा किए है। आबरू सेंट सी महकाये है।

हनुमान जी महसूस कर रहे थे कि अभी थोड़ी देर पहले सूर्यबली के नगाड़े की ताल पर ठुमकने वाली नौटंकी की कोई नाचवाली रहे हों जिसके पीछे वे स्वयं जोकर की तरह हँसाने की गिलगिली चेष्टा कर रहे थे...

उनके पेट की भूखी अँतड़ियाँ बीभत्स साँप बन गईं जो बहुत ग़ुस्सैल और जहरीला होता है।

कैलासी उदास थी, छलिया उससे नाराज़ हो गए थे। छलिया नाराज़ था क्योंकि कैलासी मटरमाला नहीं पहनती।

"...रोज़-रोज़ चिरौरी करता हूँ कि तू मटरमाला पहिन ले मुला मेरी बात काहे रखेगी तू। कै बेरा मेरी बात कटी होगी? छलिया भावुक हो गया था। उसका गला भर्रा आया, "हमार छोटी-सी हसरत नहीं पूरी कर सकती...काहे

पूरी करेगी...क्या ग़रज़ है तुझे...जाव हमार माछु जब तक तू मटरमाला न पहिन लेगी बोलचाल बन्द।"

छलिया तो कहने के बाद उसे अकेली छोड़ चला गया, किन्तु चकित खड़ी कैलासी की आँखों में आँसू भर आए। आँखों के पानी में डूबने का एक सिलसिला शुरू हुआ तो वह काफ़ी देर तक सुस्ताया भी नहीं। सब कुछ सह सकती थी लेकिन छलिया का रूठना उसके लिए बेहद तकलीफ़देह था।

एक तरफ़ छलिया की बेवफ़ाई का दर्द और दूसरी तरफ़ सूर्यबली और चंद्रबली का असभ्य हरकतों में इज़ाफ़ा—दोनों ने मिलकर उसे काँच के नुकीले तिकोने पत्थर तरह की ज़मीन पर लिटा दिया। कंगाली का माहौल उस पर वहशी कोड़े की तरह सनसनाता हुआ पड़ता और कहता—घिसटो।

घिसटती वह पीड़ा को पीती हुई छलिया के कशमकश में कसमसाती और कातर हो जाती। वह निरीह यातना के खूँखार दौर से बेसहारा गुज़र रही थी। उसके बाप को पंडित ने फिर मारा। वैसे हल्दी लगवाने के अगले ही दिन वह काम पर जाने लगा था, किन्तु अन्दर का ज़ख़्म दिन-प्रतिदिन गहरा होकर उसे डराता रहता। रामजस के ख़ौफ़ की यह कील कैलाशी के दिल पर दुबारा-दुबारा ठुकती और तेज़ होने की वजह से अन्दर उतरती जाती।

एक तकलीफ़ ठहरती दूसरी हमला कर देती...मटरमाला नाग की आकृति में उसके सामने लहराती। माधुरी जीजी, कुमकुम, पोस्ट मास्टर की पोती सभी साँप पहनती हैं, वह नहीं पहनेगी लेकिन...

रामजस झिंगरे बसखटिए पर कथरी में दुमड़ा पूरी रात कराहता। कराह कभी चीख़ में बदल जाती। और कैलासी दो-तीन बोरों के अन्दर अटी पड़ी शीत से ठिठुरती हुई आँसू बहाती।

उसे छलिया पर ग़ुस्सा भी आता, वह क्यूँ नहीं मेरे घर की हालत समझता। उससे कुछ छिपा तो है नहीं। जैसे उसका घर, वैसे हमारा घर भी। जब वह मरद होकर मटरमाला नहीं ख़रीद सकता तो मैं औरत होकर कइसे ख़रीदूँ? हुँह किरिया दिलाता है...दो साल की मुहब्बत हो गई मुला जो दुइ पइसा की चीज़ भी गदेली पर रख दिए होता तो कहती कि चलो भइया कोई मुहब्बत है...

...लेकिन छलिया कोई चीज़ लाए भी तो कहाँ से बिचारा। उसकी माई को सैयद लगे हैं। बाप गँजेड़ी हो गया है। कोई न काम न काज बस दम पे दम चाहिए, परेशान हमारा छलिया...बिचारे के मुँह पर झाईं आ गई है...

लेकिन मटरमाला? छलिया से बात करने को उसका जी तरसता, मगर छलिया की क़सम उसके जज़्बातों का दमन कर देती। कभी-कभी छलिया की बेवकूफ़ी पर चिड़चिड़ा भी उठती, बुद्धू है एकदम। अरे बोलचाल बन्द करने की क़सम खाई है तो इसारे से बात कर ले...

चाय पीकर मूँछ पोंछते हुए सूर्यबली बोले, "हनुमनवा आज पंचमसिंह के हियाँ न्योता है। चलना चाहिए।"

"बिलकुल सरकार। ऐसा चानस बार-बार थोड़े मिलता है..." हनुमान जी उस दिन के अपमान के बाद पंडित सूर्यबली की शरण में क़तई नहीं जाना चाहते थे। लेकिन जाना मजबूरी थी।

...जाजिम बिछी थी। कई तख़्त रखे थे। कुछ तख़्तों पर कोहड़े, गोभी आदि की तरकारियाँ और कुछ पर उबले आलू आदि रखे थे, पाँच-छह गैसें जल रही थीं। छलिया एक गैस में हवा दे रहा था। पंडित सूर्यबली एक हत्थेदार कुर्सी पर बैठे हुए महफ़िल को रसदार बना रहे थे। हनुमान जी ज़मीन पर बैठे उनका पैर दबाकर उँगली फोड़ रहे थे। चरन गहदाले से ज़मीन खोद रहा था...पंचमसिंह ने फुरेरा छोड़ा, "हमारे गाँव की चमाइनें तो गज़ब ढाती हैं।"

छलिया ने बीड़ी का कश खींचा। सूर्यबली अनुभवी से बोले, "मुला सब ससुरिन की मरजाद तो पैदा होते ही चटक जाती है। एक कैलसिया नेम-धरम की ठीक थी मुला अब उसने भी।"

अचानक बिजली सी फ़ुर्ती से चरन घूमा। उसका लहराता हाथ सूर्यबली के जबड़े पर पड़ा। पंडित का जबड़ा फट गया था। ख़ून की मोटी रेखाएँ दोनों तरफ़ से बहती हुई ठुड्डी से चू रही थीं।

पंडित का भी हाथ लहराया। मगर गिरने के पहले ही चरन की मुट्ठियों में गिरफ़्तार हो गया।

पंडित कलाई छुड़ाना चाह रहे थे, किन्तु छुड़ा नहीं पा रहे थे। फिर भी कोशिश जारी थी।

"पंडित जी, यह फ़ौलादी शिकंजा है।" यकायक भयानक लहजे में चरन ने उनका कॉलर भी पकड़ लिया। यह पकड़ भी मज़बूत थी। उन्हें अकुलाहट महसूस हो रही थी। वे चीख़ना चाह रहे थे, पर चीख़ नहीं पा रहे थे, क्योंकि उनकी मूँछें उनके गले में फँस रही थीं।

"बाभन महाराज," चरन मुस्कुराकर धीरे से फुसफुसाया, "सुरबलिऊ गट्टा छुड़ा लो तो गिरेबान छोड़ दूँ और कैलासी इनाम।"

सभी चकित थे। हनुमान जी स्तब्ध। छलिया चुप। पंडित का ख़ून खौल रहा था। चरन को लग रहा था कि जगेसरी की तरह कैलासी भी उसकी बहिन है और वह उसके सिर पर हाथ धर बचन दे रहा है।

जगेसरी और कैलासी दोनों आसपास के खेतों में काम कर रही थीं। जगेसरी थोड़ी देर बाद कैलासी को निहार भी लेती। ऐसा वह कई बार कर चुकी थी आज। उसे उस वक़्त कैलाशी रोज़ से ज़्यादा ही ख़ूबसूरत लग रही थी। कई बार देखने के बाद वह उठी और जाकर कैलासी को भींच लिया, "अरे मोरि गुइयाँ, इत्ती गदरही काठी।

हमका तो विस्वास नहीं कि छलिया सबर कर..."

"छलिया का नाम मत ले।"

"काहे?" वह कैलासी के दु:ख को समझ गई। इसलिए एक मज़ाक़ कर दिया, "इ छछन्न करे से का फ़ायदा अरे नाम लेने की मनाही है तुझको मरद तो बनेगा तेरा। हम नाम काहे न लें..."

कैलासी के भीतर विरह की चिड़िया फड़फड़ाई। छलिया की क़सम! आठ दिनों से बात न कर सकने की छटपटाहट उसे तेज़ाबी सज़ा देने लगी। वह सोचने लगी कि अगर वह मटरमाला नहीं पाती तो क्या कभी छलिया से बोल न पाएगी? तो क्या छलिया ग़ैर हो जाएगा? कितना कड़ुवा होगा यह सब! वह कैसे ज़िन्दा रहेगी...

इन प्रश्नों के व्यूह में स्वयं सन्तोष के लिए रचे उत्तर शहीद हो जाते और व्यूह की घिनौनी दुर्नीतियों से नावाक़िफ़ वह एक सहज भय से भयभीत होती। वह कुछ सोच ही रही थी कि जगेसरी ने वर्तमान के उदास रुख को मोड़ना चाहा, "कल भगउवा बाबा के मन्दिर में पोस्ट मास्टर की पोती रज्जनवा के साथ...।"

कैलासी न जाने क्यों बिफर पड़ी। उसने पहली बार किसी को, वह भी जगेसरी को शब्द चाक़ू से चोट दी, "जगसरिया कोई और इ बात कहता तो एक बात थी, मुला तेरे मुँह से...।"

"मुँह मुँह में का खराबी है?" जगेसरी खिसिया गई थी।

"मुँह की बात ये कि टोला-टोला तेरी करतूत पर थूके। तेरे करमों ने कालिख पोत दी तेरे चेहरे पर। सभी तुझे बेस्सा बताते हैं और चली है बदनाम करने पोस्ट मास्टर की पोती को..."

"चुप्प कैलसिया।" जगेसरी का चेहरा लाल हो गया ग़ुस्से में। पर अब वह सँभल चुकी थी। उसने कैलासी को पुख़्ता उत्तर देने के लिए ग़ुस्सा छोड़ प्रश्न किया, "अच्छा कैलासी बता, बेस्सा बनने में नुक़सान क्या है?"

"तो नफ़ा ही का ?"

"नफा! धन-दौलत का नफ़ा। मेले-ठेले में सर समान अलग से। ऊपर से लुत्फ वाली ज़िन्दगी, नुक़सान तो कोई हम्मै सुझाता नहीं।"

"बेइज़्ज़ती होती है जगेसरी, असमत ही औरत का ज़ेवर है, इसकी हिफ़ाज़त औरत का धरम है।"

"बस कैलसिया बस्स।" जगेसरी का चेहरा तमतमाने लगा, "बेज़्ज़ती। चमाइन केवटिन की इज़्ज़त ही कहाँ जो बेज़्ज़ती हो जाएगी।" जगेसरी का गला रुँध गया, "इज़्ज़त तो महल अटारी की तिरिया की होती है। झुग्गी-झोंपड़ी वालों की नहीं। है तो तू सबित्तरी, कौन इज़्ज़त है तेरी? पंडित सूर्यबली सुअर तेरी इज़्ज़त करता है? जोगनाथ करता है? धरमराज करता है? बोल? बोलती काहे नाहीं। हुँह असमत ही औरत का ज़ेवर है। हिफ़ाज़त करना धरम है। ज़ेवर की हिफ़ाज़त अपने हाथ में है कहाँ? हम न भी चाहें तो ज़ोर जुल्म से गहना तो लुटता ही है। कैलसिया सिरिफ

ज़बरदस्ती, ग़ैरज़बरदस्ती का बात है। ग़ैरज़बरदस्ती लुटाने में तनकी फ़ायदा हो जाता है तो उसकी आदत पड़ गई..."

चरन कैलासी को लेकर भगउवा बाबा के मन्दिर वाली कोठरी में घुस गया। भीतर से उसने दरवाज़ा बन्द कर किल्ली चढ़ा दी। चढ़ाने के बाद कैलासी को पैरे पर ठेल दिया।

कैलासी फुसफुसाई, "अब?"

"अब का, धोती लाओ किवाड़ तोप दूँ।"

"आँय?"

"आँय-भाँय न करो जादा। हियाँ फर्राटा काम होय के चाही।" उसने ख़ुद ही कैलासी की धोती खींचनी शुरू कर दी...

कैलासी का सीना धड़-धड़-धड़ ज़ोर-ज़ोर से धड़क रहा था। उसके लिए यह नया था उसका जी घबड़ा रहा था।

चरन की सम्पूर्ण आक्रामकता और आग उस भिखारी सी हो गई जो पूर्णतया स्वस्थ होता है।

कैलासी सिर से पैर तक कौतूहली डर से बदहवास हो गई थी।

चरन पूरा का पूरा बर्बर हो गया था। उसके चरित्र की निर्मल ज्वाला पागल कुत्ते की जीभ में बदल गई थी। सघन पीड़ा कैलासी के चेहरे पर उभर आई। उसकी आँखों में दर्द के खुरदरे टुकड़े तैरने लगे।

चरन प्रेत की तरह हो गया।

चरन की आदर्शवादिता जो चुप थी—इधर ध्वस्त हो गई थी। आदर्शवादिता के दाह से बनी राख बड़ी विषैली साबित हुई।

हाँफते हुए चरन उठा। पैरे पर पड़े अपने कुर्ते को उठाया। उसने जेब से एक मटरमाला निकालकर कैलासी पर फेंक दी। यह मटरमाला उसने घर का अनाज बेचकर ख़रीदी थी।

इस दिन के बाद गोकली बाबू ने कैलासी और कुमकुम में फ़र्क़ करना छोड़ दिया था, मगर बाद में उन्हें पूरी बात मालूम हुई तो रोते हुए बड़बड़ाए, फ़र्क़ है। जिस रात कैलासी को मटरमाला मिली, जगेसरी, चरन और हनुमान जी भूखे सो गए। उनके घर में चूल्हा नहीं जला था। घर में अनाज ही नहीं था।

[1980]

कोहरा और धरती

वे लोग शादी के सिलसिले में आए थे। घर में उसके और गुड्डू में से कोई न था। प्रभु प्रसाद को बड़ी कोफ्त हुई। वे भुनभुनाते हुए ख़ुद ही जाकर दुकान से दालमोठ और मीठा बिस्कुट ले आए। चाय घर में बन गई।

अब असली संकट का वक़्त आया। नाश्ता पहुँचाए कौन? वे खिसिया से गए। आख़िर रमेश की मौत की मनौती मानते हुए उन्हें ही नाश्ता लेकर जाना पड़ा।

चाय-नाश्ता स्टूल पर रखा था। मेहमान चुप थे। प्रभु प्रसाद भी चुप। प्रभु प्रसाद को बोलना पड़ा, "शुरू करिए।"

लड़की के पिता ने दालमोठ मुँह में रखते हुए पूछा, "लड़के का नाम क्या है?"

"रमेश। अख़बार पढ़ते होंगे आप। रोज़ तो छपता है उसका नाम।"

"क्या करते हैं वे?" लड़की के ममेरे भाई ने सवाल किया।

"अरे इसी नाटक में मस्त रहता है।" दो-तीन घूँट चाय सुड़कने के बाद प्रभु प्रसाद ने बताया, "नाटक का मतलब ये ऐरे-ग़ैरे नाटक थोड़े ही। थियेटर वाला। बड़े-बड़े धनी-मानी, आला-अफ़सर लोग जाते हैं देखने। भइया हमारा तो सीना चौड़ा कर दिया है इस लड़के ने।"

घर में घुसते हुए रमेश उनकी बात सुनकर एक साथ झुँझला और मुस्कुरा पड़ा, "यही बाबूजी उसे मुँह पर बेवकूफ़ और लोफर-कमीना बनाते रहते हैं।"

वैसे यहाँ तक प्रभु प्रसाद अपने ग़ुस्से को ज़ब्त करते हुए मान लेते कि उनके लड़के को नौकरी नहीं मिल रही है तो इसमें उसका क़सूर नहीं। उसने इतना क्या कम किया कि अपने बूते पर बी.ए. की पढ़ाई की। मगर वे नाराज़ इस बात पर होते कि जब वह नौकरी नहीं करता तो क्या ज़रूरत लखनऊ-कानपुर जाकर नाटक खेलने की। क्या फ़ायदा? यही कि लोग कहते हैं, कितना बढ़िया एक्टर है।

वह भी अक्सर सोचता कि बाबूजी को नाराज़ न करे। एक बार उसे भी कोई लाभ न दिखा इन सब में। मगर वह अपने अन्दर उठने वाली छटपटाहट से बेबस हो गया। उसे महसूस हुआ था कि वह भले रौंद दिया जाए पर उसकी छटपटाहट नहीं दबाई जा सकती।

प्रभु प्रसाद पर वह हँसता। वे हर महीने लॉटरी का टिकट ख़रीद लाते और भूलने की आदत के कारण कहीं रखकर भूल जाते। ड्रा खुलने पर जब लॉटरी वाला

ख़बर नहीं करता तब वे बेतहाशा ख़ुश होते, चलो अच्छा हुआ न निकली लॉटरी। टिकट भी तो साला खो गया था।

उसके आने की ख़बर प्रभु प्रसाद को लग गई। वहीं से उसे आवाज़ दी।

उसके जाने पर प्रभु प्रसाद ने कहा, "यही है भइया हमारा पहिलौठी का बेटा।" फिर वे हो-हो हँसने लगे।

वह नीली पैंट पर ढीली-ढीली शर्ट पहने था। उसका सिर झुका हुआ था। लड़की के पिता थोड़ी देर उसे घूरने के बाद विद्रूप से मुस्कुराए, "बुरा मत मानिएगा साहब, इस बेचारे की तो हड्डियाँ उभर आई हैं।"

प्रभु प्रसाद के चेहरे पर पसीना चिपचिपा आया। फिर भी उन्होंने बात सँभालने की कोशिश की, "हाँ, आजकल नाटकों में ज़्यादा भागदौड़ कर रहा है।"

वे सब मुस्कुराने लगे। पन्द्रह-बीस मिनट इधर-उधर की बातें करने के बाद हाथ जोड़कर उठ खड़े हुए, "अच्छा साहब आज्ञा दीजिए।"

प्रभु प्रसाद भी उनके साथ बाहर निकल गए। वह कमरे में अकेला रह गया। उसने दरवाज़ा बन्द करके बीड़ी जलाई और धम्म से तख़त पर गिर पड़ा। उसकी आँखों में आँसू भर उठे।

उसे लगा, गुड्डू ठीक कहता है कि पूरे समाज में बुनियादी गड़बड़ है।

गुड्डू आजकल दिलीप बहादुर के ख़िलाफ़ शुरू हुई मुहिम में जुटा था। ख़ून-पसीना एक कर दिया था।

दिलीप बहादुर आज़ादी के पहले से ही शासकों के प्रति वफ़ादार थे। अंग्रेज़ों ने ख़ुश होकर उन्हें तमाम ज़मीनों का मालिक बनाया था। आज़ादी मिलने के बाद उसमें से कुछ ज़मीन पर हजारों हरिजनों को ठौर देकर 'दरिद्र नगर' बसाया। इन्हीं लोगों के बदौलत एम.पी. बने रहे। पर इस बार उनको ही नहीं, उनकी पूरी पार्टी को मुँह की खानी पड़ी। आजकल अपनी ज़मीन ख़ाली करा रहे थे। पर दरिद्र नगर वाले खिसकने का नाम नहीं लेते थे। इस लड़ाई में गुड्डू दरिद्र नगर वालों की तरफ़ था।...

दिलीप बहादुर की बात सोचते-सोचते उसे कुछ दिन पहले की अपनी बेवकूफ़ी का ख़याल आया। दो-ढाई महीने हुए, उसने दिलीप बहादुर की बदौलत अपनी कंगाली दूर करने की बात सोची थी। बात यों थी, दिलीप बहादुर के महल के पास उन्हीं की मीनार थी। उसने एक आदमी को बताते हुए सुना कि वह मीनार उनके पुरखों का ख़ज़ाना था। वे उसमें कुबेर के ख़ज़ाने से दूनी दौलत का दावा करने लगे थे। तब उसने यह सोचा था कि ख़ज़ाने का रहस्य पता करेगा। रातों-रात दौलत घर पहुँचाकर मालामाल हो जाएगा।

लेकिन उसका सपना ज़्यादा दिन न चल पाया। क्योंकि उसने क़स्बे के मशहूर बदमाश को प्रभावित करते हुए दिलीप बहादुर को सुना, "हमारे पितामह ने गदर के दौरान अंग्रेज़ गवन्नर को छुपाया था। तो पंडत रामदेव देसभक्ती की बात

झाड़ने लगे। उस पर हेकड़ी के साथ। तब बचवा इसी मीनार से हमारे पितामह ने हेकड़ीबाज पंडत को छोड़ दिया। वह ससुरा लहराता हुआ भूमि पर गिरा। उसकी अँतड़ी-पँतड़ी सब छितरा गई भूमि पर। और फिर मालूम है क्या हुआ? हुआ क्या! हमारे पितामह श्रीमन महाराज इन्द्रजीत ने सात दफा पूरा मैदान रगड़-रगड़ कर धुलवाया था। रगड़...रगड़..."

वह यह अब तक नहीं समझ पाया कि इस घटना और बाबूजी को लॉटरी वाली बात में क्यों एक ताल्लुक-सा बन गया। जब भी बाबूजी पर हँसता, यह हादसा उपस्थित होकर हँसी छीन लेता। उसे बेहद ग्लानि होती। मन करता, बाबूजी के पैरों पर गिर पड़े...

"कुत्ता...कमीना...सूअर...कहाँ है वह हरामज़ादा।" प्रभु प्रसाद मेहमानों को थोड़ी दूर छोड़कर आ गए थे, "दिन भर आवारागर्दी किया करता है।"

प्रभु प्रसाद ने रसोई के बरतनों को फेंकना शुरू कर दिया।

वह ख़ामोश कमरे में पड़ा जल-भुन रहा था। बरतनों के गिरने की आवाज़ आई तो उसने सोचा, 'ऐसे बाप की जितनी भी साँसत हो, कम है।'

चाय-पान की दुकानें, स्कूल-कचहरियों सभी जगहों पर दरिद्र नगर की चर्चा थी। बात बढ़ती जा रही थी। दिलीप बहादुर के आदमी ज़मीन ख़ाली कराने जाते तो वे सब चाँव-चाँव करना शुरू कर देते।

इस मामले को लेकर दोनों भाइयों के रास्ते अलग-अलग थे। वह उदासीन था। कहता, दिलीप बहादुर की ज़मीन है, ख़ाली करा रहे हैं। जबकि गुड्डू अपने लोगों के बीच बड़ी तेज़ी से काम कर रहा था। वह उसकी बात पर तर्क करता, "पर दिलीप बहादुर के पास आई कहाँ से?" वह निरुत्तर हो जाता। गुड्डू की ऐसी बातें उसे झकझोरती ज़रूर थीं लेकिन उन्हें टाल जाता। वैसे भी वह घर के बाहर रोज़गार के लिए चक्कर काटता था या फिर अपनी कला से सरोकार रखता था। उसका सोचना था कि अगर कला के क्षेत्र में आगे बढ़ना है तो दुनिया के झंझटों से बचना पड़ेगा। यह तो संसार है। यहाँ आए दिन कोई न कोई बवाल होता ही रहेगा। कलाकार को इन सबसे कटकर बस अपनी कला से मतलब रखना चाहिए।

इतने के बावज़ूद वह घर में घुसता तो कला से भी मतलब न रख पाता।

घर आते समय उसने रास्ते में देखा, कई लड़के पर्चा बाँट रहे थे। एक ने उसको भी पर्चा थमा दिया। वह चलते-चलते पढ़ने लगा। दरिद्र नगर की झोंपड़ियाँ हटवाने के विरोध में था। उसने यह भी देखा, कुछ लोग पोस्टर चिपका रहे हैं। पोस्टरों में दिलीप बहादुर का कार्टून बनाकर मज़ाक़ उड़ाया गया था। कुछ में जोशीले नारे थे जो रास्ते भर उसके दिमाग़ में गूँजते रहे। कुछ देर के लिए वह अपने प्रिय नाटकों को भूल गया जो औद्योगिक युग की भयावहता को व्यक्त करते थे और ग़रीबी, आदमी के दर्द का कारण मशीनें तथा जीवन की आपाधापी बतलाते...।

घर पहुँचा तो माँ मोहन बाबू के यहाँ से लाए बासी अख़बार सन्दूक़ों, बक्सों पर चढ़ाकर बैठने का इंतज़ाम कर रही थी। घर की अकेली कुर्सी भी तो टूट गई थी। माँ रोती जा रही थी। यह आदत बड़ी बेतुकी थी। वह किसी से शिकायत न करती बस आँसू ढरकाने लगती।

खाना मिलना मुश्किल लगा क्योंकि माँ रो रही थी। रोते वक़्त वह किसी की सुनती नहीं। उसने भरपेट पानी पिया। पेट में कुछ पड़ा। वह आँगन में आकर खटिए पर पसर गया। अपने बारे में सोचने लगा...। वह स्टेज पर आया है। कई हज़ार दर्शक उसका स्वागत करते हैं। उसका उत्तर उसने बोलती मुस्कान से दिया। उसके अभिनय से उनके दिमाग़ में तनाव पैदा हो गया है। सब अकेलापन महसूस कर रहे हैं। औरतों की सिसकियाँ मंच तक आ रही हैं। वह ख़ुश हो रहा है...। अपनी कला को ढेरों आगे ले जाएगा...कला...

"जा खाना खा ले।" प्रभु प्रसाद की खुरदरी आवाज़ ने उसकी तंद्रा भंग की।

माँ ने परोस दिया था। वह बैठ गया। खाते समय 'अपना-अपना जंगल' नाटक याद आया। वह चाहता था, अपने अभिनय में इतनी जान पैदा कर दे कि इस यादगार नाटक का यादगार पात्र बन जाए। चुने हुए संवादों को निवालों के साथ चबाने लगा। परसों ही होना था नाटक! वह दो-चार निवाले ही पेट में डाल सका होगा, माँ सुबकने लगी। वह खीज गया और रुलाई पर बिना ध्यान दिए उठकर दालान में चला आया। गुड्डू वहाँ चारपाई पर बैठा किताब पढ़ रहा था। वह भी उसी की एक किताब उठाकर पढ़ने लगा।

तक़रीबन आधे घंटे तक पढ़ता रहा। गुड्डू एक ही पृष्ठ पर आँखें गड़ाए कहीं और खोया था। जैसे उसके भीतर कुछ घुमड़ रहा हो। यकायक वह उसकी ओर मुड़ा, "भइया।"

"क्या है?" उसने किताब से सिर उठाया।

"भइया हम लोग एक नाटक करने वाले हैं। तुम ज़रा हम सबको कुछ बता देना।"

"नाटक!" उसे अचम्भा हुआ, "तुम सब स्टेज का सामान वग़ैरह कहाँ से पाए?"

"सामान की क्या ज़रूरत? हम सब नुक्कड़ नाटक करेंगे।"

वह ठठाकर हँसा, "अच्छा...नुक्कड़...नाटक...वाह भाई..."

लखनऊ के लिए बस पकड़नी थी। वहीं 'अपना-अपना जंगल' का फ़ाइनल रिहर्सल था। स्टेशन के पहले ही बुक स्टाल पड़ता था। वह वहीं रुक गया। बेमन से रोज़गार समाचार-पत्र ख़रीदा। शुरू में उत्सुकता से ख़रीदता था। चौकन्ना होकर पूरा पढ़ता फिर कई जगहों के लिए एप्लाई करता। एप्लाई करने लायक़ सूचनाएँ उसे याद तक हो जातीं। पर अब उसकी रुचि मर गई थी। बाबूजी का दबाव था सो ख़रीद लेता था। वर्ना उसकी निगाह में यह कूड़े की तरह फ़ालतू था।

अख़बार मोड़कर रूल की तरह बनाया और गुज़रते हुए एक आदमी से टाइम पूछा। आठ बज रहा था। वह अपने बग़ल की पान की दुकान से डेली पेपर लेकर पढ़ने लगा। दिलीप बहादुर और दरिद्र नगर वालों के संघर्ष को लेकर सम्पादकीय लिखा गया था। सम्पादकीय उसके विचारों से मेल खाता था। उसे थोड़ी तसल्ली हुई। वह छोटी सी तसल्ली भी उसके लिए सहारा बन सकती थी। इसलिए कि आज बहुत खिसियाया था। माँ ने कल शाम को अमरूद खाने की इच्छा ज़ाहिर की। माँ की इच्छा-अनिच्छा उसके लिए ख़ास मतलब नहीं रखती थी मगर वह जित्तन तिवारी के घर की तरफ़ से आते समय सब्र न कर सका। उनके बाग़ में अमरूद के पेड़ अपनी मिठास के लिए मशहूर थे। उसे लगा, रात को कौन देख रहा होगा। दो-चार तोड़ ले। माँ से कहेगा कि उसी के लिए ख़रीदा है। दीवार फाँदकर गया। जल्दी-जल्दी दो-तीन अमरूद पैंट की जेब में ठँसे। आगे हाथ बढ़ाया ही था कि पकड़ लिया गया। जित्तन ने दो-तीन झापड़ मारा भी।

तब से वह ग्लानि से गड़ा जा रहा था।

वह अभी तक नहीं समझ पाया कि चोरी वाली बात कैसे रातोंरात पूरे क़स्बे में फैल गई। सुबह से जिस परिचित को देखो वही होंठ टेढ़ा करके व्यंग्य से देखता मिलता। तड़के ही किसी ने बाबूजी से पूरी बात ठोंक दी। उन्होंने चिल्लाना शुरू कर दिया, "कुत्ता...कमीना...सूअर...नाक कटाकर रख दिया हरामजादे ने। कहाँ है ससुरा..."

वे देर तक चिल्लाने के बाद अपना सिर थामकर बैठ गए। वैसे ही बैठे रहे। लगता था, थके हैं। इस तरह देखकर उसका मन पसीज गया। उसने चाहा, बाबूजी ख़ुश हो जाएँ। वह पसोपेश में था। समझ नहीं पा रहा था, बाबूजी को ख़ुश कैसे करे? दिमाग़ में न कोई बात घुस रही थी और न कोई ऐसी हरकत सूझ रही थी जिससे वे ख़ुश हो सकें। तभी उसे कुछ समय पहले उनके द्वारा दी हुई गालियाँ याद हो आईं। जी कड़वा हो गया। उसे उनसे ही नहीं सभी से चिढ़ होने लगी थी...

अख़बार के दो ही पृष्ठ पढ़ने से उसका जी उचाट हो गया। उकताकर बाक़ी दोनों पेज़ एक ही साँस में देख गया। अख़बार पनवाड़ी को सौंपकर जम्हाई लिया और चलने लगा कि कुछ दोस्त दिखाई पड़े। वह कुछ देर के लिए हड़बड़ाया फिर चतुराई से उनसे कन्नी काट गया। वह परिचितों का सामना होने से बचना चाहता था। परिचितों को देखते ही दिल की धड़कनें बढ़ जातीं। दोस्तों से और बचता। ज़रा सी उसकी बदनामी हुई और ये जाने किस जन्म की क़सर पूरी करने लगे।

दोस्त उसे देख नहीं पाए। वे आपस में बात करते चले जा रहे थे। उनके आगे बढ़ जाने के बाद उसने बीड़ी जलाई और बस स्टेशन की तरफ़ खिसक गया। एक बार फिर टाइम पूछा। आठ बजकर पैंतीस मिनट हो रहा था। नौ बजे तक भी बस मिल गई तो साढ़े नौ-पौने दस तक लखनऊ पहुँच जाएगा।

लखनऊ से लौटकर बहुत ख़ुश था। उसकी ख़ुशी थोड़ी देर के लिए नहीं थी। वह बरामदे में बैठा अभी तक मनसूबे बाँध रहा था। ख़ुशी चुकती नहीं थी। उसने बड़ी देर बाद बाबूजी को देखा, वे बरसात में कूद-कूद कर छप-छप नहा रहे थे। वे भीगे बदन ही बरामदे में आए और देह पोंछते हुए हरे रामा...हरे कृष्ण...रामा-रामा गाने लगे। माँ झोंटा खोले पूजा कर रही थी। उसका व्रत था। व्रत को लेकर वह कहा करती है, "बारह उपवास पूरे हो चुके हैं। सोलहवाँ होते ही सब ठीक हो जाएगा। देख लेना।" इसी तरह वह उन्नीस देवी-देवताओं के नाम उपवास कर चुकी थी। पर इस बार उसका तर्क था कि सन्तोषी माता नई-नई आई हैं। ये सुनेंगी ज़रूर। वह कहती, "वे सब देवी-देवता बुढ़ाय गए थे सो उनका ताप चुक गया था। यही ख़ातिर बरत फला नहीं।"

वह गुनगुनाने लगा। उसका आत्मविश्वास बढ़ा था। रिहर्सल में उसकी बहुत तारीफ़ हुई। कहाँ इस नाटक में काम पाने के लिए लोग आँख गड़ाए थे। तमाम तरह के पापड़ बेलने के बाद उसे काम मिला। उस पर रिहर्सल में तारीफ़। पंख लग गए उसको।

उसे महसूस हुआ, घर गंधा रहा है। घर में कोई छोटा बच्चा भी नहीं फिर नामालूम क्यों गंधाता है।

जाते समय उसने अलमारियाँ साफ़ करके किताबें, सामान वग़ैरह क़रीने से रख दिया था। मगर अब वहाँ सँड़सी-चिमटा से लेकर जूते-चप्पल तक बिखरे थे। वह झुँझला उठा, "इन जाहिलों से कैसे छुट्टी पाई जाए?"

घुटने तक जाँघिया पहने प्रभु प्रसाद आए और एक पोस्टकार्ड थमा दिया, "कानपुर की किसी डरामा कम्पनी से चिट्ठी आई है।"

वह पढ़ने लगा। 'कानपुर आर्टिस्ट एसोसिएशन' से आई थी। चिट्ठी देखकर याद आया, कई जगह पत्र लिखना है। जबकि पैसे से उसकी जेब लगभग ख़ाली थी। उसने प्रभु प्रसाद की ओर ताका। वह कुछ कहे इसके पहले उन्होंने बड़ी तेज़ी से नाक छिनका और कमरे में लौट गए।

वह ग़ुस्से से भर गया, "पूरे जंगली हैं। सलीके का नाम नहीं। जहाँ पाए वहीं नाक छिनक दिए।" उसकी इच्छा हुई कि उनका कान पकड़कर घर से बाहर कर दे या वह ही सब कुछ छोड़-छाड़ कर कहीं भाग जाए।

अपने को हल्का करने के लिए वह फिर गुनगुनाने लगा। माँ ने खाने के लिए बुलाया। वह वैसे ही गुनगुनाते हुए उठ गया।

रोटी-सब्ज़ी बनी थी। रोटियों का टुकड़ा भिगोकर निगल रहा था। थाली एक जगह टूटी थी। बचाने की कोशिश पर भी रसा बह जाता, जिसे उसकी लापरवाही मानकर माँ कई बार भुनभुना चुकी थी। पर तभी प्रभु प्रसाद ने खखारकर थूका तो वह मन ही मन भड़क उठा, इनको भी हमारे खाते समय ही थूकने की पड़ी थी। थूकना था, बाहर जाकर थूकते। खाना छोड़कर उठ जाना चाहा पर उठा नहीं। क्योंकि

बाबूजी घर में तूफ़ान खड़ा कर देते। उनके ही शब्दों में, "खाना खा ले रमेश। नहीं तो मैं बवंडर खड़ा कर दूँगा बवंडर...।" उसने माँ को देखा तो और चिढ़ गया, जाने क्या मज़ा पाती है इसमें...। माँ नाक में उँगली ठूँसे बैठी थी।

उसने तय किया कि जितनी जल्दी हो सकेगा, यह घर छोड़ देगा। चाहे इसी क़स्बे में कमरा लेकर रहना पड़े। ट्यूशन से कुछ कमा लेगा; हरदम के चख-चख में रहना मुमकिन नहीं। मेहनत और लगन से अपनी कला की प्रतिभा को आगे बढ़ाएगा...। यह सब सोचते हुए उसे बेहद अच्छा लग रहा था।

खाकर उठने के बाद वह चुल्लू बनाकर बाल्टी से पानी पीने लगा। फिर मसूड़े में फँसी रोटी चुलबुलाते हुए बाहर आया। फ़र्श पर पड़े एक चीकट कपड़े से मुँह पोंछा और मसूड़े की रोटी को चुटकी से निकालने में जुट गया।

रोटी का टुकड़ा निकल गया। उसे लगा, प्रसिद्धि मिलने में अब ज़्यादा दिन नहीं है। जल्दी ही वह कलाकारों के बीच प्रतिष्ठा पा लेगा। कुछ दिन बाद फ़िल्मों में काम मिल गया तो फिर बस। उसे गुड्डू का ख़याल आया। उसे गुड्डू के आसार अच्छे नहीं दिख रहे थे। रात-रात भर गोल रहकर नारे लिखता...पोस्टर चिपकाता...। उसका मुँह आँगन की तरफ़ था। आँख खुलने पर देखा, आँगन में चिड़ियाँ बिखरे हुए गेहूँ के दाने चुग रही थीं। उसे बहुत भाया चिड़ियों का ऐसे अनाज चुगना। अभी धूप नहीं हुई थी। फ़ुर्ती से यकायक भर गया। उठकर लखनऊ की तैयारी करने लगा।

उसके भीतर आशा और ख़ुशी का सैलाब उमड़ रहा था। पिछली रात से ही अपने संवादों में डूबा था। यहाँ तक कि अन्य पात्रों के संवाद भी उसे रट गए थे। 'अपना-अपना जंगल' के दृश्य और उससे मिलने वाली सफलता उसकी आँखों के सामने बार-बार कौंधती।

नाटक रात को होना था लेकिन वह अभी से कल्पना में अभिनय करता रहता। वह ऐसा इसलिए कर रहा था कि नाटक में मँजे हुए लोगों के सामने घबराहट न हो।

उसकी सपनों की दीवार भरभरा गई। उसे 'अपना-अपना जंगल' नाटक से निकाल दिया गया।

रात को नाटक होना था, सुबह निकाला गया। समीरचन्द के लड़के राकी को उसकी जगह ले लिया गया। समीरचन्द ने नाटक करने वाली संस्था को दस हज़ार रुपया चन्दा दिया था।

गुड्डू से थोड़ी दूर पर वह ख़ामोश बैठा था। एक तो लखनऊ से लौटने की थकान, उस पर उसके जज़्बात को लगने वाली ठेस। वह चाहते हुए भी बोल नहीं पा रहा था। हलक सूख-सा गया था। बोलने को होता, गले में कुछ फँसने लगता।

गुड्डू को चोट लगी थी। गुंडों ने पीटा था। सिर और बाएँ घुटने में अधिक चोट आई थी। पट्टियाँ बँधी थीं वहाँ। एक हल्की चोट पर मलहम लगा था। वहाँ मक्खियाँ भिनभिना रही थीं। गुंडों ने मारने के बाद कहा था, "अबकी जो फिर किरान्ती छाँटे तो जान से ही मार डालेंगे।" मगर गुड्डू के चेहरे पर ख़ौफ़ की शिकन नहीं थी। उलटे ख़ुश था। क्योंकि उसके मार खाने के बाद लोग दिलीप बहादुर के ख़िलाफ़ और भड़क गए। आज उनके महल का घेराव होने वाला था। वह कहता, "मेरा मारा जाना रंग ला रहा है।" खिड़की के पास बोरा बिछाकर लेटा था, ठंडी-ठंडी हवा आ रही थी। उसके दो साथी आए थे। एक कोई किताब पढ़ रहा था। गुड्डू ख़ुद और दूसरा सुन रहे थे...

उसके मन में उठता कि गुड्डू को डर क्यों नहीं लगता? इतना बहादुर वह पहले तो नहीं था। कैसे उसमें हिम्मत का सोता फूट पड़ा। एक बार उसने गुड्डू से पूछा था तो उसने बताया, "ज़ुल्म के ख़िलाफ़ लड़ने वालों से जुड़ने पर हिम्मत आ ही जाती है। तुम भी जुड़ के देखो भइया।"

उसे भी लग रहा था कि बिना एकजुट हुए गुज़ारा नहीं। पहले वह समझता था, आदमी की लगन और मेहनत ही असली चीज़ है। किसी के पास यह हो तो उसे कोई आगे बढ़ने से रोक नहीं सकता।

लेकिन अब वह अपने को बदला-बदला महसूस कर रहा था। लगता, कोई खोई चीज़ वापस आ गई है। जैसे भीतर अनेक अच्छाइयों के कपाट खुल गए हों। अब बाबूजी से ही, पहले वह घृणा करता था किन्तु आज ग़ौर किया तो बेहद ग्लानि हुई। पश्चाताप से भर उठा। वह बाबूजी के संघर्षों को नज़रअन्दाज़ करता रहा। वे पूरी ज़िन्दगी संघर्षों से जूझते रहे जबकि वह थोड़े दिन की ही तंगहाली देखकर भागने की तैयारी करने लगा था।

उसे अपने पर लज्जा और बाबूजी पर लाड़ उमड़ आया, वे असभ्यता करते हैं। बात-बेबात पर चिड़चिड़ा उठते हैं तो इसमें उनका क्या दोष? उन्हें मौक़ा ही कहाँ मिला सभ्य बनने का? कंगाली हमेशा कमर तोड़ने में लगी रही। जो आदमी चौबीस घंटे चिन्ता में घुटेगा वह चिड़चिड़ा नहीं तो क्या होगा। फिर सब कुछ परिवार के लिए ही झेला...। बाबा के मरने पर उन्हें पाँच हज़ार रुपए मिले थे। माँ के साथ-साथ वह भी कहते-कहते थक गया कि वे कुछ दिन दूध पी लें। तन्दुरुस्ती चौपट करने से क्या फ़ायदा। और एक कम दाम का ही सही कपड़ा बनवा लें। पर वे टालते रहे। सारा पैसा घर की ज़रूरतों में ख़र्च किया। रुपया ख़त्म होने पर भी उनके बदन पर वही पुराना-फटा सूती क़मीज़-पाजामा रहा। वहीं पर उसने जो उन्हें गँवार और काँइयाँ मानता था, पाँच हज़ार में मज़े का पैसा लिया था। उसने दोस्तों को नाश्ता कराया, दावतें दीं और पिक्चर दिखाया था।

"कब से घर में घुसुरे हो?" माँ थी। उसने सिर उठाकर देखा, पेटीकोट-ब्लाउज़ में माँ उसे बहुत दयनीय लगी। पहले की ख़ूबसूरत, गोरी-चिट्टी माँ अब कैसी हमेशा

पागल-सी खिसियाई रहती। माँ को देखते हुए उसके दिल में हूक उठी। अर्से बाद वह उसे आत्मीय महसूस हुई। उसने कहा, "अम्मा बैठो।" वह ख़ुश होकर बैठ गई। बहुत दिनों पहले की मोहकता माँ के चेहरे पर उभर आई। उसका मन हुआ, माँ की छाती से लगकर ख़ूब रोए...।

बग़ल में गुड्डू के दोस्त ने किताब पढ़ना बन्द कर दिया था। अब वे तीनों उसी किताब की बातों पर बहस कर रहे थे। माँ ने उससे सवाल किया, "ये सब क्या बक-बक लगाए हैं?"

"एक किताब पढ़े हैं, उसी के बारे में बतिया रहे हैं।"

"अरे रमेश एक बात बता।" माँ थोड़ा आगे खिसककर संशय से बोली, "ये गुड्डू हमेशा कैसी किताब पढ़ता रहता है?"

वह कुछ सोचकर बोला, "अच्छी किताब होती है। दिमाग़ बढ़ता है।"

"और ये आवाज़ें कैसी आ रही हैं?" माँ ने उत्सुकता से पूछा। दिलीप बहादुर के महल की ओर से नारों की गूँज सुनाई पड़ रही थी।

"लोग जुलूस निकाले हैं।" उसने गुड्डू की ओर देखा, उसके दोस्त जा रहे थे। वह कसमसा रहा था।

"कैसा जुलूस।" माँ ने फिर सवाल किया।

वह कुछ बोले कि गुड्डू पूछ बैठा, "मैं ज़रा बाहर घूम आऊँ?"

माँ ने उसकी तरफ़ निहारा। कुछ पल चुप रहने के बाद कहा, "नहीं।"

गुड्डू मन मसोसकर रह गया। माँ हाथों से अपना पैर दबाने लगी। वह जम्हाई लेकर खड़ी हुई तो उसकी हड्डियाँ कड़कड़ाई, "मैं चल रही हूँ रे!"

दरवाज़ा बन्द करने के बाद वह दीवार की टेक लेकर आराम से पसर गया। बीड़ी पीने लगा। जँगले से धूप का एक टुकड़ा घुसकर उसकी गर्दन और बाँहों पर छितरा गया। पर वह उससे लापरवाह खोया रहा। दिलीप बहादुर के महल से नारों की गूँज फिर सुनाई पड़ी। उसने गुड्डू की तरफ़ आँख घुमाई, उसने चद्दर में मुँह डाल लिया था। उसे गुड्डू की नुक्कड़ नाटक वाली बात याद आई। सोचा अगर वह इस तरह का कलाकार होता तो आज उसकी यह दुर्गति नहीं होती...

हवा का ठंडा झोंका आया और वह ताज़गी से भर गया। उठकर बंडी जँगले के बाहर फेंक दी। खूँटी से पैंट-क़मीज़ उतारकर जल्दी-जल्दी बदन पर डाला। गुड्डू के क़रीब आकर मुस्कुराया और उसके सिर से चद्दर झटक दिया, "क्या मनहूसों की तरह पड़ा है। कैसा कामरेड है? जाएगा नहीं जुलूस में?"

गुड्डू आँखें फाड़कर देखने लगा। किसी तरह हकलाते हुए बोला, "अम्मा ने...मना...मना...किया था..."

"उससे झगड़ा करके जाते। तुमको इसलिए भी झगड़ा करना चाहिए कि मैं नुक्कड़ नाटक क्यों नहीं करता।"

"क्या...।" वह भौचक्का-सा हो गया था।

"जल्दी करो।"

गुड्डू फड़फड़ाकर उठा और जाने लगा। उसने गुड्डू की कलाई पकड़ ली, "मैं भी चल रहा हूँ।"

गुड्डू आश्चर्य और हैरानी से उसे टुकुर-टुकुर ताकने लगा।

वह हँसा, "क्या है रे!" उसने गुड्डू को बाँहों में भर लिया।

कुचक्र

शरीफ़ कल जेल से छूट गया था...आज जैसे ही टिकट मिलना शुरू हुआ, उसने टिकट ख़रीद लिया और नुमाइश के अन्दर दाख़िल हो गया। अन्दर कोई दर्शक नहीं था। दुकानें भी पूरी तरह सजी नहीं थीं। उसने इधर-उधर देखा और एक चाय की दुकान पर बैठ गया। दुकान का मालिक एक आठ-नौ वर्ष के लड़के का कान उमेठ रहा था। लड़के का कसूर यह था कि उसने केतली का खौलता पानी अपने पैरों पर गिरा लिया था।

वह मुस्कुराने लगा। सोचा कि शुरुआत अच्छी है। अभी क्या अभी तो बहुत कुछ देखने को मिलेगा। वह यह सोच ही रहा था कि तक़रीबन बारह-तेरह साल के लड़के को कप-प्लेट साफ़ करते हुए देख लिया। देखकर बहुत ख़ुशी हुई। मन हुआ कि ख़ूब ज़ोर से ठठाकर हँसे, लेकिन तभी सन्नाटा खींच लिया, क्योंकि जेल से छूटते वक़्त उसे हिदायत दी गई थी कि वह गोपनीयता के साथ वक़्त गुज़ारे! इस तरह उपस्थित हो कि लोग समझें उसके शरीर का रोम-रोम साँय-साँय उगल रहा है।

वह उसी तरह उपस्थित होने लगा...

जेल से छूटने के बाद शरीफ़ प्रत्येक कार्य अपनी इच्छा के ख़िलाफ़ करता रहा है जैसे कि पानी गिराने वाले लड़के और कप-प्लेट साफ़ करने वाले लड़के को देखकर उसकी आत्मा में उनके प्रति सहानुभूति उपजी थी। उसे बेहद कष्ट हुआ। लेकिन वह अपने ही विरोध में ख़ुश होने लगा उन लड़कों की स्थिति पर। हालाँकि यह बात निश्चय ही उसे मालूम थी कि वह ग़लती कर रहा है, लेकिन जब वह स्वयं से प्रश्न करता कि वह ऐसा क्यों कर रहा है तो वह स्वयं उत्तर पाने के स्थान पर कड़वाहट से प्रश्न कर बैठता, मुझे बिना किसी अपराध के जेल क्यों भेजा गया?

थानेदार जसवंत सिंह ने घूँसा मारते हुए कहा था, "पढ़े-लिखे होकर स्मगलिंग करते हो। अभी हड्डी तोड़ता हूँ साले।"

जेल में शरीफ़ को मालूम हुआ कि छोटा भाई अज़ीज़ वकील साहब की लड़की जरीना के साथ भाग गया। घरवालों की दशा बिगड़ती ही जा रही है। बाप का पैसा तो दुखियाबाई के कोठे पर फुँकता होगा। पैसा उसकी माँ रख लेती होगी और बेटी को असलियत से दूर रखते हुए उसके बाप को कोठे से ठेलवा देती होगी। वे नीचे खड़े होकर गालियाँ बड़बड़ाते होंगे। फिर दुखिया के दलाल से थप्पड़ खाकर हरीराम

शराब की दुकान पर ठर्रा चढ़ाते होंगे...मैं यहाँ जेल में सड़ रहा हूँ नहीं तो कुछ न कुछ इंतजाम ज़रूर कर...उँह पहले ही कौन सा एहसान कर देता था, उलटे उन्हीं की कमाई से पेट पालता था।

जेल की दशा तो और भी ख़राब थी। एक दिन हड़ताली लड़के बग़ल वाली बैरक में बन्द कर दिए गए। रात को बड़ा शोर उभरा। कोई लड़का बड़ी तेज़ी से चीख़ा। थोड़ी देर में जेल वाले लोग आ गए। पता चला कि कुछ लड़के एक कम उम्र के लड़के की पैंट उतरवाकर उसके साथ...

शरीफ़ का मन गिनगिना उठा था इस घटना से। गिनगिनाहट व्यापती चली जा रही थी धमनियों में। बार-बार उसे लड़के की चीख़ याद आती।

नुमाइश में अब कुछ चहल-पहल होने लगी थी। उसने सोचा, मन लगाया जाए।

"क्यों राजा तुम्हारा 'माल' तो नहीं आया?"

"अबे एक माल थोड़े ही रखता हूँ।"

"अबे जा जादा लोकल मत हाँक।"

"लोकल? चल फुट तेरी तरह पुड़ियाबाज नहीं हूँ बे।"

इन लड़कों में से एक का ध्यान चूड़ियों की दुकान पर खड़ी एक लड़की की ओर चला गया। वह लपकते हुए दुकान पर पहुँचा और लड़की से सटकर चूड़ियाँ इधर-उधर पलटने लगा। उँगलियाँ चूड़ियाँ पलट रही थीं और आँखें तिरछी होकर लड़की को ताड़ने लगीं। लड़की थोड़ा दूर हट गई तो लड़का थोड़ा पास सरक आया। वह चाह रहा था कि लड़की पलटे और वह अपना मकसद हल करे। लड़की से दूर खड़े लड़की के सगे भाई को इस हरकत पर बेहद ग़ुस्सा आ रहा था।

इधर खिलौने वाली दुकान पर एक लड़की ने एक लड़के को सैंडिल उतार कर मारा। लड़का परसाद पाकर ख़ुश होता हुआ दोस्तों के पास चला आया।

इस लड़के का नाम रंजीत है। आज यह बी.ए. पास हो गया है। मित्रों का साथ भी है, इसीलिए बड़ी मौज में है...

"अरे रज्जा चाक़ू मारती हो।"

कलीम ने सहयोग दिया, "ओय होय मेरी लैला बड़ी धाँसू लगती हो।"

"अरे चांडाल मेरे माल पर फबती कसता है?" रंजीत बोला।

"...तेरे नाम बैनामा लिख उठा है क्या?" यह निंदे सरदार था।

"भई दोस्ती में दरार न पड़ने पाए, सो एक-एक कर नम्बर..."

"धत्तेरे की।"

विश्वविद्यालय का अध्यक्ष था वह। अपनी लवर की तरफ़ इन लोगों की उठती निगाहें सहन न कर सका। बारह इंच का छुरा मूठ के पहले तक घुसेड़ दिया कलीम की पीठ में।

जेल के भीतर शरीफ़ बहुत बेचैन रहता था। मन के भीतर अस्थिरता थी। वह किसी

अच्छी बात में तो कभी लगता ही नहीं। बार-बार बुरी इच्छाओं के कीड़े उसे परेशान करते। ढेरों आकृतियाँ और चेहरे दिमाग़ के धरातल पर बनते-बिगड़ते। जाने क्या कारण था कि बार-बार चंदर का चेहरा उसके सामने आ-आकर चंदर के इतिहास की काली पर्तों को बेरहमी से खोलने लगता जबकि चंदर गाँव में था उस वक़्त और शरीफ़ जेल में। शरीफ़ के प्रति तब की घटना क्रूर हो उठी है जब वह ग्यारह वर्ष का था।

चंदर और शरीफ़ दोनों ही गाँव में थे। कुछ बड़ी उम्र के लड़के बाग़ में चारपाई बिछाकर ताश खेल रहे थे। खेलते-खेलते वे गाने लगते, चिल्लाने लगते और गाली बकने लगते। कभी-कभी मारपीट कर लेते। तब आम का मौसम था। छोटे-छोटे लड़के आम बीनते। जब वे कुछ आम इकट्ठा कर लेते तो जुआ खेलने वाले लड़के थोड़े से आम छीन लेते उनसे और दबा-दबाकर चूसने लगते। शरीफ़ का भी आम छीन लिया एक लड़के ने। उसने अपना आम वापस माँगा तो लड़के ने खदेड़ दिया। वह भागते-भागते ताल के पास के बरगद की पुलई पर चढ़ गया तो लड़का टापता रह गया क्योंकि वह उतने ऊँचे चढ़ने से डरता था। वह चला गया।

शरीफ़ उस लड़के के दूर चले जाने की प्रतीक्षा में चुपचाप पेड़ पर ही बैठा रहा। थोड़ी देर बीता होगा कि चंदर ठाकुर की भैंसें लेकर आया। भैंसें पानी में बड़-बुड़ की आवाज़ पैदा करती हुई घुस गईं।

भैंसों को पानी में तैरता देख चंदर आश्वस्त होकर दनदनाता हुआ उसी बरगद के पेड़ पर चढ़ गया। चंदर केवल एक अंडरवीयर पहने था। ऊपर कुछ नहीं पहने था जबकि मौसम लू का था। लेकिन वह बेफ़िक्र था। शरीफ़ की आँखें फैलकर चंदर के चेहरे पर टिक गईं। वह पुलई पर बैठा सब कुछ साँस रोक देख रहा था। चंदर ने चौकन्ना होकर चारों तरफ़ देखा। फिर किसी को न देखकर झट से अपना हाथ अंडरवीयर के अन्दर डाल दिया...उस क्षण होंठ इस तरह हिलने लगे जैसे वह बुदबुदा रहा हो। एक मिनट में उसकी आँखें मुँद गईं और दिमाग़ क्षण भर के लिए गिनगिना उठा। इसके बाद चंदर की तरह ही शरीफ़ का मन लिजलिजी वितृष्णा से दूषित हो गया।

नीचे उतरने पर उसने चंदर को घेरकर कहा, चल तेरे काका से तेरी करतूत बताता हूँ बेशर्म कहीं का।

भयभीत चंदर ने सारी बात उगल दी, उसने यह आदत एक पखवारा पहले शहर से आए बलभद्र सिंह के लड़के रतन सिंह से सीखी थी। दिशा मैदान के वक़्त वह ऐसा ही कर रहे थे। उसने देखा और भागकर चरना खटिक को बताया तो उसने कहा करके तो देख एक बार कित्ता मज़ा आता है। उसने किया और मज़ा मिला। तब से बराबर करता चला आ रहा है।

जेल में शरीफ़ की परेशानियों की क़तार में एक और परेशानी जुड़ गई। जेल में उसे मालूम हुआ कि अब्बाजान का इंतकाल हो गया है। इस सदमे से अम्मीजान की

नफ़्सें क़ाबू के बाहर हो गईं। ख़ुशियाँ हर पल उम्र के साथ चुकती जा रही हैं और वक़्त ख़ुशियों की तरह बन्द हथेलियों से फिसलता जा रहा है जबकि वह जेलख़ाने में बन्द है।

और जेल में ही शरीफ़ में चेहरे याद आनेवाली बीमारी भी ईजाद हो गई। चंदर का चेहरा बराबर उसके मन में सड़े-गले जज़्बात भरता रहता तो वहीं पर अज़ीज़ का चेहरा उपस्थित होकर पछतावे के रंग में डुबोने लगता। इतना ही नहीं, ढेरों चेहरे उसे घेर-घेर कर उसकी स्थिर शांति को झकझोर देते जिसमें सुधा का चेहरा कठोरता से उसके सोचने की क्रिया को जागरूक करने लगता...।

सुधा, भानु प्रताप सिंह की लड़की थी। सभी तरह का ऐश-आराम पंजे के बल पर खड़ा होकर सलाम ठोंकता था, क्योंकि उनके पुरखे भी बहुत बड़े रईस थे। लेकिन सुधा की निगाह एक निम्न मध्यम तबके के पुरुष शरीफ़ को देखकर ही सुर्ख़ हुई थी। शरीफ़ भी मर मिटा था सुधा पर।

सुधा का पिता इस सम्बन्ध पर क्रूर हो उठा। सुधा को रोका, मगर सुधा ने इस रुकावट को अस्वीकृत कर दिया। शरीफ़ का जादू उतर नहीं रहा था। अचानक एक दिन सुधा ने फ़ैसला कर लिया। ढेरों दौलत की अटैची लिये तैयार थी शरीफ़ के साथ बची ज़िन्दगी के शेष लमहे गुज़ारने के लिए। मगर इस नाज़ुक और महत्त्वपूर्ण मौक़े पर शरीफ़ की हिम्मत डगमगा उठी। वह सुधा का साथ देने से साफ़-साफ़ इनकार कर गया। उस वक़्त सुधा उसे तेज़ शब्दों में फटकार रही थी और वह थरथरा रहा था।

उसकी डरपोक मानसिकता और मुखौटेधारी साहस ने सुधा के अडिग आत्मविश्वास की धज्जियाँ उड़ाकर रख दीं। उन धज्जियों को डबडबाती आँखों से देखकर फ़ीकी हँसी हँसती हुई वापस चल दी सुधा, पुन: उसी चमकीले कारावास की ओर क्योंकि उसे ख़ूबसूरत मुक्तद्वीप भी कायरों का डेरा लगा...जेल में शरीफ़ के वर्तमान को पीछे ढकेलकर बार-बार अतीत स्थापित हो जाता।

चंदर दिनोंदिन दुबला होता गया। वही नहीं गाँव के अधिकांश लड़के उसी की तरह कमज़ोर होते गए। कमज़ोरी एक संक्रामक रोग की तरह एक छोर से शुरू होकर दूसरे छोर तक फैलने लगी। यही नहीं कि क़मज़ोरी वाली बीमारी केवल चंदर जैसे लड़कों को ही हुई वरन् उसका आक्रमण एक-एक कर लगभग सभी लड़कों पर हुआ। लेकिन और लड़कों के घरों में मर्ज़ की दवा थी, यानी कि रुपया था। यही वजह थी कि और लड़कों का कोई नुकसान नहीं हुआ और उन्होंने अपने कीटाणु चंदर और उसके जैसे लड़कों के ऊपर फेंक दिए।

जब वे कमज़ोरी से बच गए तो चंदर और उसके जैसे लड़कों को बुला-बुलाकर हँसा करते और उनका मज़ाक़ उड़ाते।

जेल में बसन्त के दिन शरीफ़ का मस्तिष्क स्मृति की डोर में उलझता चला गया था।

घूमते-घूमते वे फुहारे के नज़दीक पहुँचे। वहाँ चूड़ियों की टूटन थी, बुझे हुए सिगरेट के टुकड़े और किताब के पन्ने फड़फड़ा रहे थे। सुधा ने पैर से किताब दाबकर कवर देखा एक पुरुष एक स्त्री नंगे लिपटे हुए, दोनों के पैर सटे हुए थे...

शरीफ़ ने महसूस किया कि सुधा का बदन सरसरा रहा है। उसके भी अन्दर मीठा अहसास हो रहा था...दोनों ही अद्भुत तृप्ति को भोग रहे थे...सारा शरीर महँगे ऐश्वर्य में तैरने लगा था।

जेल में शरीफ़ सोचता था कि छूटकर सुधा से शादी कर लेगा। किसी से नहीं डरेगा। लड़ लेगा सबसे। मगर...मगर क्या सुधा मंजूर करेगी इस रिश्ते को? जब ज़रूरत थी ऐसा करने की तब तो वह मौक़ापरस्त होकर ख़ुद को डरपोक साबित कर गया।

जब वे लड़के मज़ाक़ उड़ाते तो चंदर के बदन में शोले पैदा होने लगते। वह एक अव्यक्त प्रतिशोध में खौलता रहता था। आख़िरकार एक बार उसका प्रतिशोध ख़ौफ़नाक लहज़े में बाहर आ गया—उसने एक रात बलभद्र सिंह के लड़के रतन सिंह को गँड़ासे से मार डाला...।

भानुप्रताप सिंह की याद से उसका मन विषैले धुएँ-सा कड़वा हो गया। एक नुकीली स्मृति उसके दिमाग़ में तैरने लगी जब भानुप्रताप सिंह ने देखा कि उसकी लड़की नहीं मान रही है तो उन्होंने शरीफ़ को अफ़ीम की तस्करी के झूठे आरोप में जेल भिजवा दिया। लेकिन अब शरीफ़ उसकी तरफ़ देखना भी नहीं चाहता था।

इधर आधे घंटे से विशंभर सेठ सख़्त रूप से मुसीबत में हैं। क्योंकि शरीफ़ ख़तरनाक भाव प्रकट करता हुआ उनके पीछे लगा है। पीछे लगने तक तो ग़नीमत थी लेकिन थोड़ी देर से उनके कामों में भी हस्तक्षेप शुरू कर दिया है। जब उन्होंने सपरिवार डांसघर में जाने के लिए ब्लैक से टिकट ख़रीदना चाहा तो शरीफ़ ने टिकट वाले से कहा, ऐसा काम मत किया करो। यह ग़लत काम है।

"तब खाऊँ क्या?" लड़के ने पेट पर हाथ रखकर कहा।

"ऐसे लोगों से छीन लिया करो। इनका गला घोंट दो।" शरीफ़ का चेहरा तमतमाने लगा, "ये जानवर हैं, बेटे, ख़ूनी हैं, उन्हें मार डालो।"

विशंभर सेठ भय से काँपकर रह गए। तब से वे हर हालत में उससे पीछा छुड़ाना चाहते हैं लेकिन वह है कि पीछा छोड़ता ही नहीं। अब लड़का भी उनके पीछे लग गया है। वह भी परेशान करता है। कहता है, तुम्हारे पास पैसा है, रुपया है। मुझे भूख लगी है। मुझे पैसा दो, रुपया दो, खाना दो। नहीं तो तुम्हारा सब कुछ छीन लूँगा।" वे लड़के को कई बार पीट चुके हैं लेकिन वह फिर भी कहता है, "सब कुछ छीन लूँगा...छीन लूँगाऽऽ।"

विशंभर सेठ का बड़ा लड़का बाप को छोड़कर मिठाई की दुकान पर चला

आता है। शरीफ़ भी सेठ का पीछा छोड़कर मिठाई की दुकान पर आ गया। वैसे उसकी जेब में इतने पैसे नहीं थे कि वह दुकान पर बैठता। फिर भी वह दुकान पर बैठकर सेठ के लड़के की तरफ़ देखने लगा।

बैरा मेज़ पर पानी लाकर रख देता है। सेठ का लड़का कालाजाम के लिए ऑर्डर देता है। बैरा, जो कि अभी छोकरा था, सामान लेने चल देता है तो वह पानी पीने लगता है। शायद कुछ सोचते हुए गिलास मेज़ पर रखता है। ध्यान बँटा होने के कारण वह गिलास मेज़ पर नहीं रखता है वह गिर जाता है ज़मीन पर...

क्रच...कड़च...च...गिलास फूट जाता है और बैरे का कॉलर पकड़ लेता है, "क्यों बे पानी मेज़ पर काहे नहीं रखता है? साले अपना गिलास फोड़ा सो फोड़ा ऊपर से मेरा कपड़ा भी ख़राब किया...बता कपड़े की धुलाई कौन देगा? तेरा बाप?"

चौदह वर्ष का लड़का ज़ब्त न कर सका। गुस्से में गाली पर गाली देने लगा। इस लड़के ने अभी कुछ ही दिनों से काम शुरू किया है। शायद इसीलिए उसकी आवाज़ ने मद्धिम होना नहीं सीखा है। समझ क्या रखा है ख़ुद को? दुनिया का नवाब बनता है...।

विशंभर सेठ का लड़का भौचक खड़ा ताकता रहा उस लड़के को। सोचने लगा, "बीड़ी पीने वालों के अन्दर इतनी हिम्मत कहाँ से आ गई?" वह बौखलाहट भरे स्वर से कहता है, "एक तो ग़लती करते हो ऊपर से लड़ भी रहे हो?"

"ग़लती? मैंने गिलास फोड़ा है? बोल! बोलता काहे नहीं। तेरी आँख है कि बटन। साले बहुत दिनों से झेलता चला आ रहा हूँ तुम लोगों को। क्यों, तूने देखा है मुझे गिलास फोड़ते हुए?"

"और क्या?"

"चोप्प...तेरा सिर फोड़ दूँगा...।"

तड़-तड़ मालिक का हाथ उठ गया। क्योंकि हाथ न उठने पर हाथ ख़ाली होने का डर था।

"साले साहब लोगों से ज़बान लड़ाता है। बेचारे इतने शरीफ़ आदमी ठहरे कि तुझे बर्दाश्त किए जा रहे हैं। दूसरा कोई होता तो बेईमान कहीं का...तूने ही गिलास फोड़ा होगा। तू कम हरामी थोड़े ही है..."

"लाला तुम हमेशा से ऐसा करते चले आ रहे हो। ग़लती कोई करता है और आग मेरे ख़िलाफ़ मूतते हो।"

"अबे ज़्यादा बक-बक मत कर। मैंने ख़ुद अपनी आँख से देखा है तुझे गिलास पटकते हुए।"

"लाला बाबूजी का तो फ़ायदा होगा झूठ बोलने से, लेकिन तुम क्यों झूठ बोल..."

"बक-बक बन्द कर।" भट्ठी चढ़ी कड़ाही से उसने पैना निकाला और लड़के को खींच-खींचकर मारने लगा।

शरीफ़ देखता है कि लड़का भाग रहा है। दुकानदार भी दौड़ने लगा उसके पीछे-पीछे और आख़िरकार उसने पकड़ ही लिया उस लड़के को और पैने के गरम हिस्से से, उसे गाली देते हुए, पीटने लगा।

अनवरत मार से पीड़ित वह लड़का चीख़ते-चीख़ते बेहोश हो गया तब भी दुकानदार पीटे जा रहा है। बेहोश होने के कुछ मिनटों बाद वह जीत भरी मुस्कुराहट लिये वापस दुकान पर आया और एक दूसरे छोकरे से बोला, चल साहब को फटाफट दो पीस कालाजाम और पानी दे और हाँ, ज़मीन पर का शीशा बुहार दे नहीं तो साहब के पैरों में धँस जाएगा।

नुमाइश ख़त्म होने को है। तक़रीबन सभी देखने वाले जा चुके हैं। लड़का अभी भी उसी जगह पड़ा-पड़ा कराह रहा है। बीच-बीच में हाथ-पाँव झटकने लगता है। शरीफ़ उसे देखकर बहुत ख़ुश होता है। खड़ा होकर देख रहा है। उसे लड़के का कराहना और हाथ-पैर का झटकना बेहद सुखदायी लग रहा है।

लेकिन कुछ देर बाद शरीफ़ उससे लिपट फूट-फूट कर रो रहा था। रोते-रोते उसकी हिचकियाँ बँध गईं।

[1978]

आदमी नहीं टूटता

जिस दिन वह जेल से छूटा था। मुहल्ले में पटाखे दगे थे। कसाई टोला वालों ने चन्दे इकट्ठा कर रोशनी का इंतजाम किया था। फाटक बड़ा सुन्दर बना था।

वह लड़ा था दयाल सेठ से। जुम्मन मियाँ के लिए...। दयाल सेठ ने नुक्कड़ के पास वाली ज़मीन ख़रीद ली थी। उसके पास ही जुम्मन का घर था। सेठ का कहना था कि जुम्मन की झोपड़ी जिस ज़मीन पर बनी थी वह ज़मीन जुम्मन की नहीं थी। जिसकी थी उसने बेच दिया है, उनके हाथ। मगर जुम्मन मियाँ कहते कि उनकी है। उन्होंने साढ़े सात सौ में ख़रीदी है। यह सुनकर दयाल सेठ हँस पड़ते और अपने पालतुओं की तरफ़ देखते तो जुम्मन मियाँ डरकर झोपड़ी के अन्दर चले जाते और लौटते तो उनके हाथ में एक काग़ज़ होता। उसे सेठ को दिखाते हुए वे कहते, "देख लो मालिक मेरे नाम से ज़मीन है यह।"

एक सुबह जुम्मन मियाँ चिल्ला रहे थे। किसी ने कारण पूछा तो रोते हुए बोले कि उनका बैनामा वाला काग़ज़ कोई चुरा ले गया है...

सुनकर सन्नाटा पहन लिये मुहल्ले वाले। जुम्मन बेहोश हो गए।

मगर उस दिन जुम्मन मियाँ बेहद ख़ुश थे। दौड़-दौड़कर रिकॉर्ड वाले से कहते, "अरे सगीर भाई वो...वो वाला रिकॉर्ड बजाओ तो ज़रा...क्या...वो क्या नाम है... हाँ...बहारों फूल बरसाओ मेरा महबूब आया है।" रिकॉर्ड बजने लगता और जुम्मन मियाँ नाचने लगते, ठुमक-ठुमक कर। वह बहुत ख़ुश थे उस दिन।

वह जैसे ही मुहल्ले में पहुँचा, जुम्मन मियाँ लिपटकर बच्चों की तरह रोने लगे। वह भी रोने लगा था। देखने वालों की आँखें नम हो चली थीं। औरतें तो आँसू पोंछने लगी थीं।

...उस दिन उसका ख़ून खौल उठा था। मन में आया था कि दयाल सेठ के दो टुकड़े कर आकाश में टाँग दे...या...बोटियाँ करके भूखे कुत्तों के सामने फेंक दे...!

दयाल सेठ ने अपने पालतुओं को जुम्मन के ऊपर छोड़ दिया था। एक जुम्मन को झापड़ मार रहा था और दूसरा घूँसा। तभी दयाल सेठ ने आगे बढ़कर जुम्मन का गला पकड़ लिया और वह उँगलियों की गिरफ़्त मज़बूत करता चला जा रहा था।...

उस वक़्त के दृश्य को वह अपनी कहानी में रखना चाहता था! बड़ी बारीकी से एक-एक व्यतीत होते क्षण के अन्दर बैठता चला जा रहा था वह! जैसे-जैसे घटना

उछलती जाती, उसे वह मस्तिष्क में क़ैद करता जाता। मगर तभी झकझोरकर रख दिया किसी ने। उसी शख़्स ने क़लम छीनकर हाथों में तलवार थमा दी, बोटियाँ काटकर कुत्तों को सुँघवाने के लिए...वह सोचने लगा...कहानी तो बन जाएगी मगर जुम्मन की जान। रसूलन और मकबूल दोनों ही छोटे-छोटे बच्चे...क़ानून उसे दयाल सेठ के टेरीलीन वाले कुर्ते की जेब में झलकता हुआ मिला। वह इधर-उधर देखने लगा...सेठ जुम्मन का गला दबाए जा रहा था। मुहल्ले वाले हतप्रभ थे...

लपककर उसने सेठ का गिरेहबान पकड़ लिया। एक ही झटका दिया कि अगले क्षण सेठ धूल चाट रहा था...पालतू हाथों में औज़ार लेकर आगे बढ़ रहे थे...तभी जहीर मियाँ ख़सी हलाल करने वाली छुरी लेकर ललकारने लगे...देखा-देखी और लोग भी बर्छी, लाठी इत्यादि लेकर निकल पड़े। एक आग सरसराती हुई फैल गई! पालतू ग़ायब थे। लाठियों की मार से दयाल सेठ की कुछ अस्थियाँ चरमराकर टूट गईं...।

इसके बाद वह गिरफ़्तार हो गया।

वह कहानी लिखने के लिए सोच रहा है। थोड़ी देर बाद पेन उठाकर लिखना चाहता है। चार-पाँच लाइन लिख सका होगा कि खट...खट...।

आने वाले के ख़िलाफ़ बड़बड़ाता हुआ दरवाज़ा खोल देता है। चाहता तो था, दरवाज़ा न खोले और लिखता रहे। मगर...

दरवाज़ा खोलते ही नामालूम कहाँ से एक मुस्कुराहट टेढ़े होंठों को समर्पित हो गई, मौसी जी नमस्ते...अरे मौसा जी हैं...नमस्ते...वाह...वा...प्रमोद भी और वा भाई वाह...यह दिन्नू जी भी आए हैं...।

थोड़ी देर बाद क़लम लेकर पुनः लिखने बैठता है। कुछ ही अक्षर लिख पाया होगा कि माँ पसीना पोंछते हुए आती हैं और फ़र्श पर थूककर बोलती हैं, काम देखकर पढ़ास सूझती है, पानी-वानी पीने के लिए कुछ आएगा कि 'नहीं'।

वह तेज़ी से उठता है और मेज़ पर अनायास ही घूँसा मारता है, जिससे माँ समझ जाए कि वह ग़ुस्से में है।

रास्ते भर दिमाग़ में धुआँ भरा रहा। कभी गालियाँ बकता, कभी यह इच्छा होती कि वापस जाकर माँ से लड़े। घर का सारा कामकाज वह करे और साथ में डाँट भी सुने। इस पर तुर्रा यह कि गार्ड साहब का लड़का इतना सीधा है और तिवारी जी का भोला अच्छे नम्बर लाता है...।

"लाला एक पाव मिठाई तौल दो।" तभी 'अर...ए...आ...वो...म्मा चाय पीयो।' समय की पुकार थी कि चाय न पिए, देर हो जाएगी, मगर नफ़्सों की फ़रमाइश थी कि चाय पीकर ही चले।

वह बातें करता मगर तभी दुकानदार ने मिठाई का डिब्बा लाकर मेज़ पर रख दिया। बहस का नशा ग़ायब हो गया। आँखों के सामने माँ का बड़बड़ाता चेहरा उसे झकझोरता हुआ घूम गया...।

रास्ते में चिर-परिचित धुआँ आहिस्ते से आकर और मस्तिष्क में घुसकर षड्यंत्र रचने लगा। जिस जगह उसने सम्पूर्ण आदर्शवादिता सहेज रखी थी उसे धुएँ ने अन्धा कर दिया और चारों तरफ़ चुपके-चुपके एक मज़बूत दीवार बुनने लगा।

समूचा आदर्शवाद दीवार के अन्दर ही कट-कट कर विभक्त होने लगा। कुछ ही क्षणों में टुकड़ों का ढेर लग गया। सब जगह धुआँ फैल चुका था। उसी के प्रभाव में आकर वह यह कह बैठा यह मेरी माँ है...डायन...साले को एक मिनट की फ़ुरसत नहीं...

ऐसे मौक़ों पर वह यह सोचने की कोशिश करता है कि वह मेरी माँ है...पाला है...पोसा है...लेकिन जाने क्यों ये विचार कुछ ही क्षणों में धराशायी हो जाते हैं। बुलबुले के मानिन्द उठते हैं और उसी की तरह अल्पायु में ही फूट जाते हैं। रह जाता केवल वही चिर-परिचित धुआँ...

यह धुन्ध पूर्णतया परहेज़ी है, इस बात से वह वाक़िफ़ है; उसे चाहिए कि आदर्श का अलाव जलाकर धुआँ दूर कर दे लेकिन शैतानी ताक़तों को समेटता हुआ यह धुआँ बेहद शक्तिशाली है। उसने उसके समूचे आदर्श को निगल डाला है। इसी की ग़ैरहाज़िरी में उसने मौसी को आते ही गाली दिया था और माँ को भी।

आज फिर लिखने बैठा है। सोचने लगता है। तभी सामने रैक पर नज़र पड़ती है—किताबें क्रोध से काँपते हुए उसे घूर रही हैं। जो अक्सर उसके साहित्य सृजन के वक़्त उसका उपहास उड़ाया करती हैं, कभी उसकी क़लम पकड़ लेती हैं और कभी उसके विचारों और यथार्थ को रौंदते हुए तहस-नहस कर डालती हैं। वह अपनी मेहनत के टुकड़ों पर अफ़सोस करना चाहता है मगर वह भी नहीं करने देतीं। आज भी वह पूरे आक्रोश के साथ काँपती हुई कह रही हैं—विज्ञान का छात्र होकर लेखक बनता है। बेवकूफ़ कहीं का। अपने पैरों पर ख़ुद ही कुल्हाड़ी मारता है। लेखक बनेगा। कोर्स की कॉपी-किताब घूरे पर डाल दे और बन लेखक। मूर्ख! अपना जीवन बर्बाद मत कर। साहित्य-वाहित्य का चक्कर छोड़। आ मुझे उठा और पढ़ नहीं तो फेल हो जाएगा।

"मैं फेल हो जाऊँगा। नहीं, मुझे फेल नहीं होना है। पढ़ूँगा।" इतना कहकर वह जन्तु-विज्ञान की एक वज़नी पुस्तक उठाकर पढ़ता है...

"अरे...बाप रे...बाप! आठ-आठ प्रैक्टिकल कॉपी पर लिखने के लिए शेष हैं।"

"अरे! इसको तो कहीं पर लिख चुका हूँ।" वह पन्ना पलटता है। नाइट्रोजन निर्माण की प्रयोगशालीय विधि तीन-तीन बार लिख चुका है। एक ही चीज़ की पुनरावृत्तियों का कारण उसका 'सोचना' है। यह सोचना भी कितना बेशर्म है। बार-बार चोरों की तरह उसके दिमाग़ में घुसता है। वह उसे उत्तेजना, घृणा और नफ़रत से झटक देता है, मगर वह बेहया की तरह पुन: गैस बनकर घुस जाता है और कुछ समय के बाद ठोस बनकर तनाव पैदा करता है। विभिन्न प्रकार के तनावों के कशमकश में कसा वह अक्सर अपने बेहद ज़रूरी काम बिगाड़ देता है और पाता है क्या? सफ़ेद काग़ज़

पर लिखने को कुछ अक्षर। अक्षरों में भी नामालूम कितने व्यर्थ चले गए। इस बात का अहसास ही चुभता हुआ होता है। वह अपनी रचनाओं से जितना अधिक लगाव और स्नेह रखता, उसके पिताजी उससे कहीं अधिक नफ़रत और ग़ुस्से से उनको देखते।

जब वह केवल लिखता था यानी कि छपता नहीं था तब कम अंक पाने इत्यादि जैसे दोषों पर उसके पिताजी उस पर 'न पढ़ने' जैसा आरोप नहीं लगाते वरन् वे उसकी कोई रचना लेकर उसके टुकड़े-टुकड़े कर पैरों तले कुचल देते...क्रूरता से रौंदते। तब वह यह महसूस करता कि उसके सामने खड़ा आदमी उसके दिमाग़, दिल, उँगलियों और उसके पेन को रौंद रहा है। सब जगह ज़ख़्म हो गए हैं, जिसमें से ख़ून रिस रहा है। उँगलियों में सैकड़ों घाव हो गए हैं...

"ख़ूब नॉवेल पढ़ और वही लिख। याद रख। एक दिन यह क़िस्सा-कहानी तुझे ले डूबेगा।"

ख़ैर, यह क़िस्सा तब ख़त्म हुआ जब उसके द्वार पर दुर्भाग्य की दीवार हँस पड़ी थी। हँसने से काले दुर्गन्धयुक्त फूल झड़े थे।

भइया, भाभी को साथ लेकर या उचित यह होगा कि भाभी भइया को लेकर घर से अलग हो गईं।

वह दृश्य अब भी उसके मन के एक कोने में चुपचाप पड़ा है। वह जब कभी सुगबुगाता है तो उसके सामने पिताजी का डबडबाई आँखों वाला भावुक चेहरा तैरने लगता है। आज भी उसके तैरने का आभास हो रहा है।

जब भइया-भाभी लड़-झगड़ कर घर से अलग होने लगे तो शायद पिताजी के हृदय में स्नेह उमड़ पड़ा लेकिन भइया बिना कुछ बोले, भाभी की कलाई पकड़कर तेज़ क़दमों से चल पड़े। पिताजी भी आगे बढ़ गए और रास्ता रोकने की कोशिश करते हुए भइया की पीठ पर हाथ फेरे और बोले, "क्यों दीपू, सच में जा रहा है? अपने बाप से भी ग़ुस्सा करता है। तू कितना भी बड़ा हो जा लेकिन मैं तेरा बाप ही..."

इसके आगे वह कुछ नहीं कह सके, बस भइया को हृदय से भींचकर रो पड़े। भइया को यह बेहद बुरा लगा शायद। तभी तो वे पिताजी को झटके से दूर हटाते हुए भाभी के साथ चले गए।

उसे अच्छी तरह मालूम है कि इस घटना के पूरे अठारह दिनों तक पिताजी का शरीर तपता रहा। अपनों ने ही धोखा दिया था...

नींद में वह दीपू-दीपू चिल्लाते रहते। माँ ने भइया से लौट आने की प्रार्थना की मगर उनकी अब पहले से ज़्यादा अच्छी कट रही थी। इसलिए उन्होंने आने से इनकार कर दिया।

और एक रात को नींद से उठकर पिताजी भइया के घर की ओर चल पड़े। दूसरे दिन प्रात: घर में कोहराम मचा था। सभी की आँखों में आँसू थे। और हृदय में अतीत की स्मृतियाँ। घर में पिताजी की लाश आई थी...

उसके दिल में बड़ी हसरत थी कि इलाहाबाद जाकर पढ़ेगा। बड़े-बड़े साहित्यकारों से दीदार होगा मगर यह सभी हसरतें पिताजी की लाश के साथ ही जलकर राख हो गईं...

जिस जगह उसका घर है, वह बेहद बदबूदार जगह है। उस मोहल्ले में अधिकांशत: धोबी, कसाई और कुँजड़ों के ही कुनबे बसते हैं। ऐसा लोगों का विश्वास है कि उसका परिवार मोहल्ले में अपेक्षाकृत तमीज़दार है। पूरे मुहल्ले में हमेशा कहीं न कहीं जंग छिड़ी रहती है। कभी-कभी लाठियों की टकराहट और कभी-कभी छुरियाँ भी चल जाती हैं। गाली-गलौज...निरन्तर चलने वाला रिकॉर्ड है। अन्दर सभी कुनबों...में समानता है। टूटी-फूटी...चारपाई जस्ते के कालिमा लिये बरतन...चीथड़ों और कतरनों की मदद से बने बिस्तर और उन पर पेशाब की दुर्गन्ध...घरों के सामने बदबूदार नाली और भुरभुराती मिट्टी की दीवारें...जगह-जगह पर बीड़ियों के ढेर और थूक पर भिनभिनाती मक्खियाँ...

हर घर में रात को एक शराबी आता है। वह मारपीट करता है। फिर चीख़ और चिल्लाहटें उभरती हैं। गालियाँ उभरती हैं। फिर शराबी अपनी बीवी को नंगी कर उस पर कुत्ते की तरह टूट पड़ता है। बीवी भी सब कुछ भूलकर...लात-घूँसों को धोती, पेटीकोट के साथ उतारकर एक कोने में रख देती है और शराबी से लिपट जाती है...

मौसी घर में आई हैं। इनकी तीमारदारी और विदाई पर उसकी ही जेब से निकलेगा। कहाँ से आएगा पैसा? रचनाओं का पारिश्रमिक भी इधर मिलने वाला नहीं था। तो यह ख़र्च किस तरह पूरा होगा? आज उसने विनय से पचास रुपए उधार माँगा था तो स्साले ने कहा, "अपनी कहानियों में हम पैसे वालों के गले पर छुरी चलाकर कम्युनिस्ट बनते हो और मौक़ा आने पर हमसे ही टुकड़ा पाने की उम्मीद करते हो।" उसके मन में आया कि उसकी चमड़ी उधेड़ दे। उसे ख़ुद ही ग्लानि हुई। क्यों माँगा पैसा उस कमीने से। रमेश से भी माँगा था तो वह बोला था, "यार मेरे, मैं तो ख़ुद ही तुमसे माँगने वाला था। क्या बताऊँ...।" जुम्मन मियाँ और जहीर मियाँ जैसे लोगों से मदद मिलने की कोई भी उम्मीद नहीं थी उसे। हालाँकि उसने न तो कभी इन लोगों से पैसा माँगा था और न कभी इन लोगों ने इनकार ही किया था लेकिन न जाने उसे क्यों महसूस होता कि ये लोग मदद नहीं दे पाएँगे।

"अरे स्साले! मैं तेरी नस-नस पहचानता हूँ तुम पक्के हरामी हो। क्यों जाते हो दारू की दुकान पर?..."

"अल्ला क़सम जहीर मियाँ, मुझे छोड़े तीन महीने हो गए।"

"झूठ बोलता है..."

"झूठ नहीं जहीर मियाँ। जो दारू पीने जाता हो, वह..."

ऐसे ही माहौल में वह अक्सर आ जाया करता है। आज आते ही जहीर मियाँ ने उठकर स्वागत करते हुए कहा, "आओ बिरादर। ख़ैरियत तो है?"

सभी के चले जाने के बाद तनहा मौसम में जहीर मियाँ ने उसके कन्धे पर हाथ

रखकर पूछा, "क्यों बिरादर, आज बहोत चोप दिखाई पड़ते हो। क्या मामिला है?"

"नहीं जहीर मियाँ..."

"अरे बोलो भी! यह क्या छोकरियों की तरह शरमाते हो। कोई परेशानी हो तो बेरोक-टोक उगल दो।"

"दरअसल बात यह है कि...कुछ रुपयों की सख़्त ज़रूरत है...मगर आप तो ख़ुद ही परेशानी में हैं...किसी से दिला ही देते तो..."

"बिरादर तुम जानते ही हो कि जहीर मियाँ किसी के सामने हाथ नहीं फैलाते।"

"अच्छा छोड़िए...कहीं और तलाशूँगा।"

"और कहाँ तलाशोगे? रहते हो मेरे मुहल्ले में और तलाशोगे और कहीं।" जहीर मियाँ ने जेब से चालीस रुपए निकालकर उसके हाथ पर रख दिए...रुपए उसकी हथेली पर काँप रहे थे। वह एकटक जहीर मियाँ को देख रहा था। जहीर मियाँ एक क्षण उसे घूरते रहे फिर फीकी हँसी हँसकर बोले, "क्या देख रहे हो बिरादर? मैं कोई नुमाइशी चीज़ नहीं हूँ। कुछ दिन 'और' बिना स्वेटर के। वैसे मुझे सरदी ज़रा भी नहीं लगती मगर यह जो मेरी बीवी है न साली...नाक में दम किए रहती है कि स्वेटर पहनूँ। ए...यह आँसू क्यों..."

"जहीर मियाँ मैं बहुत टूट चुका हूँ।"

"बिरादर इनसान समझता है कि वह टूट रहा है। यहीं बेवकूफ़ी कर जाता है वह। मुझे देखो, मैं तुमसे कम तकलीफ़ में हूँ?"

[1977]